Alexander, genannt Dritter, ist total pleite, als er 1952 mit seiner Frau Marthe und seinen drei Söhnen Alex, Wilhelm und Peter Zuflucht im Haus der Familie in der Kippingstraße suchen muss. Nun sind die Wolkenrath-Geschwister wieder unter einem Dach vereint. Familienidylle stellt sich aber nicht ein, denn bald kommt es zu heftigen Kämpfen zwischen Marthe und Cynthia. Die zwölf Windhunde, die ebenfalls im Hause leben, sind nicht selten Gegenstand dieser Auseinandersetzungen. Wir erleben den Kalten Krieg, den Mauerbau und den Beginn der Frauenbewegung mit der Familie Wolkenrath, ebenso wie die große Elbeflut, die Mondlandung und das Festival in Woodstock. Und schließlich wird auch Alexander Wolkenrath vom deutschen Wirtschaftswunder profitieren.

*Elke Vesper* hat selbst viele Jahre in dem Haus in der Kippingstraße gelebt, in dem sie ihre Familie Wolkenrath angesiedelt hat. Sie hat zahlreiche Romane veröffentlicht, in denen starke Frauenfiguren eine zentrale Rolle spielen. Elke Vesper arbeitet neben dem Schreiben als Psychotherapeutin, hat drei erwachsene Kinder und lebt in Hamburg.

*Weitere Informationen finden Sie auf www.fischerverlage.de*

Elke Vesper

# Verlust und Aufbruch

Roman

FISCHER Taschenbuch

2. Auflage: November 2019

Erschienen bei FISCHER Taschenbuch
Frankfurt am Main, November 2019



Satz: Pinkuin Satz und Datentechnik, Berlin
Druck und Bindung: GGP Media GmbH, Pößneck
Printed in Germany
ISBN 978-3-596-29723-8

Das wahre Maß des Lebens ist die Erinnerung.
Walter Benjamin

Die Vergangenheit ist nicht tot, sie ist nicht einmal vergangen.
William Faulkner

Diesen Roman widme ich Rüdiger Regenstein, Inspirator
aller Wolkenrath-Romane, mit tiefem Dank
für seine Freundschaft und Loyalität.

**Die Tante**
Lysbeth Schuster 1830–1941

**Die Großeltern**
Eckhard Volpert 1840–1919 ∞ Charlotte Volpert, geb. Wandel 1846–1889

**Die Eltern**
Alexander Wolkenrath 1860–1941 ∞ Käthe Wolkenrath, geb. Volpert 1870–1940
Geliebter: Fritz Plauen 1867–1919

**Die Kinder**
Lysbeth Wolkenrath * 1894 ∞ Maximilian von Schnell * 1889
∞ Aaron Bleibtreu * 1903

Eckhardt Wolkenrath 1895–1964 ∞ Cynthia Wolkenrath, geb. Gaerber * 1900

Alexander Wolkenrath, genannt Dritter * 1897 ∞ Marthe Wolkenrath, geb. Hain * 1915
Alexander * 1942 ∞ Annalena
Wilhelm * 1945 ∞ Silke
Peter * 1947

Stella Wolkenrath * 1899 ∞ Jonathan Maukesch * 1890–1969
Geliebter: Anthony Walker * 1903–1960
Geliebte: Greta Johannsen * 1908
beider Tochter: Walburga * 1931

Johann Wolkenrath 1900–1952 ∞ Sophie Wolkenrath, geb. Meyer * 1905
13 Kinder

**Stellas Tochter**
Angela * 1912 Liebster: Robert 1910–1939
Roberta * 1938

**Cynthias Eltern**
Lydia Gaerber 1875–1968 ∞ Carl-Wilhelm Gaerber 1878–1923
∞ Dr. Andreas Hagedorn 1880–1933
Geliebter: Daniel Grün * 1893

**Familie Solmitz**
Fred Solmitz * 1870 ∞ Luise Solmitz, geb. Stephan * 1889
Gisela Solmitz * 1920 ∞ Philippe Bouchon
Richard * 1944

**Jonnys Mutter**
Edith von Warnecke * 1868

# 1

Marthe versuchte mit ihrem schmalen Mund sogar ein Lächeln, als sie ihren Mann anschaute, der aber seinen Blick starr nach vorne gerichtet hielt. Sein Name lautete Alexander Wolkenrath, so hieß er in dritter Generation, weshalb seine Schwester Stella ihn irgendwann Dritter genannt hatte. Als Marthe ihn vor elf Jahren kennengelernt hatte, gehörte dieser Name bereits zu ihm wie seine frühe Kahlköpfigkeit. Eingequetscht zwischen ihm und der Wagentür, machte sie sich schmaler, als sie ohnehin schon war, um Dritter nicht zu viel Platz wegzunehmen, der sonst vielleicht in die Verlegenheit käme, Josef, der sie freundlicherweise in seinem Hanomag von Ratekau nach Hamburg fuhr, beim Bedienen der Gangschaltung zu behindern.

Josef war Schmied, und er zitierte gern aus der Bibel. Das hatte er auch getan, als er nach einem letzten Bier in der einzigen Kneipe von Ratekau Dritter linkisch den Arm um die Schulter gelegt und gesagt hatte: »Brich dem Hungrigen dein Brot, und die im Elend ohne Obdach sind, führe ins Haus. Dat is von Jesaja. Ick foar di no Hamborch, min Jung.«

Dritter hatte es, weil er es furchtbar komisch fand, in derselben Nacht noch Marthe erzählen wollen, damit sie endlich mal wieder etwas zu lachen hatte, sie war aber schon eingeschlafen und hatte also nur Kauderwelsch verstanden und nichts komisch gefunden, weder aus ihrem als einzigen Lebensquell empfundenen Schlaf aufgeweckt zu werden, noch was ihr Mann ihr da mit seinem Bieratem entgegenfaselte.

Am nächsten Morgen jedoch hörte sie ihm zu, überraschte ihn dann aber mit einer alles andere als amüsierten Reaktion: »Diese Religiösen lügen wie gedruckt. Er führt uns nicht in sein Haus, er entfernt uns aus seinem Dorf, so schnell er kann, als hätten wir Lepra.« In Dritters verwirrtes Gesicht hinein fauchte sie, und es klang so entsetzlich bitter, dass er sich schämte für das, was aus seiner Frau geworden war: »So einen Versager wie dich will keiner in seinem Haus, nicht mal drei Straßen weiter haben.« Nach einer kurzen Pause, in der sie, atemlos vor Zorn, kein Wort mehr herausgebracht hatte, stieß sie noch hervor: »Und sein Jung bist du auch nicht, eher ist er dein Jung.«

Böswillig erinnerte sie ihn damit daran, dass Dritters Söhne im Alter von fünf, sieben und zehn im Alter von Josefs Tochter waren. Deren Großvater war jünger als Dritter.

Nun saßen sie also auf der Vorderbank des dreirädrigen Autos, das in jeder Kurve umzukippen drohte, hinten auf der Ladefläche zwischen allen möglichen zusammengerafften, scheinbar wertvollen und fürs Leben notwendigen Sachen, ihre zwei jüngsten Söhne Wilhelm und Peter. Alexander, der Älteste der drei, war schon vor Monaten nach Hamburg zu seinen Tanten gezogen, um auf den Besuch des Gymnasiums vorbereitet zu werden.

Von Zeit zu Zeit kontrollierte Marthe durch die schmale Glasscheibe zwischen Fahrerkabine und Ladefläche, ob sie auch keinen Unfug anstellten. Sie konnte zwar nicht hören, was die Jungs sagten, aber sie schienen viel Spaß zu haben, denn ihre Gesichter waren hell und neugierig auf die Fahrbahn hinter ihnen, auf die Felder und Wiesen rechts und links und einander zugewandt. Wenn ein Auto hinter ihnen fuhr, was immer nur kurz vor dem notwendigen Überholmanöver geschah, fuchtelten und winkten Wilhelm und Peter wie verrückt, und Marthe bemerkte, dass viele der Insassen der vorbeifahrenden Autos lächelnd darauf antworteten. Wenn die wüssten, was für ein Elend hier kutschiert wird, dachte sie.

Es war nicht das erste Mal, dass sie daran zweifelte, ob ihre Entscheidung, diesen Mann vor elf Jahren, am 1. September 1941, zu heiraten, die richtige gewesen war. Nun, im Grunde zweifelte sie gar nicht mehr, sie wusste, dass sie einen Fehler gemacht hatte. Die Zeit seit ihrer Eheschließung hatte mehr oder weniger einem Albtraum geglichen. Erst seit sie 1945 – ermöglicht durch ihre guten Beziehungen zu Major Tom, was wiederum ermöglicht worden war durch ihre guten Englischkenntnisse – auf die ehemalige Flakstation in Ratekau gezogen waren und Dritter seine hochfliegenden Pläne von einer Fabrik, in der Herde hergestellt werden sollten, zielstrebig von Tag zu Tag verfolgte, zumindest schien es so, und sie gleichzeitig aufgrund des weitläufigen Geländes und einiger Helfer so etwas wie Landwirtschaft betrieben, wenigstens so viel, dass sie regelmäßig zu essen hatten, erst seitdem hatte Marthe wieder Hoffnung geschöpft, dass ihre Vorstellung vom Leben vielleicht doch irgendwann verwirklicht werden könnte. Sogar mit diesem Mann.

Diese Hoffnung hatte sich nun zerschlagen. Dritter war grandios gescheitert, er konnte seine Rechnungen schon seit längerem nicht mehr bezahlen, und er musste sowohl die Fabrik mit den Werkzeugen, die Zeichentische der Ingenieure wie auch das Wohnhaus und die Landwirtschaftsgeräte holterdipolter zurücklassen.

»Holterdipolter«, das war das Wort, das sie benutzt hatte, damit die Jungs etwas zu lachen hatten, als sie die Ladefläche des Hanomag mit den Möbeln und dem Hausrat beluden, von dem Marthe sich nicht trennen wollte.

Wilhelm und Peter saßen auf einem zusammengerollten Teppich, vor ihnen Kisten voll edelsten Geschirrs und Kristalls, das aus der Zeit stammte, als Dritter zurückgelassenes Eigentum geflohener Juden ersteigert hatte. Zwei Koffer enthielten ihre Kleidung. Während des Einpackens war Marthe sehr sauer aufgestoßen, dass die Anzüge und Schuhe ihres Mannes mehr Platz beanspruchten als ihre wenigen Röcke und Blusen und ihre zwei Paar schwarzen Pumps. Seit Jahren schon verfolgte Marthe das Ziel, gediegen gekleidet zu sein. Gediegenes Understatement, das war ihr Wahlspruch, geprägt durch die Zeit als Aupair in London, die sie bis heute als Schmuck ihres Lebens mit sich trug und vorzeigte wie andere Frauen einen wertvollen Diamantring. Für die Präsentation ihrer Gediegenheit reichten zwei schwarze Röcke und zwei weiße Blusen, dazu noch eine schwarze Bluse für festliche Anlässe, die Eleganz unterstrich sie mit einer Perlenkette. Dazu zwei Paar schwarze Pumps und zwei Paar Nylonstrümpfe. Dritter hingegen besaß vier Anzüge, zwei mit Nadelstreifen, einen dunkelblauen, einen sommerlich hellen, und die Anzahl seiner Schuhe ging ins Lächerliche. »So viele Schuhe brauchen nur Nutten«, hatte sie verächtlich gemurmelt, als sie den Inhalt der Schränke in die Koffer verstaute. Aber sie hatte jeden einzelnen Schuh mit Zeitungspapier umwickelt und ihn zwischen die Kleidung in die Koffer gequetscht. Erst als sie merkte, dass auf diese Weise kein Platz mehr für die Kleidung der Söhne blieb – und die besaßen außer den Lederhosen nur wenig –, hatte sie die Schuhe seufzend wieder herausgerissen und in einen Pappkarton geworfen. Ein zweiter Karton musste für die Gummistiefel der Jungs herhalten, sie selbst hatte beschlossen, ihre Gummistiefel mit dem Hausrat in Ratekau denjenigen zu hinterlassen, die damit etwas anfangen wollten. Und konnten. Vielleicht würde die Station auch geplündert werden, niemand wusste, was geschehen würde, wenn Dritter mit seiner Familie verschwunden war.

Er hatte schon lange gewusst, dass ihm das Wasser bis zum Hals stand, bevor er es Marthe endlich gebeichtet hatte. Er hatte die vielen

Gläubiger wortgewaltig so lange vertröstet, bis ihm nichts anderes übrigblieb, als alles Inventar zurückzulassen und einfach zu verschwinden. Bei ihm war nichts mehr zu holen, die Seifenblase einer Fabrik von Herden und anderen Elektroartikeln war geplatzt, nun musste er sein nacktes Leben retten – und das seiner Familie.

Niemals in ihrem Leben, so schwor Marthe sich, als sie mit entschiedenem Schwung ihre Gummistiefel neben die Eingangstür zurückplatzierte, wo sie sie unschlüssig hochgenommen hatte, niemals mehr würde sie solche ungemütlichen, den Gang hässlich verunstaltenden Treter an ihre Füße lassen. Ihre schmalen Lippen umspielte ein leises versöhnliches Lächeln, als sie beschloss, bis zu ihrem Tod nur noch schwarze Pumps zu tragen, auch im Hause, Pantoffeln kämen ebenfalls nicht mehr an ihre Füße.

Der Hanomag rumpelte durch Schlaglöcher. Anfangs hatten Wilhelm und Peter es noch witzig gefunden, wie sie in die Höhe geschleudert wurden und dann hinunterplumpsten, inzwischen versuchten sie, die übelsten Löcher auszugleichen. Marthe bemerkte, wie ihre Söhne missmutig wurden, sich verstohlen die Hintern rieben und nach einiger Zeit, als niemand ihnen zu Hilfe kam, versuchten, es sich etwas bequemer zu machen, indem sie Bettwäsche auf den Teppich stopften und sich aneinanderlehnten. So schaukelten und hopsten sie auf der Ladefläche langsam in den Schlaf.

Auch Marthes Kopf wackelte hin und her, sie war versucht, ihn auf Dritters Schulter abzulegen, aber das verbot sie sich. Sie hatte am Morgen ihre Haare so gut wie möglich frisiert, um den Schwägerinnen nicht vollständig verwahrlost entgegenzutreten. Also erlaubte sie sich nur, den Kopf leicht an die Scheibe zu legen, wo jedes Schlagloch allerdings verhinderte, dass sie irgendwie einschlummerte. Schließlich wollte sie weder ihre Frisur noch ihren Kopf und schon gar nicht die Scheibe beschädigen. Wie viel Zeit schließlich vergangen war, als sie endlich in Hamburg in der Kippingstraße anlangten, vermochte sie nicht mehr einzuschätzen.

Die Jungs schliefen noch, und das erleichterte Dritter und Josef, die Ladefläche zu leeren und die Sachen auf den Gartenweg vor dem Haus abzustellen, ohne dass ihnen die zwei im Wege waren. Marthe stand unschlüssig daneben. Was sollte sie tun? Was würde jetzt geschehen? Sie hatten zwar geklingelt, aber im Haus bewegte sich nichts. Marthe setzte sich auf einen Pappkarton.

Sie wusste, dass Dritters Geschwister nicht gerade begeistert gewesen waren, als sie erfuhren, dass zusätzlich zu dem bereits im Haus wohnenden ältesten Sohn die ganze restliche Familie einfallen würde. Dritter hatte zwar kein Wort darüber verloren, aber sie ahnte, dass er sich einiges hatte ausdenken müssen, um vorübergehend Obdach gewährt zu bekommen.

In dem Haus wohnten Dritters Schwester Lysbeth mit ihrem Mann Aaron, der, obgleich Jude, die Nazizeit überlebt hatte, und das auch, weil die arische Familie Wolkenrath getreu ihrem Wahlspruch »Blut ist dicker als Wasser« den Mann ihrer Schwester als Familienmitglied immer wieder geschützt hatte. Lysbeth und Aaron, dessen war Marthe sich sicher, hatten bestimmt Verständnis für ihre verzweifelte Lage. Anders als Cynthia, der Frau von Dritters älterem Bruder Eckhardt. Cynthias Verehrung für Hitler hatte das Ausmaß einer sexuellen Obsession angenommen, sie verehrte Sieger, und sie verachtete den Bruder ihres Mannes, Alexander der Dritte, weil der sich immer wieder als Verlierer auf ganzer Linie erwies. Dritters Schwester Stella bewohnte die obere Etage des Hauses, aber sie hielt sich lange Zeiten in England bei ihrem Liebsten Anthony Walker auf, einem erfolgreichen Schriftsteller, was jedoch glücklicher klang, als es war, weil Stella bis zum heutigen Tage, sieben Jahre nach Kriegsende, immer noch nicht gewagt hatte, sich von ihrem Ehemann, dem Kapitän Jonny Maukesch, scheiden zu lassen. Während Stellas Abwesenheit bestand also die Gefahr, dass Jonny die obere Etage bewohnte, und Jonny hatte Dritter bereits einmal verklagt, weil der ihm ein Schwein, für dessen Mästung Jonny nach dem Krieg während des allgemeinen Hungerns seinem Schwager Geld gegeben hatte, nie hatte zukommen lassen, und weil er ihm eine ausgeliehene Schreibmaschine nicht zurückgegeben hatte. Jonny war also, so vermutete Marthe, nicht unbedingt versessen darauf, mit der Familie von Dritter unter einem Dach zu wohnen. Blieb noch Eckhardt, Dritters älterer Bruder, Ehemann von Cynthia. Sie hatten damals sogar eine Doppelhochzeit gefeiert, Dritter und Marthe und Eckhardt und Cynthia. Eckhardt folgte Cynthia wie ein ängstlicher Hund. Dass dies aus Liebe geschah, bezweifelte Marthe, seit sie die beiden kannte, aber eins war gewiss: Wenn Cynthia ihr die Anwesenheit in diesem Haus zur Hölle machen würde, würde ihr Mann ihr keinen Widerpart bieten.

Länger als vorübergehend, so hatte Marthe ihrem Mann eindeutig klargemacht, wäre sie nicht bereit, sich mit ihrer ganzen Familie in das kleine Zimmer zu quetschen, das als »Gartenzimmer« bezeichnet wurde, weil es der Zugang zum Garten war, der von allen auch weiterhin benutzt werden würde, das hatten Dritters Geschwister verlangt, und so hatte Dritter es wiederum seiner Familie erklärt, ohne auch nur ein leises Murren des Widerspruchs zu dulden. Zugleich hatte er hoch und heilig versprochen, sowohl seiner Frau als auch seinen Geschwistern, dass das Ganze ein Intermezzo sein würde von allerhöchstens zwei Monaten, dann würden sie in ihr Haus in der Johnsallee ziehen. Dort mussten nur noch die Mieter der unteren Etage das Haus verlassen. Eckhardt, der ansonsten eher sanft und vorsichtig war, hatte sich Dritters Plänen besonders vehement widersetzt, hatte sogar schriftlich die Drohung ausgesprochen, dass er juristische Maßnahmen ergreifen werde, sollte Dritter sich nicht an die Abmachungen halten. Diese Drohung hatte Marthe besonders geängstigt, denn wenn schon Eckhardt sich so verhielt, was würde dann seine Frau tun oder Jonny Maukesch.

Marthe entdeckte ihren Sohn Alexander, der gemessenen Schrittes an der Hand seiner Tante Cynthia auf das Haus zustrebte, in dem er seit Monaten wohnte und vor dem der olivfarbene verbeulte Hanomag des Schmieds parkte, in dem seine Familie aus Ratekau gekommen war. Marthes Magen krampfte sich zusammen, als sie den kurzen Ruck sah, der durch Alex ging, als er seine Brüder erkannte, die nach wie vor auf der Ladefläche ausgestreckt schliefen. Sie sah auch, wie Cynthias Griff fester wurde und Alexander wieder in den gleichen Schritt fiel wie zuvor, ohne Eile gleichmäßig voranstrebend. Wie ein marschierender Soldat, dachte Marthe, und am liebsten hätte sie der Schwägerin die Hand ihres Sohnes entrissen. Sie verfluchte sich selbst, dass sie Alex in die Obhut dieser Frau gegeben hatte, nur damit er auf die »Höhere Schule« gehen und Abitur machen konnte.

In diesem Augenblick, wie durch Zauberei, wachte Wilhelm auf, rieb sich die Augen, rüttelte an Peters Schultern und rief: »Aufwachen, du Schlafmütze! Wir sind da.« Er erblickte seinen älteren Bruder, den er unendlich vermisst hatte, seit der aus Ratekau fort nach Hamburg gezogen war. »Alex!«, schrie er, und mit der ihm eigenen körperlichen Behändigkeit sprang er auf, vom Wagen herunter und rannte auf Alex zu, fröhlich wie ein junger Hund auf einen Spielkameraden. Leicht peinlich berührt verzog Alex seinen Mund, blickte fragend zu seiner Tante, die zögernd seine Hand losließ, und streckte Wilhelm den Arm entgegen. Der achtete gar nicht darauf, er schmiss sich dem Bruder an die Brust und sprang an ihm hoch. »Du bist gewachsen!«, rief er. »Mensch, so groß warst du doch letztes Mal noch nicht!« Da schlich sich ein verstohlenes Grinsen auf Alex' Gesicht. »Sieben Zentimeter«, verkündete er stolz. »Onkel Eckhardt hat mich vermessen.«

Marthe hatte keinen Schritt auf ihren Sohn zu gemacht. Er sollte zu ihr kommen, hatte sie beschlossen, als sie den Gleichschritt von Schwägerin und Sohn beobachtet hatte. Nun aber hielt es sie nicht länger, sie durchmaß den Gartenweg mit schnellen Schritten und schloss ihren Sohn in ihre Arme. Sie unterdrückte die Tränen, die in ihr von der Brust hochschießen wollten, als sie merkte, wie sich Alex in ihrer Umarmung versteifte. Seine Arme hingen an ihm herab, seinen Kopf hielt er starr von ihr abgewandt. Die Genugtuung, sie weinen zu sehen, würde sie der Schwägerin nie zuteil werden lassen.

Was ist los mit ihm?, schrie es in ihr. Aber bevor sie auf die Antwort ihrer inneren Stimme horchen konnte, war auch Peter von der Ladefläche gehüpft und hängte sich an Alex' Schultern, hangelte sich am Rücken des Bruders hoch, bis er wie ein Rucksack an ihm hing, die Beine um seine Taille geklemmt.

Alex machte sich hastig von seiner Mutter los und trottete ein paar Schritte mit dem Bruder hin und her auf dem Gartenweg, bis er ihn abschüttelte. »Das reicht! Ich bin ja kein Pferd«, sagte er streng. Peter gehorchte sofort.

Cynthia näherte sich, reichte allen höflich die Hand, auch sie auf diese seltsam starre Weise wie Alex, als wollte sie ihr Gegenüber in möglichst großer Entfernung halten. Sie schloss die Haustür auf, bemerkte kühl: »Ihr wisst ja, wie der Weg nach unten geht. Wenn ihr alles ausgeladen habt, sagt Bescheid, dann koche ich euch einen Kaffee.« Sie legte eine Hand auf Alex' Kopf und führte ihn so mit sich: »Wir beide schauen uns erst mal deine Hausaufgaben an.« Alex folgte ihr selbstverständlich zu ihrer Wohnung, die fünf Treppenstufen höher lag als die Eingangstür. Dritter sah ihnen mit zusammengekniffenen Augen nach, wandte sich seinen beiden jüngeren Söhnen zu und sagte knapp: »Fasst mit an!«

Wilhelm hatte auf der Flakstation gelernt, bei der Arbeit anzupacken, wenn Not am Mann war. Also griff er selbstverständlich zu, um Kartons herunterzuwuchten. Peter wurde verboten, gemeinsam mit Wilhelm die Kartons die Treppen hinabzutransportieren, in denen sich zerbrechliche Dinge wie Geschirr oder Gläser oder Vasen befanden.

Er durfte die Gummistiefel tragen. Zumindest mit dem Wetter hatten sie Glück. In den vergangenen Tagen hatte es geregnet und gestürmt, heute schien sogar die Sonne. »April, April, der macht, was er will«, hatte Wilhelm gesungen, nachdem Josef gegrummelt hatte: »April is wie mine Fru, unberechenbar.«

Als das Gartenzimmer vollgestellt war – Marthe fragte sich, wo sie nun noch Platz finden sollten für das mitgebrachte Bett –, sagte Josef energisch: »So, Lüd, nu bruk ik n anständigen Bohnenkaffee.« »Wilhelm«, kommandierte Dritter und wies mit dem Kinn nach oben. Gehorsam rannte Wilhelm die Treppen hinauf, klopfte an die Tür der Tante, öffnete sie vorsichtig, bevor er etwas gehört hatte, rief: »Wir sind fertig, du sollst Kaffee kochen!«, und rannte wieder die Treppen hinunter, als hätte er Angst, von einer bösen Hexe verfolgt zu werden.

Es dauerte nicht lange, und sie saßen um den großen Tisch in der Küche im Souterrain versammelt, die »Herrschaftsküche« genannt wurde, obwohl niemandem mehr ersichtlich war, was an diesem dunklen, irgendwie Kälte und Feuchtigkeit ausstrahlenden Raum mit den vergilbten Kacheln herrschaftlich sein sollte. In der Mitte des Tisches dampften Schwaden aus einer goldverzierten Kanne, und der Duft nach Kaffee verzauberte die Luft. Um sie herum lagen unzählige Windhunde auf dem Fußboden.

Plötzlich standen Lysbeth und Aaron in der Küche. Niemand hatte sie kommen hören. »Es tut mir so leid, dass wir nicht da waren, als ihr kamt, aber ich konnte mich nicht früher freimachen«, sagte Lysbeth und umarmte alle der Reihe nach, wobei sie ihrer Schwägerin Cynthia ebenso wie Josef nur die Hand reichte. Aaron klopfte den Männern auf die Schulter, ebenso den drei Brüdern. Bevor er Marthe umarmte, hielt er sie auf Armlänge entfernt, um sie besser betrachten zu können. »Mit Verlaub«, sagte er lächelnd, »aber die Landluft ist dir gut bekommen, du siehst besser aus denn je.« Marthe errötete. »Das wundert mich nicht«, warf Cynthia spitz ein, »auf dem Lande gibt es alles satt. Im Gegensatz zur Stadt, wo wir für unser täglich Brot hart arbeiten müssen.« Marthe verschluckte eine patzige Antwort. Wie sollte sie jetzt davon sprechen, dass ihr Alltag kein Zuckerschlecken gewesen war, wo sie doch als Schmarotzer hier unterkriechen mussten.

Lysbeth trank einen Schluck Kaffee und sagte dann: »Liebste Cynthia, um der Wahrheit die Ehre zu geben, hungern tut hier im Haus niemand, oder siehst du das anders?« Cynthia wandte ihr das Gesicht zu, und es wirkte, als wollte sie Lysbeth mit ihrer spitzen Nase aufspießen. »Dass hier niemand hungert, liegt daran, dass hier alle arbeiten und keiner schmarotzt.«

Josef sagte bedächtig, Wort für Wort in schönstem Hochdeutsch betonend: »Ein jeder erweise seinem Bruder Güte und Barmherzigkeit, und tut nicht Unrecht den Witwen, Waisen, Fremdlingen und Armen, und denke keiner gegen seinen Bruder etwas Arges in seinem Herzen! Jesaia.«

Aller Augen richteten sich auf ihn, der seelenruhig seine Tasse noch einmal vollschenkte. Wilhelm stieß Peter in die Seite: »Siehst du, so ist das, mein Bruder, sei gefälligst barmherzig«, schnappte nach dem belegten Brot, das vor Peter auf dem Teller lag und stopfte es sich in den Mund.

## 2

Marthe hatte einiges zu tun mit ihrem Hass. Das war keine bellende Wut, kein keifender Ärger, kein knurrender Groll, ihr Hass war schneidend, beißend, ihr Hass war auf Vernichtung aus. Ihr Hass machte sie bekannt mit der Mörderin in ihr.

Marthe hasste ihren Mann dafür, dass sie als ungebetener Gast in diesem Haus wohnen musste, weil er mit der vielversprechenden Firma *Wolkenrath und Söhne* in Ratekau Schiffbruch erlitten hatte. Sie waren nun elf Jahre lang verheiratet, in diesen Jahren hatte sie fünf Kinder geboren, zwei Kinder an den Tod verloren, und das alles, obwohl sie nie darauf erpicht gewesen war, Mutter zu werden, denn im Grunde mochte sie Kinder nicht besonders.

Sie hatte mit diesem Mann ein Desaster nach dem anderen erlebt, all seine Versprechungen hatten sich als schillernde Seifenblasen entpuppt. Sie hatte nicht Mutter werden wollen, sondern Gattin eines erfolgreichen Geschäftsmannes. Nun war sie Mutter, auch noch von drei Söhnen, obwohl sie unter einer beliebigen Menge von Kindern die Mädchen meistens noch am ansprechendsten fand, und sie war alles andere als eine Gattin, sie war die Frau eines Bankrotteurs.

Bei Kriegsende hatte sie Hoffnung auf eine hellere Zukunft geschöpft. Dritters Fähigkeit, günstige Gelegenheiten zu erkennen und zu ergreifen, hatte ihr als Licht in der Nachkriegsdüsternis gedient. Den Traum, Bürgermeisterin zu werden, hatte sie schnell aufgegeben, stattdessen musste sie wie eine Bäuerin auf matschigem Boden die Kuh Hyacinthe melken und die Kartoffeln aus der Erde klauben. Das war zwar nicht märchenhaft, aber während alle hungerten, gab es bei ihnen Milch und Kartoffeln satt. Außerdem gaukelten ihres Mannes Visionen für die Zukunft ihr das Bild einer Unternehmersgattin vor.

Sie erinnerte sich noch sehr gut daran, wie sie ihn kennengelernt hatte, einen stattlichen gutgekleideten Mann, der sie zum Plausch bei Kaffee und Kuchen in das exklusive Hotel *Vier Jahreszeiten* an der Binnenalster einlud und zum Tanztee ins *Hotel Atlantik* an der Außenalster, wo er tanzte wie ein junger Gott, obwohl er auch damals schon für ihre Verhältnisse ein alter Mann gewesen war. Er hatte sie mit vielem verführt, das aussah wie Gold, sich aber später als Blech entpuppte. Er hatte ihr sogar eine Zukunft in dem herrschaftlichen Jugendstilhaus in der Johnsallee in Aussicht gestellt, das er von einer jüdischen Familie für Brosamen erworben hatte. Stattdessen war er bei ihr und ihrer Mutter in der Gärtnerstraße untergekrochen und hatte sein Haus in der Johnsallee vermietet, um wenigstens ein geringes Einkommen zu haben. In so vielem hatte er sie getäuscht, und immer wieder hatte sie ihm verziehen, doch inzwischen überschritt die Menge dessen, was sie ihm verzeihen musste, ihre Kapazität des Verzeihens, so kam es ihr zumindest vor, seit sie in der Kippingstraße gestrandet waren.

Schöne Bilder, auch Fotos, müssen in Gold gerahmt sein, so lautete Marthes Credo, und deshalb stand ihr Hochzeitsfoto in einem Rahmen aus breitem, in Gold lackiertem Holz sogar jetzt, da sie kaum eigene Möbel hatten, auf dem Nachttisch neben dem Foto ihrer Mutter, die leider nach Cuxhaven zurückgezogen war, als Dritter mit seiner Familie in Scharbeutz Unterschlupf vor dem Krieg gefunden hatte.

Marthe hatte auf der Flakstation nicht lange in der Erde buddeln müssen, bald hatte sie eine Magd gehabt, und dann kam auch der Mann, den bald alle Onkel Wertmann nannten. Wertmann war in der Lage, eine unglaubliche Zuversicht zu verbreiten, das geschah allein, weil er Zuversicht und Sicherheit und Weitsicht im Überfluss besaß und wie absichtslos um sich herum verstreute. Bald ging ein Knecht Onkel Wertmann zur Hand bei der Bewirtschaftung der riesigen ehemaligen Flakfläche.

Die Anzahl der Bewohner der Flakstation wuchs ständig, und alle wurden satt. Das war in diesen Jahren nach dem Krieg ein Segen, von dem die Städter nur träumen konnten, weshalb sie in die Dörfer einfielen wie Kartoffelkäfer und die wertvollsten Dinge ihres Haushalts gegen Eier, Speck und Kartoffeln tauschten.

Marthe hatte ihr Leben als Ehefrau mit einer kleinen Aussteuer begonnen, inzwischen war ihr Haushalt vom Feinsten, zum einen, weil Dritter noch im »Reich« die »Nachlässe« der Juden billig ersteigert hatte, zum anderen, weil Marthe die meisten wirklich schönen Sachen ihres Hausrats gegen Eier und Kartoffeln und manchmal gegen Speck von den hungernden Städtern erworben hatte.

Sie hatte die Hühner gehasst, die auf dem eigens eingezäunten Acker im Matsch die ihnen hingeworfenen Körner aufpickten, deren Kot ätzend stank – Marthe bekam Atemnot, wenn der Knecht das Hühnerhaus mit der Spritze reinigte –, aber die Hühner hatten ihnen mehr Reichtum beschert, als es Dritter mit seinen unternehmerischen Spinnereien gelungen war.

Nun hatte Dritter wieder einmal alles vergeigt. Monatelang hatten sie gebangt, ob sie wenigstens die Baracke verkaufen könnten, die er als Fabrikgebäude ausgebaut hatte, um angeblich Herde herzustellen, wo große Zeichentische wie Schmuckstücke aufgereiht waren und sich davor sogar zeitweilig schon Zeichner aufgebaut hatten. Dritter, so war ihr jetzt klar, ernüchtert nach all den Illusionen, war ein Schaumschläger, ein Versager, ja, gewissermaßen ein Heiratsschwindler. Für all das hasste sie ihn.

Und jetzt war sie hier in diesem Haus gestrandet, das damals zu seiner Heiratsschwindelei dazugehört hatte, denn er hatte sie in dieses Haus geführt und so getan, als wäre es gewissermaßen auch seines, auf jeden Fall, als sei es das Haus seiner Familie, und diese Familie war unglaublich vorzeigbar: gebildet und schön und illuster. Jonny Maukesch, der Kapitän der Woermann-Linie, ein so schmucker Mann! Er hatte damals bei dem ersten Treffen seine Kapitänsuniform getragen, und seine Augen hatten so blau geblitzt, dass sie nicht umhinkam, ihn sich auf der Brücke eines Schiffes auszumalen, wo er die Richtung wies. Vielleicht, so grübelte Marthe heute zuweilen, habe ich mich von Dritter nur zum Heiraten verleiten lassen, weil ich eigentlich in Jonny Maukesch verliebt war. Eigentlich hätte sie lieber den Kapitän geheiratet, aber der war nun mal vergeben an die großartige Stella, auch das ein Argument, das für Dritter sprach, dass er nämlich eine so brillante Schwester hatte.

Sogar Cynthia in der strengen Kluft einer Anstaltsleiterin, gestärkte Bluse und Granatbrosche über blauem Faltenrock, sogar Eckhardt mit seinem seiner Frau ergebenen hündischen Blick, all das hatte sie für Dritter eingenommen, wirkte es doch so gediegen, so hamburgisch, so Vertrauen einflößend.

Schon damals hatte Dritter das Bild geschönt. Den Juden Aaron und seine etwas weltfremde Frau Lysbeth hatte er beim ersten Treffen vor ihr versteckt. Sonst hätte sie ahnen können, dass in dieser Familie nicht alles von purem Gold war, und seinen Bruder Johann und dessen dreizehn Kinder hatte Dritter ihr nie offenbart, das war zufällig vor ein paar Tagen aufgeflogen, als eine Todesanzeige ins Haus flatterte: Johann Wolkenrath wurde beerdigt. Darunter eine lange Liste von Kindern. Dritter hatte die Anzeige vor Marthe nicht so schnell verschwinden lassen können, wie er es beabsichtigt hatte. Also hatte er ihr Rede und Antwort stehen müssen.

So hatte sie erfahren, dass dieser Bruder der Auslöser dafür gewesen war, dass Dritter mehr als vier Jahre im Gefängnis gesessen hatte. Auch das eine Sache, die er ihr nicht gestanden hatte, die sie erst von dem Arzt erfahren hatte, der 1941 die Ehetauglichkeitsuntersuchung durchgeführt hatte. Was verschwieg Dritter ihr noch? Mittlerweile hielt Marthe alles für möglich.

Aaron und Lysbeth waren ihr inzwischen die liebsten Familienmitglieder. Für deren Unterstützung bei ihrer ersten Geburt, der von Alexander dem Vierten, würde sie ihnen auf ewig dankbar sein. Die beiden hatten auch sofort das Gartenzimmer geräumt, damit Dritter und seine Familie ein eigenes Zimmer bekamen. »Früher hat die Tante da gelebt, jetzt wohnt ihr da, wir haben viel übrig für nette Nachbarn.« So waren die beiden.

Wenn sie ehrlich zu sich war, so wusste Marthe, dass sie das für Aaron und Lysbeth nicht getan hätte. Sie hätte es wahrscheinlich für niemanden getan, denn sie hatte den Eindruck, dass man im Leben seinen Platz erobern und behaupten musste, ihn freiwillig herzugeben, grenzte an Dummheit.

In dieser Hinsicht traf sie sich mit Dritter, in jeder anderen Hinsicht unterschieden sie sich voneinander wie ein Buch und ein Hammer. Sie hatten keinen Schnittpunkt, selbst bei ihren drei Söhnen war Marthe nicht davon überzeugt, ob ihr Mann und sie sich in der Liebe zu den

Jungs trafen. Für Dritter erfüllten die drei gewisse Aufgaben: Alex sollte höher hinaus, er sollte Abitur machen und zeigen, was in Dritter gesteckt hätte, wenn er in seiner Entfaltung nicht durch die widrigen Umstände seiner Herkunft beschnitten worden wäre. Wilhelm sollte seinem Vater zur Hand gehen, er war praktisch veranlagt, so hatte Dritter entschieden und ihn bereits auf der Flakstation zu einfachen Arbeiten herangezogen, was leicht gewesen war, weil Onkel Wertmann, der im Grunde genommen den Laden geschmissen hatte, es verstanden hatte, Wilhelm so zu begeistern, dass der Junge ihm wie ein Welpe folgte. Und Peter, was war Peter für Dritter? Marthe wusste es nicht, denn Dritter übersah seinen dritten Sohn meistens, sie vermutete jedoch, dass er stolz auf dessen hübsches Gesicht und seine anschmiegsame Art war. Vielleicht bot Peter seinem Vater auch eine gewisse Befreiung von seinen Pflichten als Ehemann. Peters Zärtlichkeiten, seine körperliche Nähe, der Duft seiner Haut, die Berührung durch seine weichen Hände, all das beglückte Marthe mehr, als Dritter sie je hatte beglücken können. Peter konnte seine Mutter um den Finger wickeln, und er tat es auch. Marthe war nicht in der Lage, ihm zu widerstehen, allein bei Peter empfand sie eine Wärme und Liebe, die sie vielleicht früher für ihre Mutter empfunden hatte, die ihr aber ihr Mann und auch ihre beiden älteren Söhne nicht zu entlocken vermochten.

Ihre Liebe zu Peter flößte ihr eine Art von Verzeihen für Dritter ein, denn er hatte sie ja mit dem Jungen geschwängert, aber das schmälerte nicht ihren Hass. Vor allem hasste sie Dritter dafür, dass er sie in eine Falle gelockt hatte, aus der es kein Entrinnen gab. Er war siebenundfünfzig Jahre alt, sie ging auf die vierzig zu.

»Du hast mir meine Jugend gestohlen!«, hatte sie ihn angeschrien, als er ihr gestanden hatte, dass sie Ratekau verlassen und vorerst im Haus seiner Eltern, das nun das Haus seiner Geschwister war, unterkriechen mussten. Und er hatte ihr noch mehr gebeichtet, nämlich, dass er seinen Erbanteil bereits verwirkt hatte, indem er seinen ihm zustehenden Teil des Hauses als Sicherheit für Kredite gegeben hatte. Diese Kredite hatte er nicht abzahlen können, und also hatte Jonny Maukesch ihn bei den Gläubigern ausgelöst. Nun war Jonny Eigentümer des Hausanteils, der einmal Dritter gehört hatte. Es war Dritter ziemlich dreckig gegangen bei diesem Gespräch, und Marthe hatte gemerkt, dass er bei ihr Trost und Verständnis suchte für den Reinfall, den er mit seiner Firma erlitten hatte, in der er mit Herden beginnen und dann aber mit größeren industriellen Produkten fortfahren wollte. Er war der Hoffnungsträger der englischen Verwaltung von Ratekau gewesen, aber er hatte alles in den Sand gesetzt.

Nein, Marthe hatte ihm nicht den Trost und die Wärme geben können, die er sich von ihr erhoffte. Sie war eiskalt geworden, und schließlich war all das, was seit Jahren in ihr brodelte, aus ihr herausgebrochen wie bei einem Vulkan, und sie hatte geschrien: »Du hast mir meine Jugend gestohlen! Jetzt sitze ich hier mit drei Kindern und einem alten Mann, was soll bloß aus mir werden?« Sie war heulend aufgestanden, hatte Dritter abgeschüttelt und war hinausgerannt in die dunkle Nacht, die auf der ehemaligen Flakstation nur von dem Licht in ihrem Schlafzimmer erhellt wurde. In dieses Schlafzimmer hatte sie nicht zurückgewollt. Aber natürlich war sie dorthin zurückgekehrt, denn wo auf der Welt hätte sie sonst hingehen können?

Nun war sie hier in diesem Haus gefangen. Der einzige Platz, wo sie sich einigermaßen wohl fühlte, war ihr Bett, und die einzige Tätigkeit, die sie irgendwie beruhigte, war das Lesen von Romanen und neuerdings des *Spiegel*. Luise Solmitz, die im Haus gegenüber wohnte, versorgte sie täglich mit literarischem Nachschub, lachend sagte sie: »Du frisst die Bücher ja geradezu.« Aber man hörte ihr an, dass ihr Marthes Interesse an Literatur gefiel.

Manchmal weinte Marthe, aber selten. Dafür reichte ihre Kraft nicht, die verbraucht wurde von den notwendigsten hausfraulichen Verrichtungen, die sie ebenfalls hasste. In Ratekau hatte sie nicht kochen müssen. Auch die Wäsche hatte sie nicht waschen müssen. Sie hatte sich darum gekümmert, dass alles getan wurde, sie hatte den Überblick gehabt, darin war sie gut, darin war sie Dritter überlegen, der sich in all seinen Ideen und Plänen verlor, kaum hatte er das eine begonnen, liebäugelte er schon mit dem nächsten. Marthe wusste, wann die Wäsche gewaschen werden musste, wann die Kartoffeln zur Neige gingen, wann der Nachbarin ein Besuch abgestattet werden musste, damit sie freundlich gestimmt blieb. Marthe wusste auch, wie sie mit Major Tom umgehen musste, damit er für die Aufrechterhaltung der Privilegien von Dritter und seiner Fabrik sorgte. Marthe empfing Dritters Geschäftsfreunde und führte mit ihnen Gespräche, die denen lange in Erinnerung blieben, weil sie klug, gebildet und charmant war. Aber Marthe war keine deutsche Hausfrau. Sie hasste deutsche Hausfrauen vielleicht ebenso sehr wie sie Dritter hasste.

Der einzige Mensch – Lysbeth und Aaron vielleicht ausgenommen, aber die waren fast nie da, weil sie so viel arbeiteten –, mit dem sie sich in der Kippingstraße gut verstand, war Luise Solmitz, auch wenn diese ungefähr im gleichen Alter wie Dritter war und Marthe einen Abscheu gegen Menschen in Dritters Alter entwickelt hatte. Luise war ebenfalls keine Hausfrau. Sie beschäftigte ein Mädchen, sogar während der scheußlichen Jahre unter Hitler hatte sie eine Haushaltshilfe gehabt, obwohl das damals bestimmt nicht leicht für sie gewesen war, weil ihr Mann Jude war, worüber heute niemand mehr sprach, auch Luise und er selbst nicht. Man wusste nicht genau, war er nun Jude oder vielleicht nur halb oder gar nicht, immerhin war er doch Major im Ersten Weltkrieg gewesen, aber in der Nachbarschaft wurde gemunkelt, und auch Cynthia ließ Bemerkungen darüber fallen, dass es Schikane gegen ihn und Luise und auch gegen ihre Tochter Gisela gegeben hatte, die heute in Belgien wohnte. Oder war es Frankreich? Egal. Luise sprach fließend Englisch und Französisch, genau wie Marthe, die ja als Aupair in London gewesen war, also konnten die beiden in ihre Gespräche immer mal wieder kleine Redewendungen einflechten, die jemand Stumpfsinniges und Engstirniges wie Cynthia nicht verstehen konnte. Das brachte Marthe Spaß. Wenn sie zum Beispiel zu Luise summte: »Too late now …«, und damit ja nicht nur Englisch sprach, sondern auf den Film *Königliche Hochzeit* anspielte mit Fred Astaire und Jane Powell in den Hauptrollen, und Luise fortführte: »… to forget your smile«, und Marthe dann wieder brummte, denn singen war ihr nicht gegeben: »Too late now …« und Luise fortfuhr: »… to forget and go on …«, dann stand Cynthia daneben und verstand nur Kauderwelsch, denn sie hatte weder den Film gesehen, noch konnte sie den Song verstehen, noch wusste sie, dass die Filmsongs von Fred Astaire und Jane Powell auf einer Schallplatte verewigt worden waren, die Luise besaß und die Marthe und Luise sich schon mehrmals angehört hatten, weil ihnen die Lieder so sehr gefielen, besonders das von Jane Powell mit dem Schmelz der hingegebenen Liebe gesungene *It's too late now.* In solchen Situationen fühlte Marthe sich etwas entschädigt für die vielen täglichen kleinen Demütigungen.

Marthe liebte auch den Five o'Clock Tea, den sie mit Luise und manchmal mit deren Mann Fred zelebrierte, so richtig auf englische Art. Wenn sie danach allerdings in das gegenüberliegende Haus zurückkehrte, in dem sie jetzt wohnte, fiel der Hass sie nur umso heftiger an, schnürte ihren Atem ab und ließ sie von innen brennen.

Sie hasste die Hunde, von denen sie sich eingeengt und bedroht fühlte, sobald sie ins Haus trat. Sie hatte Cynthia schon aufgefordert, die »Tölen« gefälligst in ihren Räumen zu halten, aber Cynthia hatte nur in schneidender Zuckersüße geantwortet: »Liebste, das Treppenhaus ist auch unser Raum und die Herrschaftsküche ebenfalls.« Für diesen Ausdruck »Herrschaftsküche« hasste Marthe ihre Schwägerin ganz besonders. Was war denn daran herrschaftlich? Es fiel kaum Licht hinein, der Herd musste mit Brikett oder Holz geheizt werden, die Kacheln an den Wänden waren teilweise abgefallen und diejenigen am Fußboden vergilbt. Früher einmal hatte es einen Speisenaufzug gegeben, der von der Küche nach oben in das Zimmer führte, das heute Cynthias und Eckhardts Schlafzimmer war. Aber dieser Speisenaufzug war schon lange durch einen Fußboden versperrt, der in die Wohnung in der Beletage gezogen worden war. Als Marthe ihren Mann nach diesem Lastenaufzug gefragt hatte, hatte er geantwortet, dass dieser schon verschlossen gewesen war, als seine Mutter Anfang der Zwanzigerjahre das Haus gekauft und so für Mann und fünf Kinder ein Zuhause gefunden hatte.

Herrschaftlich also! Besonders herrschaftlich war ja wohl, dass die von Cynthia und Eckhardt gezüchteten Windhunde in der Küche ihr Geschäft verrichteten, wenn es draußen regnete oder wenn Cynthia keine Lust hatte, die *Tölen* zu bewegen, was besonders oft vorkam, wenn Stella nicht da war, die die zwölf Hunde regelmäßig an der Leine ausführte, was aussah, als wäre sie ein griechischer Gladiator. Aber Stella hielt sich schon seit geraumer Zeit in London bei ihrem Liebhaber Anthony auf, diesem berühmten Dichter, dessen Werke Marthe nicht anrührte. Sie hätte sie ja lesen können, sie war des Englischen mächtig, aber sie empfand so viel Hass gegen die gesamte Familie Wolkenrath, oft sogar Aaron und Lysbeth eingeschlossen, obwohl sie sich ihrer Ungerechtigkeit bewusst war, dass sie es einfach nicht über sich bringen konnte, einen Roman von Anthony Walker zu lesen. Schlimm genug, dass Stella nun, nachdem ihr Mann Jonny Maukesch als Kapitän abgehalftert war, denn er war ein eindeutiger Nazi gewesen, sich als nächsten Lover einen berühmten und dazu reichen Schriftsteller angelacht hatte. Es wäre einfach zu viel gewesen, wenn Marthe jetzt auch noch hätte zugeben müssen, dass sie seine Schreiberei interessant fand.

Wenn Stella in London weilte, okkupierte Jonny die Wohnung oben, hielt dort Hof und lud Leute ein, die aus dem alten Naziclan stammten und jetzt wieder zu Macht gelangten. Jonny fand sich nicht damit ab, in Hamburg nichts beeinflussen zu können. Er war ein Macher, auch wenn er kein Schiff mehr befehligte.

Leider hatte Dritter sich mit Jonny komplett überworfen, denn Jonny hatte ihm seinerzeit Geld überlassen, mit dem Dritter in Ratekau ein Schwein für ihn mästen sollte. Nur hatte Jonny das Schwein nie erhalten, weder lebend noch geschlachtet. Dritter hatte manchmal bei seinen Geschwistern gut Wetter gemacht, indem er ihnen einen Schweinebraten aus Ratekau brachte, häufiger jedoch versprach und wie so viele seiner Versprechen nicht hielt, aber das komplette Schwein blieb aus. Zudem hatte Jonny einen aberwitzigen Gerichtsprozess gegen Dritter geführt, weil Jonny ihm vor dem Krieg eine Schreibmaschine zum Gebrauch überlassen, diese aber nie zurückbekommen hatte. Dritter hatte die Schreibmaschine nicht zurückgeben können, zunächst, weil er sie für seine Firma brauchte, auf dieser Schreibmaschine tippte seine Sekretärin, später dann, weil er sie mit dem übrigen Inventar verkauft hatte, denn er brauchte das Geld dringend, um seine Schulden zu bezahlen. Dritter stopfte immer ein Loch, indem er ein anderes Loch aufriss, so war er.

Einmal war Jonny sogar nach Ratekau gekommen und hatte Dritter verprügeln wollen. Das hatte für ihn aber nicht gut geendet, weil Dritter stärker war als er. Jonny war raffinierter als Dritter, er hatte schon nach dem Ersten Weltkrieg, wie erzählt wurde, konspirative Kontakte gepflegt, die zum Kapp-Putsch und später sogar zu Hitlers Machtausweitung in Hamburg geführt hatten, gleichzeitig blieb er aber immer im Schatten. Jonny sah in seiner Kapitänsuniform mit den ausgepolsterten Schultern und den Bügelfalten auch sehr stark aus, aber Dritter kannte sich nun mal im Straßenkampf aus, er hatte im Gefängnis gesessen, er hatte sogar in Ratekau noch geritten, auch wenn es nur auf einem Ackergaul gewesen war, aber selbst den vermochte er allein mit geradem Rücken, angelegten Schenkeln und drängenden Hacken zu dirigieren. Dritter wusste, wie und wohin er schlagen musste, damit es weh tat und der andere außer Gefecht gesetzt wurde.

Von Jonny war also nicht das geringste Entgegenkommen zu erwarten, was Räume betraf. Also war den Jungs strengstens verboten worden, auch nur einen Fuß auf die erste Stufe der Treppe zu setzen, die nach oben führte, wo Tante Stella und manchmal Onkel Jonny wohnten.

Zum Glück besaß Jonny den Anstand, nicht seine Mätresse mit in die Kippingstraße zu bringen, aber das lag wohl vor allem an Greta, die, wie Stella einmal gesagt hatte, eine Frau von feinem Charakter war, und außerdem an Jonnys geisteskranker Tochter Walburga, die er wahrhaftig durch die Nazizeit gerettet hatte, indem er sie nach Namibia geschickt hatte. Das Gerücht ging, dass Greta und Walburga der Zeit dort nachtrauerten, aber das konnte Marthe nicht beurteilen.

Ihr Hass gegen Jonny hielt sich in Grenzen. Sie entschuldigte sein aufgeblasenes Gehabe, wenn er in der Kippingstraße auftauchte, damit, dass Stella ihn zum Gehörnten gemacht hatte. Und dass er Dritter hasste, verstand sie auch, obwohl es ihr damals Genugtuung verschafft hatte, als Jonny mit eingezogenem Schwanz und einigen blauen Flecken aus Ratekau geschlichen war und sich fortan auf gerichtliche Auseinandersetzungen beschränkt hatte.

Wen sie hasste wie die Pest, schlimmer als die Pest, wie die Krankheiten, die ihre Kinder dahingerafft hatten, wie die Unfähigkeit der Ärzte, ihre Kinder zu retten, wie Dritters Trieb, der ihr immer die nächste Schwangerschaft beschert hatte in einer Zeit, wo sie selbst nicht satt wurde, das war Cynthia und alles, was mit Cynthia zusammenhing.

Dieser Hass beruhte auf Gegenseitigkeit. Cynthia versuchte, ihr eins auszuwischen, wo sie nur konnte. Wenn Marthe und Dritter nicht da waren, ließ Cynthia die Hunde durch deren Zimmer nach hinten in den Garten, und es war jetzt schon zweimal vorgekommen, dass einer der Hunde auf dem Teppich Dreckspuren hinterlassen hatte, die auch Kotspuren hätten sein können, bestimmt sogar waren, wie Marthe durchs Haus brüllte, als sie ihr Zimmer betrat. Da lief sie über vor Wut, und kurze Zeit später hörte sie, wie Cynthia zu ihrem Mann sagte: »Das Proletenweib unten hat wieder nicht an sich halten können.«

Proletenweib. Das war ungefähr die größte Beleidigung, die man Marthe zufügen konnte. Sie war stolz auf ihre Bildung, ihre Kultur, ihre Welterfahrenheit. Sie hatte Abitur gemacht, hatte als Sekretärin gearbeitet, sprach Englisch und Französisch, las Bücher und Zeitungen, trank Five o'Clock Tea, wieso, bitte schön, war all das proletenhaft? Und trotzdem gab es ihr jedes Mal einen Stich, was wahrscheinlich daran lag, dass sie ihre Situation in diesem Haus als sozial sehr inferior und, aber das gestand nur sie selbst sich ein, ihren Mann im Grunde als proletenhaft empfand. Aber wenn sie das dachte, schob sie es schnell beiseite und, trotz allem Hass, entschuldigte sie Dritter mit den widrigen Umständen und Zeiten, doch sie hatte Schwierigkeiten damit, diese Entschuldigungen selbst zu glauben.

## 3

Wie Mauern versperrten die Häuser den Blick auf die Welt dahinter. Am Ende der kleinen Straße bog Wilhelm nach rechts ab, wäre er nach links geschert, hätte er an seiner Schule vorbeilaufen müssen, wo er in die zweite Klasse ging, aber von Schule hatte er für diesen Tag genug. Auch hatte er bereits erkundet, dass in dieser Richtung wenig Chance auf freie Sicht bestand. Also nach rechts.

Bei der nächsten Abzweigung hielt er kurz inne. »Einmal um den Block darfst du laufen. Weiter nicht«, hatte die Mutter gemahnt, die sich in ihrer alten Heimat in Ratekau nie darum geschert hatte, wie lange er von zu Hause fortblieb.

Seine Beine waren zwar kurz und dünn, doch sie waren erprobt darin, weite Entfernungen zurückzulegen. In Ratekau hatte er während des vergangenen Jahres täglich eine ziemlich lange Strecke zur Schule laufen müssen, das schreckte ihn nicht im Geringsten. Nun reckte sich in seinem Kopf allerdings der mahnende Zeigefinger der Mutter.

Rund um den Block herum sah man nur Häuser, da gab es kein einziges leeres Grundstück, auch nicht aus Trümmern, das wusste er bereits. Nach kurzem inneren Kampf besiegte Wilhelms Sehnsucht nach freiem Himmel das Verbot der Mutter, das ihm ohnehin keine übermäßig große Furcht einjagte. Eine Drohung des Vaters hätte ihn mehr geschreckt, denn er hatte die Erfahrung gemacht, dass der Vater ihm mit seinen Schlägen nicht nur weh tun, sondern ihn in einen Zustand versetzen konnte, den er bis dahin nicht gekannt hatte, wo ihm nämlich alles egal war und er nicht einmal mehr Angst hatte zu sterben, sondern sich nur noch wünschte, tot zu sein.

Diese Furcht hatte der Vater Wilhelm in jener denkwürdigen Nacht gelehrt, an die er sich nicht gern zurückerinnerte, die aber kurz vor dem Einschlafen oder beim Aufwachen oder manchmal sogar beim Spielen plötzlich einfach da war, mit all den Gefühlen, die dazugehörten und einer Angst, die ihm die Luft abschnürte. Damals hatte er das Auto von Papas Geschäftsfreund verschönern wollen, indem er es mit einem Messer auf der Höhe unterhalb der Fenster einmal an jeder Seite sorgfältig einritzte. Es sollte richtig schön aussehen, er hatte Zeit und Mühe hineingelegt, damit eine gerade Linie jede Seite des Autos verzierte. Die Reifen des schönen dunkelblauen Autos waren von einem weißen Kreis rund um die Felgen geschmückt. Das hatte Wilhelm gefallen, das Dunkelblau des Autos, das Schwarz der Reifen und der weiße Kreis darauf. Bei einem anderen Auto hatte er einmal einen silbernen Streifen unterhalb der Fenster gesehen, von Kotflügel zu Kotflügel. Er hatte seinem Vater und dem Geschäftsfreund, an dessen Namen er sich beim besten Willen nicht erinnerte, eine Freude machen wollen. Doch sein Vater hatte den schlafenden Wilhelm ohne Vorwarnung aus dem Bett gezerrt und vermöbelt, bis Wilhelm sich wünschte, tot zu sein. Besonders schlimm war gewesen, dass der Vater nichts erklärt, ihn einfach nur gepackt und geprügelt hatte. Die einzigen Worte, die er durch seine zusammengebissenen Zähne ausgestoßen hatte, waren: »Das tust du nie wieder oder ich schlag dich tot!« In Wilhelm war ein fürchterliches Durcheinander entstanden, in diesem Durcheinander gab es die Frage nach dem Warum, denn er wusste nicht, was er falsch gemacht hatte, und es gab diesen Schmerz, denn der Vater hatte ziemlich viel Kraft, und es gab die Frage, ob der Vater ihn jetzt schon totschlagen wollte oder erst beim nächsten Mal, und dann gab es den Wunsch, es möge aufhören, und die Hoffnung, dass es schneller aufhören würde, wenn er nicht schrie und weinte, denn der Vater mochte keine Memmen, und Jungstränen waren ihm verhasst. Also hatte Wilhelm die Zunge zwischen die Zähne geschoben und fest drauf gebissen, so hielt er sich vom Schreien ab, gleichzeitig linderte dieser Schmerz auf eine fast tröstliche Weise den Schmerz, den die Schläge ihm zufügten. Erst als das Blut ihm das Kinn herablief und auf sein Nachthemd tropfte, ließ der Vater von ihm ab.

Wilhelm konnte sich nicht vorstellen, dass der Vater ebenso viel Aufmerksamkeit darauf richten würde, ob Wilhelm sich weiter als einmal um den Block entfernte, wie auf das Auto seines Geschäftsfreundes. Der ja auch nicht mehr Vaters Geschäftsfreund war, so viel hatte Wilhelm begriffen, denn der Vater hatte keine Geschäftsfreunde mehr. Die hatten ihn alle fallengelassen, und in Wilhelm zuckte manchmal die Angst, dass dieser eine Geschäftsfreund, an dessen Namen er sich beim besten Willen nicht erinnerte, den Vater vielleicht fallengelassen hatte, weil Wilhelm sein Auto kaputt gemacht hatte. Denn das wusste er heute: Der Lack eines Autos war wie dessen Kleidung, und in eine Hose oder ein Hemd schnitt man ja auch nicht willkürlich oder riss einen Schlitz hinein. Inzwischen hatte Wilhelm natürlich begriffen, was er da Dummes angestellt hatte und dass das ein teurer Schaden gewesen war, den er verursacht hatte, aber inzwischen war er ja sieben Jahre alt und wusste über Autos mehr als sein älterer Bruder Alex, der schon aufs Gymnasium ging.

Nur wenige Schritte, und Wilhelm hatte eine breite Straße erreicht. Hier gab es Neubauten neben Trümmergrundstücken, hier brummte von Zeit zu Zeit ein Auto über das Kopfsteinpflaster, und Wilhelm sagte leise vor sich hin die Namen: *Isetta, Hanomag, Volkswagen, Tempo, …* Dann wieder rumpelte eine Droschke über die steinernen Kinderköpfe, vorne saß ein Kutscher, der den Gaul mit einer Peitsche antrieb. Dazwischen schoben Männer Lastkarren mit Steinen oder anderem Baumaterial, beladen von Frauen, die es auf den Grundstücken zusammensammelten, wo die Häuser von den Engländern und Amerikanern zerbombt worden waren.

Hier nicht rechts abzubiegen und dann wieder rechts und dann wieder rechts in die Kippingstraße zurückzukehren, wuchs sich nun doch zu einer Gefahr aus. Dem Vater wäre es vielleicht egal, wie weit Wilhelm lief, aber wenn die Mutter sich beim Vater über ihn beklagte, würde der für Räson sorgen.

Doch die Sehnsucht, die Wilhelm antrieb, war sogar stärker als die Angst vor dem Vater. Der Vater hatte gesagt, Hamburg habe einen wunderschönen großen See in der Mitte der Stadt, außerdem hatte er gesagt, Hamburg sei eine Hafenstadt, da führen große Schiffe den Fluss entlang. Das wollte Wilhelm sehen. Also stapfte er auf seinen dünnen kurzen Beinen weiter und weiter von zu Hause fort. Von Straße zu Straße wuchsen die Häuser, als wollten sie Schabernack mit ihm treiben. Staunend blieb er stehen, als eine Straßenbahn an ihm vorbeifuhr und eine Menge von Geräuschen verursachte, die er so noch nie gehört hatte, sie zischte auf ihren Schienen, dann knallte sie, als wollte sie von den Schienen springen, dann quietschte sie, weil Wilhelm direkt neben einer Haltestelle stand, und nach einem schrillen Klingeln setzte sie sich mit einem Geräusch von unwilliger Anstrengung wieder in Bewegung.

Wilhelm ging weiter, an Grundstücken vorbei, die ihm den Blick auf den Himmel freigaben, weil zwischen zwei Häusern eines oder zwei verschwunden waren. An manchen Wänden konnte er noch erkennen, wie die Wohnungen tapeziert gewesen waren, die es dort einmal gegeben hatte. Aber so weit er auch ging, ein See oder Fluss tat sich vor seinen Augen nicht auf. Trotzig stapfte er weiter, wollte nicht klein beigeben. Irgendwann würde sich schon alles verkehren, die Häuser würden schrumpfen, und dann wäre er endlich im häuserfreien Raum, dort, wo sich der Himmel nicht nur über ihm, sondern auch vor ihm, neben ihm, hinter ihm erstrecken würde. Wo sich der See vor ihm zu erkennen gäbe und er sich im glänzenden Spiegel betrachten könnte. Wo es Bäume gäbe und zwitschernde Vögel. Wo er sich auf den Boden fallen lassen, die Erde riechen und seine Gedanken zu den Wolken schicken könnte. Wo er sich endlich wieder Geschichten nach der Gestalt der über ihn herjagenden oder spazierenden oder gemütlich bummelnden Wolken erträumen und erzählen könnte.

Er wanderte stundenlang durch Hamburg. Sie hatten Mai, er war schon seit einem Monat in Hamburg, in dieser Zeit waren die Abende länger geworden, ebenso wie Wilhelms Ausflüge. Auch hatte sich der Geruch der Erde verändert, aber lange nicht so, wie er es aus Ratekau kannte. Die Straßen kamen ihm vor wie Gefängnisse, die Häuser waren die Wärter. Sie ließen ihn nicht hinaus, dorthin, woher er kam, wo sein Zuhause war, dorthin, wo es Erde und Bäume und Wasser und Himmel gab. Als die Dämmerung einsetzte mit einem diesigen Grau, das sich über das legte, was vom Himmel übriggeblieben war, kehrte er um.

Eine Weile schaute er einem Gasanzünder zu, wie der mit seinem langen Stock an einer Schnur zog und die Laternen zum Flackern brachte. Erst jetzt merkte er, dass er sehr weit gelaufen war. Seine Beine schmerzten, er war hungrig und durstig. Aber er setzte sich wieder in Trab, und bald bewegten sich seine Beine wie von allein. Auf dem Land hatte er gelernt, sich unter freiem Himmel weit von zu Hause zu entfernen und jederzeit wieder zurückzufinden, das half ihm auch in dieser Steinwüste, sich zu orientieren: Hier gab es ein Haus mit einem Engel über der Haustür, hier ein Trümmergrundstück, hier eine Bäckerei. Er hatte sich Orientierungspunkte gemerkt, wie er es stets getan hatte. Doch den freien Himmel hatte er nicht gefunden.

Als er vor das Haus seiner Tanten trat, gab es einen Moment der Heimeligkeit und Geborgenheit, wo es sich gut und warm in Wilhelm anfühlte. Im Erdgeschoss schimmerte Licht durch die zugezogenen Vorhänge, auch durch die kleinen Fenster zu ebener Erde, hinter denen die Küche im Souterrain lag, in die ein Etagenbett für Wilhelm und seinen kleineren Bruder Peter gestellt worden war, ließ ein Lichtschimmer ahnen, dass unten Menschen waren, er also nicht allein sein würde.

Das Gefühl der Geborgenheit verschwand schnell, als er die Haustür öffnete, die wie immer unverschlossen war. Wilhelm besaß mit seinen sieben Jahren bereits einen starken Sinn für die Schönheit, die ihn im Vorflur empfing. Die in matten Farben gemusterten Kacheln, rot und grün, die bunten Fenster in der Tür zwischen Vorflur und Haus, die eine Blume zeigten, das alles machte ihn irgendwie froh, aber es flößte ihm zugleich Ehrfurcht und Angst ein. Seine Eltern hatten ihm und seinen Brüdern eingeschärft, dass sie keinen Krach machen, nicht herumtoben, nichts zerstören oder irgendwie von seinem angestammten Platz entfernen durften. Wilhelm fürchtete, ja, er war sich gefährlich sicher, dass der Vater wieder diesen Blick bekommen würde, den er damals gehabt hatte, sollte Wilhelm in diesem Haus irgendetwas kaputt machen.

Kaum hatte er das Treppenhaus betreten, war er von einer Horde aus zwölf schwanzwedelnden Hunden umgeben. Wilhelm streichelte über das glatte Fell derjenigen Hunde, die sich am dichtesten an ihn drängten, er flüsterte einige Hundenamen, die ihm gerade einfielen, und schob sich durch die Masse der Leiber hindurch, um zur Treppe zu gelangen, die nach unten ins Souterrain führte.

Da stockte er, denn aus der Wohnung von Tante Cynthia und Onkel Eckhardt drangen die zornig keifende Stimme seiner Tante und die aufgebrachte schnarrende seines Onkels. »Ich mache das nicht länger mit, was bildet sich dieses Pack ein? Sie ist so arrogant, heute hat sie mich nicht mal gegrüßt, und ihre Bastarde, die stinken das Klo voll!« Das war Tante Cynthia. Onkel Eckhardt war schwerer zu verstehen. »Ich habe einen Brief ans Gericht geschrieben, die müssen ihn raussetzen.« »Dein Bruder ist schlimmer als die Pest! Er lügt und betrügt, was das Zeug hält. Wieso bist du nicht Manns genug, ihn ohne Gericht rauszusetzen?«

Sanft schob Wilhelm die Hunde weg und schlich nach unten. Er wusste genau, über wen die beiden sprachen, und zwar über seine Eltern und seine Brüder, und über ihn selbst. Seine Eltern taten ihm leid, besonders seine Mutter. Die sagte zuweilen in einem ähnlichen Ton wie seine Tante Cynthia, dass sie es in diesem asozialen Haus keinen Tag länger aushalte. Sein Vater beruhigte sie dann jedes Mal mit der Aussicht auf den baldigen Umzug in das Haus in der Johnsallee. Sobald die Wohnung im Parterre frei wäre, sagte er, wären sie dort, und das könne nur noch wenige Wochen dauern.

Wilhelm hoffte, dass es bald so weit wäre, gleichzeitig hatte er Angst davor, denn dann würde er schon wieder die Schule wechseln müssen. Er hasste den Augenblick vorne vor der Klasse, wo die Lehrerin, eine Hand auf seine Schulter gelegt, seinen Namen nannte: Wilhelm Wolkenrath. Immer, wenn dieser Name fiel, wurde gelacht oder wenigstens gekichert. Einer tat es immer, und dann stimmten andere ein, auch wenn die Lehrerin strenge Augen machte oder sogar die Grinser mahnend beim Namen nannte. Wilhelm hatte sich entsetzlich gefühlt. Was war so falsch an dem Namen? Wolke und Rat. Das war doch schön, er selbst liebte die Wolken, und er empfand es so, dass sie ihm oft Rat erteilten, und sei es nur der, auf der Wiese liegen zu bleiben und die Veränderung der Gestalten zu verfolgen, die über ihn hinwegglitten.

Die Küche unten, in der das Etagenbett stand, war dunkel und kalt und stank nach Hund. Hier bekamen die Hunde zu fressen, und wenn es draußen regnete, geschah es schon mal, dass sie ihr Geschäft auf dem Boden aus vergilbten schwarzen und weißen Kacheln verrichteten, weil die Tante sie nicht vor die Tür schickte. Wilhelms Mutter glaubte freilich, das sei Schikane, weil sie und der Vater in dem Zimmer schliefen, von wo die Tür in den Garten führte, und sie hasste die Hunde und hatte sich verbeten, dass die durch ihr Schlafzimmer hindurch in den Garten getrieben würden. »Wenn man sich so viele Hunde anschafft«, hatte sie Tante Cynthia ins Gesicht gezischt, »dann muss man auch dafür sorgen, dass die Hunde Auslauf haben.« Sie hatte nicht gesagt, dass die Tante ihren knochigen Hintern in Bewegung setzen und der armen Welt präsentieren müsse. Das hatte sie nur dem Vater gesagt. Allerdings so laut, dass Wilhelm vermutete, dass die Tante es gehört hatte.

Vorsichtig tappte Wilhelm über den Flur im Souterrain. Das Gartenzimmer lag direkt rechts unten neben der Treppe. Durch den Türschlitz leuchtete Licht. Also war jemand da, wahrscheinlich die Mutter, und sehr wahrscheinlich lag sie im Bett und las, wie sie es in der letzten Zeit fast immer tat.

Aber wo war Peter, wo Alex? Manchmal beneidete Wilhelm seinen Bruder Alex, der oben bei Tante Cynthia und Onkel Eckhardt schlief, seit er ein Jahr vor dem Rest der Familie nach Hamburg gekommen war, um die Prüfung fürs Gymnasium zu absolvieren. Tante Cynthia hatte ihn darauf vorbereiten sollen, und sie hatte es ja wohl auch so gewollt. Alex hatte die Prüfung trotzdem nicht bestanden, aber der Vater hatte dem Direktor des Gymnasiums einen ganzen Kasten mit Ochsenschwanzsuppe in Dosen und einen zweiten mit Dosenwürstchen zukommen lassen – »Lehrer sind nicht überbezahlt, nicht einmal Schulleiter«, hatte er der Mutter erklärt, und Wilhelm und auch Alex hatten es deutlich gehört –, und deshalb hatte Alex die Prüfung wiederholen dürfen und auch bestanden, ob wegen der Geschenke oder weil er es wirklich besser gemacht hatte, wusste Wilhelm nicht und, wie er vermutete, auch Alex nicht. Wilhelm wusste, dass Alex sich schämte, das sah er ihm einfach an. Dabei tat Alex immer so, als wüsste er viel mehr als Wilhelm und als wäre Wilhelm einfach zu dumm, um zu verstehen, womit Alex sich beschäftigte. Wilhelm glaubte sogar, dass sein Bruder Alex sehr viel klüger war als er selbst und dass er ganz gewiss nicht verstand, was in der fünften Klasse gelernt wurde, war ihm doch der Unterricht in der zweiten schon lästig und unverständlich, aber er war sich ziemlich sicher, dass Alex sich immer noch schämte, weil er die Prüfung nicht bestanden hatte, obwohl die Tante ihr ganzes »Herzblut«, wie sie sagte, hineingelegt hatte.

Wilhelm kannte sich mit Scham aus. Er schämte sich, weil er so klein war. Und weil er es beim besten Willen nicht fertigbrachte, auf der Bank in der Klasse still sitzen zu bleiben, wenngleich er schon tausendmal in der Ecke hatte stehen müssen, weil er schon wieder aufgestanden war. Seine einzige Chance, sitzen zu bleiben, war, aus dem Fenster zu schauen und den Wolken hinterherzuträumen, aber das missfiel der Lehrerin ebenso, als würde er durch das Klassenzimmer laufen, um zu schauen, was die anderen geschrieben oder gemalt hatten.

Wilhelm schämte sich auch, weil er diese entsetzlichen Strickhosen tragen musste. In Beige, Babyblau, oder, das war noch am besten, Dunkelblau. Aber seine Mutter hatte diese Hosen von der Nachbarsbäuerin in Ratekau geschenkt bekommen, und also musste er sie tragen. Seine Mutter strickte nicht, die las. Seine Mutter nähte auch nicht. Also musste er die von der Nachbarsbäuerin gestrickten entsetzlich hässlichen und babyhaften Hosen tragen, kein Wunder, dass die anderen Jungs über ihn lachten.

Er legte sich auf sein Bett und hing seinen Träumen nach. So vergaß er seinen Hunger und seinen Durst. Einmal würde er ein chromblitzendes dunkelblaues Auto fahren, mit weißen Reifen und einem weißen Verdeck. Er würde ganz lässig den Arm auf die Fensteröffnung legen, und alle Leute würden neidisch gucken. Unter seinen Händen spürte er bereits den glatten Lack der Karosserie. Er sah sich, wie er einen schicken dunkelblauen Anzug trug und blauweiße Gamaschenschuhe, ebenso wie sein Vater.

Als der Hunger unerbittlich in seinen Magen kniff, erhob er sich und schlich sich ins Zimmer, wo seine Mutter angezogen und ausgestreckt auf dem Bett lag, neben dem eine kleine Lampe leuchtete. Vor dem Bett auf dem Boden spielte Peter selbstvergessen mit einem Spielzeugauto. Sie lächelte Wilhelm an und schlug leicht mit der linken Hand auf die Bettkante, womit sie ihm bedeutete, sich neben sie zu setzen, was er gern tat. Sie richtete sich auf und umarmte ihn. »Na, mein Großer, hast du schon deine Hausaufgaben gemacht?« Er nickte, wohl wissend, dass sie es nicht überprüfen würde.

Seine Mutter hatte also nicht mitbekommen, dass er Stunden fort gewesen war, wie sie ohnehin wenig von dem mitbekam, was mit ihren beiden älteren Söhnen geschah. Das schmerzte Wilhelm nicht, ihn schmerzte, dass er den See und den Fluss nicht gefunden hatte. Aber er gab sich nicht geschlagen.

Am kommenden Tag auf dem Pausenhof, der wie ein Gefängnishof zwischen aufragenden Häusern lag, erlitt er wieder wie an den Tagen zuvor das Schicksal des Zugelaufenen, des Flüchtlings, des nicht zum Rudel Gehörigen, des Anderen und Fremden. Er wurde ausgelacht wegen seiner handgestrickten blauen Hose, und die anderen ließen ihn, so glaubte er zumindest, nur beim Fußball mitspielen, weil es sich so gehörte und weil Tante Hermine, die Klassenlehrerin, es so befohlen hatte.

Als die Schule vorbei war, geschah es, wie leider häufig, dass Hermann, der Größte der Klasse, ihn, unterstützt von johlenden und vor lauter Gewaltlust sabbernden Jungs, vor die Brust schlug, immer wieder, bis er, zurückgetrieben, die kalte Mauer am Rücken spürte. Hermann wollte ihn nicht sofort außer Gefecht setzen, das war Wilhelm klar, denn das hätte Hermanns Machtdemonstration zu schnell ein Ende gesetzt, wenn auch ein triumphales, aber Hermann gefiel sich – und den anderen sabbernden Zweitklässlern – mehr darin, die Quälerei in die Länge zu ziehen. Hermann war keiner, der einem Frosch den Kopf abschlug, Hermann riss ihm einzeln die Gliedmaßen ab, bis ein noch lebendiger Frosch nicht wusste, was ihm geschah, so zuckend und voller Schmerz, aber ohne die gewohnte Begrenzung des Körpers.

Wilhelm schloss die Augen und ließ Hermann gewähren. Er zog sich auf seinen Lieblingsplatz zurück, auf die Wiese neben dem See, umgeben von Büschen und schimmernden Bäumen, über sich den Himmel. Und er flog in die Höhe zu der Wolke, die in unglaublicher Geschwindigkeit dahinflitzte, fort, über andere Seen, andere Bäume, über die Erde, die diesen warm-feuchten Geruch verströmt.

»Jetzt ist aber Schluss hier!«, vernahm er eine donnernde Stimme. »Bender, du kommst mit!« Finger bohrten sich in seinen mageren Oberarm und zerrten an ihm. »Bist du in Ordnung, Wolkenrath?« Er öffnete die Augen und schloss sie schnell wieder. Das war Lehrer Wiese, und er wusste, dass keiner den mochte. Dessen Freund wollte er ums Verrecken nicht sein. Trotzdem war er ihm dankbar, weil er ihn gerettet hatte, heute zumindest.

## 4

Es war ein lieblicher Junitag. Der blassblaue Himmel spannte sich fröhlich über der Hamburger Alster, die kippligen Wellen auf dem See zerstückelten sein Spiegelbild in lauter funkelnde Scherben.

Marthe und Luise spazierten wie viele andere über den sanft geschwungenen Weg, der die Alster umrundete, in lebhaftes Gespräch vertieft. Beide Frauen interessierten sich für Politik, Luise seit jeher, Marthe, seit sie festgestellt hatte, dass es absolut nötig war, um in einer Gesellschaft gebildeter Menschen nicht bei den Frauen sitzen und über Kinder und Haushalt sprechen zu müssen.

»Was sagst du zur Stalin-Note?«, gab Luise, wie meistens, den Impuls, und Marthe griff ihn sofort auf. Sie war stolz darauf, im Bilde zu sein, was Luise mit der Stalin-Note meinte, manche Frau hätte vielleicht an Musik gedacht und nicht an den Vorschlag, den Stalin den Staaten unterbreitet hatte, die einst seine Verbündeten im Kampf gegen Hitler-Deutschland gewesen waren. Nachdenklich wiegte sie den Kopf hin und her, eine kluge Bemerkung vorbereitend, da sagte Luise schon: »Im Grunde befürworte ich es, ein neutrales einheitliches Deutschland zu bilden, und auch, dass Stalin meint, dass wir eigene Streitkräfte in beschränktem Ausmaß haben dürfen, gefällt mir, andererseits traue ich ihm nicht.«

Marthe rekapitulierte rasch im Kopf, was sie über diese Note wusste. Im März 1952 hatte Russland den drei anderen Besatzungsmächten eine diplomatische Note über die Lösung der deutschen Frage überreicht. Stalin hatte eine Viermächtekonferenz vorgeschlagen, des Weiteren, dass alle Kriegsteilnehmer mit Deutschland einen Friedensvertrag abschließen sollten, an dessen Ausarbeitung eine gesamtdeutsche Regierung beteiligt werden solle. Über die Bildung dieser Regierung müssten sich die Alliierten einigen. Die genaue Note hatte sie nie gelesen, aber sie erinnerte sich vage, vor kurzem durch die geschlossene Tür hindurch gehört zu haben, wie sich Lysbeth über Adenauer und die Hinhaltetaktik der Westmächte aufregte. Aber das hatte sie ausgeblendet, wie sie ohnehin versuchte auszublenden, was zwischen Aaron und Lysbeth im Nebenzimmer vorging, das nur durch eine dünne Holzschiebetür und durch einen davorgeschobenen Schrank von dem ihren getrennt war.

»Eigentlich finde ich es gut, wenn wir wieder ein einheitlicher deutscher Staat werden, und ich finde es auch richtig, wenn wir neutral werden, so können wir nicht noch einmal in irgendeinen Krieg hineingezogen werden«, sagte sie vorsichtig, unsicher, ob Luise diese Meinung teilte.

Deren ernstes Kopfnicken deutete Zustimmung an. »Mich ängstigt Adenauers Verschwisterung mit den Amis, Amerika, das ist doch die pure Kulturlosigkeit«, stieß sie aus.

»Wir brauchen Amerika«, erklärte Marthe kategorisch. »Ohne Amerika wären wir nicht, wo wir jetzt stehen. Man muss sich entscheiden: Wollen wir Fortschritt, dann müssen wir dem amerikanischen Traum nacheifern, oder wollen wir zu dem Deutschland zurück, einheitlich und so weiter, das uns doch in das Übel geführt hat.«

»Ich wüsste nicht, dass Stalin von einem Nazideutschland gesprochen hat«, versuchte Luise zu scherzen, aber Marthe war nicht zu scherzen zumute. Ohnehin war ihr in diesen Tagen nicht zu scherzen zumute, aber jetzt ging es ausnahmsweise mal nicht um Cynthia, sondern um die Zukunft Deutschlands. Marthe war eine leidenschaftliche Verfechterin der Freundschaft mit Amerika. Alles, was aus Amerika kam, begeisterte sie. Der Jazz, die technischen Errungenschaften, die

Autos, einfach alles. Amerika war ein wenig wie England in groß, leider hatten die Amis kein Königshaus, das war bedauerlich.

Luise äußerte die Befürchtung, dass Deutschland zugrunde gehen würde. »Wenn die Amerikaner unsere Kultur schlucken, hören unsere jungen Leute nur noch jaulenden Jazz und tanzen Swing oder so.«

Marthe schluckte. Sie liebte Jazz, sie freute sich enorm auf das Konzert von Louis Armstrong im Oktober in der Ernst-Merck-Halle. Sie war fest entschlossen, dort hinzugehen, gleichgültig, wie teuer die Karten waren und ob Dritter mitkäme, der für Konzerte nicht viel übrig hatte. Und Swing? Das war doch wohl die Musik- und Tanzbewegung in Deutschland gewesen, in der sich die Anti-Hitler-Jugend zusammengefunden hatte. Das war zwar überholt, die Leute in New Orleans, wo Louis Armstrong herkam, tanzten ganz anders, wie sie den Fotos aus der verrückten Stadt des Blues und Jazz entnommen hatte, aber müsste Luise nicht aufgrund ihrer Erfahrung mit antijüdischer Schikane jeder Deutschtümelei skeptisch gegenüberstehen?

Sie wollte sich jedoch mit Luise auf keinen Fall überwerfen, also wechselte sie das Thema. »Ist eigentlich etwas darüber bekannt, ob wir im nächsten Jahr wieder einen Karnevalsumzug haben werden?«

Luise hob die Hand vor den Mund und kicherte verschämt wie ein Mädchen. »Fred kennt Bruno Georges gut, unseren Polizeichef, vielleicht hast du ihn bei uns schon eingehen sehen, wuchtig-korpulente Figur, ein Mann mit Humor und guten Nerven.«

Marthe überlegte. Hatte der nicht seine Beamten die Gummiknüppel gegen demonstrierende Studenten schwingen lassen, die, sie erinnerte sich schemenhaft, dafür demonstriert hatten, Preiserlass für Fahrkarten zu bekommen? »Und unser Polizeiführer war für Karneval?«, fragte sie vorsichtig.

Wieder kicherte Luise. »Ja, aber er geriet in Bedrängnis. Adolph Schönfelder, der Präsident der Bürgerschaft, wurde nämlich ordentlich zornig, als die heißblütigen Hamburger Karnevalisten ernsthaft verlangten, der Rathausplatz solle in eine Tanzfläche verwandelt werden. Da sagte Schönfelder, er werde die Zustimmung zu einer Überschreitung der Bannmeile nicht geben. Und dann mit aller Deutlichkeit: »Wir haben damals die Studenten nicht hereingelassen, als sie wegen ihrer Schülerkarten protestierten; wie können wir jetzt beim Karnevalsrummel eine Ausnahme machen?«

Marthe dachte nach. »Der Maskenball im Curio-Haus hat doch

Tradition. Ich bin dort als sehr junge Frau gewesen.« Sie errötete. Der Maskenball im Curio-Haus war damals, als sie nach Hamburg kam, kurz vor der Machtergreifung der Nazis, eine sehr freizügige Veranstaltung gewesen. Wieder kicherte Luise: »Wer Dag for Dag sien Arbeit deit / Un jümmers op'n Posten steiht / Un deit dat goot un deit dat geern / De kann sick ok mal amüseern!« Marthe starrte die Nachbarin an. »Du sprichst ja Platt«, staunte sie. Luise nickte eifrig, »Das sollte eine Hamburgerin auch. Aber mit Karneval hat das natürlich nicht viel zu tun.«

»Was haben wir überhaupt mit Karneval zu tun?«

»Wir müssen wirtschaftlich wieder auf die Beine kommen!« Luises Stimme klang wie die einer Politikerin. »Es steht ganz außer Zweifel, dass es einen wirtschaftlichen Verlust für Hamburg bedeutet, wenn die Norddeutschen ihr Geld nach Köln, München und neuerdings sogar nach Lübeck tragen, anstatt viele tausend fremde Gäste nach Hamburg zu ziehen.«

»Aha, es geht also darum, dass die Hamburger das Geld zu Hause ausgeben und Fremde herlocken, die es hier ausgeben? Wo bleibt da der Frohsinn?« Marthe merkte, dass sie zu ironisch klang. Luise vertrat doch offenkundig die Idee des Hamburger Karnevals, der früher, wenn er überhaupt gefeiert worden war, in Hamburg Fasching hieß. Der Umzug in diesem Jahr war Karnevalsumzug genannt worden, auch wenn es sich nur um einen jämmerlichen Abklatsch der altbekannten Umzüge in den einschlägigen Städten wie Köln oder Düsseldorf oder Mainz gehandelt hatte. Ich muss meine Zunge zügeln, ermahnte sie sich, sonst habe ich nachher niemanden mehr, der mir wohlgesinnt ist und mit dem ich um die Alster spazieren kann.

»Fasching ist immer ein Geschäft!«, betonte Luise. »Die Lübecker haben im vorigen Jahr einen unbeschreiblichen Erfolg gehabt.«

»Ja«, stimmte Marthe zu. »Aber anders als in Hamburg haben Bürgermeister und Senatoren dort Ernst mit dem Humor gemacht. Sie säten Papiergirlanden und ernteten Lächeln auf den Gesichtern der Geschäftsleute. Hunderttausend Besucher feierten in der Innenstadt, die trotz der Bombardierung immer noch mittelalterlich ist. Dritter und ich waren dort. Es gab einen Rosenmontagszug und Kussfreiheit für Polizisten!« Schon wieder ironisch, dachte sie beschämt. Aber sie fand den Karneval im Norden einfach lächerlich. Da stimmte Luise ihr überraschend zu: »In der Tiefe unserer norddeutschen Seele sind wir nicht für den Karneval geschaffen, da müssen wir ehrlich sein. Das passt nur in den katholischen Westen oder Süden. Aber wir müssen uns eben anstrengen.«

Marthe lachte: »Für die Schweden ist Lübeck eine südliche Stadt und mit den Kanälen und heiteren Wassergräben fast so wie Venedig. Und die Masken rund um das mittelalterliche Rathaus sahen hübsch aus.«

»Es gibt ja um Lübeck auch so viele Flüchtlinge. Die Katholiken unter ihnen kennen den Sinn von Karneval. Sie wissen, dass auf die Faschingszeit die Fastenzeit folgt; sie gehen zur Kirche und nehmen das Aschenkreuz. Für die übrigen geht die Saison der Kostümbälle weiter. Sie tanzen und heben den Fremdenverkehr.«

»Genau das erklärt, warum der Karneval bei uns nicht so gefeiert werden kann wie in Köln oder München. Humorvoll sind wir ja.« Nun war Marthe in ihrem Element. »Es gibt kein seelisches Bedürfnis, *vor* eine allgemein gehaltene Fastenzeit Wochen voll von Saus und Braus zu setzen.« Luise stimmte zu. »Ja, es geht bei uns nur darum, den Fremdenverkehr zu heben; ein Verfahren, das ganz erstaunlich wäre, wüsste man nicht, dass allenthalben die Stadtsäckel leer und die Ausgaben beträchtlich, ja elendig hoch sind. Noch zu keiner Zeit drängten die Menschen wie die Behörden so sehr zum Gelde wie heute. Alle deutschen Städte – mögen sie auch viertelweise noch in Trümmern liegen – haben die Parole, den Fremdenverkehr zu heben.«

»Es kommt mir vor wie ein neues Ideal: Die Menschen sollen von ihren Wohnorten weggelockt werden, und sei es in die übernächste oder wenigstens die nächste Stadt.«

»Fred und ich haben das Reisen immer schon geliebt, aber nun soll wohl auch der Plebs dafür begeistert werden.«

Marthe zuckte wie immer zusammen, wenn von »Plebs« die Rede war. Sie hatte entsetzliche Angst, dass Luise sie durchschauen könnte in ihrer Armut und Dritters Bankrott. Und dass sie dann auch von ihr als von »Plebs« sprechen könnte.

»Lysbeth ist beim Hamburger Karneval gewesen«, sagte sie hastig. »Sie hat gesagt, dass gar keine Stimmung aufgekommen ist. Nur als ein Polizist neckisch in die Höhe geworfen worden ist, hat sie vereinzelt Lacher gehört. Aber es gab keine Bonbons ...« »Kamelle werden die im Rheinland genannt«, warf Luise ein. Marthe fuhr fort: »Es gab nicht mal eine Kapelle. Alle haben staunend am Straßenrand gestanden, aber der Funke ist nicht übergesprungen.«

»Ja, man ist ziemlich einhellig der Meinung, dass der Faschingszug ein Fehlschlag war«, gab Luise zu. »Die Wagen waren wohl dürftig zurechtgemacht, eher ein Reklamezug einzelner Firmen.«

Am Ende ihres Spaziergangs kehrten sie mit müden Beinen und von der Sonne geröteten Wangen in dem runden Café an der Binnenalster ein, dem Alsterpavillon, der nach den Zerstörungen des Krieges wieder aufgebaut worden war. Er war proppenvoll, zum Glück erwischten die beiden Frauen noch einen freien Tisch. So zelebrierten sie ihren Five o'Clock Tea an einem der schönsten Plätze Hamburgs.

Als Marthe nach Hause zurückkehrte, fühlte sie sich leicht und jung. Die täglichen Probleme, von denen Dritter ihr vorstöhnte, waren weit entfernt. Ihr ausgestellter Rock schwang fröhlich hin und her, ihre Pumps klackerten selbstbewusst die Treppen hinunter. Sie betrat ihr kleines Zimmer, um sich aufs Bett zu werfen und ein wenig auszuruhen, da sah sie es, vor allem aber roch sie es: Die Hunde waren wieder durch ihr Zimmer getrampelt, der Teppich, das einzige Stück, das sie von ihrer Mutter aus der Gärtnerstraße nach Scharbeutz und von dort nach Ratekau gerettet hatte, ein Perser, den die Mutter damals von ihren Ersparnissen gekauft hatte, um die Wohnung in der Gärtnerstraße wohnlich zu gestalten, ein wertvolles Stück und noch wertvoller durch die Erinnerungen daran, war von einem großen Haufen Hundekot besudelt. Es stank erbärmlich. Marthe stieß einen kleinen Schrei aus, warf ihre Pumps von sich, um schneller laufen zu können, rannte die Treppen hinauf zum Klo, riss Papier von der Rolle, bis sie einen Stapel in der Hand hielt, rannte wieder nach unten und klaubte den schmierigen Haufen auf. Sie vermied es zu atmen, in ihrer Wut drohte sie zu ersticken. Unmöglich, alles aufzuheben, es war zu schmierig, sie wischte den Rest mit dem Papier fort, aber dabei rieb sie es nur umso stärker in den Teppich, verzweifelt wischte sie immer weiter. Sie sollte heute Nacht hier schlafen!

Schließlich gab sie auf. Sie wickelte das Klopapier um den Hundekot, so dass sie ihn nicht mehr sehen musste, und ging energischen Schritts nach oben. Sie legte den Papierhaufen, der die weiche Masse enthielt, vor die Schlafzimmertür ihrer Schwägerin und ihres Schwagers, öffnete das Papier behutsam ein wenig, so dass sich zwischen dem Weiß etwas Braun zu erkennen gab. Dann erst ging sie ins Badezimmer und wusch sich so gründlich die Hände, wie sie es letztes Mal vielleicht getan hatte, nachdem sie ihren zweiten Sohn beerdigt hatte.

Als sie das Badezimmer verließ, hielt sie einen kurzen Moment inne, bevor sie einen Entschluss fasste, der ihre weiteren Schritte lenkte. Sie eilte nach unten, zog ihre Pumps wieder über, öffnete zum Lüften die Tür zum Garten, eilte die Treppe wieder hinauf und verließ das Haus, um schräg gegenüber kurz darauf die Tür des Solmitz'schen Hauses zu öffnen, die, wie fast alle Häuser in dieser Straße, nicht abgeschlossen war.

Luise war gerade damit beschäftigt, das Abendessen für Fred und sich zu bereiten, sie sah Marthe überrascht an. »Tut mir leid, dass ich störe«, sagte diese und versteckte ihre Gefühle, die ihr die Kehle und die Luft abschnürten, unter einem hochgereckten Näschen und einer sachlichen Stimme, »aber ich hatte vergessen, dich zu fragen, wo du deinen Teppich hast reinigen lassen. Ich möchte meinen schon seit langem in die Reinigung geben, ein Perser, weißt du, Orient, meine Mutter hat ihn gekauft ...« Luise trocknete sich die Hände ab, irgendwie erkannte sie wohl die Dringlichkeit, denn das alles hätte eigentlich bis zum nächsten Tag warten können, und ging voraus in ihr kleines Biedermeierzimmer, wo der Schreibtisch stand, an dem sie ihre Post erledigte. Sie zog ihr ledernes Adressbuch hervor und nannte den Namen. »*Krauses Teppichreinigung,* wir waren wirklich sehr zufrieden.« Auf Marthes Bitte hin schrieb sie die Adresse und die Telefonnummer auf einen kleinen Zettel. Marthe dankte artig, entschuldigte sich noch einmal für die Störung und verschwand.

Im Haus der Wolkenraths gab es schon seit Jahren einen Telefonapparat, etwas, das beileibe nicht viele Haushalte in Hamburg besaßen. Marthe zögerte keinen Augenblick, wählte die Nummer, und nach kurzer Unterredung hatte sie verabredet, dass der Teppich am kommenden Morgen abgeholt und nach erfolgter Reinigung in einer Woche wieder zurückgebracht würde.

Sie registrierte, dass die Hundekacke vor der Tür verschwunden war. Sie vernahm keinen Laut aus Cynthias Räumen. Das machte ihr aber jetzt nichts mehr aus, sie hatte einen Plan.

Unten rollte sie den schweren großen Teppich, der das ganze Zimmer ausfüllte, auf dem das Bett und alle anderen Möbel standen, zusammen, indem sie die jeweils im Wege stehenden Möbel schob, anhob, weg- und wieder hinbewegte. Das alles tat sie auf ihren Pumps, ohne darüber nachzudenken, dass es barfuß leichter wäre, das fiel ihr erst auf, als Lysbeth ins Zimmer trat und sie staunend bei ihrem Werk betrachtete, bis sie, ohne zu fragen, ihre Schuhe auszog und Marthe half, den Teppich zusammenzurollen.

Am kommenden Morgen wurde er abgeholt, und auf die Frage nach dem Begleichen der Rechnung antwortete Marthe: »Das macht meine Schwägerin, Cynthia Wolkenrath, auf deren Namen stellen Sie bitte auch die Rechnung aus.« Der freundliche dicke Mann mit dem schwarzen Schnauzbart, der aussah, als würde er sich hervorragend mit persischen Teppichen auskennen, weil er vielleicht sogar selbst welche geknüpft oder zumindest aus Persien nach Deutschland geschafft hatte, zögerte keine Sekunde, notierte sich den Namen und sagte, der Teppich komme in einer Woche zurück. »Der sieht dann aus wie neu, gnädige Frau, Sie werden begeistert sein.« »Daran hege ich keinen Zweifel«, antwortete Marthe mit ihrem charmantesten Lächeln und stöckelte auf ihren Pumps, die sie nur ablegte, wenn hoher Schnee lag oder Matsch die Hacken in die Tiefe saugte, in ihr nun teppichfreies Zimmer im Souterrain hinab.

Eine Woche später konnte sie sich von der Arbeit des Schnauzbarts überzeugen. Er hüpfte mit dem Teppich auf der Schulter die Treppen hinab und breitete ihn im Gartenzimmer auf dem Boden aus. »Sie haben ja Kräfte wie ein Bär«, lobte Marthe ihn und zückte ihr Portemonnaie für das Trinkgeld. »Na, hab ich zu viel versprochen?«, fragte er stolz. Marthe sparte nicht mit Bekundungen ihrer Hochachtung für seine Leistung. Am Schluss nahm sie die Rechnung in Empfang und verabschiedete sich unter Beteuerungen, dass sie ihn jederzeit bei Bedarf wieder in Anspruch nehmen und außerdem wärmstens weiterempfehlen werde. Sie schloss die Tür hinter sich, schlich die vier Stufen hinauf zu Cynthias Beletage, schob die Rechnung unter der Tür hindurch und eilte wieder nach unten, wo sie sich über das gereinigte Stück freute. Inzwischen hatte sie so lange auf Dritter eingeredet, bis er ein Vorhängeschloss gekauft hatte, mit dem sie ihr Zimmer verriegelte, sobald sie es verließ. So war gewährleistet, dass die Hunde während Marthes Abwesenheit nicht durch ihr Zimmer in den Garten getrieben wurden.

Es dauerte nur wenige Minuten, bis Cynthia an die Tür des Zimmers donnerte, nicht wartete, bis Marthe sie hineinrief, sondern die Tür aufriss und sich vor Marthe aufbaute, die sich in Erwartung dieses Besuches mit einem Buch auf dem Bett drapiert hatte. Cynthia wedelte mit der Rechnung, als hätte sie eine Art Krampfanfall. Sie konnte vor Empörung kaum sprechen. »Du … hast … deinen … Teppich … reinigen lassen, dabei seid ihr Hungerleider …, was erdreistest du dich …« Die Rechnung zitterte dermaßen in ihrer Hand, dass Marthe versucht war zu lachen, was sie aber unterdrückte. Fast sorgte sie sich um den Gesundheitszustand ihrer Schwägerin. Die hatte einen feuerroten Kopf, atmete stockend und fuchtelte mit den Armen wild in der Luft. Marthe erhob sich und setzte sich auf die Bettkante. Hungerleider war zwar kein schönes Wort, aber sie beschloss, es Cynthia großmütig zu verzeihen. »Du hast es wahrscheinlich nicht mitbekommen, aber deine Hunde haben ihr Geschäft auf unserem Teppich verrichtet«, sagte sie würdevoll. »Es war uns nicht zuzumuten, in einem Zimmer zu schlafen, das nach Hundekot stinkt.« Sie war sehr zufrieden mit sich, sie hätte ja auch Scheiße statt Kot sagen können, aber sie war eine gebildete Frau, die sich gebildet auszudrücken vermochte.

Cynthia fühlte sich aber attackiert, wie es schien, dabei hatte Marthe nur die Fakten aufgezählt, die dazu geführt hatten, dass sie den Teppich in die Reinigung gegeben hatte. »Du … du …«, schnaubte sie mühsam. Und dann brach es aus ihr heraus wie ein Schwall aus einem überlaufenden Gulli: »Du bist eine faule Schlampe, stiehlst dem Herrn den Tag, liegst auf dem Bett, kümmerst dich nicht um deine Kinder, und dann kannst du nicht einen kleinen Fleck auf dem Teppich selbst wegmachen?« Ihre Stimme steigerte sich zum Stakkato. Marthe überlegte, ob sie ihrer Schwägerin das Wort Schlampe verübeln sollte. Aber nein, Cynthia war gerade dabei, die Contenance zu verlieren, das war bedauerlich, aber verständlich, denn sie war eine geizige Ziege, und die Rechnung für die Teppichreinigung war eindeutig auf ihren Namen ausgestellt. Marthe angelte mit den Füßen nach ihren Pumps, die vor dem Bett lagen. Irgendwie gaben die Pumps ihr das Gefühl von Größe, auch wenn sie gar nicht die Absicht hatte, sich hinzustellen. Cynthia sollte sich austoben und verschwinden. Der Roman, den Marthe leider gerade hatte beiseite legen müssen, war sehr interessant.

Aber Marthes Ruhe und Würde feuerten Cynthia in ihrer Wut nur noch mehr an. »Du bist die mieseste Frau, die Deutschland je gesehen hat!«, schrie sie, »dich müsste man anzünden und verbrennen, verschwinde hier aus unserem anständigen Haus!« Das war dann doch zu viel. Marthe gelang es immer noch, ihre Wut zu zügeln. Hass bewahrt Contenance. Sie lehnte den Kopf leicht zurück, so gelang es ihr, selbst von unten noch auf Cynthia herabzublicken. »So so, verbrennen«, sagte sie. »Wie in Ausschwitz, so meinst du das wohl …«

Die Besatzer hatten die Deutschen mit Rundfunksendungen über die Konzentrationslager nicht zimperlich bedacht. Da war manch einem übel geworden, und seitdem gab es kaum noch einen, der jemals Nazi gewesen war. Man konnte sich nur wundern, wie Hitler in diesem Deutschland der Demokraten an die Macht kommen konnte. Auch Cynthia besaß keinerlei Erinnerungen mehr an ihre Schwärmerei für Hitler, heute schwärmte sie für Adenauer, den sie für den Retter nicht nur Deutschlands, sondern des gesamten Abendlandes hielt, das ihr neuerdings sehr am Herzen lag.

Anscheinend hatte Marthe die Schwägerin mit ihrer Bemerkung so in die Defensive getrieben, dass diese nur noch stoßweise atmen konnte, was irgendwie komisch aussah. Sie hatte schmale Lippen und kleine Augen, beides verschwand nun noch mehr, während sie nach Luft schnappte wie ein Fisch. Marthe konnte nicht anders, sie musste grinsen. Sie wusste selbst, dass das ungeschickt war, aber sie konnte es sich nicht verkneifen.

Da trat Cynthia sie gegen das Schienbein, zwar nicht besonders kraftvoll, trotzdem tat es weh. Außerdem überschritt sie damit eine Grenze. Marthe war eine kleine äußerst zierliche Frau, die von ihrer Mutter nie geschlagen, sondern immer wie ein Püppchen behandelt worden war. Auch Dritter hatte sich niemals körperlich an ihr vergangen. Marthe hielt sich auf ihre körperliche Unversehrtheit etwas zugute. Schließlich lebten sie in Zeiten, in denen vielen Menschen körperliche Schmerzen zugefügt worden waren, ganz besonders Frauen und Kindern. Sie erhob sich langsam, baute sich vor der einen Kopf größeren Frau auf und sagte mit bebender Stimme: »Das machst du nicht noch einmal!« Cynthia wurde dadurch nur noch angefeuert. Sie riss beide Arme nach vorn und schubste Marthe, die wieder aufs Bett fiel. Da wurde Marthe heiß, und sie empfand etwas, das sie noch nie empfunden hatte. Später fragte sie sich, ob es vielleicht eine Art Erregung oder Leidenschaft gewesen war, die ihr sonst fremd waren. Sie sprang auf, als wäre sie durch eine Sprungfeder im Bett hochgeschnellt, und boxte Cynthia dabei in den Bauch, nicht, weil sie sie in den Bauch boxen wollte, sondern weil ihre Fäuste gegen das schnellten, was vor ihr lag, und das war Cynthias Bauch. Cynthia krümmte sich und schrie. Aber nun hatte Marthe ihre Contenance verloren. Sie schlug rechts und links auf Cynthia ein und brüllte: »Das fürs Verbrennen, das für die Schlampe, das für den Hungerleider, das für die Hundekacke, das für dein beschissenes Gekeife …!« Sie hätte ewig so weitermachen können. Sie war so richtig in ihrem Element. Ein Element, von dem sie bislang nicht gewusst hatte, dass es ihres war. Sie schrie und schlug auf die sich krümmende, die Hände schützend vor sich haltende Frau ein. Wimmernd wich Cynthia zurück, bis sie gegen die Tür lehnte. Marthe schlug weiter auf sie ein. Da öffnete sich die Tür, Cynthia fiel nach vorn auf die Knie. Sie bedeckte ihren Kopf, und aus dem kauernden Körper drangen abscheuliche Geräusche. Marthe wollte gerade mit ihren Pumps gegen diesen widerwärtigen Kloß treten, da wurde sie festgehalten. »Was hast du mit meiner Frau gemacht?«, schrie eine männliche Stimme. Marthe schüttelte den Kopf, um durch den Nebel aus wütendem Toben erkennen zu können, wer da vor ihr stand. Eckhardt war das. Die Hosenträger hingen herunter, ohne Brille sah er seltsam aus. Er wirkte, als hätte er gerade geschlafen. »Frag deine Frau, was sie mit mir gemacht hat«, sagte Marthe mit einer Stimme, die Eckhardt hätte die Kehle durchschneiden können, so scharf war sie. Er half seiner Frau auf die Beine und stützte sie. So verließen sie das Zimmer. »Das wird ein juristisches Nachspiel haben«, sagte er, bevor er die Tür hinter sich verschloss.

## 5

*B*innen kurzem erhielt Dritter die Klageschrift des Anwalts wegen Körperverletzung und betrügerisch erschlichenen Wohnrechts. Es war nicht das erste in gedrechseltem Deutsch verfasste Schreiben, das Eckhardts Anwalt ihm zukommen ließ, und Dritter machte es genauso, wie er es bisher gemacht hatte: Er schrieb seinerseits einen Brief. Darin drückte er auf die Tränendrüsen, erbat Verständnis für seine schwierige Situation als Familienvater von drei Söhnen und auch für die nervliche Überlastung seiner Frau angesichts erbärmlich stinkender Hundekothaufen in ihrem Schlafzimmer. Er wusste, dass der Anwalt Schwierigkeiten haben würde, die Sache vor Gericht gegen Dritter durchzudrücken, denn der Familienzusammenhalt war ein christlicher Wert, und christliche Werte wurden in der westdeutschen Republik unter Adenauer hochgehalten. Sollte Eckhardt und sein Anwalt das Ganze wirklich weiter verfolgen, würde er, Dritter, *seinen* Anwalt einen Schriftsatz verfassen lassen müssen, in dem es in gewisser Weise um Kinder gegen Windhunde gehen würde. Es gab nur wenige Richter, so vermutete Dritter, deren Herz stärker für Windhunde schlug, und diejenigen, bei denen dies der Fall war, würden sich hüten, dieses in einem Urteilsspruch zu veröffentlichen.

Dritter hatte gegrinst, als Marthe ihm den Hergang der Prügelei geschildert hatte. »Geschieht ihr recht, der Schachtel«, hatte er bemerkt, dann aber sorgenvoll hinzugefügt: »Wir müssen uns zurückhalten, Schatz, wir sind auf die Bagage angewiesen.« Das war das Allerschlimmste für Marthe: Auf Cynthia angewiesen zu sein.

Sie warf Dritter zwar vor, in seinem Leben nichts als Fehler gemacht zu haben, aber insgeheim fürchtete sie, dass sie es nicht viel besser angestellt hatte. Für einen ihrer größten Fehler hielt sie, Alexander, ihren ältesten Sohn, vor einem Jahr in die Obhut von Cynthia und Eckhardt gegeben zu haben, weil sie nicht wollte, dass er auf der Dorfschule verblödete, sondern in Hamburg aufs Gymnasium kam. Das war zwar gelungen, aber Marthe entgingen nicht die fatalen Veränderungen ihres Sohnes. Er hielt sich jeden Nachmittag bei seiner Tante auf, die mit ihm Hausaufgaben machte. Als Marthe vorschlug, dass er das doch mit ihr machen könnte, sagte er mit unsicherem Lächeln: »Ich will Tante Cynthia nicht verärgern, sie hat viel Gutes für mich getan.«

Marthe hatte aufbegehren wollen: »Was hat die Kuh schon Gutes für dich getan, außer dir einen Stock statt Rückgrat reinzuschieben?« Aber sie schluckte den Satz hinunter. Sie wollte ihren Sohn nicht verletzen. Sie sah, was aus ihm wurde, und es tat ihr in der Seele weh. Das war kein lebendiger fröhlicher Junge mehr, das war ein verkleideter Erwachsener. Ja, Cynthia hatte ihn sogar eingekleidet. Er trug selbst jetzt im Juni noch lange Hosen und ein Jackett. So konnte ein Junge doch nicht spielen! Aber Alex gelüstete es auch nicht nach Spiel, wie er mit dem ernsthaften Gesicht eines vertrockneten Fünfzigjährigen betonte. Er las, was er zwischen die Finger kriegen konnte, vor allem Zeitungen. Seine Ansichten besorgten Marthe ebenfalls. Für ihn waren Russen Menschenfresser, Adenauer war der deutsche Erlöser, er kam noch vor dem Messias, von dem Alex zum Glück nichts hielt, und die Kommunisten machte er sogar für die Massaker an den Juden verantwortlich.

»Wie kommst du darauf?«, fragte Marthe ein ums andere Mal, fassungslos, einen solchen Sohn zu haben, und jedes Mal gab er ihr mit der Miene eines Oberstaatsanwaltes eine Erklärung, die sich so überheblich und dumm und überhaupt nicht kindlich anhörte, dass es Marthe gelüstete, ihrer Schwägerin den Hals umzudrehen. Ich habe sie noch nicht genug geboxt, dachte sie dann in blutrünstigen Anfällen. Ich hätte ihr meine Zähne ins magere Fleisch hauen sollen.

Nachdem sie aber vor den Sommerferien zu einem Gespräch mit Alex' Klassenlehrerin gebeten worden war und dieses auch stattgefunden hatte, änderte sich einiges. Zuerst wedelte sie ihrer Schwägerin Cynthia mit zornigen Händen vor dem Gesicht herum, ebenso wie diese es einen Monat zuvor mit der Rechnung der Teppichreinigung getan hatte. »Hier hast du's!«, schrie sie, als stände etwas in ihren Händen geschrieben. »Jetzt hast du's! Alexander Wolkenrath hat bis jetzt in sämtlichen Fächern außer in Heimatkunde und Religion nicht das Klassenziel erreicht. Er beteiligt sich zu wenig und folgt insgesamt dem Unterricht nicht. Was hast du dir dabei gedacht, den Verstand meines Sohnes so verkommen zu lassen?« Sie schlug sich an den Kopf und stöhnte: »Was bin ich bloß vernagelt, wie konnte ich erwarten, dass eine geistig beschränkte Frau wie du einem Kind in der Schule helfen kann?«

Mit diesen Worten rannte sie aus Cynthias düsterem Wohnzimmer, bevor ihre Schwägerin einen Ton herausgebracht hatte.

Von diesem Tag an verbot Marthe ihrem Sohn, sich tagsüber in den verdunkelten Gemächern der Tante Cynthia aufzuhalten. »Das verkleistert das Gehirn«, erklärte sie. »Zum Denken braucht man Licht.« Alex blickte sich im Gartenzimmer fragend um. »Wie soll ich hier denn Hausaufgaben machen?« Das Zimmer bot zwischen dem Bett und dem Schrank einen schmalen Durchgang zur Gartentür, ansonsten war da kein Platz. Marthe schlug mit der flachen Hand kurz auf das Bett und sagte: »Kein Problem. Wir kaufen ein Tablett, das legst du dir auf den Schoß, und dann machen wir hier gemeinsam deine Hausaufgaben. Ich freue mich schon darauf.«

Während der Ferien musste er mit seiner Mutter täglich Englisch sprechen, sie wiederholte die Vokabeln, und nach Schulbeginn las sie mit ihm die Lektüre für den Deutschunterricht, sie kniete sich sogar in Algebra und Geometrie hinein, obwohl es so viele Jahre nach ihrem Schulbesuch eine Weile dauerte, bis der Stoff in ihr Gehirn zurückkehrte, aber dann war alles wieder da und bereitete ihr sogar Freude.

In den Klassenarbeiten erzielte Alex allmählich bessere Resultate, was sich aber beharrlich einer Verbesserung widersetzte, waren seine mündlichen Leistungen. Er brachte es einfach nicht fertig, vor der Klasse an der Tafel eine Aufgabe zu lösen. Das ging sogar so weit, dass die Deutschlehrerin Zweifel daran äußerte, ob er überhaupt sprechen könne, denn wenn er bei ihr den Mund aufmachte, stammelte er nur.

Dritter fand es peinlich, als Marthe ihm nach einer neuerlichen Unterredung mit der Lehrerin darüber berichtete. Sein Unmut betraf gleich mehrere Aspekte: Zum einen, dass Marthe sich überhaupt zu Besuchen in der Schule herabließ. Lehrer waren für ihn eine Art Dienstboten, die ihre Arbeit am Kind zur Zufriedenheit der Eltern zu verrichten hatten. Von denen ließ man sich nichts erzählen. Zweitens fand er es peinlich, dass sein Sohn stammelte. »In der Familie Wolkenrath werden ganze Sätze aus voller Brust geschmettert«, teilte er Alex mit und griff ihm dabei kräftig in den Nacken. »Die Familie Wolkenrath stammt von einem reichen Dresdner Kutschenunternehmer ab, der ein Gutshaus und viele Pferde und nicht wenige Diener und Knechte in Brot und Lohn hatte, und auch, wenn wir vorübergehend etwas in Schwierigkeiten geraten sind, die Wolkenraths, mein Sohn, die sind wer!« Dabei schlug er dem Jungen kräftig in den Rücken. Marthe sah besorgt, wie Alex zusammenzuckte und ihm die Tränen in die Augen traten. »Nicht so fest«, ermahnte sie ihren Mann, der daraufhin noch einmal gegen die Schultern seines Sohnes schlug, dieses Mal noch ein wenig stärker. »Weiber!«, dröhnte er. »Mein Sohn ist doch keine Memme!« Alex kniff Augen und Mund zusammen, doch Marthe sah, wie eine vereinzelte Träne aus seinem rechten Augenwinkel die Wange hinunterrann.

Wilhelm fiel selbstverständlich auf, wie seine Mutter sich mit seinem älteren Bruder beschäftigte. Mit Peter kuschelte sie ohnehin ständig. Peter war wie ein Körperteil von ihr. Manchmal fragte Wilhelm sich, ob sie Peter überhaupt bemerkte, wie er bei ihr herumwerkelte und spielte oder einfach nur kuschelte. Peter ging ja auch noch nicht zur Schule. Und Alex ging aufs Gymnasium. Für beide hatte die Mutter viel Aufmerksamkeit übrig. Wilhelm fragte sich manchmal, ob sie es bemerken würde, wenn er tot wäre. Es entwickelte sich zu einer seiner Lieblingsphantasien, denen er nachhing, wenn er auf der Kaifu-Wiese lag, die Hände unter den Kopf geschoben, die abgespreizten Ellbogen dehnten seine Brust auf angenehme Weise, seine Augen folgten den Wolken, die seine Aufmerksamkeit immer aufs Neue fesselten. Mal rasten sie über ihn hinweg, mal spazierten sie nebeneinander, als befänden sie sich in gemütlichem Tratsch, mal standen sie nahezu still, veränderten jedoch ihre Form von Schäfchen zu Wolf, von Maus zu Elefant.

Dort oben sah er sein Begräbnis. Seine Mutter, außerordentlich hübsch wie immer, in einem schwarzen schmalen Kleid, das Gesicht durch einen zarten Schleier verhüllt, der von ihrem kleinen Hütchen fiel, die Füße in schwarzen hochhackigen Schuhen, die in der Friedhofserde einzusinken drohten und ihr das Gehen erschwerten, weinte so sehr, dass sie ihren Mann um eins seiner großen weißen Stofftaschentücher bitten musste. Er sah, wie sie Peter ganz vergaß und der am Grab stehen blieb, weil er ja nie etwas tat, ohne dass seine Mutter ihm die Richtung wies. Er sah Peters unglücklichen verlorenen Gesichtsausdruck und dachte voller Genugtuung: Vielleicht bist du ja als Nächster dran. Aber er wusste, dass Peter nie dran sein würde, dafür liebte die Mutter ihn zu sehr. Wer dran sein würde, wäre Alex. Wilhelm bewunderte seinen großen Bruder. Der sprach Englisch und konnte beim Mühlespiel Zwickmühlen konstruieren, dass es Wilhelm wie Hexerei vorkam, und ihr Vater war sogar dabei, ihm Schach beizubringen, ein Spiel, das der Vater das »Königsspiel« nannte, und Wilhelm glaubte, dass es für Könige erdacht und von Königskindern gespielt würde, nicht von so einem gewöhnlichen Jungen wie ihm, der aufgescheuerte Knie hatte, eine gestrickte Hose trug und sich mit den Wolken unterhielt.

Wilhelm suchte oft nach einer Gelegenheit, wie er seinem Bruder seine Ergebenheit zeigen konnte, und als die sich endlich auftat, ergriff er sie mit all dem Mut, den er in seinem kleinen Leben angesammelt hatte.

Die Schule hatte wieder begonnen, den Sommer hatte er an vielen Tagen auf dem Gras am Kaiser-Friedrich-Ufer nahe der Isebek verbracht, diesen Fleck Erde hatte er auf seinen Streifzügen nach Wasser und freiem Blick gefunden, und er liebte ihn fast so sehr, wie er die Seen und die Erde und die Freiheit in Ratekau geliebt hatte. Die Isebek war zwar nicht so, wie sein Vater ihm die Elbe versprochen hatte. Da fuhren keine Schiffe, nur manchmal schmale Ruderboote, in denen sogar fünf Personen saßen. Da gab es auch keine hohen Wellen, und der Blick ging gerade mal bis zum gegenüberliegenden Ufer, aber man roch die Erde unter dem Gras, und man roch das Gras, und Wilhelm konnte dort liegen und mit den Wolken sprechen. Die Wolken hatten ihm manches beigebracht, zum Beispiel, wie schnell sich alles im Leben wandelte, und dass ein Wolfsgesicht genau so lustig grinsen konnte wie ein Schaf kurz vor dem Blöken. Alle hatten ihm versichert, dass sein Vater in einem recht hatte, nämlich mit der Aussage: Es werden auch wieder bessere Tage kommen. Daran glaubte Wilhelm ganz fest. Und das war der einzige Grund, warum er sich nicht in die Isebek stürzte, wo er unter Garantie ertrinken würde, denn er konnte ja nicht schwimmen. Der zweite Grund war seine Angst davor, wie es sein würde, wenn er sich am Wasser verschluckte und niemand da war, der ihn rausziehen würde.

Es war also kurz nach den Sommerferien, und Wilhelm schlug gerade die Richtung zur Isebek ein. Er hatte seit langem die Begrenzung: Nur um den Block laufen! ausgedehnt, es handelte sich in diesem Fall um genau zweieinhalb Blocks, aber er hatte von seinem Vater gelernt, dass man manche Sachen nicht so genau nehmen musste.

Da entdeckte er seinen Bruder Alex, der in seiner gebügelten Stoffhose, die bis zu den Knien reichte, und seinem kurzärmligen blauen Hemd, über dem er eine hellblaue Strickweste trug, jedem Kind auffallen musste, denn er wirkte extrem geschniegelt. Man konnte unschwer erkennen, was Alex vorhatte: In der Hand trug er eine Milchkanne aus silbernem Blech. Um die Ecke in der Schlankreye gab es einen Laden, wo Milch aus einem Trog ausgeschenkt und Butter aus einer Wanne entnommen, auf ein Papier geklatscht und gewogen wurde. Manches Mal hatte Wilhelm den Auftrag erhalten, für die Mutter oder auch für Tante Lysbeth oder Tante Cynthia Milch zu holen, aber er war nicht der geborene Milchholer, denn er brachte es einfach nicht fertig, seinen Arm steif neben dem Körper zu halten, doch sobald er ihn schlenkerte, schwappte die Milch über, was die Frauen sofort entdeckten und ihn dafür ausschalten, Tante Lysbeth eher nicht, aber er wusste, dass auch Tante Lysbeth es »nicht im Überfluss hatte«, weil der Vater es gesagt hatte.

Alex hingegen war der perfekte Milchholer. Er ging gerade, hielt sich selbst wie die Milch starr, nichts, aber auch gar nichts, kein Tropfen, schwappte über.

Alex ging an drei Jungen vorüber, die vor der Schule im Kielort herumlungerten. Das taten sie jeden Tag, und Wilhelm hatte gelernt, ihnen unauffällig aus dem Weg zu gehen. Sie besuchten schon die vierte Klasse, und sie waren im Vergleich zu dem kleinen Wilhelm geradezu Riesen. Sie trugen kurze Lederhosen mit Hirschen auf den Hosenträgern. In Wilhelms Brust zog sich etwas zu einem Klumpen zusammen, er konnte später nicht sagen, wieso er vorher schon gewusst hatte, was gleich geschehen würde. Seine kurzen, vom vielen Laufen durchtrainierten Beine spannten sich an, als bereiteten sie sich auf einen Hundertmetersprint vor. Seine Bauchmuskeln waren hart wie Tante Cynthias Herz. Sein Herz pochte so laut in seiner Brust, dass er die Schläge in den Ohren spürte.

Da geschah es. Er schoss los, auf die andere Straßenseite und rammte seinen Kopf direkt in den Bauch von Hermann, dem größten der drei, der Alex nach der hingerotzten Bemerkung: »Na, Muttersöhnchen, wischt sie dir auch immer schön den Arsch ab?«, einen solchen Stoß vor die Brust verpasst hatte, dass Alex überrascht nach hinten gefallen war. Die Milchkanne schepperte, kippte um, die Milch schwappte über Alex' Hose. Die drei johlten vor Vergnügen. Doch nun schnappte Hermann nach Luft und stöhnte auf vor Schmerz. Wilhelm kriegte das in seiner Raserei nicht mit, er schwang zurück wie ein Ball und sprang wieder nach vorn, um Alex' Feind die Fäuste in den Bauch zu donnern, rechts und links und rechts und links. Alex saß mit heruntergeklappter Kinnlade auf dem Boden, die Milch war vollständig aus der Kanne gelaufen, das konstatierte Wilhelm, obwohl er seine gesamte Aufmerksamkeit auf den großen Jungen gerichtet hatte. Aber die ausgelaufene Milch, der auf dem Boden hockende Bruder, die ganze ausweglose Situation – denn sein Bruder und er hatten es mit Gegnern zu tun, die ihnen so überlegen waren wie Amerika und alle Alliierten gemeinsam Deutschland überlegen waren – konnten ihn nicht davon abhalten, weiterzumachen. Wieder nahm er Anlauf, um seinen Kopf noch einmal in den Bauch des Kolosses vor ihm zu rammen. Da wurde er von hinten festgehalten. »Wolkenrath! Was soll das denn?« Die Stimme kannte er. Das war Lehrer Lüttjohann aus der Dritten. Aber Wilhelm ließ sich so schnell nicht beirren, behielt die Richtung bei und auch den vorgereckten Kopf. Lehrer Lüttjohann schrie: »Stop! Bist du von Sinnen? Du sollst aufhören.« Er schlug ihm von hinten gegen den Kopf und zerrte an seinem Hemd, das sofort nachgab und mit einem hellen Ton zerriss. Um Wilhelm herum war ein Sturm aus Geräuschen, die so laut an sein Ohr dröhnten, dass er sie nicht unterscheiden konnte. Die beiden Jungs, die immer noch gegen die Mauer zum Schulhof lehnten, krakeelten vor Vergnügen, Lehrer Lüttjohann schimpfte und schrie, aber Wilhelm war sich nicht mehr sicher, ob er nur ihn oder auch die Jungs aus der Vierten anschrie, Hermann schrie jetzt zurück, und Alex, dem Lehrer Lüttjohann aufhalf, weinte. »Memme«, sagte einer der Jungs verächtlich. Aber der Lehrer forderte sie streng auf, sich sofort nach Hause zu begeben. »Eure Eltern kriegen von mir einen Brief, alle Eltern!« Er blickte in die Runde, und Wilhelm schien es, als ruhe sein Blick eher wohlwollend und mitfühlend auf ihm. Da erst begriff er, dass er etwas sehr Dummes getan hatte. Ohne sein Eingreifen hätten die drei Alex wahrscheinlich in Ruhe gelassen, sie hätten ihn ausgelacht und angepöbelt, aber es hätte keinen Reiz für sie bedeutet, ihn weiter zu bedrängen oder gar zu schlagen. So etwas taten anständige starke Jungs nicht, das war gegen die Ehre. Aber nun?

Er ließ den Kopf hängen. »Entschuldige dich bei Hermann«, forderte der Lehrer ihn auf. Wilhelm biss die Zähne zusammen. Er schüttelte den Kopf. »Entschuldige dich bei Hermann«, sagte der Lehrer, nun drängender. Wilhelm wusste, dass der Lehrer ihm eigentlich einen Gefallen tun wollte. Das sagte ihm sein Instinkt. Die einzige Möglichkeit, von Hermann und seinen Freunden in den kommenden Tagen nicht kurz und klein geschlagen zu werden, war, dass er sich bei ihm entschuldigte und Hermann die Entschuldigung annahm. So lauteten die Regeln. Sie müssten sich die Hände reichen und in die Augen schauen. Aber Wilhelm biss die Zähne aufeinander und schüttelte den Kopf. Einen Moment lang herrschte Schweigen in der kleinen Gruppe. Wilhelm hatte alle verstummen lassen. Da sagte Alex leise: »Los, Kleiner, tu das.« Kleiner. Wie entsetzlich peinlich, jetzt Kleiner genannt zu werden. Wilhelm warf den Kopf zurück und bedachte seinen Bruder mit einem grimmigen Blick. »Erst entschuldigt er sich bei dir, er hat angefangen.« Das Schmunzeln Lehrer Lüttjohanns entging ihm nicht, Wilhelm war ein scharfer Beobachter. Und da geschah etwas, das alle verblüffte, am allermeisten wahrscheinlich Hermann. Der raffte sich zu voller Größe auf und sagte: »Du bistn verdammt mutiger Kerl, wenn Deutschland davon mehr hätte, wär der Krieg nicht verlorngegangn.« Darauf hielt er Alex die Hand hin und sagte: »Ich entschuldige mich, weil ich dich geschubst hab. Das mit der Milch ist blöd, aber ersetzn kann ich sie nich.« Alex schlug sofort ein. »Schon gut«, sagte er. Er war klug genug, nicht zu sagen, dass seine Familie einen Liter Milch verkraften konnte. Er würde zu seiner Mutter gehen und ihr alles erzählen, und sie würde ihm das Geld geben, damit er die Kanne erneut füllen lassen konnte. Lehrer Lüttjohann blickte auffordernd auf Wilhelm. »Na?«

Wilhelm richtete sich ebenso zu voller Größe auf wie zuvor Hermann. Dass er Hermann knapp bis zur Brust ging, spielte jetzt keine

Rolle. Er war ein ernstzunehmender Gegner gewesen, auch wenn er gefährlicher für sich selbst gewesen war als für Hermann. »Entschuldige«, stieß er hervor und streckte Hermann die Hand entgegen. Hermann ergriff sie und schüttelte sie mit einer Kraft, dass sich Wilhelms Nackenhaare aufrichteten.

Lehrer Lüttjohann forderte die Jungs jetzt auf, unverzüglich nach Hause zu gehen. »Ich nehme davon Abstand, eure Eltern von dem Zwischenfall in Kenntnis zu setzen«, sagte er. »Ich gehe davon aus, dass sich so was nicht wiederholt.«

Wilhelm und Alex trotteten nebeneinander zurück in die Kippingstraße, wo Wilhelm Schmiere stand, damit Cynthia nicht mitbekam, wie sein Bruder seine Hose im Badezimmer auswusch. Dann, in Unterhose, ging Alex gemeinsam mit Wilhelm nach unten, wo sie sich vor ihrer Mutter aufbauten und Alex sagte: »Wir wollen unsere Lederhosen anziehen!« Marthe bedachte ihr Söhne mit einem zuerst amüsierten, dann forschenden Blick. »Was ist passiert?«

Die Brüder berichteten den Vorgang, etwas vereinfacht, aber sie hoben hervor, dass Alex für ein Muttersöhnchen gehalten wurde, weil er auch nachmittags seine Schulkleidung trug. Am Nachmittag wollten sie ihre Lederhosen tragen wie ganz normale Jungs. Sie wollten nicht wie Witzfiguren herumlaufen.

Marthe dachte einen Moment nach, dann holte sie die in den Schrank verbannten Hosen heraus. »Selbstverständlich«, sagte sie. »Warum bin ich nicht früher drauf gekommen?« Sie wusste sehr gut, warum sie nicht schon früher darauf gekommen war, und zwar lag das daran, dass Cynthia zu ihr gesagt hatte, wenn sie ihre Jungs in kurzen Lederhosen herumlaufen ließe, würden die wie Gassenjungen aussehen, und kein Kind aus besserem Hause dürfe mit ihnen befreundet sein.

Sie zog ihr Näschen hoch, wie sie es manchmal tat, wenn sie sich über dumme Menschen mokierte. »Kinder aus anständigem Hause tragen am Nachmittag Lederhosen. Dann sind ihre Schulsachen nämlich schön sauber zu halten.« Stolz gingen die Brüder nebeneinander zum Milchmann, sie trugen ihre abgewetzten Lederhosen mit Hirschen auf dem Steg zwischen den Hosenträgern, die sie in Ratekau ständig getragen hatten. Alex' Hose wurde ihm schon etwas klein, aber das spielte jetzt keine Rolle. Er sah jedenfalls nicht aus wie ein Muttersöhnchen. Sie ließen die Kanne füllen, trugen sie zurück und stellten sie Tante Cynthia vor die Tür.

Dann gingen sie auf die Straße und suchten Freunde, mit denen sie Murmeln spielen konnten. Wilhelm war ein hervorragender Murmelspieler, und er hatte bereits ein Stoffsäckchen voll der schönsten bunten Murmeln, die er anderen Kindern abgeluchst hatte; wenn er auf die angewiesen gewesen wäre, die seine Mutter ihm vor einem Jahr geschenkt hatte, hätte er heute wenig interessante Gegner. So buddelten sie ein kleines Loch in die Erde an der Ecke zum Kielort, Wilhelm gab seinem Bruder fünf seiner Murmeln ab unter der Bedingung, sie anschließend zurückzukriegen, und sie begannen zu spielen, bis sich andere Kinder einfanden, die ihre Murmeln aus der Tasche zogen, und wieder andere eine Gruppe um sie herum bildeten, die ihre Favoriten anfeuerten. Erst die einsetzende Dämmerung bereitete dem Spiel ein Ende. Als sie auseinandergingen, hatte Alex zwar die Murmeln verloren, die Wilhelm ihm anfangs gegeben hatte, dafür hatte Wilhelm seine Sammlung um einige besonders prächtige, wunderschön gemaserte und besonders dicke Kugeln erweitert.

## 6

Im Monat September erschien der *Spiegel* zum ersten Mal aus Hamburg. Marthe las die bislang in Hannover hergestellte Zeitschrift bereits seit längerem. Es erfüllte sie mit Stolz, dass nun Hamburg die Heimat dieses politisch bedeutsamen Blattes war. Die Lektüre bot ihr die Verheißung, etwas für ihren Verstand zu tun, zum anderen erfüllte sie die Hoffnung, dem Einfluss ihrer Adenauer verehrenden Schwägerin auf das Gehirn ihres Sohnes etwas entgegenzusetzen, indem sie ihn animierte, die Zeitschrift zu lesen. Die Rechnung ging auf, Alex nahm den *Spiegel* immer häufiger in die Hand, las den einen oder anderen Artikel, was Marthe aufmerksam beobachtete. Sie sprach ihn auf die Themen an und setzte auf diese Weise politische Diskussionen mit ihrem Sohn in Gang. So schuf sie eine Nähe zwischen ihnen, die über das gemeinsame Erledigen der Hausaufgaben hinausging.

Dritter fand die Politikbeflissenheit seiner Frau überflüssig und auch unangebracht. »Politik hat uns in die Scheiße geritten«, lautete sein Credo. »Am besten wir halten uns davon fern.«

Lysbeth und Aaron versuchten zwar, ihn davon zu überzeugen, dass gerade wegen ihrer beschämenden Vergangenheit jeder Deutsche sich für Politik interessieren müsste, auch zur Vorsorge, nicht abermals zum dummen Mitläufer zu werden, aber Dritter vertrat beharrlich die Auffassung, dass der gesunde Menschenverstand einen schon richtig leite und man dafür nicht dicke Zeitungen lesen müsse. »Dicke Zeitungen haben die Nazis uns auch aufgeschwätzt, in Zeitungen stehen nur Lügen.«

Marthe ließ sich nicht beirren. Sie führte zwar ein auf zwölf Quadratmeter eingeschränktes Leben, aber der Horizont ihres Gehirns sollte sich darüber hinaus erstrecken. Seit 1945 genoss sie es, legal über *BBC* etwas über den Zustand der Welt zu erfahren, besonderen Genuss bereitete es ihr, dort eine andere Musik zu hören als die deutschen Schlager, die aus dem Radio bei Cynthia und Eckhardt schallten.

Im Oktober zog Jonny aus der oberen Wohnung in die Bundesstraße zu seiner Geliebten Greta, und das Haus füllte sich mit Familienmitgliedern aus allen Himmelsrichtungen. Nun keimte in Marthe zaghaft die Hoffnung, dass ihr Leben noch nicht völlig zugrunde gerichtet war und dass vielleicht doch noch etwas anderes geschehen könnte.

Stella und Anthony kamen aus London zurück. Stella war zu Anthony gefahren, kurz bevor Dritter und seine Familie eingezogen waren. Marthe hatte befürchtet, dass sie es gewesen waren, die Stella und ihren Lover – so nannte Marthe ihn bei sich, schließlich ging es um »love« zwischen Stella und Anthony, wie sehr sie die beiden beneidete! – aus dem Haus getrieben hatten, weil Stella einen so gescheiterten Bruder wie Dritter nicht in ihrer Nähe ertrug. Doch bald begriff sie, dass Dritters »Versagen« Stella wenig berührte.

Stella und Anthony füllten das Haus mit Leben und Geräuschen, kaum dass sie angekommen waren. In diesem Grab, in dem kein lauter Ton erlaubt gewesen war, wurden Stellas schwere Koffer von Männern mit dicken Stiefeln und lautem Schritt in den zweiten Stock hinaufgehievt, und kaum hatten sie sich oben ausgebreitet, polterte Stella wieder hinunter, suchte ihre Schwester, rief nach ihr, vergeblich, denn Lysbeth arbeitete, wie immer, und stand dann im Türrahmen zu Marthes Zimmer, die auf dem Bett lag, wie fast immer, und die sich in Erwartung des hohen Besuchs drapiert hatte, den *Spiegel* in der Hand und im Radio Jazz aus *BBC*.

Stella durchmaß den kurzen Abstand zum Bett, beugte sich hinab und umarmte die Schwägerin. »Marthe, wie schön, dich zu sehen.

Wo ist Lysbeth, wo ist Aaron, wo sind die anderen?« Marthe war intelligent genug, um zu verstehen, dass Stella sich wenig dafür interessierte, sie zu sehen, dass es ihr allein um ihre Schwester ging. Marthe war eben nur die Schwägerin, dazu die Frau des Versagers. Lover oder Loser, Marthe hatte das falsche Los gezogen. Wie gern wäre sie Stellas Schwester gewesen. Sie richtete sich im Bett auf, Stella ließ sich neben sie plumpsen. Im Hintergrund spielte *BBC*.

Stella lauschte. »Du hörst englische Sender«, rief sie aus. »Wie schön! Stimmt, ich hatte ganz vergessen, dass du ja in London gelebt hast.« Sie erhob sich. »Komm heute Abend zu uns hoch, wir machen eine kleine Ankunftsfeier, bring Dritter mit – und die Jungs. Wo sind sie?« Marthe errötete. Peter spielte im Garten mit einem Hund, dem er einen Ball warf, er hatte darum gebeten, und Marthe hatte es erlaubt, der arme Junge führte ein sehr langweiliges Leben. Zum Glück würde er im kommenden April eingeschult werden, das würde ihm guttun, denn er war aufgeweckt und in der Lage, Situationen schnell zu erfassen und sich dementsprechend zu verhalten. Deshalb gab es kaum einen Menschen, der ihn nicht mochte.

Wo Wilhelm und Alex sich gerade aufhielten, wusste sie nicht. In diesem Moment dämmerte ihr kurz, dass sie eigentlich nie wusste, wo Wilhelm war, aber dann verschwand dieser Gedanke wieder. »Peter spielt draußen mit einem Hund, ich kann dir nicht sagen, wie der heißt, ich kann mir die Namen dieser Hundemeute einfach nicht merken.« Stella lachte und blickte aus dem Fenster. »Ah, das ist Lotte, die ist sehr lieb. Schön, dass er mit ihr spielt.« Sie drehte sich auf dem Absatz um und wiederholte im Hinausgehen ihre Einladung.

Es zog traurig in Marthes Bauch, als sie Stella hinterherblickte. Sie fühlte sich unendlich minderwertig im Gegensatz zu dieser Frau, die nicht nur Pumps trug, sondern Wildlederpumps in Bordeauxrot zu einem Reisekostüm in Grau, das ihre Figur betonte, die trotz ihres Alters, immerhin war sie nur wenig jünger als Dritter, tadellos war mit Busen und Taille und Hintern. Diese Frau hatte alles, wonach es Marthe verlangte: Schönheit, einen Mann, der reich und berühmt war, und *keine* Kinder, sondern ein Leben mit Reisen und Kultur und Musik und interessanten Leuten.

Sicher, Stella hatte eine Tochter, und am Abend kündigte sie auch an, dass diese in Kürze zu Besuch kommen würde, aber Stella musste nicht aufpassen, wo sich die Tochter gerade befand, ob sie die Hausaufgaben gemacht und nichts ausgefressen hatte, was die geldknappen Eltern in den Ruin treiben konnte, und ob sie nicht in die Fänge einer Tante geriet, die deutsche Volksmusik hörte, die Flüchtlinge aus dem Osten verdammte, Adenauer huldigte und so tat, als hätte es Hitler in ihrem Leben nie gegeben.

Der Abend war wundervoll, die Jungs wurden nicht ins Bett geschickt, da Stella sagte: »Lasst sie doch noch ein bisschen bleiben.« Als sie dann mit den dreien *Der Mond ist aufgegangen* sang, stiegen Marthe Tränen in die Augen.

Stellas Aufmerksamkeit galt vor allem ihrer Schwester, die, blass und erschöpft, als Erste das kleine improvisierte Fest verließ, weil sie unbedingt ins Bett musste.

Zwei Tage später füllte sich das Haus noch mehr. Stellas Tochter Angela, ihr Mann Bobby und ihre Tochter Roberta kamen aus Dresden, um das Konzert von Louis Armstrong zu erleben.

Marthes erstes Zusammentreffen mit Bobby gestaltete sich erschreckend für beide. Marthe hatte ausnahmsweise für ihre beiden Schuljungs ein Frühstück bereitet und begleitete sie zur Haustür, von wo aus sie ihnen zuwinkte, als sie sich, die Ranzen auf dem Rücken, gutgelaunt den Gartenweg entlang davonbewegten. In diesem Augenblick bog genau auf diesen Weg ein hochaufgeschossener Mann mit schokoladenfarbener Haut ein. In jeder Hand hielt er drei Windhunde an Leinen. Wilhelm und Alex blieben wie angewurzelt stehen. Marthe starrte ihn entgeistert an. Der »Neger« entblößte seine weißen Zähne und grinste die beiden Jungs freundlich an. »Hi!«

»Ab in die Schule!«, herrschte Marthe ihre Söhne an. »Wozu habt ihr eure Beine? Marsch, Marsch!« Es war die einzige Reaktion, die ihr in diesem Augenblick einfiel. Die Jungs sollten nicht so starren, schließlich war Hamburg britische Besatzungszone, da gab es schon mal Farbige. Deutlich widerwillig verließen die Jungs den Vorgarten und schlugen den Weg nach rechts zur ihren Schulen ein. Bobby blickte den beiden unsicher hinterher.

Zögernd ging er auf Marthe zu, die im Morgenmantel in der Tür stand, was ihr jetzt unendlich peinlich war. Der »Neger« streckte ihr die Hand entgegen und sagte: »Bobby! Ich bin Bobby, Angelas Mann. Du bist bestimmt Marthe, die Mutter von Wilhelm und Alex.« Seine Stimme klang wie dunkelroter Samt, tief, weich, guttural. Seine Sprache war nahezu fehlerfreies Deutsch, besser als das von Chris Howland, den sie mittwochs abends im Radio hörte. Wieder gab es einen winzigen Moment des Zögerns, bis sie ihre Hand in die dunkelhäutige legte, die sich ihr entgegenstreckte. Es war ein eigenartiges Gefühl. Die Hand war warm und kräftig, zugleich langgliedrig, feinnervig und sehr schlank. Ihre Hand verschwand in Bobbys, der nun an der anderen Hand sechs Hunde hielt, die seine Autorität offenbar widerspruchslos anerkannten und nebeneinander sitzend warteten. Kein Hund zerrte an ihm, wie sie es bei Marthe taten, wenn die sich einmal erbarmte und mit einem von ihnen spazieren ging. »Ich wusste nicht …«, stammelte Marthe und brach ab. Ich wusste nicht, dass du ein »Neger« bist, wollte sie sagen, aber das wäre doch zu unhöflich. »… dass ich schwarz bin?«, führte Bobby ihren Satz fort. Sie nickte beklommen. Er grinste. »Wir haben uns noch nie begegnet!«, sagte er, und Marthe war irgendwie froh, dass er endlich einmal einen Deutschfehler machte. Sie standen voreinander. Keinem fiel eine passende Bemerkung ein. Da raffte Bobby sich auf und begab sich zur Haustür. »Diese Tiere brauchen Futter, und ich auch.«

Marthe tat so, als hätte sie wichtige Geschäfte im Vorgarten zu erledigen. Sie untersuchte den Rhododendronstrauch, der bereits im Juni ausgeblüht hatte, jedoch noch einige vertrocknete Blüten trug. Sie rupfte ein paar ab und warf sie in den Ascheimer, der neben dem Eingang stand. Erst als Bobby verschwunden war, folgte sie ihm ins Haus.

Sie schämte sich wegen ihres provinziellen Verhaltens. Als hätte sie noch nie einen Neger gesehen. Am Abend jedoch, als die nächste kleine Begrüßungsfeier veranstaltet wurde, löste sich ihre Befangenheit auf, ihr folgte freilich ein solches Gefühl von Neid, dass Marthe schier zu platzen drohte. Manchmal, wenn sie sich überfordert fühlte, verhielt ihr Bauch sich irgendwie seltsam, dann quoll er auf zu einer kleinen Kugel, die ihr drückende Schmerzen bereitete. Meistens resultierte dies aus Anstrengungen durch die Kinder oder durch Aufgaben, denen sie sich nicht gewachsen fühlte. Dann konnte sie aufgrund der Kugel nichts essen und nur unter Mühe aufrecht sitzen. Dass ihr Bauch aus Neid aufquoll, hatte sie noch nicht erlebt.

Marthe hatte Angela nur einmal gesehen, zu dem Zeitpunkt hatte sie aber gedacht, es sei Jennifer Hudson, eine Bekannte von Stella. Dass es sich um Stellas Tochter handelte, wäre ihr damals nicht in den Sinn gekommen. Verstohlen musterte sie die Frau, die wenige Jahre jünger als sie selbst war, einerseits älter wirkte, eine sehr selbstsichere gestandene Frau, die sich mit ruhigen Bewegungen in Stellas Wohnzimmer zwischen Tochter und Mann und Mutter bewegte, die aber andererseits so jung wirkte, dass Marthe sich vorkam wie eine Generation älter. Marthe versuchte, dem Geheimnis dieser Jugendlichkeit auf die Spur zu kommen, aber es gelang ihr nicht. Angela war ungeschminkt, und auch ihre Kleidung war vollkommen unmodisch. Aber ihre grauen Augen, die sich an den Schläfen ringelnden Locken, vor allem aber ihre Bewegungen wirkten frisch, unkompliziert, lebendig.

Ohnehin boten die Frauen dieser Familie ein Vexierbild: Stella wirkte wie die junge Freundin von Anthony Walker, dabei war sie acht Jahre älter als er, was Marthe wusste und was ihr immer wieder zu schaffen machte, denn sie fragte sich, wie diese Frau es gewagt hatte, sich mit einem so jungen Mann einzulassen. Sie selbst hatte sich nicht nur für Dritter entschieden, weil er ihr viele gute Perspektiven versprach, sondern auch, weil sie sich Sicherheit bei einem so viel älteren Mann erhofft hatte. Schon ihre Mutter hatte geraten, dass sie sich zum Heiraten einen älteren Mann suchen sollte, einen, bei dem sie stets sicher sein konnte, eine junge Frau zu sein, auch wenn sie einmal alt und schrumpelig wäre, ein älterer Mann wäre immer noch älter und schrumpeliger als sie. Ein älterer Mann würde sie nicht wegen einer Jüngeren verlassen, neben dem könnte sie jeden Morgen im Spiegel eine junge Frau sehen, denn das wäre sie neben ihm, immer jünger. Marthe hatte inzwischen freilich die Erfahrung machen müssen, dass Dritter keine Sicherheit bot. Und, ja, sie fühlte sich neben ihm immer wie eine junge zarte und etwas schwache Frau, aber inzwischen war sie sich nicht mehr sicher, ob sie das besonders erstrebenswert fand. Ja, sie sah oft noch wie ein Mädchen aus, so klein und schmächtig, wie sie gebaut war, aber wenn sie Stella betrachtete, schienen ihr ganz andere Werte die Attraktivität einer Frau auszumachen. Stella scherte sich wenig um das, was für eine deutsche Frau zu gelten hatte. Sie trug leuchtende Farben, schminkte sich ohne Zurückhaltung, lachte laut, sprach laut, und wenn es ihr in den Sinn kam, setzte sie sich schon mal bei Anthony auf den Schoß, selbst in allgemeiner Runde.

Angela war anders. Doch auch sie strahlte aus, dass es ihr schnurzegal war, ob ein Mann ihr auf diese oder jene Weise Sicherheit bot. Die Sicherheit schien sie in sich selbst zu tragen, und was Bobby ihr gab, schien etwas ganz anderes zu sein, etwas, das Marthe nicht einmal richtig erkennen konnte, weil sie es in ihrem Leben nie gehabt hatte. Es hatte etwas mit Vertrautheit zu tun, die aber bar jeder Gemütlichkeit war. Angela und Bobby standen in unablässigem Kontakt, dafür mussten sie nicht miteinander sprechen. Sie berührten einander, sie warfen einander immer mal wieder Blicke zu, und wenn einer von ihnen etwas sagte, reagierte der andere darauf mit einem Blick, einem kleinen Laut, einer Neigung des Kopfes, einer Hinwendung wie auch immer. Marthe fiel auf, dass Angela und Bobby einander wie Schauspieler auf der Bühne Stichworte zuwarfen und sie auffingen wie zwei Jongleure, dass aber die ganze Familie auf diese Weise miteinander agierte. Nicht nur Stella mit Anthony, auch Stella und Angela, und es war deutlich zu erkennen, dass es sogar zwischen Angela und Anthony eine Nähe gab, die einen anderen Hintergrund haben musste, als dass Anthony der »Lover« ihrer Mutter war.

Roberta fügte sich auf erstaunliche Weise in das Bild. Körperliche Nähe zu ihrer Mutter und auch zu Bobby war für sie offenbar selbstverständlich, sogar zu Anthony, auf dessen Schoß sie sich einmal kurz setzte, was Marthe extrem befremdlich empfand. Das Mädchen war schließlich mit ihren dreizehn Jahren fast eine junge Frau. Und im Gegensatz zu Marthe, die mit dreizehn keinen Busen gehabt hatte und von ihrer Mutter noch wie ein kleines Mädchen gekleidet worden war, sah man Roberta an, dass sie dabei war, Stellas Körperformen zu entwickeln. Es war der Kleinen offenbar unangenehm, sie zog die Schultern nach vorn, als wollte sie ihren Busen verbergen, und verhüllte ihren Körper in einem weiten Pullover, aber gleichzeitig trug sie ihren Kopf so stolz und bewegte sich auf ihren Beinen so anmutig, dass es unverkennbar Stella war, die dieser jungen Frau viel mitgegeben hatte an körperlicher Ausstattung. Marthe bemerkte auch, wie Robertas Augen an Stella hingen, die sie offenbar außerordentlich aufregend fand.

Marthe war intelligent genug, um zu erkennen, dass diese Familie, die aus lauter unterschiedlichen Richtungen stammte, eine größere Nähe verband, als sie es mit Dritter und, so fürchtete Marthe, auch mit ihren Söhnen jemals haben würde und auch könnte, denn sie war körperlicher Nähe nicht sehr zugeneigt. Sie hatte es sich selbst immer damit erklärt, dass sie eher ein Blaustrumpf war, eher intellektuellen Anregungen zugeneigt als sinnlichen Freuden. Der einzige Mensch, dem sie sich körperlich nah fühlte, war ihr Sohn Peter.

Als Anthony Marthe nach ihrem Leben in London fragte, hörte sie auf zu beobachten und erzählte. Und wie durch ein Wunder hörten fast augenblicklich ihre Bauchschmerzen auf. Sie sprach so gern darüber, sie konnte gar nicht wieder aufhören, dabei bemerkte sie nicht einmal, dass auch an diesem Abend Lysbeth und Aaron wieder sehr früh gingen, und sie bemerkte auch nicht Stellas sorgenvollen Blick, der ihrer Schwester folgte.

Marthe hörte erst auf, von London und ihrer Liebe zur englischen Lebensart, von der Musik, die sie auf BBC hörte und der neuen Sendung von Chris Howland, die endlich anderes Leben in den deutschen Rundfunk brachte, zu sprechen, als Stella sich ans Klavier setzte und mit Bobby gemeinsam sang. Stella forderte ihren Bruder Dritter auf, mitzuspielen, aber Dritter verweigerte sich. Er sei völlig aus der Übung, seit Jahrzehnten, das würden seine Finger nicht mehr mitmachen.

Es waren neue Lieder, die Stella sang, *Nature boy* von Nat King Cole zum Beispiel. Und dann das Lied von der *Seeräuberjenny*. Kaum begann sie, erhoben sich Cynthia und Eckhardt, die bisher schweigend auf dem Sofa gesessen hatten, und verließen den Raum mit der Erklärung, sie seien müde. Marthe und Dritter hielten bis zum Schluss aus. Sie gingen erst nach Mitternacht ins Bett. Dritter versuchte, Marthe unter dem Nachthemd zu berühren, aber sie wehrte ihn ab. Sie empfand geradezu Widerwillen gegen diesen alten Mann, der säuerlich nach Bier roch.

Eine Woche später gingen sie in das Konzert von Louis Armstrong. Nur Cynthia und Eckhardt blieben zu Hause. Solange Bobby zu Besuch war, hielt Cynthia sich mit Ausdrücken wie »Negermusik« zurück, aber jeder wusste, was sie von dieser Musik hielt. Marthe dagegen kannte sich hervorragend aus, sachkundige Gespräche über Hot and Sweet und Blues und Boogie-Woogie bereiteten ihr Vergnügen.

Das Konzert fand in der Ernst-Merck-Halle statt. Sie schätzte, dass sich in der großen Halle siebentausend Menschen eingefunden hatten. Es war draußen kalt und auch drinnen nicht warm. Die Leute saßen im Mantel auf ihren Plätzen, qualmten Zigaretten, und die Zugluft ließ den Rauch nicht aufsteigen, sondern waagerecht wegschweben. Auf dem Podium waren Mikrophone aufgebaut. Eine Lautsprecher-Stimme sagte dröhnend, jetzt würden Armstrongs Solisten vorgestellt, zunächst: Arvell Shaw. Da sauste schon ein dünner, sehr gelenkiger schwarzer Mann hinter dem Vorhang hervor, setzte in drei, vier Sprüngen nach vorn und packte die dort stehende Bassgeige am Kragen. Beifall brandete auf wie über eine unerhörte akrobatische Leistung. Ein neuer Name wurde gerufen: Cozy Cole, auch er ein schwarzer Mann, auch er hopste hervor wie der Teufel aus der Kiste und ab ans Schlagzeug. Nicht ganz so schwarz war der Nächste: Trummy Young, Posaunist. Der Klarinettist, Bob McCracken, war weiß; so auch der Pianist, der den ganzen Abend hindurch mit zuckendem rechten Knie den Rhythmus betonte und unentwegt Kaugummi kaute: Macky Napoleon. Die Namen waren Marthe nicht alle bekannt, aber Macky Napoleon kannte sie aus Jazzsendungen im Rundfunk. Sie schloss sich dem tosenden Beifall an, so dass ihre Hände schon brannten, bevor das Konzert überhaupt losging.

Und dann kam er: Louis Armstrong. Der Tumult, der sich bei seinem Anblick erhob, war ungeheuerlich. Es wurde Marthe direkt unheimlich. Diese Masse an Menschen schien außer Rand und Band. Der Einzug der sechs Helden war für sie so spannend, dass sie sich, als das Konzert losging, schon fast am Ende ihrer Kräfte fühlte. Das Konzert schien ihr dann, als würden sechs Männlein in einem riesigen Raum gegen eine Masse von siebentausend Menschen kämpfen. Sie nahmen dabei die Technik der Mikrophone und Lautsprecher zu Hilfe. Durch die tobenden Zuschauer entstand ein megaphonaler Hexensabbat. Marthe dachte insgeheim, dass sie Armstrong aus dem Radio bevorzugte. Gleichzeitig war sie wie betäubt von dem Sinnenspektakel. Sie konnte die Musiker leibhaftig agieren sehen und hörte Armstrong himself, auch wenn seine Musik durch die diversen Lautsprecher vergröbert zu sein schien. Doch dann ließ sie sich mitreißen. Armstrongs weiche, unnachahmlich menschlich-vibrierende Trompete ließ auch sie innerlich vibrieren, und dann sang Armstrong mit seiner heiseren warmen Stimme und bewegte ihr Herz. Durch Marthe zog eine schmerzende Sehnsucht. Das war es, was sie sich immer gewünscht hatte: Ein anderes Leben, nicht diese deutsche Enge, in der sie neben einem Mann gelandet war, der neuerdings Würstchen und Ochsenschwanzsuppe verkaufte, sondern ein anderes, eines, das durch Mark und Bein ging, ein größeres. Der Rhythmus wurde roh und barbarisch, er schüttelte nicht nur das Ohr, sondern den ganzen Menschen. Der Saal tobte. Marthe blickte kurz um sich. Robertas Augen glühten, ihr Mund war aufgerissen. Armstrongs Trompete stieg und stieg, kletterte in sagenhaft hohe Regionen, die anderen Musiker kletterten mit oder bemühten sich, mit einem wuchtigen Bass-Fundament ihm eine solide Stütze für seine schwindelnd hohe Leiter zu geben. Der Schlagzeuger schien dem Wahnsinn nahe, wie auch das Publikum. So nahte der voluminöse Schlussakkord. Und dann … ja, dann sprang Armstrong einen Schritt vor, packte die Trompete mit der Linken, hob grüßend den rechten Arm, riss die Zähne auseinander und stieß urige Schreie hervor. Und auch das Publikum schrie und riss den Mund auf, manche sprangen auf die Stühle und warfen die Arme hoch. Das schien Marthe nun doch etwas übertrieben, aber es waren eben vor allem sehr junge Menschen im Saal.

Anschließend begab sich ihre kleine Gesellschaft in eine nahe gelegene Kneipe, in der man sich kaum noch sehen konnte, so rauchgesättigt war die Luft. Alle hatten rote Wangen und leuchtende Augen, aber Bobby äußerte bald auch Kritik. »Die Akustik war miserabel. Die Ernst-Merck-Halle muss aus Beton sein, die Musik schwang gar nicht.« »Und die Lautsprecher waren schlecht verteilt«, stimmte Stella zu. »Aber Bobby Archey und seine *Riverboat-Five-Band* sind einfach phantastisch!« Diese Meinung teilte Bobby. Marthe zog es vor zu schweigen. Obwohl sie regelmäßig *BBC* hörte, war sie offenbar doch nicht so versiert in Jazzmusik, dass sie mitreden konnte, ohne sich zu blamieren. Doch dann sagte sie: »Wie gelenkig diese Musiker sind. Besonders dieser Archie.« Bobby grinste: »Irgendwie haben die Bass-Spieler in den Jazz-Bands das so drauf, sie scheinen ebenso dünn und gelenkig zu sein wie ihr Musikinstrument dick und steif ist.«

Nach dem Konzert blieben Angela und ihre Familie noch eine Woche lang in der Kippingstraße, dann fuhren sie mit dem Zug wieder zurück nach Dresden, wo sie seit einiger Zeit auf dem Hof von Angelas Adoptiveltern wohnten.

## 7

Lysbeth wunderte sich, dass sie nicht glücklicher war. Endlich hatte sie alles, was sie sich immer gewünscht hatte: Sie hatte ihre Examen bestanden und arbeitete als Assistenzärztin in der Gynäkologie im Universitätskrankenhaus in Eppendorf. Den Weg zum Krankenhaus legte sie mit dem Fahrrad in einer knappen Viertelstunde zurück. Sie hatte nette Kollegen, und sie lernte täglich viel dazu, gleichzeitig merkte sie, welchen Vorsprung sie vor den anderen Ärzten bis hin zum Chefarzt durch ihre Kenntnisse hatte, die sie bei der Tante erworben hatte, der alten »Kräuterhexe«, die sie auch jetzt noch, so viele Jahre nach ihrem Tod, jeden Tag bitterlich vermisste. Von der Tante hatte sie als junges Mädchen schon ein Gefühl für ihr heilerisches Talent vermittelt bekommen, die Tante hatte ihr im Laufe der Jahre all ihr Wissen weitergegeben. Nun war Lysbeth auch noch, wie sie es sich immer gewünscht hatte, eine richtige anerkannte Ärztin. Dennoch blieb das Gefühl von Glück aus. Sie kannte dieses Gefühl aus vergangenen Tagen sehr gut, das strömte warm durch den ganzen Körper. Jetzt aber konnte sie nicht einmal genau sagen, was sie in ihrem Körper überhaupt spürte. Von warmem Strömen jedenfalls konnte keine Rede sein.

Vielleicht lag es daran, dass Aaron nicht glücklich war. Das spürte sie sehr deutlich. Seit Dritter mit seiner Familie in die Kippingstraße gezogen war und das Haus vor Spannungen knirschte, zog Aaron sich in sich selbst zurück. Er hatte selbstverständliche Bereitschaft gezeigt, das Gartenzimmer Dritter und Marthe zu überlassen, und auch wenn die Jungs einmal laut wurden, zeigte er keinen Ärger. Aber kaum hatte er das Haus betreten, zog er sich in ihr Zimmer zurück, setzte sich an den Schreibtisch und las oder schrieb.

Lysbeth fühlte sich schuldig. Dritter war schließlich ihr Bruder, und auch sie fand es entwürdigend, dass er nicht in der Lage war, für seine Familie eine andere Unterkunft zu finden. Gleichzeitig wusste sie, dass es kaum möglich war, irgendwo unterzukommen, wenn man bei der eigenen Familie wohnen konnte. Und ob Dritter mit seiner Familie woanders würdiger wohnen würde, war sehr zu bezweifeln.

Hamburg war voller Flüchtlinge, die Auffanglager quollen von Menschen über. An manchen Tagen nach dem Krieg waren täglich Tausende Flüchtlinge nach Deutschland gekommen, die untergebracht und versorgt werden mussten. Drei große Gruppen waren nach Ende des Krieges auf den Flüchtlingstrecks gewesen: Die Butenhamborger wollten in ihre Heimatstadt zurück. Sie hatten Hamburg während der Bombennächte 1943 verlassen und bei Verwandten und Bekannten über das gesamte Deutsche Reich verteilt gelebt. Außerdem hatten sich aus den ehemaligen besetzten Gebieten östlich der Oder-Neiße-Linie Vertriebene auf den Weg an die Elbe gemacht. Nach der Potsdamer Konferenz von 1945 standen diese Gebiete wieder unter selbständiger Verwaltung des jeweiligen Staates, also Polen, Tschechien und Russland. Zu deren ersten Amtshandlungen hatte die Aussiedlung von Deutschen gezählt. Den dritten Teil des Flüchtlingsstroms machten diejenigen Menschen aus, die vor der Roten Armee flüchteten.

Dieser Flüchtlingsstrom traf eine Stadt, deren Wohnraum nach dem Krieg zur Hälfte zerstört gewesen war. Zwischen den Ruinen waren Nissenhütten und Behelfsheime entstanden. In den Kellern der ausgebombten Häuser hatten sich ganze Familien eingerichtet. Auch nach Kriegsende riss der Zustrom an Menschen nicht ab. An manchen Tagen beantragten bis zu sechstausend Neuankömmlinge eine Zuzugsgenehmigung in die Stadt, bis Oktober 1946 lebten fast hunderttausend Flüchtlinge und Vertriebene in Hamburg – bei einer Einwohnerzahl von 1,3 Millionen Menschen. Aus Sicht des ersten Nachkriegsbürgermeisters Rudolf Petersen war Hamburg ein »Eldorado, das Industrielle, Künstler, Gelehrte und Ostflüchtlinge magisch anzog«.

Die Anwohner der Kippingstraße hatten viel Phantasie und Mühe aufgewendet, um sich vor zu vielen Einweisungen zu schützen. Ebenso wie viele der Nachbarn hatten auch die Wolkenraths beim Amt Mitbewohner gemeldet, die nicht wirklich dort wohnten. Sie hatten zwar Mitgefühl mit den Flüchtlingen, aber sie waren nicht bereit, das von ihrer Mutter gekaufte Haus fremden Leuten zu überlassen. Und obwohl Dritter sich selbstverständlich ebenso verhalten hätte, hatte er diese Form illegaler Handlung benutzt, um sie zu erpressen: Als er seinen Geschwistern die Absicht mitgeteilt hatte, mit seiner Familie in sein Elternhaus zu ziehen, und Eckhardt entsetzt abgewehrt und sogar mit juristischen Schritten gedroht hatte, war Dritter darauf freundlich und verständnisvoll eingegangen, indem er versprach, diese für alle Beteiligten unschöne Situation baldmöglichst zu beenden und in sein Haus in der Johnsallee zu ziehen. Cynthia hatte darauf mit einem kategorischen: »Nein! Ich will das nicht!« reagiert, worauf Dritter, immer noch sehr freundlich und sogar charmant seine Schwägerin angelächelt und gesagt hatte: »Liebe Cynthia, ich halte viel von Gerechtigkeit, selbst von der Jurisprudenz. Was hältst du davon, das Ganze vom Meldeamt entscheiden zu lassen?« Wenn er zum Wohnungsamt ginge, würden die ihn in der Kippingstraße zwangseinweisen, denn üblicherweise stand einer Familie ein Zimmer gesetzlich zu.

Diese Drohung hing seitdem über Cynthia und Eckhardt, die eine Wohnung von fünfundsiebzig Quadratmetern allein bewohnten, und die zumindest hoffen konnten, nach Dritters Auszug wieder Ruhe in dem Haus zu haben, da sie beim Meldeamt zwei weitere Personen als wohnhaft in der Kippingstraße angegeben hatten.

Lysbeth wusste, dass aufgrund der hohen Flüchtlingszahlen auch die Arbeitssuche entsprechend schwer war. Sie rechnete es Dritter deshalb hoch an, dass er mit Hilfe eines Freundes, den er aus dem Gefängnis kannte, die Tätigkeit als Zwischenhändler für Würstchen und Ochsenschwanzsuppe gefunden hatte. Er belieferte Gaststätten, Kneipen und sogar den Flughafen. Und er belieferte die Kunden nicht nur, er akquirierte sie auch, und Lysbeth konnte sich gut vorstellen, dass das die richtige Arbeit für ihn war, denn er konnte trotz all seiner Niederlagen immer noch überzeugend auftreten, also auch Leute dazu überreden, dass Würstchen und Ochsenschwanzsuppe genau das war, was ihre Kunden brauchten.

Es gab einen riesigen Andrang nicht nur auf Wohnungen, sondern auch auf Arbeit. Hamburg stand aufgrund der immensen Zerstörungen unter einer Zuzugssperre, und nur diejenigen, die einen Mangelberuf wie zum Beispiel Arzt, Polizist oder Bauarbeiter ausübten, bekamen überhaupt ein Recht auf eine Wohnung in Hamburg. Die übrigen Zuwanderer mussten in Notlagern, Bunkern und Turnhallen leben. Ohne festen Wohnsitz bekam wiederum kein Flüchtling einen ordentlichen Arbeitsplatz – deshalb waren viele gezwungen, berufsfremde Tätigkeiten auszuüben: Professoren schufteten als Bauarbeiter, Anwälte als Hilfspolizisten. Diejenigen im Lager, die keine Arbeit fanden, mussten bei der Unterstützungsarbeit, der sogenannten »U-Arbeit«, zum Beispiel Trümmer wegräumen – dafür erhielten sie kostenlose Verpflegung in den Lagern sowie eine Prämie von rund einer Reichsmark pro Tag.

Die Behebung der Wohnungsnot stand im Vordergrund aller Bestrebungen in Hamburg. Bereits während des Krieges waren die Obdachlosen in große Wohnungen und Häuser zwangseingewiesen worden. Luise Solmitz konnte ein Lied davon singen. Ihr war zeitweilig in ihrem großen Haus nur noch ein einziges Zimmer zur alleinigen Benutzung gelassen worden.

Lysbeth verstand ihren Bruder und Marthe, außerdem war es für sie nicht so ungewöhnlich, mit Aaron in einem einzigen Zimmer zusammenzuleben, das hatten sie schließlich auch getan, als die Tante noch lebte. Doch merkte sie sehr deutlich, dass Aaron sich nicht wohl fühlte. Vielleicht lag es daran, dass er Tag für Tag in seiner Praxis mit sehr viel Elend konfrontiert wurde. Er war nach St. Pauli als Allgemeinarzt gezogen, nachdem er aus Wien wiedergekommen war, wo er ein halbes Jahr bei Viktor Frankl studiert hatte. »Auf St. Pauli gibt es wenig Ärzte und viel Bedarf, da werde ich gebraucht«, hatte er seine Wahl begründet. Er hatte eine Sprechstundenhilfe angestellt, eine ältere erfahrene Krankenschwester, da Lysbeth für ihn als Hilfe ausfiel. In seine Behandlung flossen nun seine psychologischen Fähigkeiten ein, indem er lange und einfühlsame Gespräche führte, was sich schnell herumgesprochen und die Zusammensetzung seiner Patienten verändert hatte. Bezahlt allerdings wurden diese Gespräche kaum. Nun gehörten Huren und Liliputaner zu seinen Patienten, und er hörte sich tagsüber so viele traurige Geschichten an, dass er am Abend Stille und Raum um sich herum brauchte.

Vielleicht aber, und das war Lysbeths größte Angst, erinnerte ihn das Haus in der Kippingstraße an all das, was er während der Judenverfolgung hatte erleiden müssen, vielleicht konnte er ihrer Familie nicht verzeihen, was sie indirekt Juden angetan hatte. Dritter zum Beispiel war nach wie vor Besitzer der Villa in der Johnsallee, die er für einen Spottpreis aus dem Nachlass einer flüchtigen jüdischen Familie erstanden hatte. Er war gerade dabei, die im Parterre lebende Familie aus seiner Villa hinauszubefördern, damit er dort endlich mit seiner Familie einziehen konnte. Lysbeth wusste nicht, was Aaron über all das dachte, er sprach nicht darüber, und wenn sie ihn fragte, verneinte er jeden Groll. »Ich bin bei Viktor Frankl in die Lehre gegangen«, lächelte er milde. »Viktor haben sie im KZ wirklich übel mitgespielt, und er predigt die Liebe. Da werde ich, den deine Familie doch beschützt hat, nicht in einen völlig überflüssigen Groll absinken.«

Lysbeth wollte ihm gern glauben, aber sie spürte deutlich, dass etwas zwischen ihnen nicht stimmte. Aaron griff auch kaum noch nach ihr, wenn sie nebeneinander im Bett lagen. Seit sie einander kannten, hatte die körperliche Liebe zwischen ihnen sie in den allerschlimmsten Zeiten getröstet und genährt. Das war, seit Aaron aus Theresienstadt zurückgekehrt war, weniger und weniger geworden. Anfangs hatte Lysbeth es auf seine schrecklichen Erlebnisse dort zurückgeführt, dann war Aaron in Wien gewesen, und sie hatte studiert, was ohnehin etwas ganz Neues zwischen ihnen gewesen war, weil sie es bis dahin keine Nacht ohne einander ausgehalten hatten. Und seit er zurück war, hatte sie sich um ihren Beruf und er sich um seine Praxis gekümmert. Sie waren noch freundlich miteinander, es gab keinen Streit, aber irgendetwas fehlte.

Weihnachten feierten alle miteinander oben bei Stella. Dort gab es sogar einen Tannenbaum und Kerzen. Und jeder hatte für jeden ein kleines Geschenk. Alle wussten, dass Anthony ein reicher Mann war, und als deutlich wurde, dass unter den Geschenken nicht ein einziges von ihm war, streifte ihn der eine oder andere befremdete Blick. Jeder hatte etwas aus seinen Besitztümern geopfert, Cynthias und Eckhardts Bestände an Papier und Stiften schienen unerschöpflich zu sein, Dritter und Marthe hatten aus ihren in Ratekau erworbenen Silberbestecken Löffel und Gabel und Messer verschenkt, und Lysbeth und Aaron hatten für jeden ein Buch verpackt, Stella hatte den Frauen Schals und den Männern Krawatten aus London mitgebracht. Und Anthony? Er saß grinsend auf dem Sofa, bedankte sich artig bei jedem für die vielen hübschen Sachen, die sie ihm zugedacht hatten, aber keiner bedankte sich bei ihm.

Da sagte Wilhelm, dem optische Veränderungen stets ins Auge fielen: »Was ist das da eigentlich?«, und wies auf einen großen viereckigen Pappkarton, der in der Nähe des Tannenbaumes stand. »Tja«, Anthony zuckte die Schultern, »Was mag das wohl sein?« Wilhelm, der neue lange Hosen trug, die seine Tante Stella ihm geschenkt hatte, stellte sich breitbeinig davor. Er schlug kurz mit der flachen Hand auf den Karton, aber der dumpfe Laut, der ertönte, gab keine Auskunft über den Inhalt. Stella überreichte Wilhelm eine Schere und sagte: »Übernimm du doch mal die Aufgabe, das Geheimnis zu lüften.« Dritter schob seinen Ältesten zu Wilhelm. »Hilf ihm.« Marthe hielt ihren Jüngsten, Peter, auf ihrem Schoß fest an sich gepresst. Er sollte noch nicht mit Scheren hantieren, und wer weiß, was in diesem Karton war, anscheinend ja Anthonys Geschenk. Sie wusste, dass Stella ein Faible für exotische Dinge hatte, sie sollte sogar früher einen Affen in ihrer Wohnung beherbergt haben, Marthe wollte nicht, dass ihr Kleiner irgendwie erschreckt wurde.

Wilhelm bewies handwerkliches Geschick, Alex verrichtete die Hilfsarbeiten, er faltete das Papier zusammen, rollte die Kordel auf und legte sie beiseite. Endlich hatte Wilhelm den Karton geöffnet und lugte hinein. Da war etwas Glattes, Dunkles. So etwas hatte er noch nie gesehen. Es war kein Plattenspieler, es war auch keine Truhe, und es war auch kein Radio, auch kein Radio in einer Truhe. »Jetzt müssen wohl starke Männer her«, sagte Anthony. Sofort stand Dritter neben dem Karton, er warf einen Blick hinein und schnaubte. Eckhardt war sitzen geblieben, wo er war, die Aufforderung »starker Mann« betraf ihn nicht. Aaron, der in den Kriegsjahren, wo er gemeinsam mit KZ-Häftlingen in Bautrupps arbeiten musste, und dann später in Theresienstadt völlig ausgemergelt war, war zwar inzwischen wieder kräftiger, aber er hatte von all dem einen empfindlichen Rücken behalten, der es ihm verbot, schwere Lasten zu tragen. Also standen Dritter und Anthony neben dem Paket. »Wilhelm, komm her«, befahl Dritter. Der Kleine war sofort zur Stelle. Er war zwar klein, aber er war aus Ratekau schwere körperliche Arbeit gewohnt. »Quatsch«, sagte Anthony und schob ihn weg. Er dirigierte Dritter, den Karton mit ihm gemeinsam hochzuhieven und auf eine Kommode zu stellen, zu der alle hinschauen konnten. Dann schnitt er mit einem scharfen Messer den Karton an vier Seiten entzwei, entblätterte den Inhalt wie eine Blume, da konnten es endlich alle sehen. Ebenso wie zuvor Dritter schnaufte Eckhardt, Marthe quiekte auf, Wilhelm zog die Stirn in Falten, da erklärte Alex altklug: »Ein Fernseher. Damit kann man Bilder sehen, die in dem Bunker auf dem Heiligengeistfeld gemacht werden.« Wilhelm war enttäuscht. Und davon hatte Onkel Anthony so ein Aufhebens gemacht?

Am nächsten Tag saßen wieder alle bei Stella im Wohnzimmer. Sie hatte Bier auf dem Balkon kaltgestellt, Rotwein und Salzstangen befanden sich auf dem kleinen Nierentisch, der neuerdings das Zimmer zierte. Alle hatten sich festlich gekleidet, als würden sie ins Theater gehen. Um Punkt 20.00 Uhr wurde der Fernseher eingeschaltet.

»Das Fernsehen schlägt Brücken von Mensch zu Mensch. Von Völkern zu Völkern. So ist es wohl das richtige Geschenk gerade zu Weihnachten. Denn es erfüllt seine Möglichkeiten erst ganz, wenn es die Menschen zueinanderführt und damit beiträgt zur ewigen Hoffnung der Menschheit: Friede auf Erden. In dieser Hoffnung beginnen auch wir nun unser Programm.« Mit diesen Worten von NWDR-Intendant Werner Pleister begann das Programm, das die Erwachsenen mit angehaltenem Atem geradezu schlürften. Die drei Jungs hingegen starrten zwar auf den Bildschirm, nach kürzester Zeit mussten sie allerdings zum Stillsitzen ermahnt werden. Um zehn nach acht sagte eine hübsche Dame, Irene Koss, ein Fernsehspiel an. *Stille Nacht, heilige Nacht.* Die sich ständig bewegenden Bilder waren zwar in der Lage, Wilhelm eine gewisse Aufmerksamkeit abzuringen, aber er war schon im Kino gewesen, und damit kam dieser kleine Kasten bei weitem nicht mit. Das Stück über die Geschichte des Weihnachtsliedes langweilte ihn, und noch mehr langweilten ihn die darauf folgenden Grüße aus aller Welt. Er konnte seine Füße einfach nicht still halten, stieß Alex an und verzog sein Gesicht zu Grimassen, die den Bruder zum Kichern brachten. Schließlich setzte Dritter ihn vor die Tür, wo er warten musste, bis das Fernsehprogramm vorbei war. Es dauerte insgesamt fast zwei Stunden. Das Tanzspiel *Max und Moritz* bekam Wilhelm nur als Beschallung mit. Er fühlte sich zwar ausgeschlossen, aber er vertrieb sich die Zeit, indem er die Treppen hinunterhüpfte und wieder hinauf, indem er sie zählte und die Zahlen wieder vergaß, indem er das Weihnachtslied *Stille Nacht, heilige Nacht* laut und falsch sang. Die Erwachsenen da drinnen vor dieser Kiste mit den schwarzweißen Bildern waren offenbar so gebannt, dass sie nichts von all dem mitbekamen.

Als sich am nächsten Tag der Vater schon wieder fein machte, um zum Mini-Kino von Tante Stella zu gehen, verfluchte Wilhelm das blöde Ding. Aber der Vater, der seine Söhne offenbar gern dabei haben wollte, lockte Alex damit, dass sie das Pokalspiel FC St. Pauli–Hamborn 07 am Bildschirm in direkter Übertragung erleben könnten. »Männersache, Großer!« Alex interessierte sich nicht besonders für Fußball, aber er fühlte sich geschmeichelt, weil er bei den Männern dabei sein durfte. Da bat Wilhelm, auch mitkommen zu dürfen. Dritter sah ihn streng an: »Aber nur, wenn du deine zappeligen Füße still hältst. Sonst fliegst du hochkantig wieder raus.«

Oben hatte sich sogar Onkel Jonny eingefunden. Die Männer saßen voller Vorfreude auf dem Sofa und den Sesseln. Für die Jungs wurde eine Decke mit zwei Kissen zum Sitzen auf den Fußboden gelegt. Wieder gab es Bier, und Onkel Jonny hatte eine Flasche Sekt mitgebracht. »Die machen wir aber erst auf, wenn die Frauen kommen«, bestimmte Tante Stella. Endlich bereitete es Wilhelm Vergnügen, vor dem Kasten zu sitzen. Die Luft war rauchgeschwängert, es roch nach Bier, und Wilhelm knabberte unauffällig eine ganze Tüte Salzstangen leer. Danach plagte ihn schlimmer Durst, aber Tante Stella hatte sogar Limo vorrätig, die er mit einem Strohhalm trinken durfte.

Das Spiel wurde lautstark kommentiert. »Schieß doch!« »Gib ab, gib ab!« Vereinte Seufzer, vereinte Aufschreie. Noch nie hatte Wilhelm die Erwachsenen seiner Familie so einträchtig zusammen erlebt.

Nach dem Spiel erschienen die Damen der Familie, um die Sendung *Eine nette Bescherung* mit Peter Frankenfeld gemeinsam anzuschauen. Auch dieses Programm gefiel Wilhelm. Es traten viele Menschen auf, von denen er noch nie gehört hatte, die ihm aber sehr gefielen. Was er schon kannte, war das Lied *Pack die Badehose ein*, das die drei Jungs mitgrölten, als Cornelia Froboess es sang. Cornelia Froboess war ungefähr so alt wie Alex, und sie gefiel Wilhelm sehr. Von nun an würde er in seinen Tagträumen sich damit beschäftigen, so berühmt zu werden wie sie, er musste sich nur noch überlegen, womit. Ein Geiger trat auf, Helmut Zacharias, und Wilhelms Mutter wusste bestens über diesen Musiker Bescheid und erzählte allen, dass er ein Jahr zuvor einen Preis gewonnen habe. Alice Treff war die Schauspielerin aus dem Film *Tanzende Sterne*, den von den Erwachsenen nur Tante Stella und Onkel Anthony gesehen hatten und der ihnen, wie sie erklärten, nicht im Allergeringsten gefallen hatte. »Ein Schablonen-Lustspiel: reich ausgestattet, tanzeifrig und melodiös – aber ohne jeden Witz«, sagte Stella, Onkel Anthony stimmte ihr zu: »Eine deutsche Klamotte aus dem untersten Schubfach veralteten Humors. Das meiste Zelluloid wurde für Albernheiten verwendet, die Großvater schon in Filzpantoffeln pfiff.«

Da bemerkte Stella bedeutungsvoll: »Übrigens, die DDR ist schon vor vier Tagen auf Sendung gegangen. Angela hat es mir erzählt.« Cynthia bedachte sie mit einem abfälligen Blick, den Stella sofort kommentierte. »Ja, ich bin für die da drüben, falls du mich das fragen willst.« Wilhelm richtete sich neugierig auf. Jetzt fing wieder Krieg an, wo es vorher so schön friedlich gewesen war. Anthony lächelte. »Angelas Entwicklung in unserem anderen deutschen Staat ist wirklich beeindruckend.«

Wilhelms Eltern hatten sich über Angela unterhalten, was er unbeabsichtigt belauscht hatte, und so wusste er, dass beide einhellig, was nicht so oft zwischen ihnen vorkam, der Meinung waren, dass Angela sich da drüben zu einer richtigen Lehrerin gemausert hatte, was man gar nicht von ihr erwartet hatte.

Wilhelm blinzelte durch den Rauch, um genau zu beobachten, was Tante Cynthia jetzt tun würde. Er wusste, dass sie oft davonrauschte, wenn sie sich beleidigt fühlte. Und dann lief Onkel Eckhardt hinter ihr her – und später kam dann manchmal vom Rechtsanwalt ein Schreiben, das sein Vater mit gerunzelter Stirn durchlas und dann aufstöhnte. Wilhelm hatte viele Worte das erste Mal gehört, wenn seine Eltern über Eckhardt und Cynthia sprachen. Vertrocknete Pflaume,

Mannweib, KZ-Aufseherin, diese Worte galten der Tante. Schwuchtel, Pantoffelheld, Advokatenknecht, diese Worte galten dem Onkel. Doch jetzt reagierte Tante Cynthia nicht, sondern starrte auf den Apparat, als würde dort die Weisheit der Welt verkündet.

Dort trat jetzt eine Frau namens Ilse Werner auf, die Wilhelm als die Pfeiferin erkannte, die er im Radio schon gehört hatte. Es war irgendwie sehr besonders, dass diese Menschen, die er aus dem Radio kannte oder auch aus Filmen, da plötzlich mit diesem Herrn Frankenfeld sprachen, als wären sie alle in Tante Stellas Wohnzimmer zu Besuch. Ilse Werner erzählte, dass sie das Pfeifen nicht etwa auf der Schauspielschule gelernt habe. Das Pfeifen war eine Naturbegabung, die Ilse Werner schon als Kind hatte. Da beschloss Wilhelm, mit dem Pfeifen so berühmt zu werden wie Cornelia Froboess mit dem Singen. Er war in der Lage, astrein *Schwarzbraun ist die Haselnuss* zu pfeifen, dieses Lied, das seine Eltern manchmal, wenn sie wirklich guter Laune waren, gemeinsam mit ihren Kindern sangen. Wilhelm erfuhr, dass Ilse Werners Pfeiftalent durch Zufall ans Tageslicht gekommen war. »Das ist doch die *Reichspfeife*«, sagte Onkel Eckhardt amüsiert. »Dieser Spitzname haftet wohl an ihr wie Pech«, bemerkte Wilhelms Vater, und Wilhelm wunderte sich, wieso *Reichspfeife* ein Name sei, für den man irgendwie bemitleidet werden musste. Ilse Werner erzählte: »Also, ich habe einen Film gemacht, *Wunschkonzert,* und da war der Werner Bochmann, der Komponist, der wunderschöne Evergreens geschrieben hat. Der hat mich in der Garderobe pfeifen hören, kam und sagte: Was haben Sie denn da eben für ein Instrument gespielt? – Ich sagte: Ich habe kein Instrument gespielt, ich habe gepfiffen. – Machen Sie's noch mal? – Ja, sagte ich, ich mach's noch mal. Dann habe ich's noch mal gemacht, und daraus wurde die erste Schallplatte.«

Pfiffe jeder Tonlage erklangen im Raum, aber Wilhelm übertönte sie alle mit seinem glockenklar gepfiffenen *Schwarzbraun ist die Haselnuss.* Augenblicklich wurde es still, und Wilhelm pfiff das Lied zu Ende, stolz, so viel Aufsehen erregen zu können. Die folgende Reaktion allerdings erschreckte ihn so fürchterlich, dass er seinen Entschluss, mit dem Pfeifen berühmt zu werden, sofort wieder aufgab. Tante Stella schrie seinen Vater und seine Mutter an, Wilhelm verstand nur »Nazilieder«, die schrien irgendwann zurück, Tante Stella sei päpstlicher als der Papst, Anthony versuchte, die Frauen zu beruhigen, Tante Cynthia brabbelte seltsame Dinge, erhob sich und ging, und wie immer folgte ihr der Onkel. Seine Eltern griffen nach ihren Söhnen. Wilhelm meinte, dass sein Vater ihn besonders hart anpackte, und fühlte sich schuldig, ohne zu wissen, weshalb. Die Eltern schleiften die Söhne die Treppen hinunter, wo sie augenblicklich ins Bett mussten. Worum es tatsächlich gegangen war, hatte Wilhelm nicht verstanden. Er wagte auch nicht, genauer nachzufragen, aus Angst, dass das ganze wütende Getöse dann von vorne losginge.

Eine Woche später saßen die Eltern wieder oben bei Stella vor dem Fernseher, von nun an gehörte das Fernsehen zum Alltag der Wolkenraths. Und es steigerte Wilhelms Ansehen in der Schule, denn die anderen Kinder konnten höchstens fernsehen, indem sie ihre Nasen an den Schaufenstern der Elektroläden platt drückten, um das Testbild zu sehen.

## 8

Wilhelm fragte sich manchmal, wie er sich entscheiden würde, käme eine gute Fee vorbei. »Du hast drei Wünsche frei«, würde sie sagen. Würde er antworten: Ich will ein Hund sein? Natürlich hat so ein Hund auch seine Probleme, aber er könnte sich zweitens wünschen, läusefrei zu sein, und drittens, ein starker Rüde in der Kippingstraße. Wenn das Letzte als Doppelwunsch angesehen würde, wäre er auch bereit, dafür auf die Sache mit den Läusen zu verzichten.

Um die Hunde kümmerten sich Tante Cynthia und Onkel Eckhardt mit einer Liebe und Aufmerksamkeit, die Wilhelm unbekannt waren und ihn irgendwie neidisch machten. Seine Mutter hatte ihm erklärt, dass diese Hunde Wertobjekte waren. »So ähnlich wie die Herde früher und die Würstchen und die Ochsenschwanzsuppen heute für Vati.« Die Zähne der Hunde wurden mit einer besonderen Zahnbürste geputzt, sie durften auf dem Sofa liegen, je nach hierarchischer Stellung im Rudel, denn zwölf Hunde passten selbstverständlich nicht gleichzeitig drauf. Jeder bekam täglich sein Stück Schokolade. Wilhelm liebte Schokolade und hätte auch gern täglich ein Stück bekommen, aber daran war gar nicht zu denken.

Mitte März, der Himmel lag grau und schwer auf den Häusern, am Vortag hatte der matschige Erdboden der Bürgersteige bei jedem Tritt von Wilhelms Gummistiefeln ein schmatzendes Geräusch von sich gegeben, entstieg Wilhelm am Morgen seinem eiseskalten Bett, wusch sich Hände und Gesicht mit noch kälterem Wasser und zog einen blauen Pullover an, auf dem zwei rote Hirsche einander zu küssen schienen. Seine Trainingshose trug er über einer gestrickten Strumpfhose, die noch aus Ratekau stammte und von der Nachbarsbäuerin für Alex gestrickt worden war. Seine Gummistiefel stammten ebenfalls von Alex. Die Welt war in Ordnung, er freute sich beim Gang zur Schule an der schmatzenden Erde unter seinen Füßen, machte sogar kleinere Schritte, um das Geräusch zu provozieren. Doch wenig später geschah etwas Schreckliches.

Die Klassenlehrerin rief ihn nach vorne und forderte die Klasse auf, ein Geburtstagsständchen für ihn zu singen. »Wilhelm hat heute Geburtstag! Er ist neun Jahre alt geworden«, rief sie, als wäre es eine Sensation. Wilhelm fühlte sich, als würde eine klebrige Sauce in ihn gegossen, die durch seinen Kopf langsam nach unten sickerte. Er wusste, dass sein Gesicht rot wurde wie eine Tomate. Es war so furchtbar peinlich! Wie kam diese Schreckschraube darauf, dass er Geburtstag hatte? Sonst wusste es ja offenbar niemand, und er selbst wusste es auch nicht. Die Klasse schmetterte los: »Hoch soll er leben!« Die dicke Brühe im Kopf wurde immer heißer. Wilhelm schien es, als hätte er noch nie etwas so Beschämendes erlebt. »Hoch! Hoch! Hoch!«, krähten seine Klassenkameraden. Die Lehrerin gab ihm die Hand, eine zarte feingliedrige Hand, er hatte Angst, sie kaputt zu machen, und drückte nur vorsichtig zu. Nun durfte er sich endlich wieder setzen. Jutta, seine Tischnachbarin, flüsterte ihm zu: »Was hast du geschenkt bekommen? Erzähl!« Zum Glück ermahnte die Lehrerin Jutta und ihn, so dass er sich den Rest der Stunde überlegen konnte, was er den anderen erzählen sollte, wenn sie ihn noch einmal nach seinen Geschenken fragten.

Als er nach Hause kam, setzte er sich wie an den meisten Tagen zu seinen Brüdern an den Tisch in der Küche, dessen einst weiße Farbe an manchen Stellen abgeblättert war und ansonsten bereits ins Gelbliche überging.

Es gab Würstchen wie meistens und dazu Pellkartoffeln. Er mochte die Wiener, die sein Vater verkaufte, auch wenn er sich bereits etwas daran übergegessen hatte. Die Ochsenschwanzsuppe behagte ihm weniger, beim Essen saß hartnäckig das Bild des Ochsen mit seinem Schwanz, der Fliegen fortwedelte, in seinem Kopf.

Während die Jungs aßen, stand Marthe am Herd und braute sich einen starken Kaffee. Sie war noch dünner geworden, seit sie in der Kippingstraße wohnten, Dritter und auch ihre Söhne ermahnten sie zuweilen, etwas zu essen, aber sie ernährte sich vor allem von Kaffee. »Wie war es in der Schule?«, fragte sie. Die Söhne antworteten nicht, und sie schien auch gar keine Antwort zu erwarten. Wilhelm behielt den schulischen Geburtstagsüberfall für sich.

In diesem Augenblick wurde die Tür aufgestoßen, und Stella polterte mit wütenden Schritten in die Küche. Ein Flugblatt in der Hand schimpfte sie: »Das musst du dir mal vorstellen! Hier beklagen sich die Entnazifizierungsgeschädigten und fordern Wiedergutmachung, während Leute wie Aaron vergeblich um ihre Haft- und Berufsschäden-Wiedergutmachung kämpfen. Wo ist meine Schwester?« Mit wilden Augen blickte sie in der Küche umher, als hätte Lysbeth sich irgendwo versteckt.

»Möchtest du eine Tasse Kaffee?«, fragte Marthe mit müder Stimme. Stella nahm von der Schwägerin dankend das dampfende schwarze Gebräu entgegen. »Weißt du was, ich fürchte, dass Jonny schon wieder seine Finger im Spiel hat.« Marthe rührte mit einem kleinen silbernen Löffel im Kaffee. Nachdenklich betrachtete sie dessen Griff, der wie ein längliches Blatt geformt war, dessen Ende eine Rose zierte. »Es wird ja auch von Amnestie für die Naziverbrecher gesprochen«, sagte sie. »Und ich denke manchmal, dass ein Schlussstrich nicht schadet.« »Ein Schlussstrich?« Stellas Stimme schwang sich in schwindelnde Höhen. »Überall sitzen Nazis, im Gericht, in der Ärztekammer, in den Universitäten, in den Banken und den Führungsetagen der Firmen, und du sprichst von Schlussstrich? Diese sogenannten Entnazifizierungsgeschädigten sprechen von deutscher Soldatenehre und dass sie nur ihre Pflicht getan haben. Das ist doch widerlich!«

Wilhelm wunderte sich über die Wut der Tante. Sein Vater hatte ihn in der letzten Zeit manchmal auf seinen Verkaufswegen mitgenommen. Wilhelm mochte das gar nicht, aber der Vater hatte gesagt, er brauche seine Hilfe. Also schleppte Wilhelm die Kisten mit Würsten und Suppe vom Fahrrad oder von der Straßenbahn in die Kneipen oder manchmal zum Flughafen. Der Vater tätigte dann die Geschäfte, und anschließend saß er an der Theke und trank ein Bier mit den Leuten, die er seine Kunden nannte, während Wilhelm eine Limo mit Strohhalm vorgesetzt bekam und sich langweilte. In seiner Langweile schnappte er den einen oder anderen Satz auf, der zwischen dem Vater und den Leuten fiel. Da war immer wieder die Rede davon, dass man aus einer Mücke keinen Elefanten machen solle, und damit waren die Gräuel der Nazis gegen die Juden gemeint, von denen seit Kriegsende so ein Aufhebens gemacht wurde. Wilhelm wusste zwar, dass Onkel Aaron im Konzentrationslager gewesen war, aber als er ihn einmal danach gefragt hatte, war unter den Erwachsenen eine so eigenartige Stimmung entstanden, dass Wilhelm sich wie manches Mal irgendwie schuldig fühlte. Onkel Aaron hatte zwar gesagt: »Frag mich, was möchtest du wissen, ich antworte dir gern«, aber da war Wilhelm schon ganz durcheinander gewesen, und dann hatte er nur fragen können: »Haben die dich vergast?« Wilhelm hörte manchmal, wie die Erwachsenen sagten: »Bis zur Vergasung«, und damit meinten sie, dass ihnen etwas auf die Nerven ging, aber er wusste, dass die Nazis die Juden vergast hatten. Ins Zimmer war eine Stille geschossen, schlimmer als ein Flugzeug, und Wilhelm hatte Angst bekommen, ausgeschimpft oder sogar gehauen zu werden, aber Onkel Aaron hatte gelächelt und gesagt: »Nein, Wilhelm, dann wäre ich ja jetzt nicht hier, oder?« Darauf hatten alle auf diese Weise gelacht, die Wilhelm hasste: Als wäre er etwas begriffsstutzig oder auch ziemlich dumm, und das befürchtete Wilhelm sowieso, denn im Gegensatz zu Alex empfand er nicht die geringste Freude an dem, was er in der Schule lernen sollte und schon gar nicht an den Hausaufgaben.

Wenn er nachmittags auch noch stillsitzen musste wie schon am Vormittag in der Schule, wo man nur reden durfte, wenn man vorher den Arm in die Höhe gereckt und vom Lehrer drangenommen worden war, und wo man sich nur in den Pausen bewegen durfte, dann juckte es ihn geradezu in allen Extremitäten, und er musste einfach raus und laufen. Er hatte den Eindruck, dass in der Schule nichts von dem gefragt war, was er gut konnte, aber alles, was er nicht konnte: Stillsitzen, zuhören, genau das tun, was ihm gesagt wurde. Er mochte eigentlich gern zeichnen, er war nicht ungeschickt darin, den Bleistift zu halten, aber die Buchstaben gerieten ihm immer anders, als die Lehrer es haben wollten. Er liebte eigentlich Geschichten, dachte sich ja auch selbst viele aus, wenn er den Wolken nachschaute, aber die Geschichten, die er in der Schule aufschrieb, waren der Lehrerin immer zu kurz, und jüngst hatte sie in roter Schrift druntergeschrieben: Thema verfehlt. Dabei hatte er zum Thema »Dein schönster Ausflug« von dem

Kneipenbesuch mit seinem Vater geschrieben, wo er einen Groschen in die Jukebox stecken und dann *Pack die Badehose ein* hören durfte.

Wilhelm konnte sehr schön Autos zeichnen, aber das war in der Schule nicht gefragt, da ging es um Bäume und Blumen und Häuser. Zum Glück konnte er Windhunde und Wolken zeichnen. Freilich fand er, dass starke Farben viel verdarben, in der Schule musste er aber mit Tusche malen. Tusche gefiel ihm nicht besonders, das war nicht Fisch und nicht Fleisch. Buntstifte besaßen eine größere Fähigkeit, Farbunterschiede hervorzuheben. Leider besaß er nur wenige Buntstifte, nur die Grundfarben. Ohnehin zeichnete er am liebsten Autos.

Über seinen Geburtstag verlor er kein Wort, und zum Glück wurde in der Schule nicht nachgefragt, wie es an seinem Geburtstag gewesen war, denn er mochte nicht gern lügen, hatte sich aber eine wundervolle Lügengeschichte ausgedacht mit Geschenken wie Matchboxautos, einem Roller und Schokolade. Die Krönung seiner Geburtstagsgeschichte war, dass die ganze Familie und dazu alle Hunde vereint vor dem Fernseher saßen. Er wusste, dass es zwei Sachen gab, die ihn in der Schule interessant machten: der Fernseher und die vielen Windhunde, die in der gesamten Nachbarschaft bekannt waren, weil sie nicht nur Schokolade aßen und gesittet spazieren geführt wurden, sondern weil sie prämiert wurden und manchmal in der Zeitung standen und sogar schon in der Oper mitgespielt hatten, so erzählte es zumindest Tante Stella.

Wilhelm freute sich riesig auf die Sommerferien. Endlich Freiheit! Sein Zeugnis war gar nicht so schlecht, wie er befürchtet hatte, und er durfte in den Tagen danach, wenn er seinem Vater half, Würste und Suppen auszutragen, zur Belohnung Eis essen und einen Groschen in die Musikbox werfen. Doch eine Woche später fühlte sich sein Kopf plötzlich an, als würde er platzen, in der Nacht hatte er solche Schmerzen, dass er vor sich hin wimmerte. Zu den Eltern zu gehen, war verboten, das wusste er, denn Mutter und Vater brauchten ihren Schlaf. Sein Wimmern hörte sich allerdings für ihn selbst ganz eigenartig an, und nach einiger Zeit begriff er, warum. Er zitterte am ganzen Körper, und also wimmerte er nicht nur, sondern ihm schlugen auch die Zähne aufeinander. Peter schlief ruhig weiter, was Wilhelm überhaupt nicht begreifen konnte, denn er meinte, dass seine Zähne ein Getöse veranstalteten, als würde gerade ein Haus in Trümmer stürzen. Irgendwann gegen Morgen, es wurde schon hell vor den Fenstern, die zu ebener Erde lagen, fiel er in unruhige Träume, die ihn zugleich ängstigten und trösteten. Als er aufwachte, konnte er fast nichts mehr sehen. Das erschreckte ihn so sehr, dass er einen markerschütternden Schrei ausstieß. Davon wachte Peter auf und schrie, als wäre ihm der Teufel leibhaftig begegnet.

Marthe stürzte ins Zimmer, im Nachthemd und auf nackten Füßen. Sie wollte gerade anfangen zu schimpfen, da sah sie Wilhelm. »Oh mein Gott«, stieß sie aus und legte ihm die Hand auf die Stirn. Sie wurde blass, rannte ebenso schnell aus der Küche heraus, wie sie hineingekommen war, und hämmerte gegen die Tür von Lysbeths und Aarons Zimmer. Verschlafen öffnete nach einer ganzen Zeit Aaron. »Wilhelm ist heißer als ein glühendes Holzscheit«, stieß Marthe hervor. »Du musst helfen.« Und dann brach sie in ein Jaulen aus, das Wilhelm furchtbar erschreckte. »Ich will nicht noch eins verlieren, ich will nicht noch eins verlieren. Aaron, hilf!«

Aaron ging, wie er war, im gestreiften Pyjama, der aussah wie ein Sträflingsanzug, gemessenen Schrittes zu Wilhelm, legte eine männlich feste Hand auf dessen Stirn, sagte ruhig, aber bestimmt: »Mund auf. Sag Aah!« Wilhelm meinte, noch nie eine so schwierige Aufgabe zugeteilt bekommen zu haben. Er presste ein Aah aus seiner viel zu engen Kehle, die schmerzte, als würde sie aus roher Haut bestehen.

Als Aaron seine kühlen Finger zwischen Kiefer und Hals drückte, zuckte Wilhelm zusammen und wimmerte kurz auf. Aber er versuchte, Aarons Fragen so klar wie möglich zu beantworten.

»Kopfschmerzen?«

»Ja.«

»Heiß im Körper?«

»Ja.«

»Halsschmerzen?«

»Ja.«

»Manchmal bis zum Zittern kalt?«

»Ja, das Bett hat gewackelt.«

Aaron übte eine beruhigende Wirkung auf Wilhelm aus. Da war jemand, der sich mit diesem verwirrenden menschlichen Körper auskannte. Wilhelm wusste viel über Autos, er glaubte, dass ein Arzt wie Aaron genauso viel über Menschen wusste wie Ingenieure über Autos.

Aaron fasste seine Schwägerin, die sich gegen die Tür gedrückt hatte, die Arme vor der Brust verschränkt, die Kiefer angespannt, leicht am

Ellbogen und bugsierte sie aus der Küche. Trotzdem konnte Wilhelm hören, wie er draußen sagte: »Ich glaube, der Junge hat Mumps. Genau können wir das heute Abend oder morgen früh sagen. Aber vielleicht schon in einer Stunde.« »Mumps?«, quiekte Marthe atemlos, »kann er davon sterben?«

Wilhelm spitzte die Ohren. Würde er nun sterben? In seiner Brust bildete sich ein Knoten. Sterben, was bedeutete das? Dann gab es ihn nicht mehr. Nicht mehr in dieser Küche, nicht mehr in der Schule, nicht mehr in den Kneipen bei dem Vater, nicht mehr in den seltenen Momenten, wo die Mutter ihn umarmte und kurz und heftig küsste. Das besonders täte ihm leid. Ob er danach als Windhund wiedergeboren würde, war sehr fraglich.

In seinen Gedanken verwirrte sich alles, er sank tiefer in sein Kopfkissen und hörte verschwommen die Geräusche, die anzeigten, dass Alex und Peter sich auf das vorbereiteten, was sie an diesem Tag tun sollten. Alex sollte statt Wilhelm den Vater begleiten und ihm tragen helfen. Peter sollte für die Mutter Einkäufe erledigen und vielleicht auch zur Apotheke gehen.

Wilhelm dämmerte weg in wunderbare Träume. Er saß in einem schnittigen Auto und raste an Bäumen, Feldern, unter Wolken entlang. Rechts und links der Straße standen Menschen, die ihm zujubelten, Lehrer, Klassenkameraden, Tanten und Onkel, und er raste, als würde er fliegen.

Er wachte auf, als seine Mutter streng sagte: »Mund auf«, und ihm einen Saft einflößte, der ekelhaft schmeckte. Er würgte, und zum Kotzen fehlte nicht viel, aber sie hielt sein Kinn hoch, presste seine Zähne aufeinander und befahl: »Schlucken, und keine Sperenzien!«

Am Nachmittag kam Tante Lysbeth und dann noch mal Onkel Aaron, und dann stand fest: Wilhelm hatte Mumps. Er hatte keine Ahnung, was das war, aber alle machten überdeutlich, dass Mumps eine gefährliche Krankheit war, die noch gefährlicher werden könnte, wenn man nicht vollkommen still im Bett lag oder auf dem Sessel saß, sich nicht rührte, auf gar keinen Fall lief oder tobte, sondern man musste sich der Krankheit ergeben.

Wilhelm vernahm entfernt die Stimmen von Onkel Aaron und seiner Mutter, im Hintergrund brummte sein Vater, und manchmal warf Tante Lysbeth ein Wort ein. Er verstand, dass Aaron dafür plädierte, ihn ins Krankenhaus zu bringen. »Mumps kann gefährlich werden«, sagte er, und Wilhelm wurde zu all den Schmerzen auch noch schwindlig vor Angst, deshalb verstand er die Erklärung nicht, wieso es so gefährlich war. Zum Glück widersetzte sich die Mutter, das konnte Wilhelm wieder hören. »Mir nimmt keiner mein Kind weg, der Junge bleibt hier«, bestimmte sie. Am nächsten Tag kam der Kinderarzt Dr. Boden zu Wilhelm und verschrieb ihm Kamillentee und Geduld.

Marthe kämpfte wie eine Bärenmutter um ihr Kind, das merkte Wilhelm, und es machte ihm die Krankheit fast angenehm. Sie wollte nicht, dass er den ganzen Tag in der düster-feuchten Küche im Souterrain lag. Sie flehte Cynthia an, ihm zu helfen, und diese erlaubte nach einigem Geziere, dass er sich tagsüber oben bei ihr auf dem Sessel aufhalten könne. Viel lieber wäre es ihm gewesen, wenn er eine Etage höher zu Tante Stella hätte gehen können, aber das war unmöglich, was ihm seine Mutter, die darüber auch nachgedacht hatte, zweifelsfrei darlegte: »Da oben rauchen alle. Das ist, als würdest du hinter einem Lokomotivschornstein liegen. Das geht nicht. Wir müssen aufpassen, dass die Krankheit nicht auf deine Lunge und nicht auf dein Gehirn schlägt, kein Rauch!«

Bei Tante Cynthia und Onkel Eckhardt wurde nicht geraucht. Dort war er in Sicherheit. Aber was für eine scheußliche Sicherheit! Dort begriff er, dass für Sicherheit ein hoher Preis zu zahlen war, vor allem aber lernte er, dass Stillsitzen seinem Naturell widersprach. Den ganzen Tag lang saß er in dem kratzigen Ohrensessel der Tante. Manchmal bekam er sogar etwas von der Schokolade der Hunde ab, aber eigentlich schmeckte ihm das nur pappig in seinem verunstalteten Mund. Zum Glück blieben ihm seine Träume, halfen ihm, dort auszuharren, so dass er nicht, wie sein ganzer Körper es verlangte, einfach das Zimmer und das Haus verließ. Nur umherlaufen, einfach nur den Himmel sehen und den Boden unter den Füßen spüren und die Luft auf der Haut.

In diesem Zimmer blieben die Vorhänge den ganzen Tag lang zugezogen, das Zimmer war weder warm noch kühl. Das einzig Lebendige, das ihn zuweilen streifte, war eine Hundeschnauze an seinen Zehen. In den ersten Tagen war ihm alles egal, tatsächlich erleichterte es ihn sogar, dass kaum Tageslicht in das Zimmer fiel, denn jede Helligkeit biss in seine Augen, und der Schmerz schoss bis in den Kopf gleich hinter der Stirn. Es machte ihm auch nichts, dass er nichts zu essen bekam, ihm war sowieso übel. Auch dass ihn niemand berührte, empfand er nicht als beleidigend. Sein kleiner geschundener Körper reagierte auf alles, das ihm irgendwie nah kam, mit Fluchtneigung. Er hockte auf dem Sessel, in eine Decke gehüllt, und daneben stand eine große Kanne mit Kamillentee. Er fand Kamillentee scheußlich, aber der Arzt hatte gesagt, dass er ihn trinken müsse, damit sich sein Magen wieder beruhigte. Also würgte er den Tee hinunter. Anfangs spuckte sein Körper die Flüssigkeit sofort wieder aus, aber auch das gab sich, wie sich die Kopfschmerzen ganz allmählich legten und auch seine Backe mit den Tagen abschwoll. Wie lange er mit diesen Schmerzen, dem Fieber und der dicken Backe auf dem braunen Sessel verbracht hatte, wusste er nicht, als es begann, ihm besser zu gehen. Sein Körper schmerzte wie nach einer wahnsinnigen Anstrengung. Als hätte er den Ärmelkanal überquert. Sein Vater hatte ihm erzählt, dass ein Mann das getan hatte, Matthew Webb, und das war schon achtzig Jahre her, als der von Dover nach Calais geschwommen war. Wilhelm konnte sich an dessen Namen erinnern, als wäre er ihm in den Kopf gehämmert, und er konnte auch dessen Erschöpfung in den Knochen spüren. Im Erinnern von Namen war er ohnehin gut. Manchmal fragte der Vater ihn, wie der und der noch gleich heiße. Meistens konnte Wilhelm aushelfen. Er verstand nicht, wieso das so eine besondere Fähigkeit sein sollte, denn er fand es vollkommen selbstverständlich, dass über einem Gesicht, gewissermaßen als Überschrift, ein Name stand, wenn er ihn im Kopf vor sich sah. Oder im Fall von Webb als auf- und abtauchender Kopf in stürmischer See.

Die Mumpskrankheit allerdings brachte es fertig, dass er sich lange Zeit an gar nichts mehr erinnerte. Sein Kopf war mit einer breiigen Masse ausgefüllt, als hätte es monatelang hineingeregnet, und nun war alles durchnässt und matschig. Was sein Kopf allerdings während der ganzen Krankheit registrierte, war, dass seine Mutter anders zu ihm war als sonst. Immer wieder kam sie zu ihm, um ihn daran zu erinnern, seinen Tee zu trinken, um die Wolldecke um ihn festzustopfen und um ihm über den Kopf zu streichen. Das tat Wilhelm unendlich gut, dann breitete sich in seinem Bauch eine Wärme aus, als hätte die Mutter eine mit heißem Wasser gefüllte Flasche daraufgelegt. Er wusste sehr wohl, wie sehr sie es hasste, sich in den Gemächern Tante Cynthias aufzuhalten. Aber sie kam täglich mehrmals. Am Abend erschien der Vater, legte seine starken Arme unter Wilhelms Knie und Arme und hob ihn hoch, um ihn nach unten in die Küche zu tragen, wo er in sein Bett gelegt wurde.

Sie passten wahnsinnig darauf auf, dass er kaum Kontakt zu seinen Brüdern hatte. Die sollten sich nicht anstecken. Und das geschah auch nicht. Außer Wilhelm bekam niemand im Hause Mumps, was, wie Dr. Boden sagte, ein Wunder war.

So verbrachte Wilhelm die Sommerferien auf einem Sessel in einem dumpfen düsteren Zimmer. Die letzten zwei Wochen waren die Hölle für ihn. Er fühlte sich besser, die Kopfschmerzen waren fort, er mochte auch wieder essen, aber Dr. Boden bestimmte, dass er unbedingt noch zwei Wochen Schonung bräuchte. Wilhelms gesundender Körper schrie nach Sonne und frischer Luft und draußen sein, aber seine Mutter achtete streng darauf, dass er sich nicht rührte. Sie kam nun sogar längere Zeit ins Zimmer, spielte mit ihm *Mensch ärgere dich nicht* und las ihm tatsächlich vor. Das gefiel ihm sehr. Sie hatte das Buch *Robinson Crusoe* mitgebracht, und Wilhelm fieberte mit Robinson und Freitag und stellte sich vor, wie er sich auf einer einsamen Insel durchschlagen würde. »Du könntest das«, sagte seine Mutter, »du bist patent, dir fällt immer was ein. Und du hast ja auch viel von Onkel Wertmann gelernt.« Das stimmte. Da im Sessel in den endlosen Stunden voller Langeweile dachte Wilhelm oft an Onkel Wertmann, und sein Herz schmerzte.

Vier Monate später, kurz vor Weihnachten, Wilhelm war in der vierten Klasse, verließen sie endlich die Kippingstraße und zogen in die Johnsallee, die Wilhelm wie ein Paradies vorkam. Das Haus war noch prächtiger als das in der Kippingstraße, und die Wohnung, die sie nun bewohnten, war hell und groß und bot Platz für alle. »Nun sind wir zu Hause«, sagte Marthe zufrieden, als sie durch die Räume schritten, Marthe und Dritter vorweg, die Kinder hinterher. Es gab hohe Fenster, einen honigfarbenen Holzboden, der Stuck an den Decken zeigte Blumengirlanden und Engel, in der Küche stand zwar kein Elektro- aber ein Gasherd. Wie in der Kippingstraße gingen zwei große Zimmer ineinander über, aber hier lag nach hinten zum Garten hinaus noch eine Art Wintergarten, eine verglaste Veranda. Außerdem war da noch ein Zimmer und die Küche. In das Zimmer wurde das Etagenbett von Wilhelm und Alex gestellt, Peter schlief bei den Eltern in deren Schlafzimmer, das nach hinten hinaus führte, und das große Zimmer vorne wurde ein wunderschönes Wohnzimmer, in das Marthe den kleinen

Schreibtisch mit den geschwungenen Beinen stellte, den sie noch von ihrer Mutter hatte.

Wilhelm fühlte sich wie im siebten Himmel. Auch seine Wanderungen beglückten ihn. Hier brauchte er nur wenige Straßen zu marschieren, und schon war er an der Alster. Die Alster! Dass es etwas so Phantastisches in Hamburg gab, hatte er nach seinen vielen vergeblichen Suchen nicht erwartet. Da waren Wasser, Wellen, Dampfer und über allem ein Himmel, wie er nur über Wasser war. Kein Haus versperrte die Sicht auf den Himmel, und als Krönung all dessen standen rundherum Paläste, in denen Könige und Grafen und Prinzessinnen wohnen mussten, so prächtig waren sie. Darüber sprach Wilhelm freilich mit niemandem, weil er bereits wusste, dass in Hamburg kein König herrschte. Aber vielleicht, so überlegte er, nannten die sich in Hamburg anders, denn ihre Paläste standen dort ohne jeden Zweifel.

Was sein Glück trübte, war der Wechsel in eine neue Schule. Mitten im Schuljahr als Neuer in eine Klasse zu kommen war unangenehm, das wusste er bereits. Es gab klare Sitzordnungen, Freundschaften und Feindschaften, der Neue war derjenige, der nicht dazugehörte. Er nahm sich fest vor, diesmal nicht wie ein Baby stotternd und krebsrot vor der Klasse zu stehen, wenn die Lehrerin ihn vorstellte.

Er kam in die Jungensschule im Turmweg, in die Klasse 4b. Seine Lehrerin hieß Frollein Lilienthal. Sie war ungefähr so alt wie Tante Cynthia und sie sah auch ungefähr so aus. Aber sie wirkte nett und freundlich. »Das ist Wilhelm«, erklärte sie, als er vorn vor der Klasse stand, »er ist gerade umgezogen, kommt von der Schule in der Kielortallee, und ich erwarte, dass ihr ihn alle nett und hilfsbereit aufnehmt.« Vierzig Augenpaare waren auf ihn gerichtet. Wilhelm nahm nur einen einzigen Schüler wahr. Der saß ganz vorn, und er war doppelt so groß wie Wilhelm, zumindest kam es ihm so vor. Er fragte sich, während Frollein Lilienthal sprach, wieso ein so großer Junge vorn saß, der raubte doch allen hinter ihm sitzenden den Blick auf die Tafel. Und dann fragte er sich, ob der schon Sitzengeblieben oder von allein so groß war. Und dann dachte er, dass er sich mit diesem Jungen gutstellen musste, sonst könnte es ihm übel ergehen. Er musste einen Weg finden, gleich am Anfang schmissig rüberzukommen. Da erinnerte er sich daran, wie sein Vater sich in Kneipen vorstellte, in denen er zum ersten Mal war: »Wolkenrath, kein Jude.« Das war's. Sein Vater erntete mit diesem Satz jedes Mal Heiterkeit, ihm wurde auf die Schulter geschlagen und ein

Bier eingeschenkt. Als Frollein Lilienthal fertig war, sagte sie: »Willst du noch etwas sagen, Wilhelm?« Da richtete sich Wilhelm schneidig auf und schnarrte: »Wolkenrath, kein Jude.«

Wie er erwartet hatte, brach in der Klasse Heiterkeit aus. Das hatte er gewollt: Lachen und freundliche Gesichter. In der Pause würde der große Junge vorn ihm vielleicht auf die Schulter klopfen.

Dass das Frollein erstarrte und schmale Lippen bekam, bemerkte er, aber sie war ihm weniger wichtig als der große Junge. Sie setzte ihn in die dritte Reihe neben einen Jungen namens Jens, den er für einen Jungen ungewöhnlich hübsch und sauber fand mit blonden Locken und einem hellblauen mit dunkelblauen Knöpfen geschlossenen Hemd. Sowohl Jens als auch Frollein Lilienthal würdigten ihn fortan keines Blickes. Anders jedoch der große Junge, der ebenfalls Wilhelm hieß, was kein Vorteil war, wie Wilhelm bald bemerkte.

Der Große machte ihm bereits in der ersten Pause klar, wer der »Wilhelm« in der Klasse war und wer das »Hänschen«. »Und deinen Kein-Jude-Scheiß kannst du dir sparen, Wolkenrath, der Name stinkt doch nach Jude, da weiß doch jeder, wo du herkommst.« Der große Wilhelm hatte Gefolgschaft in der Klasse, nämlich die meisten anderen Jungs, der Rest hielt sich fern, dabei handelte es sich offenbar um Streber.

Wilhelm sah seine einzige Chance darin, witzig zu sein. Von nun an entwickelte er sich zum Klassenclown. Sein Ziel war, alle zum Lachen zu bringen. Allerdings gereichte ihm das nicht immer zum Vorteil. Als er sich über den Namen der Lehrerin, Frollein Lilienthal, lustig machte, »Viele Lilien in einem Tal, und die Schule wird zur Qual«, erschien sie gerade in der Tür. Er glitt auf seinen Platz, verbarg sein Gesicht im Buch und hoffte, sie hätte ihn nicht erkannt. Vielleicht hatte sie das auch nicht, sie ließ nie ein Wort darüber fallen. Aber sie rief ihn treffsicher auf, wenn er etwas nicht wusste, kontrollierte seine Hausaufgaben, wenn er sie nicht gemacht hatte, und beorderte ihn an die Tafel, um Aufgaben zu lösen, die auch Jens, der Klassenbeste, im Anschluss an Wilhelms Scheitern nur mit emsigen Bissen auf seine Lippe zu lösen vermochte.

Derweil quälte der große Wilhelm ihn nach Schulschluss inzwischen so, dass ihm auch keine Witze mehr einfielen und er freiwillig auf Wilhelms Geheiß Regenwürmer verspeiste, weil ihm das angenehmer war, als von Wilhelm und seiner Gefolgschaft in den Dreck gestoßen und mit Fußtritten bedacht zu werden. Er wusste, dass es seiner Mutter nicht leichtfiel, ihre drei Jungs für die Schule sauber herzurichten, und er vermied, sich schmutzig zu machen, bevor er seine Lederhose und sein Nachmittagshemd anzog. Wilhelm wusste das, oder er ahnte es zumindest, und verlangte alle möglichen Sachen von ihm, damit er es verhindern konnte, in den Dreck gestoßen und von allen der Reihe nach einmal getreten zu werden. Er hatte das einmal erlebt, das erste Mal, als ihm ein Frosch gegeben wurde, den er vor aller Augen auseinanderreißen sollte, weil schließlich jeder wusste, dass Juden grausam seien. Da hatte er noch tapfer gesagt: »Ich quäle keine Tiere, und ich bin kein Jude.« Das war noch vor Weihnachten gewesen, und es hatte gerade ein bisschen Schneeregen gegeben, dementsprechend sah die Erde aus.

Als Wilhelm danach nach Hause kam, hatte es eine Ohrfeige von der Mutter gegeben. Sie hatte seine Anziehsachen genommen und in den Wäschetrog gestopft, wo sie mit der Bürste auf den Dreckflecken herumfuhrwerkte. Er wusste zwar, dass er keine Schuld hatte, aber er fühlte sich dennoch schuldig, denn er sah, dass seine zarte Mutter mit diesem schweren Topf, der halb so groß war wie sie, vollkommen überfordert war. Sie war ohnehin überfordert, auch von all den anderen Sorgen, das merkte er wohl, und er merkte auch, dass die Geschäfte seines Vaters schlecht liefen und sie nicht mehr wussten, wie sie ihre Familie ernähren sollten. Aber das war wahrscheinlich erst nach Weihnachten, und vielleicht war es auch erst nach Ostern.

Wilhelm kam allmählich zu dem Ergebnis, dass man sehr auf der Hut sein musste, wenn man im Leben irgendwie durchkommen wollte. Und er war auf der Hut und vorbereitet. Manchmal gingen sie zu Tante Stella zum Fernsehen, und dann merkte er sich alles sehr gut, um es am kommenden Tag in der Schule komödiantisch vortragen zu können. Besonders gut allerdings konnte er Chris Howland nachmachen. Seine Mutter, seine Brüder und er saßen jeden Mittwochabend vereint vor dem Radio und lauschten dem gebrochenen Deutsch dieses Mannes, der sich Schallplatten-Jockey nannte. Marthes graue, meist umflorte Augen begannen zu glänzen, wenn dieser Jockey, der sich bald selbst den Spitznamen Heinrich Pumpernickel gab, in der Sendung *Rhythmus der Welt* Musiktitel ansagte, die in deutschen Wohnzimmern bislang verpönt gewesen waren. Harry Belafonte sang schmelzend, ebenso Nat King Cole und Louis Armstrong. In den Spielpausen riss »Mister Pumpernickel« Witze, die Wilhelm sich merkte und am kommenden Tag in der Schule mit einer täuschend ähnlichen Stimme wiedergab.

Wilhelm hatte gehört, wie sein Onkel Aaron von dem riesigen Bedürfnis der Deutschen nach Humor gesprochen hatte, und das nahm er sich zu Herzen. Er hatte immer viele Lacher auf seiner Seite. Der große Wilhelm allerdings schätzte das gar nicht, und am Donnerstag waren seine Knüffe und Drohungen am härtesten. Aber das nahm Wilhelm in Kauf, denn so sicherte er sich zumindest die Sympathie vieler anderer Klassenkameraden. Dass die ihn allerdings nicht wirklich als Freund haben wollten, sondern nur über ihn lachten und das auch mit einem etwas abfälligen Beiklang, wollte Wilhelm nicht wahrnehmen, und so übte er fleißig und unbewusst die Kunst der Verdrängung.

Offensichtlich und unverdrängbar war Frollein Lilienthals Antipathie gegen ihn. Wilhelm begriff nicht, warum sie ihn nicht mochte, aber sie zeigte es ihm unverhohlen fast von Anfang an. Endgültig verdarb er es sich mit ihr, als er quasi als Anmoderation den Satz von Howland »Sitsen Sie bekwäm? Dann fanger isch arn«, in die Klasse posaunte, in dem Moment, als die Lehrerin sich hinter ihrem Pult zu Beginn des Unterrichts niederließ.

Wilhelm war stolz auf seine Fähigkeit, Stimmen und Geräusche nachzumachen, zum Beispiel übte er fleißig, die seltsamen Geräusche, die Howland in seiner Sendung auftauchen ließ wie Wasserfälle, Explosionen und Pferdegetrappel, zu imitieren. Sein Vater bestärkte ihn in diesem Stolz. Wenn er mit ihm in der Kneipe war oder sie als Familie zusammensaßen, forderte er seinen Sohn auf, mal den Mister Pumpernickel zu machen oder Pferdegetrappel oder diesen oder jenen Witz zu erzählen. Das mochte Wilhelm nicht gern, weil er sich ohnehin in den Kneipen nicht wohl fühlte, und das Ganze doch nur veranstaltete, um Menschen, die er für sich gewinnen wollte, zu beeindrucken, dennoch tat er regelmäßig, was sein Vater von ihm wünschte, und allmählich festigte sich in ihm die Überzeugung, dass man Witze machen musste und bekannte Leute imitieren, um Sympathie zu erringen. Hinzu kam noch ein Wissen über moderne Musik, das nicht nur Tante Stella beeindruckte, sondern mit dem er auch in der Schule bei manchem Mitschüler Interesse wecken konnte. Gegen die Gewalt des großen Wilhelm und die seiner Clique und gegen Frollein Lilienthals Abneigung richtete das alles jedoch nichts aus, ganz im Gegenteil.

So reduzierte sich Wilhelms Aufmerksamkeit darauf, die Menschen zum Lachen zu bringen, am Nachmittag durch die Straßen zu laufen, den Kneipenbesuchen mit dem Vater zu entkommen, manchmal mit dem Vater in die Kippingstraße zu gehen, um »in feuchtfröhlicher Männerrunde« im Fernsehen Fußballspiele anzuschauen und – auch das etwas, worin sich Wilhelm perfektionierte: Spielergebnisse und Namen von Fußballspielern und Fußballvereinen auswendig zu lernen und in der Schule zum Besten zu geben, in der großen Hoffnung, sein Widersacher Wilhelm würde ihn vielleicht irgendwann in *seine* »Männerrunde« aufnehmen.

Leider gelang ihm das nicht, ebensowenig, wie gegen die Antipathie von Frollein Lilienthal einigermaßen brauchbare Leistungen in der Schule zu erbringen, und so brachte der Postbote immer wieder Briefe aus der Schule, in denen seine Eltern zu einem Gespräch zitiert wurden. Vielleicht hatte Frollein Lilienthals Abneigung ja auch etwas damit zu tun, dass seine Eltern an keinem Elternabend teilnahmen, vermutete Wilhelm manchmal, der es schon lange aufgegeben hatte, sich deren Teilnahme zu wünschen, inzwischen hatte er es sogar zu schätzen gelernt, denn ihm schwante, dass das Frollein dort schlecht über ihn redete. Seine Eltern reagierten nicht auf ihre Briefe, sein Vater hatte keine Zeit und seine Mutter empfand eine tiefe Verachtung gegen Volksschullehrerinnen. »Was die sich anmaßt«, sagte sie, »uns in die Schule zu bestellen wie Lakaien. Soll sie doch zu uns kommen. Meine Lehrer haben das getan, die haben mit meiner Mutter Kaffee und Kuchen verspeist, und das waren angenehme Nachmittage.«

Schließlich kam ein Brief, in dem stand, dass Wilhelms Versetzung in die fünfte Klasse gefährdet sei. Am gleichen Tag – »die haben sich ja wohl abgesprochen«, sagte Dritter zornig – kam ein Brief von Alex' Schule, in dem mitgeteilt wurde, dass Alex nicht länger auf dem Gymnasium bleiben könne.

Dritter knöpfte sich seine Söhne vor und erzählte ihnen etwas von Disziplin und Fleiß und dass es in Deutschland nötig sei, eine gute Schulbildung zu erwerben, denn sonst könne nichts aus einem werden.

Am kommenden Tag ging er mit einem Paket voller Würstchen und Ochsenschwanzsuppe zu Alex' Schuldirektor. Am Nachmittag verkündete er seinem Sohn Alex, dass er nicht vom Gymnasium runterflöge, aber eine Klasse wiederholen müsste. Zu Wilhelm sagte er: »Eine Ehrenrunde drehen, ist eine Ehre, sonst würde es nicht so heißen, und wer weiß, vielleicht kriegst du dann sogar eine Lehrerin, die dich mag.«

Wilhelm wunderte sich, wieso sein Vater darüber Bescheid wusste, dass Frollein Lilienthal ihn nicht mochte, aber er empfand augenblicklich Erleichterung, dass er aus dieser Klasse endlich ehrenhaft verschwinden durfte.

## 9

Dicht bei dem Trümmerfeld, das Dresden noch lange nach dem Krieg war, wuchs Roberta rundum geborgen und behütet auf. Angela, Bobby und sie waren auf dem Bauernhof von Helga und Helmut wohnen geblieben, ebenso wie Lydia und Daniel, der für sie und alle anderen ihr Mann war, obwohl sie bislang noch nicht dazu gekommen waren – und es auch nicht so wichtig fanden –, diese Verbindung standesamtlich zu legalisieren. Die meisten anderen, die nach dem Bombardement dort Obdach gefunden hatten, waren allmählich ausgeschlüpft und hatten sich in unterschiedliche Richtungen verstreut.

Mit achtunddreißig Jahren hatte Angela gemeinsam mit einer Menge anderer, die keine pädagogische Vorbildung hatten, einen Kurs zur »Neu-Lehrerin« absolviert. Der Mangel an Lehrern, die nicht die preußische oder nationalsozialistische Pädagogik im Kopf hatten, war enorm, und im Anschluss an den Kurs hatte Angela im Nu einen Platz in einer Schule gefunden, wo sie feststellte, dass nichts sie so fesselte wie das Unterrichten von Kindern, und zwar von Kindern, die nach dem Krieg geboren waren. Sie kamen ihr so neu und unbeschädigt vor, auch wenn sie in die Trümmerwüste Dresdens hineingesetzt worden waren. Die ersten Klassen, das war das, was sie liebte, und als sie gar Klassenlehrerin einer ersten Klasse wurde, war es für sie, als hätte sich eine ihr bislang verschlossene Tür zum Paradies geöffnet. Sie kannte es zwar, einer Sache leidenschaftlich ergeben zu sein, hatte schließlich im Untergrund gegen Hitler gearbeitet und auch zwei jüdische Kinder in ihren Haushalt als Pflegekinder aufgenommen, aber diese neue pädagogische Tätigkeit war eingebettet in alles, was ihr wichtig war: Sie war nicht nur bereit, diesen sozialistischen deutschen Staat mit aufzubauen, sie liebte ihn geradezu für die Möglichkeiten, die er ihr bot. Und sie fühlte sich auf dem Bauernhof von Helga so zu Hause, wie sie es als Kind und als Jugendliche nie getan hatte. Außerdem liebte sie Bobby, auch wenn sie täglich an Robert, ihre große Liebe, dachte, allein weil Roberta sie an ihn erinnerte. Sie war sehr dankbar, dass Bobby mit ihr nach Dresden gekommen war, und sie genoss das Leben mit ihm, das zu den politischen und pädagogischen Themen andere Facetten hinzufügte, zum Beispiel Musik, Tanz, Kunst.

In diesem neuen Schwung unternahm sie oft etwas mit ihrer Tochter, sei es zu malen oder über ein Buch zu diskutieren, das beide gelesen hatten, oder durch den Wald zu stromern und über das Leben zu philosophieren. Und Roberta war eine ebenso begeisterte Schülerin wie ihre Mutter Lehrerin.

Roberta hatte nicht nur ihre Mutter, die sich um sie kümmerte. Da war Helga, eine so wundervolle Großmutter, dass es Angela oft Tränen in die Augen trieb, wenn sie ihre Tochter und ihre Adoptivmutter gemeinsam beobachtete. Helga war inzwischen nicht mehr gut auf den Beinen, ihre Knie schmerzten, manchmal konnte sie keinen Schritt mehr machen, doch auch von einem Stuhl in der Küche aus konnte sie mit Roberta backen und kochen, was beider liebste gemeinsame Beschäftigung war.

Manchmal erzählte Helga ihrer »Enkelin« von der Frau, von der sie damals Angela in Empfang genommen hatte, der »Hexe von Laubegast«, und Roberta war fasziniert davon, dass ihre andere Großmutter Stella, die sie im Gegensatz zu Helga nicht Oma, sondern »Stella« nannte, eine solche Tante gehabt hatte, das heißt, dass also auch Roberta in ihrer Familie eine Frau hatte, die mit Kräutern und Suppen und ihren Händen und irgendwelchen Sprüchen heilen konnte. Roberta löcherte Helga mit Fragen nach den heilenden Fähigkeiten dieser und jener Gewürze, was dazu führte, dass Helga Lydia beauftragte, ihr ein Buch zu besorgen, in dem die heilenden Kräfte von Pflanzen und Kräutern beschrieben waren.

Lydia gab sich zwar Mühe, bekannte jedoch bald, dass ihre Recherche nicht von Erfolg gekrönt worden war. »Hildegard von Bingen«, sagte sie, »die alten Klosterküchen und dann irgendwelche katholischen Heiligen, aber all das ist bei uns nicht gerade beliebt. Das sind nicht die Bücher, die gerade gedruckt werden.« Also schrieb Angela einen Brief an Lysbeth in Hamburg, in dem sie darum bat, im Westen nach Büchern zu forschen, die Roberta Aufschluss über die Heilkraft von Pflanzen und überhaupt über die Fähigkeiten geben konnten, die die Tante, die weit über hundert Jahre alt geworden war, gehabt hatte.

Roberta liebte Geschichten, und die Geschichten über die uralte Tante begeisterten sie enorm. Als das Buch von Lysbeth endlich ankam, das sich mit der Kräuterküche von Hildegard von Bingen beschäftigte, und Lysbeth dann auch noch schrieb, dass sie selbst von der Tante viele Aufzeichnungen habe, nach denen sie bis heute Menschen half, gesund zu werden, brannte Roberta vor Neugier, diese Aufzeichnungen selbst zu lesen.

Die zweite Sache, die sie fesselte, war der Spanische Bürgerkrieg, in dem ihr Vater ermordet worden war. Sie wollte alles über diesen Krieg wissen, über Spanien und über die internationalen Brigaden, die der spanischen rechtmäßig gewählten Regierung gegen die von Hitler unterstützten Faschisten unter Franco zu Hilfe gekommen waren. Ihr Vater Robert nahm vor ihren Augen Züge an von Robin Hood und Ernest Hemingway, Cary Grant und insbesondere ihrer eigenen Vorstellung von Robert Jordan, dem Guerrillakämpfer aus ihrem Lieblingsroman *Wem die Stunde schlägt*. Die Lieder von Ernst Busch waren ihre Lieblingslieder. Sie brannte vor Hass auf die Faschisten und träumte davon, einmal vor ein internationales Gericht zu ziehen und die Verbrecher in Deutschland, die die Francisten in Spanien unterstützt hatten, anzuprangern. In ihren Berufswünschen schwankte sie zwischen Ärztin und Richterin.

Was sie auch sehr begeisterte, war der Beruf des Journalisten, denn diese lernten zu recherchieren, Spuren zu verfolgen, und das hatte auch etwas von einem Krimi, etwas Detektivisches. Sie selbst empfand detektivischen Antrieb, und der führte sie dazu, sowohl in die eine als auch in die andere Richtung ihrer Interessen ihre Fühler auszustrecken. In der Schule musste sie ihr Interesse an heilenden Methoden, die im Gegensatz zur üblichen Medizin standen, verschweigen, was aber auch nicht schwer war, da es kein Fach gab, das sie damit irgendwie in Schwierigkeiten brachte. Die Hexenverbrennung des Mittelalters wurde als eine der menschenfeindlichen Auswüchse der katholischen Kirche angesehen, die in Zusammenhang mit der Verfolgung der Juden, Kommunisten und der Arbeiterklasse insgesamt während des Naziregimes gebracht wurden. Ihre Sympathie für die »Hexe von Laubegast« barg dementsprechend keine klassenfeindliche Tendenz. Und ihre Affinität, ja, geradezu Blutsnähe zu den internationalen Brigaden in Spanien brachte ihr die Sympathie gleich mehrerer Lehrer ein.

Im Musikunterricht waren Paul Dessau und seine Lieder über Spanien ein wichtiges Thema. Besonders *Spaniens Himmel breitet seine*

*Sterne* und *Die Thälmann-Kolonne* wurden sowohl gesungen als auch in ihrer musikalischen Besonderheit analysiert. Die Lieder Ernst Buschs, dessen *Spanienliederbuch* Roberta besaß, sein sogenanntes erstes Liederbuch unter dem deutschen Titel *Kampflieder der Internationalen Brigaden*, spielte Roberta auf dem Klavier.

Dieses Klavier hatte Stella ihr zu ihrem Umzug nach Dresden geschenkt, gemeinsam mit Anthony. Es hatte eine Zeit gegeben, da war ihre Mutter zum Schein mit ihm verheiratet gewesen, aber eigentlich war er immer der Liebste ihrer Großmutter Stella gewesen, also hatte Roberta sich schon vor Jahren, als sie in London noch zusammenlebten, mit ihm darauf geeinigt, dass sie »Anny« zu ihm sagte. Das tat niemand sonst, das zeigte ihre tiefe Verbundenheit, und es war auch etwas despektierlich, klang es doch wie ein Mädchenname und auch wie Nanny ohne N. Stella und Anny hatten ihr das Klavier als »notwendige Grundausstattung« eines jungen Mädchens in das Wohnzimmer im Bauernhof gestellt, und sie liebte es, gemeinsam mit Bobby, der ihr Unterricht gab, darauf revolutionäre Lieder zu schmettern.

*Dem Faschisten werden wir nicht weichen,*
*Schickt er auch die Kugeln hageldicht …*
*Rührt die Trommel! Fällt die Bajonette!*
*Vorwärts, marsch! Der Sieg ist unser Lohn!*

Als dieses Lied dann im Musikunterricht durchgenommen wurde, brillierte Roberta. »Es geht bei diesem Text nicht um den Sieg allein, sondern um die emphatisch angerufene ›Freiheit‹. Die Kämpfe in Spanien stellt er in den Zusammenhang mit dem Kampf gegen den Faschismus und betont dabei im Refrain besonders die Situation in Deutschland während der Zeit des Nationalsozialismus«, erklärte sie, und ihr Musiklehrer, Herr Dorn, stimmte mit leuchtenden Augen zu. Dann intonierte er auf dem Schulklavier, und die Klasse schmetterte:

*Die Heimat ist weit, doch wir sind bereit.*
*Wir kämpfen und siegen für dich: Freiheit!*

Die Thälmann-Kolonne war der deutsch-kommunistische Teil der internationalen Brigaden gewesen, und Roberta fühlte sich, wenn sie das Lied sang, als würde sie an der Seite ihres Vaters für die Freiheit in die

Schlacht ziehen. Nicht der Musiklehrer, sondern Bobby machte sie darauf aufmerksam, dass dieses Lied im Vergleich zu anderen Propagandaliedern vielgestaltig war. »Neben der für Marschlieder typischen Diatonik verwendet es auch Sept-, Non- und Undezimalakkorde, die eher typisch für Jazz und Swing sind.« Als sie ihren Musiklehrer darauf ansprach, schaute er sie irritiert an und fragte, woher sie das habe. »Von Bobby«, antwortete sie freimütig. »Mamas Mann, sozusagen meinem Stiefvater. Er ist Musiker.«

Herr Dorn gehörte ebenso wie Angela zur neuen Garde der Lehrer. Er dachte einen Moment nach und fragte Roberta dann, ob sie ihren Stiefvater vielleicht einmal mit in die Schule bringen könne, so dass er mit den Kindern musizieren und ihnen etwas über Jazz und Swing erzählen könne. Freimütig gestand er, dass er leider im Osten gekämpft habe, als er etwas über Jazz und Swing hätte lernen sollen. Aber er ließe sich gern von einem Musiker belehren.

Bobby erklärte sich sofort bereit. Er schnappte sich seine Gitarre und begleitete Roberta zu ihrer nächsten Musikstunde in die Schule. Für Roberta war Bobbys Hautfarbe vollkommen selbstverständlich, sie kannte ihn, seit sie denken konnte, ebenso wie viele andere seiner Freunde und auch Anthonys Freunde anderer Hautfarbe waren. Deshalb war sie überrascht, und es verletzte sie, als wäre sie selbst es, die zischelnd als »Urwaldaffe«, »Krötenlippe«, »Kaffer« bezeichnet wurde. Bobby hingegen war völlig ungerührt. Als würde er die unterdrückte Häme nicht mitbekommen, setzte er sich auf das Pult und stimmte die Lieder Ernst Buschs aus Spanien an. Den Kindern blieb nichts anderes übrig, als mitzusingen. Herr Dorn, der sich nach der ersten Überraschungssekunde beim Anblick Bobbys rasch gefangen hatte, verhielt sich, als wäre diese Stunde vor allem für ihn selbst von großem musikalischen Gewinn. Und so war es wohl auch.

Bobby erzählte, als wäre er dabei gewesen: »Ernst Busch war Mitglied der XI. Internationalen Brigade in Spanien. Er sang dort in Hospitälern und Städten und hatte sehr viele Rundfunkauftritte, vor allem bei Radio Barcelona, bei denen er, wie er selbst später gestand, seine Lieder ›ins Mikro brüllte‹. Gemeinsam mit ihm trat oft Paul Robeson, der amerikanische Negersänger, auf. Sie unterstützten den Kampfgeist der Männer, die einen heroischen Kampf führten. Wer von euch kennt Paul Robeson?« Nur wenige Arme hoben sich, und Bobby empfahl Herrn Dorn, sich mit diesem begnadeten Sänger im Unterricht zukünftig zu beschäftigen. »Er hat gerade den Internationalen Stalinfriedenspreis verliehen bekommen«, bekräftigte er seinen Vorschlag. Der Lehrer ging sofort darauf ein. »Wer bereitet sich für die nächste Stunde darauf vor?«, fragte er. Robertas Hand schoss in die Höhe, aber Herr Dorn wählte zwei Kinder aus, Heinrich und Berta, die anfangs besonders hässliche und abfällige Worte über »Neger« gezischelt hatten.

Bobby war ein begeisterter Anhänger von Paul Robeson, und Roberta brillierte noch in dieser Stunde, indem sie hinausposaunte, ohne sich vorher gemeldet zu haben: »Paul Robeson ist der Lehrer des Negersängers Harry Belafonte. Und den kennen doch bestimmt einige hier.«

Sie war nicht die Beliebteste in ihrer Klasse, dafür hielt sie mit ihren Meinungen, Gefühlen, Leidenschaften zu wenig hinter dem Berg. Oft trug sie mit flammenden Augen und nicht weniger flammenden Worten der Klasse etwas vor, das ihr besonders am Herzen lag. Ihr entging dann leider, dass die anderen ihre Begeisterung nicht teilten, sondern hinter ihrem Rücken tuschelten, wie sehr sie sich in den Vordergrund drängte, Liebkind bei den Lehrern machte, sich einschmeichelte, nur darauf aus war, Eindruck zu schinden.

Auch als in der nächsten Stunde Heinrich, dem die ersten Jahre Robesons zugeteilt worden waren, vortrug: »Paul Robeson war das Kind eines ehemaligen Sklaven. Sein Vater konnte als junger Mann der Sklaverei in North Carolina in den Norden entkommen«, unterbrach Roberta ihn mit den Worten: »Das beweist, wie die Sklaverei bis in die jüngsten Tage Amerika beherrscht.« Heinrich kam irritiert aus dem Konzept, fuhr suchend mit dem Finger über die Zeilen und fuhr fort: »Robeson aber befreite sich aus der Unterdrückung durch eiserne Disziplin und Kämpfertum. Er besuchte vom Herbst 1915 bis 1919 die Universität, wo er Football, Baseball und Basketball spielte, Leichtathletik betrieb und auch akademisch erfolgreich war.« Wieder unterbrach Roberta ihn mit dem Ausruf: »Das zeigt mal wieder, dass Neger in Amerika nur eine Chance haben, wenn sie sportliche Erfolge haben, weil die amerikanische Regierung hofft, mit ihnen international Preise zu gewinnen.«

Herr Dorn rief sie lächelnd zur Ordnung. »Roberta, es ehrt dich, dass du so klassenkämpferisch gesinnt bist, aber jetzt warte bitte ab, bis Heinrich seinen kleinen Vortrag beendet hat. Dann kannst du hinzufügen, was dir wichtig ist.« Heinrich war rot angelaufen vor Wut. Monoton ratterte er seinen Vortrag hinunter: »1921 und 1922 war

Robeson Profi-Footballspieler. 1923 schloss er sein Jurastudium ab. Aber er entdeckte bald seine wahre Leidenschaft: Das Schauspielen.«

Nun war Berta dran. Sie hatte inzwischen offenbar eine Schwärmerei für Robeson entwickelt. Als würde sie über ihren Liebsten sprechen, säuselte sie: »Die Rolle des Othello war Robesons bedeutendste am Broadway. Schon 1924 trat er in einem Stummfilm auf, *Body and Soul*. Er drehte eine ganze Reihe Filme. In Joris Ivens' Film *Das Lied der Ströme* ist er der Erzähler. Dieser Film wird in unserem Land gerade gezeigt, und ich habe ihn mir gestern Abend gemeinsam mit meinen Eltern angesehen. Es ist ein phantastischer Film. Aber er ist nicht nur ein Sportler und ein Schauspieler, sondern er hat eine wundervolle tiefe Bass-Stimme, mit der er schon 1932 bei seinem ersten Auftritt in dem Broadway-Musical *Show-Boat* brillierte, damals bekam er Standing Ovations. Durch die Rolle des Joe und den Hit *Ol'Man River* in der Verfilmung des Musicals wurde er 1936 einem breiteren Publikum bekannt und zu einem der führenden Bühnen- und Filmschauspieler. Er lebte von 1927 bis 1939 in London, wo er unter dem Einfluss von George Bernard Shaw und führenden britischen Politikern der Labour Party und der Kommunisten zum überzeugten Sozialisten wurde. Er las Marx und Engels, Lenin und Stalin im Original und war dem sowjetischen Botschafter in London freundschaftlich verbunden.«

Als Herr Dorn Roberta anschließend fragte, ob sie noch etwas hinzufügen wolle, schüttelte sie verneinend den Kopf. Sie hatte inzwischen gemerkt, dass sie Heinrich gekränkt hatte. So oft hatte sie sich schon vorgenommen, nicht in die Klasse zu plappern, also sagte sie nicht, dass sie in Anthonys Haus in London Paul Robeson persönlich kennengelernt hatte.

Es waren nicht nur ihre Klassenkameraden, die ihr manchmal mit Ablehnung begegneten, auch ihre Englischlehrerin zeigte ihr alles andere als Sympathie, denn Roberta hatte sie anfangs einige Male korrigiert. Alle Schüler hatten schnell begriffen, dass Robertas englische Aussprache die Behauptung ihrer Englischlehrerin, sie beherrsche diese Sprache so, dass sie sie unterrichten konnte, Lügen strafte.

Noch etwas anderes hinderte sie, über Robesons damaligen Besuch zu sprechen. Sie wusste nicht richtig einzuordnen, was sie damals, kurz nach dem Krieg, gehört hatte. Robeson, ihre Mutter und Anthony hatten lautstark darüber diskutiert, ob sie der Kommunistischen Partei beitreten sollten, was für Angela die einzig richtige Entscheidung war, aber die beiden Männer waren zu einem anderen Schluss gekommen.

Da erinnerte sie sich an etwas anderes, etwas, über das sie ohne Schwierigkeit sprechen konnte. Sie reckte den Arm in die Höhe, und als Herr Dorn sie drannahm, sagte sie: »Mir ist noch etwas eingefallen: Zwei Brüder der Frau von Paul Robeson leben in der Sowjetunion. Und Robeson hat gesagt, dass er die Sowjetunion als Befreiung und als wahrhaft menschliche Gesellschaft empfinde.«

Als Herr Dorn Heinrich fragte, was er denn persönlich zu Busch und Robeson für eine Meinung habe, sagte der nach kurzem Zögern: »Busch hat sozusagen auch so ein bisschen die nationale Ehre wiederhergestellt, er hat sozusagen gezeigt: Es gab nicht nur den Faschismus, sondern aus unserm Land kommen auch Menschen, die was dagegen unternommen haben.« »Ja«, stimmte Herr Dorn zu, und Roberta nickte stürmisch. »Ja, und das war ein gutes Schlusswort für diese Stunde. Ich danke euch allen, besonders Heinrich und Berta – und auch dir, Roberta.«

Roberta war mit sich und der Welt rundum zufrieden. Genauso ging es ihrer Mutter Angela. Angela hatte sich der SED als Mitglied angeschlossen, sie las mit großem Interesse und Begeisterung die Romane, die neuerdings erschienen. Viele berühmte Autoren waren nach dem Exil in die DDR gegangen unter anderem Stefan Hermlin – gemeinsam mit dem Literaturwissenschaftler Hans Mayer, der nun in Leipzig lehrte –, Willi Bredel und Stefan Heym, dessen Roman *Kreuzfahrer von heute* sie gerade las. Angela war auch stolz darauf, zu vielen Künstlern in Dresden einen guten Kontakt zu haben.

Dadurch, dass der Bauernhof sich geleert hatte, bot er nun Platz für alle möglichen Besucher, und es sprach sich bald herum, dass man mit Gastfreundschaft rechnen konnte, wenn man eine Unterkunft benötigte. Dresden war nach wie vor ein Trümmerhaufen, die Wohnungsnot war enorm, viele Menschen verschwanden aber auch gen Westen.

Der Bauernhof entwickelte sich durch Lydia, ihren Mann Daniel und durch Angela und Bobby zu einem Ort regen politischen wie künstlerischen Austauschs. An all dem nahm Roberta teil. Sie war bereits in London gewohnt gewesen, ein freies Leben zu führen, auch hier gab es keinen Erwachsenen, der sie bei bestimmten Themen oder zu bestimmten Zeiten als Kind ausschloss.

Auch Bobby war glücklich. Wenn er durch Dresdens Ruinen zur

neu errichteten Musikhochschule lief, wo er sich mit einigen Studenten und Dozenten angefreundet hatte, rannten zwar jedes Mal Kinder hinter ihm her und riefen: »Neger, Neger«, aber das war ihm egal. Er hatte einige Musiker gefunden, die Spaß daran hatten, mit ihm zu improvisieren, und nun beabsichtigte er, eine feste Band zu gründen. Viele Musiker kamen zu ihm auf den Bauernhof. Wenn er von den Anfeindungen sprach, die er nicht nur bei den Kindern erlebte, fügte er gelassen hinzu: »Es gibt hier eben doch noch die gleichen Deutschen wie vor dem Kriegsende, die sind ja nicht ausgerottet.« Angela zog dann meist die Augenbrauen hoch, murmelte befremdet »Umerziehung«, wandte sich aber bald wichtigeren Dingen zu.

Bobby schleppte alle möglichen jungen Jazzmusiker auf den Bauernhof. So den jungen Theo Schumann, der sich für Jazz begeisterte und der Meinung war, dass sich jeder Musiker mit Jazz ebenso wie mit Klassik zu beschäftigen hatte. Mit seinen sechsundzwanzig Jahren war er bereits Komponist und Multiinstrumentalist. Bobby war dabei, als er sein erstes Jazzquintett gründete, und spielte danach in einer Band mit, die Theo ebenfalls gegründet hatte. Für Theo Schumann bedeutete die Musik das Leben. Oft erzählte er, dass er schon als Kind auf Geheiß seines Vaters, eines Schneidermeisters, Stunden am Klavier verbracht und sich so Notenkenntnisse angeeignet hatte. Er wollte unbedingt das Dresdner Konservatorium besuchen und dort Klarinette und Klavier studieren.

Bobby wusste, dass er den strengen Maßstäben Theo Schumanns nicht genügen konnte, aber er genoss es, mit ihm gemeinsam zu jammen und in dem kleinen Dresdner Jazzkeller aufzutreten, wo sich alle einfanden, die Spaß am Jazz hatten.

Dort lernte Bobby auch James Pullay kennen, einen Farbigen, der gerade kurz zuvor an der Dresdner Musikhochschule vorgesungen hatte, um dort studieren zu dürfen. Wie er Bobby erzählte, hatte ihm ein Professor zwar seine stimmlichen Qualitäten bescheinigt, aber trotzdem war ihm mitgeteilt worden, dass er vor bezahlten öffentlichen Auftritten zuerst den »Berufsausweis« machen musste. Den Berufsausweis mussten alle Musiker beim Rat des Bezirkes beantragen, und üblicherweise brauchten sie dafür ein abgeschlossenes Musikstudium. Sobald sie den Berufsausweis vorweisen konnten, war es ihnen ein Leichtes, von der Musik zu leben, denn Auftrittsmöglichkeiten gab es zuhauf. Pullays Repertoire reichte von Gospel über Blues, Jazz bis hin zum Schlager, und Bobby fand, dass er ein verdammt netter Kerl war. Dem stimmte auch Herr Dorn zu, Robertas Musiklehrer, der bald zu den Stammgästen auf dem Bauernhof gehörte und sich mit seiner Klarinette als durchaus begabt für die Jamsessions erwies.

## 10

Roberta entging nicht, dass die Mädchen ihrer Klasse miteinander anders umgingen als mit ihr, aber das bereitete ihr keine besonderen Sorgen. Am Nachmittag war sie beschäftigt mit Hausaufgaben, Klavierspiel, Ballettgruppe am Dienstag und FDJ am Mittwoch. Zur FDJ gehörte sie, seit sie in der 8. Klasse war, und seitdem fühlte sie sich sehr erwachsen. Außerdem gab es Metallsammeltage, andere Tage, an denen sie in der Landwirtschaft halfen, zum Beispiel, um Kartoffelkäfer von den Feldern zu sammeln. Sie wäre nie auf die Idee gekommen, am Nachmittag einen Gedanken an die Mädchen ihrer Klasse zu verschwenden, ja, sie legte keinen besonderen Wert darauf dazuzugehören, Mädchentuschelei, Tratscherei, Kicherei und was alles mehr der Mädchenintimitäten waren, das lag ihr nicht am Herzen. Das Leben am Nachmittag bot viele aufregende Möglichkeiten der Unterhaltung, ihr fehlte nichts.

Auch in der Schulzeit vermisste sie nichts. Sie liebte fast den gesamten Unterricht, nahm leidenschaftlich Anteil an den Themen, ob es sich um die deutsche Geschichte des Nationalsozialismus, der Bauernkriege, der Weberaufstände drehte, ob sie Schillers *Räuber* oder Goethes *Egmont* behandelten, sie fühlte sich im Musikunterricht fast so zu Hause wie auf dem Bauernhof, und die Beschäftigung mit Pablo Picassos Bild *Guernica* im Kunstunterricht trieb ihr Tränen in die Augen, worauf sie beschloss, ihren Vater genauso wie die anderen in Spanien von den Faschisten geschundenen Menschen zu rächen. Allein im Englischunterricht langweilte sie sich entsetzlich. Russisch gefiel ihr weit besser. Sie mühte sich kräftig ab, die ihr so fremde Grammatik in ihren Kopf zu hämmern, die Aussprache empfand sie als musikalische Herausforderung, die sie oft zum Lachen brachte. Aber Englisch! Herrje!

Aus Mrs. Wittelsmanns Mund holperte eine die Ohrgänge reizende, das musikalische Gehör beleidigende grauenhaft sächsisch klingende fremde Sprache, die, so empfand Roberta, nichts mit dem Englisch zu tun hatte, mit dem sie aufgewachsen war. Mrs. Wittelsmann war zwar keine Koryphäe des Englischen, aber sie war nicht unsensibel, und so hatte sie längst begriffen, dass Robertas Englisch das ihre weit in den Schatten stellte, mehr als das, ins komplette Aus, aber sie nahm auch wahr, dass Roberta das trotz ihres jungen Alters genau registrierte und deshalb vermied, im Unterricht den Mund aufzumachen, um ihre Lehrerin nicht zu beschämen. Das wiederum beschämte Frau Wittelsmann ganz außerordentlich und führte dazu, dass sie selbst der grundlegendsten Fähigkeiten zeitweilig verlustig ging und nur noch radebrechen konnte, worüber die anderen Kinder in der Klasse heimlich, aber hörbar, kicherten. Also hasste Frau Wittelsmann Roberta, und Roberta, die die Nöte der armen Frau mit jedem Wort, das aus ihrem Mund drang, schmerzlich fühlte, versuchte vergeblich, sich unsichtbar zu machen. Aber das waren nur drei Stunden in der Woche, und die bereiteten Roberta über den Unterricht hinaus kein Kopfzerbrechen.

Robertas Leben war also im Großen und Ganzen in Ordnung. Die anderen Mädchen ihrer Klasse hatten beste Freundinnen, das fehlte Roberta nicht. Sie hatte noch nie eine beste Freundin gehabt, denn in England war sie die Deutsche gewesen, und die Deutschen waren Nazis und Englands Feinde. Also hatte kein Kind mit ihr befreundet sein wollen. Als Helene und Philip, das jüdische Geschwisterpaar, zu ihnen kamen, hatte auch Helene sich anfangs verhalten, als sei sie ihre Feindin, später dann war sie eine Art Freundin von Roberta geworden, aber nicht so eine, wie die anderen Mädchen sie hatten, dafür war sie zu jung gewesen, und auch sie trug das Stigma des Andersseins.

Robertas beste Freunde waren seit jeher Erwachsene, ihre Mutter, Anthony, und heute war es vor allem Bobby, denn der teilte Robertas Interessen und hatte am meisten Zeit für sie. Bobby schleppte sie auch mit in den Jazzkeller in Dresden, wo sie nach kurzer Zeit nicht mehr auffiel; alle wussten, dass sie zu Bobby gehörte. Sie war Teil der Dresdner Jazz-Gemeinschaft. Ein dünner Teenager mit kurzen aschblonden Haaren und großen dunkelblauen Augen im schmalen Gesicht. Sie wirkte jünger, als sie war, ganz anders als die bereits geschminkten Mädchen ihrer Klasse, die ihre Busen betonten.

Sie fand den »Mädchenkram« lächerlich, und als sie das erste Mal blutete, versteckte sie ihre Schlüpfer vor ihrer Mutter, weil es ihr so entsetzlich peinlich war, und sie befürchtete, ihre Mutter könnte es gar zum Anlass nehmen, ein Fest zu feiern, das Robertas Frauwerdung zelebrierte. So etwas Ähnliches hatte sie angekündigt als etwas, das die sagenumwobene Tante damals bei ihr gemacht hatte, ein kleines Ritual, an das sich Angela gern zurückerinnerte. Nicht mit mir, hatte Roberta sich geschworen. Sie fand es völlig in Ordnung, wie ein Junge auszusehen, und sie empfand es auch nicht im Geringsten als Beleidigung, wenn sie in der Schule oder bei der FDJ Robert genannt wurde. Ganz im Gegenteil, es war ein Kompliment für sie, brachte es sie doch stärker in die Nähe ihres geliebten und verehrten unbekannten Vaters.

Alles änderte sich kurz nach ihrem fünfzehnten Geburtstag. Da nämlich erschien ein neuer Junge in ihrer Klasse, Jorge aus Spanien. Er kam aus Berlin, wohin seine Eltern, Kommunisten aus Barcelona, emigriert waren, sobald sich ein deutscher Staat mit sozialistischen Vorzeichen gebildet hatte. Roberta sah Jorge, und es war, als fände eine geheimnisvolle Mutation mit ihr statt.

Herr Dorn, der inzwischen auch ihr Deutsch- und zudem ihr Klassenlehrer geworden war, stellte Jorge in seiner freundlichen Art vor mit den Worten: »Endlich haben wir jemanden in unserer Klasse, der die *Canciones internacionales* auf Spanisch singen kann«, da verzog sich der volle Mund Jorges zu einem Lächeln, und Robertas Mutation wurde in Gang gesetzt. Ihr Magen entwickelte ein Eigenleben, hüpfte wie ein Gummiball auf und ab, in ihrer Brust zog sich alles zusammen, und auf ihren Wangen begann es zu brennen. Roberta fühlte sich schwer krank, sie hatte Angst, ohnmächtig vom Stuhl zu fallen. Eine ihr völlig unbekannte Unsicherheit fiel sie an wie ein bösartiges Insekt.

Herr Dorn ließ seinen Blick über die Klasse schweifen, dann bestimmte er, dass Jorge sich neben Roberta setzen solle, denn der Platz neben Roberta war frei. Wieder verzog sich Jorges Gesicht zu diesem Lächeln, das Robertas Körper in Aufruhr versetzte. Sie hatte den Eindruck, dass ihr Gesicht sich in eine Maske aus Gips verwandelte, ihr Lächeln, als sie auf sein »Ola« mit einem »Hallo« antwortete, schien ihr völlig künstlich und starr. In den folgenden Unterrichtsstunden war sie unkonzentriert, fahrig und schweigsam. Sie beschloss, nichts zu sagen, weil sie den Eindruck hatte, dass ihr Mund nur seltsames Geblubber hervorbringen würde.

Nach der Schule legte sie sich auf ihr Bett, ohne etwas zu erklären.

Helga kam ins Zimmer und fragte besorgt, ob sie krank sei, da blaffte Roberta: »Kann man hier denn niemals seine Ruhe haben?« Helga zuckte zusammen und verließ erschrocken das Zimmer. Ihr verletzter Gesichtsausdruck führte dazu, dass Roberta die Bettdecke bis über ihren Kopf zog und »oje, oje« jammerte. Sie vergaß ihre Hausaufgaben, sie vergaß auch ihren Klavierunterricht, den sie inzwischen nicht mehr bei Bobby hatte, weil der fand, er könne ihr nicht mehr genug beibringen, sondern bei einem Studenten der Hochschule. Der traf zweimal in der Woche bei ihnen ein, und der Unterricht machte Roberta viel Spaß. Wisbert und sie lachten fast die ganze Zeit, und doch wurde ihr Spiel unmerklich kraftvoller und mehr ihr eigenes.

Erst als es an ihrer Tür klopfte und Wisbert den Kopf ins Zimmer steckte, fiel ihr siedend heiß ein, dass sie ihn vergessen hatte. Sie sagte: »Ich bin gleich da«, und es klang in ihren eigenen Ohren zu laut und als wäre es gar nicht ihre eigene Stimme. Sie sprang aus dem Bett, in dem sie voll bekleidet gelegen hatte, strich sich mit allen zehn Fingern durch die verstrubbelten Haare und hastete ins Wohnzimmer, wo Wisbert schon vor dem Klavier saß. Er schaute sie kurz prüfend an und schlug dann eine Seite eines mitgebrachten Notenheftes auf. »Meine Komposition«, bekannte er stolz. »Ich möchte hören, wie es klingt, wenn du es spielst.« Roberta las laut die Überschrift: »Für Annegret«. Sie warf ihm einen kurzen Blick zu, er schlug die Augen nieder, errötete leicht. Sie legte die Finger auf die Tasten und begann, bewegte sich über die Noten und hatte bald ihre vormittägliche Mutation in ein fremdes Wesen vergessen.

Das Stück war kurz, nach sieben Minuten war sie fertig, dann begann sie aufs Neue, diesmal meinte sie, es sicherer in den Fingern zu haben, doch dann, als sie es ein drittes Mal spielte, ging es mit ihr durch. Sie ließ sich von den Tönen zerreißen, mal spielte sie sanft, wie zögernd, stockend, und dann rauschten die Töne unter ihren Fingern wie ein reißender Fluss, der gleich in die Tiefe stürzen wird, doch vorher brach es ab, zögerte wieder, fast schüchtern, fast schamvoll, fast sich selbst verleugnend. Als sie endete, horchte sie noch einen Moment ihrem Spiel hinterher. Wisbert sagte leise: »Das ist es. So soll es sein. Ich bin verliebt, weißt du. Ich musste das schreiben.« Roberta sagte: »Ich auch.« Sie riss die Augen auf, hob den Kopf zu Wisbert und sagte staunend: »Ich glaube, ich bin auch verliebt.«

Wisbert strich ihr über den Kopf. »Ach, deshalb. Ja. Schreckliches

Gefühl, oder? Und so schön!« »Schön?«, fragte Roberta zweifelnd. »Ich finde es nur schrecklich.« Sie zögerte, fügte dann in ihrem alten Ton hinzu: »Vielleicht krieg ich aber auch die Grippe.« Wisbert lachte.

Sie bekam keine Grippe, aber immer, wenn ihr Blick Jorge verstohlen streifte, kamen die Symptome zurück. Er hatte so unglaublich schöne braune Augen und so endlos lange Wimpern, die sich sanft zu seinen kräftigen Augenbrauen hin wölbten, sie fand ihn so herzzerreißend schön, dass sie es kaum aushalten konnte. Jetzt bräuchte sie eine beste Freundin, eine, mit der sie darüber sprechen könnte, wie man einen Jungen dazu brachte, sich für einen zu interessieren. Sie verstärkte ihren Eifer im Unterricht, und das zeitigte den Erfolg, dass Jorge sie zunehmend bat, ihm zu helfen. Außer in Mathematik, wo ihm alles zuzufallen schien, tat er sich schwer. Englisch fand er nahezu unaussprechlich, deutsche Aufsätze zu schreiben, war für ihn wie die Besteigung des Mount Everest, er blieb gleich unten auf der ersten Etappe hängen. Seine Aufsätze beschränkten sich auf Fakten und verendeten nach etwas mehr als einer halben Seite. Roberta half ihm, aus dem klapprigen Gerüst seiner Notizen ein fleischiges Ideengebilde herzustellen. Bei all diesen Unternehmungen steckten ihre Köpfe zusammen, lagen ihre Hände dicht beieinander, und Roberta gewöhnte sich allmählich daran, dass ihr Herz Purzelbäume zu schlagen pflegte, sobald Jorge ihr näher kam und sie seinen Hals, seinen Nacken, seine schwarzen welligen Haare riechen konnte.

Ihr entging nicht, dass Jorge nicht nur ihr gefiel, sondern auch den anderen Mädchen in der Klasse, die neuerdings enge Oberteile trugen und deren Lippen mit rosa oder orangem Lippenstift nachgezogen waren, wenn sie Jorge auf eine Weise anlächelten, die Roberta peinlich fand. Trotzdem übte sie dieses Lächeln am Nachmittag vor dem Spiegel, und als Wisbert ihr nächstes Mal zum Klavierunterricht einen Lippenstift mitbrachte, verzog sie zwar zuerst verächtlich die Mundwinkel, doch am Abend probierte sie zumindest aus, wie sie damit aussah. Entsetzlich, befand sie. Fremd war sie sich selbst im Spiegel. Ihre Augen wurden noch größer, ihre Haut sah plötzlich durchscheinend und zart aus, ihr fiel auf, dass ihre Haare wie Igelstacheln um ihren Kopf herum in die Luft stachen.

Ich brauche Hilfe, entschied sie. Es fiel ihr nicht schwer, sich das einzugestehen, bisher hatte sie bei Bedarf stets um Hilfe gebeten, aber nun schaute sie sich auf dem Hof um und fragte sich mit wachsender Verzweiflung, wer ihr denn überhaupt helfen könnte zu lernen, wie ein Mädchen das Interesse eines Jungen auf sich zu ziehen vermochte. Leider ging es nicht um die Art von Interesse, die Jorge für sie durchaus aufbrachte, sondern um dieses spezielle Interesse, das bei Jorge Bauchschmerzen und Eisprickeln auf den Wangen verursachen sollte.

Auf dem Hof gab es Großmutter Helga. Die sah genauso aus, wie eine Großmutter nun einmal aussah, die ihr Leben auf einem Bauernhof verbracht hatte: schüttere Haare, die unter einem Kopftuch verborgen waren, mit Ausnahme hoher Fest- und Feiertage, wenn Helga vorher zum Friseur gegangen war und sich Locken hatte legen lassen, die sie in den darauffolgenden Tagen abends mit einem Netz an ihren Kopf klebte, damit sie am nächsten Tag wieder mit dem Stil eines Kamms in die Höhe gehoben werden konnten. So lohnte sich der Friseurbesuch wenigstens für eine Woche. Danach wusch Helga ihre Haare und versteckte sie wieder unter einem Kopftuch. Ihre Lippen waren runzlig und schmal, an die Farbe ihrer Augen erinnerte sich keiner mehr, wenn er eine Minute vorher mit ihr gesprochen hatte, denn sie fielen mit ihrem nebligen Blaugrau kaum auf.

Dann gab es Angela, Robertas Mutter, die durchaus einmal über die Fähigkeit verfügt haben musste, männliche Aufmerksamkeit auf sich zu ziehen, denn immerhin hatte Robert, Robertas Vater, sie geliebt, und auch Bobby machte keinen Hehl aus seiner zärtlichen Zuneigung. Doch Roberta wusste genau, was ihre Mutter ihr raten würde, wenn sie sie um Rat bäte. Sei einfach du selbst, würde sie sagen. Genau das praktizierte sie selbst, sie trug diese unvorteilhafte Brille vor ihren grauen Augen, sie flocht ihre dicken schwarzen Haare im Nacken zu einem Zopf, den sie mit einem braunen Gummiband umwickelte, nur an den Schläfen und an der Stirn ringelten sich daraus einige Locken. Sie kleidete sich sommers wie winters mit Rock und Bluse, beide meist in Dunkelblau und Weiß oder auch schon mal in Rot oder Hellblau. Sie marschierte auf flachen Schuhen durchs Leben, angeblich, weil alles andere schädlich für den Rücken war.

Bisher hatte sich Roberta daran ein Beispiel genommen, ihr war Kleidung nicht wichtig, sie hatte sich die langen kräftigen Haare abschneiden lassen, weil die beim Kämmen geziept hatten und sie es so praktischer fand. Sie trug zwar keine Brille, aber sie war bisher so wenig auf die Idee gekommen, ihre Augen zu ummalen, um sie zu betonen, wie sie nicht auf die Idee gekommen war, Trapezkünstlerin zu werden.

Diese beiden Frauen waren schon mal nicht die Richtigen für eine Bitte um Hilfe dabei, einem Jungen den Kopf zu verdrehen. Roberta dachte nach und kam auf eine Idee. Sie beschloss, systematisch vorzugehen, quasi eine wissenschaftliche Recherche durchzuführen.

Als Erstes suchte sie ihren Großvater auf, der auf seinem Ohrensessel im Wohnzimmer saß, eine Decke über die Knie gelegt, und die Zeitung las. Er murmelte vor sich hin, wie er es immer tat, wenn er Zeitung las, und gab so seiner Meinung zu den alltäglichen Ereignissen Ausdruck. Roberta setzte sich neben ihn, stellte ein paar höfliche Fragen zu dem, was gerade in der Welt geschah, was ihr in diesem Augenblick allerdings schnurzegal war, und fiel dann mit der Tür ins Haus, denn Diplomatie war nicht gerade ihre Stärke. »Opa, sag mal, warum hast du dich damals in Oma verliebt?« Opa Helmut ließ die Zeitung sinken, strich mit Händen, die so alt aussahen, dass es in Robertas Brust zog, durchsichtige Haut, übersät von dunklen Flecken, über die karierte Wolldecke, die über seinen Beinen lag, die neuerdings manchmal schmerzten. Er seufzte. »Mädel, da fragst du mich was. Verliebt? Warum?« Er versank in der Erinnerung an vergangene Zeiten. »Opa«, mahnte Roberta ihn, ihre Frage nicht zu vergessen. »Ja, Mädel«, seufzte er erneut. »Das ist lang her. Das war ja noch im vorigen Jahrhundert, das darfst du nicht vergessen. Da war alles anders. Ich war doch Hoferbe, ich brauchte eine Frau zum Anpacken. Das kann deine Oma, die kann anpacken. Das hat meine Mutter auch gesagt: Die kann anpacken, hat sie gesagt. Da war es eigentlich entschieden.« Roberta war enttäuscht. Das half ihr nicht. Da sah sie, wie das Gesicht ihres Großvaters weich wurde. »Ja?«, fragte sie hoffnungsvoll. »Und dann konnte sie so schön tanzen«, sagte er verträumt. »Sie war sogar einmal Königin auf dem Schützenfest. Weil sie so schön tanzen konnte.« Roberta hielt im Geiste fest: Schön tanzen. »Noch was?«, fragte sie sachlich und auch ein wenig ungeduldig, denn sie ahnte schon, dass der Großvater nicht gerade der ergiebigste Kandidat war, was weibliche Fähigkeiten betraf, einem Mann den Kopf zu verdrehen. Da wandte er ihr seinen Kopf zu und fragte geradeheraus: »Warum willst du das eigentlich wissen?« Er grinste spitzbübisch und fügte hinzu: »Ich hatte höllische Angst vor ihr, eigentlich hatte ich mein Leben lang verdammichte Angst vor ihr, sie ist einfach viel tüchtiger als ich, und früher konnte sie auch besser tanzen, immer hat sie mich ausgeschimpft, weil ich nicht ordentlich geführt habe …«

Nein, auch das half Roberta nicht weiter. Angst einjagen? Oder vielleicht doch?

Sie dachte an die Mädchen in der Klasse, hinter denen nicht nur die gleichaltrigen Jungs, sondern auch die aus den höheren Klassen her waren. Ute und Hannelore vor allen anderen. Ja, sie hatten etwas Furchterregendes an sich, sie stolzierten über den Pausenhof, als müssten alle anderen eigentlich Gebühren dafür bezahlen, gleichzeitig mit ihnen dort zu sein. Und zu den Jungs waren sie schnippisch und von oben herab.

Furchterregend? Vielleicht sollte es doch auf die Liste. Roberta beschloss, es zumindest nicht völlig beiseite zu tun.

Ihr nächster Kandidat war Bobby. Nachdem sie das Gespräch mit Opa Helmut sorgfältig ausgewertet hatte, führte sie das Interview mit dem Mann ihrer Mutter. »Warum hast du dich in Mama verliebt?«, fragte sie ohne Umschweife, als sie ihn das nächste Mal antraf, im Garten beim Heckeschneiden, was sehr vorteilhaft war, weil Roberta sich so gleichzeitig nützlich machen und das abgeschnittene Gehölz in die dafür bereitgestellte Schubkarre werfen konnte. So mussten keine unangenehmen Gesprächspausen aufkommen, und sollte Roberta rot werden, würde sie das leicht verbergen können. Bobby gab sein kehliges Lachen von sich, das Roberta immer wieder ein heimeliges Gefühl gab. Es war so vertrauenerweckend warmherzig. Wenn Bobby lachte, war sie direkt bereit, ihn als ihren Stiefvater anzunehmen, was sie sonst weit von sich wies, da ihr Vater nun einmal der in Spanien ermordete Robert war und durch niemanden ersetzt werden konnte. »In deine Mama verliebt?«, fragte er amüsiert zurück. »Warum willst du das denn wissen?« Aber noch bevor Roberta zur Antwort geben konnte, was sie sich zurechtgelegt hatte, legte er schon die Heckenschere beiseite, setzte sich auf den Rasen und zündete sich eine Zigarette an. Ebenso wie zuvor der Großvater verlor er sich in Gedanken. Roberta überlegte, ob sie sich neben ihn setzen oder weiter das Reisig aufsammeln sollte. Sie setzte sich neben ihn.

Da Bobby gänzlich in seinen Erinnerungen versunken war, beschloss sie, ihre Strategie zu ändern. Sie räusperte sich und sagte: »Wir sollen für die Schule eine Umfrage machen, warum sich Leute ineinander verlieben.« »Für welches Fach das denn?«, fragte Bobby erstaunt. »Sozialkunde«, antwortete Roberta und hoffte, er habe das leichte Zögern vor ihrer Antwort nicht bemerkt. »Aha.« Er inhalierte tief und hob dann zu etwas an, das sich anhörte, als sollte es ein Vortrag werden: »Als deine Mutter und ich uns ineinander verliebt haben …« »Nicht ihr ineinander, nur du in sie«, unterbrach Roberta ihn. »Ja, aber das eine geht doch nicht ohne das andere«, widersprach Bobby. »Man verliebt sich nicht allein, man verliebt sich zu zweit.« Roberta widersprach vehement: »Man kann sich auch allein verlieben, einer fängt doch immer an.« Bobby schüttelte den Kopf. »Das zeigt, wie weltfremd solche Schulthemen angepackt werden. Nein, meistens funkt es zwischen zwei Menschen, das kann man nicht erklären.«

In Roberta ballte sich ein Kloß zusammen. »Das ist vollkommen unmaterialistisch, was du da sagst«, blaffte sie Bobby an. »Das ist bürgerlicher Idealismus. Auch das Verlieben kann wissenschaftlich untersucht werden, und das tu ich jetzt!« Bobby sah sie verblüfft an, so kannte er Roberta nicht. »Erzähl du mir nicht, was materialistisch und was idealistisch ist am Verlieben«, grummelte er und unterdrückte ein Grinsen. »Im Großen und Ganzen denke ich, dass sich beides beim Verlieben die Waage hält.«

Er zündete sich eine Zigarette an der alten an, fixierte Roberta von oben bis unten und sagte dann: »Ihr sollt das für die Schule untersuchen, so so. Nun, dann sage ich dir mal, warum ich mich in deine Mutter verliebt habe: Sie ist die schönste Frau der Welt, sie ist wahnsinnig klug, sie kann tanzen wie eine Elfe«, er lachte verhalten, »und manchmal wie eine Furie – auch wenn sie sich dazu leider sehr selten hinreißen lässt – sie hat tolle Augen, und sie hat eine Stimme, die meine Ohren zittern lässt, und sie hat ein Lachen, das die ganze Materie der Welt umhaut und nur noch Ideale übriglässt. Ach so, ja, und dann kann sie auch noch anpacken, mit der Frau wirst du nie verhungern.« Er holte tief Luft, schnaufte und blickte Roberta von oben herab an. »That's it. More questions?« Roberta schüttelte verneinend den Kopf.

Sie fragte sich, ob er wirklich von ihrer Mutter gesprochen hatte oder ob er sie vielleicht verulkt hatte. Aber er wirkte völlig ernsthaft. Er schwang sich auf die Beine und machte sich wieder an seine Arbeit. Roberta half ihm noch ein wenig, dann begab sie sich in ihr Zimmer, um ihre Liste weiterzuführen: Tanzt gut, zwei Ausrufezeichen dahinter. Schön, klug, Augen, Stimme, Lachen. Anpacken. Auch dahinter zwei Ausrufezeichen.

In ihr keimten Zweifel, ob diese Forschungsarbeit ihr irgendwie nützlich sein könnte bei einem Jungen wie Jorge. Auf sie selbst traf vieles davon zu: Sie war klug, dessen war sie sich ziemlich sicher, sie konnte anpacken, was in der Schule durch gute Leistungen bewiesen wurde, zudem meldete sie sich immer, wenn es um irgendwelche Tätigkeiten in der Landwirtschaft ging, wo die Schüler Hilfsdienste leisten sollten. Dafür war sie sich nicht zu schade, ganz im Gegenteil. Gut, an ihrem Lachen könnte sie noch feilen, das klang wohl nicht besonders ohrenkitzelig, es war eher laut, und manchmal sagten die Mädchen in der Schule pikiert: »Du grölst ja richtig vor Lachen, so komisch ist das auch wieder nicht.« Dann zügelte sie sich erschrocken, zumindest in der letzten Zeit, früher hatte sie dann extra laut weitergelacht. Ihre Stimme war vielleicht auch zu laut und vielleicht auch zu tief, die anderen Mädchen sprachen alle viel höher, aber Angela hatte nach der letzten Klassenfeier mit Eltern gesagt: »Bin ich froh, dass du nicht so piepst, das tut ja den Ohren weh.« Und Roberta hatte sich gefreut. Aber um mütterliche Zuneigung ging es in diesem Fall nun mal nicht.

Ihr nächstes Opfer war Lydias Mann, Daniel. Roberta fand ihn zwar steinalt, ebenso wie Lydia, aber trotzdem hatten beide etwas Modernes, sie sprachen auch anders als Großmutter Helga und Opa Helmut, und eigentlich konnte man sie nach allem fragen.

Also ging sie zu Daniel. Diesmal nahm sie gleich ihren Block mit. Daniel war Journalist und wusste, wie man recherchiert. »Kannst du mir bitte einige Auskünfte zum Verlieben geben«, bat sie sachlich und fast schon professionell. Er saß selbst gerade vor einem Schreibblock, kaute im Wechsel an einem Bleistift oder zog an seiner Zigarette. Der Raum, in dem Lydia und er wohnten, war erstickend voll von Zigarettenqualm. Er seufzte. »Mit Vergnügen, kleines Fräulein, jede Ablenkung ist willkommen. Worum geht es denn genau, ums Verlieben allgemein, ums Verlieben in diesem Jahrhundert, diesem Jahrzehnt, diesem Jahr? Ums Verlieben in Honolulu oder in Mozambique oder in Dresden, nur zum Beispiel?« Roberta errötete, sie spürte es, und deshalb errötete sie nur noch stärker. All diese Fragen hätte sie sich stellen müssen. Von wegen klug. Das traf schon mal nicht in ausreichendem Maße auf sie zu. »Um dein Verlieben«, gestand sie schüchtern. »Ich möchte gern wissen, warum du dich in Lydia verliebt hast?«

Daniel erhob sich und wanderte durchs Zimmer. »Gute Frage«, sagte er. »Richtig gute Frage. Sie stellt sie mir auch manchmal. Möchtest du hören, was ich ihr dann antworte?« Roberta nickte. »Ich sage ihr, weil du du bist, und weil man sich in dich einfach verlieben muss.« Robertas Hoffnung, diesmal eine brauchbare Antwort zu bekommen, sank tiefer als die Temperatur am Nordpol. »Und dann fragt sie mich, was an ihr denn so ist, dass ich mich in sie und keine andere verlieben musste. Ihr ist meine Antwort nämlich immer zu allgemein, weißt du.« Er stoppte seinen Rundgang vor Roberta, fasste mit dem Zeigefinger zart unter ihr Kinn und hob es empor, so dass sie ihn anschauen musste. »Kleines, das mit der Liebe ist so schwer zu erklären, darüber sind dicke und völlig nutzlose Bücher geschrieben worden.«

Er nahm seinen Marsch wieder auf, setzte sich wieder hinter den Tisch, zündete sich die nächste Zigarette an, und Roberta fragte sich, ob sie vielleicht auch anfangen sollte zu rauchen. Die wirklich begehrten Mädchen in der Schule rauchten alle.

»Ihr Lachen«, sagte er nun verträumt, »ihr Mund, wenn sie ›Oh‹ sagt, oder ihre Stimme, wenn sie ›du‹ sagt, ihre Haut, sie hat so eine zarte Haut, ihre Haare, die sind doch einfach toll, Lydia ist eine umwerfende Kombination aus zupackend und klug und fraulich. Sie kann so weich und gefühlvoll sein, aber sie kann einen auch total zusammenscheißen.« Roberta meinte etwas wiederzuerkennen. »Hast du Angst vor ihr?«, fragte sie. Daniel lachte laut auf. »Nee, warum sollte ich. Sie tut mir doch nichts.« Leise fügte er hinzu: »Sie hat mir das Leben gerettet, das weißt du wahrscheinlich. Sie würde mir nie etwas Schlimmes tun. Ja, vielleicht liebe ich sie auch deshalb.«

Ja, Roberta hatte die Geschichte von ihrer Mutter erzählt bekommen, Lydia und Daniel sprachen nicht gern darüber: Daniel hatte sich als linker Journalist und Jude im Nazideutschland verstecken müssen, und Lydia hatte ihm geholfen. Als es zu brenzlig für ihn wurde, hatte sie ihn unter Lebensgefahr gemeinsam mit Stella zu Helmut und Helga gebracht, die ihn, ebenfalls unter Lebensgefahr, auf ihrem Hof versteckt hatten. Roberta hatte die Geschichte dieser Liebe begeistert angehört, sie war so romantisch und voller Gefahr und Aufregung. Lydia hatte sich sogar mit einem führenden Nazi eingelassen, um Daniel besser helfen zu können, und in dessen Auto und dessen Uniform hatten sie Daniel auch aus Hamburg fortgeschafft.

Daniel nahm seinen Stift auf und wandte sich wieder seinem Block zu. Roberta verstand die Botschaft. Sie bedankte sich und verließ das Zimmer.

Was wusste sie nun? Dass das mit der Angst nicht allgemeingültig war. Dass es wenig gab, was allgemeingültig war. Dass ihre Fragen zu unspezifisch gewesen waren, um ihr irgendeinen Anhalt geben zu können. Sie hätte fragen müssen, in welche Mädchen sie sich im Alter von sechzehn verliebt hatten, denn mit sechzehn zählt vielleicht »anpacken« gar nicht.

Trotzdem, als wäre es wirklich eine wissenschaftliche Studie, wertete sie ihre Antworten tapfer aus: Lachen, zweimal, Stimme, zweimal, anpacken, dreimal, Kombination aus schön und klug, zweimal, unerklärbar, dreimal. Leben retten, einmal.

Das alles half nicht wirklich weiter. Aber sie arbeitete an ihrem Lachen. Sie horchte, wie andere lachten, und stellte fest, dass die beliebten Mädchen in der Schule auf eine Weise lachten, die entsetzlich künstlich klang. Ihr selbst gefiel das Lachen ihrer Mutter und auch das von Lydia sehr gut. Es war ein wenig so, wie ihres vielleicht in zwanzig Jahren sein würde. Aber dieses Lachen nützte nichts. Sie wollte von einem sechzehnjährigen Jungen erwählt werden, also musste sie so lachen, wie fünfzehnjährige begehrte Mädchen es taten.

Sie studierte also ein Lachen ein, wie sie Gesang einstudiert hatte. Sie schlug die passenden Töne auf dem Klavier an und sang dazu Lachen, bis es ihr leichter-, und leichterfiel. So überraschte Bobby sie. »Oh, klingt gut«, sagte er und setzte sich neben sie, woraus ein Lachduett entstand.

Sie bat ihre Mutter darum, ihr Nylonstrümpfe zu besorgen. Die beliebten Mädchen trugen Nylonstrümpfe, nicht immer, aber auf der letzten Klassenfeier. Roberta wusste, dass bei einigen zu Hause zusätzlich zu Feiern in der Schule »Partys« stattfanden, aber sie war nie eingeladen worden. Sie war unglücklich, weil sie einfach nicht wusste, was sie tun sollte, um genau so ein Mädchen zu sein wie die anderen, eines, das zu Partys eingeladen wurde, mit dem die anderen eingehakt über den Schulhof gingen und das die Jungs mit diesen Blicken verfolgten, wie sie es neuerdings bei vielen Mädchen taten, als wären sie von einer ansteckenden Krankheit befallen.

Es fiel Roberta zunehmend schwer, überhaupt zu lachen, und auch das Anpinseln ihrer Lippen, bevor sie zur FDJ ging, ließ sie wieder bleiben. Sie resignierte. Vielleicht war es ja so, dass ihr dieses unerklärlich Anziehende als Gegensatz zu eigen war. Vielleicht war sie unerklärlich abstoßend.

Sie merkte nicht, wie die Erwachsenen um sie herum sie mit besorgten Blicken bedachten. Vor den Sommerferien im Jahr 1954 sagte ihre Mutter: »Ich habe mit meiner Mutter, deiner Oma Stella, gesprochen. Wir haben telefoniert. Da ist jetzt wieder mehr Platz im Haus, Marthe und Dritter sind mit den Kindern ausgezogen. Stella lädt dich für die Sommerferien zu sich ein. Ich glaube, das solltest du annehmen.«

Roberta meldete alle möglichen Bedenken an. Es gab eine sommerliche FDJ-Freizeit, auf die sie große Hoffnung gesetzt hatte, aber Jorge würde daran sowieso nicht teilnehmen, das wusste sie. Außerdem hatte sie schon gemerkt, dass die anderen Mädchen sich nicht gerade danach gedrängt hatten, mit ihr ein Zelt zu teilen oder in sonstige Aufgaben eingeteilt zu werden. Vielleicht ist es das Beste, dachte sie schließlich, weit weg von hier zu sein, und dann sagte ihre Mutter: »Vielleicht kannst du von Stella auch ein bisschen lernen, wie man sich auf der Bühne präsentiert. Bobby hat gesagt, dass du richtig begabt bist, aber Schwierigkeiten hast, dich auf der Bühne zu verkaufen. Und Stella ist eine richtige Rampensau. Die hättest du früher mal erleben sollen, die wusste genau, wie man es anstellen musste, auf die sind die Jungs und die Männer nur so geflogen.« Angela wandte sich ab, als hätte sie andere wichtige Dinge zu erledigen. Als sie Roberta schon den Rücken zuwandte, fügte sie wie eine unwichtige Nebensächlichkeit hinzu: »Du hast doch vor kurzem so eine Befragung gemacht, hat mir Bobby erzählt, Stella, die hätte dir auf deine Fragen die richtigen Antworten geben können.«

Auch wenn Roberta sich gar nicht mehr vorstellen konnte, dass irgendjemand ihr Antworten auf ihre drängenden Fragen geben könnte, zumindest kein Erwachsener, und die Gleichaltrigen mochten sie ja nicht, klang es trotzdem wie ein leiser Ruf aus der Ferne. Vielleicht ja doch.

## 11

Aaron hatte eine Ferndiagnose für Roberta abgegeben. Dabei hatte nicht *er* mit Angela telefoniert, das hatte Stella getan, die wiederum die lustigen Geschichten, die Angela über ihre Tochter berichtet hatte, an

Lysbeth weitergegeben hatte, die allerdings weit weniger amüsiert gewesen war und mit leichter Besorgnis ihrem Mann die Anekdoten über Roberta wie klinische Details referiert hatte: »Sie lacht künstlich, übt es anscheinend sogar am Klavier, sie trägt neuerdings Lippenstift, dreht ihre kurzen Haare auf Lockenwickler, sitzt stundenlang in ihrem Zimmer und durchforstet Literatur nach Liebesszenen – und interviewt die Männer im Haus, um rauszufinden, was die an ihren Frauen besonders gereizt hat. Sie hat vorgegeben, es sei für die Schule, aber Angela hat sich erkundigt, das war eine Lüge.«

»Hat Angela sie der Lüge überführt?«

»Quatsch, Angela amüsiert sich nur darüber.«

»Hm«, Aaron hatte bedenklich den Kopf gewiegt, eine Weile nachgedacht und dann Fragen gestellt: »Ist sie in ihre Klasse integriert? Hat sie Freundinnen? Wieso muss sie die alten Männer auf dem Hof fragen, wieso fragt sie nicht ihre Mutter? Gibt es in der DDR Bücher oder Zeitschriften, wo die jungen Menschen sich über ihre Probleme informieren können? Welches sind die Vorbilder, die ihr angeboten werden?« Und dann sagte er: »Wahrscheinlich hat sie sich verliebt, und der Junge interessiert sich nicht für sie. Ich habe sie von ihrem letzten Besuch als ein unverstelltes direktes Mädchen in Erinnerung, das mit all den Geschlechterfragen überhaupt noch nichts am Hut hatte. Ich habe auch bisher noch nie etwas über eine beste Freundin gehört, aber ein Mädchen in dem Alter braucht doch mindestens eine beste Freundin.«

Lysbeth gab Aarons Diagnose an Stella weiter, die reagierte, als würde ihr ein Licht aufgehen. »Natürlich!«, rief sie aus. »Das arme Kind ist umgeben von Erwachsenen. Die geht mit in den Jazzclub, die kennt die besten Jazzmusiker Dresdens, die kann kochen wie Helga und, soweit ich gehört habe, kann sie Heu einfahren und Rüben ernten. Außerdem ist sie blitzgescheit und hochpolitisch, aber als Teenager ist sie wahrscheinlich verloren.«

Stella hängte sich sofort ans Telefon und rief ihre Tochter an, der sie Aarons Diagnose mitteilte, als gäbe es daran keinen Zweifel. Angela wurde wütend und schrie, dieser Hamburger Seelenklempner solle seine Hirngespinste gefälligst für sich behalten.

Drei Tage später jedoch rief sie kleinlaut zurück. Bobby fand Aarons Überlegungen hilfreich, er hatte Robertas Musiklehrer, Herr Dorn, der für ihn inzwischen Günther war und so etwas wie ein Freund, nach Robertas Verhalten im Unterricht befragt und alles bestätigt bekommen, was Aaron vermutet hatte.

»Die anderen Mädchen in der Klasse mögen Roberta nicht. Sie finden, dass sie eine Streberin ist, sie machen sich lustig darüber, wie sie sich kleidet, sie machen sehr hässliche Bemerkungen über sie …« Günther Dorn war etwas verlegen geworden, rückte dann aber doch mit der Sprache raus: »Auch dass sie einen Neger als Stiefvater hat, der aber nicht mal ein richtiger Stiefvater ist, weil ihr nicht gleich heißt und nicht verheiratet seid, und der sich in ›Negerkaschemmen‹ rumtreibt und das Mädchen sogar mitnimmt, das hat wohl einige in der Klasse anfangs sogar beeindruckt, aber dann haben die Eltern, so wie ich das mitbekommen habe, rigoros verboten, dass ihre Kinder zu Roberta irgendeinen Kontakt außerhalb der Schule aufnehmen. Deren Kinder müssen um neun Uhr abends spätestens zu Hause sein, da gehst du mit Roberta oft erst los.« Bobby war fassungslos gewesen. »Warum erfahre ich das erst jetzt?«, fragte er den Freund. Der lächelte. »Bisher gab es keine Notwendigkeit, darüber zu sprechen. Roberta hat die unglaubliche Fähigkeit besessen, das alles gar nicht wahrzunehmen. Die hat wie auf ihrem eigenen kleinen Stern gelebt. Die Prinzessin auf irgendeinem Asteroiden, wo es andere Regeln als auf der Welt gibt. Wo Träume wirklicher sind als hämische Bemerkungen, wo leidenschaftliche Anteilnahme dümmliche Verlogenheit für nicht vorhanden erklärt, wo alles aufregend und spannend ist und das beklemmend kleinliche Engstirnige nicht ins Heute passt und also für inexistent erklärt wird. So eine kleine Prinzessin reißt man nicht einfach aus ihrer Welt.«

Günther Dorn hatte ein weiches Gesicht bekommen, Bobbys Augen wurden feucht. »Schön wie du das beschreibst, aber das ist doch auch sehr gefährlich für die Kleine.«

»Ja«, bestätigte Günther Dorn trocken. »Das zeigt sich jetzt. Der Sturz vom Asteroiden auf die schnöde Erde ist tief und schmerzt. Ich vermute, dass Roberta sich in Jorge verliebt hat, das musste eigentlich so kommen. Vielleicht habe ich es sogar noch forciert, indem ich ihn neben sie gesetzt habe. Aber der Platz war nun mal frei, weil sich sonst niemand darum gerissen hat, neben ihr zu sitzen. Und dann dachte ich, dass die Affinität zu Spanien und der geteilte Hass auf Franco sie vielleicht zusammenschweißen könnte. Ich hatte gehofft, dass sie in ihm vielleicht einen Freund findet, aber seine Eltern sind noch schlimmer als die anderen, die sind streng katholisch und haben sich schon an mich gewendet, damit ihr Sohn von diesem unehelichen Bastard weggesetzt wird.« Bobby schluckte. Er ballte unwillkürlich die Fäuste. »Das meint du nicht ernst! Warum hast du das Angela nicht gesagt?« Nun schluckte Günther Dorn. »Das darf ich nicht. Eigentlich darf ich es auch dir nicht erzählen. Die Gonzalez' haben es mir im Vertrauen gestanden. Außerdem, was hätte es genützt? Es hätte Angela verletzt, sie hätte vielleicht mit Roberta drüber gesprochen, die auf ihre unwissende Weise bis jetzt ganz gut mit allem zurechtkam. Dass Jorge sich mit Roberta so gut versteht, ist mutig von dem Jungen, er mag Roberta, das ist eindeutig, und er hätte vielleicht sogar den Mumm, nachmittags mit ihr Fußball zu spielen, aber sich in sie zu verlieben, das ...«

»Was?«, fragte Bobby scharf.

Günther Dorn biss sich auf die Lippen, blickte hilflos im Raum umher und sagte schließlich direkt in Bobbys weit aufgerissene schwarze Augen hinein: »Würdest du dich in sie verlieben, wenn du sechzehn wärst?«

»Sofort«, antwortete Bobby entschieden.

Günther Dorn lachte. »Nein, das würdest du nicht«, widersprach er. »Roberta ist kein richtiges Mädchen. Sie ist auch kein Junge. Sie ist irgendetwas anderes, etwas dazwischen, sie ist auch kein richtiges Kind und keine richtige Erwachsene. Sie ist dazwischen. Sie ist anders als jedes andere Kind in der Klasse. Jorge ist derjenige, der dieses eigenartige Zwitterwesen noch am besten verstehen könnte. Er hat seine Kindheit in Spanien verbracht in einer Art Schattenreich, dazugehörig, aber trotzdem musste er vieles entweder nicht wahrnehmen oder verschweigen. Erst vor einem halben Jahr haben die Gonzalez' beschlossen, in die DDR zu gehen, weil sie hofften, hier eine Heimat zu finden. Aber auch hier ist der Junge nicht wie die anderen. Er sieht anders aus, er kommt von woandersher, er spricht anders. Die Gonzalez' wollen unbedingt dazugehören, endlich irgendwo vollkommen dazugehören. Und Jorge natürlich auch. Die wollen nicht mit einer Außenseiterin wie Roberta in Berührung kommen.«

»Außenseiterin«, sagte Bobby traurig. »So habe ich das bisher nicht gesehen.«

Genau die gleichen Worte sagte Angela, als Bobby ihr das Gespräch wiedergab. Er erzählte alles, ließ auch nicht aus, dass seine Existenz und seine Hautfarbe ein weiterer Grund für Robertas Außenseitertum waren. Angelas Gesicht verhärtete sich. Sie wusste, wie es war, ein Außenseiter zu sein. In England während des Krieges hatte nur die Eheschließung mit Anthony sie davor geschützt, als »Feindin« mit anderen Deutschen in ein Lager deportiert zu werden. Sie hatte sich damals allerdings dem antifaschistischen Widerstand angeschlossen, zu diesen Menschen hatte sie gehört, und jetzt fühlte sie sich den Menschen verbunden, die die DDR, den sozialistischen deutschen Staat, liebten und mit antifaschistischem Elan aufbauten. Hier gehörte sie hin, hier fühlte sie sich zu Hause. Umso mehr schmerzte sie, dass ihre Tochter in diesem Land eine Außenseiterin sein sollte. Das konnte sie einfach nicht akzeptieren. Also schob sie es zu ihrer eigenen Beruhigung auf die Probleme der Pubertät. Junge Menschen in diesem Alter waren problematisch, suchten sich gern einen Sündenbock, den sie zum Außenseiter stempelten, um sich selbst stärker zu fühlen.

Bei ihrem nächsten Telefonat mit Stella schüttete sie der Mutter das Herz aus. Mit Helga konnte sie darüber nicht sprechen, und eine eigenartige Scheu hielt sie auch davon ab, sich Lydia anzuvertrauen. Stella hingegen kannte sich in Frauenangelegenheiten aus, und Stella war schließlich diejenige, die überhaupt den Anstoß dazu gegeben hatte, dass Angela nun besser begriff, wie es um ihre Tochter stand. Stella hörte zu, fragte nach, und als sie sich ein Bild gemacht hatte, sagte sie: »So ähnlich habe ich mir das schon gedacht. Ich glaube, die Kleine muss da mal raus. Das kann so nicht weitergehen. Mach eine Zäsur. Schick sie in den Sommerferien zu uns. Ich werde mich um sie kümmern.« Mit einem Lachen fügte sie an: »Wenn sie dann zurückkommt, ist sie der Star der Klasse, und alle Jungs reißen sich um sie. Sollst mal sehen!« Angela sagte bedrückt: »Hör auf. Das ist Quatsch. Setz ihr bloß keinen Floh ins Ohr.«

Angela stimmte nicht zu, aber sie versprach, darüber nachzudenken. Nach einer kleinen Konferenz mit Bobby und Günther Dorn beschloss sie, Stellas Angebot anzunehmen. Günther Dorn hatte energisch zugeraten, und er hatte ebenso energisch abgeraten, Roberta mit auf die FDJ-Freizeit zu schicken. »Ich fürchte, das endet für sie in einem Desaster«, hatte er gesagt. »Ihre Stellung als Aussätzige ist schon so gefestigt, ich fürchte, die Kinder werden sich etwas einfallen lassen, um sie zu quälen.« »Was denn?«, hatte Angela entgeistert gefragt. »Ich habe so etwas schon erlebt«, antwortete Günther Dorn. »Einmal haben sie einen Jungen nachts im Schlaf überall mit Schokolade beschmiert, auch am Hintern.«

Angela zog scharf die Luft ein. »Nein!«, stieß sie hervor.

»Doch«, entgegnete Günther Dorn. »Und es sind fast immer die Besonderen. Die Klugen, die künstlerisch Begabten, diejenigen, die irgendwie anders sind.« Er hatte Angela eindringlich angeschaut und sie beschworen: »Bewahre deine Tochter davor. Schick sie nach Hamburg. Alles, was ich von diesem Adenauerstaat mitbekomme, ist nicht grad eine Stimmung der Toleranz und Freizügigkeit, aber vielleicht kann deine Mutter ihr einen anderen Weg zeigen.« Er grinste. »Hamburg ist ja wohl eine Hafenstadt, vielleicht sind die da anders als die im katholischen Adenauer-Rheinland.«

Nach dem nächsten Telefonat war es eine beschlossene Sache. Nun musste es nur noch Roberta mitgeteilt werden.

Bevor Roberta in Hamburg ankam, beriet Stella sich mit ihrer Schwester. Sie überlegten gemeinsam, wie sie selbst mit fünfzehn Jahren gewesen waren. »Ich war ein absolutes Kind«, sagte Lysbeth. »Und ich hatte kurz vorher ein Kind bekommen«, sagte Stella. Sie erinnerte sich kaum noch an die Situation, in der sie so viel getrunken hatte, dass sie einer Gruppe von Jungen wehrlos ausgeliefert gewesen war. Aber sie wusste, dass das damals nur geschehen konnte, weil sie vollkommen ahnungslos gewesen war, was Sexualität und alles, was damit zusammenhing, betraf, zum Beispiel die Anziehung, die weibliche Brüste auf Männer ausübten. Angela war nur geboren worden, weil Stella so unwissend gewesen war, dass sie nicht einmal das Ausbleiben ihrer monatlicher Blutungen als ein Indiz für eine Schwangerschaft gewertet hatte. All diese Naivitäten und Schrecklichkeiten hatten letztlich dazu geführt, dass Angela geboren worden war, die sie zwei Monate nach der Geburt an Helga und Helmut zur Adoption weggegeben hatte, etwas, das damals wie ein nie wiedergutzumachendes Drama aussah. Heute war Stella unfassbar dankbar für diese Tochter und ebenso dankbar für ihre Enkelin, auch wenn sie bisher noch nicht viel mit ihr zu tun gehabt hatte.

»Alles, was wir gelernt haben, hat uns die Tante beigebracht«, sinnierte Lysbeth. »Unsere Mutter war dazu nicht in der Lage.« Stella nickte. »Unsere Mutter hatte schließlich selbst keine Mutter gehabt, die sie beim Erwachsenwerden unterstützen konnte.« »Alles, was sie dann später gelernt hat, wusste auch sie von der Tante.«

Stella kicherte. »Mir hat die Tante geraten, ein Studium der Männer aufzunehmen.«

»Das hast du ja weidlich getan«, schmunzelte Lysbeth. »Vor Dummheiten hat es dich allerdings nicht bewahrt.«

»Stimmt, aber wenn ich es recht bedenke, war Jonny meine einzige richtige Dummheit.«

Nach kurzem Nachdenken fügte sie hinzu: »Die hat auch gereicht. Was hat die Tante dir denn damals ans Herz gelegt?« Lysbeth richtete die Augen gen Himmel, als würde sie dort die Tante suchen. »Das Wichtigste war, glaube ich, meinen Fähigkeiten zu vertrauen. Sie hat mir gezeigt, dass meine Eigenarten Stärke bedeuteten und nicht Schwäche.«

»Hast du eigentlich immer noch solche merkwürdigen Träume?«, erkundigte sich Stella.

Lysbeth schüttelte den Kopf. »Ich glaube nicht.« Sie kicherte wie ein Mädchen, und Stella fiel sofort ein, obwohl sie gar nicht wusste, worum es ging, aber es tat so gut, mit ihrer immer so beschäftigten ernsten Schwester ein Gespräch zu führen, wo sie sich an all die Dinge erinnern konnten, die sie schon miteinander geteilt hatten, auch das Mädchensein. »Wenn ich Aaron meine Träume erzähle, analysiert er sie sogleich, und dann geht es fast immer um verdrängte Triebe«, erzählte Lysbeth zwischen Lachglucksern. »Ich glaub, vor lauter Angst vor seiner Analyse träume ich schon gar nicht mehr.«

»Verdrängte Triebe?«, kiekste Stella. »Urkomisch!« Dann hielt sie inne. »So komisch ist das eigentlich gar nicht. Das hat doch die Tante damals auch mit dir gemacht. Sie hat dir gesagt, du sollst ein Heft führen, in das du deine Träume schreibst. Machst du das noch?«

Auf Lysbeths Gesicht legte sich ein warmes Leuchten. »Stimmt, das habe ich glatt vergessen. Aaron empfiehlt das seinen Patienten auch.« Leise fügte sie hinzu: »Ich habe ihn deshalb ausgelacht. Ich habe vergessen, wie gut mir das getan hat.«

Stella blickte sie ungläubig an. »Du hast ihn ausgelacht?«

Lysbeth machte einen Schmollmund, den sie bis zur Nase hochzog, was so komisch aussah, dass Stella wieder in Lachen ausbrach. »Du wirst so eine richtig schreckliche Ärztin«, sagte sie fröhlich. »So eine, die nur noch Medizin verschreibt und ...«

»Nein, ich spreche auch mit den Frauen, und ich gebe ihnen manchmal einen Rat. Die Zeiten sind nicht so, dass du ihnen hilfst, indem du sie Traumtagebücher schreiben lässt. Außerdem habe ich Vorgesetzte, mein Oberarzt würde mich entlassen, wenn ich als Medikation Traumtagebücher verschriebe.«

Beide Frauen hingen ihren Gedanken nach. Stella dachte daran, dass damals der schreckliche Krieg ausgebrochen war und dass der Einzige, den sie damals verloren hatten, und das noch nicht mal im Krieg, sondern kurz darauf, Fritz gewesen war, der Geliebte ihrer Mutter und ihr leiblicher Vater. Sie dachte daran, dass Lysbeth schon damals während des Krieges unglaublich praktisch veranlagt gewesen war, schon als ganz junge Frau im Lazarett geholfen hatte. Auch in jenen Zeiten hatte die Tante ihnen beiden und auch ihrer Mutter geholfen; nur durch ihre Unterstützung waren sie nicht in Angst und Grauen untergegangen.

»Was würde die Tante mit Roberta machen?«, fragte sie ihre Schwester, die ihren eigenen Gedanken nachhing. Lysbeth richtete ihre blaugrauen Augen auf Stellas veilchenblaue. »Genau das habe ich mich auch gerade gefragt, und ehrlich gesagt, ich weiß keine Antwort.«

»Wir müssen sie beides lehren«, sagte Stella energisch. »Du musst ihr das Kräuterwissen der Tante beibringen und all das mit den Träumen und der Suppe und so, dafür interessiert sie sich ja auch, und ich das andere, das mit der Schminke und den Kleidern und dem Flirten und dem Studium der Männer. Ich werde mit ihr singen!«

»Gute Idee! Aber woher nehmen wir eine gleichaltrige Freundin für sie?« »Keine Ahnung.«

So weit waren sie also gediehen. Sie hatten auch bei Marthe angefragt, was deren Söhne im Sommer täten, und da war die Rede von arbeiten und ein bisschen Geld verdienen und Pfadfindern. Marthes Söhne waren jünger als Roberta, Alex war dreizehn Jahre alt, und auch, wenn er etwas Frühreifes an sich hatte, war er dennoch nicht der richtige Kamerad für die auf ihrem Asteroiden durchaus frühreife Roberta, der es nur an Erfahrung mit den normalen weltlichen Problemen des Frauwerdens mangelte.

Als Roberta aus dem Zug stieg, erkannte Stella sie zuerst nicht. Aber das schlaksige Mädchen mit den ungelenken Bewegungen und den verstrubbelten Haaren rannte sofort auf sie zu. »Oma!«, schrie sie. »Oma!« Es dauerte einen Moment, bis Stella sich überhaupt angesprochen fühlte. Sie bemerkte, wie Passanten sie anschauten, und errötete leicht. Als Roberta vor ihr stand, erkannte Stella sofort, wo das Problem lag: Dieses Mädchen hatte nicht die geringste Ahnung vom Unterschied zwischen Männern und Frauen. Stella schloss das dünne Kind mit den langen Gliedern in die Arme und hatte das Gefühl, als würde sie von einer Krake umarmt.

Roberta hatte sich verändert. War sie bei ihrem Besuch 1950 in Hamburg noch ein süßes selbstbewusstes Mädchen gewesen, das Cynthia gefragt hatte, ob sie Hitler immer noch anhänge oder ihm abgeschworen habe, so wirkte sie jetzt ungelenk. Stella fühlte sich unbehaglich und unsicher. Wie sollte sie zu diesem Mädchen einen Draht bekommen?

Zu allem Übel weilte Anthony gerade in London, wo er mit seinem Verleger über den Roman sprach, den er als Ausländer im Nachkriegsdeutschland geschrieben hatte, und der seinem Verleger nicht gefiel, weil er ihm zu kritisch war, was die Politik der Engländer und Amerikaner betraf. Anthony hatte detailliert den Stopp der Entnazifizierung beschrieben, dass die Adenauer-Regierung Flick und Krupp im Nu wieder aus dem Gefängnis geholt hatte, dass sie Stalins Vorschlag eines vereinten neutralen Deutschlands torpediert hatte, dass sie Deutschland zu einem Werkzeug im kalten Krieg machte. All das hatte er beobachtet, er hatte sein Befremden über die Wiederbewaffnung der Deutschen in drastischen Worten formuliert und auch seine Befürchtung, diese Aufrüstung würde noch weiter gehen. Das alles gefiel seinem Verleger so wenig, dass er in Erwägung zog, den Roman nicht zu veröffentlichen.

Auf dem Rückweg in der Straßenbahn blickte Roberta sich mit neugierigen Augen um, Stella schöpfte wieder Mut, ein so aufgewecktes Wesen konnte auch lernen, eine Frau zu werden.

Zu Hause erwartete Lysbeth sie schon mit einem Erdbeerkuchen, den sie hinten im Garten zwischen Rosen und Rhododendron einnahmen. Für Hamburger Verhältnisse war es ein Ausnahmewetter, wolkenlos und heiß. Lysbeth trug ein Sommerkleid, in der Taille mit einem Band gehalten, das ihr weich und weit um die Beine schwang, ein geradezu mädchenhaftes Sommerkleid, das Stella seit Jahrzehnten nicht mehr an ihrer Schwester gesehen hatte. Mit großen Augen starrte sie Lysbeth an. »Was ist?«, fragte diese fröhlich. »Hast du Gips geschluckt?« Roberta saß bereits am Tisch und begutachtete die Torte. Vor dem runden Gartentisch standen vier Stühle, genau so, wie sie es seit jeher getan hatten.

Als würde sie in einem Fotoalbum blättern, erinnerte Stella sich an vergangene Szenen hier im Garten, und immer war die Tante dabei. »Es ist so schön, dass du da bist«, sagte sie in Robertas Richtung. »Du weißt gar nicht, wie schön das ist.« Sie strahlte Lysbeth an und sagte leise: »Sogar deine Tante Lysbeth ist so schön wie vor dem vermaledeiten Krieg.«

Lysbeth war jetzt sechzig Jahre alt, sie war eine »junge« Ärztin, und so kleidete sie sich auch meistens: Sachlich, aber nicht »trutschig«, wie man in Hamburg zu Frauen sagte, die wie alte Frauen gekleidet waren. Aber jetzt in diesem Sommerkleid aus den Dreißigerjahren mit ihren langen grauen Haaren, die sie im Nacken zu einem Knoten geflochten hatte, so wie es ihre Mutter getan hatte, bevor sie sich nach Fritz' Tod als Frau kastriert und den Zopf abgeschnitten hatte, sah Lysbeth aus, als wäre die Zeit damals stehengeblieben.

Stella, in einem modischen engen Kostüm, dessen Jacke sie schon am Bahnhof verflucht hatte, fühlte sich steif und alt neben ihrer Schwester. Dabei entsprach das überhaupt nicht ihrem Lebensgefühl. Seit sie endlich mit Anthony zusammenlebte, was auch immer die Nachbarn dazu sagten, fühlte sie sich so glücklich wie nie zuvor. Und also fühlte sie sich auch jung, denn wer glücklich ist, fühlt sich nicht alt. Außerdem gab Anthony ihr täglich das Gefühl, von ihr genauso angezogen zu sein wie vor fünfundzwanzig Jahren, als er sie kennengelernt hatte.

Immer wieder musste sie ihre Schwester anschauen, während sie sich über den Kuchen hermachten und Roberta nach dem Leben in Dresden ausfragten. Roberta, den Mund voller Kuchen, geizte nicht mit freimütigen Beschreibungen des Lebens auf dem Hof.

Bald unterhielten sich Lysbeth und Roberta angeregt über Kuchenbacken, über Helga, über Angelas Unfähigkeit zu backen und überhaupt häusliche Dinge zu tun wie Stricken oder Häkeln. Stella folgte dem Gespräch, manchmal warf sie ein Wort ein oder gab ein zustimmendes Geräusch von sich, aber innerlich war sie ganz woanders. Sie spürte die Last der Verantwortung, in den kommenden vier Wochen diesem Kind, das da bei ihnen saß, eine neue Richtung zu geben, ein verändertes Bewusstsein ihres Körpers, ja, auch ihres Sex-Appeals.

Sie hatte sich darauf vorbereitet, mit dem Mädchen zu musizieren. Sie selbst hatte bereits in den Dreißigerjahren die Musik Kurt Weills für sich entdeckt, neuerdings war sie fasziniert von Lotte Lenyas Gesang ebenso wie von den Texten Bertolt Brechts. Sie mochte Louis Armstrong und Harry Belafonte, sie hatte auch etwas übrig für die amerikanische Musik, die Chris Howland über den Rundfunk in die deutschen Wohnzimmer brachte, besonders aber hatten es ihr die Lieder von Mackie Messer und der Seeräuber-Jenny angetan. Diese Lieder waren zu kompliziert für ein Mädchen in Robertas Alter. Stella erprobte sich auch zuweilen an den Chansons von Edith Piaf, aber gegen die Piaf hegte sie immer noch eine leichte Abneigung wegen deren Kollaboration mit den Deutschen. Außerdem war Französisch nicht die Sprache, in der sie sich sicher bewegen konnte. Lotte Lenya lebte in Amerika, sie sang auch englisch, und Stella hatte Gefallen daran gefunden, die Lieder, die Weill komponiert und Brecht getextet hatte, in einer Mischung aus Deutsch und Englisch zu singen. Das passte alles nicht zu Roberta. So glaubte sie zumindest. Die alten Lieder aus den Zwanzigern, die Stella früher gesungen hatte, waren Roberta auch nicht zuzumuten. Außerdem hasste Stella inzwischen das Lied *Johnny, wenn du Geburtstag hast,* denn es hatte sie dem Unheil der Ehe mit Jonny nähergebracht. Wie leichtsinnig war sie wieder einmal gewesen, als sie verkündet hatte, sie werde mit Roberta musizieren.

Lysbeth hingegen genoss sichtlich Robertas Gegenwart. Und Roberta genoss es ebenso sichtlich, ihrer Tante Löcher in den Bauch zu fragen. »War die alte Tante damals wirklich eine Hexe, wie Oma Helga behauptet?« Lysbeth erzählte ihr davon, wie Stella und sie damals monatelang bei der Tante in Laubegast gewohnt hatten, als Stella schwanger war, und wie dann Angela, Robertas Mutter, geboren worden war. Stella wunderte sich, wie selbstverständlich Lysbeth über diese damals doch außerordentlich schwierige Zeit sprechen konnte. Aber Lysbeth erzählte, als wäre es das Selbstverständlichste von der Welt, dass Stella damals, jünger als Roberta heute, viel zu jung gewesen war, um als Mutter gut für Angela sorgen zu können und dass deshalb Helga Angelas Ersatzmutter geworden war. Roberta hörte mit heißhungriger Neugier zu. Stella staunte über zweierlei, zum einen darüber, dass Angela ihrer Tochter diese Geschichte offenbar nie erzählt hatte, zum anderen, wie einfach das alles aus Lysbeths Mund wirkte. Und sie staunte auch darüber, dass Roberta zwar gespannt zuhörte, aber nicht den Eindruck machte, als wäre sie über Stellas Schwangerschaft und das weitere Verhalten befremdet.

Lysbeth erzählte, dass sie damals heimlich weiter Kontakt zu Angela gehalten hatte, weil sie das Baby damals so unglaublich geliebt habe. Sie schloss mit den Worten: »Und weißt du, all das hat dazu geführt, dass ich mich heute auch ein wenig als deine Oma fühle.« Roberta stand auf und schloss Lysbeth in ihre Arme, das heißt, sie fiel der auf dem etwas wackeligen Gartenstuhl sitzenden Lysbeth mehr oder weniger auf die Brust, drückte sie und scheute dann wieder zurück wie ein erschrecktes Fohlen. Lysbeth sprang auf und ließ nicht zu, dass sich das verwirrte Mädchen wieder auf ihren Stuhl pflanzte. Sie hielt Roberta fest, umarmte sie und sagte mit einem leichten Schluchzer in der Stimme: »Ich bin so froh, dass du hier bist.«

Stella schaute staunend zu.

## 12

Der Sommer war durchwachsen. Es gab wolkenlose strahlende Tage, dann flanierten die Hamburger um die Alster und spazierten an der Elbe, als hätte es nie einen Krieg gegeben. Die Frauen trugen taillierte Sommerkleider mit weiten Röcken, und die Männer öffneten die ersten beiden Knöpfe ihrer Hemden und entledigten sich ihrer Anzugjacken.

An den Straßenrändern erhoben sich zu Blocks aufgeschichtete Ziegelsteine, aus denen neue Häuser gebaut oder alte restauriert werden sollten. Seit 1945 hatten die Menschen, hauptsächlich Frauen, an jedem Tag, gleichgültig, ob es heiß war oder die Temperatur in die Minusgrade fiel, in den Trümmern die Steine gesammelt wie früher Pilze, den Mörtel abgeklopft und die Steine am Straßenrand aufeinandergeschichtet. In ganz Deutschland gab es ungefähr sieben Millionen mehr Frauen als Männer. Und von den zurückgekehrten Männern waren viele versehrt, an Leib und Seele.

Doch an sonnigen Wochenenden wirkte es, als gäbe es in Hamburg viele Paare, Arm in Arm, eingehakt, seltener Hand in Hand. Zudem schienen die Männer gesund und voller Tatkraft zu sein, als hätten die Einarmigen und Einbeinigen und die mit den zerschossenen oder verbrannten Gesichtern, um die die Kinder nach wie vor einen furchtsamen Bogen machten, den Anblick der Sonne gescheut, vielleicht wollten sie auch den Heilen und Fröhlichen mit ihrem Anblick nicht den Tag verdüstern.

Lysbeth und Stella zeigten Roberta an sonnigen und an regnerischen Tagen die Stadt von ihrer schönsten Seite. Stella hatte ihren Führerschein gemacht, und so kutschierte sie ihre Schwester und ihre Enkelin durch Hamburg. Anthony hatte einen VW-Käfer gekauft, ein größeres Auto hatte er als zu protzig abgetan, und Stella genoss die Unabhängigkeit sehr, mit der sie sich jetzt motorisiert bewegen konnte.

An einem Tag, als sich die Sonne und die Wolken einen Kampf um die Vorherrschaft am Himmel lieferten, fuhren sie nach Schulau, die Elbchaussee entlang, vorbei an den prächtigen Villen mit ihren ausgedehnten gepflegten Parks. »Hier hat früher einmal Lydia gewohnt.« Stella wies auf ein hochherrschaftliches weißes Haus mit einem einladenden und Ehrfurcht gebietenden verzierten Eingangstor, vor dem zwei hohe Kastanien standen. »Was?«, quietschte Roberta. »Das glaub ich nicht! Etwa auch Tante Cynthia?« Stella bejahte. »Halt doch mal an«, bat Roberta. »Das möchte ich gern genauer sehen.« Stella erfüllte ihr den Wunsch sofort. Lysbeth und sie nahmen Roberta in ihre Mitte und schlenderten an dem hohen verschnörkelten schmiedeeisernen Gitter vorbei, das oben beeindruckend gefährliche Zacken aufwies. Stella warf Lysbeth einen lächelnden Blick zu. Wie lang das her ist, sagte der Blick, den Lysbeth nicht auffing. Ihre Augen schwammen in Tränen.

Zu jener Zeit, als Stella und Lysbeth mit ihrer ganzen Familie, sogar Johann war noch dabei gewesen, zu Gast bei Lydia Faerber und ihrem Mann gewesen waren, hätte Stella keine Sekunde gewartet, sie wäre zu ihrer Schwester gesprungen, hätte sie umarmt und ungestüm gefragt, wer ihr etwas getan habe und wen sie verprügeln oder welche Unbill sie sonst abwehren solle. Aber sie war dreißig Jahre älter, vierundfünfzig Jahre alt, und sie hatte inzwischen gelernt, dass sie Lysbeth einen größeren Dienst erwies, wenn sie sie in so einer Stimmung in Ruhe ließ. »Wir waren alle so jung damals«, sagte Lysbeth, als spräche sie mit sich selbst. »So viele Hoffnungen haben sich zerschlagen.«

Jetzt konnte Stella sich nicht mehr zurückhalten, sie ließ Roberta von ihrer Hand los und umarmte die Schwester. »Und so viele Hoffnungen, von denen wir damals gar nicht ahnten, dass man sie haben konnte, sind neu aufgetaucht und haben sich noch viel schöner erfüllt, als wir es uns ausgemalt haben«, rief sie, als wollte sie Lysbeths Tränen verscheuchen. Roberta stellte sich vor das Gitter, umfasste zwei Streben und drückte ihr Gesicht vor einen Zwischenraum. »Warum ist sie hier weggegangen?«, fragte sie, als könnte sie sich nicht vorstellen, dass man jemals ein solches Haus verlassen könnte. »Komm mit.« Stella nahm eine der Hände von den Streben und zog Roberta sanft fort.

»Nicht, dass wir hier noch Ärger kriegen. Leute, die in solchen Häusern wohnen, fühlen sich leicht belästigt.« Roberta maulte. »Ich hab was gefragt.« »Ja, und wir antworten, wenn wir weiterfahren.« Energischen Schritts begab Stella sich zum Auto, Roberta hinter sich herziehend. Lysbeth folgte ihnen langsam.

Während der Weiterfahrt erzählten Lysbeth und Stella abwechselnd von der Zeit 1922, als sie Lydia kennengelernt und als Gäste in der wunderschönen weißen Villa gewohnt hatten, und was Lydia dann weiter zugestoßen war.

»Hat sie dir nie erzählt, dass ihr damaliger Mann Inhaber einer Fabrik war und sich umgebracht hat, als die Weltwirtschaftskrise ihn um sein ganzes Vermögen gebracht hat?«, fragte Stella. Roberta verneinte. »Lydia ist wahnsinnig auf die Zukunft orientiert. Sie packt überall an, wo Not am Mann ist. Und sie jammert nie.« Stella lachte. »Genauso war sie schon immer. Als ihr Mann tot war, hat sie die Leitung der Fabrik übernommen, obwohl das damals alles andere als üblich war.«

Lysbeth kicherte vergnügt. »Meine damalige entsetzliche Schwiegermutter hätte sie auf unserer Hochzeit am liebsten angespuckt, wenn ihr das ihre eisernen Benimmregeln nicht verboten hätten.« Roberta ereiferte sich. »Deine damalige Schwiegermutter? Was habt ihr alle für Geheimnisse vor mir? Lydias kapitalistischer Ausbeutungsgatte – wie hat er sich eigentlich umgebracht?« Mit dieser Frage schwang ihr vorwurfsvoller Ton sofort wieder in sachliches Interesse um. »Mein Kind«, entgegnete Stella ruhig, »wir haben keine Geheimnisse vor dir, aber wir haben schon einige Leben gelebt, bevor du geboren wurdest. Und Lydia sogar noch ein paar mehr, weil sie nämlich ein paar Jahre mehr Zeit hatte, sich in unterschiedlichen Leben auszuprobieren.«

Bevor sie vor Roberta ihre früheren Leben – Lysbeth als Frau von Maximilian von Schnell, Stella in Afrika, Cynthia als liebevolle Betreuerin der unverheirateten jungen Frauen, an die Lydia damals ihre Zimmer vermietet hatte, um Geld einzunehmen – ausbreiten konnten, langten sie am Schulauer Fährhaus an. Hier war vor zwei Jahren als neue Hafenattraktion die Schiffsbegrüßungsanlage eingeweiht worden. Lysbeth erzählte: »Es hat zwei Jahre gedauert, bis der Gastronom Behnke gemeinsam mit der Nautischen Kameradschaft *Hansea* die Flaggen und Hymnen von zweiundvierzig Nationen zusammengesammelt und so den ›Welcome point‹ hergerichtet hat.« Stella, ganz Kapitänsgattin, fügte hinzu: »Jedes Schiff über 500 Bruttoregistertonnen, das in den deutschen Küstenbereich einfährt oder ihn verlässt, wird hier tagsüber mit dem Hissen der Flagge und musikalisch begrüßt oder verabschiedet. Wenn es elbaufwärts geht, ertönt das Lied *Stadt Hamburg an der Elbe Auen* und dann die Nationalhymne des Herkunftslandes, beim Auslaufen erklingt *Muss i denn, muss i denn zum Städtele hinaus.*«

Sie saßen auf der Café-Terrasse, vor sich die Elbe, und freuten sich über jedes Schiff, das kam oder fuhr. Roberta verwandelte sich in ein aufgeregtes kleines Mädchen, das Schiffe bestaunte und sich vorstellte, wie sie in die große Welt aufbrachen. Selbst als ein Regenschauer sich ankündigte, wollte sie nicht nach innen umziehen. »Wir stellen uns kurz unter«, bestimmte sie. »Und wenn es trocken ist, gehen wir wieder raus. Draußen sind wir näher dran, das ist schöner.«

An einem anderen Tag schlenderten sie den Grindel entlang, wo die fünfzehngeschossigen Hochhäuser standen, die seit 1949 hier errichtet worden waren und von denen insgesamt zwölf bis 1956 fertiggestellt sein sollten. So hohe Häuser waren bisher unbekannt, nicht nur in Hamburg, und Stella zeigte diese Blocks, von denen Nummer Eins zum Beispiel 43 Meter hoch und 109 Meter lang war, mit dem Stolz der eingefleischten Hamburgerin. »Es gibt da Fernheizung, Fahrstühle, Müllschütten und Gemeinschaftsantennen für Fernseher, und trotzdem ist die Miete so niedrig wie sonst nur bei öffentlich gefördertem Wohnungsbau. Du musst pro Quadratmeter nur 1,10 Mark und 15 Pfennig Komfortzuschlag für eine 60 Quadratmeter große Zwei-Zimmer-Wohnung zahlen.« Roberta staunte, so viel soziale Unterstützung hatte sie dem kapitalistischen Hamburg nicht zugetraut.

Sie besuchten auch die Michaeliskirche, den »Michel«, das Wahrzeichen Hamburgs, die 1945 schwer beschädigt und vor zwei Jahren nach ihrem Aufbau wiedereröffnet worden war. Roberta betrachtete staunend die schöne Kirche, und dann sagte sie: »In der Schule haben wir das Buch *Das alte Dresden* durchgenommen. Als ich die Bilder gesehen habe, konnte ich mir gar nicht vorstellen, dass Dresden mal so ausgesehen hat. Ich kann mir nicht vorstellen, dass zum Beispiel die Frauenkirche jemals wieder so aufgebaut werden könnte wie euer Michel.« In ihrer Stimme klang ein trotziger jugendlicher Unterton mit, der sagte: Wer braucht schon diese alten Gebäude. Wir schaffen etwas Schöneres, und da sagte sie auch schon: »Schiller hat gesagt: ›Das Alte stürzt, es ändert sich die Zeit und neues Leben blüht aus den Ruinen‹.

So wird es bei uns sein. Da ersteht etwas ganz Neues aus den Ruinen.« Stella sah sie überrascht an. »Woraus ist das denn?« »Wilhelm Tell«, antwortete Roberta prompt. »Haben wir grad durchgenommen.« Stella nickte nachdenklich. »War schon schlau, der Altvater Schiller.«

Die Nobelhotels *Atlantic* an der Außenalster und *Vier Jahreszeiten* an der Binnenalster betrachtete Roberta mit abfällig geschürztem Mund. »Das ist bestimmt kein Hotel für Arbeiter.« Ihre Großmütter stimmten zu, und als Stella vorschlug, dort für Kuchen und Kakao einzukehren, wehrte Roberta ab. »Klassenverrat?«, fragte Stella grinsend, und Roberta nickte.

Dank Roberta kamen nicht nur Stella und Lysbeth einander wieder näher, auch Aaron kam früher nach Hause, um an den gemeinsamen Abendmahlzeiten teilzunehmen. In den vergangenen Jahren hatten sich tiefe Falten auf seiner Stirn eingegraben, als ihm seine Ohnmacht im neuen deutschen Staat mit jeder neuen Entscheidung demonstriert worden war, sei es, dass die alten NS-Ärzte wieder in ihre einflussreichen Stellungen zurückgekehrt waren, sei es, dass die Chance auf Wiedervereinigung zunichtegemacht worden war, und sei es die Remilitarisierung, die Aaron nicht nur zu ungewöhnlichen Wutausbrüchen animiert hatte, sondern die sein Verhältnis zu diesem Land zutiefst gestört hatte. Er hatte sogar ein paar Tage lang überlegt, zu Angela und Bobby nach Dresden zu ziehen, aber er hatte Angst vor Stalin. Außerdem liebte er Hamburg, und er fühlte sich verantwortlich für seine Patienten. Aber er fühlte sich nicht mehr zu Hause. Er erinnerte sich gut daran, dass die Hamburger gleichgültig zugesehen hatten, als die Juden wie Schlachtvieh auf Lastwagen zum Abtransport ins KZ getrieben worden waren, dass sie zugeschaut hatten, als er selbst neben anderen KZ-Insassen ausgemergelt und vom Aufseher, falls dem etwas nicht passte, mit dem Knüppel niedergestreckt, schwerste Trümmerarbeiten leisten musste, und er erinnerte sich auch daran, dass Lysbeth als die Ehefrau eines Juden oftmals schikaniert worden war. Er wusste zwar, dass Cynthia und Eckhardt ebenso wie Jonny vielleicht sogar sein Leben gerettet hatten, weil sie zu ihm als Familienmitglied gestanden hatten, aber dennoch brachte er es nur mit Mühe fertig, nicht aus der Haut zu fahren, wenn Cynthia heute so tat, als hätte es ihre Leidenschaft für Hitler nie gegeben, und sich selbst als die überzeugteste Demokratin stilisierte.

Aber nun gab es eine Aufgabe, gewissermaßen eine psychologische, und Aaron empfand es nicht nur als seine Pflicht, sich um die Förderung des Selbstbewusstseins ihres Schützlings zu kümmern, er empfand große Freude dabei, mit diesem Mädchen zusammen zu sein, die ohne jede Scheu ausdrückte, was sie fühlte und auch was sie wahrnahm.

So hatte sie bereits in den ersten Tagen ihrer Anwesenheit in der Kippingstraße, nämlich bei ihrer ersten Begegnung mit Cynthia fast geschrien: »Sag mal, du bist doch nicht Tante Lydias Tochter, das wollen die mir nämlich weismachen. Aber das kann ja gar nicht sein. Na, die werden was erleben, wenn ich zurück bin«, worauf Cynthia säuerlich geantwortet hatte: »Ja, auch ich will es oft nicht glauben, aber ich fürchte, ich bin nicht untergeschoben.« Roberta hatte sie mit allen Zeichen von Entsetzen gemustert und dann gemurmelt: »Tante Lydia ist doch viel jünger als du, und sie ist auch so hübsch …« Sie hatte sich die Hand vor den Mund geschlagen, eine Entschuldigung gestammelt und war dann nach oben zu Stella geflohen, wo sie lauthals und für alle im Haus deutlich hörbar schrie: »So eine verdrehte Welt! Das kann man doch 'ner armen Halbwaisen wie mir nicht antun.« Das Wort Halbwaise benutzte sie besonders gern, um ihr Verhalten zu erklären, wenn es, wie sie selbst bemerkte, irgendwie unpassend war. Aaron fiel auf, dass das Mädchen geradezu besessen war von seinem Vater. Sie hatte ihn nie kennengelernt, er war gestorben, bevor sie geboren wurde, und beinah wäre auch ihre Mutter gestorben, aber das beschäftigte Roberta weniger.

Aaron genoss es einerseits, mit Roberta ein ungewöhnlich politisch informiertes und extrem klug argumentierende Familienmitglied im Haus zu haben, andererseits fiel ihm auf, dass, gewissermaßen wie eine ständige unsichtbare moralische Instanz, Robert, ihr Vater, das Mädchen antrieb und kontrollierte. Robert war ihr Über-Ich, wie Freud es genannt hatte, ein Begriff, der Aaron neben dem Es und dem Ich ein Gerüst für das Verständnis von Menschen bot.

Dieses Über-Ich führte dazu, dass Roberta ihr hervorragendes Gedächtnis benutzte, um in politischen Auseinandersetzungen Fakten aus ihrem Kopf zu katapultieren wie ein Zauberer das Kaninchen aus dem Hut. Sie legte es geradezu darauf an, mit Cynthia und Eckhardt zu diskutieren, und es bereitete Aaron diebische Freude zu beobachten, wie Roberta kühl und sachlich die beiden Erwachsenen, die sich viel auf ihre »Erfahrung« zugutehielten, wütend und wortlos zugleich machte.

Wie an manchen anderen Tagen saß Aaron mit Lysbeth und Stella und ihrem jungen Gast am Nachmittag bei Rhabarberkuchen und Kakao und Tee und Kaffee im Garten zusammen, als im Radio über die von der CDU angestrebte Mitgliedschaft in der Nato berichtet wurde. Gerade in diesem Augenblick trat Cynthia aus dem Haus, Lysbeth sprang auf und besorgte der Schwägerin schnell Tasse und Teller aus der Küche, und Cynthia quetschte sich zu den vieren an den kleinen runden Gartentisch. Sie kommentierte die Meldung mit den lapidar hingeworfenen Worten: »Hoffentlich ist es bald so weit, dann sind wir endlich wieder wer und mischen wieder mit.« Aaron zog die Augenbrauen mit allen Zeichen des Erschreckens in die Höhe, Lysbeth kniff die Augen zusammen, und Stella atmete mit einem zischenden Geräusch aus. Roberta hingegen bedachte ihre Tante mit einem kühlen Blick und sagte: »Ja, dann seid ihr wieder Militaristen. Und mischt mit, die Welt gefährlicher zu machen.« Cynthia schnappte: »Die Welt ist gefährlich genug. Da muss man sich verteidigen können. Der russische Totalitarismus will uns doch alle schlucken. Wenn wir dem Russen keine Stärke zeigen, vereinnahmt der uns genau wie die Zone, und wir kriegen nie eine Wiedervereinigung.«

Stella bemerkte spöttisch: »Genau, unsere armen Brüder und Schwestern müssen dann auf ewig von uns guten Deutschen getrennt sein.« Roberta hingegen richtete ihre schönen Augen, die denen von Stella überraschend glichen, auf Cynthia, und Aaron meinte ihr ansehen zu können, dass sie dachte: Wie kann es bloß sein, dass du Lydias Tochter bist?, und sagte: »Ich weiß nicht, ob du dich entsinnst, Tante Cynthia, aber im März 1952 übermittelte der sowjetische Außenminister Andrej Gromyko den Vorschlag, dass die vier alliierten Mächte auf einer Konferenz über ein vereinigtes, neutrales Deutschland verhandeln sollten. Als Verhandlungspunkte schlugen sie vor: Friedensvertrag mit einer Regierung Gesamtdeutschlands; Deutschland in den Grenzen, die bei der Potsdamer Konferenz vereinbart worden waren; Rückzug aller Besatzungsmächte; demokratisches System in Deutschland mit Versammlungs- und Pressefreiheit, Mehrparteiensystem; Entnazifizierung der NS-Kriegsverbrecher; Deutschland darf keinem Militärbündnis beitreten, das sich gegen eine der vier alliierten Mächte richtet; Zugang zu den Weltmärkten, und sogar die Erlaubnis für die Aufstellung einer Verteidigungsarmee und für die dafür geeignete Rüstungsindustrie.« Nachdem sie diese Fakten heruntergeknallt hatte, beugte sie sich zu Cynthia hinüber und fragte freundlich: »Hast du diese Note damals eigentlich gelesen? Weißt du, es ist schon wichtig, dass man sich informiert, bevor man urteilt, das lernen wir zumindest in der Schule.«

»Du naseweise Rotzgöre«, schnaubte Cynthia, »dir sollte man den Hintern versohlen.« Roberta grinste von oben herab. »Wir haben Junglehrer in unserem Land. Das weißt du wahrscheinlich auch nicht. Bei uns wird nicht mehr versohlt, wie du es nennst. Unsere Junglehrer sind alles keine ehemaligen Nazis. Meine Mom zum Beispiel ist eine Junglehrerin. Die findet es vollkommen unehrenhaft, Kinder zu schlagen. Die Hoffnung musst du also aufgeben.« Cynthia wandte sich an Eckhardt, der in diesem Augenblick mit Tasse und Teller in der Hand aus dem Haus trat: »Jetzt sag du auch mal was! Du kannst doch nicht einfach zulassen, dass in unserem Haus dieses fremde Gör sich erdreistet, sich so über mich zu erheben.«

Lysbeth hatte plötzlich ein Déjà-vu. Sie sah Helga und Helmut vor sich, als Angela von ihr noch Angelina genannt wurde, damals ungefähr in Robertas Alter. Vorher hatte sie sich der Zukunft widersetzt, die Helga und Helmut für sie entworfen hatten. Angelina wollte raus aus dem Bauernhof, sie wollte lernen. Wie eigenartig sich Angelas Weg entwickelt hat, dachte sie. Damals hatte Helga ihren Mann aufgefordert, dem Mädchen mit schlagender Hand eine Lektion zu erteilen, und Lysbeth hatte um das Mädchen gebangt, aber Helmut hatte sich zuletzt dagegen entschieden, seine Adoptivtochter zu prügeln. Als er es dann doch getan hatte, verschwand Angela und wurde von Lysbeth erst wieder gefunden, als sie wegen einer Abtreibung in ihre Praxis kam. Wieviel Angst ich immer um Angela ausgestanden habe, dachte sie.

Um Roberta musste sie nicht bangen. Niemand in diesem Haus würde sie schlagen, das würden sie und Stella und Aaron nicht zulassen. Da platzte in ihre Erinnerungsbilder Aarons Stimme, kalt, scharf: »Nun ja, Cynthia, eine gewisse Informiertheit kann nicht schaden. Und vielleicht kann ich dir da etwas behilflich sein. Die Westmächte lehnten den sowjetischen Vorschlag ab. Sie stellten einen Friedensvertrag für später in Aussicht, ich fürchte, darauf können wir lange warten. Die BRD-Regierung unter Bundeskanzler Adenauer lehnte ab. Er wollte auf keinen Fall die DDR-Regierung als Verhandlungspartner anerkennen, obwohl seine Regierung ja auch nur eine provisorische war. Ist das nicht eine perverse Art zu argumentieren, wie sagt ihr so gern, abartig? Da wird die Wiedervereinigung auf dem Silbertablett serviert, und Adenauer lehnt ab. Könnte nicht schaden, einmal darüber nachzudenken, wem das wohl genützt hat?«

»Die provisorische Regierung der DDR hingegen unterstützte diesen Vorschlag«, klirrte Robertas Stimme. »Sie hatte schon im September 1951 der BRD-Regierung den Vorschlag gemacht, gemeinsame Wahlen abzuhalten. Das wurde abgelehnt.« Robertas Augen zeigten den inneren Widerstreit, der sich in ihr abspielte. Sie wollte ihre Tante nicht verärgern, immerhin war sie zu Gast in diesem Haus, aber die machte sie gar zu wütend, sie wollte schließlich nicht als Göre bezeichnet werden. Außerdem hatte sie es als eine Art Sport entwickelt, Cynthia zu beweisen, dass sie im Unrecht war, und es tat ihr gut, dabei von Aaron unterstützt zu werden. Ohnehin hatte sie sich an Aaron noch näher angeschlossen als an ihre beiden Großmütter. Manchmal stellte sie sich vor, dass ihr Vater vielleicht so ähnlich wie dieser grauhaarige Lockenkopf wäre, der so besonnen und ruhig auf die meisten Menschen einging, und der nun, so schien es Roberta, etwas von seiner Ruhe verlor, um ihr zu Hilfe zu eilen.

Cynthia hatte ihren Kopf zu ihrem Mann gewendet und blickte ihn starr an. Ihre spitze Nase stach gefährlich vor. Eckhardt hatte müde und etwas glasige Augen. In seiner Hand trug er eine volle Bierflasche, und es wirkte fast so, als wäre das nicht das erste Bier am heutigen Tag. Seit seiner Verletzung damals im Ersten Weltkrieg vertrug er keinen Alkohol. Aber vielleicht lag es auch daran, dass er seit ein paar Wochen schlecht schlief. Er zog sich einen Stuhl an den Tisch und sagte schleppend: »Die Westmächte und die BRD hatten Angst vor einer öffentlichen gesamtdeutschen Abstimmung – sie hätte auf Neutralität hinauslaufen können. Sie wollten ihre Macht zunächst auf einem Teilgebiet Deutschlands festigen.«

Alle blickten ihn erstaunt an. Diese Begründung spielte Roberta gewissermaßen in die Hand. Ein Eigentor. Cynthia fauchte prompt: » Was willst du denn damit sagen?«

Aaron brummte gemütlich: »Das spricht doch für sich, oder? Wir haben vor längerer Zeit eine gesamtdeutsche Abstimmung über die deutsche Wiederbewaffnung gehabt, ihr erinnert euch, oder? Die ist damals von Polizei und Gerichten gnadenlos unterdrückt worden.«

»1951 war das«, griff Roberta unverzüglich den Ball auf. »Das ist von eurem Innenminister verboten worden, aber die KPD hat vor dem Verbot ihrer Volksbefragung schon neun Millionen Nein-Stimmen gegen eine Wiederbewaffnung sammeln können.«

»Jetzt reicht es mir!«, rief Cynthia. »Ich gehe!« Sie erhob sich so heftig, dass ihr Gartenstuhl gefährlich ins Wackeln kam. Eckhardt trank einen langen Schluck. Im Abgang wetterte Cynthia: »Aus meinem eigenen Garten werde ich verjagt. In meinem eigenen Haus werde ich beschimpft.« Sie drehte sich zu Eckhardt um und zischte: »Kommst du?«

Stella sagte gefährlich leise, aber so prononciert, dass Lysbeth meinte, es wäre noch eine Straße weiter zu hören: »Du irrst dich: Dies ist nicht dein Haus. Das hat Lysbeths und Eckhardts und Dritters und meine Mutter gekauft, für sich selbst und für uns. Du wohnst hier nur, weil Eckhardt dich geheiratet hat.« Sie grinste ihren benebelten Bruder spitzbübisch an. »Man macht nun mal Fehler im Leben, das kenn ich.« Eckhardt wurde rot, dann blass, Aaron betrachtete ihn besorgt. Stand hier ein Schlaganfall bevor? Aber Eckhardt brachte mit Mühe heraus: »Das war kein Fehler«, erhob sich wackelig und folgt seiner Frau.

Die vier unterhielten sich noch eine Weile über die Absurdität der Argumente der Wiederbewaffnungsbefürworter. Da stand plötzlich Cynthia wieder im Garten, sie war aufgetaucht wie ein Geist, keiner hatte sie kommen hören. In ihrer Hand hielt sie eine Zeitung.

»Konrad Adenauer ist unser gewählter Bundeskanzler. Er sagt, dass die Sowjetische Besatzungszone von den Russen unterjocht wird und dass wir auch Gefahr laufen, von denen unterjocht zu werden, wenn wir nicht bereit sind, uns zu verteidigen. Er sagt wörtlich, dass wir zur ›Verteidigung christlicher Werte des Abendlandes uns gegen die Ausbeutung und Sklaverei des kommunistischen Staatssystems, des wilden Iwan, wehren müssen.‹ Triumphierend blickte sie in die Runde.

Stella fuhr sich reflexartig mit den Händen durch ihre roten Locken, als wollte sie sich die Haare raufen. Lysbeths Blick lag besorgt auf Roberta, die, ihre Hände im Schoß gefaltet, auf den Tisch blickte. Aaron war blass geworden. »Verteidigung christlicher Werte des Abendlandes«, grollte er. Als der Donner sich Bahn brach, zuckte sogar Cynthia zusammen. »Da bist du Expertin, oder? Und Adenauer wohl auch. So wie ich Christus' Botschaft begriffen habe, hat die etwas damit zu tun, dass man Menschen nicht töten, quälen, belügen, verraten, bestehlen soll. Das alles habt ihr Nazis getan. Und zwar mit der Beschwörung des Schreckgespenstes des wilden Iwan. Aber, werte Schwägerin, es waren die Nazis, die die Welt mit Gewalt und Terror und Krieg überzogen haben, nicht die Russen.« Cynthia hob abwehrend das Kinn. »Ich habe Adenauer zitiert, das ist unser rechtmäßig gewählter Kanzler. Wenn du ihn mit Nazis in einen Topf wirfst, sagst du das Gleiche wie die Kommunisten, und die werden hoffentlich bald verboten.« Sie holte tief Luft und fügte versöhnlich hinzu: »Wir sind ja nur Mitglied der Europäischen Verteidigungsgemeinschaft, um uns bündnistreu zu erweisen. Dadurch wird eine Gleichberechtigung Deutschlands erreicht und die staatliche Souveränität unseres Vaterlandes vollends wiederhergestellt.« Stella hob ebenfalls das Kinn und sprach mit dem Ausdruck starken Abscheus: »Unser werter Herr Bundeskanzler ist ein Lügner. Es ist nicht lange her, da hat er gesagt, dass er nie dafür sein wird, dass Deutschland wiederbewaffnet wird. Hat er das vergessen, ist er dement oder ist er vielleicht ein Manipulator oder gar ein Demagoge? Für Demagogen hat das deutsche Volk ja eine große Vorliebe.«

»Ich kann das überhaupt nicht verstehen«, unterstützte Lysbeth ihre Schwester. »Deutschland schwimmt doch nicht in Geld. Die Kommunen klagen über Probleme, die Flüchtlinge zu integrieren, wir haben extreme Wohnungsnot. In dieser Lage über die Anschaffung und Unterhaltung einer neuen Armee nachzudenken, grenzt doch an Wahnwitz.«

Roberta sagte verträumt, als stände sie auf einer Bühne und rezitiere ein Gedicht: »1949 hat Adenauer gesagt: ›In der Öffentlichkeit muss ein für alle Mal klargestellt werden, dass ich prinzipiell gegen eine Wiederaufrüstung der Bundesrepublik Deutschland und damit auch gegen die Errichtung einer neuen deutschen Wehrmacht bin.‹

Cynthia hielt sich am Türpfosten fest. Ihre Finger krampften sich um die Zeitung. Sie brachte keinen Ton heraus. Aaron bemerkte nachdenklich, als spräche er für sich selbst: »Ja, demagogisch. Man muss nur mal auf die Worte achten. Immer wieder das Wort Abwehr. Als gebe es eine konkrete Bedrohung, die es abzuwehren gilt. Und dann Beitrag: Als würden wir einer notwendigen Bündnisverpflichtung nachkommen. Weder das eine noch das andere sind aber der Realität entsprechende Annahmen. Es wurde zwar im Ausland darüber diskutiert, Deutschland militärisch in Bündnissysteme einzugliedern, doch ging daraus wohl keine zwingende Verpflichtung für die Bundesrepublik hervor.«

»Ihr seid alle Verfassungsfeinde!«, keifte Cynthia, so laut, dass sich in den umliegenden Gärten eine Atmosphäre ausbreitete, für die Lysbeth extrem sensibel war: Die Nachbarn begannen zu horchen. »Meinst du Gustav Heinemann, der Bundesinnenminister der CDU ist auch ein Verfassungsfeind?«, fragte Roberta freundlich. »Er ist immerhin 1950 zurückgetreten und hat 1951 in einer berühmten Rede die geplante Wiederaufrüstung kritisiert.« »Das ist lange vorbei«, zischte Cynthia, »aber ihr tut immer noch so, als hätte die Welt sich nicht verändert.« Sie drehte sich um und marschierte auf ihren schweren Lederschuhen davon.

Die vier schauten einander an, als hätten sie sich verhört. Stella begann zu kichern, Lysbeth fiel ein, bis endlich alle vor Lachen brüllten. »Der war gut«, japste Aaron.

Während dieser Diskussionen, die Aaron anregend fand, wurde ihm schmerzlich bewusst, dass er, obwohl er sich um Bewusstheit bemühte, nicht selten damit beschäftigt war, seine tiefen Sorgen um die Zukunft beiseitezuschieben. Lysbeth formulierte das, als sie sich abends im Bett aneinanderschmiegten, etwas, das während der vergangenen Wochen oder Monate oder sogar Jahre immer seltener geworden war: »Dieses Mädchen zwingt uns, wieder mehr hinzugucken. Ich habe das Gefühl, als würde sie uns den Vorhang wegreißen, den wir um uns herum gezogen hatten.« »Nicht wir«, widersprach Aaron. »Du.« »Ich allein?« Lysbeths Stimme klang klein. »Wirklich? Ja, ich habe mich irgendwie in meine kleine Welt vergraben. Mein Studium, meine Patienten, meine Pflichten.« Sie schwieg nachdenklich. »Das ist überschaubarer als diese verrückt gewordene Welt da draußen.« Aaron ließ seine Hand über Lysbeths Hüfte gleiten.

## 13

Die Frage lautet: Was braucht Roberta, damit ihre Klassenkameraden sie als eine der ihren annehmen? Und nicht nur annehmen, sondern mögen, flott finden, als Freundin haben wollen?« Stella warf die Frage in den Raum, in dem sie mit Lysbeth und Aaron saß. Zu dritt überlegten sie: Kleidung ändern, Tanzschule, ein Repertoire entwickeln, mit dem Roberta in der Schule auftreten kann. Aaron meinte: »Ich glaube, sie sollte mehr über Geschlechterunterschiede wissen. Ich guck mich mal nach einem Aufklärungsbuch um.« Stella hingegen vertrat die

Auffassung, dass es Roberta vielleicht allein schon nützlich sein könnte, westlicher zu wirken.

In den vergangenen Jahren waren Hunderttausende aus der DDR in den Westen geflohen. Eine Abstimmung mit den Füßen, so wurde es genannt, und mit jedem Jahr legte die BRD wirksamere Köder aus, um die inzwischen hervorragend qualifizierten DDR-»Kader« zu locken. Stella und Lysbeth schimpften darüber, denn die DDR hatte viel in ihr Bildungssystem – ebenso wie in das ebenfalls wenig honorierte Gesundheitssystem – investiert, und die BRD schöpfte vor allem die Sahne ab. Aber nun meinte Stella, dass Roberta in ihrer Klasse vielleicht einiges an Ansehen erringen könnte, wenn sie westlichen Chic und westdeutsche Verwandte vorzeigen könnte. »Das wird nicht leicht durchzusetzen sein«, gab Aaron zu bedenken. »Roberta bringt unserem wachsenden Wohlstand und dem Konsum und der Mode reine Antipathie entgegen. Sie sagt doch, der Marshallplan ist nur eingeführt worden, um Westdeutschland zu einem Bollwerk gegen die Sowjetunion zu machen.« Stella imitierte Robertas empörte Stimme: »Wenn ihr nicht von Amerika so gepäppelt worden wäret, könntet ihr eure Kaufhäuser heute nicht so vollstopfen.«

Roberta rannte mit ihren Argumenten zwar offene Türen bei ihren beiden Großmüttern ein, aber Stella sagte nun: »Sie ist nicht hier, damit wir gemeinsam auf Adenauer und McCarthy schimpfen, sie ist hier, damit sie attraktiver für Gleichaltrige wird.«

Allen dreien war bewusst, dass ihnen keine leichte Aufgabe bevorstand. Trotzig trug Roberta die Kleidung, die sie in ihrem kleinen Koffer bei sich hatte: von Helga gestrickte Pullover mit kurzen Ärmeln, die ihre Brüste verhüllten, weite Hosen, die ihre dünne Schlaksigkeit unvorteilhaft betonten, plumpe Lederschuhe, ein bis zu den Waden fallender blauer gefältelter Rock und eine rote Bluse. Am liebsten, so hatte sie bereits in den ersten Tagen in Hamburg verkündet, würde sie ihre FDJ-Bluse tragen, damit alle in Hamburg sehen könnten, wes Geistes Kind sie sei. Lysbeth hatte trocken bemerkt: »Ich halte nicht viel davon, wenn man seine politische Haltung durch ein Kostüm ausdrücken muss«, doch damit hatte sie nur einen langen klassenkämpferischen Vortrag von Roberta provoziert, dass eine solche Tracht dazu da sei, den Unterschied zwischen Arm und Reich bereits äußerlich verschwinden zu lassen. Und dass es im Sozialismus nicht auf den schönen falschen Schein ankomme, sondern auf die wahre Gesinnung und das rechte Tun.

Stella hatte sich die zornige Bemerkung verkniffen, dass manche von Robertas Worten sie arg an die Parolen der Hitler-Jugend erinnerten. Selbst wenn sie das scherzhaft formuliert hätte, und obwohl Roberta wusste, dass Stella die KPD gewählt hatte, wäre Roberta trotzdem in einen misstrauischen Sicherheitsabstand geflüchtet.

Bereits vor Robertas Ankunft hatte Stella das Ehepaar Wendt aufgesucht und sich erkundigt, ob ihre in Hamburg renommierte Tanzschule in der Rothenbaumchaussee vielleicht Ferientanzkurse veranstaltete, und als die beiden das bejahten, hatte sie ihre Enkelin kurzerhand bei einem solchen Kurs angemeldet. Der Sommerkurs umfasste acht Stunden, aber die Wendts hatten sich, als Stella ihnen die Lage schilderte, bereit erklärt, Roberta in die dritte Stunde mit hineinzunehmen. Da sie ohnehin das Konzept verfolgten, in ihren Kursen genauso viele Jungen wie Mädchen zu haben, wollten sie zu den Stunden, an denen Roberta teilnahm, einen Jungen einladen, der bereits einen Kurs absolviert hatte. Als sie das Stella mitteilten, ratterte es in deren Kopf, und sie sagte mit einem gewinnenden Lächeln: »Wenn ich es mir recht überlege, sollte das ein junger Mann sein, der einiges an Qualitäten aufweist.« Die Wendts betrachteten sie irritiert. Aber nun hatte der Gedanke in Stella bereits klare Gestalt angenommen: »Er sollte größer sein als meine Enkelin, nichts ist schrecklicher, als mit einem Mann zu tanzen, der der Frau gerade bis zur Brust geht. Außerdem soll er in der Lage sein zu führen und Roberta ihre Unsicherheit zu nehmen.« »Wie groß ist Ihre Enkelin?«, fragte Frau Wendt, der man ansah, dass sie Stellas Argumente gut verstand. »Ich vermute, 1,75«, antwortete Stella, begeistert von ihrer eigenen Idee. »Er soll gut tanzen, attraktiv sein und meiner Enkelin das Gefühl vermitteln, außerordentlich anziehend zu sein.« Frau Wendt lächelte verständnisvoll, Herr Wendt hingegen starrte Stella fast schon zornig an. Dass man junge Frauen für noch viel größere Liebesdienste bezahlen kann, wird ihn wahrscheinlich nicht verärgern, dachte Stella amüsiert. Sie sah Frau Wendt an, dass die ihr Amüsement teilte. Die wandte sich an ihren Mann und sagte: »Ich denke da an Volkmar, dem könnte ein kleiner finanzieller Zuschuss nicht schaden …« Herr Wendt presste die Lippen zusammen, seine Augen bekamen einen metallenen Glanz. »Wir vermieten doch keine Gigolos«, stieß er hervor. »Ach geh«, Frau Wendt lächelte ihn an, »soweit ich verstanden habe, soll einem jungen Mädchen eine aufbauende Erfahrung verschafft werden. Das ist doch eine gute Tat.« Sie wandte sich Stella zu und fragte in sachlichem Ton: »An wie viel haben Sie gedacht?«

Roberta war zum Glück so neugierig auf alles, was das kapitalistische Hamburg an Absonderlichkeiten aufzuweisen hatte, dass sie nur kurzen Widerstand leistete, als Stella ihr vorschlug, sechs Stunden lang zu einer in Hamburg sehr renommierten Tanzschule zu gehen und dort junge Leute aus dem kapitalistischen Westen in lebendiger Aktion zu erleben. »Na gut«, sagte sie. »Unter einer Bedingung: Wenn ich mich da unwohl fühle, gehe ich nicht wieder hin. Ich bin nämlich nicht gerade eine Begabung, was das Tanzen betrifft.« Sie war bis zu den Sommerferien in eine Ballettklasse gegangen, etwas, das in der DDR genau wie Förderung in Sport und Musik und anderen Begabungen für jedes Kind kostenlos zur Verfügung stand. Kurz vor ihrer Abreise nach Hamburg hatte sie sich dort abgemeldet, und auf Angelas bedauernde Nachfrage hatte sie die Entscheidung damit begründet, dass sie keine Lust habe, eine Tanzkuh zu werden, denn von einem Schwan könne bei ihr nun mal keine Rede sein.

Stella hatte das von Angela erfahren und sagte nun: »Ohne Frage, du guckst einfach mal, wie das hier so aussieht mit den Mädchen und den Jungen.« Sie konnte in Robertas Miene lesen, dass die an Jorge dachte und ihren Wunsch, etwas über Mädchen und Jungen zu lernen. Genau diese Hoffnung hatte auch Stella.

Vor der ersten Tanzstunde war sie aufgeregter als Roberta. Sie hatte das Kunststück fertiggebracht, Roberta ein wenig für Mode zu interessieren. Das Mädchen hatte sich in Stellas und in Lysbeths Kleiderschränken umgeschaut, eine kleine Modenschau veranstaltet, die gar nicht so kläglich ausfiel, wie Stella befürchtet hatte, weil Lysbeth in weiser Voraussicht einen modischen breiten roten Gürtel als Geschenk für Roberta mitgebracht hatte, den Roberta um die Taille jedes der Kleider zurren konnte und so nicht in die fatale Nähe dessen abglitt, was Lysbeth noch aus ihrer Jugend kannte, nämlich den Vergleich mit einer Bohnenstange oder sonstigen Gerätschaften, die keinerlei Ähnlichkeit mit weiblichen Formen aufwiesen. Es waren auch Lysbeths Kleider, die noch aus der Vorkriegszeit stammten, in denen Roberta sehr viel hübscher aussah als in den körperbetonten fließenden Gewändern Stellas, die trotz Gürtel um Robertas schmalen Körper schlackerten. Am

Schluss ihrer Modenschau hatte Roberta sich für drei Kleider entschieden, wobei es weniger wie eine Entscheidung aussah, sondern mehr wie ein hoheitsvolles Einverständnis mit den im Grunde lächerlichen Wünschen der alten Damen. Es waren drei entzückende Sommerkleider, eines gänzlich ärmelfrei mit einem viereckigen Ausschnitt und einem weiten Rock unter einer Taille, die durch einen mit dem gleichen Stoff bunter Wiesenblumen bezogenen Gürtel gehalten wurde. Das zweite war eher festlich in Dunkelblau, und Roberta sagte: »Das ziehe ich an, wenn Tante Lydia achtzig wird.« Stella und Lysbeth warfen einander einen erschrockenen Blick zu. Es war unvorstellbar, aber sie durften nicht die Augen davor verschließen, denn es betraf auch sie: Lydia, die alterslose Fee, die bei Stellas letztem Besuch auf dem Hof in Gummistiefeln und Wetterjacke im Matsch marschiert war, wurde in einem Jahr achtzig Jahre alt.

Das dritte Kleid hatte Lysbeth nur aus romantischen Gründen aufbewahrt, weil sie darin als junge Frau gemeinsam mit Aaron zum ersten Mal ins Theater gegangen war: Es war ein lindgrünes Kostüm, das aus einem engen Rock und einem taillierten Oberteil mit einem Schößchen bestand. Es war das einzige Kleid, dass Roberta wie angegossen passte. Nur am Busen spannte es etwas, aber das fanden die Omas eher vorteilhaft, und Roberta tat ohnehin so, als gäbe es ihre für ihren schmalen Körper auffallend großen Brüste nicht.

Das Sommerkleid und das blaue Taftkleid brachte Stella zu ihrer Schneiderin, die es am gleichen Tag noch für Roberta enger und etwas kürzer machte.

»Jetzt brauchen wir noch neue Schuhe, in denen du tanzen kannst«, sagte Stella, »und dann werden sich alle Jungs um dich reißen.« Das hätte sie nicht sagen dürfen. Robertas Miene verdüsterte sich. »Was soll das denn?«, fragte sie mit angeekelter Miene. »Ich denke, ich lerne da Tanzschritte, und es gibt genug Jungs, für jedes Mädchen einen, wieso sollen die sich reißen?« Stella biss sich auf die Unterlippe. »Das ist nur so ein Schnack«, brachte sie als Erklärung hervor. Eine jämmerliche Erklärung, das merkte sie selbst. Sie begriff erst jetzt Robertas Annahme, dass jedem Mädchen ein Junge zugeteilt würde, und sie hütete sich, das Kind eines Besseren zu belehren, aus Angst, dass Roberta dort nicht hingehen würde, wenn sie wüsste, dass sich auf Kommando die Jungen auf das Mädchen ihrer Wahl stürzen würden und die Gefahr bestand, dass bei dem Mädchen, das keiner wollte, erst nach mehreren gescheiterten Anläufen ein unglücklicher Junge stranden würde.

Als sie sich von Roberta am späten Nachmittag in der Rothenbaumchaussee vor der Jugendstilvilla verabschiedete, in der die Wendts ihre Kurse abhielten, wäre Stella am liebsten mit hineingegangen und hätte den Jungs gedroht, sie zu Hackfleisch zu machen, sollten sie ihre Enkelin irgendwie kränken. Sie hätte sich sehr gern in den Vorraum gesetzt, um den Tanzsaal zu kontrollieren, aber all das war selbstverständlich ausgeschlossen. So begab sie sich zur Johnsallee, um Marthe zu besuchen, bevor sie Roberta nach zwei Stunden wieder abholen konnte.

Der Unterricht fand in einem Salon mit hoher stuckverzierter Decke statt. Das Parkett war gebohnert, und Roberta stellte schon beim ersten Schritt mit ihren Lederschuhen fest, dass man hier sehr leicht ausrutschen konnte. An allen Wänden hingen hohe Spiegel. Die jungen Männer trugen Anzüge. Noch nie hatte Roberta einen Jungen ihres Alters in einem Anzug gesehen. Sie wirkten wie als erwachsene Männer verkleidet. Die Mädchen waren in feine Kleider gehüllt, sie wirkten weniger falsch – eher als wären sie alle ungefähr zehn Jahre älter als die linkischen Jungs, die unbehaglich herumstanden, als empfänden sie sich als völlig unpassend in ihren steifen Jacketts, in denen sie schon vor dem Tanzen zu schwitzen begannen. Die Taftkleider, die manche der Mädchen trugen, raschelten bei jeder Bewegung, was ein Geräusch von permanentem leichten Wind in den Raum zauberte.

Alle wurden aufgefordert, sich hinzusetzen. Die anderen kannten schon die Regeln, die meisten kannten schon einander. Unter den Mädchen herrschte bis zu dem Augenblick, da sie ihre Plätze einnahmen, ein lebhaftes Geschnatter. Rechts und links des Salons standen Stuhlreihen, die von Jungs und Mädchen so besetzt wurden, dass sie einander gegenübersaßen. Hier die Mädchen, da die Jungs. Roberta fragte sich, was geschehen würde, wenn sie sich zwischen die Jungs setzte. Bei der Vorstellung musste sie grinsen. Aber natürlich tat sie es nicht, denn sie wollte nicht schon zu Beginn unangenehm auffallen.

Nun forderte Herr Wendt seine junge Frau zum Tanz auf. Formvollendet schwebten beide übers Parkett und zeigten die Schritte. Anschließend erklärten sie sie noch einmal, aber Roberta konnte gar nicht zuhören, so gebannt war sie von der Eleganz der Frau Wendt. Sie konnte ihre Augen von dieser Frau nicht abwenden. Am liebsten wäre sie hingegangen und einmal mit dem feuchten Finger über das Gesicht und über die Haare gefahren. Wie kann man nur so schön sein?, fragte Roberta sich, und mit einem Mal, überraschend und fast schmerzhaft, wünschte sie sich von ganzem Herzen, auch so schön zu sein. Die Sehnsucht kam zu schnell und zu heftig, sie überrollte sie, und Roberta war ihr einige Minuten lang hilflos ausgeliefert, während sie auf das tanzende Paar starrte. In dem Augenblick, als sie ihren Kopf bemühte und die Faszination mit klugen Argumenten abzuwehren begann, kam der schreckliche Moment: »Die Herren bitten die Damen zum Tanz!«, forderte Herr Wendt. Robertas Hände wurden feucht. Würde jemand sie auffordern, oder stimmte es vielleicht gar nicht, was Stella behauptet hatte, dass für jedes Mädchen ein Junge da war, und sie würde nachher als Einzige sitzen bleiben?

Da stürzte sich schon die Jungsschar auf die Mädchen, und im Nu stand ein großer junger Mann vor ihr, der seinen Anzug mit Selbstverständlichkeit trug und Roberta mit einer zwar einstudierten, aber dennoch lässigen Verbeugung zum Tanz bat. Roberta war vollkommen perplex.

Kurz darauf war sie wie gelähmt von der nächsten Angst: Konnte sie sich überhaupt noch an die Schritte erinnern? Sie wusste selbstverständlich nichts von der Verabredung, die Stella mit den Wendts getroffen hatte. Sie wusste nicht, dass Herr Wendt einen hervorragenden Tänzer engagiert hatte, der eingeweiht war und das Spiel mitspielte.

Roberta war dem Jungen, der ihr seinen Namen zwar genannt hatte, der aber vor Aufregung sofort wieder aus ihrem Gehirn fiel, sehr dankbar, dass er sie in die Gruppe der Tänzer zog. Eins, zwei, Wechselschritt. Sie erinnerte sich! Es war gar nicht so schwer! Im Kreis bewegten sie sich vorbei an den großen Spiegeln. Sie guckte schnell weg, wollte nicht sehen, wie peinlich steif sie mit dem Jungen tanzte, der offenbar ein phänomenales Gedächtnis hatte, denn er verhaspelte sich nie im Gegensatz zu den anderen Jungen, die ungelenk mit einem unsicheren Lächeln, das ihr Sosein zu entschuldigen schien, über die Tanzfläche stolperten. Mancher Junge und auch manches Mädchen sahen aus wie gequälte Kinder, das fiel Roberta trotz ihrer eigenen Befangenheit auf. Ein Junge, der richtiggehend mit seiner Partnerin zu kämpfen schien, er wollte in eine Richtung und sie in die andere, zog Robertas Aufmerksamkeit auf sich. Prompt verhaspelte sie sich, stolperte über ihre eigenen Füße, wäre fast gefallen, weil der Boden so glatt war und sie mit einem Mal nicht mehr wusste, welcher ihrer Füße der rechte oder der linke war. Aber der Junge fing sie lächelnd auf, hielt sie fest und sagte mit einer sehr hübschen weichen Stimme: »Ziemlich glatt hier, nech?« Roberta wusste schon, dass die Hamburger oft die Silbe »nech« ans Ende ihrer Sätze fügten, und plötzlich war ihre Hemmung verflogen. »Wie heißt du noch gleich?«, fragte sie. »Tut mir leid, ich hab deinen Namen vergessen.« »Volkmar, und du?«

Da war der Tanz zu Ende. Alle sollten sich wieder auf ihre Plätze setzen, die Wendts zeigten die nächste Sequenz, und die Jungs sollten wieder auffordern. Diesmal stand ein sehr dünner Junge vor Roberta, verbeugte sich, als klappe er seinen Körper wie einen Regenschirm zusammen, und sagte: »Klaus. Darf ich bitten?« Roberta folgte ihm auf die Tanzfläche, und nun erfuhr sie den Unterschied zwischen einem Tänzer und einem hilflosen Jungen, der tanzte wie ein Regenschirm. Aber Roberta biss die Zähne zusammen und hielt tapfer durch. Sie wollte diese Tänze lernen, sie stellte sich vor, wie es aussehen würde, wenn die schöne elegante Frau Wendt mit diesem Jungen tanzen würde, sie verlangte von sich selbst, auch beim Tanz mit einem Regenschirm ihre Füße anständig zu setzen.

Vor der Pause tanzte sie wieder mit Volkmar, und in der Pause blieb er neben ihr und unterhielt sich mit ihr. Er fragte sie, woher sie komme, denn dass sie nicht aus Hamburg war, entnahm er ihrem Tonfall, den er nicht einordnen konnte. Nachdem er wusste, dass sie aus Dresden kam, unterhielt er sich mit ihr über Hamburg, was sie schon gesehen hatte, wie es ihr gefiel, erzählte ihr, dass er dicht bei in der Schlüterstraße wohne und dass er das Tanzen liebe. Dann ging der Unterricht weiter.

Stella stand schon vor der Villa, als Roberta herauskam, schlendernd und im Gespräch mit einem Mädchen, das sie im Umkleideraum angesprochen hatte mit den Worten: »Du Glückliche, dein Tänzer ist ja phantastisch, zu mir ist den ganzen Nachmittag der Klaus gekommen, den müsste man rausschmeißen, der wird es nie lernen.« Es war ein etwas pummeliges Mädchen mit einer lustigen Stupsnase und fröhlichen Augen, und sie hieß Lieselotte. Sie verabschiedete sich mit den Worten: »Bis nächste Woche«, und das klang, als freue sie sich schon darauf, Roberta bald wiederzusehen. Stella merkte, wie gelöst und glücklich ihre Enkelin war. »Es fühlt sich an, als hätte man zum ersten Mal einen Hengst geritten und ist nicht runtergefallen, oder?«, fragte sie, während sie Richtung Dammtorbahnhof gingen. Roberta nickte, räumte aber ein: »Das mit dem Hengst war leichter.« Sie sprach nicht viel, bat Stella darum, zu Fuß nach Hause zu gehen. »Tun deine Füße nicht weh?«, erkundigte die sich. Roberta schüttelte den Kopf.

Sie wäre lieber allein gewesen. So viele Bilder geisterten durch sie hindurch, so viele Gefühle. Sie fragte sich, ob sie Volkmar genauso toll fand wie Jorge. Sie fragte sich, warum er immer wieder sie aufgefordert hatte. Er hatte ihr auch Komplimente gemacht. Dass sie leicht tanze. »Wie eine Feder!« Dass sie den Kopf schön hoch trage. »Guck, die da, die lässt den Kopf so hängen, und dann hängt auch gleich alles andere.« Er hatte ihr noch mal gezeigt, wie sie ihre Hand in seine legen musste, und als sie das begriffen hatte, hatte er ihr gesagt, dass sich das wunderschön anfühle. Wenn man es recht bedenkt, dachte Roberta, habe ich noch nie Komplimente bekommen. Ja, ihre Mutter erzählte ihr von Zeit zu Zeit, was für ein wundervolles Geschenk sie sei. Und Bobby sagte, dass sie ein toller Kumpel sei und dass er sie richtig musikalisch finde und gern mit ihr musiziere. Aber das galt nicht.

In der zweiten Tanzstunde merkte Roberta, dass sie eine besondere Stellung in der Gruppe hatte. Die Mädchen schauten sie neidisch an, die Jungs drängelten sich darum, mit ihr zu tanzen. Sie war in der Lage, das Ganze zu durchschauen, und darüber war sie froh, denn sonst hätte sie sich womöglich etwas darauf eingebildet. Es war so, dass die Jungs schwer beeindruckt waren von Volkmar, und hofften, etwas von seinem Glanz abzubekommen, wenn sie mit dem Mädchen tanzten, das er offenbar erwählt hatte. Und die Mädchen, nun ja, auch da ging es um Volkmar, das war nicht schwer zu durchschauen. Aber sie mieden Roberta nicht, sie machten ihr so viele Komplimente, dass sie es kaum mehr hören mochte. Wie schön ihr Kleid sei, wo sie das gekauft habe, wohin sie zum Friseur ginge, ihre Frisur sei so speziell, woher sie ihre Schuhe habe. Eine strich sogar an ihr vorüber und sagte: »Toller Duft. Welches Parfüm benutzt du?« Nur die kleine Lieselotte fragte sie unverhohlen: »Kannst du Volkmar mal sagen, dass er mich auffordert? Ich möchte ein einziges Mal erleben, wie es ist zu tanzen und nicht übers Parkett geschubst zu werden.« Roberta tat ihr den Gefallen. Und Volkmar tat ihr den Gefallen. Lieselotte war Roberta dankbar. In der Garderobe am Schluss sagte sie: »Ich weiß natürlich, dass ich das nur dir zu verdanken hatte. Also, vielen Dank! Aber weißt du, ich mag dich auch so. Wollen wir am Samstag zusammen ins Kino gehen? Da läuft

*Ein Herz und eine Krone*, ich liebe Gregory Peck. Audrey Hepburn ist ja auch so süß …« Roberta sagte sofort zu. Endlich gab es so etwas wie eine Freundin.

Stella und Lysbeth sprachen, wenn sie allein waren, oft über Robertas Erfahrungen in der Tanzschule. Aaron hatte davor gewarnt, ihr einen Gigolo zu mieten, aber dann erinnerte er sich daran, wie er damals Tango gelernt hatte – mit einem Besenstiel im Arm in Ermangelung einer Partnerin, denn er wollte Lysbeth erst auffordern, wenn er in der Lage war, sie zu führen. Den Anstoß hatte ein Studienfreund gegeben, der als Gigolo sein Geld fürs Studium verdient hatte, und auch Aaron hatte damals überlegt, ob dies nicht eine sinnvolle und angenehme Beschäftigung für ihn sein könnte. Also hofften die drei nur, dass Volkmar so intelligent war, sich nicht zu verplappern, und vor allem, Roberta daran zu hindern, sich in ihn zu verlieben.

Vor ihrer dritten Tanzstunde fasste Roberta sich ein Herz und fragte Stella: »Wie kann ich lernen, mich so zu verhalten, dass ein Junge mich will?« Stella dachte, verdammt, sie hat sich also verknallt. Na gut, vielleicht gar nicht so schlecht. So kann sie üben. Leider habe ich auf ihre Frage keine Antwort. Aber diese Auskunft wollte sie ihrer Enkelin nicht geben. »Die Tante hat mir damals empfohlen, ein Studium der Männer zu betreiben«, sagte sie, ihre Worte genau abwägend. »Das habe ich versucht, indem ich genau das getan habe, wonach du mich jetzt fragst: Ich habe ziemlich wahllos Männer dazu gebracht, mich zu wollen.« Roberta lauschte gebannt. Das war genau das, was sie brauchte, sie wollte die Ergebnisse von Stellas Studium erfahren, um sie selbst anzuwenden. »Und?«, fragte sie atemlos.

Stella zog das Mädchen neben sich auf das Klavierbänkchen. Sie schlug einen hohen Ton an und dann einen tiefen. »Horch!«, forderte sie ihre Enkelin auf. »Horch!« Roberta lauschte den Tönen hinterher, die durch den Raum vibrierten. Fragend zog sie die Augenbrauen hoch. »Beide Töne klingen, oder?« Stella schlug zwei andere Tasten an. »Und diese auch.«

Roberta wurde ungeduldig. Also entschied Stella sich, das Geheimnis zu lüften. »So sind wir auch. Und so sind auch die Männer. Das habe ich gelernt. Jeder Ton für sich genommen hat seinen Klang und setzt die Luft auf eine bestimmte Weise in Schwingung. Da gibt es nichts

Besseres oder Schlechteres, Schöneres oder Hässlicheres. Aber manche Töne gehen mehr zueinander in Resonanz und andere scheinen sich gegenseitig zu neutralisieren oder sogar abzustoßen. So ging es mir auch bei meinem Studium der Männer. Mit manchen Männern ging ich leicht in Resonanz, da entstand ein Zusammenklang fast von allein. Bei anderen musste ich erst mal in mir selbst suchen, was in mir so schwang, dass ich mit dem Mann in Resonanz gehen konnte.« Zornig glitt Roberta mit ihren schmalen langen Fingern, die sehr an Lysbeths erinnerten, feingliedrig und kräftig, über die Tasten, fand sich in eine schräge Tonfolge und improvisierte damit eine Weile. Stella hörte gebannt zu. »Du bist richtig begabt«, sagte sie bewundernd, als Roberta geendet hatte. »Die Musikhochschule in Dresden ist doch sehr renommiert, vielleicht solltest du dort ein Studium beginnen.« »Ich werde Jura studieren und Richterin werden«, stieß Roberta trotzig hervor, erhob sich und baute sich vor Stella auf. »Du bist genauso wie andere Erwachsene. Wenn man euch danach fragt, wie Kinder zustande kommen, erzählt ihr von Bienen und Blumen, und wenn ich dich frage, was ich tun kann, um einen Jungen für mich zu interessieren, erzählst du mir von Tönen. Das ist gemein.« In ihrer Stimme lagen unterdrückte Tränen. Sie rauschte aus dem Zimmer und polterte die Treppen hinunter. Stella hörte, wie die Haustür zugeschlagen wurde.

Wie konnte sie Roberta klarmachen, dass sie vollkommen in Ordnung war? Dass sie entweder darauf warten musste, dass ein Junge in ihr Leben kam, der sich genau für so ein Mädchen, wie sie es war, interessierte, oder dass sie herausfinden musste, für welche Art von Mädchen sich der Junge interessierte, den sie wollte, um ihm so geben zu können, wonach er sich sehnte. Sie wusste nicht, ob es immer noch um Jorge ging oder schon um Volkmar. Bei dem, so war Stella sich ziemlich sicher, hatte Roberta keine Chance herauszufinden, ob es eine Resonanz gab. Volkmar tat seinen Job.

Als es dunkel wurde und Roberta immer noch nicht zurückgekommen war, machte Stella sich Sorgen. Es gab trotz aller Steineklopferei immer noch Trümmergrundstücke und Häuser, die oben nur von Luft bewohnt wurden, in deren Kellern sich aber ganze Familien eingenistet hatten oder auch seltsames Gesindel herumtrieb.

Als sie es nicht mehr aushielt, lief sie nach unten, um draußen nach Roberta Ausschau zu halten. Doch kurz bevor sie die Tür öffnete, die zum Windfang vor der zweiten Tür führte, drangen von unten Stimmen an ihr Ohr. Ihre Hand auf der Türklinke zögerte. Da unten kicherte und gluckste und lachte eine weibliche Stimme, die nicht Lysbeths war. Nun mischte sich in diese Töne die volle Altstimme der Schwester. In Stella wallte Zorn auf. Sie hockte seit Stunden dort oben und sorgte sich, und da unten amüsierten sich Lysbeth und Roberta einvernehmlich. Das durfte ja wohl nicht wahr sein!

Sie holperte die Stufen hinunter, ebenso laut und ebenso wütend, wie Roberta es ein paar Stunden zuvor getan hatte. Sie stieß die Tür zu Lysbeths und Aarons Zimmer auf, da saßen ihre Schwester, Aaron und ihre Enkelin in fröhlicher Eintracht auf dem Bett, über dem eine Bettdecke lag, die Lysbeth noch von der Tante geerbt hatte, und blätterten gemeinsam in einem Buch. Drei gerötete lachende Gesichter wendeten sich Stella entgegen.

»Stella, das musst du hören«, quiekte Lysbeth und schlug als Einladung mit der flachen Hand aufs Bett. Stella blieb in der Türöffnung stehen, da juchzte Roberta auf. Sie las laut vor: »›Welch wunderbarer Entschluss ist es, um Christi willen die Heimat zu verlassen, und aus Liebe zu ihm zu den Heidenvölkern zu eilen, um sie für Christus zu gewinnen und für die Ewigkeit zu retten.‹« Stella zog fragend die Augenbrauen in die Höhe. Lysbeth kicherte und las ebenso veralbernd wie zuvor Roberta: »›Denk nur an die vielen Frauen, die wegen ihres Berufes nicht heiraten: die Fürsorgerinnen, Lehrerinnen und weltlichen Krankenschwestern.‹ Liebe Leute«, juchzte sie, »dieser Mann hier ist 1954 immer noch der Meinung, dass Frauen, die einen Beruf ausüben, nicht heiraten. Wo leben wir eigentlich?«

Stella setzte sich neben Aaron und schlug kurz das Buch zu, das er in der Hand hatte. »›*Was du wissen möchtest*‹ …«, las sie. »Was soll das?«, fragte sie ihren Schwager, da las Roberta schon wieder: »›Es gibt junge Menschen, die die Ehe schon gar nicht richtig anfangen und vor der Ehe alles Schöne zerstören.‹ Was bin ich froh, in der DDR zu leben, da gibt es solchen Schmonzes nicht!« Sie quiekte auf. »Guck mal hier, da steht doch wirklich, dass man sich nichts anmerken lassen soll, wenn man seine Tage hat: ›Sei tapfer in diesen Tagen und lass dir nichts anmerken.‹«

Nun blätterte Stella in dem schmalen Bändchen. Augenblicklich war sie von der guten Laune angesteckt. »›Der Same entsteht im Körper des Mannes, und zwar in den Körperteilen, die außen an seinem Unterleib sind.‹« Sie blickte grinsend in die Runde. »›… Diesen Samen muss er der Mutter schenken, wenn ein Kind zum Leben kommen soll. Das geschieht in stiller, beglückender Liebe und inniger Nähe.‹«

Lysbeth nahm Stella das Buch aus der Hand und blätterte, bis sie gefunden hatte, was sie suchte: »›Deshalb soll die eheliche Vereinigung immer in ehrfürchtiger Liebe geschehen und ganz im Verborgenen bleiben. Wir sollen nicht einmal darüber sprechen, ... schweige darüber.‹« Alle kicherten. Nur Aaron blieb ernst. »Das ist doch eine Schande«, sagte er, »genauso entsteht diese dumme Scham, und so rutschen junge Leute in Verhaltensweisen, die ihnen irgendwie eine Entlastung bieten. Ich habe wirklich gesucht, bis ich was gefunden habe, dies war die einzige Schrift, die angeblich junge Leute aufklärt. Oh, Mann, genauso kommen ungewollte Schwangerschaften zustande.«

Die ausgelassene Stimmung im Raum war verpufft. »›Wer seine Wachstumskräfte nicht in Ruhe sammelt und bewahrt, der ist ausgegeben, bis er zur Ehe kommt.‹«, las Lysbeth. »Genauso entstehen diese Heimlichkeiten und dass die Mädchen keine Ahnung haben, was eigentlich mit ihnen passiert.« »Guck hier«, stimmte Aaron ihr zu. »›Ein Mädchen ist wie eine wohlbewachte Burg. ... der unrechte Kuss macht es billig und abgegriffen. ... Das empfindet jeder unverdorbene Mensch. ... das echte Mädchenwort ...: rühr mich nicht an!‹« Roberta war errötet. »Aber wie ist das denn mit den Küssen?«, fragte sie, und man merkte ihr an, dass diese Frage ihr schwerfiel.

Die drei Erwachsenen blickten sie zweifelnd, liebevoll, unsicher an. »Tja, wie ist das mit dem Küssen«, sinnierte Aaron. Roberta wollte schon verärgert auffahren, da sagte Stella: »Gefährliche Sache, mein Mädchen, ich fürchte, ich habe Jonny nur geheiratet, weil ich ihn geküsst habe. Andererseits macht es auch solchen Spaß. Und es ist irgendwie ein Indiz. Wenn du keine Lust hast, einen Mann zu küssen, dann lass die Finger von ihm.«

Lysbeth richtete ihren Blick auf Aaron, und für einen Moment sah man, dass alles um sie herum verschwand. »Weißt du noch«, fragte sie leise, »wie du mich damals vor der Haustür geküsst hast, nach dem Tango?« Er stöhnte auf. »Oh Gott ja, bis nach Hause bin ich irgendwie in einer Wolke gewesen, nein, in etwas, das sich anfühlte wie: Jetzt bin ich zu Hause, hier bin ich zu Hause, da will ich nie wieder weg. Aber als ich nächsten Morgen aufgewacht bin, hatte ich schreckliche Angst, dass ich etwas falsch gemacht habe und du jetzt finden würdest, ich wär ein ekliger Lüstling.« Lysbeth lachte leise. »Und dann hast du dich tagelang nicht gemeldet, und ich bin tausend Tode gestorben. Und dann hat es unendlich lange gedauert, bis du mich das nächste Mal geküsst hast.« Roberta verfolgte das Gespräch der beiden mit offenem Mund. »Siehst du«, flüsterte Stella, »siehst du, das ist das Geheimnis des Küssens.«

Irritiert wandte Roberta sich wieder dem Aufklärungsbuch zu. Da hatte sie etwas gefunden, das sie vor Empörung schnauben ließ: »Ihr seid doch im Westen wirklich bescheuert. Hier steht: ›Die Badekleidung hat die Aufgabe zu bedecken und nicht bloßzustellen und anzubieten.‹ Bei uns wird meistens nackt gebadet. Es zeigt den Menschen, wie er ist, ohne dummes Getue.«

Aaron las mit gleicher Empörung wie zuvor Roberta: »›Nie mit einem einzelnen Jungen allein sein! Wer sich daran hält, hat einen guten Schutz. … Zum Schutz der Keuschheit hat Gott dir das Schamgefühl gegeben. … Gott hat … das Jungfernhäutchen erschaffen. Bei der ersten Vereinigung mit dem Mann wird es zerrissen und kann nicht mehr geheilt werden. Gott will damit sagen: Wie die Seele, so soll der Leib bis zur Ehe unverletzt bewahrt bleiben.‹« Stella griff nach dem Buch und las: »Tilmann Klement, wer ist das?« Aaron schüttelte den Kopf: »Kenn ich auch nicht, es war das einzige Aufklärungsbuch für junge Mädchen, das ich weit und breit finden konnte. Ich habe erst hinterher erfahren, dass es sich um einen katholischen Priester handelt. Wenn ich das vorher gewusst hätte, hätte ich wahrscheinlich gleich die Finger davon gelassen.« Stella schnaubte empört: »Was denkt sich dieser bescheuerte Priester? Das Einzige, was er schafft, ist Scham und Schuld, und dann landen die Mädchen mit dem dicken Bauch in Lysbeths Praxis.« »Nein«, entgegnete Lysbeth traurig, »leider meistens nicht in der Praxis, sondern bei irgendwelchen Engelmacherinnen, und leider sterben immer noch entsetzlich viele an den Folgen.«

Stella war erstaunt, wie offen Roberta sich über die dumme Schrift amüsieren konnte. Es war offenbar nicht so, dass sie von geschlechtlichen Dingen keine Ahnung hatte. »Ich habe tagelang geforscht, was es für junge Mädchen an Aufklärungsliteratur gibt, aber dies ist tatsächlich die einzige Lektüre weit und breit, die ich auftreiben konnte«, betonte Aaron noch einmal, als müsste er sich entschuldigen.

»Na danke.« Robertas Augen glitzerten, als hätte sie Alkohol getrunken. Stella blickte vorsichtig um sich. Aber da war nichts, was entfernt nach Alkohol aussah. Inzwischen hatte sie fast vergessen, dass sie wütend war, und als sie Robertas Freude sah, sich mit ihren beiden

Großmüttern über dumme katholische Bemerkungen über Sexualität zu amüsieren, beschloss sie, ihren Zorn einfach fallenzulassen.

»Das klingt so, als würdet ihr auf dem Hof oder in der Schule offen über diese geschlechtlichen Sachen sprechen«, tastete sie sich vor.

»Nein«, platzte Roberta heraus. »Auf dem Hof schon mal gar nicht. Da nimmt jeder auf jeden Rücksicht, und wenn ich etwas frage, wird der Finger vor den Mund gehalten und auf irgendjemanden gewiesen, der sich nicht belästigt fühlen soll, meistens Oma Helga. Da sind die Kommunisten genauso stumm wie die Katholiken. Schweig still, das ist das, was sie praktizieren. Aber ich bin in Anthonys Haus groß geworden, und er hat eine Bibliothek, wo es an nichts mangelt. Kamasutra, indische Tantra-Tempel, ich kenne jede Stellung und jede Öffnung, in der Sex betrieben werden kann.«

Lysbeth und Stella starrten sie staunend an. »Wieso habe ich diese Bibliothek noch nie gesehen?«, fragte Stella. »Keine Ahnung«, kicherte Roberta. »Wahrscheinlich hast du nicht nach den gleichen Sachen gesucht wie ich.«

Am Ende des Kurses hatten einige der Jungen tatsächlich den einen oder anderen Tanzschritt gelernt, andere, zum Beispiel Klaus, wirkten eher noch unglücklicher als am Anfang. »Vor, lang, links und Wechselschritt«, murmelte er vor sich hin, wenn er mit Roberta tanzte, was allerdings kaum noch geschah, weil er sich nicht mehr traute, sie aufzufordern.

Die meisten der Mädchen machten ihre Sache gut. Roberta war immer wieder beeindruckt davon, mit welch verbissenem Drang mancher Junge den eben erlernten Rumba-Schritt zu Ende tanzte, ohne sich von der Musik beirren zu lassen. Nach der letzten Stunde umarmte Lieselotte sie und sagte: »Schade, dass du in der Zone wohnst, sonst hätte ich Lust, deine Freundin zu werden.«

Roberta sagte: »DDR, das heißt DDR, nicht Zone.« Lieselotte drehte sich kichernd einmal um die eigene Achse. »Ist doch wurscht.« Roberta sah sie mit offenem Mund an. Und mit der war sie ins Kino gegangen und hatte sich einmal sogar zum Kakao in einem Café getroffen.

Am Schluss ihres Aufenthaltes verabschiedeten sich Lysbeth und Stella unter Tränen von ihrer Enkelin, die sich in dieser kurzen Zeit erstaunlich verändert hatte. Es wirkte, als hätten sich auf den dünnen langen

Körper ein paar Ausbuchtungen gesetzt. Sie verbarg ihre Brüste nicht mehr, ganz im Gegenteil, es wirkte sogar so, als zeige sie sie gern in den neuen sommerlich leichten Kleidern. An beiden Seiten ihrer Hüften hatten sich weiche Hügel gebildet, die eine stärkere Markierung der zuvor kaum wahrnehmbaren Taille bewirkten. Der alberne Text des aufklärerischen Pastors hatte bewirkt, dass Roberta von Stella Schminkunterricht eingefordert hatte und nun ihre vollen Lippen mit einem zarten Rosa betonte, wie es unter den Teenagern Mode zu werden begann.

Roberta standen Tränen in den Augen, aber zugleich freute sie sich riesig, nach Hause zurückzukehren. Stella versprach, Roberta noch im Herbst gemeinsam mit Anthony zu besuchen. Sie zwinkerte ihrer Enkelin zu. »Und dann zeigst du mir mal den hübschen Spanier«, raunte sie. Roberta bekam ängstliche Augen.

## 14

Eine Einreisegenehmigung in die DDR zu bekommen, erwies sich als Kinderspiel. Anthony war als antifaschistischer Autor bekannt, er hatte bei dem Antrag erklärt, dass er Kontakte zu Künstlern und Verlegern in Berlin und Dresden aufnehmen wollte und überlege, in die DDR überzusiedeln. Das hatte er nicht nur vorgegeben. Hätte Stella nicht Einspruch eingelegt, hätte er diese Idee umgehend in die Tat umgesetzt. Damit stand er im übrigen nicht allein.

In den Zeitungen der BRD wurde vor allem über die Ost-West-Abwanderung geschrieben, aber es gab auch eine Bewegung in die andere Richtung. 1953 waren es ungefähr 32 000 Menschen gewesen, die in die DDR übergesiedelt waren, und laut Presseberichten hatte sich diese Zahl in diesem Jahr, 1954, schon fast verdoppelt.

Dabei handelte es sich nicht nur um Künstler, auch wenn das künstlerische Leben in dem jungen sozialistischen Staat starke, auch kontroverse Impulse aussendete. Besonders Berlin um Bertolt Brecht und sein *Berliner Ensemble* herum besaß eine Strahlkraft, die bis weit ins Ausland wirkte. Dort geschahen wirklich wichtige Dinge, da wurde experimentiert, da wurde ein neues Theater geschaffen. Viele der Künstler, die aus der Emigration nach Deutschland zurückkehrten, gingen in die Sozialistische Besatzungszone und dann in die junge DDR. Der Westen bot nicht viel Verlockendes: Kaffee, Zigarren, amerikanische Filme, ansonsten aber miefige Engstirnigkeit. Am *Berliner Ensemble* hatten sich im Verlauf der Nachkriegsjahre die Götter des Theaters und der Literatur versammelt.

Die tiefere Triebkraft für Anthonys Überlegung, in die DDR überzusiedeln, war freilich seine Wut auf seinen Londoner Verleger. Hätte er in seinem Roman nur die deutsche Problematik thematisiert, wäre dieser gewiss publiziert worden, aber er hatte die Verbrechen der Engländer und Amerikaner nicht ausgespart. Anthony hatte sechs Jahre lang recherchiert, er hatte die Nürnberger Prozesse verfolgt und mit Männern gesprochen, die im Hintergrund tätig gewesen waren. Er war immer tiefer in den dunklen Keller unter dem strahlenden Neuaufbau »BRD« gestiegen. Ohnmächtig hatte er die Fäuste geballt, als er das enorme Interesse des Westens durchschaute, Westdeutschland wieder aufzurüsten. Ebenso durchschaute er, dass Adenauer nicht das Geringste an der Vereinigung lag; die Westdeutschen wurden von einer vereinten Clique aus Amerika, England und ihrer eigenen Regierung an der Nase herumgeführt. Anthony war sich bei seinen Recherchen oft wie ein Detektiv vorgekommen. So war in ihm allmählich der Entschluss gereift, seine ursprüngliche Figur, die eines naiven englischen Journalisten, der, verliebt in eine Deutsche, versucht, sich in dieses Land zu integrieren, in einen Journalisten umzuwandeln, der den Auftrag hat, für eine englische Zeitung die Nürnberger Prozesse zu beobachten, dabei Erstaunliches erlebt und unbeabsichtigt in einen Krimi hineingerät. Als hätte er vorausgesehen, was ihm selbst geschehen würde, lässt Anthony seinen Journalisten die bittere Erfahrung machen, dass seine Zeitung seine Rechercheergebnisse nicht nur nicht drucken will, sondern sogar versucht, ihn als Journalisten zu diskreditieren.

Durch die Feder seines Protagonisten Victor Masters nannte Anthony Namen und beschönigte nicht, dass »der Westen«, allen voran England und USA, ein gewaltiges Interesse daran besaß, aus Westdeutschland eine Speerspitze gegen die »kommunistische Gefahr« zu formen.

Anthony erinnerte an das einvernehmlich zwischen Truman, Churchill und Stalin beschlossene Potsdamer Abkommen, wonach die deutsche Wirtschaft auf Friedensbedarf umgestellt werden, Deutschland ohne Militär bleiben, Kartelle aufgelöst werden, aktive Nazis aus der öffentlichen Verwaltung, aus Justiz, Wissenschaft und auch aus den Unternehmen entfernt werden, die Einheit Deutschlands während der Besatzungszeit gewahrt werden und Deutschland den im Krieg geschädigten Staaten Reparationen zahlen sollte. Anthonys Alter Ego Victor Masters klagte an: »Sie haben den Vertrag gebrochen.«

Victor Masters beschreibt die »Nürnberger Prozesse« wie ein raffiniert inszeniertes Theaterstück. Als die britische Zeitung sich weigert, seine Artikel zu drucken und ihn zurückbeordert, bleibt er in Deutschland und macht auf eigene Faust weiter. Er will nicht aufgeben, entscheidet sich, ein Buch über die Verstrickungen zwischen USA, England und Deutschland zu schreiben, worin er deren Interesse, die führenden Vertreter des Nazi-Deutschlands wieder an die Macht zu bringen, entlarvt. Dieses Buch – als Buch im Buch – schreibt Masters wie einen Krimi, in den sich aber auch sein Leben verwandelt, denn seine Recherchen tangieren Geheimdienste.

Die ersten Kapitel in Anthonys Roman beschäftigen sich mit dem Schmierentheater der Nürnberger Prozesse: Zunächst wurden spektakulär die vierundzwanzig »Hauptkriegsverbrecher« abgeurteilt. Auf diese Weise wurde der Hunger nach Rache gestillt, der viele Menschen auf der Welt umgetrieben hatte. Für die zwölf »Nachfolgeprozesse« gegen Ärzte, SS- und Polizeifunktionäre, Industrielle und Manager, militärische Führer und Regierungsvertreter war das internationale wie deutsche Interesse schon abgeflaut.

Die Tausende Unternehmer und Banker, die vor allem in Deutschland, aber auch aus dem westlichen Ausland die NSDAP finanziert hatten, wurden nicht angeklagt – die Hitler-Finanzierung war im Katalog der Straftatbestände genauso wenig vorgesehen wie die Arisierung jüdischen Kapitaleigentums.

Der Journalist Neil Knight im Detektiv-Roman des Victor Masters klagt an, dass sich der Straftatbestand der von den USA eingeführten Verschwörung nicht gegen die Deutsche Bank, die Wall Street und dergleichen Akteure richtete. Entsprechend war das Ergebnis des Nürnberger Tribunals: Als wäre das Dritte Reich das »Schurkenstück« einer freischwebenden Politbande gewesen. Es entließ sogar wichtige Mitglieder dieser Politbande aus der Charakterisierung als verbrecherisch: Das führte beispielsweise dazu, dass der Hitler'sche Spendensammler,

Wirtschaftsminister, Reichsbankpräsident und Generalbevollmächtigte für die wirtschaftliche Vorbereitung des Krieges, Hjalmar Schacht, freigesprochen wurde. Neil Knight findet freilich heraus, dass Schacht Hitler schon ab 1930 gefördert und bei der Ruhrindustrie Spenden für ihn gesammelt hatte. Nur der sowjetische Vertreter protestierte gegen den Freispruch.

Das Tribunal war zwar auch mit der Sowjetunion vereinbart worden, lag aber in der Hand der westlichen Siegermächte. Die USA dominierten. So blieben auch die US-Mittäter im nicht-militärischen Bereich ausgeklammert, also Bankiers, Industrielle und Anwälte. Dasselbe galt für die französischen, britischen, belgischen, italienischen Kriegsfinanziers des NS in der Schweizer Bank für Internationalen Zahlungsausgleich, an deren Spitze der Wall Street-Banker McKittrick gestanden hatte. In dem geplanten Verfahren gegen Banker und Industrielle hätte der Deutsche Bank-Chef Hermann Abs an erster Stelle der Angeklagten gestanden. Doch Hauptankläger Robert Jackson stoppte im Auftrag der US-Regierung das Verfahren. Das gemeinsame Tribunal der Alliierten wurde beendet. US-Ermittler hatten Verbrechen der Deutschen Bank und der Dresdner Bank (»die SS-Bank«) sowie der Commerzbank und der anderen 19 offiziell »kriegswichtigen« Banken umfangreich dokumentiert. Das Finanzministerium hatte eine Liste mit 43 NS-aktiven Bankern und Industriellen erstellt, darunter Flick, Krupp, Pferdmenges (Bank Sal. Oppenheim), Henkel, Keppler, Klöckner, Krauch und von Schnitzler (IG Farben), Quandt (BMW), Röchling, Siemens, von Schröder, Stinnes, Thyssen. Doch Geheimdienstchef Allen Dulles stellte der Mehrheit einen Persilschein aus: Sie waren »heimliche, aber heftige Nazi-Gegner« (secretly violently anti-Nazi). Auch der Arrangeur der Hitler-Regierung, der Kölner Bankier Kurt von Schröder, Vertreter der ITT in Deutschland, wurde nicht angeklagt.

Victor Masters' Journalist Neil Knight wird von der Empörung gegen diese Verlogenheit so mitgerissen, dass er sich einen ganzen Abend und die halbe Nacht mit Slivowitz betrinkt, ein Fusel, der ihn fast ins Krankenhaus bringt, zumindest drei Tage außer Gefecht setzt, drei Tage, in denen er feststellt, dass er observiert wird. Das hindert ihn nicht, weiter in das Dickicht der Verstrickungen zwischen USA und Nazideutschland vorzudringen. Und er hält in seinen Aufzeichnungen fest: Kein Einziger der Tausenden Unternehmer, die sich durch Arisierungen bereichert hatten, wurde deswegen angeklagt. Arisierung in Deutschland und in den besetzten Staaten galt nicht als Verbrechen – es war ja kein militärischer Vorgang. Hans Globke, der den Kommentar zu den Nürnberger Rassegesetzen verfasst hatte und im Reichsinnenministerium für Judenfragen zuständig gewesen war, wurde zwar angeklagt, aber freigesprochen – unwiderlegt stellte er die irrwitzige Behauptung auf, von der Judenvernichtung nichts gewusst zu haben. Die USA nahmen auch die für sie wichtigsten Wehrmachtsoffiziere aus dem Tribunal.

Und hier befand sich der von Victor Masters vermutete Hintergrund dafür, dass er offenbar als so gefährlich eingestuft wurde, dass man ihm ein schwarzes kastenförmiges Auto mit zwei dunkel gekleideten Männern als ständige Begleiter zuteilte. Hier begann der Krimi von Neil Knight:

Er betraf die Recherchen zu Reinhard Gehlen, dem Chef des NS-Spionagedienstes »Fremde Heere Ost«, einer Abteilung des Oberkommandos der Wehrmacht. Gehlens gesamte Mannschaft hatte den Vernichtungsfeldzug gegen die Sowjetunion mitorganisiert. Gehlen wusste frühzeitig, dass die Wehrmacht unter Führung des Dilettanten Hitler die Sowjetunion nicht erobern konnte. Also stellte er sich schon während des Krieges darauf ein, die wertvollen, einzigartigen Kenntnisse über den sozialistischen Staat einer Macht zur Verfügung zu stellen, die professioneller vorging. Die USA hatten ihren Auslandsgeheimdienst OSS erst während des Krieges aufgebaut und kaum in der verbündeten Sowjetunion spioniert. Da kam ihnen Generalmajor Gehlen wie gerufen, zumal er sich, seine Mitarbeiter und sein Archiv der Siegermacht zu Füßen legte, geordnet und bereit zur Fortsetzung des Dienstes. Gehlen hatte im Weltkrieg sein Hauptquartier zeitweise im russischen Smolensk gehabt. Von hier aus organisierte er mit Hilfe von SS-Einsatzgruppen und ukrainischen Faschisten Todesschwadronen. Er organisierte brutale »Befragungen« von sowjetischen Gefangenen nach dem Prinzip: Wenn ihr uns was sagt, bekommt ihr zu essen, sonst verhungert ihr. Es verhungerten Hunderttausende. Er wurde vom US-Spionagedienst Counter Intelligence Corps erfreut aufgenommen. 1947 kaufte die US-Militärbehörde die ehemalige Rudolf-Hess-Mustersiedlung in Pullach bei München und installierte dort die »Organisation Gehlen«. Alle ehemaligen Mitglieder von »Fremde Heere Ost« wurden vor allen Anklagen beim Nürnberger Tribunal und vor Entnazifizierungsmaßnahmen geschützt und arbeiteten weiter wie bisher. Die Organisation wurde von den USA finanziert, erhielt die Aufträge von der CIA und lieferte ihre Ergebnisse dort ab. Die Organisation Gehlen wachte mit dem CIA über die Biographien von Politikern, Ministerialen und Unternehmern, säuberte Dokumente oder ließ sie verschwinden. Der ehemalige Gestapo-Chef von Lyon, Klaus Barbie, wurde als gutbezahlter Agent geführt, um wie in seinen besten NS-Zeiten Kommunisten und in Deutschland die KPD auszuspionieren – der Unterschied war lediglich, dass er sie jetzt nicht mehr umbringen durfte. Gehlens Amt hielt Kontakt zu den faschistischen und nationalistischen Gruppen aus der Ukraine, aus Weißrussland und dem Baltikum (oder deren Nachfolgeorganisationen), mit denen er schon im Krieg zusammengearbeitet hatte. Die Organisation Gehlen, die mit dem Geld des Großen Bruders mehrere tausend festangestellte Mitarbeiter alimentierte, war die dichteste Ansammlung von Kriegsverbrechern. Hier waren Mitarbeiter von »Fremde Heere Ost« weiterbeschäftigt, zudem ehemalige Mitglieder der SS, des Reichssicherheits-Hauptamtes und der Gestapo.

All diese Recherchen hatten Anthony mitgenommen, so schlimm, so nahtlos ineinandergreifend hatte er es sich nicht vorgestellt, aber je mehr er herausgefunden hatte, umso heller loderte sein Verlangen, das alles an die Öffentlichkeit zu bringen, die sowohl in England als auch in Deutschland vor allem damit beschäftigt war, sich die hungrigen Bäuche zu füllen und das Gleiche zu tun wie vorher: Die Augen zu schließen vor den Verbrechen von »denen da oben«, von denen sie annahmen, dass es sie nichts anginge.

Die Deutschen lechzten nicht danach, die Nazis loszuwerden und einen neuen Staat aufzubauen, ihre Sehnsucht war, sich richtig satt zu essen. Der Verzehr von Fleisch, Butter und Kaffee war sprunghaft angestiegen, der Trend ging zu kalorienreicher und fetter Kost sowie zu Genussmitteln. Anthony verging der Appetit, wenn er diese Entwicklung beobachtete. Gleichzeitig konnte er die Deutschen verstehen, sie wollten sich mit ihrer Schuld und Scham nicht beschäftigen, und sie wollten nie wieder hungern.

Im Herbst 1954 fuhren Stella und Anthony los, sie wollten in Berlin unbedingt der Premiere der Uraufführung von Brechts *Kaukasischem Kreidekreis* beiwohnen.

Im Westen war Anthony inzwischen nicht mehr der reiche Engländer zwischen den ausgebombten armen Deutschen, inzwischen hatte sich der Wohlstand in die Haushalte geschlichen, was in der DDR zwar auch geschehen war, aber sehr viel schleppender, die Geschäfte waren weniger gefüllt, Autos waren eine Seltenheit. Freilich sah auch in Hamburg die Welt der meisten anders aus, als es die luxuriösen Geschäfte und Häuser um die Alster herum glauben machten. Obwohl sie befürchteten, als reiche Westler aufzufallen, entschieden sich Stella und Anthony für eine Fahrt in Anthonys VW-Käfer, vor allem, weil sie so all die Geschenke für die Hofbewohner mitnehmen konnten.

Stella war nach dem Krieg nicht wieder in Berlin gewesen. Sie wusste, dass die Stadt mindestens genauso zerstört worden war wie Hamburg. Dennoch war sie erschüttert über den Anblick, der sich ihr bot. Die Stadt wirkte rußgeschwärzt und zerstückelt und traurig. Wie ein Kontrastprogramm glänzten die Kaufhäuser am Ku'damm, brechend gefüllt mit schicksten Waren.

Doch es hielt sie nicht lange in der Oase des Westens inmitten der sozialistischen DDR. Sie wollten nach Berlin, der Hauptstadt. Die Grenzkontrollen störten sie nicht, empfanden sie doch den Hass gegen den Osten, gegen die Kommunisten und den Versuch, diese von der politischen Landkarte zu radieren, als ebenso gefährlich, wie die politisch Verantwortlichen in der DDR es taten. Der Kalte Krieg hieß ja nur deshalb so, weil keine Bomben fielen, Waffen wurden durchaus eingesetzt, es waren die Waffen, die in die Köpfe der Menschen schossen, hier wie dort. Das hatte Anthony sich bei den Recherchen zu seinem Roman schmerzlich bewusst machen müssen.

Das *Berliner Ensemble* war im November 1949 gegründet worden. Brecht hatte gemeinsam mit seiner Frau Helene Weigel, der legendären Darstellerin der Mutter Courage, eine Tätigkeit in Deutschland gesucht. Nachdem er am 30. Oktober 1947 in den USA vor dem Komitee für unamerikanische Umtriebe verhört worden und anschließend in der Schweiz wie ein Verbrecher permanent überwacht worden war, wurde Brecht in Ost-Berlin mit offenen Armen empfangen.

Der DDR-Kulturminister Becher hatte Brecht sofort einen Platz für seine Arbeit angeboten, und zwar im Gebäude des *Deutschen Theaters.* Der Ruf seines Ensembles wuchs mit jeder Aufführung, und im Laufe der Zeit wurden sie oft zu Gastspielen im In- und Ausland eingeladen, so nach Frankreich, England, Österreich, Schweden und Italien.

Seit dem 19. März 1954 hatte das *Berliner Ensemble* nun sein eigenes Theater am Schiffbauerdamm. Das Ensemble bestand im Kern aus den

Schauspielern und Mitarbeitern, die 1949 an der Erstaufführung der *Mutter Courage* beteiligt gewesen waren, doch junge Autoren, Regisseure und Schauspieler hatten seitdem bei Brecht immer wieder einen Platz gefunden, um an seinen Experimenten teilzunehmen und sie zu befruchten.

Am 14. Oktober 1954 nun saßen Stella und Anthony, den sie neuerdings manchmal scherzhaft Victor nannte, in dem Brecht'schen Theater vor Picassos *Friedenstaube,* die als Symbol des Berliner Ensembles auf dem Bühnenvorhang abgebildet war, und staunten. Das Theater war geschmückt mit seltsam unpassend wirkenden opulenten Stuckornamenten. Doch dann öffnete sich der Vorhang, und über Stellas Haut rieselte ein Schauer. Hier geschah etwas aufregend Neues.

Auf der Bühne zeigte sich eine ländliche Versammlung, zu der sich Mitglieder des Obstbaukolchos »Rosa Luxemburg« mit denen vom Ziegenzuchtkolchos »Galinsk« zusammengefunden hatten, um über die Überlassung eines Weidetales zu diskutieren.

Zu Ehren des Treffens wurde dann ein Stück aufgeführt, »das mit unserer Frage zu tun hat«. Nun folgte *Der kaukasische Kreidekreis,* den Brecht bereits 1947 geschrieben hatte und der bisher nur auf einigen amerikanischen Gewerkschaftsbühnen gespielt worden war, sicher ohne das Kolchosenvorspiel. Der Blut-und-Boden-Ideologie setzt Brecht eine chinesische Fabel vom Streit zweier Mütter um ein Kind entgegen. Nicht die leibliche Mutter erhält am Ende das Kind zugesprochen, sondern die Pflegemutter, die Dienstmagd der herzlosen Gouverneursfrau, die den Säugling auf der Flucht vor den Rebellen einfach vergessen hat.

Brecht hatte die Geschichte der Dienstmagd, die das Herrenkind auf dem Rücken über die verschneiten Bergpässe Grusiniens trägt, verkoppelt mit der Fabel vom Azdak, dem Armeleuterichter, der sich von den Reichen schamlos bestechen lässt, um die »Beute« den Armen zu geben.

Die Aufführung dauerte mehr als vier Stunden. Stella war betört durch die vielen phantasievollen Details. Brecht war ein Meister der leeren Szene und der strengen Anklage; wenn er heitere Intermezzi geben wollte, überzeichnete er fast immer zum Klamauk hin, das Theater wurde zum Zirkus, und das Lehrstück wandelte sich zum Kabarettsketch.

Besonders begeisterten Stella die Songs Ernst Buschs, der den Volksrichter Azdak spielte, und die Szenen zu Beginn, in denen Angelika

Hurwicz, die großartige Darstellerin der Dienstmagd Grusche, einsam gegen die leere Drehbühne anwandert, das Kind auf dem Rücken, Lieder und Satzfetzen gegen den Wind stoßend. Helene Weigel wandelte als Mongolenfürstin, quittegelb gekleidet wie eine majestätische Säule über die Bühne. Paul Dessau hatte die Musik geschrieben, die Brechts Texte perfekt unterstrich. Er hatte ein eigenes Instrument erfunden, ein »Gongspiel« aus acht verschieden gestimmten Gongs, die in Klaviermechanik bedient wurden und mit Flöte, Geige und Schlagzeug kombiniert fesselnde akkordische und rhythmische Wirkungen erzielten.

Direkt im Anschluss trafen Stella und Anthony sich mit Brecht und seinem Ensemble in der Kantine, wie es zuvor schriftlich vereinbart worden war. Anthony und Brecht kannten sich nicht persönlich, aber beide schätzten einander. Brecht saß mit übereinandergeschlagenen Beinen an dem Holztisch, dem man ansah, dass er schon vielen Schauspielern in den Pausen gedient hatte. Stella fielen seine schmalen, kleinen Füße auf, sie schmiegten sich in Schuhe aus weichem Leder. Seine heruntergerutschten Wollsocken bildeten kleine Wülste um erstaunlich schmale Fesseln. Seine Hosen hatten ausgebeulte Knie. Sie waren einen Ton dunkler als die grauen Socken. Stella fiel auf, dass seine gesamte Kleidung, so nachlässig sie wirkte, aus äußerst hochwertigem Material war. Seine dunkelblaue Jacke aus Popeline war inzwischen zu einem Wahrzeichen Brechts geworden. Sie hatte Knöpfe bis zum Kragen und viele Taschen. Die Jacke wirkte sehr bequem, ebenso salopp wie die Hose. Die blaue Jacke stand offen und zeigte, dass er einen kleinen Bauch hatte, und ein noch dunkelblaueres Hemd war sichtbar, es war von grobem Leinen. Brecht trug eine Brille mit braunem Rand. Seine Hände waren sehr weiß und fleischiger, als Stella nach den Fotos, die sie von Brecht gesehen hatte, erwartet hatte.

Immer wieder musste sie die Hände anschauen, die ebenso lebhaft sprachen wie Brecht selber. Die rechte Hand hielt die Zigarre sorgfältig, damit die Asche nicht abfiel. Die linke Hand war beim Argumentieren immer in Bewegung. Wenn er sprach, sprach die Hand. Aber auch wenn er nicht sprach, war der kleine Finger der linken Hand ununterbrochen in Aktion. Dann wanderte die kostbare Zigarre über die linke Hand, und die rechte fing an zu argumentieren. Brecht griff sich an die Stirn, strich über die schwarzen, kurzgeschnittenen Haare, die Stella etwas länger vorkamen, als sie sie auf Fotos gesehen hatte. Im Nacken wuchsen sie wild in kleinen schon weißen Löckchen.

Direkt neben ihm hockte sein Hund Rolf, ein Schäferhund, der Brecht, wie er sagte, vor Jahren zugelaufen war. Rolf klemmte seinen schönen Kopf mit den klugen Augen zwischen Brechts Knie. Es bestand ein auffälliges Einverständnis zwischen den beiden. Als Stella den Hund streicheln wollte, schaute Rolf zu Brecht auf, als wollte er dafür eine Erlaubnis einholen. Brecht zog ein wenig eifersüchtig die Schultern hoch. Stella lachte und unterließ ihren Annäherungsversuch.

Brecht beschrieb seine Arbeit in Berlin und wie dankbar er für die Bedingungen war. »In der Schweiz mussten wir jeden Rappen umdrehen. Hier ist es besser.« Er strahlte eine ungewöhnliche Heiterkeit aus. »Heiterkeit ist eine Tugend«, antwortete er, von Stella darauf angesprochen, wie es ihm möglich war, bei seiner harten Arbeit so leicht zu wirken. »Ein Mensch, der heiter ist, findet immer einen Ausweg.« »Stella ist auch so«, stimmte Anthony zu, »aber nicht alle Menschen besitzen diese Gabe.« Brecht unterstrich seinen Satz mit einer energischen Geste: »Man muss Heiterkeit produzieren. Man muss schon abends den Spaß für den nächsten Tag zurechtlegen, und sei es nur, dass man den grünen Pflanzen Wasser gibt oder die Vögel vor dem Fenster füttert.«

Anthony hatte Brecht einige Wochen vor ihrer Abfahrt ein Exemplar seines Manuskripts zugeschickt, und Brecht zeigte sich begeistert von dem, was er gelesen hatte. Der Roman war zu einem dicken spannenden Krimi im Krimi geraten, und Brecht gestand, dass er selbst kursiv gelesen habe, aber er habe Ruth Berlau darum gebeten, für ihn zu lesen, wie sie es oft tat, und die wichtigen Stellen für ihn anzustreichen. Zwischen den Worten hörte Stella heraus, dass Ruth Berlau und Brecht eine Krise durchlebten, in der manches nicht mehr so gut lief wie noch während ihrer Zeit im Exil.

Stella interessierte sich mehr für Helene Weigel, die für sie die beste Schauspielerin aller Zeiten war. Besonders beeindruckte sie, dass die Weigel im amerikanischen Exil fünfzehn Jahre lang nicht auf der Bühne gestanden hatte und dann, wie überall zu lesen gewesen war, mit der *Antigone* eine großartige Leistung hingelegt hatte. Als sie die kleine zarte Frau danach fragte, der man ansah, dass sie gerade einen Marathon auf der Bühne zurückgelegt hatte, sagte diese knapp: »Eine Schauspielerin bleibt eine Schauspielerin, auch wenn sie auf der Bühne nicht den Raum für große Rollen bekommt.«

Stella hätte die ganze Nacht mit den wundervollen Künstlern des *Berliner Ensembles* zusammensitzen können, alles, was sie da erfuhr, erfüllte sie mit prickelnder Aufregung, aber man merkte den Schauspielern bald an, dass sie nach einer vierstündigen Aufführung am Ende ihrer Kräfte waren, und so musste Stella sich gezwungenermaßen von ihnen verabschieden. Helene Weigel lud sie am kommenden Morgen zu sich zum Frühstück ein, was Stella und Anthony gerne annahmen.

So trafen sie am nächsten Tag in der Chausseestraße 125 ein, wo im Hinterhaus die gemeinsame Wohnung von Brecht und Helene Weigel lag. In der zweiten Etage wohnte die Weigel, in der ersten Etage hatte Brecht sein Domizil, und das Erdgeschoss war das gemeinsame Esszimmer. Stella, die ein feines Gespür für Paare entwickelt hatte, fiel auf, dass alles hier neu wirkte, selbst der Umgang dieses Paares miteinander. Als sie Helene Weigel darauf ansprach, sagte diese knapp: »Wir haben vor einem Jahr unser Haus in Weißensee aufgegeben und danach kurzzeitig in der Nähe des Theaters gewohnt, dies hier ist relativ neu.« Zwischen den Worten lag so viel Schmerz und Entschiedenheit, die sich im Gesicht der Weigel widerspiegelten, dass Stella nicht weiter fragte. Sie wusste, dass Brecht mit den Frauen, mit denen er zusammengearbeitet hatte, oft auch amouröse Beziehungen unterhalten hatte. Wenn sie ihn anschaute, konnte sie seine Anziehungskraft auf Frauen wenig verstehen. Wenn er allerdings sprach, seine Visionen vom Theater entwickelte, seinen Abscheu gegen den amerikanischen Kapitalismus ausspuckte und sogleich wieder seine Heiterkeit versprühte, dann verstand Stella, dass Brechts Kraft, auch seine Anziehungskraft, woanders begründet lag als in breiten Schultern und zupackenden Pranken. Zärtlich sah sie Anthony an, seine dünnen grauen Haare, seine kurzsichtig blinzelnden Augen, seine immer noch schlaksig schlanke Gestalt, und dachte daran, wie sie ihn in Tanganjika zuerst als Mann gar nicht wahrgenommen hatte. Sie hatte damals noch das Schema im Kopf gehabt, das in Deutschland von einem »richtigen« Kerl propagiert worden war: breitschultrig, energisches Kinn, schmaler Mund, harte Augen. Anthony war das genaue Gegenteil. Wie glücklich bin ich als Frau dieses Mannes, dachte Stella, wie unglücklich wäre ich, wenn ich heute noch Jonnys Frau wäre. Als hätte sie ihre Gedanken gelesen, sagte die Weigel: »Es gibt diese nette Geschichte, wie Brecht einen alten grauhaarigen Bauarbeiter fragt: ›Was machen Sie auf dem Bau?‹ ›Ich trage Mörtel und Steine nach oben.‹ ›Ist das nicht zu schwer für Sie?‹ Lachend antwortete der Alte: ›Ich könnte Sie zehnmal von oben nach unten tragen.‹ Brecht wusste nicht, was er sagen sollte, er sah etwas verschämt aus.

Da sagte der Arbeiter: ›Aber nicht Ihren Geist‹, und Brecht lachte zufrieden.«

Brecht erzählte, dass die jungen Leute, auch in der DDR, als er aus der langen Emigration zurückkam, seinen Namen nicht mehr kannten. »Meine Bücher waren verbrannt, ich war von Hitler ausgebürgert worden.« Er lachte laut auf. »Ich lebe, er ist tot, sein tausendjähriges Reich hat wenig mehr als zehn Jahre überstanden, und ich mache jetzt hier Theater. Wenn das nicht großartig ist!«

## 15

Am gleichen Tag noch fuhren sie nach Dresden weiter. Auf dem Weg wurde Stella von einer Anspannung gepackt, die mit jedem Kilometer schlimmer wurde. In Dresden war sie groß geworden, in Dresden hatte sie das schlimmste Erlebnis ihres Lebens gehabt – obwohl, überlegte sie, stimmte das inzwischen überhaupt noch? Ja, sie war damals im Alkoholrausch von wahrscheinlich mehreren Männern vergewaltigt worden, und sie hatte in der Folge ein Kind bekommen, das sie nach acht Wochen fortgegeben hatte. An das Trauma der Vergewaltigung hatte sie sich nie erinnern können, nur das eklige Aufwachen, beschmutzt, blutig, verwirrt. Doch dieses Erlebnis hatte sie danach von nichts abgehalten, das ihr von Bedeutung war. Sicherlich hatte die Tante damals geschickte Seelenarbeit geleistet, damit Stella von der Scham nicht in einen fortwährenden Strudel aus Vernichtungsangst und Unterwerfung und Leugnung gerissen würde, aber vielleicht hatte im Verlauf der Jahre die Liebe für Angela sie mit vielem versöhnt, was damals geschehen war. Und seit deren Besuch im Sommer dachte sie an Roberta, als wäre die das Kind, das sie sich immer gewünscht hatte.

Wie würde es ihr ergehen, wenn sie dem Ort begegnen würde, von dem Angela gesagt und Lydia geschrieben hatte, dass die Engländer alles zerstört hatten, was einmal schön gewesen war? Dass es Dresden nicht mehr gab.

Als sie der Stadt näher kamen, begriff Stella, dass es noch viel schlimmer sein würde. Und dann fuhr sie durch das, was einmal ihre

Heimatstadt gewesen war, und verstand, dass der Begriff Trauma, den sie ohnehin erst seit einiger Zeit kannte, nämlich seit Aaron als Psychiater tätig war, auf so viele Facetten menschlichen Verlusts, Entsetzens, unerträglicher Erfahrungen angewendet werden konnte.

Sie fuhren an rauchgeschwärzten Ruinen vorbei. Die Bedrohung, die von ihnen ausging, empfand Stella, als würde sie ihr gelten. Sie fuhren durch eine verbrannte Stadt, unter deren Pflaster noch die Fundamente von Stellas Geburtsstadt lagen. Sie ahnte plötzlich, warum es für Roberta so schwer war, sich in ihre Klasse zu integrieren. Roberta hatte bis nach dem Krieg in England gelebt. Sie hatte nichts verloren, aber es gab wahrscheinlich kein anderes Kind in ihrer Klasse, das nicht einen Verlust zu beklagen oder tief erschütternde Erfahrungen gemacht hatte. Roberta hatte kein Trauma erlitten, doch wahrscheinlich alle anderen Kinder ihrer Klasse. Roberta stand vollkommen auf der Seite des Neuen. Die Dichter im Sozialismus sollten mit optimistischen Liedern den Aufbau des Neuen begleiten, aber nach einem Trauma kam nicht sofort der Aufbruch. Aaron hatte sie vor ihrer Reise behutsam über die lebensverändernde Macht eines Traumas aufgeklärt: Nach einem Trauma kam eine lange Zeit des fortwährenden, immer wieder neu erlebten Schreckens, und dann kam die endlose schwarze Nacht der Trauer, und dann erst konnten aus der Trauer grüne Gräser sprießen wie aus den Pflastersteinen vor der Frauenkirche.

Sie wusste, dass man in der Ruine der Frauenkirche ein Mahnmal für die Lebenden im Kampf gegen imperialistische Barbarei sah. Aber konnte man sich nach einem Trauma für das Bild des lebensfrohen sozialistischen Menschen begeistern? Das bezweifelte sie sehr. Und sie bezweifelte auch, dass ihre Tochter Angela, obwohl sie die Zerstörung der Stadt daran messen konnte, wie es hier früher ausgesehen hatte, die Menschen verstand, die sich wahrscheinlich gar nicht mehr zurechtfinden konnten. Zuerst die Naziverherrlichung, dann der Zusammenbruch und irgendwie die schreckliche Bestrafung und jetzt die Begeisterung für etwas Neues? War das Neue nicht genau das, was früher verteufelt worden war? Der schreckliche Iwan. Die Roten, die Kinder fraßen.

Die Altstadt war nach der Enttrümmerung nicht wiederzuerkennen. Zwischen Hauptbahnhof und Kreuzkirche war kein Stein auf dem anderen geblieben. Der Rathausturm ragte über einem Niemandsland. Die Stadt war völlig eingeebnet: eine Wüste, die an den Rändern ins Grün überging.

Bereits im Sommer 1945 hatte man angefangen, so hatte Lydia geschrieben, den Schutt aus dem Zwinger und der katholischen Hofkirche zu räumen. Die Semper-Oper war eine Ruine. Die brandgeschwärzten Fassaden der Residenz passten nicht zur Vision von einer sozialistischen Großstadt.

Die weiten Rasenflächen rings um den Trümmerberg der Frauenkirche, auf denen Schafe grasten, bedeckten die Asche des im Feuersturm Verbrannten. Vor der zerstörten Frauenkirche stiegen sie aus dem Auto und wanderten auf der Pflasterwüste herum. Die Steine vor der Frauenkirche waren noch jene Pflastersteine, auf denen Menschen verbrannt waren. Nach dem Krieg hatte man dort eingebrannt die Umrisse von Menschen gesehen. Stella grauste es. Sie fror, obwohl sie einen warmen Mantel trug.

Dresden war eine graue unwirtliche Stadt, unter der noch eine andere Stadt lag, die andere Stadt, die Stellas Geburtsstadt war, die Stadt, an die sie sich erinnerte, wenn sie an den Großvater dachte und an die Mutter, die damals jung und sehr schön, und an den Vater, der immer mit wichtigen Geschäften befasst gewesen war.

Sie stiegen wieder ins Auto und fuhren ziellos durch die Straßen.

Am nördlichen Stadtrand hatte man Trümmer zu einem riesigen Tafelberg aufgetürmt, gestürzte Kirchenportale über leere Balkone, Emporen zerbombter Theater über Rümpfe brandgeschwärzter Statuen.

Es wuchsen schon Neubauten in die Höhe. Unter den Steinen aber lagen die Toten. Stella grauste es.

Schweigend lenkte Anthony das Auto durch die Stadt. Manchmal seufzte Stella schwer auf, als bekäme sie kaum Luft. Vor dem zertrümmerten Hauptbahnhof weideten Schafe.

Plötzlich brach es aus Anthony heraus: »Fucking English bombs!« Sofort erinnerte Stella ihn daran, wer hier zuerst gewütet hatte: »Die von Gottfried Semper errichtete Synagoge war im November 1938 von den Nazis angezündet worden, und die herbeigeeilte Feuerwehr wurde daran gehindert, den Brand zu löschen. Dresden ist keine unschuldige Stadt. Der Terror gegen die Dresdner Juden geschah nicht im Verborgenen, sondern vor den Augen aller.«

»Natürlich«, lenkte Anthony ein, »das Ganze hat damit zu tun, was die Deutschen in England angerichtet haben. Erinnerst du dich an das Wort ›coventrieren‹?«

Sie erinnerte sich. Im November 1940 hatten deutsche Jagdbomber

Coventry fast völlig zerstört. Ausradiert. Genau das hatten später die Engländer mit Dresden gemacht. »Es ist nicht gut, den moralischen Zeigefinger zu heben: Arthur Harris, der den Befehl gegeben hat, gehört angeklagt«, beschwor Stella. »Nein … wir haben schließlich mit Coventry und Rotterdam angefangen. Dass diese schrecklichen Verbrechen irgendwann auf uns zurückfallen würden, war vorauszusehen.«

Beide versuchten, sich statt auf die Ruinen auf die Anmut der Landschaft zu konzentrieren, die erhalten geblieben war. »Die Elbwiesen, das ist das eigentliche Dresden«, beteuerte Stella. »Es gab hier schon immer diesen vielzitierten Dreiklang von Stadt, Hang und Strom.« Sie hörten das Gurgeln des Wassers, sie sahen die schäbigen Anzüge der Dresdner. Inmitten der heitersten Natur, im anmutigen Elbtal zu Füßen der Weinberge war ein Ensemble kostbarster Ruinen entstanden. Einbeinige Männer hüpften auf Krücken zwischen den Schuttbergen. Aus vielen Ruinen schossen Birken heraus. Überall zwischen Trümmern gingen Menschen.

Stella bildete sich manchmal ein, Brandgeruch in der Nase zu haben. Auch Leichengeruch. In manchen Vierteln lagen gewiss noch Tote.

Nur ein einziges Mal war vor dem großen Feuersturm im Februar 1945 in Dresden eine Bombe gefallen, im Sommer 1944. »Sie haben nicht geglaubt, dass es sie treffen könnte«, sagte Stella.

Sie fuhren an einer Häuserzeile vorbei, die der Krieg nicht zerstört hatte. »Dort müssen noch Leute wohnen, die die Angriffe miterlebt haben. Was haben sie in dieser Nacht gesehen?«, fragte Anthony. Stella antwortete nicht.

Anthony warf Stella einen fragenden Blick zu, und sie nickte. Sie war einverstanden, die Stadt zu verlassen, in der sie nichts mehr von dem erkannte, was einmal ihre Heimat gewesen war. Vielleicht gab es in der zersplitterten Stadt immer noch etwas Blumiges, aber überall lag Unheil in der Luft.

Auf dem Hof kam ihnen Helga entgegen, und Stella erschrak abermals. Sie hätte sie nicht erkannt, wenn es nicht die Schürze gegeben hätte, die Helga immer schon getragen hatte, eine Schürze, deren dunkelbrauner weicher Stoff von rosa Röschen gesprenkelt war. Die Haare trug Helga unter einem Kopftuch aus verwaschenem Grün verborgen. Sie stemmte den Oberkörper vor, als wolle sie sich so vorantreiben, aber ihr rechtes Bein machte nicht mit. Sie humpelte hinter ihrem vorwärts strebenden

Oberkörper her. Da erkannte Stella es: Was Helga die Schmerzen bereitete, die ihr Gesicht verzerrten, war nicht das Bein, sondern die Hüfte, die ihr das Gehen erschwerte und sie humpeln ließ.

Stellas Magen verkrampfte sich beim Anblick der Frau, die ihre Tochter adoptiert hatte. Die Zeit, da sie wütend und eifersüchtig auf Angelas Adoptivmutter gewesen war, war lang vergangen. Jetzt aber erkannte sie, wie streng, ja, erbarmungslos Helga gegen sich selbst war. Sie benutzte nicht mal einen Stock. Da stand sie schon vor Stella und Anthony, streckte ihnen beide Hände entgegen und bellte: »Willkommen«. Stella wollte sie umarmen, aber das ließ Helga nicht zu, sie zog eine Demarkationslinie zwischen den Gästen und sich, indem sie ihnen die Arme entgegenstreckte, die Hände drückte und dann sofort zum Haus zurückhumpelte mit der Aufforderung, ihr zu folgen. Während sie über die alten Fliesen auf das Haupthaus zuliefen, schrie Helga ins Menschenleere: »Stella ist da!« Es klang wie ein Vogelschrei, wenn sich ein potentieller Feind nähert. Da öffnete sich die Tür der Scheune, und Helmut kam herausgestapft, in Gummistiefeln und braunen ausgebeulten Cordhosen, auf dem Kopf einen Filzhut derselben undefinierbaren Farbe. Auch ihm sah man die Jahre an, sein Gesicht wirkte wie gegerbtes verknautschtes Leder, aber er bewegte sich, ohne dass man wie bei Helga vor Mitgefühl zusammenzuckte.

Helmut wischte sich die Hände an den Hosen ab, bevor er Stella vorsichtig umarmte. »Na, mein Mädel?«, sagte er, hielt sie mit zwei Händen vor sich, und Stella sah, dass seine Augen feucht geworden waren. »Na, du wirst ja immer hübscher!« Er schüttelte kräftig Anthonys Hand und folgte dann seiner Frau, die schon zum Haupthaus weitergehumpelt war.

In der Küche empfing Lydia sie, auch sie trug eine Schürze, auch sie hatte um ihre Haare ein Tuch geschlungen. Lydias Schürze war freilich feuerrot und rumdum von Rüschen umrahmt, ebenso wie ihr Kopftuch. Ihr Gesicht verzog sich zu einem breiten Lächeln, als sie Stella erblickte. »Wie schön, dass ihr da seid!« Sie umschlang Stella und hielt sie fest, als wollte sie sie nicht wieder loslassen. Gleiches tat sie mit Anthony.

Als endlich alle am bereits gedeckten Tisch saßen und Lydia einen schweren Suppentopf auf den Tisch hievte, zog sie Schürze und Kopftuch aus, und zum Vorschein kam eine Frau, die sich vollkommen von der unterschied, die Stella letztes Mal hier gesehen hatte. Nichts mit

Gummistiefeln und derber Kleidung. Lydia fuhr zwar mit den zehn Fingern nachlässig durch ihre Haare, aber diese Geste konnte den Eindruck von Gepflegtheit und Eleganz, den sie verbreitete, nicht aufheben. Beim letzten Mal hatte Lydia ihre grauen Haare zu einem langen Zopf gebunden, nun waren sie blond gefärbt und gekonnt geschnitten. Wie vor dem Krieg erweckte sie den Eindruck der elfenhaften Frau, um deren zartes Gesicht sich blonde Wellen schmiegten. Sie trug ein schmales türkisfarbenes Kleid, dessen Stoff wertvoll wirkte, weich und glänzend. Dies war wieder die Lydia, die Stella von früher kannte, eine Frau, die Spaß daran hatte, sich hübsch zu machen. Sie bewegte sich flink durch die Küche, als wollte sie ihre neunundsiebzig Jahre Lügen strafen.

Stella fragte sich, was geschehen war, dass Lydia sich abermals so verändert hatte, aber sie hielt sich zurück, Lydia das hier am Tisch im Beisein der beiden Alten zu fragen, die offensichtlich auf dem Hof schufteten, während Lydia demonstrierte, dass sie keine Bäuerin war.

Das Geheimnis wurde schnell gelüftet. Helmut erklärte stolz: »Ist sie nicht flott, unsere Lydia? Sie ist jetzt die Kostümchefin von der Oper.«

»Nein, nein!« Lydia wedelte abwehrend mit den Händen. »Ich bin nur die Assistentin der Kostümbildnerin.« Ihre Augen funkelten fröhlich. »Aber es macht unglaublich viel Spaß, das glaubt ihr gar nicht.«

»Oper?«, fragte Stella erstaunt. »Ist die nicht zerstört?«

Sofort waren sie mitten in einem Gespräch über die Zerstörung Dresdens und den Aufbau. Wiederaufbau durfte man nicht sagen, das wies Lydia weit von sich. »Dresden kann nicht wiederaufgebaut werden, das wäre lächerlich. Das wäre ja wie eine Opernkulisse. Dresden muss neu errichtet werden. Wie Schiller sagte ...«

Helmut erzählte, dass er jüngst mit Helga durch Dresden gefahren war. »So wie wir es früher gemacht haben, ein Ausflug. In Höhe des Altmarkts sind wir aus der Straßenbahn gestiegen und haben uns eine Bockwurst gekauft. Wir haben es wie die anderen gemacht, in ein Trümmerhaus hinein, das unten zu einem Imbiss ausgebaut war, es sah aus wie eine Garage. Dort bekamen wir unsere erste Ostbockwurst.«

Anthony lachte. »So geht also der Aufschwung Ost los.«

Helga presste die Lippen aufeinander und zeigte damit, dass sie die gelöste zukunftsorientierte Stimmung völlig fehl am Platze fand. »Alle haben Angst, dass wieder Krieg kommt«, sagte sie vorwurfsvoll. »Es kommt sicher wieder zur Katastrophe. Wenn sie noch einmal Bomben werfen, sind wir alle hin. Das haben wir doch in Hiroshima gesehen.« Sofort dämpfte sich die Stimmung am Tisch.

»Muddi«, beschwor Helmut seine Frau, »das muss doch nicht sein. Wir müssen nach vorne blicken, ein anderes Menschenbild wird hier bei uns geboren, das wird alles anders.«

»Anders, anders«, höhnte sie. »Rundum die Nachbarn hauen ab, bist du blind, oder willst du das nicht sehen? Sozialistische Landwirtschaft ist ja gut und schön, aber wenn die Bauern weg sind, holt keiner mehr die Kartoffeln aus dem Acker, und wenn die Kartoffeln im Acker bleiben, hat keiner was zu essen, und dann ade neuer Mensch. Mit Hunger im Bauch will nämlich keiner ein neuer Mensch werden.«

»Nu mal nicht schon wieder alles düster«, wies Helmut sie scharf zurecht. Helga verstummte, aber ihr Blick sprach beredt.

Nach dem Essen gingen Helga und Helmut fort. Helga wollte sich zu einem Nickerchen hinlegen. Helmut wollte wieder in die Scheune.

Am Nachmittag kam Roberta aus der Schule, und Stella sah sofort, dass alles, was sich in Hamburg für das Mädchen verändert hatte, in Dresden wieder verschwunden war. Roberta war dünner geworden, und sie strahlte nicht den kleinsten backfischhaften Schmelz aus. Es schien Stella, als vermeide ihre Enkelin es, mit ihr an die Vertrautheit anzuknüpfen, die sie in Hamburg entwickelt hatten.

Roberta sprach abfällig über ein Mädchen aus ihrer Klasse, das vor zwei Tagen verschwunden war. Es hatte sich herausgestellt, dass die Familie in den Westen gegangen war, ohne irgendetwas mitzunehmen. »Was für eine Lügerei«, ereiferte Roberta sich. »Sie war in der FDJ, sie hat kein Wort gegen unseren Staat gesagt, dabei wird bei uns offen diskutiert. Schlange!«

Stella dachte, erschrocken über ihre eigenen Gedanken: Wenn sie so weitermacht, ähnelt sie in ein paar Jahren Cynthia.

Als Angela kurz nach Roberta heimkam, verbreitete sie sofort eine andere Stimmung. Bobby hatte sie von ihrer Schule abgeholt. Stella versuchte, sich ein Bild davon zu machen, ob ihre Tochter glücklich war mit diesem Mann, der widerwillig mit ihr nach Dresden gegangen war. Die beiden erschienen Arm in Arm, Angela wirkte so gelöst und glücklich, wie Stella sie noch nie erlebt hatte. Sie erinnerte sich daran, wie angestrengt Angela gewesen war, als sie im Untergrund gegen das Hitlerregime tätig gewesen war. Dieser Gedanke erleichterte sie, denn er ließ sie hoffen, dass auch Roberta einmal eine glückliche Frau werden könnte, und nicht unbedingt den Weg zu einer verkniffenen Dogmatikerin vor sich hatte.

Angela und Bobby umarmten Stella und Anthony, und es war drollig anzuhören, wie die beiden Engländer mit ihrem Akzent auch miteinander Deutsch sprachen. Bald saßen sie an dem gescheuerten Holztisch in der großen Küche, und das Gespräch flog von einem Thema zum andern. Angela erzählte von ihrer Schule. »Lehrer, lerne das Lernen«, zitierte sie einen Satz von Brecht, der für die Junglehrer in der DDR galt. »Inzwischen ist es schon besser, aber anfangs musste ich und nicht nur ich uns am Abend aneignen, was wir am kommenden Morgen den Kindern beibringen wollten.«

Am Abend kamen dann Helga und Helmut wieder dazu, und so saßen sie bei Suppe, der gleichen, die sie schon am Mittag gegessen hatten, und Dresdner Bier und konnten gar nicht genug davon bekommen, einander zu erzählen, wie das Leben in den unterschiedlichen Deutschlands verlief.

Als dann auch noch Lydia und ihr Liebster, Daniel, erschienen, war Stella so glücklich, dass sie gar nicht mehr viel erzählen konnte, sondern nur noch in die Runde schaute, zuhörte und das warme Gefühl genoss, unter Menschen zu sein, die auf die eine oder andere Weise zu ihrer Familie gehörten und die sie liebte.

Irgendwann sagte Helga: »Ich halte es nicht aus. Keiner von euch fragt nach Erwin und Katja … und Otto. Wieso fragt ihr nicht?«

Bobby stimmte nickend zu: »Ja, hier wird nicht darüber gesprochen, aber was verschwiegen wird, beschäftigt die Phantasie.« Er schaute Anthony an, als würde er nur zu ihm sprechen, aber alle hörten ihm zu. »Die beiden sind gegangen. Ich mag das Wort abhauen nicht. Aber sie sind mit der Landreform nicht zurechtgekommen. Und dann hat Erwin es nicht geschafft, sein Soll zu erfüllen und die Abgaben zusammenzukriegen, und ich glaube, in der Verwaltung war einer, der ihm arg zugesetzt hat. Außerdem hat Katja immer wieder gesagt, wie fremd ihr die Menschen hier sind, vor denen sie sich ja schließlich verstecken musste, sonst wäre sie ins KZ gekommen, und zuletzt haben sie einfach ihre Sachen gepackt und sind gegangen.«

Voller Mitgefühl blickte Stella auf Helga. Jetzt verstand sie deren Bitterkeit. Erwin war für sie wie ein Sohn gewesen, und seinen Sohn Otto hatte sie von der Geburt an geliebt wie einen Enkel. Wie schrecklich musste das für sie sein.

»Sie haben sie fertiggemacht«, schimpfte Helga. »Katja war wieder schwanger, sie konnte nicht so viel helfen. Es gab eine schlechte Ernte. Wir beide sind alt.« In einem Ton voller Vorwurf fügte sie an: »Sonst arbeitet niemand auf dem Hof. Alle sind woanders. Wie sollen da die Abgaben zusammenkommen?«

»Sie hätten ihre Nöte klarer formulieren müssen«, sagte Angela versöhnlich, und Stella hörte heraus, dass dies nicht das erste Gespräch dieser Art war. Jeder hatte also schon eine zementierte Position.

»Wisst ihr, wo sie sind?«, fragte sie. »Habt ihr Kontakt zu ihnen?«

»Nein«, antwortete Helga. »Das sind Republikflüchtlinge, über solche Leute wird nicht gerade freundlich geredet. Und sie haben sich nicht wieder gemeldet.« Stella schwieg. Sie dachte an die BRD und wie es der kleinen Familie dort wohl ergehen würde.

»Hier sind ja alle für die Republik«, sagte Helga bitter. »Aber andere im Dorf erzählen von Vergewaltigungen durch die Russen und dass sie alles zerstört haben, als sie damals einmarschiert sind.«

»In meiner Klasse hat einer erzählt, dass er in einem Zug gesessen hat, und da saß auch eine Kompanie Russen. Und es ging einer durch mit einer Tüte Würfelzucker, und jeder bekam ein Stück, und dann biss jeder in seinen Zucker hinein. Ich glaube nicht an diese Vergewaltigungsgeschichten«, sagte Roberta spitz. Oh mein Gott, dachte Stella, Helga ist dabei, auch diese Enkelin zu verlieren.

Anthony lenkte das Gespräch auf Brecht, und bald sprachen sie über die Künste und über Künstler in der jungen DDR. »Adorno hat in der *Minima Moralia* gesagt: ›Noch der Baum, der blüht, lügt in dem Augenblick, in welchem man sein Blühen ohne den Schatten des Entsetzens wahrnimmt.‹ Wie ist das hier in Dresden, wo das Entsetzen einen doch geradezu anspringt, wenn man durch die Stadt fährt?«

Helmut brummte: »Der hat noch nie einen Baum wirklich angesehen. Der ist doch in seiner unglaublichen Schönheit ein Mahnmal, die Welt besser zu machen.« Staunend betrachtete Stella diesen alten Mann. Sie wusste, dass er lange Jahre neben Helga schwach und ängstlich Konflikten aus dem Weg gegangen war, aber dieser Mann hier war anders. Er wirkte weder euphorisch wie Angela noch verbittert wie seine Frau. Er wirkte auf eine ruhige Art weise, als hätte er begriffen, dass Leid und Verlust ebenso zum Leben gehören wie Geburt und Freude.

Roberta fielen schon fast die Augen zu, aber sie saß noch am Tisch. »Ich kann die alten Geschichten nicht mehr hören«, sagte sie gedehnt.

»Vom alten Dresden wird unentwegt erzählt, meist im Zusammenhang mit den Geschichten vom Angriff. Es heißt immer, der und der ist ausgebombt und der ist noch mal rausgegangen, um noch etwas zu retten und ist nicht wiedergekommen. Dass die Menschen brennend auf die Straße gelaufen sind. Und dass Menschen brennend in die Elbe sprangen und als sie aus dem Wasser kamen, wieder brannten. Und dann erzählt Oma Helga von der Prager Straße, die eine bedeutende Geschäftsstraße gewesen ist. Es gab dort ein Automatencafé, hat sie gesagt, in dem man Schnitten aus Automaten kaufen konnte. Das war damals das Allergrößte. Ich glaube ja, dass Dresden eine schöne Stadt war. Aber wir sind *jetzt* da, wir wollen etwas Neues. Ich mag die alten Geschichten nicht. Und dein Adorno ist wahrscheinlich ein Bourgeois.«

Alle am Tisch lachten, nur Helga und Roberta nicht. »Was gibt es da zu lachen?«, fauchte Roberta. Daniel, Lydias Liebster, versuchte ihr zu erklären, dass Adorno im Exil gewesen war und dort seine *Minima Moralia* geschrieben hatte. Er betrachtete Roberta mit einem ernsten Blick, in dem Sorge lag. »In Leipzig lehrt Ernst Bloch an der Universität. Ich bewundere ihn sehr. Er spricht vom Prinzip Hoffnung. Roberta, wenn nicht etwas Schreckliches geschehen wäre, bräuchten wir keinen historischen Optimismus, wir benötigen ihn aber dringlich, um der deutschen Vergangenheit einen anderen Entwurf von Zukunft entgegenzusetzen.«

Bobby sagte nachdenklich: »Ich habe erst vor kurzem Fritz Löfflers Bildband *Das alte Dresden* angeschaut. Das Buch hat mir die Augen geöffnet. Das war ein Schock, in dem ich den Verlust der Älteren verstand. Völlig verblüfft habe ich diese fremden Gebäude angeschaut und gedacht: Ach was, das war alles mal hier? Man erkennt manches, was noch dasteht, wie zum Beispiel der Rathausturm. Aber das sind einzelne Stümpfe in einer völlig unbekannten Welt. Erst da habe ich den Untergang Dresdens begriffen.«

Roberta warf schnippisch ein: »Ja ja, Fritz Löffler, die Bibel der angeblich Traumatisierten. Sogar die Jungs und Mädels aus meiner Klasse behaupten noch zu wissen, wie es vorher ausgesehen hat. Können sie aber nicht, weil das kindliche Gehirn, wie man herausgefunden hat, sich an so frühe Erfahrungen nicht erinnern kann.« Sie schnaubte: »Ach, und dann all die Gerüchte. Es wird sogar erzählt, dass es unter der Frauenkirche geheime Gänge gibt, in denen man bis ultimo gehen kann.«

Am Tisch breitete sich Schweigen aus. Roberta holte tief Luft und setzte hinterher: »Meine Klassenkameraden erzählen Geschichten von 1943.« Sie verstellte ihre Stimme zu einem piepsig aufgeregten Ton: »Dann sahen wir den ersten Toten. Er saß an einer Hauswand, den Kopf gesenkt, mit schlaffen Armen, und es sah aus, als würde er schlafen.«

Stella wollte auffahren und das Kind zurechtweisen. Anthony griff schnell nach ihrer Hand und sah sie warnend an. Zum Glück sagte Angela da mit strenger Stimme: »Ich glaube, jetzt vergreifst du dich im Ton. Und außerdem musst du morgen früh in die Schule. Also ab.« Erleichtert beobachtete Stella, wie Roberta sich ebenso wie jedes andere Kind ihres Alters schmollend und widerspenstig erhob und schleppenden Schritts den Raum verließ. Alle riefen ihr ein »Gute Nacht« und »Schlaf gut« hinterher, aber sie erwiderte keinen Gruß.

Bobby griff das Thema der Kunst in der DDR wieder auf. »Dresden ist keine Stadt für die Kunst«, behauptete er. Angela widersprach vehement: »Die ersten Nachkriegsjahre waren voller Impulse. Was gab es da nicht alles!« Lydia stimmte zu: »Ich erinnere mich an große Abende mit der Staatskapelle, an Kunstausstellungen mit Bildern von Dex, Bernhard Kretzschmer, Hans Gundig, an die Ein-Mann-Opern von Gerhard Leussen.«

»Ja, aber damit ist es vorbei«, entgegnete Bobby. »Die Schriftsteller gehen nach Leipzig, die Theaterleute nach Berlin, überhaupt ist Berlin *der* Magnet für Künstler. Und sogar die bildenden Künstler bleiben nur kurz hier. Was wir haben, ist die Musikhochschule, und zu meinem Glück gibt es hier eine lebendige Musikszene, aber sonst ist es mager.«

Daniel meinte lächelnd: »Vielleicht liegt es am Sandstein.« Alle Blicke wandten sich ihm fragend zu. Nur Helmut schien zu verstehen. »Ja, der Dresdner Sandstein macht alles weich, was dort aufwächst«, sagte er gemütlich. »Nicht nur der Sandstein ist in Dresden weich, nicht nur die Landschaft. Auch die Luft ist weich, und der Frühling ist ein paar Wochen früher da als andernorts. Dann blüht alles von Meißen bis Pirna. Nicht zu vergessen das Gemüt der Dresdner.«

Daniel lachte: »Hier hält man zum Beispiel Erich Kästner für bissig.«

»Und liebt ihn«, gab Angela zu bedenken.

»Die Menschen hier sind so wenig gegen den Strich gebürstet«, führte Daniel seine Auffassung aus. »Das ist kein guter Boden für Kunst. Es ist alles sehr bürgerlich, und alle gucken, was die Nachbarn sagen.«

Lydia warf lächelnd ein: »Es gibt hier manche Künstler, die behaupten, der Zusammenbruch hätte sie glücklich gemacht, weil endlich etwas Neues geschehen konnte.«

»Ich weiß nicht, wie man da glücklich sein kann«, knurrte Helga, »Hunger und Brennholzsammeln oder Pilzesammeln und stundenlang Schlange stehen, das macht die meisten nicht glücklich. Und dann machen sie sich davon.«

»Ja, aber die Zerstörung der bürgerlichen Welt schuf Freiheit. In unseren neuen Schulen zum Beispiel wird nicht mehr geschlagen.« Obwohl Angela ihrer Adoptivmutter widersprach, war ihre Stimme sanft und verständnisvoll. »Alle ehemaligen NS-Parteimitglieder sind rausgeflogen. Und wir Neu-Lehrer sind ganz normale Leute, die das Leben kennen und nicht nur die Schule. Das schützt uns vor dieser Infantilität, die die Lehrer früher hatten, die immer nur mit Kindern zusammen waren.«

Helga bedachte Angela mit einem dankbaren Blick. Sie hatte so viel verloren, und sie war so bitter, aber diese Tochter war zurückgekommen, und sie war darauf bedacht, Helga das Leben zu erleichtern. Das erkannte Stella in diesem Blick. Angela legte ihre Hand auf die ihrer Adoptivmutter. »Muddi«, sagte sie, »ich versteh doch, dass du traurig bist, weil Erwin und Katja weg sind, aber freust du dich nicht ein bisschen, dass wir alle hier sind?«

»Doch, doch«, murmelte Helga. Helmut legte von der anderen Seite eine Hand auf die ihre. Da kullerte eine Träne über Helgas Wange. Alle schwiegen.

»Also«, ergriff Daniel mit betonter Munterkeit das Wort, »damit ihr nicht glaubt, dass hier gar nichts passiert, müsst ihr wissen, in der Gemäldegalerie im Pillnitzer Schloss hängt eine gute Sammlung deutscher Impressionisten, Bilder von Liebermann und Corinth und Slevogt, auch die Dresdner Maler, Sterl und Kuehl.«

»Und dann gibt es natürlich die Dresdner Opernkultur. Die Opernseligkeit ist nicht verschwunden«, fügte Lydia hinzu.

»Da ist Brecht natürlich der Gegenpol«, sagte Daniel. »Natürlich gibt es ein Durcheinander, und das ist gut so, das befruchtet, es wird gestritten, viele verschiedene Einflüsse, und die Politik mischt mit. Ist ja klar.«

Bobby lachte leise. »Eine Weile musste man dem Existentialismus anhängen, wenn man mitreden wollte. Heideggers Satz: ›Im Nichten des Nichts wird das Sein des Seienden offenbar‹ hat in unserer Jazz-Kneipe fast für Schlägereien gesorgt.«

Helga starrte ihn an, als wäre er plötzlich erkrankt. Da sagte Lydia: »Um mal wieder auf das Lebensnahe zurückzukommen: Bei unserem Jugendtheaterring bekommen die Schüler für eine Mark Karten für die besten Plätze, und sie besuchen die Vorstellungen, das ist doch eine Freude.«

»Nur Roberta nicht«, entgegnete Helga streng. »Sie findet, Oper und Theater ist bourgeois.«

Stella warf Angela einen fragenden Blick zu. Die errötete. »Ja, das Mädchen ist im Augenblick in einer eigenartigen Verfassung«, gab sie zu.

»Das wird sich schon wieder zurechtwachsen.« Helmut klang optimistisch.

Stella dachte, ist er blind oder will er nicht sehen, dass da etwas schlecht läuft? Sie sah Helga an, dass ihr ähnliche Worte auf der Zunge lagen. Aber sie presste die Lippen zusammen und schwieg.

Daniel lenkte das Gespräch in eine andere Richtung. »Man darf die Kunst in Berlin und in Dresden nicht vergleichen. Die Städte waren schon in der Geschichte wie zwei Pole. Dort die spätere Reichshauptstadt, in der einst ein Soldatenkönig herrschte, hier die ›Ewige Residenz‹, wo zur selben Zeit ein Sinnenmensch regierte, der Kunstschätze anhäufte.«

Angela kicherte. »Ja, ›Mach deinen Diener‹ bleibt ein Kernsatz der Dresdner Erziehung. Da können wir noch so modern sein.«

Lydia nickte: »Sie haben den Verlust der guten Stube nicht verwunden. Sie haben eine eigene Zeitrechnung. Vor dem Angriff und nach dem Angriff. Dresden ist wirklich immer noch eine Residenzstadt, Herrschaft und Dienerschaft, das prägt bis heute.«

»Na ja, seht das mal nicht so negativ. Das Besondere an Dresden ist die Lieblichkeit der sanften Hügelketten, die sich fortsetzt in der Heiterkeit und Zartheit der Stadt«, beschwichtigte Helmut.

Helga schnaubte. »Heiterkeit? Wo lebst du?«

»Er spricht vom Prinzip«, sprang Daniel dem Mann zur Hilfe, der sein Leben gerettet hatte, indem er ihn in seiner Scheune versteckte. »Sachsen hat Fülle, Sinnlichkeit. Preußen ist streng. Du kannst das auch in den Dörfern sehen: Karge Dörfer in der preußischen Niederlausitz, üppige Dörfer in der sächsischen Oberlausitz.«

»Üppige Dörfer?«, höhnte Helga. »Weißt du, was es hier üppig gibt?

Klopfstangen und Bleichplan. Das sind wichtige Sachen. Ein Bleichplan, wo man die Wäsche hinlegt und mit Gießkannen begießt. Und eine Klopfstange, um den Staub aus den Teppichen und Vorlegern zu klopfen. Der Staub, der ist nämlich richtig üppig bei uns.«

Sie erhob sich. »Gute Nacht!«

Als sie fort war, schwiegen alle noch eine Weile, dann löste sich die Runde auf.

Stella und Anthony hatten ein eigenes Zimmer mit Doppelbett zugeteilt bekommen. Die Bettwäsche duftete nach Heu und Bleiche. »Meinst du, dass das hier Katjas und Erwins Schlafzimmer war?«, fragte Stella. Schlaftrunken antwortete er: »Vielleicht.« »Irgendwie ist es mir unangenehm, in deren Bett zu schlafen«, meinte sie. Anthony knurrte leise und zog sie an sich. Sie vernahm an seinen regelmäßigen Atemzügen, dass er bereits eingeschlafen war. Sie lag noch lange wach. Roberta ging ihr durch den Kopf und die Frage, was sie tun konnte, um dem Mädchen zu helfen.

Als sie das Anthony am nächsten Morgen beim Aufwachen erzählte, sagte er: »Vielleicht braucht sie gar keine Hilfe.«

## 16

Ende 1955 – vor etwas mehr als einem Jahr waren sie aus der DDR zurückgekehrt – war Anthony wieder der Mann, den Stella kannte und liebte. Seine Bitterkeit war verschwunden, er war wieder ein freundlicher aufgeschlossener Mensch. Oft sprühte er vor Energie. Anfangs hatte Stella ihn verstohlen beobachtet. Seine Augen glänzten wieder, der ganze Mann glänzte irgendwie. Ihr fiel ein Stein vom Herzen. »Brecht hat mir Mut gemacht, und die wunderbaren Menschen auf dem Hof ebenso«, hatte er seinen Wandel erläutert.

Nach wie vor brannte er darauf, die Wahrheit über die Machenschaften der westdeutschen Politiker wie der Großbritanniens und der USA in einem literarischen Werk aufzudecken: Sie schützten verlogen die alten Nazis und verfemten die Kommunisten, ebenso wie die Nazis es getan hatten. Er suchte nach der eindringlichsten Form, um mit einem Text die Herzen der Menschen zu erreichen.

In diesem Geist, diesem Mut des Aufbruchs, verfolgte Anthony die Pläne der Bundesregierung, die KPD zu verbieten. Er war nicht mehr so erschüttert und in der Tiefe getroffen wie zu der Zeit, als er Tag für Tag das Scheitern der Entnazifizierung beobachtet hatte und dann erleben musste, wie sein englischer Verleger seinen Roman kurzerhand als nicht zu veröffentlichen abqualifizierte und sogar von Anthony verlangte, den Vorschuss zurückzuzahlen, weil er sich nicht an sein Exposé gehalten habe, aufgrund dessen ihm der Vorschuss gezahlt worden war.

Der Unterschied lag nicht im Grad der Empörung. Doch Anthony fühlte sich nicht mehr so ohnmächtig wie zuvor, weil Brecht ihm signalisiert hatte, dass er an einer Zusammenarbeit interessiert war und bei ihrem Treffen auch eine Zusammenkunft mit Johannes R. Becher, dem Dichter und Kulturminister der DDR, in Aussicht gestellt hatte.

Anthony war fasziniert von der Unverfrorenheit der deutschen Regierung, die Kommunistische Partei zu kriminalisieren. Es gab kein Land in Europa außer dem faschistischen Spanien, wo die Kommunisten verboten waren. Und das bei der deutschen Geschichte, wo Kommunisten die Ersten gewesen waren, die liquidiert, ins KZ gesteckt, gefoltert und getötet worden waren.

Eines Tages mitten im Sommer des Jahres 1955, die Vorgärten der Kippingstraße sprudelten über vor Blütenduft und Farbenpracht, erschien Anthony nach einem seiner einsamen »Dichterspaziergänge«, wie er es nannte, in kurzen Hosen und kurzärmligem Hemd bei Stella, die es sich im Garten auf einem Liegestuhl bequem gemacht hatte, und platzte heraus: »Die Muse hat mich geküsst!« Stella grinste. »Die kriegt es mit mir zu tun!« Sie zog ihn an seinen nackten Beinen zu sich, so dass er das Gleichgewicht verlor und auf ihr landete. Der Liegestuhl wackelte bedenklich, knirschte, und dann kippte er um. Die beiden kugelten auf dem Rasen übereinander, Stella öffnete sein Hemd und küsste ihn auf die Brust, bis er ihr die Hände festhielt. »Du bist gar nicht an meinem Musenkuss interessiert«, beschwerte er sich. »Hör doch mal zu!«

Stella grummelte, dass sie ihn küssen wolle und dass sie das viel besser könne als dieses blöde Fräulein Muse. Da sagte er ernst und bestimmt: »Ich mache kein Theaterstück aus meinem Roman, stattdessen beginne ich ein frisches, ganz neues. Und willst du wissen, zu welchem Thema?« Stella, deren Hände festgehalten waren, die aber dennoch versuchte, nach Anthonys Brusthaaren zu schnappen, nickte. »Wahrscheinlich zum erotischen Leben Fräulein Muses«, maulte sie.

»Unfug! Ich werde über Kommunisten schreiben, die schon unter Hitler eingekerkert worden sind und denen jetzt wieder Gefängnis droht. Und denen stelle ich Nazis gegenüber, die damals Macht hatten und heute wieder.« Er ließ Stellas Hände los und setzte sich vor ihr auf den Rasen. »Vielleicht ein Gerichtsraum auf der Bühne, zwei Bühnen, nebeneinander, hintereinander, so wie Brecht es macht.« Stella umarmte ihn. »Das wird wundervoll!«

Ein Theaterstück zu schreiben bedeutete für Anthony ein enormes Abenteuer, da er noch nie dramatisch tätig gewesen war. Autodidaktisch absolvierte er ein kleines Studium des Theaters, indem er sich von der Pieke auf mit Theatertheorien der Klassik, mit Platon, Goethe, Schiller, Lessing beschäftigte und gleichzeitig verschlang, was er von Brecht zwischen die Finger und vor die Augen bekam. Täglich machte er ausgedehnte Spaziergänge um die Alster, so wie Lysbeth es früher getan hatte. Manchmal setzte er sich auf eine Bank und machte sich Notizen. Oder er schmökerte in einem Brecht-Band.

Stella wusste, dass sie Anthony in dieser Phase des Entstehens allein lassen musste. Etwas wuchs in ihm, und diesen Prozess durfte sie nicht stören. Manchmal erzählte er ihr von seinen Gedanken, aber meistens machte er sich nur Notizen, las, sinnierte, und wenn er bei ihr war, wollte er über etwas anderes sprechen.

Er nahm Kontakt auf zu Heinrich Hannover, dem Pflichtverteidiger der Menschen, die im Zuge der Kriminalisierung der Kommunisten vor Gericht gestellt wurden. Alles elektrisierte ihn, er war vollkommen aus der Lethargie herausgerissen, die ihn vor dem Besuch in Berlin erfasst hatte. So ging das Jahr 1955 zu Ende.

Doch dann kam das Jahr 1956.

Der Winter war so klirrend kalt, dass nicht nur der Verkehr zum Erliegen kam, auch die Menschen zogen sich zurück, das Haus in der Kippingstraße wurde kalt und ungemütlich. Es gab nur noch wenige Zimmer, die ausreichend geheizt werden konnten. Cynthia und Eckhardt, in deren Schlafzimmer der große grüne Kachelofen stand, heizten den, doch nur zwei Stunden am Tag, dann verzogen sie sich ins Bett. Die Räume unten bei Lysbeth und Aaron waren so fußkalt, dass Lysbeth mehrere dicke Socken übereinander trug und auch unter das Bettlaken zwei dicke Wolldecken legte, damit die Kälte von unten nicht in ihr Bett kroch. Mit heißem Wasser gefüllte Steinhäger-Flaschen lagen überall, in den Betten, auf den Sesseln. Stella und Anthony heizten den Ofen in ihrem Wohnzimmer den ganzen Tag lang, so dass er auch die Nacht über noch Wärme absonderte.

Im Februar fiel das Thermometer in der Nacht auf minus zwanzig Grad. Das war, so erfuhren sie aus dem Fernsehen, die Tiefsttemperatur im Februar seit Menschengedenken. Bei wochenlangem Frost froren Schiffe vor der Elbmündung und in der Ostsee ein. Der Schiffsverkehr auf der Elbe war durch aufgetürmte Eisschollen erheblich behindert, teilweise unmöglich. Eisbrecher versuchten, eine Fahrrinne freizuhalten und steckengebliebene Schiffe zu befreien. Auch die Binnenschifffahrt ruhte wegen der zugefrorenen Kanäle. In Hamburg herrschte wie in weiten Teilen Mitteleuropas eine regelrechte »Eiszeit«. Trotzdem funktionierte der Nahverkehr reibungslos, nur Fernzüge trafen zum Teil erheblich verspätet ein. Die meisten Hamburger ließen wegen der Straßenglätte ihr Auto stehen. Bei vielen Wagen war ohnehin das Getriebeöl zähflüssig geworden. Die Hamburger Gaswerke verzeichneten Spitzenverbrauchswerte. Für Bürger, die keine Feuerung mehr hatten, richtete die Schulbehörde von 9.00 bis 18.00 Uhr Wärmeräume in Schulen ein. Die Feuerwehr hatte über fünfzig sogenannte »Eisbomben-Einsätze«, das heißt, sie nahm riesige Eiszapfen ab, die von Dachrinnen und Balkonen herabzufallen drohten.

In diese Eiszeit hinein drangen eigenartige Gerüchte um den 20. Parteitag der KPdSU. Sie waberten wie Nebel im Moor. Eine unheimliche Stimmung machte sich breit. 1953 war Stalin gestorben, und sein Nachfolger Nikita Chruschtschow hatte dessen Politik mehr oder weniger fortgeführt. Die Bevölkerung der Sowjetunion hatte »Väterchen Stalin« als den Sieger im »Großen Vaterländischen Krieg« gegen Nazideutschland aus tiefer russischer Seele verehrt. Die Menschen hatten unter dem Krieg, dem Hunger, der deutschen Barbarei furchtbar gelitten, allein in Leningrad waren durch die deutsche Einkesselung 900 000 Menschen elend verhungert. Stalin war derjenige gewesen, der Hitler in die Knie gezwungen hatte, das dankten ihm die Menschen.

In den Zeitungsberichten in Westdeutschland wurde gehässig über Chruschtschows Eingangsrede zum Parteitag berichtet, denn er hob Stalins Verdienste hervor. Doch dann, niemand hatte damit gerechnet, hielt der Agrarminister am 18. Februar 1956 eine kritische Rede über den Personenkult um Stalin. Die Delegierten reagierten irritiert und abwehrend auf die Kritik, obwohl sie sehr moderat vorgetragen worden war. Am 25. Februar, dem Tag vor dem Abschluss des Parteitags, ab 10.00 Uhr vormittags, wurden plötzlich die Türen vor allen Journalisten und Gästen, die nicht der Partei angehörten, geschlossen. Was dahinter geschah, wurde vor der Welt verheimlicht. Es war zu westlichen Journalisten durchgedrungen, dass auch die sonst üblichen Tonbandaufnahmen verboten worden waren, und dass Chruschtschow eine Rede hielt.

Danach war die ganze Welt alarmiert. Was hatte er gesagt? Die westlichen Medien ergingen sich in Spekulationen, was dort vor sich gegangen war.

Am 5. März beschloss Chruschtschow, da die Rede allmählich durchsickerte, ihre wesentlichen Inhalte schriftlich allen sowjetischen Parteimitgliedern zugänglich zu machen. So drang der brisante Inhalt auch nach außen. In seiner Rede belehrte Chruschtschow die Parteimitglieder darüber, dass Stalin schwere »Irrtümer« begangen habe. Er berichtete über die Massenmorde in den Dreißigerjahren an Kommunisten der ersten Generation, die die Oktoberrevolution mitgetragen hatten. Er kündigte an, eine Liste stalinscher Verbrechen zu veröffentlichen, die bisher von der Sowjetunion geleugnet worden waren. Er legte besonderen Wert darauf, dass die Kritik allein auf Stalin und nicht auf das sowjetische System bezogen wurde. Nach seiner Auffassung war nur durch Abwendung vom Personenkult um Stalin eine politische und soziale Weiterentwicklung des Landes möglich. Achtzehn Millionen Sowjetbürger erfuhren erstmals, dass ihr Idol ein Massenmörder gewesen war. Dies löste bei vielen einen tiefen Schock und auch Misstrauen gegen Chruschtschow aus.

In der DDR distanzierte sich Walter Ulbricht nach seiner Rückkehr aus Moskau im März 1956 von Stalin. Im *Neuen Deutschland* erklärte er am 4. März: »Zu den Klassikern des Marxismus kann man Stalin nicht rechnen.« Er betonte aber, die SED brauche keine Entstalinisierung, da ihre Mitglieder ohnehin keine Stalinisten seien.

»Das muss ein riesiger Schock für Angela und Roberta sein«, mutmaßte Anthony, als sie im März zu viert beisammensaßen, um die erschreckenden neuen Ereignisse zu besprechen. Draußen war es immer noch bitterkalt, drinnen hatte Stella den Ofen geheizt, und Lysbeth hatte Glühpunsch mitgebracht. »Ja, und für all die anderen, die Kommunisten geworden sind, weil sie gegen die Nazis waren«, meinte

Aaron. »Ob die jetzt nicht in ihrer Identität wackeln? Stalin ein Verbrecher? Wie sollen die das denn verkraften?« Sie verfolgten die Entwicklung in den sozialistischen Ländern mit großer Sorge. Auch sie selbst hatten Stalin verehrt als den Sieger über Hitler. »Das eine ist, was er im Sinne der Säuberung der Partei für Fehler gemacht hat«, versuchte Anthony zu erklären, »das andere ist aber doch, dass im Gegensatz zu England und Amerika das russische Militär nicht ganze Städte dem Erdboden gleichgemacht hat, sie haben nicht Zivilisten und Kinder wahllos mit Bombern getötet.« »Genau«, bekräftigte Stella, »und im Gegensatz zu diesen Ländern haben sie die rechtmäßig gewählte Regierung in Spanien unterstützt gegen die folternden Horden der Faschisten unter Franco im Verbund mit Nazi-Deutschland.«

Alle vier waren sich einig darin, dass die Gleichsetzung Stalin-Hitler, neuerdings ein Lieblingsthema der westdeutschen Presse, keinesfalls zulässig war. Sie fanden es schrecklich, dass unter Stalin so viele Menschen, und zwar alles Kommunisten, ermordet oder nach Sibirien in Arbeitslager verbannt worden waren, und sie erinnerten einander daran, dass Lenin vor einem parteiinternen Machtkampf zwischen Trotzki und Stalin gewarnt hatte. »Er ist einfach zu früh gestorben«, meinte Anthony traurig. Aaron versuchte eine psychologische Erklärung. »Stalin hat, glaube ich, eine narzisstische Störung gehabt. Daraus resultiert dann leicht eine Paranoia. Dann werden alle, die nicht für einen sind, zum Feind.« Lysbeth räumte ein: »Nun gab und gibt es leider eine Menge mächtiger Leute, die Feinde des Sozialismus sind, und dann gab es noch Hitler-Deutschland, das der Sowjetunion eindeutig den Garaus machen wollte, da ist Angst vor Feinden doch nicht gleich paranoid.« Anthony erinnerte daran, dass Brecht gefragt hatte: »Wie lange werden sie uns hier in Ruhe lassen?« Und dass er gefordert hatte, die jungen Männer in der DDR müssten zum Militär gehen, um ihr Land im Zweifelsfall militärisch gegen faschistische Putschversuche zu verteidigen.

»Hoffentlich wächst sich die Angst vor dem Feind in der DDR jetzt nicht zu einer Paranoia gegen eingebildete Feinde aus«, sagte Aaron. Lysbeth nickte. »Ich mag ja entsetzlich bürgerlich individualistisch sein«, sie lächelte, »aber ich mache mir vor allem Sorgen um Roberta. Ist das nicht eine schwere seelische Erschütterung, von solch furchtbaren Verbrechen des bisherigen Helden des Sozialismus zu hören?«

Stella und Anthony planten eine neuerliche Reise in die DDR, vor allem, um in Berlin mit Brecht und Manfred Wekwerth über die neuen Ereignisse zu sprechen und über Anthonys Versuch eines Theaterstücks. Sie freuten sich auch auf ein Wiedersehen mit Helene Weigel, Brechts kluger Frau, und Hanne Hiob, Brechts Tochter, mit der Stella bei ihrem letzten Besuch kurz gesprochen hatte und die sie gern näher kennenlernen wollte. Die Reise planten sie für September, dann wäre die Sommerpause der Theater vorbei, und sie brannten darauf, einige Aufführungen des *Berliner Ensembles* sehen zu können.

Am 14. August, das Radio lief wie üblich, deckte Stella ausnahmsweise den Tisch für Anthony und sich oben in ihrem Esszimmer. Während der vergangenen Tage war das Wetter so sommerlich gewesen, dass sie jede Minute im Garten verbracht hatten, doch heute hatte es geregnet, der Rasen war feucht, und die Wolken hingen schwer über Hamburg. Da wurde in den Nachrichten mitgeteilt, dass Bertolt Brecht überraschend an einem Herzinfarkt gestorben war. Stella hielt in der Bewegung inne, schüttelte irritiert den Kopf, ging zum Radio, um es lauter zu drehen, da sah sie, wie Anthony zitterte, sein Kopf wackelte, er wurde kreidebleich und brachte keinen Ton heraus. Stella schrie auf. »Tony!« So schnell sie konnte, rannte sie die Treppen hinab und brüllte den Namen ihrer Schwester. Lysbeth war sogar ausnahmsweise zu Hause, weil sie sich in ihrem Zimmer auf einen Vortrag vorbereitete. Lysbeth hastete die Treppen hinauf, barfuß und nur mit Unterhemd und Höschen bekleidet, weil es unten noch sehr schwül war. Sie stürzte ins Zimmer, wo Anthony am Boden lag, erfasste die Lage sofort, wies Stella an, den Krankenwagen zu rufen, lagerte Anthonys Beine hoch, redete sanft auf ihn ein, legte ihr Ohr auf seine Brust, fühlte seinen Puls, klopfte seine Wangen und flößte ihm Wasser ein, als er wieder ansprechbar war.

Als die Sanitäter kamen, bestand Anthony darauf, sich selbständig aufzurichten, erlaubte zwar, dass sein Herz abgehört wurde, sein Puls kontrolliert, aber weigerte sich, ins Krankenhaus zu gehen. »Ich hab mich erschrocken«, sagte er, noch sehr blass, aber mit klaren Augen. Er zitterte leicht, aber auf Aufforderung war er in der Lage, sich frei durchs Zimmer zu bewegen. »Ein Kreislaufkollaps«, sagten die Sanitäter. Lysbeth, die völlig vergessen hatte, wie leicht sie bekleidet war, nickte nachdenklich mit dem Kopf. »Was, wenn es mehr ist?«, fragte sie Anthony. »Wenn was mit deinem Herzen nicht so ist, wie es sein sollte?« Anthony versprach, in den kommenden Tagen einen Internisten aufzusuchen. Aber Krankenhaus kam für ihn nicht in Frage. »Gibt es nicht noch etwas von dem Herzwein der Tante?«, fragte er mit schiefem Grinsen.

Lysbeth eilte wieder über die Treppen, diesmal hinunter. Als sie zurückkehrte, war sie in Rock und Bluse gekleidet, in der Hand trug sie eine Flasche Herzwein, der zwar nicht mehr von der Tante selbst stammte, den Lysbeth aber nach ihrem Rezept zubereitet hatte. Sogar die Sanitäter erlaubten sich einen kleinen Schluck, dann packten sie ihre Sachen zusammen und verließen das Haus. Lysbeth sagte vorwurfsvoll zu Stella: »Du hättest mir doch sagen müssen, dass ich nichts anhatte.« Stella bedachte sie mit einem verwirrten Blick. »Wirklich? Hab ich nicht bemerkt.«

In den folgenden Tagen waren Stella und Anthony damit beschäftigt, sich über die näheren Umstände von Brechts Tod zu informieren. Im ersten Augenblick hatten beide sofort aufbrechen wollen, um an seiner Beerdigung teilzunehmen, dann begriffen sie jedoch, dass das eine unrealistische Idee war. Erstens waren sie nicht zur Beerdigung eingeladen, zweitens würden sie so schnell keine Einreiseerlaubnis erhalten. Anthony fand ohnehin: »Er hat für mich eine viel größere Rolle gespielt als ich für ihn, ich gehörte ja nicht zu seinem Freundeskreis. Eine Beerdigung ist eine sehr intime Angelegenheit. Da passe ich nicht hin.«

Sie erfuhren, dass Brechts Gesundheitszustand sich bereits im vergangenen Jahr verschlechtert hatte. Brechts letzte Wünsche lauteten: Ein Zinksarg um den Holzsarg – weil er vor Würmern Angst hatte. Und: Nach dem Tod ein Stich durchs Herz – weil er Angst hatte, scheintot begraben zu werden.

Anthony, für den während der vergangenen Monate Brecht sein ganz persönlicher Hoffnungsträger und Leitstern gewesen war, sagte traurig: »Ich glaube, er hatte schreckliche Angst vor dem Tod. Sein kürzester Keuner-Text trägt den Titel: Herr Keuner und der Tod und lautet: ›Herr Keuner mied Beerdigungen.‹«

Stella lachte leise. Sie kannte von Brecht vor allem die Songs, die Weill vertont hatte. Nun erfuhr sie von Anthony, dass er viele Grabinschriften verfasst hatte, sogar für sich selbst. Anthony wälzte in seinen Unterlagen, die er zu Brecht angesammelt hatte, und zog einen Zettel heraus. »Hier ruht BB, rein, sachlich, böse«, las er vor. »Das war mit Mitte zwanzig. Zehn Jahre später notierte er: Ich benötige keinen Grabstein, aber / Wenn ihr einen für mich benötigt / Wünschte ich, es stünde darauf: / Er hat Vorschläge gemacht. / Wir haben sie angenommen.«

Lysbeth nahm Stella beiseite: »Eine Beerdigung ist manchmal ein wichtiges Ritual, um Abschied zu nehmen. Wenn einer stirbt, der uns am Herzen liegt, braucht unser Herz es meistens, dass wir ins Grab, auf den letzten Weg, unsere Herzenswünsche mitgeben. Sonst trägt es manchmal zu viel Last.« Stella fragte: »Was können wir statt Beerdigung unternehmen, um Anthonys Herz zu entlasten?« Lysbeth empfahl ihr, mit Anthony einen Spaziergang zum Gedenken an Bertolt Brecht und Anthonys Verlust zu machen, in einem Wald oder am Wasser, damit Anthony sprechen könne und seine Gefühle und Worte von den Bäumen aufgenommen oder vom Wasser fortgetragen würden.

Das schlug Stella ihm vor, und Anthony war sofort einverstanden. Am Tag der Beerdigung Brechts fuhren sie nach Övelgönne und machten einen langen Spaziergang am Ufer der Elbe entlang. Anthony wollte allerdings nicht viel sprechen. Er griff nach Stellas Hand und hielt sie während des gesamten Spaziergangs fest in der seinen. Erst auf dem Rückweg kamen ihm Worte. »Ich habe über seinen Wunsch nachgedacht, dass sein Holzsarg von einem Zinksarg umschlossen sein soll. Er muss sehr große Angst vor Würmern gehabt haben. Und auch dieser Wunsch, dass ihm nach seinem Tod ein Stich durchs Herz zugefügt wird. Was für eine Angst, scheintot begraben zu werden.« Stella lauschte. Sie war ganz still, denn sie ahnte, dass Anthony ihr gleich etwas Wichtiges anvertrauen würde. Und da kam es auch schon. »Ich kann ihn gut verstehen. Seit seinem Tod beschäftige ich mich damit, was mich am Tod ängstigt, wie ich beerdigt werden will …« Anthony stockte, gab sich dann einen Ruck und fuhr fort: »… und auch, welche Grabinschrift ich mir wünsche.«

Stella sog scharf Luft durch die Zähne. Sie warf sich Anthony in die Arme und flüsterte an seinem Hals: »Solche Gedanken halte ich nicht aus. Du bist jung und gesund und …«, sie lachte leise auf »… und heute morgen habe ich festgestellt, dass du auch schon wieder recht potent bist.« Sie ließ ihn los, blickte in seine Augen, boxte ihn spielerisch gegen den Oberarm und sagte: »Schurke, du machst mir Angst. Du musst mindestens ein Jahr länger leben als ich, deinen Tod würde ich nicht überstehen, ich würde mich ins Grab hinterherwerfen.« Sie lachte auf. »Und ich würde allen Würmern den Kampf ansagen, und dass durch dein Herz gestochen wird, würde ich schon mal überhaupt nicht zulassen, und du kannst dir sicher sein, du würdest auf keinen Fall scheintot begraben werden, weil ich dich nämlich so lange schütteln würde, bis der giftige Apfelbissen aus deiner Kehle springt.« Sie hakte Anthony unter und ging mit großen Schritten weiter. Der Schreck war gebannt. Anthonys Gedanken waren rein hypothetisch. Er war acht Jahre jünger als sie. Er war schlank und sportlich und bis auf diesen kleinen Schwächeanfall äußerst gesund. Gewiss, er war sensibel, das ließ ihn manchmal alt aussehen, wenn etwas ihn sehr belastete, und in der letzten Zeit belastete ihn viel, aber zum Glück hatten sie Lysbeth mit ihrer heilerischen Weisheit, die wusste, wie man schwindende Kraft wieder beleben konnte.

Anthony schwieg den Rest des Weges.

Als sie zu Hause waren, ließ Stella ihn allein, weil sie sich vorgenommen hatte, für sie beide eine Suppe zu kochen, in die sie die Zutaten hineingeben wollte, die die Tante den Schwestern in einem Rezept hinterlassen hatte. Als sie zu ihm zurückkehrte, fand sie ihn, wie er auf seiner Schreibmaschine Texte abtippte, die er offenbar dem danebenliegenden Buch entnahm. Sie stellte sich neben ihn und las: »Grabschrift für Karl Liebknecht … Grabinschrift für Rosa Luxemburg …?« Sie blickte ihn fragend an. Da las Anthony leise, doch mit zu Herzen gehender Betonung:

»Als Lenin gestorben war
Sagte, so wird erzählt, ein Soldat der Totenwache
Zu seinen Kameraden: ich wollte es
Nicht glauben. Ich ging hinein, wo er liegt, und
Schrie ihm ins Ohr: »Iljitsch,
Die Ausbeuter kommen!« Er rührte sich nicht. Jetzt
Weiß ich, dass er gestorben ist.«

Anthony sah Stella eindringlich an und sagte: »Wenn ein guter Mann weggehen will, womit kann man ihn halten? Sagt ihm, wozu er nötig ist. Das hält ihn.« Stella konnte keinen Ton herausbringen. Sie wusste, dass Anthony ihr etwas sagen wollte, was weit über Lenins Tod hinausging, aber sie verstand nicht, was. »Liebster«, flüsterte sie. »Niemand hätte Brecht halten können.« Anthony sagte mit großer Verzweiflung in seiner Stimme: »Ich weiß, Stella, aber ich bedaure es so sehr, dass er gestorben ist, bevor ich von ihm alles lernen konnte, was er zu lehren hatte. Er hat gesagt: Die Schwachen kämpfen nicht. Die Stärkeren kämpfen vielleicht eine Stunde lang. Die noch stärker sind, kämpfen viele Jahre. Aber die Stärksten kämpfen ihr Leben lang. Diese sind unentbehrlich. Brecht hat sein Leben lang gekämpft. Ich bin jünger als er, aber mich verlässt schon jetzt manchmal der Mut.«

Stella umschlang ihn. Sie spürte die Knochen unter seinen schmalen Schultern, sie sah seinen zarten Nacken, der so verletzlich wirkte. Ihr Herz floss über vor Liebe zu diesem Mann. So gern würde sie ihn beschützen, vor allem vor seinen Zweifeln an sich selbst. Aber sie wusste, dass sie das nicht konnte. »Du kämpfst auf deine Weise, Anthony«, murmelte sie. »Was du schreibst, ist so ehrlich, du bist so schonungslos mit dir selbst, auch das ist kämpferisch. Es geht doch nicht um den Kampf an sich, sondern um das Ziel. Und du hast mit deinen Romanen immer für eine friedlichere menschlichere Welt gekämpft. Brecht hat gesagt, dass es so wichtig ist, freundlich zu sein. Du bist der freundlichste Mensch, den ich kenne.« Sie hielt inne. Ihre Ehrlichkeit siegte über ihr Bedürfnis, Anthony zu trösten. »Na ja, Lysbeth ist vielleicht noch freundlicher als du.« Wieder hielt sie inne. »Nein nein, doch du. Lysbeth ist manchmal auch ganz schön grantig. Und Aaron auch. Du bist einfach nur freundlich. Das merken alle.« Anthony umschlang ihre Taille und legte seinen Kopf an ihren Bauch. »Der freundlichste Mensch auf der Welt bist du«, murmelte er. »Aber Stella, bislang habe ich immer nur geschrieben, was mir auf der Seele lag, was ich erlebt habe, gefühlt, begriffen, aber nun bleibt mir nichts anderes übrig, als entweder den Schwanz einzuziehen und meinen Roman in der Schublade verschwinden zu lassen oder zu kämpfen. Und das habe ich gar nicht gelernt.« Er ließ Stella los, richtete sein Gesicht zu ihr auf und sagte: »Brecht hat von Lenin gesagt, als er ging, sei es gewesen, als hätte der Baum zu den Blättern gesagt: Ich gehe. So kommt es mir mit Brecht vor.« Stella empfand tiefe Hilflosigkeit. Kämpfen? Hatte sie nicht ihr Leben lang gekämpft? Um das Heil ihrer Schwester, um Aarons Leben, darum, dass ihre Familie vor Jonnys Rache verschont blieb. Hatte sie nicht auch um Angelas Leben gekämpft, und kürzlich erst um Robertas Glück? Und vor allem anderen hatte sie nicht um ein Leben mit Anthony gekämpft, sogar gegen ihn, damals in Bremen, als er meinte, er sei kein ganzer Mann mehr für sie? Enttäuschung meldete sich in ihr mit einer leisen Stimme, die sie versuchte zu überhören, die aber lauter wurde und zorniger. Wieso wusste sie nicht, dass Brecht so wichtig für ihn war? Und wieso war nicht ihre Liebe der Baum, an dem er sich selbst wie ein Blatt fühlte, das genährt wurde? Was verschwieg er noch vor ihr, wenn sie so wichtige Sachen nicht wusste?

Da sagte er mit einer Stimme, aus der Liebe und Zärtlichkeit und Dankbarkeit sprach: »Meine allerliebste Stella, meine allerliebste süße Stella, ohne dich wäre mir schon lange jeder Mut verlorengegangen.« Er lachte leise auf. »Ohne dich hätte ich wahrscheinlich, nein, ganz bestimmt, dieses Buch nicht schreiben können, das jetzt so viel Ärger macht.« Stella entwand sich seinen Armen. »Ach, so ist das«, fauchte sie. »Nur meinetwegen hast du dieses kämpferische Buch geschrieben, und jetzt ist niemand mehr da, der dir irgendwie helfen kann, dass es gedruckt und gelesen wird, und der berühmte Anthony Walker damit ein weiteres Ruhmesblatt an seinen Lorbeerkranz stecken kann, und plötzlich ist Brechts Tod schuld, dass dir der Mut vergeht!« Sie drehte sich auf dem Absatz um. »Ich muss raus. Ich mache einen Hundespaziergang!«

Anthony und Stella gingen sich zwei Tage lang aus dem Weg. Sie waren nach wie vor höflich, ja, sogar freundlich miteinander. Aber das, was ihren Alltag sonst begleitete, die vielen kleinen Berührungen, Küsse und der permanente Austausch dessen, was in ihrem Inneren vor sich ging, das fiel aus. Bis Anthony zu ihr kam, sie von hinten umschlang, als sie gerade gedankenverloren vor dem Fenster stand, und raunte: »Babe, ich habe mich geirrt, nicht Brecht war der Baum, an dem ich grünen kann, das ist allein deine Liebe. Ohne die bin ich verloren. Sei mir wieder gut, bitte.« Stella wirbelte herum und bedeckte Anthonys Gesicht mit kleinen Küssen. »Du dummer Mann«, schalt sie. »Du Hornochse, du bist nie ohne meine Liebe.« »Hornochse?«, fragte Anthony, »Was ist das?« Stella setzte sich mit den Zeigefingern Hörner auf und gab muhende Geräusche von sich. »Ich bin eine Kuh?«, staunte Anthony. Stella formte dicke Hoden zwischen ihren Beinen. »Ich bin ein Stier?«, grinste er und suchte nach einem roten Tuch, gegen das er anrennen konnte. Stella beschloss, den Vorgang der Kastration nicht auch noch zu demonstrieren. Gemeinsam begaben sie sich daran, ein englisch-deutsches Wörterbuch zu konsultieren, das jedoch den Begriff »Hornochse« nicht aufgeführt hatte. Am Ende ihrer ergebnislosen Suche hatten sie den Zwist fast aus den Augen verloren, bis Anthony sagte: »Ich habe mir überlegt, dass ich in dem Kampf um die Veröffentlichung meines Romans nicht verbittern will. Ich werde es weiter versuchen, aber nicht zwanghaft. Und außerdem habe ich festgestellt, dass ich kein Autor von Theaterstücken bin. Ich glaube, ich hatte auch so schlechte Laune, weil ich damit unzufrieden war. Aber weißt du, was?« Er blickte Stella triumphierend an. In ihrem Bauch ballte sich eine hitzige Liebe für ihn zusammen, die emporströmte zum Herzen und wieder in den Bauch zurückschoss. »Nein, ich weiß nur, dass ich dich liebe«, grinste sie, öffnete die Knöpfe ihrer Bluse, warf ihm einen lockenden Blick zu und gurrte: »Jetzt will ich gar nichts mehr hören, nur noch fühlen.« »Oh gut«, sagte er, plötzlich heiser vor Lust. »Lysbeths Medizin hat …« Stella schmiegte ihren nackten Oberkörper an ihn und legte ihren Mund auf den seinen. So viel Hitze war da, als wollte sie die Erinnerung an die kühlen Tage zwischen ihnen verbrennen.

Am Tag von Brechts Beerdigung wurde die KPD verboten. Als Stella die Nachricht im Radio hörte, war sie in großer Sorge, dass Anthony abermals zusammenbrechen würde. Aber – woran es auch immer lag, ob daran, dass Brechts Tod ihn so beschäftigte, dass für andere Trauer kein Raum mehr da war, oder vielleicht auch an den Kügelchen und Tees, die Lysbeth ihm schon am Abend des 15. August mit ausführlichen Anweisungen für Einnahme und Zubereitung gegeben hatte, und die bei Anthony, der Lysbeth mehr vertraute als sich selbst, große Hoffnung auf seine Kräftigung geweckt hatten – er vernahm die Nachricht, straffte sich und sagte: »Stella, meine Süße, ich glaube, wir müssen Mitglied der KPD werden.« Stella war verwirrt. »Die ist gerade verboten worden«, sagte sie. »Genau«, bestätigte er ruhig, »und aus diesem Grunde müssen wir ihr beitreten.« Stella fragte nicht weiter nach, wie er sich das vorstellte, aber ihr kam es plausibel vor. Wenn etwas so Unrechtes geschah wie das Verbot der KPD, dann musste man irgendetwas dagegen tun, und sei es, dieser Partei beizutreten.

Die Trauer begleitete sie den ganzen August und bis in den September hinein. Sie machten Spaziergänge, in denen sie nicht sprachen, und andere, in denen sie über alles sprachen, was sie beschäftigte, und dann wieder sprachen sie über Bertolt Brecht. Diese Gespräche nahmen jedoch mehr und mehr Brecht zum Anlass, um über Themen zu sprechen, die sie in der Tiefe beschäftigten: Über den Tod, über den Kampf für eine menschliche Welt, über die Liebe.

Der September brachte einen wundervollen Altweibersommer. Die Blätter verfärbten sich zinnoberrot und goldgelb, die tiefstehende Sonne brachte die Farben zum Leuchten. Oft saßen Stella und Anthony gemeinsam mit Aaron noch bis spätabends im Garten. Aaron genoss es offensichtlich, bei ihnen zu sein. Manchmal ließ er anklingen, dass er sich von Lysbeth etwas verlassen fühle, weil sie mit nichts anderem mehr beschäftigt war als damit, ihren Traum zu verwirklichen, eine eigene Praxis aufzumachen. »Du musst sie verstehen«, sagte Stella dann. »Sie ist sechzig Jahre alt. Dass sie überhaupt in einem Krankenhaus arbeiten darf, dass sie überhaupt dieses Studium gemacht hat, das ist doch alles ein Wunder und war nur möglich, weil sie so unbeirrt ihren Traum verfolgt hat.« »Unbeirrt?« Aaron grinste. »Ich würde sagen: verbissen.« Er betonte, dass er sie verstehe, dass er sogar stolz auf sie sei, aber dass er sich dennoch ein wenig verloren fühle.

Als Lysbeth nach Hause kam, war sie müde und wollte sofort ins Bett. Stella versuchte sie zu überreden, noch ein wenig mit nach oben zu kommen, aber Lysbeth blieb dabei. Sie war müde und wollte schlafen. Aaron verdrehte die Augen, aber er ging nicht mit Stella und Anthony.

Oben öffnete Anthony eine Flasche Wein für sie beide. Nachdem sie einige Gläser Wein intus hatte, fragte Stella: »Jetzt mal ganz ehrlich: Hast du Angst vor dem Tod?« Anthony sah sie überrascht an. »Aber es geht doch nicht um mich.« »Mir geht es immer um dich«, antwortete sie schlicht. »Ach, Stella, wenn es dich nicht gäbe, hätte ich wahrscheinlich keine Angst vor dem Tod. Aber so …« »So?« »So ist immer die Frage, wer zuerst stirbt.« »Stimmt«, murmelte Stella. »Beides ist gleich schrecklich.« Anthony nickte. »Ja, wenn ich zuerst sterbe, lasse ich dich allein.« Seine Stimme wurde dunkel und grollend. »Und wenn dann einer meinen Platz einnimmt, springe ich aus dem Grab und haue ihm eins auf die Nase.« Stella lachte. »Gleichfalls. Die Schnepfe wird keine Nacht ruhig schlafen.« Sie wurde ernst. »Aber weiterzuleben, Anthony, ohne dich, nein, du darfst auf keinen Fall vor mir sterben.« Sie lachte leise. »Das ist das Gute daran, wenn man einen jüngeren Mann hat, da ist zumindest die Wahrscheinlichkeit groß, dass er später stirbt.«

# 17

Die KPD wurde aufgelöst, das Parteivermögen eingezogen, es gab zahlreiche Verhaftungen. Fünf Jahre hatte sich das von der Bundesregierung angestrengte Verfahren hingezogen. Das Urteil des Bundesverfassungsgerichts stellte fest, dass die KPD verfassungswidrig sei, und erklärte die Partei für verboten. Damit hörte die Kommunistische Partei Deutschlands am 17. August 1956 um 9.30 Uhr auf zu existieren. Doch der Präsident des Bundesverfassungsgerichts, Josef Wintrich, machte mit seinem Spruch vor der Urteilsverkündung deutlich, was er selbst davon hielt: »Die Bundesregierung allein trägt die Verantwortung für dieses Verfahren.«

In allen großen westdeutschen Städten standen Polizeikommandos bereit, um den Richterspruch durchzusetzen. Alle Parteibüros wurden durchsucht und geschlossen, zentnerweise Propagandamaterial sichergestellt, das Parteivermögen eingezogen. 33 Funktionäre wurden verhaftet. Noch am selben Tag wurden 25 000 Wohnungen und Geschäfte durchsucht, kommunistische Zeitungen verboten.

Stella und Lysbeth sahen sich am Abend, als sie gemeinsam die Nachrichten im Fernsehen anschauten, fassungslos an. Das hatten sie schon einmal erlebt. 1933 war genau das Gleiche mit der Kommunistischen Partei geschehen. Sie war die Erste gewesen, die verboten wurde, dann waren die anderen gefolgt. Die Nazis hatten ganz genau gewusst, dass der stärkste Widerstand gegen sie von den Kommunisten ausging. Es waren so entsetzlich viele Kommunisten ermordet worden. Das wurde jedoch seitdem verschwiegen. Wenn über Widerstandskämpfer gesprochen wurde, war meistens von den Widerstandskämpfern des 20. Juli 1944, also von Offizieren die Rede, die ursprünglich mit Hitler gemeinsame Sache gemacht hatten, nicht aber von den Kommunisten.

Dabei konnten der KPD jetzt, im Gegensatz zu damals, wo völlig klar gewesen war, dass die Partei nie aufhören würde, gegen die Nazis zu kämpfen, gar keine umstürzlerischen Aktionen nachgewiesen werden. Weder wurden geheime Waffenlager gefunden, noch konnten der Partei gewalttätige Demonstrationen wie einst in der Weimarer Republik zur Last gelegt werden. Es war ein politisches Urteil, das der antikommunistischen Staatsdoktrin der jungen Bundesrepublik folgte.

Aaron sagte: »Wir müssen demonstrieren, wir müssen protestieren.« Aber es gab keine Protestdemonstration gegen das Verbot. Vorher hatte es welche gegeben, nur leider waren das winzige Demonstrationen gewesen, und aus den Fenstern hatten die Leute gerufen: »Geht doch nach drüben!« Die Angst vor der »kommunistischen Gefahr« war allgegenwärtig. Die Deutschen wollten nicht über die Vergangenheit reden, nicht an den Widerstand erinnert werden, den es gegeben hatte und dem sie sich auch damals schon nicht angeschlossen hatten. Auf gar keinen Fall wollten sie an ihre eigene Verstrickung erinnert werden. Die »Roten« freilich erinnerten daran, und das waren die »Feinde«. Die meisten Bundesbürger hatten nichts gegen ein Verbot, ja, wieder einmal verschlossen sie die Augen. Die Mehrheit der Bevölkerung war mit dem Wiederaufbau beschäftigt und wollte sich ungestört im neuen Leben einrichten. Die Bedrohung, das hatte man schon in der NS-Zeit gelernt – und die Lektion saß tief –, kam von links. Genau das sagte nun auch wieder Adenauer.

Aaron ballte ohnmächtig die Fäuste. »Manchmal hasse ich die Deutschen!« Lysbeth meinte: »Wir können nur im Kleinen Widerstand leisten. Angela und Roberta unterstützen. Abtreibungen machen. Ach, ich weiß auch nicht.«

»Mitglied der KPD werden«, schlug Stella vor. Lysbeth und Aaron sahen sie überrascht an. »Denkt an die Tante!«, rief Stella. »Damals war die KPD auch verboten, aber davon hat sie sich nicht abschrecken lassen.« Aaron wiegte den Kopf. »In die Illegalität gehen?«, fragte er. Stella nickte. Aaron suchte nach Worten. »Ich hab damit Probleme. Weißt du, ich will nicht, dass sie die Kommunisten verbieten, klar, und ich will auch, dass diese Republik sich endlich ihrer Vergangenheit stellt, dann ändert sich auch die Gegenwart.« Er zögerte und sagte fast schamhaft: »Aber ich bin kein Kommunist, weißt du. Dafür bin ich einfach zu individualistisch.«

»Was heißt das denn?«, fragte Stella zornig. »Du bist doch ein politischer Mensch, du trittst für Humanismus ein, du schmorst nicht nur in deinem eigenen Saft, ich versteh dich nicht.« Aaron war über und über errötet. Lysbeth lächelte ihn zärtlich an. Er hob den Kopf, blickte allen der Reihe nach gerade in die Augen und sagte: »›Die Partei, die Partei die hat immer recht.‹ Tut mir leid, das kann ich nicht unterschreiben. Ich will meinen eigenen Kopf benutzen. Ich will mir nicht vorschreiben lassen, was ich zu denken habe.« »Shit, er hat recht«, entfuhr Anthony. Stella blickte düster vor sich hin. Ein einzelner Mensch konnte nicht an alles denken, sich zu allem eine Meinung bilden, da war es wichtig zu vertrauen. Und einer kommunistischen Partei musste man schließlich vertrauen können. Da sagte Aaron: »Ich will nicht Hitler und Stalin vergleichen, aber Stalin hat eindeutig Verbrechen begangen, und das im Namen des Kommunismus. Die Partei, das waren Anhänger Stalins. Wahrscheinlich hätten sie mich umgebracht. Nicht weil ich Trotzkist bin, einfach weil ich laut gedacht und widersprochen hätte.« »Okay«, sagte Anthony, »das enthebt uns nicht der Verantwortung, gegen dieses Schandurteil und gegen diese Adenauer-Politik etwas zu tun.« Aaron nickte zustimmend. »Aber was?«

Der Einzige, der etwas tun konnte, so schien es, war Anthony, der weiter Material sammelte für ein Werk über dieses politische Verbrechen. Er fuhr nach Bremen zu Heinrich Hannover, der schon seit Jahren als »Kommunistenverteidiger« vor Gericht tätig war. Heinrich Hannover war fast zwanzig Jahre jünger als Anthony, aber er schien diesem wie ein ungewöhnlich klarsichtiger Mensch. »Es ist ein Verbrechen, Kommunisten aus dem politischen Leben auszuschließen«, sagte er, und Anthony brannte vor Verlangen, diesem Verbrechen etwas entgegenzusetzen. Er wusste noch nicht, wie er das künstlerisch gestalten wollte. Am liebsten wäre ihm ein Folgeroman zu seinem Polit-Krimi gewesen, denn das Verbot der KPD hing schließlich mit all dem zusammen, was zuvor in der BRD geschehen war. Da er aber für seinen Krimi keinen Verleger gefunden hatte, musste er etwas Neues entwickeln. Er diskutierte mit Stella über mögliche Protagonisten, über eine passende Geschichte, darüber, aus welcher Perspektive er schreiben sollte, aus der eines Kommunisten, aus der eines Anwalts, bei dem die traurigen Geschichten der Verfolgten zusammenliefen, oder vielleicht sogar aus der Sicht eines Richters, der schon während des Faschismus Urteile gegen Kommunisten gefällt hatte. Zuerst aber recherchierte er, sammelte alle Informationen, die er bekommen konnte.

Das Verbot wurde in den folgenden Wochen und Monaten auf eine brutale Weise benutzt, um Andersdenkende zu kriminalisieren. Es betraf nicht nur Mitglieder der Partei, sondern Tausende politisch Andersdenkende. Verfolgt wurden nicht nur Kommunisten, sondern auch Gewerkschafter, Christen, Menschen, die sich gegen die Wiederaufrüstung der Bundesrepublik aussprachen und gegen alte Nazibündeleien demonstrierten, Menschen, die Kontakte in die DDR hatten, die rote Nelken verteilten oder Ferienreisen für Kinder aus sozial schwachen Familien in die DDR organisierten. Mit vielen der Betroffenen sprach Anthony. Dabei war ihm und vielen anderen stets bewusst, dass die KPD während der Nazizeit personell dezimiert worden war. Ein Großteil war ermordet worden, andere waren schwer gezeichnet von der Haft. Die KPD war nicht stark. Das Einzige, was ihre Kraft ausmachte, war ihre moralische Überlegenheit, was die jüngste deutsche Geschichte betraf. Sie war die gesellschaftliche Kraft, die am wenigsten anfällig für den Nazismus war.

Genau das aber sollte anscheinend aus Westdeutschland eliminiert werden. Es wurde ja nicht nur die KPD verboten, sondern insgesamt zehn andere Organisationen, unter anderem auch die VVN, die Vereinigung der Verfolgten des Naziregimes. Anthony schrieb in sein Merkheft: »Der Skandal ist, dass der Antikommunismus aus der NS-Zeit als Ideologem weiter existiert und von allen genutzt werden kann, die ihn für die Durchsetzung ihrer Interessen brauchen. So fühlt sich die Masse entschuldigt von ihrer Verstrickung mit den Nazis.«

Die Kommunisten, die in den KZs überlebt hatten, hatten 1945 in wichtigen Funktionen bedeutende Aufbauarbeit geleistet. Aaron erzählte Anthony, wie enttäuscht er und viele andere junge Ärzte nach 1945 gewesen waren, als sich zeigte, dass die alten Nazis weiter in ihren einflussreichen Posten als Mediziner blieben.

Heinrich Hannover berichtete, dass er schon 1950, als er sich als Gerichtsreferendar in Bremen einstellen ließ, eine Erklärung unterschreiben musste, dass er nicht zur KPD gehöre und auch nicht zu einer sogenannten kommunistischen Tarnorganisation, wie beispielsweise der Vereinigung der Verfolgten des Naziregimes.

Hatte Anthony für seinen vorigen Roman zum Thema »Westdeutschland und seine Nazis« recherchiert, so sammelte er nun Tag für Tag Teilchen für eine Collage zum Thema: Westdeutschland und seine Kommunisten.

Im Verlauf dieser Recherchen lernte er wunderbare Menschen kennen. Manchmal äußerte er ironisch geradezu Dankbarkeit dafür, dass das Verbot der KPD ihm diese Gelegenheit bot.

So zum Beispiel Susanne Thillmann. Sie war gemeinsam mit ihrer Familie 1939 als rassisch Verfolgte emigriert. In Großbritannien arbeitete das dreizehnjährige Mädchen in einer Fabrik. Das Geld, das die

Mutter als Köchin verdiente, reichte nicht aus, um die Familie zu ernähren. Der Vater war infolge seiner KZ-Haft arbeitsunfähig.

In Großbritannien lernte Susanne Thillmann emigrierte Sozialdemokraten und Kommunisten kennen. Sie begann, sich für Politik zu interessieren. 1947 kehrte die inzwischen Zweiundzwanzigjährige aus dem Exil nach Berlin zurück. Ihre Familie ging nach Israel, weigerte sich, jemals wieder deutschen Boden zu betreten. Susanne Thillmann wurde als Opfer des Faschismus anerkannt, trat der SED und der VVN bei, der ersten Verfolgtenorganisation nach Kriegsende. Nach der Spaltung der Stadt Berlin, 1948, zerfiel auch die Versorgung der Opfer des Faschismus in eine östliche und eine westliche Sektion. Wer in den Westsektoren lebte wie Susanne Thillmann, musste sich nun aufs Neue um seine Anerkennung als Verfolgter bemühen.

Aufgrund einer Gesetzesinitiative der sozialdemokratischen Fraktion im Deutschen Bundestag wurden ab 1952 ehemalige Verfolgte nicht mehr anerkannt, die »... als Anhänger eines totalitären Systems die demokratische Grundordnung bekämpfen«. 1953 wurde ihr der Status als Verfolgte aberkannt, weil sie Mitglied der SEW gewesen war.

Susanne Thillmann erzählte: »Ich habe dann Klage eingereicht gegen die Abweisung meines Antrages und habe auch in erster Instanz den Prozess gewonnen. Dann ist das Land Berlin in Berufung gegangen, und ich habe in zweiter Instanz den Prozess verloren, mit einer vielseitigen Begründung, die unter anderem den Vorwurf enthielt, dass ich im Gedenken an den Schriftsteller Erich Mühsam an seinem Grabe einen Kranz niedergelegt habe und dass ich Unterschriften gegen die Atomwaffe gesammelt habe und damit Propaganda für meine Partei getrieben hätte.«

Anthony war erschüttert. Er hatte das alles genau verfolgt, und dennoch war es noch einmal anders, diese Frau real vor sich sitzen zu sehen und zu erkennen, dass sie manchmal nicht genug zu essen hatte und auf Zuwendung anderer angewiesen war. Er hätte ihr gern Geld gegeben, aber er wusste, dass er das nicht durfte. Diese Frau war zwar schwer beschädigt, aber sie war nicht gebrochen. Sie hatte einen aufrechten Gang.

Anthony wusste, dass Beamte und Angestellte des öffentlichen Dienstes mit offenkundiger NS-Vergangenheit sich keine Sorgen um ihre Zukunft machen mussten, selbst wenn sie in der Entnazifizierungsmaschinerie hängengeblieben waren. Denn Dank des bereits im

Mai 1951 in Kraft getretenen sogenannten 131-Gesetzes konnten etwa 150 000 belastete Beamte und Angestellte, ehemalige Wehrmachts- und Arbeitsdienstangehörige, wieder in den Staatsdienst treten oder sie erhielten ihre vollen Versorgungsbezüge.

Nazi-Richter, selbst Angehörige des »Volksgerichtshofes«, konnten wieder »Recht« sprechen.

Der Rechtsanwalt Heinrich Hannover sagte: »Deren ärgste Feinde waren die Kommunisten. Das wurde also in einem Zuge gewissermaßen absolviert, dass man die Nazis rehabilitierte und die Kommunisten illegalisierte. Ja, der neue Antikommunismus, der mit dem ersten Strafrechtsänderungsgesetz von 1951 auch in der Justiz einsetzte, hing natürlich auch mit dem Koreakrieg von 1950 zusammen, der in der westlichen Propaganda als ein Beispiel für die Aggressivität der Kommunisten angeprangert wurde. Eine Geschichtsfälschung. Und die Korea-Krise wurde zur propagandistischen Grundlage für die Schaffung der antikommunistischen Gesetze der damaligen Zeit.«

Anthony traf sich mit Maria Fensky, die 1933 als KPD-Mitglied inhaftiert worden war, fünf Jahre Haft in verschiedenen Arbeits- und Konzentrationslagern durchlitten hatte und nach ihrer Entlassung in die Illegalität gegangen war. Nach der Befreiung war sie in ihrer westdeutschen Heimatstadt Stadtverordnete der KPD. In den 50er Jahren protestierte sie gegen die Wiederbewaffnung.

Maria Fensky erzählte ihm: »Die Begründung war genau wie sie bei den Faschisten war: Vorbereitung des Hochverrats. Dann kam hinzu, dass sie mir eine Rädelsführerschaft und was weiß ich was alles andrehen wollten. Und die Ermittlungen gingen von 52 an schon. 52 war nämlich bei uns in Essen eine große Sache in einem Zirkus gegen die Wiederaufrüstung. Aber die andern, die wollten natürlich ihr Geld verdienen. Die Großindustrie, die verdiente ja an der Aufrüstung. Also, was macht man? Man sperrt Menschen, die kleinen Menschen, die die Bevölkerung aufklären wollen, einfach ein und lässt sie sitzen. Ich habe dann anderthalb Jahre in Untersuchungshaft gesessen, ungefähr, ein paar Tage weniger. Ich klage seitdem. Die Rentenbehörden haben mir mitgeteilt, dass die Bundesrentenbehörde, wo ich ja als politisch Verfolgte anerkannt war mit Körperschaden, 60 Prozent während des Faschismus, mich hatte man ja auch ziemlich zerschlagen, dass ich keinen Anspruch darauf habe. Ich kriege die niedrigste Rente, die es überhaupt gibt.«

Als Anthony, erschüttert, am Abend nach Hamburg zurückkehrte und mit Stella darüber sprach, welche Schicksale er kennenlernte, sagte sie nachdenklich: »Ich wüsste gern, was aus der Frau geworden ist, mit der sich die Tante damals immer getroffen hat. Die hat die ganze Nazizeit über als illegaler Briefkasten gearbeitet. Ob die heute im Gefängnis sitzt oder ob sie immer noch so klug ihre Rolle im Verborgenen spielt?« »Erinnerst du den Namen?«, fragte Anthony. Stella dachte nach und schüttelte verneinend den Kopf. »Die Tante hat sie ja auch völlig geschützt. Und sie ist 1941 gestorben. Wer weiß, ob die Frau überlebt hat.« Sie überlegte. »Vielleicht kennt Lysbeth den Namen.«

Nach dem KPD-Verbot rollte eine Lawine von Diskriminierungen und Verfolgungen Andersdenkender über Deutschland hinweg. Adenauer hatte öffentlich verkündet, wer gegen seine Politik opponiere, sei entweder ein Dummkopf oder ein Verräter. Jeder, der es wagte, die Wiederaufrüstung in Frage zu stellen, wurde verdächtigt, dass er dem Überfall durch den Osten Vorschub leisten wollte. Gustav Heinemanns *Gesamtdeutsche Volkspartei*, die er nach seinem Parteiaustritt gegründet hatte, war 1953 sofort im Wahlkampf verdächtigt worden, vom Osten finanziert zu sein. Auf den Wahlplakaten seiner Partei waren Aufkleber angebracht worden, wo draufstand: »Von Moskau bezahlt«, was natürlich eine Lüge war, aber er war auf diese Weise 1953 nicht auf die nötigen fünf Prozent gekommen, um seine Partei in den Bundestag bringen zu können. Er wurde als »Kommunistenfreund« diffamiert. All das sammelte Anthony. Der Stapel seiner Rechercheunterlagen wurde immer dicker, die Menschen, mit denen er sprach, immer zahlreicher.

Was seine Schwestern in der Kippingstraße umtrieb, fand in Dritters Haus in der Johnsallee nicht statt. Dritter quälte sich mit dem verendenden Würstchenverkauf, Marthe quälte sich mit der Entscheidung, ob sie diesen Versager von Mann nun endlich verlassen sollte, Peter ließ sich nach wie vor von seiner Mutter verwöhnen, Alex und Wilhelm waren damit beschäftigt, Männer zu werden. Dabei halfen ihnen James Dean und Elvis Presley.

So wie Amerika für Anthony der Inbegriff des Antikommunismus und gefährlichen Machtstrebens war, rassistisch, verlogen und imperialistisch, so war Amerika für die beiden Jungs wie für viele andere Jugendliche in Deutschland der Inbegriff des Anderen, den Neuen, des Aufbruchs.

James Dean war ein Jahr zuvor gestorben. Wilhelm, der Autonarr, hatte ihn schon bewundert, als er mit seinem Porsche Rennen gefahren hatte, aber dann hatte »Jimmy« seinen Porsche gegen ein noch schnelleres Modell, den 550 Spyder, getauscht. Auch mit diesem Auto fuhr er Rennen. Er nannte es »Little Bastard«. »Little Bastard!« Wilhelm bekam schwärmerische Augen, wenn er diesen Namen aussprach. Wie musste das unter dem Hintern feuern, so ein Auto, Little Bastard! Wilhelms große Sehnsucht war es, einmal ein Autorennen live am Nürburgring zu erleben. Er konnte »Jimmy« so gut verstehen, ja, er hatte das Gefühl, als wäre er sein Freund, als wären sie vom gleichen Schlag.

Er hatte sogar den Tod James Deans nachgefühlt, als wäre er ihm selbst zugestoßen. Zumindest eine Nacht lang hatte er gefühlt, wie es war, mausetot zu sein. Im Sarg. Starr und steif. Unter der Erde, auf der Blumenmeere lagen, davor kreischende Mädchen. Freilich war er vollkommen überzeugt, dass Jimmy nicht gestorben wäre, hätte er, Wilhelm, statt dessen Freund, dem schwäbischen Porsche-Mechaniker Rolf Wütherich, auf dem Weg zu einem Rennen in Salinas auf dem Beifahrersitz gesessen. Die beiden rasten, selbstverständlich ohne angeschnallt zu sein, die California State Route 46 entlang. Bis zu jener Kreuzung, an der Donald Turnupseed mit seinem alten Ford Tudor ganz in Ruhe abbiegen wollte. »Er muss uns doch sehen«, sollte James Dean kurz vor dem Crash gesagt haben, wie Wilhelm den Zeitungen entnahm, die er so aufmerksam verfolgt hatte, wie es sonst nur seine Mutter tat. Aber Donald Turnupseed hatte James Dean übersehen. Wilhelm hätte auf die Hupe gedrückt. War doch ganz einfach: Eine Hupe benutzt man, wenn jemand einen hören soll, der einen vielleicht nicht sieht. Aber Wilhelm hatte nun mal nicht neben Jimmy gesessen. Er wusste jedoch seitdem, dass er Automechaniker werden wollte. Oder vielleicht Autodesigner. Er konnte schön zeichnen, und seine Lieblingsobjekte waren Rennautos.

Wilhelm verstand James Dean gut, tief in seiner Seele. Jimmy war wie sein eigenes Spiegelbild. Er fand sich in der Welt nicht richtig zurecht, er wollte dazugehören, aber er wollte auch ausbrechen, er hatte so viele Träume, aber die Erwachsenen stellten sie als Kinderkram dar. In Jimmy erklang das Echo von Wilhelms Nöten. Niemand konnte Jimmy verstehen wie er.

Nun, 1956, ein Jahr nach Deans Tod, kam der Film *Giganten* in die Kinos, der kurz vor dem Tod des 24-jährigen abgedreht worden war. Ein

Jahr lang hatte sich der profitgierige Hollywood-Konzern Zeit gelassen, damit der Totenkult sich ausbreiten konnte wie ein Flächenbrand. Nun sollte er die Kassen füllen. Die Rechnung ging auf. Wilhelm ging fünfmal hintereinander ins Kino. Von nun an versuchte er ebenso wie seine Brüder und wie so viele andere, James Dean nachzueifern. Heimlich stellte er sich vor den Spiegel, zog seinen Taschenkamm, wühlte in seinem Haar und klatschte es hin. Seine Mutter brachte ihn einmal monatlich zum Friseur, damit der die Haare im Nacken kurzrasieren sollte, aber erst, wenn mehr als vier Wochen vergangen waren, konnte er seine Haare annähernd wie James Dean kämmen.

Beim nächsten Friseurbesuch sagte er mit männlicher Stimme, leider kiekste sie manchmal so unangenehm babyhaft: »Heute nicht rasieren. Und oben …« Er räusperte sich. Der Friseur erriet erstaunlicherweise seinen Wunsch und sagte: »Son büschen wie Jimmy?« Wilhelm nickte. Irgendwie schämte er sich, gleichzeitig war er froh.

Als er nach Hause kam, schrie seine Mutter auf. »Wie siehst du denn aus!« Sie nahm ihn bei der Hand, ging mit ihm zum Friseur zurück und schalt den Mann aus. »Wie immer«, habe ich gesagt. »Und ich bin die Mutter.«

Der Friseur, wenig älter als Wilhelm, war puterrot, denn sein Chef schimpfte nun auch. Er rasierte Nacken und Schläfen, und Wilhelm schien es, als würde er ihn noch kahler machen als sonst. Aber beide sagten keinen Ton.

Zu Hause verzerrte er vor dem Spiegel den Mund zu einer Grimasse der Verachtung, genau so wie Jimmy es getan hatte. Als Alex ihn so geschoren sah, lachte er ihn aus. Da traten Wilhelm Tränen in die Augen. Alex hörte sofort auf zu lästern. Er legte ihm die Hand auf die Schulter und sagte: »Wächst ja wieder.«

Natürlich förderte die Verzückung und Verehrung der weiblichen Teenager für »Jimmy« Wilhelms Wunsch, ihm ähneln zu wollen. Allerdings waren ihm die »Mädels« in Amerika auch unheimlich. Am 30. September 1956, dem ersten Todestag James Deans, hatten sie auf dem Friedhof zu Fairmount in Indiana, wo eine Gedenkfeier abgehalten wurde, eine gespenstische Szene am Grab des toten Helden veranstaltet. So hatte er zumindest in der Zeitung gelesen. Zwei Pastoren hatten vor Fernsehkameras gefühlvolle Ansprachen gehalten, untermalt vom Schluchzen der jugendlichen Dean-Gemeinde. Doch kaum war die Szene beendet, stürmten Rudel heulender Backfische das Grab, zerrissen

Kränze in Werte von tausend Dollar und schleppten Erde, Gras und Blumen als »Reliquien« davon. Gleichzeitig war in Kalifornien die Kreuzung der State Routes 46 und 41 polizeilich gesperrt worden, weil Hunderte von motorisierten Teenagern zu einer stillen Gedenkminute am Unfallort anrollten und den Verkehr blockierten. Die Polizeikräfte ließen die Steilküsten Kaliforniens nicht aus den Augen: Einige Jugendliche hatten telefonisch die Absicht kundgetan, sich zu Jimmys Ehren in seiner Todesstunde mit dem Auto ins Meer zu stürzen. Allerdings unternahm keiner den Versuch.

Marthe sagte spöttisch: »Das erinnert mich an die schaurige Massenorgie nach dem Tod von Rudolfo Valentino.« »Wer ist Rodolfo Valentino?«, fragte Wilhelm und erhielt die niederschmetternde Antwort, dass der 1926 einunddreißig Jahre alt gewesen war. So alt wie Wilhelms Vater, ein Tattergreis! »Gestorben ist er als junger schöner Mann«, behauptete Marthe. »Du kannst dich doch gar nicht daran erinnern«, spöttelte Dritter. »Du warst zu dem Zeitpunkt knapp zehn Jahre alt.« Und einunddreißig, dachte Wilhelm, das ist auch schon ziemlich nah am Tattergreis, Jimmy war gerade vierundzwanzig geworden, nicht so sehr viel älter als Wilhelm war.

Dritter erzählte: »Ich kann mich gut daran erinnern. Damals waren es vor allem reifere Frauen, die weinend zum Mausoleum des toten Stummfilm-Lieblings gepilgert sind.« Das alles hat doch nichts mit meinem heutigen Leben zu tun, dachte Wilhelm und war etwas erschrocken über sich selbst, weil er so etwas wie Verachtung in sich entdeckte. Seine Eltern waren einfach von gestern, besonders sein Vater.

Wilhelm schwärmte auch stark für Elvis Presley. *Hound Dog, Don't be cruel,* das waren Songs, die man niemals vergessen konnte. In den Zeitungen, die Marthe las, wurde Presley behandelt wie die Personifikation des Bösen. Wilhelm hätte gern etwas mehr Böses an sich gehabt. Mit seinen blonden Haaren, seinen blauen Augen, seiner eher schmächtigen Figur war er der Liebling aller Damen. Sogar Frau Dr. Karlsberg, die Gattin des Richters, der oben in der Johnsallee wohnte, sozusagen über ihren Köpfen, tätschelte Wilhelm die Wange, wenn sie ihn nur erwischen konnte. Elvis Presley hingegen verdarb die Teenager Amerikas. Das war wundervoll. Seine Auftritte wurden mehr oder weniger als Striptease auf offener Bühne interpretiert. Sogar Wilhelms Mutter, die sonst alles, was aus Amerika kam, begrüßte, fand, dass Elvis Presley »irgendwie geschmacklos« sei. In Amerika liefen Elternverbände, religiöse Gruppierungen sowie Lehrerorganisationen Sturm gegen den Musiker. Er wurde bald nur noch »Elvis, the Pelvis« genannt, Elvis, das Becken. Doch für Wilhelm war er der »King of Rock 'n' Roll«. Manches Mal stand er vor dem Spiegel und versuchte, sein Becken so zu schwenken, wie Elvis es tat. So wollte er sein: Rennfahrer wie James Dean und böse wie Elvis Presley.

Seine Mutter schenkte in diesen kühlen feuchten Novembertagen ihrem mittleren Sohn noch weniger Aufmerksamkeit als sonst. Täglich stritt sie erbittert mit ihrem Mann. Sie verlangte, am Wirtschaftswunder teilzuhaben, zumindest einen Kühlschrank forderte sie. Wilhelm hörte durch die Wand zwischen dem Wohnzimmer, wo die beiden schliefen, und dem Kinderzimmer, wo die drei Betten für die drei Brüder standen, wie zornig sie war. Er konnte sie gut verstehen. Als der Kühlschrank in der Küche in der Kippingstraße eingetroffen war, hatte es ein regelrechtes Fest gegeben, zu dem auch die Jungs eingeladen worden waren, um den Triumph der Technik zu feiern. Er konnte nicht anders: Wenn er dort war, ging er immer an dem Kühlschrank vorbei, strich über das glatte Weiß und öffnete ihn. Alles glänzte, und die Butter lag drin und Wurst und Käse, und alles sah immer so aus, als wäre es gerade gekauft.

Wilhelm hätte auch gern einen Kühlschrank gehabt, aber noch lieber ein Anti-Schuppen-Shampoo. Neuerdings gab es viel Werbung für ein Shampoo gegen Schuppen, und er entdeckte manchmal kleine weiße Punkte auf seiner Schulter, besonders, wenn er dunkelblaue Pullover trug, die seine Mutter ihm vorzugsweise kaufte. Wegen deiner blauen Augen! Er wagte nicht, seine Mutter darum zu bitten, ihm dieses Shampoo zu kaufen. Dann hätte er ja darüber sprechen müssen, dass er Angst hatte, Schuppen zu haben. Um ihn herum sprach niemand über Gefühle. Alle, so schien es Wilhelm, waren perfekt darin, sich keine Blöße zu geben, niemand geriet jemals aus dem Gleichgewicht, jedenfalls nicht öffentlich. Allerdings gerieten seine Eltern ziemlich aus dem Gleichgewicht, aber erst wenn es dunkel geworden war und ihre Söhne im Bett lagen.

Dann stritten sie verbissen. Vor allem Marthe geriet aus dem Gleichgewicht. »Die Lebensverhältnisse werden rundum besser«, sagte sie, und es klang, als würde sie sich ein Tuch vor den Mund halten. Ohne Tuch hätte sie bestimmt geschrien. »Ich habe es gelesen, die Verbesserung der Lebensverhältnisse der abhängig Beschäftigten ist einmalig: Die Realeinkommen sind irrwitzig geklettert. Die Arbeitslosigkeit hat sich wahnsinnig reduziert. Die Angst vor Alterselend ist geschwunden, Armut und Not sind überwunden. Die Gewerkschaften reden sogar von einer 5-Tage-Woche, das wäre doch unglaublich. Und wir? Bei uns ist alles ärmlich. Wir haben nichts. Keinen Kühlschrank, keine Sicherheit fürs Alter, nichts.«

An einem anderen Abend schrie sie fast: »Alle haben immer mehr Geld für Sachen. Alle kaufen. Das macht sie glücklich. Aber wir! Wir haben kein Auto, keinen Kühlschrank, keinen Fernseher. Wir haben nichts!«

Wilhelm stromerte gern durch die Stadt. Da gab es das Alsterhaus, wo große Kristalllüster von den Decken hingen, und es schien, als feierten alle außer Wilhelm das ganze Jahr über Weihnachten. Zu Hause lag der Otto-Katalog neben dem Sofa. Einmal hatte Wilhelm seine Mutter gesehen, wie sie den Katalog durchblätterte, und ihr Gesichtsausdruck, so weich und so traurig, hatte ihm einen Stich mitten durchs Herz versetzt. Auch er blätterte gern in dem Katalog. Da gab es leichtfüßige Möbel, durchsichtige Regale und Stoffe mit farbig-bewegten Mustern. Am meisten interessierte ihn freilich die Frauenunterwäsche. Er hatte noch nie eine Frau nackt gesehen. Die Frauen da waren zwar auch nicht nackt, aber sie trugen sehr aufregende Sachen, Büstenhalter und knappe Unterhosen. Er war jetzt elf Jahre alt, eigentlich fand er Mädchen furchterregend, aber trotzdem gab es etwas an ihnen, das ihn sehr neugierig machte. Alex hingegen, das beobachtete Wilhelm sehr genau, ohne etwas zu sagen, denn er wollte seinen Bruder nicht in Verlegenheit bringen, nahm allabendlich den Otto-Katalog mit ins Bett.

Als wollte er sich entschuldigen, brachte Dritter am Tag nach dem Streit jedem Familienmitglied eine Flasche Coca-Cola mit, als er von seiner Verkaufstour nach Hause kam. »Mach mal Pause«, forderte er seine Frau grinsend auf, und Wilhelm verstand, dass es ein Friedensangebot war. Marthe freilich wies die Cola-Flasche zurück. »Deine Spielsachen kannst du dir sparen«, zischte sie. »Wir brauchen Brot und Butter und Waschmittel.«

Dritters Würstchenverkauf versickerte wie Wasser im stillgelegten Moor, zurück blieb zuerst Schlick und dann harte Erde. Eine Zeitlang hatte er das wenige Geld, das er in den Kneipen verdient hatte, dort sofort wieder ausgegeben. Das war die Zeit gewesen, als er mit Vorliebe Wilhelm mitgenommen hatte. Wilhelm ahnte, dass sein Vater ihn seit einiger Zeit nicht mehr mitnahm, weil er nicht wollte, dass sein Sohn Zeuge seines Niedergangs war. »Heute wird nicht mehr per pedes oder Fahrrad an die Kneipen geliefert«, hatte er eines Nachts versucht, Marthe zu erklären, dass das Ganze nicht seine Schuld, sondern die Entwicklung der Zeit war. »Heute gibt es größere Lieferanten, das wird alles billiger für die Abnehmer. Für mich bleibt nichts mehr übrig.«

Und dann kam die Nacht, in der Wilhelm aufwachte, weil er eine Stimme hörte, so scharf wie eine Rasierklinge. »Ich habe die Koffer gepackt«, sagte seine Mutter kalt. »Ich nehme morgen die Kinder und fahre nach Cuxhaven zu meiner Mutter.« Wilhelm hörte vor Schreck auf zu atmen. Nach Cuxhaven? Weg von Hamburg? Wieder eine neue Schule? Er meinte förmlich zu hören, dass auch sein Vater aufgehört hatte zu atmen.

»Ich halte es nicht mehr aus«, sagte sie, und im Gegensatz zu den vorigen Streitigkeiten, bei denen sie geschrien und geweint hatte, auch schon einmal den Pantoffel nach Dritter geworfen, klang das nun ganz leise. »Ich halte es nicht mehr aus. Es ist besser, wir trennen uns. Meine Mutter kann auf die Jungs aufpassen, und ich suche mir eine Stelle.«

Sie hatte sich alles genau überlegt, das merkte Wilhelm, und er war starr vor Schreck. Er strengte seine Ohren an, um zu horchen, was im Nebenzimmer ganz leise gesprochen wurde. Aber er konnte es nicht verstehen.

Am nächsten Tag machten Wilhelm und seine Brüder sich für die Schule fertig wie immer. Wilhelm wagte nicht, seine Eltern anzuschauen. Sein Vater sah kreidebleich aus, aber im Gegensatz zu sonst, wo er morgens noch im Bett lag, wenn seine Söhne zur Schule gingen, war er heute Morgen aufgestanden und saß bereits fertig angezogen am Frühstückstisch, eine dampfende Tasse Kaffee vor sich.

Als Wilhelm von der Schule nach Hause kam, roch es schon im Flur nach Kaffee. Wilhelm ging auf Zehenspitzen zur Tür, die nicht ganz geschlossen war. Er konnte sehen, wie seine Eltern immer noch am Tisch saßen. Er war hin- und hergerissen. Er wusste, dass man nicht lauschen durfte, aber er wollte unbedingt wissen, was dort drinnen vor sich ging. Sein Vater sagte gerade mit gepresster Stimme: »Ich verstehe nicht, wieso ich nicht mitbekommen habe, was ich dir zugemutet habe. Als hätte ich Ochsenschwanzsuppe im Kopf gehabt.» Es war ein zaghafter Versuch zu scherzen, aber Marthe hörte nicht auf zu weinen. Wilhelms Herz krampfte sich zusammen, als er sah, wie seine Mutter weinte: Lautlos, gerade am Tisch aufgerichtet, unablässig den Blick auf ihren Mann gerichtet. Die Tränen rannen ihre Wangen herab, als kippten ihre Augen Wasser aus. Jetzt sagte sie so leise, dass Wilhelm sein Ohr mit der Hand abspreizen musste, um sie zu verstehen: »Seit wir nach Hamburg gezogen sind, hast du mich vertröstet, immer und immer wieder. Du hast mir versprochen, dass bald alles besser wird. Du hast mir Hoffnung gemacht, und diese Hoffnung hat starken Auftrieb bekommen, als wir in die Johnsallee gezogen sind. Nun endlich wird alles besser, hast du gesagt.« Sein Vater legte seine Hand auf die seiner Frau. Die zog die Hand weg, als würde sie gebissen. »Ich habe es selbst geglaubt«, sagte Dritter. Beide saßen schweigend voreinander und stierten auf den Tisch zwischen sich. Wilhelm wusste, dass die Hoffnung nicht lange angedauert hatte. Es war bald bergab gegangen. Sie waren in der schönen Wohnung nach hinten gezogen, wo sie zwei Zimmer bewohnten, zwar schöne große Zimmer, aber immerhin hatten sie die zwei repräsentativen Zimmer vorn und die Küche vermietet, um wenigstens einigermaßen über die Runden zu kommen.

Selbst da hatten die Streits zwischen den Eltern nicht sofort begonnen. Marthe hatte nicht geklagt. Die Jungs hatten das kleinere Zimmer bekommen, sie hatten im großen Zimmer einen Vorhang gespannt, hinter dem das Ehebett stand. So besaßen sie sogar noch den Luxus eines Wohnzimmers. Gekocht wurde in der Waschküche im Souterrain, wo auch noch eine Flüchtlingsfamilie untergebracht war.

Selbst denen, so hatte Marthe in einem der Streits behauptet, ginge es inzwischen besser als ihnen, die sich nichts leisten konnten, immer weiter den harten Existenzkampf führen mussten und ihren Kindern nichts bieten konnten.

Auch Wilhelm war oft zornig auf seinen Vater gewesen. Irgendwie enttäuscht. Andere Väter waren tüchtiger, anderen Söhnen ging es besser. Da musste man nicht mal Dr. Karlsberg, den Richter, nehmen, der im ersten Stock wohnte. Der fuhr einen Opel Rekord, einen schwarzen imposanten Wagen, wo das Reserverad sichtbar vorn angebracht war. Der war, das hatte Marthe verächtlich erklärt, unter Hitler auch schon

Richter gewesen. Aber das spielte offenbar keine Rolle. Dessen Kinder, Ansgar und Hartmut, waren in Wilhelms und Peters Alter.

Wilhelm wusste, dass Dr. Karlsberg seine Frau und seine Wohnung im Krieg verloren hatte, und das hatte sein Mitleid geweckt, als er es zum ersten Mal gehört hatte. Inzwischen allerdings war er nur noch neidisch. Der Mann sollte sogar nach dem Krieg kurz im Gefängnis gesessen haben, aber danach hatte er sich die schöne Frau genommen, die heute Frau Dr. Karlsberg genannt wurde, und bekam zwei dickliche Knaben, die Wilhelm mit einem hässlichen im Magen ziehenden Gefühl beneidete. Er wusste, dass seine Mutter auch Frau Karlsberg beneidete, auch wenn sie es nicht sagte, aber er sah es ihr an, wenn sie mit zusammengekniffenem Mund sagte: »Die Schickse hat schon wieder einen neuen Pelz.« Die Söhne bekamen alles an Spielsachen, was grade auf den Markt kam, und sie führten es auf der Straße vor, wo die Wolkenrath-Söhne es bestaunten und manchmal anfassen durften. So kurvte Ansgar, der Ältere, bereits wie ein Rennfahrer mit seinem blitzenden Fahrrad durch die Straßen, als Wilhelm noch stolz seinen Roller mit den dicken Gummireifen mit Fußtritten in atemberaubende Geschwindigkeit versetzte. Hartmut, der Jüngere, kickte bereits einen echten Lederfußball und tat so, als wäre er Rahn und schösse das Weltmeistertor. Selbstverständlich besaßen die Karlsbergs einen Fernseher und einen Kühlschrank. Marthe hatte ihren Söhnen bei Androhung der Todesstrafe verboten, darum zu betteln, dort fernsehen zu dürfen. »Wenn in dieser Familie ferngesehen wird, besuchen wir die Tanten in der Kippingstraße«, hatte sie kategorisch bestimmt, und ein Besuch in der Kippingstraße wurde so zu einem großartigen Ereignis.

Die Eltern erhoben sich mit Bewegungen, so schleppend, als wären sie schwerkrank, und gingen in unterschiedlichen Richtungen in die Wohnung davon. Mist, dachte Wilhelm. Passiert mir immer wieder. Ich hab an was anderes gedacht. Jetzt weiß ich nicht, was los ist.

Den ganzen Nachmittag über wartete er darauf, dass seine Mutter sagte: »Los, Jungs, packen, wir fahren zur Oma.« Aber es geschah nicht. Wilhelm nahm sich fest vor, am Abend nicht einzuschlafen und zu horchen, was bei den Eltern geschah. Aber er hatte in der vergangenen Nacht so wenig geschlafen, dass er todmüde sofort in Schlaf fiel, sobald er im Bett lag.

Am kommenden Morgen wurde er von einem ängstlichen Kloß im Bauch geweckt.

# 18

Dritter fürchtete, das Glück habe sich auf immer von ihm verabschiedet.

»Ich halte es nicht mehr aus«, hatte sie gesagt. Und im Gegensatz zu den Streitigkeiten in den vergangenen Wochen, die Marthe besonders gern angezettelt hatte, wenn er angeschickert und betont fröhlich von seinen Kneipentouren kam, die »doch der Akquise dienen«, wie er gern beteuerte, bei denen sie geschrien und geweint hatte, klang das nun ganz leise. Die Sätze waren auch nicht aus ihr herausgeplatzt wie zuvor. Kühl und leise hatte sie gesagt: »Ich halte es nicht mehr aus! Ich glaube, es ist besser, wir trennen uns. Ich gehe zu meiner Mutter, die kann auf die Jungs aufpassen, und ich suche mir eine Stelle.«

Bis jetzt hatte es noch nie in seinem Leben eine Zeit gegeben, in der er seinen Mut völlig verloren hatte. Selbst im Gefängnis hatte er nach dem ersten Schock sich wieder aufgerappelt, hatte Beziehungen geknüpft, eruiert, wie er sich Vorteile bei den Wärtern verschaffen konnte, und hatte sich unter den Mitgefangenen diskret umgesehen, wer von denen ihm hilfreich sein konnte, wenn er nach vier Jahren wieder in Freiheit wäre. Nun, was sich denn so Freiheit nannte, eben die Freiheit, in der er sich vor seinem eigenen Bruder und dem Mann seiner Schwester in Acht zu nehmen hatte. Selbst damals hatte es einen Lichtpunkt am Horizont gegeben, nämlich seine Entlassung. Und er war völlig sicher gewesen, dass er von diesem Zeitpunkt an wieder auf die Beine kommen würde. Darauf hatte er bereits im Gefängnis hingearbeitet, und es hatte ja auch geklappt.

Selbst nach den Toden seiner beiden Söhne, die ihn arg mitgenommen hatten, ja, noch während der Verlust und die Angst um Marthes Verstand Fäuste um sein Herz gepresst hatten, wusste er, dass auch diese Zeit vorübergehen würde. So war es immer gewesen. Er hatte deprimierende scheußliche Dinge erlebt, aber die hatten ihm nicht seine Zuversicht auf eine bessere Zukunft geraubt. Er hatte immer auf sich selbst vertraut, seine Raffinesse, seinen Charme, sein Glück. Das war jetzt wie weggeblasen.

Vielleicht war dieses Vertrauen in den vergangenen Wochen schon gebröckelt, aber da hatte er es nicht gemerkt. Er hatte das wenige Geld, das er in den Kneipen verdiente, dort sofort wieder ausgegeben. Nach einigen Bier und Kurzen hatte er regelmäßig zu seiner alten Form zurückgefunden, allerdings benötigte er dafür die Bekanntschaften in der Kneipe, die keine Fragen stellten.

Am Morgen nach ihrer Ankündigung hatte Marthe ihren Plan zwar nicht in die Tat umgesetzt, wie Dritter befürchtet hatte, aus irgendeinem Grund war sie dageblieben, aber sie war still, in sich versunken gewesen, hatte vor Dritter am Tisch gesessen, mit ihm Kaffee getrunken, hatte von Zeit zu Zeit ihre Absicht wiederholt. Er war um sie herumgeschlichen, mit dieser Unruhe wie der Sibirische Tiger im Zoo, den es hin und her treibt ohne Aussicht auf Entkommen.

Sie hat sich alles genau überlegt. Diese Erkenntnis drang im Laufe des Tages in ihn hinein wie ein Parasit, der allmählich die Herrschaft über den Körper übernimmt. Dritters Erkenntnis, dass er einen nicht wiedergutzumachenden Fehler begangen hatte, indem er Marthe zu lange mit ihren Problemen alleingelassen hatte, drang nicht nur in seinen Kopf, sie schmerzte im ganzen Körper.

In den letzten Wochen hatte sie ihn mit Klagen verfolgt. Es hatte keinen Tag gegeben, wo sie sich nicht beschwert hatte. Er konnte nicht behaupten, dass dieses Ende aus heiterem Himmel kam. Aber er hatte ihre Klagen nicht hören wollen, er hatte sie innerlich abgewehrt, mit Worten, die ihm angemessen erschienen: Meckerziege, hysterisch, Klageweib, unersättlich in ihrem Luxusstreben. Sie hatte ihm in besonders larmoyantem Ton Vorwürfe gemacht, wenn er ohne Geld, aber mit Alkoholfahne und einer reduzierten Menge an Würstchen und Ochsenschwanzsuppe von seiner Tour zurückkehrte, zu der er besonders gern Wilhelm mitnahm, der oftmals, wenn sie erst spät zurückkehrten, blass und übermüdet aussah, sich aber nicht beklagte, weil er so einen Grund dafür hatte, seine Hausaufgaben nicht zu machen. Auch hierüber war Marthe mehrfach in lauten Zorn ausgebrochen und hatte ihm verboten, den Jungen weiter mitzunehmen.

Jetzt allerdings war sie ruhig. Kurz bevor sie an diesem Abend ins Bett ging, hatte sie die Hände ineinander verschränkt, als wolle sie beten, hatte vor ihm gestanden mit gereckter Brust und durchgedrückten Knien. »Es ist auch für mich schwer«, hatte sie gesagt. »Aber ich gehe.«

In Dritters Magen schob sich die Angst wie ein schwerer Stein. Er erinnerte sich an keine Situation, in der er es nicht fertiggebracht hatte, einen Ton von sich zu geben. Jetzt aber war es so.

Stumm schaute er Marthe an, deren blasse graue Augen funkelten, als tose in ihr ein Orkan. »Ich habe alles vorbereitet«, sagte sie mit einer Kälte, die den Orkan in ihren Augen Lügen strafen wollte. »Meine Mutter ist einverstanden, in Cuxhaven gibt es auch Schulen, und ich werde Arbeit finden, daran gibt es keinen Zweifel. Außerdem kriegt meine Mutter eine Rente, wenn alle Stricke reißen, kann sie mir damit eine Weile über die Runden helfen.« Sie schaute ihn an, als erwarte sie Widerspruch. Aber er brachte kein Wort heraus. »Es ist alles besprochen und geplant«, verkündete sie. »Gib dir keine Mühe, mich davon abzuhalten.« Sie drehte sich um und begab sich hinter den Vorhang in ihr abgeteiltes Schlafzimmer. Dritter hörte, wie sie sich entkleidete und ins Bett legte. Er wagte nicht, ihr zu folgen. Er fühlte sich, als hätte ihm jemand die Füße unter dem Körper weggezogen. Nun war er hart auf den Boden der Realität geknallt.

Eine Weile stand er verloren im Wohnzimmer, dann schleppte er sich zur Haustür, öffnete sie, wofür er eine Kraft benötigte, als sei sie aus Eisen, und trottete auf die Straße. Draußen hielt er inne. Wohin gehen? Es gab keine Richtung mehr, wenn Marthe und die Kinder aus seinem Leben verschwanden. Er war fast sechzig Jahre alt. Da war ein Neuanfang kaum noch möglich.

Er blickte zu den erleuchteten Fenstern im ersten Stock. Musste man Nazi sein wie Dr. Karlsbad da oben, um es im Leben zu schaffen, fragte er sich bitter. Aber ihm schwante, dass er auch mit diesem Gedanken nur wieder vor der eigenen Wahrheit davonlief. Doch wie lautete die Wahrheit? Er bekam sie in seinem wirren Kopf nicht zu fassen. Er hatte viel Glück gehabt. Ihm war vieles leichtgemacht worden. Er hatte irgendetwas nicht gelernt, was er jetzt brauchte. Aber was war das?

Was für eine kluge Frau Marthe war. Sie hatte beobachtet, wie es mit ihm langsam bergab ging, hatte sich auf ihre Jugend und Fähigkeiten besonnen und sich in Gedanken ein Leben zurechtgebastelt, in dem sie ohne ihn besser zurechtkäme. Sie war in der Lage zu arbeiten, sie war eine gutausgebildete Frau, die mehrere Sprachen beherrschte. Und ihre Mutter erhielt eine Rente, die half, wenn es hart auf hart kam.

Schwerfällig wie ein Greis stapfte er die Johnsallee entlang. Rechts und links standen schöne Häuser, alles war ein wenig größer und großartiger als in der Kippingstraße, aber es ähnelte einander. Er wäre jetzt gern bei seinen Schwestern, aber er traute sich nicht, den Weg dorthin einzuschlagen. Sie würden ihn nicht bemitleiden, das wusste er. Sie würden ihm ordentlich den Kopf waschen. Sie würden ihn nicht schonen. Er wusste, dass das eigentlich gut für ihn wäre, dass es ihm vielleicht sogar helfen würde, aber er brachte es nicht fertig, seine Schritte dorthin zu lenken.

Die Straßenlaternen sprühten gelbes Licht in die düstere feuchte Novembernacht. Bald ist Weihnachten, fuhr es Dritter durch den Kopf, das halte ich nicht aus ohne meine Familie. Er stapfte weiter. Die Feuchtigkeit kroch durch seine Jacke. Er hatte sich zu dünn angezogen. Die Bäume trugen kein Laub mehr, auch sie waren traurig, wie sie sich dunkel und einsam dem Nachthimmel entgegenreckten.

Dritter spannte die Muskeln an. Ich laufe nicht nach Hause zurück, nur weil mir kalt ist, schwor er sich. Ich bin zwar ziemlich alt, aber ich hab immer noch Mumm, ich geb nicht auf, nicht hier gegen die Kälte und auch nicht gegen Marthes Trennungsentschluss. Ich werde es nicht zulassen! Er ballte die Fäuste.

Plötzlich, wie eine Erscheinung, erblickte Dritter eine Perspektive am Horizont. Sofort fühlte er sich nicht mehr völlig ohnmächtig und trostlos. Ja, er besaß Qualitäten, zum Beispiel dass er in der Lage gewesen war, sich eine so kluge Frau wie Marthe zu angeln. Und auch in seinem Kopf war nicht nur Stroh, er war schließlich in der Lage gewesen, sich dieses Haus anzueignen. Er musste jetzt nur eins und eins zusammenzählen und Marthe das Ergebnis so plausibel mitteilen, dass sie gar nicht anders konnte. Mit müden Beinen lief er einmal um den Block, ohne jedoch etwas von seiner Umgebung wahrzunehmen. Seine ganze Energie war darauf gerichtet, einen Plan zu schmieden.

Er suchte in seinem Kopf nach einer Perspektive, die er Marthe offerieren konnte. Es war, als rase er durch seine Gehirnwindungen auf der Suche nach irgendeinem Anhaltspunkt, womit er ihr Sicherheit verschaffen konnte. Er ging die Stellenanzeigen durch, die er sich heimlich in den vergangenen Wochen angeschaut hatte. Er horchte nach Sätzen, die er aufgeschnappt hatte. Wo einer gerade eingestellt worden war. Die Arbeitslosigkeit schwand Tag für Tag wie der harte Frost im vergangenen Winter. Da drang die sachliche Stimme eines Rundfunksprechers in sein Gehirn. Er straffte sich. Das war es. Das brauchte keine Anlaufzeit, keine Bewerbung, da musste er sie nicht vertrösten, das konnte er sofort tun. Er hörte die Stimme wieder. Ja, schon am kommenden Morgen. Mit federndem Schritt kehrte er zu seinem Haus zurück. Es lag dunkel vor ihm. Auch das Licht im ersten Stock war verlöscht. Aber in ihm hatte sich ein kleiner Funken der Hoffnung entzündet.

Als er sich ins Bett legte, versetzte es ihm einen Stich zu sehen, wie weit Marthe sich auf ihre Seite gelegt hatte; beinahe fiel sie aus dem Bett. Vorsichtig schlüpfte er unter seine Decke, und kaum lag er, schlief er auch schon. Er wachte von einem leisen, doch irgendwie durchdringenden Geräusch auf. Benommen horchte er in den Raum, da vernahm er es, es war das Geräusch unterdrückten Schluchzens. Sofort fiel ihm alles wieder ein. Er horchte in sich hinein, ob sich nun die Faust wieder um sein Herz krampfte, aber er fühlte nichts. Marthe schluchzte zum Steinerweichen, und er fühlte nichts. Er war wie taub. Aber sein Kopf begann zu rattern. Er musste etwas tun, und zwar das Richtige. Einfach vortäuschen, er schliefe weiter und habe nichts gehört, wäre vielleicht der bequemste Weg, aber es war ja gerade seine Bequemlichkeit, die ihn in diese bedrohliche Situation gebracht hatte. Sein Plan war, Marthe umzustimmen. Da musste er jede Chance ergreifen.

Er erinnerte sich, wie er früher Frauen rumgekriegt hatte. Umarmen, sagte er sich. Umarmen und trösten und nicht widersprechen. Er rutschte also näher zu Marthe, bis er halb in der Besucherritze, halb auf ihrer Matratze lag, umschlang sie und hielt sie fest. Sie hörte augenblicklich auf zu weinen und wurde steif in seinen Armen. Aber er ließ sich nicht beirren. Er hielt sie einfach weiter fest, und als sie nach einer Weile wieder zu weinen begann, diesmal nicht unterdrückt, sondern laut und verzweifelt, verstärkte er leicht seinen Druck, damit sie seine Kraft spüren sollte, und wiegte sie zart. Zwischen Schluchzern stieß sie aus: »Du hast mich so an der Nase rumgeführt, du hast mich in die Irre gelockt, du hast mich in ein Gefängnis mit Kindern und leeren Versprechungen gesperrt, ich hasse dich.« Aber sie machte sich nicht aus seinen Armen frei. Das konstatierte er zufrieden. Was jetzt sagen, fragte er sich, das ihn seinem Ziel näherbringen konnte. Er umschlang sie noch fester und gestand mit belegter Zunge: »Ich war dir ein schlechter Mann, meine liebe Marthe, ich muss dich um Verzeihung bitten.« Er merkte, wie sie stutzte, wie das Schluchzen unterbrach. Hastig befreite sie sich aus seinen Armen, drehte sich um und schubste ihn weg. »Glaub nicht, dass du mich diesmal wieder eingefangen kriegst«, stieß sie hervor. Aber Dritter merkte, dass ihre Sicherheit ins Wanken geraten war. Er streichelte ihr sanft über die feuchte Wange. »Meine liebste Marthe, meine geliebte Frau, ich kann dich besser verstehen, als du denkst. Ich glaube, du hast entsetzlich unter mir gelitten, das bringt mich um. Aber ich kann dich nur um Verzeihung bitten.« Seine Stimme war süß und sanft wie flüssiger Honig. Marthe schloss die Augen und drehte sich wieder auf die andere Seite. Dritter spannte alle Aufmerksamkeit an, die er in dieser Nachtstunde aufbringen konnte. Was würde jetzt geschehen? Sollte er sie wieder umfangen? Oder sollte er jetzt einfach abwarten. Da hörte er, wie sich ihr Atem veränderte. Er wurde ruhiger, nur manchmal noch erschütterte ein Seufzer ihre Brust. Dann war sie eingeschlafen. Dritter war recht zufrieden mit sich. Zugleich wusste er, dass er, um einen Sieg zu erringen, noch einiges vor sich hatte. Kurze Zeit später schlief auch er ein.

Genau wie er es geplant hatte, wurde Dritter um 4.00 Uhr wach. Er verschwendete keinen Gedanken an seine Müdigkeit. Leise verließ er das Schlafzimmer, warf sich in robuste Arbeitskleidung und verließ das Haus, um sich zum Baumwall zu begeben. Dort befand sich die Anheuerungsstelle für Schauerleute. Die Stimme, die er in der vergangenen Nacht vernommen hatte, war diejenige, die fast täglich im Radio offene Stellen für Schauerleute durchgab. Er hatte letzte Nacht beschlossen, mit dem Würstchenverkauf aufzuhören und sich am Hafen zu verdingen, um Schiffe zu be- und entladen oder sonstige Arbeiten zu tun, die am Hafen anfielen.

Bis 6.00 Uhr morgens musste er in der Vermittlungsstelle für Hafenarbeit sein, um eine Arbeit zu bekommen. Das wusste er, denn er hatte sich vor einem Monat schon einmal mit diesem Gedanken beschäftigt. Damals hatte er ihn schnell weit von sich gewiesen. Er war sechzig, das war zu alt für die schwere Arbeit am Hafen.

Die Vermittlungsstelle lag in einer großen Halle im Erdgeschoss eines Hauses in der Nähe vom U-Bahnhof Baumwall. Vor den gelb gekachelten Wänden standen einfache Holzbänke. In der Ecke des Raumes war eine Art Schalter abgeteilt, hinter Glas mit einer Durchreiche. Dort gab Dritter seine Steuerkarte ab. Er beobachtete, wie seine Karte auf einen großen Stapel gelegt wurde, und es war ihm klar, dass dieser später in umgekehrter Reihenfolge abgearbeitet werden würde.

Danach warteten alle darauf, aufgerufen zu werden. Der Saal war voll mit Arbeitswilligen, die herumstanden und rauchten. Ein Arbeiter in der üblichen Arbeitskluft, braune Hosen, braunes Hemd, Wetterjacke drüber, auf dem Kopf die Schiebermütze, im Mundwinkel eine Zigarette, kam zu ihm und reichte ihm die Hand. »Fritz, bis neu, oder? Ick heff di noch nich seyn.« Dritter zögerte kurz, dann schlug er ein: »Alex. Jo, ick bün neu.« Fritz erzählte ihm, dass die Wartezeit manchmal über eine Stunde dauere. Wenn es wenig Arbeit gab, auch länger. Wenn es viel Arbeit gab, gerade viele Schiffe ankamen, wurde schon morgens im Radio angekündigt, dass heute im Hamburger Hafen Arbeitskräfte benötigt würden und man sich bei den Vermittlungsstellen melden sollte. Manchmal wurden ganze Busladungen mit Aushilfskräften angekarrt.

Dritters Aufmerksamkeit war angespannt. Er beobachtete alles, was hier vorging. Wenn Aufträge eingingen, wurde die entsprechende Anzahl Steuerkarten vom Stapel genommen, und jemand schrie die Namen laut durch den Saal. Es wurde der Name des Schuppens genannt, der Schiffsname, und wann man sich dort einzufinden hatte. Die Art der Ladung wurde genannt, Baumwolle, Erdnüsse, Fischmehl. Manchmal der Name der Barkasse, die zu der beauftragenden Firma gehörte und direkt zum Schiff fuhr, manchmal mussten die Schauerleute aber auch die öffentlichen Hafenfähren nehmen. Es war möglich, die Arbeit abzulehnen. Die meisten nahmen, was kam. Viele schienen diese Art Arbeit ständig zu machen. Fritz erklärte ihm, dass die Arbeitswerkzeuge, Handschuhe, Haken, Messer und so weiter auf den Schiffen gestellt würden.

Da wurde Dritters Name gerufen. Es ging um Baumwolle. Er gesellte sich sofort zu einer Gruppe von Männern, die ebenfalls aufgerufen worden waren. Erleichtert stellte er fest, dass Fritz zu seiner Gruppe gehörte. Gemeinsam fuhren sie mit der Barkasse, die vor einem Ponton in der Nähe des Baumwalls lag, zum Schiff. Dritter machte alles wie die anderen, unauffällig hielt er sich dicht bei Fritz. Sie meldeten sich beim Vorarbeiter und wurden dort eingewiesen.

Sie befanden sich Schuppen 52. Unten in der Ladeluke eines Frachters sollten sie Baumwolle ausladen. Auf einer Eisenleiter ging es zwanzig Meter hinunter in den Frachtraum. Die Ballen wogen zwei Zentner und waren dicht an dicht gestapelt. Zu zweit mussten sie mit eisernen Haken die Ballen in die Mitte der Ladeluke ziehen und je vier auf einer Palette aufstapeln, dann die Kranseile befestigen. Die Palette wurde vom Kran nach oben gezogen und auf den Kai gestellt.

Fritz hatte es so gedeichselt, dass Dritter und er zusammenarbeiteten. Dritter merkte, wie erfahren Fritz war. Er war bestimmt zwanzig Jahre jünger als Dritter, aber in dieser Situation war er derjenige, der Dritter an die Hand nahm.

Es war unglaubliche Knochenarbeit. Ständig arbeiteten sie unter schwebenden Lasten. Es gab keine Helme oder irgendwelche Sicherheitseinrichtungen. Da gellten plötzlich Schreie durch die Luft, ein Seil war gerissen, Ballen fielen von oben in den Laderaum zurück. Fritz verzog die Augen zu Schlitzen. »Jümmer upn kieview, min Jung«, sagte er ruhig. Dritter nickte angestrengt. Der Laderaum war sehr groß, spärlich beleuchtet, nur von oben fiel etwas Tageslicht herein, irgendwie war es unheimlich. Aber es war keine Zeit, sich mit der Atmosphäre zu beschäftigen. Die Arbeiter um Dritter herum legten sich mächtig ins Zeug, um früh fertig zu werden. Also legte auch er sich mächtig ins Zeug.

Am Abend kehrte er mit 60 Mark in der Tasche nach Hause zurück. Seine Knie waren so weich, dass er meinte, sich auf dem Weg vom Bahnhof Hoheluftchaussee nach Hause einfach auf den Bürgersteig legen und ausruhen zu müssen. Aber er hielt durch. Marthe erwartete ihn mit rotgeweinten Augen. »Wo warst du?«, schrie sie. Er zog das Geld hervor und legte es in ihre Hand. »Im Hafen«, sagte er matt, aber auch stolz. »Ich bin jetzt Schauermann, die restlichen Würstchen essen wir selbst, dann ist Schluss damit.« Sie sah ihn entsetzt an. »Schauermann?«

Dritter bat darum, sich erst mal waschen zu dürfen, danach wolle er Marthe seinen Plan unterbreiten. Sie nickte nur. Er merkte freilich, dass sie unter ihrer Wut sanft wie ein Kätzchen war. Sie hat sich Sorgen um mich gemacht, dachte er zufrieden. Sie hat gedacht, ich bringe mich um.

Als er aus der Waschküche wieder hochkam, hatte sie ihm einen Tisch gedeckt mit Brot und Würstchen und einem Teller Ochsenschwanzsuppe. Dritters Knochen schmerzten so sehr, dass er meinte, kaum den Arm heben zu können, um den Löffel zum Mund zu führen.

Er schlang das Essen in sich hinein. Die anderen Arbeiter hatten sich etwas zu essen mitgenommen und es in der Mittagspause mit einem Glas Milch verzehrt, er hatte sich auf das Glas Milch beschränken müssen. Marthe, ihm gegenüber am Tisch, schaute ihm zu. Nach dem letzten Bissen wischte er sich den Mund ab und sagte bedächtig: »Ich will dich nicht verlieren, Marthe. Von nun an wird alles anders. Ich verspreche es dir. Ich gehe als Schauermann arbeiten, bis ich etwas Besseres finde. Mit dem Geld kann ich unsere Familie sogar ernähren. Aber zu deiner Sicherheit und für die Kinder finde ich es gut, wenn du auch arbeiten gehst. In Hamburg findest du leichter was im Im- und Export mit deinen Sprachen als in Cuxhaven, das weißt du selbst. Und dann hab ich mir überlegt, dass deine Mutter zu uns kommen sollte, um auf die Jungs aufzupassen, wenn wir beide arbeiten gehen.« Dass deren Rente ihnen eine zusätzliche Sicherheit bieten würde, behielt er für sich. Das konnte Marthe sich selbst ausrechnen.

Sie sah ihn mit offenem Mund an. Eine Weile verhakten sich ihre Augen ineinander. Keiner sagte etwas. Da erhob sie sich, holte weit aus und schlug Dritter ihre Hand gegen die Wange. Es knallte so sehr, dass er sich fragte, ob vielleicht sein Trommelfell geplatzt war. Aber trotz des Schmerzes war er froh. Er hatte sie wieder. »Aua«, sagte er und grinste sie schief an. »Was hab ich denn nun schon wieder verbrochen?« »Das weißt du selbst«, erwiderte sie knapp und setzte sich auf ihren Stuhl. Er wusste seit heute, dass er immer noch so stark war wie andere mit vierzig oder sogar dreißig. Er wäre in der Lage, ihr jedes einzelne Knöchelchen zu brechen. Aber er blieb ruhig sitzen, grinste weiter auf diese verlegene Weise, legte sich nicht einmal die Hand an die Wange. Stattdessen reichte er sie ihr über den Tisch und sagte: »Ich liebe dich, Marthe, bleib bei mir.« Sie legte ihre kleinen Hände in die seinen, die rot und voller Blasen waren. »Du Schuft«, seufzte sie, und Tränen liefen über ihre Wangen.

Es dauerte nicht lange, und Dritters Hände hatten Schwielen statt Blasen. Marthe fand eine Stelle als Fremdsprachenkorrespondentin in einem Im- und Exportgeschäft, und ihre Mutter zog zu ihnen, wo sie nachts auf dem Sofa im Wohnzimmer schlief und tags kochte und mit den Jungs schimpfte, wenn sie sich schlecht benahmen.

Dritter ging Morgen für Morgen um 5.00 Uhr los und verrichtete seine Arbeit als Schauermann. Es ging immer um eine bestimmte Menge Ladung, die aus einer Schiffsluke oder einem Frachtraum herauszuschaffen war. Oder ein Schiff musste beladen werden. Beides war kompliziert, arbeitsaufwendig und körperlich fordernd. Ankommende Schiffe bargen in ihren Laderäumen sehr unterschiedliches Frachtgut, das entsprechend verschieden entladen werden musste: Vierzig Kilo schwere Bananenstauden wurden typischerweise über Laufplanken einzeln auf dem Rücken aus den Frachträumen getragen. Dreißig Kilogramm schwere Kaffeesäcke dagegen wurden erst auf Paletten geschichtet, dann über Winden an die Kaianlage gebracht und von dort wieder einzeln weitertransportiert. Wenn die Arbeit erledigt war, konnten die Schauerleute gehen. Die meisten holten dann das Geld ab, das bar ausgezahlt wurde. Es wurde gut bezahlt, für sechs Stunden Arbeit bis zu 80 Mark brutto. Oft war mittags alles fertig.

Dritter arbeitete manchmal an Deck und manchmal unter Deck. Er arbeitete noch ein einziges Mal gemeinsam mit Fritz, und zwar ging es diesmal um Erdnüsse, die aus einem Frachter entladen werden mussten. Zu zweit standen sie oben an der Reling auf einem Holzpodest. Dort war ein großer Trichter angebracht mit einem langen Rohr, das in einer Schute endete, die längsseits unter dem Schiff lag. Es kamen jeweils vier große Säcke von jeweils ungefähr zwei Zentnern aus dem Laderaum und wurden vom Kran auf ihr Podest gestellt. Sie mussten dann die Säcke jeweils zu zweit vor den Trichter stellen. Mit jedem Sack wurden die zwei Zentner schwerer. Sie mussten ihn mit einem sehr scharfen Messer oben aufschneiden, die Säcke hochheben und in den Trichter schütten, so dass der Inhalt von dort in die Schute rutschte.

Anschließend musste die Holzpalette vom Podest genommen werden, weil schon die neue Kranladung einschwenkte. Wie so oft arbeiteten sie auch hier unter schwebenden Lasten. Das exakte Absetzen auf dem Podest gelang nicht immer, die Paletten wurden von den Bordkränen des Schiffes senkrecht nach oben gezogen und dann mit Seilwinden seitlich weggefiert. Es brauchte oft mehrere Versuche, um das Podest zu treffen, manchmal schwenkte die Last über die Reling hinaus oder krachte gegen das Podest. Sie waren ständig auf der Hut, nicht von der Last gestoßen zu werden.

Bei den Manövern rissen Seile, Säcke fielen an Deck oder verschwanden wieder nach unten in der Ladeluke. Alles musste sehr schnell gehen, um die Abläufe nicht zu behindern. Beim Aufschneiden der Säcke rutschte Dritter mit dem Messer ab und verletzte Fritz an der Hand. Dritter entschuldigte sich tausendmal, er suchte nach einem Sanitäter, Fritz' Blut quoll aus der Hand. Aber Fritz schnauzte ihn an, er solle nicht wie ein aufgescheuchtes Huhn herumrennen. Er arbeitete einfach weiter. Dritter musste immer wieder zu dem Blut hinschauen, das Fritz Hemd und Hose beschmutzte. Er bemühte sich redlich, aber er hatte Schwierigkeiten, mit dem Takt mitzuhalten. Alle wollten früh fertig sein und nach Hause.

Da eckte die Palette beim Hochziehen an. Ein Arbeiter quetschte sich die Hand. Er fluchte, schrie, aber dann arbeitete er weiter. Plötzlich zog der Kran zu früh an, wieder Schreien, Fluchen, ein anderer Arbeiter hatte sich die Hand gequetscht.

»Jümmer upn kiewiev!« Das wurde Dritters Leitspruch. Er wollte nicht als Invalide enden. Die ganze Arbeit war eigentlich zu schwer für ihn, die anderen waren um die dreißig, manche jünger, einige älter. Das war das Alter, wo man diese schwere Arbeit machen konnte. Ich bin zu alt für so was, dachte Dritter mehr als einmal. Aber er hielt durch.

Ein anderes Mal war er unten im Laderaum und musste Säcke mit Nüssen, zwei Zentner, mit Haken in die Lukenmitte ziehen und auf Paletten stapeln, jeweils acht, die dann vom Kran auf dem Kai hochgezogen wurden. Die untersten Säcke konnte man noch auf die Palette ziehen, die darüber mussten dann zu zweit draufgesetzt werden, dabei brauchte Dritter schon richtig Kraft. Als er zu langsam war, schrie der Vorarbeiter: »Opa, wird's bald! Dalli, dalli!« Er stand oben an Deck und gab dem Kranführer Zeichen. Davon war alles abhängig, denn der Kranführer konnte nicht in die Luke sehen und folgte nur den Anweisungen.

Die Luken des Frachters waren mit tonnenschweren Stahldeckeln versehen, die zum Entladen nur ein Stück zur Seite gezogen wurden. Da erfasste das Seil des Krans beim seitlichen Schwenken den Deckel und riss ihn aus seiner Schiene. Der Deckel stürzte mit ohrenbetäubenden Lärm in den Laderaum, etwa zwanzig Meter von Dritter entfernt. Wie durch ein Wunder stand gerade keiner darunter. Die Arbeit wurde unterbrochen, der Deckel musste von zwei Kränen wieder nach oben in Position gebracht werden. Eine halbe Stunde unfreiwillige Pause, alle waren nervös und verärgert. Dritter freilich war froh überlebt zu haben und dankbar für die Unterbrechung.

Nach der Arbeit war er körperlich stets am Ende, aber auch irgendwie froh, es geschafft und überstanden zu haben. Er fuhr dann mit den normalen Hafenfähren, die überall im Linienverkehr anlegten, zurück zu den Landungsbrücken und von dort mit der U-Bahn nach Hause. Das Bargeld holte er manchmal erst am folgenden Tag ab. Dann bekam er auch seine Steuerkarte wieder mit entsprechenden Einträgen. Viele der anderen Arbeiter gingen oft hinterher einen trinken, das verbot Dritter sich.

Manchmal arbeitete er auch den ganzen Tag, aber meistens schaffte er das nicht. Einmal entlud er morgens kleine Kartons mit empfindlichen Südfrüchten und meldete sich danach auch für nachmittags, was er jedoch am Abend bereute, denn die Entladung tonnenschwerer Stahlkabel war so schwer für ihn, dass er den folgenden Tag lang Pause einlegen musste, weil er sich einen Hexenschuss zugezogen hatte.

Dritter erzählte Marthe nicht, wie hoch die Unfallgefahr bei dieser Arbeit war. Viele Schauerleute kamen ums Leben, Arbeitsunfälle waren an der Tagesordnung, Dritter ging jeden Tag an die Grenze seiner Kraft. Aber jeden Tag dehnte sich diese Grenze ein Stück weiter aus. Und jeden Tag, den er überstand, empfand er mehr Dankbarkeit für sein Leben. Wenn er nach Hause kam, war Marthe meistens noch nicht da. Also konnte er sich waschen, sauber anziehen und ein paar Stunden ausruhen. Wenn Marthe dann erschien, war er gutgelaunt, aß gemeinsam mit seiner Schwiegermutter, den Kindern und seiner Frau, der er täglich seine Liebe zeigte. Er wusste, dass sie nicht viel von körperlicher Zuneigung hielt, Küsse und Streicheln machten sie nervös, Geschlechtsverkehr, so hatte sie ihm schon vor geraumer Zeit gestanden, hatte sie noch nie besonders erfreut. Aber sie liebte es, wenn er ihr kleine Geschenke machte, wenn er sie zum Essen ausführte, während die Jungs mit der Großmutter zusammen das Abendessen einnahmen, wenn er mit ihr gemeinsam über die Tagesnachrichten sprach. Er war zu all dem bereit, er hatte seine Lektion gelernt. Ohne seine Familie wollte er nicht leben. Und die Sache mit dem Sex schien sich ohnehin erledigt zu haben. Nach der schweren Hafenarbeit war er froh, wenn er abends keine anstrengenden körperlichen Tätigkeiten mehr verrichten musste.

Im November 1956 wurde Alex fünfzehn Jahre alt. Es war ein sehr besonderes Datum für ihn. Hatten bisher seine Eltern dafür gesorgt, dass er einen Haarschnitt erhielt, der einen »anständigen« Eindruck hinterließ – darüber hinaus Sicherheit gegen Läuse bot und außerdem den nächsten Friseurbesuch in zeitliche Ferne rückte –, so entschied Alex am Vortag zu seinem Geburtstag, dass die Haare nun nicht mehr so geschnitten werden müssten, wie seine Mutter und lebhafter noch seine Großmutter das von ihm verlangten.

Alex war im vergangenen Jahr von einem im Klassenvergleich kleinen Knirps – obwohl er zu den Wiederholern gehörte – zu einem jungen Mann geworden, der sich durchaus im oberen Drittel der Größenordnung befand. Die Mädchen warfen ihm sogar mal einen ihrer koketten Blicke zu, die sie, so glaubte Alex, Marilyn Monroe abgeguckt hatten, ein Blick, als würden sie nach hinten schauen, was natürlich nur ging, wenn sie dabei den Kopf so wendeten, dass ihr Anschauungsobjekt ins Visier genommen werden konnte. Manchmal führte das zu komischen Verrenkungen, so beobachtete Alex, der sich ohnehin gern aufs Beobachten verlegte, wenn es brenzlig wurde. Natürlich wurde es immer brenzlig, wenn es um Mädchen ging, denn die waren in der Lage, einen komplett aus der Fassung zu bringen, allein mit diesem Blick aus den Augenwinkeln und diesem angedeuteten Mona-Lisa-Lächeln. Als wären sie nicht vierzehn oder fünfzehn, sondern mindestens zwanzig Jahre alt und unglaublich welt- und vor allem männererfahren.

Von seiner Mutter und Großmutter ließ Alex sich fortan nicht mehr ins Bockshorn jagen. Wochenlang züchtete er sich eine Elvis-Presley-Tolle heran. Das gelang nur, wenn man sie täglich pflegte, die Haare darauf trainierte, den Wirbel zu überwinden, der alles kaputt machte, und sich schmissig über die Stirn zu wellen. Gemeinsam mit seinem Bruder Wilhelm verfolgte Alex alles, was es über Elvis zu erfahren gab. Und natürlich James Dean. Wilhelm war noch verrückter nach ihm, das wusste Alex, weil Wilhelm so verrückt nach Autos war, aber auch er beschäftigte sich sehr mit Jimmy, denn der hatte ihm gezeigt, wie ein richtiger Mann war. Sein eigener Vater versuchte das zwar redlich, aber, so befand Alex, er passte einfach nicht mehr in die heutige Zeit. Sein Vater brüstete sich damit, wie schneidig er reiten konnte und dass man einem Mann die Haltung des Reiters bis zu seinem Tod ansehen könnte, aufrecht, mit kühnem Blick und weiten Schultern. Aber bitte schön, wer ritt denn noch?

James Dean hatte sich im vergangenen Jahr totgefahren, das war zwar bedauerlich, aber auch ungeheuer beeindruckend, denn er hatte das nicht mit einem Fahrrad getan, sondern mit einem Porsche, dem 550 Spyder, er selbst hatte ihn »Little Bastard« genannt. Alex fand zwar, dass dieser Name nicht gerade von literarischer Bildung zeugte, aber er war mit Wilhelm einer Meinung, dass ein Spyder nicht anders genannt werden konnte.

Zum Glück gab es seit August eine neue Zeitschrift. Bislang hatte er sich gemeinsam mit seiner Mutter im *Spiegel* über die Welt informiert, aber nun gab es etwas Eigenes, nur für ihn und seinesgleichen. *BRAVO* hieß die Zeitschrift, der Untertitel lautete »Die Zeitschrift für Film und Fernsehen«, und kostete 50 Pfennig. Ab Dezember 1956 verfolgte Alex gemeinsam mit seinem Bruder Wilhelm in zehn Folgen den Bericht in der *BRAVO*, den Thomas G. Beyl schrieb unter der Überschrift »Ich war Jimmys Freund«. In diesen zehn Folgen erfuhr er alles über James Dean, und er fühlte sich ihm so verbunden wie keinem anderen

Menschen. Jimmy war ebenso unsicher und zerrissen zwischen Enttäuschung, Wut auf die Eltern, Sehnsucht nach Zärtlichkeit und Geborgenheit wie er selbst. Auch Jimmy hatte riesige Schwierigkeiten gehabt, sich in der Welt zurechtzufinden.

Alex sparte auf einen Plattenspieler. Er wollte nicht länger von seiner Mutter abhängig sein, deren Schallplattenspieler im Wohnzimmer stand, sondern einen eigenen neben seinem Bett haben. Weihnachten stand wirklich ein Plattenspieler für ihn unter dem Tannenbaum. Anschließend hörte er die Songs, die ihm gefielen, so lange, bis er jeden Akkord vorhersagen konnte.

Das Heft 13/57 der *BRAVO* erschien am 31. März 1957 mit dem neuen Untertitel »Die Zeitschrift mit dem jungen Herzen« und dem Zusatz »Film, Fernsehen, Schlager«. Der Preis jedoch änderte sich nicht. Wilhelm hatte noch nicht so viel Taschengeld wie er, also überließ Alex dem jüngeren Bruder die Zeitung, wenn er sie ausgelesen hatte. In der *BRAVO* erfuhren sie, ebenso wie vorher über James Dean, intime Details über ihr zweites Idol. »1956 kam Elvis nach Hollywood, um seinen ersten Film *Love Me Tender* zu drehen. Gleich bei seiner Ankunft zeigte er, was er unter Lebensart verstand: Er fuhr mit zwei Cadillacs beim Filmstudio vor – in einem saß er, in dem anderen lag seine Gitarre. Für einen Normalsterblichen – und einen Journalisten im Besonderen – war es nahezu unmöglich, Elvis näher kennenzulernen. Auch meine Begegnung mit Elvis wäre beinahe mit den üblichen Floskeln à la ›It was nice to meet you‹ beendet worden, wenn Elvis nicht beiläufig gefragt hätte: ›Haben Sie zufällig James Dean gekannt, Sir?‹ (Er sprach jedermann, auch Schuhputzer, mit ›Sir‹ an.) Als ich ihm sagte, dass ich mit Sir Dean befreundet war, war Elvis wie verwandelt. Er bat mich, noch am selben Abend in sein Hotel zu kommen, um ihm alles über Jimmy zu erzählen.«

Das war der Beginn einer langjährigen Freundschaft, die es *BRAVO* gestattete, Elvis immer ganz nahe zu sein und Informationen jeweils aus erster Hand und als Erste zu erhalten. Und also waren auch Alex und Wilhelm Elvis ganz nah.

Marthe nannte Elvis wegen seiner charakteristischen Frisur »The Singing Quiff«, Die singende Tolle, was nicht auf ihrem Mist gewachsen war, was sie sich aber gern zu eigen machte. Sie fand den mit seinem Unterleib zuckenden Sänger dégoutant«, was Alex nur umso stärker animierte, für Elvis zu schwärmen. Im Gegensatz zu seinen Freunden musste Alex allerdings nur wenig Konflikte mit seinen Eltern durchstehen. Die arbeiteten und versuchten, endlich am Wirtschaftswunder etwas Anteil zu haben.

Alex' Großmutter allerdings schimpfte, was das Zeug hielt, über die neuen Moden. »Leben wir eigentlich noch in Deutschland oder schon in Amerika?«, fragte sie immer wieder, wenn die Jungs Worte gebrauchten, die ihr völlig unpassend erschienen. Die beiden sprachen – wie alle anderen Jugendlichen – nicht mehr von Steckenpferd, sondern von Hobby, Backfische hießen Teenager, einen Schlager-Erfolg nannten sie Hit, gingen sie ins Kino, sahen sie meistens einen amerikanischen Film. An jeder Ecke sah man »Halbstarke« mit Kaugummis im Mund, die gut gegen Zahnkrankheiten sein sollten, jeder trug Nietenhosen, die so ungeheuer haltbar sein sollten und Jeans genannt wurden. Um den Hals trugen sie, auch Wilhelm und Alex, einen bunten Strick mit einer billigen Messingplakette. Die Großmutter fand die Welt völlig verdreht. Das befeuerte allerdings noch Alex' und Wilhelms Eifer, zu dieser neuen Welt, die aus Amerika stammte, dazuzugehören.

## 19

Dritter brachte täglich ungefähr 60 Mark nach Hause, nur einmal kam er mit leeren Händen, das war, als Fischmehl ausgepackt werden sollte. Da sagte er: »Nee, mach ich nicht«, worauf der Zuständige für die Einweisungen Dritters Karte nach unten legte. Für heute gab es dann keine Arbeit mehr.

»Fischmehl, nee, das geht zu weit«, erklärte er Marthe am Abend. »Den Gestank von Fischmehl kriegst du nie wieder weg, das haftet schlimmer als die Pest. Ich hab die Jungs mal gerochen, als die in der Barkasse von der Fischmehlverladung kamen. Da musste ich passen.«

Marthe verstand ihn, und es war ihr auch nicht mehr so wichtig wie früher. Sie lebte auf, seit sie im Büro einer Firma für Im- und Export von Lebensmittelkonserven arbeitete. Dort waren kultivierte Menschen, sie kleidete sich wieder, wie sie es gewohnt war: weiße Bluse, dunkler enger Rock, schwarze Pumps. Auf dem Kopf ein Hütchen. Nur in seltenen Ausnahmefällen, wenn die Temperatur es verlangte, zog sie ein sommerliches Kleid an. Aber auch darüber trug sie eine Strickjacke.

Dritter fand ebenfalls zu distinguierter Kleidung zurück, sobald er von der Arbeit kam, die er in Arbeiterhosen und Hemd verrichtete. Am Abend trug er Anzug und schwarze Schuhe mit weißer Kappe. Manchmal, wenn sie nicht zu müde waren, rafften Marthe und Dritter sich abends auf und spazierten zur Alster, wo sie in dem kleinen Lokal am Steg ein Alsterwasser tranken.

Drei Monate nach ihrer Auszugsdrohung kaufte Marthe einen Kühlschrank, der in die Waschküche gestellt wurde. Alle Familienmitglieder, besonders aber Wilhelm, gingen auffällig häufig an dem Kühlschrank vorbei, strichen drüber und machten ihn auf. Jedes Mal wieder, wenn Marthe den vor sich hin tuckernden Kühlschrank berührte, stahl sich ein zufriedenes Lächeln auf ihr Gesicht.

Dritter fand zu seiner alten Form zurück. Seine Oberarme gewannen an Umfang, sein Rücken war noch breiter geworden. Er drückte sich vor keiner Arbeit – ausgenommen der Verladung von Fischmehl –, dennoch beabsichtigte er nicht, Schauermann zu bleiben. Er besann sich auf seine verführerischen Qualitäten und stellte sich gut mit einer Dame, die für die Vergabe von Arbeit am Hafen zuständig war. Die Dame war um die fünfzig, sie besaß kein einladendes Äußeres, ihr Hinterteil schwappte bei jedem Schritt auf und ab wie ein prall gefüllter Gummiball, und auf ihrem Kopf thronte ein unansehnlicher kleiner Knoten, gebunden aus dünnem grauen Haar. Die Dame wurde Frollein Anselm genannt, und Dritter erkannte sofort, dass es ein Leichtes sein würde, sie um den Finger zu wickeln, auch wenn sie eine sehr strenge Miene zur Schau trug. Die Schauerleute, besonders diejenigen, die als Tagelöhner arbeiteten wie Dritter, hatten Respekt vor ihr und nahmen die Mütze ab, wenn sie mit ihr sprachen. Dritter hingegen machte ihr kleine Komplimente. »Ihre Bluse ist ausnehmend hübsch. Sie spiegelt die Farbe Ihrer Augen wie das Meer die Sterne«, schwärmte er, und ihr fiel die Kinnlade herunter. »So eine besondere Farbe, ist das jetzt Himmelblau oder schon Türkis?« Sie wand sich und rang sich schließlich ab: »Meine Augen sind blau, die Bluse auch.« Dritter lächelte.

Bald darauf konstatierte er, dass Frollein Anselm neuerdings Lippenstift auftrug, und als er noch ein paar Tage später, inzwischen war es Juli geworden und überall blühten die Sommerblumen, einen kleinen Strauß Blumen überreichte, Biedermeierstrauß hatte die Floristin es genannt, Vergissmeinnicht waren darin und Margeriten und winzige Röschen, errötete Frollein Anselm so niedlich, dass Dritter mit ehrlicher Überzeugung sagte: »Die schönste Blume sind Sie selbst.«

Die Schauerleute, die seine Werbung mitbekamen, grienten sich einen, weil sie wohl dachten, er suche ernsthaft nach einer Frau oder einer Freundin oder er habe etwas übrig für ausladende Hinterteile und hoffe, Frollein Anselm für ein unsittliches Vergnügen zu gewinnen. Gleiches dachte vielleicht auch die Dame selbst, und Dritter sah ihr an, dass sie nicht abgeneigt war, obgleich sie sich gewiss zu schade war für einen Schauermann.

Aber Mitte Juli war schon mal der Dutt gefallen, da kann es nicht ausbleiben, dachte Dritter, dass bald die ganze Festung fällt. Er bewunderte die neue Frisur, als handle es sich um den Eiffelturm, so besonders elegant geformt. »Der Friseur ist ein Künstler«, brach er in Begeisterung aus.

Ende Juli überreichte er ihr ein Billett, auf dem eine Einladung in die Fischbratküche mit anschließender Überraschung vermerkt war. Sie steckte es in ihre Handtasche, ohne einen Blick darauf zu werfen. Dritter hatte die Einladung für den folgenden Abend, einen Freitag, ausgesprochen. Am kommenden Morgen trug Frollein Anselm die Wangenröte wie Rouge. »Ja«, hauchte sie, als Dritter vor ihr stand. »Sieben Uhr, ich bin dann da.« Dritter strahlte, als hätte sie ihm einen Herzenswunsch erfüllt. Und im Grunde hatte sie das ja auch getan.

Am Abend stand er um Viertel vor sieben vor dem Fischrestaurant; er hatte sich den Dreck von der Arbeit von den Händen geschrubbt, sie sollte sehen, dass seine Fingernägel peinlich sauber waren. Zudem trug er seinen besten Anzug, ein weißes Hemd, eine Fliege, seine Schuhe mit den weißen Kappen und einen grauen Filzhut à la Bogart, der ihm eine leichte Verwegenheit verlieh. Da erschien Frollein Anselm. Auch sie war kaum wiederzuerkennen. Ihre blondgetönten Haare lagen in sorgfältig ondulierten Wellen um ihr Gesicht, das sie mit Puder und Lippenstift und sogar bläulicher Farbe auf den Augenlidern ganz reizend herausgeputzt hatte. Dritter wunderte sich, wie hübsch sie in den Wochen geworden war, seit er um sie warb.

Sie trug einen leichten beigen Sommermantel über einem hellblauen Kostüm mit einer Schößchentaille, das herausstrich, dass Frollein Anselm nicht nur über einen opulenten Hintern, sondern eine vergleichsweise schmale Taille und darüber ein recht ansehnliches Dekolleté verfügte. Dritter überlegte, dass jeder Mann im Grunde gut beraten war, sich unter den Frauen eine Unscheinbare zu suchen, denn die war dankbar für jede Zuwendung, und es war wahrscheinlich gar nicht schwer, aus den meisten unscheinbaren Frauen mit Frisur und Schminke und Kleidung und vor allem diesem hoffnungsvollen Glitzern in den Augen ein durchaus anziehendes Geschöpf zu kreieren.

Er machte ihr blumige Komplimente, fragte, ob er ihr seinen Arm anbieten dürfe, und so stolzierten sie ins Lokal, ein ansehnliches älteres Paar. Frollein Anselm zeigte sich ebenfalls angenehm überrascht durch Dritters Verwandlung. Sie betonte: »Ich habe immer gewusst, dass Sie anders sind als die anderen Schauerleute, in Ihnen steckt auch in Arbeiterklamotten ein feiner Herr.« Das ging Dritter runter wie Öl, und einen kurzen Moment vergaß er, dass er das Ganze hier mit einem klaren Ziel veranstaltete. Es tat so gut, eine Frau vor sich zu haben, die nicht den Finger auf den wunden Punkt des eigenen Charakters legte und nicht bis obenhin angefüllt war mit Enttäuschung, sondern einen mit glänzenden Augen voller Hoffnung betrachtete. Es tat so gut, auf diese jungfräuliche Weise gesehen zu werden. Auch ihm schien in diesem Augenblick alles möglich.

Während des Essens, beide hatten sich für Scholle Büsumer Art mit Kartoffelsalat entschieden, gab es keine Sekunde, in der ihre Unterhaltung zu stocken drohte. Sie sprachen über ihre Erfahrungen im Dritten Reich, Frollein Anselm – »Ruth, bitte, nennen Sie mich Ruth« – hatte auch zu jener Zeit am Hafen gearbeitet, auch damals in der Vermittlungsstelle. »Für mich hat sich nicht viel verändert, außer dass ich jetzt keine Angst mehr vor Fliegeralarm haben muss, der war am Hafen besonders schrecklich.« Dritter erzählte von seiner Zeit als freier Unternehmer in Ratekau auf der ehemaligen Flakstation. Dass er dort mit Frau und drei Söhnen gelebt hatte, ließ er geflissentlich unter den Tisch fallen. Anschaulich beschrieb er dieses halb ländlich, halb technisch geprägte Leben, und er selbst war ganz begeistert von dem Bild des wagemutigen Unternehmers, das er vor ihren glänzenden Augen entwarf.

Dann erzählte er ihr von dem Abenteuer, die Cap Arcona zu bergen, und er merkte, wie durch ihren Körper ein Ruck ging. »Cap Arcona?«, hauchte sie. Er befürchtete schon, sie hätte Angehörige gehabt, die auf der Cap Arcona versunken waren, und fände es pietätlos, dass er mit diesem Unglück Geschäfte betrieben hatte, aber da platzte es aus ihr heraus: »Die Cap Arcona lag immer wieder im Hafen, und ich weiß nicht, warum, da lagen ja auch noch andere Schiffe, aber immer wenn die Cap Arcona vor meinen Augen unter der Sonne oder den Wolken auf den Wellen schaukelte oder dümpelte, Alexander, du glaubst es nicht, dann war mir, als spräche ein Freund zu mir.«

Es war das erste Mal, dass sie ihn bei seinem Namen nannte. Er griff über den Tisch und legte behutsam seine schwielige Hand auf ihre kleine mollige Frauenhand. Er fing das angebotene Du auf und gab es ihr mit einer ebenso behutsamen Geste zurück. »Wie schön du das ausdrückst, Ruth«, sagte er mit belegter Stimme.

Er war selbst erstaunt, dass er gar keine Mühe aufwenden musste, um ihr den Hof zu machen, es ging wie von allein, und in der ganzen Schmierenkomödie war er vollkommen echt. Ruth Anselm entzückte ihn wirklich. Er empfand das ehrliche Bedürfnis, ihr von der Verschrottung der Cap Arcona zu erzählen, bei der einer der Taucher gestorben war, bei der sich manches so viel schwieriger gestaltet hatte, als er bei der Akquise des Auftrags erwartet hatte. Er hatte alles gegeben, seine Fähigkeit, eine komplizierte Aktion zu leiten, und auch seine Fähigkeit, in den schwierigen Zeiten unmittelbar nach dem Krieg Sachen aufzutreiben, seien es Geräte, Fahrzeuge oder kompetente Menschen.

Gebannt hingen ihre Augen an ihm, sie wollte alles wissen, noch nie hatte er einem Menschen so umfangreich von der Verschrottung dieses Unglücksschiffes erzählt, die auch ihn ins Unglück getrieben hatte. Er hatte investiert, er hatte Löhne zu bezahlen, er hatte sich die Schweißgeräte von der Firma geliehen, für die er als Subunternehmer gearbeitet hatte. Und dann war er nicht bezahlt worden. Die Firma hatte den Leihpreis für die Schweißgeräte fast komplett mit seinem Verdienst verrechnet.

Er verschwieg, dass es bei der ganzen Aktion auch von seiner Seite Unregelmäßigkeiten gegeben hatte, weil mancher Schrott nicht dahin gelangt war, wo er von Rechts wegen hätte hingelangen sollen, und dass das Ergebnis etwas weniger lukrativ für die Firma Dahmen gewesen war, als sie erwartet hatte. Er verschwieg auch, dass am Ende durchaus noch etwas für ihn übrig geblieben war, allerdings nicht so viel, wie er gebraucht hatte, um andere Verpflichtungen zu erfüllen. Er beschrieb das Ganze dramatisch als das traurige Ende seiner Herdfabrik in Ratekau, in die er mit dem Ertrag der Verschrottung hatte investieren wollen.

Ruth Anselm hatte Tränen in den Augen. Nun war sie es, die ihre

Hand auf die seine legte. »Alexander, wir sind alle durch schwierige Zeiten gegangen, du wirst wieder auf die Beine kommen.« Dahin hatte er sie haben wollen. So hatte er es geplant. Jetzt allerdings kostete er jede Sekunde aus, so gut tat ihm ihr frisches unbelastetes Vertrauen in ihn.

Von Marthe hatte er damals nur schmallippige Vorwürfe gehört. Er hätte den Vertrag mit Dahmen genauer lesen sollen. Er hätte nicht immer nur bei Cognac Pläne schmieden und hinterher schweißige Händedrücke austauschen, sondern klare Geschäfte vereinbaren sollen. Marthe hatte ihm für alles die Schuld gegeben. Auch dafür, dass er immer mehr in die Lage gerutscht war, ein Loch zu stopfen, indem er ein anderes aufriss. Er war damals sehr allein gewesen, eigentlich bis heute, das merkte er jetzt. »Wie gut mir deine Anteilnahme tut«, murmelte er. Er blickte auf den Tisch, auf dem sich ihre Teller mit den abgeknabberten Gräten berührten. In diesem Augenblick schien ihm alles möglich. Warum sollte er sich nicht dieser Hoffnung, diesem runden weichen Körper, diesen glänzenden Augen, diesem Mund, der nun nach dem Essen nicht mehr geschminkt, aber dennoch weich und bereit war, warum sollte er sich nicht all dem hingeben, darin versinken und neu auferstehen. Warum sollte er nicht neu beginnen?

Marthe tauchte ganz hinten in diesem leuchtenden Bild als die Frau auf, die im Grunde froh wäre, wenn sie von all dem Dunklen ihres Zusammenlebens endlich befreit wäre. Auch sie könnte noch einmal von vorn beginnen, ja, sogar leichter als er mit seinen sechzig Jahren.

»Wollen wir tanzen gehen?«, fragte er. Ruth Anselm nickte. Dritter zahlte, rief draußen nach einem Taxi und fuhr mit ihr zur Reeperbahn, wo das *Chérie* unlängst neu eröffnet hatte, ein Tanzlokal.

Ein Orchester aus Klavier, Gitarre, Schlagzeug, Bass und einem Sänger spielte zum Tanz auf. Dritter hatte immer schon gern und auch gut getanzt. Es gab keinen Rhythmus, zu dem er sich nicht bewegen konnte. Er freute sich auf den Abend. Was nun aber geschah, hatte er nicht erwartet.

Sie betraten das Etablissement, in dem in der Mitte auf der Tanzfläche viele Paare sich Arm in Arm bewegten. Um die Tanzfläche standen Tische unterschiedlicher Größe und darum Stühle oder auch Sessel und sogar Sofas. Von den Decken baumelten Kristalllüster, die den Raum allerdings nur in schummrig gelbes Licht tauchten. Plötzlich wurde Dritter überflutet von Gefühlen. Der Duft nach Zigaretten, Zigarren und Frauenparfüm, Rasierwasser und gewienerten Schuhen, nach ondulierten Haaren und gestärkten Hemden, ein Gemisch aus Laster, Lust, Leichtigkeit und Lohn für all die da draußen zu tragende Last erregte ihn, weckte in ihm ein Kaleidoskop von Erinnerungen, die sich wie ein Karussell aus Bildern in seinem Kopf drehten und in seinem Körper eine unbändige Lebenslust entfachten.

Ruth Anselm stand dort, wo man den ganzen Raum überblicken konnte, als wäre sie zur Salzsäule erstarrt. Da riss er sich aus seinem Gefühlswirrwar und besann sich auf seine Aufgabe als Kavalier.

Er half ihr aus dem Mantel, gab ihren und seinen Mantel bei der Garderobe ab und kehrte zu ihr zurück, die immer noch auf dem gleichen Fleck verharrte. Er berührte leicht ihren Arm. »Ruth?«, fragte er vorsichtig und spürte Angst in sich aufsteigen, es könnte ihr hier nicht gefallen. Einen Moment lang sah er die Schäbigkeit vieler Anzüge, die harten abgearbeiteten Gesichter vieler Frauen, das fast stampfende Wollen, mit jedem Tanzschritt der Härte des Alltags zu entfliehen. Da wandte sie ihm ihren Blick zu, so verklärt, wie ihn schon lange keine Frau angeschaut hatte.

»Ich freue mich so«, flüsterte sie. »Es ist so schön hier.« Sofort verwandelte sich der Raum auch für ihn wieder in den magischen Ort, wo alle Wünsche wahr werden konnten. Dritter straffte seine Brust und führte seine Dame zu einem freien Tisch für zwei, von wo sie die Tanzfläche überblicken konnten. Er bestellte eine Flasche deutschen Sekt und freute sich, als Ruth kicherte, weil der in ihrer Nase kitzelte.

Er führte sie zur Tanzfläche und verwandelte sich in den jungen Mann, der mit seiner schönen Schwester Stella in den einschlägigen Lokalen Hamburgs während der Zwanzigerjahre das Paar gewesen war, zu dem alle neidisch oder bewundernd hinschauten. Seltsamerweise tauchten in ihm nur Erinnerungen an den Mann auf, der er vor seiner Gefängniszeit gewesen war. Alles, was danach gekommen war, das Werben um Marthe, auch beim Tanz, blieb stumm in ihm, und während er Ruth umfasste und mit seinem Körper zu ihr hinspürte, wie sie war, was sie einem Mann zu geben hatte und was sie brauchte, um sich seinen Armen, seiner Führung, seinem Wollen hinzugeben, begriff er plötzlich, und es schmerzte auf eine Weise in seiner Brust, dass es ihm fast den Atem raubte, dass er mit Marthe noch nie unbeschwert glücklich gewesen war.

Mit Ruth entwickelte sich alles ganz leicht, wie von allein, als hätten sie immer schon miteinander getanzt. Sie war eine kleine Frau mit kleinen Füßen. Auf ihren hochhackigen Schuhen reichte sie ihm, der auch nicht zu den größten Männern gehörte, gerade bis zur Nasenspitze. Ihr enger Rock zwang sie und damit Dritter zu kleinen Schritten, und das wiederum machte es ihm leicht, auf der vollen Tanzfläche zu einem Tanz zu finden, der weniger durch ausladende Schritte, als durch Bewegungen der Schultern und des Beckens geprägt war. Er hatte nicht erwartet, dass sie sich so weich seiner Brust anschmiegen und nicht nur einmal sein Becken so berühren würde, dass sie sein steifes Glied streifte.

Sie tanzten bis zum Morgengrauen, als die Musiker ihre Instrumente einpackten. Da rief Dritter abermals ein Taxi und fragte Ruth nach ihrer Adresse. Ihre beseelten Augen bekamen einen ängstlichen Ausdruck. Er lächelte, gab ihr einen zarten Kuss auf den Mund und drückte dem Fahrer das Geld in die Hand, nachdem der ihm den Preis für die Fahrt genannt hatte. »Dieser Abend war der schönste seit zwanzig Jahren. Tausend Dank«, sagte er, bevor er die Tür zuschlug. Er hatte es ehrlich gemeint, und es war nicht nur Geschick, dass er sie einer Antwort enthob. Er fühlte sich wirklich reich beschenkt von Ruth Anselm.

Er ging zu Fuß nach Hause, wo er seine Kleidung sorgfältig über einen stummen Diener hängte, sich gründlich wusch und die Zähne putzte, als wolle er nicht, dass irgendetwas von Ruth in Berührung kam mit seinem Leben in der Johnsallee. Am frühen Morgen nach zwei Stunden Schlaf stand er leise auf, um die schlafende Marthe nicht zu stören, und holte Brötchen vom Bäcker. Noch bevor seine Schwiegermutter aufstand, deckte er den Tisch, dann weckte er seine Frau mit einer Tasse anständigen Bohnenkaffees, den sie sich leisten konnten, seit beide arbeiteten. »Du bist spät gekommen«, murmelte sie schlaftrunken. Er nickte. »Ja, ich musste das Aschenputtel vom Dienst bezirzen.« Sie schlürfte ihren Kaffee, und es schien ihm, als höre sie nur halb zu. Er hatte ihr von seinem Plan erzählt, das unscheinbare Frollein einzuladen und sich bei ihr einzuschmeicheln, damit sie ihm einen Büroplatz besorgte und er nicht länger als Schauermann arbeiten musste. »Und, ist es dir gelungen?«, fragte sie uninteressiert. Er nickte. »Glaub schon«, sagte er und fühlte sich wie ein elender Verräter an Ruth Anselm.

Gleich zu Beginn der nächsten Woche empfahl Ruth ihm, sich in der Schiffsreinigungsfirma *Schulenburg & Co.* vorzustellen, wo jemand als Schiffsmaler gesucht wurde. Es war nicht gerade das, was er sich wünschte, aber es war besser als die harte Arbeit des Schauermanns. Außerdem, so sagte er sich, hatte er jetzt einen Fuß in der Tür dieser Firma. Irgendwas würde ihm schon einfallen, um dort ins Büro zu kommen.

Also arbeitete er ein paar Monate lang als Maler. Es gefiel ihm, mit sicherem Strich die Namen und alle Daten an die Außenwand zu pinseln. Es gefiel ihm ohnehin, nicht mehr allmorgendlich um 5.00 Uhr aufstehen zu müssen, und auch, nicht mehr täglich um sein Leben zu bangen.

So ging der Sommer vorbei, draußen wurde es kalt und feucht, und im Dock an den Schiffen zu pinseln, wurde zu einer unangenehmen Tätigkeit. Er hatte zwar Ruth Anselm noch zweimal zum Tanzen ausgeführt, der Zauber des ersten Abends freilich hatte sich nicht wieder eingestellt, außerdem verstand er sich mit Marthe besser denn je und zweifelte nicht im geringsten daran, dass sein Platz in seiner Familie war.

Da nutzte er die Monotonie seiner Arbeit, um einen Plan zu entwickeln, wie er von diesem Job ins Büro überwechseln könnte. Er hatte sich einige Freunde in der Firma gemacht. Im Personalbüro arbeitete ein Mann, dem, so hatte Dritter schnell erkannt, Frollein Anselms Veränderung nicht entgangen war und der für sie mehr als Sympathie hegte, jedoch sehr scheu war.

Ruth Anselm war für Dritter nach seiner Vermittlung als Maler ein moralisch belastendes Problem gewesen, er fühlte sich irgendwie verantwortlich für ihr Frauenglück. Also hatte er sie vor einem Monat abermals ins Fischrestaurant eingeladen und anschließend zum Tanzen, nur hatte er die Einladung ohne Ruths Wissen auf Herrn Schneckler ausgedehnt. Als er mit ihm gemeinsam auftauchte, verdüsterte sich zuerst Ruth Anselms Gesicht, doch dann erwies sich Dieter Schneckler als ein so geistreicher Gesprächspartner, der zudem mit äußerster Höflichkeit für Frollein Anselms Wohlergehen sorgte, dass ihr Blick bald nicht allein in Dritters Richtung glitzerte. Als Dritter sich später im *Chérie* nach einem Anstandstanz mit der Begründung zurückzog, er habe schreckliche Kopfschmerzen, wirkte nicht nur Herr Dieter Schneckler verstohlen erleichtert.

Von dem Zeitpunkt an schien es, als würde Ruth Anselm einer Begegnung mit Dritter aus dem Weg gehen, und vor ein paar Tagen hatte sie ihm nun errötend einen Ring gezeigt. »Er hat gesagt, in unserem

Alter sollten wir uns nach einem Sechser im Lotto nicht zu viel Zeit lassen und das Glück genießen«, flüsterte sie verlegen. »Wir haben uns verlobt.« Sie warf Dritter einen entschuldigenden Blick zu. Dritter ergriff ihre Hand und legte sie zwischen seine beiden Hände. »Ruth, ich bin zwar ein bisschen eifersüchtig, aber ich freue mich sehr für dich«, sagte er und fügte grinsend hinzu: »Sollte er dich ein einziges Mal schlecht behandeln, kommst du zu mir, dann soll er was erleben.« Ihr Gesicht hatte die Farbe von gekochtem Lachs angenommen. Dritter fand es ganz entzückend. Er stupste ihr auf die Nase. »Zur Hochzeit erwarte ich eine Einladung.«

Er wusste, dass Schneckler ihm wohlgesinnt sein würde, wenn er mit einer Bitte an ihn heranträte. Schließlich hatte er etwas gutzumachen. Also fackelte Dritter nicht lange, ging zu Aaron in die Praxis und erklärte, dass seine Hand vom vielen Streichen in kalter Luft irgendwie Rheuma bekommen habe und furchtbar schmerze. »Was willst du?«, fragte Aaron, der durchschaute, dass Dritter etwas im Schilde führte. »Eine Krankschreibung wegen einer Entzündung in der Hand«, antwortete er ohne Umschweife. »Ich muss die Krankschreibung nicht begründen«, sagte Aaron und schrieb Dritter eine Woche lang krank.

Der umwickelte seine Hand mit einer dicken Bandage, ging zu Herrn Schneckler ins Büro und erklärte ihm, dass er die Arbeit da draußen nicht mehr machen könnte. »Sie haben doch auch ganz andere Fähigkeiten«, sagte Schneckler sachlich. »Fräulein Anselm hat mir von Ihrem Unternehmergeist erzählt. Vielleicht könnten Sie im Büro arbeiten.« Dritter erklärte sich einverstanden. »Ich schätze das Frollein sehr«, sagte Schneckler, »Sie hat große Menschenkenntnis. Größer als ich.«

Dritter grinste. Er schätzte das Frollein sehr. So so. Schnecklers Gesicht verzog sich zu einem breiten Lächeln. Er war keine Schönheit, aber dieses Lächeln veränderte sein Gesicht so, dass man fasziniert hineinschauen musste. Sein schmaler Mund unterteilte es wie durch einen geraden Strich in zwei Abschnitte: oben die unter einer runden Brille funkelnden klugen grauen Augen, darunter die mächtige Hakennase und unterhalb des Strichs ein von einem Ziegenbart verziertes langes Kinn. Ebenso wie Dritter hatte er kein Haar mehr auf dem Schädel. Dritter mochte ihn. Dieser Mann war nach seinem Geschmack: Schnell von Begriff und zackig im Zupacken und Handeln.

Sie einigten sich unverzüglich, als Schneckler vorschlug: »Frollein Anselm hat gesagt, dass Sie für die Verschrottung der Cap Arcona verantwortlich waren, das war gewiss eine Arbeit, die viel Umsicht verlangt hat, genau das brauche ich für die Übersicht über unsere Angebote. Sie müssen nicht alles allein machen. Frau Hecht ist unsere Buchhalterin, was Lohn und Kunden betrifft, sie kennt sich gut mit Tabellen aus und auch mit dem Finanzamt, aber sie braucht Unterstützung, und zwar jemanden, der uns helfen kann, Angebote abzugeben, die immer ein kleines bisschen unter denen der Konkurrenz liegen. Ich schlage vor, Sie fangen für drei Monate an, und dann gucken wir, ob wir zusammenpassen.« Dritter nickte. Er war fassungslos, dass es ihm gelungen war, das Glück zu sich zurückzulocken, nur indem er mit Ruth Anselm getanzt hatte.

1957 zu Weihnachten bekam Wilhelm ein Paar Schlittschuhe geschenkt. Es waren braune Stiefel, die vorn abgerundete Kufen hatten, nur die Schuhe der Mädchen waren vorne mit Zacken versehen, um stoppen und sich abstoßen zu können. Eine kribbelnde Aufregung breitete sich in Wilhelm von den Fingerspitzen im ganzen Körper aus, als er die Hände über die Schuhe gleiten ließ. Sie waren hart an den Spitzen und weich am Knöchel, die Kufen glänzten, und das braune Leder roch nach Tier.

So ein Gefühl hatte er noch nie empfunden. Es war wie eine Verheißung, wie ein Versprechen auf die Zukunft. Am liebsten wäre er sofort losgestürmt mit Alex, der seine Schlittschuhe schon vor einem Jahr bekommen hatte und mit seinen Freunden und Klassenkameraden im vergangenen Jahr fast täglich aufs Eis gegangen war.

Alex bevorzugte die Eisbahn in *Planten un Blomen*, weil sie ihm mehr Sicherheit unter den Kufen bot, als wenn er auf gefrorenen Flüssen oder Teichen mit ihren gewachsenen Unebenheiten und Wassersprenkeln lief. Freilich war Alex ohnehin nicht der große Sportler, im Grunde suchte er die Eisbahn auf, weil sie ihm die Möglichkeit bot dazuzugehören, auf der Höhe der Zeit zu sein. Alex dämpfte auch Wilhelms Ungeduld. »Bereite dich mal auf blaue Flecken und ein paar peinliche Momente vor. Ich zumindest bin nach dem ersten Lauf beziehungsweise der ersten Sturzfolge zwei Wochen lang gehumpelt wie ein alter Mann.«

Aber Wilhelm konnte es nicht erwarten und bettelte Alex an, mit ihm schon am ersten Weihnachtstag nach *Planten un Blomen* zu gehen, der ausgedehnten Parkanlage beim Dammtorbahnhof, wo es für jeden

Geschmack etwas gab: Im Sommer fanden hier öffentliche Theatervorstellungen für Kinder, Wasserlichtkonzerte und Musikdarbietungen statt. Der Eintritt nach *Planten un Blomen* war frei. Wegen der Parkanlagen und der Spielplätze war der Park ein beliebtes Ausflugsziel. Im Winter allerdings zog es die meisten der Besucher auf die Eisbahn.

Es war der erste Weihnachtstag 1957, als Wilhelm zum ersten Mal auf einer der Holzbänke saß, wo er seine Stiefel auszog und die Schlittschuhe fest über den Knöchel knüpfte. Sein Bruder zeigte ihm, dass er sich durch die Knüpfung zwar festen Halt geben, aber gleichzeitig nicht das Blut abschnüren sollte. Wilhelm humpelte auf den Kufen den Weg über die Holzplanken zur Eisbahn. Er fühlte sich, als würde er auf hohen Hacken laufen, es war irgendwie zum Lachen und zugleich so abenteuerlich, dass alles in ihm kribbelte.

Da stand er auf dem Eis, die Schuhe rutschten mit ihm davon, Alex fing ihn auf, bevor er auf den Hintern fiel, und riet ihm, sich erst einmal am Rand entlangzuhangeln. Allmählich füllte sich der Platz, außer Wilhelm gab es offenbar viele andere, die es wie er nicht abwarten konnten, ihre neuen Schlittschuhe auszuprobieren.

Neidisch beobachtete Wilhelm einen jungen Mann, der in eleganten Kurven die Bahn umkreiste, immer rechtsherum wie alle anderen. Er näherte sich einem jungen Mädchen, das auf seinen schneeweißen jungfräulichen Schlittschuhen mehr ging als lief, schnappte es an der Hand und zog es mit sich. Das Mädchen quiekte, drohte zu fallen, er glitt hinter sie, umfasste ihre Taille, schob sie vor sich her, und Wilhelm bemerkte, wie sie sich einfach auf ihre rutschigen Stiefel stellte und schieben ließ. Man sah ihr an, dass sie sich entspannte und Spaß an der Sache bekam. Es würde nicht lange dauern, und sie würde ein paar Schritte wagen.

Dumm, dass er kein Mädchen war. Dumm, dass sein Bruder Alex sich so wenig sicher fühlte, dass er ihn nicht ebenso an die Hand nehmen konnte. Und leider war auch keiner von Alex' Freunden da, von denen vielleicht der eine oder andere in der Lage gewesen wäre, ihn ein paar Runden mit sich zu ziehen. Wilhelm stellte sich an die Planke und beobachtete den jungen Mann, der so sicher lief. Wie bewegte er seine Füße? Er tat es anders als das Mädchen, das sich mit den Spitzen abstieß, dann auf beide Beine stellte und eine Weile wackelig mit leicht geöffneten Beinen rutschte. Der junge Mann drehte seine Füße leicht auswärts, ähnlich einem Balletttänzer, nur nicht ganz so weit, stieß sich seitlich ab, hielt mit dem gegenüberliegenden Arm die Balance, knickte den Oberkörper in der Taille etwas ab und glitt so in kräftigen Schwüngen voran.

Wilhelm wagte sich am äußersten Rand aufs Eis. Er versuchte, ihn nachzuahmen: Im Rutschen das Bein zur Seite, abfedern und aufs andere Bein. Die Arme zum Ausgleich geschwungen. Die etwas spöttischen Blicke derjenigen, die hinter der Brüstung standen und zuschauten, bemerkte er durchaus, aber sie störten ihn nicht. Glotzt nur, dachte er, und kommt in einem Monat wieder, dann steck ich euch alle in die Tasche.

Eine Laufzeit dauerte zwei Stunden. Dann wurde *Auf Wiedersehn, auf Wiedersehn, bleib nicht so lange* fort gespielt, und erst jetzt bemerkte Wilhelm die Lautsprecher, aus denen die ganze Zeit Musik erklungen war, nach der sich die Eisläufer im Kreis gedreht hatten. Alex hatte Wilhelm zwischendurch zu einer heißen Schokolade und einer Bockwurst einladen wollen, aber Wilhelm hatte nur gerufen: »Keine Zeit«, und hatte mit jeder Umkreisung der Fläche die Unsicherheit, sich auf schmalen Kufen über glattes Eis zu bewegen, mehr überwunden. Als er am Schluss zu den Letzten gehörte, die die Eisfläche verließen, der Eisfeger kreuzte schon auf, der die zerkratzte Fläche für die nächste Runde spiegelglatt machen sollte, und als er auf der Bank saß, um seine Schlittschuhe zu lösen, kam der junge Mann vorbei, der gottähnlich übers Eis geflogen und dabei noch das Mädchen gezogen, gehalten, ja, getragen hatte, und schlug Wilhelm auf die Schulter: »Gut gemacht, Junge, alle Achtung.« Er blieb vor Wilhelm stehen, an seinen Füßen noch die Schlittschuhe, im Mundwinkel eine Zigarette. »Ich geb dir einen Tipp: Mach das jetzt eine Woche lang so weiter. Jeden Tag, so lange du kannst. In 'ner Woche bin ich wieder hier, dann will ich sehen, was du gelernt hast.«

Wilhelm errötete von der Brust bis zu den Haarwurzeln. Bewundernd schaute er zu dem Mann hoch. Der trug einen Seemannspullover, dessen geöffneter Reißverschluss einen Blick auf seine Brustbehaarung freigab. Um seinen Hals trug er ebenso wie Alex und Wilhelm ein Lederband, an dem ein behauenes Metallplättchen befestigt war.

Da entfernte er sich auch schon, ins Innere des barackenartigen Gebäudes, da, wo Schließfächer standen und ein Schild darauf hinwies, dass hier nur Mitglieder des Eissportvereins Befugnis zum Betreten besäßen.

Als Wilhelm die Schlittschuhe ausgezogen hatte und seine Füße in seinen Winterstiefeln steckten, kam er sich wie amputiert vor. Als gehörten seine Füße auf Kufen.

Draußen gingen Alex und er an einer Gruppe junger Männer vorbei, die auf Mopeds oder Motorrädern saßen, daran lehnten, lässig posierten und rauchten. Inmitten dieser Gruppe war auch der junge Mann, der Wilhelm den Rat gegeben hatte. Jetzt erst bemerkte Wilhelm, wie sorgfältig dessen Haare gekämmt waren. Die Elvis-Tolle war mit Brillantine in die richtige Form gedrückt, vor den Ohren wölbten sich dicke lange Koteletten. In seinem Mundwinkel hing lässig die Zigarette. Er hatte seine Jeans unten hochgekrempelt, über dem Pullover trug er eine blousonförmige Lederjacke.

Alex knuffte Wilhelm in die Seite. »Da ist er wieder, dein Freund«, feixte er und wies mit dem Kinn zu dem jungen Mann, der seitlich auf einer schweren Maschine saß, eine Hand in der Hosentasche, die andere auf dem Hintern eines Mädchens, das sich mit verzückter Miene an ihn lehnte. Wilhelm konstatierte schnell, dass es sich um ein anderes Mädchen handelte als das, was mit Hilfe des Eislaufgotts gelernt hatte, sich auf den Füßen zu halten. Er riss sich zusammen, damit er nicht ebenso schwärmerisch wie das junge Mädchen auf den *Halbstarken* blickte, so wurden diese jungen Leute jetzt überall genannt. Er versuchte, einen ebensolchen Gesichtsausdruck hinzubekommen, wie die meisten Männer der Motorradgruppe ihn zur Schau trugen: ein bisschen gleichgültig gegen alles, ein bisschen, als wären sie kurzsichtig, ein bisschen, als wären sie hungrig. Ja, übersättigt und hungrig zugleich, das ist wahrscheinlich das Geheimnis, dachte er, und musste sich gar nicht weiter bemühen, seinen neuen Schwarm nicht anzuhimmeln, da seine Stirn sich von allein in Falten legte und er sich zu erinnern versuchte, ob er dieses Gefühl jemals empfunden hatte: Einerseits übersättigt, andererseits hungrig.

## 20

Wir müssen uns an den Demonstrationen beteiligen«, beschwor Aaron. »Das darf man nicht einfach so hinnehmen.« Aber Lysbeth vertröstete ihn auf die Zeit nach Beendigung ihrer Doktorarbeit.

Im April 1957 hatten achtzehn Atomwissenschaftler in der »Göttinger Erklärung« proklamiert, dass sich ein Land wie die Bundesrepublik Deutschland am besten schütze und den Weltfrieden am ehesten fördere, wenn es ausdrücklich und freiwillig auf den Besitz von Atomwaffen jeder Art verzichtete. Sie erklärten, sie seien nicht bereit, sich »an der Herstellung, der Erprobung oder dem Einsatz von Atomwaffen in irgendeiner Weise zu beteiligen«.

Dem war in einer Pressekonferenz am 4. April 1957 eine Äußerung von Bundeskanzler Adenauer vorausgegangen, der behauptete, taktische Atomwaffen seien im Grunde nichts anderes als eine Weiterentwicklung der Artillerie. Zur Modernisierung der eigenen Truppen seien sie unabdingbar, im Übrigen stünde die atomare Bewaffnung der Bundeswehr in Einklang mit der gültigen Nato-Strategie.

Aaron und viele andere gruselte diese Verharmlosung der neuen Waffe angesichts der Auswirkungen der Atombombenabwürfe auf Hiroshima und Nagasaki. »Ist er unbedarft oder will der täuschen?«, fragte er Anthony, der ebenso entsetzt war wie er. Anthony grinste: »Na, was meinst du?« Aaron wusste im Grunde, dass Adenauer nicht das erste Mal log, um etwas durchzusetzen, aber er war fassungslos, dass die Deutschen diesen Kanzler mit absoluter Mehrheit wiedergewählt hatten.

Nun hatte sich endlich lautstark Protest gemeldet. Die Göttinger 18, unter ihnen die berühmten Physiker Max Born, Werner Heisenberg und Otto Hahn, widersprachen Adenauers Verharmlosung ausdrücklich und forderten, die Planungen zur atomaren Bewaffnung der Bundeswehr aufzugeben.

Um die tausend Philosophen, Theologen und Schriftsteller folgten in den kommenden Monaten mit eigenen Stellungnahmen, darunter namhafte Persönlichkeiten wie Günther Anders, Ernst Bloch, Karl Jaspers und der Friedensnobelpreisträger Albert Schweitzer. Sie alle beschworen die Bundesregierung, von ihren Plänen abzulassen. Bald stiegen die Medien ein – von den großen Rundfunkstationen bis zur Tages- und Wochenpresse. Öffentlichkeitswirksame Bundestagsdebatten folgten, in denen die Redner der sozialdemokratischen Opposition, die das Anliegen der Gegner der Atombewaffnung artikulierten, als klare argumentative Sieger wirkten, während die Zahl der Unterstützer der Regierung in der Öffentlichkeit immer mehr abnahm.

Im Februar 1958 war eine EMNID-Umfrage gemacht worden, und 83 Prozent aller Befragten hatte sich gegen Atomraketen ausgesprochen. Doch das Unfassbare geschah: Entgegen allem, was unter Demokratie verstanden werden konnte, beschloss der Bundestag am 25. März 1958 die atomare Bewaffnung der Bundeswehr.

Als das bekanntwurde, ließ Lysbeth ihre Doktorarbeit Doktorarbeit sein und beteiligte sich an einem spontanen Schweigemarsch durch Hamburg, Seite an Seite mit Aaron, ihrer Schwester und Anthony. Eine Welle spontaner Schweigemärsche, Protestkundgebungen und Arbeitsniederlegungen zog sich durch Deutschland. Die vier waren empört, aber auch beeindruckt und glücklich, weil es Menschen gab, die sich nicht nur mit ihren eigenen vier Wänden beschäftigten und Adenauer folgten, was immer er auch tat.

In Hamburg wälzte sich am 17. April eine riesige Menge von Demonstranten aufs Rathaus zu. Arbeiter und Angestellte, Studenten, Hausfrauen und Rentner marschierten in acht langen Demonstrationszügen zum Rathaus. Viele Betriebe hatten ihren Mitarbeitern freigegeben, bei der Hamburger Hochbahn herrschte während der Kundgebung Verkehrsruhe.

»Denn an uns alle ist die Frage gestellt, ob wir den Untergang aller Kultur und den Selbstmord oder ob wir die Rettung des Friedens, die Rettung unserer Frauen, die Rettung unserer Kinder wollen.« Mit diesem dramatischen Appell wandte sich der Hamburger Bürgermeister Max Brauer vom Balkon des Rathauses der Hansestadt an die Menschenmenge. Am kommenden Tag berichtete das *Hamburger Echo*, dass zweihunderttausend Menschen der flammenden Rede gebannt gelauscht hatten.

In der ganzen Republik gingen die Menschen im April 1958 zu Hunderttausenden auf die Straße, um unter der Parole »Kampf dem Atomtod« zu demonstrieren. Der Atom-Vorstoß der Adenauer-Regierung rüttelte viele auf und gab den Anstoß für eine Protestbewegung, wie sie die Republik bis dahin nicht gesehen hatte.

Im Anschluss an die Demonstration, irgendwie euphorisiert, gingen Aaron und Lysbeth und Stella und Anthony ins *Campari*, eine Bar am Gänsemarkt, in der es von Demonstranten wimmelte, und die Lautstärke zeigte, dass nicht nur die Wolkenraths leidenschaftlich debattierten. »Das muss doch jetzt Konsequenzen haben«, wetterte Anthony. »Man kann doch nicht einen ganzen Volkeswillen unter den Tisch wischen.« Stella stimmte ihm zu, aber Aaron erinnerte daran, dass die Deutschen gerade die CDU mit absoluter Mehrheit gewählt hatten. »Der Volkswille war auch gegen die Einrichtung einer deutschen Armee. Adenauer hat ihn auch da schon komplett ignoriert. Trotzdem haben die Leute ihn gewählt.« Anthony schlug mit der flachen Hand auf den Tisch: »Es liegt am Antikommunismus! Immer wieder! Sie haben Angst vor der Militarisierung, aber noch mehr Angst haben sie vor den Russen. Und diese Angst schürt Adenauer.« »Aber vielleicht formiert sich ja jetzt endlich eine andere Kraft«, meinte Stella. »Dein Wort in Gottes Ohr«, tönte Aarons Stimme. »Der arme Gott«, grinste Anthony, »in dessen Ohr brüllen doch schon immer die Katholiken um Adenauer, dass die Russen Teufel in Menschengestalt sind.«

»Es tut so gut«, sagte Aaron, »Seite an Seite mit Gewerkschaftern und Sozialdemokraten zu marschieren, endlich gibt es die Möglichkeit, als Linke gemeinsam etwas zu bewegen.« »Gemeinsam?«, spottete Anthony. »Die KPD ist verboten, mein Lieber. Ich fürchte, es wird nicht lange dauern, und die SPD macht eine scharfe Kehrtwende. Das hat sie immer getan. Der Spruch: ›Wer hat uns verraten, die Sozialdemokraten‹, wird, so fürchte ich, seine traurige Wahrheit in nicht allzu weiter Ferne wieder beweisen.« Aaron schlug ihm auf die Schulter. »Heute gibt es andere Sozialdemokraten als damals, Tony, du musst ihnen zumindest eine Chance geben.« Anthony lächelte wissend. Aaron schimpfte: »Du überheblicher Engländer. Du denkst, du weißt alles besser.« Anthony lenkte ein. »Du hast recht, ich bin manchmal einfach zu negativ. Let us see.«

Am 7. Mai 1958 brachte die SPD einen Antrag in den Bundestag ein, dass die BRD nicht der Nato beitreten und die atomare Bewaffnung der Bundeswehr gestoppt werden solle. Von einzelnen Politikern wie dem jungen Helmut Schmidt wurde gar ein »Demonstrationsstreik« der Gewerkschaften gegen die Bundestagsentscheidung gefordert. »Siehst du«, triumphierte Aaron. Anthony setzte wieder sein überheblich wissendes Lächeln auf. Diesmal attackierte ihn auch Stella. »Arroganter Engländer!«

Überall entstanden Komitees »gegen den Atomtod«, eine Volksbefragung wurde gefordert. Der Hauptvorstand der *IG-Bau-Steine-Erden* beschloss, dass Bauarbeiter, die aus Gewissensgründen beim Bau von Raketenabschussbasen und sonstigen Rüstungseinrichtungen die Arbeit verweigerten, »vollen gewerkschaftlichen Schutz« erhalten würden. Nach einer EMNID-Umfrage sprachen sich 52 % der BundesbürgerInnen für einen Streik zur Verhinderung der Atomaufrüstung der Bundeswehr aus.

Es geschah schleichend, und Aaron weigerte sich bis zuletzt, es wahrzuhaben, aber ab Herbst 1958 entzogen SPD und DGB der Kampagne »Kampf dem Atomtod« ihre Unterstützung.

Irgendwann konnte auch Aaron nicht anders, er musste erkennen, was geschah. Er ging hoch zu Anthony, klopfte an die Tür und entschuldigte sich mit einem formellen Handschlag und einer tiefen Verbeugung. »Lieber überheblicher Engländer«, sagte er salbungsvoll. Anthony grinste, er verstand das Theater nicht, fragend zog er die Augenbrauen hoch, da fuhr Aaron fort, und nun war trotz der Clownerie seine Traurigkeit unverkennbar: »Es ist nicht das erste Mal, dass ich mich geirrt habe. Auch 1933 konnte ich es nicht glauben.« Er sah Anthony mit seinen schwarzen Augen nachdenklich und niedergeschlagen an. »Ich weiß nicht, wie ich es machen soll, dass ich einerseits an das Gute im Menschen glaube und andererseits mir nicht die Hucke volllüge.« Anthony legte ihm die Hand auf die Schulter. »Einen Cognac?«, fragte er und gab Aaron einen kleinen Schubs, so dass der in einen hinter ihm stehenden Sessel plumpste.

Sie schlugen die Beine übereinander, ließen das bernsteinfarbene Getränk in den Schwenkern kreisen, und Anthony fragte: »What happened, my dear?« Aaron erzählte ihm, dass die Sozialdemokraten unverkennbar auf eine große Koalition mit der CDU zusteuerten, ein Patient von ihm, Sozialdemokrat, hatte ihm gestanden, in welche Gewissensnöte ihn das brachte.

»Sie wollen nur Macht!«, sagte Aaron heiser vor Enttäuschung. »Ihnen ist alles andere wurscht. Sie werden alles mitmachen, was die Bundeswehr und Atomwaffen und NATO betrifft. Das bringt mich um. Es gibt keine KPD mehr, die SPD knickt ein, nur um endlich Ministersessel einnehmen zu können, was kann man denn noch tun, außer dieses Land zu verlassen?«

Anthony blickte in sein Getränk, das unter der runden Deckenlampe aus geschliffenem Kristall funkelte wie Bernstein. Er ließ es kreisen, roch dran, trank einen Schluck. »Na gut«, sagte er kühl. »Ich verstehe deine Enttäuschung, aber heißt das nicht eigentlich nur, dass alle diejenigen, die die Politik gegen Atomwaffen fortsetzen wollen, sich unabhängig organisieren müssen?« Aaron sah ihn verblüfft an. »So einfach?«, fragte er. »Na ja«, Anthony wiegte den Kopf, »ich will nicht schon wieder neunmalklug dastehen, aber was hast du erwartet? Ich finde, ehrlich gesagt, dass die Bewegung gegen die atomare Bewaffnung eine alternative Kraft zu den Herrschenden gezeigt hat, mit der ich davor nicht gerechnet hatte. Ich finde, das macht Mut!«

Nach diesem Gespräch beschloss Aaron, sich aktiver zu engagieren. Er trat einer Gruppe bei, die sich regelmäßig traf, die miteinander diskutierte, die Flugblätter entwarf und verteilte. Morgens um 6.00 Uhr stellte er sich mit anderen vor die Werktore von *Blohm und Voss* und drückte jedem Arbeiter ein Flugblatt in die Hand. Die meisten waren auf ihrer Seite. Gerade die alten Arbeiter sagten oft: »Nochn Kriech, dat wullt wi nich erleben.« Manche aber gingen demonstrativ an ihnen vorbei und schimpften: »Kommunistenpack, geht doch nach drüben!«

Aaron gewann Geschmack an diesen Einsätzen. Ihm schien, dass er so sein Ohr am Puls der Arbeiterschaft hatte, und das war ihm wichtig. Die Menschen in der Bundesrepublik waren ihm oft fremd und sogar unsympathisch. Zuerst hatten sie satt werden wollen, das hatte Aaron noch sehr gut verstanden, besonders nach seiner Erfahrung im KZ, aber dann wurde das Fressen von der Beschäftigung mit Elektrogeräten und der angestrengten Bemühung abgelöst, sich ein Auto oder wenigstens einen Fernseher zuzulegen. 1957 hatte die CDU die absolute Mehrheit errungen, ihr Leitspruch hatte gelautet: »Keine Experimente«. In seiner Praxis nahm er täglich die Bemühung um Korrektheit wahr, sogar bei den Prostituierten. Die Werbung gegen Schuppen, die epidemische Ausmaße angenommen hatte, zeigte eine quälende Furcht, die verbissen angestrebte Biederkeit mit ein paar weißen Fusseln auf dem Kragen zu gefährden.

Er versuchte, seine Gedanken mit Lysbeth zu teilen, indem er ihr Vorträge über den Bundesbürger hielt: »Nur keine Gefühle zeigen, nur nicht aus sich herausgehen, sich keine Blöße geben, nur nichts Fremdes, Ungewohntes an sich heranlassen, sonst könnte das labile Selbstwertgefühl aus dem Gleichgewicht geraten. So sind sie, sie sind unerträglich!«, rief er aus. Aber Lysbeth stimmte ihm nur kurz zu, dann lenkte sie wieder ihre gesamte Aufmerksamkeit auf ihre Doktorarbeit. In Kürze musste sie im Rigorosum ihre Arbeit verteidigen. Sie wollte ein »Summa cum laude«, drunter würde sie nicht zufrieden sein. Sie wollte diesen Doktortitel! Und sie wusste, dass sie tausendmal besser sein musste als jeder der anderen Doktoranden, die jung und meist männlich waren.

Anthony hingegen war bereit, mit Aaron zu diskutieren, wann immer Aaron bei ihm an die Tür klopfte, und Anthony, der viel unterwegs war, zufällig oben anwesend war. »Wir dürfen nicht unberücksichtigt lassen«, rief Anthony, als die beiden wieder einmal mit übergeschlagenen Beinen und geschwenktem Cognac beisammensaßen. »Die Verbesserung der Lebensverhältnisse der abhängig Beschäftigten ist einmalig: Das Realeinkommen klettert seit 1950 wie eine Bergziege, wenn es oben was zu fressen gibt. Gut, für die Frauen fällt immer etwas weniger Gras ab, aber auch für die wird es in Maßen besser. Sie haben nicht mehr so viel Angst davor, im Alter zu verhungern, es gibt einfach immer weniger Arbeitslose, wann bist du das letzte Mal einem Bettler begegnet?« Aaron stimmte zu. »Ich habe nichts dagegen, dass Elend und Not überwunden werden. Ich finde es auch gut, dass die Rentenreform die Renten angehoben hat, ich finde auch die Fünf-Tage-Woche hervorragend, auch wenn ich es problematisch finde, neun Stunden hintereinander zu schuften, nur um dann am Samstag frei zu haben. Aber das kann doch nicht alles sein, was den Bundesbürger umtreibt.«

»Well«, Anthony trank einen Schluck und seufzte genüsslich, »denk mal an die Nachkriegsjahre, da hat die tägliche Existenzsicherung eine ständige Anspannung aller Kräfte verlangt. Jetzt ist die Existenzsicherung leichter geworden, und also ist mehr Geld übrig für Konsum. Das ist doch eigentlich nicht schlimm.«

»Stimmt!«, Aaron hob das Glas, als benutze er es als erhobenen Zeigefinger. »Stimmt. Aber darf der Wille und die Anstrengung zu Auf- und Ausbau der privaten Existenz die beherrschende Signatur unserer Zeit sein? Mit einem Mal haben wir Atombewaffnung, wir haben sie schon!«, rief er, als würde es ihm jetzt grade erst bewusst werden. Anthony lächelte, als hätte er einen ungestümen Jüngling vor sich. »Tja, ich begreife es ja auch gerade erst, aber es scheint so zu sein: Glücksgefühle sind verbunden mit Anschaffungen. Und diese technischen Modernisierungen des Alltags bewirken wohl, dass die Leute ständig wie auf der Jagd sind. Das muss eine unglaubliche Droge sein.« Er schwenkte sein Glas, trank, schloss die Augen und grinste: »Besser als dies hier, anscheinend.« »Aber dafür müssen sie doch nicht die CDU wählen, die Deutschland wieder bis über die Zähne bewaffnet, jetzt sogar mit Atomwaffen!« »Anscheinend doch.«

Aaron lebte auf, als er sich regelmäßig mit anderen traf, die aktiv waren, um etwas zu verändern. Anthony zeigte großes Interesse an seiner Aktionsgruppe, und anfangs legte Aaron sich sehr ins Zeug, damit Anthony und Stella mitkommen sollten. Sie wollten auch gern, aber immer kam etwas dazwischen. Doch dann fragte Aaron die beiden nicht mehr. Irgendwie wollte er sie nicht mehr dabeihaben. Er war dort anders. Er war dort nicht der Aaron aus der Kippingstraße, er war irgendwie jünger und lebendiger und nicht mehr so traurig und ernst wie in den vergangenen Monaten, vielleicht sogar Jahren.

Er lernte dort Myriel kennen, eine Psychiaterin, die sich ganz von Freud gelöst hatte und deren Hauptziel es war, die Menschen in ihrer orgastischen Fähigkeit und ihrer emotionalen Lebendigkeit zu fördern. Aaron war zwar skeptisch, das Ganze kam ihm irgendwie seltsam vor, aber Myriel erzählte ihm so begeistert von Wilhelm Reich, dass er sich mit dessen Theorien beschäftigte. Es dauerte nicht lang, und er fragte sich, wieso es Myriels Begeisterung bedurft hatte, um ihn dazu zu bringen. Reich, so entdeckte er, war ein außerordentlich interessanter und inspirierender Psychologe. Er hatte grundlegende Zusammenhänge zwischen autoritärer Triebunterdrückung und faschistischer Ideologie analysiert und welche Rolle die autoritäre Familie und die Kirche dabei spielten. Wieso habe ich das nicht früher gelesen?, fragte Aaron sich. Reich vertrat die Ansicht, dass organisierte faschistische Bewegungen durch irrationale Charakterstrukturen des modernen Durchschnittsmenschen hervorgebracht würden, dessen primäre biologische Bedürfnisse und Antriebe seit Generationen unterdrückt worden seien. Er behauptete, dass die patriarchalische Familie als Keimzelle des Staates die Charaktere schaffe, die sich der repressiven Ordnung trotz Not und Erniedrigung unterwerfen.

Aaron stimmte ihm zwar nicht komplett zu, denn er wusste, dass es massive wirtschaftliche Interessen hinter faschistischen politischen Strukturen gab, als er jedoch las, was Reich über Charakterpanzerungen schrieb, war er elektrisiert. Das entsprach genau seinen Beobachtungen. Unterschiedliche Abwehrmuster gegen das Erleben bestimmter Gefühle bewirkten Blockaden im Körper, die irgendwann zu gesundheitlichen Beschwerden führten. Reich blieb bei dieser Beobachtung allerdings nicht stehen, und das war für Aaron besonders aufregend, denn er hatte sich in seiner Praxis zumeist auf die Analyse der Menschen beschränkt und dabei erfahren müssen, dass sich die Panzerungen nicht auflösten. Reich hingegen hatte einen konsequent anderen Weg beschritten. Er wollte der Panzerung mit Hilfe einer Maschine zu Leibe rücken, die den blockierten Energiefluss im Menschen wieder löste.

Reich hatte die aufregende Frage gestellt, was denn eigentlich das Lebendige sei. Das hatte ihn zum Thema der Sexualität geführt. Seine besondere Aufmerksamkeit galt der Erforschung der Krebserkrankungen, seiner Meinung nach eine Erkrankung des gesamten Organismus, der eine gestörte Pulsation des Orgons im Körper zugrunde lag, die wiederum in der Unfähigkeit des Organismus wurzele, sich vollständig den vegetativen Zuckungen im Orgasmus hinzugeben. Diese Unfähigkeit, die orgastische Impotenz des Menschen bzw. ihre Behebung, war ein Kernpunkt seiner Arbeit.

Aaron war tief bewegt. Auch er hatte in seiner Arbeit festgestellt, dass Störungen der Sexualität eigenartige Konsequenzen zeitigten. Das beeindruckendste Beispiel waren sicherlich die Prostituierten, deren Unterleib in seiner Erlebnisfähigkeit oft komplett abgetötet war, was wiederum eine Erlebnisunfähigkeit auf gesamtkörperlicher Ebene nach sich zog, und das wiederum führte nicht selten dazu, dass der Körper massivste Krankheitssymptome produzierte, als wollte er anstelle der geschundenen Seele schreien.

Aaron hielt nichts von Reichs Versuch, dem Ganzen technisch zu Leibe zu rücken. Leider hatte sich Reich darin richtig verbissen. Er hatte ein Gerät entwickelt, das dem Menschen Energie zuführen sollte. Dieses Gerät war in Amerika verboten worden. Und nicht nur das, auch alle seine Bücher sollten vernichtet werden. Reich hatte die Verfügung, diese Geräte selbst sowie alle seine Bücher zu vernichten, nicht akzeptiert. Er hatte gesagt, dabei handle es sich um eine wissenschaftliche Frage, die nicht von einem Gericht zu klären sei. Nachdem ein Mitarbeiter Reichs gegen das gerichtliche Verbot verstoßen hatte, Orgon-Akkumulatoren über Grenzen der US-Bundesstaaten zu transportieren, war Reich 1956 zu einer zweijährigen Haftstrafe wegen »Missachtung des Gerichts« verurteilt worden. Er hatte die Strafe am 12. März 1957 angetreten und war während der Haft am 3. November 1957 gestorben.

Als Todesursache war Herzversagen angegeben worden. »Herzversagen«, höhnte Myriel, als Aaron ihr gestand, wie sehr er bedaure, dass dieses Genie tot sei. »Herzversagen! Ja, klar, wessen Herz würde nicht versagen, wenn sein Lebenswerk einfach so vernichtet wird, nur weil diese scheißamerikanischen Spießer Angst davor haben, im Orgasmus die Kontrolle zu verlieren. Und davor, dass Leute ihre Energie nutzen könnten, statt sich von Konsum und fremd bestimmter Arbeit alle Lust wegmachen zu lassen. Lust ist rebellisch, Aaron!«, rief sie und breitete ihre Arme weit aus, als wolle sie ihre Energie in die Welt versprühen.

Reichs Bücher waren zu Werbeschriften für den »Orgon-Akkumulator« erklärt worden und unter Aufsicht der *Food and Drug Administration* verbrannt worden. Sie hatten auf der Verbrennung aller Arbeiten Reichs bestanden, wenn in ihnen das Wort »Orgon« vorkam, oder, sofern nicht, wenn ihnen gedankliche Vorarbeit für die Orgonomie unterstellt werden konnte, so dass fast alle publizierten Schriften Reichs betroffen waren. »Wie dreiunddreißig«, sagte Aaron traurig. »Hört das denn nie auf?« »Wir müssen dafür sorgen, dass es aufhört«, war Myriels Antwort. »Wir müssen lustvoll und rebellisch sein!« Ihre Augen funkelten. Aaron warf ihr einen bewundernden Blick zu.

Mit Lysbeth war es nicht möglich, über diese Gedanken zu diskutieren. Sie war mit ihrer Arbeit beschäftigt und hielt Reich für einen Spinner. Aaron hingegen wurde immer neugieriger auf andere Methoden, Menschen dabei zu helfen, sich selbst mehr zu entwickeln. Ihm fiel immer wieder auf, dass der Körper und die Seele in einem Zusammenhang standen, der sich in allem zeigte. Die Charakterpanzerungen als Widerstand gegen das Erleben der eigenen Gefühle war nur ein Ausdruck dieser unauflöslichen Verbindung.

Als er Myriel von seinem brennenden Wunsch erzählte, als Therapeut wirksamer zu werden, berichtete sie ihm von Fritz Perls, der ein Reich-Schüler gewesen war und nun in New York arbeitete. Aaron konnte nicht glauben, dass dieses nächste Genie ihm die Antwort auf seine Fragen geben könnte. Aber Myriel hatte ihm schon so viele wichtige Impulse gegeben, dass er Perls' Schrift *Ego, Hunger und Aggression* las.

Diese Lektüre konfrontierte ihn mit seiner eigenen Unfähigkeit, aggressiv in die Welt zu treten, das zu zerstören, was ihn am Leben hinderte, und es konstruktiv umzugestalten. Mit einem Mal löste sich etwas in Aaron, das sich während der vergangenen Jahre wie ein Stein in seinem Bauch, wie ein Knoten in seiner Brust entwickelt hatte. Das Gefühl der Stagnation und Sinnleere, das ihn immer wieder belagert hatte, löste sich auf, und an dessen Stelle trat Neugier und das Gefühl, dass er noch einmal einen neuen Anfang finden, Menschen anders verstehen und anders helfen könnte. Er wagte nicht, den Gedanken zu Ende zu denken, dass er vielleicht auch sich selbst anders helfen könnte.

Gründlich arbeitete Aaron das Buch *Gestalttherapie* durch. Es war revolutionär! Perls hatte sich von der Psychoanalyse vollkommen entfernt. Gemeinsam mit seiner Frau Laura und seinem Mitarbeiter Paul Goodmann hatte er eine Therapieform entwickelt, die auf das Erleben des Patienten gerichtet war. Perls war darauf aus, »Awareness« zu fördern, das Gewahrsein aller gegenwärtigen Gefühle, Empfindungen und Verhaltensweisen, und des Kontakts zu sich selbst und zur Umwelt.

Wieder fragte Aaron sich, wieso er mit all diesen neuen Strömungen nicht früher in Berührung gekommen war. Er trainierte Awareness und stellte fest, dass er ziemlich wütend war. Vor allem auf sich selbst. Er hatte sich zufriedengegeben mit einer Situation, die an allen Ecken und Enden hakte. Er hatte eine Form von Treue entwickelt, die ihm jetzt völlig lächerlich vorkam. Ich habe mich selbst betrogen, gestand er sich ein. Ich bin Viktor Frankl treu geblieben, und vor allen anderen Strömungen habe ich mir Scheuklappen angelegt. Er wagte nicht zu denken, dass seine Treue zu Lysbeth in den vergangenen Jahren eine innere Leere, eine Verflüchtigung seiner Leidenschaft in ihm bewirkt hatte.

Perls hatte 1952 in New York das *Gestaltinstitut* gegründet, und Aaron liebäugelte damit, einfach seinen Koffer zu packen und dorthin zu reisen. Eine eigenartige Angst hielt ihn davor zurück. Er begründete diese mit seiner Angst vor den Amerikanern, die Reich ins Gefängnis gesteckt und seine Schriften verbrannt hatten und die Kommunisten verfemten; manchmal freilich blinkte in einem Kämmerchen seines Gehirns die Angst auf, dass Lysbeth und er sich dann verlieren könnten. Und das wollte er auf keinen Fall.

Lysbeth und Aaron sahen sich regelmäßig, wenn sie in Aarons Praxis Abtreibungen vornahmen, was oft geschah, weil die Prostituierten nicht nur Geschlechtskrankheiten bekamen, sondern auch schwanger wurden. Viele von ihnen hatten Kinder, die sie in Heime weggegeben hatten, wo sie »gut erzogen« werden sollten, und wo die Frauen sie mit rührender Liebe regelmäßig besuchten, aber alle hatten riesige Angst vor einer Schwangerschaft.

Lysbeth und er wussten, dass sie nach wie vor juristisch belangt werden konnten, der Paragraph 218 galt ebenso wie während des Faschismus und wie während der Weimarer Republik, aber sie waren so zornig auf diesen menschenverachtenden Paragraphen, dass sie bereit waren, mit Pauken und Trompeten ins Gefängnis zu wandern und eine hoffentlich große Protestbewegung in Gang zu setzen. Diese Arbeit und auch die Gefahr, der sie jedes Mal trotzten, führte zu einem Gefühl tiefer Verbundenheit. Früher jedoch hatten sie nach diesen Eingriffen gemeinsam Zeit verbracht, in der sie Kraft schöpften, sei es beim Spaziergehen, Tanzen, gemeinsamem Lesen, Essen, und oft war die Zeit von beglückenden Liebesstunden gekrönt gewesen, und sie hatten so eine Erfüllung gefunden, die noch tagelang nachschwang, wenn wieder jeder für sich seiner Arbeit nachging.

Das hatte sich verändert. Jetzt drängte Lysbeth anschließend nach Hause, wo sie entweder todmüde ins Bett fiel und sofort einschlief oder wo sie sich über ihre Lehrbücher oder Skripte beugte, um etwas nachzulesen oder vorzubereiten.

Lysbeth stand unter enormem Druck. Sie war die älteste Assistenzärztin, sie fürchtete, niemals an den Punkt zu gelangen, wo sie sich mit einer eigenen Praxis selbständig machen konnte. Aarons wiederholten Vorschlag, in seine Praxis als Assistenzärztin zu kommen, schlug sie aus. Sie hatte so viele Jahre lang in Aarons Schlepptau gelernt und praktiziert, sie besaß das unbedingte Wollen, endlich als Ärztin ihr eigenes kleines Reich selbst zu entwickeln und zu gestalten, dafür die Verantwortung zu tragen und dafür geradezustehen. Wenn Aaron versuchte, mit ihr darüber zu reden, wieviel ihrer Zeit dieser Ehrgeiz verschwendete, verschloss sie sich und entgegnete: »Das verstehst du nicht, weil du ein Mann bist.« Daraufhin verschloss er sich. »Totschlagargument. Daran kann ich nun mal nichts ändern.« Inzwischen fragte er sie nicht mehr.

Wenn es denn nicht die Arbeit war, die sie miteinander teilen konnten, wie sie es früher getan hatten, dachte er, dann können wir wenigstens miteinander politisch aktiv sein. Er hoffte, dass Myriel sie mit ihrer leidenschaftlichen Art animieren könnte, und schlug Lysbeth vor, Myriel zu ihnen nach Hause einzuladen. Lysbeth stimmte sofort zu. Auch Myriel war interessiert daran, Aarons Frau kennenzulernen, und nahm die Einladung gern an.

Am Freitagabend um 19.00 Uhr klingelte sie, Aaron öffnete und führte sie nach unten in das Gartenzimmer, wo sie seit dem Auszug von Dritters Familie wieder essen und Gäste empfangen konnten. Myriel schaute sich fragend um. »Sie kommt später«, sagte Aaron entschuldigend. »Sie hat angerufen, im Krankenhaus ist etwas Dringendes, eine Geburt, glaube ich.« Aber sie hatte nicht angerufen, sie war einfach nicht gekommen. Aaron und Myriel verspeisten die Suppe, die Lysbeth vorgekocht hatte, sie brachen das Brot, auch das von Lysbeth am Vorabend gebacken, und dann vertieften sie sich in Diskussionen über Politik und Psychotherapie.

Sie merkten gar nicht, wie es dunkel im Zimmer wurde, sie konnten einander immer noch gut erkennen. Um zehn Uhr öffnete sich vorsichtig die Tür, Aaron und Myriel verstummten, da schloss sie sich wieder. »Lysbeth?«, rief Aaron. Die Tür ging wieder auf. Lysbeth drückte den Lichtschalter, und Aaron und Myriel blinzelten. »Oh, warum sitzt ihr denn im Dunkeln?«, fragte Lysbeth. Es klang, als hielte sie es für ihre Schuld. Noch bevor sie Myriel begrüßte, entschuldigte sie sich wegen ihres Zuspätkommens. »Eine komplizierte Geburt«, sagte sie. Aaron war beruhigt, er hätte es unangenehm gefunden, wenn seine Entschuldigung nicht mit ihrer übereingestimmt hätte.

Er umarmte Lysbeth und spürte, wie vollkommen durchfroren sie war. »Du bist mit dem Fahrrad gefahren«, stellte er fest. Sie nickte und löste sich von ihm. »Ich bin hundemüde, ihr müsst mich entschuldigen«, sagte sie, reichte Myriel die Hand und verschwand. Kurz darauf verabschiedete sich auch Myriel. Aaron setzte sich in die Kälte in den Garten und rauchte eine Zigarette. Er hatte zu rauchen begonnen, wie genau das gekommen war, wusste er nicht mehr, aber neuerdings hatte er sich angewöhnt, am Abend draußen im Garten zu sitzen, über sein Leben zu sinnieren und eine Zigarette zu rauchen.

Er war etwas enttäuscht darüber, dass Lysbeth und Myriel einander nicht kennengelernt hatten, aber er fühlte sich nicht wirklich schlecht. Im Augenblick war er mit seinem Leben recht zufrieden. Die Verbindung zu den Menschen in der Anti-Atombewegung, die Gespräche mit Myriel, auch die mit den anderen, all das versetzte ihn oft sogar in eine Art Euphorie. Endlich gab es Menschen, denen er sich zugehörig fühlte, etwas, das ihm fehlte, seit er nicht mehr für die Juden als Arzt und Vertrauter arbeitete. Doch selbst da war es anders gewesen, da hatte er sich verantwortlich gefühlt zu helfen, aber die dem jüdischen Glauben angehörenden Menschen waren ihm auch fremd geblieben.

Er wünschte sich, noch mehr Menschen wie Myriel kennenzulernen. Dieses Gefühl hatte er nur damals empfunden, als er unbedingt zu Frankl zum Studieren gehen wollte, danach war dies Gefühl des Aufbruchs und der Begeisterung für die Psychoanalyse im Sande verlaufen. Er hatte es darauf zurückgeführt, dass er nicht der *Gesellschaft der Psychoanalyse* beigetreten war und dass er selbst auch keine vollwertige Analyse durchlaufen hatte. Es tat ihm gut zu erfahren, dass auch so aufregende Therapeuten wie Reich und Perls ihre Analysen abgebrochen und sich davon abgewandt hatten, so zu arbeiten wie Freud.

Lysbeth war mit ganz anderen Themen beschäftigt. Sie wollte eine Praxis als Frauenärztin aufmachen, ihren Lebenstraum verwirklichen, etwas, das sie nie für möglich gehalten hatte. Sie war eine Frau, sie hatte keine Reifeprüfung gemacht, und nun war sie auch schon vierundsechzig Jahre alt. Aber sie hatte allen bewiesen, dass sie ebenso gut oder sogar besser war als viele Chefärzte, an ihrer Doktorarbeit war nichts auszusetzen, sie würde sogar in Fachkreisen Beachtung finden, was nicht von vielen Dissertationen gesagt werden konnte. Frau Dr. Lysbeth Bleibtreu, wenn das die Tante wüsste.

Als sie im Sommer 1959 endlich die Promotionsurkunde in den Händen hielt, konnte sie es kaum fassen. Bei der Urkundenverleihung befand sie sich in einem Kreis junger Menschen, die ihre Eltern, Geschwister und Freunde mitgebracht hatten, sie selbst wurde allein von Aaron und Stella begleitet. Stella sah unglaublich elegant aus, sie hatte sich herausgeputzt wie für eine Nobelpreisverleihung, sie trug edelste champagnerfarbene Rohseide, die sie von einer Schneiderin zu einem Sommerkleid hatte verarbeiten lassen, genau so wie es gerade modern war, oben eng, mit einem Tulpenrock und einem Bolerojäckchen, das offen stand und von einer Stoffblume im gleichen Stoff geziert wurde. Dazu trug sie seidene champagnerfarbene Pumps, die ebenfalls mit einer Blume verziert waren, und einen dramatischen Stoffhut aus champagnerfarbener Seide. Alles Ton in Ton, selbst ihr Handtäschchen, das mit Seide bezogen war, und dennoch wirkte sie so farbenfroh wie niemand sonst im Raum. Ihre roten Locken lugten unter dem Hut hervor, und ihre roten Lippen straften ihr Alter Lügen. Ganz anders und doch ähnlich ihre Schwester Lysbeth, »der Star des Tages«, wie Stella verkündete. Sie trug eine weiße Bluse, die an den Ärmeln mädchenhafte kurze Ballons aufwiesen und am runden Ausschnitt dezente Rüschen trugen. Dazu einen schwarzen Rock aus einem fließenden Stoff, der bis zu den Waden ging. An den Füßen trug sie schwarze flache Schuhe mit Riemchen. Ihre grauen Haare, die während der vergangenen Jahre, als sie sich um ihr Äußeres nicht im Geringsten geschert hatte, so lang geworden waren, dass sie ihr bis zur Taille reichten, hatte sie von ihrer

Schwester im Nacken zu einer weichen Acht binden lassen. Man sah ihr an, dass sie weitaus reifer war als die meisten ihrer Mitdoktoranden, aber gleichzeitig wirkte sie unglaublich jung. Als gäbe es für sie irgendetwas nicht, was für andere galt. Als fehle ihr ein Greisengen. Sie hatte keine Rückenschmerzen, ihre Knie waren schlank und schmal und ohne jede Beeinträchtigung, und es gab kein überflüssiges Pfund auf ihrem Körper. Was aber viel entscheidender war, um ihr diesen alterslosen Charme eines Mädchens zu verleihen, waren ihre neugierigen Augen, die von Mut und Eifer kündeten.

Aaron war sehr gerührt während der kurzen Ansprache, die der Dekan an die Doktoranden richtete. Er wusste, was das Ganze für Lysbeth bedeutete. Ihm gingen die Jahre vor seinem inneren Auge vorbei wie ein Film. Ohne Lysbeths leidenschaftlichen Willen, alles über Medizin zu erfahren, wobei sie so viel schon von der Tante gelernt hatte, wären sie wahrscheinlich nie ein Paar geworden. Er hatte ihr ein Studium bieten können, das ihr als Frau verwehrt gewesen war. So hatten sie die Zeit miteinander verbracht, und er hatte sich in diese Frau heillos verliebt. Er überlegte, was eigentlich der Auslöser gewesen war, denn es konnte nicht sein, es hatte nie sein können, dass es daran lag, dass er sich bei ihr hatte satt essen können. Es war auch damals schon ihre Leidenschaft und diese junge, irgendwie fohlenhafte Körperlichkeit, die sie auch heute noch besaß. Sie wusste das nicht, im Gegensatz zu ihrer Schwester Stella, die sich aller Möglichkeiten bewusst war, wie sie männliche Aufmerksamkeit auf sich ziehen konnte. Lysbeth hatte sich um ihr Äußeres nie gekümmert, sie hatte es nie für so wertvoll gehalten, dass sie für deren Pflege Zeit und Mühe aufgewendet hätte. Lysbeth hatte immer ihre Fähigkeit als Seherin, als Heilerin, als Schülerin der Tante mit allem, was dazugehörte, auch über die Tante hinauszuwachsen, wichtig genommen. Nun stand sie hier, gekleidet wie die schlichteste Studentin, und knickste anmutig wie aus einem vergangenen Jahrhundert vor dem Dekan, als sie ihre Urkunde in Empfang nahm.

Aarons Brust war warm und weit vor Liebe für diese Frau, gleichzeitig spürte er in seiner Gerührtheit eine Distanz, die ihm Angst machte.

Als sie am Abend in einem Restaurant an der Elbchaussee Lysbeths Promotion feierten, trank sie so viel Wein, dass sie anschließend nicht mehr gerade gehen konnte. Daheim, im Bett, erwartete sie ihn nackt und flüsterte: »Liebe mich, Aaron, liebe mich, so wie früher, so wie heute, so wie morgen, nimm mich, nimm mich ganz!« Er spürte seine

Müdigkeit, aber er tat ihr den Gefallen. Es war auch schön für ihn, aber er spürte die Distanz immer noch. Als sie danach neben ihm zufrieden und befriedigt und völlig überwältigt von dem Glück ihres Lebens leise röchelnd schlief, lag er wach und empfand entsetzliche Angst. Irgendetwas lief in die falsche Richtung zwischen Lysbeth und ihm, und wenn das so weiterlaufen würde, würde er den Boden verlieren, der ihn trug. Seine Brust krampfte sich zusammen, und er konnte schwer atmen. Er holte hörbar Luft, es klang nach Mühe. Lysbeth, im Schlaf, griff nach seiner Hand und murmelte: »Ich liebe dich.«

# 21

Stella und Anthony planten, nach Afrika zu reisen. Aber vorher wollten sie noch einmal nach Dresden. Im August 1959 hatten sie alle organisatorischen Hürden überwunden, drei Jahre nach ihrem letzten Besuch machten sie sich auf den Weg. Als sie mit dem Auto vor dem Hof standen, war der erste Eindruck so erschreckend, dass sie sich einen Moment lang fragten, ob sie sich in der Adresse geirrt hätten.

»Siehst du auch, was ich sehe?«, fragte Stella beklommen.

Anthony umklammerte das Steuer. Er nickte nur.

Die Scheune, in der bereits Stellas leiblicher Vater Fritz im Ersten Weltkrieg ein Versteck gefunden hatte, war verkohlt und zusammengestürzt. »Warum haben sie uns das nicht geschrieben?«, fragte Stella. Anthony schüttelte den Kopf, zog hilflos die Schultern hoch.

Da trat Helmut aus dem Wohnhaus und schlurfte zur Scheune, in der er immer seine Werkzeuge aufbewahrt hatte.

»Geht er da jetzt rein?«, flüsterte Stella.

Helmut zog die schief in den Angeln hängende Tür auf und betrat die Ruine. Nach kurzer Zeit kehrte er zurück mit einem Beil, womit er offenkundig Holz spalten wollte, etwas, das er seit jeher auf einem Klotz neben der Scheune getan hatte. So auch jetzt. Seine Hiebe waren wuchtig und zornig, ein scharfer Gegensatz zu dem kraftlosen Schlurfen des alten Mannes.

»Komm«, sagte Anthony. »Wir sollten hier nicht noch länger sitzen …«

Stella sprang aus dem Auto. Sie trug Ballerinas und einen weiten gemusterten Rock über einem Petticoat. Ihre Haare hatte sie zu einem Pferdeschwanz gebunden. Sie sah aus wie ein Teenager. Die jetzige Mode ließ ihr kaum eine andere Wahl. Zu Hause trug sie inzwischen häufig Jeans oder Caprihosen, enge Hosen in vielerlei Farben, die auf dreiviertel Länge der Beine mit einem Schlitz endeten. Beides war ihr für die DDR falsch vorgekommen. Sie wusste, dass auch die Jugend in der DDR gern Jeans trüge, die hier Nietenhosen genannt wurden, aber Jeans stammten aus Amerika, und die deutschen Nachbildungen waren für junge Menschen eher peinlich.

Helmut bemerkte sie erst, als sie vor ihm standen. Er wischte sich mit dem Ärmel den Schweiß vom Gesicht und hielt ihnen den Ellbogen zur Begrüßung hin. »Wir haben erst heute Abend mit euch gerechnet«, sagte er, und es klang zwischen entschuldigend und vorwurfsvoll.

Zu der obligatorischen Begrüßungssuppe gab es erstmalig kein selbstgebackenes Brot, sondern Weißbrot und Schwarzbrot, das reichlich auf dem Tisch stand. »Das Brot ist so billig«, erklärte Helga. »Da lohnt es sich nicht, selbst zu backen.« Dann erfuhren sie, wieso die Scheune abgebrannt war und warum auch der restliche Hof so verwahrlost und heruntergekommen aussah. »Der Brand ist nicht ganz aufgeklärt«, sagte Helmut, was Helga zu spöttischem Kichern animierte. »Alle vermuten, dass Szypinzky das war.« Helmut klang sehr bedrückt. »Ich kann das nicht glauben. Wir haben oft Skat miteinander gespielt, der Szypinzky, der Wolter und ich. Aber«, er senkte niedergeschlagen den Kopf, »vielleicht war er es ja. Er war jedenfalls nächsten Tag weg. Er hat seinen Hof auch angezündet. Den konnte keiner mehr übernehmen. Alles verbrannt. Er war wohl sehr wütend. Mit der LPG, das hat er nicht gewollt.« Er hob kurz seinen Kopf. »Wir haben niemanden mehr, der sich um den Hof kümmert.« Helga fügte spitz hinzu: »Unsere Einwohner haben Wichtigeres zu tun.«

Stella erkannte in Helga die harte Frau wieder, die sie früher gewesen war. Nach Angelas Ausreißen vor Jahrzehnten hatte sie sich in eine Mischung aus Mutter und Großmutter verwandelt, mild und einfühlsam, das war verschwunden.

»Wieso?«, fragte Anthony unbefangen, »Sind doch genug da, wieso helfen sie nicht?« Bei ihrem letzten Besuch schienen alle solidarisch miteinander gewesen zu sein. Stella erinnerte sich freilich daran, dass damals schon Helga anzumerken gewesen war, wie sehr sie das Fortgehen von Katja und Erwin und Otto getroffen hatte.

»Angela muss unseren Staat in Ordnung halten«, erklärte Helga. Es klang fast zynisch, ein Ton, den Stella bei ihr noch nicht gehört hatte. »Lydia ist zuständig für das Aufräumen und Instandsetzen der Opernkultur, ihr Mann muss schreiben, wie wundervoll sich bei uns alles entwickelt, und Roberta ist nach Berlin gezogen, weil sie da Jura studiert. In der Freizeit leistet sie Arbeitseinsätze in der Landwirtschaft, aber das betrifft uns ja nicht.« Stella überging die letzte Bemerkung. »Studiert in Berlin, das wusste ich nicht, da hätten wir sie ja besuchen können.« »Besuch aus dem kapitalistischen Westen«, fauchte Helga, »ich glaube nicht, dass Roberta darauf besonders erpicht ist.« Anthony zog die Augenbrauen hoch, und Stella war kurz davor, mit Helga einen Streit zu beginnen, da legte Helmut seine Hand auf die seiner Frau und sagte sanft: »Muddi, nun lass mal. Uns geht es ganz gut.« Helga wollte auffahren, das sah Stella ihr an, aber sie sackte in sich zusammen und schwieg.

Erst als Angela nach Hause kam, änderte sich die Stimmung. Sie sah zwar erschöpft aus, aber sie bewegte sich voller Schwung und füllte die Küche mit Fröhlichkeit. Angela drückte ebenfalls ihr Erstaunen aus, weil Stella und Anthony bereits am frühen Nachmittag eingetroffen waren, auch sie hatte erst am Abend mit ihnen gerechnet. Da begriff Stella plötzlich: Hier konnten sie sich nicht vorstellen, so schnell zu fahren, wie Anthony es mit seinem neuen Auto tat, einem Mercedes-Sportwagen, den er sich Anfang des Jahres zugelegt hatte, weil er, wie er sagte, keine Lust hatte, »nur den Kapitalisten Luxus und Sinnenfreude zuzugestehen«.

Angela wirkte verändert, fast manisch berichtete sie über die neuesten Entwicklungen in der Pädagogik der DDR. »Wir haben detaillierte Lehrpläne für jedes Fach, und für jeden Schwerpunkt gibt es ausgearbeitete Stundenpläne, die es dem Lehrer erleichtern, sich vorzubereiten. Die liegen in Buchform vor, unsere Bücher sind ja so billig, jeder kann sie kaufen.«

»Kommt so nicht eine Uniformität zustande, die der Kreativität im Wege steht?«, gab Anthony zu bedenken, aber Angela widersprach vehement: »Du hast jede Freiheit, die Vorlagen kreativ abzuwandeln, aber so ist eine viel größere Sicherheit gewährleistet, dass die Kinder humanistische Bildung vermittelt bekommen. Zum Beispiel …« Sie zog ein

Buch aus ihrer Schulmappe. »Wilhelm Tell: Ich weiß nicht, wie ihr das in der Schule durchgenommen habt, hier stellen wir es in den historischen Zusammenhang, und, ihr glaubt es vielleicht nicht, aber unsere Schüler sind durchgängig interessiert an der Klassik.« Stella nahm das Buch in die Hand und las: »Angela Schwarz ... du hast Roberts Namen angenommen?« Angela errötete. Stella bemerkte, wie Helga die Lippen zusammenpresste. Zu ihrer Überraschung wurde sie von einer Welle des Mitleids durchflutet. Als steckte sie in Helgas Haut, empfand sie eine Mischung aus Trauer, ohnmächtiger Auflehnung gegen die Ungerechtigkeit und zaghaftem Stolz. Es hätte ihr so gutgetan, wenn ihr Name da gestanden hätte, dachte Stella. Das hätte Angela für ihre Stiefmutter wirklich tun können. Sie wurde zornig auf ihre Tochter und deren selbstbezogenen Stolz. »Warum hast du das getan?«, fragte sie, strenger als gewollt.

In diesem Augenblick trat Bobby in die Küche. Er begrüßte Stella und Anthony herzlich, umarmte auch Helga und Helmut, gab Angela einen Kuss auf die Wange. Da erblickte er das Buch in Stellas Hand, und man sah ihm an, dass er augenblicklich die Stimmung im Raum erfasste. Er setzte sich an den Tisch, Helga humpelte zum Herd und bediente ihn mit einem Teller dampfender Suppe. Er fächelte sich den Duft zu und atmete mit einem wohligen Geräusch aus. »Die Frauen dieser Familie sind Künstlerinnen der Suppe«, sagte er grinsend. Stella warf ihm ein dankbares Lächeln zu. Auf Helgas Gesicht hatte sich bei seinen Worten ein zarter Lichtschimmer gelegt. Endlich war da einer, der ihre Fähigkeiten als Köchin anerkannte, aber, Bobby hatte wie mit Zauberhand noch etwas anderes bewirkt: Mit einem Mal waren sie alle eine Familie, und zu dieser Familie gehörten lauter wundervolle Frauen: Die Tante, Lysbeth und natürlich auch Helga. Denn diese drei waren die Suppenköchinnen. Alle anderen im Raum befindlichen Menschen waren verbunden durch die Suppenköchinnen.

Bobby wies auf den harten Einband des Buches. »Unsere Angela. Eine Autorin. Ich hab sie ja schon vor langer Zeit gefragt, ob sie mich nicht heiraten will, dann würde da mein Name stehen.« Er rollte mit den Augen und grinste breit, aber Stella spürte intuitiv, dass unter dieser zur Schau getragenen Leichtigkeit etwas anderes war, etwas, das sie nicht richtig fassen konnte, doch sie spürte, dass da etwas Schweres in Bobbys Herz lag.

»Diese Dame hat mir wahrhaftig einen Korb gegeben. Sie will mich einfach nicht heiraten.« Angela errötete abermals, und Stella betrachtete sie besorgt. Was war los mit ihrer Tochter? Wenn ein Mann, den man liebt, einem einen Heiratsantrag macht, dann sagt man doch ja. Oder?

Sie erinnerte sich beschämt, wie oft Anthony ihr schon einen Antrag gemacht hatte. Es hatte immer unterschiedlich geklungen: Wenn du nicht noch verheiratet wärst, würde ich dich jetzt fragen, ob du mich heiraten willst. Oder: Ich weiß nicht, wovor du Angst hast, die Sicherheit, die der Kerl dir gibt, gebe ich dir allemal. Heirate mich! Sie hatte immer verneint. Es war ihr nicht möglich gewesen, sich von Jonny scheiden zu lassen. Es hatte im Laufe der Jahre wechselnde Gründe gegeben, heute allerdings kamen sie ihr alle lächerlich vor. Heute würde sie sich sofort von Jonny scheiden lassen; aber jedes Mal, wenn sie den Gang zum Anwalt ernsthaft geplant hatte, kam etwas dazwischen, und also wurde es wieder verschoben.

Was waren Angelas Gründe?

Angelas stolzer Mund öffnete sich und verschloss sich alsbald wieder. Sie sagte nichts. Weder zu der Wahl ihres Namens noch zu ihrer Weigerung, Bobby zu heiraten. Anthony durchbrach die Spannung, die plötzlich über dem Tisch lastete wie eine Gewitterwolke, die darauf wartete, sich zu entladen. »Was ist denn nun euer neuestes pädagogisches Konzept?«, fragte er.

Stella erinnerte sich an Angelas Berichte über das pädagogische Ringen seit dem Aufbau der DDR. »Wir hatten im Mai vor drei Jahren unseren fünften pädagogischen Kongress«, sagte Angela mit einer Stimme, der man anhörte, dass sie mit dem Herzen woanders war. »Der Kongress fand fast sieben Jahre nach dem letzten statt«, fügte Bobby hinzu. »Dazwischen lagen die II. Parteikonferenz der SED, die sich ganz dem planmäßigen Aufbau des Sozialismus gewidmet hat, Stalins Tod, der 17. Juni, die Pariser Verträge, der Warschauer Pakt, …«

»Und drei Monate vor dem Kongress die berühmte Geheimrede, in der Chruschtschow erstmals über Stalins Verbrechen gesprochen hat«, warf Helga spitz ein. In diesem Augenblick entzog Stella ihr wieder ihr Mitgefühl. Es war nicht nötig, in diesem Raum in diesem Zusammenhang daran zu erinnern, dass es offenbar im sozialistischen Lager nicht nur ein Ringen um Menschlichkeit und Gleichheit und Brüderlichkeit gegeben hatte.

Angela stockte kurz und fuhr dann fast tonlos fort: »Das zentrale Referat hielt der Volksbildungsminister Fritz Lange, und er begann mit einer massiven Kritik an den pädagogischen Zielen des IV. Kongresses. Es hätte eine Überbetonung der Geisteswissenschaften gegeben. Ich konnte das nicht gut verstehen.« »Er hat gesagt«, betonte Bobby: ›Ein anderer Mangel der letzten Jahre liegt in der einseitigen überspitzten Betonung der intellektuellen Bildung auf Kosten der Erziehung und des Erwerbs praktischer Fähigkeiten.‹ Und das ist etwas, das ich überhaupt nicht verstehe, Angela zumindest hat ihre Schüler immer mit der Realität verbunden.« Er grinste. »Soweit ich weiß, hat sie die Mädchen allerdings keine hauswirtschaftlichen Fähigkeiten gelehrt, das könnte eine Überbetonung intellektueller Fähigkeiten gewesen sein.«

Angela fuhr ihn an: »In der konkreten Situation der Fünfzigerjahre kam es vor allem auf das Bekenntnis ›zur Sache‹ an, nun gilt neben dem Aufbau von Mittelschulen die patriotische Erziehung der Kinder als eine der wichtigsten schulischen Aufgaben.«

»Was verstehst du denn unter Patriotismus?«, fragte Anthony, dem der Widerwille gegen diesen Begriff anzusehen war.

»Unter Patriotismus verstehen wir die Liebe zu einem Deutschland nach dem Vorbild der DDR. Patriotische Erziehung soll vor allem klassenmäßige Erziehung sein. Unsere Jugend muss auch vom Hass gegen die Feinde unseres friedlichen Aufbauwerkes erfüllt sein«, erklärte Angela, und alle am Tisch sahen sie nachdenklich an. »Dahinter steht aber ein dualistisches Freund-Feind-Denken«, bemerkte Anthony. »Und dieses Denken hat uns in Kriege geführt.«

»Angela, es ist doch noch gar nicht so lange her, dass du ganz anders gesprochen hast«, sagte Stella so sanft, wie es ihr möglich war. »Ja«, antwortete Angela ebenso sanft, und sie klang fast traurig: »Vor zehn Jahren hat Karl Trinks davon gesprochen, dass wir Pädagogen Duldsamkeit, Mitleid, Güte bei unseren Schülern fördern sollen, aber das stand beim letzten Kongress nicht mehr im Zentrum, sondern die klassenmäßige Erziehung.«

»Ich hab die Dokumente dieses Kongresses gelesen«, schaltete Bobby sich ein, »schließlich will ich wissen, was für meine … Frau … von Bedeutung ist. Und ich habe begriffen, dass das Erziehungskonzept nicht nur auf die Kinder wirken soll, sondern über die Kinder auch auf die Erwachsenen. Der Minister findet, dass die Diskussion über patriotische Erziehung in die Arbeiterklasse und in die Elternschaft hineingetragen werden muss, wo auch immer der Unterschied liegen mag.« Angela fiel ihm ins Wort, als hätte er bei diesem Thema nicht mitzureden: »Als wichtigster Schritt hin zur patriotischen Erziehung wurde die Verbindung des Lernens mit produktiver Arbeit gesehen, in dem Zusammenhang auch die Verbesserung des Werkunterrichts und die bessere Nutzung von Patenschaftsverträgen mit Betrieben. Spätestens seit dieser Zeit spielt bei uns die polytechnische Bildung und die entsprechende Erziehung zum arbeitsfreudigen Menschen eine zentrale Rolle.«

Stella dachte nach, langsam formulierte sie ihre Überlegungen: »Das klingt wie eine enge Verbindung zwischen Kinderleben und Leben der Erwachsenen.« »Ja«, bestätigte Bobby, »im Westvergleich ist bei uns die Trennwand zwischen beruflichem und privatem Leben viel durchlässiger.«

Angela fuhr fort, als hätte er nichts gesagt: »Mir haben die Wissenschaftler gefallen, die sich auf dem Kongress zu Wort gemeldet haben. Sie sind vorher angegriffen worden. Ihre Unterstützung war vermisst worden. Aber sie haben sich gewehrt, Gerhard Harig zum Beispiel, der Staatssekretär für Hochschulwesen, und Robert Alt von der Humboldt-Uni. Alt nannte sich Neu-Wissenschaftler, der ähnlich dem Neu-Lehrer auf die Unterstützung der Politik angewiesen sei.«

»Aber«, Stella ließ nicht locker, »früher hast du doch ganz andere Werte für die Erziehung genannt, ich erinnere mich an Mitgefühl und Friedlichkeit, an humanistische Inhalte.«

Angela nickte. »Ja und nein. Was früher galt, ist heute nicht falsch, aber es werden andere Schwerpunkte gesetzt. Früher sollten Kindern und Jugendlichen sowohl allgemein menschliche Tugenden als auch klassenmäßige Tugenden anerzogen werden, das eine nicht nur neben dem anderen, sondern für das andere. Eine klassenmäßig neutrale Erziehung kam nie in Betracht. Weil das gesellschaftliche Ziel im Heranwachsen glücklicher und allseits gebildeter Menschen bestand, musste entsprechend dem politischen Verständnis die Klassenfrage gelöst werden, musste die Ausbeuterklasse entmachtet werden und die Arbeiterklasse die politische Macht übernehmen. Die Lösung der Klassenfrage wiederum erforderte mutige, ehrliche, kluge Menschen. Insofern speiste sich diese Erziehungspolitik einerseits aus der kommunistischen Theorie und Bewegung, andererseits aus dem humanistischen Anliegen der europäischen Aufklärung.«

Stella hörte nicht mehr zu. Hier spulte jemand Lehrmeinungen ab, die sie langweilig fand. Sie beobachtete ihre Tochter beim Sprechen und fragte sich, was es genau war, das sie störte. Schließlich begriff sie: Angela schaute nie zu Bobby, sie sprach, als wäre er nicht im Raum. Bobby hingegen war vollkommen auf Angela bezogen.

»Wieso hat es eigentlich so lange keinen pädagogischen Kongress mehr gegeben?«, fragte Stella. »Ich glaube, ehrlich gesagt«, Angela brach plötzlich in ein befreiendes Lachen aus, das alle am Tisch ansteckte, obwohl sie gar nicht wussten, was folgen würde. »Sie haben uns nach 1949 wurschteln lassen. Wir waren so begeistert, und vorher gab es ja auch jedes Jahr einen Kongress, der viel angeschoben hat. Nun, nach sieben Jahren, war es wohl an der Zeit, uns mal wieder auf die Finger zu klopfen.«

Anthony wandte sich an Bobby: »Und die Musik, und die Jazz-Szene?«

Bobby schüttelte den Kopf. »Ehrlich gesagt, das darfst du mich kaum fragen. Ich spiele in einer Band, die Schlager zum Tanzen zum Besten gibt.« Anthony zog befremdet die Augenbrauen hoch.

»Ja, guck nicht so«, Bobby schmunzelte. »Bei uns läuft das anders. Wir Musiker sind dafür da, Menschen Freude zu bereiten, und das heißt, dass wir in Lokalen, auf Veranstaltungen, Festen, in Hotels dafür sorgen, dass die Leute tanzen können und Spaß haben.« Er grinste wieder. »L'art pour l'art ist nicht sozialistisch. Und Jazz ist nun mal leider oft l'art pour l'art.«

»Und das gefällt dir?«, fragte Anthony. Er fixierte Bobby streng. Der wiegte den Kopf. »Well, du musst das so sehen«, sagte er. »Nur wer Jazz und Klassik beherrscht, kann ein Könner in der Tanzmusik sein. Wir Musiker diskutieren oft darüber, ob uns das gefällt, was gerade passiert, und wir sind uns einig darin, dass es nicht um Qualitätsverfall geht. Ich zumindest …«, er grinste breit, »leiste jeden Abend Großes.«

Angela warf ein: »Schon Marx hat sich mit der Kunst im Sozialismus beschäftigt. Und wenn die Kunst nicht im Dienste des Volkes steht, sondern nur dafür da ist, dass sich ihr Schöpfer, also der Künstler, mit sich selbst und der Entwicklung der Kunst beschäftigt, dann ist Kunst sinnlos.«

Anthony nickte. Stella wusste, dass er innerlich zustimmte. Auch er wollte schreiben, was die Menschen bewegte, und am liebsten wollte er, dass seine Leser anschließend klüger, kritischer, mutiger waren, ihre Realität selbst zu gestalten. Auch er wollte, dass die Menschen die Lügen, die ihnen erzählt wurden, durchschauen konnten, und dass sie mitfühlendere, kreativere, humanere Menschen würden. Aber sie war sich nicht mehr sicher, ob Angela und Anthony das Gleiche unter »humaner« verstanden. Außerdem wusste sie, dass sich Anthonys Vertrauen in die Arbeiterklasse in der letzten Zeit verringert hatte. Die Sozialdemokraten bereiteten ihren Parteitag in Godesberg vor, und es war offenkundig, dass sie mal wieder opportunistischer sein würden als nötig. Die Anti-Atombewegung musste inzwischen komplett auf die SPD und die Gewerkschaft verzichten. Anthony hatte in der letzten Zeit mehrmals die Schießbefehle sozialdemokratischer Minister auf revolutionäre Arbeiter nach dem Ersten Weltkrieg heraufbeschworen und auch den Spruch »Wer hat uns verraten, die Sozialdemokraten«.

Was Anthony vielleicht noch mehr abrücken ließ von seiner Haltung, dass die Arbeiter an die Macht müssten, da sie es waren, die die Werte schafften, war die permanente Mehrheit für Adenauer, einen Mann, der mit Bankiers und Industriellen verbandelt war wie kein Zweiter. Und was ihn außerdem an der Vernunft der Arbeiter zweifeln ließ, waren die zu Tausenden aus der DDR in die BRD überlaufenden Leute. Darunter waren zwar sehr viele gut ausgebildete Akademiker, die es lockte, in der BRD das Vielfache dessen zu verdienen, was ihnen in der DDR gegeben wurde, wo ein Professor nicht mehr verdiente als ein Facharbeiter, aber das waren eben nicht alle. Es gab unter den sogenannten Flüchtlingen viele, denen es gutgegangen war in der DDR. Dort konnten alle sich Bücher kaufen, denn die waren spottbillig, alle hatten Arbeit und die einmalige Chance, einen neuen Staat auf deutschem Boden aufzubauen, selbstverständlich mit gewaltigen Irrungen und Fehlern, das zeigte sich ja allein an Angela und der Verrottung des Hofes, aber sie hatten die Chance, etwas Neues aufzubauen. Doch was taten sie? Sie gingen ab in den Westen. Dort fanden sie das Bekannte vor: eindeutige Machtverhältnisse. Ihre Beteiligung bestand fortan in einem Kreuzchen alle vier Jahre, ansonsten bestimmten die Flicks und Krupps wieder wie eh und je, wo es langging. Was die Leute anzog, war jedoch vor allem der Konsum. Kühlschrank, Waschmaschine, Fernseher, Auto, das war das, wonach sie strebten. »Ob ich solchen Leuten die Leitung über irgendein Land übertragen möchte, bezweifle ich doch stark«, hatte Anthony jüngst zornig ausgestoßen. In Westdeutschland saß die alte Garde wieder fest im Sattel, Reflexionen über die Gräuel des Nationalsozialismus waren vollkommen unerwünscht, und also auch Anthonys Bücher.

Stella verstand seine Enttäuschung gut. Ein Schriftsteller, der jahrelang daran gearbeitet hatte, mit seinen Geschichten einen Ausschnitt der Welt zu spiegeln, der sich selbst, sein ganzes Sein in diese Geschichten gelegt hatte, und dem dann gesagt wurde: Dieses Bild will keiner kaufen und deshalb wird es nicht gedruckt, der musste zutiefst enttäuscht sein.

Was Stella jedoch erstaunte, war Anthonys Verschwendungslust in der letzten Zeit. Als wäre auch er vom Konsumrausch ergriffen. Der Kauf des Fernsehers war noch damit zu begründen gewesen, dass er der Familie Wolkenrath eine Weihnachtsfreude machen wollte, der jüngste Kauf des Sportwagens, der überall Aufsehen erregte, was ansonsten nicht Anthonys Art entsprach, war nur die Spitze eines Eisbergs aus Käufen, die viel Geld verschlangen. »Ich hab das Geld«, hatte er Stella in einem Gespräch kurz vor ihrer Abfahrt auf die Frage geantwortet, wofür all diese Anschaffungen gut sein sollten, Kühlschrank und sogar eine Waschmaschine, die in der Küche im Souterrain ihren Platz fand. »Soll ich es der Bank überlassen, damit die damit ihre schmutzigen Geschäfte treibt? Nein! Geld muss man lieben und unter die Leute bringen, damit die dann wieder etwas damit anfangen können.«

Stella hatte ihn konsterniert angeschaut, und er hatte ihr gestanden, dass er ein langes Gespräch mit Aaron über Geld geführt hatte. »Aaron hat mir die Augen geöffnet«, erklärte er, seine meerblauen Augen treuherzig wie ein Kind auf Stella gerichtet. »Es ist nicht das Geld, das schlecht ist. Geld ist völlig neutral, es hängt davon ab, wer es in die Finger bekommt. Weißt du, ich habe mich immer etwas wegen meines Reichtums geschämt. Die Farm in Tanganjika, das Erbe meiner Eltern, die Buchtantiemen und dann noch all die übrigen Einnahmen, die durch die Bücher auf mich zugerollt sind.« Stella hatte sich gewünscht, er möge nie aufhören so zu sprechen. Er war so bitter gewesen, hatte so viel geklagt, hatte getrauert, nun waren das andere Töne, und seine Augen sahen wieder anders aus, so weit wie das Meer, wenn es in den Sommerhimmel übergeht. »Verstehe«, hatte sie gemurmelt. »Und nun hat Aaron gesagt, dass du dich nicht schämen musst, weil du ja kein verdammter Ausbeuter bist, an dessen Händen Blut klebt, sondern dass du auch das Recht hast, dein Leben zu genießen, und wenn das Geld dich dabei unterstützt, darfst du es nutzen.« »Kluge Frau«, Anthony hatte anerkennend genickt. »Kluge Frau. Fast genauso hat er es gesagt. Und dann hat er noch gesagt, dass das Dümmste, was ich mit meinem Geld tun kann, ist, es auf einem Konto bei einer Bank zu verstecken, weil die garantiert ausbeuterische schäbige Sachen damit machen und mir dann vorgaukeln, mein Geld würde mehr werden, weil sie mir ein paar Zinsen zahlen.«

Stella hatte sich über seinen Gesinnungswandel gefreut. Gleichzeitig konnte sie sich eines mulmigen Gefühls nicht erwehren. Es war wie eine gefährliche Unterströmung unter einem freundlich und harmlos erscheinenden Gewässer. Sie wusste nicht, wohin diese Strömung zog, hinaus, irgendwohin, wo es kein Ufer mehr gab? Sie fand diese Gedanken und die dazugehörigen Gefühle seltsam, befremdlich, verstand sich selbst nicht und beschloss, sich gemeinsam mit Anthony über die Genüsse zu freuen, die ihm – und ihr – sein Geld erlaubten. Er hatte sie immer schon beschenkt, doch bisher waren seine Geschenke die Verwirklichung kreativer Einfälle gewesen, jetzt bestanden sie aus Gold und Samt und Seide und teuren Schneidern. Stella hatte es nie nötig gehabt, ihre Schönheit mit raffinierten Tricks herauszuputzen, und Schmuck hatte sie früher geradezu abgelehnt, weil sie sich damit unangenehm behängt gefühlt hatte. Das hatte allerdings mit dem Schmuck aufgehört, den ihre Mutter ihr damals geschickt und dezent angelegt hatte, als Jonny sie unbedingt bei seiner Mutter hatte vorführen wollen. Scharf fuhr ein brennender Schmerz durch Stella hindurch. So sehr vermisste sie die Mutter. Ihre Ruhe, ihr klarer Blick, der so viel mehr mitbekam, als sie zu erkennen gab, ihre liebende Präsenz, die nicht viel Aufhebens von sich selbst machte und auch nicht von ihrer Mutterliebe, all das fehlte täglich. Plötzlich zornig, dachte sie: Der Tod ist ein völlig ungerechter Scheißkerl! Er greift sich die, die noch so lange gebraucht werden, und die es verdient haben, dass ihr wundervolles Herz lange, lange schlägt, und er lässt so viele leben, immer weiter leben, weit über die schickliche Grenze hinaus, die keinerlei Wärme aus ihrem Herzen abzusondern vermögen, die einfach kalt und egoistisch auf die Durchsetzung ihrer eigenen Interessen bedacht sind.

Ihre Überlegungen wurden jäh unterbrochen, als Lydia und Daniel in die Küche einfielen wie eine Horde Opernkünstler. »Oper, das ist großes Gefühl, immer nur großes dramatisches Gefühl«, würde Lydia in wenigen Minuten verkünden, doch bereits vor diesen Worten schwappte mit ihr und Daniel die große Oper in die Küche des heruntergekommenen Hofes von Helga und Helmut.

Stella war glücklich, als endlich alle beisammen waren. Lydia mit ihren ausladenden Gebärden, ihrem lauten Lachen, dem Gesicht mit den schönen Falten um Augen und Mund, die gar nicht alt machten, sondern irgendwie dramatisch das Leben in Lydias Gesicht verstärkten, und Daniel, der sie immer wieder verliebt anschaute, wie er es tat, seit Stella sie zum ersten Mal zusammen gesehen hatte, ganz großes Gefühl, keine laue Liebesbrise. Dazu ihre Angela, auch sie mit dieser Leidenschaft, dieser Intensität, die sich ganz und gar dem Aufbau des Sozialismus verschrieben hatte, und Bobby, der mit jedem Menschen und dessen Melodie oder Rhythmus mitschwingen und improvisieren konnte, einfach weil es ihm im Blut lag, und dann Helga und Helmut mit ihren knorrigen Gesichtern, die all diesen leidenschaftlichen Menschen einen Boden gaben, wo Wurzeln geschlagen worden waren, die nicht so leicht würden herausgerissen werden können.

## 22

Stella haderte mit sich selbst. Wieso empfand sie diesen Schmerz in der Brust? Sie stand mit Anthony, dem Mann, den sie mehr liebte als alles andere auf der Welt, am Fenster im Erste-Klasse-Abteil am Hauptbahnhof. Am Bahnsteig schwenkte ihre Familie, Lysbeth und Aaron, sogar Eckhardt und Cynthia, sowie Dritter mit seiner ganzen Familie, einschließlich der Schwiegermama, weiße Taschentücher und winkten und riefen die unterschiedlichsten Wünsche: »Passt gut auf euch auf!« »Kommt gesund zurück!« »Grüßt die Neger!« »Fallt keinem Kannibalen in den Suppentopf!« und immer wieder: »Bleibt gesund!« und »Viel Glück!«

Stella wusste die Glückwünsche zu schätzen. Sie hatte von der Tante gelernt, dass Wünsche ernst zu nehmen waren, schwere Gewichte sozusagen, ähnlich Pferden, die das Leben als Kutsche hinter sich herzogen. Sie war doch glücklich! Über diese Menschen, die ihr alle Glück wünschten. Und über ihren Liebsten, Anthony, der an ihrer Seite war, ihr Mann, auch wenn sie nicht verheiratet waren.

Jonny war dem Bahnhof ferngeblieben, aber er war am Vortag in der Kippingstraße aufgetaucht, hatte ihr einen Kuss auf die Wange gedrückt und Anthony fast die Hand zerquetscht. »Pass auf sie auf«, hatte er männlich-sonor gefordert, als hätte er Anthony eine wertvolle Fracht übergeben. Anthony hatte nicht spöttisch reagiert, wie Stella in diesem Augenblick befürchtet hatte. In ihrem Kopf vernahm sie seine Worte: »Das tu ich seit über dreißig Jahren, du Spinner, pass du auf deine eigene Frau auf«, aber er sagte nichts, nickte nur und fragte Jonny, ob sie in Tanganjika etwas für ihn erledigen sollten.

Es hatte eine Zeit gegeben, da sie Jonnys Sohn in Daressalam etwas mitgebracht hatten, aber inzwischen schien Jonny vergessen zu haben, dass es diesen Sohn überhaupt gab. Er schüttelte den Kopf und sagte: »Nö, wüsste nicht.« Stella verstand ihn sogar, obgleich es sie gruselte. Wilhelm, wie der Junge damals genannt worden war, musste heute um die dreißig sein, etwas älter sogar, so einem Sohn gab ein Deutscher nicht ohne weiteres ein kleines Geschenk mit, ohne etwaige Folgen zu fürchten. Gefährliche Folgen für Jonny, denn »Wilhelm« könnte Ansprüche geltend machen, ihn erpressen, sobald er auch nur das geringste Indiz für eine Vaterschaft hätte. All das wollte Jonny verständlicherweise nicht.

Im Übrigen hatte er genug zu tun mit Walburga, seiner behinderten Tochter, die ihm nach wie vor entsetzlich peinlich war. Er hatte sie zu entfernten Verwandten Gretas nach Westerhäver geschickt. Westerhäver, das war weites Land mit Schafen und Meer und auseinanderliegenden Gehöften. Da hatten sich die Leute das Maul zerrissen, als plötzlich eine junge Frau aus Hamburg als entfernte Cousine in die Dorfgemeinschaft platzte. Was wollte die denn hier, die komisch guckte, anders sprach und ihre Gliedmaßen anders ineinandergefügt zu haben schien als der Normalmensch? Aber als dieser Nichtnormalmensch dann eine Weile dort geblieben war und sich gar nicht so ungeschickt im Stall mit Kühen und Schweinen anstellte und sogar bei der Schafschur eingesetzt werden konnte, verlief sich das Gerede, und die Frau, deren Alter man schlecht schätzen konnte, gehörte einfach dazu. Dass Jonny einen hohen monatlichen Betrag zahlte, damit seine Tochter dort bleiben konnte, davon wusste nur die engste »Verwandtschaft«.

Stella wusste, wie schwer es Greta angekommen war, ihre Tochter zu quasi fremden Menschen zu geben, aber seit Greta merkte, dass Walburga das Heimweh überwunden hatte, nicht mehr kehlige Laute des Schmerzes von sich gab, wenn Greta wieder abfuhr, hatte sie sich beruhigt. Allerdings fuhr sie so oft wie möglich nach Westerhäver, um ihre Tochter zu besuchen, und am liebsten hätte sie sich selbst bei den

Verwandten einquartiert. Daran war freilich nicht zu denken, denn das entsprach nicht Jonnys Wille, und er war es, der den Leuten Geld dafür bezahlte, dass sie »das Mensch« dort behielten und verpflegten.

All diese Dinge gingen Stella durch den Kopf, als sie über die Elbe fuhren, die Silhouette Hamburgs hinter sich ließen. Mitten in Stellas Brust zog ein Schmerz, den sie als vollkommen absurd fortwünschte, aber er grub sich dort ein wie eine Zecke.

Es dauerte bis Rotterdam, wo sie sich zum Hafen und dann auf ihr Schiff begaben, das schon am Pier lag, dass dieser Schmerz langsam verklang, dennoch lag er in der Luft um Stella wie der lange nachhallende Ton von Kristallgläsern, wenn sie aneinandergeschlagen werden.

Bis jetzt waren Anthony und sie auf Frachtdampfern nach Afrika und zurück gereist, dieses Mal waren sie auf einem Passagierschiff. Die Menschen lagen auf Liegestühlen, spielten Canasta, tranken Whisky oder tanzten zur Musik der Bordkapelle. Die Mahlzeiten wurden in einem Speisesaal an runden Tischen eingenommen, wo jeweils sechs Personen Platz fanden. An Stellas und Anthonys Tisch saßen eine alte Frau mit ihrer Enkelin und ein junges Paar, das sich auf Hochzeitsreise befand. Die alte Dame hatte sich während der Zwanzigerjahre gemeinsam mit ihrem verstorbenen Gatten, wie sie berichtete, in Daressalam aufgehalten, wo er für ein von ihr nicht genauer bezeichnetes Handelsunternehmen Geschäfte getätigt hatte. Stella und Anthony tauschten einen Blick, beide schüttelten für andere kaum erkennbar die Köpfe. Nein, sie würden sich nicht zu erkennen geben als Stella Maukesch, die Frau von Jonny Maukesch, der für Woermann in Daressalam tätig gewesen war, und Anthony Walker, der Schriftsteller. Stella verspürte nicht die geringste Lust, mit einem damaligen Mitglied der deutschen Kolonie Erinnerungen auszutauschen. Vielleicht erinnerte die Frau sich sogar an den Skandal, als gemunkelt wurde, sie habe ein Verhältnis mit einem Schwarzen gehabt oder sie sei verrückt geworden oder beides, weshalb sie damals mit dem nächsten Schiff hatte verschwinden müssen. Ebenso wenig war Stella dazu aufgelegt zu erklären, dass sie mit eben diesem Kapitän a.D. nach wie vor verheiratet war, sich aber als Frau von Anthony Walker verstand.

Sie wusste, dass es auch Anthony nicht danach gelüstete, als Schriftsteller erkannt zu werden. Womöglich würde die Frau dann fragen, warum seit der Veröffentlichung seines letzten Buches so viel Zeit vergangen sei.

Also ließen sie die eigene Identität mehr oder weniger im Dunkeln, zumindest im Halbdunkel, was nicht schwierig war, da die anderen wenig fragten. Das Liebespaar war völlig aufeinander konzentriert, und die Enkelin der alten Dame beanspruchte die Aufmerksamkeit ihrer Großmutter nahezu unablässig. Vicky war vierzehn Jahre alt und ein hyperaktives Plappermaul. Sie schwärmte für Peter Kraus und Conny Froboess, die deutschen Teenageridole, und sie erzählte ihrer Großmutter bei jeder Mahlzeit aufs Neue, wie eine Schallplatte mit einem Sprung, dass sie von Peter Kraus ein Autogramm bekommen habe, als sie nach einem Konzert gemeinsam mit mindestens tausend anderen Mädchen vor seiner Garderobe ausgeharrt hatte. Viele der Mädchen hatten die Geduld verloren und waren gegangen, aber sie hatte durchgehalten bis zum Schluss, und da war das Wunder dann geschehen. »Er hat mir in die Augen gesehen, Oma, über die anderen hat er weggesehen, aber mich hat er angeschaut, ganz lange, und gelächelt, und dann hat er mit seiner tollen Stimme gefragt, wohin ich das Autogramm denn haben möchte. Dabei hatte ich ihm doch schon die Schallplatte vor die Nase gehalten. Aber er wirkte ganz aus dem Konzept gebracht.« Von Tag zu Tag steigerte Vicky sich mehr in ihre Liebesgeschichte hinein, wobei sie ihre Großmutter belagerte mit rhetorischen Fragen, ob sie sich bei Peter Kraus auf diese oder jene Weise in Erinnerung rufen solle. Denn er hatte ja nicht ihren vollständigen Namen, er wäre nicht in der Lage, sich mit ihr in Verbindung zu setzen, wenn er sich in Sehnsucht nach ihr verzehrte. Die Großmutter war von einer bewundernswerten Geduld, sie gab Tipps, erzählte von ihrer Jugend und ihren ersten Lieben.

Stella und Anthony versuchten zwar, die Schwärmerei des Mädchens nicht allzu detailliert mitzubekommen, aber die Kleine hatte eine durchdringende Stimme, und die Zeiten bei Tisch boten ihr anscheinend die einzige Möglichkeit, die ungeteilte Aufmerksamkeit ihrer Oma in Anspruch zu nehmen, wie Stella den Vorwürfen des Mädchens entnahm, wenn die alte Dame versuchte, das Gesprächsthema auf etwas anderes zu lenken. »Peter ist nun mal der, wofür ich mich interessiere, du interessierst dich ja sonst auch nur für deine blöden Schriftsteller. Ich kann nun mal nicht die ganze Zeit lesen wie du. Warum hast du mich überhaupt mitgenommen, wenn du immer nur lesen willst?«

Die alte Frau verlor nur kurz die Fassung, wurde blass, dann rot, dann nahm ihr Gesicht wieder seine normale Farbe an, die, obwohl sie sich täglich an der frischen Luft aufhielt, sehr viel blasser war als die ihrer Enkelin. »Viktoria«, sagte sie sehr ruhig, »ich habe dich mitgenommen, weil ich dachte, es könnte schön sein, wenn wir beide eine Zeit miteinander verbringen, du eine Schiffsreise machst und etwas von Afrika kennenlernst. Ich habe leider nicht vorhergesehen, dass du das einzige Kind auf dem Schiff sein wirst ...« »Kind!«, fuhr Vicky auf, »Kind!«, schnaubte sie. »Du hast ja keine Ahnung! Ich bin kein Kind!« Sie stand abrupt auf, ihr Stuhl kippte nach hinten um, alle blickten auf. Schluchzend verließ sie den Saal.

Neugierig wartete Stella, was jetzt geschehen würde. Wie würde die Großmutter reagieren? Die blieb ruhig sitzen und widmete sich der Hauptspeise, Wachteln auf Gemüserisotto. Sie wirkte nicht im Geringsten verunsichert. Stella war freilich durcheinander. Musste man nun nicht hinter dem Mädchen her und es trösten? Da hob die Dame ihr Weinglas und prostete Stella zu. »Meine Enkelin ist Viktoria genannt worden, nach mir. Und ich fürchte, sie hat meinen Dickkopf geerbt.« Viktoria. Stellas Gesicht wurde weich. »Ich kannte mal eine Viktoria«, sagte sie versonnen. »In Daressalam.« Sie hob ihren Blick und schaute in spöttische Augen, die sie genau beobachteten.

»Stella, oder?«, fragte die Fremde. Stella konnte es nicht fassen. Wieso war ihr nicht vorher schon aufgefallen, dass diese Frau die gleichen klaren leicht spöttischen Augen hatte wie damals ihre Freundin Viktoria. Sie dachte, ich müsste jetzt aufstehen und die Frau irgendwie umarmen oder ihr wenigstens die Hand reichen, aber sie saß wie vom Donner gerührt auf ihrem Platz. »Ich weiß es schon die ganze Zeit«, erklärte die Fremde, und jetzt gelang es auch dem Klang ihrer Stimme, in den Bereich von Stellas Gehirn vorzudringen, in dem die Erinnerungen aufbewahrt sind. Ja, es war genau diese tiefe, vom Rauchen etwas raue Stimme. »Ich rauche nicht mehr«, sagte die Frau da auch schon. »Als Viktor an Lungenkrebs gestorben ist, fand ich es pietätlos, weiter zu rauchen, ohne ihm ins Grab nachfolgen zu wollen.« Viktor, richtig, ihr Mann hieß Viktor.

»Könnt ihr mich mal aufklären?«, forderte Anthony.

Die fremde Frau namens Viktoria, die nun gar nicht mehr so alt wirkte, wandte sich ihm zu: »Und Sie sind Anthony Walker.« Sie lachte leise. »Ich habe alles von Ihnen gelesen, und ich muss Ihnen gestehen, dass ich Sie großartig finde.«

In Anthonys Gesicht, das nicht lügen konnte und all seine Empfindungen stets spiegelte, wechselten Distanz mit angestrengtem

Nachdenken, mit heraufdämmerndem Erinnern, mit dem plötzlichen Festhalten einer Erinnerung. »Viktoria!«, rief er aus. »Die Frau von Viktor! Das geheimnisumwobene Paar von Daressalam. Ich habe keine Ahnung, wie Sie da hingekommen sind, wie Sie fortgegangen sind, ich sehe Sie nur auf einer einzigen Party vor mir, und dann höre ich, wie die Leute über Sie rätseln.«

Viktoria lächelte breit. Nun konnte Stella endlich aufstehen und die Freundin von damals umarmen. »Sie, äh, du, wir haben uns geduzt, oder? Egal, auf jeden Fall hast du mir das Leben gerettet.« Sie kicherte. »Weißt du noch, wie wir Jonny an der Nase herumgeführt haben, damit ich die Einladung nach Sansibar annehmen durfte?« Viktoria ließ sich die Umarmung gerne gefallen. Sie drückte Stella einen festen Kuss auf die Wange. »Dass wir uns noch einmal wiedersehen, habe ich nie für möglich gehalten.«

Jetzt kam Bewegung in Stella. Sie wollte alles wissen. »Seit wann seid ihr aus Daressalam fort? Was habt ihr danach gemacht? Wo habt ihr gelebt? Was war denn nun euer Geheimnis?«

Viktoria lächelte, und vor Stellas Augen verwandelte sie sich wieder in die erfahrene schöne Frau von damals, eine Frau, der man bereits in den Zwanzigerjahren nicht ansehen konnte, wie alt sie eigentlich war. Genauso war es jetzt. Hatte Stella bislang gedacht, dass es sich um eine alte Frau handelte, so schien sie ihr jetzt gerade eben dem Alter entwachsen, in dem Stella sich befand, diesem Alter dazwischen. Zwischen jung und alt. Zwischen junger Frau und weiser Frau. »Du wirst nie alt sein«, hatte Anthony ihr so viele Male versichert, dass sie es inzwischen selbst glaubte. »Du wirst irgendwann vielleicht weise sein, eine weise Frau, aber nie alt, dafür bist du viel zu lebendig, und das wirst du immer sein.«

Gut, ja, sie war schon ein wenig ruhiger geworden, aber das empfand sie selbst als angenehm, wurde sie doch nicht mehr von so vielen oft widersprüchlichen Gefühlen überschwemmt, aber ihr Körper fühlte sich so empfindsam an, so wach, so bereit zu leben mit allem, was dazugehörte, das konnte nicht alt sein. Sie hatte nie erwartet, dass Alter sich so anfühlen würde. Aber sie war ja auch gerade erst sechzig geworden, da lagen noch viele gute Jahre vor ihr. Erst kürzlich hatte sie zu Anthony gesagt: »Ich freue mich so sehr auf alles, was wir beide miteinander erleben werden, endlich, endlich, ohne diese leeren Zeiten dazwischen, immer zusammen, und ich möchte jetzt auch unbedingt, dass wir heiraten, ich will Stella Walker heißen.« Sie hatte ihm ein bisschen schamhaft gestanden: »Ich war schon bei einer Anwältin. Sie hat gesagt, unter unseren Umständen ist eine Scheidung kein Problem. Wir haben ja schon länger als zehn Jahre keinen sexuellen Kontakt mehr, er lebt bei Greta, ich lebe mit dir. Er hat sogar ein Kind mit Greta. Die Anwältin hat gesagt, dass es, sofern wir keine gegenseitigen finanziellen Forderungen aneinander stellen, innerhalb kürzester Zeit über die Bühne gehen müsste.« Sie war hochrot geworden und hatte ihren heißen Kopf in seiner Achselhöhle verborgen, aber er hatte nur tief ausgeatmet und geächzt: »Oh, Liebste,, darf ich dir hier, jetzt, sofort, meinen tausendundersten Heiratsantrag machen?« Dann hatte er ihr Gesicht gehoben und ihre Lippen zart geküsst. »Werde meine Frau«, hatte er gemurmelt, und sie hatte zurückgemurmelt: »Das bin ich lange schon. Aber ich will auch heißen wie du, ich will, dass alle Welt es weiß und hört.« Und er hatte geflüstert: »Ich weiß und höre es, das ist das Allerwichtigste.« Und dann war er mit seinem Mund ihren Körper hinabgewandert, bis sie stöhnte und sich ausdehnte und schmolz und es keinen Zweifel mehr gab, dass sie seine Frau und er ihr Mann war.

In ihre Gedanken hinein sagte Viktoria: »Hast du noch den Klunker vom Sultan von Sansibar, oder hast du ihn inzwischen versetzen müssen?«

Stella erzählte ihr die Geschichte des Rubins. Wie sie ihn damals nach ihrer Rückkehr aus Afrika bei einem Pfandleiher, einem Juden, versetzt hatte, weil sie Geld brauchte, und sich ein billiges Duplikat hatte anfertigen lassen, damit Jonny nicht misstrauisch wurde. Wie sie den Rubin nach 1933 am Finger einer adligen Arierin entdeckt und erfahren hatte, dass diese den Ring zu einem Spottpreis von dem Pfandleiher ergaunert hatte. Und wie sie den echten Klunker während einer Silvesterfeier gemeinsam mit der Tante in einer raffiniert eingefädelten Choreographie mit der Kopie vertauschte. »Seitdem besitze ich ihn wieder und halte ihn in Ehren. Er liegt im Safe in der Kajüte.« Viktoria lauschte mit angehaltenem Atem. Danach sagte sie: »Gut, dann erzähle ich euch jetzt auch ein Geheimnis. Mein lieber Mann Viktor hieß in Wirklichkeit ganz anders, das war nur sein Deckname. Er hat auch nur zum Schein als Kaufmann in Daressalam gearbeitet, in Wirklichkeit war er Agent seiner Majestät von England.« Sie kicherte. »Na ja, um die Wahrheit zu sagen, ein bisschen was hat er auch für die Sowjets getan, denn für die schlug sein Herz, aber die konnten nicht genug bezahlen.« Anthony zog scharf die Luft ein. »FBI?«, fragte er. »Ach, all diese Abkürzungen«, Viktoria bewegte ihre Hände in einer wundervoll eleganten Geste, die all das für nebensächlich erklärte, was man gemeinhin über Geheimdienste wusste. »Es ist immer einer, zu dem du Kontakt hast, und dann vielleicht noch einer, und der sagt dir, was du tun sollst, und wohin du die Informationen geben sollst.« Sie grinste: »Um ehrlich zu sein, viel hat mein Viktor in Daressalam nicht rausgekriegt. Im Grunde standen alle Informationen, die er weitergab, drei Tage später schon in der stillen Post und dann auch in irgendwelchen Postillen.« Sie grinste Anthony an: »In so einer Kolonie in Afrika bleibt nichts lange geheim, zum Beispiel wussten alle, dass Sie scharf auf Stella Maukesch waren …« Sie wandte sich Stella zu: »Und alle wussten, dass Jonny Maukesch den Negermädchen dicke Bäuche machte.«

Von diesem Tag an verlief die Reise anders. Stella und Viktoria lagen oft Liegestuhl an Liegestuhl und wurden nicht müde dabei, einander von den Zeiten zu berichten, seit sie einander das letzte Mal gesehen hatten. Viktoria hatte mit ihrem Mann in London gelebt, und als es ihnen zu brenzlig wurde, hatten sie sich klammheimlich nach Moskau begeben, wo sie sich aufgehalten hatten, bis Viktor 1952 gestorben war. »Lungenkrebs«, sagte Viktoria sachlich. »Es ging sehr schnell.« Darauf war sie nach Berlin gezogen, wo ihre Tochter inzwischen mit Mann und zwei Kindern wohnte. »Sie hat mir zum Glück verziehen, dass ich mich, nachdem sie zwanzig geworden war, so wenig um sie gekümmert hatte.« In London hatte sie nur noch das Bankschließfach ausgeräumt, für das sie den Schlüssel besaß, in dem sie und Viktor bis zu ihrer heimlichen Abreise versteckt hatten, was sie an Vermögen angehäuft und in Gold eingetauscht hatten. »Ein ziemlicher Batzen«, sagte Viktoria zufrieden. »Davon kann ich gut leben, selbst wenn ich hundert werde, und dann kriegt meine Tochter oder ihre immer noch genug.«

Ihre Enkelin, die vierzehnjährige Viktoria, hatte sich inzwischen Stella angenähert, hatte ihr viele Briefe gezeigt, die sie an Peter Kraus geschrieben hatte, und Stella um ihre Meinung gebeten. Stella fand die Schwärmerei für einen unerreichbaren Schlagerstar nicht besorgniserregend. »Das scheint zum Frauwerden zu gehören«, meinte sie. »Elvis Presley und James Dean und früher Rodolfo Valentino, besser als für Hitler zu schwärmen, auch besser, als wenn es in Vickys Alter schon zur Sache geht.«

Viktoria erleichterte es, nicht mehr die alleinige Ansprechpartnerin ihrer Enkelin in Liebesdingen zu sein. »Im Nazideutschland«, berichtete Stella, »wurde es geradezu gefördert, dass die Mädels beim BDM schon früh wie Frauen behandelt wurden. Aaron hat gesagt, dass es für die Mädchen in der Pubertät eine wichtige Entwicklungsphase ist zu schwärmen und in der Phantasie alles Mögliche auszuprobieren, so würden sie reifen können und später besser wissen, was sie wollen. Wenn sie mit vierzehn schon einen festen Freund mit Sex und allem haben, sind sie viel zu früh in ihrer Entwicklung festgelegt und also eingeschränkt.«

»Wer ist Aaron?«, erkundigte sich Viktoria.

»Unser Familienpsychologe«, erklärte Stella. »Der Mann meiner Schwester.«

Sie erzählte Viktoria die ganze verworrene Familiengeschichte um einen Juden in einer antisemitischen Familie. Viktoria hingegen erzählte ihr von der deutschen Kolonie in Daressalam nach Stellas Abfahrt. So erfuhr Stella, dass Jonny nicht nur einen Sohn in Daressalam gezeugt hatte, sondern dass er nach ihrer Abreise das Hausmädchen Mbeti praktisch zu seiner Frau gemacht hatte. Stella war entsetzt. »Frau?«, schrie sie auf. »Das klingt doch mehr nach Haussklavin.«

»Mbeti hätte gehen können«, entgegnete Viktoria ruhig. »Sie hat es wohl vorgezogen, in dem Haushalt zu bleiben, wo sie sich sicher fühlte, wo es ihr gutging. Leider war sie nicht die Einzige, dieses Schicksal teilten viele Hausmädchen in weißen Familien.«

In Stella brandete Wut auf. Sie hätte Jonny umbringen können. Sie dachte an ihre sanfte Mbeti, mit der sie Kisuaheli gelernt hatte und die ihr auf ihre leise Art immer Schutz geboten hatte vor Jonny. Plötzlich fragte sie sich, wie lange das schon mit den beiden gegangen war. Ob Mbeti vielleicht so gut über Jonny, sein Erscheinen, seine Bedürfnisse Bescheid gewusst hatte, weil sie ihn besser kannte, als Stella angenommen hatte?

»Was ist aus ihr geworden?«, fragte Stella rau. Viktoria antwortete nicht. Sie legte eine Hand auf Stellas. Ihre Hand war kühl, durchzogen von blauen Adern und übersät von braunen Flecken. Aber sie hatte die Nägel rot lackiert, und alle Finger trugen goldene Ringe, nur die Daumen nicht. Stella traten Tränen in die Augen, ohne dass sie wusste, warum. Viktoria brachte ihr die Dimension der Zeit so nahe. Einst war sie eine so sprühende attraktive Frau gewesen, jetzt hatte die Zeit sie zwar nicht verwüsten können, sie war immer noch eine sehr elegante beeindruckende Erscheinung, aber trotzdem hätte Stella sie nicht erkannt, wenn sie sich nicht zu erkennen gegeben hätte. Und Mbeti? Warum schwieg Viktoria? Wollte sie ihr etwas verschweigen? Stella wagte nicht weiterzufragen. Die süße Mbeti sah heute vielleicht so alt und verbraucht aus wie bei ihrem letzten Besuch in Daressalam die nach Jahren junge Frau, die als Mädchen von Jonny geschwängert worden war. Wie alt mochte Mbeti heute sein? Fünfzig? Stella erinnerte sich an afrikanische Großmütter, manche waren dicke gemütliche Frauen, die um ihre Haare bunte Tücher geschlungen hatten und mit dicken Hintern in weiten Röcken durch die Gegend wackelten. Es gab aber auch welche, die ausgezehrt, zahnlos und uralt wirkten, obwohl sie es an Jahren nicht waren.

Und sein Kind? War es ein Junge oder ein Mädchen? Inzwischen war es erwachsen. Was wusste es über seinen Vater?

Stella empfand ein dumpfes diffuses Gefühl von Schuld daran, dass Jonny Mbetis Leben verpfuscht und sie das nicht verhindert hatte. Doch Anthony widersprach ihr, als sie ihm ihr Schuldgefühl gestand. »Erstens hättest du Jonny niemals Einhalt gebieten können, zweitens war das ziemlich verbreitet in den Kolonien, drittens hat es sehr wahrscheinlich ihr Leben nicht verpfuscht, sondern es ist einfach weitergelaufen, nun mit einem Kind, das irgendwie integriert werden musste. Und ganz sicher ist es integriert worden. Die Afrikaner haben immer zwei Leben geführt, eines mit den Deutschen oder Engländern und eines unter sich. Da gab es große Familien, Tanten, Großmütter, Mütter, die Männer spielten ohnehin nicht so eine große Rolle bei der Absicherung des Lebens. Und die Frauen hielten zusammen. Ich weiß nicht, wie das heute ist, aber ich vermute, dass sich da nicht viel geändert hat.« Er wurde ernst. »Schau, Stella, so schrecklich das ist, diese Beschneidungen der kleinen Mädchen, die sind immer weiter durchgeführt worden, obwohl es gesetzlich verboten war. Die Frauengemeinschaften sorgen dafür, das ist eine verschworene Gemeinschaft.«

Stella wurde traurig. Damals hatte sie nichts von diesen schrecklichen Beschneidungsriten gewusst, sie hatte vor kurzem erst einen Bericht darüber gelesen, den Anthony ihr gegeben hatte. Da hatte sie ihn entsetzt gefragt: »Glaubst du, dass auch Mbeti beschnitten war?«, und er hatte genickt. »Ich fürchte, sie ist keine Ausnahme.« Die Wut auf Jonny stieg wieder in ihr hoch. »Dieser eklige geile Bock«, murmelte sie.

Um an etwas anderes zu denken, erinnerte Stella sich an General von Lettow-Vorbeck. Wie hatte der von seinen Askaris geschwärmt, die afrikanischen Männer, die sich, wie er stolz berichtet hatte, der deutschen Sache mit Gewehr und Marschtritt verschrieben hatten. Hatten auch die insgeheim ihre eigene verschworene Gemeinschaft? Sie erinnerte sich plötzlich, wie der Sohn des Sultans von Sansibar Jonny zu Weihnachten ein Gewehr geschenkt hatte. Dieses Gewehr war auf verwinkelten Wegen nach Sansibar gekommen. Einer der Askaris hatte es einfach mit nach Hause genommen, als er keine Lust auf Kriegsspiele mehr hatte, doch seine Familie hatte es weiterverschenkt, aus Angst vor dem bösen Zauber, der an dem Gewehr klebte.

Stella kicherte. Anthony sah sie fragend an. »Du kennst die Geschichte schon«, erklärte sie »ich dachte gerade an das Gewehr, das der Sultan Jonny geschenkt hat.« Anthony griente. »Genau. Das sind undurchsichtige Sippenverhältnisse. Aber sie sind unglaublich mächtig.«

Wie mächtig diese Sippenverbindungen waren, wurde Stella ein ums andere Mal vor Augen geführt, als sie nach etwas mehr als einem Monat in Tanganjika an Land gingen, sich von Viktoria und ihrer Enkelin verabschiedeten, hoch und heilig versprachen, die beiden so bald wie möglich zu besuchen, und sich auf den Weg ins Landesinnere zu der Farm machten, die einst Anthonys Eltern gehört hatte und die nun ihm gehörte, sofern man von *gehören* sprechen konnte, denn die gesamte Verfügungsgewalt lag bei dem Verwalter, der sich auch schon um die Farm gekümmert hatte, als Anthonys Vater noch lebte. Die Farm war wunderbar in Schuss, die Schwarzen waren überall, sie lachten, sie lächelten, aber sie waren gleichzeitig unnahbar. Anthony, der früher zu einigen Schwarzen intensiven Kontakt gehabt hatte, war darüber etwas traurig, aber er verstand es auch als Ausdruck einer Veränderung in der Gesellschaft. Die Schwarzen wurden selbstbewusster, sie zeigten sich nicht mehr so untertänig, viele zumindest.

In Tanganjika änderte sich gerade unglaublich viel. Im September hatte es eine Wahl zum Legislativrat gegeben. Die *Tanganjika African National Union* hatte 28 der 30 durch Wahl zu bestimmenden Sitze im Legislativrat gewonnen. Die übrigen 34 Mitglieder wurden von den Engländern bestimmt. Aber es war offensichtlich, dass die Engländer gegen das Drängen der Afrikaner nach Unabhängigkeit nur mit Waffengewalt ankommen könnten. Und ein Krieg war nicht zu erwarten, davon war nicht nur Anthony überzeugt.

»Was würde die Unabhängigkeit für dich bedeuten?«, fragte Stella ihn. »Ich glaube, da wird sich gar nichts ändern«, sagte er. »Mein Vater hat ihnen seine Farm praktisch schon in die Hände gelegt, mein Eigentum ist mehr formaler Natur.« »Du könntest die Farm verkaufen«, gab Stella zu bedenken. »Stimmt«, grinste er. »Aber warum sollte ich das tun? Um mir noch einen Mercedes zu kaufen? Oder dir? Das könnte ich auch jetzt schon tun.« Er breitete die Arme aus: »Stella, Liebste, willst du einen Mercedes?«

## 23

Wieder schlugen sie Wurzeln in Tanganjika, diesem Land, das, wie Aaron sagte, »die Wiege der Menschheit« war. Wieder fanden sie Kontakt zu den Menschen auf der Farm, nachdem sie einander beschnuppert hatten, und nachdem die Schwarzen begriffen hatten, dass sie nicht gekommen waren, um deren Lebensraum für sich zu beanspruchen. Anthony vergewisserte sich, dass das Land, das seine Eltern so geliebt hatten, von dem Verwalter und seinem Sohn auf eine Weise bestellt wurde, die dafür sorgte, dass die Menschen darauf gut leben konnten und sich dort zu Hause fühlten. Nach ein paar Wochen schüttelte Anthony dem Verwalter formvollendet die Hand und bedankte sich. Das stolze Gesicht des inzwischen alten Mannes, in dem ein leichtes Lächeln spielte, zeigte Anthony, dass er es richtig gemacht hatte. Vorher hatte er mit Stella diskutiert, ob er ihm diskret Geld in die Hand drücken sollte, aber beide waren zu dem Ergebnis gekommen, dass ein Handschlag und ein Danke mehr zählten für einen Mann, der ein Gegenüber war und kein Knecht.

Und dann kam Monate später der Morgen, da Anthony sagte: »Lass uns nach Daressalam fahren und einen Erbschaftsvertrag aufsetzen.« Stella kam gerade von ihrem morgendlichen Ausritt zurück, den sie manchmal gemeinsam mit Anthony und manchmal ohne ihn machte. Sie stellte den hechelnden Hunden, die mit ihr unterwegs gewesen waren, einen Eimer voller Wasser hin und hörte nur halb zu. »Ich schlage vor, dass wir uns übermorgen auf den Weg machen«, fügte Anthony hinzu. Er half Stella beim Absatteln, sie verschwand zum Duschen, und beide trafen sich auf der Veranda, wo der Tisch reichhaltig für ihr Frühstück gedeckt war. Der Tag verlief wie alle Tage in einem fröhlichen Einklang mit der Natur, den Menschen und den Tieren. Stella hatte so etwas wie einen Lesekreis gegründet, wo sie jeden Nachmittag, umgeben von den meisten Frauen, die auf der Farm lebten und arbeiteten, aus Anthonys zweitem Roman vorlas, in dem er das Leben eines Engländers in Afrika schilderte. Die Ehrfurcht, die die Schwarzen dem geschriebenen Wort entgegenbrachten, hatte sich ein wenig relativiert, seit die Kinder auf der Farm Lesen und Schreiben lernten und somit jede Rotzgöre etwas aufs Papier bringen konnte. Trotzdem wurde Anthony immer noch eine besondere Achtung bezeugt, weil er es fertigbrachte, auf dem Papier Menschen und Tiere und Landschaften und Wetter und alles Übrige lebendig werden zu lassen. Das kannten die meisten nur von einem Gesichtenerzähler, und auch der wurde besonders respektiert. Wenn Stella vorlas, herrschte aber keine ehrfürchtige Stille, sondern die Menschen, zumeist Frauen, lebten mit der Geschichte mit, sie reagierten unmittelbar, sie lachten und weinten und diskutierten das Handeln der einzelnen Figuren. Stella liebte diese tägliche Lesestunde, denn länger hielt es die Frauen meistens nicht. Dann mussten sie wieder an ihre Arbeit. Stellas heimlicher Wunsch hinter diesem Vorlesen war, so viel Vertrauen bei den Frauen zu erringen, dass sie irgendwann mit ihnen über das Thema der Beschneidung sprechen konnte, über die seelischen und auch die gesundheitlichen schrecklichen Folgen für die Mädchen. Noch war daran nicht zu denken. Über Beschneidungen wurde kein Wort verloren, aber Stella und Anthony waren überzeugt, dass auch in der Zeit ihrer Anwesenheit dieses Drama für die kleinen Mädchen sich im Dunkel der Farm abspielte.

Am Abend sagte Anthony: »Stella, ich schlage vor, dass wir übermorgen früh sehr zeitig losfahren. Also, besser kein Ausritt. Was meinst du, wie lange wollen wir in Daressalam bleiben? Wir könnten auch Viktoria den versprochenen Besuch abstatten.«

Stella sah ihn überrascht an. »Daressalam? Was sollen wir da?« Anthony seufzte. »Hab ich es nicht gedacht. Du hast mir nicht zugehört.« Also erläuterte er noch einmal, dass er zum Aufsetzen eines Erbschaftsvertrages nach Daressalam fahren wolle. Stella runzelte die Stirn: »Erbschaftsvertrag? Ich versteh nicht, wovon du sprichst.« Anthonys Miene zeigte, dass er Stellas Begriffsstutzigkeit etwas anstrengend fand. »Also«, hob er an, »in diesem Vertrag soll festgesetzt werden, dass, sollte ich sterben, du meine Erbin wirst, und sollten wir beide sterben, Angela die Farm überschrieben wird.« Durch Stella ging ein Ruck. »Aber das ist doch Blödsinn«, fuhr sie auf. »Angela ist noch nie hiergewesen, die hat gar keinen Bezug zu Afrika, und außerdem«, sie wurde laut, »außerdem, was soll der Mist mit Sterben? Dein Vater hat das kurz vor seinem Tod gemacht, aber du bist auf der Höhe deiner Kraft! Du kokettierst! Du kokettierst einfach! Du willst, dass ich mir Sorgen um dich mache und dich anflehe, nicht zu sterben, aber, wenn ich dich erinnern darf, ich bin eine Greisin neben dir Jüngling.«

Anthony lenkte sanft ein. »Man kann nie wissen, meine Süße. Es ist einfach wichtig zu regeln, was geschieht, wenn man nicht mehr da ist.« »Man, man«, schimpfte Stella. »Du sprichst von deinem Tod und meinem Tod und dem, was dann geschehen soll. Aber das ist doch kein Gedankenspiel, das ist doch schrecklich.« Anthony strich ihr lächelnd übers Haar. »Du wirst nie sterben, natürlich, aber ansonsten ist das Leben nun einmal endlich. Und es ist gut, vorher für Ordnung zu sorgen. Und schau, wir wissen nicht, wann wir wieder hierherkommen. Also sollen wir jetzt tun, was notwendig ist.« In diesem Augenblick legten sich zwei der drei Jagdhunde, die immer noch der Sippe entstammten, die damals bei Anthonys Eltern gelebt hatten, zu Stellas Füßen und blickten sie mit großen Augen an. Stella musste lachen. »Ach, mach doch was du willst«, sagte sie.

Also fuhren sie nach Daressalam. Stella überstand die Prozedur der Beglaubigung des Erbschaftsvertrages auf eine gelassene Weise, indem sie sich selbst permanent ablenkte. Sie beobachtete das Leben draußen vor den Fenstern des Notars, das sich stark von dem Leben auf den Straßen Daressalams unterschied, an das sie sich erinnerte. Es gab nach wie vor ein wildes Durcheinander von Fußgängern, Pferdekarren, Frauen, die schwere Lasten majestätisch auf ihrem Kopf transportierten, Männer, die sich mit Lastkarren abquälten, dazwischen fuhren nach wie vor von Pferden gezogene Kutschen und ritten Herrenreiter auf eine Weise, als gehöre ihnen die Straße, aber es fuhren auch Autos. Denen allerdings machten die anderen weniger Platz, als sie es bei den Herrenreitern gewohntermaßen taten.

Im Anschluss an die Beglaubigung des Erbschaftsvertrags besuchten sie Viktoria. Das hatte Stella sich ausbedungen. Viktoria hatte ihnen beim Abschied nahegelegt, sie in ihrem Hotel zu besuchen. Dort hatten sie sie aber nicht mehr angetroffen. Der Portier hatte sich bereit erklärt, einen Boten zu Viktorias neuer Adresse zu schicken, um Stella und Anthony anzukündigen. Stella war sicher, dass dies geschehen war und Viktoria zur angegebenen Zeit auf sie wartete.

Viktoria wohnte in einem der wunderschönen Kolonialgebäude. Stella und Jonny hatten in den Zwanzigerjahren ein ganz ähnliches Haus bewohnt. Das hatte sich offenbar nicht geändert. Auch nicht, dass es nach wie vor üblich zu sein schien, einen ganzen Stab von Bediensteten zu beschäftigen. Stella und Anthony wurden also von einem farbigen Butler ins Haus geleitet, wo ihnen Viktoria strahlend mit ausgestreckten Armen entgegeneilte. »Stella, Anthony, ich bin so glücklich, dass ihr mich hier besucht.« Sie trug ein fließendes sonnengelbes Gewand, ihre grauen Haare fielen offen bis zu den Schultern, ihre Bewegungen waren lebhaft. Stella sah sie staunend an. »Viktoria, wie hast du das schon wieder gemacht?«, fragte sie amüsiert. »Du bist wie eine Verwandlungskünstlerin, auf dem Schiff warst du eine Oma, jetzt bist du ein junges Mädchen.« Viktoria umarmte sie lachend. »Es kommt mir selbst so vor. Dieses Land übt eine magische Wirkung auf mich aus.« Sie führte sie durch ihren Salon in den Patio, wo ein Brunnen plätscherte, Vögel zwitscherten und eine Gruppe aus Korbstühlen mit bunt bezogenen dicken Kissen zum Sitzen einlud. Kaum hatten sie Platz genommen, eilten zwei junge farbige Frauen herbei und brachten Tee und Gebäck. Stella war überwältigt davon, wie schnell Viktoria sich offenbar wieder in das Leben von Daressalam eingefunden hatte. »Wo ist Vicky?«, fragte sie und blickte suchend um sich, als hätte das Mädchen sich vielleicht versteckt. »Ach«, antwortete Viktoria leichthin, »die Kleine hat sich hier superwohl gefühlt, sie wäre gern geblieben, aber sie muss nun mal in die Schule gehen, also ist sie nach den zwei Monaten Ferien, die wir ihrer Mutter abgerungen hatten, mit dem Flugzeug wieder zurückgeflogen.« Sie brach in Lachen aus. »Ihr hättet die Kleine sehen sollen, mit welch wichtiger Miene sie neben der Stewardess Richtung Flugzeug geschritten ist. Sie hat sich einmal zu mir umgedreht, lässig die Hand gehoben, und weg war sie.« Sie senkte die Stimme, als vertraue sie den beiden ein Geheimnis an: »In der Nacht vorher hat sie allerdings Bauchweh bekommen und meinte, sie könne nicht fliegen, weil sie so krank sei.« Stella stellte sich vor, wie ein vierzehnjähriges Mädchen allein von Daressalam nach Hamburg flog. »Mutig«, sagte sie. »Wahrscheinlich kommt sie nach dir.«

In diesem Augenblick legte Viktoria eine Hand auf Stellas Arm und sagte: »Ich hoffe, ihr verübelt es mir nicht, aber ich habe noch einen anderen Gast eingeladen.« Stella war augenblicklich enttäuscht. Anderer Gast? Sie hatte nicht das geringste Interesse an einem Plausch über die Neuigkeiten unter den Deutschen und Engländern in Daressalam. Dabei wurde doch wieder nur über die Schwarzen gelästert und geschimpft und erzählt, was sie hinter dem Rücken ihrer Dienstgeber alles ausfraßen. Anthony hingegen fragte interessiert: »Wer kommt noch? Kennen wir ihn? Oder sie?« Viktoria nickte schmunzelnd und wies zum Salon, durch den eine beeindruckende Erscheinung schritt. Stella strengte ihre Augen an. Die Frau, die sich ihnen näherte, kam ihr bekannt vor, aber sie konnte sie nicht einordnen. Anthony erhob sich. Seine Stimme zitterte, als er sagte: »Mbeti.« Stella fürchtete einen Moment, ohnmächtig zu werden. Sie war außerstande aufzustehen und der farbigen Frau entgegenzugehen, die auf der Schwelle zum Patio stehen geblieben war. Viktoria nahm die Frau an die Hand und führte sie zu Stella. »Hier ist sie«, sagte sie feierlich. »Mbeti.« Stella schossen Tränen in die Augen. Mbeti kniete sich neben ihr nieder und ergriff ihre Hände. Auch sie weinte. Stella umfing die Frau und hielt sie fest. »Mbeti«, stammelte sie. »Du bist das wirklich.«

Unter Lachen und Weinen spielte sich nun eine Begrüßung zwischen den dreien ab, die Viktoria schmunzelnd beobachtete. »So, ihr drei, genug geturtelt, jetzt trinkt zur Beruhigung erst mal eine schöne Tasse Tee.«

Mbeti setzte sich auf den vierten Korbsessel, und Stella kam aus dem Staunen nicht heraus. Wie schön sie war! Viel schöner noch als damals. Ihre dicken Locken wurden von einem bunten Tuch aus dem Gesicht gehalten, ansonsten ringelten sie sich in alle Richtungen um ihren Kopf. Sie trug eine ärmellose Bluse aus dem gleichen farbenfrohen Stoff wie das Haarband, einen weißen ausgestellten Wickelrock, der bis zu ihren Waden reichte, und flache Sandalen aus geflochtenem Leder. Sie sah farbig und zugleich schlicht gekleidet aus, eine selbstbewusste Frau. Das ist keine Dienerin, dachte Stella. Mehr als die Kleidung und die selbstverständliche Art, wie Mbeti sich bewegte, erzeugten ihre Augen und ihre Mimik diesen Eindruck. Das war eine Frau von so großer Klarheit und Intelligenz, die konnte Stella sich einfach nicht als Dienerin in einem deutschen oder englischen Haushalt vorstellen. Da sagte Viktoria auch schon: »Mbeti ist Lehrerin geworden, und sie macht auch

Politik.« Stella und Anthony schauten Mbeti aufmerksam und neugierig an. Und die erzählte. In fließendem Englisch, ruhig und bedächtig die Worte wählend, berichtete sie, dass sie das Kind, mit dem Jonny sie geschwängert hatte, im Alter von vier Jahren verloren hatte. Sie errötete nicht, wirkte nicht beschämt, als sie berichtete, dass ihre Tochter mit vier Jahren beschnitten worden war von der Frau, die das in Mbetis Familie immer getan hatte, mit den Werkzeugen, die sie immer benutzt hatte, und dass Nyota anschließend eine schwere Infektion bekommen hatte. Genau so war es auch anderen Mädchen ergangen, aber die hatten sich davon erholt. Nyota aber war gestorben. Stella hatte während der vergangenen Monate ihre Kisuahelikenntnisse wieder aufgefrischt. Sie spürte, wie die Tränen wieder in ihr hochstiegen. Nyota, das bedeutete Stern. Mbeti hatte ihre Tochter nach ihr benannt. »Da habe ich beschlossen, dass mein Leben so nicht weitergehen darf«, sagte Mbeti mit fester Stimme. »Ich hatte immer einfach weitergemacht, obwohl ich so vieles besser wusste. Ich bin bei Jonny im Haushalt geblieben, obwohl er mich anwiderte, ich bin zum Gebären in mein Dorf gegangen, obwohl ich wusste, dass die mich einfach aufschneiden und dann wieder genauso fest zunähen würden, wie sie es nach der Beschneidung getan hatten. Ich habe alles mit mir machen lassen.« Ihre Stimme brach. »Und auch mit meiner kleinen Nyota. Sie war so entzückend, so klug, so schön. Ich hätte es nicht zulassen dürfen.« Ihre Augen schwammen in Tränen, aber ihre Stimme wurde wieder fest, als sie fortfuhr: »Ich habe mich an Viktoria gewandt. Sie hat mir geholfen. Ich bin zur Schule gegangen und dann zur Universität. Ich will, dass die Mädchen bei uns so viel lernen wie irgend möglich, so dass sie irgendwann nicht mehr zulassen, dass ihre Töchter verstümmelt werden.« Viktoria sagte stolz: »Mbeti hat die *Woman's League of Tanganjika* gegründet. Das ist sehr mutig, denn die Männer und auch viele Frauen hassen sie, weil sie öffentlich gegen Beschneidungen auftritt.« »Wir schreiben ein Buch zusammen«, sagte Mbeti, und nun wirkte sie doch verlegen. Sie schlug die Augen nieder, als hätte sie das nicht sagen dürfen. Viktoria klatschte übermütig in die Hände. »Genau! Das war meine Idee. Wir schreiben es auch nicht zusammen. Mbeti schreibt. Ihre Geschichte und die ihrer Schwestern und Mutter und Großmutter. Ich bin hingerissen von ihrer Geschichte. Ich frage nur manchmal nach, wenn ich finde, sie ist zu schnell über irgendwas hinweggegangen, das der Leser aber doch wissen will.« »Kann ich helfen?«, fragte Anthony sachlich.

Viktoria grinste ihn an. »Ja, klar«, sagte sie. »Wir alle können helfen. Jeder auf seine Weise. Du kannst das Manuskript lesen, verbessern und an wichtige Leute in Deutschland und England geben, die du in der Verlagsbranche kennst.« »Und ich?«, fragte Stella. Viktoria neigte den Kopf schräg und schaute Stella nachdenklich an. Mbeti lachte auf, ein hohes zwitscherndes, irgendwie mädchenhaftes Lachen. »Du kannst deinen Stern über uns leuchten lassen.«

Es wurde ein Abend, den Stella und Anthony nie vergessen würden. Sie saßen im Patio, bis die Mückenzeit kam, dann verzogen sie sich ins Haus, wo es bald köstlichste Happen zum Abendessen gab, dazu einen Wein, der, wie Viktoria sagte, von einem Freund kam, der sich schon darauf vorbereitete, mit den Farbigen zusammenzuarbeiten. »Da wird nicht mehr gepeitscht, gequält, gefickt«, sagte Viktoria drastisch. »Also schmeckt der Wein besser.«

Sie sprachen über Tanganjikas Zukunft. »Wir werden selbständig werden, daran habe ich keinen Zweifel«, sagte Mbeti, »aber das wird nicht heißen, dass wir freie Menschen werden, und die Unterdrückung und Ausbeutung der Frauen wird sich nicht ändern. Unsere Männer sind nicht besser als eure. Und unsere Frauen glauben, dass alles so mit rechten Dingen zugeht, wenn schon den Mädchen beigebracht wird, dass sie sexuell nur dafür da sind, dass Männer sie benutzen können.«

Trotzdem lachten sie viel an diesem Abend. Mbeti erzählte lustige Geschichten von ihren Schülerinnen. Viktoria steuerte amüsante Anekdoten aus der englischen Gesellschaft bei, und Stella und Anthony erzählten zum großen Erstaunen der beiden, wie engstirnig und prüde der deutsche Bundesbürger in seinem Alltagsleben war, in dem das Waschen und Wienern des Autos zu seinen zärtlichsten Verrichtungen gehörte.

Stella und Anthony schliefen in einem von Viktorias Gästezimmern, und Mbeti schlief im anderen. Sie fand es zu gefährlich, mitten in der Nacht noch durch Daressalam nach Hause zu gehen. Das Frühstück am nächsten Morgen nahmen sie sehr früh ein, denn Mbetis Schule begann um 8.00 Uhr. Als sie sich voneinander verabschiedeten, weinten sie wieder und schworen sich, den Kontakt zueinander mit Briefen aufrechtzuhalten, und Stella und Anthony versprachen, bald wieder nach Tanganjika zu kommen. Anthony nahm das dicke Manuskript mit und versprach, sein Bestes zu tun, damit es in England veröffentlicht würde.

Einen Monat später verließen sie die Farm, um nach Deutschland zurückzukehren. Ihre Haut an Gesicht, Hals und Händen war gebräunt, den Rest des Körpers hatten sie wegen der Malaria-Gefahr stets bedeckt gehalten. So sahen sie aus wie Streichhölzer mit Händen, was sie oft zum Lachen brachte.

Die Schiffsfahrt verlief anders als die vorige. Diesmal ging es direkt nach Hamburg. Und unter den Passagieren war niemand, der sie interessierte. Die Gespräche der vor allem niederländischen und deutschen Passagiere, nur wenige Engländer waren darunter, drehten sich um Safaris, die sie erlebt hatten, um Badegelegenheiten, die ihnen zumeist nicht sauber genug gewesen waren, um Askaris, die faul oder verlogen oder räuberisch gewesen waren.

Bereits am zweiten Abend gab Anthony dem Steward ein beachtliches Trinkgeld und bat um einen Zweiertisch. Der wurde unauffällig vor der nächsten Mahlzeit an den Rand des Raumes platziert, und von nun an saßen Anthony und Stella zu zweit zusammen und sprachen über das, was ihnen gerade in den Sinn kam oder was ihnen wichtig erschien, vor allem über Mbetis Roman, den sie einander täglich vorlasen und der sie bei aller Tragik der weiblichen Schicksale so begeisterte, wie sie es nicht für möglich gehalten hatten. Mbetis Begabung zeigte sich in jedem Satz, sie zeigte sich in der Farbigkeit ihrer Schilderungen, in der Eindringlichkeit, in der sie die Personen skizzierte, und auch in ihrem Humor, der Leichtigkeit in viele Szenen zauberte. Oft schwiegen Stella und Anthony auch, wenn sie nebeneinander auf Liegestühlen an Deck lagen, ein einvernehmliches Schweigen.

Ohnehin war diese Schiffsreise eine so innige Zeit zwischen den beiden, dass Stella manchmal sagte: »Anthony, womit habe ich dich nur verdient?« oder sie sagte: »Ich habe es nie für möglich gehalten, aber ich verliebe mich täglich mehr in dich.« Und so war es. Immer wieder betrachtete sie Anthony voller Entzücken, seine schönen Augen, die ebenso blau schimmerten wie der Ozean und ebenso wechselhaft waren, je nach seiner Stimmung. Während dieser Fahrt waren sie zumeist azurblau, weit und grenzenlos, wenn sie Stella anschauten. Wenn sie einander küssten, behielten sie lange Zeit die Augen offen und es gab ein starkes Strömen zwischen ihnen. Wenn sie Liebe machten, kam es ebenfalls immer wieder vor, dass sie gleichzeitig die Augen öffneten. Dann fiel Stella in das Meer seiner Augen, wurde hinabgezogen und befand sich in einem Strudel, der sie tiefer und tiefer zog, in ihn, in sich selbst, in einen Raum, den beide miteinander betraten, und der von niemandem sonst je betreten werden konnte.

Stella war sehr glücklich, auf eine körperliche Weise glücklich. Sie musste viel lächeln, einfach so. Es geschah ihr. Manchmal wurde sie von ihrem Spiegelbild überrascht, eine lächelnde junge Frau von sehr gesunder Gesichtsfarbe, kaum geschminkt, mit strahlenden Augen. Anthonys Haare waren inzwischen vollkommen grau, das brachte seine Augen noch mehr zur Geltung.

Manchmal fuhr ein Stich der Traurigkeit durch Stella hindurch, und sie verstand nicht, wieso. Dann erklärte sie sich diese Anwandlung damit, dass sie so unendlich glücklich war, und gleichzeitig in diesem Jahr viel über Abschied und Vergänglichkeit gelernt hatte. Und dass sie selbst wieder ein halbes Jahr älter geworden war. Auch wenn sie sich unter Anthonys liebenden Augen, Händen, Mund, Zunge, Schwanz wie eine junge begehrenswerte lebendige Frau fühlte, so war sie doch um einiges älter als dieser attraktive erfolgreiche Mann und Schriftsteller. Wenn sie ihm gegenüber Bemerkungen über ihr Alter machte, lachte er sie aus. »Guck zur Abwechslung mal kurz in den Spiegel!« Ja, aber, wollte sie dann sagen. Und unterließ es. Denn sie guckte manchmal in den Spiegel.

Es geschah nach zwei Wochen. Sie hatten gerade den Suezkanal hinter sich gelassen und waren auf dem Weg zum Mittelmeer. Da fasste Anthony sich beim Abendessen an die Brust und wurde blass. »Stella«, sagte er matt. Stella erschrak. »Anthony«, rief sie. »Was ist los?« Er holte tief Luft und verzog das Gesicht schmerzhaft. »Weiß nicht«, stöhnte er. »Vielleicht sollte ich mich hinlegen.« Stella half ihm aufzustehen. Sie musste ihn stützen. Alle Menschen im Speisesaal blickten auf. »Rufen Sie den Schiffsarzt«, rief Stella ihnen zu.

Es dauerte nicht lang, da lag Anthony auf seinem Bett, und der Schiffsarzt Dr. Fellner saß neben ihm. Der Arzt hörte Herz und Lunge ab, maß Blutdruck und Puls, überprüfte die Reflexe, verabreichte schließlich eine Beruhigungsspritze und verordnete Ruhe und frische Luft. Kaum hatte Anthony die Spritze erhalten, dämmerte er weg. Seine Gesichtsfarbe nahm allmählich wieder den gesunden Ton an, den sie bis kurz vor dem Anfall gehabt, dann aber abrupt verloren hatte.

Stella begleitete den Arzt bis vor die Kajütentür. »Was hat Anthony?«, fragte sie ihn und schaute ihm gerade in die Augen, die rot umrandet hinter einer kleinen viereckigen Metallbrille lagen. Dr. Fellner sprach ebenso fließend Deutsch wie Englisch, und er schien auch in seinem Charakter das Deutsche und Englische vereint zu tragen, was dazu führte, dass er außerordentlich formell war, diese Förmlichkeit jedoch permanent durch eine leichte Ironie konterkarierte. »Nun, Mrs. Walker«, hob er zu einem Vortrag an, der längere Zeit dauerte und an dessen Ende Stella begriffen hatte, dass man das nicht definitiv sagen könne, es könne lediglich ein kleiner Schwächeanfall gewesen sein, könne jedoch auch auf eine Herzschwäche hindeuten, eine Herzklappeninsuffizienz, es könne sogar ein leichter Infarkt gewesen sein. »Ich habe an Bord nicht ausreichend Instrumente, um eine genauere Diagnose zu stellen«, erklärte der Arzt. »Bei all diesen Eventualitäten ist es jedoch angeraten, dass der Patient sich nicht überanstrengt, dass er jedoch trotzdem regelmäßig körperliche Bewegung durchführt wie Spaziergänge ums Schiff, auch abendliches Tanzen ist durchaus zu empfehlen, wenn Sie die Twists und Rock 'n' Rolls bitte auslassen, gnädige Frau.« Dr. Fellner empfahl ein Glas Rotwein am Mittag und Abend, jedoch nicht mehr Alkohol. »Raucht ihr Gatte?« Stella wiegte den Kopf hin und her. »Manchmal, manchmal wenig, manchmal viel.« Das wollte der Arzt genauer wissen. »Früher hat er gar nicht geraucht«, erklärte sie, »außer bei rituellen Feierlichkeiten in Afrika den selbst angebauten Tabak auf der Farm seiner Eltern; als wir jetzt da waren, hat er den regelmäßig konsumiert, und wir haben Zigarren mitgenommen, die er auch auf dem Schiff raucht, ungefähr drei pro Tag, würde ich sagen.« Dr. Fellner grinste: »Da ihr Gatte das künftig besser unterlassen soll, könnte er mir seine Restbestände aushändigen, ich werde mir Mühe geben, sie zu vernichten.« Seine Miene wechselte ins Ernsthafte. »Nun, Mrs. Walker, da gibt es sehr unterschiedliche Schulmeinungen. Ich bin der Meinung, dass dem Patienten alles nützt, was ihm ein gutes Gefühl bereitet. Also halte ich drei kleine Zigarren pro Tag nicht für schädlich.« Wieder zwinkerte er ihr zu: »Vorausgesetzt, ich werde zu einer pro Tag eingeladen.« Stella ging ins Zimmer zurück und holte die einfache Holzkiste, in der die braunen Rollen gelagert waren. »Greifen Sie zu«, forderte sie den Arzt auf, legte dann aber ihre Hand über die Tabakrollen, die mit einem verführerischen Duft lockten. »Eine Bedingung: Sie versprechen mir, dass Anthony wieder gesund wird.« Der Arzt zog sogleich seine Hand zurück, die schon über dem Kasten geschwebt hatte. »Tut mir leid«, sagte er bedauernd, »unter diesen Umständen muss ich leider

Ihr verlockendes Angebot ausschlagen. Ich kann es nicht versprechen. Ich meinte, Ihnen das erklärt zu haben, aber ich kann es noch einmal tun …« Er hob zu einer Wiederholung seines medizinischen Vortrags an. Stella wedelte mit den Händen. »Okay, verstanden, nehmen Sie sich trotzdem drei. Für jeden weiteren gesunden Tag bekommen Sie eine weitere. Die Chinesen werden auch bezahlt für die Gesundheit ihrer Patienten und nicht für die Behandlung der Krankheit.« Der Arzt lächelte, ein gütiges Lächeln, in dem der aufrichtige Wunsch lag, dass der Patient wenigstens so lange gesund bleiben möge, bis er in Hamburg von einem guten Herzspezialisten untersucht und behandelt werden könnte. Abermals zog er seine Hand von der Zigarrenschachtel fort und reichte sie Stella: »Der Deal gilt: ab morgen Abend hole ich mir täglich eine kleine Zigarre bei Ihnen ab, um den gesund gebliebenen Patienten gebührend zu feiern.« Stella ergriff seine Hand und drückte sie fest.

Anthony schlief fast bis zum nächsten Abend durch, danach verhielt er sich so, als hätte er den kleinen unangenehmen Zwischenfall vergessen. Doch Dr. Fellner erschien jeden Abend, kontrollierte, was ihm möglich war, und Stellas überscharfe Aufmerksamkeit nahm jedes Mal, wenn er das Stethoskop vom Herzen nahm, eine leichte Irritation bei dem Arzt wahr. Er gab Anthony aus einer großen Dose ein paar Pillen für jeden Tag, »Gefäßerweiternd, blutverdünnend«, sagte er, »auf keinen Fall schädlich.« Und er entfernte sich mit einer Zigarre zwischen den Zähnen, die er sich noch im Fortgehen anzündete. Anthony hatte herzlich gelacht über den Deal zwischen Stella und dem Arzt, doch dann hatte er gesagt: »Na gut, solange der Vorrat reicht.« Stella wusste, dass der Vorrat noch die nächsten zwei Wochen der Reise überdauern würde, zudem hatten sie in ihrem Koffer einige weitere Holzkisten, ebenso wie Kaffeebeutel als Geschenke für die Familie zu Hause.

Nun geschah etwas, das Stella nicht für möglich gehalten hatte. Anthony und sie entwickelten eine noch größere Nähe und Innigkeit, als sie ohnehin schon hatten. Es berührte sie zutiefst, es fühlte sich an, als verschmölzen sie immer wieder zu einer Person, die etwas anderes war als Anthony und sie jeder für sich. Sie wurden ein Paar, das wie in Fugen ineinandergriff, ohne dass sich irgendwelche Widerstände bemerkbar machten. In Daressalam hatten sie bei einem chinesischen Holzschnitzer ein kleines Kunstwerk gekauft: zwei ineinandergefügte Teile eines Kreises, die jeder für sich schön waren, zusammengesetzt aus Ebenholz und Perlmutt, die einander aber perfekt ergänzten. Anthony und sie hatten fast gleichzeitig danach gegriffen. Eine Hälfte war schwarz mit einem schimmernden Kreis aus Perlmutt in der Mitte des oberen Teils der Träne, beim anderen war es umgekehrt. Zusammen ergaben sie einen Kreis. »Yin und Yang«, hatte der alte Chinese mit dem dünnen Zopf im Nacken gesagt. »So wie ihr, Mann und Frau, und dann erst ganz.«

Das Symbol hatte sie berührt, denn es entsprach ihrer eigenen Wahrnehmung: Erst in der Vereinigung mit Anthony fühlte sie sich rund und ganz. Nun aber entstand etwas Neues. Beide fühlten es, ohne dass sie es auszusprechen wagten, so besonders und kostbar erschien es ihnen. Aber jeder von ihnen wusste genau, dass auch der andere es fühlte. Es war eine solche Verbindung, dass der eine den anderen spürte, als wären sie in einem fortwährenden Tangotanz. Im Gegensatz zu Aaron und Lysbeth hatten sie bisher selten Tango miteinander getanzt, jetzt, da auf dem Schiff Abend für Abend in einem kleinen Saal eine Tangokapelle aufspielte und einige wenige Paare sich einfanden, immer die gleichen, um dort in eine andere Welt zu tauchen, begegneten auch Anthony und Stella einander in diesem Tanz, der von ihnen verlangte, ganz da und ganz bei dem andern zu sein.

Als sie vor Wochen auf der Reeperbahn Tango miteinander getanzt hatten, waren ihre Schritte recht schnell miteinander in Einklang geraten, aber das hier war etwas anderes. Bei ihrem ersten Tanz spielte die Kapelle *Mi Buenos Aires querido*, das Lied, das Carlos Gardel berühmt gemacht hatte, und Stella und Anthony begaben sich auf die kleine runde Tanzfläche, auf der zwei andere Paare ineinander versunken tanzten. Sie standen voreinander, scheu und stolz schauten sie einander in die Augen, und Stella spürte ihre Mitte, als würde dort ein Feuerballon in alle Richtungen ausstrahlen. Sie spürte Anthonys Wärme, die ihn so weit umhüllte, dass sie meinte, alle anderen Menschen im Raum müssten sie ebenfalls spüren. Ohne Absprache, ohne irgendein Signal machten sie gleichzeitig einen Schritt aufeinander zu. Stella legte ihren linken Arm so, dass sie Anthonys Nacken berührte, Anthony umschlang ihre Taille, als nähme er sie ganz in die Hand. Ihre Hände berührten einander in einem Druck, der fest und federleicht zugleich war. So begann ihr erster gemeinsamer Tango auf diesem Schiff.

Stella spürte Anthonys Präsenz überall in ihrem Körper, und sie spürte, dass er mit allen Fasern auf sie ausgerichtet war, alles wahrnahm, was sie ausmachte. Er wiegte sich ein wenig von rechts nach links, von links nach rechts, in diesem Augenblick begann der Strom zu fließen, und sie wurden etwas Neues, ein Paar. Es war gleichgültig, welchen Impuls Anthony ihr gab, sie griff ihn auf und wandelte ihn um, er gab die Richtung, und sie füllte den Raum, sie setzte ihren Körper in Kreise, Halbkreise, Achten, bewusst, entschieden und immer zugleich von ihm bewegt. Anthony wurde wagemutiger, er fand Vergnügen daran, ihre Hüften zu bewegen und sich überraschen zu lassen, wie sie von ihm fortging und zu ihm zurückkehrte und die ganze Zeit mit ihrem Herzen bei ihm blieb. Herz an Herz, so tanzten sie, sein Herz führte ihren Körper, und ihr Herz jubelte ihm zu, zeigte sich ihm, kokettierte mit ihm, lockte ihn und trennte sich bis an die Grenze des Erträglichen, wo sie zu ihm zurückkehrte, an ihn sank, ganz sein war und zugleich vollkommen in ihrer Mitte.

Die Kapelle spielte andere Gardels und dann auch Piazzolla, moderner, jazziger, schwieriger zu tanzen, aber für Stella und Anthony kein Stolperstein. Sie genossen einander im Tango, als würden sie sich neu kennenlernen. Wenn sie danach in ihre Kabine zurückkehrten, konnten sie es kaum erwarten, einander auszukleiden und den Tanz nackt miteinander fortzusetzen, bis zur völligen Verschmelzung, bis zum gemeinsamen Schrei der Erlösung.

Es war, als würden sie eine gemeinsame Aura entwickeln. Als würde ein neuer Schein den Kreis umgeben, den sie miteinander bildeten.

Beide staunten, aber sie sprachen nicht darüber. Sie wussten, dass auch der andere staunte, aber es war nicht nötig, Worte dafür zu finden. Stella wusste nicht, dass Anthony Worte dafür fand, ganz für sich allein. Täglich saß er auf seinem Liegestuhl neben ihr und schrieb nach der Lektüre von Mbetis Roman in eine schwarze Kladde. Stella dachte, es handle sich um ein Tagebuch, und sie genoss, neben ihm zu sitzen und den Wolken nachzuschauen, den Blick im endlosen Meer zu verlieren und seinen Geruch gemischt mit dem salzig-würzigen des Meeres einzuatmen. Sie konnte sich nicht erinnern, jemals in ihrem Leben so glücklich gewesen zu sein.

Die anderen Passagiere hielten Abstand zu ihnen, doch sie beäugten sie neugierig. Manchmal, wenn der Stewart ihre Teller vom Tisch räumte, wo sie ihre Hände verschränkt hielten und einander in die Augen schauten oder in einem intensiven Gespräch miteinander versunken waren, sagte er entschuldigend: »Ich möchte nicht stören …« Dann versicherten sie ihm lächelnd, dass er gewiss nicht störe, aber im

Grunde hätte es ihnen gefallen, ganz allein auf dem Schiff zu sein, im Grunde störte jeder.

»Das wär doch was«, träumte Anthony, »wir beide ganz allein auf einem Dampfer, der Speisesaal nur für uns, das Deck nur für uns, wie eine geräumige Wohnung unter dem Himmel.« Stella erinnerte ihn daran, dass sie so etwas schon gehabt hatten, als sie die einzigen Passagiere gewesen waren. »Ja, aber da mussten wir immer mit dem Kapitän und den Offizieren essen«, entgegnete er, »und ich musste gegen meine Eifersucht kämpfen, weil keiner von denen trotz eifrigster Anstrengung es geschafft hat, dir nicht auf den Busen zu gucken.« Stella gab lachend zu bedenken, dass sie von seiner Eifersucht damals nicht das Geringste mitbekommen habe, aber er versicherte mit treuherzigem Blick: »Ich war zerfressen vor Eifersucht, all diese Lackaffen mit den Tressen und Goldknöpfen.« Stella drohte ihm: »Lügnern wachsen lange Nasen.« Er grinste: »Ich kann eben gut schauspielern und habe meine Mordlust unter Kontrolle.« »Hört, hört.« Stella hob scherzhaft den Zeigefinger. »Was schauspielerst du denn sonst noch, was verbirgst du sonst noch vor mir?« Er beugte sich über den Tisch, wobei er fast sein Glas umstieß, es aber im letzten Augenblick auffing: »Jetzt zum Beispiel«, raunte er, »schauspielere ich, dass ich ein guterzogener englischer Gentleman bin, dabei gelüstet es mich, dir die zugegeben spärlichen Kleider vom Leib zu reißen und meine Zähne in dein herrliches weißes Fleisch zu rammen. Und etwas anderes wartet auch nur darauf, sich in dich zu rammen.«

Stella lachte laut auf. »Einverstanden. Ich bin dein williges Opfer.« Sie zog ihn hoch vom Tisch und hinter sich her zu ihrer Kajüte.

Kurz vor der Straße von Gibraltar gerieten sie in ein heftiges Gewitter und in etwas, das wie Sturm aussah, aber, wie der Kapitän über Lautsprecher bekanntgab, die Mannschaft vor keine Probleme stelle. »Wir sind Schlimmeres gewohnt als ein kleines Unwetter im Mittelmeer«, sagte er. Dennoch wurden die Passagiere gebeten, sich nicht an Deck aufzuhalten, sondern in ihren Kabinen oder den Gemeinschaftsräumen zu bleiben.

»Was für ein Blödsinn«, sagte Anthony, »Seekrankheit ist in den stickigen Kabinen viel unangenehmer als an der frischen Luft an Deck. Und so schlimm wird es schon nicht werden, dass ein Passagier über Deck gespült werden könnte.«

Aber es wurde schlimm. Stella und Anthony, die Arm in Arm auf ihrem Bett lagen, schauten sich durch ihr geräumiges Fenster das Spektakel draußen an. Das Schiff schlingerte und ächzte durch die Wellen, manchmal knallte es auf eine Welle drauf, dann durchlief ein Zittern das Schiff. Als hätte sich ein Gewitter einmal rund ums Schiff aufgebaut, zischten Blitze in eigenwilliger Schönheit durch den Himmel, kurz nachdem Wolken mit einem lauten Knall gegeneinandergeprallt waren.

Stella fühlte sich vollkommen sicher und geborgen. Sie lag in Anthonys Arm, auf aufgetürmten Kissen, damit sie besser sehen konnten, sie hatte keinen Zweifel, dass die Crew dieses Schiffes den kleinen Sturm bewältigen würde, und sie fühlte sich im Innern dieses Schiffes so geborgen wie im Mutterleib. Es schaukelte und knallte und ächzte, aber es war eher ein kleines Abenteuer als eine Gefahr. Und, wohlgemerkt, das Abenteuer hielt sich in Grenzen.

Seekrankheit war ihr und Anthony fremd, und so dämmerte sie allmählich in einen leichten Schlaf, aus dem sie von Zeit zu Zeit aufgeschreckt wurde durch den Donner draußen, der sich entfernte, bis nichts als Wetterleuchten vom Unwetter übriggeblieben war. Stella schlief ein.

Plötzlich, mitten in der Nacht, schreckte sie hoch. Irgendetwas war anders, da war keine Sicherheit mehr, keine Geborgenheit, da war Panik in der Luft, Eiseskälte. Und die kam nicht von draußen. Unter ihr war es nass. Sie tastete zum Laken. Es war eindeutig nass. Sie horchte zu Anthony. Da überfiel sie wilde Panik. Sie schrie seinen Namen, tastete nach dem Lichtschalter, verfehlte ihn, fluchte laut, erwischte ihn endlich, drehte sich zu Anthony und erblickte ihren Geliebten, wie sie ihn noch nie gesehen hatte. Er hatte blaue Lippen, war blass wie ein schmutziges Laken und atmete stoßweise. »Anthony«, schrie sie. »Anthony, was ist los?« Wie wild sprang sie aus dem Bett, griff nach ihrem Morgenmantel, wollte den Schiffsarzt rufen, da hob Anthony mit äußerster Anstrengung seinen Arm. »Bleib hier«, flüsterte er kaum hörbar. Stella zögerte, in seiner Stimme lag so viel Angst, seine Augen flackerten, diesen Ausdruck hatte sie noch nie bei ihm gesehen. »Du brauchst einen Arzt«, sagte sie hilflos. »Bleib bei mir«, sagte er, nun mit festerer Stimme, und hob abermals seine Hand flehend in die Höhe.

Stella wurde von einem entsetzlichen inneren Widerstreit zerrissen. Es war deutlich sichtbar, dass er einen Arzt brauchte, aber gleichzeitig wollte er nicht allein sein, das war auch deutlich sichtbar. Was sollte sie tun?

»Stella!« Es war kaum hörbar, ein unhörbarer Schrei. Zögernd kehrte sie zum Bett zurück. Sie spürte die feuchte Kälte. Sie schmiegte sich an Anthony, um ihn zu wärmen. Er zitterte jetzt. Sie umfing ihn mit ihren Armen wie ein Baby, überall wollte sie ihn wärmen. Die Zitterschübe durchliefen seinen Körper, die Pausen dazwischen waren kurz. Sie gab beruhigende Töne von sich, auch die wie für ein Kind. »Schschsch.«

Er wurde unruhig in ihrem Arm, sie richtete sich auf, blickte ihn an. »Anthony, ich hole jetzt einen Arzt«, sagte sie verzweifelt, »ich bin sofort wieder da.« Sie wollte sich losmachen, aber er krallte sich an ihr fest mit einer Kraft, die überhaupt nicht zu dem grauen Anthony passte, der eingenässt hatte, zitterte und kaum seinen Arm heben konnte.

Sie blickte in seine Augen, und plötzlich wusste sie, dass er starb. Eine eiskalte Klaue ergriff ihr Herz und drückte es so zusammen, dass auch aus ihr alles Leben wich. »Anthony«, flüsterte sie. »Nein!« Da verwandelte sich sein Blick, streifte die Panik und Verzweiflung ab, die eben noch darin gelegen hatte, und wurde weit und so voller Liebe, dass Stella es nicht aushielt hineinzuschauen, und es doch aushielt, weil sie das gleiche Gefühl empfand, das sie in diesen Augen sah. Tiefe, reine Liebe. Und Dankbarkeit. »Stella«, flüsterte er und drückte ihre Hand, »Stella«. Sie suchte seinen Blick. »Anthony, Anthony, Liebster, bleib hier, geh nicht fort, bleib«, aber er verschwand. Seine Augen veränderten sich, sahen sie nicht mehr, als blickten sie woanders hin. Und dann seufzte Anthony, ein Zittern durchlief seinen Körper, seine Beine zuckten. Stella schrie auf. »Nein! Nein!«

Sie sprang aus dem Bett, rannte bis zum Arztzimmer. Dort war niemand. Sie schrie: »Hilfe! Hilfe! Hilfe!« Rannte immer weiter durch die Gänge auf der Suche nach dem Arzt. Im Nu war sie umringt von Menschen, und kurz darauf war der Schiffsarzt da. Er zog seinen Gürtel fest und folgte Stella hastig zu ihrer Kabine. Der Pulk von Menschen, die aus ihren Betten gerissen worden waren, blieb vor der Kabine stehen.

Dr. Fellner brauchte nicht lange, um die Lage zu erfassen. Er fühlte den Puls, er legte sein Ohr an Anthonys Herz, sein Stethoskop hatte er in der Eile vergessen. Er drückte Anthonys Lider über seine Augen und richtete sich auf. Er nahm Stellas Hand in die seine und sagte: »Mrs. Walker, da ist nichts mehr zu machen. Mein herzlichstes Beileid.«

Stella wurde schwarz vor Augen, ihre Beine wurden weich, und es schien ihr sehr verlockend, sich der schwarzen Schwäche hinzugeben. Aber sie raffte sich auf, entzog ihm ihre Hand und sagte in strengstem Befehlston: »Wiederbelebung! Sie müssen ihn wiederbeleben!« Der Arzt setzte sich neben Anthony aufs Bett. Er griff nach dessen Hand, tätschelte seine Wange und sagte in einem Ton, der zeigte, dass dies die Situationen waren, die er an seinem Beruf hasste: »Es tut mir unendlich leid, aber dieser Mann ist mausetot. Den kann keiner wieder lebendig machen, so scheußlich das ist.«

Da fiel Stella kurz in tröstliche Schwärze, aber sie raffte sich sofort wieder auf, scheuchte den Arzt aus der Kajüte und legte sich neben Anthony. Sie hielt ihn fest umschlungen und erzählte ihm alles, was sie für ihn fühlte. Sie erzählte ihm, wie sie sich kennengelernt hatten und wie schwierig es manchmal für sie gewesen war, das Vertrauen in einen Mann zuzulassen, nach der Erfahrung mit Jonny. Sie erlebte ihre ganze Liebe noch einmal, den immer kälter werdenden Anthony in ihren Armen. Bis sie zu dieser Schiffsreise gelangt war. Sie sagte ihm, dass sie sich mit ihm wie ein Teil eines Ganzen gefühlt hatte. Und dann schluchzte sie auf und sagte: »Und nun lässt du mich allein.« Sie rüttelte an ihm, aber nur sehr zart. Sie wusste, dass er nicht absichtlich gestorben war.

## 24

Mitte Juni 1960 kehrte Stella nach Hamburg zurück. In ihr war alles wie aus der Mitte heraus zersprengt. Kein Teil passte mehr zum andern.

Sie wurde von Lysbeth und Aaron abgeholt, daneben stand Bobby. Nacheinander schlossen sie Stella fest in die Arme, aber die war wie versteinert. Sie wehrte die Umarmungen nicht ab, aber sie fand nicht den geringsten Trost darin, nein, sie spürte sie kaum, ihr eigener Körper kam ihr fremd vor. Trotzdem war sie irritiert, Bobby zu sehen. War Angela auch da?

Sie stellte keine Fragen, ebenso fühllos wie ihr Körper wirkte auch ihre Zunge, als könnte sie nur unter größter Mühe bewegt werden.

Sie fuhren im Taxi nach Hause. Lysbeth und Aaron jeweils zu ihrer rechten und linken Seite, Bobby saß vorn neben dem Fahrer.

Aaron erklärte, dass er inzwischen einen Führerschein gemacht habe, weil er sich der Entwicklung der Technik nicht verschließen wollte, dass er aber noch keine Fahrpraxis habe und sich deshalb schlimmer als der schlimmste Anfänger fühle. Als müsse sie verhindern, dass eine Pause im Redefluss auftrat, berichtete Lysbeth, kaum dass Aaron geendet hatte, dass sie gemeinsam mit einer Kollegin eine Praxis in Barmbek übernommen hatte. Ihre Stimme klang stolz, das drang sogar durch Stellas Vereisung hindurch. Sie drückte die Hand ihrer Schwester.

Nun sprach Aaron wieder und erzählte ihr, dass Eckhardt als Schöffe berufen worden war und dass er sich seitdem als Sachwalter der Gerechtigkeit aufspielte. »Der letzte Prozess, wo er gewirkt hat«, berichtete Lysbeth kopfschüttelnd, »da ging es um einen Homosexuellen, der bei einer Razzia im Stadtpark in flagranti erwischt worden war. Eckhardt hat selbstverständlich auf schuldig plädiert.«

Stella guckte teilnahmslos vor sich hin. Hamburg zog an ihr vorbei, die Lichter der Reeperbahn, das Heiligengeistfeld mit seinem unheimlichen dunklen riesigen Bunker, der in ihr unangenehme Erinnerungen hätte wecken können, aber in Stella wurde nichts geweckt, durch kein Bild draußen. Das Bild, das sie vor sich sah, war der tote Anthony, der, eingehüllt in einen weißen Sack, über Bord geworfen wurde. Sie hatte sich dagegen gewehrt, so energisch es ihr möglich war, aber ihr war bedeutet worden, dass es auf dem Schiff kein Kühlfach für einen Toten gäbe, und dass es niemandem, auch ihr selbst nicht, zuzumuten war, dass der Tote zwei Wochen lang irgendwo im Schiff aufbewahrt wurde. Die einzige Möglichkeit wäre gewesen, beim nächsten Hafen außerplanmäßig vor Anker zu gehen, dann hätte Stella dort eine Beerdigung in die Wege leiten müssen. So unzurechnungsfähig sie sich auch fühlte, das konnte sie sich ausmalen: Eine Beerdigung in Nordafrika oder Südspanien, ein Toter, der auf einem fremden Friedhof beigesetzt würde, in einer Umgebung, dessen Sprache sie nicht beherrschte. Nein, da war es ihr richtiger erschienen, dass Anthony das Schicksal einer Wasserleiche auf hoher See erlitt, die von Fischen gefressen wurde und deren Knochen auf den Meeresboden sanken.

Der Kapitän hatte eine kurze Ansprache gehalten, die Schiffsglocken waren geläutet worden, die Mannschaft war fast vollzählig an Deck erschienen, die Mützen in der Hand, der Kopf gesenkt. Sie hatten ein Lied gesungen, das Stella unangemessen erschien: »My bonnie is over the ocean, my bonnie is over the sea, bring back, bring back, oh, bring back my bonnie to me …«, doch dann hatte die Schiffskapelle den Tango von

Gardel *Sus ojos se cerarron* angestimmt, nach dem Anthony und Stella manchen Abend getanzt hatten, und Stellas Herz hatte geschmerzt, als liefe das gesamte Blut heraus. Seitdem war sie leer, nichts mehr war in ihrem Herzen übrig geblieben.

Schließlich standen sie vor der Gartentür in der Kippingstraße. Die Rhododendronsträucher prangten in verschwenderischer Blüte, rosa, purpur, bordeaux, Stella kniff die Augen zusammen. Auf dem Schiff hatte es keine Blumen gegeben, was allgemein sehr bedauert wurde, weil es schöner gewesen wäre, wenn Blumen Anthony auf seinem Weg begleitet hätten. So hatten alle auf Vorschlag des Schiffsgeistlichen bunte Tücher und Bänder ins Wasser geworfen, so dass das Meer unter der Sonne wie eine afrikanische Marktfrau schaukelte.

Kaum hatten sie das Haus betreten, schritt Cynthia ihnen entgegen. »Meine Liebe«, verkündete sie feierlich und bot Stella beide Hände dar. »Meine Liebe! Mein allerherzlichstes Beileid!« Stella überließ ihr mechanisch ihre Hände. Ihr Gesicht war wie eingefroren. »Danke«, sagte sie sachlich. Lysbeth fragte: »Willst du erst nach oben und dich ein bisschen frisch machen, oder wollen wir runtergehen und Kaffee trinken? Cynthia hat Marmorkuchen gebacken.« Stellas Veilchenaugen waren dunkel, fast schiefergrau. Sie rang sich zu keiner Antwort durch. Lysbeth hakte sie unter. »Die Jungs können schon mal dein Gepäck hochbringen, und wir gehen runter, das Wetter ist so schön, wir können uns in den Garten setzen. Einverstanden?« Wie eine willenlose Puppe ließ Stella sich mitführen.

Beflissen räumte Cynthia das Geschirr in den Garten, sie schlug Sahne, setzte Kaffee auf und bewirtete alle, als seien sie ihre Gäste. Unter normalen Umständen hätte Stella ihrer Schwägerin diese Hausherrinnenrolle nicht ohne einen spöttischen Kommentar durchgehen lassen, aber jetzt blickte sie sich nur teilnahmslos um, musterte den Garten, in dem Rhododendron, Hortensien und einige Dahlien einen üppigen farbigen Rahmen um das kleine Rasenstück in der Mitte bildeten, in dessen Zentrum der Birnbaum winzige Früchte trug.

Sie ist noch auf dem Schiff, vielleicht in der Kajüte, wo Anthony gestorben ist, dachte Lysbeth besorgt. Sie hatte zwar genug eigene Sorgen mit der Einrichtung ihrer Praxis, wo sie immer wieder feststellen musste, dass ihre jüngere Kollegin von den Patientinnen bevorzugt wurde. Die meinten nämlich, eine Ärztin ihres Alters würde gewiss bald in Rente gehen, und eine Frauenärztin war so etwas wie eine Anschaffung fürs Leben, die sollte möglichst mit einem alt werden und nicht einen Wechsel in wenigen Jahren absehbar machen. Sie konnte die Frauen verstehen. Dennoch war sie gekränkt. Sie war eine gute Ärztin, erfahrener und frischer als viele jüngere. Zum Glück gab es in Barmbek einen solchen Mangel an Frauenärztinnen, dass auch Lysbeths Terminkalender bald gefüllt gewesen war. Gleichwohl nahm sie jede Patientin an und dehnte ihre Arbeitszeit weit über die Sprechstundenzeiten hinaus aus, weil sie Angst hatte, ihre Praxis könnte sich schnell wieder leeren.

Sie hatte gehofft, Stella davon erzählen zu können, und sie hatte auch gehofft, dass Stella ihr etwas von ihrer Angst nehmen würde. Jetzt merkte sie, wie dumm diese Erwartung gewesen war. Wie hatte sie nur glauben können, dass Stella noch irgendetwas an Leichtigkeit geblieben war? Anthony war ein Teil von Stella gewesen, mit ihm hatte sie sich selbst verloren. Und das hätte Lysbeth wissen können.

Aaron zumindest hatte es befürchtet. »Wir müssen aufpassen, dass sie bleibt«, hatte er gesagt. Lysbeth hatte, geistesabwesend wie meistens, gefragt: »Wo bleibt?« Und er hatte leicht genervt geantwortet: »Auf der Erde, hier, bei uns.« Lysbeth hatte ihn angeschaut, als wäre er etwas meschugge. »Wo soll sie denn sonst bleiben?«, hatte sie gemurmelt und hinzugefügt: »Wichtiger ist doch wohl, dass wir bei ihr bleiben und sie möglichst wenig allein lassen.«

»Ach, Lysbeth«, hatte Aaron geseufzt und die Augen gen Himmel gerichtet, eine resignierte Geste, die er, wie sie verärgert konstatierte, in der letzten Zeit manches Mal ihr gegenüber zeigte. Aber sie hatte die Lippen zusammengepresst und nichts gesagt. Als er jedoch in spitzem Ton hinzufügte: »Interessant, dass du Stella möglichst wenig allein lassen willst«, hatte sie gezischt: »Deine Ironie kannst du dir sparen.« Da hatte Aaron das Zimmer verlassen, und ihr war mit kurz und heftig aufwallendem Mitgefühl aufgefallen, wie traurig seine Schultern hingen.

Das Mitgefühl verschwand schnell. Sie war nicht in der Stimmung für Mitgefühl. Er hatte zwar ironisch signalisiert, dass sie ihn allein ließ, sie fühlte sich jedoch, und wie sie meinte, mit vollem Recht, von Aaron viel mehr allein gelassen. Wenn sie mit ihm über Probleme in der Praxis sprechen wollte, gab er ihr immer den gleichen Ratschlag: Nimm deine Arbeit nicht so wichtig. Das nützte ihr nichts, sie wünschte sich praktische Tipps, was sie besser machen könnte.

Aaron trug nicht nur ihr gegenüber eine Stimmung der Resignation zur Schau. Im vergangenen Jahr hatten die Sozialdemokraten das *Godesberger Programm* verabschiedet, mit dem sie endgültig jeden Ansatz von Sozialismus verlassen und sich als Partei positioniert hatten, die sich von der CDU kaum mehr unterschied. Sie strebten eine große Koalition an, dafür waren sie zu jedem Zugeständnis bereit.

Die Bewegung gegen Atombomben war geschrumpft. Mit der großen Kundgebung am 17. April 1958 hatte die Anti-Atomwaffen-Bewegung ihren Höhepunkt gehabt. Nachdem eine »Volksbefragung über Atomwaffen«, die in Hamburg am 8. Juni durchgeführt werden sollte, Ende Mai durch das Bundesverfassungsgericht gekippt worden war, flaute der Aktionsdrang merklich ab.

Auch was seine medizinische Tätigkeit betraf, war Aaron resigniert. »Was unser Gesundheitssystem leistet, ist nichts weiter als Flickschusterei«, schimpfte er oft. »Wir geben Medikamente und sollen die Leute so schnell wie möglich wieder arbeitsfähig machen. Dass es manchmal die Arbeit selbst ist, die die Menschen krank gemacht hat, weil sie dort von sich selbst entfremdet sind, davon will keiner etwas hören.«

Davon wollte wiederum Lysbeth nichts hören. Sie war so hingerissen davon, Ärztin sein zu dürfen, davon hatte sie geträumt, seit sie denken konnte. Mehr wollte sie nicht, das war die Erfüllung ihres Lebens. Manchmal erinnerte sie sich dunkel daran, dass es eine Zeit gegeben hatte, in der Aaron die Erfüllung ihres Lebens gewesen war. Den Gedanken schob sie freilich schnell wieder fort.

Auch als Aaron einmal nachdenklich gesagt hatte: »Manchmal frage ich mich, ob du wirklich mich wolltest, oder ob es dir vielleicht tatsächlich nur darum ging, durch mich medizinisch tätig sein zu können?«, hatte sie seine Worte zornig vom Tisch gewischt. »Was für ein Unfug! Natürlich wollte ich dich, keinen andern, und gleichzeitig war es wundervoll, durch dich in die Medizin reinzukommen, dafür bin ich dir auf ewig dankbar.« Aaron hatte schief gegrinst und in diesem resignierten Ton gemurmelt: »Ach, Lysbeth, wie schön, dass du mir dankbar bist.«

Lysbeth begriff, dass Aarons Warnungen, was Stella betraf, durchaus ihre Berechtigung gehabt hatten. Stella war nicht wirklich anwesend, und Lysbeth fürchtete sich davor, dass es ihr nicht gelingen könnte, sie wieder zurückzuholen.

Ihr Kopf suchte angestrengt nach Auswegen. Stella brauchte etwas, dass sie davor schützte, ganz ins Dunkle abzugleiten. Beruhigungsmittel, überlegte sie, Valium, Librium oder vielleicht homöopathische Kügelchen. Doch sie war skeptisch, ob die Wirkung von Kügelchen schnell und stark genug wäre. Ohnehin hatte sie das Vertrauen in die Wirkung der Homöopathie ziemlich verloren während ihrer Ausbildung, die nichts als Hohn und Spott für homöopathische Medizin übrighatte. Vielleicht eine Zeitlang Beruhigungsmittel, erwog sie, und dann Aufbaupräparate, die sie unterstützen, wieder aktiv zu werden. Sie überlegte, ob es vielleicht eine Arbeit gab, die Stella Freude machen könnte. Etwas Ehrenamtliches?

Während Lysbeth sich Gedanken machte, erzählte Bobby von seiner Entscheidung, für eine Weile nach London zu gehen. »Ich will da nicht weg für immer, ich liebe Angela doch, und die ganze Familie da ist doch meine Familie geworden«, beteuerte er. »Aber ich fühle mich so abgeschnitten von der musikalischen Entwicklung in der Welt. Tanzmusik, das ist notwendig, natürlich, und auch schön, dafür bin ich mir nicht zu schade, und das, was auf der Hochschule passiert, finde ich interessant, aber das ist nun mal nicht mein Arbeitsplatz, und ansonsten wird da oft verächtlich gemacht, was vielleicht auch ein wenig schräg ist in der Musik, aber doch Entwicklungen aufzeigt. Die ganze Rock 'n' Roll-Szene, nicht dass es bei uns keine gäbe, aber es macht mich wahnsinnig, wenn da so viel heimlich läuft, und offiziell wird es verunglimpft.«

Lysbeth bemerkte staunend, wie Stella aus ihrer Trance aufwachte. »Wie sieht die Musikszene in London aus?«, fragte sie.

»Na ja«, antwortete Bobby, »ich kann dir nicht viel darüber sagen, das letzte Mal war ich vor vielen Jahren dort, aber Freunde von mir schreiben mir ausführlich. In Liverpool gibt es zum Beispiel den *Cavern Club*, einen Jazzklub, der von den Pariser Jazzclubs inspiriert ist.«

»Welche Musik wird da gespielt?«, fragte Stella. Ihre Stimme klang zwar rau und leise, aber sie hatte gesprochen, und Lysbeth horchte erleichtert auf. »Soviel ich gehört habe, treten da viele Skiffle-Bands auf«, erklärte Bobby. Stella verdrehte die Augen. Bobby hob Einspruch gebietend die Hand: »Die englischen Skiffle Bands machen sehr interessante Sachen. Und Rock 'n' Roll ist verboten im *Cavern Club*, wie mein Freund mir geschrieben hat.« Er lachte leise. »Also skiffeln sie.«

»Was ist skiffeln?«, fragte Aaron interessiert. »Skiffle ist eine Spielart des Jazz«, erklärte Bobby, »bei der die Musiker Waschbretter und selbstgebaute Bässe aus Teekisten einsetzen. Die Musik stammt natürlich wieder mal aus den USA, dem Süden wie auch der Blues, aber bei uns hat sich inzwischen eine riesige Amateur-Szene entwickelt. Ich habe ein wenig geforscht, und es gibt wohl fast fünfzigtausend Skiffle-Bands im UK, in denen vor allem junge Männer aus der Arbeiterklasse in ihrer Freizeit spielen. Ein Freund von mir hat einen Gitarrenladen aufgemacht, er sagt, Gitarren verkaufen sich wie verrückt.«

Lysbeth dachte: Bei uns hat er gesagt und England gemeint. Sie hätte sich gern erkundigt, wie Angela darauf reagiert hatte, dass Bobby nach London fahren wollte, aber sie fragte nicht, weil sie das Gespräch über Musik, das Stella aus ihrer Apathie gerissen hatte, nicht unterbrechen wollte. Doch Stella blickte wieder ins Nichts, als hätte sie Bobbys Antwort gar nicht gehört. Aaron sagte in ihre Richtung: »Kennst du Lonnie Donegan? Ich glaube, er macht diese Skiffle-Musik?« Sein Blick wanderte fragend zu Bobby, der nickte. »Ja, Donegan wird, glaube ich, sogar als König des Skiffle bezeichnet. Der ist wirklich gut.« Stella tauchte kurz aus ihrer Versenkung auf. »Nein, den kenne ich nicht. Aber ich kenne Louis Armstrong.« Sie richtete ihre Augen verwirrt auf Bobby, der sie mitleidig anlächelte wie eine alte Frau, die keine Ahnung von Musik hatte. Sie schüttelte kurz den Kopf, als wollte sie darin für Klarheit sorgen. »Nein?«, fragte sie. »Armstrong nicht? Warum nicht?« Bobby wurde ernst. Ihm war wohl bewusstgeworden, dass er es nicht mit einer senilen Oma zu tun hatte. »Stella, Armstrong und all die anderen aus New Orleans sind phantastisch, aber jetzt rollt eine neue Musikbewegung an, die irgendwie jung und frech und wild ist, die mich unglaublich neugierig macht.« »Du meinst Elvis und all der amerikanische Kram, Bill Haley und so?«, fragte Stella, plötzlich wieder präsent und klar. Bobby wiegte seinen Kopf hin und her. »Klar, Elvis und Haley, der, glaube ich, völlig überschätzt wird hier, weil sie so viel Angst vor ihm haben.« Aaron grinste. »Vor zwei Jahren haben seine Fans doch die Ernst-Merck-Halle in Stücke gelegt bei seinem Konzert.« »Aber nur«, schaltete Lysbeth sich zu allgemeiner Überraschung mit genauen Kenntnissen ein, »weil die Fans ewig auf ihn warten mussten und das ganze Programm absurd aufgebaut war. Wer hat noch gleich vor ihm gespielt? War das nicht so eine deutsche Schlagerband?« Aaron grinste. »Nein, nicht Schlager, Kurt Edelhagen spielte Jazz, aber keiner der Teenies wollte den hören.«

»Ihr redet, als wärt ihr nicht allesamt um die sechzig«, warf Eckhardt pikiert ein, »ich meine, es ist doch schlimm genug, was mit unserer

Jugend passiert. Die sind doch außer Rand und Band.« »Stimmt«, bekräftigte Cynthia mit energischem Kopfnicken. »Das waren auch keine Teenies, das waren Halbstarke. Danach hat die Stadt doch auch gesagt: Nie wieder Rockkonzerte!«

Bobby grinste. »Kleiner Einspruch. Ich bin noch nicht um die sechzig. Aber ist egal, ich bin ja auch kein Teenager mehr. Eckhardt, Cynthia, was im Augenblick in der Musikwelt passiert, ist revolutionär!« »Revolutionär?«, schnappte Cynthia. »Das findest du wohl gut?« »Stimmt«, bekräftigte er. »Das heißt, ich weiß gar nicht, ob es gut ist, aber es ist neu, kreativ, eine unglaubliche Kraft, die da aus Amerika zu uns nach England und zu euch rüberschwappt.« Eckhardt versuchte redlich, sich freundlich an dem Gespräch zu beteiligen. »Na ja, es gibt auch richtig nette Schlager. Peter Alexander zum Beispiel finde ich sympathisch, und von Freddy Quinn gefällt mir auch einiges.« »*Seemann, lass das träumen*«, schmetterte Cynthia zu allgemeiner Überraschung. Alle Köpfe wandten sich ihr zu. Da machte sie eine ausholende Gebärde und sang: »Himmelblaue Serenade / Himmelblaue Melodie / abends auf der Promenade / kam das Glück / und das Glück war sie« Der letzte hohe Ton war etwas verrutscht, aber ansonsten hatte sie sich hin und her gewiegt wie ein Schlagerstar auf der Bühne. Lysbeth zog erstaunt die Augenbrauen in die Höhe. Aaron klatschte. Bobby gluckste. »Genau! Genau!«, sagte er. Und fügte hinzu: »Genau das ist die Szene, und so ist sie auch in abgewandelter Form bei uns.« Er nickte in Richtung Cynthia und Eckhardt. »Ich kann das verstehen: Eure Generation hat den Krieg verloren, die will Lieder, die von besseren Zeiten erzählen. In Westdeutschland gibt es ja nicht nur das Wirtschaftswunder mit Kühlschrank und so, jetzt wollt ihr auch alle verreisen. Italien ist euer neues Land der Träume.«

»Spanien«, fiel Aaron spöttisch ein, »das ist noch besser, da sorgt Franco für Ordnung, und es ist so schön billig. Da fühlt sich der deutsche kleine Mann wie ein König.« Cynthia wollte aufbegehren, doch Bobby legte ihr die Hand aufs Knie, was dazu führte, dass sie nicht mehr atmete. »Man kann es doch verstehen. In der Sonne sitzen, ein schöner Drink, schwimmen, keine Sorgen, und so weiter. Schlager lassen die Menschen träumen.« Er zog seine Hand von Cynthia weg und sagte kühl: »Die jungen Leute wollen etwas anderes.« Er blickte in die Runde. »Und das ist revolutionär«, sagte er feierlich in Stellas Richtung. »Deshalb bin ich hier. Die jungen Leute wollen Bill Haley nur deshalb, weil er irgendwie wild ist. Die sind bereit zu übersehen, dass er über dreißig ist und wirklich nicht sexy aussieht mit seinem Schwabbelbauch und seiner bescheuerten Sechs auf der Stirn.« »Bill Haley go home«, schmetterte Cynthia und kicherte.

Aaron sah sie erstaunt an. »Cynthia, trinkst du heimlich?«, fragte er amüsiert und sogleich erschrocken, weil er merkte, dass er die entspannte Stimmung am Tisch zerstört hatte. Cynthia kniff die Lippen zusammen. Bevor sie etwas sagen konnte, entschuldigte er sich. »War nicht so gemeint.«

Bobby grinste wieder auf seine charmante Art. Er wendete sich Stella zu. »Du hast gefragt, wie die Szene in London ist. Das kann ich dir nicht sagen. Ich finde sie ziemlich dilettantisch, sie kopieren amerikanische Vorbilder, aber Cliff Richard zum Beispiel hat eine interessante Ausstrahlung, etwas Eigenes. Ich glaube, es gibt es ein paar junge Leute, die etwas Neues ausprobieren, Buddy Holly zum Beispiel. Ich weiß nicht, ob ihr von ihm gehört habt.« Alle schüttelten verneinend den Kopf. »Der Mann sieht aus wie ein Buchhalter. Er trägt eine Brille und einen biederen Anzug, aber der macht genialen Rock 'n' Roll.«

Einen Moment breitete sich Stille am Tisch aus. Aaron durchbrach sie. »Klar, in England wird es nicht anders sein, die jungen Leute vergöttern alles, was aus Amerika kommt. Deren Sportarten sind exotischer, der Kaffee ist besser, die Süßigkeiten leckerer, die Architektur spannender. Wer wagt schon solche Hochhäuser? Sie haben Wolkenkratzer, Autos, Mädchen, Berge, Flüsse, den Grand Canyon, Cowboys!« Lysbeth fuhr fort: »Gangster und Hollywood.« »Amerika ist doch nicht besser als wir!«, Eckhardt warf sich in Positur, ein wichtiger deutscher Mann. Bobby grinste. »Well, ich teile deine Meinung, Mister, aber es ist unumstritten, dass Amerika uns zeigt, wie man Spaß haben kann.«

Bobby wandte sich wieder an Stella. »Ich habe gehört, dass bei euch auf St. Pauli einige junge Musiker auftreten, die spannend sind.« Stella sah ihn plötzlich sehr, sehr traurig an. Als wäre sie aus ihrer Vereisung aufgetaut und von Trauer überrollt worden. »Bobby«, sagte sie mit zittriger Stimme, »ich glaube, das ist alles ein bisschen viel für mich.« Alle am Tisch schauten auf sie. »Sollen wir aufhören, willst du dich hinlegen?« »Möchtest du über etwas anderes reden?« »Wollen wir über Anthony sprechen?« Ein Schwall von Fragen überfiel sie. Stella wedelte mit den Händen. In ihren Augen standen Tränen. »Nein, nein!«, sagte sie schwach. »Bitte redet weiter. Das tut mir gut, aber«, ihre Stimme versagte, »bitte erwartet nichts von mir.«

Alle schwiegen erschrocken. Bobby fasste sich als Erster. Er sprach über die jungen Bands auf St. Pauli, von denen seine Freunde ihm geschrieben hatten. »Die treten im *Kaiserkeller* auf und im *Indra,* was auch immer das sein mag.« »Indra!« Eckhardt atmete mit einem Pruster aus. »Das ist ein Nachtklub, wo vor allem Prostituierte und ihre Kunden verkehren.« »Genau«, bekräftigte Aaron, »Irgendwo in meinem Hinterkopf hat es gerade geklingelt, als du von jungen Bands auf St. Pauli sprachst, aber jetzt weiß ich wieder, wieso. Ich habe mit einer Patientin darüber gesprochen. Die ist auch Prostituierte.« Cynthia starrte ihn entgeistert an. »Deine Patientin?«, fragte sie schrill. »Und mit denen führst du Gespräche über Musik?« Aaron grinste. »Die meisten meiner Patienten sind Prostituierte oder Ähnliches. Und am meisten helfe ich denen, wenn ich mit ihnen spreche. Ja, so ist das.« »Ich wusste gar nicht, dass Geschlechtskrankheiten mit Gesprächen behandelt werden«, sagte Cynthia spitz. Und dann fügte sie mit einem vorwurfsvollen Blick auf Stella hinzu: »Ich finde es auch sehr seltsam, dass hier diese Radaumusik alle in Begeisterung versetzt angesichts eines so traurigen Sterbefalles.«

Lysbeth ballte die Fäuste. Sie sah Stella an, dass sie wieder in ihre Starre zurückglitt. Da erst begriff sie, wie schwer geschädigt Stella war. Es war, als hätte sie ihre Persönlichkeit verloren, als wäre aus der Frau, die Cynthia jetzt Paroli geboten hätte, eine Frau geworden, die sich ängstlich wie eine Schnecke in ihr Haus zurückzog, wo sie hinter einer undurchdringlichen Schale verschwand.

Allein Bobby tat so, als hätte er nicht gemerkt, was passiert war. »*The Jets* heißt, glaube ich, diese Gruppe, die ich mir im *Kaiserkeller* unbedingt anschauen will. Das sollen verrückte wilde Jungs sein. Tony Sheridan gehört zu denen, das soll ein genialer Gitarrist sein.«

»Was sagt Angela eigentlich dazu, dass du dem Ruf deiner Kreativität folgst?«, Stella war aus ihrer Starre aufgetaucht. Lysbeth horchte erstaunt auf das Interesse und auch auf den leichten Ärger in ihrer Stimme.

»Ach, Angela …«, hob Bobby an, und Lysbeth kam es vor, als hätte sie ein Déjà-vu, so ähnlich klangen diese zwei Worte denen, die Aaron oft sagte. »Ach, Lysbeth …« »Angela ist beschäftigt. Ich bewundere durchaus ihre Begeisterung und ihre Energie. Sie steht voll hinter der DDR, sie leugnet nicht, dass es Probleme gibt, aber wie sonst, sagt sie, soll man etwas Neues aufbauen. Das finde ich richtig. Auf ausgetretenen Pfaden entstehen keine Probleme, da entsteht nur Langeweile. Aber Angela ist mit dem Aufbau einer sozialistischen Pädagogik beschäftigt. Das ist etwas anderes, als als Künstler auf einem Weg zu sein, den man immer erst neu entdecken und neu finden muss. Es gibt viele großartige Künstler in der DDR, ich bewundere Heiner Müller, der das *Berliner Ensemble* jetzt leitet, ich bewundere den Maler Witte, ach, und noch so viele andere, die ich inzwischen kennengelernt habe, sie alle sind dabei, den Sozialismus in der DDR voranzutreiben, aber sie alle haben auch Probleme mit engstirnigen Leuten in der SED. Und leider gibt es viele Duckmäuser, besonders in Dresden.« »Und jetzt bist du nach Hamburg gekommen, um die *Jets* und Stella zu sehen«, konstatierte Lysbeth. »Wie lange bleibst du?« »Na ja«, grinste Bobby verlegen, »bis zum 1. Juli auf jeden Fall.« »Gut«, sagte Aaron. »Samstag gehen wir in den *Kaiserkeller*, wer kommt mit?« »Ich«, sagte Stella. Alle Köpfe schnellten zu ihr.

»Das wundert mich nicht«, raunte Cynthia. »Pietät war noch nie ihre Stärke.«

Lysbeths Blick schoss zu ihrer Schwägerin. »Soviel ich weiß, stand Witwenverbrennung nicht auf dem Programm der Nazis, oder habe ich da etwas übersehen?«, sagte sie mit ihrer klaren Stimme, die in den letzten Jahren einige Töne tiefer geworden war und deshalb vielleicht eine beeindruckende Autorität ausdrückte. Cynthia erhob sich und griff nach dem Tablett mit dem Kuchen. Wie eine Marionette erhob sich auch Eckhardt. »Guten Abend«, sagte sie anklagend. »Ich hoffe, mein Kuchen hat euch geschmeckt. Eckhardt, komm. Wir gehen.« Eckhardt warf Stella einen unglücklichen Blick zu und folgte seiner Frau wie ein geprügelter Hund.

## 25

Am nächsten Samstagabend machten sie gewissermaßen einen Familienausflug zum *Kaiserkeller*. Lysbeth zögerte, sie wollte eigentlich noch arbeiten, aber Aaron wurde zornig. »Ich will dir mal was sagen, meine Liebe. Dass du mich die meiste Zeit allein lässt, während andere Paare Zeit miteinander verbringen, will ich jetzt nicht erwähnen, dass du aber deine Schwester im Stich lässt, wenn die sich aufrafft, aus ihrer

Trauer in die Welt zu gehen und dazu noch auf die Reeperbahn, um Musik zu hören, die mit Trauer nichts zu tun hat, und an einen Ort, wo die Leute Alkohol trinken und tanzen, das würde ich dir nicht verzeihen. Sie würde es vielleicht nicht mal richtig wahrnehmen, so sehr, wie sie zwischen den Welten hin und her treibt und sich zumeist im Niemandsland zwischen Leben und Tod aufhält, aber du kommst jetzt mit.« Lysbeth hatte Aaron auf die Wange geküsst, was er mit einem erstaunten Laut kommentierte. Sie hatte ihn fragend angeschaut, und er hatte gesagt: »Ich dachte, küssen gehört nicht mehr zu deinen Gepflogenheiten.« Da war sie schon fast wieder versucht gewesen zu antworten: »Geht doch allein, mir ist gar nicht nach lauter Musik«, aber sie hatte das Wort vom Niemandsland im Ohr.

Lysbeth überlegte nicht lange, was sie anziehen sollte, ein sommerlicher blauer Rock mit weißen Punkten und eine weiße Bluse zu flachen weißen Schuhen, das schien ihr für einen Club angemessen, in dem sich doch vor allem junge Menschen aufhielten. Sie war überrascht, als Stella die Treppe herunterkam. Ihre Schwester trug ein elegantes Kostüm in Cremeweiß, dazu eine schwarze Bluse und schwarze Pumps. Ihre Haare hatte sie mit einem breiten schwarzen Tuch nach hinten gebunden. Ihre Wangenknochen traten hervor, ihr herzförmiges Gesicht wirkte trotz der Bräune blass und schmal. Lysbeth lächelte ihr entgegen.

»Sag bloß nicht, dass ich falsch angezogen bin!« Stella fixierte ihre Schwester streng. »Cynthia findet wahrscheinlich, ich müsste mit schwarzem Kostüm und Hut mit Schleier in diesen Club gehen, aber man muss mir ja die Witwe nicht unbedingt ansehen, oder?« Sie grinste schief. Lysbeth umarmte sie. »Du siehst phantastisch und vollkommen passend aus.« Sie blickte an sich herab und fügte hinzu: »Ich hoffe, dass ich nicht unangenehm auffalle.«

Aaron hatte einen Anzug angezogen, zu dem er ein offenes sommerliches Hemd trug. Er wollte gerade ein Taxi rufen, da zog Stella die Autoschlüssel aus ihrer Handtasche und reichte sie ihm. »Das Auto steht schließlich vor der Tür, und du kannst doch fahren, oder?« Ihr Gesicht war eine Maske aus Elfenbein. Aaron sah sie kurz prüfend an, dann griff er nach dem Schlüssel. »Wirklich okay?«, fragte Bobby besorgt. Stella nickte. Man sah ihr kein Gefühl an. Bobby setzte sich nach vorne neben Aaron, Lysbeth und Stella saßen hinten. Lysbeth griff nach Stellas Hand. Eiskalt und wie tot lag die in Lysbeths warmer Hand, die es gewohnt war, Kranke und Traurige zu halten. Zwischenwelt, dachte sie, Aaron hat recht. Sie treibt zwischen Leben und Tod. Zwischenwelt.

Sanft entzog Stella der Schwester die Hand und faltete die Hände in ihrem Schoß. »Es ist gut«, sagte sie klar und deutlich vernehmbar für alle im Auto, »Es ist gut, dass wir dahin fahren. Es ist hoffentlich so laut, dass ich merke, dass ich hier bin und nicht mehr auf dem Schiff bei Anthony.« Keiner sagte etwas. In Lysbeths Kehle formte sich ein Kloß.

Plötzlich kam ihr ein Gedanke, den sie bisher nach Anthonys Tod nicht ein einziges Mal gehabt hatte: Was wäre mit mir, wenn Aaron stürbe? Eine Sekunde lang krampfte sich alles in ihr zusammen und wurde eiskalt, dann erinnerte sie sich daran, wie oft sie diese Angst schon gehabt hatte, wie realistisch sie während der Nazizeit gewesen war, wie glücklich sie sich schätzen konnte, dass er überhaupt noch lebte. Und dann dachte sie mit einem spöttischen Gefühl sich selbst gegenüber: Er ist zehn Jahre jünger als ich, er wird später als ich sterben, jemand, der so viel überlebt hat wie er, wird nicht ausgerechnet dann sterben, wenn er genug zu essen hat, ein Dach über dem Kopf und eine liebende Frau im Bett.

Liebende Frau im Bett?, huschte die Frage durch ihren Kopf. Sie schob sie schnell fort. Selbstverständlich liebende Frau. Sie liebte ihn, sie lag bei ihm, dass sie nicht ständig mit ihm turtelte, war mehr als verständlich, schließlich waren sie bald dreißig Jahre verheiratet, und mehr als dreißig Jahre waren sie ein Paar. Außerdem war das Liebesleben im Augenblick für sie nicht gerade das Wichtigste, und das wusste Aaron und verstand es hoffentlich auch.

Sie stellten das Auto auf der Reeperbahn ab, der Verkehr rauschte an ihnen vorüber. Es wirkte, als würde jeder Hamburger einen Käfer fahren, so viele dieser Autos waren auf der Straße. Nach wenigen Schritten erreichten sie den *Kaiserkeller* in der Großen Freiheit 36. Junge Leute strömten bereits hinein. Von drinnen erklangen laute Gitarrenklänge. Da stutzte Lysbeth. »He!«, rief sie und zog den jungen Mann am Jackett, der mit großen Schritten an ihr vorbeigehen wollte.

»Tante Lysbeth!« Alex wirbelte herum. »Wilhelm, komm mal, Tante Lysbeth ist hier.« Da näherte sich auch schon Wilhelm, der bereits ein paar Schritte vorangelaufen war. Brav gaben sie ihrer Tante die Hand und machten einen höflichen Diener, was sie bei Aaron und Bobby zackig wiederholten. Als sie Stella entdeckten, zeigten sie aufrichtige Freude. »Ich wusste gar nicht, dass du wieder da bist«, sagte Wilhelm und sah sie von oben bis unten an. Wissen sie gar nicht, dass Anthony gestorben ist, überlegte Lysbeth. Oder wissen sie nur nicht, wie sie sich angesichts eines Todesfalls benehmen sollen? Tatsächlich war sie froh, dass Dritters Söhne sich verhielten wie immer. »Klasse siehst du aus!«, sagte Wilhelm. Stella lächelte. »Du aber auch.« Auch die drei anderen Erwachsenen betrachteten die Jungs lächelnd. Sie sahen sehr erwachsen aus mit ihren Anzügen, Alex trug einen Schlips, Wilhelm ein Jackett, das teuer wirkte. Zwischen Wilhelms Lippen hing eine Zigarette: »Wie alt bist du eigentlich inzwischen?«, fragte Stella ihn. Mit einer energischen Geste warf er seine Haartolle zurück, die ihm in die Stirn gefallen war. »Fünfzehn«, antwortete er trotzig, denn er wusste wohl, dass er in diesem Alter noch keine Berechtigung hatte, sich auf der Reeperbahn aufzuhalten. Mit dem Kinn wies er zu seinem Bruder: »Der ist neunzehn.« Stella lachte laut, und Lysbeth zuckte zusammen. Stella hatte gelacht! »Meinetwegen darfst du die ganze Nacht hier sein«, sagte sie amüsiert. »Aber wie macht ihr das denn, wenn Kontrollen kommen?« Wilhelm grinste, dann nahm er die Zigarette zwischen Daumen und Zeigefinger aus dem Mund. »Um zehn ist Sperre für die unter achtzehn. Um zwölf für die unter einundzwanzig. Ich geh manchmal nach zehn wieder rein. In der Woche gehen wir dann nach Hause.« Alex fügte hinzu: »Heute singt Tony Sheridan, der ist einfach der Wahnsinn, den müsst ihr hören.«

Sie ließen sich mit dem Fluss der jungen Leute zur Kasse und dann hineintreiben. Der *Kaiserkeller* lag erwartungsgemäß im Keller. Er gehörte der bekannten Hamburger Kiezgröße Bruno Koschmider, über die Aaron einige Bonmots ankündigte, denn das *Indra,* in dem eine seiner Patientinnen arbeitete, gehörte Koschmider ebenfalls.

Als sie den Raum betraten, blieben sie wie angewurzelt stehen. Es war ein richtiggehender Saal, der bestimmt mindestens fünfhundert Leuten Platz bot, und er war komplett wie für Matrosen eingerichtet. Überall hingen Fischernetze und diese Kugeln, die das Netz treiben lassen. Es gab halbierte Rettungsboote, in denen Leute saßen. Stella zog ihren engen Rock hoch und stapfte in ein leerstehendes Boot. »Und hier soll Rock'n'Roll gemacht werden?«, schrie sie in den Lärm, den die Band auf der Bühne veranstaltete. »Hierhin gehört doch einer mit 'nem Akkordeon, der Shanties singt.« Bald saßen sie vor einem Bier und grinsten einander an, miteinander zu sprechen, war unmöglich, dafür war die Musik zu laut. Bobby strahlte übers ganze Gesicht.

Eckhardt hatte mittlerweile an drei Prozessen gegen Homosexuelle teilgenommen. So wusste er, wo sich die Stricher aufhielten. Selbstverständlich auf der Reeperbahn, aber dorthin würde er nie gehen, das wäre viel zu gefährlich. Allein die Möglichkeit, dass irgendjemand ihn da zufällig treffen könnte, der Cynthia anschließend erzählen würde, dass ihr Mann auf St. Pauli gewesen war, schreckte ihn ab.

Aber es gab öffentliche Pissoirs, und es gab dunkle Ecken im Stadtpark, wo man im Gebüsch verschwinden konnte, und wo man bei drohender Gefahr behaupten konnte, wegen übergroßen Harndrangs nur kurz im Gebüsch ausgetreten zu sein. Eckhardt war siebenundsechzig Jahre alt, da konnte die Prostata einem schon mal einen Streich spielen.

Während der Prozesse war er beängstigend erregt gewesen. Es war so lange her, dass er einem lebenden Homosexuellen begegnet war. Ein Mann meines Schlages, war kurz durch seinen Kopf gehuscht, von ihm aber sogleich weit fortgewiesen worden. Er war nicht homosexuell, nein, er verurteilte diese Männer, brachten sie doch Verwirrung und Durcheinander in das zivile Leben. Was ihn selbst seinerzeit mit Askan verbunden hatte, war etwas ganz anderes gewesen, eine tiefe Männerfreundschaft, eine Freundschaft zwischen zwei verheirateten Männern, die beide in ihren Ehen nicht befriedigt gewesen waren und deshalb einander Beistand geleistet hatten. Gehörte Selbstbefriedigung nicht zu einem normalen Männerleben dazu? So viel zumindest hatte er von seinen Brüdern erfahren, dass, falls einmal keine Frau in Sicht war, der Mann durchaus selbst Hand anlegen konnte. Nein, mit Homosexualität hatte das alles nichts zu tun.

Aber die Prozesse hatten eine Erregung in ihm entfacht, die er lange nicht mehr gespürt hatte. Diese Erregung hatte noch Tage danach angehalten, und auch das probate Mittel des Selbsthandanlegens hatte keinen Erfolg gezeitigt, die innere Unruhe zu bezähmen. Schließlich war er wie zufällig mit den Hunden in jenen Bereich des Stadtparks spaziert, wo einer der Verurteilten sich regelmäßig mit einem minderjährigen Stricher getroffen hatte. Der Stricher war neunzehn Jahre alt gewesen, der Verurteilte war fünfzig. Das Ganze fand Eckhardt selbstverständlich eklig, aber der Stricher war ein junger Mann, der vor Gericht zugegeben hatte, dass er sich so das Taschengeld aufbesserte und dass er nicht gezwungen worden war. Das hatte man kaum glauben können, denn der junge Mann stammte aus ordentlichem Zuhause, Vater Bankbeamter, Mutter Hausfrau. Für die Familie war das

Ganze natürlich eine Tragödie. Der junge Mann, ein hübscher blonder Hamburger, hatte weinend gestanden, dass er das erste Mal von einem Schulfreund mitgenommen worden und dass ihm das Ganze nicht unangenehm gewesen war. Dass er dafür dann auch noch bezahlt worden war, habe er als zusätzlichen Gewinn empfunden. Eckhardt hatte voller Mitgefühl auf die Mutter geschaut, die unter der Scham und der Verzweiflung zusammengebrochen war und laut angefangen hatte zu weinen. Der junge Mann hatte daraufhin flüsternd seine Eltern um Verzeihung gebeten.

Es kam Eckhardt fast wie eine Erlösung vor, dass er verurteilt worden war. Er unterlag dem Strafvollzug der Minderjährigen, wo er hoffentlich mit Arbeit und Strenge und Disziplin zu einem anständigen Mitglied der Gesellschaft erzogen werden würde. Eckhardt empfand keinerlei Zweifel an den Urteilen, die beide ohne Bewährung ausgesetzt worden waren. Aber seitdem belästigte ihn eine hartnäckige Unruhe.

Nun also dieser Spaziergang mit drei Hunden. Die gaben ihm Sicherheit, auch wenn es durch sehr dunkles Gelände ging, wo er plötzlich Gestalten ausmachen konnte, die nicht erkennbar waren, aber Stimmen hatten und die durchdringend dufteten. Er krampfte seine Finger um die Hundeleinen und bat den Himmel um Beistand und die Hunde, dass sie ihn vor allem Übel beschützten. Da vernahm er aus dem Gebüsch eine Stimme, die einen Preis raunte. Er hob seinen Blick und erkannte einen relativ kleinen Mann mit einem Haarschopf, der in der Dunkelheit wie Gold schimmerte. Die Stimme klang jung, aber nicht zu jung. Eckhardt verlangsamte seinen Schritt, ohne es wirklich zu merken. Später würde er sich daran nicht mehr erinnern. Auch nicht daran, dass er die Hunde mit zitternden Händen, an einen Baum band und das Geld aus der Hosentasche zückte, das er vorher schon bereitgelegt hatte. Später würde er sich an nichts mehr erinnern, was in der Zeit geschah, bis er die Hunde mit erstaunlich ruhigen Händen, aber etwas wackligen Knien wieder vom Baum löste, neben dem sie ruhig auf dem Boden liegend ausgeharrt hatten, ungeachtet der erstickten Seufzer und unterdrückten leisen Schreie.

Als er sich mit den drei Hunden entfernte, um den Rückweg nach Hause anzutreten, der ihm nun nahezu unüberwindbar lang erschien, hatte sein Kopf bereits vergessen, was geschehen war, sein Körper allerdings nicht.

Zu Hause badete er ausgiebig, begab sich früh zu Bett und konnte sich auch am nächsten Morgen schlecht konzentrieren. Cynthia fragte ihn gereizt, was mit ihm los sei, als er Milch in ihren Kaffee tat und in seinen Tee einen Löffel Zucker, der aber in ihren Kaffee gehörte. Er lachte, und überrascht vernahm er, dass dieses Lachen tiefer und froher klang, als er sein eigenes Lachen in Erinnerung hatte.

Es dauerte zwei Wochen, bis er es nicht aushielt und wieder einen längeren Hundespaziergang zum Stadtpark machte. Der Goldkopf hatte ihm gesagt, wann er regelmäßig anzutreffen sei, und genau zu dieser Zeit, Mittwoch zwischen 21.00 und 23.00 Uhr, erschien Eckhardt am gleichen Ort wie letztes Mal. Es war Juni, und es war heller, als es beim letzten Mal gewesen war. In seiner Erinnerung war alles so dunkel wie in tiefster Nacht. Da erschien der Goldkopf mitten auf dem Weg. Eckhardt wagte nicht, ihn anzuschauen, aber er hakte sich bei Eckhardt ein und sagte: »Ich habe auf dich gewartet, letzte Woche, schöne Hunde hast du.« Eckhardt wurde über und über rot, gleichzeitig schwappte ein solches Glücksgefühl über ihn, wie eine Welle, die ihn aufnahm, seine Füße vom Boden löste und ihn in ein Meer reinen Glücks hinaustrug.

Der junge Mann, Bodo – nenn mich Bodo, flüsterte er, als sie im Gebüsch vor lästigen Blicken verschwanden –, kannte sich offenbar sehr gut aus, im Gelände, aber auch mit Eckhardt. Er kannte sich mit ihm aus, als kennte er ihn seit fünfzig Jahren, seit Eckhardt ein vierzehnjähriger Junge gewesen war.

Von nun an raffte Eckhardt jeden Pfennig zusammen, der in ihrem Haushalt irgendwie übrigblieb. Er versteckte das Geld an einem geheimen Ort, und zwar stopfte er es in eine Socke, um die er die zweite wand, ebenso wie die anderen Socken in der Sockenschublade umeinandergewunden waren. Cynthia wusch und trocknete und verknäuelte jedes Sockenpaar, sie legte sie auch in die Schublade, aber danach kümmerte sie sich nicht mehr darum. Also hatte Eckhardt diesen Platz als sicheres Versteck erwählt. Cynthia war eine Pfennigfuchserin. Sie war immer auf dem Laufenden, wo man etwas preiswert erstehen konnte, sie wusste, welcher Kaufmann gerade in Schwierigkeiten steckte und deshalb billiger verkaufen musste, aber sie wusste nicht exakt, wie viel Geld Eckhardt mit den Hunden einnahm. In dieser Zeit verschwanden zwei der zwölf Hunde, und Cynthia bemerkte es nicht einmal. Aber Eckhardt kassierte eine ganze Menge Geld. Er machte sich auch stark dafür, dass die Hündinnen unbedingt gedeckt werden sollten bei ihrer nächsten Läufigkeit, und obwohl Cynthia Bedenken anmeldete, denn jeder Wurf machte Arbeit und Mühe, waren in den nächsten Wochen drei Hündinnen trächtig. Es gab drei Würfe, eine Hündin brachte nur einen einzigen Rüden zur Welt, eine brachte es auf acht Welpen, was für sie schon zu viel war, und die mittlere gebar drei Welpen. Das machte insgesamt zwölf Welpen, die verkauft werden konnten und Geld einbrachten. Von diesem Geld zwackte Eckhardt einen guten Batzen ab, und so war er in der Lage, sich jede Woche am Mittwoch bei Bodo einzufinden.

Während der Stadtpark sich von sommerlich üppigem Laub zu blattlos dunkel in den Winterhimmel ragenden Bäumen wandelte, erhöhte Bodo seinen Preis alle zwei Wochen. Das verstand Eckhardt, denn die Lebenshaltungskosten stiegen ebenfalls von Woche zu Woche, das beklagte Cynthia, und auch Bodo beklagte es völlig glaubwürdig. Also stiegen Eckhardts Lebenshaltungskosten im gleichen Maße. Im Übrigen erklärte Bodo ihm, dass ihm Einkommensausfälle drohten, falls er sich exklusiv für Eckhardt am gleichen Ort zur gleichen Zeit aufbewahre. Wie süß dieses Wort klang, »aufbewahren«. Askan hatte sich nie für Eckhardt aufbewahrt, ganz im Gegenteil, zudem hatte Askan nie gewürdigt, dass Eckhardt es für ihn tat. Bodo bewahrte sich nun für Eckhardt auf, und er war durchaus bereit, das zu entgelten.

Es war eine glückliche Zeit für Eckhardt. Er gab es auf zu vergessen, was am Mittwoch geschehen war, denn die Erinnerung machte ihn die Tage zwischen zwei Mittwochen glücklich. Dieses Glücksgefühl war nahezu ungetrübt, denn Eckhardt brachte es fertig, alles sauber auseinanderzuhalten.

Er hielt sich für einen guten Ehemann. Er kümmerte sich zuverlässig um die Hunde, hatte keine zwei linken Hände, war in der Lage, bei Bedarf praktische Arbeit im Haus zu leisten, er pflegte den verbindlichen Kontakt zu den Nachbarn, aß, was Cynthia auf den Tisch stellte, und übte Toleranz ihren geradezu backfischhaften Schwärmereien für manche Politiker wie damals Hitler oder heute Adenauer gegenüber. Er hielt sich auch für einen guten Bruder, der seinen Geschwistern half, wenn sie ihn brauchten, sogar zu Dritter war der Kontakt wieder besser, seit der mit seiner Familie ausgezogen war, und insbesondere, seit er in der Firma am Hafen arbeitete. Es schmeichelte Eckhardt, dass sein Bruder mit Fragen zu Finanzen und Buchhaltung zeigte, dass er Eckhardts Kompetenz anerkannte. Dritter hatte ihm im Vertrauen gestanden, dass er daran denke, sich selbständig zu machen, was Eckhardt angesichts des Alters seines Bruders, immerhin war Dritter auch schon in den Sechzigern, für sehr unvernünftig hielt, dennoch hatte er ihm versichert, dass er jederzeit bereit wäre, ihn mit seiner Sachkenntnis zu unterstützen.

Eckhardt hielt sich also für ein achtbares Mitglied der Gesellschaft. Seine lustvollen Treffen mit Bodo taten dem, davon war er felsenfest überzeugt, keinen Abbruch. Das, was ihn mit Bodo verband, hatte mit Homosexualität nichts zu tun. Sie trafen sich zu einem Hundespaziergang, sprachen über dies und das. Im Übrigen war es wie bei Askan, sie leisteten einander männlichen Beistand, um zur Befriedigung zu gelangen. So war es. Er fühlte sich nicht zu Männern hingezogen, wie Homosexuelle es taten. Ihn verband eine Männerfreundschaft mit Bodo, das hatte mit Homosexualität nichts zu tun.

Eckhardt fand, es ginge ihm besser denn je. Selbst seine Urteilsfähigkeit war wieder fast auf der Höhe seiner besten Jahre, bevor er im Schützengraben fast seinen Verstand verloren hatte. Die Kopfverletzung machte ihm im Grunde nicht mehr zu schaffen, Migräneanfälle und Angstzustände waren schon seit langem ausgeblieben, und er war der Meinung, dass seine Intelligenz, die in seiner Jugend hoch gelobt worden war, sich allmählich wieder eingestellt hatte. So liebte er es auch, Bodo bei ihren mittwöchlichen Treffen die Welt zu erklären. Bodo war noch so jung, allerdings auch nicht zu jung, er war bereits volljährig, wie er Eckhardt versichert hatte, doch auch mit einundzwanzig Jahren hatte er erst wenig von der Welt erlebt. Eckhardt fühlte sich ein wenig verantwortlich für den Jungen, seit er erfahren hatte, dass dessen Vater im Krieg geblieben, nur zu seiner Zeugung das letzte Mal in Hamburg gewesen war, Bodo ihn also nie kennengelernt hatte.

Bodos Mutter hatte einen neuen Mann, und über den sprach Bodo nur mit zusammengebissenen Zähnen. Der soff und schlug, Bodo hasste ihn, blieb gleichwohl bei der Mutter wohnen. Eckhardt versuchte, Bodo davon zu überzeugen, dass er etwas lernen müsse, einen Beruf ergreifen, um sich so einen Platz in der anständigen Gesellschaft zu erwerben. Bodo himmelte ihn an. Er bewunderte ihn wegen seines großen Wissens, er saugte alle Vorschläge in sich auf und versicherte, dass er sich darum kümmern werde, und bei den jeweils nächsten Treffen hatte er immer viel zu erzählen, was er alles in die Wege geleitet hatte, um einen Ausbildungsplatz zu bekommen. Irgendwann gestand er freilich, dass er seine Schule nicht beendet hatte und dass er auf eine Privatschule gehen müsse, um das zu tun. Vorher stünde ihm kein Lehrplatz offen. Eckhardt, der von Dritter gehört hatte, dass er Alex auf eine Privatschule gesteckt hatte, weil die staatlichen Schulen einfach nicht in der Lage waren, seinen Sohn zum Abitur zu führen, riet Bodo mit flammenden Worten, unbedingt den Schulabschluss nachzumachen, und erzählte ihm, wie positiv die Erfahrung seines Neffen sei.

Bodo druckste herum, schließlich rückte er mit der Sprache heraus: »Ich kann das nicht bezahlen. Wenn ich zur Schule gehe, kann ich ja nicht mehr hierher …« Auf Eckhardts erschrockenes Zusammenzucken warf er schnell ein: »Mittwochabend natürlich, mit dir ist das ja ganz was anderes.« Er streichelte ihm schnell und zärtlich über die Wange, was Eckhardt freute und zugleich ärgerte, denn es schien ihm zu vertraulich und, sollte jemand sie sehen, könnte er auf falsche Gedanken kommen. Er war aber so froh über Bodos Pläne, auch dass er den Stadtpark nicht mehr aufsuchen würde, erfüllte ihn mit großer Erleichterung, denn das war seine einzige Sorge bei seinen Begegnungen mit dem Goldschopf: Sollte der, aus welchem Grund auch immer, mit seiner Tätigkeit im Stadtpark auffliegen, und er würde irgendwie mit Eckhardt in Verbindung gebracht werden, müsste Eckhardt viel Mühe aufbringen, um zu beweisen, dass seine Beziehung zu dem jungen Mann völlig anderer Natur gewesen war. Er versicherte Bodo also, dass er sich keine Sorgen machen solle. Eckhardt werde ihn finanziell unterstützen, damit er die Schule bezahlen könne.

Seitdem veränderte sich Eckhardts Leben noch einmal enorm. Das Geld, das er wöchentlich beiseiteschaffen musste, passte nicht mehr in die Socke. Dass er sich ein neues Versteck suchen musste, war das geringste Problem. Er beruhigte sich mit dem Gedanken, dass andere Männer seines Alters bereits jahrelang Kinder ernährt hatten, wovon er, da Cynthia und er kinderlos geblieben waren, entbunden gewesen war. Sie verdienten nicht schlecht mit der Windhundzucht, und außerdem erhielt er eine kleine Kriegsversehrtenrente. Er musste nur vor Cynthia geheim halten, dass monatlich Geld für Bodos Privatschule abfloss.

# 26

Nach Bobbys Abreise Richtung London zog es Stella und Aaron manchmal in den *Kaiserkeller*. Sie gewöhnten sich schnell daran, dass sie die einzigen »Alten« in einem ansonsten von Matrosen und Teenagern gefüllten Saal waren.

Für Stella war das eine Zeit, während der sie nicht an Anthony denken musste, weil ihre Sinne zu überreizt waren, um überhaupt zu denken. Sie befand sich immer noch in einer Zwischenwelt, es war, als hätte Anthony sie mitgenommen, so empfand sie es, wobei sie wusste, dass er dafür viel zu freundlich war. Und obwohl sie immer wieder überlegte, ob sie ihm nicht tatsächlich nachfolgen solle, entschied sie sich ein ums andere Mal fürs Dableiben. Aber es war schwer. Sie wachte mit einem schmerzenden Körper auf, es fühlte sich an, als ströme das Blut wie in einem Rinnsal aus ihrem Herzen und als krampfe sich ihre Gebärmutter angstvoll zusammen. Es war sehr schwer auszuhalten, weil es so erbärmlich weh tat. Es schien ihr auch nicht so, als würde es ein Ende geben. Wo sollte das Ende sein? Aber wenn sie mit Aaron auf der Reeperbahn war, wo sie oft Wilhelm und Alex trafen, und die Musik so laut dröhnte, dass es ihr das Trommelfell zu zerreißen schien, dann fühlte sie, dass sie lebte.

Aaron seinerseits hatte Spaß daran, sich in dieser bunten Welt aus grellem Licht und tiefstem Dunkel aufzuhalten, aus lebenshungrigen Jugendlichen, verschlagenen Männern, verirrten, hoffnungslosen und zugleich sehnsüchtigen käuflichen Frauen und aus jungen Musikern, die die Hoffnung in diese Gegend getrieben hatte, von ihrer Musik zu leben, die Aufputschmittel schluckten, um das stundenlange Spielen durchzuhalten, und die nachts nicht mal eine Decke zum Zudecken hatten. Auf der Reeperbahn wehte eine andere Luft als die von tiefem Ernst getränkte, die er in seiner Arbeit und seiner Ehe mit Lysbeth atmete.

Im *Kaiserkeller* traten zwei Bands pro Abend auf, und im Oktober erzählte ihm eine Patientin, dass eine Gruppe, die vorher im *Indra* für Wirbel gesorgt hatte, nun zum *Kaiserkeller* gewechselt sei und dass Aaron sich die unbedingt anhören müsse. »Die heißen Piedels«, grinste sie. Aaron zog fragend die Augenbrauen hoch. Piedels war ein Hamburger Ausdruck für Penis. »Piedels?« Sie nickte begeistert. »Das sind süße Jungs!«

Also schlug Aaron Stella vor, sich diese Gruppe mit dem seltsamen Namen einmal zu Gemüte zu führen. Als sie vor dem *Kaiserkeller* standen, brachen beide in Lachen aus. »Beatles«, kicherte Stella. »Na gut, klingt fast wie Piedels.« Die Beatles, das waren fünf junge Männer, die aussahen wie Schüler. John Lennon, Paul McCartney, George Harrison, Stuart Sutcliffe und der Schlagzeuger Pete Best. Stella horchte auf, als sie spielten. Das war irgendwie besonders, aber sie wusste nicht, warum. Vielleicht, weil es nicht nur einen einzigen Sänger gab, vielleicht weil sie irgendwie anders sangen als andere Gruppen. Sie spielten den Rock 'n' Roll der Fünfziger, Chuck Berry, Buddy Holly, Gene Vincent, Carl Perkins, Little Richard. Stella wunderte sich, wie ungebrochen, geradezu naiv, diese Jungs die Musik erklingen ließen, die doch fast schon wieder der Vergangenheit angehörte. Elvis Presley war in Deutschland beim Militär, Little Richard hatte Gott gefunden, Chuck Berry saß im Knast. Die Beatles coverten freilich nicht nur die alten Rocksongs, Country, Pop, alles Mögliche hatten sie im Programm, nur keinen Blues.

Plötzlich sang einer der Jungs, einer mit einem runden kindlichen Gesicht, auf eine sehr romantische, jedoch nicht kitschige Weise *Over the Rainbow* von Judy Garland. »Wer ist das, der da singt?«, fragte Stella den jungen Mann, der neben ihr stand. »Paul McCartney«, antwortete er, und Stella sagte zu Aaron: »Den Namen merk ich mir, der Junge kann was.«

Anfang November kam Bobby von seiner Englandreise zurück. Er war vier Monate von zu Hause fortgewesen. Bevor er nach Dresden zurückkehrte, besuchte er die Hamburger noch für zwei Tage. Auch mit ihm gingen sie in den *Kaiserkeller*, weil Stella ihm unbedingt die »Piedels« zeigen wollte. An diesem Abend allerdings gaben die Jungs keine gute Figur ab. Der Vorhang ging auf, und die Musiker standen auf der Bühne. Stella flüsterte in Bobbys Richtung: »Das sind sie, sie werden dir gefallen.« Da klimperte John Lennon am Klavier etwas, das unmusikalischer klang als die Töne, die ein Storch mit seinem Schnabel in die Tasten hauen würde. Offensichtlich war er betrunken. Enttäuscht warf Stella Bobby einen Blick zu, der die Lippen zu einem verständnisvollen Grinsen schürzte. Die Band spielte einfach weiter. Schließlich ging Lennon zum Bühnenrand und imitierte Hitler, streckte den Arm aus, knallte die Hacken zusammen und schnarrte: »Sieg Heil!« Stella blickte sich um, aber keiner der Teenager reagierte darauf irgendwie ablehnend.

Aaron raunte: »Ich glaube, die mögen das.« Vorn vor der Bühne standen einige junge Männer und schauten Lennon bewundernd zu. Da hob der den Fuß und trat zu. Stella zuckte zusammen. Doch nichts geschah. Die jungen Männer waren rechtzeitig zurückgewichen, und John Lennon begab sich wieder ans Klavier.

An diesem Abend nahmen sie Alex und Wilhelm, die sie am Wochenende oft im *Kaiserkeller* trafen, in Anthonys Mercedes mit nach Hause. Sie mussten sich zusammenquetschen, aber das machte den beiden nichts aus. Wilhelm strich ehrfürchtig mit seinen Händen über das flaschengrüne Lederpolster. Mit leuchtenden Augen betrachtete er die Armatur, die aus glänzendem Kirschholz bestand.

In der Kippingstraße holte Aaron ein paar Flaschen Bier aus dem Kühlschrank im Souterrain, dann setzten sie sich gemeinsam in Stellas Wohnzimmer. Bobby bekundete sein Erstaunen, wieso Stella so viel von der Gruppe hielt. »Solche jungen Typen gibt es zu Tausenden in England.« Stella widersprach. »Nein, nein, sie haben etwas Eigenes, wenn sie singen, das klingt besonders, glaub mir.« »Heute waren sie einfach schlecht«, erklärte Alex, und Wilhelm stimmte ihm zu. »Oft ziehen die eine irre Schau ab, aber ich mag *Kingsize Tayler & the Dominoes* sowieso lieber. Meistens zumindest.«

Aaron kam auf die Hitlernummer zu sprechen. »Was sollte das?« »Das macht er manchmal«, sagte Alex. »Und wie findet ihr das?«, erkundigte sich Bobby. »Na ja«, antwortete Alex gedehnt. »Die Engländer sind die Sieger, weißt du doch. Wir treffen gern Engländer. Und dass er Hitler verarscht, ist doch nur gut. Mein Vater war, glaub ich, in der Partei, aber darüber spricht er nie, und wenn man ihn fragt, sagt er: Du kannst gar nicht mitreden, du warst nicht dabei.« Wilhelm nickte, dann fragte er: »Ist das echt Holz in der Armatur?«

Ein Jahr später, im Juni 1961, war Bobby wieder in Hamburg. Er hatte zufällig in London im vergangenen Jahr Plattenaufnahmen mit einigen befreundeten Musikern in einem kleinen Studio gehabt, und nun waren sie für ein paar Auftritte in kleinen Klubs engagiert worden. »Das macht mich nicht reich«, grinste er. »Aber es ist better than nothing.« »Ich will auf jeden Fall im September wieder zurück sein, da wird *Die Umsiedlerin* in Berlin aufgeführt. Ich habe Tragelehn in der letzten Zeit ein bisschen wie ein Hilfsarbeiter gedient, er fasziniert mich, seine Lebendigkeit, seine Klugheit, das Stück solltet ihr euch anschauen.

Wenn Anthony noch da wäre, würde er es sich nicht entgehen lassen.« Alle zuckten zusammen, auch Lysbeth, die an diesem schönen Frühsommerabend ausnahmsweise mit ihnen zusammensaß. Der Name Anthony wurde meistens vermieden. Niemand fühlte sich befugt, über ihn zu sprechen, bevor Stella es von selber tat.

Sie blickte in den Himmel aus taftblauer Glätte, nicht eine einzige Knitterfalte zeigte sich, zog mühsam Luft in sich hinein, als wäre ihr Brustkorb zu eng, dann setzte sie mit Bedacht ein Wort ans andere. »Ja, Anthony wüsste das wahrscheinlich schon lange, an mir läuft die Welt vorbei wie ein entfernter Planet. Vielleicht sollte ich im September nach Berlin fahren und dann nach Dresden weiter.« Während sie Bobby anschaute, lag zwischen ihren Brauen eine tiefe Furche, die sich dort im vergangenen Jahr eingegraben hatte. »Vielleicht sollte ich mit dir fahren, wenn du zurückkommst, dann bin ich nicht so alleine.« Bobby nickte. »Gute Idee.«

Aaron hatte mit gerunzelter Stirn zugehört, die Beine übereinandergeschlagen, so dass zwischen Socke und Hose ein bisschen Bein sichtbar war. »Ist es nicht anstrengend, dieses Hin und Her zwischen Schlager und Theater und Blues und Dresden und Berlin und Hamburg und London?«, fragte er Bobby. Lysbeths Aufmerksamkeit wurde von den dunklen Haaren angezogen, die auf seinen Beinen sprossen. Sie merkte plötzlich, dass sie Aarons Körper lange nicht berührt hatte, und sie fragte sich, woran das lag. Dann dachte sie: So, mit übergeschlagenen Beinen und gerunzelter Stirn, sitzt er wahrscheinlich auch vor seinen Patientinnen, hört zu und stellt eine Frage, die sie zwingt, das eigene Verhalten zu reflektieren. Ob die dazu wirklich in der Lage sind?

»Gute Frage«, sagte Bobby da auch schon, »ich kann sie dir nicht beantworten. Aber als ich das Angebot bekam, wurde ich unruhig. Vielleicht lag es an dieser geballten Ladung Kreativität, die in Berlin in der Luft lag. Da hat es mir nicht mehr gereicht, Kaffee zu kochen und Brötchen zu schmieren und die Schauspieler mit Wasser und Wodka zu versorgen. Ich hab in der Kantine gearbeitet, müsst ihr wissen, aber ich habe mich, so oft ich konnte, in den Probenraum geschlichen. Ich hatte mit einem Mal das Gefühl, dass ich einfach weg muss, dahin, wo ich was tun kann. Ich konnte nicht länger in Dresden bleiben. Und ich will ja nun nicht nach Berlin ziehen und will auch nicht zum Theater …«

»Und was ist mit Angela?«, fragte Stella in einem überraschend scharfen Ton, der von emotionaler Beteiligung sprach, die sie nur noch sehr selten zeigte. Bobby ließ bedrückt den Kopf sinken. »Ich kann es euch nicht sagen«, erklärte er. »Zwischen uns gibt es viel Gereiztheit, ich komme mir oft vor, als wäre ich ihr völlig fremd.« Leise fügte er hinzu: »Dabei ist sie meine große Liebe.« Stella legte ihm eine Hand auf den Unterarm. »Dann solltest du bald zurückfahren, eine große Liebe lässt man nicht einfach so allein. Du musst mit ihr reden.« Aaron nickte und gab ein eindringliches: »Genau«, von sich. Bobby blickte auf, zuerst zu Stella, dann zu Aaron, dann ließ er den Kopf wieder sinken. »Ich glaube, vor dem Gespräch habe ich Angst.«

Vor Bobbys Abfahrt nach London gingen sie am Samstagabend abermals gemeinsam auf die Reeperbahn. An diesem Abend suchten sie jedoch nicht den *Kaiserkeller* auf, sondern den *Top Ten Club*, der im vergangenen Oktober eröffnet worden und die neue angesagte Adresse für interessante Musikgruppen war. Stella trug die modernen amerikanischen Arbeiterhosen, Jeans, die ihren Hintern eng umspannten. Sie hatte sie hochgekrempelt, wie es viele junge Leute taten. Dazu trug sie einen schwarzen engen kurzärmligen Pullover, der hochgeschlossen war, und schwarze Ballerinas. Ihre Haare hatte sie zu einem Pferdeschwanz zusammengebunden. Sie sah jünger aus als viele der jungen Mädchen im Club, die in Kostüm und Pumps gekommen waren. Die jungen Männer im *Top Ten* warfen ihr bewundernde Blicke zu.

Sie wollte unbedingt, dass Bobby sich noch einmal die Beatles anhörte, die seit April im *Top Ten* spielten. »George Harrison ist letzten November abgeschoben worden«, erzählte sie ihm. »Der war erst siebzehn, der durfte nach Mitternacht noch gar nicht in einem Nachtclub arbeiten.« »Und die anderen?«, erkundigte sich Bobby. »Der Säufer mit der Hitler-Nummer?« Aaron klärte ihn auf. »Sie wollten alle zum *Top Ten* wechseln. Bruno Koschmider war darüber wohl wütend, und es wird gemunkelt, dass er es war, der der Polizei den Tipp mit George Harrison gegeben hat.« »Die anderen wurden kurz darauf wegen Brandstiftung verhaftet«, fügte Stella hinzu. »Angeblich hatten sie einen Wandteppich oder eine Gardinenschnur angesteckt, als sie ihre Habseligkeiten aus Koschmiders *Bambi-Kino*, in dessen Nebenraum er sie untergebracht hatte, wohl in unmenschlichen Verhältnissen, gepackt hatten, um sie in den *Top Ten Club* zu schaffen.« »Danach ist auch der Rest der Truppe abgeschoben worden«, erklärte Aaron. »Koschmider hat sie angezeigt.« »Aber«, triumphierte Stella, »seit April sind sie zurück. Und ich finde sie besser denn je. Du hast Glück, ich glaube, ihr

Vertrag läuft nur bis zum 1. Juli. Was sie dann machen, weiß ich nicht.« An diesem Abend überzeugte die Gruppe Bobby. Sie traten ohne Stuart Ratcliffe auf, aber nun gemeinsam mit dem Sänger Tony Sheridan, und dieser entzündete Bobbys Begeisterung, ebenso wie die der Teenager, die auf der kleinen Tanzfläche ihre Körper schüttelten und verrenkten oder drum herum standen, lässig an Säulen oder Wände gelehnt. Nur wenige wie Stella, Bobby und Aaron saßen an kleinen Tischen, die vor die Wände gruppiert waren.

Bobby wollte gar nicht nach Hause gehen. »Ich muss die bis zum Schluss hören«, verkündete er dramatisch. »Die spielen acht Stunden lang am Wochenende, die fünfzehn Minuten Pause nach jeder Stunde abgerechnet«, erklärte Aaron, »das halten wir nicht durch.« Da forderte Stella Bobby zum Tanzen auf. »Ein Tanz«, sagte sie, »bevor wir gehen.« Aaron beobachtete schmunzelnd, wie die beiden schmissig einen Rock 'n' Roll nach dem andern aufs Parkett legten, bis die jungen Leute sich nach und nach an den Rand zurückzogen und das Paar schließlich klatschend und stampfend begleiteten. Außer Atem und verschwitzt kehrten die beiden zu Aaron zurück. »Jetzt können wir gehen«, sagte Stella. In Aarons Augen lag ein trauriger Ausdruck. »Wollen wir auch?«, fragte Stella. Aaron schüttelte verneinend den Kopf. »Ich kann nicht mehr tanzen.« Stella sah ihn prüfend an. Aber sie sagte nichts.

Am Sonntag, dem 13. August, Bobby war einen Tag zuvor aus London zurückgekehrt, drei Tage später wollten Stella und er weiter nach Dresden abreisen, saßen Bobby und Stella morgens beim Frühstück, als Cynthia ins Zimmer platzte und mit sich überschlagender Stimme schrie: »Habt ihr schon gehört …?« Stella und Bobby wandten ihr die Gesichter zu, ohne zu antworten. »Habt ihr schon Nachrichten gehört?«, quiekte sie, so aufgebracht, dass ihr Kopf feuerrot geworden und ihre Stimme verlorengegangen war. »Was ist los?«, fragte Stella ruhig. »Die DDR baut eine Mauer, da kommt keiner mehr durch!« Stella schüttelte verständnislos den Kopf. »Eine Mauer? Wie das denn?«

»Na ja, Stein auf Stein«, entgegnete Cynthia patzig.

»Wohin bauen sie die Mauer?«, fragte Bobby. Aus seiner Stimme war jede Farbe gewichen, sein Gesicht war grau.

Langsam begab Stella sich zum Rundfunkempfänger und stellte ihn ein. Kurze Zeit später vernahmen sie es: »Die Regierungen der Warschauer Vertragsstaaten haben gestern Nacht begonnen, an der

Westberliner Grenze und rings um das ganze Gebiet Westberlins eine Mauer zu errichten.«

Der Sprecher sagte daraufhin, dass diese Aktion von langer Hand vorbereitet gewesen sein muss. Um 0.00 Uhr waren die bewaffneten Organe der DDR in Alarmbereitschaft versetzt und erste Einheiten der NVA und der VP an die Grenze verlegt worden. In den frühen Morgenstunden trafen eine motorisierte Schützen-Division, Panzer- und Pioniereinheiten in Berlin ein. Die Alarmierung der Kampfgruppen in Berlin, Potsdam und Frankfurt (Oder) erfolgte zwischen 1.00 und 1.30 Uhr.

Ab Mitternacht war der direkte Verkehr zwischen der DDR und Westberlin unterbrochen worden. In kurzer Zeit mussten der S- und U-Bahn-Verkehr neu organisiert werden. Ab 2.00 Uhr früh nahmen bewaffnete Kräfte erste Schwerpunkte der Grenze zu Westberlin unter Kontrolle. Ab 3.00 Uhr wurde die gesamte Grenze zwischen der Hauptstadt der DDR und Westberlin befestigt und innerhalb weniger Stunden gesichert.

Bobby stand auf und ging im Zimmer auf und ab. »Ich muss raus«, sagte er zu Stella, schob sich an Cynthia vorbei, die in der Türöffnung stehen geblieben war, und hastete die Treppen hinunter.

»Ich versteh das nicht«, murmelte Stella. »Warum machen die das? Das ist doch Freiheitsberaubung.« »Denen laufen die Leute weg«, erklärte Cynthia von oben herab. »Jetzt sperren sie sich selbst ein.«

Stella schüttelte fassungslos den Kopf.

»Bobby ist schließlich auch abgehauen. Der hat sich doch auch auf und davon gemacht«, giftete Cynthia. »Da braucht doch niemand was anderes zu behaupten.« Stella dachte nach. »Ich würde gern mit Angela sprechen«, murmelte sie. »Die kann mir das vielleicht erklären.« Cynthias Worte fielen erst nachträglich in ihr Bewusstsein. »Was für einen Unfug du von dir gibst«, sagte sie leichthin, als wäre Cynthia ein Kind, das man kurz zur Ordnung rufen musste. Cynthia schnaubte verärgert. »Mauer ist Mauer, oder etwa nicht?«

Stella war mit ihren Gedanken schon wieder woanders. Sie schob sich ebenfalls an Cynthia vorbei, als wäre sie ein lästiges Möbelstück, und ging zwei Etagen tiefer zu ihrer Schwester, die am Tisch saß und in einem dicken Wälzer las. »Lysbeth, hast du schon gehört? Die haben eine Mauer um die DDR gebaut, na ja, auf jeden Fall nach Westberlin. Das ist doch schrecklich. Wie sollen wir jetzt Angela besuchen? Und ich glaube, Bobby hat Angst, dass er nicht zurückkommt.« Sie drehte sich ärgerlich um, als sie sah, dass Cynthia neben ihr stand. Lysbeth hatte müde Augen, und es sah auch so aus, als hätte sie geweint, aber das bemerkte Stella nur am Rande. Langsam erhob Lysbeth sich und drehte nun ihrerseits am Radio. Entsetzt vernahmen sie noch einmal gemeinsam die Nachrichten über den Mauerbau.

»Am liebsten würde ich Angela ein Telegramm schicken«, sagte Stella. »Was ist bei euch los, bitte um sofortige Erklärung.« »Ich fürchte, dass Angela dieses Telegramm nicht bekommt. In der DDR geht es jetzt bestimmt drunter und drüber«, gab Lysbeth zu bedenken.

Am Nachmittag hielten Lysbeth, Aaron, Bobby und Stella Kriegsrat. Was war da geschehen?, fragten sie sich, und welche Reaktion war jetzt vom Westen zu erwarten. Und was bedeutete das für Bobby?

Die Reaktionen im Westen waren recht unterschiedlich – sie reichten von Gelassenheit bis Empörung. John F. Kennedy bekundete zwar Verärgerung, sah aber keine Veranlassung, seine geplante Reise auf einer Jacht zu verschieben oder abzusagen. Auch der Bundeskanzler der BRD, Konrad Adenauer, mied übereilte Schritte, wie er sagte.

»Wir müssen abwarten«, zu diesem einhelligen Schluss kamen auch die vier. »Wir können sowieso nichts anderes tun.« Stella und Lysbeth und Bobby wollten jeweils Briefe an Angela und Roberta schreiben, in denen sie sich nach deren Lage und Meinung erkundigen wollten. Bobby beschloss, seine Rückkehr nach Dresden aufzuschieben.

Zwei Wochen später erhielten sie einen Brief von Angela, der an Stella und Lysbeth adressiert war: »Liebe Mütter, Eurem Brief entnahm ich Befremden, aber was sonst ist zu erwarten, schließlich seid Ihr den Westnachrichten ausgesetzt. Ich will Euch gern meine Meinung sagen: Wir unternahmen keine andere Aktion als jeder andere unabhängige, souveräne Staat. Lediglich nahmen wir unsere Grenze gemäß dem damals wie heute von der Organisation der Vereinten Nationen verbrieften Völkerrecht unter Kontrolle. Damit wurde der Frieden gerettet und der Grundstein für das weitere Aufblühen unserer Republik gelegt. Die Entscheidung über die Maßnahmen vom 13. August haben sich die SED und die Regierung der DDR nicht leichtgemacht. Sie taten alles in ihren Kräften Stehende, um die Beziehungen zur BRD und zu Westberlin in sachlicher, konstruktiver Weise zu regeln. Alle diese Schritte scheiterten jedoch an der starren Haltung der entscheidenden politischen

Kräfte in der BRD, die in antikommunistischer Verblendung glaubten, den Sozialismus auf deutschem Boden beseitigen zu können. Ihr fragt nach den Reaktionen der Menschen hier, nun, die sind natürlich sehr unterschiedlich. Erleichterung und Verständnis herrschte bei all den Bürgern unseres Landes, die mit Sorge den Missbrauch der offenen Grenzen und die schwerwiegenden Folgen für die DDR sahen. Viele von uns bewegte seit Monaten die Frage, wie lange man dem subversiven Treiben des Imperialismus noch zusehen wollte. Es gab natürlich auch Unverständnis für die getroffenen Maßnahmen, da nicht nur wir nicht wissen, wann wir einander wiedersehen. Ich bedaure es zutiefst, dass Dein geplanter Besuch, Stella, nun erst einmal verschoben werden muss. Aber es wird nicht lange dauern, bis wir vernünftige Besuchsregelungen eingeführt haben.« Stella las diesen Brief laut vor, so dass auch Aaron und Bobby ihn hören konnten. »Er klingt verdammt nach einer offiziellen Verlautbarung«, sagte Aaron. Bobby nickte traurig mit dem Kopf. »Ich habe auch einen Brief von Angela bekommen«, sagte er und zog ein Blatt Papier aus seiner Hosentasche, es war zerknüllt, als hätte er es mehrfach in seiner Faust zerdrückt, mehrfach draufgetrampelt und es dann wieder entfaltet. Bobby las mit gepresster Stimme: »… es tut mir sehr leid, dass Du nun nicht wie erwartet zurückkommen kannst. Zugleich kommt es mir auch wie ein Wink des Schicksals vor, das uns eine Zeit der Distanz aufzwingt, in der wir uns über unseren weiteren gemeinsamen oder getrennten Weg bewusst werden können. Ich habe schon lange gemerkt, dass Du nicht mit der gleichen Herzensbegeisterung wie ich am Aufbau unseres Staates beteiligt bist und Deinen Platz nicht gefunden hast. Es hat mich sehr betrübt, auch wenn ich es Dir nicht in voller Schärfe gezeigt habe, dass Du Dich in London anscheinend glücklicher fühltest als in Dresden. Aber wir leben in Zeiten, in denen man sich entscheiden muss: Zwischen Sozialismus und Kapitalismus. Ein Dazwischen gibt es nicht.« »Wink des Schicksals?« Stellas Stimme war scharf wie die Kante eines Grashalms. »Das ist mir neu, dass Angela etwas von Schicksal hält.« Lysbeth legte ihre Hand auf Bobbys Arm. »Vielleicht ist daran etwas richtig«, sagte sie leise. »Vielleicht müsst ihr Euch wirklich beide noch mal prüfen, ob ihr einen gemeinsamen Boden habt, der euch als Paar trägt.« Bobby fuhr auf, dann sackte er wieder zusammen. »Genau«, murmelte er, »das ist die Frage.«

Mitte September traf ein Brief von Roberta ein, der an Stella und Lysbeth und Aaron adressiert war. Stella las auch diesen laut vor. Manchmal musste sie lächeln, so stark schlug ihr Robertas ungestümes Temperament in den Zeilen entgegen. »Hallo Ihr imperialistischen Hamburger! So gefräßig seid Ihr, dass Ihr Euch auch schon meinen liebsten Bobby, meinen Freund und Ersatzvater einverleibt habt. Das ist ungerecht, und könnte ich damit vor Gericht gehen, wüsste ich jetzt schon das Urteil. Ihr wollt was zu unserem Schutzwall wissen und wie die Leute darauf reagiert haben. Nun, das könnt Ihr Euch denken, und wahrscheinlich ist es auch schon über Eure Flimmerkisten gegangen. Wütender Hass schlug den bewaffneten Kräften an der Grenze entgegen. Das waren diejenigen, die aus dem ›Pendeln zwischen den Welten‹ persönlichen Nutzen gezogen hatten. Nun war den Spekulanten und Grenzgängern nämlich der Weg versperrt. Einige Schmarotzer hatten bisher ihre Arbeitskraft in Westberlin verkauft, in dortigen Wechselstuben mit Schwindelkurs ihr Gehalt vervielfacht und damit billig und besser in der DDR gelebt.

Das ist nun vorbei. Es ist ja nicht zu leugnen, dass es Euch wirtschaftlich besser geht als uns. Aber warum? Weil Amerika Euch mit dem Marshallplan gestopft hat wie eine Mastgans. Und warum? Doch nicht aus Menschenfreundlichkeit, sondern als Teil des Wirtschaftskriegs gegen die Sowjetunion und gegen die DDR. Sie wollen uns schwächen, wo sie nur können. Dazu haben sie auch die offene Grenze zwischen der DDR und Westberlin genutzt. Wirtschaftssabotage und Währungsspekulation schädigten unsere Republik ebenso wie die Arbeit von Grenzgängern im Westen. Diese profitierten von den Vorzügen des Sozialismus, ohne dafür etwas zu leisten.

Und dann die Abwerbung qualifizierter Werktätiger, Wissenschaftler, Ärzte und anderer Fachleute. Das war doch eine tolle Arbeitsteilung für Euch: Wir investierten in die Ausbildung, und Ihr schöpftet sie ab. Da weiß doch jedes Kind, dass das nicht klappt. Zumindest nicht für die Investoren. Das klappt auch nicht nach kapitalistischen Maßstäben. Bei Euch gibt es immer noch die Absicht, Euch die DDR einzuverleiben, mit welchen Mitteln auch immer. Im September letzten Jahres kündigte die BRD das Handelsabkommen mit der DDR, im Dezember hob sie die Maßnahme wieder auf. Das ist doch eine Verwirrtaktik sondergleichen. Euer Wirtschaftskrieg gegen uns sollte die Lage unserer Bevölkerung verschlechtern und Unzufriedenheit schüren. Ich habe ein Gutachten

Eures Wirtschaftsexperten Prof. Bade gelesen. Er schreibt, dass der DDR durch die von der BRD und Westberlin betriebene Ausplünderung ein Schaden in Höhe von über 100 Milliarden Mark entstanden ist. Der enorme wirtschaftliche Druck gegen uns hatte Folgen. Die Entwicklung der Arbeitsproduktivität hat sich verlangsamt, das Warenangebot blieb hinter der Kaufkraft der Werktätigen zurück, die Versorgungslage wurde schwieriger. Der Wirtschaftskrieg war begleitet von massiver antikommunistischer Hetze in der BRD und Westberlin. Ende Juli hat Euer Verteidigungsminister Franz Josef Strauß verkündet, dass der Zweite Weltkrieg noch nicht zu Ende sei und man in Kürze mit einem ›Bürgerkrieg in Ostdeutschland‹ rechnen müsse. Um ihn auszulösen, sollten alle Möglichkeiten Westberlins als ›Frontstadt‹ und ›Pfahl im Fleische der DDR‹ ausgenutzt werden. 1961, so steht fest, operierten von der BRD aus bei uns achtzig Spionage- und Terrororganisationen sowie sechzig revanchistische und militaristische Verbände. Die träumen von der Wiederherstellung des Deutschen Reiches in den Grenzen von 1937, aber es gibt uns! Es gibt eine sozialistische Republik auf deutschem Boden! Das müsst Ihr alle da drüben akzeptieren!

Die Mauer hat nur das nachvollzogen, was imperialistische Politiker 1948/49 bereits taten: Sie haben damals Deutschland zerrissen und gespalten. Den ›eisernen Vorhang‹, von dem sie damals redeten, haben ausschließlich sie heruntergelassen.«

Stella schwieg. Lysbeth räusperte sich. »Das kann nicht gutgehen«, sagte sie schließlich. »Das wird gegen sie zurückschlagen.« »Na ja«, wandte Stella ein, »sie hat natürlich recht damit, dass die kapitalistischen Länder, allen voran die USA und ihre Speerspitze, die BRD, alles tun, um die DDR zu schwächen. Sie schaden ihr wirtschaftlich, sie werben die hervorragend qualifizierten Leute ab, sie betreiben eine verleugnerische Meinungsmache. Ich meine, sie haben die KPD verboten und die rechtmäßig gewählten Abgeordneten praktisch ihres Mandats beraubt.« »Weiß ich doch alles«, seufzte Lysbeth, »aber es gibt so etwas wie eine menschliche Psyche, und wenn Menschen eingesperrt werden, rebellieren sie dagegen. Ich glaube, sie machen Fehler da drüben. Ich glaube, sie können manchmal nicht mehr unterscheiden, wer Freund und wer Feind ist. Und wer seine Freunde verprellt, steht irgendwann schutzlos da.«

Bobby war in den folgenden Wochen elend orientierungslos. Er wühlte sich durch die westdeutsche Presse und schnaubte immer wieder empört über die Lügen, die dort über die DDR verbreitet wurden. Manchmal packte er Stella am Arm und las ihr vor, was er entdeckt hatte. So wenige Tage nach dem Mauerbau. »Du musst es dir anhören, der *Düsseldorfer Industriekurier* schreibt: »Eine Wiedervereinigung mit Girlanden und wehenden Fahnen und siegreichem Einzug der Bundeswehr durchs Brandenburger Tor unter klingendem Spiel – eine solche Wiedervereinigung wird es auf absehbare Zeit nicht geben. Wir werden uns auf lange Zeit mit dem Nebeneinander zweier deutscher Staaten abfinden müssen.« Stella schüttelte den Kopf. »Das sind ja wohl ihre Phantasien gewesen.« »Wenn ich das lese«, grollte Bobbys tiefe Stimme, »dann segne ich die Mauer.«

Er hatte in London Erfolg gehabt, hatte sich mit den Musikern, mit denen er sich ein Jahr zuvor eher zufällig zusammengetan hatte, zu einer Band gefunden, deren Mitglieder sehr harmonierten, dennoch hatte er sie verlassen, um in die DDR zurückzukehren, hatte von Anfang an betont und daran festgehalten, dass er in London nur »Gastspiele« gebe. Jetzt nach London zurückzugehen erschiene ihm wie eine Niederlage, wie Versagen seinerseits. Aber er hatte auch Angst, in eine DDR zurückzukehren, aus der er vielleicht nicht wieder herauskäme. Er hoffte, dass die Mauer bald eine Öffnung bekäme, die es ihm ermöglichen würde, dort zu leben und aber auch in London arbeiten und auftreten zu können. In dieser Zeit der Desorientierung versuchte er, sich in der Kippingstraße irgendwie nützlich zu machen. Er reinigte die Küche von dem Dreck, den die Hunde dort hinterließen, mähte den Rasen, zupfte Unkraut und begleitete Eckhardt auf seinen Hundespaziergängen. Bald jedoch stellte er fest, dass das Eckhardt nervös machte. Also schnappte er sich selbst vier Hunde, an jeder Hand zwei, und begab sich zu weiten Spaziergängen, bis hin zur Alster oder sogar zum Stadtpark.

Bei einer solchen Gelegenheit entdeckte er hundert Meter vor sich Eckhardt, ebenfalls mit vier Hunden. Gerade als er ihn rufen wollte, gesellte sich ein Goldschopf zu Eckhardt, der wachsam seine Augen umherschweifen ließ. Reflexartig versteckte Bobby sich hinter einem Baum und folgte dann in sicherem Abstand Eckhardt und dem Blondschopf. Sie waren in einem lebhaften Gespräch versunken. Bobby stockte der Atem, als er sah, wie ein Bündel Geldscheine aus Eckhardts Hand in Goldschopfs Hosentasche wechselte. Als die beiden im Gebüsch verschwanden, hatte Bobby bereits begriffen. Er kehrte um, denn er wusste, dass die Hunde einander begrüßen würden, wenn sie an der Stelle vorbeikämen, wo Eckhardt abgetaucht war.

Zurück in der Kippingstraße, versuchte er vorsichtig ein Gespräch mit Stella. Er druckste herum, bis Stella ihn anfuhr: »Was ist los? Spuck es aus!« Als er mit heißem Kopf und roten Ohren gestand, dass er Eckhardt im Stadtpark gesehen hatte mit einem Goldschopf, sagte sie nur kurz angebunden: »Freut mich für ihn. Hat er einen gefunden. Und du halt die Klappe drüber, klar?« Bobby zuckte zusammen. So sprach Stella sonst nicht mit ihm. Aber allmählich dämmerte ihm, dass sie alles wusste. Und sicher auch Lysbeth. Und dann auch Aaron. Nur Cynthia nicht? Nun, er würde die Klappe halten.

Die nächste Katastrophe in Bobbys Leben ließ nicht lange auf sich warten. Die Uraufführung der *Umsiedlerin* an der Studentenbühne der Hochschule für Ökonomie in Berlin Karlshorst am 30. September 1961 unter der Regie von B. K. Tragelehn sorgte für einen kulturpolitischen Eklat. Aufgebracht bat er Aaron um ein Gespräch. Er brauchte jemanden, der sich mit verletzten Seelen auskannte. Aaron lud Bobby auf den Stuhl neben dem Fenster in ihrem Zimmer ein, setzte sich selbst gegenüber, schlug die Beine übereinander und sagte: »Leg los.« Bobby erzählte ihm von seiner Begeisterung für Heiner Müllers Stück und von seiner Begeisterung für Tragelehn. »Was passiert in dem Stück?«, fragte Aaron. In seiner Stimme lag Wärme für Bobby, zudem simples sachliches Interesse. »Das Stück spannt einen historischen Bogen von der Bodenreform 1945 bis zur Kollektivierung und Bildung der landwirtschaftlichen Produktionsgenossenschaft 1960. Die Dorfgemeinschaft bietet ein buntes Panoptikum aller Schichten, darunter Großbauern, Mittel-, Neu- und Kleinbauern, für die sich auch nach der Neuverteilung des Landes nicht viel zu bessern scheint. Der Bürgermeister war früher Melker, dann gibt es den Parteisekretär und Kommunisten Flint. Und dann gibt es die Hauptfigur, den Umsiedler. Das ist der Anarchist Fondrak, der sich unter Kommunismus »Bier aus der Wand« vorstellt und lieber in den Westen geht, als eine Neubauernstelle anzutreten, obwohl die Umsiedlerin Niet von ihm schwanger ist.« Bobby warf die Arme in einer Unterwerfungsgeste in die Höhe. »Ich verstehe das nicht«, rief er. »Dieser Fondrak ist ein unangenehmer Typ. Der ist ein schlechter Mensch, der nur an sich selbst denkt. Warum, um alles in der Welt, hat das diesen Aufruhr verursacht?« »Erzähl mir mehr über das Stück«, sagte Aaron ruhig und schlug nun das linke Bein über das rechte. »Es ist eine Komödie«, erläuterte Bobby, »ein bisschen wie bei Brecht, manchmal gibt es Blankvers, dann wieder Prosa. Aber es enthält auch Elemente von Tragödie, Satire, Groteske und Volksstück. Beispielsweise wird im 15. Bild der Anfang des Stückes – die Verteilung der Grenzsteine und der Selbstmord Ketzers – ins Parodistische gewendet: Der letzte Einzelbauer wird samt Frau zum ›Umzug aus dem Ich ins Kollektiv‹ gezwungen; beide sträuben sich und flüchten in den Selbstmordversuch und Ohnmacht. Doch statt im Himmel zu landen, sind sie erst mal in der LPG und beantragen einen Krankenschein.« »Ich höre noch gar nicht, dass das Stück gegen den Sozialismus ist«, sagte Aaron nachdenklich. »Es ist ein bisschen veralbernd, oder?« Bobby drückte mit dem ganzen Körper seine Zustimmung aus. »Nein. Ja. Trotz aller Widrigkeiten wird innerhalb der Stückhandlung eine positive Entwicklung gezeigt, und die Kollektivierung tritt ihren Siegeszug auf der breiten Straße in den Sozialismus an.« »Und was ist jetzt genau geschehen?«, fragte Aaron. Bobby sank in sich zusammen. »Wenn meine Informationen stimmen, und ich glaube, sie stimmen, dann haben sich nach Verhören noch in derselben Nacht die Schauspieler von Autor, Regisseur und Stück distanziert. Es gab welche, aber wenige Solidaritätsbekundungen, und Müller hat sich wohl auch selbst verteidigt, aber alles hat nichts genützt: Müller wurde aus dem Schriftstellerverband ausgeschlossen. Das entspricht einem Berufsverbot. Und …«, Bobbys Stimme wurde so leise, dass Aaron höchste Konzentration aufbringen musste, um ihn zu verstehen, »Tragelehn wurde am Senftenberger Theater fristlos entlassen und zur Bewährung in den Braunkohletagebau geschickt.« Aaron schwieg. Auch Bobby schwieg. Schließlich fragte Aaron: »Und du? Was willst du jetzt tun?« Bobby zuckte die Schultern. »What shall I do?«, fragte er. »What shall I do?« »Nun«, sagte Aaron schließlich und probierte ein ironisches Lächeln, »du bist nicht im Braunkohletagebau, Bobby, du hast Alternativen. Das solltest du dir, glaube ich, vor Augen führen.«

Zwei Wochen später brach Bobby auf, um nach London zu ziehen. Sie feierten seinen Abschied im *Top Ten* gemeinsam mit Alex und Wilhelm. Die Beatles waren schon fort. »Ich folge ihnen«, sagte Bobby ironisch. »Neustart in London.«

Als sie ihn zur Bahn brachten, weinte Stella. Es war der nächste Abschied. »Ich halte es nicht aus«, sagte sie am Abend zu Lysbeth. »All die Tode im Leben, ich halte es nicht aus.«

# 27

Dritter hatte seine eigene Firma eröffnet. *Kessel- und Schiffsreinigung Wolkenrath & Söhne.* Er war gestartet mit einem großen Auftrag von der *Deutschen Werft*, den er erhalten hatte, weil er sich mit den Angeboten der Firma Schmidt auskannte. Während seiner Arbeit dort hatte er an vielen Wochenenden Akten mit nach Hause genommen und studiert, was er wissen musste, um in dieser Branche erfolgreich zu sein. Als er so weit war, kannte er die Männer in den Werften, die für ihn von Bedeutung waren, weil sie über die Vergabe der Aufträge entschieden. Er hatte sich einige erschwingliche Freundlichkeiten ausgedacht, die durchaus auf das Leben der verantwortlichen Männer zugeschnitten waren, und so war er mit einem erfolgversprechenden Auftragspaket gestartet.

Zu diesem Paket gehörte als Erstes die Reinigung einer Tanklastwagenflotte, die in ihren Kesseln flüssige Stoffe wie Maschinenöl oder Benzin transportierten. Das Innere musste mehrfach mit einer scharfen Lauge abgespritzt, geschrubbt und dann nachgespült werden. Bei diesen ersten Aufträgen nahm Dritter seinen Sohn Wilhelm hinzu, der mitarbeiten, aber auch beaufsichtigen sollte. Wenn der Sohn vom Chef dabei war, so Dritters Annahme, würde es weniger Schluderei geben. Also besserte Wilhelm sein Taschengeld ein wenig auf, indem er in seiner freien Zeit die Kessel schrubbte. Die zwei Männer, die mit ihm dort arbeiteten, munkelten, dass anschließend Lebensmittel in den Kesseln transportiert würden. Das mochte Wilhelm nicht glauben.

Die wichtigsten Aufträge freilich, Reinigung des äußeren Schiffskörpers und der Laderäume, kamen von der *Deutschen Werft*. Der Verantwortliche für die Auftragsvergabe, Dr. Lämmer, war persönlichen Kontakten und Dingen, die sein Leben erfreulicher gestalteten, sehr zugetan, wie Dritter eine geraume Zeit, bevor er seine Firma gründete, begriffen und entsprechend genutzt hatte.

Dritter empfand es als innere Notwendigkeit, etwas zu tun, womit er großes Geld machen konnte. Für das Haus in der Johnsallee musste er Lastenausgleich zahlen, da dessen Besitz ihn gewissermaßen als Gewinner des Naziregimes auswies. Der Lastenausgleich belastete ihn nicht besonders, musste er doch nur eine relativ geringe Summe über dreißig Jahre verteilt zahlen, aber die Ausgaben läpperten sich zusammen. Außerdem sehnte er sich nach einem Leben ohne all diese finanziellen Belastungen, aber mit Geldmitteln, die Glück und Freiheit und Anerkennung sicherten.

Inzwischen besuchte nicht nur Alex die Privatschule Dr. Ahrens im Moorkamp, auch bei Wilhelm hatte es sich herausgestellt, dass er auf einer normalen staatlichen Schule keinen anständigen Schulabschluss machen würde.

Marthe hatte ihm, Dritter, die Schuld daran gegeben. Sie hatte gesagt: »Deine Unsicherheiten, was das Leben betrifft, die Unsicherheiten, die ich ausgleichen musste und deshalb für sie nicht da sein konnte, das alles hat dazu geführt, dass die Jungs sich nicht gut konzentrieren können.« Also hatte er die Verantwortung auf sich genommen und seine beiden älteren Söhne auf der Privatschule angemeldet. Er selbst erinnerte sich daran, dass sein Großvater ihn damals in Dresden auf eine Privatschule gegeben hatte, und er war seinem Großvater bis heute dankbar, weil der sich so viel Mühe mit ihm gegeben hatte, auch wenn er ihn sicherlich enttäuscht hatte, indem er mit sechzehn ohne Abschluss von der Schule gegangen war.

Ihm hätte es durchaus gereicht, wenn die Jungs irgendeinen Abschluss gemacht hätten, aber Marthe war unerbittlich. »Ich habe Abitur. Das ist meine Sicherheit, wenn deinetwegen der Boden wackelt. Meine Sprachen helfen mir, mein eigenes Geld zu verdienen. Ich will, dass meine Söhne Abitur machen. Und dafür musst du sorgen.«

Leichter gesagt als getan. Beide trieben sich überall in Hamburg herum, nur nicht auf ihren vier Buchstaben, um zu lernen. Sie waren auf der Reeperbahn schon ebenso zu Hause, wie Dritter es früher gewesen war. Damals war er freilich ein paar Jahre älter gewesen als sie heute. Und trotz seiner schlechten Schulleistungen hatte sein Sohn Alex auf seinen Vater während dessen Tätigkeit als Schauermann nur mitleidig herabgeblickt.

Diese Überheblichkeit seines Sohnes war unerträglich für Dritter. Alex hielt sich viel darauf zugute, dass er sich in der amerikanischen und neuerdings auch in der englischen Musikszene zu Hause fühlte. Hinzu kam, dass er, obwohl er die Rock 'n' Roll-Musik auf der Reeperbahn toll fand, gleichzeitig die französischen Existentialisten las und sich die Filme anschaute, die aus diesem Lager kamen. Dritter selbst fand die »Exis«, wie sie genannt wurden, die weithin erkennbar waren und sich in Lokalen trafen, wo Jazz – Jazz gesprochen wie »jazz«, nicht wie »dschäs«, wie es der Normalbürger tat – gespielt wurde, entsetzlich.

Sie trugen eine unglaubliche Arroganz zur Schau, und darin eiferte Alex ihnen nach. Schwarz trug er zum Glück noch nicht, sondern, wie es sich gehörte, einen anständigen Anzug und Schlips.

Dritter spürte schmerzlich, wie fremd ihm dieser Sohn war, dabei war es doch sein erster, der Stammhalter. Derjenige, der vielleicht einmal die Firma erben würde, wenn sie denn so erfolgreich wurde, wie Dritter plante. Aber Alex blickte seinen Vater von oben herab an, und wenn Dritter mit ihm über irgendetwas sprechen wollte, das ihm von Bedeutung schien, gab Alex einsilbige Antworten und verdrückte sich mit einer gemurmelten Entschuldigung.

Mit seiner Mutter hingegen sah Dritter ihn manchmal sprechen, allerdings auch auf eine Weise, als wäre er der Lehrer, der ihr Dinge beibrachte. Wobei Dritter durchaus Ähnlichkeiten zwischen Marthe und ihrem Sohn erkannte. Auch sie konnte, so klein wie sie war, von oben herab blicken. Auch sie rümpfte ihr Näschen über Menschen, die ihrer Meinung nach kulturlos und primitiv waren. Wobei sie unter diese auch die sogenannten Normalbürger einsortierte. Solche wie Cynthia, die in geregelten Verhältnissen lebten und sich über nichts Sorgen machen mussten. Sie verachtete Beamte, besonders solche, die nach dem Krieg in Behörden geflüchtet waren, um ein sicheres Einkommen zu finden. Das teilte sie mit Dritter: Sie fand seine immer wieder neuen Versuche, ein erfolgreicher Unternehmer zu werden, zwar katastrophal und entsetzlich niederschmetternd und vor allem belastend für sie und die Kinder, aber es gab dabei auch etwas, das ihr Bewunderung abrang und das sie anderen gegenüber verteidigte.

Alex, so fand Dritter, hatte, obwohl er sich nicht in schwarzen Rollkragenpullover und schwarze Hose kleidete, etwas Schwarzes an sich, selbst wenn er, wie die meisten jungen Leute seines Alters, einen Anzug, ein weißes Nylonhemd und einen Schlips trug.

Dritter fühlte sich beklommen in der Gegenwart seines älteren Sohnes, gleichzeitig sehnte er sich sehr nach dessen Anerkennung, was er sich allerdings nur in seltenen weichen Momenten eingestand.

Also hatte er ihn auf der Privatschule angemeldet und gesagt: »Wenn du Abitur machst, mein Sohn, bekommst du von mir einen Porsche geschenkt.« Alex hatte nur indigniert die Brauen in die Höhe gezogen, als wollte er sagen: Wovon, bitte schön, willst du den denn bezahlen?

Obwohl er die Frage nicht gestellt hatte, beantwortete Dritter sie. Er holte sein altes großzügig leichtsinniges Lachen aus der Versenkung hervor, gab es zum Besten und sagte: »Du wirst schon sehen. Bald habe ich einen Chauffeur und fahre Mercedes, und du kriegst einen Porsche.« Alex zeigte sich wenig beeindruckt, weder von der Geste noch von dem Versprechen.

Aber er besuchte die Schule regelmäßig und freundete sich bald mit einigen jungen Männern an, die ebenso arrogant waren wie er.

Wilhelm hingegen war seinem Vater treu ergeben. Mit seinen sechzehn Jahren war er ein hübscher Junge mit blonden Haaren und blauen Augen, die zutraulich in die Welt blickten, obwohl er, wie Dritter von Marthe wusste, schon einige Male etwas von anderen Jungs hatte einstecken müssen.

Seit Wilhelm Eishockey spielte, und zwar mit einer ausgesprochenen Begabung, hatte er sich enorm verändert. Der eher schüchterne, manchmal verängstigte Junge wiegte sich in den Schultern, die ziemlich breit geworden waren, und hielt sich aufrecht, wie Dritter es tat, obwohl Wilhelm nie geritten hatte, außer auf dem Gaul in Ratekau. Wilhelms Augen waren nicht mehr nur zutraulich, sie konnten nun auch blitzen und sprachen davon, dass er auf dem Eis in der Lage war, blitzschnelle Entscheidungen zu treffen. Wenn Dritter ihn auf dem Spielfeld sah, war er überrascht von der Anmut und der Kraft, die sein Sohn an den Tag legte. Der Junge zeigte in seinem Körper eine Intelligenz, deren Fehlen seine Lehrer in den Zeugnissen bemängelt hatten.

Was Dritter nicht wusste, war, dass Wilhelm schon vor einem Jahr, als er auf dem Eis eine bis dahin völlig unbekannte Sicherheit kennengelernt hatte, zufällig seinem früheren Peiniger, der ebenfalls Wilhelm hieß, begegnet war, der ihm mit freundlichem Blick entgegengetreten war und angehoben hatte zu sagen: »Knorke, wie du …« Wilhelm hatte gewusst, dass der Satz fortgesetzt würde: »… Eishockey spielst«, denn er war Wilhelm und seinen Kumpels mehrfach auf der Eisbahn begegnet, wo er sich so zu Hause fühlte, wie niemals zuvor irgendwo. Wilhelm hatte es nicht verhindern können, dass eine tiefe untergründige Macht seine Faust vorschnellen ließ. Sie landete mitten im Zentrum des Gesichts vor ihm, das erstaunt guckte, bevor der ganze Körper umkippte und für einen Augenblick liegen blieb. Wilhelm hatte wild um sich geblickt. »Will noch jemand was?«, hatte er durch die Zähne gepresst, die Fäuste wie Max Schmeling vor der Brust in Abwehrstellung erhoben. Alle hatten den Kopf geschüttelt, einer hatte Wilhelm geholfen aufzustehen, dessen Nase blutete. Er war immer noch fast einen Kopf größer als Wilhelm, aber nun war sichtbar, dass er eigentlich körperlich ein Schwächling war. »Willst du kämpfen?«, hatte Wilhelm gefragt, sachlich und bereit. Der andere Wilhelm hatte wortlos den Kopf geschüttelt. »Feigling«, hatte Wilhelm gezischt. »Vergreifst dich nur an Schwächeren.« Wilhelm war mit hängendem Kopf abgezogen. Seitdem gab es niemandem mehr in der Schule, der auch nur mit einem Blick wagte, Wilhelm Wolkenrath irgendwie anzugreifen.

Neuerdings besuchte Wilhelm sowieso die neue Schule. Dort gab es viele seltsame Dinge. Es gab den Lehrer Kohlrausch, der Mathe und Physik unterrichtete. Bei dem konnte man sich gegen eine Ohrfeige von der Stunde suspendieren lassen. Kohlrausch schien einigen Lustgewinn daraus zu ziehen, seine Schüler zu schlagen, denn man musste sich nur bei ihm melden und sein Bedürfnis nach Unterrichtsfreiheit ankündigen, sofort bat er einen zu sich, man musste das Gesicht hinhalten, und er schlug rechts und links zu. Damit war man aus dieser Stunde entlassen. »Das ist ein Flagellant«, wurde unter den Schülern getuschelt, wobei Marthe, als Wilhelm sie fragte, was ein Flagellant sei, antwortete: »Einer, der sich selbst peitscht.« Das passte nicht, so meinte Wilhelm, aber er beteiligte sich eifrig daran, Dr. Kohlrausch einen Flagellanten zu nennen.

Dann gab es noch Dr. Meissner, Deutsch und Geschichte, der auf seinem Pult stets eine Flasche Perlwein stehen hatte, die er im Verlauf des Unterrichts austrank. Sobald sie leer war, holte er aus seiner Aktentasche eine Thermoskanne, in der, wie die anderen Schüler Wilhelm zuraunten, ebenfalls Perlwein war.

Ansonsten gab es in Wilhelms Klasse die lustigsten Gesellen, Jungs, die über alles Bescheid wussten, was es auf der Reeperbahn gab, die sich mit Präsern auskannten wie kein Zweiter und die aus Familien stammten, die so reich waren, dass Wilhelm nur staunen konnte.

In Alex' Klasse sah es nicht anders aus. Beide Brüder gingen lieber in diese Schule, als sie jemals zuvor zur Schule gegangen waren, und entwickelten zu vielen ihren Mitschülern eine vertrauensvollere Kumpanei, als sie jemals zuvor zu Klassenkameraden entwickelt hatten. Wobei es Wilhelm besonders gut gefiel, dass es zwischen den Jungs aus den unterschiedlichen Klassen nicht so eine starre Grenze gab, wie er es bisher erlebt hatte. Er war oft mit Alex' Kameraden unterwegs, und gleichzeitig gehörten zu dieser Clique auch drei Jungs aus seiner Klasse.

Alex verweigerte, sich einer eindeutigen Richtung anzuschließen. Er ging ins *Barett*, eine Jazzkneipe in den Colonnaden, ebenso wie er ins *Top Ten* ging, um dort Rockmusik zu hören. Wilhelm bewunderte diese Unabhängigkeit und versuchte ihr zu folgen.

Er bewunderte seinen Bruder ohnehin sehr, er selbst fühlte sich weniger intellektuell, obwohl er sich manchmal bemühte. So besuchte er eine Weile die Konzerte von *Abbi Hübner and the Whizzards* in der Stadtparkbühne, wo sich alle Exis und Jazzer trafen. Er mochte Abbi Hübner wirklich gern, und auch die Leute in den schwarzen Rollkragenpullovern, auf die sie selbst bei dreißig Grad im Schatten beharrten, die schwarzgerahmte Brillen oder welche mit silbernen runden Gestellen trugen und unglaublich klug aus der Wäsche guckten, die mochte er alle sehr, und zu denen wollte er auch gerne gehören. Wenn anschließend an die Konzerte jedoch an der U-Bahn-Haltestelle die Rocker auf die Jazzer warteten und ihnen eine Abreibung verpassen wollten, tat er einfach so, als gehöre er nicht dazu. Und so war es auch. So richtig gehörte er nicht dazu.

Also hörte er nach einer Weile auf, diese Konzerte zu besuchen, sagte: »Der Hühnerjazz langweilt mich«, und verbrachte die Freizeit, die ihm neben dem Eishockey-Training blieb, im *Top Ten*, das allmählich wie die Eisbahn zu seiner Heimat wurde. Das stand nicht in Konkurrenz, das war wie Wohnzimmer und Küche, beides erfüllte eine unterschiedliche Funktion, beides war Zuhause.

Ihren kleineren Bruder nahmen die beiden nur am Samstag mit, um sich gegenüber von der Hamburger Staatsoper vor die großen Scheiben von *Opel Dello* zu drücken und zu gucken, wie innen die *Aktuelle Schaubude* mit dem lässigen Rundfunkjournalisten Werner Baecker gedreht wurde. Der Verkaufsraum wurde jeden Samstag nach Ladenschluss um 14.00 Uhr leergeräumt, damit das NDR-Fernsehen zur Vorbereitung der Sendung im »Gläsernen Studio« einziehen konnte. Dieses Ereignis ließen sie sich nicht entgehen, und Peter war unglaublich stolz darauf, sie anschließend ins *Campari* am Gänsemarkt begleiten zu dürfen, wo Alex und Wilhelm sich an die lange geschwungene Theke setzten und Klassenkameraden trafen. Ansonsten musste Peter zu Hause bleiben. Zur Eisbahn ging er zwar mit, aber nachdem er einige Male übel gestürzt war, weil er Wilhelm nacheifern wollte, beschloss er, dass er sich lieber am Rand darin erproben wollte, mit Mädchen anzubändeln. Das betrachtete Wilhelm anfangs mit Verachtung, nach einiger Zeit musste er jedoch neidvoll anerkennen, dass Peter mit Mädchen das zu gelingen schien, was er sein Leben lang mit ihrer Mutter praktiziert hatte: Er brachte ihre Augen zum Leuchten und wickelte sie um den Finger.

Wilhelms Neid hielt sich freilich in Grenzen, denn er bemerkte durchaus die Blicke der Mädchen, die ihm folgten, wenn er sich in rasanten Kurven durch die immer den gleichen Kreis wiederholenden Normalläufer schlängelte. Die Lust, die er in seinem Körper empfand, das Gefühl von vollkommener Beherrschung und Macht, das er durch die Drehungen, die Wendungen, das Gehorchen seiner Schlittschuhe auf das kleinste Signal seines Körpers gewann, all das teilte sich auch nach außen mit, das sah er den Blicken der Mädchen an.

Er war sehr stolz darauf, wie er in das Eishockey-Team gekommen war, dem er seit einiger Zeit angehörte. Bis dahin war er nur Schlittschuh gelaufen, und er hatte massig viel Spaß daran gehabt. Lange Zeit hatte er unauffällig den jungen Mann beobachtet, der ihm bereits beim ersten Mal aufgefallen war, und hatte ihn in jeder Drehung des Körpers kopiert. Selbstverständlich machte der es immer noch besser, selbst als Wilhelm schon ziemlich gut war. Irgendwann war er auf Wilhelm zugerauscht, hatte ihm einen Stock in die Hand gedrückt und gesagt: »Probier mal.« Wilhelm war mit ihm gemeinsam auf einer von der allgemeinen Bahn abgetrennten Ecke einem Puck hinterhergelaufen und hatte Spaß daran gehabt. Am Schluss dieser Spielzeit hatte der junge Mann seine dicken Handschuhe ausgezogen, Wilhelm die Hand geboten und gesagt: »Rutger. Hast du Lust, im Club zu spielen?« Wilhelm war so verdattert, dass er nicht in die Hand einschlug, nicht seinen Namen sagte, sondern nur: »Ja!« Rutger lachte, schlug ihm auf die Schulter und sagte: »Abgemacht.« Der *Eishockey-Verein Hamburg* war, so viel wusste Wilhelm zumindest, ein renommierter guter Verein. »Wir spielen allerdings schon am Wochenende in Berlin.« Da endlich sagte Wilhelm seinen Namen und schüttelte Rutgers Hand, als wolle er sie behalten. Wilhelm fuhr mit nach Berlin. Er erhielt einen Stock und spielte in der Abwehr.

Ihn durchströmte eine unglaubliche Erregung, als er einem der gegnerischen Mannschaft den Puck wegnahm. In diesem ersten Spiel, wo ihm der Stock noch so fremd vorkam wie die Pumps seiner Mutter, erhielt er Beifall! Das Publikum klatschte wie verrückt! Er hatte einem gegnerischen Spieler den Puck abgejagt, was er damit jetzt tun sollte, war ihm nicht klar, also spielte er ihn schnell an irgendeinen Spieler ab, den er als seiner Mannschaft zugehörig erkannte, dann erst vernahm er den Beifall, der wohl schon eine Weile gebrandet hatte. In diesem Moment schwor er sich, sein Leben lang Eishockey zu spielen, in diesem Augenblick wollte er nur Eishockeyspieler werden, als Beruf, immer, der beste Eishockeyspieler der Welt.

Bis dahin hatte er sich einfach sehr gut auf Schlittschuhen bewegen können, nicht wie auf seinen Beinen, seine Beine waren durchaus schwerfällig und taten beileibe nicht irgendwelche akrobatischen Dinge, auch wenn sein Kopf sich die ausdenken konnte. Auf Schlittschuhen hingegen war er so beweglich, wendig, ja, akrobatisch, das war ein unglaublicher Genuss, und es war auch ein wahnsinniges Gefühl von Macht. Auf Schlittschuhen gelang ihm alles!

Aber Schlittschuhe gemeinsam mit Stock, das war noch etwas anderes. Bald spielte er im Mittelfeld. Es hatte sich schnell gezeigt, dass er zwar erst lernen musste, mit dem Stock umzugehen, dass es ihm jedoch viel leichter fiel als auf Füßen, mit einem Stock einem Ball hinterherzujagen. Die Kufen machten alles leicht. Er konnte den Stock als Armverlängerung benutzen. Er konnte den Puck als Ziel seiner Konzentration benutzen, und dann musste er nur auf den Kufen Kreise ziehen, geradeaus zischen, rückwärts schlängeln, und alles in einer Geschwindigkeit, die anderen den Atem raubte, ihm selbst hingegen Atem gab, und dann zuckte sein Stock zum Puck, und der Puck war seiner und nicht mehr der seines Gegners. Dann brandete Beifall auf.

Beifall!

Wilhelm war noch nie so geliebt worden wie vom Publikum. Diese Liebe ging ihm durch Mark und Bein, er spürte sie überall, er war bereit, alles für diese Liebe zu tun.

Absurderweise liebte sein Vater ihn mehr, seit er ihn auf dem Eis sah. Er unterstützte seine Mannschaft sogar, indem er VW-Busse seiner Firma zur Verfügung stellte, die die Mannschaft zum Zielort brachte. Manches Mal begleitete er Wilhelm sogar zu den Spielen.

Wilhelms dritte Leidenschaft, neben Musik und Eishockey, galt der Rennfahrt. Er liebte Autos. Wenn er mit der Hand über kurvige Kotflügel glitt, erfüllte ihn ein ganz besonderes Gefühl von Nähe und Zärtlichkeit. Und die Kraft, die im Röhren der Rennwagen dröhnte, der Mut und die Eleganz, mit der die Fahrer in die Kurven schossen, das jagte das Blut durch seine Adern.

Im Mai schlug er zwei Freunden aus seiner neuen Schule, Otto und Thomas, vor, zum Nürburgring zu fahren und sich das legendäre Tausend-Kilometer-Rennen anzuschauen, das am 28. Mai startete. Sie gingen sofort auf seinen Vorschlag ein, auch wenn sie die Pfingstferien dafür etwas ausdehnen mussten.

Wilhelm raffte seine Ersparnisse zusammen, brachte sein Fahrrad in Schuss und borgte sich ein kleines Zelt. Thomas sagte im letzten Augenblick ab, sein Vater hatte ihm mit schlimmsten Sanktionen gedroht, falls er die Schule schwänzte. Also machten sich Wilhelm und Otto allein auf den Weg Richtung Eifel.

Es wurde eine großartige Fahrt voll echter Freiheit. Täglich legten sie 100 bis 150 Kilometer zurück, manchmal wurden sie von Regenschauern durchnässt, aber die Erwartung, bald in der Kurve zu stehen, die unglaublichen Rennwagen vor sich zu sehen, das Dröhnen der Motoren zu hören, entschädigte sie für alles. Vor allem aber das Gefühl, vollkommen allein für alles verantwortlich zu sein, das war riesig.

Angekommen, schlugen sie ihr Zelt im Wald an der Nordschleife auf, wo schon viele andere mit ihren Zelten standen. Der Kurs in der klassischen 22,8 Kilometer langen Nordschleifen-Variante galt als eine der schwierigsten Grand-Prix-Strecken der Welt. Der Rennfahrer Jackie Stewart hatte die von Wald und Hecken umgebene Berg-und-Tal-Bahn als »Grüne Hölle« bezeichnet. Der Höhenunterschied zwischen den Streckenabschnitten bei Breidscheid einerseits und der Hohen Acht oder in der Nähe von Nürburg andererseits betrug fast dreihundert Meter. Zudem gab es die weniger bekannte 7,7 Kilometer lange Südschleife, die durch die Gemarkung Müllenbach führte. Die Möglichkeit, beide zu einer etwa 28 Kilometer langen Strecke zu verbinden, war seit 1931, wie Wilhelm in seinen eifrigen Studien herausgefunden hatte, nur selten genutzt worden. Viele Fahrer waren hier verunglückt oder gar gestorben, 1928 starb Cenek Junek, ein bekannter Fahrer, danach in den Dreißigerjahren einige andere. Mit dem Argentinier Onofre Marimón verunglückte 1954 erstmals ein Formel-1-Fahrer auf dem Nürburgring tödlich. Beim *Großen Preis von Deutschland* hatte 1958, also drei Jahre zuvor, der Brite Peter Collins einen tödlichen Unfall gehabt.

All diese Informationen fügten zu Wilhelms Begeisterung noch eine Prise Gänsehaut hinzu. Sie kamen gerade rechtzeitig zu den Trainingsrennen. Sie beobachteten die durch die Kurven fliegenden Wagen, während sie vor Kälte bibberten und kaum durch den Nebel hindurchblicken konnten. Mit so schlechtem Wetter hatten sie nicht gerechnet. Aber davon ließen sie sich die Laune nicht verderben.

Die Wagen würden vierundvierzig Runden bewältigen müssen, das Ganze würde eine Distanz von etwas mehr als tausend Kilometern ergeben. Die Stimmung war unglaublich, Wilhelm und Otto tranken Bier, aßen Würstchen aus der Dose und fieberten am Rand der Strecke.

Der Wettkampf wurde für Wilhelm, als tobten Himmel und Hölle zugleich, und er dazwischen. Es waren fast dreihunderttausend Zuschauer gekommen, dazu solche wie Wilhelm und Otto, die einschlägige Schlupfwege fanden, um nicht zahlen zu müssen. Selbst als am Renntag ein paar Schneeschauer niedergingen, auf die Wilhelm und Otto nicht eingerichtet waren, weil sie Schnee im Mai nicht erwartet hatten, behielten sie blendende Laune.

Trotz des Wetters war die Nordschleife das ganze Wochenende von den Motorsportfans bevölkert. Da die Tribünen ausverkauft waren, wurden noch zwei Zusatztribünen errichtet. Auch diese Tribünen waren voll besetzt. Wilhelm und Otto freilich brauchten keine Tribüne, sie hatten einen Platz im Wald ausgekundschaftet, wo sie wundervoll sehen konnten, ganz dicht am Geschehen.

In der Startaufstellung am Sonntag um 9.00 Uhr standen 29 Sport- und 35 GT-Wagen. Als Starterin fungierte Alice Caracciola, die Witwe von Rennlegende Rudolf Caracciola. Es fuhren Bruce McLaren, Stirling Moss, Phil Hill, Graf Trips und andere begnadete Fahrer, auf die Wilhelm mit fassungsloser Bewunderung aus der Ferne einen Blick erhaschte. Sie fuhren auf Aston Martin, Porsche, Ferrari, Maserati, Wilhelm kriegte sich gar nicht mehr ein vor Begeisterung.

In der 15. Runde begann es zu regnen, teilweise mit Hagel und Schnee vermischt. Phil Hill und Wolfgang Graf Berghe von Trips führten bis in der 23. Runde das Rennen souverän an. Sie lagen mit ihrem Ferrari Dino 246 SP mit mehr als fünf Minuten vor Masten Gregory und Lloyd Casner auf Maserati. In der 23. Runde schleuderte Phil Hill wegen einer Ölspur im Streckenabschnitt »Flugplatz« in den Graben. Beim Aufprall fing der Ferrari sofort Feuer. Die Zuschauer stießen wie aus einer kollektiven Kehle einen weithin gellenden Schrei aus. Wilhelm und Otto hörten, aber sahen nicht, was geschehen war. Phil Hill konnte sich gerade noch rechtzeitig aus dem Cockpit befreien, bevor der Wagen in Flammen aufging. Phil Hill blieb unverletzt. Pedro Rodriguez erreichte auf drei Rädern in der vorletzten Runde die Box. Ein neues Vorderrad wurde montiert und anschließend der zweite Platz im Gesamtklassement gesichert.

Wilhelm und Otto bedauerten es sehr, dass die große Lautsprecheranlage keinen Mucks von sich gab. So waren sie völlig auf das angewiesen, was sich vor ihren Augen abspielte, und das war nur ein kleiner Streckenabschnitt. Mit Informationen über die dramatischen Ereignisse des Rennens wurden die Zuschauer nicht versorgt, weil, wie per »Stille Post« erklärt wurde, »übereifrige Fans« nachts einige Kabel durchschnitten hätten. Wieso Fans so etwas tun konnten, verstand Wilhelm nicht. Dass jedoch einige der großen Lautsprecher abmontiert worden waren, leuchtete ihm ein. Die als Musikboxen ergaben bestimmt einen irren Klang.

So blieben die Fans während des Rennens über die Platzierungen im Unklaren. Allerdings machten die Nachrichten vom Geschehen auf der Strecke schnell die Runde. Ferrari-Rennleiter Tavoni setzte Graf Trips in der Schlussphase noch in den Ginther / Gendebien-Wagen, ohne damit aber den Gesamtsieg von Gregory / Casner auf Maserati Tipo 61 vor den Brüdern Rogriduez auf Ferrari gefährden zu können.

Wilhelm und Otto blieben noch eine Nacht in ihrem Zelt, das sie nass einpackten. Auf der Rückfahrt schien alles schwerer geworden zu sein. Das Gepäck lastete mehr, die Entfernung schien sich gestreckt zu haben. Ihre Kleidung war klamm, sie hatten kaum noch Geld, und die Beine wurden im Laufe der Tage bleischwer.

Kaum waren sie jedoch in Hamburg angelangt, fühlten sie sich, als hätten sie den Mount Everest bezwungen. Tagelang waren sie die Stars ihrer Klasse, ihrer Clique, im *Top Ten.* Selbst Alex drückte seine Bewunderung aus, und das tat er selten. Wilhelms Vater schlug ihm auf die Schultern und sagte: »Mein Sohn! Ich wusste es doch!«

## 28

Der Winter 1961/62 war scheußlich kalt. Der Wind beugte die Bäume, zerrupfte Büsche und Rosensträucher, rüttelte an den Fensterläden. Der Regen trommelte auf die Dächer, peitschte die Scheiben, drängte in Keller und auch ins Gartenzimmer in der Kippingstraße. Am Abend waren Lysbeth und Aaron oft genötigt, Wasser aus dem Gartenzimmer zu schippen und den Boden, auf dem graumeliertes Linoleum über den Holzdielen lag, trocken zu wischen.

Zerrissene Wolken im gleichen Linoleumgrau fegten über den Himmel, oder er drückte Hamburg nieder wie eine Decke aus hartem Schiefer. Manchmal sonderte er dicke Schneeflocken ab, die, einmal auf der Erde, den Kindern Freude bereiteten; sie nutzten auch noch die kleinste Anhöhe, um mit ihren Rodelschlitten hinunterzujauchzen. Den Erwachsenen machte der Winter das Leben schwer. Täglich schleppten sie Briketts und Kohle aus den Kellern, um wenigstens ein oder zwei Räume einigermaßen warm zu bekommen. Außerdem geschah es immer wieder, dass die wütend durch die Stadt fegenden Stürme Dächer abhoben oder zumindest teilweise abdeckten.

Das Wetter entsprach Stellas Lebensgefühl. Mit Ausnahme der kurzen Episode im vergangenen Jahr, wo sie sich gemeinsam mit Bobby die Musikerszene auf der Reeperbahn angeschaut und sich so aus dem schwarzen Loch herausgestemmt hatte, befand sie sich in einem seelischen Raum, in dem es dunkel, kalt und ungastlich war und die graue niederdrückende Decke ihr den Raum zum Atmen raubte.

Seit Anthonys Tod gab es für sie kein geborgenes Zuhause mehr. Auf dem Schiff war er ihr noch einige Male erschienen. Es waren eindeutige Szenen gewesen, die sie niemandem erzählte, nicht einmal Lysbeth, die sie bestimmt verstanden hätte. Anthonys Erscheinen hatte sich stets durch eine Veränderung der Atmosphäre in der Kajüte angekündigt. Es war weder heller noch dunkler geworden, es war weder wärmer noch kälter geworden, aber Stella hatte genau gewusst, dass gleich etwas Besonderes geschehen würde. Und dann war Anthony da gewesen. Leibhaftig da. Sie hatte ihn sehen können, auch jetzt, wo schon ein halbes Jahr vergangen war, sah sie alles genau vor sich, als wäre es erst vor einer halben Minute passiert. Er war in den Raum und an ihr Bett getreten, er hatte sie intensiv angeschaut und war wieder gegangen. Wie er den Raum verlassen hatte, wusste sie anschließend nicht mehr. Hatte er die Tür geöffnet, hatte er sich in Luft aufgelöst, war er durchs Fenster entwichen? Sie hatte jedes Mal seinen Namen ausgestoßen, zuerst geflüstert, gestammelt, dann gerufen, sie hatte sich vorher schon überlegt, was sie das nächste Mal tun würde. Sie wollte nach ihm greifen, seine Hand festhalten, dann würde er vielleicht dableiben. Doch wenn er dann da war, konnte sie sich nicht rühren. Und plötzlich war er fort.

Schon auf dem Schiff waren die Abstände zwischen seinen Besuchen länger geworden, und dann war er fortgeblieben.

Seit sie in Hamburg war, träumte sie von ihm. Sehr realistische Träume. Er umarmte sie und küsste sie, wie sie es geliebt hatte: Er legte seine Lippen auf die ihren und, bevor ihre Zungenspitzen zueinander fanden, spürten sie nur den Mund des andern. Sie hatten einander dabei im wirklichen Leben oft angeschaut und zugelassen, wie das Spiel der Lippen und dann der Zungen lebhafter wurde, wie vielleicht Leidenschaft hinzukam, es aber auch bei der Zärtlichkeit blieb oder beim Necken. Genauso geschah es in den Träumen.

In den Träumen beschwor er sie, dass sie weiterleben müsse. Und dass sie Freude dabei empfinden sollte, das würde auch ihm Freude bereiten. Manchmal wachte sie tränenüberströmt aus diesen Träumen auf. Sie wollte nicht weiterleben, sie wollte bei ihm sein.

Einmal in der Nacht beschimpfte er sie: »Du vergeudest dein Talent! Sing gefälligst!« Aber sie konnte nicht mehr singen. Ihre Stimme war heiser geworden und seltsam brüchig, manche Töne kamen gar nicht mehr heraus. Wie sollte sie da singen? Und dann gab es einen Traum, in dem er sie an Mbeti erinnerte, an das Manuskript und an das Versprechen, das sie ihr und Victoria gegeben hatten. Aus diesem Traum wachte Stella mit einem entsetzlichen Schuldgefühl auf. Sie hatte das Manuskript vollkommen vergessen! Wo war es abgeblieben? Sie wusste es nicht. Aber sie war auch zu müde und zu traurig, um Nachforschungen anzustellen.

Als der Sturm im Februar noch stärker wurde und Aaron mit besorgten Augen nach seiner Arbeit bei ihr an die Tür klopfte und fragte: »Störe ich?«, erwiderte sie zwar: »Du störst überhaupt nicht, ganz im Gegenteil, ich freue mich, mit dir ein Glas Wein zu trinken.« Aber es war gelogen, nicht einmal gut gelogen, Aaron merkte es sofort. Von seinen Sorgen schwieg er. Nachdem er kurz darüber gesprochen hatte, wie unheimlich dieses Unwetter ihm sei, und sie darauf nicht reagiert hatte, drückte er ihr einen Kuss auf die Wange und ließ sie wieder allein.

Auch Lysbeth erschien Anfang Februar bei ihr mit fast den gleichen Worten wie Aaron. »Störe ich?« »Nein, im Gegenteil.« Lysbeth erzählte ihr, wobei sie schamvoll errötete, dass sie das erste Mal seit Jahren wieder geträumt habe. »Einen schrecklichen Traum und so realistisch. Stella, ich habe von ertrinkenden schreienden gurgelnden Menschen geträumt. Von einer Flutwelle, die so hoch war, dass sie Autos und Häuser mit sich riss. Das war ein anderer Traum als die normalen, das weiß ich. Was soll ich bloß tun?«

Auch da hatte Stella nur höflich zugehört und dann gesagt: »Ich glaube, sie haben im Radio Hochwasser für Cuxhaven angekündigt. Vielleicht beunruhigt dich das.« Wie Aaron zwei Tage zuvor war auch Lysbeth bald aufgestanden und hatte sich verabschiedet.

Es tat Stella zwar leid, aber sie empfand es als stimmig. Sie war wie ein toter Fisch. In ihr regte sich keinerlei Leben mehr. Man konnte es riechen. Man konnte auch riechen, dass man sich bei dem Genuss dieses Fisches vergiften konnte. Besser war, sich fernzuhalten. Sie selbst hätte sich gern von sich ferngehalten, sie praktizierte das auch so gut es ging, aber dadurch wurde es für niemanden besser.

Sie begann sich mit Methoden zu beschäftigen, wie sie sich umbringen könnte. Es mussten total sichere Methoden sein, nichts wäre schrecklicher, als dabei ertappt und dann gerettet zu werden. Die malerische Art, sich in der Badewanne die Pulsadern aufzuschneiden und dann in der Wärme und im sich rot verfärbenden Wasser langsam zu verenden, während sie eine Pulle Sekt leerte, schied schon mal aus. Dafür war das Haus zu unruhig. Es konnte geschehen, dass Cynthia oder Eckhardt plötzlich oben erschienen, oder Lysbeth und Aaron, obwohl die tagsüber arbeiteten. Außerdem scheute sie davor zurück, ihrer Schwester diesen Anblick zuzumuten. Das Schlucken von Tabletten plus Alkoholkonsum war zu gefährlich. Sie wusste von Lysbeth, dass diese Art Selbstmordkandidaten sich manchmal übergaben und dann tagelang im Koma lagen. Dann würde sie auf jeden Fall gerettet werden, denn tagelang ließ keiner im Haus sie allein. Tod durch Strang, also Erhängen, schied schon mal vollkommen aus. Das war eine sehr aggressive Art der Selbstermordung. Aggressiv gegen die anderen, die ins Zimmer traten und den Schreck und den widerlichen Anblick erleiden mussten.

Es blieb nur, sich einen Ort zu suchen, wo sie ganz allein wäre und bliebe. Wo sie so schnell nicht gefunden würde. Dieser Ort musste aber auch passend für sie sein. Schließlich war der Tod einer, dem man sich nur einmal im Leben hingab. Sie war nicht bereit, auch wenn sie am Leben keinen Gefallen mehr fand und sich so schnell wie möglich eine Fahrkarte zu Anthony erwerben wollte, dieses Leben ohne jede Würde zu verlassen. Ein Wald kam für sie deshalb nicht in Frage. In einem Wald waren zu viele Tiere, die an ihr nagen oder sogar Teile von ihr abknabbern könnten. Sie wusste zwar, dass sie dann doch tot wäre und es ihr nichts mehr ausmachen würde, gleichwohl bereitete die Vorstellung ihr Unbehagen. Sie fühlte sich Brecht verbunden, der in einem Sarg beerdigt werden wollte, in den kein Ungeziefer eindringen konnte. Das gleiche Problem ergab sich, wenn sie an die Elbe ginge, sich dort in einem Versteck mit Schlaftabletten vollpumpte und darauf Alkohol tränke. Da gab es Vögel. Jetzt im Winter gab es dort hungrige Vögel, Krähen, vielleicht sogar Möwen, auf jeden Fall Tauben. Die würden ihr nachher die Augen auspicken. Scheußliche Vorstellung!

Dennoch waren all diese Ideen auch so verführerisch, dass sie halbe Tage damit verbrachte, sich Selbstmordarten auszudenken und bis ins kleinste Detail auszuschmücken. Es tröstete sie, auch wenn sie keine geeignete Methode fand. Es schien ihr wie die Überwindung der Ohnmacht. Anthonys Tod hatte sie in die schrecklichste Ohnmacht gestoßen, die sie in ihrem Leben erfahren hatte. Sich Gedanken darüber zu machen, wie sie sich umbringen könnte, um zu ihm zu reisen, gab ihr ein Gefühl der Kontrolle zurück. Sie war nicht völlig einem Leben ohne Anthony ausgeliefert. Sie konnte verschwinden. Und sie konnte sich in wundervollen Bildern ausmalen, wie sie ihm wieder begegnen würde. Im Licht, an einem Fluss, in dem sich der blaue Himmel spiegelte, Mosaike aus Türkis und Gold und hellem Blau sich in den kleinen Wellen des Flusses brachen und zusammenfügten. Und sie in einem weißgoldenen Gewand mit Blumen im Haar und Anthony in all seiner Schönheit eines reifen Dichters. Sie würden aufeinander zu laufen, sie würden einander umarmen und küssen und nie wieder loslassen.

Diese Bilder waren alle sehr real, sie waren von entfernter unbestimmter, eher sphärischer Musik begleitet, Stella konnte sich darin verlieren und finden. Es beglückte sie, auch wenn sie sehr genau wusste, dass sie sich kindliche Sehnsuchtsbilder gestattete. Das war ihr egal. Denn wenn sie tot wäre und nichts von all diesen Bildern Realität würde, weil danach NICHTS war, so wäre das dann egal. Denn wo NICHTS war, konnte auch keine Enttäuschung sein. Im NICHTS würde sie nichts mehr fühlen. Der Schmerz wäre also fort, so oder so. Und der Trost der Sehnsuchtsbilder war sehr mächtig.

Dass ab Dezember ständig stürmische Winde über Hamburg hinweg- und durch Hamburg hindurchbrausten, verstärkte Stellas Stimmung, die zwischen Dramatik und Hoffnung und Verzweiflung schwankte. Es war, als würden die Wolken und der ums Haus pfeifende Wind, der sich manchmal zum Sturm steigerte, sie mit auf die Reise in fremde unheimliche Gegenden locken, wo es neue Erfahrungen zu machen galt.

Am 12. Februar 1962 kam Lysbeth wieder zu ihr mit der Frage, ob sie störe. Stella war ganz woanders. Inzwischen war sie zu der Überzeugung gelangt, dass sie in ihrer Badewanne am besten aufgehoben wäre. Keine Tiere, keine Vögel. Geborgenheit. Sie musste sich einfach zu einer Zeit hineinlegen, wo alle anderen im Hause schliefen.

Als Lysbeth ins Zimmer trat, überlegte Stella sich gerade eine Begründung, die den anderen von vornherein als plausibel einleuchtete, wenn sie das Einlaufen des Badewassers im ersten Stock vernahmen. Sie durften es nicht als etwas Ungewöhnliches empfinden. Sie mussten denken: Ach, Stella braucht mal wieder ein Bad. Irgendwie so etwas. Lysbeth setzte sich zu Stella in deren Wohnzimmer, bat, was völlig ungewöhnlich war, um ein Glas Cognac, und rang die Hände. Stella tauchte langsam aus ihrer anderen Welt auf. Sie verengte ihren Blick auf Lysbeth.

»Stella, ich weiß nicht, was ich tun soll. Und was los ist mit mir. Aber heute Abend habe ich im Rundfunk gehört, dass die gesamte deutsche Nordseeküste von einer schweren Sturmflut betroffen ist mit Wasserständen von etwa zwei Metern über dem mittleren Tidehochwasser.« Stella sah sie fragend an. »Ja, und?« Sie erschrak selbst über die Kälte in ihrer Stimme. Lysbeth zuckte zusammen, raffte sich auf und stieß hervor: »Ich träume jede Nacht von Wellen, die Leben unter sich begraben. Das ist doch nicht normal, Stella. Meinst du, ich habe diese Sturmflut vorher geträumt? Vielleicht haben meine Träume alles nur schlimmer gemacht. Ich glaube, es ist nicht so, dass Menschen gestorben sind.«

Stella schenkte sich selbst und Lysbeth aus der Cognacflasche nach, denn Lysbeth hatte überraschenderweise ihr Glas in einen Zug geleert. Stella trank ohnehin nicht selten ein Glas Cognac und manchmal auch zwei oder sogar drei, um abends müde zu werden und einschlafen zu können.

»Tja, Lysbeth«, murmelte sie, »wir beide wissen, dass deine Träume irgendwie von Bedeutung sind. Aber was willst du tun? Oder was willst du, dass ich tue? Wir können ja nicht im Rathaus anrufen und sagen, sie sollen gefälligst die Deiche verstärken, oder?« Lysbeth lachte bemüht. Dann raunte sie: »Die Deiche. Woher weißt du das? In meinen Träumen brechen sie, Stella, und Flutwellen schlagen über Menschen im Schlaf zusammen.« Stella schwieg. Es war ihr nicht möglich, sich zu erheben, zu ihrer Schwester zu gehen und diese in die Arme zu schließen. Wie so oft kam Lysbeth ihr wie ein kleines Vögelchen vor mit ihren schmalen Schultern, ihrem zarten Hals und ihren langen feinen Fingern, die hilflos umherflatterten. »Tja«, sagte sie. »Tja.« Und schenkte ihrer Schwester und sich selbst noch einen Cognac ein.

Der von Anthony angeschaffte Fernseher war der einzige im Haus geblieben. Manchmal erschienen Familienmitglieder oben bei Stella, um mit ihr gemeinsam Sendungen anzuschauen. So auch, wenn am Freitagabend die Serie *Die Familie Hesselbach* lief. Am Abend des 16. Februar 1962 waren wieder einmal alle bei Stella versammelt. Auch Aaron und Lysbeth hatten sich eingefunden, weil ihnen diese Serie gefiel, sie war besonders, sie hatte Tempo und wundervolle Charaktere. Zudem vermittelte das familiäre Beisammensein ihnen Geborgenheit. Selbst Stella liebte die Sendung, die eine Familie zeigte, die irgendwo im Hessischen lebte. Die Serie hatte eine Einschaltquote von 93 Prozent, ein richtiger Straßenfeger. Sie handelte von den alltäglichen Nebensächlichkeiten der Familie Hesselbach und zeichnete damit das kleinbürgerliche Milieu der noch jungen Bundesrepublik nach. Wolf Schmidt spielte Karl »Babba« Hesselbach, Besitzer einer kleinen Verlagsdruckerei, Verleger der Wochenzeitung *Weltschau am Sonntag* und verheiratet mit Mamma Hesselbach, gespielt von Liesel Christ.

Draußen war es ungemütlich. Lysbeth war deutlich unruhig. Immer wieder erhob sie sich, was lautstarken Protest der anderen zur Folge hatte, blickte aus dem Fenster und murmelte: »Es stürmt.« Diese Bemerkung entlockte den anderen nur ein müdes Grunzen. Ja, es stürmte, wie so oft in diesem Winter. Aber jetzt wollten sie nichts von den Hesselbachs versäumen.

Was die Wolkenraths nicht ahnten: Das Sturmtief »Vincinette« kam gerade vom südlichen Nordpolarmeer auf Norddeutschland zu und trieb gewaltige Wassermassen in Richtung Elbe. Auf hoher See wuchs der Sturm zu einem Orkan heran und entfaltete eine solche Wucht, dass er nicht mehr gemessen werden konnte – bei Windstärke vierzehn hatten die Instrumente versagt. Bereits am Freitagmorgen hatte man an der Elbmündung in Cuxhaven mit einer schweren Sturmflut gerechnet. Es gewitterte und hagelte, der tosende Sturm sorgte für schwere Verwüstungen. »Vincinette« zerriss die schwere Ankerkette des Feuerschiffs Elbe III wie einen Bindfaden, meterhohe Wellen brachten Schiffe in Seenot. Cuxhaven begann sich auf das Schlimmste vorzubereiten. Die Cuxhavener kauften in ihrer Not 22 000 Sandsäcke von einer Hamburger Firma, niemand ahnte, dass die Hansestadt selbst die Sandsäcke noch benötigen würde.

Erst abends um 20.33 Uhr kam die erste Sturmflutwarnung »für die gesamte deutsche Nordseeküste« im NDR-Radioprogramm, doch von Hamburg war nicht die Rede. Nicht nur die Wolkenraths fühlten sich nicht angesprochen, auch die anderen Hamburger erwarteten, dass wieder einmal Bäume umgelegt, Dächer abgedeckt, Keller voll Wasser laufen würden. Aber Schlimmeres befürchteten sie nicht, die Küste war schließlich hundert Kilometer von der Stadt entfernt. Nur Lysbeth wurde immer unruhiger. In der Hansestadt wurde hauptsächlich ferngesehen, die Hesselbachs fegten sturmgleich die Straßen leer. Währenddessen rollte die mit fast sechs Metern höchste Flut seit Beginn der Pegelmessungen die Elbe hinauf. Niemand erkannte die Gefahr. Nur Lysbeth hatte das Gefühl, als ob auf ihrer Haut Ameisen tanzten.

Um 21.28 Uhr schnitt der Sturm die Telefon- und Fernschreiberverbindung des für Hamburg so wichtigen Vorpostens Cuxhaven ab, der elektrische Pegelstandsmesser versagte seinen Dienst. Hamburg konnte nicht mehr gewarnt werden. Keine vier Stunden später prallte die Flut auf Hamburg.

Lysbeth war unendlich müde, als die Hesselbachs endlich zu Ende waren. Sie fühlte sich, als wäre sie verrückt. Und ihr Körper schmerzte in der Erinnerung an dieses Gefühl, das sie als Kind zum Verstummen gebracht hatte. Sie hatte zwar vorsichtig mit Aaron über ihre Träume gesprochen, doch er hatte, so hatte sie es zumindest wahrgenommen, nicht einmal zugehört. Das Gespräch, das er anschließend gesucht hatte, war über ihre Beziehung gewesen, wo er den Eindruck hatte, dass die Wogen über ihnen zusammenschlagen und sie unter sich begraben würden, wenn sie nicht aufpassten. Sie hatte ihm nicht richtig zuhören können, was faselte er da von Beziehungsertrinken? Sie hatte mit Stella gesprochen, und die hatte ihr vorgeschlagen, weniger zu arbeiten.

Mittlerweile waren die Wellen auf der Nordsee bis zu acht Meter hoch, und die Insel Wangerooge drohte in zwei Teile zu zerbrechen. Die ersten Deiche brachen bei Papenburg, 200 Kilometer westlich von Hamburg, gegen 22.00 Uhr.

Um 22.15 Uhr wurde in der *Tagesschau* eine Sturmflutwarnung vermeldet – jetzt mit einer erwarteten Höhe von 3,50 Metern. Aber die Städter wähnten sich sicher und gingen ins Bett.

Andernorts formulierten die Behörden klare Warnungen: »Für Cuxhaven besteht Deichbruchgefahr. Die Bevölkerung wird dringend gebeten, die höheren Stockwerke aufzusuchen. Sagen Sie bitte Ihren Nachbarn Bescheid.« In Bremen und Bremerhaven standen schon am frühen Abend, noch bei Ebbe, Notunterkünfte bereit, Lautsprecherwagen warnten die Bewohner in besonders gefährdeten Gebieten, Bundeswehr, Feuerwehr und Technisches Hilfswerk verstärkten die Deiche. In Hamburg starrten wenige Nachtschwärmer aufs Wasser und warteten, dass es über die Deichkronen schwappte.

Lysbeth lag wie die meisten anderen im Bett.

In halb Norddeutschland war inzwischen das Stromnetz ausgefallen. Daher sollten Flutkanonen die Bevölkerung mit Böllerschüssen warnen. Aber in Stade, wo sie seit dem 18. Jahrhundert im Einsatz waren, konnte der Hafenmeister nur zweimal feuern, bevor die Flut das Geschütz einfach wegspülte. Um 22.53 und 23.13 Uhr brachten Radiosender eine Evakuierungsmeldung für Cuxhaven. Zur gleichen Zeit diskutierten die zuständigen Hamburger Behörden immer noch darüber, ob die Deiche halten würden. Pausenlos gingen Hilferufe der Bevölkerung aufgrund der Sturmschäden in der Hamburger Polizeizentrale ein. Feuerwehren und Streifenwagen waren im Einsatz. Aber eine Evakuierung gab es nicht.

Um Mitternacht wachte Lysbeth aus einem Traum auf, mit Herzrasen und Schweißausbruch trotz der Kälte. »Aaron«, flüsterte sie, »ich habe Angst.« Er brummte und drehte sich auf die andere Seite, weg von ihr. Nun war sie ganz allein mit ihrer Angst. Sie stieg aus dem Bett und stellte sich vor das Fenster. Draußen kämpften die Büsche gegen den Wind, die Rosen flatterten, der Birnbaum wurde geschüttelt. Doch da war nichts wirklich bedrohlich. Sie verstand sich selbst nicht. Was ist bloß los mit mir? Vielleicht bin ich tatsächlich überarbeitet, dachte sie. Vielleicht hat Aaron recht, und ich sollte mich mehr auf meine Ehe konzentrieren. Ihr wurde angstkalt. Wollten ihre Träume sie davor warnen, dass ihre Beziehung zu Aaron kurz davor war, von einer schrecklichen Flut überspült zu werden? Sie rief sich die vergangenen Wochen in Erinnerung. Ja, sie hatten wenig gesprochen, ja, sie hatten einander selten umarmt. Ja, sie wusste nicht mehr, wann ihre letzte sexuelle Begegnung gewesen war. Aber war es nicht so in einer Ehe? Gab es da nicht Zeiten, in denen anderes im Vordergrund stand und die Liebe in den Hintergrund trat? Trotzdem überschwemmte Angst sie plötzlich wie eine Flutwelle. Es gäbe keine größere Katastrophe in ihrem Leben, als dass Aaron sich von ihr entfernte.

Im Hamburger Stadtteil Wilhelmsburg wurden zu diesem Zeitpunkt die ersten Deiche überspült. Hier siedelten vor allem Ausgebombte und Flüchtlinge aus der DDR. Sie waren in Schrebergartenkolonien und Behausungen untergebracht, die nur aus provisorischem Baumaterial bestanden und nicht den geringsten Schutz boten. Der Stadtteil, Europas größte Flussinsel, war ein tiefliegendes Gebiet, zwar umrahmt von Deichen, aber diese waren zu alt und zu niedrig, um die Wassermassen abzuwehren. Außerdem nutzten viele Bewohner den Schutzwall, um Hühner zu halten, und machten ihn so nur noch maroder. Die Elbinsel glich einem Kessel, in dem die Anwohner der Flut hilflos ausgeliefert waren.

Als die Deiche brachen, riss die Strömung alles fort. Die eiskalte braune Brühe überraschte die meisten Wilhelmsburger im Schlaf. Wer konnte, floh in die oberen Stockwerke und hoffte auf Rettung, doch in den einfachen Behelfsheimen blieb den Menschen nur die Wahl zwischen der Flucht aufs Dach oder der Flucht auf die Straße. Beides war lebensgefährlich. Menschen in Todesangst klammerten sich auf dem Dach an den Schornstein, um nicht von den Wellen fortgerissen zu werden. Andere konnten ihre Haustür schon nicht mehr öffnen, weil von außen die Wassermassen dagegenpressten. Manche bekamen die Tür gerade noch auf, wurden aber dann von hereinschießendem Wasser die Kellertreppe hinabgespült und ertranken dort. Ihre Hilfeschreie gingen im Brausen der Flutwelle und im Wüten des Sturms unter. Viele mussten in dieser Nacht hilflos mit ansehen, wie ihre Familien, Nachbarn und Freunde von den Fluten fortgespült wurden.

Lysbeth versuchte, wieder Schlaf zu finden. Aber es war unmöglich. Sie hörte Schreie, sie fühlte sich, als würde sie unter Wellenmassen ersticken. Sie rüttelte an Aaron. »Aaron, irgendwas Schreckliches geschieht. Ich weiß nicht, was.« Er drehte sich zu ihr um und nahm sie in den Arm. »Süße, schlaf«, murmelte er. »Nein!« Ein unterdrückter Schrei. Er umfasste sie fester. Nun wachte er allmählich auf. »Aaron«, drängte sie. »Aaron, wach auf!«

Er rieb sich die Augen, richtete sich auf. Schaute sie fremd an. »Was ist los?« Sofort fühlte sie Schuld. Er musste morgen wieder arbeiten. Er brauchte seinen Schlaf. Sie stammelte: »Irgendwo geschieht etwas Schreckliches. Aaron! Ich muss etwas tun, aber ich weiß nicht, was.«

Er seufzte. Rutschte wieder tiefer, legte seinen Arm um ihren Bauch. »Meine allerliebste Lysbeth, ich sehne den Augenblick herbei, wo du dir um uns Sorgen machst und da etwa tun willst«. Seine Stimme wurde leiser. »Kannst du das nicht mal …« Er schnarchte. Lysbeth drehte sich, um seinen Arm von ihrer Hüfte zu schieben. Nein, es ging gerade nicht um ihre Beziehung. Oder doch?

In dieser Nacht erlebte Hamburg eine verheerende Flutkatastrophe. Hunderte starben, Zehntausende verloren ihr Zuhause, und ein ganzer Stadtteil wurde ausradiert. Dabei hätte das Schlimmste möglicherweise verhindert werden können. Und dafür trug nicht Lysbeth die Verantwortung, wie sie sich hinterher vorwarf.

Die Deiche brachen an dreiundsechzig Stellen, wurden an vielen anderen vom tödlichem Hochwasser einfach überspült. Etwa ein Fünftel des Hamburger Stadtgebiets wurde überflutet. Die Flut erreichte einen Wasserstand von 5,70 Meter über Normalnull. Spätestens jetzt wurde klar: Die Lage war von den Behörden hoffnungslos unterschätzt worden. Innensenator Helmut Schmidt eilte nachts von einer Konferenz in Berlin sofort ins Rathaus. Der Mann, der erst seit zwei Monaten im Amt war, rief Bundeswehr und Nato-Verbände zu einem Großeinsatz im Katastrophenfall. Er wartete nicht auf die dafür laut Grundgesetz notwendige Genehmigung des Verteidigungsministeriums. 25 000 Helfer und etwa hundert Hubschrauber waren nach seinem Befehl tagelang rund um die Uhr im Einsatz.

Erst am nächsten Tag erfuhren es alle: Mit 130 Stundenkilometern war der Orkan Vincinette – was für ein hübscher Name, wovon man es auch immer ableitete von vincere oder vincire, auf jeden Fall eine Verniedlichung, die kleine Siegerin oder die kleine Fesslerin – über Norddeutschland gerast, hatte Bäume ausgerissen, Dächer abgedeckt, das Wasser der Nordsee in die Deutsche Bucht und in die Elbe gedrängt. 340 Menschen starben in Norddeutschland, davon 315 in Hamburg. 20 000 Hamburger mussten ihre Wohnungen für längere Zeit verlassen, Hunderte für immer. »Eine moderne Weltstadt, 750 Quadratkilometer groß und musterhaft organisiert, eine Festung aus Menschen, Beton und Energie zeigte sich gegen ein 100 Kilometer entferntes Randmeer des Ozeans so anfällig wie ein Pfahldorf der Primitiven«, schrieb der *Spiegel* in seiner nächsten Ausgabe, »die Sintflut, seit Anbeginn Schreckensvision der Menschen, schien angebrochen.«

Lysbeth und Aaron erklärten sich bei der Einsatzleitung der Feuerwehr schon am nächsten Tag bereit, medizinische und psychologische Hilfe zu leisten. Sie schlossen ihre Praxen und waren drei Tage hintereinander in Turnhallen unterwegs, wo provisorische Notunterkünfte für die Obdachlosen eingerichtet worden waren. Am Abend des zweiten Tages erschien Lysbeth, verschmutzt und völlig am Ende ihrer Kraft, oben bei Stella, die aus dem Fenster schaute und über Intuition und Schuld sinnierte. Lysbeth hatte wieder einmal alles vorweggeträumt. Aber welche Chance bot einem das Vorwegwissen, um etwas zu ändern? Sie fragte sich wie manches Mal zuvor, ob sie etwas hätte ändern können, wenn sie ihre dunklen Ängste, was Anthony, den Tod, ihre Zukunft betraf, ernster genommen hätte. Auch jetzt wieder kam sie zu dem Ergebnis, dass sie in diesem Fall auf das rechtzeitige Konsultieren eines Herzspezialisten gedrungen hätte. Diese Einschätzung belud ihr trauriges Leben mit einer nie wiedergutzumachenden Schuld. Wofür lebe ich noch?, fragte sie sich.

»Es mangelt an allen Ecken und Enden, könntest du vielleicht morgen mitkommen und dich um eine alte Frau kümmern, die anscheinend ihre Familie verloren hat, man weiß nicht, ob sie tot sind oder nur woanders untergebracht. Die alte Frau ist sehr sympathisch, aber es gibt nicht genug Helfer. Eigentlich müsste jemand den ganzen Tag bei ihr am Bett sitzen. Wenn du das nicht tust, kriegt sie Beruhigungsmittel gespritzt, und Aaron meint, dass das nicht gut für sie wäre.« Stella sah ihre Schwester nachdenklich an. Sie hatte von den auf der Eisbahn in *Planten un Blomen* gelagerten Toten gehört, sie hatte im Fernsehen die Bilder der Verwüstung gesehen, und bei der Vorstellung, was den Menschen da zugestoßen war, schauderte ihr. Aber sie wollte doch eigentlich weg von dieser Welt. War sie nicht ebenso nutzlos für die Welt, wie die für sie war? »Stella, bitte tu das. Es ist nur ein winziger Tropfen in diesem Meer von Verzweiflung, aber jeder Tropfen ist wichtig. Bitte, was würde die Tante tun? Die wär schon lange dort.« Die letzten Worte klangen nur wenig vorwurfsvoll, aber der Vorwurf traf Stella. »Wer jetzt noch zu Hause sitzt und nicht hilft, macht die Welt schlechter, als sie sein müsste«, setzte Lysbeth nach. Stella nickte. »Okay«, sagte sie. Und dann wollte sie Lysbeth und sich einen Cognac einschenken, aber Lysbeth hielt die Hand über das Glas. »Warte«, rief sie, »ich hol den Herzwein.«

Die Turnhalle stand voller Feldbetten, auf denen Menschen saßen oder lagen. Manche waren leer, aber Spuren zeugten davon, dass auch hier jemand die Nacht verbracht hatte. Die alte Frau lag vollständig bekleidet auf ihrem Bett, in der Hand hielt sie ein kleines Foto, als handle es sich um ein zerbrechliches Kleinod. Stella holte sich einen Klappstuhl, von denen viele am Rand der Halle standen. Sich auf die Bettkante der alten Frau zu setzen, erschien ihr zu nah und irgendwie respektlos. »Guten Tag, ich bin Stella.« Sie lächelte bemüht. Die Augen der Frau blieben teilnahmslos in die Ferne gerichtet. Stella seufzte innerlich auf. So hatte sie sich das nicht vorgestellt. Diese Frau wollte gar keinen Beistand, die wollte nicht reden. Was sollte Stella hier?

Sie raffte sich auf, versuchte es noch einmal. Um das Foto besser anschauen zu können, erhob sie sich. Eine Schwarzweißaufnahme einer Familie, die, wie bei solchen Fotos üblich, nebeneinander standen, angeordnet hinter zwei ehrwürdig aussehenden älteren Menschen, offenkundig einem Paar. Vielleicht eine silberne Hochzeit, dachte Stella.

Die klauenartigen knochigen Finger der Frau, unter deren kurzen gelben Fingernägeln der Schmutz eine schwarze Linie zog, wirkten nicht, als hätte diese Frau ihr Leben mit Maniküre verbracht, sondern eher damit, Kartoffeln zu schälen und Böden zu schrubben. Stella wies mit ihrem gefeilten spitzen Fingernagel auf das Foto. »Ist das Ihre Familie?« Kaum hatte sie gesprochen, begriff sie beschämt, wie dumm die Frage war. Sie ließ sich zurück auf den Stuhl fallen. Die Frau antwortete nicht. Aber der Griff um das Foto wurde fester. In Stella keimte Zorn auf ihre Schwester. Sie warf einen Blick zu den Menschen auf den anderen Betten. Viele starrten vor sich hin. Einige lasen. Einige unterhielten sich, leise, als wollten sie die Starrenden nicht stören.

Eine Weile harrte Stella schweigend aus, sie fühlte sich entsetzlich störend, und ihr wurde auch bewusst, dass sie für diese überheizte Halle völlig falsch gekleidet war. Sie hatte ihren wärmsten Pullover angezogen, eine warme lange Hose und Stiefel, die sie gekauft hatte, als sie mit Anthony zwei Wochen lang im Winter nach Österreich gefahren waren, um auszuprobieren, ob Skilaufen vielleicht etwas für sie wäre. War es nicht, hatten sie festgestellt, auch, dass es ihnen nicht gefallen hatte, sich in einem Tal aufzuhalten, das ringsum von Bergen umschlossen war, und wo man, um einen weiten Blick zu haben, nach oben kraxeln musste, wo man sich wiederum nicht heimelig fühlte, sondern ausgesetzt. Erst als sie wieder zurückfuhren und die Landschaft flacher wurde, der Blick weiter, hatten sie einander gestanden, dass sie offenbar Menschen waren, die, um sich frei zu fühlen, einen weiten Blick zum Horizont brauchten. Scharf schnitt die Erinnerung in Stellas Herz. Sie atmete flach, so konnte sie den Schmerz etwas im Zaum halten. Ihr Blick fiel auf die alte Frau.

»Ich habe gerade meinen Mann verloren«, sagte sie leise, aber ihre Stimme versetzte die Luft trotzdem so in Vibrationen, dass sich einige Köpfe zu ihr drehten, interessierte Blicke sie trafen. Die alte Frau wandte ihr langsam den Kopf zu. Stella hatte die Augen vor Scham niedergeschlagen. Wie konnte sie hier, angesichts des allgemeinen Elends, von ihrem Verlust sprechen. Als sie den Blick hob, traf er auf zwei hellblaue wache Augen, um die herum ein leicht gelblicher Schimmer lag. »Wie alt war er?« Die Stimme der Frau war heiser, als wäre sie längere Zeit nicht benutzt worden. Stella schluckte. »Einundsechzig …« Nun war auch ihre Stimme heiser. »Das ist zu jung«, urteilte die Frau. »Das ist eindeutig zu jung. Mein Mann ist mit dreiundsiebzig gestorben. Das war immer noch zu jung.« Sie glitt mit ihrem Blick wieder zu ihrem Foto. Stella bekam Angst, dass sie nun wieder in der Starre verschwinden würde, aber der Blick der Frau blieb wach. Sie wies mit ihrem knotigen Zeigefinger auf das Foto und drehte es leicht zu Stella. »Das ist mein Mann.« Es war der Mann, der im Zentrum neben der Frau saß. Beide waren etwas rundlich. Der Mann trug einen Anzug, in dessen Revers eine Kette verschwand. Wahrscheinlich eine Uhrenkette, schoss Stella durch den Kopf.

Die Frau auf dem Foto ähnelte in nichts der Frau auf dem Bett. Die bis zu den Ohren reichenden Haare der Frau auf dem Foto waren sorgfältig onduliert, eine helle Bluse betonte ihre opulente Oberweite, und ein dunkler Rock lag eng um fleischige Oberschenkel. Darunter helle Beine, wahrscheinlich Perlonstrümpfe, dachte Stelle, und dunkle Pumps mit halbhohen Hacken. »Silberne Hochzeit«, erklärte die alte Frau, und in ihren Augen lag ein Strahlen, das Stella überraschend mitten in der Brust traf. Diese Frau war glücklich in der Erinnerung. Glücklich und dankbar. Wieso konnte sie selbst das nicht sein? Anthony hatte es ihr in ihren Träumen vorgeworfen. Er hatte gesagt: »Wir hatten fast vierzig wundervolle Jahre miteinander. Das haben so wenige Paare. Warum bist du nicht dankbar?« Aber sie war nicht dankbar. Sie war voller Groll. Sie fühlte sich vom Schicksal betrogen. Ein Mann durfte nicht mit einundsechzig Jahren sterben. Zumindest kein guter Mann.

Die alte Frau umgab plötzlich ein warmes Licht, das in der überheizten stickigen trostlosen Halle völlig unangemessen schien. Doch als sie wieder den Blick auf das Foto richtete, erlosch das Licht, als wäre es ausgeknipst worden. »Ich habe danach bei meinem Sohn gewohnt«, erklärte sie, den Blick auf das Foto geheftet. Nun verlor sie sich wieder in den Wellen, die möglicherweise ihren Sohn und seine Familie mitgerissen hatten. Das erkannte Stella, weil es ihr vertraut war, und sie überlegte, wie sie das völlige Abgleiten verhindern könnte.

Sie räusperte sich und fragte betont munter: »Wer ist Ihr Sohn?« Auf dem Foto gab es drei Männer, von denen sie annahm, dass sie eine Generation jünger als das Paar im Vordergrund waren. Die alte Frau riss sich fort von der tödlichen Flut und deutete auf das Foto. »Der da«, sagte sie, auf einen Mann mit Schnäuzer und Glatze weisend. »Franz ist mein Ältester.« Ihr Finger glitt zu einer blonden molligen Frau, die sich in ein helles enges Kleid gezwängt hatte. »Theresa, meine Tochter.« Ihr Gesicht verdüsterte sich, als sie auf den Mann neben ihrer Tochter wies. »Hartmut, ein Nichtsnutz.« Stella fragte interessiert: »Theresas Mann?« Die alte Frau schüttelte den Kopf. »Sie sind nicht verheiratet. Zum Glück. Sonst müsste sie ihn wahrscheinlich ausbezahlen. Sie hat ihn nämlich rausgeschmissen, dem Herrn sei's gedankt.« Stella grinste. In diesem Augenblick erinnerte die Frau sie an ihre eigene Mutter. Die hätte auch so bedingungslos hinter ihren Töchtern gestanden, wenn die sich von ihren Männern losgesagt hätten. Sie hat, so korrigierte Stella sich in Gedanken, bedingungslos hinter uns gestanden, zuerst, als Lysbeth den doofen Maximilian von Schnell aus ihrem Leben katapultiert hat, und auch dann, als ich Jonny die Ehe aufkündigte, leider, ohne ihn wirklich zu verlassen. Aber auch das hat sie alles mitgemacht. Sie hat sogar für mich gelitten, weil ich ihn nicht richtig verlassen habe.

Sie versank in ihren Gedanken. Die alte Frau sagte etwas, dann schwieg sie und sah Stella auffordernd an. Stella lächelte entschuldigend. Sie räusperte sich wieder. »Sind sie erkältet?«, fragte die Frau. Stella wünschte sich, im Boden zu versinken. Wer war hier für wen da?

Sie reichte der Frau die Hand und sagte: »Stella Maukesch, ich habe mich noch gar nicht vorgestellt.« Die Frau sagte: »Adriane Steiner«, legte ihre kalte Hand in Stellas, die von einem fürsorglichen Gefühl überflutet wurde. »Haben Sie heute schon etwas gegessen?«, fragte sie. Die Frau schüttelte den Kopf und blickte sich um, als wolle sie prüfen, ob die Luft rein war. Dann raunte sie: »Das Essen hier ist ein erbärmlicher Fraß, Entschuldigung, aber sogar meine Enkelin kocht besser.«

Stella blickte automatisch auf das Foto, das nun locker auf der grauen Strickjacke der Frau lag. »Ah ja«, Adriane Steiner wies mit dem gelben dunkelgerahmten Fingernagel auf eine Person, von der nur der Kopf zu sehen war. Blonde Haare, wie auch ihre Tante Theresa, eine Frisur, wie Farah Dibah, die Frau des persischen Schahs sie trug, ein braver runder halsnaher Ausschnitt, mehr war nicht zu erkennen. »Bärbel«, erklärte sie. Ihr schmales Gesicht verzog sich, wurde ganz klein vor Schmerz. »Ich weiß nicht, wo sie sind«, flüsterte sie. »Sie haben geschlafen. Ich bin aufgewacht. Mein Zimmer war ganz oben.« Erklärend fügte sie hinzu, als wollte sie ihren Sohn entschuldigen, dass er sie in die Mansarde nach oben verfrachtet hatte: »Ich bin ja noch gut zu Fuß. Ich kann ja noch Treppen gehen.« Sie versank wieder in ihrer Starre.

Stella legte ihre Hand auf die der alten Frau. »Was ist geschehen?«, fragte sie sanft. Sie hatte Angst davor, den Kontakt zu ihrem Schützling wieder zu verlieren. Inzwischen war sie völlig durchgeschwitzt, und ihr Gesicht fühlte sich an, als hätte sie Fieber. Sie war überzeugt davon, dass sie krank werden würde, wenn sie noch länger in diesem Raum verharrte. Er wimmelt hier ganz bestimmt von Krankheitskeimen, die sich in der feuchten Hitze trefflich vermehren, dachte sie grollend. Aber sie wollte nicht gehen, bevor der Kontakt zu Adriane Steiner so gesichert war, dass sie am nächsten Tag mit Lebensmitteln und Kleidung wiederkommen konnte. Die alte Frau schloss die Augen. »Ich bin müde«, murmelte sie. »Ich muss jetzt schlafen.«

Stella drückte ihr die Hand, legte die Wolldecke, die ordentlich am Fußende zusammengefaltet lag, über sie und hörte überrascht, dass die alte Frau schnarchte wie ein Holzfäller. Sie stellte sich entsetzt vor, wie es in der Halle in der Nacht zuging. Bevor sie Adriane Steiner verließ, hob sie noch das Foto auf, das auf den Boden gefallen war, und schob es unter das Kopfkissen.

Sie zwang sich, gemessenen Schrittes die Halle zu verlassen, aber als sie endlich draußen stand, hätte sie schreien können vor Erleichterung. Endlich konnte sie wieder frische Luft atmen. Endlich musste sie nicht das Bedürfnis unterdrücken, sich die Kleidung vom Leib zu reißen.

# 29

Zwei Tage später stürzte eine völlig aufgelöste Frau zu dem Feldbett, auf dem Adriane Steiner lag. Sie warf sich auf sie und weinte wie ein kleines Mädchen. Adriane schlang ihre mageren Arme um die Frau, wiegte sie leicht und gab Laute von sich, mit denen man Tiere oder Babys beruhigt.

Fasziniert schaute Stella zu. Sie wusste nicht, was sie tun sollte. Wer war das? Die Tochter oder gar die verschollene Schwiegertochter? Sollte sie sich entfernen? Es war ihr peinlich, der emotional aufgewühlten Szene als Zuschauerin beizuwohnen. Die Frau hob irgendwann den Kopf, betrachtete Adriane und sagte: »Du siehst furchtbar aus, geben die dir nichts zu essen?« Adriane strich ihr über den Kopf und sagte leise: »Ich glaube, dass Franz tot ist. Sonst wär er schon gekommen.«

Die Spannung in Stella wuchs. Wer saß da neben Adriane auf dem Bett? Die Frau richtete sich auf, strich ihre zerzausten Haare glatt, die, schlecht gefärbt, ins Gelbliche tendierten. Der graue Ansatz war deutlich erkennbar. Insgesamt sah die Frau ungepflegt aus. Unter ihren Augen lagen Tränensäcke, ihr Gesicht wirkte übermüdet, obwohl ihre runden Wangen ihr zugleich etwas Kindliches verliehen. »Erst mal bin ich froh, dass *du* lebst«, sagte sie mit einem robusten Pragmatismus, der Stella nach dem vorherigen Tränenausbruch überraschte. »Du glaubst nicht, wie schwer es ist, den Aufenthaltsort von jemandem zu erfahren, der Opfer der Katastrophe geworden ist.«

Sie ließ ihren Blick durch den Raum wandern, bis er auf Stella fiel, die wie üblich auf dem Klappstuhl neben dem Bett saß. Bevor sie fragen konnte, streckte Stella ihr die Hand entgegen, und bevor diese ihren Namen nennen konnte, sagte Adriane Steiner: »Das ist Stella, mein Schutzengel. Ohne sie hätte ich die letzten Tage nicht überstanden.« Die Frau musterte Stella misstrauisch. Schau mich nicht an, als wäre ich eine Erbschleicherin, dachte Stella zornig, während sie dem Blick standhielt. Ich habe nichts verbrochen, nur deiner Mutter oder Schwiegermutter Beistand geleistet. »Theresa Steiner«, sagte die Frau nun und ergriff Stellas Hand. »Vielen Dank«, fügte sie mit einem schiefen Lächeln hinzu. Sie wies in die Halle, zog die Hand, als hätte die einen verbotenen Ausflug gemacht, schnell zu der anderen auf den Schoß zurück. »Wahrscheinlich braucht hier jeder einen Engel.«

Die Tochter also. Hätte ich mir denken können, sie hat die gleichen

Augen wie ihre Mutter, wach und blau, sagte Stella sich. Wahrscheinlich wollte ich nur Hoffnung schöpfen, wäre das die Schwiegertochter, könnte auch Adrianes Sohn gerettet sein.

Als Stella sich verabschieden wollte, weil sie sich nicht länger wichtig fühlte, hielt Theresa Steiner sie am Arm fest und sagte: »Hier kann sie doch nicht bleiben. Was meinen Sie?« Resigniert schüttelte sie den Kopf. »Sie ist zu meinem Bruder gezogen, weil ich sie nicht nehmen konnte. Meine Wohnung ist zu klein, und bei mir wohnt mein Sohn. Was soll ich bloß machen? Ich arbeite den ganzen Tag. Meine Schwägerin konnte sich um sie kümmern, sonst hätte ich sie schon lange zu mir genommen.« Sie tätschelte die Hand ihrer Mutter. »Ich bin hier erst mal gut aufgehoben«, sagte die in beruhigendem Ton.

Da rutschte Stella heraus: »Sie kann zu mir ziehen, bis alles klarer ist.« Überrascht horchte sie ihren eigenen Worten hinterher. Was hatte sie gesagt? Warum? Auf Theresas Gesicht breitete sich ein hoffnungsvoller Schimmer aus. »Haben Sie Platz für meine Mutter?«, fragte sie. Stella nickte. »Ich kann ihr in meinem Wohnzimmer ein Bett richten. Oder sie schläft in meinem Bett, und ich ziehe vorübergehend ins Wohnzimmer.« »Kommt gar nicht in Frage«, brummelte Adriane Steiner. »Ich werde Sie doch nicht aus Ihrem Bett vertreiben.«

Im Laufe der folgenden Tage schälte sich die bittere Erkenntnis mehr und mehr heraus: Adrianes Sohn mit seiner gesamten Familie war ertrunken, wahrscheinlich hatten die Fluten sie im Schlaf überrascht. Es dauerte lange, bis ihre Leichen im verbliebenen Schlick gefunden waren. Die alte Frau wurde immer kleiner vor Kummer.

Inzwischen gab Aaron, der sich medizinisch verantwortlich für sie fühlte, ihr doch Beruhigungstabletten, aber in geringer Dosierung. »Um das zu überstehen, muss sie die Trauer durchleben«, sagte er, »wenn wir sie jetzt komplett sedieren, verlängert sich der Prozess ins Unerträgliche.« Unerträglich war es schon jetzt, fand Stella. Sie verbrachte vier weitere Tage von morgens bis abends am Bett von Adriane. Dann hielt sie es nicht mehr aus. »Ich möchte, dass Sie erst mal zu mir kommen«, sagte sie. »Hier in dieser Notunterkunft zu hausen ist für Sie nicht gut, und ich mag hier auch nicht sein.«

Erstaunlicherweise erklärte die alte Frau sich sofort bereit. Sie hatte nicht viel Gepäck, und eine Stunde später war sie abfahrbereit.

Am 26. Februar 1962 fand in Hamburg die Trauerfeier für die 315 Sturmfluttoten statt. Rund 150000 Menschen kamen auf dem Rathausmarkt zusammen, um gemeinsam der Opfer zu gedenken. Die Solidarität war enorm. Die Trauernden standen nicht nur auf dem Platz selbst, sondern auf der Mönckebergstraße hoch bis zur Petrikirche und an der Binnenalster. Um 17 Uhr läuteten alle Kirchenglocken in der Stadt, das öffentliche Leben stand still. Auch in Niedersachsen und Schleswig-Holstein fanden Trauerminuten statt. Neben dem Bundespräsidenten Heinrich Lübke befanden sich viele Vertreter der Bundesregierung, des Bundestages und der Länder unter den Gästen. In seiner Rede dankte Hamburgs Erster Bürgermeister Paul Nevermann den Helfern, von denen fünf bei den Rettungsaktionen umgekommen waren. Er reihte die Sturmflut gemeinsam mit dem großen Brand 1842 und den Bombenangriffen 1943 in die schlimmsten Katastrophen der Stadt ein. Seine Rede schloss er mit den Worten: »Wir tragen unendlich schwer an dem Leid, das uns in den Tagen seit dem 17. Februar aufgebürdet worden ist. Wenn wir es alle miteinander tragen, wird es für die Hinterbliebenen ein wenig leichter sein, mit uns einen neuen Anfang zu wagen«.

Lysbeth, Aaron, Stella, Adriane, Theresa und Theresas Sohn Holger standen vor dem Rathaus und hielten sich an den Händen. Lysbeth, Aaron und Stella wussten, dass es unmöglich war, den Trauernden etwas vom Leid abzunehmen. Aber sie selbst fühlten den Schmerz, als würde ihre Trauer über eigene Verluste mit der Trauer der Hinterbliebenen verschmelzen zu einer riesigen Frage: Können Herzen solch furchtbare Wunden jemals verschmerzen?

Adriane krampfte eine Hand in Theresas und stützte sich schwer auf sie. Stella fürchtete, dass sie in Ohnmacht fallen und ihre Tochter gleich mit sich zu Boden reißen würde. Aber sie hielt durch bis zum Ende der Trauerfeier. Stella wusste, dass Adriane noch Jahre damit zu tun haben würde, bis das Bild ihres in den Fluten sterbenden Sohnes, seiner Frau und ihrer Enkelin verblassen und sie ruhig schlafen lassen würde. Sie, ebenso wie Aaron und Lysbeth wussten auch, dass viele Hamburger selbst jetzt lieber vor dem Fernseher saßen, als sich mit dem Leid der Hinterbliebenen zu beschäftigen. Stella aber wusste noch etwas anderes: Die Sturmflut hatte ihr das Leben gerettet.

Adriane blieb ein halbes Jahr bei Stella wohnen, dann sagte sie an einem strahlenden Augustmorgen beim Frühstück, das beide, seit der Frühling eingezogen war, jeden regenfreien Morgen im Garten zelebrierten: »Ich will in ein Altersheim, bitte hilf mir dabei, eins zu finden.« Stella erschrak. Sie hatte sich so an die alte Frau gewöhnt. Adriane und sie waren zwar beide traurig, aber in der gemeinsamen Trauer war es beiden leichter zu überleben. Und Stella dachte auch oft, dass Adriane ihr das Geschenk machte, einen Ersatz für Mutter und Tante bei sich zu haben, die sie nach Anthonys Tod so dringend gebraucht hätte.

»Du kannst gerne hier bleiben.« Erstaunt hörte sie, wie lasch das klang. Doch dieser Ton entsprang nicht ihrer mangelnden Begeisterung, sondern dem Selbstzweifel. Wurde sie nicht von rein egoistischen Motiven getrieben? Adriane legte lächelnd eine Hand über die ihre. Immer noch waren ihre Hände kühl und hager, aber ansonsten wiesen sie keine Ähnlichkeit mehr auf mit den abgearbeiteten klauenähnlichen Fingern, unter deren Nägeln ein dicker Schmutzrand lag, die Stella im Februar erschreckt hatten.

Seit Adriane bei Stella wohnte, hatte sie sich körperlich erholt. Sie aß zwar nicht viel, das ließ ihre Trauer nicht zu, aber sie nahm regelmäßig etwas zu sich, ging täglich mit Stella oder Theresa oder sogar manchmal mit ihrem Enkel Holger spazieren und hatte begonnen, mit Stella zu musizieren. Eines Abends beim Abwaschen des Geschirrs hatte sie ein kleines Schubertlied gesungen »Sah ein Knab ein Röslein stehen«, und Stella hatte aufgehorcht. Still hatte sie gelauscht, bis Adriane zum Ende gelangt war. »Wie schön«, hatte sie andächtig gesagt. »Du hast eine wunderschöne Stimme, und hältst die Melodie unglaublich sicher.« Adriane war errötet und hatte gestanden, dass sie immer schon gern gesungen hatte. »Meistens beim Abwaschen«, hatte sie mit einem kleinen mädchenhaften Kichern erwähnt, »und auch nur, wenn meine Schwiegertochter nicht in der Nähe war. Die mochte das nicht.«

»Ich weiß, dass ich bis zu meinem Tod hier wohnen kann«, sagte Adriane nun und blickte Stella mit Tränen in den Augen an, »aber das lässt mein Stolz nicht zu. Es ist sehr schön, mit dir zusammen zu sein, Stella, aber es ist deine Wohnung, und ich brauche etwas Eigenes. Etwas, das ich abschließen kann.« »Im Altersheim?«, meldete Stella Zweifel an. »Ja, im Altersheim, wo ich mein eigenes kleines Reich habe.« Stella nickte. »Mir ist hier bewusstgeworden, dass ich bei meinem Sohn nicht immer glücklich war«, gestand Adriane zögernd, als gäbe sie ein peinliches Geheimnis preis. »Meine Schwiegertochter hat mich manchmal rumkommandiert, manchmal war sie gereizt mit mir.« Adriane begann zu weinen. »So etwas darf ich gar nicht sagen. Sie waren alle so gut zu mir. Und ich war auch dankbar, dass sie mir oben ein kleines Refugium gegeben haben.« Resolut wischte sie die Tränen aus ihrem Gesicht. Ihre Stimme klang rau, aber fest, als sie sagte: »Jetzt will ich irgendwo wohnen, wo ich selbst bestimme, was in meinem Leben geschieht. Und Altersheim, weil ich weiß, dass meine Tochter sich furchtbar um mich sorgen würde, wenn ich in einer Wohnung allein hause, im Altersheim würde ich schnell gefunden, wenn ich stürzen sollte oder andere schlimme Sachen passieren.« Stella nickte. Ja, sie würde an Adrianes Stelle genau so handeln. »Aber wir bleiben Freundinnen«, verlangte sie. Auch ihre Augen schwammen in Tränen. Adriane umarmte sie wortlos.

Gemeinsam fanden sie ein schönes Haus in Rahlstedt. Das war zwar, wie Stella sagte, am Arsch der Welt, aber Adriane war begeistert von der grünen Umgebung, außerdem war sie mit einer Vorortbahn in einer Viertelstunde am Hauptbahnhof, das empfand sie als großen Luxus. Das Altersheim war klein, es lag in einer alten Villa in der Nähe des Waldes. Adriane hatte ein Zimmer mit Bad für sich, sie richtete alles nach ihrem eigenen Geschmack ein mit Möbeln, die aus dem Fonds bezahlt wurden, der allen Flutgeschädigten den Neuanfang ermöglichte, sei es, dass ihre Häuser wieder aufgebaut oder die Dächer gedeckt wurden oder das Mobiliar ersetzt wurde.

Adrianes und Stellas Freundschaft wurde nach dem Umzug eher noch tiefer. Stella besuchte sie regelmäßig, und bald musizierte sie dort mit einigen alten Leuten und veranstaltete wöchentlich einen Singtag. Theresa besuchte ihre Mutter ebenfalls. Ihr Sohn Holger fand sich oft, wie zufällig, am Donnerstag, dem Singtag, bei seiner Oma ein, und Stella merkte bald, wie viel Spaß er dabei hatte, mit den alten Leuten gemeinsam zu musizieren. Es dauerte nicht lange, und er brachte seine Gitarre mit, worauf er recht schöne Akkorde anschlug, was die alten Leute begeisterte.

Im November sagte er zu Stella, dass er am Samstag in *Danys Pan* gehen würde und ob Stella dort auch sein würde, er könnte sich nämlich gut vorstellen, dass es ihr dort gefiele. Stella hatte noch nie etwas von dem Club gehört. Er nannte ihr die Adresse in der Eimsbüttler Straße und sagte, er würde einen Platz für sie freihalten, das wäre nämlich nötig, denn am Wochenende wäre es dort rappelvoll.

Mehr weil sie zugesagt hatte als aus Lust, machte sie sich Samstagabend auf den Weg. Die Eimsbüttler Straße war zwar fußläufig erreichbar, da sie aber hochhackige Schuhe trug, entschied sie sich, mit dem

Auto zu fahren. Der Club war klein, und, wie Holger gesagt hatte, rappelvoll. Freudig überrascht entdeckte Stella die alte Frau neben ihrem Enkel am Tisch. Sie hatte sich hübsch gemacht, hatte eins der Kleider angezogen, die Lysbeth ihr geschenkt hatte, ein elegantes dunkelblaues Kostüm, auf dem Kopf trug sie einen dunkelblauen Hut in Borsalinoform, der ihr etwas Verwegenes verlieh. Auf ihren Wangen lagen rote Flecken, die Stella anfangs beunruhigten, doch dann stellte sie fest, dass Adriane nur zu tief in den Rougetopf gegriffen hatte. Holger stellte stolz seine Freundin vor, eine kleine junge Frau mit dunklen Locken und einem Lachmund. Monika.

In diesem Augenblick trat ein älterer Mann auf die winzige Bühne und begleitete sich selbst auf der Gitarre zu dem Chanson *Les comédiens* von Charles Aznavour. Über Stellas Arme liefen Gänsehautschauer. Dieser Mann da vorn war alles andere als perfekt, besonders sein Gitarrenspiel wies keine Brillanz auf, aber seine Stimme besaß ein ganz eigenes männliches Timbre, und wenn er sang, schloss er die Augen und verbreitete große Intensität.

Danach trat eine junge Frau auf die Bühne, die eine unglaubliche Stimme hatte. Stella hoffte inbrünstig, dass sie nicht nach drei Liedern wieder aufhörte, wie es hier anscheinend üblich war. Aber die junge Frau, klein, unscheinbar, doch mit einer Stimme, die gegen die Wände des kleinen Raumes anstürmte, als wollte sie weit darüber hinaus gehört werden, verbeugte sich nach drei Liedern mit einem spöttischen Lächeln und ging fort, ihre Gitarre in der Hand.

»Hast du die schon mal gehört?«, fragte Stella, atemlos vor Begeisterung. Holger grinste. »Die hat 'ne Röhre, was? Die singt hier oft. Vielleicht kommt sie nachher noch mal.« Aber sie sang nicht noch einmal, und Stella konnte sie auch nicht im Raum entdecken. Sie hätte gern mit ihr gesprochen. Sie kannte die Lieder nicht, die sie gesungen hatte, aber sie hatte sie großartig gefunden.

Gegen 23.00 Uhr wurde Stella müde. Sie bot Adriane an, sie zum Heim zu fahren, die wehrte ab. »Aber vielleicht kann ich bei dir schlafen, jetzt noch nach Rahlstedt, das ist eine Weltreise.« »Ihr dürft auf gar keinen Fall gehen. Um zwölf kommt oft Dany Marino und singt französische Chansons auf Deutsch. Das ist ganz toll.« Dany Marino, so erklärte er Stella, war der Besitzer des Clubs, der nach ihm benannt war.

Holger behielt recht. Kurz vor Mitternacht erschien ein kleiner

Mann, dessen Kopf durch einen dicken Schopf dunkler Locken noch größer wirkte, auf der Bühne und trug Chansons von Georges Brassens auf Deutsch vor. Freche erotische Lieder, die auf die einhellige Begeisterung des Publikums stießen.

Stella erfuhr von Holger, dass Dany Marino aus Tunis kam, er war sechsundzwanzig Jahre alt, wirkte aber weitaus älter. Stella fiel auf, wie sicher er auftrat im Vergleich zu den anderen Künstlern, die sie an diesem Abend gesehen und gehört hatte. Da sang er die *Moritat von Mackie Messer*, und wieder lief ihr ein Schauer über die Arme. Wie lange hatte sie schon ihre Lieder nicht mehr gesungen, die Weill-Lieder, die frechen Chansons?

Von nun an wurde Stella eine regelmäßige Besucherin von *Danys Pan*. Das war eine Welt, in der sie sich zu Hause fühlte. Manchmal ging sie ganz allein dorthin, aber es geschah auch, dass Adriane sie begleitete, Holger war oft da, und neuerdings kam am Freitagabend Aaron mit, wenn Lysbeth länger arbeitete.

Dann geschah etwas Merkwürdiges. Stella wurde von Dany Marino angesprochen. »Du bist mir aufgefallen«, sagte er. »Irgendwas ist besonders an dir.« An diesem Abend saß Adriane neben ihr, zu deren Markenzeichen gewissermaßen die beiden roten Rouge-Flecken auf den Wangen geworden waren. »Sie singt«, verkündete Adriane stolz, worauf Stella ihr einen Knuff mit dem Ellbogen versetzte. »Du singst?«, fragte Dany zurück. »Siehst du, so was habe ich mir gedacht.« Stella errötete, ganz und gar untypisch für sie. »Was singst du?«, fragte er, und sie murmelte etwas Unverständliches. »Das Gleiche wie du«, antwortete Adriane unverfroren an Stellas Stelle. Durch Dany ging ein Ruck. »Brassens?«, fragte er. Stella nickte. Inzwischen sehe ich aus wie eine Tomate, dachte sie, peinlich berührt, dass sie sich wie ein Teenager verhielt.

Dany stürzte sich in einen Vortrag über George Brassens. Er war offenbar ein Fachmann für diesen Chansonnier, wusste alles über ihn. »Brassens war ein Genie«, rief er aus. »Er hat nur mit der Begleitung seiner Gitarre und dem Bass von Pierre Nicolas gesungen. Das wagen nicht viele Sänger. So entstand diese eindringliche Wirkung seiner Lieder. Er ist wirklich der Großmeister des literarisch anspruchsvollen Chansons.« »Wieso? Was ist das Besondere an ihm?«, fragte Adriane, und man sah ihr die Skepsis an. »Nur Gitarrenbegleitung und Bass kann es doch nicht sein. Es gibt doch Charles Aznavour, Gilbert Bécaud, Edith Piaf. Georges Brassens ist mir im Grunde gar nicht bekannt.« »Bon, bon«, Dany wiegte den Kopf und bedachte Adriane mit einem Blick, in dem die Frage lag, ob sie es wirklich wert war, dass er sich mit ihr näher beschäftigte. Offenbar bejahte er diese Frage, denn er machte eine weitausholende Geste und sagte: »Seine Texte sind einmalig, von der Sprache her, einerseits ist das klassische französische Poesie und dann ordinärstes Argot.« »Was ist Argot?«, fragte Adriane weiter. Inzwischen hatte sich eine größere Gruppe von Gästen ihnen genähert, hatten ihre Stühle herangezogen, so dass sich um ihren Tisch eine Traube von Menschen bildete. »Argot«, erklärte Dany, »ist die französische Umgangssprache, die ist bekannt dafür, dass sie sehr deftig ist. Und so sind auch seine Texte, einerseits sehr einfühlsam mit sarkastischen Gedanken, ergänzt durch eine herbe, manchmal gewollt ans Obszöne grenzende Erotik.« Einer der Gäste fügte hinzu: »Brassens ist ein Individualist, der lässt sich in kein Schema pressen. Seine Musik lehnt sich an den Swing an?« »Swing?«, unterbrach Stella ihn, dessen Ton ihr wenig gefiel, er hatte etwas Oberlehrerhaftes, als gäbe es nichts, was er nicht wüsste. »Er kam mir immer wie ein Bänkelsänger vor.« »Ja«, antwortete der Mann, »aber gleichwohl Swing. Das Besondere an ihm ist auch, dass er neben seinen eigenen Texten Werke französischer Dichter der unterschiedlichsten Epochen vertont hat, also François Villon, Louis Aragon, sogar Victor Hugo und Paul Verlaine.« Dany Marino grinste schelmisch, als er hinzufügte: »Brassens hat sich vor allem gegen Neunmalklugheit abgegrenzt. Er fand die große Welt oft bösartig.« Er wendete sich Stella zu. »Und du singst also Brassens?« Stella errötete wieder. »Manchmal«, gestand sie, »aber ich bin schon seit Ewigkeiten nicht mehr aufgetreten. Als ich noch auftrat, habe ich alles Mögliche gesungen, unter anderem Brassens.« Dany wirkte elektrisiert. »Ich will dich hören«, sagte er. »Bitte!« »Wie?«, fragte Stella entsetzt. »Jetzt?« Er grinste. »Alles Gute sollte man immer sofort tun. Worauf warten? Kennst du *Die brave Margot*?« Stella nickte. Sie konnte keinen Ton herausbringen. Wieso kam er ausgerechnet auf dieses Chanson, das sie so liebte? Sie stammelte: »Das ist ein freches Lied.« Dany nickte. »Das ist ein freches Lied, komm, wir singen es gemeinsam.«

Er ergriff Stellas Hand und zog sie auf die kleine Bühne. »Ich möchte mit einer lieben Kollegin etwas jammen«, sagte er, als handle es sich um etwas sehr Nebensächliches. Er zog zwei Stühle heran, drückte Stella eine Gitarre in die Hand, aber sie schüttelte den Kopf und setzte sich an das Klavier, das dort den Interpreten zur Verfügung stand. »Ahh«, seufzte er, griff nach seiner Gitarre, setzte sich so, dass sie einander anschauen konnten, und wartete. Sie holte tief Luft und nickte ihm zu. Sie hatte eine ganz besondere Beziehung zu diesem kleinen frechen Lied, das die französische Sängerin in dem Film *Femmes de Paris* Anfang der Fünfzigerjahre in weißer Bluse und dunklem Rock so entzückend lasziv vorgetragen hatte. Manchmal hatte Anthony sie gebeten: »Mach die Margot, bitte«, und dann hatte sie ihm eine Privatvorstellung gegeben, die zwischen ihnen eine erotische und intime Stimmung geschaffen hatte. Stella ließ sich von ihrer Erinnerung führen, sie verließ das Klavier, stellte sich daneben und ließ sich nur von Dany begleiten. Es dauerte wenige Sekunden, und sie hatte jede Befangenheit verloren und sang die Ballade der Margot, die ein verwaistes Kätzchen an ihrer Brust nährt und alle Männer des Dorfes mit diesem Anblick anlockt.

Als sie geendet hatten, klatschte das Publikum begeistert und verlangte nach mehr. Dany guckte sie strahlend an. Stella befand sich noch an einem anderen Ort, in Zimmern, die sie mit Anthony geteilt hatte, seine blauen Augen auf sie gerichtet. Ihr Herz schmerzte, als würde das Blut daraus fließen. Wo war Anthony? Wieso war er nicht hier? Sie ertrug den Verlust nicht. Er sollte kommen! Jetzt! Hier! Sofort!

Wie in Trance setzte sie sich ans Klavier, schlug einige Takte an und sang *Ne me quitte pas*, sie sang es nur für Anthony. Verlass mich nicht! Im Raum war es still, jeder Einzelne verstand, dass da oben etwas sehr Besonderes vor sich ging. Und dann sang sie noch *Quand on n'a que l'amour*, am Schluss stellte sie sich hin und rezitierte die Übersetzung: *Wenn man nichts hat als die Liebe …*

Irgendwie tröstete es Stella, da vorn auf dieser kleinen Bühne das Glück und den Schmerz ihrer Liebe schutzlos und völlig ausgesetzt zu präsentieren. Als würde sie Anthony heiraten, ihm in aller Öffentlichkeit Liebe und Treue schwören, nicht, bis dass der Tod uns scheidet, sondern weit über den Tod hinaus. Im Raum war es stiller als in einer Kirche.

Dany hatte seine Gitarre ganz leise neben sich gestellt, hatte sich auf dem Stuhl anders herum gesetzt und den Kopf auf die Unterarme gelegt, die die Stuhllehne umschlangen. Als Stella geendet hatte, ging er zu ihr und küsste ihr die Hand.

»Warum lerne ich dich erst jetzt kennen?«, fragte er.

Von nun an sangen sie jedes Mal, wenn Stella sich aufgerafft hatte, ins *Danys Pan* zu gehen. Sie sang nicht, wenn er nicht da war. Aber wenn er da war, oft erschien er gegen Mitternacht, dann ließ er sie nicht los, bis sie auf der kleinen Bühne gestanden hatte. Längst hatte er ihr seine Geschichte erzählt, eine Geschichte, die als Salvatore Mezzasalma, Sohn einer französischen Mutter und eines italienischen Vaters, in Tunis begonnen hatte und sich nach seinem sechzehnten Lebensjahr in Paris fortsetzte, wo er Philosophie studiert hatte. Zur Finanzierung seines Studiums musizierte der junge Mann abends mit einem Freund in verschiedenen Bars und Nachtclubs. Mit einer italienischen Tanzcombo war er Mitte der Fünfzigerjahre nach Hamburg übergesiedelt. Danny Marino, wie er sich nunmehr nannte, erhielt ein festes Engagement als Sänger und Entertainer in der renommierten Tanzbar *Tarantella* im Hamburger *Hotel Esplanade.* In den Sommermonaten trat er außerdem auf Kreuzfahrtschiffen auf.

Es waren sogar ein paar Singles mit ihm in Deutschland und auch in Frankreich erschienen. »Fernweh-Schlager«, sagte er abfällig, »aber auch *Mackie Messer.*« Stella merkte, dass er auf die Schallplatten nicht stolz war, musikalisch genügten sie ihm nicht, doch auch der Verkauf hatte ihn nicht befriedigt. Er grinste entschuldigend, als er sagte: »Immerhin habe ich mit dem Titel *Die Welt hat sieben Wunder* an der Vorentscheidung zu den Deutschen Schlager-Festspielen 1961 teilgenommen.« Auch da war er erfolglos geblieben. Sein Club aber beglückte ihn. »Ich kann jungen Künstlern eine Bühne geben, sich auszuprobieren«, sagte er. Er lächelte Stella mit seinem unnachahmlichen traurigen und frechen Lächeln an, als er hinzufügte: »Und manchmal habe ich die Chance, großartigen Künstlern wie dir, deren Herzen so verwundet sind, dass sie meinen, sie hätten ihre Stimme verloren, dabei zu helfen, dass sie die Stimme und damit sich selbst wiederfinden.« Er zwickte sie zart in die Wange und raunte: »Einen Neuanfang wagen.«

Er weiß es also, dachte Stella. Sie hatte ihm nichts von Anthony erzählt. Woher wusste er, dass ihr Herz so verwundet war, dass sie keine Stimme mehr gehabt hatte? Sie fragte Adriane. Die legte den Finger über den Mund. »Von mir gewiss nicht«, schwor sie. »Aber, meine liebe Stella, das muss man nicht erzählt bekommen, das weiß man, wenn man dir zuhört. Nicht nur bei *Ne me quitte pas*, auch bei den anderen

Liedern. Dein Mann ist immer dabei, und auch dein verzweifelter Ruf nach ihm.«

## 30

Nun lebte Dritter schon seit drei Jahren mit seiner Familie in Ahrensburg auf einem Anwesen, das durchaus als pompös bezeichnet werden konnte. Es lag auf einem dreitausend Quadratmeter großen Gelände. Uralter Baumbestand, Wiesen mit Wildblumen, hohe Brennnesseln und Löwenzahn, Sträucher, an denen wilde Beeren wuchsen, und ein romantischer Bauerngarten. Vor der mit Natursteinen angelegten Terrasse blühten im Sommer Rosen, Hortensien, Lupinen und Mohnblumen mit dicken Blütenköpfen in üppiger Vielfalt. Der Duft lockte Bienen und Schmetterlinge an und betörte die Sinne derjenigen, die auf der Terrasse Körper und Seele Erholung gönnten.

Dritter hatte das Haus in der Johnsallee verkauft und das Geld in seine Firma gesteckt. Ein Unternehmer braucht einen Kapitalgrundstock, das wusste er von seinen früheren gescheiterten Unternehmungen, für die es eben keinen Grundstock gegeben hatte. Das Haus in Ahrensburg bewohnten sie zur Miete, und Dritter ließ sich auch darüber hinaus nicht lumpen, seiner Familie das Gefühl von Luxus und Großartigkeit zu vermitteln. Er selbst ließ sich in einem schwarzen Mercedes von seinem Chauffeur kutschieren. Alex, der inzwischen sein Abitur bestanden hatte, saß am Steuer seines Porsche, denn Dritter hatte sein Versprechen gehalten. Marthe brauchte im Haushalt keinen Finger krumm zu machen. Sie hatten eine Haushaltshilfe, eine Frau mittleren Alters, die auch bei ihnen wohnte. Zweimal in der Woche kam ein Gärtner und kümmerte sich darum, die Wildnis des Gartens so zu pflegen und einzudämmen, dass alles wirkte, als hätte die Natur es genau so gewollt. Die beiden Schäferhunde Asta und Hektor liefen auf dem Gelände frei herum, waren zu allen Familienmitgliedern freundlich, aber schlugen an, sobald ein Fremder durchs Tor kam.

Dritter war ziemlich zufrieden. Es hatte nicht lange gedauert, und er hatte sich einen Platz im Hamburger Hafenleben erobert. Seine Freundschaft mit Dr. Lämmer von der *Deutschen Werft* hatte ihm Türen geöffnet, vor denen andere lange anstehen mussten. Ob das wirklich Freundschaft war, fragte Dritter sich nur in Nächten, in denen ihm der Schlaf die Freundschaft kündigte und Dritter wach lag mit einer undefinierbaren Angst davor, auch diesmal wieder alles zu verlieren. Ja, es ist das, was ich unter Freundschaft verstehe, so beteuerte er sich beruhigend, was in diesen Nächten leider seine Wirkung meist verfehlte. Sie trafen sich privat, sie feierten miteinander, die Frauen kamen gut miteinander aus, und sie waren einander nützlich.

Eine Freundschaft hatte Dritter auch jahrelang mit Hans Ränke unterhalten, den er im Gefängnis kennengelernt hatte und der ihm schon dort und auch später als väterlicher Freund wertvolle Tipps gegeben hatte. Hans Ränke war leider verschollen. Als Dritter aus Ratekau geflohen war, hatte er den Freund gemieden, weil er sich vor ihm geschämt hatte. Auch hatte er sein Familienleben retten müssen, was damals nicht einfach gewesen war. Aber seit er das Wagnis eingegangen war, ein neues Unternehmen zu gründen, vermisste er den alten Freund gewaltig. Er hatte mehrfach versucht, ihn ausfindig zu machen. Doch Hans Ränke war aus seiner Wohnung in Barmbek ausgezogen, kein Nachbar wusste, wo er abgeblieben war, er hatte keine auffindbare Telefonnummer, er war einfach weg.

Die Freundschaft jetzt mit Dr. Lämmer war ganz anders als die mit Hans Ränke. Und was Dritter den Nachtschlaf raubte, war die Tatsache, dass Dritter ihm nicht vertraute.

Erwin Lämmer war ein langer hagerer Mann mit kalten Augen, die er zusammenkniff, wenn er lachte. Sein Lachen klang meckernd, wenig fröhlich und zumeist verächtlich. Er nutzte seine einflussreiche Position bei der Auftragsvergabe an Subunternehmen zu seinem eigenen finanziellen und privaten Interesse aus. Er ließ sich nicht nur schmieren, er besorgte sich auf diese Weise auch Freunde.

Dritter war bereit dazu. Als sein Freund Lämmy ihm vorschlug, in der Schweiz zwei nebeneinanderliegende Grundstücke auf einem Hügel am Bodensee bei St. Gallen zu kaufen, um dort später elegante großzügige Häuser zu bauen, war Dritter sofort einverstanden. Er spannte Alex ein, am Wochenende den Mercedes zu lenken, und dann machten sie eine Spritztour nach St. Gallen, am Samstag hin, am Sonntag zurück. Den Kauf hatten Lämmy und er inzwischen mittels eines Rechtsanwalts getätigt, und so stand Dritter mit seiner Familie auf einem Wiesenstück von achthundert Quadratmetern und blickte aus der Ferne auf den Bodensee.

»Und nun?«, fragte Marthe skeptisch. In Dritter schäumte eine Wut hoch, die ihm inzwischen bereits geläufig war und die er gelernt hatte zu beherrschen. Marthe war von gar nichts begeistert. Dabei tat er alles, um sie glücklich zu machen. Er hatte ihr damals bei der Eheschließung versprochen, dass sie es bei ihm gut haben würde. Es war nicht alles glattgelaufen, nun, die Zeiten waren schlecht gewesen. Aber hatte sie es jetzt nicht gut? Sie wohnte in einem prächtigen Reetdachhaus mit so vielen Zimmern, die sie gar nicht alle benutzten. Ins Wohnzimmer flutete die Sonne, sofern sie schien, und wenn es kalt war, konnte sie sich am Kamin wärmen. Sie musste keinen Finger rühren, um das Haus sauber zu halten, und sobald sie einen Wunsch äußerte, wurde er erfüllt. Warum musste sie so skeptische Augen und abfällige Bemerkungen machen?

Aber sie behauptete steif und fest, sie traue dem Braten nicht. Sie hatte sich sogar geweigert, ihre Arbeit aufzugeben. Allmorgendlich setzte sie sich in die Bahn und fuhr von Ahrensburg in die Hamburger Innenstadt, wo das Kontor lag, in dem sie arbeitete.

Und nun stand sie in ihren kleinen Pumps auf Schweizer Erde, unten flimmerte der Bodensee unter der Sonne wie flüssiges Quecksilber, und machte mit jeder Geste, jedem Wort deutlich, dass sie sich am Wochenende Erholsameres vorstellen konnte, als Stunden im Auto zu sitzen, um sich ein unerschlossenes Grundstück auf einem Hügel anzuschauen.

Zum Glück erschienen bald Lämmy und seine Frau Cora. Cora war fast so groß wie Lämmy und ebenso hager. Wenn man die beiden von hinten sah, dachte man, es wären zwei Männer. Von vorn war Cora freilich eindeutig als Frau erkennbar, weil sie ihre Lippen in der Farbe satten Rotweins anmalte, ebenso wie ihre Fingernägel, und weil sie sich mit dicken Silberteilen schmückte, die an ihren Ohren und um ihren Hals wie schwere Waffen lagen. Dritter wusste, dass Lämmy den Schmuck nicht mochte und sich wünschte, seine Frau würde Gold oder Perlen tragen, aber Cora verabscheute Goldschmuck, für sie bedeuteten die silbernen Teile mehr als Schmuck, für sie war es ein Zeichen ihres künstlerischen Geschmacks, denn die Ohrringe, Ketten, Armreifen, Ringe stammten alle aus der Werkstatt einer angesehenen Künstlerin und waren deshalb zwar nicht so elegant wie eine Perlenkette, doch auch nicht gerade preiswert.

Marthe hatte viel übrig für Cora. Sie schätzte deren Eigenwilligkeit, und beide fanden sich im Schwärmen für die Architektur alter Gebäude. Beide verabscheuten die Veränderung, die Hamburg erfuhr, seit Hochhäuser aus dem Boden schossen und manchmal sogar alte schöne Patrizierhäuser abgerissen wurden, um Platz zu schaffen.

Am Abend gingen alle gemeinsam nach St. Gallen, wo sie im Restaurant *Le chef d'or* speisten, das Lämmy als ein ausgezeichnetes Feinschmeckerrestaurant empfohlen hatte. Sie verzehrten das fünfgängige Menü des Hauses, der Wein floss, sogar die Jungs tranken Wein statt Bier, das hatte ihr Vater ihnen vorher eingeimpft, denn sie sollten einen kultivierten Eindruck machen. Marthe und Cora wurden im Laufe des Abends beschwipst und kicherten ganz allerliebst wie die Backfische. Die Männer gefielen sich darin, Witze zu machen, um die beschwipsten Weiber noch mehr anzuheizen. Dritter bemerkte das lüsterne Glitzern in Lämmys Augen, wenn sein Blick auf Marthes Brüste fiel, die zwar ebenso klein waren wie die ganze Frau, jedoch im Vergleich zu Coras Brüsten geradezu üppig wirkten. Etwas weniger anzüglich, aber ähnlich interessiert hatte damals nach dem Krieg Major Tom Marthe betrachtet. Damals hatte Dritter von dessen Faible für Marthe profitiert, denn er hatte allein durch dessen Protektion die Flakstation in Ratekau zur Pacht zugeteilt bekommen. Dritter hoffte, dass auch Lämmy seiner Schwäche für Marthes Dekolleté lukrative Aufträge folgen lassen würde.

Der Abend wurde richtig lustig, als Dritter seinen Sohn Wilhelm aufforderte, die Feuerzangenbowle nachzuspielen, was Wilhelm mit wechselnden Stimmen tat. Sie wieherten und gackerten und meckerlachten so sehr, dass die Gäste an den anderen Tischen neugierig zu ihnen lugten und versuchten, so viel wie möglich von Wilhelms Vortrag zu erhaschen. Sie selbst wurden immer ungehemmter. Cora trocknete sich die Lachtränen mit dem Tischtuch, als sie ihre Serviette nicht fand, Lämmy schnäuzte sich in die Serviette, und Wilhelm lief zu Hochform auf. Am Schluss waren sie die letzten Gäste, der Wirt setzte sich zu ihnen, inzwischen zog eine Lachsalve die nächste nach sich. Als der Wirt ihnen erzählte, dass ein Huhn im Schweizerischen »Mistkratzerli« heiße, erhob Cora sich quiekend: »Ich mach in die Hose!«, und verschwand.

Am Schluss zahlte Dritter selbstverständlich die Zeche, ebenso wie am darauffolgenden Morgen die Hotelzimmer für alle.

Lämmy dankte es ihm mit einem fetten Auftrag, der Dritter die nächsten sechs Monate finanziell sicherte. Dazu gehörte jedoch die Reinigung eines mächtigen Pottes innerhalb der kommenden zwei Wochen. Das konnte Dritter unmöglich ohne die Hilfe seiner Söhne bewältigen. Er teilte es ihnen mit, und Wilhelm erklärte sich sofort einverstanden. Alex jedoch hob die Augenbrauen und betonte, dass er nicht schwindelfrei sei. Dritter lag eine scharfe Bemerkung auf der Zunge, aber er verkniff sie sich. Er sagte auch nicht, dass der werte Herr Sohn vielleicht mal daran denken sollte, seinen Arsch in die Höhe zu kriegen. Alex nämlich tat seit seinem Abitur nichts weiter, als das Geld seines Vaters auszugeben, ihn manchmal in seinem Porsche zu kutschieren, ansonsten seine Aufmerksamkeit seiner Freundin Annalisa zu schenken und mit ihr und irgendwelche Freunden, Söhnen von reichen Leuten, im *Campari* am Gänsemarkt, im *Starclub* und im *Top Ten* die Zeit totzuschlagen.

Wilhelm hingegen hängte sich an den kommenden Wochenenden in den an einem Seil hängenden Sitz vors Schiff und reinigte mit Bürste und Spachtel und Lauge den Schiffskörper.

Inzwischen hatte er seinen Realschulabschluss gemacht und eine Lehre als Automechaniker begonnen. Seine Konzentrationsfähigkeit hatte ihn auch in der neuen Schule zeitweilig im Stich gelassen. Sich durch den Schulstoff bis zum Abitur weiter durchzubeißen schien ihm wie eine Strafe. Sein Leben bestand aus Schlittschuhlaufen, aus Musik und Freunden. Als Automechaniker würde er seiner Leidenschaft für Autos nachgehen können, so hatte er seine Entscheidung begründet, und Dritter hatte nichts dagegen einzuwenden gehabt. Marthe war nicht begeistert, aber wenigstens ihr Ältester hatte Abitur, das verschaffte ihr eine gewisse Genugtuung.

Im Sommer 1962 bekam Dritter es mit der Angst zu tun. Schlieker ging mit seiner Werft bankrott! Schlieker, der reiche mächtige Herr über die modernste Werft in Hamburg! Wie schnell konnte man tief fallen!

Lämmy sprach verächtlich über den Sohn eines Kesselflickers, der früher bei *Blohm & Voß* gearbeitet und dann die Dreistigkeit besessen hatte, direkt neben *Blohm & Voß* seine eigene supermoderne Werft hinzusetzen, sich an der Elbchaussee in einem Prachtbau niederzulassen, einen Butler zu beschäftigen und so zu tun, als gehöre er zur hanseatischen Elite dazu.

»Auch wenn er nicht bankrott gemacht hätte, der hätte nie dazugehört«, schnaubte er. Dritter wusste, dass auch Lämmy nicht dazugehörte. Die hanseatischen Reeder, Werftunternehmer und Außenhandelskaufleute personifizierten die Hanse-Tradition, sie waren die gesellschaftlichen Leitbilder der Küstenbevölkerung. Sie beherrschten nicht nur Wirtschaft, Kulturleben, Kirche und Politik, sie bestimmten auch, wer zu ihnen gehörte und wer nicht. Jonny hatte zu ihnen gehört, weil er Kapitän gewesen war, weil er diese Mutter hatte, die diesen Mann gehabt hatte, Jonny führte sich selbst heute, in Rente, als Vater einer schwachsinnigen Tochter, immer noch auf, als wäre er etwas Besseres, und das lag allein an seiner Bekanntschaft mit den hanseatischen Größen.

Dritter wusste, dass er, auch wenn er es zum Millionär bringen sollte, nie dazugehören würde. Freilich hatte er auch nicht die Ambitionen, wie Schlieker sie gehabt haben musste, denn sonst hätte der sein mit Stahl- und Eisenwaren verdientes Vermögen nicht in das aussichtslose Unterfangen gesteckt, als Reeder und Werftbesitzer in die Hamburger feine Welt aufgenommen zu werden.

Dritter ebenso wie Dr. Lämmer und wie alle, die irgendwie am Hafen und in der Politik tätig waren, wusste sehr genau, dass die feine Hamburger Gesellschaft, Reeder, Bankiers, Politiker, in der Lage gewesen wären, Schlieker zu retten, und dass sie es auch getan hätten, wenn es einer von ihnen gewesen wäre, aber sie hatten ihn mit einem Fingerschnips in den Abgrund gestoßen. Und das setzte die Lunte an eine Angst, die sich in Dritter zu einem Schwelbrand ausbreitete. Wie schnell das gehen konnte, aus der Höhe tief zu stürzen.

Ihn beruhigte, dass seine Freundschaft mit Lämmy lukrative Blüten trieb. Gleichzeitig gab es daran etwas, das ihm zuweilen den Schlaf raubte. Einmal monatlich fuhren sie gemeinsam in die Schweiz, stellten sich auf ihren Grund und Boden und schmiedeten Pläne, welche Häuser sie darauf setzen wollten, speisten jedes Mal in dem exklusiven Restaurant *Le chef d'or*, übernachteten im ersten Hotel am Platze, und Dritter zahlte. Die Sicherheit, die Lämmys Gewogenheit ihm bot, wog die Ausgaben allemal auf.

Doch dann kam der Tag, es war das Silvesterfest 1962, als Lämmy weit nach Mitternacht seinen Freund Dritter zur Seite nahm und sagte: »Süße Frau hast du.« Dritter war schwer betrunken. Er lallte. »Süß ja, meine Marthe, aber manchmal ist sie auch richtig anstrengend.« »Und wie findest du meine?«, fragte Lämmy. Dritter schlug seinem Freund auf den Rücken. »Klasse Frau, wirklich«, dröhnte er. Lämmy umarmte den um zwei Köpfe Kleineren und raunte: »Wie wärs mit 'nem kleinen Tausch?«

Dritter rauschte der Schädel. Er musste sich verhört haben. Wieder schlug er Lämmy auf den Rücken, aber der hatte ihn irgendwie so umarmt, dass er sich nicht gut rühren konnte. Das hasste Dritter. Er mochte nicht von einem anderen Mann in seiner Bewegungsfreiheit eingeschränkt werden. Hatte Lämmy ihn etwa in den Schwitzkasten genommen? Blinde Wut flammte in ihm auf. Es hätte nur noch einer Sekunde bedurft und er hätte Lämmy eins von unten nach oben in die Fresse gezogen. Da ließ der ihn los, stieß sein Meckerlachen aus und sagte: »Denk mal drüber nach. Wär doch lustig. Wie lang bist du verheiratet?« Dritter dachte nach. Das Ganze überforderte ihn völlig. Jetzt sollte er auch noch rechnen. »Lange«, versuchte er humorvoll auszustoßen, »zu lange.« Nein, das war die falsche Antwort. »Aber sie ist immer noch süß!«, schickte er schnell hinterher. »Eben, eben«, stimmte Lämmy zu. »Meine auch. Und bei ihr ist es dann wie das erste Mal für dich. Weißt du noch, wie das war?« Dritter dachte nach und entsann sich dunkel. Lämmy sagte wie verträumt: »Cora schwärmte früher von der Schwere des männlichen Körpers auf dem ihren.« Dritter hörte mit offenem Mund zu. So etwas hatte Cora gesagt? Lämmy meckerte leise. »Vor kurzem hat sie gesagt, sie will alles noch mal wie neu erleben, wie beim ersten Mal, aber mit mir geht das nicht.« Dritter kam aus dem Staunen nicht heraus. So etwas würde Marthe nie sagen. »Cora sagt auch, der gemeinsame Schlaf ist das Corpus delicti der Liebe.« »Mein Gott«, stieß Dritter aus, der nicht verstand, was Cora damit meinen könnte, »die Cora ist ja eine.« Lämmy wirkte erschreckend nüchtern, fiel Dritter auf. Hatte nur er selbst sich so betrunken? »Ja, Cora meint, eine erotische Freundschaft zu einem anderen Paar könnte uns nur guttun.« Erotische Freundschaft? Wovon sprach der Mann? »Entschuldige bitte, ich muss dringend pinkeln.« Weg war Dritter. In seinem exklusiven Badezimmer, das die Vormieter eingerichtet und ihnen gegen einen ordentlichen Geldbetrag überlassen hatten, warf Dritter sich kaltes Wasser ins Gesicht, schüttelte sich wie ein Hund und machte das gleiche noch einige Male. Aber sein Kopf wurde nicht klar.

In der gleichen Nacht sagte Aaron zu Lysbeth: »Ich halte es in diesem Land nicht mehr aus. Ich muss weg.« Er verschwieg, dass er es auch in seiner Ehe nicht mehr aushielt. Er fühlte sich entsetzlich zerrissen. Einerseits gönnte er Lysbeth ihre Begeisterung für ihr neues Leben als Ärztin, andererseits hatte er den Eindruck, dass sie beide sich in zwei völlig unterschiedliche Richtungen entwickelten.

Früher war Lysbeth diejenige gewesen, die aufgrund ihrer Unterweisung durch die Tante und ihrer enormen intuitiven Begabung die Begrenztheit der klassischen Medizin, die an den Universitäten gelehrt und in den Krankenhäusern und Arztpraxen praktiziert wurde, durchschaut und sich immer auch mit der Seele der Menschen beschäftigt hatte. Die Seele der Menschen war durch die den Arzneien der Tante innewohnenden Seelen der Pflanzen und Früchte berührt und harmonisiert worden. Und später hatte Lysbeth sich in homöopathischer Medizin kundig gemacht, wo sie sogar die Tante etwas lehren konnte. Doch dem zugrunde lag immer Lysbeths ausgeprägte Intuition. Sie sah Dinge, die Aaron nicht sehen konnte, deren Wahrheit er freilich nie angezweifelt hatte. Lysbeth hatte mit dem Herzen gesehen, und mit ihrem Herzen hatte sie auch ihn so berührt, dass er sich in sie verliebt, eine sich ständig vertiefende Liebe für sie empfunden hatte und in gewisser Weise auch jetzt noch empfand. Aber es schien ihm, als hätte Lysbeth seit ihrem Studium ihre Intuition, ihre Herzenswahrnehmung zum Schweigen verpflichtet. Als hätte sie sich in die Emigration begeben und ihre gesamte Kraft dareingesteckt, die dortige Sprache zu lernen, mit dem Ziel, als Fremde nicht mehr erkannt zu werden. Und als hätte sie dabei ihre Muttersprache vergessen.

Aaron hingegen hatte von vornherein während seines Studiums die unglaublich spannende Welt von Lysbeths Intuition und dem beeindruckenden Wissen der Tante viel heilversprechender empfunden als die sehr einfache auf die Behebung der Symptome ausgerichtete Medizin. Während seiner Tätigkeit als Arzt war ihm die Begrenztheit seiner medizinischen Mittel oft sehr schmerzlich bewusstgeworden. Nicht nur deshalb war er zu Viktor Frankl nach Wien gegangen, auch weil er im KZ und zuvor schon unter den Sträflingen und KZ-Insassen, mit denen zusammen er auf der Straße unter gefährlichsten und brutalsten Bedingungen den Schutt hatte wegschaffen müssen, festgestellt hatte, dass es innere Kräfte gab, die äußere Kräfte beeinflussten. Frankl hatte gleiches während seiner Zeit in verschiedenen Konzentrationslagern festgestellt und darauf seine Psychotherapie aufgebaut, die von der Macht der Liebe ausging. Menschen, die liebten und in dieser Liebe einen Sinn fanden, überlebten leichter die Schrecknisse der Gewalt und des Hungers, auch wenn sie körperlich schwächer waren, als jene, die nur auf sich selbst bezogen darauf ausgerichtet waren, egoistisch ihr Überleben zu sichern.

Diese tief erlebte Erkenntnis hatte Aaron seit Ende des Krieges auf einen Weg geführt, wo er sich als Suchender erlebte. Manchmal hilflos suchend, manchmal verzweifelt die Richtung verfehlend, manchmal in glücklichen Momenten voll eines Gefühls von Wahrhaftigkeit. Er hatte keine Analyse gemacht, nachdem er das Jahr bei Frankl gelernt hatte. Er hatte weiterhin als Arzt gearbeitet und die Lehren, die er bei Frankl aufgesaugt hatte, in seine ärztliche Tätigkeit möglichst geschickt einfließen lassen.

Freilich merkte er immer wieder, dass sein Wissen und Können nicht ausreichten und dass er Lysbeth so gern an seiner Seite gehabt hätte, weil er davon überzeugt war, dass sie aufgrund ihres seit ihrer Kindheit entwickelten tieferen Wissens ihm einen Weg weisen könnte, wenn er an seine Grenzen stieß.

Aber er hatte Lysbeth nicht an seiner Seite. Er ahnte, dass sie dabei war, etwas abzuwehren, was ihr seit frühester Kindheit an ihr selbst unheimlich gewesen war. Ihre Fähigkeit, schreckliche Dinge vorher zu träumen, hatte sie entsetzlich geängstigt, sie hatte zuweilen befürchtet, dass sie nur deshalb geschahen, weil sie sie gesehen hatte. So zum letzten Mal sogar während der Flutkatastrophe, obwohl sie es mittlerweile wirklich besser wissen musste. Als ihre Mutter ihr in der Kindheit verboten hatte, darüber zu sprechen, hatte sie dies absolut richtig gefunden.

Die Tante hatte ihr später beigebracht, diese Fähigkeit zu schätzen und in eine intuitive Menschenkenntnis einfließen zu lassen, die Lysbeth dabei geholfen hatte, heilend tätig zu sein. Aaron hatte diese Fähigkeiten immer mehr geschätzt als das formale und technische Wissen, das er während des Studiums erworben hatte, aber ihm waren sie nicht angeboren. Er spürte jetzt, dass Lysbeth diese Fähigkeiten innerlich abwehrte. Sie wollte sein wie alle Ärzte, sie wollte nicht »seltsam« sein. Er spürte, wie sie die Ordnung der medizinischen Tätigkeit nutzte, um die Unkontrollierbarkeit ihrer intuitiven Fähigkeiten zu überdecken. Aber zu dieser Unkontrollierbarkeit ihrer Gefühle und Intuition gehörte auch ihre Liebe zu ihm. Als würde sie ihre Seele zum Schweigen bringen wollen, brachte sie auch ihre Liebe zum Schweigen, so schien es Aaron. Endlich war sie Wissenschaftlerin, so hatte sie es auch kürzlich betont, und nicht mehr »Hexe« und »Spökenkiekerin«, wie die Hamburger sagten. Sie mied Aarons Nähe, so nahm er es schmerzlich wahr, auch seine körperliche Nähe, als würde das Loslassen und Fallenlassen mit ihm ein Gerüst ins Wanken bringen, an dem sie sich festhielt.

Aaron konnte sich nicht vorstellen, Lysbeth jemals zu verlassen. Sie war ein Teil von ihm, sie zu verlassen, wäre, als würde er sich das Herz herausreißen. Aber er konnte auch nicht länger so einsam neben ihr leben. Er dachte wochenlang darüber nach, was er tun sollte. Schließlich beschloss er, Hamburg und auch Deutschland zu verlassen. Er wollte zu Fritz Perls nach Amerika gehen und dort das lernen, was »Gestalt« genannt wurde. Aber er wollte nicht nur lernen, besser therapeutisch tätig sein zu können, er wollte auch seinen inneren Dämonen begegnen lernen.

Seit das Naziregime vorüber war, er also nicht mehr um sein Leben als Jude fürchten musste, kehrten die Angstzustände in seinen Träumen zurück. Er hatte gelernt, dann nicht zu schreien, das Zittern und Herzklopfen, mit dem er hochschreckte, auszuhalten, bis es abebbte, aber er konnte nicht darüber sprechen. Er war froh, wenn der Tag anbrach und er seine Morgengymnastik machen konnte, mit der er schon im KZ begonnen hatte, um zu überleben.

Doch im Oktober war etwas geschehen, worauf er mit Zittern und Herzklopfen reagiert hatte. In der Nacht des 26. Oktobers 1962 hatten Kriminalbeamte im Auftrag der Bundesanwaltschaft die Redaktionsräume des *Spiegel* in Hamburg und Bonn besetzt und durchsucht. Schlagartig, als er das erfuhr, kamen in Aaron die Erinnerungen an die Durchsuchungen der SS auch in ihrem Haus wieder hoch.

Der Grund für diese Aktion war ein Artikel im *Spiegel* zwei Wochen zuvor unter dem Titel »Bedingt abwehrbereit« über ein NATO-Manöver gewesen. In diesem Artikel behaupteten die *Spiegel*-Redakteure Conrad Ahlers und Hans Schmelz, dass die Bundesrepublik mit der vom Verteidigungsministerium verfolgten Atomstrategie im Falle eines sowjetischen Angriffs keine Überlebenschance hätte. Aaron hatte diesen Artikel zwar gelesen, darin jedoch keine neuen Informationen gefunden, nur Sätze, die er selbst bereits weitaus schärfer formuliert hatte während seiner politischen Aktivität gegen die atomare Aufrüstung der Bundesrepublik.

Das Verteidigungsministerium erklärte jedoch, in dem Artikel über vierzig geheime Informationen und Zitate gefunden zu haben, und erhob den Vorwurf des Landesverrats. Außerdem wurde dem *Spiegel* aktive Bestechung vorgeworfen: Er habe Offizieren der Bundeswehr Informationen abgekauft.

Das wiederum fand nicht nur Aaron komisch, auch Stella und Lysbeth machten sich darüber lustig, bewies es doch nachgerade, dass der Artikel Wahrheit sprach. Die Folgen ängstigten Aaron jedoch zutiefst. Die Chefredakteure des *Spiegel,* Claus Jacobi und Johannes Engels, wurden zu Hause festgenommen, ihre Wohnungen durchsucht, private Notizen und Briefe beschlagnahmt. In Bonn wurden Hans Schmelz und Bürochef Hans-Peter Jaene abgeführt. Ahlers wurde im Urlaub in Spanien aufgespürt. *Spiegel*-Herausgeber Rudolf Augstein tauchte zunächst unter, stellte sich aber zwei Tage später der Polizei – und kam sofort in Untersuchungshaft. Die *Spiegel*-Redaktion wurde geschlossen, alle Schreibmaschinen beschlagnahmt – ein Zustand, der vier Wochen lang andauerte.

Verteidigungsminister Franz Josef Strauß hatte sich schon seit längerem dafür stark gemacht, den »publizistischen Terror« aus Hamburg zu stoppen. Rudolf Augstein hatte Strauß in Verdacht, Atomwaffen in deutscher Gewalt anzustreben. Aaron hielt das für eine Wahrheit, an der es gar keinen Zweifel gab. Augstein hielt den Verteidigungsminister für eine öffentliche Gefahr, und der *Spiegel* hatte genüsslich mehrere Skandale um den Bayern aufgedeckt.

Im Februar hatte Strauß bereits Strafanzeige wegen Verleumdung gegen Augstein und den *Spiegel* gestellt, weil man ihm Bestechlichkeit vorgeworfen hatte. Auch das war nach Aarons Überzeugung eine unumstößliche Wahrheit. Wie wahr, zeigte sich auch daran, dass Strauß mehrere Prozesse gegen Augstein verlor. Selbstverständlich war er an Gewinnen der *Fibag,* der *Finanzbau-Aktiengesellschaft,* beteiligt worden. Augstein durfte weiterhin ungestraft sagen, dem Verteidigungsminister hafte »ein Ruch von Korruption« an. Aaron war froh darüber, dass der *Spiegel*-Herausgeber das Ziel verfolgte, den macht- und atomgierigen Minister auf seinem Weg ins Kanzleramt aufzuhalten.

Das rigorose Vorgehen der Regierung gegen den *Spiegel* rief im In- und Ausland eine Welle der Empörung hervor. Erinnerungen an die Gleichschaltung der Presse unter den Nationalsozialisten wurden nicht nur bei Aaron wach. Weite Teile der Bevölkerung solidarisierten sich mit Augstein und seinen inhaftierten Redakteuren. Überall in der Republik wurden Sitzstreiks und Demonstrationen abgehalten. »*Spiegel* tot – Freiheit tot« stand auf den Plakaten. Sogar Lysbeth nahm an einer solchen Demonstration teil, was Aaron Mut machte, dass sie ihr Herz vielleicht doch noch anderem öffnete als ihrer medizinischen Tätigkeit. Sie waren eine verschworene kleine Gruppe, die ihren Unmut über die Machenschaften der Bundesregierung mit anderen gemeinsam kundtat: Auch Stella und Adriane, ebenso wie deren Enkel Holger und seine Freundin Monika hakten sich unter und empfanden in ihrer gemeinsamen Empörung einen Gleichklang, der Geborgenheit vermittelte.

Auf Antrag der SPD wurde vom 7. bis 9. November eine Bundestagsdebatte zur Aufklärung der Affäre angesetzt. Bundeskanzler Konrad Adenauer stellte sich hinter seinen Minister Strauß. »Wir haben einen Abgrund von Landesverrat im Lande«, erklärte er. »Ich sage das, denn wenn von einem Blatt, das in einer Auflage von 500 000 Exemplaren erscheint, systematisch, um Geld zu verdienen, Landesverrat getrieben wird ...«

Strauß dementierte seine Rolle als Strippenzieher der Verhaftungen: »Ich habe mit der Ingangsetzung des Verfahrens nichts zu tun gehabt«. Es stellte sich heraus, dass Justizminister Wolfgang Stammberger von der FDP über das Vorgehen der Bundesanwaltschaft vorher nicht informiert worden war. Der Kanzler erklärte daraufhin, Stammberger sei nicht vertrauenswürdig gewesen, da der *Spiegel* im Besitz von Dokumenten gewesen sei, die Auskunft über Straftaten Stammbergers als Leutnant der Wehrmacht gäben. Tatsächlich gab Stammberger zu, in einem Militärstrafverfahren verurteilt worden zu sein, was er bei seiner Ernennung zum Bundesjustizminister verschwiegen hatte. Diese Nebenschauplätze von Lügen und Vertuschungen unter den Mitgliedern der Regierung konnten jedoch nicht davon ablenken, dass Adenauer und Strauß ohne Zustimmung des Justizministers gehandelt hatten, und das widersprach den Grundsätzen eines demokratischen Rechtsstaats.

Der Fall Stammberger führte zur Staatskrise: Am 19. November beschloss der Parteivorstand der FDP den Rücktritt der fünf FDP-Minister aus der Regierung. Adenauer brach einen Besuch in den USA ab, doch vergebens: Der FDP-Vorsitzende Erich Mende ließ sich auf keinen

Kompromiss mehr ein. Im Laufe der Untersuchungen vor dem Bundestag wurde klar, worin sich Aaron und Lysbeth und die anderen ohnehin einig gewesen waren: Strauß hatte gelogen. Die Aktion gegen den *Spiegel* ging auf seine Initiative zurück. Er hatte seinen Staatssekretär angewiesen, den Justizminister nicht in Kenntnis zu setzen und auch die Festnahme von Conrad Ahlers in Spanien veranlasst.

Doch schon zu diesem Zeitpunkt merkte Aaron, dass Lysbeth das Interesse an diesen ganzen politischen Verstrickungen verlor. Sie war zwar empört, dass so etwas geschah, aber sie teilte nicht seine Erschütterung und schon gar nicht seine Angst. Und irgendwie fand sie auch, dass nun doch alles seinen Gang ging.

Auch die CDU / CSU-Minister sahen das Vertrauen in die Regierung erschüttert und schlugen den Rücktritt des gesamten Kabinetts vor. Adenauer sträubte sich zunächst gegen eine Neubildung der Regierung. Als Strauß ihn aber zum Mitschuldigen an der Misere machen wollte, verlor er auch den Rückhalt des Kanzlers. Am 30. November musste Franz Josef Strauß seinen Rücktritt vom Ministeramt und aus der Bundespolitik bekanntgeben. Nach vier Wochen Besetzung wurden die Räume der *Spiegel*-Redaktion wieder freigegeben. Die Verhafteten wurden entlassen – Augstein nach 103, Hans Schmelz nach 81, Ahlers nach 56 Tagen. Zu diesem Zeitpunkt fühlte Aaron sich schon wieder vollkommen allein neben Lysbeth, die, wenn sie zusammen waren, nur über ihre Arbeit sprach, ihn kaum berührte und nicht nachfragte, wenn er etwas über seine Angst sagte, die er neuerdings wieder stärker empfand.

Als Aaron in der Silvesternacht kurz nach dem Anstoßen auf ein gutes neues Jahr 1963 zu Lysbeth sagte: »Ich halte es hier nicht mehr aus, ich gehe nach Amerika. Für eine Zeit«, antwortete sie nur: »Amerika? Das ist doch nicht besser.« Aaron, der gehofft hatte, sie würde ihm in die Arme fallen und bitten, nicht zu gehen, oder zumindest nicht ohne sie, empfand einen zerreißenden Schmerz in seinem Herzen. »Ich weiß«, sagte er sanft. »Aber dort gibt es auch andere Leute, und zu denen will ich Kontakt aufnehmen.« Lysbeth entgegnete nicht, dass es auch in Deutschland »andere« Leute gebe. Ihr Gesicht verschloss sich.

Als sie später gemeinsam im Bett lagen, drehte sie sich nach einem kurzen Gutenachtkuss auf die andere Seite. Aaron horchte, ob sie vielleicht weinte, das hätte ihm die Möglichkeit gegeben, sie in den Arm zu nehmen, aber alles blieb still. Er lag die ganze Nacht wach und überlegte, ob seine Entscheidung wirklich die richtige war.

## 31

*I*m Januar lief noch alles gut für Dritter. Im Februar aber geschah es.

Lämmy und Cora waren wie so oft in den vergangenen Wochen bei ihnen zu Besuch. Gemeinsam saßen sie vor dem Kamin und tranken Rotwein, nachdem sie in einem exklusiven Restaurant am Lütjensee ein Menü verzehrt hatten. Sie sprachen über ihre Zukunft auf ihren Grundstücken in der Schweiz, die, so verkündete Lämmy weinselig, »tausendprozentig ihren Wert innerhalb der nächsten fünf Jahre verdoppeln werden. Und wenn wir ein Haus draufsetzen, ist es noch mal das Dreifache.« In Dritters Bauch, um den Nabel herum, kribbelte es. Er kannte dieses Kribbeln. Es machte sich bemerkbar, wenn ihm etwas Gefährliches zustieß, das gleichzeitig sehr reizvoll war. Sein Kopf war zu benebelt, als dass er sich mit der Gefahr auseinandersetzen konnte. Den Reiz spürte er deutlich. »Wir müssten Arbeiter von hier dahin karren.« Er hörte, wie er leicht lallte, riss sich zusammen, um klare Silben herauszubringen. »Schwarz natürlich. Die könnten dann da in einem Zelt wohnen. Urlaub machen. Zelturlaub. Und dann sechs Stunden am Tag ranklotzen.«

Marthe bedachte ihn mit einem kritischen Blick. Sie hatte am wenigsten von allen getrunken. »Ich fand den Preis für das Grundstück relativ hoch«, bemerkte sie kühl. »Dass sich das so schnell amortisiert, glaube ich nicht.« Dritter war etwas erschrocken über seine Frau. Und er war nicht so betrunken, dass er nicht das eigenartige Glitzern in Lämmys Augen wahrnahm. Ihm war völlig bewusst, dass Lämmy bei der Transaktion, die er für Dritter gleich mit geregelt hatte, etwas in seine Tasche gewirtschaftet hatte. Lämmy kannte den Mittelsmann, über den das Grundstück erworben worden war. Er kannte auch den Notar, und er hatte dafür gesorgt, dass alles reibungslos über die Bühne ging. Dritter ging davon aus, dass Lämmy sein Grundstück mindestens zur Hälfte über Dritter finanziert hatte. Erstens hatte er sein Grundstück bestimmt billiger bekommen als zu dem Preis, den er Dritter genannt hatte, und zweitens hatte er gewiss bei allen beteiligten Geschäftsleuten Kommission abgesahnt.

Dritter nahm das in Kauf. Die Aufträge der *Deutschen Werft* machten die Hälfte seiner Aufträge aus. Da fielen ein paar Tausender als Investition nicht ins Gewicht.

Dritter befürchtete, dass Marthe seinen Geschäftsfreund verärgert haben könnte, aber Lämmy rutschte neben Marthe aufs Sofa und klatschte ihr angelegentlich die Hand aufs Knie. »Du bist ein schlaues Frauchen«, grölte er. Cora, die gemeinsam mit ihrem Mann und Dritter auf dem anderen Sofa gesessen hatte, rutschte nun näher zu Dritter und ließ sich betrunken an seine Schulter fallen. »Schlaues Frauchen, schlaues Männchen«, gurrte sie. Sie hob die Arme, bog den Oberkörper durch, als würde sie sich dehnen. Aber es sah ganz und gar nicht sportlich aus, sondern so lasziv, dass Dritter nicht anders konnte, als auf ihre Brustnippel zu schauen, die sich durch den dünnen Stoff ihres Kleides abdrückten und zur Decke wiesen.

Er räusperte sich.

»Kann ich euch noch etwas anbieten?« Er durchschritt den großen Raum zur Hausbar, die in einem Einbauschrank versteckt war. »Whisky«, bestimmte Lämmy. Als Dritter ihm das Glas reichte, in dem die Eiswürfel wie eine Alarmglocke klingelten, bemerkte er, dass Lämmys Hand immer noch auf Marthes Knie lag.

Da dämmerten die Bemerkungen vom Rand seines Gehirns in ihm auf, die Lämmy zu Silvester von sich gegeben hatte. Dritter hatte sie bereits vergessen gehabt, und auch jetzt kamen sie ihm nachgerade unwirklich vor, aber er wusste, dass Lämmy seltsame Dinge über Cora und ihre körperlichen Bedürfnisse gesagt hatte. Auch damals waren sie betrunken gewesen.

Marthe saß wie erstarrt da. Um Dritters Bauchnabel herum britzelte es nicht mehr, es fühlte sich an, als würde sich ein Loch in seiner Mitte öffnen, durch das alle Wärme aus ihm herausgesaugt wurde. Übrig blieb Angst.

Und Mitgefühl. Und Verantwortung. Marthe hatte wenig Erfahrung mit Männern. Marthe war damals, vor langer Zeit, seinen Verführungskünsten schnell erlegen. Marthe war ihm in ein Leben mit atemberaubenden Aufs und Abs gefolgt. Und nun saß sie hier und musste sich von einem Schmierlappen betatschen lassen, weil Dritter von ihm abhängig war. Aber Dritter wusste nicht, wie er das verhindern sollte.

Cora hatte ihre Arme weiterhin über ihrem Kopf verschränkt und den Oberkörper durchgebogen. Dritter sah ihre Achselhaare, fast schwarz, wie Robbenhaar. In seinem Mund lag ein metallischer Geschmack. Als hätte er an Kupfer geleckt. Als hätte er ein Frauengeschlecht geküsst. Das hatte er lange nicht getan. Er musste handeln. Aber wie? Sein Kopf war wie vernebelt.

Da erhob Marthe sich, Lämmys Hand fiel schwer auf das Sofa. Erstaunt blickte er auf. Er hatte sein Whiskyglas mit links gehalten, bemerkte Dritter jetzt, nur um die rechte Hand bei Marthe lassen zu können. Der Geschmack in Dritters Mund wurde bitter, gallig bitter.

»Ich habe Kopfschmerzen«, sagte Marthe, als handle es sich um das Natürlichste von der Welt. Als würde sie sagen, morgen wird es schneien. Oder die Sonne scheinen. Irgendetwas sachlich Konkretes, ohne jeden emotionalen Beiklang. »Wenn ich Kopfschmerzen habe, muss ich mich hinlegen«, erklärte sie. »Sonst wird daraus Migräne.« Sie lächelte in die Runde. Ein Lächeln, das ebenso beiläufig wie der Klang ihrer Stimme sachlich war. Alles ohne Tiefe, ohne Bedeutung, ohne Belang. Dritter bewunderte sie. Sie wirkte überhaupt nicht angestrengt. Als wäre die Lüge ihr Tagesgeschäft.

Lässig hob sie die rechte Hand, winkte in die Runde, auch ihm winkte sie zu, kam keinen Schritt näher, und Dritter wagte nicht, den Abstand zwischen ihnen zu verringern.

Als sie weg war, wechselte Dritter seinen Platz. Er setzte sich auf den Sessel, der am weitesten von Cora entfernt war. Unwillkürlich kniff er seine Augen etwas zusammen, als könnte er so besser durchblicken, was los war. Er stürzte ein großes Glas Wasser hinunter. Er wollte unbedingt nüchtern werden.

Lämmy ließ nicht locker. Ob er schon so betrunken war, dass er die Kontrolle über sich verloren hatte, oder ob er einem Plan folgte, den er sich vorher zurechtgelegt hatte und von dem er jetzt nicht abgehen wollte, versuchte Dritter durch angestrengtes Beobachten zu ergründen, doch es gelang ihm nicht. Es schien ihm aber wichtig. Wenn Lämmy nur betrunken war, würde es ihm anschließend peinlich sein. Das wäre nicht so schlimm. Wenn er aber einen Plan verfolgte, wäre er anschließend gekränkt. Und gekränkte Männer übten Rache.

»In Amerika gibt es ja jetzt diese neue Bewegung«, sagte Lämmy und warf seiner Frau ein verschwörerisches Lächeln zu. Aber Cora lag mit hinter dem Kopf gefalteten Händen an die Sofalehne gelehnt und hatte die Augen geschlossen. Ihr Mund war blutrot, obwohl ihr Glas so mit Lippenstift beschmiert war, dass eigentlich keine Farbe auf den Lippen übrig sein konnte. »Welche neue Bewegung?«, fragte Dritter höflich, obwohl er ahnte, was kommen würde. »Ich weiß nicht, wie die heißen, die haben einen bestimmten Namen«, erläuterte Lämmy ernsthaft. Er ließ den Whisky kreisen. Die Eisstücke klirrten. »Entweder treffen sich mehrere Paare oder nur zwei, und dann experimentieren sie, was passiert, wenn die Frauen gewechselt werden.«

Dritter schluckte. Er warf einen schnellen Blick zu Cora. Sie ruhte entspannt an der Sofalehne. Die Schwere des männlichen Körpers auf dem ihren spüren, schossen die Worte durch seinen Kopf. Alles neu wie beim ersten Mal. Der gemeinsame Schlaf ist das Corpus delicti der Liebe. Erotische Freundschaft.

Sein Mund war trocken.

Lämmys Stimme klang breit und hungrig. »Die Deutschen sind natürlich Hinterwäldler, was solche Experimente angeht. Aber ich hab gedacht, dass Marthe ... und du vielleicht weltoffener seid.« Seine Stimme war am Ende des Satzes in die Tiefe gesunken, als wollte er klarmachen, dass es sich hier nicht um eine Frage handelte.

Dritter schluckte wieder. Wie sollte er hier bloß rauskommen, ohne irgendwem eine solche Kränkung zuzufügen, dass das schlimme Konsequenzen hätte? Er entschied sich zu größtmöglicher Unverbindlichkeit. »Ach ja«, brummte er, »Marthe und ich, wir sind nicht für solche Sachen. Das ist nicht so unser Geschmack.« Er beeilte sich hinzuzufügen: »Kann die Leute gut verstehen, die so was ausprobieren. Aber ich bin ja auch schon ein alter Mann, für mich kommt so was nicht mehr in Frage ...« Cora hatte die Augen leicht geöffnet und beobachtete ihn lauernd. Dritter fühlte sich unglaublich beklommen. Was wollte diese Frau? Die konnte doch jede Menge andere haben. Cora fuhr sich mit der Zunge über die Lippen und bog ihren Oberkörper wieder leicht durch mit einem tiefen Einatmen. Dritter vernahm eine stumme Frage, als hätte sie sie laut gestellt: »Bist du impotent? Dann versuch's mal mit mir. Ich zeig dir, wie potent du sein kannst.«

Er zwang seinen Blick von ihr fort. Er hatte genug Erfahrung mit Frauen, um haargenau zu wissen, dass er gerade dabei war, sich die Finger zu verbrennen. Aber noch schlimmer würde er sie verbrennen, wenn er auf Coras Einladung einginge. Lämmy war nicht darauf versessen, dass Dritter seine Frau bestieg, Lämmy wollte Marthe haben, und das würde Dritter nie zulassen.

Ohne es zu wollen, brach er plötzlich in ein heiseres Lachen aus. »Entschuldigt bitte«, sagte er, »aber wisst ihr, manchmal ist es wirklich von Vorteil, ein alter Mann zu sein.« Er stand kurz entschlossen auf, reichte Lämmy die Hand und sagte kameradschaftlich: »Bettgeschichten können alles ruinieren. Du bist mein Freund, Lämmy, das ist viel mehr wert.«

Lämmy schlug zwar in Dritters Hand ein, aber sein Blick stach auf Dritter ein, als hätte er ein Messer gezückt.

Es dauerte nur wenige Minuten, bis Cora schläfrig sagte: »Lass uns gehen, Lämmylein, ich bin müde«. Sie warf Dritter einen hochmütigen Blick zu. »Und ich langweile mich auch. Lass uns nach Hause gehen.«

Nach diesem Abend hörte Dritter nie wieder etwas von Dr. Lämmer. Wenn er ihn zu erreichen versuchte, teilte ihm seine Sekretärin mit, Herr Dr. Lämmer sei gerade in einer Besprechung und werde baldmöglichst zurückrufen. Aber er rief nie zurück. Dritter erzählte Marthe nichts von dem Gespräch, antwortete ausweichend, wenn sie ihn fragte, wieso sie sich nicht mehr mit Lämmy und Cora träfen, bis sie es ihm schließlich auf den Kopf zu sagte: »Die wollten was von uns, was du nicht wolltest, oder?« Dritter merkte peinlich berührt, dass ihm das Blut ins Gesicht schoss. Marthe lächelte. Sie strich ihm zärtlich über die Wange. »Wenn du darauf eingegangen wärst, das hätte ich dir nie verziehen.«

Dritter erhielt keine Aufträge mehr von der *Deutschen Werft.* Zum Glück hatte er noch Kontakte zur *Vulkan-Werft* in Bremen und zur *Flender-Werft* in Lübeck. Sonst wäre es ihm dreckig ergangen.

Doch auch so hatte er Mühe, sein Unternehmen durch die Flaute zu steuern. Er sparte Arbeitslohn, indem er seine Söhne einspannte, wobei ihm vor allem Wilhelm eine Hilfe war. Alex fuhr mit seinem Porsche vor und zeigte schnell, dass er für diese handwerkliche Arbeit nicht geeignet war, Peter hielt sich ewig an einem Stück Schiffsrumpf auf. Allein Wilhelm arbeitete sich tapfer von einer Seite des Schiffes zur anderen. »Wenn du auf einer Seite hängst und von da guckst, was du vor dir hast, dann wirkt es endlos«, erklärte er seinem Vater. »Du glaubst, du schaffst das nie.« »Aber du schaffst es immer«, lobte Dritter ihn. »Ja, aber das ist unmenschlich«, sagte Wilhelm. »Du brauchst Maschinen,

Vater. Dieses Abkratzen mit der Hand ist auch viel zu langsam, du wirst sehen, bald hängst du hinter den andern zurück. Dann bleiben dir alle Aufträge aus.«

Dritter versteifte sich. Der Chef hier war er. Seine Söhne würden die Firma einmal erben, sie würden einmal Chefs sein, doch noch waren sie Söhne.

Im Januar 1964, ein Jahr, nachdem er den Entschluss gefasst hatte, kaufte Aaron sich endgültig ein Ticket und fuhr mit dem Schiff nach New York. Der Abschied von Lysbeth war ebenso eigenartig, wie ihre ganze Beziehung geworden war. Er hatte ein schlechtes Gewissen, sie zu verlassen, und sie war gekränkt, weil er sie verließ. Aber er sah keine andere Möglichkeit mehr, aus einer Lebenssituation herauszukommen, die für ihn unerträglich geworden war.

Auf dem Schiff hatte er Schmerzen, als wäre er schwerkrank. In der Brust drückte und zog es wie ein Abgrund, in den seine Lebenskraft hinabstürzte. Auch sein Bauch belagerte ihn mit einem permanenten sengenden Schmerz. In der Nacht konnte er nicht schlafen, wachte mit rasendem Herzklopfen auf und verfluchte sich, dass er sich auf dieses Schiff begeben hatte, von dem es keine Möglichkeit der Rückkehr zu Lysbeth gab.

Was habe ich getan?, fragte er sich. Ich liebe sie doch. Ich will nichts dringlicher, als bei ihr sein. Ein Leben ohne sie erschien ihm kalt und leer und völlig ohne Sinn. Von Tag zu Tag wurde es schlimmer. Der Abschied von Lysbeth war verstockt gewesen. Er hatte sich an seiner Entscheidung festgehalten, nun endlich seinem Leben eine Wendung zu geben, wo etwas Neues geschehen konnte und er nicht immer weiter vergeblich darauf warten musste, dass Lysbeth sich auf ihre Liebe für ihn besänne.

In den vergangenen Monaten war er zornig auf sie geworden. Er hatte sie in ihrer Fokussierung auf ihre medizinischen Themen belauert, jede Abweisung seiner Annäherungsversuche auf den dicken Haufen der vorigen getan, ein stinkender gärender Abfallberg aus schwärenden Wunden, die in all den Situationen geschlagen worden waren, in denen Lysbeth ihn mit seinem gutwilligen Herzen gar nicht mehr gesehen hatte, in denen sie ihm deutlich signalisiert hatte, dass ihre Liebe keine Priorität mehr hatte für sie, dass er sich an der zweiten Stelle einrichten sollte, dass das doch wohl nicht zu viel verlangt sei.

All diese Situationen, in denen Aarons Hände brannten vor Sehnsucht nach Lysbeths Haut, sein Mund sich vorzeitig vergreist vorkam, weil seine Frau kein Interesse mehr daran zeigte, ihn zu küssen, sein Geschlecht ihn bedrängte, denn Lysbeth war nicht nur nicht bereit, ihn in sich aufzunehmen, sie vermied auch jede Berührung mit Aaron unterhalb des Bauchnabels. Und wenn er sie hatte berühren wollen, drehte sie sich weg.

Sie hatte ihm zwar nie gesagt, dass sie das Interesse an ihm verloren hatte, und wenn er sie danach fragte, wehrte sie ihn zornig ab, etwas, das auf dem Haufen der Verletzungen nur umso schwerer wog, denn Aaron hatte Lysbeth nicht angreifen wollen, er hatte nur verstehen wollen, was sie von ihm forttrieb. Ob er selbst irgendeine Möglichkeit hatte, diesen Prozess aufzuhalten oder ob seine einzige Chance darin bestand, sich mit dieser Situation abzufinden, das war die ihn ständig bedrängende Frage. Ihre Gespräche darüber waren im Laufe der Zeit schärfer geworden. Lysbeth hatte sich zu Unrecht angegriffen gefühlt, sie war in einer abwehrbereiten Haltung wie eingefroren. Und Aaron fühlte sich immer ohnmächtiger.

Manchmal hatte er beschlossen, sich von seiner Liebe zu ihr zu verabschieden. Diese Frau, die in ihrem Herzen kaum mehr erreichbar war, die sich nur noch mit medizinischen Themen beschäftigte, die ihre Kraft verausgabte in immerwährendem Bemühen, als Ärztin noch besser, noch effektiver zu sein, diese Frau hatte nichts mehr mit der Lysbeth zu tun, in die er sich einst verliebt hatte, eine Liebe, die sich im Laufe der Jahre immer tiefer in ihn eingebrannt hatte. Dann war der Zeitpunkt gekommen, wo er dachte, er würde sie gar nicht mehr lieben, seine Liebe wäre unter dem Haufen aus Verletzungen erstickt, erdrückt, getötet worden. In diesem Gedanken hatte sogar Hoffnung gelegen, denn wenn es so wäre, müsste er nicht mehr leiden.

Aber die Erleichterung, die er in dem Verlust seiner Liebe zu Lysbeth gefunden hatte, hielt nie lange an. Dann setzte der Schmerz wieder ein, und einen solchen Schmerz empfand man nicht, wenn man nicht liebte.

Das ständige Auf und Ab seiner Gefühle hatte Aaron ausgelaugt, er hatte sich nicht mehr gut konzentrieren können, seine Gedanken waren ständig zu der Frage geglitten, was er bloß tun könnte, um seine Ehe zu retten, die sich in einem steten Abwärtsstrudel an den Rändern aufzureiben und schließlich auszufasern schien.

Seit er auf dem Schiff war, er hatte sich gezwungen, diesen Schnitt zu machen, empfand er nichts anderes mehr als eine ausweglose Sehnsucht nach Lysbeth. Er konnte sich selbst nicht verstehen. Wieso hatte er nicht mehr Verständnis gehabt? Wieso hatte er sich ihr nicht stärker zur Seite gestellt? Sie hatte ihn so oft gebeten, mit ihr über problematische Patientenfälle zu sprechen, und er hatte sich im Laufe der Zeit vollkommen dagegen versperrt. All das tat ihm jetzt unendlich leid.

Verzweifelt verlangte sein Herz danach, mit Lysbeth zu sprechen, anders zu sprechen als in diesen kontaktlosen vergangenen Zeiten. Aber es gab keine Möglichkeit. Es gab keine Chance, irgendwie Kontakt zu ihr aufzunehmen. Er musste warten, bis er in New York angelangt war. Dort konnte er ihr einen Brief schreiben, besser, da konnte er den Brief abschicken, den er ihr während der Überfahrt täglich schrieb, täglich länger und länger.

Doch täglich strich er auch wieder Sätze durch. Er schrieb, strich durch, unterstrich und zerkritzelte. Übrig blieb ein knochiger Brief, der nichts über Aaron aussagte. »Liebe Lysbeth, ich habe auf dieser Überfahrt viel an Dich gedacht. Draußen die Wellen, manchmal hoch, manchmal glatte See. Drinnen die Mitreisenden, keinem konnte ich mich nähern, war nur mit mir beschäftigt. Ich erwarte ängstlich und hoffnungsfroh, was ich in Amerika lernen kann. Und ich freue mich darauf, dann wieder zu Dir zu kommen. Dein Dich liebender Aaron.«

In den vorigen Briefen stand »habe unablässig an Dich gedacht, bin so traurig, was aus uns geworden ist, frage mich, was ich tun kann, ich liebe Dich, möchte unsere Distanz aufheben, fürchte, ich war trotzig und habe der Distanz noch eine Dynamik hinzugegeben, will lernen bei Perls, wie ich lebendiger werden kann, so dass ich Dich mitreißen kann in meine Welt. Es fühlt sich dort so einsam und verlassen ohne Dich an. Ich bin in riesiger innerer Unruhe, Dich zu verlieren, wäre das Entsetzlichste, was mir geschehen könnte, aber ich verstehe, ich habe Dich jetzt verlassen, auch wenn ich so getan habe, als würde ich zu Fritz Perls fahren, aber in Wirklichkeit habe ich Dich verlassen, weil ich es nicht mehr neben Dir, mit Dir aushielt.«

All diese und noch mehr Sätze hatte er geschrieben, gedacht, verworfen und sich selbst verboten. So weit von Lysbeth entfernt, durfte er nichts schreiben, was in ihr Gefühle erzeugte, die er nicht mehr geraderücken konnte. Sie sollte nicht noch unglücklicher werden, als sie gewiss ohne ihn war.

Sein eigenes Unglück quälte Aaron von morgens bis abends und in der Nacht. Da wurde er von rasendem Herzklopfen geweckt und lag dann wach, wälzte sich in den verschwitzten Laken, verfluchte seine Entscheidung, wünschte sich zurück. Lysbeth in die Arme nehmen, ihre körperliche Nähe, ihre Wärme spüren, bei ihr sein. Seit fast dreißig Jahren hatte er jede Nacht neben ihr, bei ihr gelegen, ausgenommen die Zeit im KZ und die wenigen Monate, als er nach Wien zu Viktor Frankl gefahren war, um dort etwas zu lernen über Lebenssinn und Liebe. Aber hatte er das wirklich beherzigt?, fragte er sich jetzt. Hatte er Lysbeth seinen Lebenssinn wirklich vermittelt, oder hatte er viel zu schnell resigniert, enttäuscht von ihrer Fokussierung auf ihre Arbeit und nicht auf ihre Liebe? Hatte er sich nicht wie ein gekränkter kleiner Junge verhalten, der es für sein Recht hielt, dass seine Mama ihn nicht allein ließ. Wie ein kleiner Junge, dem die permanente Verfügbarkeit der Mutter den Boden gab, auf dem er sich im Leben ausprobieren konnte. Aber hätte er nicht auch der Boden sein müssen, auf dem Lysbeth sich ausprobieren konnte? Hatte er sich nicht verhalten wie ein kleiner Junge, der sich trotzig zurückzieht und sagt: Dann eben nicht! Und sich eine andere Mama sucht. In diesem Fall den Papa, Fritz Perls. Der Halt geben sollte und Orientierung. Aber hatte er wie ein Mann gehandelt? Ein Mann, der für seine Frau da ist, wenn sie Unterstützung braucht, wenn sie Räume erkundet, die für sie vorher verboten gewesen waren?

Aaron fühlte sich schuldig. Wie hatte er einfach so fortgehen können? Sein Unglück an Lysbeths Seite schrumpfte mit jedem Wellenschlag, den das Schiff durch die See stampfte. Nicht sie hatte die Verantwortung getragen für ihre innere Distanz, erkannte er jetzt, er selbst war es gewesen, der sich aus Gekränktheit in der Distanz eingerichtet hatte.

Er beschloss, zu Lysbeth zurückzukehren, sobald er in New York angelangt war. Nun gut, er würde sich in ein paar Seminare bei Perls einschreiben, vielleicht sogar ein Semester lang, aber spätestens nach drei Monaten würde er zu ihr zurückkehren, das beschloss er, bevor er in New York anlangte.

# 32

Wie üblich waren die Hunde an einen Baum im Stadtpark angeleint. Wie üblich gab Eckhardt seinem jungen Liebhaber Geld, damit der nicht länger »Kunden« bedienen musste und endlich seinen Schulabschluss machen konnte, um später einer »anständigen« Arbeit nachzugehen.

Bodo war stolz darauf, wie klug er sich die Sache mit der Schule ausgedacht hatte. Auf diese Weise konnte er Eckhardt eine gute Stange Geld abluchsen. Dabei hatte er zu keinem Zeitpunkt wirklich Interesse daran gehabt, weiter zur Schule zu gehen. Er leistete seine Arbeit im Stadtpark, das war eine riskante Tätigkeit, das war ihm wohl bewusst, aber sie brachte Geld ein, mehr, als er jemals zum Beispiel als Verkäufer bei *Hertie* verdienen konnte.

Er war nun mal schwul, und es war nicht schlimm für ihn, Schwule zu bedienen. Manchmal, wenn große Schwänze ihn ficken wollten, tat es weh und bereitete ihm kein Vergnügen. Wenn sie grob waren, missfiel es ihm, und er bediente sie kein zweites Mal, aber ansonsten war es in Ordnung. Er gab ihnen, was sie brauchten, und sie gaben ihm das Geld, das er brauchte. Er kannte Stricher, die nicht auf Männer standen, die es nur für Geld machten, die waren arm dran.

So einer wie Eckhardt allerdings war ein Sechser im Lotto. Der war nicht grob, der hatte keinen großen Schwanz, und der wollte es sowieso nicht auf die harte Tour. Der wollte kuscheln und anfassen und lutschen, das war so gemütlich, als würde Bodo mit seiner Oma auf dem Sofa Kuchen essen. Bodo empfand sogar so etwas wie Zärtlichkeit für Eckhardt. Der war nett, der hätte mal sein Vater sein sollen. Aber er war es nun mal nicht.

Nachdem er das Geld eingesteckt hatte, hatte Bodo Eckhardt mit der Hand befriedigt, denn zu mehr war der alte Mann nicht mehr in der Lage, und dann hatte Eckhardt das Lusströcheln von sich gegeben, das sein Liebhaber bereits kannte, und war in sich zusammengesackt. Auch das kannte Bodo schon. Er wusste, dass er dann Eckhardts Kopf eine Weile halten musste, bevor der Alte wieder zu sich kam.

An diesem Tag im Juni 1964 allerdings war es anders. Eckhardt sackte in sich zusammen, danach blieb er liegen, als wollte er nie wieder aufstehen. Als Bodo feststellte, dass mit Eckhardt etwas anders war als sonst, überfiel ihn Panik. Er klopfte auf dessen Wangen, er unterdrückte den Wunsch zu schreien, er rüttelte an Eckhardt, er wurde wütend und knurrte: »Das kannst du mit mir nicht machen.« Aber alles half nichts. Eckhardt war tot, gestorben in den Armen seines Liebhabers.

Bodo war nicht schnell im Nachdenken. Trotzdem rasten jetzt die Gedanken durch seinen Kopf. Wie kam er aus diesem Schlamassel raus? Was für ein Pech. Da starb der alte Knacker hier an Bodos Arbeitsplatz in seinen Armen mit heruntergelassenen Hosen.

In der Nähe jaulten die Hunde, als wüssten sie, dass etwas nicht stimmte.

Bodo dachte angestrengt nach. Er konnte den Alten doch nicht im Gebüsch liegen lassen. Er war nicht gerade religiös, aber das erschien ihm pietätlos. Abgesehen davon konnte das gefährliche Nachforschungen zur Folge haben. Also zog er Eckhardt wieder an, knöpfte die Hose zu, machte ihn akkurat so zurecht, als wäre er gerade auf einem Spaziergang unterwegs. Dann schleppte er ihn über die Wiese zu den Hunden, legte ihn neben sie, band die beiden vom Baum los. Sie tanzten um Eckhardt herum, schleckten ihm das Gesicht, jaulten, fiepten, wollten gar nicht vom ihm lassen. Bodo versuchte vergeblich, sie etwas zu beruhigen. Dann entfernte er sich.

Jetzt war es an den Hunden – oder einem zufälligen Spaziergänger –, das Ihre zu tun, um Eckhardt ein anständiges Begräbnis zu bescheren. Er zumindest hatte seinen Teil getan. Erst als er sich schon ein gutes Stück weit in die Büsche geschlagen hatte, fiel ihm ein, dass er Eckhardts Brieftasche hätte filzen können. Da war bestimmt noch mehr Geld drin gewesen. Einen Moment lang zog es ihn zurück, aber dann beruhigte er sich. Er hatte genug bekommen von dem Alten. Und es war gut und unverfänglich, dass in seiner Brieftasche alles war, wie es sich gehörte. Die Polizei würde garantiert überprüfen, ob Eckhardt eines natürlichen Todes gestorben war, und eine unangetastete Brieftasche sprach eindeutige Worte.

Eckhardt wurde gefunden. Es wurde ein Herzinfarkt diagnostiziert. Es gab ein Begräbnis auf dem Ohlsdorfer Friedhof im Familiengrab, wo auch schon seine Mutter und sein Vater lagen. Cynthia weinte bittere Tränen. Sie hatte mit Eckhardt zwar nie die Liebe zwischen Mann und Frau kennengelernt, aber die Sehnsucht danach war so lange her, dass sie sich gar nicht mehr daran erinnerte. Eckhardt und sie hatten täglich das Leben geteilt, gemeinsam gefrühstückt und zu Mittag und zu Abend gegessen. Sie hatten die Hunde gemeinsam versorgt, und sie hatten miteinander darüber geschimpft, wie es heutzutage in der Welt aussah. Eckhardt war wie ihr eigener Schatten für sie geworden, immer da, unauffällig, selbstverständlich. Was war ein Mensch ohne Schatten?

Trotz ihres Kummers genoss Cynthia es, auf der Beerdigung im Mittelpunkt zu stehen. Alle drückten ihr die Hand und sagten ein paar Worte des Beileids. Viele Nachbarn kamen.

Vor dem Grab hielten Stella und Lysbeth sich an den Händen und dachten an den Bruder, der einmal schöne Worte in anrührenden Sätzen von sich gegeben hatte, der im Ersten Weltkrieg so verletzt worden war, dass er anschließend nicht mehr derselbe war, der eine geheime Liebe und Leidenschaft mit Askan von Modersen geteilt hatte, was nur sie beide und die Mutter gewusst hatten, und die Tante, selbstverständlich, aber die hatte sowieso alles gewusst, der im Zweiten Weltkrieg mit seinem verzweifelten Mut das Haus, ihr Haus, ihr geliebtes Heim gerettet hatte und der sein ganzes Erwachsenenleben in dieser Familie mit dieser Frau verbracht hatte, die von nun an allein mit ihnen das Haus bewohnen würde. Ein Drei-Frauen-Haus.

Sie dachten auch an die erste Zeit der Familie in Hamburg, als sie Lydia kennengelernt hatten, Cynthias Mutter. Als alles noch so anders gewesen war. So voller Hoffnung. Als noch ein weites verheißungsvolles Leben vor ihnen gelegen hatte.

Auch Jonny war zu der Beerdigung erschienen. Er hielt sich dicht neben Stella, der das körperliches Unwohlsein bereitete. Als sie anschließend in dem Café neben dem Friedhof bei Kaffee und Kuchen saßen, nahm er neben ihr Platz.

»Ich habe daran gedacht, wie wir uns kennengelernt haben«, hob er bald an. »Weißt du noch? *Johnny, wenn du Geburtstag hast …*« Er summte die Melodie, und Stella entsann sich. In ihrer Magengrube machte sich ein seltsames Gefühl breit. Ein Gefühl von Gefahr. »Das ist lange her.« Sie versuchte, ihrer Stimme einen beiläufigen Klang zu verleihen, der signalisierte: Darüber müssen wir nicht mehr reden, das ist vergangen.

Aber Jonny war anderer Meinung. Er näherte sein Gesicht noch ein wenig mehr dem ihren und raunte: »Wir beide haben schon viel miteinander durchgestanden, meine Liebe. Und jetzt ist dein Bruder gestorben, neunundsechzig Jahre alt. Was für ein alter Mann er am Schluss war. Dabei war er jünger als ich.«

Stella rückte ein Stück von ihm ab. Sie warf ihm von der Seite einen Blick zu. Du eitler Gockel, dachte sie, als sie ein selbstgefälliges Lächeln um seine schmalen Lippen spielen sah. Du bildest dir ein, dass du immer noch die Frauenherzen schmelzen lässt. Da sagte er auch schon: »Wenn ich sage, dass ich über siebzig bin, will mir das niemand glauben.« Sie blickte auf die Wülste unter seinen Augen, auf sein Doppelkinn, das zu den Seiten hervortrat, wenn er den Kopf etwas senkte, und das im Übrigen besonders auffiel, weil sein Hals kurz war. Sie blickte auf die große kahle Stelle auf seinem Kopf, die von einem Kranz aus immer noch blonden Haaren umgeben war, und sie musterte die Falten, die sich von seinem schmalen Mund hinunter zum Kinn zogen, Falten, die von der Verachtung zeugten, die er anderen Menschen entgegenbrachte.

Jonny hatte sich schon immer für etwas Besseres gehalten, eine Meinung, die von seiner Mutter ihr Leben lang unterstützt worden war. Und Jonny hielt sich immer noch für etwas Besseres. Stella wurde übel, als ihr kurz die Erinnerung an die Zeit in Daressalam durch den Kopf und durchs Herz schoss. Wie hatte sie sich selbst damals nur so erniedrigen können, dass sie diesem Mann so hinterhergelaufen war? Wie hatte sie selbst damals bloß denken können, dass sie für ihn nicht gut genug war und er sich ihr aus diesem Grund nicht liebend zuwenden konnte? Wie hatte sie sich bloß dermaßen anstrengen können, um für diesen Mann richtig und liebenswert zu sein?

Die Erinnerung an ihren Hunger nach Jonnys Liebe und Zuwendung damals schmerzte so sehr, dass sie ihren Blick auf das Tischtuch vor sich senken musste, weil sie Angst hatte, alle könnten in ihren Augen lesen, wie entsetzlich sie sich damals geschämt hatte, wenn Jonny sie beschämte. Was er häufig getan hatte.

Sie war so mit ihren eigenen Gefühlen beschäftigt, dass sie nicht mitbekam, was er dicht an ihrem Ohr raunte. Sie nahm nur seinen heißen Atem wahr, der nach Kaffee und Tabak roch. Sie zuckte zusammen. »Was hast du gesagt?«, fragte sie. Wohl etwas zu laut, denn einige Köpfe drehten sich zu ihr um. Jonny nahm sofort eine unverfängliche Distanz zu ihr ein.

Stella fragte noch einmal, diesmal leiser: »Entschuldigung, ich hab dich nicht richtig verstanden. Was hast du gesagt?« Doch die eben geraunten Worte formten sich nachträglich in ihrem Kopf, als hätten sie zwar schwer Einlass gefunden, sich aber dennoch breitgemacht. Es war etwas mit Lysbeth gewesen. Und etwas mit Gefahr.

Sie wendete ihm ihren ganzen Oberkörper zu, so dass ihr Gesicht frontal dem seinen entgegenstand. Das selbstgefällige Lächeln umspielte wieder seine schmalen Lippen. Seine Augen waren auf die Gabel gerichtet, die er nun, bestückt mit Torte, langsam und mit demonstrativem Genuss seinem Mund zuführte. Stella starrte auf sein Profil, die hohe Stirn, die in den kahlen Schädel mündete, die Augen unter den dichten herabhängenden Brauen, die große Nase, die verächtlichen Falten um den Mund, das Doppelkinn, den kurzen Hals. Und dich habe ich einmal geliebt, dachte sie. Sie glaubte ihm sogar, dass die Leute ihn für jünger hielten. Er hatte wenig Falten. Sein Gesicht sah feist und gutgenährt aus. Nicht nur von Speisen, auch von der Bewunderung und Liebe der Frauen, deren Kraft sich Jonny immer wieder bedient hatte und das gewiss auch heute noch tat, um sich mächtig und stark zu fühlen.

Er hatte etwas von Lysbeth und Gefahr gesagt, das wusste Stella nun sehr deutlich. In diesem Augenblick hasste sie ihn. Hass war ein so intensives Gefühl, sie hatte nicht damit gerechnet, dass sie so etwas für Jonny noch empfinden konnte. Aber sie hasste ihn dafür, dass er damals in ihr Leben, in ihr Herz, in ihren Körper gedrungen war. Und dass er sich erdreistete, ihr heute etwas zuzuraunen, das sie in Angst versetzte.

Zu Beginn ihres Kennenlernens hatte er sich genau so verhalten, wie Stella es sich von einem Mann wünschte: Er war charmant gewesen, er hatte sich verletzlich gezeigt, er war männlich gewesen, und er hatte ihr gestanden, wie sehr sie ihn berührte. Hinzu war gekommen, dachte Stella jetzt, dass ich dumme Pute irgendwie geglaubt habe, ich müsste seiner Verlobten den Mann ausspannen. Sie erinnerte sich nicht einmal mehr an den Namen dieser Frau. Aber, Stella schämte sich bei der Erinnerung an ihr damaliges Verhalten, irgendwie hatte sie unbedingt haben wollen, was diese Frau hatte. Jonny war ihr noch begehrenswerter vorgekommen, weil seine Verlobte ihn so offensichtlich anhimmelte.

Wie blöde ich war, dachte Stella verärgert. Mit diesem Ärger auf sich selbst löste sich der Hass auf Jonny auf. Im Grunde konnte er nichts dafür. Er war, wie er war. Er hatte Stella nie wirklich lieben können, weil er im Grunde nur sich selbst liebte. Und vielleicht noch seine Mutter. Ja, wahrscheinlich seine Mutter. Die beiden hatte eine Allianz der Großartigkeit geschmiedet. Und der eine hatte sich im Glanz des andern gespiegelt.

Wie erbärmlich, dachte Stella, und sie dachte auch daran, wie sie auf Feiern versucht hatte, sich im Hintergrund zu halten, damit Jonnys Mutter bloß keine Konkurrenz in ihr witterte. Denn auch Stella besaß eine gewaltige Strahlkraft, und die hatte sicher dazu geführt, dass Jonny sie zu seiner Frau machte, denn eine so glänzende Frau wie Stella konnte seinen Glanz noch erhöhen. Allerdings hatte er penibel darauf geachtet, dass sie bloß nicht auf die Idee kam, sich irgendwie wertvoll und besonders zu fühlen. Wertvoll und besonders war er selbst. Und seine Mutter. Stella hingegen war eine mittelmäßige Sängerin und Klavierspielerin, die für den Hausgebrauch ein bisschen klimperte und sang. Auf mehr hatte sie sich nicht kaprizieren sollen.

»Ich sagte, dass ich deiner Schwester rate, etwas vorsichtiger zu sein«, sagte Jonny nun leise und in einem Ton, als spräche er über das Wetter.

Stella zuckte zusammen. Sie schluckte. Sie tat das bewusst, weil sie wusste, dass Schlucken ihre Stimme schmierte. Jetzt wollte sie auf keinen Fall krächzen oder wispern. Und sie wollte sich auch nicht räuspern. Sie wollte so normal wie möglich sprechen. »Wovon redest du?«, fragte sie ihn und neigte und wendete den Kopf, um ihn besser anschauen zu können. Aber er zeigte ihr nach wie vor nur sein Profil. Seine Wangen hatten eine etwas stärkere Rötung angenommen. Sie wusste noch aus ihrer gemeinsamen Zeit, dass sich mit dieser Veränderung seiner Hautfarbe eine emotionale Bewegung andeutete, die er zugleich verbergen wollte. Gleich legt er die Hände an die Wangen, dachte sie. Das hatte er oft getan, wenn er sie über etwas hatte täuschen wollen, das ihn gerade bewegte, zum Beispiel wenn er sie belogen hatte. Und wirklich geschah es: Er führte seine Hände zu seinem Gesicht, als müsse er es kurz einmal reiben. Vielleicht, weil es zu warm im Raum war oder weil es ihn gerade danach gelüstete.

All das zu beobachten gab Stella freilich keine Genugtuung, es alarmierte sie nur noch mehr. Wenn Jonny in so eine versteckte Gefühlsaufwallung geriet, war etwas Gefährliches im Gange. Wie sollte sie reagieren?

Sie konnte so tun, als hätte sie ihn nicht verstanden, und einfach mit Luise Solmitz ein Gespräch anfangen. Luise saß ihr gegenüber. Luise hatte auch vor kurzem ihren Mann verloren. Luise überlegte, ihr Haus zu verkaufen und zu ihrer Tochter nach Frankreich zu ziehen. Lauter Themen, über die es sich zu sprechen lohnte. Oder sie könnte ihn blamieren, indem sie laut zu ihm sagte: »Hast du eben gesagt, dass meine Schwester sich vor irgendwas in Acht nehmen muss? Lysbeth, hör mal zu, das betrifft dich.«

Sie konnte so etwas tun, aber sie wusste, dass Jonnys Rache fürchterlich war. Wenn er sich gekränkt oder gar blamiert fühlte, schlug er hundertmal heftiger zurück. Es hatte nie ein Nachspiel gegeben, aber Stella wusste, dass damals Jonny der Drahtzieher gewesen war, der ihren Bruder Dritter ins Gefängnis Fuhlsbüttel gebracht hatte, wo Dritter während der Hitlerzeit viereinhalb Jahre gesessen hatte. Sie wusste es, weil Jonnys damalige – und heutige – Geliebte Greta es ihr verschlüsselt mitgeteilt hatte. Und sie wusste es auch, weil Dritter damals mit Greta ein Verhältnis gehabt hatte, das sie so glücklich gemacht hatte, wie Jonny es niemals vermocht hätte.

Er konnte nicht lieben, aber er konnte sein Eigentum schützen. Nicht beschützen, nein, er beschützte niemanden, vor allem nicht vor sich selbst. Er schützte sein Eigentum vor Angriffen von außen, und dabei spielte es keine Rolle, ob er dieses Eigentum besonders schätzte.

Jonny nahm nichts hin, was irgendwie seine Macht anfocht. Und da er nicht das geringste Mitgefühl für andere Menschen, insbesondere für Frauen besaß, mussten besonders diese, sofern sie ihn in seinem aufgeblähten Selbstwertgefühl bedrohten, mit schlimmen Konsequenzen rechnen.

Diese Überlegungen bewogen Stella in zweierlei Hinsicht, sich jetzt so zu bewegen, als läge unter ihren Füßen sehr dünnes Eis. Ein falscher Schritt, und es konnte brechen. Offenbar wollte er etwas von ihr und benutzte Lysbeth als Druckmittel. Besser, sie wies ihn nicht zurück, denn Lysbeth tat ja wirklich Dinge, die gefährlich für sie waren. Sie führte nach wie vor regelmäßig Abtreibungen in ihrer Praxis durch, was nicht einmal ihre Kollegin wusste. Nicht weil Lysbeth ihr nicht vertraute, sondern weil sie sie nicht gefährden wollte.

Also lächelte Stella diesen Mann an, der feist und selbstgefällig neben ihr saß, und fragte leise und zuckersüß: »Gibt es etwas, das du mir sagen möchtest, Jonny? Ich höre.« Jonnys Mundwinkel verzogen sich nach unten. Schau ihn dir an, befahl Stella sich. Schau genau hin. Dieser Mann glaubt wahrscheinlich sogar, dass er lächelt. Verächtlichkeit ist so sehr ein Teil von ihm, dass er sie im Gesicht trägt. Sei auf der Hut, glaub nicht, dass das dein Freund sein könnte, nur weil du noch mit ihm verheiratet bist.

»Mir sind Sachen über Lysbeth zu Ohren gekommen.« Jonny bewegte kaum die Lippen beim Sprechen. Ihr fiel ein, dass er sich lange Zeit in konspirativen Kreisen bewegt hatte, um die deutsche Republik nach dem Ersten Weltkrieg zu stürzen. Kapp-Putsch, dachte sie, damals hat er wahrscheinlich auch kaum die Lippen bewegt, wenn er seine kriminellen Machenschaften mit den Kumpanen besprach.

Stella zog die Augenbrauen hoch und riss die Augen auf, das ganze Gesicht eine einzige Frage. Sie sagte nichts.

»Ich glaube, der Paragraph 218 gilt immer noch. Auch Lysbeth sollte sich an das Gesetz halten, sonst könnte es unangenehm für sie werden. Soviel ich weiß, ist sie gerne Ärztin.«

Da war sie also, die Drohung. Aber was wollte er? Machte es ihm einfach Spaß, sie ins Angst zu versetzen? Nein, entschied Stella, er verfolgt irgendein Ziel. Sie bemühte ihre schauspielerischen Fähigkeiten, legte noch ein Stück Kuchen auf ihren Teller, obwohl ihr schon übel war, einfach, um irgendetwas zu tun, führte die Gabel zum Kuchen und ebenso langsam und vorgetäuscht genussvoll zum Mund, wie es zuvor Jonny getan hatte. Freundlich lächelnd wendete sie sich ihm zu, nachdem sie die Gabel wieder auf den Teller gelegt hatte.

»Wie geht es Walburga?«, fragte sie. Walburga, Jonnys geisteskranke Tochter, war sein wundester Punkt. Inzwischen eine erwachsene Frau, verhielt sie sich immer noch wie ein Kind. Aber obwohl ihrer Mutter bei der Geburt von den Ärzten prophezeit worden war, dass sie nicht älter als höchstens zwanzig Jahre werden würde, lebte Walburga immer noch, erfreute sich einer robusten Gesundheit und trieb Jonny aus der Wohnung in der Bundesstraße, wo er mit Greta lebte, wenn Walburga zu Besuch kam, was einmal im Jahr geschah, eine Bedingung, auf die Greta nicht bereit gewesen war zu verzichten, als Jonny darauf bestanden hatte, dass Walburga von Hamburg fort auf einen Bauernhof in Westerhäver kam.

Jonny warf Stella einen zornigen Blick zu. »Du lenkst vom Thema ab«, zischte er. »Welches Thema?«, fragte sie, nun ebenfalls eine Drohung in der Stimme. Sofort lenkte Jonny ein, wurde wieder freundlich und sagte: »Danke der Nachfrage, Walburga geht es gut. Aber sag mal, findest du nicht, dass ihr drei Frauen jetzt zu viel Platz einnehmt? Jede eine eigene Etage? Ist das nicht ein bisschen viel?« Stella atmete tief ein und wieder aus. Daher wehte der Wind.

»Möchtest du gerne zu uns ziehen?«, säuselte sie und lächelte breit.

Der Gedanke war derartig absurd, dass sie kaum glauben konnte, dass er sich das wirklich ausgedacht hatte.

Jonny wiegte den Kopf nachdenklich hin und her. Jetzt wirkte er völlig selbstsicher. Die Röte war aus seinem Gesicht verschwunden, seine Lippen lagen entschlossen aufeinander. »Nun ja, ich habe mir überlegt, dass Greta und ich ja deine Wohnung übernehmen könnten, wenn du nach unten ziehst. Aaron hat sich ja wohl auf und davon gemacht, und für eine Witwe ist es doch viel schöner, bei ihrer Schwester zu wohnen. Ihr versteht euch doch gut.«

Das saß. Witwe. Eine mit Jonny noch verheiratete Witwe. Stellas Herz raste. Nur unter Aufbietung ihrer äußersten Kraft hielt sie die in ihr aufflammende Wut zurück. Alles in ihr lehnte sich gegen seine unfassbare Anmaßung auf. Was bildete dieser Mann sich ein? Glaubte er wirklich, sie würde aus Angst vor seiner Drohung nach unten kriechen? In ihr tobte ein schrecklicher Kampf. Wie ein Orkan raste das Blut durch ihre Adern, rauschte in ihren Ohren, ließ ihre Hände zittern, beschleunigte ihren Atem. Sie konnte keinen klaren Gedanken fassen.

Da legte Jonny seine Hand beruhigend auf die ihre und sagte: »Du kannst es dir ja überlegen. Wir haben ja Zeit.« Und dann wandte er sich Luise Solmitz zu und erkundigte sich sehr freundlich danach, wie es ihrer Tochter ging.

Stella antwortete fahrig und unkonzentriert auf Fragen, die ihr im Verlauf des Leichenschmauses von Nachbarn gestellt wurden.

Sie wusste nicht, was sie tun sollte. Am liebsten hätte sie das Gespräch mit Jonny vergessen, einfach aus ihrem Gedächtnis gelöscht. Aber sie wusste, dass das gefährlich wäre. Wenn Jonny Drohungen von sich gab, dann mit einem Ziel. Das hatte er formuliert. Das würde er verfolgen. Lysbeth war eindeutig gefährdet.

Am Abend erzählte Stella alles ihrer Schwester. Sie war so aufgeregt, dass sie kaum sprechen konnte. Lysbeth hörte ruhig zu. Als Stella geendet hatte, saß Lysbeth eine ganze Weile ruhig da und blickte hinaus in den Garten. »Aaron wollte schon lange hier ausziehen«, sagte sie mit einem verlorenen Lächeln. Dann schwieg sie wieder.

Plötzlich schlug Lysbeth mit der flachen Hand auf den Tisch, den kleinen runden Tisch, der schon so lange zwischen den beiden Sesseln vor ihrem Fenster stand, durch das sie in den Garten blicken konnte. »Vielleicht müssen wir endlich ausziehen, wenn Aaron wieder da ist«, sagte sie entschieden. »Aber nicht, weil Jonny es will.« Sie sah Stella mit wilden Augen an. »Sag ihm, er soll sich direkt an mich wenden.«

Stella schüttelte den Kopf. »Lysbeth, du weißt nicht, wie gefährlich er ist.« Lysbeth lachte laut auf. Etwas zu laut vielleicht. »Und du weißt vielleicht nicht, wie gefährlich ich werden kann.«

Am nächsten Tag stand Lysbeth vor der Tür der Wohnung von Jonny und Greta in der Bundesstraße. Greta machte ihr auf. »Frau Bleibtreu«, sagte sie erstaunt. Lysbeth schob sich an ihr vorbei und marschierte entschlossenen Schritts den Flur entlang. »Ist Jonny da?«, fragte sie. Greta verneinte. »Er wollte einen Besuch machen. Ich weiß auch nicht, wann er wiederkommt.« Lysbeth lächelte bitterböse. »Gut, dann rede ich eben mit Ihnen. Nur ganz kurz.« Greta bat sie zögernd in die Küche, wo sie sich einander gegenüber an den Tisch setzten.

»Ich will mich kurz fassen«, sagte Lysbeth knapp. »Jonny droht mir, mich anzuzeigen, weil ich illegal Abtreibungen mache. Ich weiß nicht, welche Beweise er hat. Es ist auch schnuppe. Er will mit Ihnen in unser Haus ziehen, Stella soll zu mir nach unten kriechen. Sagen Sie ihm bitte, dass wir das nicht tun werden. Sollte er mich anzeigen, werde ich einen Brief an die Presse geben, in dem unsere Tante detailliert beschrieben hat, auf welche Weise Jonny intrigiert hat, um meinen Bruder Alexander Wolkenrath unter Hitler ins Gefängnis Fuhlsbüttel zu bringen. Die Tante kannte Jonny sehr gut, aber auch alle übrigen Beteiligten, zum Beispiel unseren Bruder Johann. Sie hat ausgiebig recherchiert, und sie hat mir das Ergebnis noch vor ihrem Tod übergeben, weil sie wusste, dass Jonny einem von uns vielleicht einmal gefährlich werden würde. Ich glaube, dass das eine richtig interessante Story für die Presse sein könnte. Die Tante konnte gut schreiben, außerdem hat sie sich manche Aussagen unterschreiben lassen.« Lysbeth erhob sich. »Das war's schon. Bitte richten Sie das Jonny aus.«

Greta blieb reglos am Tisch sitzen. Sie war kreidebleich.

»Das kann ich ihm nicht sagen«, hauchte sie. »Bitte verlangen Sie das nicht von mir!« Lysbeth warf ihr einen forschenden Blick zu. Sie setzte sich wieder. »Oh Gott«, sagte sie voller Mitgefühl. »Sie haben Angst vor ihm.« Greta nickte. »Wenn Sie die ganze Geschichte kennen«, sagte sie leise mit einer Stimme, aus der jede Kraft verschwunden war, »dann wissen Sie auch, dass es eigentlich meine Schuld war. Dritter musste für meine Wollust bluten.«

Lysbeth schüttelte ungeduldig den Kopf. »Was für ein Quatsch!«, sagte sie unwirsch. »Wahrscheinlich hat Jonny Ihnen das eingeredet. Nein, Jonny ist ein brutaler Egoist, der es nicht ausgehalten hat, dass Sie sich in einen anderen Mann verliebt haben. Also musste er ihn ausschalten. Und Rache üben. So war er, und so ist er.« Sie legte eine Hand auf Gretas, die kraftlos auf dem Tisch lag. »Gut, ich verstehe, Sie können ihm das nicht ausrichten. Bitte sagen Sie ihm, dass ich hier war und ihn in der Kippingstraße erwarte.«

Jonny erschien nicht in der Kippingstraße, um mit Lysbeth zu sprechen. Vielleicht ahnte er, was sie Greta gesagt hatte, vielleicht hatte er es aus ihr herausgepresst. Vielleicht bereitete er auch irgendeine Gemeinheit vor. Stella und Lysbeth wussten es nicht. Sein Fernbleiben und sein Schweigen wirkten jedoch besonders infam. Von nun an hing seine Drohung immer über ihnen. Lysbeth setzte sich darüber hinweg, sie führte Abtreibungen durch, wenn sie es für richtig hielt. Stella aber fürchtete Jonnys Rache.

## 33

Im Jahr 1965 wurde ein Traum von Wilhelm wahr. Er reiste nach New York.

Wolfgang Töpfer, sein Freund seit der gemeinsamen Schulzeit auf der Privatschule, fragte: »Lust, mit nach New York zu kommen?« Wolfgang war eine »komische Nudel«, so wie die meisten Schüler der Privatschule irgendwie eigenartig waren. Wolfgang wollte Architekt werden, deshalb machte er eine Tischlerlehre. Das verstand Wilhelm gut, er machte ja auch eine Lehre als Kfz-Mechaniker, weil er entweder Rennfahrer oder Designer von Autokarosserien bei einer großen italienischen Firma werden wollte.

Wolfgang lebte in der Emilienstraße mit seiner ganzen Familie, was hieß: Mutter, Vater und zwei Schwestern. Die beiden Schwestern wohnten in einem großen Zimmer, Wolfgang im Gartenzimmer, einer Art Wintergarten, der nach vorn zur Straße lag. Dort trafen sich die Freunde oft, bevor sie ins *Top Ten* aufbrachen.

Seine Eltern gaben Wolfgang jede Menge Narrenfreiheit. Sie schritten nicht einmal ein, als er in sein Zimmer einen Kamin einbaute, denn es war dort im Winter arg kalt, außerdem wollte er ausprobieren, wie man einen Kamin herstellte. Leider hatte er bei der Planung den Abzug vergessen, so dass Wilhelm und er fast an einer Rauchvergiftung starben, als Wolfgang im Februar den Kamin ordentlich mit Holz gefüllt und dann mittels einer Zeitung angezündet hatte.

Nun, drei Monate später, von draußen drang Lindenduft durch die Fensterritzen, fragte Wolfgang: »Lust, mit nach New York zu kommen?« Sie hatten schon einen Joint geraucht. Die Spuren des Kaminunglücks hatten der Tapete ein, wie sie fanden, interessantes Dekor verliehen, braun, grau, schwarz wie unregelmäßige Flammen, aber vielleicht lag es auch daran, dass sie nur selten nicht bekifft in diesem Zimmer saßen. Wilhelm grinste. »Sofort. Leider ist mein Portemonnaie grad leer. Morgen vielleicht.«

Wolfgang schüttelte aufgeregt den Kopf. »Nee, nicht was du denkst, nicht als Passagier, arbeiten, mein ich.« Fragend kniff Wilhelm die Augen zusammen. Hatte er schon zu viel Shit geraucht, dass er nicht mehr klar denken konnte, oder was schlug Wolfgang ihm gerade vor?

Der Freund klärte ihn auf. »Mein Onkel arbeitet bei *Hapag Lloyd*, im Büro, in Bremerhaven. Der würde uns bestimmt vermitteln, wenn wir bei ihm anheuern.« Wilhelm dachte nur eine Zehntelsekunde nach. Dann war er von Begeisterung entbrannt. Und als Wolfgang sagte: »Wir könnten bestimmt in der Messe die Offiziere bedienen, das ist ein toller Job, da tragen wir Uniform, und wenn wir abräumen, essen wir die Reste auf«, gab es für Wilhelm keine offene Frage mehr. Seine Entscheidung stand fest.

Wenige Tage später fuhren sie nach Bremerhaven. Der Onkel hatte sie im Heuerbüro angekündigt, ihn selbst sahen sie nicht. Aber sie wussten durch ihn, dass sie auf der *Bremen* anheuern würden. »Tolles Schiff«, hatte Wolfgang getönt, »ehemaliger französischer Truppentransporter und Lazarettschiff *Pasteur*. Sehr modern: vier hochtourige Dampfturbinen à 15 000 PS«

Der für die Anheuerungen zuständige Mann, mittelalt, blass, eine schwarz gerahmte Brille auf der Nase, die aussah, als wäre sie schon einmal gebrochen gewesen, fragte Wilhelm: »Was machen Sie beruflich?« »Automechanikerlehre«, antwortete Wilhelm wahrheitsgemäß. »Also in den Maschinenraum als Reiniger«, verkündete der Mann knapp. Wolfgang schickte er als Abwäscher in die Erste Klasse. Seine Aufgabe würde es sein, die Essensreste von den Tellern zu kratzen. »Erste Klasse, da sind bestimmt auch mal Hummerreste drauf. Mal gucken, ob da was für mich abfällt.« Wolfgang grinste zufrieden.

Wilhelm war enttäuscht. In den Maschinenraum als Reiniger. Ihm war völlig klar, was für eine Aufgabe er da vor sich hatte, er hatte genügend Schiffe für seinen Vater gereinigt. Der Maschinenraum war entsetzlich heiß, da zu arbeiten, würde bestimmt kein Zuckerschlecken sein. Aber er hatte es sich nun einmal in den Kopf gesetzt, nach New York zu reisen. Also würde er sich im Maschinenraum die Überfahrt verdienen.

Es ging los in Bremerhaven am Colombus-Kai, wo früher die Auswanderer-Schiffe abgefahren waren. Wilhelm war so aufgeregt, dass er in der Nacht vorher nicht schlafen konnte. Als er aufs Schiff kam, riss er sich zusammen. Niemand sollte ihm die Aufregung ansehen. Sich zurückzuhalten, nur zu beobachten, war seit Jahren bereits seine Strategie in brenzligen Situationen. Seine Sinne waren aufs äußerste angespannt. Was passierte hier? Worauf musste er achten, um sich in eine einigermaßen gute Position zu bringen?

Als Erstes ging es zum Offizier-Personalchef. Der trug eine beeindruckende Uniform und blickte über Wilhelm hinweg, als er von einem Blatt ablas: »Maschinenraum.« Wolfgang kam in die Küche. Von nun an sahen die beiden sich vorerst nicht mehr.

Der Vormann der Reinigungsgang war Waldemar, ein vierschrötiger Mann mit dröhnender Stimme und einem Gesicht voller Aknenarben. »Morgen früh legen wir ab. Zum besseren Kennenlernen lade ich euch ein«, bellte er. Die Mannschaftskneipe lag ganz unten hinten im Schiff, da, wo die Schrauben zu sehen waren. Dort trafen sich also die achtzehn Männer der Reinigungsgang. Wilhelm bekam schnell heraus, dass er nicht der einzige Neue war. Einige andere waren ebenso unsicher wie er. Wilhelm besaß die Fähigkeit, sich Namen zu merken. Das kam ihm hier gut zupass. Außerdem hatte er eine freundliche offene Art, ging auf andere Menschen ein, erkundigte sich, wenn er merkte, dass ihnen etwas wichtig war. Und es gelang ihm rasch, Menschen zum Lachen zu bringen. So auch hier. Im Nu wurde er von den Männern um ihn herum mit freundlichen Augen angeschaut. Wilhelm fühlte sich wohl in seiner Gruppe, die Männer kamen von überall her, aus Berlin, Österreich, Bayern. Waldemar füllte alle mit Korn ab. Das kostete ihn nicht viel. Die Preise auf dem Schiff waren zollfrei. Eine Schachtel Zigaretten kostete 60 Pfennig, sonst 2 Mark, ein Korn 20 Pfennig, zu Lande 1,20 Mark. Im Laufe des Abends wurde das Gelächter lauter, und schließlich grölten sie. Wilhelm wankte hinaus.

Wie er in die Kajüte gekommen war, die er mit drei anderen teilte, wusste er am nächsten Morgen nicht mehr. Um 6.00 Uhr wurde laut an die Tür gehämmert: »Reise! Reise!« Wilhelm fühlte sich todkrank. Während er in seine Arbeitsklamotten schlüpfte, überprüfte er, reflexartig, sein Portemonnaie. Es war leer. Wilhelm erschrak. Er hatte 100 Mark von seinem Lehrlingslohn mitgenommen, davon hatte er in Bremerhaven Arbeitsklamotten gekauft, eine blaue dünne Hose und eine blaue dünne Jacke. Das hatte 40 Mark gekostet. Und nun? Wo war der Rest abgeblieben? Prüfend wanderte sein Blick durch die Koje.

Sein Kopf schmerzte, als hätte ihm einer auf den Schädel geschlagen. Hatte er das Geld in der Aufregung verloren? Aber wo? Hatte er es vielleicht im Laden vergessen? Oder war es ihm etwa geklaut worden? Den Gedanken verbot er sich. Das würde nur Zwietracht säen. Er wollte mit den anderen gut zusammenarbeiten. Es stand jedoch fest: Er hatte keinen Pfennig Geld mehr.

Ihm war nach Weinen zumute, aber er weinte nicht. Er raffte sich auf und begab sich mit den anderen in den Maschinenraum.

Der Maschinenraum war ein Wirrwarr aus Rohren und Aggregaten, dazwischen Wege, Platten mit Geländern aus Stahl, alles musste picobello sauber sein. Dort herrschte eine Temperatur von 60 Grad. Alle zehn Minuten ging er, ebenso wie die anderen, hoch in den Mannschaftsgang, wo Trinkgeräte mit Plastikbechern für die Leute vom Maschinenraum standen, weil die unglaublich viel trinken mussten.

Waldemar sagte: »Wir brauchen einen für die Toiletten.« Wilhelm schoss durch seinen verkaterten Kopf, dass er dann aus der schlimmsten Hitze raus wäre. Er meldete sich sofort. Die Toiletten lagen einen Stock höher. Außerdem musste er so nicht ununterbrochen unter der Aufsicht von Waldemar arbeiten.

Nun war er also Toiletten-Steward. Waldemar überreichte ihm einen Topf Scheuersand und einen dicken Schrubber und zeigte ihm, wie er es anstellen sollte: »Ata auf die Bürsten, alles schrubben, am Schluss mit einem Schlauch abspülen.« Wilhelm hörte zwar zu und nickte anstellig, aber kaum war Waldemar fort, beschloss er, es anders zu machen. Waldemars Methode war umständlich und zu viel Handarbeit. Wilhelm hingegen spritzte zuerst alles mit Wasser aus dem Schlauch ab, dann warf er großzügig Ata herum und gönnte dem Scheuermittel eine Pause, damit es die Arbeit verrichten konnte. Währenddessen ging er aufs Mannschaftsdeck und stellte sich in die Sonne. Danach nahm er die Bürste in die Hand, schrubbte alles ab, und zu guter Letzt spritzte er den Schaum und Schmutz mit dem Schlauch ab. Trocknen musste es von allein.

Bevor er in den Maschinenraum zurückging, nahm er sich viel Zeit. So machte er es von jetzt an jeden Tag. Er war recht zufrieden mit seiner Tätigkeit. Sie bot ihm sogar die Möglichkeit, das große Schiff etwas zu erkunden. Während der ersten Tage verlief er sich ständig, aber nach einiger Zeit kannte er sich aus.

Hinten auf dem Mannschaftsdeck wurde Mittagspause gemacht, dort traf er manchmal Wolfgang. Der erzählte: »Ich muss die Teller abkratzen, bevor sie in die Abwaschmaschinen kommen. Die solltest du sehen, das sind riesige Dinger.« Wolfgang grinste. »Oft sind da Hummer auf den Tellern oder ähnliche Delikatessen. Und manchmal kriegen wir die Teller nicht richtig sauber. Dann werden die schon mal in den Ozean geworfen.« Er bemitleidete Wilhelm, weil der die Klos schrubben musste, und Wilhelm versuchte nicht, ihn eines Besseren zu belehren, dass er nämlich eine ziemlich gute Arbeit erwischt hatte, wo er oft auf dem Mannschaftsdeck in der Sonne Pause machen konnte.

Sie fuhren über Bremerhaven nach Southampton, dort nahmen sie Passagiere auf. Als sie an *Radio Caroline* vorbeifuhren, dem Piratensender, der auf einem kleinen Frachter lag, überlief Wilhelms Arme eine Gänsehaut. Wie mochten sich die Männer fühlen, die da mitten im Meer arbeiteten, immer in Gefahr, geschnappt zu werden. Bald danach kamen sie in den Atlantik. Die ersten fliegenden Fische versetzten Wilhelm noch in Aufregung, doch bald wurden die Tiere ein alltäglicher Anblick.

Die nächste Erschütterung widerfuhr ihm, als sie in New York anlangten. Die Skyline, in der sich ihnen die Stadt als Erstes zeigte, war gigantisch. An den Piers lagen Schiffe, *France*, ein Paradeschiff, *Michelangelo*, italienisch, ganz in Weiß, die *Queen Mary*, riesengroß mit genietetem Rumpf, eine Vorkriegsschönheit, *United States*, das Passagierschiff mit blauem Band. Die *United States* fuhr 70 Kilometer pro Stunde.

Alles war unglaublich aufregend. Und Wilhelm träumte nicht, er war wirklich dort.

Sie würden zwei Tage in New York bleiben. Ohne Bares würde er sich schlecht durchschlagen können. Also ging er zum Zahlmeister, nahm sein ganzes Selbstbewusstsein zusammen und sagte: »Ich brauche einen Vorschuss.« Der Zahlmeister warf ihm einen prüfenden Blick zu. »Alles zollfrei verschmökt?« Wilhelm überlegte, ob er die Wahrheit sagen sollte. Aber die würde ihn als Dummkopf ausweisen. Also antwortete er nicht, grinste nur vielsagend und dankte, als er 50 DM Vorschuss ausgezahlt bekam. Zum Glück würde er auf dem Schiff schlafen, ein Hotel konnte er sich nicht leisten. Er kam sich mit dem Geld wie ein König vor. Er wusch sich gründlich, reinigte besonders sorgfältig seine Fingernägel, zog einen schnurgeraden Scheitel durch seine blonden Haare und zog die schicke Kamelhaarjacke an, die er extra für New York mitgenommen hatte. So ausgehfein begab er sich genau zur rechten Zeit zum Mannschaftsdeck, wo Wolfgang schon auf ihn wartete.

Von der ersten Telefonzelle aus rief Wolfgang seinen Onkel an, der als Manager eines Herren-Clubs arbeitete. Als er sie kurz darauf in seinem schicken Buik abholte, bemühte Wilhelm sein holpriges Schulenglisch. »Kannst auch Deutsch sprechen«, sagte der Onkel jovial.

Als Erstes fuhren sie zu einem der Clubs. Als sie durch die Tür getreten waren, wagte Wilhelm kaum mehr zu atmen. Überall lagen Teppiche, saßen Männer, die unglaublich selbstbewusst aussahen, es herrschte eine Stille, die er noch nie vernommen hatte. Eine Stille, die aus sehr leisen Geräuschen bestand, die wie in Watte gepackt zu den Ohren durchdrangen. Einer räusperte sich, eine Zeitung wurde umgeschlagen, eine Teetasse wurde auf die Untertasse gesetzt. Jeder Schritt auf seinen Lederschuhen veranstaltete einen Krach, der Wilhelm, so meinte er, sofort für alle hörbar als deutschen Trampel entlarvte. Gleich würden sie mit Fingern auf ihn zeigen. Nein, natürlich nicht. Sie würden müde die Augenbrauen heben, ihn mit einem befremdeten Blick bedenken und sich wieder ihren Beschäftigungen zuwenden, Schach spielen, Zeitung lesen, nachdenken, Cognac, Tee, Kaffee aus Behältnissen trinken, die aussahen, als kostete jedes Einzelne mehr als Wilhelms Vorschuss.

In Wilhelms Brust zerrte es, als würde dort an irgendwelchen unsichtbaren Seilen gerissen. Dies hier war die Welt, von der seine Mutter ihm seit frühester Kindheit vorgeschwärmt hatte. Five o'Clock Tea, gesittete Menschen, elegante Möblierung, alles vom Feinsten.

Wilhelm wusste instinktiv, dass die Pracht, in der er daheim wohnte, irgendwie zugleich armselig war. Das Haus war zu groß, und manche Zimmer waren auf die Schnelle möbliert worden, zum Beispiel das Herrenzimmer seines Vaters. Seine Mutter hatte sich geweigert, es einzurichten. Sie hatte gesagt, die ganze Einrichterei hinge ihr zum Halse heraus. Wenn es sein Zimmer sei, solle der Vater es gefälligst auch selbst einrichten. Also war eine Bücherwand angeliefert worden, die mit kiloweise gekauften ledergebundenen Büchern bestückt worden war. Sorgfältiger hatte der Vater auf den Inhalt der Bar geachtet, die in die Bücherwand integriert war. Das Ganze war aus Kirschbaum und wirkte ebenso edel wie der massige Schreibtisch und der dahinter stehende Ledersessel, in dem der Vater zu verschwinden drohte. Aber Wilhelm wusste, ohne dass er je darüber gesprochen hatte oder gar die Mutter oder Alex gefragt hatte, dass da etwas falsch war. Genauso wie das Grundstück in der Schweiz irgendwie falsch war und auch diese seltsamen Wochenenden dort, zu denen er wie auch Alex und Peter sich einzufinden hatten. Das wurde gar nicht diskutiert, das war Gesetz.

Hier hingegen wirkte alles richtig. Keiner, der hier saß, schien erstaunt von der Stille, die alles verschluckte. Es gab niemanden, der die Teppiche, das edle Mobiliar, den Duft von Reichtum und Wohlgefühl überhaupt nur wahrnahm, so selbstverständlich war er für alle.

Es gab kleine Happen für Wilhelm und Wolfgang: Kaviar, kleingehackter geräucherter Lachs auf salzigen Crackers, spezielle Salate mit dicken Saucen, duftendes Weißbrot und Schinkenscheiben auf Spießen. Das schmeckte alles sehr erlesen, aber Wilhelm wurde nicht satt. Er hätte sich eher die Zunge abgebissen, als das verlauten zu lassen. Dabei wurde er gefragt, ob er noch hungrig sei. Er schüttelte dezent den Kopf und sagte: »Nein danke.« Dabei hatte er einen Bärenhunger, und sein Magen fühlte sich an, als würde er gleich entlarvende Geräusche verursachen.

Nach dem exklusiven kargen Mahl fuhr der Onkel sie durch New York, damit sie sich etwas umsehen konnten. Plötzlich sagte der Onkel: »Wir fahren durch Harlem, macht die Fenster zu.« Neugierig blickte Wilhelm hinaus. Da waren überall Neger. Schwarze Menschen in allen möglichen Schattierungen. Sie standen an der Straße, in Gruppen, zu zweit, liefen die Straße entlang. Redeten miteinander, als gäbe es nichts Wichtigeres auf der Welt. Wilhelm rieselte ein Schauder den Rücken herunter. Fenster zu. Was würden die tun, wenn die Fenster offen wären? Trugen die alle Knarren und würden im nächsten Augenblick um sich schießen? Und wieder die Gänsehaut auf den Armen.

Als es dunkel wurde, fuhren sie zum Broadway. Wieder war alles magisch. So wundervoll, dass Wilhelm es kaum aushalten konnte. Überall waren die Lichter an, blinkten, schrien, lockten. Sie wollten einen Club besuchen, wo Gene Krupa, der legendäre Drummer, auftrat.

Bevor sie hineingingen, öffnete Wilhelm, angezogen von einem winzigen Elektrogeräteladen, die Tür, die ein einladendes Gebimmel von sich gab. Er war von den Geräuschen, die er seit der Abreise von Bremerhaven vernommen hatte, so überwältigt, dass er sich gern ein kleines Tonbandgerät kaufen wollte, um sie aufzunehmen und so zu verewigen. Kaum hatte er den schummrigen Laden betreten, stand plötzlich ein alter Mann vor ihm, der ihn erschreckte, weil er so hässlich war. In der Mitte seines Körpers war er abgeknickt, nach vorn gebeugt, so dass sein Kopf eigentlich auf den Boden blicken musste, was er aber nicht tat, da der Mann seinen Kopf, wiederum abgeknickt, in die Höhe reckte.

»Kann ich dir helfen?«, fragte er auf Deutsch. Wilhelm war geschockt. Woher wusste der Mann, dass er Deutscher war? Der alte Mann lächelte, und plötzlich erkannte Wilhelm, dass er nicht so alt war, wie er ihn geschätzt hatte. Vielleicht war er gar nicht im Alter seines Vaters, sondern in dem seiner Mutter. Wilhelm stammelte in einer Mischung aus Schulenglisch und Deutsch, dass er gerne ein kleines Tonbandgerät hätte. Der Verkäufer lächelte. Überraschend beweglich wieselte er durch den Laden, bis auf seiner Theke drei kleine Geräte lagen. »Die hier«, sagte er, »könnten passen.« Wilhelm hob die Schachteln in die Höhe, um lesen zu können, was sie enthielten. Wieder lächelte der Alte, als wüsste er genau, was Wilhelm bewegte. »Du musst dies hier nehmen«, sagte er entschieden und wies auf die Packung in der Mitte. »Das ist richtig für dich.« Wilhelm wurde etwas ungehalten. Was bildete der Alte sich ein? Da sagte der: »Du willst doch ein Gerät, das dir hilft zu behalten, was dir sonst leicht entschwindet, da ist dieses richtig. Es ist ein freundliches Memory, drängt sich nicht zu sehr auf, leistet nicht mehr, als dein Gehirn leisten könnte, aber es bewahrt neben deinem eigenen Kopf etwas auf, und so kannst du dich entspannen und diese anstrengende Tätigkeit der Erinnerung ein wenig ausgliedern.« Wilhelm dachte daran, wann ihm der Gedanke gekommen war, dass er ein Tonbandgerät brauchte. Das war auf dem Mannschaftsdeck gewesen, als er angelehnt an die Schiffswand eine Zigarette geraucht hatte. Er hatte gehört, wie das Meer gegen das Schiff geprallt war, als wollte es sagen: Eindringling, wenn ich will, zermalme ich dich, aber ich will nicht. Gleichzeitig hatte er die Geräusche im Schiff gehört, die knappen Befehle, die trappelnden eifrigen Schritte, die nichts weiter wollten, als dass alles reibungslos verlief.

Da hatte er gedacht: Diese Geräusche werde ich nicht mehr lange hören. Bald sind wir in New York, dann geht es zurück, und so ist es immer. Das Tal ist durchlaufen, ohne dass man es so richtig mitgekriegt hat, und dann geht es bergauf, und man ist vielleicht noch gar nicht bereit dafür. Er hatte sich gefragt, ob er wohl jemals bereit für einschneidende Veränderungen wäre, er wünschte sich, dass er immer, zumindest oft, bereit sein würde, trotz seiner Angst, etwas falsch zu machen und schlimm zu scheitern. Da hatte er beschlossen, sich ein Tonbandgerät zu kaufen. Mit dem er Töne seines Lebens aufnehmen könnte.

Der Verkäufer sah ihn an, als könnte er in seinem Kopf lesen. »Du denkst, ich bin verrückt, oder?«, grinste er plötzlich wie ein Lausebengel. »Du kannst mir glauben, das bin ich auch. Aber anders als du denkst. *Ich* kann nämlich in deinen Kopf gucken. Und willst du wissen, was ich da sehe?« Wilhelm schüttelte energisch verneinend den Kopf. Aber der Alte sagte: »Da sehe ich einen jungen Mann, der so viel will. Und der gar nicht weiß, in welche Richtung er gehen soll, um wenigstens einen von seinen vielen Wünschen zu realisieren. Da ist dein Körper, der etwas will, Sporterfolg vielleicht, und dann ist da die Musik, die dir so wichtig ist, und dann kannst du sehr gut gucken und sehen, und auch da möchtest du etwas festhalten oder weitertreiben, und dann ist da dein Vater, der Vorstellungen von dir im Kopf hat, und du weißt nicht, ob du dem auch nachkommen kannst und willst, …«, der Alte lächelte sanft. »Und dann ist da noch deine kleine Mutter, die du nicht verlassen willst, aber es gibt auch so viele kleine süße Mädchen und jede schreit, dass du deine Mutter verlassen sollst, ach, mein Junge, das Leben ist anstrengend, wenn man so alt ist wie du.« Wilhelm starrte gebannt auf den Mann, als hätte der ihm in wenigen Sekunden seine Zukunft offenbart. Er sollte weitersprechen. Er sollte ihm, Wilhelm, sagen, wie es weitergehen sollte in seinem Leben, denn, ja, er hatte so recht, Wilhelm wusste nicht, welche Abzweigung im Leben er nehmen sollte, wenn er wieder in Hamburg war.

Doch der Alte veränderte sich binnen einer Sekunde. Geschäftsmäßig fragte er, welches Gerät Wilhelm gerne hätte. Wilhelm wies schweigend auf das, was ihm kurz zuvor empfohlen worden war. Er sehnte sich nach weiteren Sätzen des Alten. Doch der wickelte das Geschäft ab, und es schien Wilhelm, als würde er sich dabei sogar ein wenig hetzen. Wilhelm zahlte. Und dann verließ er den Laden. In der Mitte seines Körpers hatte er plötzlich das Gefühl, abknicken zu müssen, um zu fühlen, was dieser Mann gefühlt hatte, vor allem zu ihm selbst, Wilhelm. Aber das Abknicken führte nur dazu, dass Wolfgang, der mit seinem Onkel vor dem Geschäft auf Wilhelm gewartet hatte, fragte: »Hast du Rückenschmerzen?«

Erst am nächsten Tag, als sie wieder auf dem Schiff waren, fiel Wilhelm auf, dass er seinen Onkel Aaron nicht besucht hatte. Dabei hatte er mit seiner Tante Lysbeth besprochen gehabt, dass er ihn unbedingt treffen sollte. Sie hatte ihm auch einen dicken Brief mitgegeben. Den hatte Wilhelm in den zwei Tagen vollkommen vergessen. Jetzt war keine Zeit mehr. Er war hin- und hergerissen. Was sollte er bloß tun? Er hatte gestern die eindeutige klare Absicht gehabt, Wolfgangs Onkel zu fragen, wie er zu der Adresse kommen würde, aber dann war alles andere wichtiger gewesen. So aufregend, dass er den Brief schlichtweg vergessen hatte. Und nun?

Kurz entschlossen rannte er in den letzten verbleibenden Minuten seines Landurlaubs vom Schiff zu einer Kneipe, die auf der gegenüberliegenden Straßenseite vom Hafen lag. Atemlos schoss er an die Theke, hinter der ein dicker Mann mit Bart stand, ein Mann, der in einem Kinderfilm genau der Richtige wäre, um einen bärbeißigen Kapitän zu spielen. Wilhelm knallte den Brief auf das geschrubbte Holz. »Please«, stammelte er, »please.« Er wies auf den Brief. »Please give the …« Er zögerte, dann fiel ihm das richtige Wort für Brief ein: »letter!« Er strahlte den Mann an, obwohl ihm eigentlich nicht nach Strahlen zumute war. Aber er hatte einen Weg gefunden, den Brief irgendwie Aaron zukommen zu lassen. Und ihm war das Wort »letter« eingefallen. Über das grimmige Gesicht des Wirtes huschte ein kurzes Lächeln. Er legte seine enorme behaarte Pranke auf den Brief, fuhr mit dem ebenfalls enormen Zeigefinger über die Adresse. »Name?«, fragte er. »Bleibtreu«, antwortete Wilhelm schnell. Erst jetzt fiel ihm auf, dass Lysbeth nur an »Aaron« adressiert hatte. Sie war so sicher gewesen, dass Wilhelm ihn aufsuchen würde. Der Wirt gab ihm einen Stift, und

Wilhelm schrieb den Namen auf den Umschlag. Das hätte ich auch schon früher tun können, dachte er. Er kramte in seinen Hosentaschen und suchte sein letztes Kleingeld zusammen. Es machte nicht mal mehr einen Dollar. Er legte es auf die Theke und wiederholte wieder: »Please!« Der bärtige Wirt nickte, sammelte das Geld zusammen und sortierte es sorgfältig in seine Kasse. Was jetzt?, fragte Wilhelm sich. Es wirkte, als hätte der Mann ihn vergessen. Wilhelm griff noch einmal nach dem Umschlag und wedelte damit in Richtung des Geld zählenden Wirts. »Please«, sagte er, fast flehend. Der Wirt blickte kurz hoch, griff nach dem Umschlag wie nach einer lästigen Fliege, legte ihn neben die Kasse und nickte Wilhelm knapp zu. »Okay«, sagte er. Und dann: »Germany?« Wilhelm nickte. »Gute Reise!«, sagte er grinsend. »Danke«, gab Wilhelm verwirrt zurück. Sprach der Mann Deutsch? Aber dann begriff er, dass in dieser Kneipe Matrosen aller Nationalitäten verkehrten, und er wahrscheinlich sehr deutsch aussah und auch mit einem sehr deutschen Akzent sprach.

Als er die Kneipe verließ, drehte er sich in der Tür noch einmal um. Der Wirt blickte ihm nach, in der Hand den Briefumschlag. »Thank you very much«, rief Wilhelm, und war im Nu wieder auf dem Schiff. Zum Glück hatte niemand gemerkt, dass er sich unerlaubt entfernt hatte. Er fragte sich bang, ob er das Richtige getan hatte. Was, wenn der dicke Brief nicht zu Aaron gelangte? Tante Lysbeth hatte sehr dringlich gewirkt, als sie ihm den Umschlag »zu treuen Händen« übergeben hatte. Er mochte sich gar nicht ausmalen, wie sie ihn angucken würde, wenn er ihr sagte, dass der Brief in irgendeiner Hafenkneipe in New York lag. Aber als das Schiff sich vom Hafen entfernte und Wilhelm die Szene so tief in sich aufnahm, wie er es nur vermochte, um sich später immer daran zu erinnern – die eleganten Schiffe, die Freiheitsstatue, die Silhouette der Hochhäuser –, hatte er den Brief im Nu vergessen.

Die Rückreise dauerte länger als der Hinweg, für den sie eine Woche gebraucht hatten. Und dann kamen sie in einen Sturm. So etwas hatte er nur in Filmen gesehen. Sogar der eine oder andere Matrose war bleich um die Nase. Wilhelm konnte sich lebhaft vorstellen, wie es oben auf dem Passagierdeck zuging.

Er selbst stellte sich aufs Mannschaftsdeck. Die Füße gut auf den Boden, die Knie weich, die frische Luft tief einatmen, so hatte es Waldemar empfohlen, im Falle von Sturm, als er seine Truppe zu Beginn mit Alkohol abgefüllt hatte. Daran erinnerte Wilhelm sich jetzt, und er befolgte jedes Detail des Ratschlags.

Vor Wilhelm bäumten sich sechs Meter hohe Wellen auf. Es hob ihn hoch wie in einem Fahrstuhl, und dann fiel er wieder hinab. Es britzelte in seinem Magen, aber er musste nicht kotzen. Immer wieder tauchten Wellen vor ihm auf, dass er dachte, sie müssten über ihm zusammenschlagen und ihn unter sich begraben, aber das Schiff wurde emporgetragen und stürzte hinab. Manchmal klatschte es hart auf, wenn die Wellen von der Seite kamen.

Dann war es vorüber wie ein Spuk. Das Meer glitzerte friedlich wie zuvor.

Wilhelm wurde als Toiletten-Steward dazu abgestellt, oben auf dem Passagierdeck zu helfen, die Kotze wegzuschrubben. Er schlug den anderen seine Methode der Reinigung vor, und sie griffen es dankbar auf.

Als er zurück war, ging er am nächsten Abend in *Danys Pan.* Er hatte viel zu erzählen. Es kam ihm vor, als wäre er eine Ewigkeit weggewesen. Zu Lysbeth sagte er, er hätte Aaron nicht angetroffen, den Brief aber in den Briefkasten geworfen.

## 34

Als sie Aaron am Hauptbahnhof verabschiedet hatte, von wo er nach Bremerhaven fahren wollte, um dort das Schiff zu nehmen, war Lysbeth zornig auf ihn gewesen. Seit Wochen hatte sie den Eindruck, dass er bei allem, was er tat, nur noch mit halbem Herzen dabei war. Er war nur noch halbherzig Arzt, er lebte nur noch halbherzig in der Kippingstraße, und, so schien es ihr, er liebte sie nur noch halbherzig. Wenn sie nebeneinander einschliefen, lag seine Hand nicht mehr fest und warm auf ihrer Hüfte wie früher. Manchmal verirrte sie sich noch dorthin, aber sie hätte auch woanders liegen können. Und wann er das letzte Mal seine Hand auf ihre Brüste gelegt hatte, daran konnte sie sich gar nicht mehr erinnern.

Früher hatte er sich brennend für alles interessiert, was sie beschäftigte, da hatte er nachgefragt, eigene Gedanken entwickelt und formuliert. Da war er ganz bei ihr gewesen. Aber in den Wochen, bevor er abgefahren war, kam es ihr vor, als wäre er zur Hälfte woanders. Als empfinde er einen permanenten Widerstand gegen sie. Er trug auch einen permanenten Widerstand gegen Deutschland mit sich herum, und das konnte sie verstehen.

Sie waren umgeben von Menschen, die schwerste Traumata erlitten hatten. Einige waren als Soldaten an der Front gewesen, womöglich in Stalingrad oder sonstwo in der Sowjetunion, wo sie von tödlicher Kälte, ständig lauernder Gefahr, einsamster Verlorenheit in einer Welt, die ihnen so fremd war wie nichts zuvor, umzingelt gewesen waren. Manche waren anschließend dort sogar in Lager als Kriegsgefangene geraten. Andere waren als Matrosen zum Beispiel zwischen Le Havre und Dover unterwegs gewesen, ständig in Gefahr, durch eine Mine hochzugehen und Körperteile oder das ganze Leben zu verlieren. Und die Kinder, die heute junge Erwachsene waren, ebenso wie die älteren Frauen hatten in ständiger Furcht vor Luftangriffen gelebt und die Erfahrung gemacht, dass danach nichts mehr war wie zuvor. Doch all diese Menschen sprachen nicht darüber, genauso wenig wie sie darüber sprachen, was vor ihren Augen mit den Juden geschehen war, mit den KZ-Insassen, den Roten, den Sintis, den Gewerkschaftern.

Diese deutsche Nachkriegsrepublik war eine Republik der Verletzten, Geängstigten, Geschädigten. Sie waren allesamt Verlierer. Aber sie sprachen nicht darüber. Sie hatten Parolen entwickelt: Nach vorne schauen! Es hat auch Gutes gegeben. Ärmel hochkrempeln und aufbauen. Man muss nicht alles schwernehmen, wir wollen es leicht haben.

Wenn Menschen zusammenkamen, sprachen sie über Heldentaten. Eckhardts mutige Rettung ihres Hauses wurde immer aufs Neue zum Thema bei Nachbarschaftstreffen. Cynthia liebte es zu erzählen, dass Eckhardt damals, 1943, bei dem grauenvollen Angriff der Engländer auf Hamburg, vom Dach der Kippingstraße zweimal Brandbomben nach unten geworfen und diese dann in Windeseile in einem mit Sand gefüllten Eimer unschädlich gemacht hatte. Sie erzählte es, als wäre sie dabei gewesen, obwohl sie damals gemeinsam mit Stella bei Dritter und seiner Familie in Scharbeutz in Sicherheit gewesen war. Wenn Lysbeth während Cynthias prahlerischen Berichten über die Heldentaten ihres verstorbenen Mannes dabei war, dachte sie: Dass er sich fast in die Hose gemacht hat vor Angst, ebenso wie wir alle, das weißt du nicht. Die Nachbarn erinnerten sich bei solchen Gelegenheiten gerne daran, dass

Aaron und Lysbeth im Luftschutzkeller dabei geholfen hatten, ein Kind auf die Welt zu bringen. Dann dachte Lysbeth grimmig: Dass Aaron als Jude gar kein Recht hatte, sich im Luftschutzkeller aufzuhalten, lasst ihr geflissentlich unter den Tisch fallen.

So war es überall. Die Nazivergangenheit der Ärzte wurde ebenso totgeschwiegen wie die all der anderen, die nun wieder höchste Positionen innehatten. Doch das war nur ein Teil der allgemeinen Verdrängung, die mehr war als Verdrängung, nämlich Abspaltung, als wäre ein Teil der vielen inneren Widersprüche verboten, ein Tabu.

Die Westdeutschen, und in der DDR war es nicht viel anders, hatten all die Gefühle abgespalten, sie waren bewusst nicht mehr vorhanden, die sie in den furchtbarsten Momenten des Krieges empfunden hatten. Und im Grunde genommen war die meiste Zeit des Krieges unerträglich gewesen. Lysbeth stimmte Aaron zu, wenn er sagte, dass die Deutschen emotionale Krüppel wären, die panische Angst vor all den Gefühlen hatten, die in ihrem Trauma begraben lagen: Ohnmacht, vor allem ging es um Ohnmacht. In der Folge strebten sie nach Macht, um die Ohnmacht nicht zu fühlen. So übten sie permanent Kontrolle, über sich selbst und über andere, damit die bösen Geister, die sie in den Keller verbannt hatten, nicht plötzlich herausdrängten und sie überwältigten. Aaron bezog seine Kritik auf Westdeutschland, aber Stella und Lysbeth hatten das Gleiche auch in Dresden wahrgenommen.

Aaron hatte darunter gelitten, denn er selbst war nicht bereit, seine Erfahrungen, seine Todesangst, seine Ohnmacht zu verdrängen. Ihm waren diese Erfahrungen Richtschnur für sein weiteres Leben. Bei Viktor Frankl hatte er gelernt, dass ein sinnleeres Leben das Tödlichste und dass der tiefste Sinn des menschlichen Lebens die Liebe war. Dass die Liebe dem Menschen in der tiefsten Not ein Licht am Horizont sein konnte. Mit der Absicht, dieses Licht zu verbreiten, war Aaron aus Wien zurückgekehrt. Aber dann hatte er doch die Liebe verloren und hatte gegen seinen eigenen Willen Hass entwickelt.

Er hatte die Wiederaufrüstung gehasst, und er hatte einen großen Abscheu gegen Politiker wie Adenauer und Strauß entwickelt, die ihre eigenen Pfründe sicherten, indem sie Angst gegen Kommunisten hier wie dort schürten. Die Politiker waren freilich weit entfernt, sie zu hassen, zu verabscheuen, war nicht besonders gefährlich für die seelische Gesundheit, sondern eher entlastend. Die Nachbarn jedoch, die Arbeiter, die ihm zuriefen: »Geh doch nach drüben«, wenn er Flugblätter verteilte, ja, und schließlich auch Cynthia Wolkenrath oder Dritter, die zu hassen, war etwas ganz anderes.

Lysbeth wusste, dass Aaron kein Problem damit hatte, Wut zu empfinden. Wut war ein lebendiges warmes Gefühl, das im Kontakt entstand, wenn sich einer schlecht behandelt oder angegriffen oder missverstanden fühlte. Hass hingegen war kalt, Hass wollte vernichten. Hass wollte, dass etwas aus der Welt verschwand. Aaron hatte nicht hassen wollen.

Aber er lebte zwischen Menschen, die wahnsinnige Angst vor ihren lebendigen Gefühlen hatten, die so schlimme Ohnmacht erfahren hatten, dass sie jetzt alles tun mussten, um diese aus ihrem Leben zu eliminieren. Diese Menschen wollten über ihre innere Unordnung die Kontrolle gewinnen. Für die bedeutete der Verlust der Kontrolle den Verlust von allem, das ihr Leben zusammenhielt.

Also taten sie das, was allgemein Aufbauen genannt wurde. Sie rackerten sich ab, um Kühlschränke, Autos, Fernseher zum gehegten und gepflegten Teil ihres Lebens zu machen. Das Putzen des Autos am Wochenende, bis es blitzblank glänzte, war ein deutscher Volkssport. Sie wollten ins Ausland fahren und dort Leichtigkeit und Frohsinn erleben. Rimini, der große Traum von der Leichtigkeit des Lebens. Sie maßen sich daran, ob sie genauso viel hatten wie der Nachbar. Sie besuchten Filme, in denen sie ordentlich lachen konnten. Sie verteidigten die Werte von Ordnung, Sauberkeit, Disziplin, wenn nötig, zum Beispiel in der Kindererziehung, mit roher Gewalt. In ihnen selbst sah es chaotisch, unsauber, mordlustig aus.

Aaron machte die Deutschen verantwortlich für ihre innere Leere, die sie mit Dingen und Reiseplänen füllen mussten. Aaron hasste sie dafür, dass sie ihre Kinder züchtigen mussten, um das hinzukriegen, was heile Familie genannt wurde. Er hasste sie dafür, was sie ihren Kindern antaten, wenn sie sich weigerten, über ihr inneres Leid, ihre Traumata, zu sprechen. Denn ihre Kinder wurden verrückt an dieser deutschen Wirklichkeit, die so unwirklich war, weil nichts wirklich stimmte.

Aaron hatte gesehen und darunter gelitten, dass die Menschen, die diese deutsche Nachkriegsrepublik ausmachten, sich unablässig selbst in die Tasche logen. Sie schufen Sätze, die Aaron hasste: Nach vorne schauen, Indianerherz kennt kein Schmerz, es war doch alles nicht so schlimm, Nestbeschmutzer. Nestbeschmutzer waren diejenigen Kinder, die es wagten, darüber zu sprechen, dass sie jämmerlich verprügelt wurden, wenn sie etwas sagten oder taten, was den Vater – manchmal auch die Mutter – an ihrer Angst vor Kontrollverlust berührte. Und diese Angst lauerte ständig im Hintergrund der blankgeputzten Fassade.

Aaron hatte mit jedem Kind, das in seiner Praxis oder manchmal auch in der U-Bahn oder Straßenbahn oder im Bus auftauchte, dem er ansah, dass es verwirrt und gezüchtigt war, einen immer stärkeren ohnmächtigen Hass gegen diese deutsche Gesellschaft entwickelt. Und gleichzeitig hatte er sich selbst wegen der Lieblosigkeit gehasst, die in diesem Hass lag.

Lysbeth hatte das alles verstanden, und sie hatte mit ihm gelitten, aber sie hatte sich gleichzeitig von ihm verlassen gefühlt. Auch sie gehörte zu denen, die aufbauten. Sie hatte nach dem Krieg die Chance erhalten zu studieren, was einem Wunder gleichkam. Sie hatte Ärztin werden dürfen. Mein Gott, Aaron, hatte sie oft gedacht und manchmal gesagt, kannst du denn nicht verstehen, was das für mich bedeutet?

Sie war doch noch zu einer Zeit geboren, als Frauen nicht studieren durften. Und dann hatte es die Zeit zwischen den Kriegen gegeben, die Republik, die heute die Weimarer genannt wurde. In dieser Zeit war vieles aufgebrochen, aber vieles hatte sich auch aufs Modische beschränkt, kurze Röcke und die Aufgabe der Korsetts. Dennoch, das begriff Lysbeth heute, hatte es durchaus einen Aufbruch für Frauen gegeben, und sie hatte daran teilgenommen, indem sie Maximilian von Schnell verlassen und mit ihrem Liebsten Aaron ein geheimes Studium der Medizin begonnen hatte. Sie hatte es gewagt, eine Frau zu sein, die so etwas tat: Mit einem sehr viel jüngeren Liebhaber sogar noch eine Herzensambition zu teilen: Die Medizin.

Aber es war geheim geblieben, die Examen hatte er gemacht, den Titel hatte er bekommen, die Praxis hatte er eröffnet. Sie hatte bestimmt nicht weniger Wissen als er, sie war durch die Tante wahrscheinlich sogar erfahrener, aber sie war nach außen nichts als seine Sprechstundenhilfe.

Sie hatte sich immer eingeredet, ja, sie hatte es geglaubt, dass diese Wirkung nach außen für sie ohne Belang war. Dass es ihr allein auf das Heilen ankam. Aber inzwischen wusste sie, dass sie sich damals geirrt hatte. Es kam ihr durchaus darauf an, mit ihrem Können und Wissen auch respektiert zu werden. Es kam ihr darauf an, dass ihre Meinung zählte. Und vor allem kam es ihr darauf an, dass sie selbständige Entscheidungen fällen konnte.

Jetzt, da Aaron fort war, begriff sie ganz allmählich, es sickerte wie Tröpfchen in sie hinein, dass sie in einen Konflikt geraten war, den sie selbst gar nicht bemerkt hatte. Es tat sehr weh, das zu erkennen, denn sie war schließlich kein kleines Mädchen mehr. Sie schalt sich, denn sie hätte es erkennen müssen. Doch nun war die Zeit vorbei. Aaron war weg, und sie hatte keine andere Chance, als Tag für Tag dem bitteren Gefühl der Erkenntnis standzuhalten, dass sie in die Irre gelaufen war. Sie hatte in einem vertrackten und völlig überflüssigen Kampf zwischen ihrer tiefen Liebe zu Aaron und ihrem Bedürfnis, eine unabhängige Frau zu sein, die Orientierung verloren.

Es dauerte lange Zeit, bis Lysbeth das wirklich begriff.

Wahrscheinlich wäre ihr das Ausmaß ihres inneren Widerspruchs nicht bewusst geworden, wenn ihre Schwester Stella ihr nicht täglich unnachgiebig, streng und zugleich sehr liebevoll den Spiegel vorgehalten hätte.

Wenn Lysbeth sich bei Stella beschwerte, dass Aaron sie verlassen hatte, schon, bevor er nach Amerika gegangen war, sagte Stella Sätze wie: »Aaron wirkt auf mich schon lange sehr verlassen. Man kann auch treu neben jemandem ausharren und ihn trotzdem verlassen. Das ist, glaube ich, noch schlimmer, als wirklich verlassen zu werden, denn in diesem Fall hat man die Chance zu leben. Sonst steckt man im Gefängnis fest.«

Lysbeth hätte ihre Schwester würgen können, wenn sie so etwas sagte. Aber wenn sie anschließend im Bett lag, allein, ohne von einem warmen Arm gehalten zu werden, ohne Aarons Körper, an den sie sich schmiegen konnte, allein umfangen von ihrer Bettdecke, sickerte in sie ein, dass an Stellas Worten etwas Wahres war. Sie wollte diese Erkenntnis nicht, sie wehrte sie ab. Aaron hätte doch etwas sagen können. Außerdem hätte er doch begreifen müssen, wie unendlich wichtig für sie das Medizinstudium gewesen war. Und später, als Ärztin im Krankenhaus zu arbeiten, Entscheidungen fällen zu dürfen, dafür geradezustehen, und zu erleben, wie jüngere Ärzte, die auf der Karriereleiter hochgeklettert waren, sie nach anfänglichem Widerstand gepaart mit Verächtlichkeit allmählich zu schätzen lernten, sogar ihren Rat einholten und ihm folgten, auch wenn sie so taten, als wäre es ihre eigene Entscheidung. Lysbeth war vor einem Jahr siebzig geworden. Diesen Tag hatte sie ganz still begangen. Er stand völlig im Widerspruch zu ihrem Lebensgefühl. Dieses Lebensgefühl war jung, im Aufbruch, etwas ganz Neues begann. Aber nun, da Aaron fort war, merkte sie, dass sie sich selbst betrogen hatte. Nein, sie hatte sich nicht betrogen, sie war irgendwie auf einen Pol gerutscht, den der Autonomie, der Selbständigkeit, des Aufbruchs. Den gegensätzlichen Pol, den der Abhängigkeit, der Beständigkeit, der Bindung hatte sie komplett aus den Augen verloren.

Nun saß sie da mit ihrer Selbständigkeit, ihrer Autonomie, ihrer Praxis, in der sie alles selbst bestimmen konnte.

»Du bist komplett aus der Balance geraten«, sagte ihre erbarmungslose Schwester. »Das war doch mit den Händen zu greifen.« Zuerst verließ Lysbeth den Raum, wenn Stella solche Sätze sagte, später verteidigte sie sich und rief Stella in Erinnerung, wie wichtig es auch Stella gewesen war, aus der Abhängigkeit zu einem Mann zu treten, um eigene Entscheidungen fällen zu können. »Ja«, bekannte Stella. »Bei so einem Mann wie Jonny ist es lebensnotwendig, nicht abhängig zu werden. So einer benutzt dich nämlich, jede Frau, der weidet deine Energie aus, der nährt sich von deiner Zuwendung, der schlägt um sich, wenn du nicht zur Verfügung stehst, da könntest du vergessen, dass du ein Mensch von Wert bist, das habe ich damals in Afrika auch vergessen, da war ich nur noch ein bedürftiges hungriges Wesen, das um Liebe bettelte. Aber das ist etwas anderes als das, was ich mit Anthony erlebt habe und was du von Aaron kennst.«

Ihr Ton war im Verlauf der Rede streng geworden. Lysbeth merkte, wie Stella die Tränen unterdrücken musste. So war es immer noch, wenn sie über Anthony sprach. Lysbeth senkte den Kopf und nahm einen Schluck von dem Tee, den sie neuerdings mit Stella am Abend trank. Sie kam jetzt auch früher aus der Praxis nach Hause. Zu lange dort zu bleiben erschien ihr plötzlich fade. Sie konnte doch ihr Leben nicht nur mit medizinischen Fällen füllen. Sie war doch auch noch da.

Es dauerte endlos lang, sie leistete massiven Widerstand, sie wollte es nicht begreifen, denn wenn sie es begriffe, das wusste ein Teil von ihr ganz genau, würde sie in einen Abgrund aus Verzweiflung fallen, doch irgendwann verstand sie: Sie war vergeblich vor ihrer Abhängigkeit von Aaron geflohen. Sie war von ihm abhängig, so wie jeder von dem Menschen abhängig ist, den er liebt. So wie jeder weiß, dass ein Leben ohne diesen Menschen so leer ist, als würde man eines eigenen Körperteils beraubt. Stella war es, die sagte: »Jeden Morgen, wenn ich aufwache, legt sich eine dunkle Decke aus Trauer über mich, wenn ich merke, dass der Platz neben mir, der Anthonys Platz war und ist, leer ist. Das ist jeden Morgen wieder so furchtbar, dass ich nicht weiß, wie ich den Tag überstehen soll.« Sie schluckte. Ihre Stimme schwankte, als sie fortfuhr: »Ich habe mich Anthony ganz und gar gegeben, er war mein Mann, ich war seine Frau. Wenn du so willst, ist das die schlimmste Abhängigkeit, die es gibt. Ohne ihn wird mein Leben immer schwer sein, immer traurig, immer mit einer schmerzenden Leerstelle.«

Lysbeth dachte an die Leerstelle, die es in ihrem Leben gab, seit Aaron nach New York gegangen war. Waren ihre Tage wirklich alle traurig, schwer, leer? Nein, entschied sie, nein, es gab jeden Tag wieder aufregende Herausforderungen, die sie zu meistern hatte, es gab Erfolge und Glücksgefühle, und im Kontakt mit ihren Patienten vergaß sie auch über lange Zeiten hinweg, dass Aaron in New York war und am Abend nicht auf sie wartete.

»Du hast noch eine Chance«, sagte Stella leise. »Aaron lebt und wird zurückkommen. Meine einzige Chance ist, meine Liebe zu Anthony in meinem Herzen wie einen leuchtenden Stern der Orientierung zu tragen. Wo dieser Stern mich leitet, da geh ich hin. Aber was du vielleicht nicht weißt, das ist folgendes: In meiner Abhängigkeit von Anthony war ich zugleich immer auch autonom, immer auch ich selbst. Und das bin ich auch jetzt. Es ist kein Widerspruch, Lysbeth, es gehört zusammen. Immer wenn es ein Widerspruch wird, fällt man auseinander und läuft in die Irre.«

Lysbeth musste lächeln. »Wer ist hier eigentlich die Schülerin der Tante?«, sagte sie. Stella lachte hell auf. »Du, meine Liebe. Aber ich glaube, in der letzten Zeit hast du das irgendwie vergessen. Aaron hatte ja recht, wenn er beklagt hat, dass du eine Ärztin geworden bist, die nur noch darauf schwört, was man messen und kontrollieren und behandeln kann. Die Weisheiten der Tante hast du irgendwie in deiner Arbeit vergessen.« Sie lenkte ein. »Ich bin ja nicht dabei, entschuldige bitte, aber so kommt es mir vor.«

Auch an diesem Abend ging Lysbeth mit Gedanken ins Bett, die gegen Stellas Worte Widerstand leisteten. Doch am nächsten Morgen dämmerte ihr, dass sie wirklich aus der Balance geraten war. Sie hatte irgendwie geglaubt, ohne sich damit wirklich bewusst auseinanderzusetzen, dass sie, um eine gute Ärztin zu sein, den Lehren der medizinischen Fakultät folgen musste. Sie hatte dabei die Weisheiten der Tante, die ihr bis dahin so wertvoll gewesen waren, die sie als tiefe Wahrheiten begleitet hatten, auch wenn sie in keinem medizinischen

Lehrbuch aufgeführt waren, weggeschoben. Als hätte sie sich deshalb geschämt. Und, so gestand sie sich allerdings erst während der folgenden Tage ein und auch erst nach weiteren Gesprächen mit Stella, der erbarmungslosen Schwester, sie hatte wohl auch geglaubt, nur eine kompetente autonome Ärztin sein zu können, wenn sie ihre Abhängigkeit von Aaron leugnete, wenn sie ihre Liebe zu ihm weniger wichtig nahm, irgendwie ein Stück beiseiteschob.

Als sie es endlich begriff, einen Monat nachdem Aaron weggefahren war, brach die Erkenntnis über sie herein wie eine alles verschlingende Flutwelle. Es kam mit einer solchen Wucht und mit einem solchen Schmerz und einem so starken Gefühl, etwas Unwiederbringliches verloren zu haben, dass sie sich einen Tag lang im Bett verkroch und wimmerte. »Wo bist du?«, wiederholte sie immer wieder mit kindlich hoher Stimme. »Ich brauche dich!«

Aber er war fort. Sie hatte von ihm einen einzigen Brief bekommen, den er noch während der Überfahrt geschrieben hatte. Danach noch eine Karte aus New York mit einer Skyline aus Wolkenkratzern. »New York ist aufregend«, stand auf der Karte. »Oft denke ich, wie schön es wäre, wenn Du bei mir wärst. So muss ich alle Abenteuer allein durchstehen. Leider ist Perls gar nicht hier. Nehme an anderen Vorlesungen teil. Ich umarme Dich. Dein Aaron

Diese Karte war schon ganz zerschlissen, weil sie sie immer wieder in den Händen drehte, las, als könnte sie noch eine verborgene Botschaft enthalten, streichelte, als könnte sie Aaron so näherkommen.

Sie gewöhnte sich an, abends vorm Einschlafen ganz intensiv an Aaron zu denken, sich sein schönes Gesicht vorzustellen, seine Hände auf ihre Haut zu legen, mit ihm zu sprechen. Das hatte sie zuletzt getan, als er im KZ gewesen war. Auch da hatte sie sich mit all ihrer Vorstellungskraft zu ihm begeben. Aber damals war es leichter gewesen, da hatte sie gewusst, dass er sie liebte, dass es ihm Halt geben würde, wenn er ihre Gedanken und Gefühle spürte. Jetzt war alles anders. Jetzt fühlte es sich an wie eine Leerstelle, die sie mit ihrem eigenen inneren Bild füllte. Ob das, was sie dann sah und fühlte, Aaron war, ob es ihn in der Ferne berührte, wenn er ihre Suche nach seiner Nähe spürte, das stand ebenso in den Sternen wie das Datum von Aarons Rückkehr.

Als Wilhelm nach New York fuhr, meldete Lysbeth sich in der Praxis krank. Das hatte sie nicht getan, seit sie sie führte, und sie erwartete, dass sich ein Wasserfall an Reue über sie ergießen würde, aber nichts geschah. Sie empfand kein schlechtes Gewissen, sie wusste, dass ihre Kollegin im Notfall einspringen würde, und Lysbeths Patientinnen mussten eben irgendwann später wiederkommen. Daran würde keine sterben. Das Einzige, was sie empfand, war die Last der Verantwortung, mit einem Brief etwas zu tun, das eine Wendung bewirken könnte. Eine Wendung in ihrem gemeinsamen Leben, das dann hoffentlich wieder möglich würde.

War sie dazu in der Lage? Sie war schließlich keine Dichterin. Bevor sie sich an den Brief setzte, trank sie mit Stella viel Tee, machte mit ihr Spaziergänge, sprach mit ihr über die Macht der Worte in der Liebe. Über Stellas Erfahrung mit Briefen in einer Zeit, in der sie über Jahre von Anthony getrennt gewesen war. Als jeder Brief eine Gefahr bedeutete. Sie erinnerten sich an Alma Stobbe, den geheimen Briefkasten der Widerstandsgruppe gegen Hitler. Alma Stobbe, die der Tante so nah gestanden hatte, die sie so in ihr Herz geschlossen hatte wie sonst nur Lysbeth und Stella. Nach dem Tod der Tante hatten sie sie gesucht, aber sie war verschwunden, ihre Wohnung von jemandem bewohnt, der Alma nicht kannte, aber wusste, dass sie dort erst nach dem Krieg ausgezogen war. Niemand, der einen Fingerzeig geben konnte, wo sie abgeblieben war.

Was war aus ihr geworden? Denn eines war klar: Alma hatte die Hitlerzeit überlebt. War ihr anschließend etwas zugestoßen? Und wie ging es ihr seit dem Verbot der KPD?

Doch die Gedanken zu Alma lenkten nur kurz vom Wesentlichen ab: Lysbeth wollte mit einem Brief das Herz ihres Mannes so berühren, dass er schnellstmöglich zu ihr nach Hamburg zurückkehrte.

»Du musst ehrlich sein«, sagte Stella. »Ganz und gar und schonungslos mit dir selbst. Jeder, der ehrlich ist einem anderen gegenüber, berührt dessen Herz. Das geht gar nicht anders, das ist menschlich. Wir sind umgeben von so viel Schein und Trug und Fassade, da zeigen ehrliche Worte so viel Mut, dass man einfach aufmerken muss.« Lysbeth dachte nach. »Was verstehst du unter ehrlichen Worten in diesem Zusammenhang?«, fragte sie.

»Das, was es ist: Ehrliche Worte in diesem Zusammenhang. Und der Zusammenhang ist, dass dir einiges ziemlich leid tut, dass du dich nach ihm mehr sehnst als ein Dürstender in der Wüste nach Wasser, dass er die Liebe deines Lebens ist und du dich auch wieder so verhalten willst, dass er das überhaupt merkt.«

Lysbeth sah sie staunend an. »Das ist ja schon die Gliederung meines Briefes«, sagte sie, »kannst du das bitte wiederholen.«

Stella weigerte sich. »Wie willst du einen ehrlichen Brief von Herzen schreiben, wenn du meine Punkte abarbeitest. Liebes Lieschen, du hast wirklich viel von dem vergessen, was die Tante uns beigebracht hat. Frag dich doch mal, was sie dir geraten hätte, um die richtigen Worte zu finden?«

Lysbeth lachte. »Sie hätte gesagt: ›Schüttel den Wortebaum und sammel auf, was herabfällt.‹« Stella klatschte in die Hände. »Genau! Schüttel den Wortebaum, Schwesterchen!«

Damit ergriff sie die Schultern ihrer Schwester und schob sie sanft zum Zimmer hinaus.

Den Brief zu schreiben war das Schwerste, was Lysbeth je getan hatte. Sie schüttelte zwar den Wortebaum, aber heraus kam Gestammel. Immer wieder der Satz: Komm zurück. Ich brauche Dich.

Als sie auch am nächsten Tag noch keine brauchbare Seite vollgeschrieben hatte, schloss sie die Augen, stellte sich Aaron vor, wie er vor ihr saß und ihr zuhörte. Dann sagte sie laut: »Tantchen, hilf!«, nahm den Stift in die Hand und schrieb, bis ihre Finger krampften. Sie sortierte nicht, gliederte nicht, folgte einfach ihren Gefühlen, den Gedanken, die vor ihr auftauchten. Sie konnte die Sätze pflücken, als neigten sie sich ihr entgegen.

Am Schluss hatte sie elf Seiten vollgeschrieben. Sie hatte nicht darauf geachtet, ob es besonders schön oder gar leserlich geschrieben war, sie hatte Aaron alles von ihrer Seele zu seiner geschrieben, und sie vertraute darauf, dass er sie verstehen würde. Es ging um ihre Angst vor Abhängigkeit, um ihre Sehnsucht, eine gute Ärztin zu sein, in der zugleich die Angst steckte, in seinem Schatten mickrig zu bleiben, in ihrem eigenen Wachstum behindert. Manches begriff sie selbst erst beim Schreiben, wie zum Beispiel ihre Angst, auch im Schatten der Tante nicht zu eigener Größe heranwachsen zu können. Deshalb hatte sie die Lehren der Tante, ihre Weisheiten, so beiseiteschieben müssen. Sie schrieb Aaron davon, dass sie trotzig geworden war. Trotzig ihren Platz eingefordert hatte, sich nicht mehr um die Regeln für weibliches Tugendverhalten kümmern wollte, auch nicht um die Regel, dass eine Ehefrau für das Wohlbefinden ihres Mannes zu sorgen hatte. Sie schrieb ihm davon, dass ihre Praxis, ihre Selbständigkeit, die Möglichkeit, dass sie ihre Praxis ganz nach ihrem eigenen Gutdünken formen konnte, für sie so etwas wie einen Ersatz dafür bedeutet hatte, dass sie nie ein Kind bekommen hatte. Dieser Schmerz war nun geheilt, denn dieses Kind war jetzt ihre Praxis.

Sie gab Wilhelm den Brief mit, schrieb »Aaron« und die Adresse aufs Kuvert, die Aaron ihr auf einer zweiten Karte mit der Freiheitsstatue genannt hatte, allerdings mit dem Zusatz: »Hier bin ich erst mal provisorisch untergekommen. New York ist erbärmlich teuer.« Er hatte ihr gleichzeitig die Telefonnummer seiner Wirtin genannt, damit sie ihn in dringenden Fällen anrufen könnte. Diese Telefonnummer schrieb sie neben die Adresse auf den Umschlag und bat Wilhelm, Aaron den Umschlag persönlich auszuhändigen und, falls er dort nicht mehr wohnte, sich telefonisch nach seiner neuen Adresse zu erkundigen.

## 35

Wilhelms Lehrfirma *Nissahl-Fiat* verfügte über vier Läden in Hamburg, der Showroom lag in der Grindelallee. Schon während der Lehre wurde Wilhelm als Kundendienstberater eingesetzt, arbeitete als Verbindungsmann zwischen Büro und Werkstatt. Während seiner Lehrzeit hatte Wilhelm einen kaputten Fiat 850 wieder zusammengebaut, bis er jede Schraube kannte. Jetzt besaß er einen silbernen Sportwagen besonderer Güte.

Bald nach seiner New-York-Reise schloss er seine Lehre als Kfz-Mechaniker mit der Note 1 ab. Da der Nissahl-Sohn Frank schnell sein Freund geworden war, blieb der Kontakt zu der ganzen Familie erhalten. Der Chef, Franks Vater, hätte Wilhelm gern bei sich eingestellt, aber Dritter sagte zu seinem Sohn: »Du kommst mir ins Geschäft, du übernimmst es mal. Dafür brauchst du eine kaufmännische Ausbildung.« Also machte Wilhelm seine zweite Lehre als Export-Kaufmann.

Wilhelm war stolz, dass der Vater ihn als zukünftigen Chef sah. Schließlich war Alex der Erstgeborene, dem das Recht der Firmenübernahme zustand. Und ursprünglich war das auch Dritters Absicht gewesen.

Alex hatte nach dem Abitur ein Jahr lang gar nichts getan, war ab und zu bei seinem Vater im Büro aufgetaucht, aber dort hatten sie viel gestritten. Wenn die Brüder anschließend beisammensaßen, schimpfte Alex über die Halsstarrigkeit des Vaters. Er ging davon aus, dass Dritter die Leitung der Firma nicht mehr lange innehaben konnte, obwohl er noch keine siebzig und unglaublich rüstig war. Innerhalb der vergangenen zehn Jahre hatte er geschafft, was wenigen zuvor gelungen war und wenigen nach ihm gelingen würde, und was seinen Söhnen, auch Alex, Respekt abverlangte: Er hatte sich vom Schauermann zum erfolgreichen Unternehmer hochgearbeitet. Man wusste, dass es so etwas in Amerika gab: Vom Tellerwäscher zum Millionär und solche Geschichten. Aber selbst da waren sie bestimmt rar gesät, und deshalb wurden diese Storys so häufig wiederholt.

In Hamburg, so verkündete Dritter stolz, gab es niemanden, der mit sechzig als Schauermann begonnen und mit fast siebzig eine Firma für Schiffs- und Kesselreinigung aufgebaut hatte, einen Mercedes plus Chauffeur besaß, ein großes Anwesen bewohnte, seinem Sohn einen Porsche zum Abitur schenken und seiner Frau allen Schmuck kaufen konnte, den sie sich wünschte.

Die Söhne wussten, dass ihr Vater auf die Mutter ärgerlich war, weil sie auf ihren kleinen Goldohrringen beharrte, die er ihr geschenkt hatte, als ihm die Ausgabe noch verdammt schwergefallen war, auf ihrer zarten Goldkette mit dem Brillantanhänger und dem Ehering nebst einem Brillantring, den er ihr zum letzten Weihnachtsfest geschenkt hatte.

Außerdem trug sie seit kurzem wie eine Uniform ihren schwarzen Rock und ihre weiße Bluse, manchmal auch eine schwarze Bluse, was ihr ein besonders strenges Aussehen verlieh. Zu mehr modischen Zugeständnissen war sie nicht bereit. Dennoch, auch wenn sie trotzig Widerstand gegen seinen neuen Reichtum leistete, bemerkten die Söhne, wie sie ihm manchmal einen bewundernden Blick zuwarf, kurz aus den Augenwinkeln. Wenn er zurücksah, wanderte ihr Blick sofort anderswohin.

Wer den Luxus am meisten ausschöpfte und am wenigsten bereit war, dafür etwas zu leisten, war Alex. Er fuhr mit seinem Porsche in Hamburg herum, war Stammgast im *Campari* am Gänsemarkt, wo sich die Söhne reicher Hamburger trafen und die jungen Frauen, die einmal einen reichen Hamburger heiraten wollten, blonde hochbeinige Mädchen mit neugierigen blauen Augen und teurer Kleidung. Ein paarmal in der Woche tauchte Alex in der Firma auf, der junge Chef, wie ihn die Arbeiter nannten, die ihn freundlich grüßten.

Alex war sehr unzufrieden mit seinem Vater. Der hatte längere Zeit dieser Unzufriedenheit sogar Wohlwollen entgegengebracht. »Die Jugend muss unzufrieden sein und alles ändern wollen, so war ich auch«, sagte er manchmal. Andererseits tönte er: »Du bist ein Grünschnabel, der nichts von der Welt und davon weiß, wie man Geld verdient. Lern das erst mal, dann kannst du dich über mich aufregen.«

Nur bei wenigen Besuchen beschränkten die beiden sich darauf, eine Zigarette miteinander zu rauchen und sich ein wenig über die Geschäfte auszutauschen. Meistens versuchte Alex, seinem Vater zu erklären, wie heutzutage Firmen geleitet wurden, zum Beispiel unter Zuhilfenahme von Maschinen jeglicher Art. »Du musst auf Technik setzen«, sagte er. »Dass du alles mit Arbeitskraft machst, ist auf Dauer viel zu teuer. Und komplett ineffektiv.«

Dritter schimpfte, wenn Alex so sprach. »Ich kenne jeden meiner Arbeiter mit Namen, ich weiß, was er leisten kann und was nicht. Wenn ich meinen Leuten ein Schiff zur Reinigung übertrage, ist es am Schluss gereinigt, darauf kann ich Gift nehmen.« Manchmal sagte er auch: »Darauf kannst du einen lassen!« Dann zog Alex indigniert die Augenbrauen hoch und machte deutlich, dass diese Art des Umgangs nicht die seine war.

Dritter war lange Zeit der Meinung gewesen, dass Alex einen guten Chef abgeben könnte, aber er fürchtete, dass er zu seinen Arbeitern nicht genug Kontakt bekäme. Er wirkte hochnäsig, und wahrscheinlich wirkte er nicht nur so, er war es wohl auch. Wilhelm hingegen wurde von den Arbeitern geschätzt. Wenn er erschien, weil Dritter sagte, dass er ihn brauchte, keulte er an vorderster Front, und Dritter sah, dass es ihm eine Ehre war, als Sohn des Chefs stärker reinzuhauen, als die anderen es taten. Dritter beobachtete das mit Vergnügen. Wilhelm fehlte aber das andere, das Chefgehabe, das Alex besaß. Am besten ist vielleicht, wenn die beiden die Firma später gemeinsam leiten, überlegte Dritter sich. In seinen Gedanken betonte er das »später«. Noch war er nicht im Geringsten bereit zum Rückzug.

Also sagte er zu seinem Sohn Wilhelm: »Du kommst in die Firma. Mach noch eine andere Lehre.« Wilhelm war zwanzig Jahre alt. Nun also die nächste Lehre. Im- und Export-Kaufmann, das goldene Siegel des Hamburger Kaufmanns. Es fiel ihm nicht schwer, täglich im Anzug und mit gewienerten Schuhen in die Innenstadt zu fahren. Sein Fiat leistete ihm treue Dienste. Schwer fiel ihm das Stillsitzen. Er bekam einen Schreibtisch, Akten, Unterlagen. Zum Glück durchlief er unterschiedliche Abteilungen. Aber er kehrte doch immer wieder an einen festen Platz zurück. Er sah, wie die Sachbearbeiter ihre Schreibtischplätze hüteten, als wären es Festungen. Niemand durfte sich daransetzen, niemand durfte in fremde Akten blicken. Wilhelm aber war es gewohnt, sich zu bewegen.

Während der Kfz-Lehre hatte er sich viel bewegt, er war kein Mensch, der den ganzen Tag auf einem Platz sitzen bleiben konnte. Manchmal wollte er diese zweite Lehre hinschmeißen. Aber er hatte sich verliebt, er dachte erstmals an eine Zukunft mit einer Frau und vielleicht sogar mit Kindern. Er sah den Erfolg des Vaters mit anderen Augen. Der konnte seiner Familie etwas bieten. Das wollte Wilhelm auch erreichen.

Es war kurz nach seiner Rückkehr aus New York geschehen. Da hatte er im *Top Ten* ein Mädchen bemerkt, das ihm entfernt bekannt vorkam. Sie sah sehr kess aus. Blond, blauäugig, mit Haaren, die ihr bis zu den Ohren reichten, einem breiten Mund, der spöttisch lachte. Sie war nicht eigentlich hübsch, das nicht. Aber sie hatte etwas so Freches, Aufreizendes an sich, dass Wilhelm immer wieder hingucken musste.

Es war August 1965. Unter den jungen Leuten in Hamburg gärte es irgendwie, kleine Blasen stiegen aus dem Sud auf, in dem sie lange Jahre geschmort hatten, dieser Sud aus Wohlstandsanstand, verlogener Fassade und Angst vor dem Verdrängten, vor allem vor der verdrängten Angst. Diese Unruhe wurde von der Generation über ihnen bagatellisiert: Junge Leute sind nun mal so, wurde oft gesagt. Gleichzeitig eskalierten in den meisten Familien die Konflikte über Äußerlichkeiten, die langen Haare, die seit dem Erfolg der Beatles in Mode gekommen waren, die kurzen Röcke, die engen Jeans.

All diese Konflikte gab es nicht mit Wilhelms Eltern. Sicher, sein Vater machte deutlich, dass er lange Haare unmännlich fand, die Musik, die seine Söhne hörten, tat ihm in den Ohren weh, auch er nannte sie manchmal »Hottentottenmusik«, aber ansonsten fand er, dass seine Söhne schmucke Burschen waren, auf die er stolz sein konnte.

Marthe gefiel alles Englische, und auch die Amerikaner mochte sie, schließlich sprachen die Englisch, kauten Kaugummi und hatten die Freiheitsstatue. Seit kurzem arbeitete sie in einer amerikanischen Firma, die sie von ihrer vorigen Firma abgeworben hatten. Nun hatte sie einen jungen Kaugummi kauenden Chef, ein junges Team, das aus Graphikern, Journalisten, Akquise und Vertrieb bestand. *Memo-Marketing*, so der Name der Firma, verfügte über ein viel zu großes Büro im zehnten Stock des Hochhauses, das direkt am Anfang der Reeperbahn lag.

Marthe hätte zwei große leere Räume für sich allein haben können, aber das gefiel ihr nicht. Also saß sie im gleichen Zimmer wie der Journalist und die Graphikerin, die nur zwei Tage die Woche erschien. Marthe war für alles zuständig, was irgendwie mit Organisation und Schriftverkehr zu tun hatte.

Der »Memoladen«, wie sie es oft nannte, gab eine Zeitschrift heraus, die sich allein aus Anzeigen finanzierte. Die Zeitschrift wurde kostenlos an Haushalte verteilt, insbesondere in den Stadtteilen, wo viele Anzeigen geschaltet worden waren, was wiederum dazu führte, dass dort noch mehr Anzeigen eingingen. Das Ganze war ein Werbeunternehmen mit Zukunftsambitionen. Die Zeitschrift machte durchaus etwas her.

Mike war in New York in der Werbung tätig gewesen, er hatte eine deutsche Frau und war deshalb nach Hamburg gezogen, aber auch, wie er betonte, weil »Hamburg das Tor zur Welt ist«. Tobias, der Journalist, schrieb die meisten Artikel allein, und da er jung und ehrgeizig war, gerade von der Journalistenschule kam und überglücklich, eine ganze Zeitung füllen zu dürfen, war die Zeitschrift durchaus lesenswert. Natürlich ging es um die üblichen Themen wie Diäten und Schminken und Kochen, aber Tobias brachte es fertig, seinen Artikeln immer eine kleine besondere Note zu verpassen. Jede Ausgabe stand unter einem besonderen Thema, um das sich auch die Anzeigen rankten. Das konnte durchaus so profan wie »Frühlingsanfang« sein, aber auch etwas so Delikates wie »Alzheimer, wie verhalte ich mich betroffenen Angehörigen gegenüber und wie vermeide ich, daran zu erkranken?«. Bei diesem wie bei anderen heiklen Problemen lief Tobias zur Hochform auf.

Mike steuerte regelmäßig den Begrüßungsartikel bei. Oben prangte sein Foto, auf dem er mit seinen beiden Söhnen, fünf und acht Jahre alt, eng an sich gedrückt, gemeinsam in die Kamera lachte. Aber auch Gitta, die Graphikerin, schrieb den einen oder anderen kleinen Artikel, und sogar Marthe wurde neuerdings aufgefordert, inhaltlich ihren Teil beizusteuern.

Zweimal in der Woche kamen alle zusammen, um über die nächsten Aufgaben zu sprechen. Bei diesem »Meeting« wurde Englisch gesprochen, es wurde Coffee getrunken, und oft gab es schon am Vormittag Sekt. Davon hielt Marthe sich allerdings fern, nachdem sie zweimal festgestellt hatte, dass sie dann den ganzen Tag über nicht zu gebrauchen war.

Marthe liebte diese Arbeit. Auch die Menschen, denen sie im Fahrstuhl begegnete. Unter ihnen nahm die *Werbeagentur William Wilkens* zwei Stockwerke ein, und dort arbeiteten Menschen, die aussahen wie Filmstars. Manchmal vermutete Marthe, dass es sich vielleicht sogar um Filmstars handelte, ausnahmslos schlanke, schöne und sehr selbstbewusste junge Menschen.

All diese Umstände bewirkten, dass Marthe nicht das Geringste gegen die Kleidung ihrer Söhne einzuwenden hatte. Ihr Chef trug auch Jeans und ein aufgeknöpftes Hemd, und er erkundigte sich am Montag regelmäßig nach den Wochenendaktivitäten ihrer Söhne. Wozu sie reichlich Auskunft geben konnte, denn besonders Wilhelm geizte nicht mit Beschreibungen dessen, was er erlebt hatte.

Seit er sich verliebt hatte, merkte sie freilich, wie er ihr entglitt. Das bereitete ihr ein leicht verlorenes Gefühl. Zum Glück war Peter nach wie vor nah bei ihr. Er war zwar der erfolgloseste ihrer Söhne, die Schule hatte er mit Ach und Krach und viel finanzieller Unterstützung bis zur mittleren Reife geschafft. Er versuchte, seinem Bruder Wilhelm nachzueifern, hatte wie der eine Lehre als Kfz-Mechaniker begonnen, die er allerdings noch vor Ablauf des ersten Jahres wieder abgebrochen hatte. Nun hatte er ebenso wie Wilhelm eine Lehre als Im- und Export-Kaufmann angefangen. Doch Marthe merkte, wie schwer es ihm fiel, morgens rechtzeitig aus dem Bett zu kommen und sich dort Tag für Tag von 8.00 Uhr morgens bis 18.00 Uhr nachmittags aufzuhalten.

Aber sie verübelte es ihm nicht. Er war nun mal ihr Kleiner.

Oft setzte er sich nach der Arbeit zu ihr ins Wohnzimmer – ihr feudales saalartiges Wohnzimmer – vor den Kamin und erzählte ihr von seinem Tag. Zudem hörte er aufmerksam zu, wenn sie von dem ihren berichtete. Solche abendlichen Gespräche hatte sie mit Dritter nie geführt. Ihr Mann war kein Gesprächspartner über Gedanken und Gefühle.

Früher hatte sie diese Nähe mit Alex gehabt, wenn sie über Artikel aus dem *Spiegel* oder *Stern* gesprochen hatten. Und mit Wilhelm gab es diese Verbundenheit, wenn sie durch das »Alte Hamburg« spazierten, was durchaus vorkam, und sich darüber freuten, wenn die alten Häuser gepflegt waren. Manchmal spazierten Wilhelm und sie auch in die Johnsallee an ihrem Haus vorbei. Aber das taten sie selten, denn es schmerzte.

Seit aber Alex seine Freundin hatte und nun auch Wilhelm sich verliebt hatte, was er als Strahlen unübersehbar im Gesicht trug, empfand Marthe einen Stich der Eifersucht auf die jungen Freundinnen ihrer Söhne und fühlte sich seltsam verloren.

Wilhelm ahnte nichts von den Gefühlen seiner Mutter. Er hatte schon bei der ersten Begegnung im *Top Ten* festgestellt, dass er Silke seit der frühen Schulzeit kannte. Sie hatte die Mädchenschule besucht und er die Jungenschule. Er hatte sie damals schon toll gefunden, aus der Entfernung, denn nahe hatte er sich nicht an sie herangetraut. Sie war immer so vorlaut gewesen, so übermütig, so mutig. Sie war als Mädchen genau das Gegenteil dessen gewesen, wie er als Junge war.

Damals zumindest war er ängstlich und schüchtern gewesen, heute, nach seinen Erfolgen beim Eishockey, heute, nachdem er am Nürburgring und in New York gewesen war, heute war er anders. Heute war auch er mutig, heute hatte er etwas vorzuweisen, heute stand er im *Top Ten* bei den Männern, die zum Stamm gehörten, die man hier kannte, die sich untereinander kannten, heute war er einer der Söhne Hamburgs, denen die Zukunft gehörte. Sein Freundeskreis war illuster und ein wenig verrückt: junge Designer, Modebesessene, adlige Söhne. Auf einem Adelsgut war Wilhelm sogar schon zu einer Party eingeladen gewesen. Dort hatte es nicht nur Alkohol gegeben, sondern auch Haschisch in Fülle und sogar einige LSD-Pillen, von denen Wilhelm sich allerdings ferngehalten hatte.

Nun also Silke. Nach langer Zeit. Wie hatte sie ihn wohl in Erinnerung, fragte er sich bei dieser ersten Begegnung. Er bemühte sich angestrengt, sehr selbstbewusst zu wirken. Erzählte von New York. Erzählte von Ahrensburg. Erzählte von Eishockey. Erzählte ohnehin viel zu viel. Silke lachte, vielleicht zu viel, Silke tanzte und winkte ihn zu sich, und er fühlte sich ungelenk neben dieser jungen Frau, die sich in ihren Jeans mit dem Nietengürtel, dem engen Oberteil und den glänzenden blonden Haaren offenbar unglaublich wohl in ihrer Haut fühlte.

Silke war besonders. Sie studierte an der Fachhochschule für Bildende Künste in der Armgardstraße Kostümdesign. Sie schneiderte ihre Sachen selbst, wie sie stolz erzählte, auch wenn Wilhelm an ihren Jeans und ihrem T-Shirt nichts selbst Geschneidertes entdecken konnte.

Irgendwann knutschten sie sogar ein wenig, aber das wirkte so surreal auf Wilhelm, dass er es kaum glauben konnte. Irgendwann sagte sie: »Ich muss gehen. Sonst kriege ich die letzte Bahn nicht. Wohne jetzt in Ottensen, dicht bei der Elbe. Meine Eltern sind umgezogen.« Und dann sprach sie noch davon, hastig, bevor sie verschwand, als sei es sehr wichtig, dass er das noch über sie erfuhr, wie scheußlich es sei, als erwachsene Frau bei seinen Eltern wohnen zu müssen. Als sie fort war, dachte Wilhelm, wieso spreche ich nie über mich als erwachsenen Mann? Und er wunderte sich, dass er es gar nicht schrecklich fand, bei seinen Eltern zu wohnen.

Am nächsten Tag nach der Arbeit machte er sich auf den Weg. Er klapperte alle Freunde ab, von denen er irgendwie hoffte, dass sie Silke kennen könnten. Er wurde ausgelacht, abgewiesen oder stand vor verschlossener Tür, aber zu guter Letzt erfuhr er von einer jungen Frau in einer Wohngemeinschaft in Wandsbek Silkes Adresse.

Direkt anschließend fuhr er hin. Es war schon 22.00 Uhr, aber es war noch nicht vollkommen dunkel. Er parkte seinen Fiat vor der Haustür, lehnte sich lässig dagegen, so wie James Dean es getan hätte, drehte die Musik im Autoradio laut auf und wartete. Nachbarn wurden unruhig, Beschimpfungen flogen Wilhelm an den Kopf, aber es gab auch interessierte Passanten, denen er freimütig erzählte, er habe sich verliebt und hoffe, dass sich in einem dieser Fenster das ersehnte Gesicht zu erkennen gäbe.

Und dann stand sie vor ihm, so erschreckend real, dass er meinte, nur die Ausgeburt seiner Sehnsüchte vor sich zu haben. Er konnte nicht glauben, dass diese lachenden Augen wirklich ihn anschauten. Doch da sagte sie: »Lass uns losfahren«, und warf sich auf den Beifahrersitz. Wilhelm startete mit zittrigen Fingern. Er wusste nicht, wohin sie wollte, und er wusste auch nicht, wohin er wollte. Sie bot ihm eine Zigarette an, und er griff dankbar zu. Schweigend und rauchend fuhr er bis zur Elbe, das schien ihm die richtige Adresse zu sein. In Övelgönne stiegen sie aus.

Silke griff nach seiner Hand und zog ihn zum Elbufer. Inzwischen hatte die Dunkelheit sich über die Elbe gelegt. Die Lichter vom gegenüberliegenden Ufer blinkten wie Sterne in die Nacht.

Plötzlich schubste Silke ihn in den Sand und hockte sich auf ihn. Wilhelm war völlig perplex. So etwas hatte er nicht erwartet. War das so überhaupt richtig? Musste er nicht auf ihr hocken? Was passierte gerade? Es fühlte sich freilich unerträglich wundervoll an. Er griff nach ihrer Taille und umfing sie. Sie warf den Kopf zurück und lachte. »Versprich mir, dass du mich immer lieben wirst«, sagte sie. Wilhelm schluckte. Er war überwältigt von dieser ungestümen jungen Frau, ihren funkelnden Augen, ihrem lachenden großen Mund, dazu ihrem Körper, der auf seinem saß, und obendrein seiner Erektion, gegen die er sich nicht wehren konnte, obwohl er es versuchte. Das spürte sie doch bestimmt. Wie peinlich!

Kaum hörbar brachte er heiser heraus: »Ich verspreche es.« »Lauter!«, rief sie. »Lauter, sonst glaub ich dir nicht.« Und sie bewegte sich auf ihm wie auf einem Pferd. Er stöhnte leise. Sie sollte aufhören, sein Schwanz schmerzte, nicht dass sie ihn abbräche. Da fiel ihm ein, dass sie ein zartes Mäuschen war und er seit ein paar Jahren breite Schultern und starke Muskeln besaß. Er hielt sie in der Taille fest, drehte sich um, legte sie sanft unter sich und saß nun seinerseits auf ihr. Sie quiekte, verschluckte sich vor Lachen, schrie: »Schluss jetzt! Geh runter, du unverschämter Kerl!«

In der Nähe spazierten Leute durch die Dunkelheit. Wilhelm konnte sie nicht sehen, aber er wusste, dass sie da waren, und er nahm an, dass die jetzt alle zu ihm guckten und vielleicht sogleich neben ihm erscheinen und ihn hilfsbereit von dem Mädchen wegzerren würden. Doch sie lachte so fröhlich, dass wohl niemand eine Gewalttat seinerseits vermutete. Also nutzte er die Gunst der Stunde, legte ihre Arme angewinkelt in den Sand, hielt ihre Hände fest und sagte rau: »Jetzt versprichst du mir erst mal etwas!« Silke leistete noch eine Weile Widerstand, ruckelte an ihren Armen, gab dann aber auf und blickte ihn nur noch mit aufgerissenen Augen an. Irrte er sich oder lag in diesem Blick Bewunderung? »Was?«, fragte sie. Ihre Stimme klang streng, aber ihr Gesicht war weich, und ihr Mund war leicht geöffnet. Er hatte sagen wollen, dass sie ihn nie wieder nach unten drücken sollte, weil er das auf den Tod nicht ausstehen konnte. Stattdessen hörte er erstaunt, wie aus seinem Mund kam: »Dass du mich heiratest!«

Silke quietschte auf. »Heiraten? Spinnst du? Wir haben noch nicht mal miteinander geschlafen.« Er grinste. »Das sollten wir schleunigst nachholen. Und dann wird geheiratet.« Erleichtert merkte er, dass er die Kurve gekriegt hatte. Sie kicherte amüsiert. Es war also ein Witz gewesen. Darin war er ohnehin am besten. Er brachte es immer wieder fertig, Mädchen zum Lachen zu bringen.

Er hob ihre Hände hoch, küsste sie und faltete sie vor Silkes Brust. Er sprang aus der Hocke auf seine Füße, was ihr einen anerkennenden Pfiff entlockte. Er reichte ihr die Hand und zog sie in die Höhe.

Beide klopften sich den Sand von der Kleidung, ergriffen einander bei den Händen und spazierten an der Elbe entlang. Ihre Schritte passten sich wundersam aneinander an. Als Wilhelm seinen Arm um ihre Taille legte, machte sie es ebenso. Wie perfekt ihre Schulter unter die seine passte. Sie hatte genau die richtige Größe für ihn, etwa einen halben Kopf kleiner. Aber sie war so viel schmaler als er. Kaum Hüften hatte sie, kaum Busen. In ihrer engen Jeans mit dem nietenbesetzten Gürtel wirkte sie wie ein Junge.

Einem plötzlichen Einfall folgend, legte Wilhelm seine Arme um ihr Gesäß und ihren Rücken und hob sie auf. »Was machst du da?«, quiekte sie wieder. »Lass mich sofort runter« Aber es gefiel ihr offenbar, denn sie klammerte ihre Beine um ihn, schlang ihre Arme um seinen Rücken und legte ihren Kopf an seine Schulter. Wilhelm stapfte einige Schritte durch den Sand, bis er sie sanft auf den Boden bettete. »Ich möchte jetzt mal zur Abwechslung neben dir liegen«, sagte er.

Sie rührte sich nicht, lag auf dem Rücken, genauso, wie er sie hingelegt hatte. Er begann sie zu streicheln, ihr hübsches Gesicht mit den weichen Wangen, die von einem leichten Flaum bedeckt waren. Ihre Schultern, die leicht eckige Knochen vorstehen ließen. Als er begann, ihren Bauch zu streicheln, die Taille entlangzufahren, den Bauch von der Mitte ihrer Brüste bis zum Schambein, seufzte sie auf.

Schon wieder hatte er eine mordsmäßige Erektion, aber das war ihm jetzt egal.

Es war nicht sein erster Sex mit einer Frau. Es hatte die eine oder andere gegeben, mit der er auf Partys herumgeknutscht hatte, und mit zweien war er auch schon in dunklen Zimmern, einmal auf einem Sofa und einmal auf dem Teppich gelandet. Das Elternschlafzimmer aufzusuchen, wie manche der anderen taten, wenn er ihren Erzählungen glauben sollte, schien ihm respektlos. Auch wenn man anschließend alle Spuren verwischte.

Die sexuellen Begegnungen waren aufregend gewesen. Er wusste ja gar nicht, wie sich so ein Frauenkörper anfühlte. Und er fühlte sich ganz unglaublich an. Völlig anders als der eigene Körper. Auch bei Feli, der einen von den beiden, die zierlich wie ein Vögelchen war, fühlte es sich weich an ihrem Bauch und ihren Brüsten an. Allerdings hatte er nur gewagt, sie dort ganz zart zu berühren, bis sie sich geschüttelt und gesagt hatte: »Das kitzelt!«

Mit Silke würde es anders sein, das wusste er. Silke würde ihm zeigen, wie sie gerne angefasst werden wollte. Sie würde ihm beibringen, was ein Mann mit einer Frau tun musste, damit es ihr gefiel. Unter ihrer Anleitung würde er sich trauen, sie zu erkunden. Zumindest hoffte er, dass auch sie das gern wollte. Denn es war sein großer Wunsch. Mädchen, Frauen waren so geheimnisvoll. Er hatte noch nie ein weibliches Geschlecht angeschaut. Mit Feli und der anderen war es im Dunkel und eher verstohlen gewesen.

Einen Monat später waren Wilhelm und Silke ein festes Paar, das fast alles am Abend gemeinsam machte. Also besuchten sie auch gemeinsam das Konzert der *Rolling Stones* in der Ernst-Merck-Halle, obwohl Wilhelm nicht viel Lust darauf hatte. Aber Silke wollte unbedingt zu diesem Konzert.

Wilhelm war aus mehreren Gründen dagegen. Es war bekannt, dass zu den Auftritten der Stones viel Randale gemacht wurde, Jugendliche gerieten außer Rand und Band, zerstörten Mobiliar, prügelten sich mit der Polizei, Wasserwerfer, Polizeieinsatz gehörten zu Stones-Konzerten dazu. Die Musik der Stones war laut, schroff, wild, genauso wie viele junge Menschen in Deutschland es brauchten, um ihren Unmut über die engen Grenzen ihres Lebens laut werden zu lassen. Die Stones pflegten ihr Image als »Böse Buben«, mit dem sie sich von den »braven Beatles« absetzten. Wilhelm liebte die Beatles, sie waren für ihn so etwas wie alte Freunde, für die Anhänger der Stones jedoch waren die Beatles-Fans so etwas wie Weicheier.

Silke schwärmte für die Stones, und Wilhelm wollte kein Weichei sein. Auch er hatte nicht den geringsten Sinn für das, was im Rundfunk meistens an Musik lief. Rex Gildo und Roy Black bewirkten, wie er sagte, »dass sich meine Schuhsohlen wellen«. Auch er fand vieles miefig in Deutschland, vor allem viele seiner Kollegen in der Firma. Doch die Beatles-Musik war für ihn viel reicher und schöner als der Krach der Stones.

Aber Silke wollte nun einmal dahin, und er fühlte sich verantwortlich für sie, er würde sie nicht alleine gehen lassen. Die *Stones* traten am 13. September zweimal auf, einmal am Nachmittag, einmal am Abend. Wilhelm kaufte Karten für die Abendveranstaltung. 10 Mark pro Person, das war eine Menge für ein Lehrlingsgehalt. »Wenn es Ärger oder Krawall gibt, machen wir uns aus dem Staub«, sagte er zu Silke. »Komm nicht auf die Idee, dich da einzumischen.« Sie machte einen Schmollmund und sah ihn an, als überlege sie, ob er vielleicht doch ein Weichei sei.

Als sie zur Ernst-Merck-Halle kamen, fuhr ein Adrenalinstoß durch Wilhelm. Da waren Tausende Jugendliche und jede Menge Polizei. Jedes der beiden Konzerte war komplett ausverkauft, sechstausend Menschen passten in die Halle hinein. Der Schwarzmarkt blühte. Wilhelm dachte kurz, dass er noch mehr Karten hätten kaufen sollen. Dann könnte er sie jetzt verscherbeln und hätte seine Karten wieder raus. Ich muss noch einiges lernen, wenn ich ein erfolgreicher Unternehmer werden will, dachte er und beschloss, in Zukunft solche Gelegenheiten aufmerksamer zu nutzen.

Die Hälfte der jungen Leute, die vor der Halle standen, bestand aus Teenagern. Wilhelm fühlte sich fast schon unpassend alt.

Als das Konzert losging, fingen viele der Mädchen an zu stöhnen, sie schluchzten verzückt, drängten zur Bühne, wurden von Ordnern auf ihre Plätze zurückgeschoben, heulten dort weiter. Wilhelm fand das eher peinlich. Die halbe Halle stand auf den Stühlen, auch Silke. Ein junger Mann begann sich auszuziehen. Auf Befehl der Ordner musste er sich wieder anziehen. Nun haute er sich mit den Schuhen an die Schläfen. Es war gespenstisch.

Die *Stones* waren kaum zu hören, das Gekreische übertönte alles. Die Anlage war nicht in der Lage, das zu übertönen. Sie hatten gerade mit *The last time* einen Riesenhit gelandet. Der wurde frenetisch bejubelt. Wilhelm stellte sich nun auch auf einen Stuhl, hielt Silke fest. Die Halle kochte. Als die Stones nach knapp einer Stunde ihr Konzert beendeten, nahm der Jubel kein Ende.

Wilhelm und Silke schoben sich gemeinsam mit den anderen sechstausend Besuchern nach draußen, dort bot sich ihnen ein erschreckender Anblick. Auf dem Platz vor der Halle fand eine erbitterte Straßenschlacht statt. Sie sahen beschädigte Autos, umgeknickte Bäume, zerstörte Papierkörbe, zerfetzte Wahlplakate, demolierte Straßenlaternen und Schaufenster. »Nichts wie weg hier«, sagte Wilhelm und zog Silke schnell nach rechts am Gebäude vorbei, damit sie gar nicht erst in die Menschenmenge gedrängt werden konnten. Er hatte die Rocker vom Stadtpark entdeckt, die allgemein »Rowdys« genannt wurden. Die waren gefährlich, das wusste er, seit er damals die Jazz-Konzerte im Stadtpark besucht hatte.

Silke ließ sich von ihm ziehen, aber sie blickte immer wieder nach hinten zu den Kämpfenden. Sehnsüchtig, wie es Wilhelm schien. Ihn stieß das Aussehen der Rowdys ab: Tätowierungen auf den behaarten kräftigen Unterarmen, Lederwesten, ausgebeulte Hosen, dicker aggressiver Schmuck. Wilhelm hatte einen großen Sinn für Ästhetik. Auch er trug Schmuck, einen glatten silbernen Armreif, und seit kurzem eine Silberkette, die Silke ihm geschenkt hatte. In diesem Augenblick fühlte er sich erstmals nicht ganz richtig neben Silke. Als wäre er ihr nicht männlich genug.

In der darauffolgenden Woche kaufte er sich eine Motorradlederjacke, obwohl er keinen Motorradführerschein hatte, und er durchstach sich selbst mit einer glühenden Nadel ein Ohrläppchen, um einen Ohrstecker mit Brilli, wie er sagte, hineinzubohren. Silke bewunderte ihn sehr, besonders bewunderte sie seinen Mut, sich selbst ein Loch ins Ohr zu stechen.

## 36

Als sie die Nachricht aus dem Briefkasten nahm, ein schwarz umrandetes Kuvert aus der DDR, durchfuhr es Stella wie mit Nadelstichen. Sie wagte nicht, die Karte zu öffnen. Wer war tot?

Angela und Roberta konnten es nicht sein, davon war sie überzeugt. Dann würde sie nicht mit so einer Karte informiert werden. Aber ansonsten war alles möglich. Sicher, Helga und Helmut waren die Ältesten, aber auch Lydia war in dem Alter, wo es plötzlich schnell zu Ende gehen könnte. Aber wäre dann nicht auch Cynthia informiert worden? Stella durchsuchte die übrige Post, nein, für Cynthia war kein gleicher Brief da. Sie atmete erleichtert aus, um sich sogleich zu schelten. Irgendjemand war tot, und wer es vom Hof auch war, es war traurig.

Sie warf dem Brief einen Blick zu, als handle es sich um ein gefährliches Reptil. Was stand drinnen? Helga oder Helmut? Einer von beiden musste es sein. Wieso hatte Angela nicht angerufen? Es war doch möglich zu telefonieren. Nicht gerade unkompliziert, aber möglich. Und ein Telegramm wäre auch möglich gewesen. Warum eine solche offizielle Information? Wahrscheinlich war die Beerdigung schon vorbei oder in so baldiger Nähe, dass sie keine Einreisegenehmigung mehr bekommen könnten.

Sie hielt es nicht aus, auf Lysbeths Rückkehr am Abend zu warten.

Das Haus kam ihr entsetzlich leer vor. Seit Eckhardts Tod und Aarons Wegfahrt waren sie ein Dreifrauenhaus, nie zuvor war das Haus nur von drei Menschen bewohnt gewesen, jede Frau eine Etage. Es war furchtbar leer und traurig und von einer dunklen Aura aus Einsamkeit umhüllt. Manchmal dachte sie sogar, dass Jonnys Vorschlag, wieder in die Kippingstraße zu ziehen, gar nicht so abwegig gewesen war. Sie wollte ihn zwar nicht bei sich haben, aber vielleicht sollte sie ihre Wohnung vermieten und wirklich bei Lysbeth unten unterkriechen.

Kurz entschlossen zog Stella sich an und machte sich auf den Weg zu Lysbeths Praxis. Die Sprechstundenhilfe fragte freundlich nach ihrem Namen, Stella Maukesch bewirkte kein Aufmerken bei ihr. Lysbeth Bleibtreu und Stella Maukesch brachte sie in keinen Zusammenhang. Erst als Stella raunte: »Ich möchte zu meiner Schwester, es ist dringend«, gab es so etwas wie ein kurzes Aufglimmen von Verstehen in den blassblauen Augen der weißgekleideten jungen Frau. Sie wies zum Wartezimmer. »Würden sie bitte kurz Platz nehmen, ich sage der Frau Doktor Bescheid.«

Das Wartezimmer war voll von jungen und älteren Frauen. Einige waren sichtbar schwanger, bei anderen vermutete Stella, dass sie zur Krebsvorsorge kamen. Und dann gab es sicher unter den jungen Frauen einige, die sich von Lysbeth mit der großen neuen pharmazeutischen Errungenschaft versorgen lassen wollten, der Anti-Baby-Pille. Stella vermutete sogar, dass die Hälfte der Frauen hier ein Rezept für eine Anti-Baby-Pille wollten. Dieses Medikament zur Empfängnisverhütung hatte seit seiner Einführung 1961 zu erbitterten Diskussionen in der BRD geführt. Nicht nur die katholische Kirche, die Empfängnisverhütung ja pauschal ablehnte, auch weite Teile der Bevölkerung fanden, dass die Anti-Baby-Pille dem sittlichen Verfall Tür und Tor öffnete. Der Pharmakonzern *Schering* hatte deshalb zu dem Trick gegriffen, die Pille als »Mittel zur Behebung von Menstruationsstörungen« einzuführen.

Das erlaubte Ärztinnen wie Lysbeth, sich über die Restriktion hinwegzusetzen, dass dieses Medikament nur verheirateten Frauen verschrieben werden durfte. Dass die Pille in der DDR seit einem Jahr kostenlos allen Frauen zur Verfügung stand, empörte die Sittenwärter in der BRD ganz besonders als Beweis, wie unmoralisch es im Sozialismus zuging.

Stella blickte sich unauffällig um. War vielleicht eine dabei, die ungewollt schwanger war? Wie hielt Lysbeth es mit den Abtreibungen, seit Jonny ihr gedroht hatte? Sie hatten nicht mehr darüber gesprochen.

Zorn wallte in Stella auf. Es war unfair, dass Männer wie Jonny völlig unbehelligt durch irgendwelche tieferen Probleme, Ängste, Selbstzweifel durchs Leben kamen, selbst jetzt noch war es ihm möglich, sich für einen tollen Hecht zu halten. Frauen hingegen wurden durch so viele Widrigkeiten auf ihrem Weg gestört und aufgehalten. Sie wurden gewollt oder ungewollt schwanger, beides eine große Belastung für ihre Körper und ihre Seelen. Sie fühlten sich verantwortlich dafür, dass ihre Kinder glücklich wurden. Und sie trugen die Verantwortung dafür, dass ihre Männer glücklich wurden, denn sonst könnten die sie verlassen und sie stünden allein da. Und dann die Zeit, wenn sie nicht mehr schwanger werden konnten, gleichzeitig für Männer an Attraktivität verloren und damit irgendwie ihres Frauseins verlustig gingen.

Sie selbst hatte die sogenannten Wechseljahre mit wenig Problemen hinter sich gebracht, sie war verliebt gewesen, wie sie ohnehin während der vergangenen Jahrzehnte verliebt gewesen war. Auf ihr Gesicht legte sich ein wehmütiges Lächeln. Diese Liebe zu Anthony hatte sie so sicher durch viele Frauenprobleme gelotst, dass sie nirgends gestrauchelt war. Sie war einfach immer der Liebe gefolgt. Sie hatte nie verhütet, weil sie unendlich dankbar gewesen wäre, wenn sie von Anthony ein Kind bekommen hätte. Sie hatte in der Menopause nie in Frage gestellt, eine vollwertige Frau zu sein, weil sie für Anthony seine geliebte Frau war, und das auch spürte, weil er es ihr zeigte.

Sie konnte gut beobachten, und manche Frauen sprachen auch offen darüber, abgesehen davon erzählte Lysbeth manchmal von ihren Patientinnen: Frauen, die älter wurden, verloren oft entsetzlich viel. Vor allem die Selbstverständlichkeit des Frauseins. Als würden sie mit der Aufmerksamkeit der Männer ihr eigenes Gefühl dafür verlieren, dass sie als Frau etwas wert waren. Als wären sie fortan dazu verdammt, sich nur noch nützlich zu machen.

An Stella war das alles vorübergegangen. Bis zu dem Augenblick, da

Anthony starb, war sie eine starke Frau gewesen, mit einer glänzenden erotischen Anziehungskraft. Und zwar nicht nur für ihren Mann. Da hatte es eine eigenartige Dynamik gegeben. Dadurch, dass Anthony sie so begehrte, strahlte sie, und dadurch dass sie strahlte, zog sie die Blicke vieler Männer auf sich, aber weil sie allein Anthony begehrte, war ihr das völlig egal. Das war Teil ihres Lebens gewesen.

Es ist gemein, dachte sie, dass wir als Frauen so abhängig von Männern sind, als Liebhaber, als Ernährer, als Väter unserer Kinder. Wenn sie wegfallen, weil sie fortgegangen oder weil sie tot sind, bleiben wir als amorphe Wesen zurück. Da wurde ihr Name aufgerufen. »Frau Maukesch, bitte.« Die Köpfe der anderen Frauen im Wartezimmer schnellten in die Höhe. Sie war als Letzte gekommen und wurde als Erste aufgerufen? Das wird auf Lysbeth zurückfallen, dachte Stella schlechten Gewissens. Sie erhob sich und murmelte im Hinausgehen: »Ein Notfall, ich bin ein Notfall.« Sofort schämte sie sich. Was hatte sie gesagt? Wie peinlich! Hoffentlich hatte niemand sie verstanden.

Sie hastete durch den kurzen Flur, der zu Lysbeths Behandlungsraum führte. Lysbeth stand schon in der Tür. Sie war blass, ihre Augen lagen blau umrandet tiefer in den Höhlen als sonst. »Was ist los?«, fragte sie. Stella spürte Lysbeths Panik. Oh Gott, dachte sie, Lysbeth hat Angst um Aaron. »Mit Aaron ist alles gut«, sagte sie schnell. Lysbeth ging rückwärts, sank auf ihren Stuhl vor dem dicken Schreibtisch. »Was ist denn dann?« Ihrer Stimme war tiefe Müdigkeit anzuhören. Ach, Schwesterchen, dachte Stella. Fahr doch einfach nach New York!

Sie legte den Brief auf den Schreibtisch. »Lach mich aus, schimpf mit mir, schlag mich«, sagte sie. »Aber ich war nicht in der Lage, den Brief aufzumachen, und deshalb musste ich zu dir kommen.« Lysbeth legte ihre Hand auf das schwarz umrahmte Kuvert, drehte es, als würde sie so sein Geheimnis entschlüsseln. »Es tut mir leid«, sagte Stella kläglich. »Ich wusste nicht, dass dein Wartezimmer so voll ist. Ich hätte auch bis heute Abend warten können.« Lysbeth sah sie erstaunt an, dann lächelte sie. »Ist doch schön, dass du mal hier bist.« Sie wog den Brief in der Hand. »Du warst noch nie hier. Niemand außer Aaron war hier. Und Aaron auch nur, wenn ...«

Stella merkte, wie ihre Schwester entschwand. Sie sah Aaron vor sich, wie er mit ihr gemeinsam Abteibungen machte. »Lysbeth«, sagte sie sanft. »Ist es in Ordnung für dich, wenn wir uns den Brief jetzt gemeinsam angucken? Dann weiß ich wenigstens, wer gestorben ist, und du kannst weiter deinen wichtigen Tätigkeiten nachgehen.« Lysbeth grinste. »Wichtige Tätigkeiten? Weißt du, Stella, wenn Aarons Abdampfen und Verschwinden irgendetwas Gutes an sich gehabt hat, dann, dass ich heute weiß, dass es nur wenige Tätigkeiten gibt, die wichtiger sind, als geliebten Menschen zu zeigen, dass man sie liebt.« Sie warf Stella einen müden, aber warmen Blick zu. »Und dich liebe ich.« Sie hob den Brief in die Höhe, als könnte sie durch das Kuvert blicken. Dann griff sie nach einem Brieföffner aus Elfenbein. »Also?«, fragte sie. »Also«, sagte Stella, und ihr Herz begann zu rasen.

Bald darauf lag die Karte vor ihnen.

Es war also Helga. Nach kurzer Krankheit gestorben, geliebt von vielen, die jetzt um sie trauern. Alle Namen standen dort. Aber nicht Stellas und Lysbeths. Sie sahen sich an. »Wann wird sie beerdigt?«, fragte Stella mit brüchiger Stimme. »Heute«, antwortete Lysbeth. Ihre Augen blitzten zornig. »Wem haben wir das zu verdanken?«, fragte sie. »Wer wollte nicht, dass wir kommen?«

»Wollte uns jemand bestrafen?«, überlegte Stella. »Seit dem Mauerbau sind wir nicht mehr hingefahren, das sind fast fünf Jahre.« Lysbeth schlug sich vor den Kopf. »Klar. Wir haben deutlich gemacht, dass wir das falsch fanden, einfach, weil wir nicht hingefahren sind.« Beide Frauen hingen schweigend ihren Gedanken nach. »Wir waren auch mit uns selbst beschäftigt«, sagte Lysbeth. »Ich mit der Praxis, du mit Anthonys Tod, ich damit, innerlich abzuwehren, dass meine Ehe brüchig wurde …« »Wer weiß, wie lange es Helga schon schlechtging«, sagte Stella traurig. »Und wir haben uns nicht gekümmert.« »Nach kurzer Krankheit verstarb …, steht hier« Lysbeth umfasste die dicken hölzernen Armlehnen und stemmte sich schwerfällig aus ihrem lederbezogenen Stuhl. »Stella, ich muss jetzt wieder.« »Ach, klar, entschuldige noch mal.« Die Schwestern umarmten sich, und Stella ging.

Für den Hinweg hatte sie das Auto genommen. Das ließ sie nun stehen und ging Richtung Alster. Sie musste sich bewegen und einen freien Blick haben, nicht nur Häuser vor sich und hinter sich.

Sie dachte an Helga. Helga hatte Stellas Tochter adoptiert. Als sie sie das erste Mal gesehen hatte, war Helga ihr bereits wie eine alte Frau vorgekommen. Aber das hatte daran gelegen, dass Stella selbst ein Mädchen war. Helga hatte freilich damals schon die Härte und Bitterkeit ausgestrahlt, die sich später noch weiter entwickelt hatte. Doch dann hatte es eine weiche Zeit gegeben, in der Helga zweifache Großmutter geworden war. Zum einen von Otto, dem Sohn von Katja und Erwin, zum anderen von Roberta. In dieser Zeit war der Kontakt mit ihr leicht und warm und schön gewesen. Danach, als die vertrackte Landreform kam, als Erwin und Katja mit dem Jungen nach Westdeutschland flohen, da war Helga wieder bitter geworden. Hart und bitter. Da hatte Stella versucht, ihr aus dem Weg zu gehen, wenn sie auf dem Hof war.

Stella fragte sich, wie das Leben dort nun wohl aussah. Wie ging es Helmut? Wie verkraftete Angela den Tod ihrer Adoptivmutter, wie verkraftete Roberta es, dass sie nun in der DDR keine Großmutter mehr hatte? Wie sehr brauchten Angela und Roberta sie jetzt? Oder waren es gerade die beiden gewesen, die verhindert hatten, dass Lysbeth und sie zur Beerdigung kamen?

Zwei Wochen später fuhren Stella und Lysbeth in die DDR, erst nach Dresden und dann in die Sächsische Schweiz. Die beiden befanden sich in unterschiedlichen Stadien der Verlassenheit. Stella hatte inzwischen ihrer Liebe einen sicheren Platz in ihrem Herzen gegeben. Sie war voller Dankbarkeit für alles, was sie mit Anthony hatte erleben dürfen. Die Trauer war nicht fort, aber sie raubte ihr nicht mehr den Schlaf und die Lebensfreude. Sie war wie ein ständiger Begleiter, ein permanenter leichter Schmerz in der Brust. Wie Wehmut. Wie Melancholie.

Lysbeth hingegen wurde von ihrem Gefühl der Verlassenheit geschüttelt. Sie wurde überfallen von Erinnerungen an Aaron, von Sehnsucht und von Verzweiflung, weil er auf ihren Brief nicht geantwortet hatte. Sie bekam nach wie vor Postkarten von ihm. Nichtssagende Ansichtskarten, auf denen er ihr von seinen Erlebnissen in New York erzählte, allerdings ohne auf seine Rückkehr und ohne auf ihre Ehe einzugehen. Lysbeth schlug sich immer wieder mit dem Gedanken herum, einfach ihre Praxis für eine Weile zu schließen und nach New York zu fahren. Aber dann traute sie sich nicht. Was, wenn sie dort ankam, und er war schon woanders? Er hatte ihr geschrieben, dass Fritz Perls in Esalen unterrichtete und dass er selbst überlege, dort hinzufahren. Lysbeth wusste nicht einmal, wo Esalen genau lag.

Als sie auf dem Hof anlangten, wirkte alles erstaunlich unverändert. Helmut kam ihnen in Arbeitshose und Filzhut entgegen und begrüßte sie freundlich wie Nachbarn, die zufällig zum Kaffee vorbeikamen. »Schön, dass ihr da seid!« Er schlurfte vor ihnen her über die Platten des Vorgartens zum Haus. »In der Küche steht eine Suppe auf dem Herd, hat Angela vorbereitet, sie kommt bald. Extra für euch.« Suppe: das hatte etwas seltsam Heimeliges und Vertrautes. Auch als sie mit Helmut an dem gescheuerten Holztisch saßen, er bot ihnen Bier an, und sie nahmen es dankbar entgegen – es schien ihnen zu viel verlangt, einen Tee zu erbitten –, legte sich zwar Traurigkeit über sie, aber sie verschlang nicht das Beisammensein. Helmut verschwand nicht in Einsamkeit, und die beiden konnten ihre Wärme und Vertrautheit mit ihm genießen, obwohl der vierte Platz am Tisch frei blieb.

Helmut erzählte, was geschehen war. Helga war in den vergangenen Jahren immer stiller geworden. Sie hatte immer weniger geredet, und wenn sie geredet hatte, war es meist schroff und irgendwie zornig gewesen. Angela hatte begonnen, sich von ihr fernzuhalten. Zuerst hatte sie noch widersprochen, aber dann hatte sie geschwiegen, wenn sie mit Helga beisammensaß. Was im Übrigen immer seltener geschah. Und bei den seltenen Besuchen von Roberta hatte es eine große geradezu lärmende Verbindung zwischen Mutter und Tochter gegeben, Helga hatten sie fast demonstrativ ausgeschlossen. Für Helga gab es bei Mutter und Tochter keinen Platz mehr. Und im Grunde gab es in der ganzen Republik keinen Platz mehr für sie. »Dass ihr Herz dann von einer Minute zur andern aufgehört hat zu schlagen, war natürlich ein Schock, aber, ehrlich gesagt, ich glaube, ihr Herz hat nicht noch mehr ausgehalten.« Stella und Lysbeth wechselten einen Blick. Sie beide wussten, dass ein Herz so entsetzlich schmerzen konnte, dass man sich wünschte, es möge zu schlagen aufhören, und sie waren jünger und hatten einander und auch vieles andere, was ihnen das Leben wertvoll machte.

»Sie war nicht blöd«, sagte Helmut, weniger traurig als eine Tatsache konstatierend, »sie hat gemerkt, dass die beiden sie überflüssig fanden. Solche wie Helga waren in dem sozialistischen Paradies störend.« Stella und Lysbeth nickten. Sozialistisches Paradies, dachte Stella. Na ja. Sie wusste, dass Lysbeth das Gleiche empfand. Sie dachte, dass nach einem Deutschland mit dieser desaströsen Geschichte schon lange vor dem Zweiten Weltkrieg, aber mit Wucht danach ein Paradies nicht möglich sein konnte, egal unter welchem Vorzeichen.

Da sagte Lysbeth nachdenklich: »Komisch, dass du von Paradies sprichst. Das ist nämlich das, was uns mit dem Wirtschaftswunder vorgegaukelt wird. Jetzt sind wir alle im Wirtschaftswunderparadies. Ich glaube, ehrlich gesagt, dass eine solche Art von Ausblenden nicht funktioniert, nicht bei uns und nicht bei euch. Mich wundert schon lange, wieso ihr derartig hohe Wahlergebnisse für die SED habt. Ich meine, das waren vorher alles Nazis. Bei uns wählen die jetzt CDU. Wieso wählen sie bei euch sozialistisch?«

Helmut nickte, als bestätigte Lysbeth seine Gedanken. »Vielleicht haben sie bei uns zuerst gedacht, dass man sich mit Reparationszahlungen an die SU freikaufen kann und dass dann das schlechte Gewissen bereinigt ist – und alles ist gut.« Stella lachte kurz laut auf, gegen ihren Willen, aber sie merkte, dass ihr Lachen nicht nur sie entspannt hatte. »Alles soll gut sein?«, fragte sie mit leise glucksendem Lachen, als hätte Helmut etwas sehr Amüsantes gesagt. »Daran habt ihr doch nicht im Ernst geglaubt.«

Lysbeth hob die Hände wie ein Verkehrspolizist die Kelle. »Doch, Stella, bei uns glauben auch alle daran, dass es reicht, einen Kühlschrank in der Küche, einen Fernseher im Wohnzimmer und ein Auto in der Garage zu haben. Das ist nicht die absolute Wahrheit, aber sie glauben daran. Es ist ihre Wahrheit.«

Stella fiel auf, das Helmuts Augen eher noch klüger und klarer aussahen als vorher. »Vermisst du sie?«, platzte es aus ihr heraus. So alt wie Helmut in seinen abgelatschten Sachen wirkte, so jung schienen ihr plötzlich seine wachen Augen. »Ja«, bekannte er schlicht. »Ich vermisse sie entsetzlich.« Er sah Stella und Lysbeth abwechselnd sehr direkt an. »Hier auf dem Hof hat sich viel verändert. Nur Helga und ich sind gleichgeblieben. Abends im Bett haben wir oft darüber gesprochen, wie fremd alles wird.« Seine Stimme wurde brüchig. »Jetzt liege ich stumm abends allein im Bett. Ja, ich vermisse sie.«

Als träte ein Engel ins Zimmer, legte sich über die drei eine besondere Atmosphäre von Trauer, Wärme und Liebe. Stella legte ihre Hand auf Helmuts. »Ich vermisse Anthony auch, jeden Tag. Ich weiß, wovon du sprichst.« Lysbeth seufzte.

Als die anderen im Verlauf des Nachmittags und Abends langsam auf dem Hof eintrudelten, begriff Stella besser, wovon Helmut gesprochen hatte, als er sagte, es wäre alles fremd geworden. Dabei sah Angela aus, als wäre sie keinen Tag älter geworden. Sie war noch genauso wie beim letzten Besuch. Lydia hingegen war kaum wiederzuerkennen. Sie wirkte zwar irgendwie verjüngt, ihre Haare waren wieder wie vor vierzig

Jahren, wellten sich so wie früher bis zu ihren Ohren, und so wie früher waren sie blond. Aber alles andere wirkte, als hätte Lydia eine Verkleidung angelegt, die vortäuschen sollte, sie wäre noch sie selbst.

»Es ist nicht leicht, die ganze Schmierenkomödie zu durchschauen«, sagte Stella mit vor Müdigkeit schleppender Stimme, als sie endlich gemeinsam mit Lysbeth in einem Zimmer auf einer Doppelliege lag. »Aber es ist mit den Händen zu greifen. Hier gibt es Misstrauen und Frustration und alles andere als Liebe. Auch nicht zum Sozialismus.«

Auf dem Hof war alles anders geworden. So einen Wandel hätte Stella nie für möglich gehalten, sie kannte Wechsel im Leben, auch dramatische Verluste, aber dass die gleichen Menschen am gleichen Ort sich auf eine solche Weise ändern konnten, hatte sie nie erlebt. Und es schien ihr auch bizarr, irgendwie unwirklich. Als hätte sie andere Menschen vor sich.

Lysbeth versuchte sie zu beruhigen. »Wir waren lange nicht hier«, sagte sie. Stella hörte allerdings deutlich, dass auch Lysbeth auf der Suche war nach dem, was hier faul war. »Lydia wirkt so unecht«, sagte sie nachdenklich. »Und sie reden auch alle so komisch über Daniel, kommt er nun noch oder kommt er nicht?«

Stella pfiff leise durch die Zähne. »Mensch, Lyssie, das ist es. Der ist doch Journalist. Und es hat doch in den vergangenen Jahren immer wieder Probleme mit Journalisten gegeben. Vielleicht war er dabei?« »Du meinst, dass er getürmt ist?«, fragte Lysbeth. »Vielleicht nicht getürmt, aber irgendwie Erziehungslager oder so. Davon hat man doch einiges gehört in den letzten Jahren.«

Sie riefen sich in Erinnerung, was ihnen von irgendwelchen Säuberungen noch im Kopf geblieben war. »Als Ulbricht gewählt worden war, da wurden doch Wilhelm Zaisser und noch ein anderer aus dem ZK ausgeschlossen.« »Stimmt. Zaisser war bis dahin Minister für Staatssicherheit gewesen.«

»War nicht dieser Reichsbahngeneraldirektor, ich habe den Namen vergessen, auch irgendwie des Hochverrats beschuldigt gewesen und ist dann in der Haft ums Leben gekommen.«

»Oh, hör auf, das ist ja alles unheimlich. Aber ich erinnere mich, dass Leo Bauer, der Chefredakteur des Deutschlandsenders, als US-Spion zum Tode verurteilt worden ist und dann zu fünfundzwanzig Jahren Lagerhaft in Sibirien begnadigt wurde.« »Das war doch alles Anfang der Fünfzigerjahre, da war Stalin an der Macht, auch all die anderen, das war doch alles Anfang der Fünfzigerjahre.« »Daniel ist doch Jude, ich habe in der letzten Zeit gelesen, dass es in der DDR immer wieder antizionistische Propaganda gibt.« »Glaub ich nicht.« »Doch, das *Neue Deutschland* hat so Sachen wie ›demoralisierte bürgerliche jüdische Nationalisten‹ geschrieben. Das habe ich gelesen. Ich glaube nicht, dass die sich das bei uns komplett aus den Fingern saugen.« »Nein, aber aus dem Zusammenhang reißen. Und seit der Entstalinisierung hat sich doch einiges geändert.« Stella schnaubte. »Entstalinisierung in Deutschland, meine Süße, Stalin hat schließlich gegen Hitler gesiegt. Ich glaube, so einfach war das für die Genossen nicht.« »Ja, gut, das war zaghaft, aber immerhin wurden doch Tausende, soweit ich mich erinnere waren es 25 000, vor allem politische Häftlinge, entlassen und zahlreiche Politiker rehabilitiert.« »Ja«, stimmte Stella zu. »Das hat Angela damals auch triumphierend verkündet, aber ich fürchte, dass es auch seitdem gefährlich sein kann, eine Meinung öffentlich zu vertreten, die offiziell nicht erlaubt ist. Erinnere dich an Tragelehn, das war 1961. Den haben sie vom Theater weg in den Tagebau geschickt. Da war die Entstalinisierung schon gelaufen.«

Sie beschlossen, am kommenden Tag zu fragen. Aber dann kam es anders.

Roberta hatte sich für das Wochenende angekündigt. Sie wollte ihre Tanten sehen, und sie wollte nach Helgas Tod auf dem Hof sein, so hatte sie es begründet. Es erschien eine junge Frau, die sich Stella und Lysbeth erst namentlich vorstellen musste, bevor die beiden sie erkannten. Sie hatte einen Kurzhaarschnitt, dem man ansah, dass er wöchentliche Friseurbesuche verlangte, oben auf dem Kopf leicht nach links und dann wieder nach rechts gekämmt. Sie sah schnittig aus, wie Helmut sagte, und zugleich überaus konventionell. Da war nichts, das irgendwie den Rahmen verließ. Sie war sehr dünn und trug einen engen Hosenanzug, in dem sie sich bewegte wie ein Mann.

Stella und Lysbeth staunten. Das war aus ihrer Roberta geworden, die in Hamburg einen Tanzkurs besucht hatte. Als Lysbeth sie darauf ansprach, lächelte Roberta und machte ein paar Tanzschritte. »Ihr werdet es nicht glauben, aber der Unterricht damals hat mir schon gute Dienste geleistet.« Sie wirkte unglaublich souverän. Stella musste sie immer wieder von der Seite beobachten. Verstohlen, denn den direkten Blick traute sie sich nicht. Roberta hatte alles Fohlenhafte verloren, sie war eine kompetente Frau, die dabei war, den Aufbau des Sozialismus, wie sie es selbst nannte, voranzutreiben. »Dieser Aufgabe hat sich die DDR-Führung seit 1952 als grundlegend verschrieben. Seitdem treiben wir den Prozess der ›Sowjetisierung‹ der Gesellschaft voran und stärken die Staatsmacht«, sagte Lydia, die sich bisher im Hintergrund gehalten hatte und mehr für die Suppe und das Brot gesorgt hatte. Stella horchte auf. Klang das begeistert? Oder zynisch? Sie wechselte einen Blick mit Lysbeth. »Seit 1952 ist viel geschehen«, sagte Roberta so leichthin, so lässig, so souverän, dass einer weniger aufmerksamen Beobachterin als Stella die leichte Anspannung in Lydias Richtung entgangen wäre. Aber Stella entging es nicht. Sie sagte freilich nichts. Ebenso wie ihre Schwester, der dieses Detail, wie Stella sicher annahm, auch nicht entgangen war.

Schließlich waren alle um den Esstisch versammelt. Fünf Frauen und Helmut. Roberta hatte ihr Jackett abgelegt, und Lydia hatte sich geschminkt und in ein entzückendes lindgrünes weich fließendes Kleid geworfen, das in seltsamem Kontrast zu dem heruntergekommenen Hof stand, in dessen ebenso heruntergekommener Küche sie saßen. Angela wirkte unscheinbar in ihren DDR-Jeans, die unvorteilhaft ihre Oberschenkel betonten und den Bauch hervorstehen ließen. Man könnte meinen, sie wäre gar nicht da, dachte Stella und beobachtete ihre Tochter verstohlen.

Da sagte diese auf eine Weise, als lege sie die Lunte an ein Explosivgemisch: »Ich glaube, wir sollten Stella und Lysbeth erzählen, was auf dem Hof in den vergangenen zwei Jahren geschehen ist, sonst vergiftet das hier die Stimmung.« Alle Köpfe schossen kurz in die Höhe, dann blickte Roberta angelegentlich auf ihren Teller, und Lydia sah man an, dass sie die Tür als rettenden Notausgang in Erwägung zog. Doch dann gab sie sich einen Ruck, zog ihre Schultern in die Breite, so gut es ging bei ihrer Vögelchenstatur, warf den Kopf leicht in den Nacken und sagte: »Daniel hat einige Fehler gemacht, nun ist er leider zwangsverschickt.« Stella atmete hörbar aus. Lysbeth fragte scharf, viel zu scharf, wie Stella fand: »Welche Fehler?« Nun hob Roberta den Kopf. »Er hat einige Artikel verfasst, die Zweifel aufkommen ließen, für wen er eigentlich schrieb.« »Für die Wahrheit«, sagte Lydia schnell, und Stella hörte mit hilflosem Mitgefühl die Ohnmacht in Lydias Stimme. Ohnmacht und Verzweiflung. »Es gibt keine absolute Wahrheit«, entgegnete Roberta mit der Freundlichkeit, die man einem Kind entgegenbringt, das den gleichen Fehler immer wieder macht, das man noch einmal korrigiert, aber gleichzeitig befürchtet, dass es denselben Fehler gleich wieder machen wird.

In Lydias Augen sammelten sich Tränen. Stellas Bauch krampfte sich zusammen. Jetzt erkannte sie, weshalb Lydia ihre Fassade so unglaublich aufpoliert hatte. Sie wollte den letzten Rest ihres Stolzes nicht hergeben. Den sollten sie ihr nicht nehmen. »Daniel hat einen Artikel über das Kernkraftwerk Rheinsberg geschrieben, das erste Kernkraftwerk unserer Republik, das gerade ans Netz geht«, informierte sie Stella und Lysbeth sachlich, »und dann hat er über die neue Devisenpolitik von Schalck-Golodkowski geschrieben. Beide Male hat er sich kritisch geäußert. Danach hat er einen Ausreiseantrag gestellt, und jetzt ist er leider im Braunkohletagebau, wo er sich mit der sozialistischen Wirklichkeit vereinigt.« »Schalck-Golodkowski?«, fragte Lysbeth. »Wer ist das?«

Angela holte Luft und führte aus: »Wir haben Devisenprobleme, das wisst ihr sicher aus eurer Presse. 1962 wurde die Intershop-Handelsorganisation gegründet. Ihr wisst, dass in diesen Geschäften nur Ausländer mit Devisen bezahlen können.« »Dafür bekommen sie dann Produkte, die es für uns nicht oder nur in minderer Qualität zu kaufen gibt. Und sie kriegen sie auch noch zu sehr viel günstigeren Preisen als im Westen. Also ein richtiger Anreiz zu kaufen«, warf Lydia ein. Ihr Gesichtsausdruck war betont emotionslos, aber dahinter tobte wahnsinnige Wut, das war unverkennbar. »Herr Alexander Schalck-Golodkowski hat 1964 die Abteilung ›Kommerzielle Koordinierung‹ aufgebaut, im Ministerium für Außenhandel, Koko genannt, weil leider die Devisenknappheit trotz der Intershops gewachsen ist. Und mit der Koko werden Devisen beschafft. Nicht nur mit legalen Mitteln. Das hat Daniel angeprangert. Das war allerdings nicht erwünscht. Nun arbeitet er also im Braunkohlentagebau.«

## 37

Schlaft gut«, sagte Helmut. »Heute übrigens im Ehebett von Katja und Erwin, Roberta nimmt die Liege.« Es war nach Mitternacht. Bevor sie ins Bett gingen, betrachteten Stella und Lysbeth die Fotos an den Wänden des kleinen Schlafzimmers unterm Dach. Auf einem strahlte ein junges Paar in die Kamera. Es gab mehrere Hochzeitsfotos. Und dann Fotos mit einem glücklichen Elternpaar plus Baby auf dem Arm der Mutter oder des Vaters. Es gab Gruppenfotos. Alle waren drauf: Helga, Helmut, Erwin, Katja und der Kleine.

»Wer hat die gemacht?«, fragte Lysbeth. Sie rätselten herum. »Kann das Daniel gewesen sein?«, fragte Stella ungläubig. »Der musste sich doch versteckt halten.« Lysbeth wiegte den Kopf. »Gut, aber für ein Foto rauszukommen war bestimmt möglich.« Es waren schöne Fotos. Sie hatten Zusammengehörigkeit eingefangen und Freundlichkeit und Liebe.

»Sie haben sie nicht mitgenommen«, murmelte Stella. »Sie hätten sie aus den Rahmen klauben und mitnehmen können. Sie wollten sie ihnen dalassen.« Lysbeth schluckte. Sie nickte. »Warum ist hier so viel Zwietracht, Stella?«, fragte sie beklommen. »Ich kann es kaum aushalten. Und dazwischen Helmuts Trauer. Und Lydia trauert auch.« »Und Angela weiß gar nicht mehr, wie ihr geschieht«, stimmte Stella zu. »Die Einzige, die noch weiß, wo es langgeht, ist ja wohl Roberta.« Lysbeth wiegte wieder ihren Kopf. Stella sah sie prüfend an. »Nein?«

»Ja, doch, wahrscheinlich, aber, tut mir leid, vielleicht irre ich mich total, aber unter der polierten glatten Oberfläche der Frau Richterin lauert irgendwas anderes, ich kann mir nicht helfen, aber so kommt es mir vor.«

Stella wühlte in ihrem Kopf nach irgendeinem Indiz, das Lysbeths Eindruck stützen konnte. Nein, nichts. »Tut mir leid, Lyssie, aber könnte es vielleicht sein, dass du dir das wünschst?«

Lysbeth nickte traurig. »Eins ist klar, und zwar dass ich es mir wünsche. Rund um sie herum sind verwirrte Menschen, und sie tut so, als gäbe es keine Widersprüche, das ist schwer auszuhalten, findest du nicht?«

»Ja«, murmelte Stella, schon fast im Schlaf, »aber sag mal: Warum haben sie uns nicht rechtzeitig zur Beerdigung eingeladen?« Lysbeths Stimme klang noch sehr wach, als sie antwortete: »Die Frage müssen wir uns wohl selbst beantworten, ich glaube nicht, dass irgendwer uns hier eine ehrliche Antwort geben wird. Ich vermute folgendes: Helmut war durcheinander, der hat nichts mehr organisiert, Lydia ist durcheinander, und sie schämt sich auch, die hat auch nichts mehr in die Wege geleitet, Angela, ich weiß nicht, warum, aber sie kommt mir vor, als wäre sie nicht besonders froh darüber, dass wir hier sind, und Roberta, ja, die findet bestimmt, dass wir all die Jahre nicht gekommen sind, da müssen wir nun auch nicht mehr wie Mitglieder von Helgas Familie betrachtet werden.« Stella war wieder wach geworden. »Das leuchtet mir alles nicht ein«, entgegnete sie, »ich werde fragen.« »Tu das!«, sagte Lysbeth.

Am kommenden Morgen trafen sie sich zu einem sehr frühen Frühstück in der Küche. Danach würden wieder alle in unterschiedliche Richtungen stieben. Angela in ihre Schule, Roberta fuhr zurück nach Berlin, und Lydia ging in die Oper, wo sie im Fundus arbeitete.

Während des Frühstücks mieden sie kontroverse Themen. So schleppte sich das Gespräch von Belanglosigkeit zu Belanglosigkeit. Schließlich fragte Stella ihre Tochter: »Du hast wenig von der Schule erzählt, Angela. Wie sieht denn die neue Schulpolitik aus?« Angela warf ihr einen verblüfften Blick zu. »Das willst du wissen? Tja, gut, also, einerseits ist alles beim Alten, wir machen unseren Unterricht, und den machen wir gut. Und die Entwicklung der Pädagogik läuft wirklich einwandfrei. Die DDR ist ein Musterland für Bildung und für die Integration derjenigen Kinder, die bei euch nach wie vor viel geringere Chancen haben.« Sie sah Stella und Lysbeth abwechselnd prüfend an. »Ich muss hier jetzt keine Statistiken aufführen. Bei euch sind die Arbeiterkinder entsetzlich benachteiligt, das muss ich euch nicht mit Zahlen beweisen, das wisst ihr auch so. Bei uns ist es ganz anders.« »Und die Kinder der Intelligenz?«, hakte Stella schnell nach. »Wie sieht es mit denen aus?« Angela wählte langsam und bedächtig die Worte. Sie wirkte sehr müde.

Wie hat sie sich verändert, dachte Stella mitfühlend. Und dann fiel ihr ein, und sie schalt sich innerlich, weil sie nicht schon die ganze Zeit daran gedacht hatte, dass Bobby fort war und Angela bestimmt eine traurige Zeit hinter sich hatte. Auch Angela war eine verlassene Frau.

»Wir hatten von Anfang an die Losung, die Intelligenz in den Aufbau des Sozialismus einzubeziehen«, erklärte Angela. »Sogar die Intelligenz, die während des Faschismus in Amt und Würden gewesen war, wollten wir für uns gewinnen. Inzwischen haben wir eine an unseren eigenen Universitäten sehr gut ausgebildete Intelligenz«, sie wies lächelnd zu Roberta. »Das Fräulein hier ist ein leuchtendes Beispiel.« »Fräulein …«, murrte Roberta, aber es war leise, und Helmuts Bemerkung lenkte die Aufmerksamkeit von ihr ab. »Dass viele von denen rübergemacht haben, dafür könnt ihr ja nichts.« Helmuts Ton war etwas zu milde. Stella fragte sich, wie viel versteckte Aggression in dieser Milde lag. Angela ging darüber hinweg. »Mir bereitet etwas ganz anderes Sorge«, sie seufzte. »Ich weiß gar nicht, ob ich hier darüber sprechen soll, aber irgendwo muss man ja mal sprechen.«

Die Stimmung am Tisch veränderte sich. Alle hoben die Köpfe, merkten auf, sahen Angela forschend an. Sie räusperte sich. »Ja, also, ich bin mir auch gar nicht sicher, aber ich habe in meinen Klassen in der letzten Zeit, versteckt, gleichwohl vorhanden, faschistisches Gedankengut aufblitzen sehen, Rassismus, Herrenmenschengetue. Wir haben neuerdings zwei Jungs aus Mozambique in der Schule. Es gibt Jungs, deutsche, die sich denen gegenüber entsetzlich verhalten. Ich weiß nicht, woher das kommt.«

»Ob das hier der richtige Ort ist, um über solche Sachen zu sprechen, bezweifle ich in der Tat sehr«, fuhr Roberta scharf dazwischen. Angela schluckte. »Wo denn, mit wem denn?«, fragte sie unglücklich. »Du bist nie hier, Helga ist tot, Daniel ist weg, Lydia ..., ach, Lydia, entschuldige bitte, aber mit dir kann ich so was nicht besprechen, weil ...«

»Tust du aber gerade.« Robertas Ton ließ Stellas Blut gefrieren. »Und außerdem sind hier Feinde aus dem kapitalistischen Ausland, oder?«, sagte sie scharf in Richtung ihrer Enkelin. »Und die könnten ja alles brühwarm ihrem Geheimdienst überbringen, oder was meinst du?«

Roberta reckte das Kinn vor, ihre Augen schossen wütende Blitze auf ihre Großmutter. Dann senkte sie den Kopf, betrachtete prüfend ihre Armbanduhr und sagte versöhnlich: »Ich muss gleich los. Mama muss auch gleich los. Ihr müsst doch zugeben, dass das jetzt nicht die ideale Zeit für Geständnisse ist, oder?« »Hier gesteht niemand etwas«, entgegnete Lysbeth in einem ebenso schneidenden Ton wie zuvor Stella. »Du hast vergessen, dass wir hier nicht vor Gericht sind. Angela hat gerade von einer Sorge erzählt. Und mir scheint, sie wollte auch, dass du es hörst, denn wir sind heute Abend noch gesprächsbereit.« Wieder senkte Roberta den Blick.

Angela hatte Tränen in den Augen. »Tut mir leid«, sagte sie und griff über den Tisch nach der Hand ihrer Tochter. »Ich mach mir wirklich Sorgen, und ich weiß nicht, mit wem ich drüber reden soll. Ich hab es sogar schon versucht, in der Partei und im Schulkollektiv, die haben mich ausgelacht und gemeint, ich würde aufgrund meines Hintergrunds wohl schon die Mäuse piepen hören.« »Hintergrund?«, fragte

Roberta alarmiert. »Was soll das heißen?« »Meinen die mich?«, fragte Helmut mit einem spöttischen Grinsen.

Angela schlug mit der flachen Hand auf den Tisch. »Jetzt macht mal alle halblang. Ich will euch was von meinen Sorgen erzählen, und dann ist hier jeder mit sich selbst beschäftigt.« Sie erhob sich, griff nach ihrer Schultasche, die neben der Tür an der Wand lehnte, zog sich eine graue Windjacke über, beugte sich zu ihrer Tochter und drückte ihr einen Kuss auf die Wange. »Ich muss jetzt gehen. Lass dich mal wieder blicken, möglichst vor Weihnachten.«

Und rauschte hinaus. Draußen röhrte bald der Motor ihres Trabant auf.

Lydia sprang auf. »Oh Gott, jetzt war ich ganz in Gedanken.« Sie wedelte mit den Händen. »Tschüs, tschüs, bis heute Abend, tschüs, Robertalein«, und flitzte hinter Angela her, die sie wie jeden Morgen mit in die Stadt nehmen sollte.

Roberta beeilte sich, ihren Kaffee auszutrinken, schlang ihr Brot hinunter und erhob sich ebenfalls. »Es ist immer das Gleiche hier«, murmelte sie in keine besondere Richtung, mehr zu sich selbst, aber vielleicht auch an Helmut gerichtet. »Immer wenn ich hier war, fahre ich anschließend mit einem irgendwie traurigen Gefühl Richtung Berlin. Ich möchte mal wissen, woran das liegt.« Helmut lächelte weise. »Mein Deern, ich hab da son paar Erklärungen parat, aber ich glaube nicht, dass du die hörn willst. Also hoff ich nur, dass du trotzdem den Weg wieder zu uns findest.«

Stella staunte. Dieser Mann hatte gerade seine Frau verloren, dennoch war er überhaupt nicht an einem Ort jenseits von hier gefangen, so wie sie es bei Anthonys Tod gewesen war. Helmut war ganz da.

Roberta umarmte Stella und Lysbeth. »Ich denke so gern an die Zeit bei euch zurück«, lächelte sie, und dann machte sie ein paar Tanzschritte. »In Berlin gehe ich nie tanzen, na ja, manchmal.« Sie errötete, und Stella dachte erleichtert, sie ist ja doch eine junge Frau, was für ein Glück. Aber sie hütete ihre Zunge. »Bei uns wird von jungen Leuten fast nur noch auseinander gezappelt«, meinte sie lachend. »Wie tanzt ihr?« Roberta griff in Windeseile nach ihren Sachen, die in allen Ecken verstreut lagen. »Was? Ach so, ja, bei uns wird auch auseinander gezappelt, aber wir pflegen die Kultur der Unterhaltung, ob es nun Musik oder Tanz betrifft.« Sie sah Stella verletzt an. »Das hat euch Bobby ja bestimmt erzählt, als er bei euch war.«

Das saß. Stella fiel kein Wort ein. Bobby. Als er bei euch war. Bobby, der Verräter, als er bei euch war, ihr Verräter.

»Er war nicht lang da«, versuchte sie hilflos zu erklären, »dann ist er nach London gegangen, und dann ... dann ... konnte er ja nicht zurück.«

»Konnte nicht zurück«, schnaubte Roberta. »Dass ich nicht lache. Selbstverständlich hätte er zurückgekonnt. Das hätte nur ein paar organisatorischer Umstände bedurft. Aber das war ihm wohl zu viel. So hat er zumindest einen Menschen unglücklich gemacht, und einen zweiten sehr verletzt.« Sie wies mit dem Zeigefinger auf ihre Brust. »Der Zweite.«

Sie schüttelte sich wie ein Hund, der aus dem Wasser kommt.

Kurz darauf hatte sie das Haus verlassen und fuhr mit einem tief brummenden Auto davon.

Nun saßen noch Stella, Lysbeth und Helmut am Tisch. Sie schwiegen eine lange Weile. Schließlich schlug er ihnen einen Spaziergang vor. Die beiden waren sofort einverstanden. »Nichts Besseres kann ich mir vorstellen«, sagte Lysbeth.

Schweigend hingen die drei ihren Gedanken nach. »Helmut, sag mal«, unterbrach Lysbeth das Schweigen, »was ist eigentlich genau passiert, bevor Erwin und Katja abgehauen sind?« Helmut verlangsamte seinen Schritt. »Die kurze Erklärung oder die lange?«, fragte er. »Eine Erklärung, so lang wie nötig«, entgegnete Stella schnell. Er rieb sich mit seiner schwieligen trockenen Hand über Mund und Kinn. »Tja, Mädels, das ist eine schwierige Geschichte. Da muss man wohl ganz an den Beginn unserer ruhmreichen Republik zurückgehen.« »Wenn das nötig ist, nur zu«, bekräftigte Stella. Lysbeth lauschte aufmerksam.

»Ihr kennt die Losung ›Junkerland in Bauernhand‹?« Helmut schaute sie fragend an. Beide Frauen nickten. »Ja, das war die Losung für die Bodenreform gleich nach dem Krieg«, sagte Stella. »Stimmt«, bekräftigte Helmut. »Ein Drittel der gesamten Wirtschaftsflächen, davon zirka 2,5 Millionen Hektar aus ehemaligem Großgrundbesitz, wurden damals verteilt. Eine Million Hektar wurden zu ungefähr fünfhundert staatseigenen Gütern. Das Land wurde an sogenannte Neubauern, meist landlose Bauern, Landarbeiter und Flüchtlinge verteilt. Es gab bald mehr private landwirtschaftliche Betriebe als vor dem Krieg. Außerdem wurden Kriegsverbrecher, Funktionäre und Repräsentanten der NSDAP sowie alle Landbesitzer, die Güter mit mehr als hundert Hektar Land besaßen, entschädigungslos enteignet. Die Neubauern bearbeiteten ihre fünf bis zehn Hektar großen Landflächen selbst. Weil sie meistens keine landwirtschaftlichen Geräte besaßen, wurden sie durch die MAS, Maschinen-Ausleih-Stationen, unterstützt. Damals habe ich Erwin meine fünf Hektar überschrieben. Das war für ihn alles großartig, vorher hatte er gar nichts gehabt.«

»Ach«, sagte Stella, »das wusste ich nicht. Dein Land gehörte Erwin, wem gehört es denn jetzt, wo er weg ist?« »Dem Staat«, antwortete Helmut trocken. »Eigentum Republikflüchtiger fällt dem Staat zu.« Stella und Lysbeth blickten ihn groß an. Er lächelte. »Hamburger Deerns, das ist kein Grund zum Trübsal blasen. Ich könnte die Ländereien doch sowieso nicht bewirtschaften. Und für Erwin war das am Ende ja der Grund abzuhauen.« »Wieso denn?«, fragte Stella drängend. »Wo doch alles so großartig für ihn war.«

»Na ja«, wieder fuhr sich Helmut mit der Hand über Mund und Kinn. »In unserer ruhmreichen Republik hat es zu Beginn viel Großartiges gegeben. Und dann wurde eine Menge Mist verzapft. Es gab ja für alles Slogans. In den Fünfzigern dann die Devise ›Vom Ich zum Wir‹. Unter diesem Motto sollte die Landbevölkerung ›auf freiwilliger Basis‹ von den angeblichen Vorzügen einer kollektivierten Landwirtschaft überzeugt werden. Das Ziel war die Gründung von Landwirtschaftlichen Produktionsgenossenschaften. Muster-LPGs sollten wie ›Leuchttürme auf dem Lande‹, auch das wieder so ein netter Spruch, die Idee von der Sowjetisierung in alle Dörfer tragen.« »Vom Ich zum Wir«, wiederholte Lysbeth. »Das klingt gut, finde ich.« »Aber die meisten Bauern hatten nicht das geringste Interesse an genossenschaftlicher Arbeit, also wurden insbesondere verlassene Höfe, sogenannte Örtliche Landwirtschaftsbetriebe, und wirtschaftlich kaum lebensfähige Kleinbetriebe zu LPGs zusammengefügt. 1952 hatte man es so mühsam auf knapp zweitausend LPGs gebracht, die allerdings waren wirtschaftsschwach. Und solche Klein- und Mittelbauern wie wir wurden mit Repressionen und hohen Zwangsabgaben drangsaliert und bei der Verteilung der landwirtschaftlichen Geräte durch die MAS benachteiligt.« »Jetzt versteh ich, warum so viele Bauern aus der DDR in den Westen gegangen sind. Wo sie es im Übrigen ja nicht besser angetroffen haben. Bauern wurden sie meistens nicht mehr. Hatten ja kein Land«, sinnierte Lysbeth. »Ja«, stimmte Helmut zu, »Zehntausende Bauern sind daraufhin in den Westen umgezogen. Am 17. Juni 1953 zeigte sich, dass auch auf dem Land die Stimmung gekippt war. Man muss unseren Genossen zugutehalten, dass sie immer zurückgeschreckt sind, wenn die Volksstimme sich mächtig Luft gemacht hat. Nach 1953 haben sie die Kollektivierung verlangsamt. Das gefiel aber unserem großen Bruder nicht, und so wurde unsere geschätzte Führung ab 1958 wieder aktiv.« »Und wie?«, fragte Stella. Helmut grinste spöttisch. »Na ja, wie das so ist im Sozialismus. Es wird agitiert. Die SED entsandte Agitationstruppen in die Dörfer. Leider überzeugten sie nicht, sondern nötigten oder drohten sogar, damit die Bauern ›freiwillig‹ der LPG beitraten. Es gab sogar Verhaftungen von renitenten Landwirten. Dem haben sich Katja und Erwin entzogen.«

»Habt ihr mal irgendwas von ihnen gehört?«, fragte Stella. »Wissen sie, dass Helga tot ist?« Helmut schüttelte den Kopf. »Nein, ich weiß nicht, wo sie leben, aber ich glaube, damit wollten sie uns schützen. Wenn sie zu uns Kontakt aufnehmen, haben wir Kontakt zu kriminellen Elementen. Das ist für niemanden gut.«

Er stapfte neben den beiden Frauen her. Lysbeth zog Stella unmerklich am Arm zurück und bedeutete ihr, langsam zu gehen. Als Helmut merkte, dass sie langsamer wurden, sagte er: »Ich gehe täglich. Ich brauche das. Seit Helga weg ist, habe ich eine Unruhe in mir, als würden die Flöhe in meinen Adern Polka tanzen.« Stella lachte und schritt schnell neben ihm aus. »Wie gut ich das kenne«, seufzte sie. »Nach Anthonys Tod hätte ich immer nur laufen mögen. Nachts um vier hätte ich aus dem Bett springen und laufen mögen. Hellwach. Aber ich war so schrecklich müde. Gleichzeitig.«

»Deshalb musst du am Tag laufen, laufen, laufen, dann kannst du vielleicht nachts schlafen. Vielleicht.« Er grinste schief. »Laufen ist das, was ich noch ohne sie kann. Weil ich es mit ihr nicht gut konnte. Sie war nicht mehr gut zu Fuß. Deshalb kann ich es jetzt ohne sie den ganzen Tag lang.« Er bewegte seine Augen nach rechts und links, als wollte er die Gegend absuchen. »Das Verrückte ist, dass sie jetzt immer dabei ist. Früher, wenn ich gelaufen bin, einfach so, nach Erwins Abgang zum Beispiel, ich muss dann immer laufen, da hab ich es ihr verübelt, dass sie zu Hause blieb und Suppe kochte. Dass sie nicht bei mir war mit meinen Fragen, stattdessen immer nur giftige Bemerkungen von sich gab, da konnte sie noch so nahrhafte Suppe kochen, die Bemerkungen verdarben alles. Aber jetzt ist sie hier. Er wies mit der Hand weit in die Gegend. »Überall. Sie ist einfach da. Bei mir. Jetzt kann ich mit ihr reden. Jetzt antwortet sie. Gar nicht giftig. Jetzt sagt sie kluge Sachen.«

Stella lächelte. »Das bist doch du, der die klugen Sachen sagt, Helmut.« Lysbeth schüttelte den Kopf. »Nein«, widersprach sie, »Helga ist hier. Das spüre ich. Sie war immer schon eine kluge Frau. Ihre Bitterkeit hat das oft überdeckt. In der Bitterkeit war sie trotzig und zornig und scharf. Da war sie nicht bei einem.« Helmut nickte. »Nee, da war sie in ihren eigenen Gefilden, und die waren abgründig, da hat sie mich nicht mitgenommen. Da war sie ganz allein.« Er lächelte wehmütig. »Aber jetzt ist sie bei mir.«

Lysbeth begann, sehr vorsichtig, sehr leise über Abgründe zu sprechen. Stella hielt den Atem an, als sie vernahm: »Kennst du das auch, Helmut, dass du jetzt zurückdenkst und vor dir selbst erschrickst, was du getan hast, als sie noch da war?« Er nickte. Stella ging hinter beiden her, die sich nebeneinander in einen engen Pfad zwängten. Sie lauschte, um möglichst viel mitzukriegen, aber manchmal musste sie sich selbst die Sätze vervollständigen.

»Noch schlimmer ist, was ich nicht getan habe«, sagte er.

»Bei mir ist das Schlimme, was ich gedacht habe.«

Er warf Lysbeth einen prüfenden Blick von der Seite zu, dann sahen beide wieder stur geradeaus. Stella war, als schlüge gerade jemand gegen ihr Brustbein. Ein heftiger Schlag. Was geschieht hier?, dachte sie.

»Ja, das mit dem Denken ist auch sehr schlimm. So viel Schlechtes über einen Menschen, den du doch eigentlich liebst. So viel Schlechtes habe ich über sie gedacht. Schimpfwörter sogar.«

Lysbeth nickte, als würde er aussprechen, was sie dachte. »Genau. Schimpfwörter. Und manchmal habe ich mir sogar gewünscht, er wäre tot.« Die letzten Worte hatte sie nur mit Mühe herausgebracht.

»Ja, dass sie tot ist. Manchmal habe ich mir das gewünscht. Und jetzt denke ich manchmal, dass ich sie umgebracht habe.« In Helmuts Stimme stahlen sich Tränen.

Stella hörte, dass ihre Schwester weinte, als sie fortfuhr. »Es kommt mir heute so unendlich absurd vor, wie sehr ich Aaron in der letzten Zeit, ja, Mensch, es klingt so schrecklich, und es war auch schrecklich, aber ich glaube, manchmal habe ich ihn gehasst.«

Wieder ein Schlag gegen das Brustbein. Ihre Schwester, ihre geliebte wundervolle Schwester hatte Aaron, ihren Mann, dem sie immer zur Seite gestanden hatte, der ein phantastischer Mensch ist, gehasst? Das konnte nicht sein, das durfte nicht sein. Stella keuchte. Sie kam sich vor wie ein Hund, der mit hechelnder Zunge hinter seinen Herrchen herläuft. Die beiden rannten vor ihr weg, als wollten sie sie abhängen.

»Helga konnte so scheußlich sein«, gestand Helmut. »Sie hat manchmal Sachen zu mir gesagt, die hätten einen anderen Mann aus dem Haus getrieben. Ich bin immer geblieben. Aber …«

»Aber innerlich bist du gegangen«, setzte Lysbeth seinen Satz fort. Er grummelte Zustimmung. Eine Weile herrschte Schweigen zwischen den beiden, und Stella überlegte, ob sie besser rechts oder links im Gras neben ihnen gehen sollte, um nicht hinter ihnen herzulaufen. Da sagte Lysbeth: »Aaron ist der wundervollste Mensch auf der Welt, und ich war richtig schlecht zu ihm, und nun ist er fort, und ich muss mit meiner Schlechtigkeit allein weiterleben.«

Stella begriff, dass sie möglichst leise weiter hinter ihnen herlaufen sollte, denn ihre Schwester Lysbeth konnte all das nur von sich geben, weil sie neben sich jemanden wusste, der ähnlich fühlte wie sie.

Es stimmte. Stella hatte nie so gefühlt. Stella hatte sich schuldig gefühlt, weil sie sich nicht so eindeutig, nicht so konsequent für Anthony entschieden hatte, wie er es sich gewünscht hatte und wie es ihrer Liebe angemessen gewesen wäre. Sie hatte immer das Gefühl gehabt, Anthony etwas schuldig zu bleiben. Eine besondere Entschiedenheit, eine besondere Klarheit. Daran hatte sie es mangeln lassen, und sie hatte immer gewusst, wie sehr Anthony unter diesem Mangel gelitten hatte. Nach seinem Tod hatte sie sich den Kopf zermartert, um herauszufinden, was ihr für diese Klarheit im Weg gestanden hatte. Da gab es die Gründe, die sie genannt hatte: Die Angst vor Jonnys Macht. Die Angst, dass er ihrer Familie das Zuhause in der Kippingstraße nehmen könnte. Die Angst, dass er Lysbeth zerstören könnte, weil er von ihren Abtreibungen wusste. Die Angst, dass er Aaron seine Unterstützung entziehen würde. Aber hatte das alles wirklich ausgereicht, um ihr ewiges Zaudern zu erklären? Sie hatte immer gewusst, wie gern, wie leidenschaftlich gern er vor aller Welt ihr Mann geworden wäre. Er hätte sie gern geheiratet, aber als er starb, war sie offiziell immer noch die Frau von Jonny Maukesch. Bis heute. Es raubte ihr den Atem, das zu denken. Ich bin die Ehefrau von Jonny Maukesch. Anthony Walker ist ledig gestorben.

Das würde sie sich niemals verzeihen können. Das nicht. Vieles andere ja. Streitigkeiten und wenn sie zickig und unnachgiebig und abwehrend und zänkisch gewesen war. Ja, das hatte es gegeben, und Anthony hatte damit auf geradezu magische Weise umgehen können. Er hatte ihr immer das Gefühl gegeben, dass ihre weiblichen Launen ihn zwar nicht amüsierten, aber dass sie nicht in der Lage waren, sein Vertrauen in ihre Liebe auch nur im Allergeringsten zu erschüttern. Oft hatte er es sogar geschafft, sie mit irgendeiner witzigen Bemerkung, mit seinem eigenwilligen Humor zum Lachen zu bringen, vor allem über sich selbst. Und auch wenn ihm das nicht geglückt war und sie miteinander ins Bett gegangen waren, jeder auf seiner Seite, ohne sich eine Hand zu reichen, hatte er es ihr am darauffolgenden Morgen nicht nachgetragen. Dann war sie meist zu ihm gerutscht, hatte ihn geküsst und war mit ihrer Hand über seinen Bauch gefahren, über seine herrlichen blonden lockigen Brusthaare oder zu den anderen lockigen Haaren etwas tiefer. Und bald war dann alles wieder gut gewesen.

Das war es nicht, was an ihr nagte. Was an ihr nagte, was sie in der Nacht zerfraß, das war ihre Unentschiedenheit. Sie konnte sie heute nicht mehr verstehen. Kein Argument hielt mehr stand. Sie fand sich heute nur noch feige, irgendwie halbherzig, vielleicht sogar oberflächlich. Es war schrecklich. Wenn sie daran dachte, konnte sie sich selbst kaum im Spiegel betrachten. So war sie gewesen? So wollte sie nicht sein.

Aber nun war es zu spät. Anthony war tot. Sie konnte ihn nicht mehr heiraten. Er war unwiederbringlich fort. Das ist ungerecht, dachte sie, immer wieder gegen seinen Tod wütend. Und immer schneller ergab sie sich der Tatsache seines Todes und der absoluten Unmöglichkeit, eine zweite Chance zu bekommen. Es würde keine zweite Chance geben.

»Niemand hat sie gekannt wie ich«, sagte Helmut gerade. Der Satz drang nur langsam in Stellas Bewusstsein. Niemand hat sie gekannt wie ich. Ist das nicht der Satz der Liebenden? Niemand kennt sie oder ihn so gut, wie ich ihn oder sie kenne. Der Satz klingt so banal, aber er hat so mächtige Wirkung. Niemand kannte Anthony so, wie ich ihn kannte. Das hatte mit ihrer Sexualität zu tun. In der Intimität lernen wir einander so nackt, so unverstellt kennen, wie uns niemand sonst kennenlernt. Aber es bedeutete mehr. Auch im Scheußlichen, im Bösen, im Unangenehmen lernt niemand anders uns so kennen wie der Mensch, der uns liebt. Denn dem zeigen wir unsere schrecklichsten Seiten.

Lysbeth sprach gerade über Helga. Sie erzählte davon, wie sie sie kennengelernt hatte. Es war gar kein hübsches Bild, das sie von ihr malte, aber es war das Bild von einer Frau, die für das geradestand, was sie sagte, und auch für das, was sie fühlte. Diese Frau machte niemandem ein X für ein U vor.

»Stimmt«, pflichtete Helmut ihr bei. »So ist sie immer geblieben. Sie hat ja einige Male ihre politische Gesinnung gewechselt, aber das war nicht, weil sie ein Wendehals war oder irgendwie opportunistisch. Ganz im Gegenteil! Wenn Helga eingesehen hatte, dass sie einen Fehler gemacht hatte, dann hat sie sich einfach verändert. So war das für sie.«

Stella hörte, wie Lysbeth lächelte, als sie sagte: »Das war etwas Besonderes an ihr. Ich wollte, ich könnte mir davon eine Scheibe abschneiden. Und oft hat sie ja auch gehandelt, bevor sie öffentlich ihre neue Gesinnung vertreten hat. Ich meine, ihr habt viele Male hier Kriegsverbrecher und ›Schädlinge‹ versteckt, ohne dass Helga als Subversive irgendwie in Erscheinung getreten wäre.« Helmut lachte laut auf. »Doch, doch. Sie ist schon in Erscheinung getreten. Über die deutsche Kriegsführung in Spanien hat sie damals im Dorf laut geschimpft. Dass doch gewählt sein muss, wer gewählt ist. Wo kämen denn sonst die Wahlen hin. Wenn einer zur Wahlurne geht und seine Stimme abgibt und dann hinterher feststellen muss, dass in Wirklichkeit diejenigen, die gegen dieses Ergebnis sind, sich nicht nur in den Regierungssitz zurückschießen, sondern auch noch so tun, als wären sie die Gewählten, dann muss doch etwas faul sein im Staate Dänemark.«

Helmut ruderte mit dem rechten Arm durch die Luft, als wollte er etwas weit fortwerfen. »Sie hatte so was an sich, dass keiner ihr widersprochen hat. Aber hinter ihrem Rücken wurde immer über sie getratscht. Das war ihr egal.«

Ist es *das*?, fragte Stella sich. War mir nie egal, was die Leute reden? Konnte ich deshalb keine geschiedene Frau werden? Mit einem Engländer liiert?

Lysbeth sagte etwas so leise, dass Stella sie kaum verstehen konnte. Sie spitzte die Ohren, um aus dem Zusammenhang zu begreifen, was ihre Schwester sagte. »Ich habe sie bewundert, weil sie so aufrecht war. Ich weiß, dass sie für die NSDAP war, und dass sie anschließend die CDU bei euch gewählt hat, aber Helga war so etwas wie ein schönes Stück Holz, das sich verirrt, abgetrieben wird, hinausgezogen, und nach allen Strudeln zu guter Letzt immer wieder als es selbst herauskommt, durchweicht, gezeichnet, aber unverwechselbar es selbst.«

»Ich vermisse sie sehr«, sagte Helmut. Es klang wie eine sachliche

Feststellung, aber ein leises Vibrieren wie ein Unterton verriet, wie erschüttert dieser Mann war. Der Boden, auf dem er jahrzehntelang neben seiner Helga sicher hatte gehen können, der hatte einen Riss bekommen. Er musste aufpassen, dass der Riss sich nicht zu einem Krater auswuchs, in den er hineinstürzte.

Der Weg wurde breiter. Stella begab sich an Helmuts linke Seite. »Ich habe euch zugehört«, sagte sie. »Eigentlich sind wir drei verlassene Menschen hier.« Helmut wandte ihr sein Gesicht zu. »Drei?« Schnell, fast widerwillig, erzählte Lysbeth ihm, dass Aaron nach Amerika gegangen war und sie nicht wusste, wann er zurückkehren würde. »Er hat dich verlassen?«, fragte Helmut sanft. Lysbeth schluckte. »Ja, nein, also, eigentlich weiß ich das nicht. Er hat nicht gesagt, dass er fortgeht, um mich zu verlassen. Er hat gesagt, er will dort bei Fritz Perls lernen, das ist ein Psychologe, der ist genial, ich verstehe Aaron sehr gut. Aber es fühlt sich trotzdem wie verlassen an.« So leise, dass Stella sich fragte, ob Helmut sie verstehen konnte, fügte Lysbeth hinzu: »Ich glaube, er hat sich vorher von mir sehr verlassen gefühlt. Verlassen werden hat ja viele Facetten.«

Schweigend gingen sie eine Weile nebeneinander her, bis Helmut das Schweigen brach. »Ich glaube, es ist sehr schlimm, von jemandem getrennt zu sein, den man liebt, wenn der noch lebt. Aber unerreichbar ist. Ich glaube, das ist fast schlimmer, als wenn er tot ist.« Durch Stella fuhr ein Stich. »Nein«, entgegnete sie heftig, »wenn er noch lebt, kann man versuchen, ihn zu erreichen, kann man versuchen, ihn zurückzuholen, ihn zu retten. Wenn er tot ist, hast du keine Chance. Der Tod macht dich so ohnmächtig wie nichts sonst.« Ihre Stimme wurde brüchig.

Hört das denn nie auf?, fragte sie sich. Anthony ist 1960 gestorben, das ist jetzt fünf Jahre her. Das darf doch nicht mehr so weh tun. Aber immer noch schlug der Schmerz zeitweilig so stark gegen ihr Brustbein, dass sie glaubte, ihr Herz wäre krank..

Als hätte er ihren unregelmäßigen ängstlichen Herzschlag vernommen, ergriff Helmut ihre Hand und sagte: »Mädchen, du bist noch jung. Du musst dich aus dem Schmerz wieder rausrappeln.« Tränen schossen durch Stellas Augen. Erstaunt über die Vehemenz der Trauer, die sich so Bahn brach, blinzelte sie. Hilflos sagte sie: »Ich berappel mich ja die ganze Zeit, aber das Leben ohne ihn ist einfach öde.« Mit einem schweren Schluchzer brach aus ihr heraus: »Ich hätte ihn so gern geheiratet.

Das ist sicher bescheuert, an unserer Liebe hätte es nichts geändert, aber trotzdem. Ich hätte ihn so gern geheiratet! Auch zu guter Letzt noch habe ich den Termin beim Anwalt immer wieder verschoben. Ich weiß nicht, was mich gehindert hat, aber wenn ich wirklich gewollt hätte, wären Jonny und ich schon lange geschieden und Anthony und ich hätten vor unserer Afrikareise geheiratet.«

Lysbeth machte ein paar schnelle Schritte von Helmuts rechter Seite zu Stellas linker. Sie umarmte die Schwester und streichelte ihr übers Haar. »Ach, ihr habt bestimmt tausendmal geheiratet, nur ohne Stempel und Siegel. Deshalb ist es ja auch so schrecklich für dich ohne ihn. Ihr wart ganz tief und eng miteinander verwoben.«

Helmut behielt Stellas Hand in der seinen, und Lysbeth hielt sie auf der anderen Seite fest. Schweigend, jeder in seinen Gedanken und Gefühlen verloren, setzten sie ihren Weg fort, bis sie wieder am Hof anlangten.

## 38

*K*urz nach Aarons Ankunft in New York erlebte er eine große Enttäuschung. Fritz Perls lehrte hier schon seit zwei Jahren nicht mehr. Während der Sommeruniversitäten kam er manchmal, wurde Aaron gesagt, aber die Sommeruniversität lag Monate in der Ferne. Was tun?, fragte sich Aaron. Esalen, Fritz Perls war in Esalen, und das war anscheinend ein Wunderort für alle. Auf nach Esalen? Aaron zauderte. Als Erstes schrieb er sich als Gasthörer in Psychologie ein.

Aaron war mit seinen sechzig Jahren dreimal so alt wie die Studenten, neben denen er im Hörsaal saß. Von dem, was der Professor von sich gab, verstand er nicht mal die Hälfte. Sein Schulenglisch reichte bei weitem nicht aus, eine einigermaßen gesittete Konversation zu führen, geschweige denn eine psychologische Vorlesung zu verstehen. Er fühlte sich komplett fremd, ein alter Mann. Aber seine Kommilitonen ließen es ihn nicht merken. Allerdings befürchtete er, dass er ohnehin viele kommunikative Signale missverstand oder überhaupt nicht mitbekam, so sehr, wie er damit beschäftigt war, sich in diesem fremden Land einigermaßen zu orientieren.

Es kam ihm so vor, als nähmen sie ihn als deutschen Kauz in ihre

Mitte auf. In der Mensa wurde er manchmal überschwänglich von irgendeinem jungen Menschen gegrüßt, den er noch nie gesehen hatte, zumindest nicht bewusst. Im Hörsaal wurde er manchmal angestupst und mit einem breiten Lächeln bedacht.

Er hatte nie Psychologie studiert. Alles lief ganz anders ab, als es während seines Medizinstudiums gewesen war. Versuche wurden dargestellt, die ihm völlig abwegig vorkamen. Er verstand nicht, welchen Sinn diese Dinge für seine Suche nach einer besseren Befähigung haben sollten, einem Menschen in seelischer Not zu helfen. Aber er strengte seinen Verstand aufs äußerste an, um den Inhalt eines Vortrages zu erahnen. Immer wieder beruhigte er sich damit, dass er sich sagte, wahrscheinlich liegt alles nur daran, dass du die Sprache nicht verstehst. Verständest du sie, würde sich dir der Sinn erschließen.

Bereits am zweiten Tag seines Aufenthalts in New York fand er ein Zimmer zur Untermiete bei einer alten Dame – wahrscheinlich war sie sogar jünger als er –, die sich unter anderem ihr Geld damit verdiente, dass sie für Kunden die Zukunft aus dem Kaffeesatz las oder in einer Glaskugel sah. Sie war dick, hatte rotgefärbte Haare, die nur selten den weißen Ansatz nicht zu erkennen gaben, und sie trug zahlreiche farbenfrohe Kleidungsstücke übereinander: Unterröcke, Röcke, Überröcke, Hemden, Blusen, Strickjacken, was einen beeindruckenden wallend bunten Effekt hatte.

Sie hieß Madame Valérie, Valérie mit é, denn sie sprach es französisch aus und nicht Valery, wie die Amerikaner sagten, die von ihr regelmäßig korrigiert wurden. Wenn ein Kunde sie aus Versehen Miss oder gar Missis nannte, korrigierte sie ihn sofort: Madame. Madame Valérie. Madame Valérie hatte zwei Katzen, eine schwarze und eine getigerte, und erstaunt nahm Aaron zur Kenntnis, mit welcher Einfallslosigkeit die farbenfrohe Valérie ihre Katzen getauft hatte: die eine hieß Black, die andere Tiger. Black war ein sanfter, um die Beine streichender und schnurrender Kater, Tiger war eine kratzbürstige Katzendame, die ihren Platz auf dem Stuhl hinter der Haustür verteidigte, als müsste sie Rom vor den Karthagern schützen.

Aaron bewohnte ein Zimmer, winzig wie eine Besenkammer. Es passte gerade ein Bett hinein, ein schmaler hoher Schrank und ein winziger Schreibtisch, der unter dem Fenster stand, das zum Hof hinaus führte. Die beiden Studentinnen, die auf der gleichen Etage wohnten wie er und Toilette und Dusche mit ihm teilten, hatten etwas größere Zimmer, aber er war als Letzter gekommen und hatte keine Wahl gehabt. Friss oder stirb. Er hatte angenommen.

Die Mädchen gingen einander und ihm aus dem Weg, als schämten sie sich, gemeinsam unter einem Dach zu wohnen. Sie hießen Joan und Shirley. Joan hatte spanische Wurzeln, Shirley sprach nicht über ihre Herkunft. Wahrscheinlich lebte sie schon in zehnter Generation in Amerika. Anfangs bemühte er sich, sie zu einem Gespräch zu bewegen. Was studierst du, woher kommst du, was willst du machen, wenn du fertig bist? Beide reagierten freilich äußerst wortkarg auf seine Fragen. Shirley studierte Jura, Joan englische und spanische Literatur. Shirley wollte Anwältin werden, Joan Lehrerin. So viel hatten sie ihm offenbart, dann hatte aber jede von ihnen unglaublich dringende Sachen zu erledigen und verschwand, entweder in ihrem Zimmer oder aus der Haustür.

Es kostete Aaron nicht viel Mühe, sich auf die Kontaktlosigkeit einzustellen. Er hätte es zwar schön gefunden, manchmal, abends, wenn die Sehnsucht nach Lysbeth ihn zu sehr quälte und Zweifel ihn bedrängten, ob das, was er getan hatte, wirklich richtig gewesen war, bei der einen oder anderen anzuklopfen und ein bisschen reden zu können. So war das nicht möglich, auch okay.

Also begann er, Tagebuch zu schreiben. Er schrieb es für Lysbeth. Jeden Tag am Morgen setzte er sich hin und schrieb alles auf, was ihm durch den Kopf ging. Das war sein Morgenritual. Er tappte nach unten in die Küche von Madame Valérie und benutzte dort den Wasserkocher, um sich einen Tee aufzubrühen. Mit diesem Tee ging er zurück in sein Bett, wo er sein Tagebuch Seite um Seite füllte. Manchmal am Abend, wenn er einsam war, holte er das Buch noch einmal hervor und schrieb weiter.

Und er war häufig einsam. Wenn es nach seinem Herzen gegangen wäre, hätte er schon in der zweiten Woche seines Aufenthalts seinen Koffer gepackt und wäre zurück zu Lysbeth gefahren. Aber sein Stolz hielt ihn davon ab. Er war hierhergekommen, um bei Perls zu studieren, und auch wenn Perls nun an einem verdammten Ort namens Esalen weilte und unterrichtete, würde er diese Zeit nutzen, um wenigstens die Sprache zu lernen. Sein Plan war, so lange hierzubleiben, bis das Geld, das er gespart hatte, aufgebraucht war.

Sein Gefühlsleben befand sich in einer ständigen Achterbahnfahrt. Im Grunde sehnte er sich permanent nach Lysbeth. So gern hätte er mit ihr geteilt, was er hier erlebte, so gern hätte er in seinem schmalen Bett in den Nächten neben ihr gelegen, eng an sie geschmiegt, die Nase in ihrem Nacken oder in ihrer Halsbeuge vergraben, wo es so wundervoll roch. Er litt entsetzlich darunter, dass sie nicht bei ihm war, gleichzeitig bedeutete es aber auch einen schmerzlichen Genuss, dass all seine Liebesgefühle für sie zurückkehrten. Er merkte erst jetzt, wie sehr er es vermisst hatte, diese Liebe für sie tief im Herzen oder aber auch übersprudelnd vor Entzücken oder Freude an ihr zu spüren. Sie hatte sich verflüchtigt gehabt. Und das war eigentlich das Schrecklichste gewesen. Dass er seine eigene Liebe nicht mehr gespürt hatte. Nun kam sie zurück, und das war grauenhaft schmerzhaft, weil er weit entfernt von Lysbeth war, aber es war auch wundervoll, weil er wieder merkte, dass sein Herz lebte. Dass er am Leben war. Denn das, so spürte er jetzt wieder ohne Wenn und Aber, war der Ort, aus dem das Gefühl der Lebendigkeit entsprang: Das Herz. Und wenn dort Liebe war, war im ganzen Körper Leben.

Doch trotz Herz und Liebe und Lebendigkeit hatte ein Mann noch eine andere Pflicht: Er musste zu Ende führen, was er begonnen hatte. Das war eine unumstößliche Tatsache. Ein Mann, der das Feld verließ, bevor es bestellt war, oder einer, der den Dachstuhl sich selbst überließ, bevor er errichtet war, und diese Beispiele konnten endlos fortgeführt werden, so ein Mann war oberflächlich und leichtfertig. So war Aaron nicht. Also würde er hier ein Semester zu Ende bringen und dann nach Hamburg zurückkehren.

Inzwischen schrieb er seiner Lysbeth Tagebuch. Jeden Tag offenbarte er ihr seine Gedanken, Gefühle, Erlebnisse. Er schrieb ihr von den Bewegungen seiner Seele, er schrieb ihr auch von seiner Empörung über den Krieg in Vietnam, den die Amerikaner führten. Dieser Krieg war so widerwärtig, dass Aaron nur die allerkräftigsten Worte des Abscheus dafür übrig hatte.

Ein Kampf von Goliath gegen David. Ein Krieg, den die Amerikaner führten, obwohl sie dort überhaupt nichts zu suchen hatten. Ami go home! Was maßten sich diese Kennedys an, dass sie meinten, sie müssten in Vietnam Gott spielen und als solcher die Kommunisten von der Erde vertreiben.

Im Übrigen täte Gott das nicht. Wahrscheinlich war Gott, wenn es ihn denn gab, viel zorniger auf die amerikanischen Kapitalisten als auf die vietnamesischen Unabhängigkeitskämpfer, denn die hatten sich ja in der FLN, der *Front National de Libération*, zusammengeschlossen, die in der amerikanischen Propaganda als kommunistischer Verband verunglimpft wurde.

Aaron hatte an Anti-Vietnam-Demonstrationen teilgenommen, relativ früh, gleich nachdem er angekommen war, weil auf seinem Platz im Hörsaal dieses Flugblatt gelegen hatte, das ihn aufforderte, aktiv zu werden. Also hatte er das getan. Und er war beeindruckt gewesen von der Farbigkeit der Demonstranten. Die Menschen waren in jeder Hinsicht völlig unterschiedlich: Hautfarbe, Kleidung, politische Ausrichtung.

Er schrieb Lysbeth auch von der Musik, die er auf diese Weise kennenlernte. Es war gefühlvolle leidenschaftliche Musik, die ihm Tränen in die Augen trieb. Joan Baez sang: *We shall overcome*, und Aaron sang mit.

Im zweiten Monat schrieb er in sein Tagebuch: »Ich habe Susan kennengelernt. Wie schade, dass du nicht hier bist. So eine Tochter hätte ich gern mit dir gehabt, ich weiß, ich darf nicht darüber sprechen, dann wirst du traurig, aber immer habe ich mich nach so einer Tochter mit dir gesehnt. Susan studiert Psychologie, und sie hat lange dunkle Haare, irgendeiner ihrer Vorfahren muss Latino sein, und ganz blaue Augen. Es ist so eine Kombination wie bei Stella, wo man auch immer wieder einen Moment der glücklichen Überraschung erlebt, wenn man in ihre Augen schaut. Bei Susan ist es besonders erstaunlich: Schwarze Haare, blaue Augen. Und dann ein Wesen, das immer lacht, lächelt, jeden küsst – auch mich, stell dir vor, mich alten Knacker – Kleider trägt, die man bei uns vielleicht als Nachthemd zulassen würde, und einfach ist wie ein Engel. Ich möchte nicht meine Hand dafür ins Feuer legen, dass dieser Engel seine Nächte – oder auch Tage – besonders keusch verbringt, mir deucht, da sind diese jungen Leute hier alle nicht besonders zimperlich. Amerika ist so prüde, vielleicht noch prüder als unsere körperfeindlichen deutschen Mitbürger, deshalb müssen die jungen Leute hier natürlich auch in dieser Hinsicht genau das Gegenteil machen. Aber abgesehen davon: ihre langen gewellten Haare, die treuherzigen blauen Augen, die wallenden pastellfarbenen Gewänder, tut mir leid, aber da muss ich an Engel denken. Und dieser kleine Engel hat, du wirst es nicht glauben, an mir einen Narren gefressen. Sie heftet sich an meine Fersen, Mensch Meier, wenn sie kein Engel wäre, könnte man fast schon von aufdringlich sprechen. Seitdem sind meine Abende nicht mehr so traurig. Sie drängt mich so lange, bis ich mit da hingehe, wo sie sagt, ich müsse da unbedingt hin. Kleine Treffen von vier bis sechs Leuten, wo über irgendwas Wichtiges gesprochen werden soll, aber dann wird doch nur Musik gehört und gekifft.

Lysbeth, stell dir vor: Ich habe meinen ersten Joint geraucht. Das musste ich tun, sonst wäre ich als deutscher Spielverderber mit säuerlicher Moral abgestempelt worden. Das wollte ich nicht. Außerdem wollte ich wirklich gern mal wissen, was an dem Zeug dran ist. Tja, mir war es unangenehm. Du weißt, dass ich ohnehin nicht gerade einen verwaschenen Verstand habe. Und die Dinge um mich herum nehme ich auch nicht gerade verschwommen war. Und Bewusstheit trainiere ich seit Jahren. Liebes Lieschen, bei dir ist das alles noch viel stärker ausgeprägt als bei mir, du kennst es also. Ich glaube, für Dich wäre das Zeug noch viel unangenehmer. Ich hatte nach einem halben Joint – also zwei gingen hintereinander an vier Leuten vorbei, macht ein halber – das Gefühl, die Klarheit in meinem Kopf nicht auszuhalten. Alles, alles, jede Mimik, jede Geste der anderen, jeder klitzekleine Geruch, den sie ausdünsteten, jedes Gefühl, das sie zu verbergen trachteten, alles ist in mein Gehirn eingedrungen, und ich konnte mich nicht dagegen wehren. Es war unangenehm, Lysbeth. Ich habe auch deutlich wahrgenommen, wie sich die anderen veränderten. Zwei Mädels haben gekichert wie verrückt. Sie fanden die gleichen Sachen wahnsinnig komisch. Aber ich fand das gar nicht lustig, sondern extrem banal. So abwertend bin ich sonst nicht. Aber wie kann man auch über den dümmsten Scheiß so entsetzlich lachen?

Sie haben mir gesagt, ich müsste es noch mal ausprobieren. Beim zweiten Mal wäre ich total relaxt. Ich kann es mir nicht vorstellen.

Lysbeth, ich kann es Dir ja hier schreiben (im Zweifelsfall streiche ich es hinterher mit einem schwarzen Marker durch, wie böse Menschen wie Nazis oder der CIA es tun, wenn sie ihre bürokratischen Aufzeichnungen von entsetzlichen Taten anschließend vor der Nachwelt verheimlichen wollen): Das einzig Angenehme an der ganzen Sache war, dass ich einen Ständer bekommen habe. Plötzlich hatte ich irre Lust auf Sex. Nicht mit einer dieser Schnepfen, glaub das bloß nicht. Aber auch nicht mit Dir, oh, meine Güte, ich muss viel schwarz markieren. Nein, ich hatte einfach Lust auf Sex. So animalisch, Lysbeth, das habe ich seit meiner Pubertät nicht wieder erlebt. Fast wäre es mir egal gewesen, welche Frau. Aber zum Glück keine der Anwesenden. Und dann ging es auch vorüber wie alles andere, und hinterher fragte ich mich erstaunt, ob das jetzt wirklich ich gewesen war.

Übriggeblieben ist dieses Gefühl extremer Lebendigkeit. Dazu gehörte das alles. Die unglaubliche Sensitivität, als könnte ich die Gedanken der anderen lesen, das Gefühl, als käme alles zu nah und ich müsste die anderen ein wenig von mir fernhalten, weil sie mich sonst zu einem Teil ihrer selbst hätten machen können, ohne dass ich damit einverstanden gewesen wäre, und dann diese Sehnsucht nach Verschmelzung. Sexuelle Verschmelzung mit einer Frau. Das Aufheben des Ich im Du. Die Auflösung meiner Grenze, indem ich mich so in eine Frau vertiefe, dass ich mich nur noch durch sie spüre. Ach, meine liebe Lissie, das alles habe ich so viele Male in dir gespürt, aber nie Worte dafür gesucht. Es war wundervoll. Ich bin in Dir als Mann richtig geworden, einfach weil Du mich als meine Frau aufgenommen hast. Du warst meine Heimat, mein Zuhause, meine Zuflucht, Du warst der Teil von mir, der mir immer gefehlt hat, wenn du fort warst.

Aber Du warst so viel fort in der letzten Zeit. Du weißt nicht, was das für mich an Verlust bedeutet hat. Ohne Dich fand ich kein Zuhause mehr in mir.

Und jetzt bin ich hier, heimatlos, ohne Dich, aber zum Glück so weit weg, dass es normal ist, keine Heimat zu fühlen. Und dann kiffe ich, studiere bei Professoren, die ich nicht verstehe, gehe auf Anti-Vietnam-Demonstrationen, lasse mich von jungen Frauen anschauen, als fänden sie mich toll, und finde das selbst auch noch toll, und merke gleichzeitig, dass ich ein alter Knacker bin, der gerade davor wegläuft, ein paar sehr wichtige Dinge zu begreifen, nämlich was es mit dem Altern für einen Mann auf sich hat und was es bedeutet, mir einzugestehen, dass es ohne Dich für mich kein Zuhause gibt.«

Es tat Aaron erstaunlich gut, solche Sachen aufzuschreiben und sogar stehenzulassen und nicht rauszureißen und wegzuschmeißen. Leichtsinnigerweise traf er sich nach diesen selbstkritischen Erkenntnissen am nächsten Tag sehr gern mit Susan. In der Mensa, manchmal im Hörsaal, manchmal auf dem Campus, immer wirkte alles sehr zufällig. Auch wenn sich ihre Hände berührten oder ihre Blicke, wenn ihre Schultern sich streiften oder sogar, als sie mit ihren Köpfen aneinanderstießen, nachdem Susan ein Buch heruntergefallen war und sie sich gleichzeitig danach bückten.

Susan war jünger als Roberta, und Roberta hatte er als Enkelin gewissermaßen adoptiert, ebenso wie Lysbeth es getan hatte. Er konnte die Erinnerung leicht abrufen, wie es gewesen war, als Roberta sie in Hamburg besucht hatte und er nach Aufklärungsliteratur für sie gesucht hatte. Er war zwar zehn Jahre jünger als Lysbeth, aber das spielte bei den väterlichen oder gar großväterlichen Gefühlen erst für Angela und dann für Roberta keine Rolle. Der Schmerz war nie gewesen, dass er vielleicht zu jung war, um Vater oder Großvater zu sein, der Schmerz war, dass er beides mit Lysbeth nicht erlebt hatte. Dass Lysbeth ihm kein Kind geboren hatte. Er hatte mit ihr nicht darüber sprechen dürfen, weil er wusste, wie sehr es sie selbst schmerzte, aber er hatte es sich verzweifelt gewünscht. Er wollte so gern mit Lysbeth ein Kind bekommen, und am liebsten eine Tochter, weil Mädchen so süß waren und weil Mädchen ihre Väter so anhimmelten, das sah er allenthalben. Er hätte so gern eine Tochter gehabt, die ihre kleine Hand in die seine schmiegte, die ihm vielleicht Geheimnisse anvertraute, die sich auf jeden Fall an ihm festhielt, wenn sie Angst hatte, und für die er ein richtig guter und starker Vater hätte sein können. Er hätte Lysbeths Züge in ihr wiedererkennen können. Er hätte sie in Lysbeth und Lysbeth in ihr lieben können. Er hätte Lysbeth nie weniger Aufmerksamkeit und Begehren und Fürsorge geschenkt, wenn er der Tochter ein liebevoller Vater gewesen wäre. Er hätte es gut gemacht.

Aber er hatte es nicht gut machen können, und das war für ihn schlimmer, als er Lysbeth jemals hatte sagen können, und deshalb war es schlimmer, als er selbst es sich jemals eingestehen konnte.

Doch jetzt gestand er es sich ein. Und es verwirrte ihn kolossal. Denn er empfand väterliche Gefühle für Susan, ja, geradezu großväterliche Gefühle, obwohl das etwas schwerfiel. Er wollte sie gern beschützen, fand, dass sie zu naiv war, dass sie sich in gefährliche Situationen begab, dass sie viel zu freizügig über ihre Gefühle sprach, ohne ihr Gegenüber vorher kritisch zu begutachten. Sie konnte so leicht ausgenutzt werden, missbraucht, verletzt. Er wollte nicht, dass ihr so etwas geschah. Gleichzeitig wusste er, dass alle, auch Susan selbst, es völlig missverstehen würden, wenn er sich zu sehr mit ihr beschäftigte.

Am Ende seines zweiten Monats in New York, inzwischen verstand er schon viel mehr von dem, was die Leute sagten, auch von dem, was die Professoren von sich gaben, sagte Susan zu ihm: »Ich gehe nach Esalen. Ich will nicht nur mit dem Kopf lernen. In Esalen kann ich wachsen.

Da unterrichtet sogar Joan Baez. Da geht es um die Weiterentwicklung von meinem ganzen Menschsein. Ich will da hin. Zumindest ein paar Monate lang.«

Aaron kam es vor, als stünde sie drohend mit einer Eisenstange vor ihm. Einer großen Eisenstange. Sehr drohend. Er wich leicht zurück. Esalen. Da lehrte Fritz Perls. Aaron war nach New York gegangen, um bei Perls zu lernen. Wieso zeigte ihm diese junge Frau, die seine Tochter sein konnte, was Mut ist? Wieso forderte sie ihn so heraus? Er konnte doch jetzt unmöglich sagen: Ich bin begeistert, ich komme mit. Das würde zu großen Schwierigkeiten führen. Er entschuldigte sich hastig. »Ich habe wohl etwas gegessen, was mir nicht bekommen ist.« Und er floh.

Einen Tag lang verkroch er sich in seinem Zimmer, bis Madame Valérie an seine Tür klopfte und fragte, ob er etwas brauche. Als er nicht antwortete, kam sie einfach herein. »Was ist los?«, fragte sie besorgt. »Sie sehen todkrank aus. Soll ich einen Arzt rufen?«

Aaron zog die Bettdecke bis unters Kinn und hauchte: »Ich überlege, nach Esalen zu gehen.« Was nun geschah, überraschte ihn vielleicht noch mehr, als Susan es getan hatte. Madame Valérie trat in sein Zimmer, setzte sich mit Schwung auf die Bettkante, bekam eigenartig feurige Wangen und sagte schwärmerisch: »Esalen. Du musst dich da unbedingt in die heißen Quellen legen, die haben schon die Indianer zum Heilen von Krankheiten benutzt.« Aaron richtete sich auf. »Sie kennen Esalen?«

»Big Sur«, ihre Stimme kletterte mindestens acht Oktaven hinauf. »Das ist ein heiliger Ort.« Sie flüsterte kichernd: »Du wirst es nicht glauben, aber vor einem Jahr war ich einen Monat lang dort.«

Madame Valérie und Esalen? Aaron dachte, dort seien Psychologiestudenten wie an der Universität in New York. Nun war er ganz und gar durcheinander.

Madame Valérie forderte ihn auf, sein Bett zu verlassen und zu ihr nach unten ins Wohnzimmer zu kommen. »Du musst was essen und trinken, dann kriegst du auch wieder Farbe ins Gesicht.«

Als Aaron kurz darauf das Wohnzimmer betrat, in dem er noch nie gewesen war, klappte ihm die Kinnlade herunter. Das Wohnzimmer war so ausgestattet, wie Aaron sich die Behausung eines Indianers vorstellte. Überall lagen bunte Kissen auf einem dicken bunten Teppich. Es gab kein Sofa und keinen Sessel, aber überall Teppiche, sogar an den Wänden. Von der Decke hingen an langen Schnüren Lampen wie Lampions, die Schirme mit besticktem Stoff bezogen. Das Licht war weich und gemütlich. Trotzdem entzündete Madame Valérie dicke Kerzen an allen vier Ecken des Zimmers. Nun lag die exotische Pracht in flackerndem Licht. »Setz dich«, forderte sie ihn auf und wies auf die bunten Kissen auf dem Boden. »Mach es dir bequem.« Aaron ächzte, als er sich auf dem Teppich niederließ. Es war doch eine sehr ungewohnte Weise zu sitzen. Er schichtete viele Kissen übereinander, um sich so eine Rückenpolsterung zu schaffen, und dann probierte er einige Varianten aus, wie er seine Beine positionieren konnte. Nichts war wirklich bequem, nicht der Schneidersitz, nicht das gerade Ausstrecken der Beine. Am angenehmsten erschien ihm noch, die Beine anzuwinkeln und die Knie mit den Armen zu umfassen. So gewann er Stabilität. Madame Valérie kam mit einer Rotweinflasche und zwei bauchigen Gläsern. Eines stellte sie neben ihn und füllte es bis zur Hälfte. Wenn ich das ausgetrunken habe, dachte Aaron, bin ich besoffen. Er würde sich selbst allerdings im Laufe des Abends überraschen, indem er drei von diesen Gläsern leerte und lediglich unendlich beschwingt ins Bett fiel.

Vorher allerdings ließ Madame Valérie sich anmutig vor ihn auf den Teppich gleiten, legte sich ein paar Kissen zurecht und drapierte ihre Formen in eine Art Venus-Position. »Cheers«, sagte sie und ließ den Wein im Glas kreisen, bevor sie daran nippte. Sie schloss die Augen und seufzte leise.

Und dann hielt sie einen kleinen Vortrag über Esalen, der Aaron in eine gewaltige Angst versetzte und zugleich eine riesige Lust auf dieses Abenteuer in ihm entfachte. »Kennst du Michael Murphy?«, fragte sie als Erstes. Er schüttelte verneinend den Kopf. »Dick Price?« Wieder musste er passen. Sie schnalzte missbilligend mit der Zunge. »Na ja, Europäer«, sagte sie in einer Mischung aus Erklärung und Verachtung. »Price war Schüler von Alan Watts?« Sie hob am Schluss die Stimme. Wieder verneinte er. »Allan Watts kennst du also auch nicht«, sagte sie enttäuscht. »Hast du nicht gesagt, du studierst Psychologie?« Aaron nickte gekränkt. Verdammt, was bildete diese Kaffeesatzleserin sich ein. »Na gut, Murphy ist nach seinem Studium in den Ashram von Sri Aurobindo in Indien gegangen. Und dann haben sich beide in San Francisco bei Frederic Spiegelberg getroffen …« Sie hob leicht fragend die Augenbrauen. Aaron schüttelte fast schon unmerklich den Kopf. »Professor für vergleichende Religionswissenschaft und Indische

Studien«, erklärte sie sachlich. »Well«, schloss sie ihre Ausführungen, »und irgendwann haben die beiden Pläne für ein Forum geschmiedet, das Wege des Denkens über die Beschränkungen des etablierten Wissenschaftsbetriebs hinaus aufzeigen sollte. Sie stellten sich ein Labor für Experimente mit einem breiten Bereich von Philosophien, religiösen Disziplinen und psychologischen Methoden vor. Murphys Familie hatte lange Jahre zuvor schon das Grundstück in Big Sur gekauft, egal warum, und hat es ihm zur Verfügung gestellt. Es ist natürlich immer das Gleiche«, sagte sie, und ihre Stimme klang teils bitter, teils amüsiert, »verwirklichen können solche Träume nur Jungs von reichen Eltern.«

Aaron nickte zustimmend. Anscheinend hatten sich da zwei reiche Jungs gefunden, die eine Vision entwickelt hatten, die arme Jungs nur hätten aufzeichnen und als hübsches Bild an die Wand heften können. Das wurde auch sofort bestätigt, als Valérie fortfuhr: »Prices Vater war Geschäftsführer bei *Sears*, der hatte Kapital, na, und dann kamen all die Köpfe hinzu, die man natürlich auch braucht, wenn man etwas Geniales schaffen will: Spiegelberg, Watts, Laura und Aldous Huxley, Gerald Heard, Gregory Bateson.« Aaron trank einen großen Schluck von dem Wein, der ihm ungewöhnlich gut schmeckte. Er schwenkte sein Glas und fragte: »Woher kommt der? Der schmeckt phantastisch.« Valérie lächelte zärtlich. »Von ebenda«, sagte sie. »Kalifornischer Wein ist gut.« Sie hing ihren Gedanken nach. »Die Indianer hießen Esseleen. Das Gebiet hieß früher Esselen. Die Murphy-Familie wollte wohl ursprünglich mit den elf Hektar Land etwas anderes machen. Die wollten, glaube ich, Geld scheffeln damit. Hotelanlagen und so. Aber das hat nicht geklappt.« »Wo liegt das eigentlich?«, fragte Aaron, der noch nicht einmal auf der Landkarte nachgeschaut hatte. »Ungefähr siebzig Kilometer südlich von Monterey und Carmel in Kalifornien«, antwortete sie, und Aaron traute sich nicht zu sagen, dass er damit gar nichts anfangen konnte.

»Die Esalen-Leute haben sich die harmonische Entwicklung des ganzen Menschen auf die Fahne geschrieben. Sie sehen sich als Institut zum Lernen und Forschen. Das menschliche Potential soll erforscht und entwickelt werden. Und das alles soll sich sämtlichen Dogmen widersetzen, ob religiös, wissenschaftlich, politisch, egal. Sie wollen auch nicht nur dem Einzelnen helfen, sich weiterzuentwickeln, es geht ihnen auch um soziale Belange. Sie machen Seminare für die allgemeine Öffentlichkeit, organisieren Tagungen, finanzieren Forschungsprogramme, und alle möglichen Leute kommen dahin und wohnen und lehren da: Künstler, Gelehrte, Wissenschaftler, auch religiöse Lehrer. Ich klinge wie eine Werbebroschüre, oder?«, grinste Madame Valérie. »Aber anders kann ich nicht erklären, dass man unbedingt da hinfahren muss und dann süchtig danach ist, immer wieder zurückzukehren.« »Süchtig?«, fragte Aaron alarmiert. »Ja! Süchtig«, erklärte Madame Valérie entschieden. »So etwas wie Esalen findest du nirgends sonst auf der Welt.« Sie hing ihren Gedanken nach, und Aaron glaubte fest zu wissen, dass diese Gedanken aus Erinnerungen mit starken Bildern bestanden. »Esalen ist eine einzigartige Verbindung von östlichen und westlichen Philosophien, die Workshops sind experimentell, und sie lehren dich etwas. Und es sind so unglaublich spannende Lehrer da. Philosophen, Psychologen, Künstler, religiöse Denker. Das hat es in Amerika vorher nie gegeben, und ich wage zu behaupten, dass es das nach Esalen nie wieder geben wird.«

Aaron stellte die Frage, die ihn schon eine ganze Weile beschäftigte: »Madame Valérie, entschuldigen Sie bitte, aber warum lesen Sie aus dem Kaffeesatz und machen all diesen hellseherischen Kram, wenn Sie doch eigentlich viel Tieferes gelernt haben?« Valérie lächelte in einem wundervollen liebevollen und geheimnisvollen Lächeln. »Eben deshalb, my dear. Eben deshalb. Du musst viel Einfühlung und Wissen und Erfahrung in die menschliche Seele haben und den menschlichen Körper und seine Ausdrucksformen verstehen, wenn du anständig aus dem Kaffeesatz lesen willst. Ich empfinde da eine große Verantwortung.« Sie brach in lautes Lachen aus, das Aaron ansteckte und mitriss.

Aber der Abend war noch nicht zu Ende. Valérie erzählte ihm, dass Joan Baez seit 1962 Seminare in Esalen abhielt. Auch Henry Miller war gekommen und hatte gelehrt. Sogar Abraham Maslow – kurzer Blick zu Aaron, der wieder den Kopf schüttelte und wieder missbilligendes Schnalzen erntete – war wohl eher zufällig gekommen und wichtig geworden. »Und seit zwei Jahren arbeitet Fritz Perls in Esalen.« Madame Valérie warf Aaron einen prüfenden Blick zu. »Der ist es, der dich interessiert, oder?« Aaron grinste schwach. »Jetzt verstehe ich«, meinte sie. »Perls macht seine Gestalttherapie-Seminare ganz besonders für Psychologen. Da sind noch andere in deinem Alter. Da sind sowieso Menschen allen Alters. Manche bleiben ein Jahr, manche einen Monat. Ich fahre immer wieder einen Monat lang hin, länger kann ich mir nicht leisten.« Sie blickte Aaron nachdenklich an. »Ich verstehe nicht, wieso ihr in Europa nichts von Esalen wisst. Habt ihr nicht so etwas wie eine Gegenkultur?«

Aaron überlegte. Gegenkultur? »Wir haben zwei Deutschlands«, versuchte er als Antwort. »Jedes ist eine Gegenkultur zum anderen.« Madame Valérie wedelte missbilligend mit den Händen. »Nein nein, Sozialismus und so einen Kram meine ich nicht. Eine Kultur, die gegen die des Establishments ist, die andere Gedanken, Experimente wagt, die neue Visionen hervorbringt, nicht diesen alten Kram von Marx.« Aaron fühlte sich in die Enge gedrängt. Marx, alter Kram? In seinem Deutschland war das verboten, dem anzugehören war durchaus eine Gegenkultur. Doch dann dachte er an die Medizin, die an der Universität gelehrt wurde, und seinen Widerwillen dagegen. Seine Sehnsucht nach etwas anderem, das war doch eine Sehnsucht nach einer Gegenkultur, oder?

»Worin zeichnet sich die Gegenkultur in Esalen denn nun aus?«, fragte er in einem ungeduldigen Ton, der ihn selbst sogleich ärgerte, doch Madame Valérie nahm die Frage ernst. »Es gibt Menschen aus allen möglichen Richtungen, die sich nicht gegenseitig anfeinden oder ausschließen, sondern die nach einer Synthese suchen, nach gegenseitiger Befruchtung, und daraus ergibt sich etwas, das noch nie dagewesen ist. Schau, ich war das erste Mal dort kurz nach der Gründung, da war alles noch so chaotisch wie im Urwald. Inzwischen haben sie ja richtige Programme und Lehrstühle, und alles hat schon seine Ordnung. Anfangs waren da nur Menschen, die etwas Neues schaffen wollten. Linus Pauling zum Beispiel, der Nobelpreisträger, oder der Theologe Paul Tillich. Ich habe zwei Seminare von Carl Rogers besucht, und ich habe gelernt, dass ich okay bin und du auch, selbst wenn wir uns streiten.« Wieder fiel sie in die Bilder ihrer Erinnerung. Lächelnd schüttelte sie den Kopf, als amüsiere sie sich über sich selbst. »Michael Harner war da zum Beispiel, der Schamanismusforscher, mit dem habe ich getrommelt und mein Krafttier gefunden.« Sie blitzte Aaron schelmisch an. »Frag bloß nicht, was das ist. Das ist mein Geheimnis. Das zum Beispiel befrage ich, wenn ich aus dem Kaffeesatz lese. Eigentlich liest mein Krafttier aus dem Kaffeesatz. Besser gesagt: Mein Krafttier liest aus dem Menschen, der vor mir sitzt, und zeigt es mir im Kaffeesatz.« Sie schlug auf ihre Oberschenkel, was ein sattes saftiges Geräusch erzeugte. »Mehr Wein?« Aaron nickte. In ihm wuchs eine riesige Lust, nach Esalen zu fahren. Er hatte das Gefühl, dass dieser Ort so etwas wie die

Endstation Sehnsucht für ihn sein könnte. War all das, wovon Valérie sprach, nicht genau das, wonach es ihn seit Jahren verlangte? War er nicht deshalb zu Viktor Frankl nach Wien gegangen? Aber dort hatte er nur einen Bruchteil dessen gefunden, wonach er suchte. Ja, es war nicht nur ein Verlangen, es war ein tiefes Bedürfnis. Sein Körper, seine Seele, sein Verstand schrien seit Jahren nach Nahrung durch etwas, das er in Hamburg nicht erhielt. Und wahrscheinlich auch nicht erhalten konnte.

In dieser Nacht war er zu weinselig, um Lysbeth etwas ins Tagebuch zu schreiben. Aber es war nicht nur der Wein, der ihn daran hinderte, es war seine unbändige Vorfreude auf Esalen. Er wusste, dass er dort etwas finden konnte, was er an Lysbeths Seite in Hamburg nie gefunden hätte. Und er hatte ein schlechtes Gewissen ihr gegenüber. Es war, als ob er sie betrüge. Nicht, weil er dort mit Susan hinfahren würde. Auch wenn er Susan süß und attraktiv fand, war ihm am heutigen Abend bewusst geworden, dass seine Angst vor ihrem Plan, nach Esalen zu fahren, nicht darin begründet lag, dass er Lysbeth mit ihr betrügen könnte. Sein Gefühl Susan gegenüber war nicht das der Lust oder des Begehrens, sondern das der Rührung über ein entzückendes Küken. Nein, mit Susan, selbst wenn er in einer kompletten Verirrung mit ihr Sex haben sollte, was er überhaupt nicht für möglich hielt, könnte er Lysbeth nicht betrügen. Aber mit Esalen, so spürte er, mit Esalen würde er sie betrügen können.

## 39

Lysbeth wurde von Gefühlen geschüttelt. Sie verstand sich selbst nicht mehr. Einiges freilich verstand sie: Aaron war fort, und sie hatte versagt, indem sie das ermöglicht, ja, vielleicht sogar vorangetrieben hatte. Kein Wunder, dass es ihr jetzt furchtbar ging.

Trotz ihres schlechten Gefühls brach die Verbindung zu Aaron nicht ab. Er war immer bei ihr. Sie spürte ihn, wenn sie frühstückte, sie fragte ihn nach seiner Meinung zu dem, was sie gerade umtrieb, und sie hörte seine Antwort. Es war nicht nur in ihrem Kopf, sie konnte seine Anwesenheit körperlich spüren. Sie *wusste*, dass er bei ihr war. Sie war zwar grauenhaft allein, ohne ihn, aber zugleich war er da. Er war nicht tot wie Anthony, nach dem Stella vergeblich rufen musste, er war da, und sie konnte spüren, dass er da war, am Leben, in der Welt, und auch bei ihr. Sie spürte, dass er sie ebenfalls suchte, und sie antwortete ihm. Sie gab sich unglaubliche Mühe, all ihre Liebe und auch ihre Gedanken zu ihm zu schicken. Er sollte wissen, wie sehr sie sich mit ihrer Schuld herumquälte, ihn verlassen zu haben, bevor er sie verlassen hatte. Er sollte wissen, wie unendlich dankbar sie für die gemeinsame Zeit war. Er sollte wissen, dass erst er sie zur Frau gemacht hatte, obwohl sie damals schon mit dem dummen Maximilian von Schnell verheiratet gewesen war, heute eine unwesentliche Bagatelle, über die sie nur noch den Kopf schütteln konnte. Er sollte wissen, dass, was auch geschehen würde, er für sie niemals eine unwesentliche Bagatelle sein würde.

Lysbeth hielt sich daran fest, dass sie ihn spüren konnte. Sie saß an ihrem Tisch vor dem Gartenfenster, wo sie so oft mit ihm gesessen hatte, und sprach mit ihm, ganz genau so, wie sie es getan hatte, als er im KZ gewesen war. Sie erzählte ihm alles. All die unausgegorenen Gedanken, die übersprudelnden Gefühle. Sie erzählte ihm von ihrem Tag und den Problemen, die sich oft vor ihr auftürmten, aber sie erzählte ihm auch immer mehr von sich selbst.

Lysbeth war in den vergangenen Jahren entsetzlich zerrissen gewesen. Sie hatte zwar ihren Mann geliebt, und es war für sie überhaupt keine Frage gewesen, dass sie bei ihm bleiben wollte, aber sie hatte auch etwas anderes gewollt. Keinen anderen Mann, bewahre, aber eine andere Lysbeth. Sie hatte sich selbst neu erschaffen, eine andere Frau werden wollen.

Es wurde Lysbeth von Tag zu Tag im Gespräch mit Aaron immer deutlicher: Sie selbst hatte die Haut der Lysbeth abstreifen wollen, die sie vorher gewesen war. Sie hatte keine Frau in der zweiten Reihe mehr sein wollen. Sie hatte die Verbindung zu den Frauen kappen wollen, die um Anerkennung hatten kämpfen müssen oder sich gar in der verachteten Nische des Kräuterweibs eingerichtet hatten wie die Tante. Lysbeth hatte mit diesen verachteten Frauen, die ihren Dienst an der Heilung ohne jede öffentliche Anerkennung verrichteten, nichts mehr zu tun haben wollen. Sie wollte zur Welt der Medizin gehören. Verdammt nochmal, sie wollte dazugehören!

War das denn so verwerflich?

Ihre Chance war minimal gewesen. Hätte es keinen Krieg gegeben, wäre sie nicht die schikanierte Ehefrau eines Juden gewesen, der im

KZ überlebt hatte, hätte es nicht nach dem Krieg verworrene Papiere und Zulassungen gegeben, hätte Lysbeth niemals mit über fünfzig noch Medizin studieren dürfen. Keine Frau vorher oder nachher konnte das. Aber sie hatte diese Chance bekommen. Und sie hatte sie nutzen wollen.

War das denn so verwerflich?

Nein, das war es nicht. Das stand leuchtend klar als innere Antwort vor ihr. Das war kein Fehler gewesen. Aber sie war übers Ziel hinausgeschossen. Nun gut, das wusste sie inzwischen auch. Das passierte schon mal. Sie war freilich übers Ziel von sich selbst weggeschossen.

Es tat furchtbar weh, als sie begriff, dass sie von sich selbst weg in eine Richtung gerast war, in der sie ihr eigenes Ziel nicht mehr erkannte. Gerade jetzt, aber auch in den Monaten, seit sie die Praxis eröffnet hatte, wäre das Wissen der Tante für sie so unglaublich wichtig gewesen. Warum hatte sie es in sich selbst verleugnen müssen?

Sie kannte sich gut genug aus, um zu wissen, dass Abspaltung kein leichtes Problem war, es entsprang aus der Not, unerträgliche Gefühle oder Situationen ertragen zu müssen. Also wurde das Unerträgliche aus der Wahrnehmung, der Erinnerung, dem Gefühlsleben verbannt. Lysbeth wusste, dass Abspaltung schlimmstenfalls eine Persönlichkeit spalten konnte. Vor dieser Extremform gab es jedoch viele »harmlosere« Varianten, die sich in Verleugnen nach außen, in Lügen und immer auch im Selbstbetrug zeigten. Lysbeth hatte nie angenommen, dass auch sie so etwas praktizieren könnte.

Aber nun musste sie erkennen, dass sie den Tanten-Anteil in sich selbst abgespalten hatte. Den hatte es nicht mehr geben sollen. Der war zu gefährlich gewesen. Also war sie eine eindeutige Ärztin geworden. Ihre Zweifel, ihren Widerspruch und auch ihren heilerischen Reichtum, der in einer Klinik nicht gefragt war, hatte sie nicht nur für sich behalten, sie hatte ihn in sich selbst auch nicht nur unterdrückt, sondern geleugnet, als wäre es nie ein Teil von ihr gewesen.

Das war nun leider vorbei. Leider, weil es so weh tat und weil Lysbeth vor der schwierigen Aufgabe stand, ihre einander widerstreitenden Anteile zu integrieren. Abspaltung, Integration, alles Vokabeln aus Aarons Mund, die Lysbeth in den vergangenen Jahren abgewertet hatte. »Was soll das überhaupt bedeuten?«, hatte sie ihn manchmal angegriffen. »Ist Psychologie überhaupt eine Wissenschaft? Denken sich da Leute nicht etwas aus und bauen eine Theorie drum herum? Was sie dann noch mit angeblichen Statistiken untermauern wollen. Aber das

Prinzip scheint mir der Zufall zu sein, der als Gesetz verkauft wird.« Aaron hatte oft lakonisch geantwortet: »Ja klar, wahre Wissenschaft ist etwas ganz anderes, nämlich die Möglichkeit zu zählen und zu zählen und wieder zu zählen und zu vergleichen und zu vergleichen und noch mal zu zählen. Nur so darf man Gesetze bilden, nicht wahr, meine liebe Frau Wissenschaftlerin? Aber die Seele lässt sich nicht zählen.«

Lysbeth wollte gar keine Wissenschaftlerin sein. Sie wollte eingreifen, handeln, heilen. Aber sie war in die Irre gegangen.

Wer heilt, hat recht. Über diesen Satz dachte Lysbeth neuerdings viel nach. Es gab doch auch Zufälle. Manchmal erschien etwas wie ein Wunder, das sich nachträglich als völlig begründbar herausstellte. Hätte nicht eigentlich jede Heilung auch im anderen Extrem landen können, in der Verschlimmerung, dem Aus, unabhängig von der Behandlung?

Lysbeths Gedanken drehten sich im Kreis, in der Schleife, einer Spirale, die nach unten führte. Frieden fand sie, wenn sie an ihrem Tisch vor dem Fenster zum Garten saß und mit Aaron sprach. Doch dann geschah plötzlich etwas, dass ihr den Boden unter den Füßen wegriss.

Sie spürte Aaron nicht mehr. Das konnte doch gar nicht sein! Das durfte nicht sein! Sie spannte all ihre Energie an, die sich auf Aaron richtete. Aber es war, als wäre die Leitung gekappt. Gleichzeitig setzte eine Art Wundbrand um den Körperbereich herum ein, wo das Herz saß. Es brannte, es schmerzte, und es fraß sich immer tiefer.

Lysbeth blieb ganz ruhig sitzen, so wie sie es ihren Patientinnen empfahl, wenn die Schmerzen erdulden mussten. Dann sagte sie: »Atmen, in den Bauch atmen, ruhig weiteratmen, ich zähle die Sekunden, bei fünfzehn wird es schon besser sein, und bei noch mal fünfzehn werden Sie merken, dass der Schmerz abebbt.« Zweimal fünfzehn Sekunden, so hatte sie festgestellt, war leichter auszuhalten als dreißig Sekunden. Also zählte auch sie jetzt von eins bis fünfzehn.

Der Schmerz fraß sich tiefer, ihr Herz begann unregelmäßig zu schlagen. Sie war keine erwachsene Frau mehr, die schon Schreckliches erlebt hatte und wusste, dass fast alles vorüberging, sie war keine Ärztin mehr, die sich mit Dingen wie Angst und Schmerz auskannte, sie war nichts anderes mehr als ein Bündel aus Herzrasen, Zittern und einem Schmerz, der sich in ihr Innerstes fräste und drohte, sich ihres Körpers zu bemächtigen, etwas, das sich anfühlte, als würde der Tod ihr seine Fratze zeigen. Eine bösartige drohende Fratze. Dich krieg ich, kicherte, käckerte, gackerte er. Glaub bloß nicht, dass du vor mir sicher bist.

Sie konnte nicht mehr ruhig atmen, es war einfach nicht möglich, so sehr sie sich auch bemühte. Ihre Hand suchte nach irgendetwas zu greifen, das Einzige, was ihr Halt bot, war die Stuhllehne. Um die krallte sie ihre Finger wie eine Ertrinkende, die sich um ein Stück Holz krampft.

Hilfe!, dachte sie. Hilfe!

Sie hätte es gern laut geschrien, aber ihre Stimme konnte nur brüchige krächzende Laute ausstoßen. »Aaron!«, drang auf diese Weise aus ihrem Mund. Ganz leise, fast unhörbar. Wo war er? Sie brauchte ihn. Sie brauchte ihn so dringend. Ohne ihn würde sie sterben. Hier, jetzt, sofort.

Sie gab einen leisen Seufzer von sich. Ihre Hände lockerten sich etwas. Habe ich gerade einen Herzinfarkt?, konnte sie sich fragen, und ihre innere Kontrolle kehrte so weit zurück, dass sie im Geiste überprüfen konnte, was auf einen Infarkt hindeutete. Ihr Herz schlug unregelmäßig und hoch bis zum Hals. Ihr Atem ging flach. Ihr Brustkorb schmerzte, als hätte jemand mit einem schweren Gegenstand dagegengeschlagen. Ihre Finger zitterten leicht. Ebenso ihr Kopf. Ja, dachte sie erstaunt, mein Kopf zittert.

Die Todesangst ließ langsam nach. Der Tod verzog sich nach draußen in den dunklen Garten. Zum Nachbarn, dorthin, wo der Bunker noch stand, der damals zu ebener Erde gebaut worden war und dank Gottes Hilfe und Jonnys Beziehungen direkt vor und nicht in ihrem Garten war.

Mit einem Mal lächelte sie. Es war ein eingefrorenes trauriges Lächeln, aber es lag auch viel Zärtlichkeit darin. In diesem Bunker hatten Aaron und sie einem Kind geholfen, zur Welt zu kommen. Und seiner Mutter, nicht in Panik zu versinken, sondern ihre großartige magische Aufgabe zu erfüllen, das Kind in sich nach draußen zu bewegen in eine Welt, die alles andere als einladend war.

Panik, dachte Lysbeth plötzlich in aller Klarheit. Ich hatte eine Panikattacke. Das war kein Herzinfarkt, das war etwas anderes. Das Wort Panikattacke in Verbindung mit ihr selbst versetzte sie mehr in Angst und Schrecken als das Wort Herzinfarkt.

Panikattacken bekamen andere. Panikattacken bekamen Patientinnen, Panikattacken waren nichts für Ärzte. Sie erinnerte sich an einen Artikel von einem Arzt, den sie vor langer Zeit gelesen hatte. Er hatte die Auffassung vertreten, dass das weibliche Gehirn und ihr Nervensystem nicht in der Lage war, den Anforderungen des ärztlichen Berufes gerecht zu werden.

Und jetzt Panikattacken? Sie musste unwillkürlich grinsen. Die Ausführungen des Arztes damals hatten dermaßen dumme und haltlose Sätze beinhaltet, über die heute jeder nur noch lachen konnte. Aber war eine Panikattacke nicht ein Beweis für eine Überlastung des Nervensystems? War sie nicht ein Beweis dafür, dass Lysbeth nicht in der Lage war, ihrer Arbeit, anderen Halt und Orientierung zu geben, ruhig, souverän und kompetent nachzukommen?

Was war bloß geschehen? Sie beobachtete sich selbst. Der Schmerz in der Brust lauerte zwar, aber er war nicht mehr dominant. Alles andere war abgeklungen. Sie konnte wieder atmen, ihre Hand zitterte nicht mehr, ebenso wenig wie ihr Kopf.

Du solltest ins Bett gehen, befahl sie sich selbst. Also gehorchte sie.

Sie beeilte sich und lag im Nu im Bett, wo sie noch las. Sie hatte die Absicht, so lange zu lesen, bis ihr die Augen zufielen. Sie las *Wem die Stunde schlägt* von Hemingway. Das hatte Aaron ihr geschenkt, und sie war bisher nicht dazu gekommen, es zu lesen, auch das eine Art Missachtung seiner Aufmerksamkeit, weil ihre Tätigkeit als Ärztin wichtiger gewesen war.

Bald fielen ihr die Augen zu, und sie schlief ein, ohne viel von dem begriffen zu haben, was sie an Buchstaben aufgenommen hatte. Gegen 4.00 Uhr wurde sie von bummerndem Herzklopfen wach. Hellwach. Als hätte jemand ihr einen Eimer kalten Wassers übergegossen.

Es war wie am Abend zuvor. Sie zitterte, ihr Herz klopfte unregelmäßig und bis zum Hals, und in ihre Brust fräste sich ein Schmerz, der sie vernichten wollte. Warum wollte er das, verdammt? Wer war das, der ihr da schaden wollte? Diesmal dauerte es länger. Schweiß brach aus ihren Poren, dann fror sie entsetzlich. Sie empfand grauenhafte Angst. Da hatte eine Macht sie ergriffen, gegen die sie sich nicht auflehnen konnte. Sie war nichts weiter als ein zitterndes schluchzendes Bündel voller Todesangst.

Es ebbte zwar ab, aber das Entsetzen, was mit ihr geschehen war, hielt sich bis zum Morgen. Um 6.00 Uhr brühte sie sich einen Tee auf. Das Bett, das Haus zu verlassen und zur Arbeit zu gehen, schien ihr im Moment als einziger Trost.

Die Panik wurde zu einem ständig im Hinterhalt lauernden Feind in Lysbeths Leben. Sie wusste nie, wann er wieder zuschlagen würde. Die Anfälle schwächten sie so sehr, dass sie sogar während ihrer Arbeit nicht mehr die nötige Distanz zu ihren Patientinnen aufbringen konnte; jede Krankheit, jedes Leid berührte sie so, dass sie es in ihrem eigenen Herzen spürte. Sie wurde wehrlos dem brennenden Schmerz in ihrem Körper gegenüber. Es schien, als gäbe es kein Entrinnen, als sich selbst für den Tod als Ende dieser Qual zu entscheiden. Sie sprach mit niemandem darüber. Ihre Panik hatte sie in einen Seelenbezirk getrieben, der ihr krank und zutiefst bedrohlich vorkam. Sie hatte Angst, so sehr die Kontrolle über sich zu verlieren, so tief in die Ohnmacht hineingetrieben zu werden, dass sie sich selbst fremd würde. Ein sabberndes schluchzendes schreiendes Wesen, kaum noch erkennbar als Mensch, das in eine Zwangsjacke gesteckt werden müsste, um vor sich selbst gerettet zu werden. Sie hielt sich zwar nach außen an der Rolle der kompetenten Ärztin fest, die einfach ein wenig überarbeitet war und deshalb nach der Arbeit schnell im Bett verschwand, aber sie selbst wusste, dass diese Rolle tiefe Risse aufwies. Wann würde sie vollends auseinanderbrechen? Lysbeth entwickelte Misstrauen anderen Menschen gegenüber. Ob die sie vielleicht durchschauten? Ob die sie vielleicht verachteten? Sie selbst schämte sich sehr. Sie wurde misstrauisch gegen alle, mit denen sie hätte sprechen können, es aber nicht tat. Sogar Stella ging sie aus dem Weg. Das war das Furchtbarste. Stella gegenüber hatte sie niemals misstrauisch sein wollen. Aber sich ihr anzuvertrauen, erschien ihr unmöglich. Dann würde sie vor Stellas Augen jeden Halt verlieren und in sich selbst zusammenbrechen, oder auseinanderbrechen in unzählige Teile, die nie wieder zu einem Ganzen zusammen gefügt werden konnten.

Es war Mai, als Aaron nach Esalen kam. Er landete auf dem Flughafen von San Francisco, und dann ging es mit dem Bus den Highway Nr. 1 in Richtung Süden. Der Bus wand sich Serpentinen entlang, auf einer Seite schroffe Felsen, auf der anderen das Meer. Was er da sah, traf ihn unvermittelt. Eine solche gigantische Landschaft hatte er noch nie erlebt. Die schroffe Felsküste, die hohen Berge – der *Cone Peak* war mit 1571 Metern der höchste Gipfel in der Kette der Küstengebirge in ganz Kalifornien –, weit und breit kein Haus zu sehen, daneben das glitzernde funkelnde weite Meer, das war großartige unberührte Natur. Als sie die Bixby Bridge überquerten, empfand Aaron plötzlich eine Art Verbindung mit früheren Zeiten, früheren Menschen, ja, mit etwas, das größer war als er selbst. Er wusste von Valérie, dass die Straße 1937 fertiggestellt worden war. Vorher war dieses Gebiet völlig unerschlossen gewesen. Und es gab wohl auch die Verordnung, dass keine Gebäude errichtet werden durften, die von der Straße aus sichtbar waren. So wirkte die Landschaft von Menschenhand unberührt. Aarons Blick wollte alles einfangen. Die bewaldeten Berge, die Buchten mit Sandstränden, ein unglaubliches Aufeinandertreffen von Bergen und Ozean. Staunend blickte er hinaus.

Der zweispurige Highway Nr. 1 wand sich die Klippen hinauf, um dann wieder jäh in dunkle Wälderschluchten abzufallen. Westlich vom Highway schimmerte das Wasser hellblau und weiter draußen dunkelblau, und östlich davon gab es Wälder mit riesigen Küstenmammutbäumen im Gebirge, die teilweise sogar auf den Pazifik stießen. Nur an wenigen Stellen entdeckte er einen direkten Zugang zu den Stränden.

Aaron saß zwischen Susan und einer dunkelhäutigen Frau, die ihm mehr erzählte, als ihm lieb war. Gern hätte er nur hinausgestarrt und sich beeindrucken lassen. »Die spanischen Eroberer gaben Big Sur seinen Namen, weil sie einen großen Umweg nach Norden machen mussten. Die Felsenküste hatte ihnen den Zugang zum Meer versperrt. In den zwanziger und dreißiger Jahren des letzten Jahrhunderts wurde der Highway Nr. 1 mit Dynamit aus den Felsen des Santa-Lucia-Gebirges gesprengt. Teile des Highway wurden achtzehn Jahre lang von Strafgefangenen gebaut. Für zwei Tage dieser Knochenarbeit wurde den Sträflingen ein Tag ihrer Haft erlassen.«

Aaron wandte ihr pflichtschuldig von Zeit zu Zeit sein Gesicht zu, damit sie ihn nicht unhöflich fand, aber dann riss ihn das Bild draußen wieder mit. Die Frau, die sich als Maria vorgestellt hatte, war begeistert, als sie hörte, dass Aaron nach Esalen wollte. Auch sie sprach wieder von den legendären heißen Quellen. Vormals ein Kultplatz der Indianer, der »Esalen Indians«, die diesem Platz den Namen gegeben hatten. Das alles wusste er schon von Madame Valérie, aber er nickte trotzdem, als erfahre er es zum ersten Mal. »Ein heiliger und ein heilender Ort. Die Landschaft wird durch den Hot Springs Canyon zerteilt, der sowohl die heißen Quellen als auch das Land mit Süßwasser versorgt.«

Spät am Abend erst kamen sie in Esalen an. Aaron verabschiedete sich freundlich von Maria, die ihn *Sweetheart* und *Darling* genannt hatte, auf eine mütterliche Weise, dabei war sie sicherlich zwanzig Jahre jünger als er. Aaron merkte, wie er dabei war, das Gefühl für sein wirkliches Alter zu verlieren. Susan behandelte ihn wie einen gleichaltrigen Freund, ebenso wie viele Menschen, denen er in New York begegnet war, wie zum Beispiel Valérie. Alle informierten ihn, niemand holte seinen Rat ein. Aaron wusste nicht, ob er es amüsant fand oder sogar schmeichelhaft. Es verursachte eine Art von Irrealität. Dazu diese Landschaft und nun Esalen.

Der Ort war wieder so vollkommen anders, als er es sich vorgestellt hatte, dass er den Eindruck hatte, er hätte sich beim Aussteigen geirrt. Verstreut standen Holzhäuschen in der Gegend herum, dazwischen Wohnwagen und VW-Busse, am Rand entdeckte er einen Misthaufen und bunte kleine Blumen auf einem Beet, auf einem anderen blühten Kartoffelpflanzen. Susan ließ sich von den Tönen einer Flöte locken, zielstrebig folgte sie diesem Geräusch. Aaron stapfte hinter ihr her. Was hätte er auch sonst tun sollen? Da entdeckte er einen jungen langhaarigen Mann, der mit freiem Oberkörper vor einem VW-Bus saß und auf einer Flöte spielte, daneben eine junge Frau, an deren Brust ein Säugling lag.

Susan steuerte auf die drei zu, fragte, wo die Institutsleitung wäre, und wurde zu einem der Holzhäuser gewiesen. Aaron folgte ihr. Wieder konnte er es kaum fassen: Es gab eine Art Büro, jede Menge Informationsmaterial, und im Nu waren Susan und er in einer Holzhütte untergekommen, wo es ein Schlafzimmer für zwei gab, eine Veranda, auf der zwei Schaukelstühle standen, und sonst nichts. Aaron war furchtbar erschrocken. Er wollte doch kein Bett mit Susan teilen! Aber sie fand offenbar nichts dabei. Sie warf ihren Rucksack in die Ecke, entnahm ihm einen Schlafsack, den sie aufs Bett warf, und dünne Sandalen, auf denen sie die Hütte verließ mit der Ankündigung, sie müsse jetzt baden.

Aaron setzte sich auf einen der beiden Schaukelstühle draußen, bewegte ihn vor und zurück, ließ sich in seinem tiefsten Innern erschüttern von der Schönheit der Welt, die um ihn herum lag, und stellte fest, dass er jede Kontrolle über sein Leben verloren hatte. Erstaunlicherweise versetzte ihn diese Erkenntnis nicht in Furcht und Schrecken, sondern verstärkte das Gefühl der Irrealität. Nichts hier war ihm vertraut, es gab keine Bezugsgrößen für das Verständnis dessen, was ihn umgab. Er hatte außer mit Lysbeth noch nie mit einer Frau ein Bett geteilt, und er kam sich vor, als wäre er weitab von jedem Ort, in dem ihm bekannte Regeln herrschten.

Er nickte auf dem Stuhl ein, und als er aufwachte, umgab ihn schwarze Nacht. Als er den Blick hob, erwartete ihn die nächste Überraschung. Über ihm wölbte sich ein Sternenhimmel, so reich, so unglaublich schön. Er erkannte vertraute Sternbilder, aber da waren so viel mehr Sterne, als er jemals gesehen hatte, er wollte sich in diesem Himmel auflösen und Geborgenheit finden. Die Geborgenheit des winzigen menschlichen Wesens, dem in diesem Universum nichts wirklich Schlimmes geschehen kann, weil es für wirklich Schlimmes nicht bedeutsam genug ist. Mit dem Blick in die Höhe, dieser Verbindung zu etwas viel Größerem als ihm selbst, verbrachte Aaron Stunden. Als es zu dämmern begann, betrat er die Hütte, stellte erst da fest, dass er fröstelte, legte sich neben Susan aufs Bett, deckte sich mit der Decke zu, die er in seinem Koffer extra mitgenommen hatte, weil Lysbeth sie ihm eingepackt hatte, und schlief ein.

Von diesem Tag an war Aaron ein anderer. Er wurde nicht langsam ein anderer wie viele derjenigen, die sich hier aufhielten, um ihre zivilisationsgeschädigten Seelen zu heilen. Aaron, so schien es ihm, hatte mit der Kontrolle sämtliche Eckpfeiler seiner Existenz verloren. Es fühlte sich ein wenig bedrohlich, aber auch befreiend an. Die Zielstrebigkeit, mit der er bislang durchs Leben und auch nach New York zu Perls gegangen war, hatte sich komplett verflüchtigt. Aaron war durch die Landschaft verwandelt, durch den Sternenhimmel und dadurch, dass er an einem Ort war, an den er nicht gehörte, gemeinsam mit lauter Menschen, die hier ein Ziel verfolgten. Er tauchte einfach ein wie ein Nichtschwimmer in tiefes Wasser, aber er ertrank nicht.

Das erklärte Ziel, das in Esalen verfolgt wurde, war Aufsässigkeit. Es galt nicht, sich mit dem Feind zu versöhnen, sondern sich möglichst entschieden mit ihm zu konfrontieren. Viele der Menschen um ihn herum nahmen irgendwelche Drogen, Aaron brauchte das nicht, er fühlte sich so leicht, als hätte er den Bodenkontakt verloren. Wie ein Astronaut auf dem Mond, er besaß keine Schwerkraft mehr. Es gab wundervolle Speisen, vorzügliche Weine, abends wurde oft getanzt, und die Mädchen ließen beim dumpfen Geklopfe der Trommeln ihre langen Haare wirbeln und verwandelten sich in kreiselnde, wirbelnde, zuckende, zischende Urwaldwesen.

An diesen Abenden standen alle Türen offen, die Lichter waren gelöscht, auf dem Rasen tanzte die pure Lebenslust, zwei Lagerfeuer, viele Menschen, auch die Einsiedler aus den Bergen kamen oft, dazwischen ein paar Heilige. Aaron saß am Rande und fühlte in seinem Körper eine so lebendige und bewegte Seele, dass sie von innen alles Verkrustete zu sprengen schien.

Tagsüber besuchte er die heißen Schwefelquellen in den zwischen Himmel und Meer in die steilen Felswände geschlagenen Bädern. Und er besuchte die Workshops von Fritz Perls. Viele der Teilnehmer wurden von Fritz Perls' Arbeit durchgeschüttelt, Aaron fand in diesen Workshops Tag für Tag neuen Halt.

Perls kam Aaron wie ein Zauberer vor. Und so sah er auch aus. Ein langer weißer Bart, weiße Haare und ein unendlich gütiges verschmitztes Lächeln. Er saß immer in einem halbkreisformigen Raum vor der Wand, und was er tat, nannte er Mini-Satoris. Ein Mini-Satori, so erklärte er, sei eine Aha-Erfahrung oder eine plötzliche Einsicht. Hat man eine derartige Einsicht, sagte Perls, dann »ist die Welt plötzlich da – dreidimensional und leuchtend«.

Er brachte es fertig, jemanden, der eben noch ängstlich wie ein verschüchtertes Kaninchen auf die Menschen im Raum geblickt hatte, im nächsten Augenblick beim Anblick des Publikums in lautes Lachen ausbrechen zu lassen und komplett authentisch zu sein.

Aaron sog jede Lektion auf, die Perls ihm erteilen konnte. Der demonstrierte in kleinen Lektionen seine Gestalttherapie. Seine Arbeit war erstaunlich einfach und verblüffend kraftvoll. Er arbeitete immer im Hier und Jetzt, erlebnis- und erfahrungsbezogen. Viele hofften, dass ihre Panzerung, die durch Misstrauen und Widerstand und Abwehr gegen die eigenen bedrohlichen Gefühle entwickelt worden war, aufgebrochen würde und eine neue Lebendigkeit in sie einströmen konnte. Aaron kam es so vor, als hätte er keine Panzerung mehr. Ihm selbst war genau das geschehen, was Perls lehrte: neue Erfahrungen konnten heilend wirken, nicht die verbalen Erklärungen eines Therapeuten. Aaron lechzte danach zu begreifen, wie ein Therapeut es schaffen konnte, dem Patienten in seiner alltäglichen Umgebung neue Erfahrungen zu verschaffen.

Fritz Perls interpretierte nicht, zumindest wenig. Er lud die Teilnehmer ein, sich mit abgespaltenen Persönlichkeitsteilen zu identifizieren – mit dem Ziel, diese wieder zu integrieren. Viele Menschen, so erläuterte er, seien in ihrer Angst, ihrer Unzufriedenheit, ihren schiefgegangen persönlichen Beziehungen, ihrem Unglücksgefühl steckengeblieben, und sie hätten Teile ihrer Persönlichkeit abgespalten, um das Unglück weniger zu spüren. Dadurch spürten sie aber auch alles andere weniger. Und so entstände eine Abwärtsspirale. Nur durch die Wiederherstellung der zersplitterten Identität könne wieder Lebendigkeit gefunden werden. Aaron war beglückt darüber, dass Perls diese Arbeit auch als politisch begriff, denn er selbst empfand das tiefe Bedürfnis, nicht nur im Privaten, Persönlichen tätig zu sein. »Ich denke, wenn man den Menschen dabei unterstützt, authentischer zu werden – in Gesellschaften, die mehr oder weniger autoritär oder autoritätsorientiert sind –, ist das immer politische Arbeit, in der Therapie, in der Erziehung, in der Sozialarbeit«, lautete Perls' Credo. Er arbeitete dabei in kleinen Schritten. Und betonte immer wieder, dass dies keine »ganzen« Therapien seien, sondern nur Demonstrationen. Auch wenn die so gemachten Erfahrungen verändernd auf das ganze Leben einwirken konnten, wie durch manche Teilnehmer bestätigt wurde, die an den Mini-Satoris teilgenommen hatten.

Aaron begriff rasch, dass er sich in Esalen an einem Ort aufhielt, der Zentrum einer neuen Strömung innerhalb der amerikanischen Psychologie war, nämlich dem sogenannten »Human Potentialities Movement«. Nach dem abgeschiedenen Esalen strömten unglaublich viele Wochenend-, Fünftage- und Dauergäste zu Seelenbad, Bewusstseinserweiterung und Sinnenpflege. Staunend nahm Aaron jeden Tag wieder aufs Neue wahr, welche Veränderungen Menschen durchmachen konnten. Männer, die wirkten, als hätten sie ein in Gips gegossenes Gesicht und einen Stock verschluckt, verwandelten sich im Tanz in kreiselnde Derwische, andere hingegen, die nichts als Spaß und Shit im Kopf zu haben schienen, entwickelten sich zu Männern mit sicherem Blick, die zielstrebig und handwerklich geschickt anpackten, wo etwas marode war. Manche zerstrittenen Paare fanden zu inniger Nähe, andere, die anfangs wie verschweißt gewirkt hatten, entdeckten die befreiende Wirkung des Streitens. Zugeknöpfte Frauen zeigten sich nackt, und Frauen, die keine Grenzen gehabt zu haben schienen, wagten plötzlich ein »Nein!«.

Aaron besuchte neben Perls' auch andere Workshops, die ihm viel Freude bereiteten. Es war nicht so, dass er ständig in Wonne badete. Immer wieder spürte er Schmerzen im Körper. Als würden sich die Verkrustungen in seiner Seele mit körperlichen Schmerzen auflösen. Außer in der Geborgenheit mit Lysbeth hatte er sich früher nie zu weinen getraut. Nun aber stiegen Tränen in ihm auf, wenn er es gar nicht erwartete. Es kam ihm so vor, als würde sein Seelenleben allmählich reich werden wie der Sternenhimmel, den er jede Nacht aufs Neue bewunderte. Anfangs hatte er diese Sternenschau auch praktiziert, weil er so Susan erst ins Bett folgte, wenn sie schon schlief. Aber Susan hatte ihr gemeinsames Bett schon nach wenigen Tagen verlassen und war zu einem jungen Mann gezogen, dessen ebenholzfarbenes Gesicht von dicken schwarzen Locken und ebensolchem Bart wie gerahmt schien. Stanley, so hieß er, tanzte allabendlich mit Susan, bis beide schweißglänzend und eng umschlungen, black and white, in seine Hütte hüpften. Susan hatte Aaron am ersten Morgen danach ängstlich gefragt, ob es für ihn okay sei, als sie ihren Rucksack aus ihrer gemeinsamen Hütte holte, und Aaron hatte sie so fest umarmt, wie er es sich bis dahin noch nicht getraut hatte. »Es ist wundervoll«, hatte er in ihre Haare geflüstert. »Es ist ganz großartig.«

Bereits im Juni sprachen alle vom Sommerfestival. Das gab es seit zwei Jahren, seit Joan Baez einen Workshop mit dem Titel »Die neue Volksmusik« als kostenlose Veranstaltung durchgeführt hatte. Das war das erste der *Big Sur Festivals*, an denen bereits viele bekannte Musiker teilgenommen hatten. Aaron erfuhr, dass in diesem Jahr vielleicht Bob Dylan kommen würde und die Gruppe Crosby, Stills, Nash and Young. Von Bruce Springsteen, Judy Collins, Taj Mahal, Creedence Clearwater Revival war die Rede und anderen Musikern, mit deren Namen Aaron nichts in Verbindung brachte, die freilich für die jungen Leute in Esalen so etwas wie Ikonen des neuen Lebens waren. Das Sommerfestival war deshalb so besonders, weil es den Künstlern erlaubte, nach ihren langen Sommerkonzertserien zu entspannen. Alle Künstler erhielten einheitlich 50 Dollar als Bezahlung, und der Eintritt kostete 3,50 im Gegensatz zu den horrenden Summen, die andere Festivals kosteten und die die Künstler auf anderen Festivals verdienten.

Aaron wusste nicht, ob er beim Sommerfestival noch da sein würde. Die Musik, auch die Dichterlesungen, die regelmäßig in Esalen stattfanden, all das erfreute ihn am Rande. Was ihn täglich wieder tief berührte, war die Begegnung mit Fritz Perls, der für ihn ein wirkliches Genie war. Dieses Genie erkannte er nicht nur in Perls' Fähigkeiten. Aaron versuchte sich selbst immer aufs Neue zu erklären, was ihn eigentlich so tief an Perls beeindruckte. Es schien mit dessen tiefgreifendem Kontakt zum Kern seines eigenen Wesens zu tun zu haben. Perls lebte aus einer eigenen Tiefe heraus. Diese Größe, die nicht nur Aaron in Fritz Perls spürte, hatte etwas mit wirklicher Reife zu tun. Perls war in der ersten Hälfte seines Lebens offenbar sich selbst so begegnet, dass er es jetzt gar nicht mehr nötig hatte, sich irgendwie darzustellen. Er *war* einfach. Sicher war er unglaublich talentiert, aber dieses Genie, das er ausstrahlte, ging weit darüber hinaus. Perls verkörperte, was er selbst lehrte. Er betonte immer wieder, dass Wachstum ein Prozess sei, der Zeit brauche. Gestalttherapie erfordere eine Haltung, die nicht in zwei Monaten erworben werden konnte, sondern durch ein langes, ernstes Training, in dessen Zentrum die Entwicklung des eigenen Menschseins stünde.

Was Aaron besonders herausforderte, war Perls' Anliegen der Weiterentwicklung des Therapeuten. »Ich akzeptiere niemanden als kompetenten Gestalttherapeuten, solange er noch ›Techniken‹ benützt«, sagte Perls. »Wenn er seinen eigenen Stil nicht gefunden hat, wenn er sich selbst nicht ins Spiel bringen kann und den Modus oder die Technik, die die Situation verlangt, nicht der Eingebung des Augenblicks folgend erfindet, ist er kein Gestalttherapeut.«

Aaron versprach sich selbst, dass er Esalen erst verlassen würde, wenn er ein Gestalttherapeut geworden war, der den Mut und die Sicherheit besaß, im Augenblick der therapeutischen Tätigkeit völlig seiner inneren Überzeugung und Eingebung zu folgen. Vorher allerdings, das wurde an jedem Tag klarer, musste er sich damit beschäftigen, wie er bei seiner Rückkehr Lysbeth gegenübertreten wollte.

## 40

Lysbeth hatte seit Anfang Mai 1967 nichts mehr von Aaron gehört. Sie wurde von Panikattacken verfolgt. Sie kämpfte mit sich, ob sie starke Beruhigungsmittel einnehmen sollte. Sie wollte das nicht. Sie hatte den Eindruck, dass sie durch diese Gefühle hindurchgehen müsse, aber es war unerträglich. Inzwischen konnte sie nicht mehr gut arbeiten, machte Fehler, kleine zwar, konnte sich nicht mehr an die Namen der Frauen erinnern, brachte Karteikarten durcheinander. Das war noch nicht dramatisch schlimm, aber Lysbeth fürchtete, dass es in Behandlungsfehlern enden könnte. Sie führte keine Abtreibungen mehr durch, dem fühlte sie sich nicht mehr gewachsen.

Zum Glück ließ Stella sich Ende Mai nicht mehr abwimmeln und sagte Lysbeth auf den Kopf zu, dass, wenn sie so weitermache, sie sich selbst ruiniere. »Bist du lebensmüde?«, fragte sie. Lysbeth starrte sie an und wusste keine Antwort. Seit Aaron fort war, hatte sie sechs Kilo abgenommen. Ihr Magen war wie zugeschnürt, vergeblich zwang sie sich zu essen. Sie war ohnehin eine schmale Frau, jetzt schlotterte die Kleidung um ihren Körper. Stella machte ein unglückliches Gesicht und umarmte ihre Schwester. »Ach, Lissilein, ach, Lissilein«, seufzte sie. »Du bist ja nur noch Haut und Knochen.«

Dann setzten die beiden sich an Lysbeths Tisch, öffneten die Fenster weit, so dass es sich fast anfühlte, als säßen sie im Garten, aber gleichzeitig waren sie vor etwaigen Lauschern geschützt, besonders vor Cynthia, die seit Eckhardts Tod wie selbstverständlich dazukam, wenn Stella und Lysbeth im Garten saßen.

Stella legte ihre Hand auf Lysbeths und sagte: »Ich würde gern sagen, du musst nicht reden und wir sitzen hier einfach und schauen auf die blühenden Blumen und lauschen den Hummeln, aber so ist es nicht, meine Süße. Du musst reden, und ich bleibe hier so lange sitzen, bis ich alles weiß, was du in dir verborgen hältst.«

Lysbeth räusperte sich. Ihre Stimme klang wie die einer alten Frau, schwach, heiser, brüchig. Manchmal blieb sie beim Sprechen ganz weg, aber dann wurde sie auch wieder kräftiger. Lysbeth erzählte davon, wie sie die ganze Zeit auf die Weise mit Aaron geredet hatte, wie sie es auch in der KZ-Zeit getan hatte, und dass der Kontakt plötzlich abgerissen war. Seitdem spürte sie Aaron nur noch in seltenen Momenten, in denen das Gefühl der Verbindung kurz aufblitzte. Endlich offenbarte Lysbeth die ganze Geschichte der Panikattacken. Dass sie sich fühle, als würde sie verrückt, als gehöre sie in die Zwangsjacke. Als hätte sie keinen Halt mehr in sich selbst.

Stella lauschte aufmerksam. Manchmal gab sie kleine Laute von sich, die ihre innere Beteiligung zeigten, aber sie unterbrach Lysbeth kein einziges Mal.

Als Lysbeth aufhörte zu sprechen, schwiegen beide, blickten aus dem Fenster, bis Stella sich erhob. Sie hatte Tränen in den Augen, als sie ihre Schwester fest in den Arm schloss. »Meine Süße, von nun an schläfst du bei mir oder ich bei dir, und ich halte dich im Arm, wenn du eine Attacke kriegst.« Lysbeth zögerte nicht. Sie packte ihre Sachen und zog nach oben zu Stella. Sie war dankbar, dass sie ihr trauriges Ehebett verlassen konnte. Von nun an schlief sie bei Stella. Die schrecklichen Panikanfälle wurden zwar seltener und kürzer, aber sie endeten nicht.

Anfang Juni nach einem solchen Anfall, als Lysbeth zitternd und schluchzend in Stellas Arm lag, sagte diese: »Lysbeth, ich glaube, du solltest nach New York fahren. Schaff endlich eine andere Situation. So geht es nicht weiter.«

Lysbeth antwortete nicht.. Aber am nächsten Morgen sagte sie: »Ich fahre so schnell ich kann. Wo erfährt man, wann Schiffe nach New York gehen?«

Dritters Lage verschlechterte sich im Laufe der Zeit, ohne dass er das Ausmaß in Gänze erfasste. Die *Hanseatische Werft Harburg* war pleite gegangen. Die *Deutsche Werft* gegenüber von Blankenese gab Dritter keine Aufträge mehr. 1967 kamen auch keine Aufträge mehr von der *Flander-Werft. Howaldt* blieb ebenfalls aus. Dritter stopfte mal wieder ein Loch, indem er ein anderes aufriss. Er sprach mit niemandem darüber. Er vermied es auch, seinen Söhnen Einblick in das Geschäft zu geben. Sie sollten sich mit ihren eigenen Geschäften befassen.

So geschah es auch. Alex entdeckte die neue digitale Welt für sich. Er lernte zu programmieren und hatte einen riesigen Spaß daran, Programme zu entwickeln. Kurze Zeit später war er in einem großen Unternehmen angestellt, um dort die Buchhaltung digital zu installieren. Es erfüllte ihn mit großem Stolz, die riesigen Rechner, die einen ganzen Raum einnahmen, mit seinen Berechnungen zu füttern. Sobald er ein regelmäßiges Gehalt in Aussicht hatte, fragte er seine Freundin Annalisa, ob sie Lust hätte, mit ihm zusammenzuziehen. Sie hatte Lust, und so wohnten beide im Frühjahr 1967 bereits in einer kleinen Zweizimmerwohnung in der Isestraße. Die Zimmer waren abgetrennt in einer großen herrschaftlichen Jugendstilwohnung, an deren Wohnzimmer die Bahn vorbeifuhr, weil diese Bahnstrecke über der Erde und in der Mitte der Isestraße auf hohen Eisenständern verlief. Alle, die hier wohnten, akzeptierten die Lärmbelästigung. Die Wohnungen waren so prächtig, und selbst die Bahn hatte etwas romantisch Nostalgisches. Abgesehen davon lag auf der anderen Seite die Isebeck, einer der Kanäle, die sich durch Hamburg zogen und dieser Stadt das Flair Venedigs verliehen. Alex' und Annalisas Zimmer gingen nach hinten hinaus. Wenn sie aus dem Schlafzimmerfenster blickten, sahen sie Wasser und kleine Gärten, wildes Grün am Ufer, und manchmal fuhren Ruderboote vorbei. Alex hatte endlich das Gefühl, ein Leben zu führen, das sein eigenes war und nicht die Verwirklichung der Träume seiner Eltern.

Auch Wilhelm war mit seinem eigenen Leben beschäftigt: Silke, die Lehre, die Musik, der Kiez, die Freunde. Er hatte viel zu tun. Allabendlich fuhr er mit seinem geliebten Fiat die Landstraße von Hamburg nach Ahrensburg. Er war stolz darauf, dort zu wohnen. Viele seiner Freunde wohnten herrschaftlich. Partys wurden zum Teil auf exklusiven Landgütern gefeiert.

Er bekam nicht mit, dass sein Vater blasser und seine Mutter stiller wurde. Aus der Firma des Vaters hatte er sich zurückgezogen, nachdem dieser ihm unmissverständlich klargemacht hatte, dass er das Sagen hatte, und solange er das Sagen hatte, wurde die Firma nicht umstrukturiert, so wie es Wilhelm und zuvor seinem Bruder Alex vorgeschwebt hatte. Sie hatten dem Vater gedroht: »Du wirst dich so nicht halten können. Die anderen Firmen nehmen aufwändige Geräte, Sandstrahler, während wir uns mit dem Spachtel am Dreck entlang quälen. Du musst investieren in Maschinen.« Der Alte hatte sich gesperrt.

Doch nun wackelte der Boden, auf dem Dritters Erfolg stand. Er selbst teilte es seinen Söhnen nicht mit, es war Marthe, die den Jungs sagte: »Vater braucht Geld, er muss Löcher stopfen, wir müssen alles verkaufen, was wir zu Geld machen können.« Für Wilhelm war es sofort klar, dass er sein Auto in die Waagschale werfen würde. Das war das Einzige, was er zu Geld machen konnte. Auch Alex erklärte sich sofort bereit, den Porsche zu verkaufen. Der passte sowieso nicht zu seinem jetzigen Leben. Dritter verkaufte seinen Mercedes. Nun brauchte er auch keinen Chauffeur mehr. Dritter, Marthe und Wilhelm fuhren stattdessen am Morgen gemeinsam mit der Vorortbahn zum Hamburger Hauptbahnhof. Dritter verkündete, dass die Firma gerettet sei, und Wilhelm wollte es gern glauben. Dass das Ganze ein Tropfen auf den heißen Stein war, vermutete nur Marthe.

Am 17. März ging Wilhelm zum Konzert von Jimi Hendrix in den *Starclub*. Seit dort die Beatles gespielt hatten, war der Club eine Legende. Alle britischen und amerikanischen Bands und Rockstars, die nach Deutschland kamen, traten hier auf: Little Richard und Ray Charles, die Everly Brothers und Black Sabbath – dazu auch bekannte deutsche Gruppen wie die Rattles und die Screamers.

An diesem Abend sollte der Gitarrist spielen, der auf seiner Fender

Stratocaster mit links nie gehörte Klänge erzeugen konnte: Jimi Hendrix war erst vierundzwanzig und schon der neue Gott am Gitarrenhimmel.

Jimi erschien erst um 23.15 Uhr auf die Bühne, – eine Weile, nachdem seine beiden Begleitmusiker von der »Jimi Hendrix Experience« begonnen hatten, ihre Instrumente einzuspielen. Das Konzert war gigantisch. Wilhelm war so gebannt von Jimis Musik, dass er meinte, diesen Abend nie vergessen zu können. Als es endete, war es Wilhelm unmöglich, nach Hause zu fahren, so sehr hatte die Begeisterung seinen Körper mit Adrenalin vollgepumpt. Abgesehen davon fuhr keine Bahn mehr nach Ahrensburg. Er würde also bei einem Freund oder gar bei Silke schlafen müssen. Davor hatte er Angst, denn ihr Vater war ein alter furchterregender Knochen. »Wollen wir noch ein bisschen flippern gehen?«, fragte er Silke und seinen Freund, der allgemein Nissahl genannt wurde, nach dem Autohaus seines Vaters. Die beiden waren sofort einverstanden. Also betraten sie gegen 1.00 Uhr den Spielsalon in der Großen Freiheit.

Wilhelm konnte es kaum fassen: Am Flipper rackerte sich bereits der schwarze Musiker, sein Idol Jimi Hendrix, mit ein paar anderen Männern ab. Wilhelm und Nissahl näherten sich betont lässig, als würden sie gar nicht erkennen, wer da spielte. Da grinste Jimi Hendrix sie kurz an und legte dann einen Bierdeckel unter den Apparat, damit die Kugel nicht so schnell ins Aus rollte. So konnte man länger spielen und Geld sparen. Diesen Trick kannte Wilhelm zwar schon, aber es rührte ihn seltsam an, dass Jimi so etwas auch tat. Er lehnte sich an die Wand und zündete sich eine Zigarette an. Aufmerksam beobachtete er, wie Silke sich Jimi mit aufreizendem Hüftschwung näherte. »Klasse Konzert«, gurrte sie. Jimis ganze Aufmerksamkeit war auf den Flipper gerichtet. Er warf Silke nicht mal einen Seitenblick zu. Da stellte sie sich neben ihn, sehr dicht. Wilhelm spannte unwillkürlich seine Kiefermuskeln an. Sie sollte das lassen! »You are my favorite«, sagte sie laut. »Do you have a favourite group, too?« Sie lehnte sich so gegen den Flipperautomaten, dass er sie ansehen *musste.* »Rolling Stones«, antwortete er mit einem breiten Grinsen.

Rolling Stones?, fragte sich Wilhelm. Das ist ja seltsam. Aber vielleicht will er Silke einfach nur loswerden. Eine halbe Stunde lang stand Silke dicht neben Jimi Hendrix und sah aufmerksam zu, wie er abwechselnd mit drei anderen den Flipper bearbeitete. Er schwieg die meiste Zeit, aber er flipperte gut. Wilhelm, der ein scharfer Beobachter geworden war, vermutete allerdings, dass er irgendwelche Drogen genommen hatte. Irgendetwas an ihm war unnatürlich gespannt, das war nicht allein mit dem Adrenalin erklärbar.

Nach einer halben Stunde entfernte Silke sich vom Flipper und lehnte sich an Wilhelms Brust. »Lass uns gehen«, raunte sie. »Das wird langweilig.« Wilhelm war nur zu einverstanden. Nissahl fuhr die beiden zu Silke, ohne dass irgendwer ein Wort darüber verlor, dass Wilhelm dort auch schlafen würde. Es schien selbstverständlich zu sein.

Auf Socken und Zehenspitzen schlichen Silke und er in die Wohnung. Sie entkleideten sich im Dunkeln, und dann lagen sie in dem schmalen Bett in dem Zimmer, das, wie Wilhelm erkannte, nachdem er sich an die Dunkelheit gewöhnt hatte, nach Backfischart eingerichtet war: Tapeten, auf denen Frauen mit Wespentaillen und Pferdeschwanz abgebildet waren neben anderen, die Röcke trugen und nach außen gerollte halblange Haare. An der Wand stand eine Frisierkommode, darauf jede Menge Kosmetika und Parfümfläschchen. Wilhelm wusste nicht, ob er in diesem Raum, der auf eine kindliche Art keusch wirkte, Silke sexuell nahkommen durfte. Da flüsterte sie: »In diesem Bett hab ich mich nur selbst berührt, machst du das jetzt mal?« Sie presste sich ein Kissen auf den Mund, um kein Geräusch von sich zu geben, und Wilhelm gab sich Mühe, seine Sache geräuschlos gut zu machen. Unmittelbar danach schlief er ein. Am nächsten Morgen weckte Silke ihn, als es noch dunkel war. »Du musst jetzt gehen«, flüsterte sie. »Gleich steht mein Vater auf.« Also stieg Wilhelm hastig in seine Kleidung, nahm die Schuhe in die Hand, folgte auf Zehenspitzen Silke, die die Spülung der Toilette in Gang setzte, damit etwaige Geräusche übertönt wurden, und hüpfte hinter ihr her zur Haustür. Als er draußen stand, atmete er tief ein und wieder aus. Noch auf Zehenspitzen schlich er die Treppen vom dritten Stock hinunter. Erst als er vor der Haustür stand, wurde ihm bewusst, dass er mit den Schuhen in der Hand viel auffälliger gewirkt hatte, als wenn er einfach selbstbewusst die Treppen hinuntergegangen wäre. Aber zum Glück war er niemandem begegnet.

An diesem Abend sagte Dritter zu seinen Söhnen Wilhelm und Peter: »Wir müssen ausziehen. Tut mir leid. Wir sind fristlos gekündigt.« Marthe stand kreidebleich daneben. Wilhelm war so hundemüde, dass die Nachricht ihn gar nicht richtig erreichte. »Sofort?«, fragte er, allein um zu wissen, ob er jetzt endlich sein Bett aufsuchen durfte. »Nein«, antwortete der Vater. »Aber morgen.« An diesem Wochenende packten sie das Allernötigste in Koffer. Und dann ließ Dritter sich nicht lumpen, bestellte ein Taxi, das sie in die Stadt fuhr, wo sie in der Isestraße bei Alex und seiner Freundin in deren Zweizimmerwohnung unterkriechen wollten.

In Wilhelms Kopf dröhnte es. Er war nicht in der Lage, klar zu erkennen, was draußen vor den Scheiben des Taxis und danach vor den Fenstern der Wohnung seines Bruders stattfand. Alex und Annalisa bereiteten für sich und die beiden Brüder ein provisorisches Lager auf dem Boden ihres Wohnzimmers. Die Eltern schliefen in ihrem Ehebett. Wilhelm rollte sich zusammen wie ein Fötus, zog die Beine sehr fest an seinen Körper und umschlang seine Brust, als wollte er sich selbst festhalten. Es dauerte keine Sekunde, und er war eingeschlafen, in das Erbarmen eines schwarzen Nichts von Schlaf gefallen.

Am Montag meldeten sich alle bei ihren Arbeitsstellen krank. »Wie soll es jetzt weitergehen?«, fragte Alex, dem die Panik anzusehen war, dass seine gesamte Familie von nun an seine kleine Idylle, die er sich mit Annalisa aufgebaut hatte, belagern und zerstören würde. Annalisa sagte unglücklich: »Vielleicht können Wilhelm und Peter erst mal bei uns wohnen, bis sie etwas Eigenes gefunden haben.« Sie warf Marthe einen verlegenen Blick zu. »Für alle reicht der Platz nicht«, murmelte sie. Alex schlug vor: »Vielleicht könnt ihr Tante Lysbeth und Stella fragen. Die sind doch jetzt zu dritt in dem Haus. Da ist doch Platz.«

Marthes Stimme wurde schrill. »Auf. Gar. Keinen. Fall!« Sie schoss einen Blick in die Runde, der jedes weitere Wort zu diesem Thema unterband. Wilhelm hatte den Eindruck, dass er keine weitere Minute in dieser überfüllten stickigen Wohnung bleiben konnte, in der die Luft inzwischen zum Schneiden war, weil alle rauchten.

Es kam einem Wunder gleich, war aber wohl vor allem den vielen Kontakten geschuldet, die Dritter im Laufe seines Lebens angesammelt hatte, auf jeden Fall zog er mit seiner Frau und seinem Sohn Peter drei Tage später in zwei Zimmer, die als sogenannte Teilwohnung in einer großen Wohnung in der Schlüterstraße vom langen Flur nach hinten hinaus abgetrennt war. Sie durften die Küche und das Badezimmer mitbenutzen, Peters Zimmer war sehr klein und im Vergleich zu dem enormen Platz, den sie in Ahrensburg gehabt hatten, fühlten sie sich wie Sardinen in eine Dose gepresst, aber sie hatten ein Dach über dem Kopf, und darauf kam es an.

Erst nach und nach erfuhr Wilhelm, was dem Vater geschehen war. Er hatte, wie er es schon viele Male zuvor in seinem Leben getan hatte, nachdem ein Auftrag von der *Flenderwerft* mit großer Verzögerung bezahlt worden war, ein Loch gestopft, indem er ein anderes aufgerissen hatte, dabei war es ihm seit vier Monaten nicht möglich gewesen, die Miete zu bezahlen. So war nun die fristlose Kündigung ins Haus geflattert.

»Ich muss die Firma verkaufen«, erklärte er seinen Söhnen. »Ich versuche, die beste Bedingung auszuhandeln.«

Alex blickte seinen Vater sehr von oben herab an. Wie konnte er so jämmerlich scheitern? Wilhelm schwor sich, nie in so eine Situation zu kommen. Sicherheit, so dachte er sich, das ist das A und O im Leben. Silke bot ihm Sicherheit. Er beschloss, sie bei Gelegenheit zu fragen, ob sie bereit sei, sich mit ihm zu verloben. Ja, eine Zukunft mit Silke, das schien ihm eine verlockende, Sicherheit bietende Aussicht zu sein. Auch eine Tätigkeit als Exportkaufmann in der Stadt Hamburg, die auf Im-und Export ausgerichtet war, auch das erschien ihm als lohnende Perspektive.

Silke war kurz davor, ihren Abschluss als Kostümbildnerin zu machen. Wie es danach allerdings bei ihr weitergehen würde, war unsicher. Es gab Kostümbildner an den Theatern, aber diese Stellen waren rar gesät. Bühnenbildner, meist Männer, waren angesehener, und oft waren sie für die Kostüme und die Masken gleich mit zuständig. Silke bewunderte diese Menschen, aber sie wusste selbst, dass sie nicht so begabt war, sich auf dem Theater einen Platz zu erobern. Auch hatte sie in der Schule gelernt, dass ein Kostümbildner in der Lage sein musste, Kostüme und Masken in einer realistischen, historisch stimmigen, von sinnlicher Konkretheit bestimmten Stilistik zu halten, doch der ganze historische Kostümkram interessierte sie nicht. Das Zeichnen der Falten eines Kostüms der alten Römer oder Griechen oder eines höfischen Fräuleins von Annoschießmichtot, das war nicht ihre Sache.

Silke wollte gut sein. Sie war ehrgeizig und ambitioniert. Bevor sie auf die Werkkunstschule gegangen war, hatte sie eine Schneiderlehre absolviert. Das reichte ihr jedoch nicht. Am liebsten hätte sie Rockbands ausstaffiert, ihnen Kostüme genäht, sie bei ihren Auftritten beraten. Also versuchte sie, im *Top Ten* und im *Starclub* zu den Künstlern Kontakt aufzunehmen. Die waren jedoch umlagert von schwärmerischen Mädels, und Silke hatte keine Lust, mit einem von denen ins Bett zu steigen, nur damit sie ihm kostenlos eine Weste besticken durfte.

Im Übrigen gefiel es ihr, dass Wilhelm so strebsam war und bald als Exportkaufmann monatlich anständiges Geld nach Hause bringen würde. Er war zwar kein Rockstar, auch wenn er ganz nett Gitarre spielte, aber das eine war, wie ihre Mutter immer sagte, »die Backfischschwärmereien, das andere die wirkliche Welt«.

Silkes wirkliche Welt spielte sich auf der Werkkunstschule, zu Hause beim Zeichnen von Kostümen und am Abend und an den Wochenenden mit Wilhelm ab. Da geschahen witzige Sachen. Manchmal fuhren sie mit anderen noch in der Nacht von Freitag auf Samstag an die Ostsee, wo sie sich in eine Strandburg legten, Bier tranken, Joints rauchten und auf den Sonnenaufgang warteten. Wilhelm hatte kräftige Unterarme, auf denen goldene Haare kleine Halbmonde warfen, wenn er sie damit umfing, fühlte sie sich gehalten und geborgen. Das war ein wohliges Gefühl.

In den Kneipen, in denen sie abends verkehrten, im *Grünspan* und anderen, wurde zunehmend politisiert, wie auch auf ihrer Hochschule. Silke interessierte sich nicht besonders für Politik, aber inzwischen gehörte es zum guten Ton, über die verkrusteten Strukturen in Deutschland zu schimpfen. Sie wusste, dass ihr Vater Mitglied der Waffen-SS gewesen war, was immer sie sich darunter vorzustellen hatte, er zumindest hatte sie nicht darüber aufgeklärt. Das war ihre Mutter gewesen, hinter vorgehaltener Hand, und in etwas angeschickertem Zustand, und auch nicht Silke gegenüber, sondern als sie gemeinsam mit einer Schwester ihres Mannes darüber sinnierte, warum er bloß manchmal so eruptive Wutanfälle bekam.

Im Grunde hatte Silke bis jetzt auch nichts über die Vergangenheit ihres Vaters wissen wollen. Er war in Russland gewesen, so viel wusste sie, und er erzählte immer mal wieder Weihnachten oder Sylvester, wenn die Familie beisammensaß, von beeindruckender Kameradschaft. Mehr gab er von seinen Kriegserlebnissen nicht preis. Aber er gab ohnehin nicht viel von sich preis. Er war ein stiller Mann, der, wenn er eine Meinung vertrat, erwartete, dass Frau und Tochter und Sohn diese teilten. Silkes Bruder Jochen wagte seit einiger Zeit Widerspruch, was Jochen nicht gut bekam.

Aber seit neuerdings in Kneipen, unter Freunden, auf ihrer Schule darüber diskutiert wurde, dass die Eltern nach dem Krieg ein Deutschland aufgebaut hatten, das auf Lügen und Vertuschen ihrer Nazi-Vergangenheit basierte und gleichzeitig die alten Nazis wieder in Amt und Würden waren und Einfluss ausübten, fing auch Silke an, kritischer um sich zu blicken. Was ihr besonders gut gefiel, war die Auseinandersetzung mit der prüden Sexualmoral, die das Leben überall beherrschte. Silkes Vater hatte ihr früh schon beigebracht, dass sie sich vor Männern in Acht zu nehmen habe, weil »die ja doch nur das eine wollen«. Und wenn sie das eine dann hätten, ließen sie die Frau fallen wie eine heiße Kartoffel. Geheiratet, so auch Silkes Mutter, würden nur Frauen, die »sich rarmachten«. Als Silke, die Spaß daran hatte, sich in unterschiedlichen Stilen zu kleiden, einmal einen Mini-Rock getragen und sich gleichzeitig die Lippen Brigitte-Bardot-rosa angemalt hatte, hatte ihr Vater schier die Fassung verloren. Er hatte Silke eine Ohrfeige gegeben, sie ins Badezimmer geschickt, um sich die »Indianerbemalung« abzuwaschen, und geschrien, er erlaube nicht, »dass meine Tochter rumläuft wie eine Nutte«. Wenn sie aufmuckte, forderte er sie auf, den Mund zu halten. »Solange du die Füße unter meinen Tisch steckst, hältst du dich gefälligst an die Regeln, die hier herrschen.« Zu diesen Regeln gehörte, dass Silkes Tür offen stand, wenn Wilhelm bei ihr zu Besuch war, was so gut wie nie geschah, weil Silkes Mutter alle halbe Stunde unter irgendeinem dummen Vorwand bei ihnen erschien. Um sie mit irgendetwas zu bewirten oder um Silke etwas »Wichtiges« zu fragen oder um sie auf eine »interessante Sendung im Fernsehen« aufmerksam zu machen, die gerade lief oder bald beginnen würde.

Als Wilhelm noch in Ahrensburg gewohnt hatte, war Silke dort oft gewesen, sogar einmal über Nacht, wofür sie die Komplizenschaft ihrer besten Freundin Bärbel benötigt hatte, was beide jedoch nicht wiederholen wollten, weil es zu gefährlich war.

Wilhelms Eltern war es egal, wer bei ihren Söhnen schlief, und sie tolerierten es auch selbstverständlich, wenn Wilhelm oder Peter spontane Partys feierten und aus ihren Zimmern Marihuanaschwaden drangen. Aber das war jetzt ja auch vorbei.

Alles schien sich zu ändern, als am 2. Juni der Schah von Persien in Berlin zu Besuch war. Bis dahin hatte der Schah Silke gefallen, besonders seine Liebesgeschichten waren ihr bekannt und hatten sie gerührt. Er hatte Anfang der Fünfzigerjahre die schöne Soraya geheiratet, deren Mutter Deutsche gewesen war. Über diese Ehe wurde unendlich viel in der deutschen Presse, und besonders in den Zeitungen, die Silkes Mutter las, geschrieben. Als sie dem Schah keinen Sohn gebar, bemitleideten alle deutschen Frauen sie aus tiefstem Herzen, denn nun musste er sie verstoßen. Nach seiner Eheschließung mit Farah Diba las auch Silke von deren Liebesleben. Sie fand die Frau spannend. Farahs Frisur wurde zum Vorbild für viele von Silkes Freundinnen, Silke selbst fand die Sechserlocken vor den Ohren eher plüschig. Trotzdem gefiel ihr die Frau, die immer schick und modern gekleidet war, und, soviel sie den Zeitungen entnahm, etwas für die Bildung der Frauen in Persien übrig hatte.

Als aber der Schah und Farah Diba Deutschland Ende Mai einen Besuch abstatteten, geschahen schreckliche Dinge, die auf der Werkkunstschule und in den Kneipen und auf dem Kiez für erbitterte Diskussionen sorgten.

Die Demonstrationen gegen den Schah weiteten sich in West-Berlin zu einer Schlacht zwischen Polizei und Demonstranten aus. Und dann erschoss am 2. Juni 1967 ein Polizist den Studenten Benno Ohnesorg. Danach war auch Silkes Leben verändert.

## 41

Lysbeth ging zielstrebig vor. Bald hatte sie ihren Flug nach New York gebucht. Mit dem Schiff zu reisen dauerte ihr zu lange. Jetzt sollte alles schnell gehen. Jeder Tag ohne Aaron war ein Tag ohne Sinn.

Also plante sie, am 12. Juli 1967 mit der Bahn nach Frankfurt am Main zu fahren, um von dort mit der Lufthansa weiter nach New York zu fliegen.

Stella schleppte sie zu ihrer Schneiderin, damit Lysbeth sich ein paar neue Kleidungsstücke anfertigen lassen sollte. »Du siehst aus wie ein Gerippe«, schimpfte sie. »Ich will nicht, dass du mit um den Leib schlotternden Klamotten reist.« Lysbeth schlug beschämt die Augen nieder. An ihrem flachen Körper glitt ihr Blick entlang zu ihren Schuhen, die ebenso schmucklos waren wie alles andere an ihr.

Ihr blieben gerade mal drei Wochen bis zum Abflug. Diese Zeit nutzte sie, um sich so gut wie möglich vorzubereiten. Sie arbeitete eine junge

Ärztin als Ersatz ein, außerdem aß sie so viel, wie sie nur irgend herunterbrachte, und gleichzeitig verbrachte sie Stunden bei der Schneiderin.

Drei Tage vor dem Abflug, vollkommen in Panik, weil sie den Eindruck hatte, ihre Patientinnen in einem Chaos zurückzulassen, suchte sie den Friseur auf, bei dem Stella sich seit Jahren die Haare färben ließ. Dort schloss sie die Augen und sagte: »Ich will mindestens zehn Jahre jünger aussehen. Wie Sie das hinkriegen, ist mir egal.« Die ältere Frau, Anke, auf die Stella bei der Terminvereinbarung bestanden hatte, lächelte sanft. »Ihre Schwester hat von zwanzig Jahren gesprochen. Ich glaube, zehn kriege ich hin.«

Dann machte sie sich, wie es Lysbeth schien, stundenlang an ihr zu schaffen. Währenddessen behielt Lysbeth die Augen geschlossen, vergeblich versuchte sie, sich zu entspannen und ihr bummerndes Herz zu ignorieren.

Als Anke flüsterte: »Augen auf«, hatte Lysbeth Mühe, der Aufforderung nachzukommen, als wären ihre Augenlider zu schwer, um sich zu öffnen. Und vielleicht waren sie es ja auch, denn Anke hatte auch Lysbeths Wimpern und Augenbrauen gefärbt, so wie Stella es angeordnet hatte.

Lysbeth gab einen leisen erschrockenen Schrei von sich, als sie durch einen Schleier im Spiegel eine Frau vor sich entdeckte, die ja sie selbst sein musste, denn niemand anders war da. Sie blinzelte. Ihre Wimpern kamen ihr länger vor als sonst, was aber, wie sie sich selbst sagte, kompletter Unfug war, denn auch wenn Wimpern gefärbt wurden, verlängerten sie sich nicht. Endlich löste sich der Schleier von den Augen, aber das führte nur dazu, dass Lysbeths Entsetzen noch wuchs. Das war doch nicht sie!

Im Spiegel blickte sie in Augen, die so intensiv blau strahlten, wie ihre Augen das nie getan hatten. Um die Augen herum lag ein schwarzer Stern aus langen Wimpern, die sich dem verführerischen Halbmond der Brauenbögen entgegenwölbten. Die Brauen lagen dunkel und sanft geschwungen über den knallblauen Augen. Sie verstand ja, dass die Wimpern und die Brauen anders aussahen als zuvor. Die waren gefärbt. Aber die Augen?

Da seufzte Anke: »Frau Bleibtreu, das ist doch verrückt. Ich habe vorher gar nicht gesehen, dass Sie so schöne Augen haben. Es ist eine Sünde, dass Sie die so versteckt haben.«

»Wieso versteckt?«, fragte Lysbeth. Ihre Stimme klang seltsam belegt und irgendwie ein bisschen weibchenhaft hoch. Fehlt nur noch, dachte sie, dass die auch damit was gemacht hat.

»Na ja«, erklärte Anke, »vorher war alles grau in grau und da sahen auch Ihre Augen grau aus. Aber das sind sie gar nicht.« Lysbeth wagte einen neuerlichen Blick auf ihr Spiegelbild. Die schwarz gerahmten strahlend blauen Augen dominierten ein zartes Gesicht. Auch ihr Mund sah anders aus. Irgendwie geschwungener, irgendwie sinnlicher. Wie konnte das kommen?

In ihr zartes Gesicht fielen lockere Fransen in einer Farbe, die Lysbeth schwer identifizieren konnte. Sie leugnete nicht komplett das Grau, das Lysbeth vorher getragen hatte. Aber das Grau war nur noch eine Nuance von vielen anderen, blond, rötlich, bräunlich. Alle griffen ineinander und ergaben eine Farbe, die wirkte wie besonntes Herbstlaub. Lysbeth wusste nicht, ob sie glücklich war über diese Verwandlung, oder ob sie ihr altes Ich zurückhaben wollte.

Anke hielt den Spiegel so, dass Lysbeth auch den Hinterkopf sehen konnte, einen zarten schmalen Hals, in den sich Fransen schmiegten, als wollten sie den Hals liebkosen. »Ist doch toll geworden«, freute sich die Friseurin. Als sie Lysbeths erschrockenen Blick sah, wirkte sie nur kurz gekränkt. Dann lachte sie auf. »Hab ich Sie zu jung gemacht?«, feixte sie. »Es sind mehr als zehn Jahre geworden, oder?« Sie legte Lysbeth die Hand auf die Schulter und blickte lächelnd in Lysbeths neue Augen. »Frau Bleibtreu, alles, was Sie im Spiegel sehen, sind Sie. Keine Sorge. Sie haben sich nur vorher furchtbar vernachlässigt. Das war eine Sünde.«

Lysbeth konnte nur weiter auf ihr Spiegelbild starren. Plötzlich fiel Trauer in ihr Herz, das schwer wurde und so zog wie häufig während der vergangenen einsamen Monate ohne Aaron. Er hat mich immer nur als graue Maus gesehen, dachte sie. Und er hat mich trotzdem geliebt. Hat er nie Sehnsucht nach einer Frau mit Farbe gehabt? In ihre Augen traten Tränen, und es kam ihr verrückt vor, dass selbst das anders aussah. Anke räusperte sich. Sie reichte Lysbeth ein Papiertuch. Dann drehte sie sich um und sagte burschikos: »Ich hoffe, Sie sind zufrieden. Dann kommen Sie nämlich wieder.« Sie machte sich an irgendetwas zu schaffen, das Lysbeth entfernt als Rechnungsblock identifizierte. Lysbeth konnte noch nicht aufstehen. Wie soll ich so meinen Patientinnen begegnen?, schoss durch ihren Kopf. Was wird Cynthia sagen, wenn sie mich so sieht?

Ihre Kollegin in der Praxis kam ihr in den Sinn. Da zeigte ein Klingeln an, dass jemand den Laden betrat. Wenig später tauchte Stella im Spiegel auf. »Boah!«, rief sie aus. »Boah!« Sie drehte sich um. »Anke, du bist eine Künstlerin.« Dann schaute sie wieder in den Spiegel. Lysbeth verzog ihr Gesicht zu einem jämmerlichen Lächeln. Stella drückte ihrer Schwester einen Kuss auf die Wange. Plötzlich kramte sie hektisch in ihrer Handtasche. »Wo hab ich denn …?«, fragte sie sich selbst. Drehte sich wieder um und rief: »Anke, los, schmink sie. Sie braucht einen anständigen Lippenstift und Puder, irgend so was.«

Anke näherte sich und stellte sich hinter Stella. Lysbeth fiel in eine Schockstarre. Ihre Schwester setzte die nächste Verwandlung in Gang. Und sie wusste nicht, was sie tun sollte. Einerseits wollte sie sich dagegenstemmen, andererseits gab es in ihr so eine ungewohnte freche Neugier auf das, was vielleicht noch in ihr steckte, das sie bisher nicht gesehen hatte. Was befremdlich war, furchterregend, aber vielleicht auch Spaß machen konnte. Ja, es gab einen Winkel in Lysbeth, der bei allem Entsetzen Spaß daran empfand, dass sie sich selbst als jemand Neues entdeckte.

Anke fragte nicht nach Lysbeths Einverständnis. Im Nu lag auf dem Tischchen, auf dem vorher stinkende Pasten gelegen hatten, eine Palette von bunten Farben, die Anke flink mischte und auf Lysbeths Wangen, Jochbögen, auf den Lidern, auf der Stirn und auf den Wangen verteilte. Dann verrieb sie alles mit sanften Strichen, und endlich tauchte im Spiegel eine Frau auf, die Lysbeth ein Lachen entlockte. »Nein«, japste sie. »Nein. Das bin ich nicht. Das ist ja ein Modepüppchen.«

Stella fiel in ihr Lachen ein, und auch Anke begann nach einer unsicheren Minute zu lachen. »Das bist du tatsächlich nicht«, sagte Stella. »Aber ist es nicht wundervoll, dass du es auch sein kannst?«

Lysbeth empfand ein starkes Bedürfnis, Anke ein Tuch zu entreißen und die ganze Farbe aus ihrem Gesicht zu wischen. Sie hätte sehr gern Seife und einen Waschlappen genommen, um wieder sauber zu werden. Aber sie wusste, dass die Farben auf Wimpern und Brauen und Haaren wasserfest waren. Es würde Wochen dauern, bis sich das ehrliche Grau wieder zeigen würde.

»Wenn ich etwas sagen darf«, wagte Anke vorsichtig. Stella nickte aufmunternd, Lysbeth starrte sie im Spiegel an. »Wissen Sie, Frau Bleibtreu, ich finde, Sie brauchen Pastellfarben und daneben etwas ganz Klares.« Stella hatte den Kopf schief gelegt und lauschte andächtig.

Lysbeth starrte weiter in den Spiegel. Anke wurde mutiger. Sie wies auf Lysbeths Gesicht. »Die Wimpern und die Brauen, die sollten Sie immer färben lassen, es ist einfach magisch, wie das Ihre Augenfarbe betont.« Sie lachte nervös. »Ich hab Ihnen ja keine falschen Pupillen reingetan. Das ist ja echt.« Stella drehte sich so, dass sie Lysbeth nicht nur im Spiegel, sondern direkt von vorn sah. »Ja, ihre Augen sind so schön, die müssen einfach gerahmt werden, wie ein schönes Bild. Da ist es ja auch so, dass erst der Rahmen das Bild strahlen lässt.« Sie nickte Anke aufmunternd zu. Die verstand das Nicken als Aufforderung fortzufahren. Sie wies auf Lysbeths Augenlider und auf ihre Wangen. »Ganz wenig Rosa auf die Lider lässt die Augen noch mehr strahlen, und ganz wenig Rosa im gleichen Ton auf die Wangen macht Ihr Gesicht ausdrucksstärker. Und dann ein bisschen Hellrot auf die Lippen, das macht Sie noch dreißig Jahre jünger.« Sie lachte. Stella lachte mit. Lysbeth starrte finster in den Spiegel.

Anke zog unsicher die Schultern hoch. Sie entfernte sich wieder zu ihrem Block. Stella legte Lysbeth die Hand auf die Schulter und sagte sanft: »Komm, Süße, jetzt müssen wir mal los. Anke will auch Feierabend machen.«

Lysbeth erhob sich brav, beglich die Rechnung, bedankte sich bei Anke und folgte ihrer Schwester aus dem Salon.

Stella lud sie in ein nahe gelegenes Restaurant zum Essen ein. Als Lysbeth ihre Strickjacke ablegte, es war Juli und warm im Raum, erschrak sie wieder. Am Tisch schräg gegenüber saß ein Mann um die fünfzig, zumindest schätzte sie sein Alter so. Er saß gegenüber einer Blondine, von der Lysbeth nur den Hinterkopf und den prallen Hintern sah. Er warf Lysbeth einen Blick zu, der unverhohlene Bewunderung und eindeutiges Interesse ausdrückte. Lysbeth wandte sich entsetzt ab. »Stella«, flüsterte sie. »Ich sehe verboten aus, oder?« Stella machte es sich auf dem Platz gegenüber ihrer Schwester bequem. »Verboten?«, fragte sie unaufmerksam. »Warum das denn?« Lysbeth versuchte, sich möglichst unsichtbar zu machen. Sie flüsterte: »Der Mann da hinten starrt mich so an. Als wäre ich irgendwie nuttig oder so.« Stella drehte sich so um, dass sie sehen konnte, um wen es ging. Sofort wendete der Mann seinen Blick ab. Stella grinste.

»Schätzchen, so sind sie«, sagte sie. »Du siehst einfach umwerfend attraktiv aus, und dann ist solchen Männern wurscht, ob sie ihre Frauen kränken, sie glotzen einfach. Aber das ist doch kein Grund, dass wir uns in graue Mäuse verwandeln, oder?« Lysbeth schürzte die Lippen. »Ich weiß nicht«, sagte sie. »Ich komme mir so falsch vor. Wie ein Mogelpaket. Das bin doch in Wirklichkeit gar nicht ich.« Stella lachte auf und drückte Lysbeths Hand, danach ihre Schulter, und danach legte sie die Hand auf Lysbeths Wange. »Doch«, bekräftigte sie schmunzelnd, »alles du. Ich habe es geprüft.«

Lysbeth schüttelte ratlos den Kopf. Sie wies mit dem Kinn zu dem Mann am Nebentisch. »Und was macht man mit solchen Knilchen?« »Du hast doch einen Mund und einen Körper«, sagte Stella, während sie dem Kellner bedeutete, dass sie gewählt hatten. »Du kannst doch nein sagen.« Sie grinste Lysbeth wieder an. »Außerdem, Süße, der guckt nur, der will dich nicht gleich auf dem Fußboden hier vernaschen. Das würde auch die Blondine verärgern.« In Lysbeths Kopf formte sich das Bild, wie der Mann hier auf dem Boden über sie herfiel und die blonde Frau ihn von ihr wegzerrte. Es war so absurd, dass sie grinsen musste.

Es wurde ein schöner Abend. Stella fragte Lysbeth, wie sie genau vorzugehen gedenke, und Lysbeth konnte auf jede Frage eine Antwort geben, sie hatte alles durchdacht und generalstabsmäßig geplant. Sie hatte über ein Reisebüro ein Hotelzimmer nah beim Flughafen gebucht, denn sie kam erst gegen 22.00 Uhr in New York an. Um diese Zeit noch durch die fremde Stadt zu irren, um Aaron aufzusuchen, kam ihr in vielerlei Hinsicht riskant vor. Sie wollte sich nicht im Dunkeln einem fremden Taxifahrer anvertrauen, und sie wusste ja auch gar nicht, ob Aaron noch dort wohnte, von wo aus er ihr die Karten geschrieben hatte. Immerhin hatte sie seit zwei Monaten nichts mehr von ihm gehört.

Einen Gedanken schob sie jedes Mal wieder weit von sich, sobald er auftauchte, und das war die Möglichkeit, dass er tot war. Es sah Aaron so wenig ähnlich, einfach in der Versenkung zu verschwinden, Aaron war der zuverlässigste Mensch, den sie kannte, er ließ niemanden hängen oder fallen, ganz besonders nicht sie. Und er wusste selbstverständlich, wie inständig sie auf ein Lebenszeichen von ihm wartete.

Er konnte natürlich im Krankenhaus liegen und irgendwie das Gedächtnis verloren haben. Er konnte umgebracht und in den Hudson River geschmissen worden sein. All diese Möglichkeiten schob Lysbeth fort, sobald sie in ihrem Kopf auftauchten. Es musste einen anderen Grund dafür geben, dass Aaron untergetaucht war.

Die Fahrt im Zug nach Frankfurt kam Lysbeth endlos vor. Schließlich, am Abend um 18.00 Uhr, saß sie im Flugzeug. Eine Stunde später sollte es starten, draußen war es noch hell, aber Lysbeth wusste, dass sie die ganze Nacht unterwegs sein würde, und sie war bereits jetzt erschöpft.

Die Abfertigung am Flughafen, die vielen Menschen, die langen Wege, all das hatte sie geängstigt und Kraft gekostet. Nun saß sie endlich auf ihrem Platz, auf ihren Wunsch war ihr ein Gangplatz gewährt worden. Dort, direkt neben dem Fluchtweg, fühlte sie sich sicherer. Zudem hatte sie überlegt, dass sie während der Nacht bestimmt die Toilette aufsuchen musste und nicht über andere schlafende Menschen hinwegsteigen wollte. Sobald sie ihren Platz eingenommen hatte, merkte sie, wie gut ihre Entscheidung gewesen war. Neben ihr saß ein sehr dicker Amerikaner, seine Massen quollen über seinen Sitz hinweg zu ihr, und sie drückte sich ganz an die Gangseite, um ihn nicht zu berühren.

Als das Flugzeug auf die Startbahn rollte, kroch das bekannte Gefühl der Panik in Lysbeth hoch. Am liebsten hätte sie gerufen: Anhalten, ich will aussteigen! Wie sollte es gelingen, dass dieser Koloss aus Metall in den Himmel stieg und flog? Es war einfach unvorstellbar. Doch da stieg die Schnauze in die Höhe und zog den Körper des Ungetüms hinter sich her. Unter sich konnte Lysbeth Bäume und Häuser erkennen. Ihr Herz raste, ihre Hände waren schweißnass. Gleich würden sie Bäume und Häuser berühren, wenn das Flugzeug nur ein wenig sänke, und dann würden sie auf den Boden knallen und zerschellen.

Lysbeths Körper war von einem angespannten Widerstand gegen den Tod erfüllt. Gleichzeitig empfand sie tiefes Bedauern über alle Versäumnisse, die ihr bisher im Leben unterlaufen waren. Sie hatte so vieles für wichtig gehalten, das aber nicht wirklich von tiefer Bedeutung gewesen war. Von Bedeutung wäre gewesen, weiter mit Aaron Tango zu tanzen, statt am Abend über ihrem Studium und später über den Krankenakten zu sitzen. Von Bedeutung wäre gewesen, mit Aaron zu lachen – und auch zu streiten – zu lieben und einander zu berühren, statt sich damit herumzuquälen, so viel Geld mit ihrer Praxis zu verdienen, dass sie möglichst bald die Hypothek abbezahlen konnte. Von Bedeutung wäre bestimmt auch gewesen, mal wieder die Rosen im Garten zu schneiden und unter die Rosensträucher Lavendel zu pflanzen, um die Rosen vor Ungeziefer zu schützen. Von Bedeutung wäre gewesen, mit ihrer Schwester Zeit zu verbringen und auch ihren Bruder Dritter zu fragen, wie es ihm jetzt gehe nach dem Reinfall mit seiner Firma, ihm zuzuhören und ihn nicht zu verurteilen.

Der nächste Schreck ereilte sie, als das Flugzeug durch eine dunkle Wolkenwand stieß und dabei ruckelte, als würde es von fremder Kraft geschüttelt und gleich auseinanderbrechen. Sie krampfte sich an der Lehne fest, umschlang dann ihren Oberkörper und ließ endlich los. Dann würde sie jetzt eben sterben. Sie konnte es sowieso nicht ändern. Sie hatte wahrscheinlich so viel Verwirrung und Unheil in ihr Leben gerufen, weil sie immer korrigierend eingreifen wollte, wenn ihr etwas falsch oder nicht ganz auf dem richtigen Kurs vorkam. Wahrscheinlich hätte sie die Dinge schon viel früher laufen lassen sollen. Sich dem Schicksal ergeben. Gottes Macht hingeben. Ein Satz kam ihr in den Kopf: Man kann nicht tiefer fallen als in Gottes Hand. Ja, wenn sie hier jetzt abstürzte, würde sie in Gottes Hand fallen, wo immer die auch war, wie immer die auch aussehen mochte.

Da waren sie über den Wolken, und in Lysbeth breitete sich ein großes Staunen aus. Sie glitten unter einem weiten blauen Himmel dahin. Das Flugzeug lag ruhig mitten im Himmel.

Ehrfurcht erfasste Lysbeth. Das alles war so viel größer als sie selbst. Als das Essen serviert wurde, war ihr einziges Problem ihr raumgreifender Sitznachbar. Da entdeckte sie drei Reihen vor sich in der mittleren Reihe einen freien Gangplatz. Von dort würde sie zwar nicht mehr so gut aus dem Fenster schauen können, aber das Blau des Himmels konnte sie auch aus weiterer Entfernung sehen. Sie fragte die Stewardess, ob sie sich umsetzen dürfe, und die stimmte mit einem mitfühlenden Blick auf den Amerikaner sofort zu. Als Lysbeth sich auf ihrem neuen Platz eingerichtet hatte, das Tablett mit Salat und überbackenen Nudeln und Käse und einem Brötchen und Obstsalat vor sich, fühlte sie sich wie eine verwöhnte Weltreisende.

Jetzt erst begann sie das Ausmaß ihres Luxus zu begreifen. Sie flog nach New York, diesem Symbol für alles Gute, was Amerika zu bieten hatte: eine Millionenstadt mit internationalem Flair, Kunst, Kultur, Architektur, weltweiter Anziehungskraft. Sie war in der Lage, diesen Flug zu bezahlen. Sie war in der Lage, ihre Praxis für eine gewisse Zeit an eine junge Ärztin zu übergeben, sie hatte schicke elegante und sportliche Kleidung im Koffer. Sie war dreiundsiebzig Jahre alt, aber sie fühlte sich so jung und unternehmungslustig wie in all diesen Jahren nach dem Krieg, da sie einen Weg eingeschlagen hatte, den neben ihr fast nur junge Menschen gingen, deren Großmutter sie hätte sein können.

Manchmal hatte sich diese Alterslosigkeit auch verwirrend angefühlt, aber dann hatte sie sich an die Tante erinnert, die in Wellen gealtert war. Manches Mal, wenn sie krank gewesen war, hatte sie die Familie in Schrecken versetzt, und nicht nur Lysbeth hatte sich das Alter der Tante vergegenwärtigt und dass man in diesem Alter üblicherweise starb oder sogar schon tot war. Aber dann war die Tante wieder gesundet, hatte sich die nächste Aufgabe gesucht und sich verjüngt und voller Energie auf die nächste Welle ihrer quirligen Lebendigkeit geschwungen.

Lysbeth lächelte, als sie an die letzten Jahre der Tante dachte. Sie hatte die Familie mit ihrer Zaubersuppe und mit Herzwein versorgt. Sie hatte tiefer in die Herzen der Menschen blicken können, als das Lysbeth je möglich sein würde. Und sie hatte immer gesagt, was gesagt werden musste, offen und ohne Umschweife.

Die Gedanken an die Tante bewirkten, dass Lysbeth sich sogar in diesem Ding, das sich unerklärlicherweise im Himmel hielt, das ihr unglaublich verletzlich und gefährdet vorkam, bemerkenswert geborgen fühlte. Diese Geborgenheit kam aus einem Bereich in ihr selbst, angesiedelt zwischen Herz und Bauch und Kopf und im Rücken, eigentlich im ganzen Körper, vielleicht in der Haut, die sie umhüllte, wie es die Liebe und Weisheit der Tante getan hatte.

Das Essen wurde abgeräumt, Lysbeth hatte alles restlos verputzt, und dann bekam sie noch einen Kaffee und wurde sogar gefragt, ob sie noch ein Glas Wein oder etwas anderes Alkoholisches trinken wolle. Sie hatte sich schon einen Sherry als Aperitif geben lassen und hatte zum Essen ein Glas Rotwein getrunken, nun befürchtete sie, während des restlichen Fluges angetrunken zu sein. Aber was soll's, dachte sie leichtsinnig. Dann kann ich vielleicht besser schlafen. Also ließ sie sich noch einen Cognac einschenken, den sie zu ihrem Kaffee nippte. Er erhitzte ihren Bauch, der sich ohnehin warm und wohlig anfühlte.

Der Flug würde neun Stunden dauern. Durch die Zeitverschiebung würde sie um 22.00 Uhr in New York anlangen. Nach Lysbeths innerer Uhr wäre es dann 4.00 Uhr morgens. Als sie den Flug gebucht hatte, war ihr das Ganze wenig bedeutungsvoll erschienen. Als sie hingegen im Zug gesessen hatte und dann später am Flughafen, hatte es ihr davor gegraut, diese schlaflose Zeit vor sich zu haben. Nun aber schien alles nicht so schlimm. Sie würde sich gleich ihre warmen Socken anziehen, die sie mitgenommen hatte, Socken, die die Tante noch für sie gestrickt und die Lysbeth seither schon zweimal gestopft hatte. Und sie würde sich darin heimelig und geborgen fühlen und sich auch fühlen wie ein junges Ding, wie die Tante sie immer genannt hatte. »Du junges Ding!« Die Tante war hundertdrei Jahre alt geworden. Lysbeth war jetzt dreiundsiebzig Jahre alt. Warum sollte sie nicht noch dreißig Jahre Leben zur Verfügung haben? Dreißig Jahre, das wäre etwas weniger als die Hälfte ihres bisherigen Lebens. Lysbeth empfand jugendliche Neugier auf die nächsten dreißig Jahre.

Während sie an ihrem Cognac nippte, schmiedete sie Pläne für die Zukunft. In den vergangenen Jahren hatte sie nie weiter gedacht als bis zu ihrer Praxis, und in den vergangenen Monaten hatte sie nicht weiter gedacht als bis zu einem nächsten Lebenszeichen von Aaron. Nun weitete sich der Horizont vor ihr aus, und sie erlaubte sich das Eingeständnis geheimer Wünsche. Was war alles noch möglich? Sie wollte mit Aaron gemeinsam reisen. Sie wollte mit ihm in wundervollen Hotels übernachten und ihre körperliche Freude aneinander in fremden Laken neu entdecken. Sie wollte mit ihm gemeinsam gegen den Vietnamkrieg eintreten und sich inmitten junger Menschen, die ihre Kinder sein konnten, mit neuesten Ideen von der Welt beschäftigen.

Sie malte sich aus, wie es sein würde, wenn sie bei Aaron vor der Tür stünde. Sie würde vorher einen Strauß Blumen kaufen. Oder vielleicht hier im Flugzeug zollfrei exklusive Schweizer Schokolade. Oder beides. Und sie würde sich ein wenig neben die Tür stellen, so dass er irritiert wäre, wenn er hinausguckte. Und dann würde sie vor ihn treten, ihm die Blumen entgegenstrecken und sagen: »Da bin ich. Endlich. Ich liebe dich.« Und er würde schlucken, es nicht für möglich halten, würde sie in seine Arme schließen und sagen: »Lysbeth, meine Liebste, meine Süße, meine geliebte Lysbeth, ich habe mich so nach dir gesehnt.«

Lysbeth spürte Aarons Arme, die sie umschlangen, seine Lippen, die sich auf ihren Scheitel pressten, ihren Mund berührten. Sie sah seine Augen, die sie staunend betrachteten, sofort bemerkten, dass sie sich verändert hatte. Und auch in den darauffolgenden Tagen würde er sein Entzücken über ihre neue Kleidung äußern. Er würde ihr New York zeigen, alles erzählen, was er erlebt hatte, er würde sie mit in die Universität nehmen, und sie würde die jungen Menschen kennenlernen, die seine Freunde geworden waren.

Sie kuschelte sich an die Kopfstütze ihres Sitzes, und als Zweifel sich in ihre Bilder schlichen, was wäre, wenn eine andere Frau ihr die Tür öffnete, Aaron sich anderweitig orientiert hätte, sie waren immerhin seit Monaten getrennt, wenn er ihr offenbarte, dass er ihr nicht geschrieben hatte, weil er sie nicht verletzen wollte und nicht wusste, wie er es ihr hätte gestehen sollen, schlief sie einfach ein.

Draußen netzte ein Regenschauer die Fenster, die Tropfen hämmerten gegen die Scheiben, doch Lysbeth lächelte friedlich im Schlaf. Ihre Träume nahmen sie mit in freundliche Bilder von Aaron und einer fremden Stadt mit hohen Häusern, die in einen blauen Himmel ragten. Alle Ängste waren ausgelöscht. Lysbeth umschlang ihren Körper und seufzte tief auf. Die Stewardess, die den Abfall einsammelte, legte eine Decke über sie, als empfände sie mütterliche Gefühle für die fremde Passagierin.

Als Lysbeth mit trockenem Mund aufschreckte, war die Nacht hereingebrochen. Sie blickte sich verwirrt um. Überall schliefen Menschen, aneinander gelehnt, verkrümmt, vorgebeugt, den Kopf auf das kleine Tischchen vor ihnen auf den Händen abgelegt. Es war dunkel im Flugzeug, das brummend durch die Nacht glitt. Alles kam Lysbeth unwirklich vor. Was tat sie hier? Sie fröstelte. Ihre Träume von vorhin schienen ihr absurd. Sie fühlte sich verkatert. Ich hätte nicht so viel Alkohol trinken dürfen. Ich bin das nicht gewohnt, dachte sie. Wie dumm von mir. Übermut kommt vor den Fall, hatte ihr Vater manchmal gesagt. Aber die Tante hatte geantwortet: »Ja, einfacher Mut reicht völlig aus, um sein Leben zu meistern, lieber Alexander. Aber diesen Mut braucht es auch. Verzagte Menschen fallen vielleicht nicht tief, aber sie stolpern über ihre eigenen Füße.«

Die Erinnerung an diese Sätze reichte nicht aus, um Lysbeths gedrückte Stimmung zu vertreiben. Mühsam schob sie sich aus ihrem Sitz. Alles tat weh. Sie dachte an medizinische Ratschläge fürs Fliegen, sich zum Beispiel von Zeit zu Zeit zu strecken und zu dehnen. Als Erstes suchte sie den Toilettenraum auf. Daneben entdeckte sie ein Tablett mit Wasser und Orangensaft. Wie eine Verdurstende kippte sie zwei Gläser Orangensaft hinunter und anschließend noch ein Glas Wasser. Danach war ihr ein wenig schwindelig.

Als sie endlich wieder auf ihrem Sitz saß, stopfte sie die Decke um sich herum fest und strengte sich an, die schönen Bilder ihrer Ankunft bei Aaron wieder wachzurufen, aber es misslang. Stattdessen machte sich eine große Angst in ihr breit. Was, wenn Aaron sich gar nicht freuen würde, wenn sie vor ihm stände?

## 42

Am nächsten Tag, der Flug war glücklich überstanden, und sie hatte ihr Hotel mühelos gefunden, erwachte Lysbeth in einem fremden Bett, vor dem Fenster lag tiefe Dunkelheit. Sie brauchte eine Weile, bis sie begriff, wo sie war. Dann schlug die Angst zu. Heute würde sie Aaron treffen, ohne Netz und doppelten Boden. Was erwartete sie?

Lysbeth blickte auf ihre Armbanduhr. Es war 10.00 Uhr. Morgens oder abends, fragte sie sich verwirrt. Bis ihr einfiel, dass sie die Uhr noch nicht umgestellt hatte. Sie rechnete. Es musste also 4.00 Uhr in der Nacht sein. Du musst schlafen, befahl sie sich. Morgen musst du fit sein. Sie wälzte sich in dem schmalen fremden Bett. Ihr war entsetzlich heiß. Sie versuchte, sich mit den Methoden zu entspannen, die sie sich während ihrer Panikattacken angewöhnt hatte: atmen und zählen. Beides misslang. Ihr Atem ging flach und unregelmäßig. Auf ihrem Oberkörper lag ein Gewicht wie eine Bleiplatte. Dagegen anzuatmen, verlangte von ihr eine solche Anstrengung, dass sie immer nervöser wurde.

Zwei Stunden lang quälte sie sich so, wurde immer wacher, bis sie, erleichtert, dass sich der Morgen vor dem Fenster rötlichblass ankündigte, unter die Dusche ging. Mit dem Ankleiden verbrachte sie viel Zeit. Der Reihe nach zog sie die schönsten Sachen an, die sie mitgebracht hatte. Ein blumiges Sommerkleid, ein türkises Kleid mit schmaler Taille und weitem Rock, das ihre schlanke Figur vorteilhaft zur Geltung brachte, einen roten Glockenrock zu einem schwarzen eng anliegenden Oberteil, in dem sie aussah, als wollte sie Rock 'n' Roll tanzen. Zuletzt entschied sie sich für die dreiviertellangen Jeans und die weiße kurzärmlige Bluse. Darüber würde sie die türkise Wickeljacke aus leichtem Strick tragen, die ihrer Augenfarbe schmeichelte.

Sie schlüpfte in flache Ballerinas aus weichem türkis gefärbten Leder. Als sie sich zu guter Letzt im Spiegel betrachtete, gefiel ihr alles unterhalb des Halses. Ihr Gesicht hingegen sah fahl aus. Die tiefen dunklen Schatten unter den Augen verrieten ihre Übermüdung. Sie erinnerte sich an die Friseurin, holte Puder und Lidschatten aus ihrem Kosmetiktäschchen. Dann tönte sie ihre blassen Lippen mit hellrotem Lippenstift. Der nächste Blick in den Spiegel zeigte schon eine deutlich frischere Frau. Sie bemerkte wieder das Blau ihrer Augen, die langen schwarzen Wimpern und die schön geformten Brauen. Auch der Schwung ihrer Oberlippe war jetzt wieder zu sehen. Als sie auf die Uhr schaute, stellte sie erleichtert fest, dass sie weitere zwei Stunden hinter sich gebracht hatte. 8.00 Uhr. Nun konnte sie frühstücken gehen.

Vor dem üppigen Angebot an Eiern und Speck und Pfannkuchen und Marmeladen und sogar fetten Würstchen wurde ihr übel. Ihr Magen war wie zugeschnürt. Hastig kippte sie drei Tassen Kaffee hinunter. Dann zwang sie sich, ein Toastbrot mit Marmelade zu essen.

Zurück im Zimmer, verstaute sie die wild über dem Bett verstreuten Kleidungsstücke wieder sorgfältig im Koffer. Bevor sie das Zimmer verließ, warf sie einen Blick zurück. Das zerwühlte Bett zeugte von ihrer schlaflosen Nacht. Wo werde ich nächste Nacht schlafen?, fragte sie sich bang. Wie wird es sein?

An der Rezeption erkundigte sie sich, ob sie ihren Koffer bis zum Abend dort stehen lassen konnte. Die junge bunt geschminkte Frau nannte sie »Darling« und sorgte mit überbordender Freundlichkeit dafür, dass der Koffer in ein kleines Kämmerchen gestellt wurde, wo schon andere Koffer ihrer Besitzer harrten. Lysbeth zögerte einen Moment, argwöhnte, dass andere Gäste ihren Koffer mitnehmen könnten, doch dann ermahnte sie sich. Sei nicht so misstrauisch, nur weil du in New York bist.

Um 10.00 Uhr stand ihr Taxi vor der Tür des Hauses, das Aaron als seine Adresse angegeben hatte. Hier gab es keine Wolkenkratzer und auch keine kleinen Reihenhäuser, wie Lysbeth sich ausgemalt hatte. Aaron wohnte in einem Mietshaus, wie es auch in Altona oder Barmbek hätte stehen können. Sieben Stockwerke, kleine Fenster, niedrige Decken, abgebröckelter Putz. Es roch nach Urin und irgendetwas, das Lysbeth nicht identifizieren konnte. Essen? Abfall? Lysbeth bezahlte den Taxifahrer und suchte auf den Klingelschildern nach Aarons Namen. Da fiel ihr ein, dass sie nach dem Namen seiner Vermieterin suchen musste. Kerwicki. Da war er. Lysbeth klingelte. Sie konnte es kaum fassen, dass darauf wirklich geantwortet wurde. Eine weibliche

Stimme gab etwas auf Amerikanisch von sich, das Lysbeth nicht verstand. Auf ihre holprige Erklärung, sie suche Aaron Bleibtreu, ertönte der Summer, und kurz darauf stand Lysbeth vor einer Frau, die ihr auf Anhieb sympathisch war. Sie erinnerte sie an Renate Wenz, die während des Krieges mehrere Jahre bei ihnen gewohnt und dafür gesorgt hatte, dass die Familie Wolkenrath nicht verhungerte.

Als Lysbeth die Wohnung betrat und im Flur Teppiche an den Wänden entdeckte, auf die warmes Licht aus orientalischen Lampen fiel, begriff sie, warum. Hier lebte eine Wahrsagerin, und das war das Gewerbe, mit dem auch Renate Wenz damals die Lebensmittel verdient hatte. Madame Valérie, so stellte sich Aarons Vermieterin vor, vermutete, wahrscheinlich aufgrund von Lysbeths sprachlichen Unfertigkeiten, dass Lysbeth eine Kundin wäre. Sie führte sie in einen Raum, der noch exotischer eingerichtet war als der Flur, platzierte Lysbeth auf ein dickes bunt besticktes Kissen am Boden und bedeutete ihr zu warten. Lysbeth schaute sich um. Aus ihr unverständlichen Gründen war es Madame Valérie gelungen, Lysbeths Angst um mindestens die Hälfte zu reduzieren. Sie schnüffelte. Es roch nach Zimt und Vanille und Rose. Wahrscheinlich gab es irgendwo, verborgen hinter Blumen oder Bildern, Duftkerzen oder eine Duftschale.

Madame Valérie kehrte zurück mit einem großen Krug voller Wasser, in dem Zitronenschnitze und Eisstücke schwammen. Sie schenkte ein Glas für sich und eins für Lysbeth ein, reichte es ihr und stöhnte, wie warm es sei. Der Raum jedoch war eher kühl, die Vorhänge waren zugezogen.

Madame Valérie griff nach Lysbeths Hand und betrachtete sie eindringlich. Lysbeth versuchte, ihr verständlich zu machen, dass sie nicht aus diesem Grund gekommen war, aber die bunt gekleidete Frau mit den roten Haaren ließ sich die Hand nicht entreißen. Da sagte Lysbeth den Satz, den sie zu Hause einstudiert hatte: »I am looking for my husband, Aaron Bleibtreu.«

Warum hatte sie vorher bloß so rumgestottert, sie hatte doch gewusst, was sie sagen wollte? Madame Valérie ließ sofort ihre Hand los und fragte nach: »Aaron?« Und dann brach sie in einen Schwall von Worten aus, von denen Lysbeth nur manchmal ein einziges Wort verstand. Es hörte sich wie Geräusche an, die Lysbeth nicht mit Sinn füllen konnte. Da vernahm sie den Namen Perls und nickte eifrig. »Perls, ja, Perls.« Madame Valérie nickte auch. »Perls, yes, Perls.« Auch Lysbeth wiederholte das Wort yes und Perls. »University?«, fragte Lysbeth und erschrak, als Valérie den Kopf schüttelte. »No, not university«, wieder folgte ein Schwall Worte, aber diesmal fing sie sich nach kürzerer Zeit. Sie begann mit den Händen zu reden, streute einige Worte ein, blickte Lysbeth eindringlich an, und zu guter Letzt hatte Lysbeth begriffen. Aaron befand sich bereits seit zwei Monaten nicht mehr in New York, sondern an einem Ort namens Esalen.

Lysbeths Mut sank in tiefste Tiefen. Sie erinnerte sich, dass es ungefähr vor zwei Monaten gewesen war, dass sie den Kontakt zu Aaron verloren hatte. Ihr wurde schlecht vor Traurigkeit. Aber Madame Valérie holte einen Atlas und zeigte ihr, wo Esalen lag. Sie redete wieder schneller, allerdings hatte Lysbeth sich jetzt schon an ihre Sprechweise gewöhnt, und so begriff sie, dass Madame Valérie schwärmte. Sie selbst war offenbar auch schon in Esalen gewesen, und es musste ein magischer Ort sein. Lysbeth verstand, dass dort auch Indianer heilend tätig waren. Das weckte zwar ihr Interesse, gleichzeitig schürte es aber noch mehr Angst. Bis sie begriff, dass das Vergangenheit war.

Heute heilten dort, so begriff Lysbeth, Menschen wie Fritz Perls. Madame Valérie nannte eine Menge Namen, die Lysbeth freilich nichts sagten, bis sie Joan Baez erwähnte, die Folksängerin, die sich in der Anti-Vietnam-Bewegung engagierte. Als Valérie über Vietnam sprach, wurde sie wieder langsamer und deutlicher. Offenbar war es ihr sehr wichtig, dass Lysbeth sie verstand. Und Lysbeth verstand auch immer mehr. Sie hatte nach dem Krieg, wie viele andere Hamburger auch, notgedrungen gelernt, sich mit den englischen Soldaten zu verständigen, besonders, da diese in der Kippingstraße ein Haus besetzt hatten. Aus ihrer Schulzeit erinnerte sie sich an nichts. Aber seit Aaron in Amerika war, hatte Lysbeth begonnen, Englisch zu lernen, wobei Stella ihr sehr hilfreich gewesen war. Jeden Tag hatten die beiden sich hingesetzt, und Lysbeth hatte ein Gefühl für diese Sprache bekommen, die ihr ohnehin angenehm war, weil Angela und Roberta während des Krieges in England gelebt hatten.

Es beglückte Lysbeth, dass sie im Laufe des Gesprächs mit Valérie immer besser verstand, was die ihr sagen wollte. Vor allem wollte sie ihre Empörung über diesen Krieg ausdrücken, in dem schon Hunderttausende Amerikaner gestorben waren. Wofür? Auf jeden Fall ohne ein bisheriges Ergebnis.

»I hate this blood-soaked war«, rief Valérie aus. Es schien Lysbeth, als gäbe es in diesem Augenblick in Madame Valéries Kopf nichts anderes als Hass auf diesen Krieg. Aber plötzlich lachte sie und erklärte, dass es ihr Spaß mache, gegen den Krieg zu protestieren. Es mache ein gutes Gefühl, Dinge zu verändern. Daran wolle sie teilhaben. Es brachte sie auch den jungen Menschen näher. Die Tochter ihrer Schwester war Studentin in New York, und gemeinsam mit ihr hatte Valérie im April an der großen Anti-Vietnamkrieg-Demonstration teilgenommen. »Hey, hey, L. B. J., how many kids have you killed today?« Valérie schwärmte von einer Demonstration, bei der die Teilnehmer eine Reihe gebildet hatten und jeder eine Kerze trug und vor sich ein Schild mit dem Namen eines in Vietnam getöteten GIs. An so einer Demonstration hatte auch Aaron teilgenommen, teilte sie Lysbeth stolz mit. Und dann empörte sie sich redlich, dass es sogar Gegendemonstrationen gäbe, die die Truppen in Vietnam unterstützten. »Dann sind die Straßen voll von Polizisten und Feuerwehrmännern und Union guys, die alle amerikanische Flaggen schwenken. Du musst nicht glauben, dass alle gegen den Krieg sind«, sagte sie. »Auf unserer Demo im April diesen Jahres hat Martin Luther King eine Rede gehalten, und danach wurde er von der Presse und anderen Civil-Rights-Aktivisten gekillt.« King war auch der Hauptsprecher, so verstand Lysbeth, bei einer Veranstaltung gewesen, die von der einflussreichen Riverside Church veranstaltet worden war. »Mindestens dreitausend waren gekommen, und wir klatschten und gaben ihm Standing Ovations, bevor er überhaupt gesprochen hatte. King hat es gesagt: Dieser Krieg ist unmoralisch und falsch und verschleudert Geld, das in den Kampf gegen die Armut in Amerika gesteckt werden sollte. Er hat gesagt: ›Wir haben die schwarzen jungen Männer, die durch unsere Gesellschaft verkrüppelt worden sind, 8000 Meilen weggeschickt, um Freiheiten in Südostasien zu garantieren, die sie in Südwest Georgia oder Ost Harlem nicht gefunden haben.‹ Danach war er der meistgehasste Vietnamgegner in der amerikanischen Presse. Sie haben richtig versucht, ihn fertigzumachen. Aber zwei Wochen später schon hat er vor den *Vereinten Nationen* zu einer Demonstration von 125 000 Vietnamgegnern gesprochen, die vom Central Park zu den *United Nations* marschiert waren. Eigentlich ist er mehr im Süden, aber zu diesen Veranstaltungen ist er nach New York gekommen.«

Lysbeth merkte, wie stolz Valérie war, zu diesen Menschen zu gehören. Und Aaron hatte offenbar auch dazugehört, obwohl er im April noch nicht in New York gewesen war.

»Wie hat Aaron hier gelebt?«, fragte Lysbeth. Inzwischen war es Mittag geworden, und sie saßen in einem indischen Restaurant, wenige Straßen von Valéries Wohnung entfernt. Valérie erzählte von diesem netten »young guy«, und Lysbeth fragte sich, ob Valérie wirklich Aaron meinte. Sie schätzte Valérie auf ungefähr fünfzig Jahre, Aaron konnte für sie kein »young guy« sein. Dadurch, dass er zur Universität gegangen war und sich mit anderen Studenten getroffen hatte, war er Valérie gleichwohl als Teil der Community von jungen Menschen vorgekommen, die ein leichtes Leben hatten und versuchten, die Welt zu verändern.

Die Veränderung der Welt, das war Valéries Lieblingsthema. Auch die Veränderung der Sexualität. Valérie kicherte. »Einflussreiche Kirchenleute sind durchaus gegen den Vietnamkrieg, aber sie raufen sich die Haare über die jungen Leute, die den Spruch ›Make love, not war‹ verkünden und nicht nur verkünden …«

Am späten Nachmittag wollte Lysbeth sich verabschieden, aber Valérie ließ das nicht zu. Sie erkundigte sich nach ihrem Hotel, und im Nu hatte sie organisiert, dass Lysbeths Gepäck vom Hotel zu ihr geschafft wurde. »Heute Nacht bist du mein Gast«, sagte sie, und gluckste: »Du kannst in Aarons Bett schlafen. Sein Nachfolger ist vor einer Woche ausgezogen, und seitdem steht das Zimmer leer.«

Lysbeths Herz klopfte, als sie das kleine Zimmer einen Stock höher betrat, in dem Aaron gewohnt hatte. »Es ist ja winzig«, entfuhr ihr. Erschrocken legte sie die Hand auf den Mund, doch dann fiel ihr ein, dass Valérie kein Deutsch sprach und sich also nicht beleidigt fühlen konnte. Da sagte Valérie schon schmunzelnd: »Es ist mein Wandschrankzimmer. Hier bleibt keiner lange. Aaron hat es ziemlich lange ausgehalten. Er hat sich nie beschwert.«

Lysbeth wartete ungeduldig darauf, dass Valérie endlich ging und sie allein ließe. Als hätte sie Lysbeths Gedanken vernommen, sagte Valérie, sie würde unten auf Lysbeth warten. Nach dem Essen könnten sie planen, wie Lysbeth so schnell wie möglich nach Esalen käme.

Als die Wahrsagerin die Tür hinter sich geschlossen hatte, ließ Lysbeth sich aufs Bett fallen, faltete die Hände über ihrer Brust und schloss die Augen. Sie rief nach Aaron, spürte zu ihm hin. Hier in diesem Bett hatte er gelegen. Sie wusste, dass er hier an sie gedacht hatte. Was war geschehen, dass er nach Esalen gegangen war, ohne ihr eine Nachricht zukommen zu lassen? Er hatte nie auf ihren Brief reagiert, den Wilhelm für ihn mitgenommen hatte. Lysbeth hatte unten im Haus Briefkästen gesehen, der Brief hätte also hier angekommen sein müssen. Wilhelm hatte ihn schließlich abgeschickt. Lysbeth konnte sich keinen Reim darauf machen. Zumindest war Aaron in New York bei bester Gesundheit gewesen, wie Valérie gesagt hatte.

Lysbeth hatte noch keine Vorstellung davon, worum es sich bei »Esalen« überhaupt drehte. Valérie hatte geschwärmt, dass man dort zu sich selbst komme, körperlich, geistig, seelisch. Ein friedlicher Ort, also konnte es doch kaum sein, dass Aaron dort heimtückisch ermordet und verbuddelt oder ins Meer geworfen worden war.

Das Einzige, was Lysbeth ängstigte, war Valéries Beschreibung der jungen Menschen, mit denen Aaron zu tun gehabt hatte. Zu diesen Menschen hatten auch hübsche Frauen gehört. Valérie hatte das ganz unbefangen beschrieben. Aaron war ein attraktiver Mann, für Lysbeth der schönste Mann der Welt, sie konnte sich gut vorstellen, dass er für amerikanische Studentinnen der Inbegriff des interessanten älteren Lovers sein könnte. Freilich konnte sie sich nicht vorstellen, dass Aaron auf so etwas eingehen würde. Das lag einfach völlig außerhalb ihres Vorstellungsvermögens. Vor allem nicht, dass er aufgrund einer solchen Verirrung den Kontakt zu ihr abgebrochen haben könnte. Hatte sie sich vielleicht in ihm geirrt? Sie verstand es nicht.

Am Abend, als sie nach einem sehr scharfen mexikanischen Essen mit Valérie auf dem Teppich in deren indianischem Zimmer saß und köstlichen Rotwein trank – »Aaron und ich haben den auch getrunken, als er mir erzählte, dass er nach Esalen gehen wollte« –, offenbarte sie Valérie ihre Ängste.

Die wiegte den Kopf hin und her. »Wenn Männer sich geschmeichelt fühlen, machen sie manchmal verrückte Dinge«, sagte sie und schob nachdenklich die Unterlippe über die Oberlippe. »Aaron wirkte ziemlich einsam und auch orientierungslos. Ich glaube, er hat sogar davon gesprochen, dass er Sehnsucht nach seiner Frau hatte. Wer weiß, Einsamkeit und Orientierungslosigkeit bewirken manchmal seltsame Dinge. Aber dass er so völlig in der Versenkung verschwunden ist, verstehe ich nicht. So unzuverlässig habe ich ihn nicht eingeschätzt.« Lysbeth verspürte den Drang, Aaron zu entschuldigen, doch sie wusste nicht, womit. »Vielleicht ist er irgendwie krank geworden.« Diese Erklärung behagte ihr nicht besonders. Einerseits war ihr jede Erklärung recht, andererseits wollte sie nicht, dass Aaron irgendeinen Schaden erlitten hatte.

Gegen 21.00 Uhr fielen Lysbeth die Augen zu. Die Zeitverschiebung, der Rotwein, das angestrengte Hinfühlen zu Aaron, all das Ungewohnte, was Lysbeth umgab, bewirkte, dass sie sich kaum noch zutraute, die Treppen in den ersten Stock hochzusteigen.

Valérie erfasste die Situation im Nu. »Du musst ins Bett«, sagte sie resolut, »wahrscheinlich hast du letzte Nacht nicht viel geschlafen. Du brauchst Kraft, um Aaron zu verfolgen.« Sie hatte das Wort »detect« gebraucht, und Lysbeth zuckte zurück. »Detect« hat etwas mit »detective« zu tun. Will ich Aaron auskundschaften? Der Gedanke behagte ihr gar nicht. Wieder wurde ihr leicht übel, und sie dachte, wenn ich nicht genau wüsste, dass das nicht sein kann, würde ich vermuten, ich sei schwanger. Sie grinste. Valérie reichte ihr die Hand, um sie nach oben zu geleiten. Fragend blickte sie in Lysbeths zu einem schiefen Lächeln verzogenes Gesicht. Lysbeth gestand ihr, dass ihr in der letzten Zeit oft übel sei. »Schwanger kann ich nicht sein«, betonte sie. Valérie lächelte sie voller Herzlichkeit an. »Wir gebären vieles«, sagte sie leise, »nicht nur Kinder. Du durchlebst, glaube ich, gerade eine sehr harte Schwangerschaft.«

Lysbeth staunte über die Weisheit dieser Frau, die ihr an diesem Tag so nahgekommen war, wie Lysbeth es schon lange nicht mehr erlebt hatte.

Am kommenden Morgen um 5.30 Uhr wachte Lysbeth in dem Bett auf, in dem sie sich Aaron ganz nah fühlte. Sie hatte wirklich fast acht Stunden geschlafen. Heute fühlte sie sich stärker als in den vergangenen Tagen. Als sie sich in dem schmalen Bett streckte und daran dachte, wie Aaron hier jeden Morgen aufgewacht war, kam ihr plötzlich nichts mehr unüberwindbar vor. Sie wusste ganz genau, was sie wollte. Sie wollte wieder die Frau von Aaron Bleibtreu sein. Sie wollte wieder, dass er ihr Mann war. Diese völlige Eindeutigkeit verlieh ihr Kraft. Es war ein großer Unterschied zu ihren Gefühlen in den vergangenen Jahren, als sie vor allem Ärztin hatte sein wollen, und ihre Gefühle für Aaron zwar da gewesen waren, aber wie hinter einem Vorhang verborgen. Und auf diesem Vorhang war ein Bild aufgemalt gewesen, das sie für die Wirklichkeit gehalten hatte. Das Bild eines Mannes, der sie allein ließ, der sie verriet, wenn es um ihre Lebensträume ging.

Das war alles in der Ferne verschwunden. Sie wusste, dass Aaron sie nie verraten hatte, aber er hatte sie verloren, und sie hatte sich so weit entfernt, dass er sie nicht mehr zu fassen bekam, wenn er nach ihr zu greifen versuchte. All das war Vergangenheit. In der Gegenwart war sie hier, in New York, und bald würde sie in Esalen sein. Und selbst wenn er sich dort in irgendwelche seltsamen Verwirrungen verstrickt hatte, wusste sie genau, was sie wollte: Sie wollte das Gelöbnis erneuern, das sie beide einander einst gegeben hatten: Wir wollen einander Mann und Frau sein, was auch geschieht. In guten wie in bösen Tagen.

Es fühlte sich unendlich gut an, diese Klarheit und Entschiedenheit zu spüren. Doch schon als Lysbeth unter der Dusche stand, zu der sie vom Gang aus gelangte, kamen die Ängste zurück. Was, wenn Aaron auch aus Esalen schon wieder fort wäre? Was, wenn er dort mit einer Frau zusammenlebte, die jetzt Ansprüche an ihn anmeldete? Und das Schrecklichste: Was, wenn Aaron ihrer Entschiedenheit mit Unklarheit, mit Halbherzigkeit, mit Zögern und Ausflüchten begegnen würde? Das Letzte wäre das Schrecklichste. Sie wusste nicht, ob sie die Kraft hätte, dann in ihrer Liebe fest zu bleiben und die Hoffnung nicht zu verlieren.

Wenn er Esalen schon wieder verlassen hatte, würde sie ihm eben weiter folgen. Auch dort gab es sicher jemanden, der ihr weiterhelfen konnte. Der wusste, wohin Aaron sich aufgemacht hatte. Und wenn da eine andere Frau war, würde Lysbeth ihre Liebe in die Waagschale werfen, die lange Verbundenheit mit ihrem Mann, ihre so gewachsene Liebe, dass beide ein Teil des andern geworden waren. Das konnte keine andere Frau ersetzen. Und Aaron war kein oberflächlicher Mann, der Lysbeth durch eine andere austauschen konnte. Vielleicht hatte er sich in seiner Einsamkeit an einer anderen Frau festgehalten. Vielleicht hatte er sich selbst eingeredet, dass es einfacher für ihn wäre, einen vollkommen neuen Weg einzuschlagen. Aber sobald Lysbeth auftauchte, würde er die Tiefe seiner Liebe für sie spüren und wie wenig von Belang das war, was er mit irgendeiner anderen Frau erlebte.

Wenn er sich jedoch so verändert hatte, dass er ein unklarer unentschiedener und haltloser Mann geworden war, wäre das so etwas wie eine schwere Krankheit. Dann würde Lysbeth ihren Mann nicht wiedererkennen, so als wäre er dement geworden, hätte einen Teil seines Erinnerungsvermögens verloren, eine Krankheit des Gehirns. Davor hatte Lysbeth am meisten Angst. Gleichzeitig war das etwas, das sie sich am wenigstens vorstellen konnte.

Aaron hatte einen Charakter, den sie immer geliebt hatte. Aaron war ein Mann, auf den man sich verlassen konnte. Den schüttelten nicht heute solche Gefühle und am nächsten Tag andere. Aarons Gefühle hatten immer Tiefe besessen. Und Aaron war immer verantwortungsvoll mit den Menschen umgegangen, die sich ihm irgendwie anvertraut hatten. Ganz besonders mit Lysbeth.

Lysbeth dachte so viel über die eine mögliche Veränderung von Aaron nach, bis ihr wieder übel wurde. Ich selbst verirre mich in meinen Gedanken, schalt sie sich. Ich muss alles der Reihe nach tun und nicht das Pferd von hinten aufzäumen. Erst mal muss ich Aaron finden, dann muss ich die Situation erkunden, in der er lebt, und dann muss ich überprüfen, wie ich mich verhalte, so dass ich mein Ziel erreiche, meinen Mann zurückzugewinnen.

Sie frühstückte mit Valérie in einem nahe gelegenen Bistro. Auch an diesem Morgen brachte sie nicht viel mehr runter als Toastbrot mit Marmelade. Valérie bestellte *Scrumbled eggs*, und als das Rührei auf dem Tisch stand und der Duft Lysbeth in die Nase stieg, bekam sie doch Appetit und nahm Valéries Angebot, sich die Portion zu teilen, gerne an.

Valérie hatte in der vergangenen Nacht einen Plan ausgeheckt, den sie Lysbeth nun in allen Details unterbreitete. »Täglich gehen Flugzeuge von New York nach San Francisco. Von dort kannst du dir entweder ein Taxi nehmen, wenn du das Geld hast, das geht am schnellsten, oder du steigst in den Bus, der die Küste entlangfährt.« Sie hatte bereits am Vorabend einen Flug per Telefon für Lysbeth reserviert, am Morgen noch mal nachgefragt, ob der Platz noch zu haben war. Lysbeth machte große Augen. »Wann geht der Flieger?« »In drei Stunden«, antwortete Valérie lächelnd. »Ich habe einen Freund gefragt, der bringt dich zum Flughafen, da sparst du Geld.«

Lysbeth bekam feuchte Hände. In drei Stunden? Und sie musste noch vorher das Ticket kaufen. Und sie musste …

Was musste sie noch? Eigentlich musste sie sich nur von Valérie verabschieden. Die erhob sich. Als Lysbeth bezahlen wollte, schob sie sie einfach aus dem Ausgang. »Du bist hier mein Gast«, sagte sie entschieden. Vor dem Eingang zu dem Haus, in dem Valérie wohnte, stand schon das Auto ihres Freundes, ein breiter kräftiger farbiger Mann. Lysbeth musste an Bobby denken. Sie empfand sofort Vertrauen zu Valéries Freund, als er ihr seine große Hand entgegenstreckte, in der ihre zarten Finger zwar verschwanden, aber sehr achtsam gehalten wurden. Samuel stieg gemeinsam mit Lysbeth und Valérie die Treppen hoch, hob den Koffer, als handle es sich um eine Handtasche, und schritt die Treppen hinunter.

Beim Abschied von Valérie bemerkte Lysbeth erstaunt, dass sie Tränen in den Augen hatte. Es fühlte sich an, als würde sie sich von einer Freundin verabschieden, von der sie nicht wusste, wann sie sie jemals wiedersehen würde. Auch Valérie wischte sich eine Träne aus den Augen.

## 43

Der Taxifahrer raste den Highway Nr. 1 entlang, als wollte er ein Rennen gewinnen. Lysbeth betete still, nicht aus der Kurve geschleudert zu werden und in den Abgrund zu stürzen. Ihr Magen grummelte, sie fürchtete, sich übergeben zu müssen. »*Please drive slowlier*«, würgte sie hervor. Der Fahrer, ein junger Mann mit scharfen Zügen und Halbglatze, warf ihr einen prüfenden, etwas ärgerlichen Blick zu. Dann drosselte er das Tempo. Die Übelkeit schwand freilich nicht. Lysbeth kurbelte das Fenster herunter, hoffte, dass der Fahrtwind ihr Linderung verschaffen würde. Sie schloss die Augen und atmete tief ein und wieder aus, ihr inzwischen erprobtes Mittel für alle Lagen, in denen Angst sie zu überwältigen drohte. Der Schweiß lief ihr zwischen den Brüsten und an den Achseln herab. Ihr Rücken klebte am Plastik des Autositzes. Durch ihre feuchten Haare fuhr der Wind.

Wieder einmal zweifelte Lysbeth daran, ob sie mit ihrer Reise die richtige Entscheidung getroffen hatte. Was, wenn sie hier jetzt starb? In den Klippen zerschellt, im explodierenden Auto verbrannt. Es würde gar keine Spuren geben. Wer würde sich überhaupt bemühen herauszufinden, wo sie abgeblieben war? Aaron nicht, denn Aaron hatte seit Wochen nichts von sich hören lassen.

Plötzlich dachte sie: Und wenn Aaron genau hier gestorben ist? In einem Taxi, mit einem verrückten Fahrer die Klippen hinabgestürzt, verbrannt, verkohlt bis zur Unkenntlichkeit? Die Identitätsnachweise Asche. Niemand hätte sich auf seine Spur gesetzt. Wie sie wäre er ein Passagier in einem Flugzeug gewesen, dessen weitere Route nicht verfolgt würde, da er kein Mörder oder Bankräuber war, sondern einfach nur ein Arzt aus Hamburg.

Lysbeths Magen verkrampfte sich noch mehr, sie atmete flach und so weit oben im Hals, dass sie kurz davor war zu hyperventilieren. Sie atmete tief in den Bauch hinein, presste beim Ausatmen die Luft zwischen den Zähnen heraus, zwang sich, die drohende Panikattacke abzuwenden.

Ich habe mich nur mit mir selbst beschäftigt, dachte sie beschämt. War nur gekränkt, verletzt, verängstigt, weil Aaron sich nicht mehr gemeldet hat. Aber ich habe das Nächstliegende versäumt: Ich bin nicht zur Polizei gegangen, habe nicht nachgeforscht, habe mich nicht damit beschäftigt, was Aaron möglicherweise Schlimmes passiert ist. Eine Welle von Schuldgefühlen brach über ihr zusammen, ein Ozean der Selbstanklage verschlang sie. Selbst die Übelkeit schwand. Noch nie war Lysbeth auf die Idee gekommen, dass sie eine egozentrische, auf sich selbst bezogene Person war. Sie hatte sich immer für aufmerksam, liebevoll, ja, altruistisch gehalten.

Was war denn bloß geschehen?, fragte sie sich. Wie konnte ich so wenig an Aaron denken, als er nicht nur aus dem äußeren Kontakt, sondern auch aus meinem Inneren verschwand?

Der Taxifahrer, der bemerkte, dass Lysbeth ruhiger geworden war, drückte wieder aufs Gaspedal. Es bereitete ihm offenbar Vergnügen, mit quietschenden Reifen in die Kurven zu gehen, das leicht schlitternde Auto wieder unter Kontrolle zu bekommen, um dann die nächste Biegung anzuschneiden. Lysbeth zog sich komplett aus der sie umgebenden Realität in ihr Inneres zurück.

Was war mit ihr geschehen? Sie hatte den Eindruck, dass sie das unbedingt erkunden musste, bevor sie in Esalen anlangte, ob Aaron nun dort war oder nicht. Plötzlich begriff sie. Es war ihr Stolz gewesen. Schon als Valérie das Wort »detect« gebrauchte, hatte Lysbeths Stolz dazu geführt, dass sie einen inneren Widerstand empfand. Sie war doch keine detective. Sie spionierte doch nicht hinter ihrem Mann her.

Lysbeth stöhnte leise auf. Schon immer war ich stolz, dachte sie beschämt. Das Wort hoffärtig kam ihr in den Sinn. Die Tante hatte dieses Wort gebraucht, um aufgeblasene Leute zu charakterisieren. War sie aufgeblasen? Nein, Lysbeths Stolz war anders. Er hing damit zusammen, dass sie als Kind schon in ihren Träumen Dinge gesehen hatte, die sich anschließend ereigneten. Auch wenn sie sich zugleich entsetzlich geschämt hatte für diese Fähigkeit, die sie aus der Gemeinschaft anderer Menschen, anderer Kinder, irgendwie heraushob, so war es doch ein Heben und kein Niederstoßen. Sie hatte immer große Angst vor der Verantwortung gehabt, die ihr damit in Verbindung zu stehen schien, aber selbst die Tatsache, dass sie diese Verantwortung spürte, hatte doch etwas Dünkelhaftes an sich. Sie hatte sogar befürchtet, dass die schrecklichen Dinge nur geschahen, weil sie, Lysbeth, sie vorher geträumt hatte. Was für eine entsetzliche Anmaßung.

Allmählich ließ Lysbeth die Übelkeit, die über ihr zusammenschlagende Schuld, die atemraubende Selbstanklage hinter sich.

Es schien ihr wahnsinnig wichtig zu sein zu begreifen, was sie gehindert hatte, mit aller Kraft, aller Energie hinter Aaron her zu »detecten«. Wie übersetze ich denn *»to detect«*?, fragte sie sich plötzlich. Was sage ich dazu? Hinterherschnüffeln? Aufspüren? Sie sah einen Hund vor sich, der eine Spur aufnimmt und ihr folgt. Sie hatte keine Spur aufgenommen. Sie war nicht nach außen getreten, sie war in sich selbst geblieben und hatte dort zu Aaron hingeschnüffelt.

Vielleicht ist das meine Hoffart, überlegte sie. Dass ich mir einbilde, alles von innen heraus aufzuspüren. Doch da war noch etwas anderes: Sie wollte keine Frau sein, die hinter ihrem Mann herschnüffelte. Das schien ihr unwürdig. Eine Frau, die die Polizei hinter ihrem Mann herschickt, um ihn nach Hause zu holen. Selbst wenn sie jetzt diese Idee weiterverfolgte, bereitete sie ihr Bauchschmerzen. Aaron hatte das Recht gehabt und hatte es noch, sie zu verlassen. Sie hatte ihm mit ihrem Herzen folgen können, auf dem Stuhl neben dem Fenster Kontakt zu ihm aufnehmen, aber sie hatte ihn nicht hindern dürfen, einen Weg zu gehen, von ihr fort, auch wenn er sie damit zutiefst verletzte.

Sie dachte daran, was Stella zu ihr gesagt hatte: »Warum hast du ihn nicht aufgehalten? Warum hast du nicht geschrien und getobt und ihn gerüttelt und gegen seine Brust geschlagen. Warum hast du nicht gesagt: Ohne dich will ich nicht sein? Warum hast du ihn gehen lassen? Warum hast du dich nicht vor die Tür gestellt und gesagt: Nur über meine Leiche. Wenn du gehst, geh ich mit.«

Lysbeth war bei dieser Vorstellung in Lachen ausgebrochen. Ein böses Lachen. Welch eine absurde Vorstellung.

Aber jetzt dachte sie: Es war mein verdammter Stolz, der mich daran gehindert hat. Und mein verdammter Stolz hat mich dazu gebracht, eine perfekte Ärztin sein zu wollen, bloß keinen Fehler zu machen, und mich sogar von meinen Ahninnen abzukoppeln.

Mit schweißnasser Hand wischte sie über ihre Stirn. Was für ein hirnrissiger Stolz. Er wollte keine Abhängigkeit zulassen, keine Bedürftigkeit, keine Schwäche. Aaron bloß nicht zeigen, wie lebenswichtig er für sie war. Der Tante nicht über ihren Tod hinaus Macht zugestehen.

Trotz der Hitze wurde Lysbeth eiskalt. Ich bin so entsetzlich in die Irre gelaufen, dachte sie. Ich habe keinen klaren Weg mehr verfolgt. Einerseits habe ich mich nur noch an äußeren Fakten orientiert, an dem Greifbaren der Naturwissenschaft, andererseits habe ich mir eingebildet, dass meine inneren Kräfte, meine Intuition, mein innerer Schrei Aaron zurückbringen würden. Wie hoffärtig.

Sie rief die Tante zur Hilfe. Und wirklich sah sie deren Gesicht vor sich. Was rätst du mir?, flehte sie die Tante an. Bitte gib mir irgendein Zeichen, bitte hilf mir.

Du bist schon wieder hoffärtig, sagte die Tante, aber sie lächelte liebevoll dabei. Jetzt hast du plötzlich die ganze Schuld für alles Übel der Welt. Nein, meine Kleine, du stehst nicht über Aaron. Wenn er tot ist, hättest du seinen Tod nicht verhindern können. Und was das Schnüffeln betrifft, so bist du jetzt doch hier und suchst ihn. Vielleicht mit etwas Verspätung, aber du hast eine Chance. Mach dich jetzt nicht verrückt. Geh Schritt für Schritt vor. Wenn er in Esalen ist, kannst du ihn jetzt anschreien, schlagen, ihm deine Bedürftigkeit zeigen. Wenn er nicht da ist, geht der Weg weiter. Irgendwann findest du ihn, tot oder lebendig.

Lysbeth wurde ruhiger. Genau das hätte die Tante gesagt, ob sie es jetzt wirklich war, die zu ihr gesprochen hatte, oder ob es die Tante war, die sie in ihrem Innern bewahrt hatte, das war egal.

»Esalen«, verkündete der Taxifahrer, kassierte, lud Lysbeth samt Gepäck ab und fuhr mit quietschenden Reifen fort. Benommen stand Lysbeth neben ihrem Koffer und blickte verblüfft auf das vor ihr liegende Gelände, eine Mischung aus Campingplatz, Bauernhof und Blockhüttensiedlung.

»Also los! Der Weg geht weiter!«, trieb sie sich an, ergriff ihren Koffer und marschierte auf das Gelände zu. Sie vernahm dumpfe Töne von Trommeln, folgte ihnen in der Hoffnung, Menschen zu finden, die ihr weiterhelfen konnten.

Vor einem Wohnwagen saß ein Paar, beide hatten hohe hölzerne Trommeln zwischen die Beine geklemmt. Als Lysbeth näherkam, sah sie, dass die beiden mit geschlossenen Augen die Hände auf das Leder ihrer Instrumente tanzen ließen. Beide hatten den Kopf schräg gelegt, als lauschten sie aufeinander. Lysbeth wagte nicht, sie in ihrer Konzentration zu stören. Sie stellte sich in respektvoller Entfernung hin und schloss auch die Augen. Das Trommeln berührte sie. Jeder für sich schien eine Geschichte zu erzählen, gleichwohl standen sie in Kontakt, jeder war für sich und doch mit dem andern verbunden.

Da schrak Lysbeth zusammen. Jemand hatte auf ihre Schulter getippt. Sie fuhr herum. Vor ihr stand eine junge Frau in einer Art Nachthemd. Auf ihre Schultern fielen lange nasse Haare. Die junge Frau sah sie lächelnd und fragend an. Lysbeth stammelte: »Hotel? Sleep? Institute? Fritz Perls? Aaron Bleibtreu?« Die Frau lachte amüsiert auf, ergriff Lysbeths Koffer, nahm sie an die Hand und zog sie mit sich, bis sie vor einer Blockhütte anlangten, auf der ein in Holz gehauenes Schild prangte: Reception. Die Frau stellte den Koffer ab, umschlang Lysbeth mit festem Druck und lachte wieder. »You will have a wonderful time. Good luck! I am Naomi.« Nach diesen Worten drehte sie sich auf ihren nackten Füßen um und hüpfte in die Richtung, aus der sie gekommen waren.

In der Rezeption war Lysbeth überrascht, wie gut alles organisiert war. An der Wand stand ein Regal, auf dem alle möglichen Papiere lagen, unter anderem Programme für unterschiedliche Workshops. Wahllos sammelte Lysbeth viele Blätter ein, dann wendete sie sich an die junge Farbige mit dem prächtigen Kräusellockenkopf, die hinter dem hölzernen Tresen saß. Lysbeth sprach sich Mut zu, Englisch zu sprechen, erinnerte sich daran, wie gut sie sich mit Valérie verständigt hatte. Und es gelang. Sie konnte erklären, dass sie in Esalen auf unbestimmte Zeit bleiben wolle, dass sie einen Ort zum Übernachten brauche, und dass sie ihren Mann, Aaron Bleibtreu, suche. Die junge Frau lächelte breit und herzlich und gab ihr ein Formular, das sie ausfüllen sollte. Anschließend überreichte sie ihr einen Schlüssel für eine Blockhütte mit einem Plan des Geländes, wo sie die Nummer 21 ankreuzte. Sie fragte, ob Lysbeth Bettwäsche brauche und überreichte ihr nach Lysbeths »Yes, please« ein in Papier eingeschlagenes Päckchen. Lysbeth wiederholte noch einmal, dass sie Aaron Bleibtreu suche. Die Frau guckte in ihrem Buch nach und nannte eine Blockhüttennummer. 32. Sie schnappte sich Lysbeths Plan und kreuzte nun 32 an. Es lag sehr dicht bei Lysbeths Hütte.

Aaron ist hier. Er wohnt dicht bei mir. Nichts anderes konnte Lysbeth denken, während sie ihre Unterkunft suchte. Er lebt. Er ist da. Ich werde ihn sehen. Ganz bald.

Zitternd bezog sie ihr Bett, ohne sich zu fragen, ob sie das überhaupt brauche, wenn sie doch bald Aaron treffen würde. Sie suchte nach einer Dusche, fand keine, ebenso keine Toilette. Sie sehnte sich danach, auch so ein Nachthemd zu tragen wie die Trommlerin und die junge Frau namens Naomi. Lysbeths in Hamburg geschneiderten Kleider passten hier nicht hin. Die waren für New York gedacht, nicht für diesen eigenartigen Ort.

Kurz entschlossen zog sie das Nachthemd aus ihrem Koffer, das sie zu guter Letzt noch mit Stella gemeinsam gekauft hatte. Ohne Stella hätte sie es nie auch nur in Augenschein genommen. Es war ein unschuldiger Mädchentraum aus weißem Musselin, hatte schmale Träger, war hinten und vorn weit ausgeschnitten und floss bis zu den Knöcheln an Lysbeths Körper entlang, so dass es ihre schmale Figur nachzeichnete, aber nicht einengte. Sie hatte es einmal kurz anprobiert, bevor sie es in den Koffer gelegt hatte, und war sich darin sehr fremd vorgekommen. Als sie es jetzt überstreifte, war sie überrascht, wie normal es sich anfühlte. Genau so war die junge Trommlerin gekleidet gewesen, und Naomi, die Frau, die sie an die Hand genommen hatte, hatte auch so ein Hemdchen getragen.

Alle anderen Kleidungsstücke, die Lysbeth im Koffer hatte, waren vollkommen unpassend an diesem Ort. Vielleicht noch die bis zu den Waden reichenden Jeans, dachte sie. Alles andere wäre lächerlich. Also behielt sie das Nachthemd an, schlüpfte in Sandalen, die sie zum Glück als Hausschuhe mitgenommen hatte. Auf ihren Pumps brauchte sie es hier gar nicht erst zu versuchen.

In der Hütte gab es nur einen Gesichtsspiegel, darin sah sie ein blasses angespanntes Gesicht. Aber ihre Augen glänzten fiebrig. Aaron lebte. Das war alles, was sie im Augenblick wissen musste. Er lebte! Trotz ihres mulmigen Gefühls im Magen jubelte es in ihr: Er lebt, gleich werde ich ihn sehen!

Wie, mit wem, mit welcher Zukunft, all das wusste sie nicht, aber die Hauptsache war, dass er lebte. Sie verließ die Hütte auf der Suche nach einer Toilette und fand schnell einen Waschraum und eine Toilette dicht bei ihrer Hütte. Es war ein Gruppen-Waschraum. Hier war der Spiegel etwas größer, und sie konnte nun sehen, wie sie in dem mädchenhaften Hemdchen aussah. Sie fand es peinlich unpassend zu ihrem Gesicht. In diesem Augenblick kam eine junge Frau herein, die fast genauso ein Kleidchen trug. Auch ihres ging bis zu den Knöcheln.

Sie lächelte Lysbeth an, sagte »Hi« und verschwand in einer Kabine. Erleichtert konstatierte Lysbeth, dass die Frau nicht im Geringsten befremdet gewirkt hatte. Sie wusch sich Hände und Gesicht und ging zurück zu ihrer Hütte. Mit einem Mal war sie entsetzlich müde. Sie legte sich aufs Bett, nur eine kleine Minute, sagte sie sich. Im nächsten Augenblick war sie eingeschlafen.

Als sie erwachte, war es schwarze Nacht. Zuerst konnte sie sich nicht orientieren, doch dann sah sie einen Lichtschein, der durch die geöffnete Tür bis zu ihrem Bett drang. Sie riss die Augen auf. Es war der Mond.

Ein runder voller Mond, der sie durch die geöffnete Tür hindurch anblickte, als wollte er sagen: Na, endlich bist du aufgewacht, ich habe schon lange auf dich gewartet. Sie war so überwältigt von dem Anblick, dass sie sich gar nicht fragte, wieso ihre Tür geöffnet war. Von irgendwoher drangen die dumpfen Töne einer Trommel, dann fielen helle Töne ein und noch andere. Sie fanden sich zu einem Rhythmus, der die Härchen auf Lysbeths Armen aufrichtete. Das Trommeln und der Mond und sie hier auf dem Bett, nicht weit entfernt von Aaron.

Sie erhob sich, setzte die nackten Füße auf den Boden und hob sie sofort wieder an. Jetzt erst wurde ihr bewusst, dass sie die ganze Zeit bei geöffneter Tür geschlafen hatte. Jeder hatte hereinkommen können, Diebe, Mörder, aber auch Skorpione und Schlangen oder sonstiges Getier. Prüfend blickte sie auf den vom Mond erhellten Boden. Sie angelte nach ihren Sandalen, stand auf und suchte nach ihrer Handtasche. Die lag genau da, wo sie sie hingelegt hatte, und alles war noch drin. Dann suchte sie in ihrem Koffer nach den Traveller Checks, die sie in Hamburg besorgt hatte. Auch die waren in voller Anzahl vorhanden. Ein Dieb war also nicht in der Hütte gewesen.

Sie bürstete ihre Haare, zog die türkise Strickjacke über ihr Nachthemd und ging nach draußen. Der Mond leuchtete zwar so hell, dass um ihn herum keine Sterne erkennbar waren, aber außerhalb seines Scheins blinkten so viele Sterne, dass Lysbeth den Kopf schüttelte. Hier war sie wirklich an einem Fleck gelandet, wo nicht nur die Erde, sondern auch der Himmel anders war.

In einiger Entfernung machte sie einen Schein aus, als lodere dort ein Feuer. Aus der Richtung kam auch die Trommelmusik. Jetzt hörte sie hohen Gesang, Schreie wie von Vögeln. Der Boden vibrierte. Lysbeth bewegte sich in die Richtung des Feuers.

Das Trommeln wurde lauter, die Schreie auch. Eine wunderschöne Frauenstimme sang ohne Text. Lysbeth ließ sich davon anziehen wie eine Schlafwandlerin. Sie folgte einfach den Tönen, ohne sich darüber Gedanken zu machen, was sie dort wollte oder was sie dort erwartete.

Da erkannte sie, dass das Vibrieren der Erde von Tänzern kam, die auf den Boden stampften. Sie sah Frauen in langen und kurzen Hemden, deren Haare um sie herumwehten wie die Haare der Medusa. Sie sah die Frau, deren Stimme sie so verzaubert hatte. Sie hatte lange dunkle Haare und trug ein feuerrotes Hängerkleid, das ab der Mitte der Oberschenkel ihre schönen Beine frei ließ. Sie hatte die Augen geschlossen und sang, als wolle sie ihre Seele in die Nacht lassen.

Um das Feuer herum saßen viele Menschen. Die meisten trugen helle Kleidung, auch die Männer. Als sie näher kam, stellte Lysbeth fest, dass es nicht nur junge Menschen gab. Aber Junge und Alte waren kaum unterscheidbar. Auch die älteren Männer trugen Bärte und lange Haare, auch die älteren Frauen waren in helle fließende Gewänder gekleidet und hatten lange Haare. Nur das Grau der Haare und der Bärte wies Lysbeth darauf hin, dass auch ältere Menschen da waren.

Fünf Trommler luden die Luft ekstatisch auf, die Körper der Tänzer wirkten, als würden sie von dieser Macht in Bewegung versetzt. Dies Tanzen wirkte nicht schön oder gekonnt, es war eine intuitive, notwendige Folge der die Luft antreibenden Töne. Gebannt von dem Schauspiel aus fliegenden Armen, wiegenden Hüften, stampfenden, fliegenden zuckenden Beinen, wehenden Haaren und Kleidern, blieb Lysbeth hinter einem Mann stehen, der an eine Frau gelehnt auf dem Boden saß. Sie konnte ihren Blick nicht von den Tänzerinnen wenden, denn die meisten Menschen, deren Körper zu den Trommeln bebten, waren Frauen, die wenigen tanzenden Männer wirkten irgendwie unscheinbar neben den entfesselten Tänzerinnen.

Plötzlich wurde Lysbeth von einer Stimme aufgeschreckt, die sagte: »Aaron ist hier.« Verwirrt schüttelte sie ihren Kopf. Woher kam die Stimme? Da hatte niemand zu ihr gesprochen. Doch, sie lächelte benommen. So klar und hell hörte sie ihre innere Stimme selten, aber wenn es geschah, empfand sie es als Geschenk. Also riss sie ihren Blick von den Tänzern und ließ ihn ins Rund schweifen. Aaron?

Wie mochte er aussehen?, fragte sie sich. Hatte auch er einen Bart und lange Haare? Bevor er abgefahren war, hatte er seinen schönen dichten gelockten Schopf so kurz schneiden lassen, dass er aussah wie ein Igel. »Es wird wieder wachsen«, hatte er Lysbeth beruhigt, die den Verlust bedauert hatte. Wie lang war es nun?

Nervös verengte Lysbeth die Augen. Sie hatte ihre Brille in der Hütte liegen gelassen, nun hatte sie Angst, Aaron zu übersehen. Da erhob sich ein Mann in dem Kreis, stakste ein paar Schritte, als täten ihm die Knie weh, und näherte sich Lysbeth. Erst als er vor ihr stand, erkannte Lysbeth ihn. Ihre Beine gaben nach, sie taumelte. »Aaron«, schluchzte sie. Er fing sie auf und umschlang sie. »Lysbeth?« Das war keine Begrüßung, das war eine fassungslose Frage. Aber Lysbeth konnte nicht antworten. Sie klammerte sich an Aaron fest und weinte und schluchzte und wiederholte immer wieder: »Aaron. Aaron.« Die Trommeltöne wummerten durch ihren Körper, der kein Eigenleben mehr zu haben schien. Aaron ließ sie langsam auf den Boden gleiten, setzte sich neben sie, hielt sie fest und wiegte sie. »Lysbeth«, sagte er staunend. »Lysbeth«.

Sie wechselten kein weiteres Wort, wiederholten nur ihre Namen immer wieder in unterschiedlicher Stimmlage. Sie klammerten sich aneinander und wiegten sich wie zwei Menschen, die fast ertrunken und nun an den Strand gespült waren.

Das Trommeln endete erst, als der Morgen dämmerte. Die Menschentraube hatte sich gelichtet, manche hatten beim Fortgehen Aaron und Lysbeth über den Kopf oder den Rücken gestrichen. Nun tanzte nur noch eine einzige Frau in einem leuchtend roten Kleid neben dem verglühenden Feuer. Es war die Frau mit der Engelsstimme. Lysbeth und Aaron saßen engumschlungen und blickten mit einem von Tränen verschwommenen Blick auf die Tänzerin, die sich in Trance bewegte wie eine Schlingpflanze im Wasser.

Als Lysbeth zu frieren und zu zittern begann, zog Aaron sie hoch und führte sie wie eine Kranke zu seiner Hütte. Dort bettete er sie auf seinem Laken und deckte sie mit allen vorhandenen Decken und seinem Körper zu, bis sie aufhörte zu zittern. Die Hände ineinander verschränkt, die Beine ineinander verflochten, Bauch an Hüfte, Mund an Hals, lagen sie staunend und in einem gemeinsamen leichten Vibrieren wach bis zum Morgen. Dann erst schliefen sie für ein paar Stunden ein.

Ab dem nächsten Morgen sprachen sie unablässig miteinander. Aaron erzählte, wie er hierhergekommen war. Lysbeth erzählte von ihren Panikattacken. Aaron erzählte von seiner Einsamkeit neben ihr. Sie erzählte von ihrem Stolz. Aaron erzählte, dass er sich ihr am vorigen Abend genähert hatte, weil er aus der Entfernung gedacht hatte, dass die Frau seiner Lysbeth ähnelte und er Sehnsucht danach empfunden hatte, sich mit einer Frau zu unterhalten, die ihr ähnelte. Sie erzählte von ihrer Eifersucht auf junge Frauen. Er erzählte von Susan. Und so ging es den ganzen Tag lang. Er zeigte ihr Esalen, er stellte sie vielen Menschen vor, die Lysbeth im nächsten Augenblick schon wieder vergessen hatte, weil sie nur Augen für Aaron hatte. Auch in dieser Nacht lagen sie wieder verknäuelt wie zwei Schlangen. Auch in dieser Nacht fanden sie kaum Schlaf, so aufgewühlt waren sie. Nun erst begriffen beide, wie tief verletzt sie voneinander gewesen waren. Und wie tief jeder auch sich selbst verletzt hatte. Durch den eigenen Stolz. Durch die verschluckten Worte. Durch die erstickten Gefühle. Sie waren einander sehr nah, gleichzeitig hielten sie Distanz. Als hätten sie Angst, eine bestimmte körperliche Grenze zu überschreiten, um eine seelische Verletzlichkeit zu schützen. Als könnten sie mehr Nähe noch nicht ertragen.

Wie bei jeder Genesungspause wirkten Zeit und gute Pflege Wunder. Lysbeth und Aaron machten lange Spaziergänge, schwammen, planschten in den heißen Quellen, sangen zu Trommeln, tanzten und schwiegen. Aber vor allem redeten sie, als würden sie an einem Wettbewerb teilnehmen. Sie erzählten bis in die frühen Morgenstunden. All die Sachen, die sie nie wichtig gefunden hatten. Vom ersten Kuss. Den ersten Liebesenttäuschungen. Maximilian. Sie weinten miteinander. Langsam kamen sie einander näher und näher. Lysbeth lernte Susan kennen, und auch sie war entzückt von der jungen Frau. Endlich sprachen sie darüber, was die Kinderlosigkeit für sie bedeutet hatte. Doch auch jetzt noch lag zwischen ihnen eine befremdende Distanz.

Gemeinsam mit Aaron besuchte Lysbeth einen Workshop bei Fritz Perls. Als er um Handzeichen bat, wer auf die Bühne kommen wolle, meldete sie sich, ohne darüber nachzudenken. Er wies auf sie. Ihr Herz begann zu rasen, plötzlich flimmerten Streifen vor ihren Augen. Er bat sie auf den Stuhl auf der Bühne, sie begann zu hyperventilieren, konnte die anderen Teilnehmer nicht mehr erkennen. Perls ließ sie atmen und atmen und atmen, die Streifen lichteten sich allmählich, und dann erschienen die Gesichter der jungen Menschen im Raum überdeutlich vor ihr. Glatte junge offene Gesichter. Sie begann zu weinen. »Was sagen deine Tränen?«, fragte Perls sanft. »Lass sie zu den Teilnehmern sprechen.« Lysbeth schluckte. Die Worte blieben ihr in der Kehle stecken. »Einer von euch müsste mein Kind sein«, stammelte sie. Und dann brach es aus ihr heraus: »Es ist ungerecht, es ist so ungerecht!« Perls holte einen Stuhl und sagte zu Lysbeth, dass dort ihr ungeborenes Kind sitze. Wie alt es heute sei. »Dreißig«, antwortete Lysbeth, ohne groß nachzurechnen. »Ein Sohn oder eine Tochter?« »Eine Tochter.« Lysbeth war überrascht, wie selbstverständlich diese Informationen ihr zuflogen. »Sprich mit ihr«, sagte Perls sanft, aber bestimmt. »Erzähl ihr alles, was du ihr gerne sagen willst.«

Lysbeths Ohren wurden dumpf, sie vernahm kein anderes Geräusch mehr als ihren eigenen Atem. Vor ihr auf dem Stuhl tauchte ein Mädchen auf, acht Jahre alt, mit langen Zöpfen. »Du darfst alles ausprobieren, was du gerne möchtest«, sagte sie leise und zärtlich, »wenn jemand sagt, dass Mädchen das nicht tun, werde ich ihm den Mund verbieten.« »Wie alt ist sie gerade?«, fragte Perls. »Sieben oder acht«, antwortete Lysbeth. »Sie hat lange Zöpfe.« »Oh, sie ist ein braves deutsches Mädchen«, sagte Perls. Im Zuschauerraum wurde gelacht. Lysbeths Kopf fuhr zu den Lachern herum. »Ja, sie ist ein deutsches Mädchen«, rief sie zornig. »Aber nicht brav. In meiner Familie sind die Frauen nicht brav.« »Oh, wie sind die Frauen in deiner Familie?«, fragte Perls. Lysbeth schob das Kinn vor. »Sie sind eigenwillig. Sie sind klug.« Sie ließ den Kopf sinken. »Und manchmal sind sie verwirrt, weil sie alles richtig machen wollen, und weil das so schwer zu vereinbaren ist.« Perls forderte sie auf: »Sag das deiner Tochter.«

Lysbeth blickte ihn fragend an. Er nickte aufmunternd. »Du wirst Schwierigkeiten bekommen«, begann sie stockend. »Weil du klug und eigensinnig bist und weil du alles richtig machen willst.« Perls forderte Lysbeth auf, den Platz zu tauschen. »Sei du dein kleines achtjähriges Mädchen.« Kaum saß Lysbeth auf dem Platz, begann sie zu strahlen. »Ich habe gar keine Angst, etwas falsch zu machen«, sagte sie vergnügt. »Es gibt gar keine schlimmen Fehler. Ich bin es gewohnt, Fehler zu machen. Seit ich lebe, mache ich einen Fehler nach dem andern.« Sie lachte auf und blickte zu dem anderen Stuhl. »Du lobst mich immer, wenn ich etwas ausprobiere, ohne genau zu wissen, wie es richtig geht.« »Wen siehst du gerade?«, fragte Perls. »Die Tante«, flüsterte Lysbeth. »Die Tante?«, fragte Perls nach. Lysbeth nickte. Wieder liefen ihr Tränen über die Wangen. »Sie hat dich ermutigt, Dinge auszuprobieren?«, fragte Perls. Lysbeth nickte. Wieder forderte er sie auf, den Platz zu wechseln. Als Lysbeth dort saß, spürte sie plötzlich, wie Kraft in sie strömte. Die Kraft der Tante war auch in ihr. Tränen rannen wieder aus ihren Augen. Aber es waren andere Tränen als zuvor. Sie fühlten sich erleichternd an, als löse sich ein innerer Krampf. Lysbeth blickte zu dem achtjährigen Mädchen, doch vor ihr saß jetzt ein Kind im Nachthemd mit verstörten Augen. »Du bist völlig in Ordnung«, sagte sie zu dem Mädchen. »Du trägst keine Schuld, weil du so schlimme Träume hast. Du bist wohl anders als viele andere Mädchen, aber das ist völlig in Ordnung.« Perls ließ sie wieder die Plätze tauschen. Widerwillig verließ Lysbeth den Platz der Tante, wo sie so viel Kraft und Autorität gespürt hatte. Auf dem Platz des Mädchens machte sich nun freilich ein anderes Gefühl in ihr breit. Sie blickte auf die Tante und wurde von Dankbarkeit überflutet. Ihre Mutter hatte ihr das Leben geschenkt, und ihre Mutter war eine wundervolle Frau gewesen, aber die Tante hatte ihr etwas geschenkt, was weit darüber hinausging. Die Erlaubnis, sie selbst zu sein und ihren Platz im Leben nicht nur einzunehmen, sondern sich darin auch breit zu machen. »Danke«, flüsterte sie. Perls hielt eine Hand an sein Ohr. »Pardon?« »Danke«, sagte Lysbeth lauter. Perls hielt immer noch die Hand an sein Ohr. »Ich versteh dich nicht!« Durch Lysbeth schoss übermütige Fröhlichkeit. »Thank you!«, rief sie. Sie wendete sich an die jungen Menschen im Raum. »Thank you!« Sie verbeugte sich vor Perls. »Thank you.« Sie drehte sich wieder zu der Tante um. »Danke, dass ich deine Tochter sein durfte«, fügte sie leiser hinzu, aber immer noch gut hörbar für die anderen Teilnehmer. »Und ich bitte dich um Verzeihung dafür, dass ich dich in den letzten Jahren verleugnet habe.« Perls scheuchte sie schnell auf den Platz der Tante und forderte sie auf zu antworten. Ohne nachzudenken sagte Lysbeth freundlich: »Manchmal müssen wir unsere Eltern verlassen, um erwachsen zu werden. Je mehr Einfluss sie auf uns haben, umso härter müssen wir uns abgrenzen.« Sie blickte auf den Stuhl vor sich und sah wieder das kleine Mädchen mit den Zöpfen, die sich aber verwandelte in die Lysbeth von siebzehn Jahren, die gemeinsam mit ihrer Schwester Stella in Laubegast bei der Tante war, Stella mit einem wachsenden Bauch, Lysbeth mit wachsendem Wissen über das Heilen. »Ich liebe dich, meine Tochter«, sagte sie. Durch den Raum ging ein Seufzen. Schluchzer waren zu hören. Nasen wurden geschnäuzt. Da stürmte ein Mann auf die Bühne. Lysbeth tauchte wie aus einer Trance auf.

Vor ihr kauerte Aaron und umschlang ihre Taille. Er blickte ihr mit tränennassem Gesicht entgegen. »Ich danke dir«, sagte er auf Deutsch. »Ich bin gerade Vater geworden. Endlich habe ich begriffen: Wir müssen kein eigenes Kind haben, um Elternschaft zu übernehmen.« Er erhob sich und rief mit pathetisch ausgebreiteten Armen in die Runde: »You're all my kids.« Und zu Perls gewandt: »And you're my father.« Perls grinste und scheuchte Aaron von der Bühne. »You stole my show and hers«, schimpfte er. Er erhob sich und verbeugte sich vor Lysbeth. »Respect. Good job!«

Benommen ging Lysbeth zu ihrem Platz zurück.

## 44

Nach diesem Tag flackerte bei beiden von Zeit zu Zeit kurz der Gedanke auf, dass ihre Zeit in Esalen dem Ende zuging. Lysbeth dachte, dass ihre Mission erfüllt sei, und Aaron sehnte sich danach, das, was er gelernt hatte, zu Hause in seiner Arbeit anzuwenden. Doch beide behielten ihre Gedanken für sich. Beide hatten zwar Sehnsucht nach Hamburg, gleichwohl fürchteten sie, zu Hause in eine Identität zurückzukehren, die sie hofften abgestreift zu haben. Ganz sicher waren sie sich freilich nicht. Und dann tauchten sie auch wieder ein in die tägliche Freude am Leben. Das Sommerfestival stand bevor. Es war das Ereignis in Esalen, auf das alle hinfieberten. Keinesfalls würden sie abreisen, bevor sie das erlebt hatten.

Als das Fest näher kam, war es, als füllte sich die in Esalen ohnehin mit besonderer Energie aufgeladene Luft mit berauschenden Partikeln. Es war noch ein paar Tage hin, aber das Gelände füllte sich schon. Jeden Abend fand Trommeln und Tanzen statt. So viel Leichtigkeit hatten Lysbeth und Aaron noch nie erlebt.

Ihr Leben war immer irgendwie beschwert gewesen. In Esalen ging es nur um Genuss, um Sinnlichkeit, um Freude, um Liebe. Und ums Lernen. Doch auch das Lernen war anders, es betraf sie selbst, auch wenn es um etwas außerhalb von ihnen ging. Die Frage lautete immer: In welcher Beziehung stehst du zu diesem Thema? Und die Frage lautete auch: Was ist deine tiefe Wahrheit, die in Verbindung steht zur tiefen Wahrheit der Angelegenheit? Sie lernten etwas über Wahrheit, was ihnen vorher nicht in dieser Schärfe bewusst gewesen war: Wer die Wahrheit verachtet, verachtet sein eigenes Leben.

Lüge, Verdrehung, Leugnung der Wahrheit verhinderte ja nicht deren Existenz. Wer die Gräuel des Vietnamkrieges leugnete oder die Ermordung von Millionen Juden im Holocaust, schaffte deren Existenz nicht aus der Welt. »Immer wenn wir eine Wahrheit leugnen, verschweigen oder gar das Gegenteil behaupten, machen wir uns handlungsunfähig, lähmen uns, uns einem Übel entgegenzustellen. Folglich nistet sich das Übel ein, wächst, auch in uns selbst«, dozierte ein junger Mann in einem der Workshops, die sie besuchten.

Die Auseinandersetzung mit der Wahrheit berührte beide tief. Bisher hatten sie bei Perls und anderen Psychologen gelernt, dass Wahrheit relativ sei. Dass jeder Mensch seine eigene Wahrheit besitze, seine eigene Welt konstruiere, und dass es ein humanistisches Anliegen sei, jeden Menschen mit seiner eigenen Wahrheit zu respektieren.

Dass es aber unabhängig von der Weltsicht jedes Einzelnen eine Wahrheit gab, erschütterte sie geradezu. Und es erleichterte sie, denn die Relativierung der Wahrheit hatte eine Beliebigkeit zur Folge gehabt und eine seltsame Erlaubnis, der Verantwortung der eigenen Wahrhaftigkeit auszuweichen. Sie lächelten über Georges Clemenceaus Antwort auf die Frage, was wohl künftige Historiker über den Zweiten Weltkrieg sagen würden. »Sie werden nicht sagen, dass Belgien Deutschland besetzte.« Sie waren berührt von der Forderung, eine Wahrheit zu suchen, zu erkennen und auf ihre Essenz zu vertiefen, damit die Welt besser und die Menschen menschlicher werden konnten.

Diese Gedanken waren neu für Lysbeth und Aaron und auch wieder nicht. Sie hatten immer Stellung bezogen, auch während des Faschismus, und auch da hatte es ihnen nicht gereicht, sich darauf zurückzuziehen, dass jeder die Welt nun einmal anders betrachtete. Im Zusammenhang mit diesen Gesprächen über relative und absolute Wahrheit wagte Lysbeth endlich die Frage zu stellen, die ihr schon eine geraume Zeit auf der Seele gelegen hatte. »Warum hast du aufgehört, mir zu schreiben, als du nach Esalen gingst? Du hättest mir doch wenigstens eine Karte mit einer kurzen Information schicken können.« Aaron starrte sie an, als hätte sie sich gerade auf den Kopf gestellt und gekräht. »Aber …«, stammelte er, »du hast mir doch nie geantwortet. Ich habe dir eine Karte nach der anderen geschickt, jede Woche, soweit ich mich erinnere, und auch noch, …« Er unterbrach sich. »Warte mal. Ich wollte am Flughafen noch eine Karte kaufen und sie dort abschicken, das habe ich doch auch getan?« Er dachte nach. »Ich könnte schwören, dass ich am Flughafen eine Karte in den Postkasten geworfen habe … sollte ich da etwas vergessen haben … oder übersehen …« Er grinste. »Vielleicht liegt die Karte noch irgendwo, wo niemand sie jemals abgeholt hat …« Er legte eine Hand auf Lysbeths und lächelte liebevoll. »Ich habe es nie erwähnt, weil ich keine unnötige Disharmonie in unser Zusammensein bringen wollte, und ich dachte auch, es wäre erledigt, aber es hat mich damals verletzt, dass du mir nie geantwortet hast.« Lysbeth schüttelte verständnislos den Kopf. »Ich habe dir doch einen langen Brief geschrieben. Wilhelm hat ihn doch in euren Briefkasten geworfen.« Sie dachte nach. »Oder hat er ihn abgeschickt? Ich weiß es nicht mehr.«

Sie sahen einander verblüfft an, bis beide in Lachen ausbrachen. »Wie bescheuert«, japste Aaron schließlich. »Wenn ich es recht verstehe, habe ich einen Brief von dir nicht bekommen und du eine Karte von mir nicht. Und wir beide haben einander aus blöder Rücksichtnahme nicht erzählt, dass wir voneinander enttäuscht waren …« Lysbeth schüttelte den Kopf. »Warum haben wir darüber nicht vorher gesprochen.« Aaron umarmte sie. »Lass es uns eine Lehre sein. Von nun an kehren wir nichts mehr unter den Teppich!« »Einverstanden!«, erklärte Lysbeth feierlich.

Allnächtlich, wenn sie nach dem Tanzen in ihre Hütte zurückkehrten, suchten ihre Körper einander, bevor sie in Schlaf fielen. Ihr Liebemachen wandelte sich. Aaron war jetzt dreiundsechzig Jahre alt. Als Lysbeth merkte, dass seine Erektionen nicht mehr so selbstverständlich kamen, wenn sie sich an ihn schmiegte, und dass sie auch nicht mehr so zuverlässig waren wie in den Zeiten, bevor ihr Sexleben versiegt war, erschrak sie und dachte, sie wäre nicht mehr attraktiv für ihn. Aber sie sprach nicht darüber, der Beschluss, nichts unter den Teppich zu kehren, schien auf diesen Fall nicht anwendbar. Aaron selbst brachte das Gespräch darauf. »Ich habe große Angst, dich nicht mehr anständig befriedigen zu können«, sagte er in einer sehr dunklen Nacht, nachdem er sich mehrfach geräuspert hatte. Lysbeth schüttelte den Kopf, wie sie es manchmal tat, wenn sie nicht verstand, was ihr gesagt wurde. Als wollte sie ihre Gehörgänge befreien. Dabei ging es nicht ums Hören.

Es ging ums Verstehen. Was sagte Aaron da? Er hatte Angst, sie nicht befriedigen zu können? Aber sie hatte doch viel mehr Angst, ihn nicht genug reizen zu können. Sie wendete ihm den Kopf zu, in der Hütte war es stockduster, kaum konnte sie seine Umrisse erkennen.

»Wieso?«, war das Einzige, was sie herausbrachte.

Sie musste wohl sehr unglücklich geklungen haben, denn Aaron griff nach ihrer Hand, und in seiner Stimme lag ein Lächeln, als er sanft sagte: »Na ja, der Hengst bin ich nicht mehr, oder?« Lysbeth schüttelte den Kopf wie ein nasser Hund. »Wieso?«, fragte sie wieder. Sie kam sich dumm vor. Es war lange her, dass Aaron und sie über Sex gesprochen hatten.

Damals, als sie Aaron das erste Mal zum Liebemachen aufgesucht hatte, hatte die Tante sie schicken müssen mit einer Drohung, denn sonst hätte Lysbeth sich nicht getraut, und Aaron, der keine Erfahrungen mit Frauen hatte, hätte sich ohnehin nicht getraut.

Damals hatte Lysbeth ihn verführt.

Später dann hatten sie darüber gesprochen, was ihnen gefiel, was sie sich wünschten. Das war ihnen leichtgefallen, auf dem Boden einer Gewissheit, dass die Wünsche vom andern mühelos erfüllbar waren, und auf dem Boden des Stolzes, erfüllen zu können, was der andere sich wünschte.

Jetzt war es anders. Scham machte ihre Zungen schwer, besonders Lysbeths Zunge. Aaron schien sich zwar nicht wohl zu fühlen, aber er besaß offenbar eine andere Klarheit als sie, worüber er überhaupt sprechen wollte.

Er lachte leise. »Wieso, fragst du? Aber mein liebes Lieschen, du bist doch dabei. Und du bist ja nicht gerade die unsensibelste Frau der Welt, die nichts mitkriegt, oder?« Lysbeth schluckte. Was sollte sie sagen? Dass sie sehr wohl wahrgenommen hatte, wie Aarons Glied sich manches Mal einer vollkommenen Aufrichtung widersetzte? Dass das, was früher wie ein bereiter … Hengst, ja, verdammt, da war der Vergleich wieder … gewirkt hatte, heute eher wie ein schwerfälliger Gaul daherkam. Das konnte sie unmöglich sagen. Erstens wollte sie Aaron nicht kränken. Zudem quälte sie eine entsetzliche Angst vor seiner Offenbarung, dass sie für ihn zu alt wäre, zu wenig attraktiv. Das wollte sie nicht hören.

Eher war sie bereit, so zu tun, als wäre alles in Ordnung. »Ich bin müde«, sagte sie leise. »Bitte lass uns morgen darüber sprechen. Jetzt kann ich nicht mehr.«

Aber sie konnten beide nicht schlafen.

Am nächsten Tag begegneten sie einander in einer eigenartigen Befangenheit. Sie verrichteten alle Tätigkeiten, wie sie es immer taten, als hätten sie kein wichtiges Gespräch auf den heutigen Tag verschoben.

Am Abend setzten sie sich wie so oft auf die Schaukelstühle, die auf der Terrasse vor ihrem Haus standen. Es war die Stunde zwischen Tag und Nacht. Der Himmel hatte eine dramatische Rotfärbung angenommen. Gleich würde die Sonne untergehen, und innerhalb einer halben Stunde würde das Drama am Himmel einer Nacht weichen, die ihnen inzwischen nicht mehr den Atem raubte angesichts der Vielzahl der Sterne, die aber jeden Abend wieder ein Gefühl der Ehrfurcht in ihnen erzeugte.

Beide schwiegen. Es war ein einvernehmliches Schweigen, auch wenn zwischen ihnen ein spannungsgeladenes Thema schwelte. Als der Mond sich über ihnen in einer schmalen Sichel zeigte, sagte Aaron leise: »Ich möchte gern, dass es dir gut mit mir geht, meine Schöne. Ich habe früher nie darüber nachgedacht, ob mein Schwanz funktioniert, das geschah immer von ganz allein. Aber jetzt ist es anders …« »Was genau ist anders?«, erkundigte Lysbeth sich vorsichtig.

Aaron lachte leise. »Brauchst du Nachhilfeunterricht, Frau Doktor? Du weißt, dass es Phasen gibt im Sex. Und da ändert sich manches für den Mann, wenn er die Sechzig überschritten hat. Für die Erregungsphase gilt: Alternde Männer brauchen mehr Zeit, um eine Erektion zu erreichen, und häufig auch mehr direkte Stimulation. Die Rigidität der Erektion nimmt ab.« Lysbeth hielt den Atem an. Sie war zwar Ärztin, sie hatte gelernt, dass sich der Testosteronspiegel der Männer bereits ab dem vierzigsten Lebensjahr reduziert, aber ansonsten wusste sie nicht viel über die Entwicklung männlicher Sexualität im Alter.

Aaron sprach weiter in einer Mischung aus Ironie und ärztlicher Kenntnis und Befangenheit. Diese Mischung bereitete ihr Unbehagen. Es ging doch um sie beide. »Und dann gibt es die Plateauphase«, fuhr Aaron fort, als handle es sich um einen wissenschaftlichen Vortrag. »Diese dauert bei älteren Männern länger, die Ejakulation erfolgt später, und der Drang zur Ejakulation ist weniger ausgeprägt.« Lysbeth fühlte sich entsetzlich unwohl. Was sollte sie jetzt sagen? Als Kollegin reagieren? So tun, als wäre alles ein objektives Problem? Aber, verdammt nochmal, es betraf doch sie beide. Was würde die Tante jetzt sagen?, fragte sie sich hilflos. Aaron sprach im gleichen Ton weiter:

»Der Orgasmus und die Ejakulation des alternden Mannes verändern sich ebenfalls: Der Orgasmus wird weniger klar erkennbar und dauert kürzer, auch das Volumen des Ejakulats sinkt. Ja, und dann«, nun klang Aaron endlich traurig, endlich so, als hätte das Ganze etwas mit ihm zu tun, »die Refaktärphase ist leider länger. Bevor eine vollständige Erregung wieder erreichbar ist, braucht es mehr Zeit als vorher.« Lysbeth hatte es während des Studiums gelernt: Die Ursachen waren hormonelle, vaskuläre oder neuronale physiologische Veränderungen, die zunehmende Morbidität und der Abfall des Testosteronspiegels und die Herabregulierung der Hormonrezeptoren. Sie wusste, dass davon etwa ein Drittel der 60-jährigen und mehr als 80 Prozent der über 80-jährigen Männer betroffen waren Und dass eine weniger starke und dauerhafte Erektion für alle Männer ab sechzig normal war und eine direktere sexuelle Stimulation notwendig macht. All das hatte sie während des Studiums gelernt und wieder vergessen. Sie hatte sich eingebildet, dass das nichts mit ihr zu tun hatte. Nun begriff sie, und es krallte sich kalt um ihr Herz, dass sie davon ebenso wie andere alte Menschen betroffen war. Niemand hatte sie vorbereitet, auch die Tante nicht.

Normalerweise machten Lysbeth und Aaron abends einen Spaziergang durchs Gelände, zu den Quellen, zum Meer. An diesem Abend verzichteten sie auf ihren rituellen Spaziergang. Sie begaben sich direkt in ihre Hütte. Sie nahmen einander an die Hand und stellten sich drinnen voreinander in einer engen Umarmung auf. Dann zogen sie einander aus und betrachteten einander, als hätten sie sich noch nie gesehen. Lysbeth schämte sich ein wenig. Ihre kleinen Brüste hatten sich gesenkt, ihr Bauch war weich und etwas schlaff, obwohl sie kein Kind geboren hatte. Ihre Beine, die immer schlank und gerade und straff gewesen waren, hatten leichte Dellen und Falten bekommen, ebenso ihre dünnen Oberarme. Auch ihr Rücken, das wusste sie, weil sie in den Spiegel geschaut hatte, war leicht nach unten abgefallen, obwohl es an ihr gar nicht viel Speck gab, der abfallen konnte.

Ängstlich sah sie Aaron in die Augen. Dort aber war gar nichts, das ihr Angst machen musste. Nur Zärtlichkeit und eine so tiefe Liebe, dass Lysbeth an ihn sank und plötzlich weinen musste. Ihre Angst davor, ihm nicht zu genügen, löste sich auf. Übrig blieb Lust und Neugier darauf, was sie nun Neues miteinander erkunden konnten.

Stella wusste nicht, wo ihr der Kopf stand. Jonny brachte sie vollkommen durcheinander. Das Ganze lag sicherlich auch darin begründet, dass sie seit Lysbeths Abreise sehr bedürftig und einsam war. Mit Cynthia in einem Haus zu wohnen, hatte etwas Bedrückendes. Nach Eckhardts Tod hatte Cynthia die Windhunde einen nach dem andern verkauft. Sie hatte gutes Geld damit gemacht, allerdings nicht verlauten lassen, wie viel sie genau eingenommen hatte. Stella wollte es auch gar nicht genau wissen, die Geheimniskrämerei ärgerte sie trotzdem.

Der letzte Hund war Dina, eine alte Hündin, die viele Junge geworfen hatte, woran Stella ihre Schwägerin zornig erinnerte: »Die war doch eine Geldmaschine für dich, du hast ihr doch keine Läufigkeit erspart.« Dina konnte mit ihren zehn Jahren nicht verkauft werden, und Cynthia überlegte, sie einschläfern zu lassen. Cynthia blieb morgens lange im Bett liegen, und als es im September tagelang nieselte, zeigte sie Dina deutlich, dass sie keine Lust hatte, einen Schritt vor die Tür zu machen. Sie führte sie einmal um den Block, und sobald Dina sich an einem Baum länger aufhielt, als Cynthia es für nötig hielt, zerrte sie an ihr und zog sie fort. Stella hatte es sogar schon erlebt, dass Cynthia das Tier knuffte und schlug, wenn Dina Durchfall hatte und in der Küche im Souterrain ihre Notdurft verrichtete.

Also erbarmte Stella sich des Tieres. Sie untersagte Cynthia in strengem Ton, es töten zu lassen, sagte: »Dann bist du hier in der ganzen Straße untendurch. Nicht nur Luise Solmitz hat sich ihr Leben lang im Tierschutz engagiert. Auch die andern werden nicht verstehen, wieso man ein Tier, das einem immer treu ergeben war, im Alter umbringen muss, nur weil es Mühe macht.« Als Cynthia schnippisch antwortete: »Für so ein altes Tier ist es eine Erlösung, sich mit den müden Knochen nicht mehr zu quälen«, entgegnete Stella sanft: »Ach, Cynthia, meine Liebe, vielleicht sollten wir dich zum Abdecker bringen. Deine alten Knochen machen doch auch nicht mehr so richtig mit, du schaffst ja nicht mal einen kleinen Hundespaziergang um zwei Blocks.«

Stella nahm Dina mit zu sich nach oben, der alte Hund sprang fröhlich die Treppen hinauf und hinunter. Von nun an schlief Dina neben Stellas Bett, wo sie ihr einen weichen Platz auf einer flauschigen Decke bereitet hatte. Stella fütterte sie und führte sie dreimal täglich aus. Sie merkte, wie gut ihr diese Verantwortung tat. Es gab nun ein anderes Wesen, um das sie sich sorgte und das sie brauchte. All die Jahre hatte Stella sich um die Hunde ihres Bruders gekümmert, war mit ihnen spazieren gegangen, hatte ihnen Kunststücke beigebracht, und einmal war ihr sogar das Angebot gemacht worden, mit einer Hündin in der Oper aufzutreten. Aber dies war etwas anderes. Dina war alt, und Dina war nun nur Stellas Hund.

Trotzdem fühlte sie sich oft allein und überflüssig auf der Welt. Sie kümmerte sich zwar nach wie vor um Adriane und genoss auch die Singnachmittage im Altersheim, obwohl es ihr schwerfiel zu verkraften, dass in nicht allzu großen Abständen der Kreis um die nächste alte Frau verkleinert werden musste. Es dauerte zwar nur wenige Tage, dann war das Heim wieder aufgefüllt.

Sie rief sich oft Adrianes Empfehlung in Erinnerung: »Du musst bei jedem Bewohner hier wissen, dass, wenn du ihn heute kennengelernt hast, er morgen vielleicht schon tot ist. Die Menschen hier sind Grenzgänger zwischen den Welten, ihr Leben draußen in der einen Welt haben sie verlassen, das Leben in der anderen Welt hat noch nicht begonnen.« Leben?, dachte Stella. Sieht Adriane es so? Irgendwie beruhigte sie der Gedanke, dass Adriane nach dem Tod ein neues Leben für sich erwartete. Sie würde es gern genauer erfahren, aber sie schob das Nachfragen auf bis zu einer Gelegenheit, die ihr passend erschien. Als Adriane ihr vorschlug, einen »Buchclub« zu gründen, wo sie außerhalb des Altersheims am liebsten zusammen mit Theresa, Adrianes Tochter, über gemeinsam gelesene Romane sprechen wollten, war Stella sofort Feuer und Flamme. So wäre sie motiviert, Literatur zu lesen, und sie könnte mit zwei klugen Frauen über die Welt sprechen. »Einverstanden«, sagte sie. Und das Gleiche sagte auch kurz darauf Theresa.

Doch dann brachte Jonny sie komplett durcheinander. Seit Lysbeth weggeflogen war, besuchte er sie regelmäßig einmal in der Woche oder auch zweimal, um mit ihr einen Kaffee zu trinken, oder er erschien sogar zum Frühstück mit einer Brötchentüte. Dann plauderten sie ein wenig über dies und das, und Stella fühlte sich wohl in seiner Gegenwart. Er war der Mensch in ihrer Umgebung, den sie am allerlängsten kannte. Lysbeth war fort, und Cynthia zählte nicht.

Manchmal schaute Stella ihn an und spürte Wärme in ihrer Brust. Er war ein alter Mann geworden, hatte ein Doppelkinn und einen großen kahlen Fleck auf dem Kopf, aber seine Augen, die oft kalt und von oben herab geglitzert hatten, wirkten nun unter den Wülsten seiner Lider sanft und manchmal sogar ein wenig traurig. Stella empfand eine Vertrautheit mit ihm, die ihr ein Gefühl von Heimat und Geborgenheit vermittelte, wenn sie mit ihm am Tisch saß, zu ihren Füßen Dina, die sich jedes Mal unbändig freute, wenn sie ihn erblickte, und wenn sie über alte Bekannte sprachen oder über Walburga oder über die politische und wirtschaftliche Entwicklung Hamburgs.

Sie stritten sich auch, zum Beispiel über den Studentenprotest. Stella fand es grauenhaft, wie die Polizei während des Schahbesuchs mit Pferden und Schlagstöcken die Dammtorstraße bis zum Stephansplatz geräumt hatte. Sie war empört über den Tod Benno Ohnesorgs. Jonny hingegen vertrat die Auffassung, dass es sich bei den Studenten um Randalierer und Rowdys handle, die in ihre Schranken verwiesen werden mussten. »Die sind wie Kinder«, sagte er großspurig, »denen muss der Hintern versohlt werden.« Nach solchen Streits schmiss Stella ihn raus. »Verschwinde, du bist immer noch ein elender Nazi!« Und er verließ schnaubend ihre Wohnung.

Einige Tage später allerdings war er wieder da. Dann lenkte er entschieden das Gespräch auf andere Themen. Den Bau des »Eros-Center« zum Beispiel. Sie amüsierten sich gemeinsam über den Ausdruck »Mädchenwohnheim«, der auf den Beschluss des Senats von 1964 zurückging, um auf die Kritik am »Dirnenunwesen« zu reagieren. Stella war überrascht, wie gut sich Jonny auskannte, als er erzählte: »Willi Bartels hat viereinhalb Millionen in den Bau gesteckt. Und jetzt vermietet er die Zimmer an die Mädels.« »Viereinhalb Millionen?«, staunte Stella. »Das klingt ja wie ein Luxushotel.« Jonny griente. »Es ist einfach riesig. Und davor gibt es einen glasüberdachten Kontakthof, wo sich die Freier die Mädchen aussuchen können.« Stella dachte nach. Die Prostituierten, die auf der Reeperbahn oder dem Hans-Albers-Platz gestanden hatten, waren irgendwie Teil von St. Pauli gewesen. »Warum werden die jetzt in so ein Großbordell gestopft?«, fragte sie. Jonny schürzte mit Kennermiene die Lippen. »Die Straßenprostitution war vielleicht romantischer. Aber sie hatte auch etwas Verderbtes. Jetzt ist alles sauberer und sicherer. Das ist für die Mädels gut und auch für die Freier.« Stella sah ihn aufmerksam an. »Du klingst, als würdest du dich gut auskennen«, sagte sie spöttisch. Er warf ihr einen Blick zu, der zeigte: Ich bin ein Mann, der so was nicht nötig hat, aber ich kenne mich aus in der Männerwelt. »Ich habe die Diskussion verfolgt«, erwiderte er knapp. »Und ich stimme der Senatsentscheidung zu. Vorher war das Wildwuchs, jetzt gibt es kontrollierten Bordellbetrieb. Die Serien-Liebeslauben habe saubere bequeme Betten, Alarmknöpfe zum Herbeirufen von Sicherheitsangestellten, der Kontakthof ist videoüberwacht.« Stella nickte nachdenklich. Ja, auch sie stimmte einem solchen Projekt zu. Nicht, damit die Reeperbahn von Prostituierten gesäubert würde, sondern weil sie diesen Beruf entsetzlich gefährlich fand, abgesehen davon, dass die jungen Frauen ihr leidtaten.

In ihr wallte Wut auf, weil sie plötzlich an Mbeti und die junge Farbige dachte, die Jonny damals in Daressalam geschwängert hatte. »Und du hast es nicht nötig, dir eine Frau zu kaufen«, sagte sie schneidend. »Was war denn damals in Afrika? Und was ist denn die ganze Zeit mit Greta gewesen?« Jonny runzelte ärgerlich die Stirn. »Das ist doch ganz etwas anderes«, entgegnete er von oben herab. »Du kannst dir anscheinend nicht vorstellen, dass es Frauen gibt, die freiwillig die Beine breitmachen.« Er erhob sich abrupt und stellte die Kaffeetasse klirrend auf den Teller. »Beleidigen lassen muss ich mich nicht von dir, Frau Maukesch!« Draußen war er. Stella ärgerte sich, vor allem weil er sie daran erinnert hatte, dass sie immer noch mit ihm verheiratet war und seinen Namen trug.

Am kommenden Morgen stand er wieder vor der Tür, entschuldigte sich mit Blumen und Brötchen für die Heftigkeit seiner Reaktion, und diesmal sprachen sie friedlich über die Veränderungen am Hafen, wo mehr und mehr auf Container umgestellt wurde.

Stella liebte es, wenn Jonny ihr Dinge aus dem Hafen erklärte. Ihr Bruder Dritter hatte schließlich noch als Schauermann gearbeitet, und sie fand es aufregend, wie schnell sich alles dort veränderte. Sie fand die Containerschiffe entsetzlich hässlich, und auch Jonny bestätigte, dass er keine Lust hätte, ein Containerschiff als Kapitän zu fahren, dennoch zeigte das Ganze, wie schnell sich die Welt aufgrund technischer Neuerungen veränderte.

Doch dann kam ein Nachmittag, alles hatte freundlich und warm begonnen, da sagte Jonny: »Stella, mal ganz ehrlich. Dieses Haus ist zu groß für zwei Frauen und einen Hund.« »Lysbeth und Aaron kommen bald zurück«, entgegnete Stella vorsichtig. »Dann sind wir wieder vollzählig.« »Wer weiß, wann das sein wird«, gab Jonny zu bedenken und fuhr fort: »Ich weiß auch gar nicht, ob Lysbeth es vielleicht vorzieht, in Amerika zu bleiben, immerhin liegt, soviel ich weiß, eine Anzeige gegen sie vor wegen Verstoßes gegen den Paragraphen 218.«

Stella durchfuhr es, als hätte Jonny ihr einen Hieb versetzt. Zischend zog sie Luft in ihre Lungen, die plötzlich brannten. »Wie kommst du darauf?«, fragte sie mit gepresster Stimme. Jonny lächelte, als hätte sie ihm ein Kompliment gemacht. »Ich habe meine Quellen, min Deern«, antwortete er, »das weißt du doch.« Ich bin nicht deine Deern, dachte sie in zorniger Ohnmacht. Durch ihren Kopf ratterten Überlegungen. Was sollte sie jetzt tun? Was wollte er? Konnte sie Lysbeth warnen? Es gab nur eine postlagernde Adresse in New York, an die sie regelmäßig Briefe schickte. Aber würde Lysbeth auf so eine Bedrohung nicht eher reagieren, indem sie sofort zurückkehrte?

Die Vertrautheit, die sich während der vergangenen Wochen mit Jonny entwickelt hatte, zerplatzte wie eine schillernde Seifenblase. Übrig blieb ein hässlicher Fleck auf ihrem Herzen. Da sagte Jonny: »Ich weiß gar nicht, ob du dich noch erinnerst, aber ein Viertel des Hauses gehört mir. Das hat mir Dritter damals überschrieben …« Stella fröstelte. Selbstverständlich erinnerte sie sich. Doch diese Erinnerung gehörte zu den Dingen, die sie aus ihrem Kopf fortschob. Damit hatte sie begonnen, kurz nachdem sie davon erfahren hatte, dass Dritter seine Schulden an Jonny mit der Abtretung seines Erbanteils am Haus beglichen hatte. Das hatte zu den Gründen gehört, die sie gehindert hatten, sich von Jonny scheiden zu lassen, obwohl Anthony immer betont hatte, dass er bereit war, Jonny seinen Anteil zu einem sehr guten Preis abzukaufen.

Es hatte lange Zeiten gegeben, in denen Jonny kein Wort darüber verloren hatte, und Stella hatte den Gedanken in der Versenkung gelassen. In sich selbst Frieden zu finden, das war ihr ein hohes Gut geworden. Die ungeklärten Angelegenheiten mit Jonny hatten dem immer entgegengestanden. Also hatte sie nie ein Gespräch mit ihm über Grundsteuern und all die Belastungen geführt, die so ein Haus ständig mit sich brachten. Hamburger Feuerkasse, Strom, Schornsteinfeger, Wasser und all die Dinge, die mal kaputtgingen und erneuert werden mussten, ebenso wie der Gärtner, der neuerdings im Sommer alle zwei Wochen für zwei Stunden kam, weil keine von ihnen Lust hatte, den üppig wuchernden Giersch im Zaum zu halten. All das waren finanzielle Belastungen, die Stella alleine trug. Sie war von Anthony zur Haupterbin eingesetzt worden und seitdem eine reiche Frau. Plötzlich kam ihr ein Gedanke, und sie wunderte sich, wieso sie darauf nicht vorher schon gekommen war. »Kann ich dir deinen Anteil abkaufen?«, fragte sie und lächelte Jonny freundlich an, obwohl sie ihm am liebsten das Knie in die Weichteile gerammt hätte. Jonny schüttelte langsam den

Kopf. »Nein, meine Liebe«, entgegnete er, ebenso verlogen lächelnd wie sie. »Ich hänge an diesem Haus. Ich verbinde damit viele wundervolle Erinnerungen. Das war die ganze Zeit in meinem Hinterkopf mein Zuhause.« Sein Lächeln wandelte sich. Es wurde wehmütig und auf eine echte Weise traurig und zärtlich. »Genauso wie du in meinem Hinterkopf immer mein Zuhause warst, Stella«, sagte er leise.

Wieder schmolz die Vereisung in Stellas Herz. Sie kannte das von sich. Andere Menschen tauten langsam auf, lösten langsam eine Verhärtung, entwickelten langsam wieder Vertrauen, wenn sie verletzt worden waren. Bei Stella geschah das ohne Vorwarnung, auf eine körperliche Weise, gegen die sie sich nicht wehren konnte. Sie wusste auch jetzt, dass Jonny gefährlich war, dass er seine Interessen egoistisch und rücksichtslos durchsetzte. Sie wusste, dass er Menschen benutzte und wie Schachfiguren auf dem Brett seines Lebens herumschob, so dass er selbst gut dabei wegkam. Sie wusste auch, dass es ihn überhaupt nicht belastete, Frauen zu zerstören und Männer zu vernichten. Es fiel ihm zwar leicht, sich zu entschuldigen, aber seine Reue ging nie tief. Zumindest hatte Stella das noch nie erlebt. Wo gehobelt wird, fallen Späne, war ein Ausspruch von ihm, mit dem er Intrigen und Kämpfe rechtfertigte. Und dennoch schmolz ihr Herz, wurde warm, und sie griff nach Jonnys Hand.

»Jonny«, sagte sie, und ihre Stimme zitterte leicht, »wenn das so ist, dann tu nichts, was mein Vertrauen gefährden könnte. Ich habe unsere Nähe in der letzten Zeit sehr genossen. Bitte lass Lysbeth in Ruhe, und benutze die Tatsache, dass dieses Haus zu einem Viertel dir gehört, nicht gegen mich.« Jonny drückte ihre Hand und sah ihr tief in die Augen. »Meine Stella«, sagte er zärtlich. »Ich würde nie etwas tun, das dich verletzen könnte. Und Lysbeth ist doch wie meine eigene Schwester.« Er ließ Stellas Hand los und faltete die Hände über dem Tisch. »Auch ich genieße unsere Nähe sehr, deshalb möchte ich dir gern noch näherkommen.«

Nein!, wollte Stella aufschreien. Da war sie wieder, die Angst vor Jonny. Und jetzt nicht nur als Warnung im Kopf, sondern sie spürte sie im ganzen Körper. Noch näher sollte und durfte er nicht kommen! Noch näher zu kommen, würde bedeuten, dass er entweder bei ihr oben einziehen oder Lysbeth und Aaron unten verdrängen würde. Cynthia konnte er nur übers Gericht rausklagen, und er hatte sicher kein Interesse daran, ein halbes Zimmer auf Cynthias Etage zu bewohnen.

»Wir könnten dir Miete zahlen«, sagte sie kläglich. »Willst du mich beleidigen?«, empörte sich Jonny. »Oh Gott, nein.« Stella fühlte sich plötzlich schuldig. Wie konnte sie ihm Geld anbieten, wenn er von Nähe sprach.

Jonny wechselte das Thema und berichtete von Walburgas Leben auf dem Lande. Er gab kuriose Begebenheiten zum Besten und erzählte Stella, dass Walburga sich verliebt habe. In den Sohn eines Bauern im Nachbardorf. Der sei zehn Jahre jünger als sie. Auch er habe eine Gehirnschädigung, nicht so tiefgreifend wie bei Walburga, gleichwohl habe seine Intelligenz wohl nicht ausgereicht, um einen Schulabschluss zu machen. Nun seien die beiden wie die Turteltäubchen. »Wie schön.« Stella freute sich für Walburga, über die sie immer noch sprach als »die Kleine« oder »das Mädchen«, die aber inzwischen sechsunddreißig Jahre alt war.

Jonny äußerte die Befürchtung, dass Walburga schwanger werden könnte. »Das wäre eine Katastrophe«, klagte er. »Wir haben sie ja damals so geschützt, dass sie nicht sterilisiert worden ist. Und jetzt haben wir den Salat.« »Warum nimmt sie nicht die Anti-Baby-Pille?«, fragte Stella. »Darauf kann man sich bei ihr nicht verlassen«, antwortete Jonny. »Aber ich glaube, bei Irren ist Abtreibung sogar erlaubt, ich muss mich da mal genauer erkundigen.«

Stella starrte ihn an. Sie war entsetzt über sich selbst. Wie schnell ihre Gefühle Jonny gegenüber wechselten und wie heftig sie waren. Eben noch empfand sie Vertrautheit und Wärme, dann Hass, dann Schuld, dann Angst, jetzt Entsetzen. Wie mächtig er auf mich einwirken kann, dachte sie. Und begriff, was das bedeutete: Jonny besaß nicht nur äußere Macht über sie, er besaß Macht über ihre Gefühle.

Einen Tag später holte Stella einen Brief an Lysbeth aus dem Kasten. Es war eine Vorladung zum Gericht wegen einer Anzeige, die den Paragraph 218 betraf. Vorwurf der Kindstötung. Stella war weniger erschrocken, als sie selbst befürchtet hatte. Erstaunt über sich selbst, wurde sie sehr kühl und ruhig. Sie brühte sich in der Küche im Souterrain einen Tee auf, ging damit nach oben, setzte sich in einen Sessel, breitete das Schreiben auf ihren Schenkeln aus und las es genau. Wort für Wort. Lysbeth wurde vorgeladen zu einem Verhör am 18. September im Polizeipräsidium. Sie wurde aufgefordert, sich rechtzeitig einzufinden und Ausweispapiere mitzubringen. Stella blickte auf den Kalender. Es war der 11. September. Die Anhörung war in genau einer Woche. Lysbeth würde nicht in Hamburg sein. Was also sollte sie tun?

Sie beschloss, Lysbeth ein Telegramm zu schicken und um sofortigen Anruf zu bitten. Dann entschied sie, selbst am kommenden Tag ins Polizeipräsidium zu gehen und dort Kontakt mit dem Menschen aufzunehmen, der das Schreiben unterzeichnet hatte.

Was wollte sie Lysbeth sagen, wenn die anrief? Bleib in Amerika? Hier kommst du nachher noch ins Gefängnis? Wirkte das in solchen Fällen strafverschärfend? Aber Lysbeth selbst konnte ja gar nicht wissen, dass gegen sie ermittelt wurde. Nachdenklich trank Stella ihren Tee aus. Welche andere Möglichkeit gab es? Jonny zu fragen, welche Denunziation er genau inszeniert hatte? Er würde so tun, als wüsste er von nichts. Jonny bitten, seinen Einfluss geltend zu machen, damit die Anzeige zurückgezogen würde? Das würde er erst tun, wenn er genau das erreicht hatte, was er sich zum Ziel gesetzt hatte. Stella beschloss, Jonnys Spiel mitzuspielen. Das erschien ihr als die beste Möglichkeit, um herauszufinden, was genau er im Schilde führte.

Also ging sie am darauffolgenden Tag ins Polizeipräsidium und sagte: »Ich möchte gern mit Herrn Brauer sprechen.« Zu ihrem großen Erstaunen wurde sie nichts gefragt. Sie wurde gebeten, Platz zu nehmen, und wenig später stand ein gutaussehender Mann um die vierzig vor ihr. Er erkundigte sich freundlich nach ihrem Namen und ihrem Anliegen. Sie lächelte ihn so hinreißend an, wie es ihr möglich war, und erstaunlicherweise reagierte er unmittelbar. In seinen Wangen bildeten sich Grübchen, und als Stella sagte: »Ich würde gern einen Moment mit Ihnen allein sprechen«, bat er sie, ihm den Flur entlang zu folgen, bis sie in ein Zimmer traten, in dem es einen Schreibtisch und einen Stuhl davor und einen dahinter gab. Hier wird verhört, dachte Stella, und in ihr kroch eine irrationale Angst hoch.

»Setzen sie sich, bitte, Frau …?« »Maukesch, Stella Maukesch.« Stella unterließ es, sich auf Jonny zu beziehen. Sie setzte sich, schlug ihre wohlgeformten Beine übereinander und faltete die Hände im Schoß. Sie warf dem Polizisten einen Blick zu, den sie bei vielen Auftritten einstudiert hatte: ein wenig kokett, ein wenig von unten und sehr unschuldig. Bei all diesen Auftritten hatte sie gelernt, die Stimmung im Raum, die Resonanz, die Blicke des Publikums sehr genau wahrzunehmen. Auch Herrn Brauer beobachtete sie sehr genau, während sie sich von ihm beobachten ließ. Er war wenig beeindruckt von ihr. Sie begriff: Er hatte in diesem oder in anderen Räumen schon viel weibliche Manipulation erlebt und sich mit einem dicken Panzer dagegen gewappnet. Seine Grübchen, seine glatte Freundlichkeit waren ebenso eine Maske wie ihre demonstrative Unschuld. Plötzlich fand sie ihn unsympathisch, und sie vermutete, dass es ihm mit ihr genauso ging.

Sie hatte sich mehrere Variationen überlegt, wie sie das Gespräch führen könnte, aber angesichts der unangenehmen Gefühle, die sie in diesem Raum empfand, beschloss sie, sofort zur Sache zu kommen, um so schnell wie möglich wieder gehen zu können. Schließlich hatte sie nichts ausgefressen, obwohl sie sich hier sehr schuldig fühlte. Sie öffnete ihre Handtasche, zog das Schreiben heraus, legte es auf den Tisch und sagte sachlich: »Mein Schwester Lysbeth Bleibtreu hat diese Vorladung erhalten. Leider weilt sie gerade in Amerika, ich kann sie nicht erreichen und also wird sie den Termin nicht wahrnehmen können.« Der Polizist strich das Blatt glatt, als hätte Stella es beschmutzt, überflog es und reichte es Stella zurück. »Vielen Dank, dass Sie so schnell gekommen sind«, sagte er, und es klang so freundlich, dass Stella einen Moment geneigt war, ihm zu glauben. »Können Sie mir die Adresse ihrer Schwester in den USA nennen?« Stella wusste wieder, worum es hier ging. Ihrer Schwester wurde ein Verbrechen zur Last gelegt, und Herr Brauer war damit beauftragt, sie zu überführen. Aber Stella hatte sich darauf vorbereitet. Sie legte dem Mann einen Zettel vor, auf dem Lysbeths postlagernde Adresse in New York stand.

»Kann ich den Zettel behalten?« Er sah Stella fragend an. Sie räusperte sich. »Ich wüsste gern, was ihr zur Last gelegt wird«,, sagte sie. Entweder irrte sie sich in diesem Mann, dann gab es sowieso keine Chance, oder sie hatte eine einzige Chance, nämlich, indem sie direkt und unverstellt sagte, worum es ihr ging. Erleichtert bemerkte sie, dass er ihr nicht seine Grübchen zeigte. Ernst sah er sie an. »Ihrer Schwester wird zur Last gelegt, schwangere Frauen so operiert zu haben, dass die ihre Föten anschließend nicht mehr in der Gebärmutter hatten. Das ist ein krimineller Akt, der gegen den Paragraph 218 verstößt. Dieser Paragraph besagt ...« Stella unterbrach ihn. »Vielen Dank, ich weiß das. Können Sie mir vielleicht sagen, wer meine Schwester eines solchen Verbrechens bezichtigt?« Der Polizist zeigte ihr sein Grübchen, und Stella begriff.

Sie verabschiedete sich sachlich ohne ein Lächeln. Herr Brauer entließ sie einfach aus der Tür, er kam nicht noch mit zurück über den Flur.

Als sie schon einen Meter entfernt war, sagte er: »Frau Maukesch?« Stella drehte sich um. »Sagen Sie Ihrer Schwester, sie soll bald zurückkommen und sie soll sich noch einmal die Fälle anschauen, die ihre Hilfe dann nicht in Anspruch genommen haben.« Stella atmete tief aus, dann atmete sie wieder tief ein. »Danke.«

Sie drehte sich um und verließ das Gebäude, nachdem sie den langen Flur, den Rücken gerade und stolz aufgerichtet, durchschritten hatte.

## 45

Stellas Gedanken drehten sich im Kreis. Was konnte sie tun, um Lysbeth zu retten? Die Anzeige konnte bestimmt noch zurückgezogen werden, aber sie kannte ja nicht einmal den Urheber beziehungsweise die Urheberin. Sie war überzeugt, dass Lysbeth in ihrer Praxis keine Spuren hinterlassen hatte, dafür war sie zu erfahren darin, Abtreibungen durchzuführen. Aber wenn es eine Frau gab, die gegen Lysbeth aussagte, womöglich gar zwei, dann wäre Lysbeth geliefert. Eine einzige Frau allerdings, so überlegte Stella, würde nicht ausreichen. Dann stände Aussage gegen Aussage. Jonny konnte gegen Lysbeth auftreten, aber auch gegen Jonny konnte ins Feld geführt werden, dass er ein persönliches Interesse daran hatte, Lysbeth zu schaden, um sie aus dem Haus zu vertreiben.

Ihr fiel der Anwalt ein, den Anthony damals interviewt hatte, als es um das KPD-Verbot ging. Wie hieß der noch gleich?

Sie hatte Anthonys Texte, die überall in der Wohnung verstreut gewesen waren, in einen Umzugskarton gelegt und seitdem nicht wieder angerührt. Sie hatte einen Heidenrespekt vor seiner Schriftstellerei. Schreiben, so schien es ihr, war die größte aller Künste, darin waren alle anderen enthalten. Ein Schriftsteller musste musikalisches Empfinden besitzen; wenn er keine Töne hörte, konnte sein Text keinen Klang entfalten. Außerdem musste er Bilder mit Worten malen, so dass der Leser sie sah. Zudem musste er nicht nur das Äußere wahrnehmen, sondern auch ins Innere eines Menschen blicken können. Was noch hinzukam, zumindest bei einem Autor wie Anthony, war die Fähigkeit, eine Adlerperspektive einzunehmen, das große Ganze von oben zu sehen, und so dem Leser die Möglichkeit zu geben, seine beschränkte Perspektive zu verlassen und größere Zusammenhänge zu durchschauen. Anthony selbst hatte manchmal den Vergleich mit einem Ameisenvolk angestellt: Die einzelne Ameise sieht nicht sehr weit, und manchmal versperrt die Last ihr den Blick. Es gibt zwar auch Ameisen, die weiter blicken, aber nicht so weit wie der Ameisenforscher, der Strukturen und Zusammenhänge erkennt. Jedoch fühlt er nicht wie eine Ameise. »Ein Autor ist Ameise und Ameisenforscher und Erforscher des Ameisenforschers zugleich«, hatte Anthony gesagt.

Stella hatte dem Karton mit seinen Unterlagen einen Platz im Schlafzimmer neben ihrem Schrank gegeben. Manches Mal hatte sie darauf geblickt, im Grunde täglich, aber sie hatte nie mehr hineingeschaut. Nun durchforstete sie die Papiere auf der Suche nach dem Namen des Rechtsanwalts. Sie fühlte sich schwach und elend dabei, als wäre Anthony gerade erst gestorben.

Plötzlich hielt sie das Manuskript in Händen, das Mbeti und Victoria ihnen in Daressalam überreicht hatten mit der Bitte, einen Verleger dafür zu finden. Stella war, als würden die Seiten ihr die Finger verbrennen. Am liebsten hätte sie sie fortgeworfen. Sie riefen alles wieder wach, die wundervolle Zeit in Afrika und den tiefen Sturz durch Anthonys Tod auf hoher See. Immer noch konnte sie nicht daran denken, ohne dass ihr Herz gleichsam in Stücke gerissen wurde. Zu diesem Gefühl gesellte sich nun Scham. Wie hatte sie das Manuskript einfach so in die Umzugskiste werfen können? Sie erinnerte sich nicht einmal daran, dass sie das getan hatte. Ich muss damals nicht wirklich auf der Welt gewesen sein, dachte sie erstaunt. Sie konnte sich auch nicht mehr daran erinnern, wie sie in Hamburg angelangt war, wer sie empfangen hatte, was sie getan hatte. Als wären Monate ihres Lebens gelöscht.

Vorsichtig löste sie das Band, das den Stapel Papier zusammenhielt, ein dünnes Tau aus Sisal. Auf dem ersten Blatt stand nur ein Wort: »Verstümmelung«. Stella wurde traurig, als sie an Mbeti dachte. Verstümmelung, was für ein schreckliches Leben, von klein an verstümmelt zu sein.

Die zweite Seite trug die Überschrift: Vorwort. An dessen Ende stand von Hand in großzügigen Schwüngen geschrieben Victorias Name.

Stella las sich selbst laut vor: »Dieser Roman handelt von einem Mädchen in Afrika, dessen Schicksal für viele steht. Viele, deren Genital verstümmelt wurde. Niemand, der das nicht erlebt hat, kann er messen, wie zerstörerisch das ist. Es wird beschönigend ›Beschneidung‹ genannt, als hätte es Ähnlichkeit mit der Beschneidung eines Penis, was als Ritual in manchen Religionen üblich ist und außer der Vorhaut einem Jungen und späteren Mann nichts wegnimmt. Die Verstümmelung des Geschlechts eines Mädchens nimmt ihr alles, Gesundheit, Sexualität, Würde. Ihre Geschlechtsteile werden ausschließlich deshalb entfernt, um ein Mädchen auf eine Heirat mit einem Mann vorzubereiten, dessen sexuelle Lust von alleiniger Bedeutung ist.

Dem Mädchen werden entweder nur die Klitoris oder die Klitoris und die inneren Schamlippen oder auch die äußeren Schamlippen *ohne Betäubung* herausgeschnitten. Diese Art der Beschneidung entspräche einer *Kastration* bei einem Mann. Das Ganze ist schrecklich genug, hinzu kommt noch, dass diese unmenschliche Prozedur mit unterschiedlichen scharfen Gegenständen durchgeführt wird, Messer, Scheren, Rasierklingen, die nicht desinfiziert sind, da das Ganze im häuslichen oder dörflichen Rahmen stattfindet. Die Frauen, die diese Folter ausüben, sind hochangesehen, aber haben keine medizinische Ausbildung. Manchmal gibt es sogar Männer für diese Untat, sogenannte Heiler oder Barbiere. Nach dieser Prozedur werden die Schamlippenstümpfe zusammengenäht. Es bleibt ein streichholzgroßes Loch zum Urinieren. Die Verstümmelung findet meistens vor der Pubertät statt, meistens bei Mädchen zwischen vier und acht Jahren, manchmal schon bei Säuglingen.

Abgesehen von den lebenslangen seelischen Schäden, bleiben lebenslange Schmerzen zurück. Direkt nach dem Eingriff kann es zu schweren Blutungen, Entzündungen, Blasenlähmung oder Blutvergiftung kommen, nicht selten stirbt das Mädchen. Die Folgen sind unfassbar: Ein seelisches Trauma, sexuelle Empfindungslosigkeit, Schmerzen beim Urinieren und während der Menstruation, Sitzen oder Gehen kann durch das Scheuern der Kleidung an den Narben zur Qual werden. Zysten, Abszesse, Infektionen der Blase, Inkontinenz treten nicht selten auf. Geschlechtsverkehr ist schmerzhaft. Für eine Geburt müssen die Nähte geöffnet werden, es kann zu verstärkten Blutungen und Geweberissen kommen, Kaiserschnitte sind oft nötig.

Sollten Sie nach diesen Zeilen dieses Buch sofort aus der Hand legen wollen, weil Sie es nicht aushalten, die Geschichte einer Frau zu lesen, die diese Prozedur am eigenen Leib erlebt und ihre Tochter so verloren hat, kann ich Sie verstehen. Aber: Afrika ist nicht so weit von uns entfernt, wie wir uns einbilden. Würden Männer auf einem ganzen Kontinent regelmäßig kastriert werden, würde ein Aufschrei durch die Welt gehen. In diesem Fall handelt es sich aber ›nur‹ um Mädchen, um Frauen, ›nur‹ um den weiblichen Körper und ›nur‹ um weibliche Unversehrtheit und Sexualität. Wir Frauen in Europa dürfen davor nicht die Augen verschließen! Es handelt sich nicht um einen Ausnahmefall, in Afrika sind Millionen Mädchen davon betroffen. Und letztlich betrifft auch uns, was mit den Frauen woanders geschieht!«

Tagelang las Stella Mbetis Roman. Sie saß in ihrem Wohnzimmer auf dem Sofa, eine Kanne Tee auf dem flachen Couchtisch, eine Decke um sich geschlungen, weil sie zu frieren begann, sobald sie las. Sie fror, ihr wurde übel, sie weinte nicht, aber sie war starr vor Entsetzen. Als sie das Manuskript durchgelesen hatte, war sie entschlossen, es Anthonys Verleger umgehend zu schicken. Nach seinem Tod hatte dieser sie darum gebeten, einen Blick in Anthonys Nachlass werfen zu dürfen, um eventuell etwas daraus zu machen, was post mortem veröffentlicht werden konnte. Aber Stella hatte das damals nicht gewollt. Vielleicht später, hatte sie gesagt. Dieser Zeitpunkt war freilich nicht gekommen, das hatte sie bei jeder neuerlichen Nachfrage geantwortet, und inzwischen blieben die Anfragen aus. Doch nun wollte Stella ihn kontaktieren, zwar nicht mit Anthonys Nachlass, aber mit der Bitte, Mbetis Manuskript zu lesen und umgehend zu veröffentlichen. Sie hoffte, als Witwe Anthony Walkers noch einen gewissen Einfluss ausüben zu können, obwohl sie wusste, dass Anthony in den Hintergrund der literarischen Landschaft gerückt war, seine Bücher hatten an Aktualität verloren. Was die Menschen heute lesen wollten, waren Bücher von lebenden Autoren, die Stellung beziehen konnten, deren Worte in Zeitungen abgedruckt wurden, wie Heinrich Böll oder Elia Kazan.

In ihrem »Buchclub«, deren Mitglieder Adriane, Theresa und sie waren, hatten sie sich gerade mit einem Beststeller von Robert Ruark beschäftigt, der Stella zuerst von Jonny und dann von Luise Solmitz empfohlen worden war: *Der Honigsauger.* Stella hatte das Buch mit wachsender Empörung gelesen, aber nun freute sie sich auf das gemeinsame Treffen. Endlich mal etwas anderes, dachte sie. Keine Bedrohung, kein Schmerz, keine Trauer. Wir werden lachen.

Alle zwei Wochen am Freitag saßen die drei Frauen in der Konditorei, die in der Nähe des Rahlstedter Friedhofs lag und wundervollen Kuchen anbot, immer am selben runden Tisch dicht bei dem großen Fenster, von dem aus sie auf die befahrene Straße blicken konnten. Heute waren sie einhellig empört über die von ihnen gelesene Lektüre. »In welcher Realität lebt der denn?«, ereiferte sich Theresa. »Überall auf der Welt schließen Frauen sich zusammen, um ihre Lage als Anhängsel des Mannes zu verändern, und der tut so, als gäbe es nichts Besseres, als einem Mann als Matratze zu dienen?«

Adriane wies ihre Tochter zurecht: »Soviel ich weiß, meine Liebe, ist es immer noch so, dass der Ehemann einer Frau erlauben muss, arbeiten zu gehen. Ich habe sogar gehört, dass in Bayern Lehrerinnen zölibatär leben müssen wie Priester. Wenn sie heiraten, müssen sie ihren Beruf aufgeben. Sie sollen nämlich voll und ganz für die Erziehung fremder Kinder zur Verfügung stehen. Oder alle Zeit der Welt haben, um den eigenen Nachwuchs zu hegen.«

Theresa schimpfte: »Du hast recht, wir Frauen, die keinen Mann haben, sind wirklich besser dran. Ich habe es ja auch noch erlebt. Mein Mann hatte das unumschränkte Recht auf meinen Körper. Er hat mich nicht nur einmal vergewaltigt.« Sie brach den Satz abrupt ab und errötete schamhaft, als hätte sie etwas Obszönes gesagt. Stella sah sie mitfühlend an. »Auch Jonny hat sein eheliches Recht eingefordert«, bekannte sie. »Ich habe erst durch Lysbeth begriffen, dass das ein Unrecht ist.« Adriane schmunzelte. »Mädels, ihr wisst ja gar nicht, wie gut es euch heute schon geht. Als ich jung war, durften Frauen nicht in die Schule, es gab kein Wahlrecht, und selbstverständlich mussten wir unserer ehelichen Pflicht nachkommen. Die mussten uns nicht vergewaltigen, wir machten das freiwillig. Wir wussten, dass das dazugehörte.«

Stella fiel ein, dass sie bei der Eröffnung ihres Bankkontos Jonnys Zustimmung erbitten musste. Und sie wusste, dass Jonny im Grunde sogar die Erbschaft zustand, die Anthony ihr vermacht hatte. Sie hatte sich nach Antreten des Erbes bei einem Rechtsanwalt erkundigt, und der hatte ihr mitgeteilt, dass sie als verheiratete Frau nicht geschäftsfähig sei.

»Trotzdem verändert sich gerade sehr viel«, erklärte Theresa. »Und dieser Autor hier glaubt wirklich in ungebrochener Naivität an sich selbst.« Stella spöttelte: »Ihr meint, dass die männlichen Leser während der Lektüre in ihrer etwas angekratzten Überzeugung gestärkt werden, dass man nur ein Mann sein und es den Frauen besorgen muss?«

»Beststeller bedeutet tatsächlich, dass viele Frauen den Roman gelesen haben, nicht nur wir, warum tun die das?«, fragte Theresa. Adriane las die Widmung laut vor: »All den Frauen, die, ob sie es wollten oder nicht, die speziellen Unterlagen lieferten, ohne die es dieses Buch nicht gäbe.« Vielleicht glauben die Leserinnen, dass sie in diesem Buch etwas über sich selbst, ihre eigene verwirrte Seele erfahren können.« Stella meinte: »Wir dürfen uns doch nicht einbilden, dass die heutigen Frauen besonders selbstbewusst sind. Es ist doch nach wie vor so, dass Frauen sich dafür interessieren, wie sie sich einen Mann angeln können, vielleicht hoffen sie, bei Ruark etwas über das Seelenleben der Männer zu erfahren.« »Das die Männer selbst ja meist verschweigen«, warf Theresa ein. Adriane grinste: »Haben Männer ein Seelenleben?«

»Ruarks Protagonist zumindest hat keines«, konstatierte Stella trocken. »Der vernascht ungerührt ein ganzes Warenlager an Frauen.« Sie lachte auf. »Der arme Kerl *muss* so viel lieben, sagt Ruark, nur dann spürt er das Leben, und erst dann kann er schreiben.«

Wehmütig dachte sie an Anthony. Auch für ihn war die Liebe eine wichtige Quelle seiner Inspiration und kreativen Kraft gewesen. Aber was für ein Unterschied zu der verlogenen und letztlich selbstverliebten Darstellung des Protagonisten von Ruark. Wieder fiel ihr Jonny ein und die Gefahr für Lysbeth. Sie überlegte, ob sie Adriane und ihre Tochter einweihen sollte. Da sagte Adriane: »Stella, dich beschäftigt doch etwas ganz anderes als der Weiberheld, den Ruark mit Honigruhm bekleckert. Ich spüre das schon eine Weile. Was ist los?«

Tränen traten Stella in die Augen. Alte Frauen waren oft erstaunlich scharfsichtig. Stockend gab sie zu, dass sie tatsächlich ein Problem hatte, das ihre Schwester betreffe, und dann sprudelte die ganze üble Geschichte aus ihr heraus. »Alle Wege in meinem Kopf enden bei Jonny. Wenn er die Frauen, die die Anzeige erstattet haben, dazu brächte, sie zurückzuziehen, wäre alles gut.«

»Hast du mit ihm geredet?«, fragte Adriane.

»Jonny tut so, als wüsste er von nichts. Gleichzeitig schlägt er mir vor, zu mir zurückzuziehen. Niemand brauche auszuziehen, hat er mit warmer Stimme gesagt. Er sehne sich so sehr danach, wieder mit mir zusammenzuleben.« »Oh Gott«, entfuhr es Adriane. »Ja«, sagte Stella laut. »Ich war auch zu Tode erschrocken.«

Es war so erleichternd, endlich mit jemandem darüber sprechen zu können. Sie hatte gar nicht gewusst, wie einsam sie mit dem Thema gewesen war. »Ich habe zweimal eine Abtreibung gehabt«, sagte Adriane leise. »Ich einmal«, fügte Theresa hinzu. Stella riss erstaunt die Augen auf. Insgeheim hatte sie befürchtet, Adriane könne Abtreibungen unmoralisch finden.

»Du brauchst Verbündete«, sagte Adriane. »Das ist nicht nur Lysbeths Problem. Das ist ein Frauenanliegen.« Und dann überraschte sie Stella damit, dass sie ihr und ihrer Tochter fast ein wenig schamhaft gestand: »Ich habe Simone de Beauvoir gelesen, *Das andere Geschlecht*. Ich bin noch nicht durch. Mädels, das war eine Offenbarung für mich.«

Stella hatte schon von Simone de Beauvoir gehört, weil sie die Frau von Sartre war, und die beiden, wie in den Zeitungen stand, in einer eigenartigen Beziehung lebten, wo er andere Frauen und sie andere Männer – und auch Frauen – hatte. Ihr war das seltsam vorgekommen, und sie war auch skeptisch, ob das wirklich so war, denn was in den Zeitungen stand, davon war sie überzeugt, entsprach nicht unbedingt der Wahrheit. »*Das andere Geschlecht?*«, fragte sie nach. »Und Offenbarung?«

Adriane schlug mit der flachen Hand auf den Cafétisch, der zwischen ihnen stand. »Ich habe begriffen, was mit mir mein Leben lang angestellt worden ist.« Ihre Wangen röteten sich. »Ich bin 1883 geboren. Damals waren alle davon überzeugt, dass eine Frau schwach und geistig beschränkt ist und ansonsten fleißig und hübsch sein sollte.«

Das Café war gut besucht. An den meisten Tischen saßen ältere Frauen, nur selten begleitet von Männern, häufiger von jüngeren Frauen. Adriane war so aufgeregt, dass sie gar nicht mitbekam, wie Gäste an anderen Tischen aufmerksam wurden, als sie laut verkündete: »Frau Beauvoir beschreibt, dass der Mann in der Sexualität der Beherrscher der Lage bleibt, auch wenn er vermeintlich abhängig ist, weil sein Begehren sich ja auf ›das andere‹ richtet.«

Stella überlegte. Sie hatte in der vergangenen Zeit manchmal Broschüren gelesen, die in *Danys Pan* herumgereicht wurden. Dabei ging es um die Unterdrückung der Frau im Kapitalismus. Dass Simone de Beauvoir sich damit beschäftigt hatte, war ihr neu. »Ist sie Feministin?«, fragte sie. Dieser Begriff, Feministin, war neu, und er wurde auch meistens als Schimpfwort benutzt, Stella freilich meinte damit nur, dass sie sich politisch um die Gleichberechtigung der Frau kümmere. »Nein«, entgegnete Adriane kategorisch. »Sie schreibt sogar in ihrem Vorwort, dass sie lange gezögert hat, ein Buch über die Frau zu schreiben.« Adriane kicherte. »Sie sagt, dass das Thema ärgerlich ist und auch schon so alt. Außerdem schreibt sie, dass der Streit um den Feminismus ja schon fast beendet sei. Warum sollte sie also noch darüber schreiben.«

Stella wurde neugierig. Streit um Feminismus fast beendet? Für sie war das alles neu, ein Anfang, von Ende konnte keine Rede sein. Adriane stimmte sofort zu. »Für mich ist das alles wie die Bibel für den Wilden. Ich habe bisher alles so hingenommen, wie es war. Genau das schreibt die Beauvoir: weibliche Sichtweisen und Erlebniswelten wurden bis jetzt stillschweigend übergangen. Aber sie sagt, dass Frauen gar nicht so sind, wie immer behauptet wird, schwach und dumm und dekorativ, sondern dass die Gesellschaft uns Frauen dazu gemacht hat. ›Man ist nicht als Frau geboren, man wird dazu gemacht‹, sagt sie.«

Stella überlegte, dass sie sich als Frau nie schlecht gefühlt hatte. Sie war immer schön gewesen, sie hatte immer Macht über Männer empfunden. Sie hatte sich nicht unterlegen oder zu einem schwachen Geschlecht gemacht gefühlt. Als würde sie Stellas Gedanken aus ihrem Kopf pflücken, sagte Adriane: »Ich habe mich nie von meinem Mann ausgebeutet gefühlt. Ich fand mich nie unterlegen. Aber als ich das Buch gelesen habe, fiel es mir wie Schuppen von den Augen. Plötzlich habe ich gesehen, dass es so ist, wie wir vorhin gesagt haben: Die Frau gehört dem Mann, ihr Körper, ihre Zeit, ihr Geld. Über alles darf er verfügen.«

Theresa sagte liebevoll: »Mutti, du hast dich so verändert, seit du nicht mehr bei Franz wohnst, das ist unglaublich.« Adriane nickte errötend. »Du weißt, wie sehr ich ihn geliebt habe«, sagte sie leise, als würde sie etwas Schlimmes gestehen. »Aber bei der Lektüre der Beauvoir habe ich noch mal schärfer begriffen, welche Atmosphäre bei ihm geherrscht hat. Er hat seine Frau und seine Kinder durchaus als seinen Besitz angesehen. Und wenn die Kinder nicht spurten, wie er es nannte, dann rutschte ihm nicht nur die Hand aus, dann schlug er richtig zu.« Theresa räusperte sich. »Meine Schwägerin hat sich nie beklagt«, sagte sie in einem nachdenklichen Ton, als wollte sie fragen: Was hat sie davon gehabt? Auf diese Frage antwortete ihre Mutter mit den Worten: »Er hat das Geld verdient, er hat es nicht in die Kneipen geschleppt. Und er hat *sie* nicht geschlagen. Das war wohl die Hauptsache für sie.«

Die drei schwiegen. Stella dachte an ihre Mutter, an deren geheime Liebe zu Fritz, Stellas Vater. Was wäre gewesen, wenn Käthe sich hätte scheiden lassen? Sie hätte völlig mittellos dagestanden, sie hätte auf das Gold im Brautkleid ihrer Mutter zurückgreifen müssen. Sie hätte niemals das Haus in der Kippingstraße kaufen können. Und auch wenn ihr Mann ein Versager gewesen war, so hatten ihre Kinder doch einen Vater vorzuweisen, und ihre Mutter war nicht öffentlich als Hure abgestempelt worden. Sogar sie, Stella, hatte es nicht gewagt, sich von Jonny scheiden zu lassen, weil ihr die Folgen zu unheimlich gewesen waren.

»Die Beauvoir sagt, dass Frauen von Männern zum ›anderen Geschlecht‹ gemacht worden sind. Das bedeutet: der Mann sieht sich als das Absolute, das Wichtige, das handelnde Subjekt, wohingegen der Frau die Rolle der anderen, des behandelten Objekts zugewiesen wird. Sie wird immer in Abhängigkeit vom Mann definiert. Was ich besonders interessant fand, war, was die Beauvoir über den inneren Konflikt der Frau schreibt. Wenn sie ihrer Weiblichkeit gerecht werden will, muss sie sich mit der passiven Rolle begnügen, dies steht aber im Gegensatz dazu, sich als freies Subjekt durch Aktivität selbst entwerfen zu wollen«, bemerkte Adriane in das Schweigen hinein.

Stella fiel plötzlich ihr Konflikt ein, als Künstlerin in die Öffentlichkeit zu treten, etwas, das Jonny nur gefallen hatte, wenn er wegen seiner Frau bewundert worden war. Ansonsten hatte er es unterbunden. Da sagte Adriane auch schon: »Wenn du ein Mann wärst, Stella, bei deiner Begabung, wärst du heute reich und berühmt.« Stella grinste. »Reich bin ich ja.« Adriane hob mahnend den Zeigefinger: »Aber nur, weil Anthony berühmt war.« Wieder versank Stella in Nachdenken. Anthony war kein Mann gewesen, der sie ausgebeutet oder unterdrückt hatte. Anthony hatte sie ebenso genährt wie sie ihn. Und Anthony hatte ihre Kunst immer geschätzt. Adriane hob wieder an, als würde sie Stellas Gedanken lesen. »Auch wenn ein einzelner Mann ganz sicher förderlich für eine Frau sein kann, so gibt es doch gesellschaftliche Phänomene. Und die benennt Simone de Beauvoir auf eine Weise, dass ich ihr die Füße küssen möchte.« Adriane lachte plötzlich laut auf. »Wisst ihr übrigens, dass der Vatikan das Buch in seinem Verzeichnis der verbotenen Bücher führt?«

»Was definiert denn überhaupt eine Frau?«, fragte Theresa. »Wie definiert die Beauvoir sie? Denn wenn wir als Frauen nicht so geboren sind, wie wir sind, sondern nur durch die Gesellschaft so gemacht, wie sind wir denn nun wirklich?« »Das Ewigweibliche zumindest hält die Beauvoir für Unfug«, antwortete Adriane. » Das Weibliche wird gern in unbestimmten, schillernden Ausdrücken beschrieben, die dem Wortschatz von Seherinnen zu entstammen scheinen.« Adriane kicherte.

»Was ist denn nun eine Frau?«, wiederholte Theresa ihre Frage. Das Dozieren ihrer Mutter machte sie merklich nervös.

Adriane dozierte weiter, als hätte sie Theresas Ungeduld nicht bemerkt: »Mit Sicherheit ist die Frau wie der Mann ein Mensch: Aber eine solche Behauptung ist abstrakt. Tatsächlich befindet sich jeder konkrete Mensch immer in einer einzigartigen Situation. Die Begriffe vom Ewigweiblichen, von der schwarzen Seele, vom jüdischen Charakter abzulehnen, bedeutet ja nicht zu verneinen, dass es Juden, Schwarze, Frauen gibt. Selbstverständlich kann keine Frau, ohne unaufrichtig zu sein, behaupten, sie stünde jenseits ihres Geschlechts.«

»Es gibt Frauen, die ökonomisch unabhängig sind«, warf Theresa ein. »Es gibt doch sogar erfolgreiche und berühmte Frauen.«

Adriane hob den Zeigefinger: »Eine Frau, die sich ökonomisch vom Mann unabhängig macht, befindet sich darum noch lange nicht in der gleichen sittlichen, sozialen und psychologischen Situation wie er. Die Art und Weise, wie sie in ihren Beruf einsteigt und wie sie sich ihm widmet, hängt von ihrem gesamten Lebenszusammenhang ab. In dem Moment, in dem sie ihr Erwachsenenleben beginnt, hat sie nicht die gleiche Vergangenheit hinter sich wie ein junger Mann, sie wird von der Gesellschaft nicht mit den gleichen Augen angesehen, und die Welt stellt sich ihr in einer anderen Perspektive dar. Die Tatsache, eine Frau zu sein, stellt sie vor ganz besondere Probleme.«

»Das hast du jetzt schon mehrfach wiederholt«, sagte Theresa, nun deutlich gereizt »Jetzt werd doch mal konkret. Was sind denn das für Probleme, und wie kommen wir Frauen da raus?« Stella wurde plötzlich traurig. Sie dachte an Mbeti und die Schicksale der Mädchen in Afrika. Hatten sie hier überhaupt das Recht, auf diese Weise über Frauenprobleme zu sprechen? Oder hing vielleicht sogar alles miteinander zusammen?

Adriane riss sie aus ihren Gedanken. »Schätzchen, du verlangst von mir, dass ich etwas kurz und prägnant wiedergebe, das doch gerade erst in meinen alten Kopf einsickert. Wenn es dich interessiert, musst du meine umständlichen Erklärungen ertragen, ansonsten musst du es selbst lesen, oder wir sprechen einfach wieder über den dusseligen Ruark.«

Theresa legte ihre Hand auf die ihrer Mutter. »Entschuldige«, bat sie. »Ich weiß nicht, wie es kommt, aber das Thema macht mich irgendwie wütend. Erst mal schon der Ruark mit seiner unverschämten Beschreibung von Frauen, und nun die Beauvoir, die so verheißungsvoll klingt, aber die ich nicht richtig fassen kann. Rede einfach weiter, Mutti, bitte.«

Adriane holte tief Luft und sagte: »Der Vorteil, den der Mann besitzt und der für ihn von Kindheit an spürbar ist, besteht darin, dass sein Menschsein keinen Widerspruch zu seiner Bestimmung als Mann darstellt. Durch die Gleichsetzung von Phallus und dem allgemein Menschlichen ergibt es sich, dass seine sozialen oder geistigen Erfolge ihm ein männliches Prestige verleihen. Er ist nicht gespalten. Von der Frau dagegen wird verlangt, dass sie sich, um ihre Weiblichkeit zu erfüllen, zum Objekt und zur Beute macht, das heißt, auf ihre Ansprüche als souveränes Subjekt verzichtet.«

Theresa sagte nachdenklich: »Wenn ich dich richtig verstehe, ist Mann und Mensch identisch, also ist er nicht zerrissen. Frau ist aber nicht gleich Mensch, weil Mensch ja schon Mann ist. Stimmt das so? Deshalb also *Das andere Geschlecht*?«

Adriane nickte. »Ja, das ist der tiefere Konflikt der Frau. Und der charakterisiert die Situation der befreiten Frau, so sagt die Beauvoir. Die emanzipierte Frau lehnt es ab, sich auf ihre weibliche Rolle zu beschränken, weil sie sich nicht verstümmeln will. Aber wenn sie dafür mit ihrem Geschlecht bezahlt, ist das ebenfalls eine Verstümmelung.« Da war der Begriff wieder: Verstümmelung. Stella erschrak. Sie überlegte, ob sie über Mbetis Verstümmelung sprechen sollte. Aber vielleicht sprachen sie sogar die ganze Zeit auch über Mbeti.

»Ich glaube, ich verstehe«, sagte Stella langsam. »Der Mann ist ein geschlechtlicher Mensch. Die Frau kann nur dann vollständig und dem Mann ebenbürtig sein, wenn auch sie ein geschlechtlicher Mensch ist. Auf ihre Weiblichkeit verzichten hieße, auf einen Teil ihrer Menschlichkeit zu verzichten.« »Sehr gut«, sagte Adriane wie eine Lehrerin, die ein Sternchen für gute Leistungen verteilt. »Und was ist jetzt unsere Aufgabe, nach der Beauvoir?«, fragte Theresa. »Darauf warte ich schon die ganze Zeit.«

Es klang etwas salbungsvoll und auswendig gelernt, als Adriane antwortete: »Damit Freiheit und Menschlichkeit errungen werden können, ist es notwendig, dass Männer und Frauen über ihre natürlichen Unterschiede hinaus ihre Geschwisterlichkeit behaupten.«

Obwohl es nicht klang, als formuliere Adriane eigene Gedanken, sondern zitiere nur die Beauvoir, berührten diese Worte Stella. Sie empfand eine solche schneidende Sehnsucht nach Anthony, dass ihr ganzer Körper weh tat. War Geschwisterlichkeit das, was sie mit ihm gelebt hatte? Nein, dachte sie. Wir waren eindeutig Mann und Frau, und unsere Liebe war sehr erotisch, aber es gab gar keine Frage: Wir haben uns beide respektiert, wir waren beide gleichwertige Menschen. Ich habe ihm nicht gehört. Er hat immer gewusst, dass meine Liebe nicht selbstverständlich war, etwas, das ihm einfach so gehörte. Er hat sich immer um mich bemüht, er hat mir immer gezeigt, wie wertvoll meine Gesellschaft, meine ganz besondere Reaktion auf die Welt für ihn war. »Geschwisterlichkeit mit Ruark kann ich mir nicht vorstellen«, maulte Theresa, sichtlich enttäuscht von dieser Lösung. »Und was ist jetzt mit Lysbeth?«, kam sie auf das Thema zurück, das sie durch Adrianes Lektüre der Beauvoir aus den Augen verloren hatten.

»Ich hab die Beauvoir herangezogen«, erklärte Adriane, »weil sie zeigt, dass wir Frauen die Aufgabe haben, handelnde Subjekte zu werden. Wir dürfen uns nicht länger von Regeln, Gesetzen, Vorschriften ängstigen und kleinhalten lassen, die Männer gemacht haben, weil sie ihnen nützen. Wir dürfen uns nicht länger zum Objekt machen lassen.«

Sie hatte ihre Stimme erhoben, als schmettere sie ein Plädoyer in die Welt. Plötzlich wurde geklatscht. Adriane blickte sich verwirrt um. Stella begann zu lachen. Theresa errötete, als wäre ihre Mutter ihr gerade peinlich, aber dann überzog ihr Gesicht ein stolzes Lächeln. Sie faltete ihre Hände auf dem Tisch, als müsste sie sie festhalten, um nicht auch zu klatschen. Stella blickte sich in der Konditorei um, als gelte der Applaus ihr. »Ist doch so«, sagte sie zufrieden. Die Frauen an den anderen Tischen nickten. »Ist doch so«, wiederholten viele von ihnen.

Adrianes Gesicht war tomatenrot geworden. Bestürzt blickte sie ihre Tochter an, als wollte sie sagen: Ich habe das alles nicht so gemeint. Aber Theresa nickte ihr aufmunternd zu. »Du hättest in die Politik gehen sollen«, schmunzelte sie. »Aber es bleibt die Frage, was wir jetzt wegen Lysbeth tun sollen.« Mit plötzlicher Kühnheit sagte Adriane: »Guckt doch mal, alle Frauen hier haben eben geklatscht ...« »Na gut, nicht alle«, warf Theresa ein. »Aber die meisten.« »Egal«, führte Adriane ihre Gedanken weiter aus. »Ich vermute mal, dass von den Frauen, die hier sitzen, fast alle Abtreibungen hinter sich haben.«

Stella riss erschrocken die Augen auf. »Das meinst du nicht ernst«, sagte sie. »Natürlich«, betonte Adriane vehement. »Was glaubst du denn? Der Körper seiner Frau hat dem Mann immer gehört, eheliche

Pflicht ist ein Gesetz, auf das er sich berufen kann. Und die Pille gibt es erst seit kurzem. Was glaubst du denn, was die Frauen gemacht haben?«

Stella schüttelte ungläubig den Kopf. Warum hatte sie darüber nie nachgedacht? Warum hatte die Tante und auch Lysbeth mit ihr nie so darüber gesprochen? Sie kam sich sehr dumm vor. Ja, in ihrer Familie war das Thema nicht das zu vieler Schwangerschaften gewesen, alle drei, Lysbeth, Cynthia und sie waren kinderlos geblieben. Sie dachte plötzlich an ihre Schwangerschaft mit Angela. Auch damals hätte sie selbstverständlich eine Abtreibung richtig gefunden, wenn es nicht schon zu spät gewesen wäre.

»Wir müssten das Gericht als Tribunal benutzen, um die Öffentlichkeit auf die Ungerechtigkeit der männlichen Gesetze aufmerksam zu machen«. Adriane dämpfte ihre Stimme. Die Frauen an den Nachbartischen hatten sich wieder anderen Dingen zugewandt. Sie wollte nicht noch einmal die allgemeine Aufmerksamkeit auf sich ziehen.

»Tribunal?«, fragte Stella.

»Ja«, sagte Theresa entschieden. »Mutti hat recht. Wir müssen so viele Frauen wie möglich zusammentrommeln, und dann gehen wir alle zusammen in den Gerichtssaal und malen ein Transparent: ›Wir haben auch abgetrieben‹ und rufen: ›Verklagt uns gleich mit.‹ Und werfen mit faulen Eiern und weichen Tomaten auf die Richter!« Sie lachte laut auf. »So macht man das doch heute. Ich habe Lust dazu. Ich bin bereit.«

## 46

Lysbeth und Aaron überlegten, ob sie die Rückreise mit dem Schiff oder per Flugzeug unternehmen sollten. Eine Schiffsreise war billiger als ein Flug, und ihr Geld war zwar nicht ausgegangen, da sie in Esalen nur wenig verbraucht hatten, aber es war auch nicht gerade so, dass sie als reiche Leute aus Amerika zurückkehrten. Zudem waren sich beide bewusst, dass auf sie in Hamburg einiges an Veränderung wartete, und eine Schiffsreise bot ihnen noch einen kleinen Aufschub.

Aaron bewahrte eine sehr schöne Erinnerung an seine Überfahrt nach New York, nur getrübt durch seine verzweifelte Sehnsucht nach Lysbeth und seine Schuldgefühle. Er plädierte für die Reise mit dem

Schiff. »Mit dir gemeinsam stelle ich mir diese Tage auf dem Meer paradiesisch vor. Unter uns das Meer, über uns der Himmel, um uns herum Möwen und fliegende Fische, das ist Romantik pur.« Das gab den Ausschlag.

Und wirklich verbrachten sie Tage voller Eintracht und Zärtlichkeit. In Esalen hatten sie sich wieder auf ihre Wurzeln besonnen. Sie waren einander damals nahgekommen, weil sie die Welt und die Menschen verstehen und weil sie Krankheiten heilen wollten. Diese Verbindung stiftete auch jetzt wieder eine beglückende Nähe zwischen ihnen.

Perls hatte Michel Foucaults Werk *Wahnsinn und Gesellschaft: Eine Geschichte des Wahns im Zeitalter der Vernunft* empfohlen. Das lasen sie einander, auf Liegestühlen an Deck oder aneinandergeschmiegt auf dem Bett in ihrer Kajüte, abwechselnd auf Englisch vor. Foucaults Thesen erschienen ihnen gewagt, aber sie bestätigten sie in ihrer kritischen Haltung der Medizin und der Psychiatrie gegenüber. Foucault hinterfragte die medizinische Definition der psychischen Krankheit. Sie begriffen, warum Perls dieses Werk empfahl, denn das entsprach genau seiner Kritik an der Diagnose psychischer Krankheiten, die vor allem das Produkt sozialer, politischer und juristischer Entwicklungen sei und also historisch bedingt und auch historisch veränderbar. Ob Menschen als psychisch krank eingeordnet wurden und wie dann mit dieser Krankheit verfahren wurde, hatte seine Gründe in gesellschaftlichen Machtstrukturen. So wurden als krank klassifizierte Menschen aus der Gesellschaft ausgeschlossen, wobei die Frage gestellt werden musste, was die Gesellschaft von dieser Ausgrenzung hatte. Foucault führte in diesem Zusammenhang die Homosexualität an, die als behandlungsbedürftige psychische Krankheit eingeordnet wurde. Medizin und Psychiatrie, so behauptete Foucault, seien in diesem Sinne Instrumente, mit deren Hilfe die Ausgrenzung bestimmter Menschen oder Menschengruppen rational begründet und wissenschaftlich legitimiert werde. Gleichzeitig entbinden Psychiatrie und Medizin die Gesellschaft von der Verantwortung für »Krankheit«, indem diese eingeordnet wurde, als entspränge sie vermeintlich unabhängig von sozialen Bedingungen der Natur des Kranken.

Die Lektüre begeisterte Aaron, fasste Foucault doch in Worte, was er selbst schon seit langem empfand. »Jede Krankheit«, behauptete Aaron, »ist Ausdruck einer sozialen oder persönlichen Disbalance. Unser Körper will gesund sein, und die Krankheit ist ein Indiz dafür, dass wir etwas tun müssen, um wieder in eine Harmonie zu gelangen. Als Arzt soll ich aber nur Flickschusterei betreiben, da wird mir nur die Aufgabe zugeteilt, die Leute wieder arbeitsfähig zu machen. Ich will mich nicht länger funktionalisieren lassen.«

Er wusste noch nicht genau, was er ändern wollte. Und konnte, denn er hatte keine Ausbildung als Psychiater. »Im Übrigen«, so erklärte er, »will ich gar nicht als Psychiater arbeiten. Genau die kritisiert Foucault ja. Und auf gar keinen Fall will ich in einer psychiatrischen Einrichtung tätig sein.«

Lysbeth stellte in diesen Gesprächen fest, dass Aaron sich mit der Thematik bereits eingehend beschäftigt hatte. Er war über alles Mögliche informiert, wovon sie nicht die geringste Ahnung hatte. Besonders hatte er sich mit dem Krankenhaus in Langenhorn beschäftigt, Ochsenzoll. Ochsenzoll war für Aaron eine richtige Schreckensanstalt. Für die Hamburger war »Ochsenzoll« gleichbedeutend mit »Irrenanstalt«, doch auch die Ärzte dort betrachteten es als Verwahranstalt für »Irre«. Aaron hatte sich gleich nach dessen Gründung vor fast zwei Jahren einem Arbeitskreis von Ärzten und Historikern angeschlossen, die sich mit der Aufarbeitung der Geschichte Ochsenzolls beschäftigten, einem entsetzlich dunklen Kapitel der Medizin in Hamburg.

Erschrocken stellte Lysbeth fest, dass sie nichts von Aarons Aktivitäten in dieser Gruppe wusste. »Es ist ekelerregend«, rief er aus, während sie einträchtig nebeneinander auf Liegestühlen lagen und in den blauen Himmel blickten, »die Irrenärzte haben während des Nationalsozialismus nicht widerwillig die Aufgabe übernommen, über ›unwertes Leben‹ zu bestimmen, sondern sie sind dem freiwillig und mit öffentlicher Bekundung in medizinischen Fachartikeln und Vorlesungen nachgekommen. Die *Pflege- und Heilanstalt Ochsenzoll* hat nicht im geringsten Pflege und Heilung gedient. Die Behandlung war unglaublich brutal. Sie haben das auch vor 1933 schon unter anderem dadurch legitimiert, dass angeblich vor allem geisteskranke Straftäter dort behandelt wurden.«

Lysbeth hörte still zu, als Aaron von der dunklen Geschichte *Ochsenzolls* berichtete. Sie war dankbar, all dies erfahren zu dürfen, und sie war erschüttert, zu denen zu gehören, die sich überhaupt nicht damit auseinandersetzten, dass zwischen 1939 und 1945 im Deutschen Reich im Rahmen des nationalsozialistischen Euthanasie-Programms mehr als 100 000 Geisteskranke und Behinderte ermordet worden waren, darunter auch viele Kinder. In Aarons Arbeitsgruppe gab es sogar Historiker, so erklärte er, die von doppelt so vielen Opfern ausgingen. Die *Heil- und Pflegeanstalt Ochsenzoll* war seit 1936 die einzige große staatliche Institution in Hamburg für psychisch Kranke gewesen. Langenhorn war damit Drehscheibe der Anstaltsdeportationen in Hamburg gewesen. Die Patienten dort galten im Sinne der nationalsozialistischen Rassenhygiene als »unwertes Leben«. Sie wurden im Laufe der Jahre zu mehr als zwanzig Tötungsanstalten transportiert.

»Du glaubst nicht, wie schwer es ist, an die Unterlagen in *Ochsenzoll* ranzukommen. Die mauern wie verrückt. Aber in der Gruppe sind wundervolle leidenschaftliche Menschen, die wollen das rauskriegen. Mit winzigen Puzzlesteinen werden sie, davon bin ich überzeugt, allmählich das Ausmaß der Tötungsenergie der Mediziner in *Ochsenzoll* entschleiern.«

»Was hat der Arbeitskreis denn während der Zeit herausbekommen, als du noch in Hamburg warst?«, erkundigte sich Lysbeth.

»Zum Beispiel haben sie die Kranken gezielt verhungern lassen. Aber das war nicht neu. Schon im Ersten Weltkrieg haben sie die psychisch Kranken verhungern lassen. Das ist ein richtiges Hungersterben in der Psychiatrie gewesen«, sagte Aaron traurig.

»Das wusste ich alles nicht«, bekannte Lysbeth.

»Die Nazis haben ab 1933 Sparmaßnahmen eingeführt, um die angeblich von den ›Erbkranken‹ verursachten ›ungeheuren Fürsorgelasten‹ zu senken und – so die Propaganda – das eingesparte Geld für die Pflege der ›Erbgesunden‹ zu verwenden. Zu diesen Maßnahmen gehörte die Überbelegung der Anstalten, der Abbau des Personals und die Reduzierung der Ernährungskosten.«

Lysbeth schüttelte fassungslos den Kopf. »Na ja«, sagte sie. »Die Nazis wollten auch die Juden verhungern lassen. Das war wohl eine ihrer Methoden, sich Menschen zu entledigen, die sie unwert fanden.«

Aaron nickte bestätigend. »Du darfst aber nicht vergessen, dass das Mediziner getragen haben, die angetreten waren, Menschen heilen zu wollen«, gab er zu bedenken. »Neben dem allgemeinen Hungersterben wurde in einigen Anstalten, auch in Ochsenzoll, gezielt mit Nahrungsentzug und überdosierten Medikamenten gemordet.«

Lysbeth dachte nach. »Wie war das denn nach dem Krieg?«, fragte sie.

»Katastrophal«, antwortete Aaron. »Die psychisch Kranken waren besonders von Not und Hunger betroffen. Aber ich glaube auch, dass die Verdrängung der NS-Verbrechen ein Grund dafür war, warum nicht schon in den Fünfzigerjahren mit einer umfassenden Reform der Psychiatrie begonnen wurde.«

»Beschäftigst du dich mit den Zuständen in Ochsenzoll, weil du als Arzt an einer Psychiatriereform teilhaben willst, oder sind das allein politische Gründe?«, fragte Lysbeth. Aber eigentlich kannte sie die Antwort schon.

Seit Aaron bei Fritz Perls gelernt hatte – und vorher, seit er in seiner Praxis auf St. Pauli dem Ausmaß psychischen Elends im Nachkriegsdeutschland begegnet war –, war er nicht daran interessiert, Geisteskranke zu behandeln. Der »alltägliche Wahnsinn« erschütterte ihn viel stärker und schien ihm auch viel behandlungsbedürftiger. Die Brutalität, die sich hinter deutschen Haustüren austobte, wo Frauen und Kinder per Gesetz der Willkür des Mannes ausgeliefert waren, brachte psychisch gestörte Menschen hervor. Der Mief, der in deutschen Betten Regie führte, wo es kaum um Lust – und schon gar nicht um die der Frau –, sondern um Abreagieren von Spannung ging, was sich dann wiederum in besonders autoritätsgeprägter Weise bei den Prostituierten zeigte, all das beschäftigte Aaron seit langem, und er wünschte sich zutiefst, für die Opfer dieser täglichen Gewalt, wenn schon nicht heilend, so doch unterstützend tätig zu werden.

Während der unzähligen Gespräche auf dem Schiff begriff Lysbeth erst, wie sehr er sich von ihr im Stich gelassen gefühlt hatte, als sie sich mit der autoritären und vollkommen männlich geprägten medizinischen Wissenschaft so verbunden hatte, dass sie kaum mehr zu erkennen gewesen war.

Lysbeth konnte sich kaum noch selbst verstehen. Es fühlte sich an, als hätte sie ihren Geist und ihren Körper einer Macht überlassen, die ihr versprach, sie im Gegenzug Ärztin werden zu lassen. »Ich weiß jetzt, wie Faust sich gefühlt hat«, sagte sie mit einem kläglichen Lächeln. Aaron verengte die Augen zu Schlitzen. »Faust?«, fragte er verständnislos. »Ja«, erklärte Lysbeth. »Auch Faust wünschte sich etwas, was eigentlich nicht erfüllbar war, nur mit übermenschlicher Macht. Und ich wünschte mir seit …« Sie zögerte, doch dann sprach sie es aus und begriff es selbst auch erst in diesem Augenblick: »seit meinem Traum, nach dem Fritz so schrecklich verletzt wurde, seitdem wollte ich nicht nur Unglück *sehen,* ich wollte es verhindern, und wenn es denn schon geschehen war, wollte ich es wiedergutmachen. Ich wollte heilen, Aaron!« Den letzten Satz hatte sie mit Tränen in den Augen und mit solcher Inbrunst ausgestoßen, dass auch Aaron Tränen in die Augen stiegen. »Es war also schon viel früher als zu dem Zeitpunkt, als wir uns kennenlernten«, sagte er nachdenklich. »Und es ging auch nicht nur ums Wissen wie bei Faust, du wolltest …« »Ich wollte heil machen«, sagte Lysbeth leise. »Ich habe so viel Zerstörung geträumt, so viel Schmerz und Kaputtgehen. Das war eine unbekannte unheimliche Macht, die mich das *sehen* ließ. Ich wollte dem unbedingt etwas entgegensetzen.«

Aaron umarmte sie. Er umfasste ihre zarten knochigen Schultern, als wollte er alles Dunkle und Schreckliche von ihr abwehren. Aber er wusste, dass er diese Macht nicht besaß. In diesem Augenblick jedoch konnte er sie umfangen und ihr ein geborgenes Gefühl geben. Lysbeth legte eine Hand auf die seine und lächelte ihn dankbar an.

»Warum musste es die Medizin sein, die an der Universität gelehrt wird von diesen arroganten alten Säcken?«, fragte Aaron, und Lysbeth merkte, dass er ihr keinen Vorwurf machen, sondern es wirklich begreifen wollte. »Du hattest doch von der Tante so viel gelernt? Du kanntest dich mit Homöopathie aus. Ich habe dich und dein Können sehr respektiert. Du hattest doch viel Spielraum in meiner Praxis.«

Lysbeth runzelte die Stirn. Es war nicht leicht, es ihm zu erklären, denn es war nicht leicht, es selbst zu begreifen. »Aaron, auch ich bin in einer Gesellschaft groß geworden, wo die Männer mehr zählen als wir Frauen.« Aaron schnalzte missbilligend mit der Zunge. »Du doch nicht«, widersprach er. »Die Männer in deiner Familie konnten doch von den Frauen in die Tasche gesteckt werden. Dein Vater … Eckhardt … Dritter …« »Nein!«, widersprach Lysbeth vehement. »Oder besser, jein«, ruderte sie zurück. »Also was nun?«, Aaron lachte, und so gelang es ihm, dem Gespräch ein wenig an Schärfe zu nehmen.

Lysbeth atmete aus, als hätte sie die ganze Zeit die Luft angehalten. Nun flossen die Worte auch leichter. »Du hast zwar recht, wenn du sagst, dass meine Mutter eine viel stärkere Persönlichkeit war als mein Vater. Aber er hat die Firma geführt, er durfte sich mit seinen Fähigkeiten draußen in der Welt beweisen …« Sie lachte. »Auch wenn es ihm nicht gerade gut gelungen ist, und auch wenn ihm vor allem nicht gelungen ist, einen Charakter zu entwickeln, auf den man sich verlassen konnte.«

»Verlassen konnte man sich auf deine Mutter«, sagte Aaron. »Und auf deine Tante.« »Ja«, stimmte Lysbeth zu. »Aber auch meine Mutter hat an einer Ehe festgehalten, weil sie mit dem Mann Kinder hatte. Obwohl mein Vater sie immer wieder verletzt, allein gelassen, nicht wirklich geliebt hat. Bei Fritz hat sie eine ganz andere Tiefe an Liebe und Respekt erfahren, trotzdem ist sie bei ihrem Ehemann geblieben. Und schau, bei Stella war es nicht viel anders.« Aaron schüttelte widerstrebend den Kopf. »Stella hat doch aus ihrer Liaison mit Anthony kein Geheimnis gemacht.«

Lysbeth hob achtungsgebietend die Hand. »Aber sie hat sich nicht scheiden lassen, und sie hat Anthony nicht geheiratet, obwohl er sich das so sehr gewünscht hat.« Entschieden fügte sie hinzu: »All die Gründe, weswegen ich immer ein schlechtes Gewissen hatte, dass sie das alles nur wegen der Familie oder wegen dem Haus oder deinet- oder meinetwegen gemacht hat, sehe ich heute sehr kritisch. Ich glaube, wenn Stella gewollt hätte, hätte sie Wege gefunden. Aber sie hat sich nicht getraut, den letzten Schritt zu gehen. Und diese Angst hat, davon bin ich überzeugt, etwas damit zu tun, dass sogar eine so mutige Frau wie Stella letzten Endes doch an ihre Frauenrolle gebunden war.«

Aaron betrachtete sie staunend und mit einem leicht amüsierten Zug um den Mund. »Ich fasse es nicht«, sagte er. »Ich habe es mit einer Feministin zu tun.« Er stöhnte theatralisch auf. »Und diese Feministin ist den schlimmsten Machos gefolgt, die man sich nur denken kann, den Göttern in Weiß. Liebes Lieschen, das ist schizophren.« Er lachte auf. Lysbeth blieb ernst. »Ich glaube sogar, dass du recht hast«, bekannte sie leise. »Es hat sich auch irgendwie schizophren angefühlt. Aber in deiner Praxis war ich deine Assistentin. In meiner Praxis konnte ich alles selbst gestalten und entscheiden. Und …«, sie blickte Aaron mit großen auf eine kindliche Weise ehrlichen Augen an, »und das hat mich mit großer Begeisterung erfüllt. Ich war stolz darauf, wie ich Ärztin war.«

Aaron runzelte zweifelnd die Stirn. Lysbeth nickte bekräftigend mit dem Kopf. »Ja, auch auf die Abtreibungen bin ich stolz. Und ich habe auch mit den Frauen gesprochen. Ich habe mir Zeit genommen …«

Aaron lachte bitter auf. »Na gut, der Preis war unsere Ehe.« Lysbeth griff nach seiner Hand. »Aaron, bitte verzeih mir.« Sie sah ihn flehend an. »Und bitte versteh mich doch.« Er legte seine andere Hand über die ihre, die er nun zwischen seinen beiden Händen geborgen hielt. »Ich habe dir schon lange verziehen, mein Herz. Und ich verstehe dich immer besser. Aber ich möchte auch verstanden werden.« Lysbeth nickte.

Die Reise dauerte eine ganze Woche lang. Sie gerieten in keinen Sturm, sie wurden von den übrigen Passagieren in Ruhe gelassen, sie lagen auf Liegestühlen, spazierten an Deck, und sie sprachen und sprachen und sprachen. Lysbeth bat Aaron um eine Erklärung, warum er sich nie völlig mit der Psychoanalyse angefreundet hatte. »Frankl ist doch Analytiker«, sagte sie, »und du hast doch so von ihm geschwärmt, aber du wolltest kein Analytiker sein. Warum nicht?«

Aaron erklärte, dass auch Viktor Frankl kein reiner Analytiker sei. »Auch er ist viel stärker auf eine Veränderung des Verhaltens, der Haltung bedacht, als es die Analytiker tun.« Lysbeth merkte erstaunt, dass sie sich nicht einmal eingehend mit Aarons psychotherapeutischer Tätigkeit beschäftigt hatte. Sie hatte ihm zwar zugehört, wenn er von einzelnen Fällen gesprochen hatte, aber wie genau er auf seine Patienten und vor allem Patientinnen eingegangen war, welche Methoden er benutzt hatte, damit hatte sie sich nicht beschäftigt. Ihr dämmerte, wie oberflächlich ihr Kontakt zu Aaron geworden war, wie oberflächlich sie selbst sich mit der Art auseinandergesetzt hatte, der Seele von Patienten zur Gesundung zu verhelfen. Sie hatte gedacht, zuzuhören und einen Ratschlag zu geben, würde ausreichen. Bei Perls hatte sie freilich anderes erlebt. Wie ignorant war sie gewesen.

»Was genau macht ein Psychoanalytiker?«, fragte sie Aaron. Er warf ihr einen skeptischen Blick zu, der sagte: Das meinst du nicht ernst. Willst du mich verulken? »Bitte erklär es mir«, insistierte sie. »Ich glaube, so richtig weiß ich das nicht.«

Aaron fing lächelnd an zu dozieren, als würde er sich selbst persiflieren: »Die Psychoanalyse geht auf Freud zurück, das weißt du schon. Und Freud meinte, dass wir aufdecken, bewusst machen müssen, was im Unbewussten unser Leiden verursacht. Der Patient muss also eine Einsicht in die Zusammenhänge seiner Seele bekommen.« »Und wenn ich die Einsicht habe, dann höre ich auf zu leiden?«, fragte Lysbeth, und man konnte ihr ansehen, wie absurd sie diese Idee fand.

»Nein«, widersprach Aaron auch sogleich. »Eine rationale Einsicht in die Verursachungszusammenhänge ist nicht das Ziel einer psychoanalytischen Therapie.«

»Sondern?«, hakte Lysbeth nach.

»Na ja«, Aaron rieb sich das Kinn, das seit der Zeit in Esalen von einem grauen Bart bedeckt war. »Das Gefühlsleben soll sich verändern, so dass der Patient es nicht mehr nötig hat, sein Leben durch die Abwehr bestimmter Gefühle bestimmen zu lassen. Schau.« Er fuchtelte wild mit den Armen in der Luft. Lysbeth lächelte zärtlich. So wichtig war ihm das Ganze. Wieso hatte sie das nicht früher bemerkt? »Jemand, der während seiner Kindheit zum Beispiel nicht von seiner Mutter darin unterstützt oder wenigstens gelassen wird, seine ersten freien Willensentscheidungen zu bekunden – was sich ja mit Trotz äußert –, der kann oft diese Phase nicht überwinden und zur nächsten übergehen. Der bleibt im Trotz und auch im Hass auf die Mutter stecken – und später auf andere Frauen. Das darf er aber gar nicht fühlen, weil er die Mutter ja liebt und von ihr abhängig ist. Ein nicht aufzulösender innerer Konflikt, der im erwachsenen Leben immer wieder durchgespielt wird, aber natürlich unbewusst. Bewusst nimmt er wahr, dass die jeweilige Frau ihn unter Druck setzt, einschränkt, nicht respektiert.«

»Puh!« Lysbeth lachte. »Du sprichst aber nicht über dich, oder?«

Aaron sah sie erschrocken an. »Natürlich nicht. Das war die Beschreibung einer Pathologie.« »Aber betrifft die nicht die meisten Männer?«, fragte sie. »Bringt die Erziehung in unserer autoritären Gesellschaft nicht haufenweise solche Pathologien hervor?« »Genau«, bestätigte Aaron. »Solche und andere. Deshalb ist es ja so wichtig, psychotherapeutisch tätig zu werden. Genau wie Perls gesagt hat: Das ist eine politische Aufgabe.«

»Also erklär mir«, forderte Lysbeth, und sie war nun selbst ganz aufgeregt, weil sie das Gefühl hatte, ein unbekanntes Feld zu betreten. »Wie machst du das?«

»Ich nicht«, wehrte Aaron ab. »Ich arbeite ja nicht analytisch. Das darf ich auch gar nicht. Die klassische Psychoanalyse findet in drei bis fünf einstündigen Sitzungen pro Woche statt, oft über mehrere Jahre. Der Patient liegt auf einer Couch und sagt möglichst unzensiert alles, was ihn gerade bewegt beziehungsweise durch seinen Kopf geht. Der Analytiker sitzt hinter ihm, hört zu und teilt ihm seine Erkenntnisse mit, wann immer er es für günstig hält. Der Analytiker achtet sehr darauf, ob sich bei dem Patienten irgendwelche Übertragungen zeigen, die der Patient ihm gegenüber anstellt. So können sie Muster aufspüren, die dann verändert werden können. Oft analysieren sie Träume.«

Lysbeth blickte ihn bewundernd an. »Traumanalyse?«, fragte sie. »So wie die Tante es mit mir gemacht hat. Träume aufschreiben und gucken, was sie mir sagen wollen?«

»So ähnlich!«, stimmte Aaron zu. »In der Analyse wird dann auch frei assoziiert. Aber weißt du, Lysbeth, seit ich Perls erlebt habe, ist mir klargeworden, dass die Analyse so etwas wie eine Dampflokomotive im Zeitalter ganz anderer schnellerer Möglichkeiten ist. Perls dringt so schnell durch die Schutzpanzer hindurch, dafür braucht die Analyse oft Jahre, obwohl der Patient jeden zweiten Tag in der Praxis erscheint. Auch finde ich es nicht förderlich, dass der Patient den Therapeuten nicht anschaut. Ich glaube, dass die Beziehung zwischen Therapeut und Patient sehr, sehr wichtig ist. Deshalb warst du vielleicht sogar erfolgreicher mit deinen kurzen Gesprächen und Ratschlägen als mancher Analytiker in Jahren.« Lysbeth lachte verlegen auf. »Doch, doch«, bekräftigte Aaron mit entschiedenem Kopfnicken. »Erinnere dich daran, wie unglaublich wirksam die Tante mit wenigen Worten auf dein Leben, und später auf meins, eingewirkt hat. Das konnte sie nur, weil sie genau hingeguckt hat, und weil sie vor keinem Kontakt zurückgescheut ist. Analytiker bringen sich selbst ganz schön in Sicherheit, indem sie nicht angeschaut werden können.«

Als sie in Hamburg ankamen, hatten beide die Absicht, sich an den politischen Auseinandersetzungen zur psychiatrischen Versorgung in *Ochsenzoll* zu beteiligen. Beiden war in ihren Gesprächen bewusst geworden, wie wichtig es war, nicht nur in ihren Praxen tätig zu sein, sondern auch gesellschaftlich das Wort zu ergreifen. Zum einen, um den verlorenen Menschen in den psychiatrischen Einrichtungen zu helfen, zum anderen auch, um in der Öffentlichkeit ein anderes Bewusstsein für die Verantwortung der Ärzte während des Nationalsozialismus für den Tod Tausender psychisch Kranker zu bewirken.

Doch kaum lag Lysbeth in den Armen ihrer Schwester, flüsterte die: »Du bist wegen Abtreibung angeklagt, Lysbeth. Wir müssen ganz schnell etwas tun. Ich habe schon einen Termin beim Anwalt vereinbart.«

## 47

Gemeinsam mit Aaron und Stella suchte Lysbeth zwei Tage später die Praxis von Frau Dr. Sylvia Wohlleben auf. Die Anwältin war ungefähr vierzig Jahre alt, blond, schlank, und sie glich eher einer Tennisspielerin als einer Juristin. Aber sie verstand offenbar ihr Metier, darüber hinaus verstand sie Frauen, die Abtreibungen durchführten, ebenso wie Ärztinnen, die denen dazu verhalfen. Sie klärte Lysbeth darüber auf, dass das Gesetz zum Paragraph 218 in Deutschland sich seit 1926 im Wesentlichen nicht verändert hätte. Sie schlug ein dickes Buch an einer Stelle auf, die durch einen Fetzen Papier markiert war, und las laut: »Eine Frau, die ihre Frucht im Mutterleib oder durch Abtreibung tötet oder die Tötung durch einen anderen zulässt, wird mit dem Gefängnis bestraft. Ebenso wird ein anderer bestraft, der eine Frucht im Mutterleib oder durch Abtreibung tötet. Der Versuch ist strafbar. Wer die im Absatz 2 bezeichnete Tat ohne die Einwilligung der Schwangeren oder gewerbsmäßig begeht, wird mit Zuchthaus bestraft.« Sie klappte das Buch zu, blickte die drei der Reihe nach mit ihren blitzgescheiten blauen Augen an und fügte hinzu. »Im Allgemeinen galt die Höchstgrenze von 15 Jahren. Ebenso wurde bestraft, wer einer Schwangeren ein Mittel oder Werkzeug zur Abtreibung der Frucht gewerbsmäßig verschafft. Waren mildernde Umstände vorhanden, so trat Gefängnisstrafe nicht unter drei Monaten ein.«

Lysbeth war merkwürdig gelassen. Sie hatte bereits einen Tag zuvor ihre Kollegin aufgesucht, und nachdem es eine herzliche Umarmung gegeben hatte, die Lysbeth allerdings einen Hauch zu begeistert vorgekommen war, um echt zu sein, hatte sie von der Denunziation erzählt. Daraufhin war das Gespräch sehr frostig geworden und wurde auch bald abgebrochen, weil ein wichtiges Telefonat anstand. Lysbeth war daraufhin nach Hause gegangen und hatte zu Aaron gesagt: »Ich verlasse die Praxis. Ich weiß nicht, ob mir meine Approbation nicht sowieso entzogen wird. Aber ich will da nicht mehr arbeiten.« Lachend hatte sie hinzugefügt: »Ich bin sowieso im Rentenalter. Wenn du möchtest, helfe ich dir in deiner Praxis. Für mich soll sich gerne viel ändern.« Aaron hatte sie skeptisch angeschaut, und sie selbst hatte gemerkt, dass ihr Lachen nicht wirklich froh geklungen hatte.

Frau Dr. Wohlleben erinnerte daran, dass ab 1933 Abtreibungen zur

Verhütung erkrankten Nachwuchses nicht nur erlaubt, sondern erwünscht gewesen waren. Formale Bedingung für einen straffreien Abbruch war unter anderem die Einwilligung der Schwangeren gewesen; in der Praxis wurden die Wünsche und Vorbehalte von als »minderwertig« definierten Frauen allerdings oft missachtet. Die medizinische und eugenische Indikation des Schwangerschaftsabbruches durch einen niedergelassenen Arzt war ebenfalls Bestandteil des Gesetzes gewesen. 1943 wurde die Verschärfung der Strafe angeordnet für den Fall, dass »die Lebenskraft des deutschen Volkes« beeinträchtigt wurde. Für die Durchführung von Abbrüchen wurde die Todesstrafe vorgesehen. Andererseits blieb ein Abbruch straflos, wenn er die Fortpflanzung »minderwertiger Volksgruppen« verhinderte.

»Der Abtreibungsparagraph 218 wurde 1949 fast unverändert in das Strafgesetzbuch der gerade gegründeten Bundesrepublik übernommen. Allerdings«, Frau Dr. Wohlleben hob die Stimme und lächelte Lysbeth an, »wir haben Ende 1967. Es gibt viele Diskussionen über diesen Paragraphen. Und die Gerichte in Hamburg sind ziemlich liberal, was dieses Gesetz betrifft. Soweit ich Ihren Fall überblicke, handelt es sich nicht einmal um eine durchgeführte Abtreibung, sondern um eine Frau, die zu Ihnen in die Praxis gekommen ist, um sich zu informieren. Sie haben ihr angeboten, die Abtreibung kostenlos durchzuführen. Danach ist die Frau nicht wiedergekommen. So viel weiß ich inzwischen nach Akteneinsicht. Ich glaube, ehrlich gesagt, dass Sie sich keine Sorgen machen müssen. Ich vermute, dass es ein bisschen Säbelrasseln geben wird, und dass das Verfahren dann eingestellt werden wird. So läuft das in Hamburg in den meisten Fällen und in Ihrem, glaube ich, wird das völlig unproblematisch über die Bühne gehen.«

»Sie glauben nicht, dass mir die Approbation entzogen wird?«, fragte Lysbeth.

»Davon gehe ich sicher aus«, antwortete die Anwältin.

Danach passierte nicht mehr viel. Lysbeth musste nicht einmal zur Aussage zur Polizei. Ihre Anwältin verfasste ein Schreiben, in dem sie die Aussage der Klägerin bestätigte und erläuterte, dass Frau Dr. Bleibtreu in diesem Fall die große Not der Frau erkannt habe, die in Tränen aufgelöst vor ihr gesessen und ihr glaubhaft versichert hatte, dass der Vater des Kindes sie verlassen habe und sie nun allein und mittellos dastünde und nicht wisse, wie sie das Kind ernähren könne, geschweige denn in einer Gesellschaft aufziehen, in der uneheliche Kinder stigmatisiert seien.

Adriane und Theresa schmiedeten Pläne, wie sie den Gerichtsprozess zu einem Tribunal gegen den Paragraph 218 umfunktionieren konnten. Adriane hatte im Altersheim bereits Unterschriften gesammelt. Die alten Frauen hatten sich unerwartet geschlossen hinter die Forderung gestellt, der unmenschliche Paragraph müsse verschwinden. Es gab unter ihnen nicht eine Einzige, die noch keine Abtreibung erlitten hatten, für die meisten war es ein wirklicher Leidensweg gewesen, da sie sich in die Hände von »Engelmacherinnen« begeben hatten, entsetzliche Schmerzen und oft langwierige Infektionen erlitten hatten. Das musste endlich ein Ende haben, da waren sich alle einig. Es flossen viele Tränen, als Adriane von Frau zu Frau ging, um ihr von Lysbeths Prozess zu erzählen. Aber es wurde auch gelacht, wenn die Unterschriften krakelig auf die Liste gesetzt wurden. Denn in diesem Altersheim wusste jede Frau, dass ihre Zeit begrenzt war. Da waren die alten Ängste vor sozialer Ausgrenzung oder böswilligem Gerede überflüssig geworden.

Im November fand an der Universität etwas statt, das Adriane und Theresa darin bestärkte, dass man mit Transparenten und geschickten Aktionen durchaus etwas bewirken konnte. Um der Forderung nach Demokratisierung der Universitäten und Mitbestimmung der Studenten Nachdruck zu verleihen, veranstalteten zwei Studenten bei der Rektoratsübergabe am 9. November eine Aktion, über die sich bereits einen Tag später halb Hamburg amüsierte. Die in den traditionellen Talaren, den lächerlichen akademischen Amtstrachten gekleideten Lehrstuhlinhaber waren zur offiziellen Feier im vollbesetzten Audimax eine Treppe hinuntergeschritten, an der Spitze die beiden Würdenträger, der alte und der neue Rektor. Ein Student, Gert Hinnerk Behlmer, hatte ein Transparent in der Innentasche seines Anzugs gefaltet mit sich getragen. Auf diesem Transparent stand: »Unter den Talaren der Muff von 1000 Jahren«. Während der Prozession holte er es heraus, entfaltete es und trug es mit einem anderen Studenten vor der Prozession her. Die Professoren konnten den Text nicht lesen und schritten auf ihre absurd erhabene Weise weiter. Vor ihnen standen die Pressefotografen, die in aller Ruhe die Szene ablichten konnten. Der Ordinarius für Islamkunde Bertold Spuler rief daraufhin den Studenten weithin hörbar zu: »Sie gehören alle ins Konzentrationslager.«

Das Pressefoto wurde vielfach abgedruckt, und der Text des Transparents wurde fortan gern zitiert. Bertold Spuler wurde für eine Weile beurlaubt. Die beiden Studenten hatten damit auf witzige Weise auf ihre politischen Forderungen und die in der Universität völlig ausgebliebene Aufarbeitung der NS-Diktatur, des »tausendjährigen Reiches« aufmerksam gemacht.

»Das machen wir auch«, verkündete Adriane. »Wir malen ein Transparent, wir holen alle Frauen aus dem Altersheim in den Saal, und dann singen wir ein Lied. Stella, das musst du mit uns einstudieren. Den alten Frauen kann nicht mehr viel passieren. Aber pressewirksam ist das bestimmt.«

Lysbeth freute sich über die Idee, sie war bereit, alles mitzumachen, was den unseligen Paragraph 218 in die Presse brachte, auch sie hatte keine Angst, dass ihr irgendetwas Schlimmes passieren könnte.

Es bereitete ihr wenig Mühe, die Praxis abzugeben, im Grunde war ja alles vorbereitet. Die junge Ärztin, die während der vergangenen Monate ihre Patientinnen betreut hatte, war sehr von der Idee angetan, die Praxis ganz zu übernehmen. »Wenn ich ehrlich bin«, gestand sie, »habe ich darauf gehofft.« Und die Kollegin, mit der sie die Gemeinschaftspraxis betrieben hatte, wurde unauffindbar, sobald Lysbeth erschien.

Lysbeth war erstaunt über sich selbst, wie wenig sie das Ganze berührte. Sie empfand vor allem Erleichterung. Aaron hingegen blieb skeptisch. Er konnte an diese Kehrtwendung nicht glauben. Auf ihren Vorschlag, in seine Praxis einzusteigen, reagierte er trotzdem unverhohlen begeistert. »Wenn du da bist, kannst du vor allem die medizinischen Themen behandeln, und ich kann mich um die Psyche kümmern. Dann können wir über die Kasse abrechnen, aber unsere eigene Art der Therapie durchführen. Du die Kräuter und die Homöopathie und ich das Sprechen.« Aber er zeigte gleichzeitig, dass er sich nicht vorstellen konnte, wie Lysbeth damit zufrieden sein sollte, nun wieder die zweite Geige zu spielen. Auch sie traute ihrem eigenen Überschwang nicht und sagte nach einiger Überlegung: »Ich glaube, ich will nicht wieder als deine Assistentin arbeiten. Das wäre ein Schritt zurück. Ich glaube, für mich beginnt eine andere Zeit. Ich habe so viel gelernt, vielleicht sollte ich jetzt mal lehren. An der Universität werden sie mich nicht nehmen, aber vielleicht gibt es private Institutionen, wo ich mein Wissen weitergeben könnte.« Aaron schlug vor: »Wir könnten zusammen eine Ausbildung in Gestalttherapie machen.« Lysbeth wehrte ab. »Erst mal will ich nicht mehr lernen, die Tante war so wichtig für mich mit dem, was sie weiterzugeben hatte, das ist jetzt auch meine Aufgabe, davon bin ich überzeugt.«

»Nicht, dass du dann schon wieder nie zu Hause bist«, warf Aaron ein. »Wir wollten doch nicht mehr so viel arbeiten.« Sie lachte. »Kochen? Dich abends mit einem leckeren Essen empfangen? Tanzen gehen? Ich habe Lust darauf, wieder Tango zu tanzen.« Sie atmete tief ein. »Ja, ich will das Leben genießen! In Esalen haben wir getanzt, da haben wir getrommelt, da haben wir gesungen. Diese Leichtigkeit will ich nicht wieder verlieren.« Aaron umschlang sie und machte mit ihr ein paar Tangoschritte. »Das ist das Klügste, was ich von dir seit Wochen gehört habe«, rief er. Er hielt sie an den Schultern einen Schritt von sich entfernt und schaute ihr ernst in die Augen. »Ich würde mich trotzdem sehr freuen, wenn du ab und zu in die Praxis kommst, um mich zu unterstützen. Vielleicht könntest du dort sogar Fortbildungskurse für Kollegen anbieten. Wäre das okay?« »Ja, mal gucken«, sagte sie. »Aber nicht zu festen Zeiten und nicht von morgens bis abends, und ich will mich auch umhören, wo ich vielleicht regulär als Dozentin arbeiten könnte. Ich bin überzeugt davon, dass es so etwas gibt.«

Kaum hatte Aaron seinen Platz in seiner Praxis wieder eingenommen und erzählte von Fällen, die ihm noch schwerwiegender erschienen als zu der Zeit, bevor er nach Amerika gereist war, fing Lysbeth Feuer und machte Vorschläge, was man da tun könne. Wenige Tage später erschien sie in der Praxis, zog sich einen weißen Kittel über – was Aaron inzwischen ablehnte, da er nicht als einschüchternde ärztliche Autorität erscheinen wollte, also trat er in ganz normaler Kleidung vor seine Patienten – und übernahm in kürzester Zeit all die Patienten, für die Aaron sich nicht zuständig fühlte, da er hauptsächlich Gespräche führte.

»Ewig geht das so nicht«, gestand er Lysbeth eines Abends im Dezember, als sie gemeinsam in feuchtem Matschwetter zu Fuß den Weg nach Hause zurücklegten. »Ich rechne falsch bei der Kasse ab. Gespräche zahlen die ja nicht. Also, für Gespräche zahlen sie ja Pfennigbeträge für fünf Minuten, länger gestehen sie es uns und den Patienten ja nicht zu.«

Lysbeth und er überlegten, welche Möglichkeiten sie hätten, um die Art medizinischer Versorgung anzubieten und durchzuführen und davon leben zu können, wie es ihnen vorschwebte. »Du könntest eine Heilpraktikerprüfung ablegen«, schlug Lysbeth vor. »Dann könntest du Psychotherapie als Heilpraktiker abrechnen.« Aaron schüttelte lächelnd den Kopf. »Die reißen mir beim Gesundheitsamt den Kopf ab, wenn ich als Arzt die Heilpraktikerprüfung mache. Außerdem müssen die Patienten das dann auch privat zahlen. Dann könnte ich jetzt schon einen privaten Obolus nehmen.« Heilpraktiker? Plötzlich hatte Lysbeth eine Idee. Sie würde sich mit Heilpraktikerschulen in Verbindung setzen und denen ihre Lehrtätigkeit anbieten.

In der Zwischenzeit machten sie so weiter. Lysbeth sorgte dafür, dass die Leute medizinisch betreut wurden, und Aaron führte Gespräche. Allerdings vermischte es sich mehr und mehr, da viele Frauen lieber mit Lysbeth reden wollten.

Am 2. Februar 1968 erhielt Lysbeth ein Schreiben vom Gericht, dass ihr Fall in Ermangelung eindeutiger Beweise eingestellt worden sei. Adriane und Theresa waren richtiggehend unzufrieden mit diesem positiven Ausgang. Nun hatten sie keine Plattform für ihr Tribunal gegen den Paragraphen 218. Lysbeth berührte auch das erstaunlich wenig.

Am 4. April ging sie früher aus der Praxis nach Hause, wie sie es oft tat, um etwas einzukaufen und das Abendessen vorzubereiten. Anschließend setzte sie sich in ihrem Zimmer auf den Sessel neben das Fenster zum Garten und las. Sie war dem Buchclub von Adriane, Theresa und Stella beigetreten. Das bereitete ihr großes Vergnügen. Adriane ersetzte ihr wie auch Stella ein wenig die alten Frauen der Familie, die Mutter, aber vor allem die Tante, die beide sehr vermissten. Adriane war scharfsinnig und von einer rebellischen Frechheit, seit sie sich zumindest in ihrer Phantasie mit der Aktion gegen Lysbeths Verurteilung beschäftigt hatte. Seit sie in dem Café in Rahlstedt Applaus von den Frauen an den anderen Tischen bekommen hatte, erhob sie dort ab und zu die Stimme, wenn sie meinte, etwas besonders Wichtiges zu sagen, und manches Mal hörten die Frauen an den anderen Tischen aufmerksam zu.

Nun hatten sie sich Heinrich Bölls Buch *Billard um halb zehn* als Lektüre vorgenommen. Böll erzählte in dem Roman eine Familiengeschichte: Während der Vorbereitungen zur Geburtstagsfeier des Architekten und Familienoberhauptes Heinrich Fähmel drängen die Schatten der Vergangenheit unaufhaltsam an die Oberfläche der scheinbaren Familienidylle. Die politischen und persönlichen Verstrickungen einzelner Familienmitglieder werden peu à peu aufgedeckt und gipfeln schließlich in einem Anschlag: Mutter Fähmel schießt auf einen früheren Nazi, der es in der jungen Bundesrepublik zu Ansehen und politischem Einfluss gebracht hat. Sensibel deckte Böll auf, wie sehr die Nazizeit die sozialen und familiären Strukturen des bundesrepublikanischen Alltags der Fünfzigerjahre durchdrungen hatte.

Lysbeth konnte nicht aufhören zu lesen, bis sie bis zum Ende gelangt war. Da erst nahm sie wahr, dass es draußen dunkel geworden war. Sie blickte auf die Uhr. Es war schon kurz vor acht. Sie erschrak. Wo war denn Aaron geblieben? Üblicherweise kam er gegen halb acht nach Hause. Schnell klappte sie das Buch zu und begab sich in die Küche, um den Tisch zu decken. Dann würde es eben keine Suppe geben, sondern nur Abendbrot. Während der Vorbereitung schaltete sie das Radio ein und hörte unkonzentriert zu. Als die Nachricht von Martin Luther King kam, dachte sie zuerst, sie hätte sich verhört. Doch dann wurde darüber gesprochen, dass ein tödlicher Schuss auf ihn um 18.01 Uhr in Memphis auf dem Balkon des *Lorraine Motels* erfolgt war. An seiner Seite hatte Jesse Jackson gestanden, der junge Farbige, der den *Poor People's Day* mit King gemeinsam organisierte. Angeblich, so sagte der Radiosprecher, hätten FBI-Agenten, die King observierten, als Erste versucht, ihm Erste Hilfe zu leisten.

Lysbeth setzte sich mit wackligen Beinen auf einen Küchenstuhl. Ihr wurde übel. Als wäre diese Nachricht durch die Schutzhülle gedrungen, hinter der die Kränkungen der letzten Zeit versteckt lagen, fühlte Lysbeth sich plötzlich entsetzlich bedroht.

In diesem Augenblick betrat Stella gemeinsam mit der humpelnden Hündin Dina die Küche. »Was ist denn mit dir los?«, erkundigte sie sich beunruhigt. »Du bist ja ganz blass.« Lysbeth sagte mit zittriger Stimme: »Martin Luther King wurde ermordet.« Stella schüttelte ungläubig den Kopf. »Er war in Memphis«, fuhr Lysbeth fast tonlos fort, »weil er dort für den *Poor People's Day* demonstrieren wollte.« »Wer ist Martin Luther King?«, fragte Stella, und Lysbeth sah sie entgeistert an.

»Das meinst du nicht ernst.«

Stella errötete. »Tut mir leid«, raunte sie. »Ich habe wirklich Schwierigkeiten, Zeitungen zu lesen.« Lysbeth raffte sich auf, Stella von ihrem Besuch bei Madame Valérie zu erzählen, wo ihr das erste Mal der Name Martin Luther King begegnet war. »Er ist ein farbiger Pastor«, erklärte sie. »Der sich für die Gleichberechtigung aller amerikanischen Bürger schwarzer Hautfarbe einsetzt. Außerdem ist er gegen den Vietnamkrieg. Er tritt für totale Gewaltlosigkeit ein.« Tränen traten ihr in die

Augen. »Er war für Gewaltlosigkeit«, korrigierte sie sich. Sie sah Stella nachdenklich an. »Aber es ist schon wichtig, dass du dich politisch ein wenig besser informierst.« Stella hob kämpferisch das Kinn. »Tu ich ja auch. Aber vielleicht nicht so wie du. Ich interessiere mich sehr für die Studentenunruhen. Und ich finde die Springer-Presse widerlich.« Ihre Stimme wurde brüchig, als sie hinzufügte: »Anthony hat mir vieles erklärt, da habe ich immer alles verstanden, aber in den Zeitungen zu unterscheiden, was Propaganda ist und was Wahrheit, das fällt mir wahnsinnig schwer.«

Da klappte die Haustür, und kurz darauf stand Aaron in der Küche. »King ist tot, ermordet«, überfiel Lysbeth ihn mit der schrecklichen Nachricht, und auch er erblasste. »Was wird das jetzt wieder für eine Welle von Gewalt nach sich ziehen?«, fragte er entsetzt.

Und wirklich kam es nach der Ermordung Kings in über hundert amerikanischen Städten zu Demonstrationen, bei denen neununddreißig Menschen starben, fast dreitausend verletzt und rund zwanzigtausend Personen verhaftet wurden. In Washington war tagelang kein normaler Alltag mehr möglich. Die Wut der farbigen Menschen über ihre Diskriminierung brach mit Gewalt aus ihnen heraus. Präsident Johnson sagte eine geplante Reise nach Hawaii ab, wo über den weiteren Verlauf des Vietnamkrieges beraten werden sollte.

Am 8. April 1968 fand der Protestmarsch durch Memphis freilich wie geplant gewaltfrei statt. Kings Frau Coretta führte ihn an. Ungefähr 35 000 Menschen nahmen friedlich an ihm teil. Den Bewohnern war von staatlicher Seite verboten worden, während des Protestes die Fenster zu öffnen.

Am 9. April 1968 wurde King in Atlanta auf dem South View Cemetery, einem Friedhof für Schwarze, beerdigt. Über 50 000 Menschen nahmen an dem Begräbnis teil.

An diesem Tag schlossen Aaron und Lysbeth die Praxis und machten einen langen Spaziergang über den Friedhof in Ohlsdorf. Sie sprachen über ihre Zeit in Amerika, über die jungen Menschen, die sie kennengelernt hatten, deren glühende Begeisterung für Frieden und Liebe. Sie sprachen auch darüber, dass sie in ihrer Arbeit seit ihrer Rückkehr alles andere als Frieden und Liebe erfuhren. Im Stadtteil St. Pauli wohnten ganz normale Menschen, Hamburger, die mit Prostitution oder Drogen oder Gewalt nichts zu tun hatten. Dennoch war ihr Leben geprägt von subtiler Gewalt und Angst.

Sie sprachen darüber, dass auf Martin Luther Kings Grabstein die letzten Worte seiner Rede »I have a dream« standen: »Free at last! Free at last! Thank God almighty, I'm free at last!« »Ein Unding«, schimpfte Aaron, »dass ein Schwarzer erst sterben muss, um frei zu sein.«

Auf dem Rückweg gingen die beiden zur Post in der Schlüterstraße und ließen sich mit Madame Valérie verbinden. Das war es ihnen an diesem Tag wert. Die Wahrsagerin war sofort am Apparat, ihre Stimme voller Tränen. Als sie hörte, wer sie anrief, begann sie lauthals zu klagen und zu schluchzen. »Unser Amerika ist ein Ort der Gewalt«, rief sie. »Ihr müsst nur ins Kino gehen, und die Gewalt schlägt euch entgegen. Ich glaube nicht, dass dieser Mord an King der Letzte war. In Amerika spritzt Blut!« Lysbeth und Aaron versuchten sie zu beruhigen, indem sie sie daran erinnerten, dass Johnson über ein Gesetz erweiterter Gleichberechtigung für Schwarze diskutieren ließ, aber Madame Valérie höhnte nur: »Der *Civil Rights Act* von 1964 ist doch ein Witz. Sie können ein Gesetz nach dem andern machen, die Wirklichkeit in diesem Land ist Rassismus und Diskriminierung und Gewalt. Ich habe nicht übel Lust, dieses Land zu verlassen.«

Wenige Tage später verabschiedete der Kongress ein Gesetz für die Gleichberechtigung von Schwarzen bei den Mietpreisen und dem Erwerb von Wohneigentum, das *Civil Rights Act* genannt wurde. Es erweiterte den berühmten *Civil Rights Act* von 1964. Das von Madame Valérie erwähnte Antidiskriminierungsgesetz von 1964 galt immer noch als Meilenstein auf dem Weg zur Gleichberechtigung der schwarzen Amerikaner. Es hatte das Ende der Rassentrennung bedeutet, die seit der Abschaffung der Sklaverei das Leben der Afroamerikaner bestimmt hatte. In Zügen und Bussen, Restaurants, Hotels, Parks, Theatern, Sportstätten, Büchereien – wo immer sie sich aufhielten, hatten Schilder mit der Aufschrift *Whites only* oder *Colored* den Schwarzen ihren Platz zugewiesen. Jim-Crow-System hatte man die rassistische Kastenordnung im Volksmund genannt, nach dem Stereotyp des stets zufriedenen, aber reichlich dummen Schwarzen (»Jim, die Krähe«). Im Süden der USA war es gesetzlich verankert gewesen. Im Norden hatte es informell, aber nicht weniger effektiv funktioniert. Präsident John F. Kennedy hatte dem Kongress Mitte 1963 einen Gesetzentwurf vorgelegt, der die Abschaffung der Rassentrennung vorsah. Nach seiner Ermordung im November 1963 setzte sein Nachfolger Lyndon B. Johnson 1964 den Civil Rights Act in Kraft. Damit wurde die Rassentrennung in allen Bereichen des öffentlichen Lebens verboten.

»Heute wissen wir, dass mit dem Bürgerrechtsgesetz das Versprechen auf Freiheit und Gleichheit für alle Bürger nicht eingelöst worden ist. Dabei hatten es so viele damals gehofft«, sagte Aaron nach dem Telefonat traurig zu Lysbeth. Schweigend gingen sie die Grindelallee entlang nach Hause, bis Lysbeth sagte: »Wir können nichts bewegen, was in Amerika geschieht oder nicht geschieht, aber wir müssen hier aktiv werden, Aaron.« »Wobei?«, fragte er und antwortete selbst: »Ich denke seit unserer Rückkehr, dass meine Arbeit so politisch ist, dass das mein Beitrag zur Verbesserung der Welt ist.« Als er Lysbeths zweifelnden Blick sah, fügte er schnell hinzu: »Unsere Arbeit natürlich.«

Lysbeth lächelte. »Ich glaube, es geht außerdem um etwas anderes«, sagte sie. »Uns stehen die Notstandsgesetze ins Haus, und wir haben nichts dagegen getan. Ich glaube, das müssen wir ändern, Aaron.«

Aaron drückte ihre Hand. »Einverstanden!«, sagte er. »Lass uns rauskriegen, wie wir das tun können.«

Aber zwei Tage später geschah die nächste Gewalttat. Am 11. April wurde in Berlin auf Rudi Dutschke geschossen.

Auch diese Nachricht erfuhren Lysbeth und Aaron wieder aus dem Radio, Stella hingegen aus dem Fernsehen. Sie stürzte nach den Acht-Uhr-Nachrichten gefolgt von Dina nach unten in die Küche, wo Lysbeth und Aaron saßen, und rief: »Wenn solche vielversprechenden jungen Männer bei uns ermordet werden, ist alles in Gefahr.« Lysbeth schenkte ihr schweigend ein Glas Herzwein ein und sagte, als Stella sich gesetzt hatte und ihr Glas zu einem Prost hochhielt: »Er ist doch nicht ermordet, oder? Er ist doch nur angeschossen.«

Stella reagierte empört: »Er sollte erschossen werden, Lysbeth. Er schwebt in Lebensgefahr. Weißt du, was das für unser Land bedeutet? Die Springer-Presse hat die Macht über Leben oder Tod unserer jungen Menschen in der Hand. Das ist das Ende!« Sie versank in dumpfes Schweigen, während sie das Glas Wein in einem Zug leerte.

»Ich weiß gar nicht genug über den jungen Mann«, bekannte Aaron. »Warum war er denn so gefährlich?«

»Das ist wie bei Martin Luther King!«, rief Stella aus. »Dutschke will bei uns etwas ändern. Und das stößt auf Widerstand.« »Deshalb schießt man doch nicht gleich«, sagte Lysbeth unglücklich. »Wenn wir alle angeschossen werden, weil wir etwas ändern wollen, ist Deutschland bald ein einziges Blutbad.«

»Nicht weit entfernt davon sind wir«, sagte Stella düster. »Rudi Dutschke ist in der letzten Zeit Springers liebster Feind gewesen. Das ist gefährlich.« Sie blickte Lysbeth und Aaron forschend an. »Ihr wollt mir nicht sagen, dass ihr nichts über ihn wisst, oder?« Lysbeth dachte angestrengt nach, Aaron sagte vorsichtig: »Ich habe gehört, dass er beim letzten Weihnachtsgottesdienst in der Berliner Kaiser-Wilhelm-Gedächtniskirche eine Diskussion über den Vietnamkrieg provozieren wollte und dass ihn auch da schon ein wütender Gottesdienstbesucher niedergeschlagen und verletzt hat.«

Lysbeth sah ihn fragend an. »Das hast du mir gar nicht erzählt«, sagte sie. Er zuckte die Schultern. »Weiß es auch erst seit heute. Mit einem Mal ist der junge Mann ja in aller Munde.«

Stella gab eine Kurzfassung zu Rudi Dutschke: »Dutschke ist Vorsitzender vom Sozialistischen Deutschen Studentenbund. Er hat Podiumsdiskussionen mit Rudolf Augstein, Ralf Dahrendorf und Günter Gaus gemacht.« »Ah«, antwortete Lysbeth, »ein Fernsehstar.« Stella wedelte mit den Händen. »Quatsch. Er sieht immer so ungepflegt aus, dass die *Bild-Zeitung* ihn richtig beleidigt. Für die war er Feind Nummer eins.«

»Feind Nummer eins?« Lysbeth hatte das Gefühl, völlig uninformiert zu sein. Wieso wusste sie nicht, dass Rudi Dutschke der Feind Nummer eins der Springer-Presse war? Sie hatte sich in die Notstandsgesetze und den Protest dagegen einzulesen versucht, etwas, das ihre ganze Konzentration erfordert hatte. Rudi Dutschke war ihr dabei völlig entgangen.

»Ehrlich gesagt«, bekannte Stella nun, »ich verstehe den Jungen meistens nicht. Er fordert eine ›Einheitsfront von Arbeitern und Studenten‹, aber ich vermute mal, dass kein Arbeiter begreift, was er eigentlich sagt. Mir ist das egal. Mein Feind ist Springer, und Rudi ist der Feind von Springer, also ist Rudi mein Freund.« Aaron räusperte sich. Lysbeth umarmte ihre Schwester. »Ach, Schätzchen.« Stella sagte: »Außerdem steht in der *Bild-Zeitung* immer, dass Dutschke aus der DDR kommt, das finde ich alles andere als schlimm.« Sie kicherte. »Ihr müsst euch vorstellen, dass irgendein CSU-Abgeordneter, der heißt auch noch Franz Xaver Unertl«, sie brach in Gelächter aus, das Lysbeth und Aaron mitriss, »Franz Xaver Unertl«, wiederholten sie prustend ein ums andere Mal. »Der hat gesagt, Dutschke sei eine ungewaschene, verlauste und verdreckte Kreatur«, endete Stella. »Franz Xaver Unertl«, widerholte Aaron andächtig.

Lysbeth fragte: »Was ist denn jetzt mit Dutschke? Ist das lebensgefährlich?« Stella wurde wieder ernst. »Ja«, sagte sie, »ich glaube, das ist sehr schlimm. Irgendein Verrückter hat vor dem SDS-Büro am West-Berliner Kurfürstendamm dreimal auf ihn geschossen. Er traf ihn zweimal in den Kopf, einmal in die linke Schulter.«

Schweigen legte sich über die drei. Lysbeth dachte an Madame Valérie und deren Prophezeiungen. Erst Martin Luther King, nun Dutschke, vorher schon Ohnesorg. Wer sollte noch sterben in dieser gewalttätigen Welt?

## 48

*I*m Mai nahmen Lysbeth, Stella, Theresa und Aaron am Sternmarsch gegen die Notstandsgesetze in Bonn teil. Auch Adriane wollte mitkommen, aber Theresa sprach ein Machtwort dagegen.

Der Buchklub hatte in den davorliegenden Wochen nach der Lektüre von Bölls *Billard um halb zehn* keinen weiteren Roman besprochen, sondern sich stattdessen mit den Notstandsgesetzen beschäftigt.

Die Diskussion um die Notstandgesetze hatte schon 1958 begonnen, als der damalige Bundesinnenminister Gerhard Schröder von der CDU einen Entwurf vorgelegt hatte. Die Pläne hatten vorgesehen, dem Bund bei inneren Unruhen und Naturkatastrophen mehr Gesetzgebungsbefugnis zu erteilen, vor allem aber bei Unruhen bestimmte Grundrechte einzuschränken, zum Beispiel das Postgeheimnis, sowie den Einsatz von Bundeswehr und Bundesgrenzschutz zu erlauben. Männer sollten kurzfristig zum Militärdienst eingezogen und Frauen zum Sanitätsdienst verpflichtet werden können. Das hatte bei vielen Menschen Erinnerungen an das Ermächtigungsgesetz der Nazis geweckt und Widerstand hervorgerufen. Der erste Entwurf und auch die weiteren von 1960 sowie 1963, die die Rechte der Regierung sehr stark ausweiten sollten, fanden auch im Parlament nicht die notwendige Mehrheit.

Die Notstandsverfassung sollte Gesetze für jede Art von Notsituation bereithalten. Diese sollten ins Grundgesetz eingebaut werden. Seit zehn Jahren wurde darüber debattiert. Nun glaubten die Politiker offensichtlich, die Zeit sei gekommen, die Gesetze durchzuboxen. Durch die Bildung der großen Koalition war die nötige Zweidrittelmehrheit in greifbare Nähe gerückt.

Seit Kurt Georg Kiesinger von der CDU Bundeskanzler war, also seit Dezember 1966, gab es eine große Koalition aus CDU, CSU und SPD. Dieser Koalitionswechsel innerhalb der vierjährigen Amtsdauer der Bundesregierung war zur Überwindung der wirtschaftlichen und finanzpolitischen Krise gedacht gewesen. Nun war es tatsächlich die SPD, die die Verabschiedung der Notstandsgesetze möglich machte.

Der Protest dagegen vereinte unterschiedlichste gesellschaftliche Gruppen, Gewerkschaften, Studenten, Künstler, Bürgerinitiativen. Diese Kräfte hatten sich in der *APO*, der *Außerparlamentarischen Opposition*, gebündelt. Durch den Sternmarsch auf Bonn am 11. Mai sollte gezeigt werden, wie groß der Protest war, eine wirkliche Bürgerbewegung. Stella, Lysbeth, Aaron und Theresa saßen in einem der vielen Busse, die vom Hamburger Gewerkschaftshaus am Besenbinder Hof losfuhren.

In Bonn war wundervolles Wetter. Die Gärten wirkten, als hätten sie sich für den Anlass in ein buntes Gewand geworfen, Maiduft lag über den Tausenden von Demonstranten. Die vier folgten einem Transparent, auf dem stand: »Notstand der Demokratie«. Gemeinsam mit anderen riefen sie: »SPD und CDU, lasst das Grundgesetz in Ruh!« Mit ihnen liefen Menschen aller Gesellschaftsschichten, jeden Alters und vieler unterschiedlicher politischer Richtungen. Auf einem Transparent stand: »Benno Ohnesorg ist tot, wer stirbt als Nächster?«

Die Schlussveranstaltung fand im Bonner Hofgarten statt, auf den aus allen Straßen Demonstranten strömten. Auf dem Platz drängelten sich so viele Menschen, dass Stella Angst bekam, zerdrückt zu werden. Immer mehr Demonstranten ergossen sich auf den Platz. Lysbeth stand ein paar Meter vor ihr. Es war nicht möglich, zu ihr vorzudringen, so eingekeilt waren sie. In Stella kroch Panik hoch. Wieso hatten die Menschen um sie herum nicht diese Angst? Sie beschloss, Widerstand zu leisten. Sie lehnte sich nach hinten, gegen die Menschen, die hinter ihr standen, um nicht immer weiter nach vorn geschoben zu werden. So schuf sie einen kleinen Zwischenraum zwischen sich und dem vor ihr stehenden Mann. In diesem Zwischenraum konnte sie atmen. Als

Heinrich Bölls Stimme durch den Lautsprecher tönte, vergaß sie ihre Angst. Sie fühlte sich nicht mehr bedroht, sondern als Teil von etwas Großem, Wertvollem. Sie dachte an Anthony. Auch er gehörte hierher.

Am nächsten Tag hörten sie im Radio, dass laut Polizeischätzungen etwa 22 000 an diesem Marsch teilgenommen hätten, die Veranstalter sprachen von 60 000 Menschen.

Allerdings verpuffte der Protest wie ein zerplatzter Luftballon. Am 30. Mai verabschiedete der Deutsche Bundestag mit einer Zweidrittelmehrheit die Notstandsgesetze. Nicht nur Stella empfand ohnmächtige Wut. Dieser Staat trug nur das Etikett der Demokratie, dahinter verbarg sich ein autoritäres aggressives Machtinstrument. Sie verstand, dass die Proteste der Studenten immer gewaltsamer wurden, wie sonst sollte man sich wehren?

Das Gefühl der Ohnmacht verstärkte sich, als eine Woche später Robert F. Kennedy ermordet wurde. Er war im Wahlkampf um das Präsidentenamt. Er war die Hoffnung der Vietnamgegner gewesen. Nun war er tot.

Lysbeth war zutiefst beunruhigt. Der Tod war das Symbol für die letzte Ohnmacht des Menschen. In diesen Morden jedoch verbanden sich Macht und Ohnmacht auf eine gefährliche Weise. Wohin wurde eine Jugend getrieben, der mit dem Vietnamkrieg, den Morden an Ohnesorg, King, Kennedy, den Notstandsgesetzen trotz Massenprotesten gezeigt wurde, dass ihre Haltung »love and peace« von Gewalt überrollt und zermalmt wurde?

Am Sonntag nach der Ermordung Kennedys tauchte Wilhelm ganz allein ohne seine Brüder und auch ohne Silke bei ihnen in der Kippingstraße auf. Er machte einen verlorenen Eindruck. Lysbeth und Aaron verständigten sich mit Blicken, dass sie sich für diesen jungen Mann Zeit nehmen wollten.

Der Garten hatte auch in diesem Jahr seine Junipracht entfaltet. Lysbeth hatte eine großzügig belegte Erdbeertorte gemacht. Als Stella hörte, dass Wilhelm da war, rauschte sie hinunter und schloss den jungen Mann in die Arme. Sie mochte ihn sehr. Mehr als Alex und Peter. Wilhelm verkörperte genau die Mischung aus Fröhlichkeit und Ernst, die ihr zusagte. Alex hingegen empfand sie als zu schwer, fast schwermütig, zu alt für sein Alter, Peter als unreif und leichtfertig. Peter war der von seiner Mutter verwöhnte Sohn, Alex niedergedrückt von der Verantwortung des Erstgeborenen. Wilhelm war zwar in der Aufmerksamkeit der Eltern oft zu kurz gekommen, das hatten Stella und Lysbeth deutlich bemerkt und manches Mal sorgenvoll besprochen, aber nun schien es, als hätte diese Rolle des mittleren Sohnes ihm so viel Freiraum gelassen, dass er sich leichter hatte entfalten können als seine Brüder.

Sie nötigten Wilhelm, sich mit ihnen an den Tisch im Garten zu setzen, obwohl er mehrfach betonte, er sei nur mal zufällig auf fünf Minuten vorbeigekommen. Keiner glaubte ihm. Aber niemand ließ sich etwas anmerken, und alle taten so, als wären sie überaus dankbar, wenn er noch ein wenig bliebe.

Zum Glück war Cynthia nicht da. Seit ein paar Wochen hatte sie eine neue Freundin. Eine zehn Jahre jüngere Frau, die sich Cynthia mehr und mehr als Vertraute und Unterstützerin angedient hatte. Sie erledigte Einkäufe für Cynthia, saugte bei ihr Staub und räumte ein wenig auf, und am Sonntagnachmittag lud sie sie zu Kaffee und Kuchen ein. Stella und Lysbeth waren froh darüber, allerdings teilten sie Aarons Meinung, dass Frau Vollmann keinen allzu menschenfreundlichen Eindruck machte, sondern eher so wirkte, als verfolgte sie zielstrebig ihre Interessen. »Welche Interessen können das sein?«, fragte Stella. Lysbeth wusste es auch nicht. Trotzdem blieb ein seltsames Gefühl. Aaron machte sie darauf aufmerksam, dass Cynthia schließlich ein Viertel des Hauses gehörte. »Wenn sie stirbt und alles Frau Vollmann vermacht, wäre das für die Dame nicht übel«, sagte er. Stella riss ungläubig die Augen auf. Lysbeth legte den Kopf schief, als horche sie auf einen fernen Ton. »Stimmt«, sagte sie leise. »Stimmt. Die Frau ist geschäftstüchtig, das sieht man ihr an.« Sie zuckte mit den Schultern. »Was soll's. Leben ist ein ständiger Fluss. Wer weiß, was einmal aus diesem Haus wird?« In Stellas Augen trat ein zorniges Funkeln. »Dieses Haus soll einmal den Enkeln gehören, das hat schon Mutter gesagt. Doch nicht so einer Erbschleicherin!« Aaron beruhigte sie. »Noch ist Cynthia nicht tot, und ihr auch nicht. Außerdem gibt es doch ein Testament eurer Mutter, in dem steht, dass die Enkel das Haus einmal erben sollen. Also wird schon alles seinen Gang gehen.«

Nun war also Wilhelm da, einer der Enkel, und seine Tanten und sein Onkel Aaron schenkten ihm ihre volle Aufmerksamkeit. Wilhelm kam auf die technischen Glanzleistungen der Amerikaner zu sprechen.

»Die Mondumkreisung von *Apollo 8* hat mich schwer beeindruckt«, schwärmte er. »Ich hing die ganze Zeit vor dem Fernseher.«

Aaron nickte zustimmend. »Ja, die Entwicklung der Technik in Amerika ist gigantisch.«

Wilhelm sah Aaron fragend an: »Ihr wart doch lange da, ich ja nur kurz.« Er zögerte, räusperte sich. Gerührt bemerkte Stella, wie jung und unbeschrieben sein Gesicht war. Besorgniserregend gutwillig. »Aber ich verstehe nicht, was in diesem Land passiert. Die sollen doch der ganzen Welt ein Vorbild für Freiheit sein. Ich guck jeden Abend die *Tagesschau.* Jeden Abend Vietnamkrieg. Scholl-Latour berichtet ja immer von da. Der findet den Krieg richtig. Aber ich kann das nicht glauben.«

»Vorbild für Freiheit? Stattdessen gibt es Gewalt und Rassismus«, bemerkte Stella trocken. »Als Robert Kennedy zwei Wochen vor seinem Tod gesagt hat, er befürchte, dass es irgendwann ein Attentat auf ihn geben würde, so wie auf seinen Bruder, habe ich noch gesagt: Der soll mal nicht die Pferde scheu machen. Und nun?«

»Sein Tod hat wohl keinen kaltgelassen«, sagte Aaron nachdenklich. »Vielleicht ist das nun endlich das Fanal, das die Amerikaner zum Nachdenken bringt.«

»In New York hat eine kommerzielle Fernsehstation zweieinhalb Stunden lang auf Programme und Profite verzichtet und nur ein Diapositiv mit Riesenlettern ausgestrahlt: ›Schande‹, sagte Stella.

»Das ist auch eine Schande«, stimmte Wilhelm leise zu.

Lysbeth führte kühl aus: »Schande? Die USA ist zwar die gewaltigste Nation der westlichen Welt, aber sie ist nicht erst jetzt die gewalttätigste. Dieser Mord hat vielleicht aufgerüttelt, aber in Amerika gilt die Macht des Colts immer noch mehr als die des Geistes.«

Aaron sah sie nachdenklich an, wandte sich dann Wilhelm zu und führte aus: »In fünf Jahren wurden nun fünf prominente Politiker und Negerführer ermordet, ein Vielfaches an Opfern forderte die Bürgerrechtsbewegung – und oft waren es gerade Propheten der Gewaltlosigkeit, die der Gewalt zum Opfer fielen.«

Wilhelm entgegnete, als würde das sein erschüttertes Vertrauen in die USA etwas stärken: »Mike Mansfield, der Fraktionschef der Senats-Demokraten, hat angeblich den Präsidenten gefragt: ›Was ist das für ein Land?‹ Der war auch erschüttert.«

Wieder sprach Lysbeth in einem kühlen Ton: »Es gibt den amerikanischen Traum, aber es gibt auch ein böses, gewalttätiges Amerika.«

»Die Amerikaner haben uns gerettet«, warf Wilhelm ein. »Sie haben Care-Pakete geschickt, da leben Quäker, die sind in den Krieg gegen Deutschland gezogen, obwohl sie nicht selbst bedroht waren. Ich glaube, sie wollten alles besser machen als das alte Europa und das arme Asien. Und das haben sie ja auch.«

»Na ja«, gab Aaron spöttisch zu bedenken, »so quäkermäßig sind die Amis nun nicht. Die fassen Indianer, Mexikaner und Schwarze nicht mit Samthandschuhen an. Und auch gegen die Nazis haben sie mit Bombenteppichen gekämpft, die nicht gerade mitleidig gegen Frauen und Kinder waren. Gegen die Japaner erprobten sie ohne militärische Notwendigkeit die Atombombe. Gegen die Kommunisten verbündeten sie sich mit Gewaltherrschern von Trujillo bis Syngman Rhee. Gegen die Kommunisten führen sie ihren Vietnamkrieg. Seit wir die napalmverbrannten Opfer in der Presse gesehen haben, ist das Bild vom moralisch überlegenen Amerika doch endgültig kaputt. Dabei kämpfen sie nicht um einen Platz an der Sonne, es wirkt so, als hätten sie einfach einen Hang zu Gewalt.«

Stella warf ihrer Schwester einen warnenden Blick zu. Er sagte: Stopp! Der junge Mann verliert gerade sein Idol! Sie legte ein extra dickes Stück Kuchen auf Wilhelms Teller und erkundigte sich liebenswürdig nach Silke, der jungen Frau, die sie sehr mochte. Wilhelm schob sich ein Stück Torte in den Mund. Er wedelte leicht abwehrend mit der Hand und sagte kauend: »Silke macht mir auch Sorgen. Manchmal wird sie so militant. Zumindest verbal.«

Die drei sahen ihn mitfühlend an. Silke war in einer sehr viel komfortableren Situation als er. Sie studierte, und auch noch Kostümbildnerei, ein Studium, das ihr viel Raum bot, sich auszuprobieren, sowohl künstlerisch als auch persönlich. Wilhelm hingegen, der wundervoll zeichnen konnte, und dessen großer Traum es war, in der Autoindustrie als Designer zu arbeiten, verbrachte seine Tage von morgens 8.00 bis abends 18.00 Uhr auf einem Bürostuhl und beschäftigte sich mit dem Verkauf von Waren nach Afrika. »Viele junge Menschen werden militant«, bemerkte Stella vorsichtig. »Was in Deutschland und in der Welt geschieht, macht ja auch wütend.«

Wilhelm nickte zustimmend. »Ich bin besonders wütend auf die zunehmende Gewalt in der Welt«, sagte er. »Der Vietnamkrieg, die Morde, die Polizeigewalt gegen Demonstranten, die Springer-Presse, es ist nicht so, dass ich das nicht sehe.« Er sah die drei »Alten« der Reihe nach an, und die Hilflosigkeit in seinen Augen war deutlich zu erkennen. »Aber man kann doch nicht zu Gewalt greifen, um gegen Gewalt vorzugehen. Das wird doch immer schlimmer.«

Lysbeth warf Aaron einen auffordernden Blick zu. Der lächelte. »Okay«, sagte er, »betrachten wir es einmal aus der Adlerperspektive. Wo gibt es Gewalt? In Amerika ist gerade ein Mann erschossen worden, der als Präsident gegen den Vietnamkrieg vorgegangen wäre. Vor zwei Monaten wurde ein Mann erschossen, der für die Rechte von Farbigen eintrat und gegen den Vietnamkrieg war. Und es sind nicht die ersten Männer, die gegen Gewalt waren, die in Amerika erschossen worden sind. Was sehen wir also?«

Stella warf trocken eine: »Meine Güte, geht doch nur ins Kino. Die Amis kämpfen mit Vergnügen. Der harte Kerl, brutal bis auf die Knochen, wird verherrlicht. Der kleinste edle Zweck oder späte Reue oder Rache rechtfertigen den Killer.«

»Ich habe gerade eine psychologische Studie zu Gewalt in den USA gelesen«, fügte Lysbeth an. »Es gibt eine Vorliebe für die zentrale Filmfigur des Verbrechers. Kein Volk verfügt über so viel unterschwellige Mordlust.«

»Amerikas Liebe zur Gewalt ist nicht die administrative Brutalität deutscher Befehlsempfänger, sondern das Recht des Stärkeren. Und der Stärkere ist stets Amerikaner. Habt ihr den antideutschen Kriegsfilm gesehen *Seven Miles from Alcatraz*?«, fragte Stella. »Der war vor kurzem im Fernsehen. Da sagt ein US-Sträfling: »Wenn wir auch Ratten, Gauner und Mörder sind – jedenfalls sind wir Amerikaner.«

Wilhelm schaufelte Kuchen in sich hinein, als würde ihn das trösten. Auch das dritte Stück war schnell verputzt.

Stella fuhr fort: »Die Kriminalität in den USA ist monströs. In Kalifornien, einem der sozial unstabilsten US-Staaten – wo Robert Kennedy starb –, ist die Zahl der Vergewaltigungen doppelt so hoch wie im US-Durchschnitt, zehnmal höher als in Frankreich. Von 1960 bis 1965 wuchs die Gesamtzahl der Verbrechen in Amerika um 47 Prozent.«

»Die leben immer noch in der Legende des Wilden Westens, wo die Tat die einfachste Lösung war. Schießfreudigkeit ist ein amerikanischer Charakterzug«, sagte Lysbeth.

»Guckt euch die Filme an«, wiederholte Stella. »Der Wildwestfilm wurde die Heldensage der Nation. Das Lehrstück vom Wilden Westen spielt in den heroischen Gründerjahren Amerikas, als Trapper und

Digger sich nehmen konnten, was sie wollten. Da trafen sich Brave mit Banditen und handelten die Regeln des Zusammenlebens aus – meist war es die Regel des Stärkeren. Das Gesetz vertrat der Mann mit dem Sheriffstern – in den Wildwestfilmen ist es oft der brutalste, manchmal der korrupteste Bürger am Ort. In jeder kleinen Stadt stand der Galgen, an dem die Bürger auch ohne Gerichtsverfahren ihre eigene Justiz übten. Die Hinrichtung wurde öffentlich vollzogen. Der wahre Held übte seine Blutrache einsam, selbständig und auf offener Straße.«

»So traurig wie es ist«, fügte Aaron hinzu, »aber die Waffe ist seit den Tagen der Grenzer das amerikanische Symbol der Männlichkeit. Sogar Kinder lernen schon das Schießen. Maschinenpistolen und Kleinstguillotinen dienen als Kinderspielzeug, die Killergeschichten der Comicstrips sind das Bildungsmittel der Schuljugend. Robert Kennedy hat zwei Wochen vor seinem Tod gesagt, dass Ernest Hemingway der Begründer eines lächerlichen und gefährlichen Mythos sei – des Mythos der Feuerwaffe, der Männlichkeit und des Tötungsaktes.«

»Ja, man hat den Eindruck, als hätte jeder Amerikaner ein Schießeisen«, bemerkte Stella. Lysbeth warf ein: »Die erste Aggression war wohl die blutigste: Die Indianer wurden fast ausgerottet, die Reste in Reservate verbannt.«

»Vielleicht konnte Amerika nur deshalb so weit kommen«, wagte Wilhelm einen schüchternen Einwand. Die drei sahen ihn schuldbewusst an. Ihnen waren die Pferde durchgegangen, sie hatten hemmungslos schwadroniert, dabei sollte es um Wilhelm gehen. Der fuhr vorsichtig fort: »Das mit den Waffen ist ja auch ein Teil der amerikanischen Freiheit. Und deshalb war doch der Kapitalismus da so erfolgreich. Der Tüchtigste konnte sich durchsetzen, der Starke konnte sein Glück machen.« Aaron konnte nicht umhin zu sagen: »Das ist das Gesetz des Sozial-Darwinismus, der härtesten Auswahl.«

»Amerika erreichte den höchsten Lebensstandard aller Industrienationen«, entgegnete Wilhelm trotzig.

»Aber auch das geringste Maß an sozialer Sicherheit. Bis in die jüngste Zeit versuchen Arbeitgeber mit Gewalt, die Gewerkschaften klein zu halten«, gab Stella zurück.

Lysbeth erhob sich, ging ins Haus und kehrte kurz darauf zurück. Sie las laut vor: »›Wir sind ein gewalttätiges Volk, mit einer gewalttätigen Geschichte. Und der Hang zur Gewalt pulst im Blutstrom unseres nationalen Lebens.‹ Das ist ein Zitat von Arthur Schlesinger, der Historiker und Freund der Kennedys, das hat er gesagt, nachdem Kennedy ermordet wurde. ›Wir sind das erschreckendste Volk dieses Planeten … weil die begangenen Gewalttaten so wenig unsere Selbstgerechtigkeit erschüttern, die unüberwindliche Überzeugung von unserer moralischen Unfehlbarkeit.‹«

Wilhelm sah unglücklich aus. Stella drückte seine Hand. »Manchmal ist es gut, ein Idol vom Sockel zu stoßen«, sagte sie aufmunternd. Wilhelm entzog ihr still seine Hand.

Am Abend traf er sich mit Silke. Er war noch aufgewühlt wegen dem Gespräch in der Kippingstraße. Er hatte sich irgendwie ertappt gefühlt, als von Westernfilmen die Rede gewesen war. Auch er sah gerne Western, und es störte ihn gar nicht, wenn es dort richtige Schießereien gab. Und das sollte damit zu tun haben, dass die Amerikaner Waffengesetze hatten, die jedem Geisteskranken ermöglichten, um sich zu ballern? Als er von der Kippingstraße fortging, musste er erst einmal seine Gedanken ordnen. Brachten die drei nicht alles Mögliche durcheinander? Western und Freiheit und Morde an Politikern?

Silke und er hatten sich im *Campari* am Gänsemarkt verabredet. Er freute sich sehr darauf, sie zu sehen. Doch als er die Bar betrat, die ebenso wie das *Top Ten* ein wenig wie sein Zuhause war, war er sofort enttäuscht. Mit Silke am Tresen saßen auf hohen Hockern zwei junge Frauen, die er nicht kannte, mit denen Silke aber in einem intensiven Gespräch war. Er stellte sich neben sie, sie reichte ihm die Wange zum Kuss, und er begrüßte die beiden anderen. Ute und Babsi stellten sie sich vor. Doch dann führten sie ihr Gespräch weiter, als hätte Wilhelms Kommen nur eine kurze unwillkommene Unterbrechung bedeutete. Wilhelm blieb neben Silke stehen und hörte ihnen aufmerksam zu. Sie sprachen über einen Dozenten an der Schule, Dr. Schulz, den sie als sexistisch verurteilten. Manchen Studentinnen gab er unverhältnismäßig gute Noten, und zwar waren es diejenigen, die ihm schöne Augen machten. Die anderen aber, die ihn kritisierten, bekamen bei ihm keine Chance.

Während des Gesprächs überraschte Silke Wilhelm mit männerfeindlichen Äußerungen, die er noch nie von ihr gehört hatte. Sie vertrat Positionen, die ihn befremdeten. Und sie tat das mit einer Schärfe, die er noch nie an ihr erlebt hatte. Es machte ihm Angst. »Du tust fast so, als wären alle Männer wie der Schultz«, sagte er. Sie verzog die Augen zu Schlitzen, aus denen ihn zwei Eisblitze trafen. »Das habe ich nicht gemeint«, sagte sie scharf. »Du musst dich nicht angegriffen fühlen.«

Wilhelm beteuerte mit angespanntem Lachen, dass er sich keinesfalls angegriffen fühle. Schnell wechselte er das Thema und erzählte von seinem Nachmittag in der Kippingstraße. Die drei Frauen hörten so aufmerksam zu, dass es ihm schon fast unheimlich war. Ute, zierlich, mit einem schwarz gefärbten Pagenkopf, sagte mit einer hohen Stimme, die weit in den Raum trug: »Western, Hemingway, Schießen, Indianer ermorden, sich bewaffnen, die Waffenlobby, all das mögen Männer, und nicht nur das. Es sind nicht nur einzelne Männer, es ist eine männliche Haltung, eine Ideologie, die mit den Filmen, den Büchern, den Fernsehbildern durch die ganze Welt gehen.« Sie blickte sich kämpferisch um. Am Tresen einige Hocker entfernt hatten einige Männer ihr das Gesicht zugewendet. Amüsierte Blicke trafen sie. »Guckt euch doch mal an«, rief sie ihnen zu. »Ihr seid doch nicht anders!«

Die jungen Männer lachten und wandten sich wieder einander zu.

Wilhelm war das Ganze peinlich. Aber er wusste nicht, was er tun sollte, um die drei Frauen auf ein unverfängliches Thema zu lotsen. Da sagte Babsi: »Wilhelm, du kannst das nicht verstehen. Du bist keine Frau. Du beschäftigst dich wie alle Männer mit allgemeinen Themen. Die Politik. Amerika. Aber wir Frauen wollen nicht nur die Gesellschaft verändern, sondern uns selbst und unsere Rolle in der Gesellschaft.« Sie klang wie eine Lehrerin oder wie eine wohlwollende Mutter. Wilhelm hätte ihr den Hals umdrehen mögen. Was waren das für Frauen, und was für einen Einfluss übten sie auf seine Silke aus? Er entschied sich, keine Angriffsfläche mehr zu bieten, schwang sich auf den Hocker neben Silke, bestellt sich ein Bier und schwieg fortan. Die drei ereiferten sich, als sie über die Gräueltaten der Amerikaner sprachen.

»Ich habe Fotos von großen Grills gesehen, die die Amerikaner gebaut haben«, sagte Ute mit ihrer lauten durchdringenden Stimme. »Auf heiß glühende Drähte haben sie Frauen gelegt und gefoltert.« Silkes Stimme überschlug sich, als sie hinzufügte: »Es gibt Beschreibungen von sexueller Folter, wie sie Frauen an Bäumen nackt aufhängen und mit langen Stöcken in die Vagina bohren oder die Brüste durchspießen.« »Sei still«, forderte Babsi. »Solche grausamen Geschichten kann ich nicht hören, dann kann ich nicht schlafen.« Silke sagte kalt: »Ja, aber sie sind Tag für Tag zu lesen, und furchtbar ist nicht, dass sie zu lesen sind, sondern dass sie geschehen.«

Babsi nickte. »Stimmt ja auch, aber trotzdem. Ich kann sogar verstehen, dass sie Steine aufs Amerika-Haus werfen.« Ute warf ein: »Mich wundert nicht, wenn irgendwo eine Bombe geworfen wird. Ich hab zu keinem Herrschenden mehr Vertrauen. Meine Hauptfrage ist, wie können wir diesen brutalen Vietnamkrieg beenden, und zwar so bald wie möglich? Und wenn wir dafür Gewalt einsetzen müssen, finde ich das völlig legitim.« Gewalt legitim? Wilhelm hätte gern widersprochen, aber er bestellte das nächste Bier und schwieg beharrlich weiter.

Er hatte das Gefühl, dass Silke ihm entglitt. Sie war nicht mehr so weich wie früher. Sie schwärmte neuerdings nicht mehr nur für die *Rolling Stones*, sondern für Arbeiterführer wie Fidel Castro und Che Guevara, für Ho Chi Minh und auch für die SDS-Größen an der Universität. An ihrer Schule gab es nur wenige Männer, und diejenigen, die es gab, waren ihrer Meinung nach größtenteils »Memmen, die keine Eier in der Hose haben und nur in ihrem eigenen Saft schmoren«. Neuerdings schmetterte sie voller Überzeugung Parolen, die sie irgendwo gehört hatte.

Wilhelm ging davon aus, dass das schon wieder vorübergehen würde. Er hatte in seinem jungen Leben bereits gelernt, dass alles irgendwie vorüberging. Das Auf ebenso wie das Ab. Begeisterung ebenso wie Verzweiflung. Aber Silke war neuerdings manchmal schroff zu ihm, und das konnte er auf den Tod nicht leiden. Er war sehr empfindlich, was das Gefühl anging, zurückgewiesen zu werden. Und er mochte es gar nicht, wie Silke den Studenten an den Lippen hing, die sich ebenso wie Wilhelms Clique regelmäßig im *Grünspan* oder im *Top Ten* oder im *Starclub* trafen.

Wilhelm durchschaute schnell, dass diese Studenten hauptsächlich Klugscheißer waren. »Die reden nur von Revolution, darauf kannst du einen lassen«, versuchte er Silke die Augen zu öffnen. Aber sie schnaubte nur verächtlich. »Musst du dich immer so vulgär ausdrücken …« Das war auch etwas, das Wilhelm auf den Tod nicht leiden konnte: Wenn jemand darauf anspielte, dass er kein Abitur hatte. Und deshalb so tat, als hätte er weniger in der Birne. Dann zog er sich zurück und schwieg. Damit verunsicherte er sie, was er genau wusste. Dann wurde sie wieder anschmiegsam, drückte sich an ihn, fragte, was er denn habe, küsste ihn und versuchte ihn umzustimmen. Wilhelm genoss diese Zeiten, wenn er noch schmollte, aber sich innerlich langsam erweichen ließ. Dieses Gefühl kannte er nur von Silke. Wenn er früher geschmollt hatte, war das von seiner Familie mehr oder weniger übersehen worden. Seine Mutter hatte manchmal etwas spöttisch gefragt: »Na, leidest du wieder?«, und das war nun wirklich nicht dazu angetan gewesen, dass Wilhelm sich geliebt gefühlt hatte. Silke hingegen vermittelte ihm das Gefühl, dass er ihr wichtig war.

Trotzdem wiederholte sich der Ablauf. Sie ließ ihn spüren, dass sie ihn irgendwie spießig fand, nicht alternativ genug, nicht rebellisch genug und schon gar nicht revolutionär.

Wilhelm wusste nicht, was sie von ihm erwartete. Er hatte sich die Haare bereits bis zu den Schultern wachsen lassen. Er trug einen Ohrring. Er kiffte und hatte schon an anderen Drogenexperimenten teilgenommen. Dem stand er durchaus aufgeschlossen gegenüber. Er kannte sich in der rebellischen revolutionären Musikszene hervorragend aus, selbst so linke Gruppen wie *Floh de Cologne*, die als kommunistisch galten, reinen Politrock mit klugen Texten produzierten, waren ihm ein Begriff.

Auch die Sänger, die zuerst nur in *Danys Pan* aufgetreten waren, die sich aber nun in der linken Szene einen Namen machten wie Franz-Josef Degenhardt und Hannes Wader waren ihm geläufig, auch wenn er selbst eher für Blues und Rock war. Sicher, es gab viele Themen, mit denen sich nicht nur die Revoluzzer an der Uni beschäftigten, die auch seine Themen waren oder zumindest gewesen waren. Zum Beispiel Kriegsdienstverweigerung. Keiner wollte zu dieser Bundeswehr, die seine Eltern immer noch »Wehrmacht« nannten. Wilhelm war stolz darauf, wie er es unterlaufen hatte, zum Militär zu müssen. Er hatte sich nicht auf diese demütigende Befragung vorbereitet, die ja in den meisten Fällen schiefging, und die Degenhardt mit seinem bekannten Lied über den Kriegsdienstverweigerer persiflierte: »Stellen Sie sich vor, Sie gehen nachts durch den Park und haben zufällig ein Gewehr dabei …«

Wilhelm hatte von anderen jungen Männern Geschichten gehört, dass sich ihm die Nackenhaare gesträubt hatten. Ihnen waren genau diese Fragen gestellt worden. Und sie besaßen eine so naive Ehrlichkeit, dass sie wirklich gesagt hatten, sie würden ihre Freundin beschützen, wenn die Horde Russen über diese herfallen würde. Nein, da hätte Wilhelm keine Skrupel gehabt zu sagen: Ich würde weglaufen. Ich bin schließlich Pazifist. Sollen die doch mit meiner Freundin anstellen, was sie wollen. Es wäre wahrscheinlich auch ihn schwer angekommen, sich vor einer Gruppe von uniformierten Männern als einen derartigen Schlappschwanz darzustellen, aber er hätte an seinen Vater gedacht, der immer sagte: »Der Zweck heiligt die Mittel«, und hätte ohne mit der Wimper zu zucken deutlich gemacht, dass er aus pazifistischen Gründen nicht bereit war, irgendjemanden zu verteidigen, und sollte es seine Mutter sein. Sofern er zufällig ein Gewehr dabei hätte, würde er es natürlich wegwerfen, war doch klar. Aber er war seiner Einberufung anders aus dem Weg gegangen.

Anfangs, während Wilhelms erster Lehre, als der Musterungsbescheid kam, hatte der Vater einen Brief geschrieben, in dem er ausführlich erklärte, dass er seinen Sohn zur Zeit dringend in seiner Firma benötige. Das hatte aber nur ein Jahr Aufschub bedeutet. Dann war die Musterung gekommen. Kurze Zeit später erhielt Wilhelm ein Schreiben mit der Einberufung, dem der Wehrpass beigefügt war. Das war noch an die Adresse in Hamburg gegangen. Wilhelm hatte sofort seinen Wehrpass und die Einberufung in einen Briefumschlag gesteckt und geschrieben, er sei nach Ahrensburg in Schleswig-Holstein umgezogen. Danach hatte er täglich ängstlich auf einen Einberufungsbefehl in Ahrensburg gewartet. Aber nichts war gekommen. Wenn er die Geschichte jemandem erzählte, kicherten die Frauen begeistert, die Männer reagierten entsetzt: »Mein Gott, Wilhelm, bist du verrückt. Den Wehrpass darfst du nie wegschicken. Der muss immer bei dir sein. Da kannst du aber Ärger kriegen.«

Bis jetzt hatte er noch keinen Ärger bekommen. Aber jede dritte Nacht träumte er, er würde nun doch eingezogen werden. Abgeholt mit Militärpolizei und Maschinengewehren. Wenn er dann am Morgen aufwachte, beschloss er regelmäßig, nach Berlin umzuziehen. Da hätten sie keine Handhabe gegen ihn. Aber dann kam der nächste Tag, und nichts Schlimmes geschah.

## 49

Wilhelm arbeitete oft am Wochenende, um sich etwas Geld zu verdienen. Während seiner Lehre hatte er im Monat 50 Mark Lehrgeld bekommen, der Eintritt ins *Top Ten* kostete aber schon zwei Mark, ein Bier kostete 1,75. Wilhelm gefiel sich, wenn er dem Kellner Rudolf zwei Mark geben konnte. Er wusste, dass Rudolf nicht viel Geld verdiente. Und er mochte es, wenn Rudolf ihm auf eine besondere Weise zugetan war. Zur Begrüßung drückte Rudolf immer Wilhelms Arm, der ein kräftiges Muskelpaket aufwies. Das gefiel Wilhelm aus zweierlei Gründen. Zum einen, weil er auf eine familiäre Weise begrüßt wurde, die zeigte, dass er im *Top Ten* zu Hause war, zum anderen, weil Rudolf so darauf aufmerksam machte, was für ein durchtrainierter starker Kerl Wilhelm war.

Ohne Zuverdienst konnte man jedoch nicht den »Schentelmän«, wie Wilhelm es nannte, herauskehren. Silke lebte noch bei ihren Eltern, sie verdiente ihr Taschengeld mit Babysitten, da musste Wilhelm schon mal für zwei bezahlen. Also hatte er die Gelegenheit ergriffen, als sie sich ihm bot.

Peter hatte seit zwei Jahren eine Freundin, Doris, bei deren jüngerer Schwester Silke lange Zeit Babysitterin gewesen war. Anfangs hatte die Familie am Schlump gewohnt, dann zog ihre Mutter mit ihrem Freund, einem Jugoslawen, der mit Autos handelte, auf den Trelder Berg. Doris' Stiefvater, alle nannten ihn Schorsch, war ein rauer Typ. Die Arme bis oben hin tätowiert, der Kopf geschoren. Er kam aus dem Knast, das wussten alle, aber es wurde nicht drüber gesprochen. Für Schorsch reparierte Wilhelm am Wochenende Opel Blitz. Die kaufte Schorsch von *Margarine Voss* und verkaufte sie weiter nach Jugoslawien. An einem Samstag verdiente Wilhelm bei Schorsch 50 Mark. Das war unglaublich viel für ihn.

Im Grunde mochte er Doris' Familie nicht besonders. Ihre Mutter war eine in die Breite gegangene Blondine, Schorsch war vierschrötig mit einem brutalen Gesicht. Doris war fünf Jahre jünger als Silke, also gerade mal siebzehn. Sie hatte direkt nach der Volksschule eine Friseurlehre begonnen, arbeitete in einem kleinen Frisierladen in der Weidenallee, nah beim Schlump, und war unglaublich herausgeputzt. Ihr Gesicht war so geschminkt, dass sie aussah wie eine Puppe. Wilhelm missfiel so was. Auch Silke machte sich manchmal zurecht, aber das war dann zum Spaß und auch, weil sie gerne mit ihrer eigenen Kleidung experimentierte. Die war meist originell, irgendwie anders und witzig. Doris hingegen wirkte unglaublich unecht. Doch Peter gefiel sie, und sie hatte Wilhelm ja auch die *Connection*, wie er das nannte, besorgt, also fuhr er, selbst seit er im Büro arbeitete und mehr Geld verdiente, jeden zweiten Samstag zum Trelder Berg und reparierte Opel Blitz.

Leben und leben lassen, dem Spruch seines Vaters folgend, mischte er sich nicht ein, als sich sein Eindruck verhärtete, dass Schorsch manchmal Doris schlug. Als er Peter einmal vorsichtig danach fragte, sagte der nur: »Ja, der hat ein lockeres Handgelenk, manchmal rutscht ihm wohl die Hand aus.« Das klang sehr selbstverständlich; Wilhelm gab sich damit zufrieden. Leben und leben lassen.

Er wusste, dass auch Silkes Vater sie schon geschlagen hatte. Im Grunde war das verbreitet. Er selbst konnte sich noch gut an die Prügel erinnern, die sein Vater ihm verabreicht hatte, als er das schöne Auto von dessen Geschäftspartner zerkratzt hatte. Danach allerdings hatte Dritter ihn nie wieder geschlagen. Wilhelm kam es freilich so vor, als wäre es gravierender, wenn der ungeschlachte Schorsch die zierliche Doris schlug. Aber er wollte sich nicht einmischen. Also steckte er seine 50 Mark ein und vergaß die Szene dort.

Seit Doris zu ihrer Clique gehörte, besuchten sie manchmal den *Äquator*, eine Disco am Spielbudenplatz, in der hauptsächlich Farbige verkehrten. Neuerdings war es verpönt, den Ausdruck »Neger« zu benutzen. Auch Wilhelm hatte sich, nachdem Silke ihn mehrfach scharf korrigiert hatte, angewöhnt von »Schwarzen« oder »Farbigen« zu sprechen. Doris fühlte sich von Farbigen angezogen, trug einen Sticker als Brosche mit der Aufschrift »Black is beautiful« und hatte diese Disco ins Spiel gebracht, doch auch den anderen gefiel die Musik dort. Curtis Mayfield zum Beispiel mit den *Impressions* trat dort live auf, ein großes Ereignis, das in Wilhelm lange nachhallte, weil es nicht nur musikalisch aufregend war, sondern auch politisch aufrüttelnd. Schwarze mussten einfach in ihrem Kampf um Gleichberechtigung unterstützt werden. Doch dann verschwanden diese Gedanken wieder aus seinem Kopf, und anderes war wichtiger.

Im Herbst 1968 veränderte sich Doris. Sie zog an allen herumgehenden Joints, kleidete sich hippiemäßig, trug lange bunte Röcke und umrandete ihre Augen stark mit Kajal. Sie entwickelte eine andere Sprache, sprach von Spießern, von Faschos, vom Establishment und vertrat die Ideologie der freien Liebe. Auch Silke wurde immer radikaler in ihrer Wortwahl. Zum Glück ging sie nicht so weit, den Spruch nachzuplappern: »Wer zweimal mit derselben pennt, gehört schon zum Establishment«. Wilhelm fühlte sich trotzdem oft gefährdet, wenn er mit ihr und anderen zusammen war. Manchmal sagte sie auch zu ihm »Du Spießer«, und das ärgerte ihn gewaltig, auch wenn sie es lachend tat und so, als handle es sich um einen Witz.

Nein, Wilhelm hatte nicht den Eindruck, spießig zu sein. Und seine Mutter, als sie einmal diesen Begriff bei ihren Söhnen aufschnappte, teilte ihnen schnippisch mit, dieses Wort habe Hitler zum Schimpfwort gemacht, um Menschen, die nicht seiner Doktrin folgen wollten, in ihrem Individualismus ins Abseits zu stellen. »Wie dumm seid ihr eigentlich?«, schnaubte sie. »Hitler wollte alle gleichmachen, Hitlerjugend und so weiter. Da sollte es keinen geben, der sich mit klassischer humanistischer Bildung beschäftigte, Freude daran hatte, ein Haus schön einzurichten oder Freunde in einem privaten Kreis zu empfangen. Das waren alles Spießer. Ich weiß noch, wie sehr Luise Solmitz darunter gelitten hat, als Spießerin diffamiert zu werden, weil sie sich nicht der allgemeinen Sportsucht anschloss, aber Freude an klassischer Literatur, Malerei und Musik hatte.«

Nun gut, Wilhelm wusste, dass Silke etwas anderes meinte, wenn sie von Spießern sprach. Das waren Menschen, die nicht bereit waren, sich in einen politischen Zusammenhang zu stellen, die nur darauf aus waren, ihr privates Leben zu pflegen, und so taten, als lebten sie völlig isoliert von der übrigen Welt. Das war auch nicht Wilhelms Ziel. Er kam nicht aus der gedanklichen Enge, in der viele seiner Freunde groß geworden waren. Seine Mutter redete seit seiner frühesten Kindheit davon, wie wundervoll England und Amerika waren, wie kultiviert England, wie modern Amerika. Dass er sich für Musik aus diesen beiden Ländern begeisterte, hatte wahrscheinlich auch mit seiner Mutter zu tun, die vor Jahren ihre Begeisterung für Chris Howland auf ihn übertragen hatte.

Nein, Wilhelm war nicht spießig. War er nie gewesen. Im Gegensatz zu Silkes Vater hatte seiner nie für Sicherheit sorgen können, er war immer unkonventionelle Wege gegangen, von ganz hoch oben nach ganz tief unten. Wilhelm selbst hatte sich meist der deutschen Gesellschaft nicht wirklich zugehörig gefühlt. Die anderen waren anders, hatten zumindest eine kleine Sicherheit im Leben, auch wenn sie in einer Zweizimmerwohnung zu dritt wohnten. Wilhelm kannte es nur großartig oder armselig. Das war nicht spießig.

Trotzdem hatte er das Gefühl, Silke beweisen zu müssen, dass er nicht spießig war. Dafür unternahm er einiges. Gemeinsam mit Silke und anderen Freunden fuhr er beispielsweise nach Kopenhagen. Alle sagten während der Autofahrt: »Raus aus der deutschen Spießigkeit.« In Kopenhagen wollte auch Wilhelm ein anderes Lebensgefühl atmen. Sein Lebensgefühl entsprach freilich nicht dem von Silke und anderen Freunden, die der Enge und Stickigkeit ihrer Familien entfliehen wollten. Wilhelm empfand einen riesigen Wunsch nach Beständigkeit und Sicherheit. Das hatte es in seinem Leben nie gegeben. Aber er hütete sich, darüber zu sprechen, denn er wusste, dass Revolution nichts mit Sicherheit und Beständigkeit zu tun hatte.

In Kopenhagen besuchten sie den legendären Club *Revolution.* Und Wilhelm war einen Abend lang ekstatisch glücklich. Wenn das Revolution war, war er eindeutig ein Teil von ihr. Keith Emerson von *The Nice* trat auf. Er entlockte seiner Orgel die unglaublichsten Töne und bearbeitete sein Instrument zwischendurch mal kurz mit dem Messer. Alle sahen, dass er es nicht umbringen wollte, es aber so liebte, dass er es verletzen musste. Als es ihnen zu blöde wurde, der Zerstörungsorgie zuzuschauen, zogen sie ins *Dansetten* im Vergnügungspark Tivoli. Dort spielten Rockbands, und sie hotteten bis weit nach Mitternacht. Am kommenden Tag ging es an den Strand nach Klampenborg, wo sie versuchten, das etwas dumpfe Gefühl abzulegen, das aus dem ausgiebigen Marihuanakonsum der vergangenen Nacht resultierte.

Wilhelm nahm zwar an der Empörung über den Vietnamkrieg teil, aber in ihm gab es einen Zwiespalt. Die Amerikabegeisterung seiner Mutter in den Fünfzigerjahren hatte ihn zutiefst geprägt. Amerika, das war das Land der Freiheit und der Hoffnung. Er war glücklich gewesen in New York, das war für ihn nach wie vor die Verheißung einer ganz einmaligen Stadt. Die Amerikaner, das war das Volk der Befreier von Hitler, der Freiheit, der Jeans, und einer ganz ungehörigen Musik, nämlich des Blues. New Orleans, dort würde er gern einmal hinreisen, aber er würde auch liebend gern mit viel Zeit durch die Clubs in New York bummeln, das wäre das Größte. Die Amerikaner hatten sich jedoch in diesen schmutzigen Krieg verwickelt, dessen Fernsehbilder das Pathos der Verteidigung westlicher Freiheit täglich Lügen straften. Auch Wilhelm sah, dass das Massaker von My Lai und die Tet-Offensive des Vietcong nicht nur den moralischen und militärischen Bankrott der USA offenkundig machten, sondern auch den liberalen Anspruch westlicher Demokratien in Frage stellten.

Trotzdem fühlte er sich nicht zugehörig, wenn über Politik gesprochen wurde. Wer da mitreden wollte, musste eine bestimmte Rhetorik beherrschen, die Wilhelm fremd war. Wo er mitreden konnte, war bei Musik, bei Autos und bei Drogen. Marihuana rauchen gehörte für ihn genauso dazu, wie ein Bier zu trinken. Morgens tranken sie hin und wieder Opiumtee. Dazu lösten sie Rohopium in Tee auf und waren den ganzen Tag ruhig und gelassen, eine völlig andere Wirkung als durch Alkohol. Machte überhaupt nicht laut oder aggressiv, sondern bewirkte eine schöne phantasievolle, ruhige Atmosphäre. Wilhelm fühlte sich eher den Hippies zugehörig. »Make love not war«, das gefiel ihm. Dazu gehörte auch der Anspruch, sein Bewusstsein erweitern zu wollen. Er fand sich völlig unspießig in seiner Offenheit für derlei Experimente. Diese Offenheit erlitt jedoch einen Knacks, als er mit Silke und zwei befreundeten Paaren für ein Wochenende zum Plöner See fuhr, wo die Eltern von Iris ein tolles Haus besaßen, das an diesem Wochenende leer stand. Das Haus war von hohen Buchen umgeben und hatte einen freien Blick auf den Plöner See. Kaum waren sie dort angelangt, fühlte Wilhelm sich wohl. Das war eine Umgebung nach seinem Geschmack. Und auch drinnen war es genauso, wie es ihm gefiel: gemütlich eingerichtet, helles Holz, Kissen in warmen Farben, heimelig, aber nicht protzig. Iris' Vater war Naturwissenschaftler, ein Ornithologe, und in den Regalen standen viele wundervoll illustrierte Bücher über Tiere.

Sie hatten sich für den Abend LSD besorgt. Ein Freund von Uwe hatte *Connections* und verkaufte LSD. Es kam vor, dass bei der Herstellung aus Versehen auf einige Zuckerwürfel zu viele LSD-Tropfen gekommen waren, so dass er sie nicht verkaufen wollte. Die hatte er Uwe gegeben. Nachdem sie miteinander Spaghetti mit Tomatensauce gegessen hatten, fläzten sie sich auf die üppige Sofalandschaft, bestückten den Kamin mit Buchenholz, und als das Feuer loderte, lösten sie die Zuckerwürfel in einer Schale mit Wasser auf. Die Schüssel ging herum, alle nahmen sich einen Esslöffel davon, bis die Schüssel leer war. Es fühlte sich schnell gut an. Die Atmosphäre wurde entspannt, sehr friedlich.

Iris holte Bücher aus dem Regal, gemeinsam betrachteten sie die Bilder, teilten gemurmelt oder laut ausgerufen ihre Begeisterung mit: »Wahnsinn!« »Der lebt!« »Guck mal, der Wolf fletscht die Zähne!« »Die Gazelle rennt!«

Uwe, Iris' Freund, hatte ein 220SE Mercedes Coupé, das angesagteste Auto, wie nicht nur Uwe selbst meinte. Er arbeitete als Bedienung beim

Griechen und hatte es gebraucht gekauft. Uwes Bruder Drago war mit seiner Freundin ebenfalls dabei. Plötzlich sagte Drago zu Uwe: »Ich hab Lust, dein Auto zu fahren!« Also quetschten sie sich zu sechst in das Auto. Wilhelm, der die breitesten Schultern hatte, saß vorn neben Drago, der sehr gut Auto fahren konnte, wie alle wussten. Er heizte durch Plön, dann kamen sie auf die Landstraße. Wilhelm sah, wie die Bäume auf ihn zurasten. Sie schossen die Straße entlang, die Bäume wirkten, als bewegten sie sich in der gleichen Geschwindigkeit auf das Auto zu. Wilhelm wusste, dass er in Gefahr war. »Kehr um!«, rief er Drago zu. »Das ist gefährlich!« »Kehr um!« Die Gewalt der Metallmasse flog durch die Nacht. Das Motorheulen kreischte in seinen Ohren, ebenso wie die Schreie der Mädchen. »Zurück!«, forderte Wilhelm laut. »Zurück! Drago!« Drago warf das Auto herum, die Reifen quietschten zornig, wieder ging es mit voller Geschwindigkeit durch Plön und dann mit Vollgas und kreischenden Bremsen auf den Parkplatz vor dem Haus. In diesem Augenblick fuhr ein Polizeiwagen langsam auf der Straße, die am Haus entlangführte. Wilhelm hielt den Atem an. Hatten die sie verfolgt? Was würde nun geschehen? In schneller Abfolge glitten Bilder an seinem inneren Auge vorbei. Handschellen, Gefängnis, Anruf bei den Eltern, die Enttäuschung der Mutter. Die Arbeit. Aber da war die Polizei schon fort.

Mit zitternden Knien folgte Wilhelm den anderen ins Haus. Im Handumdrehen war es wieder so nett und friedlich wie vor der Fahrt. Sie bestückten den Kamin mit neuen Holzscheiten, das Feuer loderte, Iris legte eine Schallplatte von Iron Butterfly auf. Mit *In A Gadda Da Vida* tauchte Wilhelm in eine andere Welt voller warmer leuchtender Farben, die sich zur Musik bewegten, in ganz neue Sphären ein, visuell, emotional und in der Beziehung zu allen, die mit ihm im Raum waren. Er hörte jeden einzelnen Ton der Musik wie eine Offenbarung.

Am Sonntagmorgen jedoch schwor Wilhelm sich, dass das sein letzter Trip gewesen war. So eine Angst wollte er nie wieder ausstehen müssen.

Wenn Wilhelm und seine Freunde unterwegs waren, sahen sie genauso aus wie die anderen jungen Leute ihres Alters. Die Frauen trugen Mini, die Männer Hemdkragen über Pullovern. Viele Frauen hatten ihre Haare wasserstoffblond gefärbt. Die Frauen in Wilhelms Bekanntenkreis frönten zwar nicht der sogenannten sexuellen Befreiung, wie angeblich die Studentinnen es taten, und insbesondere die Studentinnen in Berlin in den Kommunen, dennoch war die sexuelle Befreiung in aller Munde, und auch Silke diskutierte darüber. Alex und seine Freundin lächelten über diesen Unsinn. Sie planten ihre Hochzeit, und bald wurde auch sichtbar, dass Annalena ein Bäuchlein bekam.

Wilhelm war geschockt, als Silke ihm erzählte, dass sein Bruder bald Vater würde. Er verstand nicht das Ausmaß seiner Trauer bei der Aussicht, dass Alex heiraten und Vater werden würde. Gut, es war ein Abschied. Aber Wilhelm kam es wie ein Tod vor, als stürbe sein Bruder Alex gerade. Und danach würde er als ein anderer weiterleben. Als Mann von Annalena, als Vater seiner zukünftigen Kinder. Kein *Top Ten* mehr, keine Haschpartys. Wilhelm hatte Angst, seinen Bruder an ein anderes Leben zu verlieren. Alex hatte ihm immer sehr nahgestanden. Und nun?

Alles veränderte sich. Manchmal kam es Wilhelm vor, als wackle der Boden unter seinen Füßen. Silke wandelte sich so sehr, dass er sie manchmal nicht wiedererkannte. Er versuchte sich mit der Erklärung zu beruhigen, dass sie die Anti-Baby-Pille schluckte. Die sollte die Frauen verändern, sagten manche Männer. So wie die bestimmten Tage, die Frauen auch veränderten.

Silke diskutierte leidenschaftlich bei allen mit, die sich über die Revolution Gedanken machten. Aber sie sorgte auch dafür, dass sie Spaß hatte. Und sie versuchte Wilhelm mitzureißen, der sich oft etwas zurückzog, weil er sich von all den revolutionären Ansprüchen unter Druck gesetzt fühlte. Zum Beispiel schleppte sie ihn in den Film *Viva Maria*, um ihm zu zeigen, dass man beim Revolutionmachen auch Spaß haben konnte. Das gefiel Wilhelm, und einen Abend lang entspannte er sich. Ansonsten entspannte er sich nur noch, wenn er Hasch rauchte.

Der französische Mai und die Fabrikbesetzungen in Italien hatten den Hoffnungen der jungen Menschen auf Revolution Aufwind gegeben. Es gab eine Energie, die alle trug, auch solche wie Wilhelm, der sich nicht im Geringsten nach einer Revolution verzehrte. Silke ließ sich von dieser Energie mitreißen. Sie diskutierte lebhaft über alles, und bald auch darüber, wie sie ihre Identität als Frau in der Revolution stärken konnte. Sie wollte ihre Weiblichkeit bewahren, aber gleichzeitig eine eigene Sprache finden. »Ich will als voller Mensch leben und trotzdem sexuell eine Frau sein«, erklärte sie Wilhelm. »Das finde ich schwierig.

Auch mit dir.« Wilhelm verstand nicht, was daran mit ihm schwierig war. Er hatte großen Respekt vor ihr, er hatte nie studiert und dass sie sexuell eine Frau war, fand er richtig. Genauso wollte er sie. Wo war das Problem? Offensichtlich sah sie eins, denn sie diskutierte wie verrückt über ihre Identität als Frau in der Revolution.

Sie nahm auch an den Straßenkämpfen vor dem Springer-Verlagshaus teil oder vor dem Amerika-Haus an der Alster, und sie redete auf Wilhelm ein, dass er dahin gehöre wie jeder anständige Mensch. Aber Wilhelm ging ins Chile-Haus wie jeden Tag und arbeitete. Am Abend allerdings war sie distanziert zu ihm und sprach von dem »Gefühl der Freude, dass man kämpft und Widerstand leistet, um eine bessere Welt zu schaffen«.

Wilhelm wehrte ab. »Du musst das verstehen«, sagte er, »es gibt Studenten, die gegen Springer demonstrieren, die über Gewalt diskutieren, die die Weltrevolution wollen. Und dann gibt es solche wie mich. Die love and peace wollen. Die ein neues Lebensgefühl entwickeln, indem sie sich mit der Musik identifizieren, die eine neue Gemeinschaft junger Menschen überall in der westlichen Welt gründet.« Er war selbst überrascht über die Wortgewalt, mit der er seine Haltung ausgedrückt hatte. Silke schwieg, runzelte die Stirn, sah ihn prüfend an und küsste ihn.

Damit war ihre Befremdung freilich nicht überwunden.

Am 7. November ohrfeigte Beate Klarsfeld auf dem CDU-Parteitag den Bundeskanzler Kurt Georg Kiesinger vor laufenden Fernsehkameras und nannte ihn einen Nazi. Damit zerrte sie seine Vergangenheit ans Licht der Öffentlichkeit. Er war zur Zeit des Nationalsozialismus NSDAP-Mitglied und Mitarbeiter des Auswärtigen Amtes gewesen.

Silke wie auch die anderen Menschen, mit denen Wilhelm zu tun hatte, drückten immer drängender ihr Misstrauen gegen diesen Staat aus. Die Notstandsgesetze hatten sie durchgeboxt, in Vietnam folterten sie und führten einen brutalen Krieg, die Presse gehörte ihnen. Und die alten Nazis waren in allen möglichen Machtpositionen. Sogar in der des Bundeskanzlers. Immer häufiger fielen in Wilhelms Umgebung die Worte von Gewalt gegen die Gewalt der Mächtigen.

Am 12. Dezember jubilierten Silke und ihre Freundinnen. Eine Gruppe Hamburger Studentinnen hatten aus Protest im Gerichtssaal demonstrativ ihre Blusen ausgezogen. Halbnackt hatten sie die Ballade von den asexuellen Richtern gesungen. »Und wir zeigen unsere Brüste für jeden« und »Wir werden ihn brechen, den Terror der Justiz und der Polizei!«

Der Anlass für diese Aktion war im Grunde unwichtig gewesen. Die Studentin Ursula Seppel hatte sich wegen Hausfriedensbruchs zu verantworten gehabt, weil sie zuvor angeblich eine Gerichtsverhandlung gegen einen Genossen gestört hatte. »Busenaktion« sollte die Befangenheit des Gerichts aufzeigen. Sie ging durch die gesamte Presse und verschaffte den Frauen eine Aufmerksamkeit, die sie sonst nie erreicht hätten.

»Wir müssen die Klischees nutzen, um für unsere Sache zu kämpfen«, sagte Silke. Von nun an trug sie keinen Büstenhalter mehr. Was bei ihren kleinen Brüsten ohnehin nicht besonders auffiel. Aber nun sah man die runde Form ihrer Brüste, ohne dass ein Büstenhalter eine Spitze vortäuschte. Wilhelm war alarmiert. Nun konnten alle Männer Silkes Brüste sehen. Es kam ihm vor, als zeige sie sich nackt aller Welt. Er versuchte sie davon zu überzeugen, dass es viel gesünder sei für Frauen, einen Büstenhalter zu tragen. Aber sie lachte ihn bloß aus.

Silvester 1968 feierte Wilhelm gemeinsam mit Silke im *Top Ten.* Es gab zwar ein bombastisches Feuerwerk um Mitternacht, sie hatten gehottet und getrunken und die Klofrau umarmt, aber Wilhelm hatte ein trauriges Gefühl im Bauch. In diesem Jahr war Schlimmes geschehen, das er nicht verstehen konnte und das mit dem, was ihm heilig war, nicht in Einklang zu bringen war. 1968 bedeutete für ihn den Schock über die Mordanschläge auf Rudi Dutschke, Martin Luther King und Robert Kennedy. Obwohl Rudi überlebt hatte, symbolisierte dieser Anschlag für Wilhelm den Bruch, den Silke und ihre Freunde mit dem System vollzogen hatten, einen Bruch, dem er nicht folgen konnte, den er aber verstand.

Lydia war tot.

Stella und Lysbeth standen gemeinsam mit Cynthia neben Angela, Roberta, Helmut und Daniel vor dem Grab und lauschten den Worten eines alten Mannes, der einmal Opernsänger gewesen war, das KZ überlebt und gemeinsam mit Lydia im Fundus der Oper gearbeitet hatte.

Cynthia brach laut in Tränen aus, als er erwähnte, wie selbstkritisch Lydia über sich als Mutter gesprochen hatte. Wie oft sie ihr Bedauern geäußert hatte, dass sie zu ihrer Tochter keine tiefere Verbindung entwickeln konnte.

Cynthia wirkte, als würde sie unter ihrem Kummer zusammenbrechen. Stella und Lysbeth hakten sie von beiden Seiten unter. Schwer lastete sie auf ihnen. Alle Wut, die Stella sonst gegen Cynthia empfand, löste sich in diesem Moment auf. Sie erinnerte sich an den Tod ihrer eigenen Mutter. Einfach so war sie gestorben. Genau wie Lydia, deren Herz im Schlaf aufgehört hatte zu schlagen. Eine Woche zuvor war Daniel nach Hause gekommen, und sie hatte wieder neben ihm in seinen Armen gelegen. Es erinnerte Stella sehr an ihre eigene Mutter, die kurz vor ihrem Tod noch einmal Zärtlichkeit mit ihrem Mann erlebt hatte.

Lydias Liebster hatte Lydia nie verletzt, nie verraten, nie betrogen, so wie es Stellas Mutter geschehen war. Aber er war ihr weggenommen worden, vom Staat, um in der Produktion »erzogen« zu werden. Sie hatte sich entsetzlich um ihn geängstigt, und sie hatte ihn furchtbar vermisst. Und als er dann wieder da war, hatte ihr Herz offenbar nachgegeben.

Am Abend saßen alle um den Tisch herum und versuchten, ein Gespräch zu führen, das auf irgendeiner Gemeinsamkeit gründete. Es fiel ihnen unglaublich schwer. Daniel hatte einen bitteren Zug um den Mund bekommen. Angela wirkte fast schuldbewusst. Roberta war dünn geworden und hatte einen seltsam flackernden Blick, der Stella beunruhigte. Was war mit ihrer Enkelin los?

Stella fing einfach an loszuplappern. Sie erzählte von Lydia. Wie sie sie kennengelernt hatte. Ihre Kleidung. Ihre elfenhafte Schönheit. Ihre Kultiviertheit. Sie erzählte von Lydias erstem Mann, ihrem zweiten Mann. Und plötzlich sagte Cynthia: »Er ist in der Badewanne gestorben. Und er hatte eine weißliche schlaffe Nudel zwischen den Beinen.« Alle starrten sie an, aber sie merkte es nicht, dachte angestrengt nach. »Nein«, sagte sie. »Es war eher eine Knolle. So eine kleine Knolle mit einem Fleischzipfel …« Sie schrak zusammen, als würde sie aufwachen, warf verwirrte Blicke um sich, griff nach ihrem Bierglas und leerte es in einem Zug.

Stella erwartete, dass Roberta, wie bislang immer, direkt am nächsten Tag wieder nach Berlin fahren würde. Aber Roberta verkündete, sie würde noch einen Tag bleiben, schließlich sehe sie Großmutter und Tante sehr selten.

Angela warf ihr einen besorgten Blick zu und schlug ihr vor, mit den beiden einen Spaziergang zu unternehmen. Lysbeth dachte kurz nach, sagte dann: »Geh mal allein mit deiner Oma. Ich bereite gemeinsam mit Angela eine Suppe für heute Mittag vor.«

Also spazierten Stella und Roberta allein über schmale Feldwege. Es war bitterkalt. Die Luft schnitt in ihr Gesicht. Jeder Atemzug ließ eine weiße Wolke vor ihnen aufblühen. Beide schwiegen. Nach einiger Zeit hakte sich Roberta bei Stella ein, was diese äußerst erstaunte und auch beunruhigte. Die selbstbewusste distanzierte Roberta suchte die Nähe ihrer Großmutter?

»Ich bin in Schwierigkeiten«, gestand Roberta ohne Umschweife. Stella warf ihr einen prüfenden Blick zu. Eine Liebesgeschichte? Scharf zog Angst durch sie hindurch: War Roberta krank? Sie war auch so dünn geworden. »Was ist los?«, fragte sie.

»Ich bin in etwas reingerutscht, wo ich jetzt schwer rauskomme«, sagte Roberta mit gepresster Stimme. Stella sah sie prüfend an. Reingerutscht? Hatte sie einen verheirateten Freund?

Nach einem tiefen Atemzug, als wollte sie Anlauf nehmen, erklärte Roberta: »Mir ist der Fall einiger junger Menschen angetragen worden, über den aber dann doch nicht ich zu befinden hatte. Aber ich sollte mich mit denen etwas beschäftigen.« Sie schluckte. »Das habe ich getan. Es war gar nicht schwer, zu ihnen Kontakt zu bekommen. Sie sind extrem offen. Ich weiß nicht, ob dir der Name Ingeborg Hunziger etwas sagt, sie ist Bildhauerin, eine beeindruckende Persönlichkeit.« Stella schüttelte den Kopf. Den Namen hatte sie noch nie gehört. »Sie ist SED-Mitglied, ich fand es völlig in Ordnung, sie etwas näher kennenzulernen.« Robertas Stimme zitterte.

Worum ging es? Hatte Roberta eine lesbische Beziehung begonnen? Stella wusste nicht, wie die DDR gleichgeschlechtlichen Beziehungen gegenüberstand. Ihr kam gar nicht in den Sinn, dass es sich um etwas Politisches handeln könnte. Also brauchte sie längere Zeit, bis sie begriff, wovon Roberta überhaupt sprach.

»Also«, raffte diese sich auf. »Die Geschichte ist kurz erzählt: Ein paar junge Leute, die Tochter von Ingeborg Hunziger, die Söhne von Robert Havemann, Thomas Brasch, der Sohn vom stellvertretenden Kulturminister, Erika Berthold, auch Tochter eines wichtigen Mannes bei uns, haben nach dem Einmarsch in Prag Flugblätter geschrieben. Mit der Hand, richtig naiv und laienhaft: »Freiheit für das neue Prag«, »Russen raus aus Prag«. Sie lächelte etwas verloren. »Weißt du, Stella, ich selbst wusste nicht, was ich von dem Einmarsch in Prag halten sollte. Natürlich kann sich das sozialistische Lager es nicht leisten, dass ein Land einfach so ausschert, aber mit Panzern einzurollen, schien mir falsch. Nicht so falsch, dass ich irgendwie an unserem Staat zweifle, aber ich konnte die jungen Leute verstehen. Ich fühlte mich auch verdummt von unseren Leuten. Unser Fernsehen brachte so gut wie nichts. Die wenigen Berichte hatten den Tenor, dass ein konterrevolutionärer Aufruhr niedergeschlagen werde und man den Sozialismus retten müsse. Aber im Westfernsehen überschlugen sich die Nachrichten. Das machte mir den Einmarsch fast sympathisch, so wie die bei euch ihn verteufelt haben, aber trotzdem …«

Stella erinnerte sich an ihre eigene Verwirrung im August. Was war da los in Prag? Waren die gegen Sozialismus? Wollten die sich dem Westen anschließen? Und wie gefährlich war es, gegen demonstrierende Menschen mit Panzern anzugehen? Es hatte sie beruhigt, dass alles doch ziemlich friedlich abgegangen und bald beendet gewesen war.

Roberta sprach nun freier. Es erleichterte sie offenbar, sich Stella anzuvertrauen. »Die jungen Leute sind am 21. oder 22. August abends im Dunkeln in Grüppchen losgezogen und haben ihre selbstgemalten Flugblätter verteilt. Sie haben sie in Briefkästen gesteckt und in Telefonzellen gelegt. Aber sie waren längst unter Beobachtung. In der Marienstraße in Mitte wurden Rosita und Erika eingefangen. Anschließend wurden sie zur Vernehmung in die Keibelstraße gefahren. Am nächsten Tag kamen sie nach Schönhausen in Einzelzellen. Ende Oktober 1968 kam es zum Prozess. Sie hatten zweifellos nach unseren Gesetzen eine Straftat begangen. Das Urteil, das mein Kollege fällte, lautete: Ein Jahr und zehn Monate. Alle Strafen wurden zur Bewährung ausgesetzt.« Roberta sah Stella forschend von der Seite an. »Hast du davon gehört?«

Stella schüttelte verneinend den Kopf. »Nicht das Geringste.«

»Sie wurden aus politischem Kalkül freigelassen«, erklärte Roberta. »Die wollten nicht, dass in der Westpresse steht: Honecker sperrt Kinder ein, weil sie Flugblätter verteilen, oder so was. Braschs Vater trat erst einmal in den Hintergrund. Erikas Vater flog aus Amt und Würden. Weil ich Ingeborg Hunziger inzwischen gut kannte, erfuhr ich von den Demütigungen, die Rosita und Erika in der Schule zugefügt wurden. Die ganze Schule musste zugucken und zuhören, wie die Direktorin ihre Rede über staatsfeindliche Tätigkeit im Zusammenhang mit Prag hielt. Währenddessen standen die beiden als Exempel oben auf der Empore. Mir imponierten die Mädchen. Sie hatten sich so schick wie möglich angezogen, Ketten und Schmuck angelegt und sahen aus wie zwei Christbäume.«

Roberta löste sich von Stella und stapfte eine Weile schweigend über den gefrorenen Boden. »Ich habe mit viel Mittelmäßigkeit zu tun«, sagte sie leise. »Die meisten Menschen meines Alters waren noch nie woanders als in Deutschland. Ich verschweige meine Geschichte meistens, weil sie so viel Neugier weckt. Aber hinter der Neugier auch irgendwie Distanz. Abwehr. Angela erzählt das ja auch von der Schule.«

Stella horchte auf. War das immer schon so gewesen, dass Roberta ihre Mutter mit Namen nannte, oder war auch das etwas Neues?

»Es war für mich so angenehm, mit diesem Kreis um Ingeborg herum in Kontakt zu treten. Das war eine neue Welt.« Roberta lachte kurz auf. »Na ja, es war auch wie eine alte Welt. Bei Anthony verkehrten auch so viele Menschen, die voller Überzeugung irgendwelche abstrusen Ideen vertraten.« Sie grinste plötzlich frech. »Und bei euch geht es ja auch nicht gerade deutschtümelnd zu.«

Deutschtümelnd? Stella konzentrierte ihre gesamte Aufmerksamkeit auf Roberta, um ihre Enkelin zu verstehen. Es ging um eine Distanz, die Roberta offenbar ihrem Staat gegenüber einnahm. Diesem Staat, den sie immer so glühend verteidigt hatte. Das musste sie sehr durcheinanderbringen, verstand Stella. Gleichzeitig dachte sie fast erleichtert, dass es irgendwann so kommen musste. Das war wie in jeder Beziehung. Irgendwann relativierte sich das Schokoladengesicht, und die Schwächen kamen zum Vorschein. Selbstverständlich hatte die DDR viele schwache Seiten, aber das war nur normal und doch auch ein Anreiz, aktiv zu werden, um diesen sozialistischen Staat auf deutschem Boden zu verbessern.

Doch da sagte Roberta: »Robert Havemann ist unser erster Dissident, sozusagen die Elite unter den Dissidenten. 1964 hat die Partei ihn schwer gemaßregelt. Ingeborg ist mit ihm befreundet. Und bei Havemann verkehrt auch Wolf Biermann.« Sie hakte sich wieder bei Stella ein und sagte schlicht: »Das ist eine interessante Welt. Im Grunde ähneln die Diskussionen denen, die ihr gerade im Westen habt. Die jungen Leute um Havemann wollen sich von Altem losmachen und mit konservativen Vorstellungen brechen.« Sie schob energisch ihr Kinn vor und verkündete: »Ob man es nun mag oder nicht, die DDR wird nun mal altstalinistisch regiert.« Stella schluckte die Frage runter, wie sich das denn zeige, da sagte Roberta: »In diesen Kreisen werden alle Dogmen auf den Prüfstand gestellt. Es gibt dort einen Geist des Widerspruchs. Und, Stella, ich habe mich gefühlt wie jemand, der lange Zeit durch die Wüste gelaufen ist und gar nicht mehr gemerkt hat, dass er Durst hat. Es war plötzlich so wundervoll, mit Menschen in einem Raum zu sein, die wagten, freche widerspenstige aufmüpfige Sachen zu sagen. Lydia und Daniel haben das auch manchmal getan, aber da war es immer so dramatisch und auch eher traurig. Der Kreis um Havemann ist anders. Die haben Spaß am Denken.« Sie lachte: »Auf dem Balkon von Havemanns Wohnung hängt ein großes Che-Guevara-Poster. Das hat sein Sohn aufgehängt, der da mit Erika wohnt.«

»Unverheiratet?«, fragte Stella erstaunt.

»Ja«, antwortete Roberta. »Unverheiratet. Diese jungen Leute sind alle unverheiratet. Ich denke mir, sie ähneln denen, die jetzt überall im Westen die Welt verändern wollen. Sie sagen auch ähnliche Sachen, soweit ich das aus Westberlin höre. Zum Beispiel sprechen sie von Eheknast. Sie sind sehr beeinflusst von den westlichen Ansätzen, neue alternative Lebensformen zu entwickeln.«

»Wie bekommen die denn die Informationen?«, fragte Stella.

»Ach«, antwortete Roberta leichthin, und das, mehr als alles andere, was sie gesagt hatte, zeigte Stella, dass sich in ihrer Enkelin etwas sehr verändert hatte, »die bekommen Paperbacks und Broschüren über sieben Ecken, die Leute aus dem Westen mitbringen. Das ist gängige Praxis. Die gehen dann von Hand zu Hand.«

»Was sind das für Texte?«

Roberta musste nicht lange nachdenken. »Über Kindererziehung, Psychoanalyse, Wilhelm Reich, ja, über Sexualität, Situation der Frau.«

Stella staunte. Roberta sprach, als hätte auch sie solche Texte schon gelesen.

»Situation der Frau?«, fragte sie nach. »Darüber müsst ihr euch doch eigentlich keine Sorgen machen, oder? Bei euch gibt es gleichen Lohn für gleiche Arbeit, Kindergärten, kann bei euch nicht die Mutter nach der Geburt ein Jahr zu Hause bleiben? Bei uns sind das nur acht Wochen.«

Roberta schüttelte den Kopf, dann nickte sie. »Ja, für die Frauen haben wir wirklich große Errungenschaften. Aber gleichzeitig gibt es immer noch so was wie Arbeitsteilung zu Hause. Die Frauen machen alles, die Männer haben Spaß.«

»Die Frauen haben keinen Spaß?«

Roberta sprach noch nachdenklicher als zuvor. »Diese Kinder um Havemann herum wollen alles ausprobieren, was Spaß macht. Die suchen auch nach Wohnungen für eine Kommune. Die wollen sogar die sexuelle Revolution proben. Erika hat mir gestanden: ›Das ist ein bisschen wie Doktorspiele im Kindergarten, bisschen spannend, bisschen geil, aber nicht ernst. Selig macht einen das nicht.‹ In deren Köpfen herrscht so ein Elitebewusstsein, dass sie einfach das Beste suchen dürfen. Das sind die privilegiertesten Kinder unserer Republik.«

Als sie umkehrten, griff Stella nach Robertas Hand. Sie spürte, dass ihr Gespräch abgeglitten war. Jetzt drehte es sich allgemein um junge Menschen in der DDR, die nach alternativen Lebensformen suchten. Aber was war Robertas tiefe Verunsicherung?

Roberta nahm auch wieder ihren alten Ton politischer Überzeugung an, als sie sagte: »Der Tod Benno Ohnesorgs hat uns sehr erschüttert. Wenn ich mir die Bilder der Demonstrationen anschaue, wirkt das wie Krieg.« Sie murmelte: »Bei uns ist es manchmal zum Ersticken, aber immerhin ist nicht Krieg.«

Stella lauschte konzentriert. Worum ging es Roberta wirklich?

»Ich bin so hin- und hergerissen«, sagte sie da. »Ich verbinde die Straßenkämpfe und Studentendemonstrationen bei euch mit sozialistischer und kommunistischer Romantik aus russischen Revolutionsromanen, die ich in meiner Kindheit gelesen habe. Dieses Vorgehen gegen die Faschisten, nicht unbedingt mit der Knarre, aber im Zweifelsfall vielleicht sogar damit, finde ich gut. Es holt meinen Vater in mir wieder hoch. Ich würde nicht im Westen leben wollen. Ich habe Bilder gesehen, auf denen die Demonstranten von Wasserwerfern regelrecht über die Straße gefegt werden.«

Stella atmete erleichtert auf. Roberta möchte nicht im Westen leben, sagte sie sich. Das ist es also nicht.

Roberta fuhr fort: »Überall liest man bei euch Marx und Lenin. Ich fühle mich euren Studenten sehr verbunden, das ist ein schönes Gefühl. Es gibt auch bei uns kritisch und reformerisch Gesinnte und auch religiöse Leute, aber natürlich keine Studentenbewegung. Auch die Kritischen bei uns denken, dass dieser Vater Staat borniert, stalinistisch oder sonstwas ist, aber er ist nicht der Feind. Die Themen, derentwegen die Fronten im Westen so stark aufeinanderprallen, sind bei uns zum Teil Staatsdoktrin. Bei euch knüpfen sich viele Aktionen der APO an den Vietnamkrieg und die Solidarität mit Vietnam. Bei uns lautet die Staatsdoktrin, ›der Krieg, den die USA führen, ist ein verbrecherischer imperialistischer Krieg‹, und dem stimmen alle zu.«

Stella nickte. Diese Gedanken teilte sie. Aber es gab doch etwas, was Roberta auf der Seele lag. Was also war das genau? Roberta wirkte, als hätte sie ihre Einleitung schon vergessen.

Doch plötzlich sagte sie leise: »Sie wollen, dass ich Berichte schreibe.«

»Wer?«, fragte Stella alarmiert.

»Na, die«, antwortete Roberta etwas genervt.

»Und du willst das nicht?«

»Ich bin Richterin«, schnaubte Roberta. »Ich bin kein Spitzel.« Kläglich fügte sie hinzu: »Ich habe mich mit Ingrid angefreundet. Das ist eine wundervolle Frau, die macht tolle Sachen, die denkt auf eine sehr anregende und originelle Weise. Es ist ein Vertrauensbeweis, dass die alle offen sprechen, wenn ich dabei bin, da werde ich doch keine Berichte schreiben.«

Stella dachte nach. Also kein verheirateter Mann, keine lesbische Liebe, nichts Romantisches, sondern ein massiver innerer Konflikt. War das nun schlimmer oder weniger schlimm? »Und wenn du einfach irgendwas Unverfängliches schreibst?«, schlug sie vor.

Roberta gab ein zorniges Geräusch von sich. »Um ehrlich zu sein, so etwas habe ich mir auch schon überlegt.« Sie stieß hervor: »Ich will niemanden belügen, nicht meine Freunde und nicht meinen Staat. Es muss doch möglich sein, als ehrlicher Mensch zu leben.«

Stella gab sich Mühe, möglichst geschickt zu argumentieren. Sie wollte, dass ihre Enkelin glücklich war, und sie schien ihr trotz ihres Problems glücklicher, als sie sie all die Jahre erlebt hatte. Entspannter, weniger verbissen.

»Weißt du, mir scheint, dass das alles gar nicht so weit auseinanderliegt«, begann sie. »Die Ikonen im Westen wie im Osten sind Ho Chi Minh, Che Guevara und Fidel Castro, Marx, Engels, Lenin. Die Menschen, die den Dogmatismus in der DDR kritisieren, wie ich es verstehe, glauben bestimmt, dass der Sozialismus eine Zukunft hat.«

Roberta lachte plötzlich laut auf. »Stell dir vor, die jungen Leute haben eine Rede von Fidel Castro gelesen, wo er den Einmarsch in Prag verteidigt. Ich war dabei, als sie sagten, dass sie das nachdenklich gestimmt hat. Du hättest mal erleben sollen, wie Havemann und

Biermann über sie hergezogen sind. Das war harter Tobak. Sie könnten ja gleich zu Kreuze kriechen und eine Stellungnahme im *Neuen Deutschland* veröffentlichen. Die Armen waren gar nicht imstande, sich zu wehren. Die haben ja noch gar keine klare Position. Erika ist aufgestanden und gegangen. So viel zu Dogmatismus.«

»Aber auch so was willst du nicht aufschreiben?«, fragte Stella vorsichtig.

»Nein!«, empörte Roberta sich abermals. »Nein! Ich will gar nichts aufschreiben. Und das wollen sie irgendwie nicht verstehen. Jetzt wird mir sogar schon unterstellt, ich würde mit Havemann und Co gemeinsame Sache machen.« Sie murmelte so leise, dass Stella es kaum verstehen konnte: »Das kann mich meinen Beruf kosten.«

Stellas Magen verkrampfte sich. Sie hatte erlebt, was die Erziehungsmaßnahme aus Daniel und Lydia gemacht hatte. Sie wusste, dass es in der DDR für Intellektuelle als erzieherisch besonders wirksam galt, in die Produktion geschickt zu werden.

»Mir ist es so wichtig, dass du glücklich bist«, sagte sie hilflos. »Alles andere finde ich unwichtig.«

»Ach, Glück«, wischte Roberta mit einer Handbewegung fort. »Glück ist nur ein Moment, wie ein Blitz, der alles erhellt und manchmal sogar ein bisschen weh tut. Ich will die Freiheit haben, zu denken, was ich gerade denken will, und meinen Beruf auszuüben. Und vor allem: Ich will kein Spitzel sein!«

## 50

Die drei Frauen waren nach Hamburg zurückgekehrt, Stella wollte gerade in ihrer Wohnung die Koffer auspacken, da klingelte es an der Haustür. Sie hörte, wie Cynthia unten jemanden begrüßte und dann in lautes Weinen ausbrach. Was war geschehen?

Sie hörte langsame Schritte, die sich vorsichtig die Treppe hinauftasteten. Bevor an ihre Tür geklopft wurde, öffnete sie. Vor ihr stand – graubleich wie tauender Schnee – Jonnys Frau. »Greta«, entfuhr Stella überrascht. Seit Greta damals mit ihrer kleinen Tochter regelmäßig zu Stella gekommen war, damit Walburga ein wenig Musik machen konnte, und seitdem Greta sich damals in Dritter verliebt hatte, war sie der Kippingstraße ferngeblieben. Sie war nur noch ein einziges Mal bei Stella aufgetaucht, um ihr von ihrem Verdacht zu berichten, dass Jonny Dritter denunziert und so ins Gefängnis gebracht habe, und um sie vor Jonny zu warnen.

»Setz dich.« Zögernd leistete Greta der Aufforderung Folge. Sie hockte sich an die vordere Kante des Sessels, rang ihre Hände, und noch bevor Stella sie nach dem Anlass ihres Besuchs fragen konnte, stieß sie hervor: »Jonny ist tot.« Stella sackten die Beine weg, schnell ließ sie sich auf den freien Sessel fallen. Sie schüttelte den Kopf, um das leichte Schwindelgefühl zu vertreiben, das ihr die Sicht versperrte. Aus weit aufgerissenen Augen starrte sie Greta an. »Wie …«, stammelte sie. »Schlaganfall«, murmelte Greta. »Schlaganfall«, wiederholte Stella, als würde es sich um eine welterschütternde Offenbarung handeln.

Jetzt war der Schwindel verflogen, auch ihre Beine gehorchten ihr wieder. Sie erhob sich, holte zwei Gläser und eine Flasche vom Herzwein der Tante, den Lysbeth im Laufe der Jahre immer besser zuzubereiten gelernt hatte. Nachdem sie eingeschenkt hatte, hob sie ihr Glas und sagte: »Prost! Auf Jonny!« Greta hob ihr Glas ebenfalls und flüsterte: »Auf Jonny!« Nachdem sie die Gläser schweigend geleert hatten, sagte Stella: »Erzähl!«

So erfuhr sie in einem anfangs stockenden, dann immer flüssigeren Bericht, dass Greta und Jonny sich am vergangenen Abend gestritten hatten, weil Jonny der Meinung war, dass Greta ihn unterbrochen habe, als er ihr etwas Wichtiges erzählen wollte, das er über die Verrohung der heutigen Jugend in der Zeitung gelesen hatte. Jonny hatte auf den Tisch gehauen, dass die Gläser ebenso wie Greta erzitterten. Sie wusste, dass er in der Wut seine Arme nicht gut beherrschte und dann schon mal etwas durch die Gegend flog, das durchaus auch sie treffen konnte. »Er hasst es, wenn ich ihm nicht genau zuhöre, wenn er etwas erzählt, und er findet es sehr respektlos, wenn ich dann womöglich über irgendetwas anderes zu sprechen beginne«, erklärte Greta. »Aber ich hatte gekocht und fragte ihn nur zwischendurch danach, ob es ihm schmeckte. Das fand er völlig unmöglich von mir. Das war doch gerade nicht das Thema. Immer würde ich über meine Themen reden wollen und mich nicht auf seine konzentrieren.« In ihre Wangen war Farbe gestiegen. Ihr Hals und die rechte Seite ihres Dekolletés, das, wie Stella jetzt bemerkte, für die Jahreszeit ungewöhnlich tief ausgeschnitten war und den Ansatz einer erstaunlich glatten und weißen Brust erkennen ließ, waren rot angelaufen.

Sie sieht verblüffend jung aus, dachte Stella, und erinnerte sich, dass sie Greta einige Male auf der Straße gesehen und sehr stark gealtert gefunden hatte. »Ja, und dann hat er ein Glas Rotwein runtergestürzt, ist aufgestanden und hat sich vor den Fernseher gesetzt. Ich weiß nicht, was da lief. Ich habe den Tisch abgeräumt und die Reste in den Kühlschrank getan. Ich habe abgewaschen.« Auf Gretas Gesicht legte sich das Lächeln eines kleinen Mädchens, das weiß, dass es etwas ausgefressen hat, was dennoch Spaß gemacht hat, als sie fortfuhr: »Als ich fertig war, habe ich mich in der Küche ans Fenster gestellt und auch ein Glas Rotwein getrunken. »Gut so«, sagte Stella, und wie zur Bestätigung füllte sie beide Gläser noch einmal mit Herzwein. Dieser Wein wurde zwar in der Familie wie Medizin behandelt, aber in diesem Augenblick, so meinte sie, war eine Erhöhung der Dosis durchaus angebracht.

Greta trank langsam. Das Rot ihrer Wangen vertiefte sich, der Hals und seltsamerweise nur die linke Seite ihrer Brust nahmen eine intensive scharlachrote Farbe an. Sie holte tief Luft. »Ja, und als ich dann ins Wohnzimmer zurückkam, habe ich sofort gemerkt, dass etwas anders war. Irgendetwas.« Sie blickte ins Leere, als würde sie dem Gefühl nachspüren, das sie in diesem Augenblick beschlichen hatte. Sie raffte sich auf und sagte sachlich: »Jonny war tot. Ich wusste es, bevor ich ihn von vorn gesehen habe. Sein Kopf war abgeknickt, so komisch zur Seite, und sein Körper war ganz seltsam verdreht.« Sie suchte nach Worten. »Als hätte er sich abwenden wollen. Ich habe hinterher gedacht, dass er vielleicht vor dem Tod weglaufen wollte, als der vor ihm gestanden hat.«

»Du sagst, er hatte einen Schlaganfall. Vielleicht hat der in einem einzigen Moment seinen Körper verdreht, gelähmt«, überlegte Stella. »Vielleicht«, stimmte Greta zu. »Jedenfalls hat Doktor Trauber so etwas Ähnliches gesagt. Er hat jedenfalls den Tod bescheinigt und gesagt, dass es ein Schlaganfall gewesen ist.«

»Wo ist Jonny jetzt?«

»Noch im Wohnzimmer«, flüsterte Greta. »Er soll gleich abgeholt werden. Ich habe gedacht, dass du ihn vielleicht noch mal sehen willst.« Stella überlegte. »Ich komme mit«, entschied sie.

Sie war noch nie in der kleinen Wohnung in der Bundesstraße gewesen, in der Jonny und Greta seit einigen Jahren gemeinsam lebten.

Anfangs hatte Jonny Greta dort nur besucht, doch als Stella ihn mehr oder weniger rausgeschmissen hatte, war er ganz dorthin gezogen.

Kaum hatte sie einen Schritt in den Flur gesetzt, verstand sie, warum Jonny alles daran gesetzt hatte, wieder in die Kippingstraße zurückzukehren. Stella besaß die Gabe, in eine Wohnung oder ein Haus zu treten und sofort zu spüren, ob sie sich dort wohl fühlen könnte. In dieser Wohnung würde sie sich nie wohl fühlen. Anthony hatte sie einmal gefragt, nach welchen Kriterien sie zu ihrem Urteil kam. Sie hatte es nicht erklären können. Nein, es lag nicht am Geruch, nicht an den Farben, nicht mal am Schnitt der Wohnung, den sie auf den ersten Blick ja gar nicht erfassen konnte. »Es ist alles zusammen, vielleicht«, hatte sie ausweichend gesagt. »Ich weiß es selbst nicht. Es ist ein bisschen wie bei Menschen. Du siehst sie, du hörst sie, du riechst sie, und du hast ein Gefühl.« »Da kannst du dich aber gewaltig irren«, hatte Anthony entgegnet. »Du urteilst bei Menschen doch nur aufgrund deiner vorgefassten Raster. Interessant wird dein Leben erst, wenn du Menschen kennenlernst, die dieses Raster sprengen. Wo du erfährst, dass deine Urteile vorschnell waren, du nicht in eine lebendige Begegnung gegangen bist, sondern komische Maßstäbe angelegt hast.« Stella hatte ihm zugestimmt. Dennoch wusste sie, kaum, dass sie eine Wohnung betrat, wie sie sich dort fühlen würde. Vielleicht deshalb, weil eine Wohnung sich nicht wie ein Mensch bewegte, der anfangs oft eine andere Mimik, andere Gesten zeigte als später. Weil eine Wohnung keine Gefühle zeigte, nicht aus Befangenheit vielleicht bei der ersten Begegnung verkrampft war, alt aussah, wenig zugänglich, und sich im Weiteren wie eine Blüte öffnen konnte und sprudeln und glänzen. Wo im Kontakt aus einer grauen Hülle ein bunter Schmetterling schlüpfen konnte.

Wohnungen waren starr. Da entfaltete sich nichts in der Bewegung. Selbst wenn die Einrichtung verändert wurde, blieb der Charakter erhalten. Die Wohnung von Greta und Jonny wirkte von Anfang an eng, als würde sie den Besucher in ein Korsett pressen. Bereits während der kurzen Strecke von der Kippingstraße hierher war Stella mit dem Gefühl zunehmender Beklommenheit neben Greta hergegangen. Das steigerte sich nun zu einer leichten Anwandlung von Panik. Als könnte es Jonny nachträglich noch gelingen, sie einzufangen und einzusperren. Sie wappnete sich innerlich, aber es fiel ihr schwer. Als gäbe es einen Sog, der sie in Jonnys Gefängnis zog. Sie verstand sich selbst nicht.

Benommen folgte sie Greta den Flur entlang, der mit einer Tapete mit blaugelbem Streifenmuster tapeziert war.

Als sie ins Wohnzimmer trat, zuckte sie kurz zurück. Ihr war, als griffe eine starke Kraft nach ihr und bemächtige sich ihrer. Verwirrt blickte sie zu Greta, die allerlei Verrichtungen erledigte: das Deckenlicht anknipste, an der Schnur einer Stehlampe zog, die daraufhin einen gelblichen Schimmer verbreitete, zum Sofa ging und dort stehen blieb, während sie die Hände vor ihrem Bauch faltete. Völlig unpassend fiel Stella auf, dass Gretas Bauch sich vorwölbte, als wäre sie schwanger, während sie gleichzeitig eher ausgezehrt wirkte. Stella beschäftigte ihre Gedanken eine Weile mit Überlegungen, was der Hintergrund für diese körperliche Disharmonie sein könnte.

Doch dann konnte sie sich nicht länger von dem Mann ablenken, der auf dem Sofa lag, als würde er sich gerade ausruhen. Seine Hände waren über einer braunen Decke gefaltet, die Greta über ihn gelegt hatte. Als wolle sie nicht, dass er friert, dachte Stella, und plötzlich strömte ein gerührtes trauriges Gefühl in ihre Brust. Die Trauer betraf nicht Jonny, sondern Greta. Dieser Mann hatte ihr das Leben seit fast vierzig Jahren schwergemacht, hatte sie benutzt, entwertet, gedemütigt und ihr wahrscheinlich als ständigen Begleiter das Gefühl vermittelt, nur ein sehr unvollkommener Ersatz für Stella zu sein. So wie Stella immer nur ein sehr unvollkommener Ersatz für Edith, seine Mutter, gewesen war. Keiner Frau hatte Jonny jemals das Gefühl geben können, dass sie richtig sei, so, wie sie ist, und dass er sie eindeutig und uneingeschränkt lieben könne.

Die angstvolle Beklemmung wich von Stella, als sie in das weiße gefrorene Gesicht von Jonny blickte, das zwar hart aussah mit der vorstehenden Nase und den schmalen Lippen und den erstaunlich faltenfreien Wangen, aber keine Gefahr mehr verströmte. Dieser Mann konnte kein Unheil mehr anrichten. Um seinen Kiefer war ein Seidenschal gebunden. Warum?, fragte Stella sich. Da antwortete Greta schon, als hätte sie Stellas stumme Frage gehört: »Hat der Arzt gemacht. Er hat gesagt, dass der Kiefer sonst hängt. Und das sieht nicht schön aus.«

Stella griff nach Gretas Hand, die sie aus der Umklammerung mit der anderen löste und mit der ihren verschränkte. Gretas Hand war eiskalt. Du solltest dich selbst warm halten, dachte Stella mit überraschender Zärtlichkeit und drückte die Hand der Frau, mit der ihr eigener Gatte zusammengelebt hatte. »Hattest du nicht gesagt, er ist auf dem Sessel gestorben?«, fragte sie. Greta nickte. »Der Arzt und ich haben ihn hierhergetragen«, flüsterte sie, als könnte sie Jonny wecken.

»Das war bestimmt schwer«, sagte Stella betont laut und klar. Greta nickte, ohne den Blick von Jonny zu lösen. Einen kurzen Moment lang wollte Stella sie rütteln und sagen: Der war ein Scheißkerl, der war nie nett zu dir, sei froh, dass er tot ist, aber dann wurde sie wieder überrollt von schwesterlicher Zärtlichkeit für Greta.

Sie warf einen Blick auf den starren bleichen Leichnam. Da kam es ihr so vor, als blinzle sein rechtes Auge. Entsetzt drückte sie Gretas Hand und starrte Jonny an. Greta entfuhr ein Schmerzenslaut. Schnell entschuldigte Stella sich. »Ich dachte, Jonny hätte geblinzelt.« Auch Greta fuhr zusammen. Sie beugte sich hinunter zu Jonny und fuhr mit der Hand über sein versteinertes Gesicht. »Nein, ausgeschlossen«, sagte sie, plötzlich ruhig und in einer normalen Lautstärke. »Der ist mausetot.« Stella kicherte, und ohne dass sie es kontrollieren konnte, steigerte sich das Kichern zu einem hysterischen Gelächter. Greta sah sie prüfend von der Seite an, öffnete den Mund, als wollte sie Stella zur Ordnung rufen, doch dann kamen kleine glucksende Laute statt der Rüge heraus, und als sie versuchte, die zu unterdrücken, wurden die Gluckser lauter, bis sie sich in einem Lachen, das wie ein Aufschrei klang, Bahn brachen.

Beide Frauen schrien, lachten, gluckten, versuchten sich selbst zur Ordnung zu rufen, aber je mehr sie das taten, umso hysterischer lachten sie. Immer wenn die eine die andere zum Schweigen bringen wollte, wurde sie mitgerissen von den Lachsalven der anderen. Schließlich fielen sie völlig entkräftet auf den Teppich vor dem Sofa, wo Jonny seine Todesruhe hielt, legten sich lang hin, hielten sich die wackelnden Bäuche, tasteten nach der Hand der anderen und kamen schließlich mit langen Seufzern zur Ruhe.

Stella fühlte sich so entspannt und zufrieden wie schon lange nicht mehr. Wie nach einer ekstatischen Liebesbegegnung, die in einem schreienden inneren Aufbrechen geendet hatte. Weich, aufgebrochen und geladen. Entspannt und irgendwie glücklich. Das kann doch gar nicht sein, dachte sie. Ich liege hier vor einem Leichnam, der mal mein Mann war. Ich habe ihn doch schon lange nicht mehr gehasst, wieso dieses Glücksgefühl?

Sie blieb ruhig liegen, die linke Hand mit Gretas rechter verschränkt, atmete tief und regelmäßig und spürte, wie das Leben in ihr pulsierte.

Plötzlich ergriff ein Bärenhunger von ihr Besitz. Sie legte ihre rechte Hand auf ihren Magen und sagte fröhlich: »Was hältst du davon, wenn wir in das nächste Restaurant gehen und was essen? Mein Magen fühlt sich leer an.« Greta drehte ihr langsam das Gesicht zu. Ihre Augen glänzten, ihr Mund war weich und gut durchblutet, ihre Wangen sanft. Wie schön sie sein kann!, dachte Stella und drückte Gretas Hand. Greta gab als Antwort den Druck zurück. »Einverstanden«, flüsterte sie. »Noch fünf Minuten.«

Stella drehte ihren Kopf wieder in eine mittige Lage, und sie spürte, dass auch Greta das tat. Sie verstand nicht, was da eigentlich geschah, aber es war ihr in diesem Moment egal. Sie lag hier auf diesem Teppich, dessen Muster sie vorher kaum angeschaut hatte, von dem sie aber glaubte, es sei eine Art Perser in Rottönen, Hand in Hand mit Jonnys Witwe, denn sie selbst sah sich nicht als seine Witwe, und sie empfand eine fast schon euphorische Fröhlichkeit.

So war es nun einmal.

Da löste Greta sich mit einem kurzen abschließenden Druck, schob sich auf die Ellbogen und sagte: »Dann lass uns gehen. Ich hab auch Hunger.« Stella merkte, wie wieder ein Lachkoller in ihr anrollte, aber sie beschränkte sich auf ein Lächeln,

Wenig später saßen sie in der Weidenallee in einem kleinen einfachen Restaurant, das von einer alten Italienerin geführt wurde. Seit die Mauer errichtet worden war, gab es Arbeitskräftemangel, und italienische und jugoslawische Arbeiter waren in Westdeutschland sehr begehrt. Manche italienische Mamma eines Mannes, der am Hafen arbeitete, hatte eine kleine Pizzeria aufgemacht, wo man billig essen konnte.

Greta versenkte sich in die Speisekarte. Stella betrachtete sie nachdenklich. Was wusste sie schon, was in Greta vorging. Was wusste sie schon, wie die Beziehung zu Jonny gewesen war. Sie wusste, dass Jonny sehr zärtlich sein konnte, wenn es ihm gerade in den Sinn kam. Er hatte es immer gehasst, zärtlich zu sein, wenn Stella es sich gewünscht hatte. Ohnehin hatte er es gehasst, etwas auf Wunsch von anderen zu tun. Es war ihm vorgekommen wie unter Druck gesetzt zu werden. Aber vielleicht hatte es Greta gereicht? Vielleicht vermisste sie jetzt wirklich den Mann, den sie liebte?

Stella wagte nicht, Greta danach zu fragen. Da hob Greta den Blick und sah Stella gerade in die Augen. »Pizza Salami möchte ich essen und ein Glas Rotwein trinken«, sagte sie fast feierlich. »Und dann möchte ich feiern, dass Jonny tot ist.« Stella riss erstaunt die Augen auf. Das klang anders, als sie erwartet hatte.

Wie eine Springflut schoss Scharlachröte von der Spitze des Kleiderausschnitts Gretas Brust hoch, stieg den Hals hinauf und bedeckte im Nu ihr Gesicht. Jetzt schämt sie sich, dachte Stella. Greta senkte den Kopf, Tränen tropften auf ihr dunkelblaues Kleid, wo sie kaum Spuren hinterließen. Als würden sie, gerade gelandet, wieder verschwinden. Stella legte ihre Hand auf Gretas und sagte voller Wärme: »Ich bin einverstanden. Lass uns feiern.« Schüchtern hob Greta die Augen. »Du verurteilst mich nicht?«, fragte sie leise. Stella schüttelte vehement den Kopf. »Nicht die Bohne.« Sie holte tief Luft und bemerkte mit gepresster Stimme: »Ich hätte nicht gewagt zu sagen, dass ich seinen Tod feiern will. Da wäre ich mir auch pietätlos vorgekommen, aber, ehrlich gesagt, es ist schon eine gewisse Erleichterung, dass er weg ist.« Ängstlich suchte Greta ihren Blick. »Dabei hast du schon lange nicht mehr mit ihm gelebt«, sagte sie mit einem kurzen Schluchzer, »mein Leben hat er ziemlich schwer gemacht.«

Da tauchte die Kellnerin neben ihnen auf, und sie bestellten.

Als sie fort war, fragte Stella: »Schwer gemacht? Wieso? Was ist geschehen?« Sie dachte an den toten Mann, der auf dem Sofa in der Bundesstraße lag, dessen Kiefer von einem weißen Seidenschal gehalten wurde, und der in wenigen Stunden abgeholt und bald verbrannt werden würde. Dann bliebe von ihm ein Haufen Asche übrig, die in eine Urne geschaufelt und in die Erde gesetzt würde. Neben dem Grab seiner Mutter hatte er für sich eine Grabstelle gleich mit gekauft. Er würde also wieder dahin zurückkehren, von wo er gestartet war: zu seiner Mutter, in ewige innige Verbundenheit.

Sie dachte daran, wie sie ihn hasste, seit er Lysbeth so geschadet hatte, und wie sie täglich befürchtet hatte, dass er sich irgendetwas Neues ausdenken könnte, um sie zu zwingen, ihn in der Kippingstraße aufzunehmen.

Ich habe gar nicht darüber nachgedacht, überlegte sie, dass er nicht nur bei mir ein egoistisches Miststück war, sondern auch Greta benutzt hat, um seine Bedürfnisse zu erfüllen.

Greta begann zu erzählen, wobei sie Stellas Blick mied und in alle möglichen Richtungen des Raumes blickte, als wären dort die Erinnerungsbilder und Gefühle aufbewahrt. »Er konnte sehr nett sein«, sagte sie, als wolle sie ein gutes Wort für Jonny einlegen. Stella erinnerte sich daran, wie verführerisch Jonny gewesen war, wenn er sich ihr mit seinen Sorgen und Nöten anvertraut hatte. Wenn er sie zu seiner einzigen Vertrauten gemacht hatte. Die einzige Frau, die ihn jemals verstehen konnte. Wenn der verschlossene und auf seine Macht bedachte Mann sich weich und verletzlich gezeigt hatte. Dann war sie dahingeschmolzen. Immer wieder. Genauso wird es Greta gegangen sein, dachte sie. Da fuhr Greta auch schon fort: »Wenn er über dich geredet hat, dann fühlte ich mich geliebt. Du hattest ihn so gekränkt, als du dich Anthony zugewandt hattest, und in Afrika muss ja schon mal so etwas gelaufen sein, darüber hat er nicht eingehender geredet, aber auch dort hast du ihn ja wohl gehörnt.«

Stella nickte. Sie erinnerte sich daran, wie gefährlich Jonny werden konnte, wenn er sich gekränkt fühlte. Damals war ihr Geliebter mit dem Leben davongekommen. Ein scharfer Schmerz fuhr durch sie hindurch. Lulu, ihre Leopardin, Lulu, das wundervolle geschmeidige Tier, das Stella unendlich geliebt hatte, hatte für sie ihr Leben gelassen. Lulu hatte den Preis bezahlt. Für Stella war letztlich sogar etwas Gutes dabei herausgekommen, nämlich die Liebe zu Anthony, aber Lulu hatte sie verloren.

Greta riss sie aus ihren Gedanken. »Er hat mir nie verziehen, dass ich mich damals in Dritter verliebt habe. Wir haben nie drüber gesprochen, aber er hat es mir immer wieder heimgezahlt.« »Wie hat er das getan?«, fragte Stella alarmiert. »Auf vielerlei Weise«, antwortete Greta. Sie schob die Unterlippe vor und hob den Kopf in die Höhe, als wollte sie deutlich machen, dass es ihm nicht gelungen war, sie kleinzukriegen. »Er hat mich betrogen, er hat mir immer wieder deutlich gemacht, dass Walburga meine Schuld war, aber vor allem«, sie schluckte, »hat er mir immer wieder gezeigt oder erzählt, dass ich nicht im Geringsten an dich heranreichen konnte. Dass er mich nicht wirklich liebte, nicht einmal begehrte.« »Nicht begehrte?«, fragte Stella erstaunt.

Da fiel ihr ein, wie sie damals in Afrika vergeblich nach seinen Zärtlichkeiten und sogar nach seinem Begehren ihres Körpers geschmachtet hatte, wie sie sich gedemütigt hatte, um irgendwie seine Zuwendung, seine männliche Aufmerksamkeit zu erregen. Sie erzählte Greta davon, und die staunte. »Weißt du«, sagte Stella, »wenn ich heute darüber nachdenke, kann ich nur über mich selbst lachen. Ich war jung, bildhübsch, wenn ich am Klavier auftrat, waren alle begeistert«, sie kicherte, »vor allem die Männer.« Sie hob die Augenbrauen und warf

Greta einen koketten Blick zu. »Der Sultan von Sansibar hat mir einen dicken Rubinklunker geschenkt.« Ernst fuhr sie fort: »Jonny hat auch mich betrogen, Greta. Seine schöne strahlende Frau. Mit afrikanischen Mädchen.«

Plötzlich und unerwartet überfiel sie eine Traurigkeit, die nicht dem toten Jonny galt, sondern der jungen Frau, die sie damals gewesen war. Die diesem Mann so ausgeliefert gewesen war, weil sie ihn liebte. »Er hat mich dir vielleicht als ein unerreichbares Bild vorgehalten, aber er hat mich nie gesehen. Und ich habe mir so viel Mühe gegeben, mich ihm zu zeigen. Die offene verletzliche liebende Frau, die konnte er gar nicht sehen.« »Warum nicht?«, fragte Greta interessiert, und Stella spürte, wie begierig sie war, Antworten auf die Fragen zu bekommen, mit denen Jonny sie zurückgelassen hatte. Vielleicht hatte sie immer gehofft, Jonny würde ihr irgendwann Antworten auf das Warum seines Verhaltens geben, dieser Hoffnung war nun ein Ende gesetzt.

Nachdenklich sagte Stella: »Ich glaube, er hat jede Frau verzerrt gesehen. Er war immer sehr abhängig davon, dass eine Frau ihm das Gefühl vermittelte, ein toller Mann zu sein. Und auch davon, dass eine Frau sich selbst irgendwie für ihn aufgab. Das gab ihm wohl Wert und Sicherheit. Wenn er nur den geringsten Zweifel an ihrer hundertprozentigen Verfügbarkeit für ihn hatte, hat er alarmiert reagiert. Aber um das zu verhindern, musste er wohl jede Frau, die ihn liebte, so entwerten, dass sie selbst glaubte, nur seine Liebe könne sie wieder heil machen.« Sie dachte nach. »Vertrackt«, sagte sie leise und fragte sich, ob sie sich das gerade aus den Fingern gesaugt oder ob sie damit den Nagel auf den Kopf getroffen hatte. Greta nickte. »Ja, vertrackt. Deshalb war wohl Dritter für mich so unglaublich wichtig. Der war ganz anders. Der machte keine großen Versprechungen. Ich wusste, dass es nie eine Zukunft für uns geben würde, aber der war voll und ganz bei mir, wenn wir zusammen waren. Jonny war immer irgendwie woanders. Ich dachte, er wäre immer mit seinem Herzen bei dir.« Stella schüttelte vehement den Kopf. »Nein. Wenn er mit mir zusammen war, war er auch nicht ganz bei mir. Ich glaube, er ist auch nie richtig bei sich selbst gewesen. Ich glaube, er war immer damit beschäftigt, einen guten Eindruck nach außen abzugeben. Und sich irgendwie durch eine Frau aufzuwerten. Die Frau musste immer ganz für ihn da sein …« Greta lächelte. Ein fast schon glückliches Lächeln des Verstehens. »Ich musste immer da sein«, erinnerte sie sich. »Wenn ich mittags oder abends nicht da war, wenn er essen wollte, hat er mir Vorwürfe gemacht.« Stella grinste. »Aber wenn du dich beklagt hast, weil er nicht kam, obwohl er sich angekündigt hatte, wurde er genervt und sagte, du würdest immer Beschwerde führen, stimmt's?« Greta nickte eifrig mit dem Kopf. »Überhaupt, wenn ich mal etwas bemängelt hab, wurde er ärgerlich. Immer würde ich meckern, ihn kritisieren, Beschwerde führen. Ich habe mich gar nicht mehr getraut, irgendwas zu ihm zu sagen. Ich wollte keine alte Meckerziege sein.« Stella schüttelte den Kopf, als wollte sie sagen: Wie blöd sind wir eigentlich?

Ihre Pizzas kamen. Beide breiteten die Servietten über ihren Schoß, prosteten einander zu, wünschten sich guten Appetit und aßen schweigend und völlig konzentriert, bis beider Teller leer waren. Es war ein sehr einträchtiges Schweigen. Stella dachte allein an den Geschmack der Pizza und des Rotweins, und sie vermutete, dass es Greta ebenso ging. Sie wollten sich beide von Jonny nicht die Freude am Essen verderben lassen.

Als die Kellnerin ihre Teller abgeräumt hatte, und sie auch ihre Weingläser geleert hatten, schlug Stella vor, in die Kippingstraße zu gehen, um noch ein wenig zu reden. Na ja, eigentlich, um zu feiern, dachte sie grinsend

Zu Hause saßen sie bald gemeinsam mit Lysbeth und Aaron in Stellas Wohnzimmer bei einer Flasche guten Rotweins, den Aaron »zur Feier des Tages« spendiert hatte und sprachen weiter über Jonny und darüber, was so eine Sorte Mann den Frauen antun konnte, die ihn liebten. Aaron steuerte psychologische Erklärungen bei. »Diese Erhöhung, die seine Mutter ihm schon in jungen Jahren angedeihen ließ, hat bei Jonny ein völlig falsches Selbstbild geweckt. Wie oft hat er erzählt, dass sein Vater ein Waschlappen war, und dass nur er schon mit zehn Jahren seiner Mutter das Wasser reichen konnte an Mut und Intelligenz. Er war doch der eigentliche Mann seiner Mutter, nicht sein Vater. Was für eine fatale Erhöhung eines kleinen Jungen. Diese Mutter hat sich ja total über ihn drübergelegt. Und unter ihrer Umhüllung musste er so tun, als wäre er großartig. Erwachsener als der Vater. Männlicher als alle anderen Männer, die um sie herumschwirrten. Das ist doch nicht nur eine fatale Erhöhung, das schafft nicht nur den Druck, immer weiter großartig zu sein, das schafft auch die völlige Abhängigkeit von ihr, weil ja nur sie ihm die Sicherheit geben kann, dass er auch wirklich so großartig ist, wie sie ihm erzählt. Und danach war das die Aufgabe jeder weiteren Frau. Natürlich konnte das keine so gut wie seine Mutter. Doch irgendwo in Jonny muss es ein Wissen gegeben haben, dass er von seiner Mutter manipuliert wurde. Irgendwo spürte er, dass sie ihn benutzte. Aber die Wut, die er ihr gegenüber empfand, konnte er niemals rauslassen. Sie war schließlich seine Mutter, und es gab in ihm ein absolutes Verbot, sie zu verlassen. Damit hätte er sie ja umgebracht, und er durfte kein Mörder sein. Genau das hat er bei jeder Frau fortgeführt: Sie sollte ihm die Sicherheit geben, dass er großartig war, dafür hat er alles getan. Gleichzeitig hat er sie gehasst wegen seiner Abhängigkeit. Und gleichzeitig gab es ein absolutes Verbot, sie zu verlassen. Aber er hat die Frauen letztlich so verletzt und entwertet, dass sie ihn verlassen haben. Innerlich oder äußerlich. Und dann war er wieder nur der Mann seiner Mutter.«

Greta atmete mit einem lauten Pfeifen aus. »Ich habe ihn innerlich verlassen«, sagte sie. »Und es kam mir manchmal so vor, als fände er das sogar angenehm. Wenn ich nur da war. Ich durfte allerdings auch keinen anderen haben. Aber es wirkte so, als hätte es ihn beruhigt, als ich kein Bedürfnis mehr nach seiner Liebe hatte, ihm keine Vorwürfe mehr machte, aber immer da war, wenn er es wollte.« »Und da hat er dir nicht das Gefühl vermittelt, dass du als Frau nicht so warst, wie er es sich wünschte?«, fragte Stella neugierig. Greta sah sie überrascht an. »Doch, natürlich«, antwortete sie schnell. Alle lachten. Sie schüttelte den Kopf über sich selbst. »Stimmt«, sagte sie. »Das war immer da. Aber es hat mir nicht mehr so viel ausgemacht. Außerdem wurde ich alt, und ich war daran gewöhnt, ohne seine Liebe zu leben. Es hat auch mir irgendwie Sicherheit gegeben, dass er jede Nacht da war.«

Lysbeth nickte. Während sie die drei anderen der Reihe nach anschaute, sagte sie langsam, Wort für Wort suchend: »Ich würde ihm gern verzeihen. Ich habe das Gefühl, dass das wichtig für mich ist. Und vielleicht wäre es auch für euch wichtig.« Sie wies mit der offenen Hand auf Aaron. »Für dich ist das vielleicht noch am einfachsten. Dir hat er ja sogar geholfen unter den Nazis.« Aaron wackelte mit dem Kopf, hin- und hergerissen zwischen Zustimmung und Ablehnung. »Klar«, Lysbeth lächelte ihn an. »Du bist meinetwegen wütend auf ihn.« In ihr Lächeln trat nun ein verschmitzter Ausdruck. »Aber selbst da bist du ihm vielleicht sogar dankbar, oder? Jetzt arbeite ich wieder bei dir.« »Stimmt«, rutschte es Aaron heraus. »Trotzdem finde ich sein Verhalten einfach unmöglich.«

»Ja«, räumte Lysbeth ein, »aber wir drei Frauen hier sind von Jonny auf unterschiedliche Weise geschädigt worden.« »Irgendwie verrückt gemacht, sagte Stella. »Ja, gedemütigt und verwirrt«, warf Greta ein. »Eben!« Lysbeth schlug energisch mit der Hand auf ihren Oberschenkel. »Und deshalb ist es für uns wichtig, einen Weg zu finden, um ihm zu verzeihen. Sonst hängt er uns noch ewig nach.«

## 51

Ausgerechnet Lysbeth machte den Anfang mit dem Verzeihen.

Greta, so wurde schnell offenbar, verschwendete daran keinen Gedanken. Für sie standen die praktischen Notwendigkeiten im Vordergrund. Gemeinsam mit Stella bereitete sie die Beerdigung vor. Jonny wollte nicht verbrannt werden, auf gar keinen Fall, teilte sie Stella mit, die sich darüber wunderte, wie detailliert Jonny alles mit Greta besprochen hatte. Er hatte ihr genau gesagt, wie er sich den Ablauf seiner Beerdigung vorstellte. Er wollte neben seiner Mutter begraben werden, und als Musik wünschte er sich *Seemann* von Freddy Quinn, ein Lied von Wilhelm Albers und das Lied *Johnny, wenn du Geburtstag hast.* Als Stella die Musikwünsche hörte, brach sie in Tränen aus und konnte gar nicht wieder aufhören zu weinen. Als bräche aller Schmerz über diese verirrte und verwirrte Liebe aus ihr heraus, die sie mit Jonny verbunden hatte. Da sagte Greta: »Und die Rede in der Kapelle soll Maximilian von Schnell halten. Er hat schon zugesagt.«

Stella hielt den Atem an. Maximilian von Schnell? Dieser Mann, mit dem Lysbeth verheiratet gewesen war und der sie auf übelste Weise betrogen hatte? Stella hatte später noch mal von ihm gehört, als Jonny ihr von seinen Nöten nach dem gescheiterten Attentat auf Hitler erzählt hatte, von seiner Angst, er könnte da irgendwie hinein- und zur Rechenschaft gezogen werden. Aber danach nie wieder. »Kennst du von Schnell?«, fragte sie Greta. Die nickte. »Die beiden haben oft zusammengehangen und über politische Sachen gesprochen. Über die Reeder, über die Schifffahrt. Es klang immer sehr bedeutend, aber ich sollte mich fernhalten.«

Stella sah Jonny und Maximilian von Schnell in dem kleinen Wohnzimmer, in dem der tote Jonny auf dem Sofa gelegen hatte. Wieso hatten sie sich nicht in Max' feudalem Jugendstilhaus an der Alster getroffen?

Da sagte Greta auch schon, als hätte sie Stellas Frage geahnt. »Herr von Schnell kam gern zu uns. Seine Frau mochte Jonny nicht, und er hat sich mit ihm nicht in der Öffentlichkeit gezeigt, weil er ihre Treffen vor seiner Frau verheimlicht hat.« »Immer noch der alte verlogene Max«, sagte Stella spöttisch. Da fiel ihr auf, dass etwas nicht zusammenpasste. »Wieso hält der dann die Rede?«, fragte sie. »Da fliegt doch auf, dass er Jonny die ganzen Jahre getroffen hat.« Nun war es an Greta, spöttisch zu sein. »Wieso?«, fragte sie heiter. »Eine Grabrede zu halten, ist nicht so selten für einen Fabrikbesitzer, der das tägliche Geschäft seinem Sohn übergeben hat. Das ist ein Termin, Stella, ein Nachmittag. Außerdem weiß ich nicht mal, ob das jetzt noch so wichtig ist für seine Frau. Die muss doch inzwischen auch fast siebzig sein.« Stella überlegte. Ja, Jonny war mit knapp achtzig gestorben. Max' Frau war ungefähr zehn Jahre jünger als Max. Stella hatte sie einmal vor Jahren gesehen, eine sehr unattraktive Frau, hager, mit einem großen Mund in einem kantigen Jungengesicht auf einem langen muskulösen Hals und mit dünnen grauen Haaren, die sie von einem gewiss sehr teuren Friseur zu einer kessen Kurzhaarfrisur schneiden und legen ließ. Sie bewegte sich eckig, und man konnte nicht verstehen, wie Maximilian mit dieser Frau zwei Kinder gezeugt hatte, so wenig weiblich wirkte sie.

Wie wird es für Lysbeth sein?, fragte sie sich, diesem Mann nach so vielen Jahren wieder begegnen zu müssen? Und dann noch auf der Beerdigung eines Mannes, der ihr schwer geschadet hat? Wird Lysbeth dann überhaupt zu dieser Beerdigung gehen?

Stella wusste, dass Lysbeth es tun würde. Ihr Bedürfnis, Jonny zu verzeihen, um ihn hinter sich zu lassen, war sehr groß. Sie wollte keinen Groll auf diesen Mann mit sich herumtragen. Vielleicht, so dachte Stella plötzlich, wird die Beerdigung von Jonny sogar so etwas wie ein doppelter Abwasch für Lysbeth. Wahrscheinlich wird sie es so betrachten. Plötzlich war sie sehr neugierig auf Lysbeths Reaktion.

Die fiel genauso aus, wie Stella vermutet hatte. Lysbeth zuckte zuerst kurz zurück, als sie die Neuigkeiten vernahm. Dann lachte sie amüsiert auf, dann schwieg sie nachdenklich, und schließlich sagte sie: »Da macht Jonny mir ja noch ein Abschiedsgeschenk. Endlich kann ich mir diesen Mann noch einmal angucken, der zuerst mein Leben beinahe zerstört hätte und der es dann mit seiner finanziellen Buße gerettet hat. Ohne Max hätte ich schließlich Aaron damals gar nicht fragen können, ob er mich an seinem Medizinstudium teilnehmen lässt.« Sie grinste. »Vielleicht sollte ich mich sogar bei ihm bedanken.« »Untersteh dich!« Stella wedelte mit dem Zeigefinger vor Lysbeths Gesicht. »Oder willst du aus Jonnys Beerdigung einen Skandal machen?« Nun grinste auch sie wie ein kleines freches Mädchen. »Auch keine schlechte Idee. Eine Rache?«

»An wem?«, fragte Lysbeth, plötzlich traurig. »Jonny kriegt es nicht mehr mit. Aber du und Greta – und ich. Das wäre vielleicht gar keine Rache, sondern eine späte Genugtuung für Jonny – und auch für Maximilian. Die jetzt endlich in ihrem Urteil bestätigt wären, dass ich eine böse Frau bin. Nein, das werde ich nicht tun.«

Die Beerdigung verlief eindrucksvoll. Im *Hamburger Abendblatt* hatte es einen Artikel gegeben, in dem Jonnys Verdienste als Kapitän der Woermann-Linie und seine Tätigkeit in Tanganjika für das Handelshaus Woermann gewürdigt wurden, des Weiteren seine Meriten als Erster Offizier während des Ersten und des Zweiten Weltkrieges. Stella war deshalb nicht überrascht, dass sich auf der Beerdigung viele Hamburger Honoratioren einfanden, die größtenteils irgendwo an der Elbe wohnten. Als Stella sah, wie und mit wem sich die Bänke der Kapelle in Ohlsdorf füllten, verstand sie noch besser, warum Jonny in der Kippingstraße hatte wohnen wollen. Diese Menschen würden die Nase rümpfen, wenn sie wüssten, wie Jonny gelebt und gewohnt hatte.

Alle Wolkenraths waren erschienen. Dritter machte wieder einmal eine beeindruckende Figur. Er trug altertümliche Gamaschenschuhe, und auf seinem Kopf saß ein edler schwarzer Hut mit breiter Krempe. Um den Kragen trug er eine schwarze Fliege, wie im Übrigen auch Maximilian von Schnell, der sich zwischen den Gästen bewegte, als wäre er der Gastgeber. Auch Dritter kannte offenbar einige der Hamburger Größen vom Hafen, aber er hielt sich dezent im Hintergrund. Stella wusste, wie er den Niedergang seiner Schiffsreinigungsfirma bewältigt hatte, und sie empfand große Hochachtung vor ihm.

Vor drei Tagen war er zu ihr gekommen, um mit ihr über Jonny zu sprechen und auch, wie Stella merkte, um sich nach Greta zu erkundigen. Das hatte offenbar keinen anderen Grund, als dass er sich ein wenig für sie verantwortlich fühlte. Er wage nicht, sie direkt zu fragen, erklärte er, aber er wüsste gern, ob sie irgendetwas brauche, ob er irgendwie helfen könne. An dem Abend, nach zwei Gläsern Rotwein, erzählte er Stella, was nach dem Zusammenbruch seiner Firma passiert war. »Wir wollten uns umbringen, das kannst du mir glauben«, sagte er. »Ich habe eine Pistole, wir haben sie zwischen uns liegen gehabt, und Marthe hat gesagt: Erst drückst du bei mir ab, aber gefälligst so, dass es sauber und schnell geht. Und dann erschießt du dich.« Stella stellte sich die Szene vor und erschauerte. »Was hat euch gehindert?«, erkundigte sie sich. »In dem Augenblick stand Peter in der Tür, sah die Pistole und sagte sehr empört zu Marthe: Wenn du mir das antust, bringe ich dich um.« Stella brach in Lachen aus. »Das meinst du nicht ernst.« Dritter lächelte müde. »Doch. Und da hat Marthe ihm versprochen, es nicht zu tun.«

Am gleichen Abend noch erzählten sie Wilhelm und Peter, was genau geschehen war. Und dass sie innerhalb von zwei Tagen das Haus verlassen mussten. Die beiden handelten sofort, mieteten einen Kleinlaster und räumten das große Haus leer. »Es war ein Schock für uns alle«, sagte Dritter, und Stella merkte ihm an, dass er den Schock immer noch nicht richtig überwunden hatte. »Was haben die beiden mit den ganzen Sachen gemacht?«, erkundigte sie sich. »Ach, ich weiß nicht. Sie sind zu den Antiquitätenläden in der Abc-Straße gefahren und haben da das wertvolle Porzellangeschirr verkauft, außerdem hatte Marthe einmal so eine entzückende Karawane von Elefanten aus Elfenbein gekauft. Die wurden die beiden da auch los, natürlich für einen Spottpreis.« Stella sah ihn voller Mitgefühl an. »Hat euch das kalt erwischt? Oder hatte es sich angebahnt?«

Dritter räusperte sich. »Die Jungs und Marthe hat es kalt erwischt. Ich wollte sie schonen, deshalb habe ich vorher nichts gesagt. Hab auch gedacht, ich krieg es hin, das Steuer noch mal rumzureißen.« Verloren blickte er vor sich hin. »Na ja, du weißt ja, wie ich manchmal bin.«

Stella überlegte. »Ich weiß, dass Wilhelm bei Alex gewohnt hat. Und ihr?« »Ja, er musste in einer Kammer hinter dem Klo kampieren«, stieß Dritter schmerzerfüllt aus. »Und Marthe, Peter und ich haben in der Rothenbaumchaussee in einem Zimmer gehaust, wohnen kann man das nicht nennen.«

Seine Augen waren trübe, als er Stella anblickte. »Wilhelm hat mir da Respekt abgerungen. In der Kammer hatte er ein Bett stehen. Gewaschen hat er sich in dem kleinen Waschbecken am Klo. Aber morgens zur Lehre ins Chile-Haus ist er immer adrett angetreten. Genauso wie es sich gehört, mit Jackett und Hemd und Hose, alles piekfein.«

»Alex hat da schon als Programmierer gearbeitet, oder?«, erkundigte Stella sich, verwundert, wie sehr diese ganze Entwicklung von Dritters Familie an ihr vorübergegangen war. Der Einzige, den sie von Zeit zu Zeit sah, war Wilhelm, und mit dem sprach sie nicht über Dritters Firma.

»Ja«, antwortete Dritter, »das entlastet mich und Marthe sehr. Alex ist richtig mit Vertrag und allem im Jahreszeitenverlag als Programmierer angestellt. Das macht ihm Spaß, und er verdient gut Geld.«

Inzwischen wohnten Dritter und Marthe mit Wilhelm und Peter in einer Wohnung in der Isestraße, die die Jungs renoviert hatten. Vorsichtig sagte Stella: »Wilhelm hätte eigentlich gern etwas Künstlerisches gemacht, so kommt es mir zumindest vor.« Dritter nickte nachdenklich. »Ich fürchte, ich hab meinen Jungs mitgegeben, dass man sich auf nichts verlassen kann. Am besten nichts mehr planen und vor allem kein Risiko eingehen. Das hat Wilhelm wohl gelernt.«

Er setzte sich gerade hin, ruckelte mit den Schultern, bekam einen klaren Blick, und Stella staunte, wie schnell er sich wieder in den Herrenreiter verwandelte, so wie auch ihr Vater gewesen war. »Du weißt gar nicht, dass sich alles gut entwickelt hat?«, fragte er. Stella schüttelte den Kopf.

»Nun, ich hab die Firma erst mal weitergeführt. Beim Zusammenbruch hatte ich zufällig den Exkapitän Schickert, der für die *Stauerei Buss* gearbeitet hat, kennengelernt. Der hat mir erzählt, dass Buss eine Sparte Schiffsreinigung einrichten wollte. Da bin ich zu dem alten Buss gegangen und hab gesagt: Ich verkauf den Laden. Ich arbeite für euch, stell euch meine ganze Erfahrung zur Verfügung. Dafür will ich monatlich ein Salär, das nach meinem Ableben meiner Frau weitergezahlt wird. Seitdem gehe ich da täglich mit Kapitän Schickert hin und arbeite.« »Immer noch?«, fragte Stella. »Ja, ich hab den Laden wieder zum Laufen gebracht.« Er lachte leise. »Meine *Kessel- und Schiffsreinigung Wolkenrath & Söhne* heißt jetzt *Clean-Ship.*« »Was macht *Clean-Ship?*«, erkundigte sich Stella. Dritter wurde gesprächig: »Fett und Öle, die sich im Schiff sammeln, müssen gereinigt und entsorgt werden. Das ist keine schöne Arbeit, aber sie muss getan werden.«

An dieses Gespräch dachte Stella, als sie ihren Bruder beobachtete, der Maximilian von Schnell wie einige andere ältere Herren mit Handschlag begrüßte, Max seine Söhne vorstellte, die ebenfalls in dunklen Anzügen erschienen waren, an Alex' Seite seine junge Freundin, die er bald heiraten wollte. Man sah ihr die Schwangerschaft schon an. Die jungen Männer machten akkurate Verbeugungen, verzogen das Gesicht zu höflichem Lächeln, und ihnen war anzusehen, dass sie es interessant fanden, in dieser Gesellschaft zu sein.

Stella spielte die Rolle der Witwe, so war es mit Greta abgesprochen, die, als Stella fragte, wie sie das handhaben wollten, entsetzt gesagt hatte: »Ich bin gar nicht da. Mich kennt keiner. Ich hab doch eigentlich mit Jonny nichts zu tun gehabt.« Stella hatte gekichert. »Nein, du hast nur ein Kind mit ihm und hast mit ihm gelebt und hast täglich für ihn gekocht und …« Greta wedelte abwehrend mit den Händen. »Das weiß keiner von denen. Und das muss auch keiner wissen. Ich bin nie die Frau gewesen, mit der Jonny sich gezeigt hat. Und Walburga hat er total verheimlicht, das weißt du. Die Frau, von der er bis zuletzt als seiner Gattin geredet hat, warst du. Wir müssen doch nicht zu guter Letzt noch Leichenfledderei begehen und allen erzählen, dass Jonny ein Lügner war.«

Also trat Stella als Jonnys Witwe auf. Sie hatte sich genauso gekleidet, wie sie es an Jonnys Seite gewohnt gewesen war: elegant, exquisit, teuer, dezent. Zum Glück hatte sie einen Hut mit einem schwarzen Schleier vor dem Gesicht gewählt. So musste sie nicht permanent kontrollieren, ob sie auch genügend Trauer zeigte.

Da sah sie, wie Lysbeth die Kapelle betrat. Sie ging Hand in Hand mit Aaron; beide trugen zwar dunkle Kleidung, aber Aaron sah in seinem schwarzem Rollkragenpullover und brauner Cordhose eher aus, als ginge er zu einem philosophischen Gesprächskreis, und Lysbeth trug ein dunkelblaues Hemdblusenkleid mit weißem Kragen. Ihre Beine wurden nicht von schwarzen Strümpfen verhüllt, sie hatte ganz normale Nylonstrümpfe angezogen. Als sie Maximilian von Schnell erblickte, der von einer Traube von Menschen umgeben war, löste sie sich von Aaron, ging energischen Schritts auf die Gruppe zu, bahnte sich einen Weg und baute sich vor Max auf. Stella stockte einen Moment der Atem. Würde Lysbeth jetzt eine Szene machen? Das hatte sie nicht angekündigt, und Stella konnte es sich auch gar nicht vorstellen, aber Lysbeth wirkte außerordentlich entschlossen. Aaron stand lässig, wie unbeteiligt neben der Gruppe. Stella ging schnell auf ihn zu. »Aaron«, sie umarmte ihn und flüsterte: »Was hat sie vor?« »Keine Ahnung.« Er grinste. »Wir haben nicht drüber gesprochen. Aber irgendwas scheint es zu sein.«

Stella drückte seinen Arm und schlängelte sich ebenfalls durch die Gruppe der Herren, die Maximilian umringten. Da hörte sie, wie Lysbeth sagte: »Hallo, Max, guten Tag.« Maximilian von Schnell hatte sich anscheinend auf diesen Augenblick vorbereitet. Er wirkte nicht im Geringsten überrascht, verzog sein gealtertes, tiefgebräuntes Gesicht, das von Urlaub im Süden sprach, zu einem breiten sehr jovialen Lächeln, ergriff die von Lysbeth dargebotene Hand und tönte: »Lysbeth, der Anlass ist zwar traurig, aber dich zu sehen, bereitet mir Freude. Nach so langer Zeit.«

Gut einstudiert, dachte Stella. Neugierig wartete sie auf die Reaktion ihrer Schwester. Die schüttelte Maximilians Hand, zog die ihre zurück und sagte: »Ja, wirklich, eine sehr lange Zeit.« Sie musterte Maximilian aufmerksam, und Stella sah, dass Lysbeth die schweren Tränensäcke unter seinen Augen bemerkte. Stella sah auch, dass Lysbeth eine Bemerkung auf der Zunge lag, die sie herunterschluckte. »Na dann«, sagte Lysbeth, wandte sich kurz den umstehenden Herren zu, lächelte entschuldigend und fuhr fort: »Ich will nicht weiter stören. Bin neugierig auf deine Rede.« Sie drehte sich um und kehrte wieder zu Aaron zurück. Der sagte grinsend: »Uff, ich hatte schon Schlimmes befürchtet, du Suffragette.«

Sie machte ein unschuldiges Gesicht. »Wieso?«

Da erschien der Bestattungsunternehmer und bat alle, ihre Plätze einzunehmen. Stella, Lysbeth und Aaron nahmen in der ersten Reihe Platz, neben ihnen Dritter und Marthe. Ihre Söhne saßen in der zweiten Reihe, und, in die Ecke gequetscht, die am weitesten vom Gang entfernt lag, hockte Greta, die Schultern vorgezogen, den Kopf gesenkt, als wollte sie sich unsichtbar machen.

Rechts am Gang saß Cynthia. Sie trug Schwarz von Kopf bis Fuß, als wäre die Trauerkleidung bereits an ihr festgewachsen. Da erklang Hans Albers Stimme: *Nimm mich mit, Kapitän, auf die Reise.* Stella musste lächeln. War das nicht Jonnys Geschichte? Der Junge, der zur See fahren wollte, aber nirgends glücklich war? Der allein bei seiner Mutter zu Hause war.

Als der letzte Ton kaum verklungen war, trat Maximilian nach vorn und begann seine Rede. Er erinnerte an den Jonny, der mit seiner Mutter nach dem Boxeraufstand nach Hamburg gekommen war und auf der Reise seine Liebe für die Seefahrt entdeckt hatte. Er erzählte von Edith, Jonnys Mutter, neben der Jonny nun begraben liegen würde und die immer Heimat für ihn gewesen war.

Stella war versucht, sich nach Greta umzudrehen. Sie ahnte zwar, dass sie dort nur ein zusammengekrümmtes Nichts sehen würde, aber sie konnte den Drang nicht bezähmen und ließ ihren Kopf sanft nach rechts gleiten, als betrachte sie die Decke der Kapelle oder als wäre sie tief in Gedanken versunken. Und noch ein Stück weiter nach rechts, da hatte sie Greta im Blickfeld. Ihr Kopf ruckte unwillkürlich weiter, um noch genauer hinzuschauen.

Greta saß gerade und hoch aufgerichtet auf ihrem Platz. Ihr Kopf war leicht nach hinten gelegt, ihr Gesicht aufmerksam und ernst, aber nicht traurig, ihr Blick ruhte unverwandt auf Maximilian. Die ganze Haltung überraschte Stella, was sie aber kaum fassen konnte, war dieser Blick von oben herab. Darin lag so viel Verachtung und so viel Stolz. Das hatte Stella bei Greta noch nie gesehen. Sie drehte ihren Kopf wieder zurück, auch sie mit Aufmerksamkeit auf Maximilian, aber anders als zuvor. Sie sah nun, was Greta sah: eine Kumpanei, die ein Lügengebäude bis über den Tod hinaus aufrechthielt. Wenn einer Jonny jemals ein Zuhause gegeben hatte, dann war es Greta. Und Max war oft bei ihnen zu Besuch gewesen und hätte mitbekommen können, welche Rolle Greta für Jonny gespielt hatte.

Aber er führte fort, was Jonny getan hatte: Er verschwieg Gretas Existenz. Und während der gesamten Rede verschwieg er auch Walburga. Er erwähnte Stella und ihre Zeit in Tanganjika, erwähnte sogar die Freundschaft mit dem Sohn des Sultans von Sansibar, betonte Jonnys Freundschaft mit dem Juden Fred Solmitz, der im Ersten Weltkrieg als Major gedient hatte. Aaron allerdings und Lysbeth, ebenso wie die anderen Wolkenraths, die mit Jonny in einem Haus gelebt hatten, ließ er unerwähnt.

Stella fragte sich, ob das wohl immer so war. Dass der Tod noch einmal die Möglichkeit bot, die eigene Geschichte nachträglich umzuschreiben. Sie erinnerte sich daran, wie viel Mühe sie sich seit Anthonys Tod gab, ihn in all seinen Facetten zu würdigen, wenn sie mit anderen über ihn sprach. In der ersten Zeit war sie zu betäubt gewesen, da hätte sie nichts über ihn sagen können, als dass er der unersetzbarste Mensch auf der Welt war. Aber inzwischen bemühte sie sich sehr, ihm gerecht zu werden. Vielleicht geht es gar nicht anders, dachte sie. Auch ich zeichne wahrscheinlich ein völlig anderes Bild von Anthony, als es seine Freunde in London tun. Oder Angela. Oder Roberta. Doch dann dachte sie, dass sie alle Schnittmengen hatten, und in dieser Schnittmenge lag immer die Suche nach der Wahrhaftigkeit, der Anthony sich verpflichtet hatte. Anthony war kein Lügner gewesen, er hatte nie einen anderen Menschen betrogen, geschweige denn verraten, auch wenn er damals diese eine sexuelle Beziehung mit dieser Frau gehabt hatte. Stella lächelte. Wieso fiel ihr das gerade jetzt ein? Es war so vergangen gewesen, so vollkommen abgeschlossen.

Nun erklang Freddy Quinns Stimme: »Seemann, lass das Träumen … Seemann, deine Liebe ist das Meer …«

Wieder musste Stella unwillkürlich lächeln. Nein, Jonnys Liebe war er selbst gewesen. Bestenfalls noch seine Mutter. Vor allem aber waren die beiden in der Allianz der Selbsterhöhung verbunden gewesen. Stella versuchte, den Gedankenfaden wieder aufzunehmen, bei dem Freddy Quinns Stimme sie unterbrochen hatte, aber es misslang. Nun sprach noch ein Pastor ein paar Worte: »Aequam memento servare mentem«, das sei Jonnys Lieblingsspruch gewesen. Und dann fuhr er fort: »Aequam memento rebus in arduis, servare mentem, non secus in bonis ab insolenti temperatam laetitia, moriture Delli.«

Horaz' Spruch an seinen Freund Delius, der in der deutschen Übersetzung lautete: »Verlier im Unglück niemals die Fassung. Und wenn das Glück dir lachet, so mäßige den Taumel übertriebener Freude, Delius. Denn du wirst einstens sterben.«

Stella konnte einen lauten Protest kaum unterdrücken. Wenn einer nicht gleichmütig, sondern cholerisch und aufbrausend gewesen war, dann war es Jonny gewesen. Sie guckte zur Seite zu ihrem Bruder, auch er wandte ihr seinen Kopf zu. Beide verzogen spöttisch das Gesicht. Dritter hatte sich mit Jonny geprügelt wegen eines Schweins. Und Dritter war von Jonny vor Gericht gezerrt worden, weil er ihm eine Schreibmaschine nicht zurückgegeben hatte. Und Dritter war von Jonny denunziert worden und hatte vier Jahre im Gefängnis verbracht, weil er ein Verhältnis mit Greta angefangen hatte. Von Gleichmut war da keine Rede gewesen.

Auch Lysbeth verzog spöttisch den Mund und drückte Stellas Hand, als wollte sie sagen: Reg dich nicht auf, bewahre einfach Gleichmut. Stella grinste kurz zurück, behielt Lysbeths Hand in der ihren und hörte dem Pastor weiter zu. Er salbaderte vom guten Seemann und von den Segeln, die sein Schiff jetzt direkt zu Gott trieben.

Stella bemühte sich, ihre Missstimmung zu vertreiben. Sie hatte vor kurzem mit Lysbeth über Ärger und Verdruss gesprochen, und Lysbeth hatte gemeint, diese Gefühle kämen nur, wenn man etwas nicht bekomme, was man haben wolle. Aber Ärger würde da nichts nützen, man würde ganz im Gegenteil das, was man anstrebe, noch weniger erreichen. Das war Stella einleuchtend erschienen. Aber was will ich gerade?, fragte sie sich, was mich hier so verdrießt, dass ich es nicht bekomme?

Ich will hier raus!, wusste sie plötzlich. Ich habe die Nase gestrichen voll von diesem ganzen Lügengefasel. Ich habe keine Lust, es mir länger anzuhören, und ich habe auch keine Lust, noch weiter die Witwe zu spielen, obwohl ich es nicht bin. Ich habe Lust, mir den schwarzen Schleier vom Gesicht zu reißen und allen zu zeigen, dass ich nicht trauere. Wieder drückte Lysbeth ihre Hand, als würde sie Stellas Gedanken ahnen. Wahrscheinlich war das auch so.

Gut, dachte Stella, mein Ärger bringt mich hier auch nicht raus. Aber meine Gedanken können es tun. Ich muss nicht zuhören, ich kann mir selbst zuhören. Sie ließ ihre Gedanken aus der Kapelle fliegen. Wohin möchte ich denn?, fragte sie. Und wieder hatte sie die Antwort klar vor sich: Zu etwas Wahrhaftigem, auch wenn es schmerzte. Diese Lügerei diente doch einzig und allein dazu, sich einer schmerzhaften Wirklichkeit zu entziehen. Jonnys schmerzhafte Wahrheit war, dass er im Leben nicht erreicht hatte, wonach er so verbissen gestrebt hatte: Er war kein stolzer großer Mann geworden, sondern hatte sich im Scheitern einer Ehe, im Scheitern einer großartigen Kapitänskarriere zu einer Frau geflüchtet, die zu ihm aufschaute, die ihn liebte, auch wenn er schlecht zu ihr war, die aber vor allem gute Miene zum bösen Spiel machte.

Ein anderer Mann wäre mit Jonnys Leben vielleicht sogar zufrieden gewesen, aber nicht er mit seiner Vorstellung von dem, was ihm im Leben zustand. Hätte seine Mutter ihn in seiner Wohnung in der Bundesstraße gesehen mit einer behinderten Tochter, mit einer Frau, die zwar freundlich, aber ungebildet und einfach war, hätte sie die Nase gerümpft. Und im Grunde hatte Jonny seit langem schon so gelebt, dass er es vor seiner Mutter hätte verheimlichen müssen. Stellvertretend hatte er es vor aller Welt verheimlicht.

Er hatte gekämpft, um wieder in das Haus zu ziehen, das seinen Anstrich von Großartigkeit wenigstens etwas glaubwürdig gemacht hätte, aber selbst da hatte er nicht gewonnen.

Stella verstand plötzlich, wie traurig diese ganze Beerdigung war. Sie setzte Jonnys trauriges Leben fort. Denn es war traurig, vor sich selbst und vor anderen ein Lügengebäude aufbauen zu müssen, um einen Eindruck zu erzeugen, dem das eigene Leben Hohn sprach. Es war unendlich traurig, wenn man eine Fassade aus Lügen um sich herum aufbauen musste, um vor der Welt und vor sich selbst irgendwie bestehen zu können.

Die Worte des Pastors zogen an Stella vorbei. Sie kehrte erst wieder in die Kapelle zurück, als das letzte Lied erklang: »Jonny, wenn du Geburtstag hast.« Da tauchten vor ihrem inneren Auge Bilder auf: das Silvesterfest 1920, Eckhardts und Cynthias Verlobungsfeier, als sie im Garten der Eltern von Jonnys Verlobter ihn geküsst hatte. Wie sie ihm aufgelauert hatte, ja, aufgelauert, anders konnte man das nicht nennen, um ihn zu verführen.

Lügen, dachte sie traurig. Alles begann mit Lügen. Und ich habe mitgemacht. Auch ich hatte diesen Antrieb zu etwas Großartigem. Eine großartige Liebe, ein großartiger Mann. Sie wurde sehr traurig, während das Lied erklang.

Sie begriff, dass sie selbst damals einen starken Anteil daran gehabt hatte, in diese fatale Ehe mit Jonny zu rutschen. Sie war nicht nur sein Opfer gewesen, sie hatte das Ganze mit in die Wege geleitet. Warum bloß?, fragte sie sich. Was hat mich bloß getrieben, so wild hinter diesem Mann her zu sein? Er war damals schon ein Schuft. Er vertrat damals schon völlig andere Werte als meine Familie und auch als ich. Er war Monarchist, er war gegen die Republik, er hat nicht nur am Kapp-Putsch teilgenommen, er hat ihn mit gesteuert. Und mein Vater ist für die Republik gestorben. Ihr kamen die Tränen. Was war ich für eine unglaubliche Verräterin, dachte sie und erwartete einen Moment lang, alle Menschen in der Kapelle würden mit Fingern auf sie zeigen und sie anspucken.

Natürlich geschah nichts dergleichen. Das Lied verklang.

Die Zeremonie ging weiter. Stella musste nicht einmal tiefe Trauer heucheln, sie empfand tiefe Trauer, aber nicht über Jonnys Tod, sondern über ihre eigene Dummheit, die sie damals in diese Irre gelockt hatte.

Als sie schließlich vor dem Grab stand und alle an ihr vorbeidefilierten und ihr die Hand schüttelten, dachte sie – und auch das wieder in dieser Plötzlichkeit, in der ihr auch die Erkenntnisse in der Kapelle gekommen waren: Dies ist meine letzte Buße für meinen Verrat, an meinem Vater, an meiner Mutter, an allen Werten, mit denen ich groß geworden bin, meine letzte Buße für den schrecklichen Hochmut, der mich damals zu diesem Mann mit blauen Augen und Uniform getrieben hat, meine letzte Buße dafür, dass ich einer kleinen Lehrerin unbedingt den Mann ausspannen musste.

Demütig schüttelte sie Hände, nahm Beileid entgegen, blickte in tränennasse Gesichter, sie selbst ohne die geringste Träne.

Als sie endlich nach einem unsäglich entsetzlichen Leichenschmaus bei ihr zu Hause in ihrem Wohnzimmer saßen, Lysbeth, Aaron und auch Greta, darauf hatte Stella bestanden, erzählte sie allen von ihren Gedanken, als müsse sie sich reinwaschen von einer Vergangenheit, für die sie sich schämte.

Hastig, atemlos sprach sie, beschuldigte sich als eine Frau, die es nicht besser verdient hatte, als mit diesem verlogenen Mann eine nun erst mit dem Tod beendete Ehe zu führen.

Sie verschwieg nicht, dass sie die scheußliche Beerdigung als Strafe für ihre eigene Verirrung ansah, und sie verstieg sich sogar dazu, Anthonys Tod als Strafe dafür zu bezeichnen, dass sie nicht in der Lage gewesen war, das kranke Band zwischen Jonny und ihr zu zerschneiden. Erstmals erzählte sie nun davon, wie sie mit Jonny während des Krieges und während Anthony, wie er ihr anschließend gestanden hatte, eine sexuelle Beziehung zu einer anderen Frau gehabt hatte, eine leidenschaftliche Nacht verbracht hatte. Ein paar Tage in Harmonie, in Verbundenheit, ein paar Tage, in denen sie in der Lage gewesen war auszublenden, wer Jonny war, nur, weil sie sich nach einem Mann an ihrer Haut, in ihrem Körper gesehnt hatte.

Sie wurde feuerrot, während sie erzählte, und dann kreidebleich. Sie schwitzte, sie fror, sie zitterte. Sie blickte zu Boden und wagte keinen anzublicken, es war entsetzlich, aber gleichzeitig war es wie eine Beichte, allerdings nicht in einem dunklen Beichtstuhl, sondern vor drei Augenpaaren, die unverwandt auf ihr ruhten. Und die sie abgrundtief verurteilten, wie Stella empfand und dies als gerechtfertigt auf sich nahm.

Als sie mit den Worten geendet hatte: »Wahrscheinlich haben Jonny und ich viel besser zueinander gepasst als Anthony und ich. Anthony war viel zu aufrichtig, viel zu loyal, viel zu integer für mich«, legte sich ein langes schweres Schweigen über den Raum. Stella wagte nicht aufzublicken.

Als sie schließlich zu ihrem Weinglas griff und es trotzig in einem Zug leerte, streifte sie wie aus Versehen die Augen der Menschen, die mit ihr im Raum saßen. Es waren freundliche Augen. Greta liefen Tränen hinunter. Aaron blickte zu Boden, die Hände ineinander verschlungen. Lysbeth lächelte sie an. Stella stellte das Glas hart wieder auf den Tisch. Sie hob den Kopf und blickte stolz in die Runde. »Jetzt wisst ihr's«.

»Nun mach mal halblang«, sagte Aaron. Er blickte auf seine Hände, die er zwischen den Knien verschränkt hielt. »Du bist ganz schön hoffärtig, weißt du.« Stella riss die Augen auf. Hoffärtig, was meinte er damit? Greta hatte den Kopf schief gelegt und blickte Aaron fragend an, offenbar verstand auch sie nicht, was er meinte.

Lysbeth lachte kurz auf. »Du auch«, sagte sie vergnügt zu Aaron und dann in Stellas Richtung: »Er meint, dass du dich überhebst mit allem, was du dir auf deine Schultern lädst.« Greta wirkte immer verwirrter. Das allein tat Stella irgendwie gut. Ihre Schwester und ihr Schwager redeten in Rätseln.

Da sagte Greta: »Ich kann Stella gut verstehen. Ich habe auch oft gedacht, dass das Leben mit Jonny die Strafe dafür ist, dass ich mich von ihm so erhöht gefühlt habe.« Lysbeth und Aaron betrachteten sie aufmerksam. Sie gaben kleine Laute von sich, die Greta ermutigten weiterzureden. »Er hat mir am Anfang erzählt, dass ich die Frau wäre, bei der er Stella vergessen könnte. Und dass er sich bei mir so geborgen fühle, endlich ohne die Zankerei mit Stella und ohne ihre ständige Nörgelei. Und dann hat er gesagt, dass Stella einfach eine hysterische und irgendwie krankhaft gefühlvolle Frau sei, ich aber sei so wundervoll gelassen und entspannt und, ja, bodenständig hat er gesagt. Endlich eine normale bodenständige Frau. Und das fand er so entspannend.« Greta schluckte. »Ich habe mich wundervoll gefühlt. Irgendwie erhaben. Endlich in meinem wahren Wert erkannt. Solche Komplimente! Das hatte ich mir immer gewünscht. Ich wäre für diesen Mann zu Fuß bis nach Kopenhagen gelaufen. Und das ist eine lange Strecke.« Lysbeth und Aaron lachten. Plötzlich fiel Stella laut in das Lachen ein. Wie wundervoll! Greta sagte nicht, nach Timbuktu oder Honolulu, sondern sie sagte, nach Kopenhagen. Das konnte sie sich vorstellen. Nach Kopenhagen zu laufen, würde eine gewaltige Mühe kosten. Und diese Mühe war sie bereit gewesen, auf sich zu nehmen. Weil dieser Mann ihr Komplimente gemacht hatte, die sie sich immer gewünscht hatte.

Auch sie war bereit gewesen, für diesen Mann sonst was zu tun. Aber warum war sie dazu bereit gewesen, bevor er ihr diese schönen Komplimente gemacht hatte? Das war es, was sie nicht verstand.

## 52

Im August 1969 machten Wilhelm, Silke und ihre Freunde Kassensturz. Sie warfen alles, was sie hatten, in die Waagschale und rechneten aus, was noch in den Topf kommen würde, wenn sie wichtige Sachen verkauften. Wilhelm musste schnell erkennen, dass er keine Chance hatte, Silke noch weniger. Uwe konnte seinen Mercedes verkaufen, aber dazu war er nicht bereit. »Das Opfer bringe ich nur, wenn es um Leben und Tod geht«, erklärte er. Peter war sowieso in ständigen Geldnöten. Er arbeitete als Hilfskraft in Autowerkstätten, hatte auch die Lehre zum Im- und Exportkaufmann nach einem Jahr wieder abgebrochen. Doris' Lohn war ein Witz.

Alex, der Einzige, der es vielleicht fertiggebracht hätte, das Geld für einen Flug nach Amerika zusammenzukriegen, war völlig uninteressiert daran, zum Festival nach Woodstock zu fahren. Er war seit drei Wochen Vater, allein das zählte für ihn. Er besuchte nicht mehr die Musikclubs, interessierte sich zwar noch für Musik, aber er war jetzt Familienvater und ging ernsthaft seiner Arbeit nach. Annalena und er hatten vor drei Monaten geheiratet, sie schon mit dickem Bauch und er mit ernsthaftem Gesicht. Sie hatten nur Wilhelm und Silke als Trauzeugen genommen und waren mit denen anschließend nach Blankenese in ein teures Restaurant gegangen. Die Rechnung hatten Wilhelm und Silke bezahlt, das war ihr Hochzeitsgeschenk.

Alex hatte sich so sehr verändert, dass Wilhelm sich manchmal fragte, ob das noch sein Bruder war. Von dem jungen Mann, der in seinem Porsche durch Hamburg gondelte und die Zeit totschlug, der im *Top Ten* das große Wort führte und mancher Nutte einen romantischen Augenaufschlag entlockte, war weniger als nichts übriggeblieben.

Also, Alex wollte nicht nach Woodstock.

Aber alle anderen. *Woodstock Music and Art Festival*, so lautete das Zauberwort. Doch keiner von ihnen hatte genug Geld für ein Flugticket. Das war bitter.

Klaus Magerfeld, der bis dahin im *Top Ten* nur einer von vielen gewesen war, wurde im September zu einer Ikone, an dessen Lippen alle hingen, die Mädchen ebenso wie die jungen Männer. Klaus hatte das Ticket von seinen Eltern und Großeltern zum Geburtstag geschenkt bekommen. Und noch etwas Geld dazu für die Zeit dort. Er erzählte, dass er nicht mal Eintritt bezahlt hatte. Viele junge Leute hatten nämlich, bevor die Kassenhäuschen aufgemacht worden waren, das Gelände in Bethel nah bei New York okkupiert und so dafür gesorgt, dass das Festival umsonst war. Klaus erzählte von der unglaublichen Stimmung, die dort geherrscht hatte, obwohl das Ereignis letztlich im Schlamm versunken war. Immer wieder musste er beschreiben, wie der Auftritt von Joan Baez abgelaufen war. »Sie ist schwanger«, sagte er andächtig. »Sie hat die Gelegenheit genutzt, um dem Publikum von ihrem inhaftierten Ehemann David Harris zu erzählen und den Song *Joe Hill* zu präsentieren. Anschließend legte sie ihre Gitarre beiseite und sang *Swing Low, Sweet Chariot*. Ergreifend. Viele haben geweint. Als sie ihren Auftritt mit *We Shall Overcome* beendete, begann ein Wärmegewitter, in drei Stunden war das ganze Gelände zu Schlamm durchweicht.«

Klaus musste genau beschreiben, was alles geschehen und wie es abgelaufen war. Wilhelm lauschte mit Gänsehaut auf den Armen. Er stellte sich vor, wie es für ihn gewesen wäre, Teil von einer halben Million junger Menschen zu sein und Jimi Hendrix, Janis Joplin und The Who live zu sehen und zu hören. Dass auf dem Veranstaltungsgelände aufgrund des schlechten Wetters und organisatorischer Missstände zum Teil katastrophale Zustände geherrscht hatten, wäre ihm genau wie all den anderen Teilnehmern wurscht gewesen. Er hätte sich wunderbar in die friedliche Stimmung dort eingefunden. Klaus erzählte, dass es überall Drogen gab, LSD, Mescalin, Haschisch, Marihuana. Auch Klaus hatte die vier Tage bekifft verbracht. »Obwohl drei Tage angesetzt waren, hörte das Festival erst am 18. August am Morgen mit dem letzten Konzert auf«, sagte er begeistert. »Ihr glaubt nicht, was für eine Stimmung da war, *das* ist das friedliebende, künstlerische, das ist das *andere* Amerika!« Wie gern Wilhelm so etwas hörte. Es gab es, das andere Amerika, das das wahre Amerika war.

Klaus berichtete detailliert von den einzelnen Tagen, unter vielen anderen waren Bands wie Santana, Canned Heat, die Grateful Dead, Credence Clearwater Revival und die Sängerin Janis Joplin aufgetreten.

»Santana ist unglaublich«, schwärmte er. »Die haben gerade ihr erstes Album aufgenommen. Wir haben im Chor »No rain« gerufen und zur Unterstützung auf alles Mögliche geklopft, aber dann kam deren Auftritt mit dem Song *Soul Sacrifice*, und der Regen war vergessen. Deren Drummer Michael Shrieve ist erst zwanzig Jahre alt, der jüngste Musiker auf dem Festival. Sein Solo ging durch Mark und Bein. Das war entschieden einer der Höhepunkte des Festivals. Die Bühnenmannschaft hatte Lattenreste verteilt, die wir im Takt zu diesem Song gegeneinanderschlugen.«

»Wie war denn Janis Joplin?«, fragte Silke, die für die junge Sängerin mit der Löwenmähne und der wilden Stimme schwärmte. Klaus wehrte ab: »Die war wirklich schlecht. Ihre Band wirkte richtig lahm, Janis hatte kaum eine Chance, in Fahrt zu kommen. Ihre Stimme brach sogar häufig. Allerdings machte sie eine Bemerkung über die Hippiebewegung: ›Früher waren wir nur wenige, jetzt gibt es Massen und Massen und Massen von uns.‹ Da haben alle gejubelt. Nein, Janis war nicht überragend, aber der Auftritt von Sly & the Family Stone war grandios. Es hat zwar geregnet, aber Sly Stones ging unter die Haut. Und morgens um 5.00 Uhr nach ihm kamen The Who.« Alle lauschten andächtig.

The Who! Aber auch da wiegelte Klaus etwas ab, wobei er allerdings grinste. Ein von allen neidisch wahrgenommenes Insidergrinsen. »Während des Auftritts der Band kam es zu gewalttätigen Szenen. Pete Townshend, ihr Gitarrist, das wissen wir ja, ist auch sonst ziemlich aggressiv, und ich glaube, morgens um fünf ist nicht seine Zeit. Auf jeden Fall hat er einem Kameramann in den Arsch getreten und ihn von der Bühne gestoßen. Ich hab nicht verstanden, warum er so wütend war, aber alle sagten, dass er wohl meinte, der wäre ihrem Sänger Roger Daltrey zu nahe gekommen. Später schlug Townshend einem linken Politaktivisten mit der Gitarre auf den Kopf, als der eine Durchsage über die Gefangennahme von John Sinclair am Mikrophon machen wollte. Sinclair hatte verdeckten Bullen zwei Joints verkauft, nun sollte er für fast zehn Jahre ins Gefängnis. Wir waren alle empört, und keiner verstand, warum Townshend das nun wieder machte. Der war bestimmt auch gegen Sinclairs Verurteilung. Aber ich vermute mal, der stand so unter Speed, dass er einfach um sich schlagen musste. Auf jeden Fall endete sein Auftritt mit dem rituellen Zertrümmern seiner Gitarre, die er anschließend ins Publikum warf.«

Alle staunten.

Wie gern wäre Wilhelm dabei gewesen. Regen, Aggression, Schlaflosigkeit, all das hätte er in Kauf genommen. Wenn er nur einmal die Gelegenheit gehabt hätte, dieses Amerika, das er liebte, hautnah zu erleben. Als Klaus berichtete, dass am Sonntag Joe Cocker aufgetreten war, beschloss Wilhelm, was auch immer geschehen sollte, dass er beim nächsten großen Musikfestival dabei sein würde.

Klaus erzählte noch, dass der Farmer, auf dessen Feldern das Festival stattgefunden hatte, nach dem größten Unwetter am Sonntag die Bühne betreten hätte. »Das war unglaublich. Er dankte uns dafür, dass wir alle zusammen der Welt bewiesen hatten, dass eine halbe Million Menschen zusammenkommen und nichts als Spaß an Musik haben konnten. Er war sehr bewegt, und wir auch.«

Es war seltsam. Stella vermisste Jonny. Dabei gab es nun wirklich keinen Menschen, über den sie sich während der vergangenen fünfzig Jahre so sehr geärgert hatte wie über ihn, niemanden, der sie so sehr verletzt hatte wie er. Gleichwohl tauchten wie aus dem Nichts tagsüber oder morgens beim Aufwachen plötzlich Bilder aus ihrer gemeinsamen Zeit auf oder auch aus der Zeit, als sie bereits getrennt gewesen waren.

Der erste sexuelle Kontakt. Er war gar nicht besonders schön gewesen, sie hatte schnell gemerkt, dass dieser Mann kein großes Vergnügen an ihrem schönen Körper hatte, sondern dass es ihm vor allem darum ging, selbst befriedigt zu werden, eine Entlastung von seiner inneren Anspannung zu erfahren. Immer wieder tauchte die Erinnerung an die Nacht mit ihm auf, die sie als so ekstatisch erlebt hatte und wegen der sie später Anthony gegenüber ein schlechtes Gewissen empfunden hatte.

Bunte Bilder überfluteten sie. Ihre Abreise in den Zwanzigern nach Tanganjika. Ihre Zeit in Sansibar. Es war so eigenartig. Die Bilder waren schön. Wenn sie allerdings versuchte, sich an ihre Gefühle zu erinnern, waren die durchaus gemischt und auch zunehmend bedrückt gewesen. Aber es war, als wäre in ihrem Körper vor allem die Sehnsucht nach seiner Nähe übriggeblieben. Die junge sinnliche Frau, die nur diesen Mann wollte und sich nach ihm verzehrte.

Sogar jetzt noch. Es war, als fehlte ihr seine körperliche Wärme, die er mitbrachte, wenn er bei ihr auftauchte. Jonny hatte immer warme Hände und Füße gehabt, und solange er sie noch geküsst hatte, spürte sie die Wärme seines Mundes. Jetzt kam es ihr vor, als hätte sein Körper stets eine besondere Energie verströmt, die bewirkt hatte, dass er ein Zimmer füllte, wenn er es betrat. Sie hatte sich so oft darüber geärgert, dass er den Eindruck machte, als wäre ihm alles selbstverständlich: dass die Blicke der Frauen an ihm hängenblieben, dass er die Luft um sich herum einatmete und verbrauchte. Jetzt vermisste sie das.

Sie verstand sich selbst nicht. In den vergangenen Jahren waren Menschen gestorben, die ihr viel nähergestanden hatten. Ihr Bruder Eckhardt, Lydia, Helga. Niemand von denen hinterließ sie mit diesem eigenartig widersprüchlichen Gefühl. Einerseits war sie geradezu froh, dass Jonny endlich aus ihrer Welt verschwunden war. Nun konnte er niemandem mehr schaden, vor allem bedrohte er nicht mehr ihre Familie. Andererseits war aber eine Kraft aus ihrem Leben verschwunden, die irgendwie ein Loch zu reißen schien, das Stellas Lebensfreude noch mehr verschlang, als es die reale Bedrohung durch Jonny vermocht hatte.

Sie suchte darüber das Gespräch mit Lysbeth, die nicht überrascht reagierte. »Jonny hat deine Gefühle immer wieder gebunden, indem er dich geärgert und geängstigt hat«, sagte sie, als sei es das Selbstverständlichste von der Welt. Stella schüttelte sich. »Seit du in Esalen warst, führst du dich auf wie Dr. Sommer«, sagte sie scherzhaft. »Dr. Sommer?« »Na, der Psycho-Onkel aus der *BRAVO*.« »Psycho-Onkel.« Lysbeth lachte, wurde aber bald ernst. »Stella, ich glaube, es ist wichtig, dass du dieses Band zu Jonny durchschneidest. Er hat es immer wieder verstanden, deine Aufmerksamkeit auf sich zu ziehen. Jetzt ist er tot, du könntest endlich aufatmen. Aber …« »Aber meine Aufmerksamkeit bleibt bei ihm, verdammter Mist«, schnaubte Stella. Zwischen Lysbeths Brauen vertiefte sich die Falte. »Genau. Auch mit deinem Ärger bindest du dich an ihn. Lass ihn los.«

Stella merkte, wie Zorn auf Lysbeth in ihr aufstieg. »Noch bin ich nicht erleuchtet wie du«, schnaubte sie. »Wie hast du das bloß gemacht, diesem Mann zu verzeihen, der dir nun wirklich geschadet hat?«

Lysbeth machte einen Schmollmund und fragte listig: »Geschadet? Wieso? Womit?« Stella schlug der Schwester spielerisch gegen die Schulter. »Heuchlerin.«

Lysbeth bedeutete ihr, sich zu setzen. Lysbeth und Aaron hatten das

Gartenzimmer, das so hieß, weil man nur durch dieses Zimmer in den Garten gelangte, mit leichten Korbmöbeln zu einem Wohnzimmer mit mediterranem Charme gestaltet. »Ich mache uns einen Tee, und dann reden wir mal anständig«, sagte sie resolut. »Aber du musst doch in die Praxis zu Aaron«, entgegnete Stella kleinlaut. »Ich stehle dir deine wertvolle Zeit.« Während Lysbeth sich zum Gehen wandte, sagte sie lächelnd. »Weißt du, ich habe etwas gelernt, und vielleicht hat mir dabei sogar Jonny geholfen: Hasten macht alles nur schlimmer. Es gibt eine nette Geschichte: Ein weiser Baumfäller wird gefragt: Wenn du eine Stunde Zeit hast, um einen großen Baum zu fällen, wie gehst du dann vor? Der Mann denkt nach und sagt dann: Ich nutze die erste halbe Stunde, um meine Axt zu schärfen. Darüber darfst du jetzt mal nachdenken, während du auf mich wartest.« Mit diesen Worten verließ sie das Zimmer und ließ eine verwirrte Stella zurück.

Eine nette Geschichte, dachte sie. Aber was hat sie mit mir und meiner jetzigen Situation zu tun? Gut, sagte sie sich, die Geschichte lehrt mich, mich auf schwierige Aufgaben gut vorzubereiten. Nichts zu übereilen. Nicht hastig und mit stumpfem Werkzeug vorzugehen. Doch inwiefern erklärt es mir, dass Lysbeth sich jetzt die Zeit für mich nimmt und nicht in die Praxis geht?

Als Lysbeth mit einer dampfenden Teekanne, zwei Tassen, Kandis und einer kleinen Schale voller Kekse zurückkehrte, feuerte sie diese Frage auf sie ab. Lysbeth antwortete nicht. Ruhig verteilte sie das Geschirr an seinen jeweiligen Platz, schenkte den Tee ein, rückte sich einen Korbsessel zurecht, um Stella gut sehen zu können, griff nach ihrer Tasse, führte sie zum Mund, pustete ein wenig und nippte an dem heißen Getränk. Sie setzte es sorgfältig wieder ab und sagte dann: »Diese Geschichte lehrt dich das, was ich in Esalen gelernt habe: Nur wenn du ganz präsent bist, die Situation mit all deinen Sinnen wahrnimmst, deinen Geist schärfst wie eine Axt, wirst du den Anforderungen deines Lebens adäquat begegnen können. Und dazu gehört, dass ich hier bei dir sitze, den Tee genieße und den Blick auf den Garten, und wirklich da bin, bevor ich danach ganz und gar bei Aaron in der Praxis bin, statt von dir zu ihm zu hasten, dich aber im Geist mitzunehmen, weil ich dich abgefertigt habe. Fritz Perls sagt, solange eine Gestalt unvollendet ist, saugt sie Energie.«

Draußen hatte es zu schneien begonnen. Am Morgen hatte es geregnet, der Garten lag voll aufgeweichten Laubes, die Beete standen im

Matsch. Von einer Sekunde zur anderen verwandelte sich der Regen in dicke Schneeflocken. Es sah schön aus, wie dicke weiße Schneeflocken auf die Gerippe der Bäume und Sträucher fielen. Auf dem Boden verwandelten sie sich jedoch sofort in Nässe. Allmählich bildete sich ein leichter weißer Flaum auf den noch vom letzten Sommer stehengebliebenen vertrockneten Hortensien und auf den Büschen.

Gedankenverloren verfolgte Stella die Verwandlung der Schneeflocken in dichter fallende kleinere durch die Luft tanzende Tropfen, eine Mischung aus Regen und Schnee, die plötzlich in eine Richtung vom Wind getrieben wurden und dann wieder gerade von oben nach unten auf die Erde hinabstürzten. Immer wieder wurde die Gradlinigkeit unterbrochen, und die Tropfen tanzten oder wurden in eine neue Richtung getrieben. Es fiel ihr schwer, ihre Aufmerksamkeit in den Raum zurückzuholen, als Lysbeth sanft sagte: »Du meintest, Jonny hätte mir schwer geschadet, ich hingegen glaube, dass er mir einen großen Dienst erwiesen hat. Ohne Jonny wäre ich vielleicht wieder in meine Praxis zurückgekehrt und wäre wieder in den alten Sog aus Hetze und Verantwortung und meinem Bedürfnis, eine richtig gute Ärztin zu sein, zurückgefallen. Das hat Jonny zerstört.«

Stella blickte die Schwester zweifelnd an. »Du bist Jonny dankbar?«

Lysbeth nickte. »Vergiss nicht, dass meine Ehe fast in die Brüche gegangen wäre. Nur weil ich wie verrückt dahinter her gewesen bin, eine erfolgreiche Ärztin zu sein.« Sie dachte nach und fügte hinzu: »Erfolgreich in den Augen der anderen. Denn weißt du, erfolgreich bin ich auch vorher schon gewesen im Sinne von heilend. Du weißt selbst, wie erfolgreich die Tante gewesen ist. Aber das war nicht mehr der Erfolg, den ich anstrebte. Ja, und jetzt habe ich wieder viele Freiheiten, die ich vorher nicht hatte. Ich liebe es, in meinen Kursen mein Wissen über Heilverfahren an Mediziner weiterzugeben, die von der Schulmedizin außer Acht gelassen werden.« Sie lachte. »Und ich habe die Freiheit, hier mit dir zu sitzen und Tee zu trinken.«

Bevor sie weiter darüber sprechen konnten, wie Stella Jonny verzeihen und das Band zu ihm so durchtrennen könnte, dass er aus ihrem Körper verschwand, klingelte oben das Telefon. Kurz darauf rief Cynthia: »Stella, Telefon. Angela.« Stella und Lysbeth tauschten einen alarmierten Blick. Stella hastete nach oben.

»Angela!«, rief sie in den Hörer. Angelas Stimme klang leise. Stella wusste, dass es nicht leicht war, von Dresden nach Hamburg zu telefonieren. Angela sagte nur zwei Worte: »Kommt bald!« Dann legte sie auf.

Um Stellas Brust legte sich eine schwere Klammer. Sie hatte das Gefühl, nicht mehr atmen zu können. Da stand Lysbeth neben ihr. Sie legte ihr eine Hand auf den Rücken. Stella schnappte nach Luft, dann atmete sie tief ein.

»Wir müssen hin«, sagte sie. »Umgehend.« Cynthia stand neben den beiden und zog fragend die Augenbrauen hoch. Pikiert sagte sie: »Angela war sehr kurz angebunden. Geradezu unhöflich.«

»Ich glaube, sie ist krank«, sagte Stella langsam. Sie wunderte sich über sich selbst. Warum verheimlichte sie Cynthia gegenüber, dass Angela anscheinend Probleme hatte? Aber irgendwie hatte sie das Gefühl, kein Wort zu viel sagen zu dürfen. Langsam begaben sich Stella und Lysbeth wieder nach unten. Schweigend setzten sie sich auf ihre Plätze und blickten hinaus in den Garten, wo sich der Schneeregen wieder in dicke Flocken verwandelt hatte, die behäbig zur Erde segelten.

»Wir sollen nicht nur schnell kommen«, sagte Stella nach langem schweigenden Nachdenken, »die wollen, dass wir sie holen.« Lysbeth wurde blass. »Flucht?«, fragte sie. »Das kann nicht sein.« »Doch«, entgegnete Stella entschieden. »Sonst würde Angela nicht auf diese Weise anrufen. Die Dinge da eskalieren, du sprichst doch immer von Intuition, und das sagt mir meine innere Stimme ganz deutlich. Wir müssen da hin, aber mit einem ausgereiften Plan.«

Lysbeth trank ihren Tee in einem Schluck aus, erhob sich und sagte: »Jetzt muss ich doch gehen. Darüber muss ich mit Aaron reden. Tut mir leid, Schwesterchen. Heute Abend sehen wir weiter.«

Bis zum Abend war Stella von Unruhe belagert, als kröchen Ameisen über ihre Haut. Sie wusste nicht, was sie tun sollte. Wie üblich, wenn sie einer Unruhe entkommen wollte, machte sie einen Spaziergang. Der Schnee hatte sich wieder in Regen verwandelt, auf dem Boden lag Matsch, dazwischen einige glitschige Eisflecken. Sie hatte dicke Stiefel angezogen, stapfte durch den Matsch, vermied es auszurutschen. Das alles verlangte Aufmerksamkeit von ihr, und das tat ihr gut. In ihr herrschte ein vollkommenes Durcheinander. Zum einen tauchte immer noch ab und zu Jonnys Bild auf und eine diffuse wütende Sehnsucht nach ihm, zum anderen schob sich Angelas Stimme in den Vordergrund, und Stella wurde von Angst um ihre Tochter und Enkelin gefangengenommen.

Nach einer Stunde ziellosen Umherirrens war sie völlig durchgefroren. Sie kehrte um. Als sie die Bundesstraße entlangging, entschied sie spontan, Greta einen Besuch abzustatten. Sie wusste zwar nicht, ob sie willkommen war, aber Greta konnte sie ja wegschicken. Seit der Beerdigung hatten sie sich nicht mehr gesehen.

Sie klingelte an dem Schild, auf dem Jonnys Name nie aufgetaucht war. Als hätte Greta nur auf den Klingelton gewartet, wurde der Summer betätigt. Stella öffnete die schwere Haustür.

»Welche Überraschung.« Mit einem strahlenden Gesicht öffnete Greta ihr weit die Wohnungstür. Einem plötzlichen Impuls folgend umarmte Stella Greta. Erst als sie merkte, wie diese sich versteifte, begriff sie, dass sie ihr zu nah gekommen war. Doch dann legten sich Gretas Arme fest um sie, und sie drückte Stella sogar einen Kuss auf die Wange. Leicht benommen trat Stella einen Schritt zurück. Diese Nähe zu der Zweitfrau ihres verstorbenen Mannes hatte es noch nie gegeben. Greta freilich schien sich mehr und mehr zu entspannen. Freundschaftlich bat sie Stella, mit ihr in die Küche zu kommen. »Das ist der einzige Raum, wo man noch gemütlich sitzen kann.«

Da erst fiel Stella auf, dass das Wohnzimmer in Auflösung begriffen war. Das war mehr als Unordnung, auf dem Boden standen Kartons, die Vitrine war geleert, nichts deutete darauf hin, dass hier noch jemand leben wollte. »Räumst du nur um, oder ziehst du aus?«, fragte Stella, die sich vorstellen konnte, dass Greta die gemeinsame Wohnung von Jonnys Geist befreien wollte.

Greta setzte Kaffeewasser auf, malte in ihrer Kaffeemühle die Bohnen und ließ sich Zeit mit der Antwort. Erst als die beiden Frauen einander am Tisch gegenübersaßen, erklärte sie: »Ich will zu Walburga aufs Land ziehen. Jetzt kann ich ja endlich wieder bei ihr sein. Jonny hat seit Jahren so getan, als gäbe es sie gar nicht. Sie durfte nicht hierherkommen, und wenn ich sie besucht habe, tat er so, als hätte ich die Leute besucht, wo sie wohnte, und nicht meine Tochter.« Hart fügte sie hinzu: »Und seine Tochter!« Doch das war die einzige Härte, die Stella an ihr bemerkte. Ansonsten wirkte Greta so zufrieden und entspannt, wie Stella sie früher nie erlebt hatte. Bei den flüchtigen Begegnungen auf der Straße war sie Stella früher wie eine verhuschte unsichere Frau vorgekommen, die sich am liebsten in ein Mauseloch verkrochen hätte. Jetzt saß vor ihr eine in sich ruhende ältere Frau, die mit sich selbst und ihrem Leben zufrieden zu sein schien.

»Hast du Jonny verziehen?«, platzte Stella gegen ihren Willen heraus. Was soll diese Frage?, schalt sie sich. Darauf kann Greta doch gar nicht antworten. Aber Greta antwortete. Sie ließ sich zwar Zeit, und in dieser Zeit steigerte sich Stellas Groll auf sich selbst. Er fiel jedoch in sich zusammen wie ein zu früh aus dem Ofen genommenes Soufflé, als Greta langsam ausführte: »Ich habe mich gefragt, ob ich das kann. Und ich bin zu dem Ergebnis gekommen, dass das unmöglich ist. Aber ich muss ihm auch seinen Egoismus, seine Unfähigkeit, mich zu verstehen, und auch seine Unfähigkeit, unserer Tochter ein Vater zu sein, nicht verzeihen. Warum auch? Er war, wie er war. Und ich habe ihn gebraucht, nachdem Walburga geboren war.« »Wofür?«, fragte Stella ungläubig. Sie dachte an Jonnys Scham, dass dieses geistig behinderte Kind seins war, sein Bemühen, Walburga weitestgehend aus seinem Leben zu entfernen. Wofür konnte Greta ihn gebraucht haben außer zur Zerstörung ihres eigenen Selbstwertgefühls?

Greta lächelte Stella an, als wollte sie sagen, du bist eine sehr nette Frau, aber du hast von nichts Ahnung. »Als sie klein war, musste ich nicht arbeiten, weil er unser Leben finanziert hat. Als sie größer war, hat er dafür gesorgt, dass sie nicht nach Ochsenzoll kam und für Experimente benutzt wurde. Oder sogar vergast. Dass wir in Namibia überlebt haben, das habe ich Jonny immer hoch angerechnet. Ja, und seit wir zurück sind, hat er alles für sie bezahlt.«

»Ach?«, entfuhr Stella. Greta legte den Kopf schief und sah sie spöttisch an. »Glaubst du, die Leute auf dem Lande nehmen freiwillig eine Verrückte?«, fragte sie, und wieder schlich sich dieser harte Ton in ihre Stimme. Stella dachte nach. »Ja«, bekannte sie. »Walburga ist doch kein Pflegefall. Ich dachte, dass sie da arbeitet.« »Tut sie auch«, entgegnete Greta, und jetzt offenbarte ihr harter Ton ihren Groll. »Aber dass sie da wohnen darf und arbeiten und essen, das lassen die Leute sich bezahlen. Umsonst ist das nicht.«

Erstmals begriff Stella Gretas Abhängigkeit von Jonny in vollem Ausmaß. Nicht nur für sie selbst hatte er gesorgt, auch ihre Tochter brauchte ihn zum Überleben. Da fiel ihr ein, dass Greta nun nicht mehr versorgt war. »Wovon werdet ihr leben?«, fragte sie, erschrocken über sich selbst, dass sie sich darüber noch gar keine Gedanken gemacht hatte.

Greta lächelte wieder. Ihr Gesicht war weich, ohne jede Bitterkeit. »Jonny hat mir Geld hinterlassen«, antwortete sie schlicht. »Er hat gesagt, dass ich mir davon eine kleine Kate auf dem Lande kaufen und da mit Walburga leben und im Garten Gemüse anbauen kann, wovon wir uns ernähren können.« Stella schüttelte fassungslos den Kopf. »Er hat damit gerechnet, dass er stirbt?«

Greta schüttelte den Kopf. »Nein. Er hat mir das Geld auch nicht gegeben. Ich musste es suchen. Aber er hat immer gesagt, dass er für mich vorsorgt.« Sie grinste schelmisch. »War nicht schwer zu finden. Ich hatte es vorher schon ausgekundschaftet. Aber manchmal hat er das Versteck gewechselt.«

Stella lachte laut auf. »Der Geheimdienstler. Wo war es zuletzt?«

»Im Schrank«, antwortete Greta trocken, »In seinem Zylinder. Den hat er, glaube ich, nur ein einziges Mal getragen.« Stella nickte. »Ja, das war noch vor 1933, auf irgendeiner Schiffstaufe. Genau kann ich mich nicht mehr erinnern.« Sie dachte nach. »Wie viel?«, fragte sie. Greta zögerte, sagte dann: »20000 Mark.« Stella atmete hörbar aus. Das war nicht wenig Geld. Auf dem Lande bekam man davon sicherlich eine kleine Kate mit einem Garten. Dass Greta mit ihrer Tochter von selbst angebautem Gemüse leben konnte, bezweifelte Stella allerdings. Greta war zwar jünger als Stella, aber mit ihren fünfundsechzig Jahren würde sie keine Arbeit mehr finden. Als hätte sie Stellas Gedanken gelesen, sagte Greta: »Ich kann putzen gehen. Ich bin gesund, gut zuwege, ich geh für jünger durch, als ich bin. Warum soll ich nicht ein bisschen Geld zusätzlich verdienen. Ich bin mir nicht zu schade für's Putzen.«

Plötzlich fiel Stella ein, dass sie vor zwei Tagen ein Schreiben bekommen hatte, in dem etwas über Jonnys Rente gestanden hatte. Sie hatte es beiseitegelegt, weil ihr nicht danach zumute war, sich mit Jonnys Angelegenheiten zu beschäftigen. Nachdenklich kniff sie die Augen zusammen. »Greta«, sagte sie, und in ihre Stimme schlich sich ein leiser Triumph. »Jonnys Rente steht dir doch zumindest zur Hälfte zu. Ich bin schon seit vierzig Jahren nicht mehr seine Frau. Ach, was sag ich, zu vier Fünfteln steht dir seine Rente zu, wenn alles rechtmäßig zugeht.« Greta riss ungläubig die Augen auf. »Unsinn«, flüsterte sie. »Du bist seine Witwe. Deshalb bekomme ich doch die 20000.«

Durch Stella strömte plötzlich ein Schub von Tatkraft. Sie würde sich umgehend darum kümmern müssen, wie viel Rente von Jonny ihr zustand, und dann würde sie es so arrangieren, dass Greta monatlich ein fester Betrag überwiesen würde. Es erfüllte sie mit einer erstaunlichen Genugtuung, so vorgehen zu können. Sie konnte sich diese Genugtuung nicht erklären, aber das war ihr im Moment auch egal. Darüber würde sie später nachdenken.

Sie erlaubte Greta keinen Einspruch, sagte, sie werde das klären und dann Bescheid sagen. Sie blickte sich prüfend um. »Wann ziehst du eigentlich aus?« »In einer Woche«, gestand Greta, fast schamvoll, als erwarte sie, dass Stella ihr ihre zu schnelle Flucht aus ihrem Leben mit Jonny vorwerfen würde. Stella legte ihre Hand auf Gretas Arm. »Eigentlich konnte dir nichts Besseres passieren, als dass er stirbt, oder?« Greta errötete. »Ehrlich gesagt«, antwortete sie fast flüsternd, »ich hatte mich damit abgefunden, meine Tochter bis zu ihrem Tod nicht mehr oft zu sehen.« »Bis zu ihrem Tod?«, fragte Stella erschrocken. »Ist sie krank?« Greta schüttelte den Kopf. »Nein, aber die Ärzte haben vor zwanzig Jahren gesagt, dass sie keine hohe Lebenserwartung hat. Jetzt ist sie fast vierzig. Wer weiß, wie lange ihr noch bleibt«, Greta schluckte, »und mir.«

Wieder drückte Stella ihren Arm. »Wie schön, dass ihr jetzt zusammen sein könnt«, sagte sie herzlich. »Ich hatte mich damit abgefunden«, griff Greta den Gesprächsfaden wieder auf. Als wäre es ihr ein Bedürfnis, darüber zu sprechen, dass Jonnys Tod ihr ein neues Glück verheißendes Leben erlaubte. »Es gibt hier in der Nachbarschaft eine Frau, die in einer ähnlichen Lage ist wie ich mit Jonny. Die war damals, als sie ein Leben als Nebenfrau begann, eine muntere lebensfrohe Person, ziemlich hübsch.« Greta räumte hastig ein: »Ganz anders als ich. Ihr Schorsch ist wohl auch aus ganz anderen Gründen zu ihr gekommen als Jonny zu mir.«

Stella lachte laut auf. »Du bist mir ja eine. Du bist immer noch hübsch, Greta. Wenn du es darauf anlegst, kannst du dir noch einen Bauern schnappen.« Sie kicherte. »Dann hast du wenigstens immer zu essen.« Greta fuhr auf. »Oh Gott nein, nie wieder! Ich will keinen Mann mehr!«

Stella sah sie mitfühlend an. So ist das dann, dachte sie. Männer wie Jonny verderben Frauen den Appetit auf diese Gattung. Plötzlich überfiel sie die Frage: Und ich? Anthony hatte ihr beileibe nicht den Appetit verdorben. Dennoch hielt sie sich streng von Männern fern. Weil ich ihn immer noch liebe, erklärte sie sich selbst. Aber ich könnte ihn ja lieben und trotzdem mit einem anderen Mann Freude haben.

Greta unterbrach ihre Gedanken. »Die Hermine zumindest ist in der Zeit richtig geschrumpelt und geschrumpft wie ein alter Apfel. Ihr

Schorsch ist immer dann gekommen, wenn ihm gerade danach war. Sonst war er bei seiner Familie. Und jetzt vor zwei Jahren ist seine Frau gestorben, und er ist zu Hermine gezogen. Nun hat sie einen alten griesgrämigen Knilch in ihrer Wohnung, der von ihr erwartet, dass sie für ihn springt. Den muss sie pflegen. Ich hab immer gedacht, dass das auch meine Zukunft ist.« Ihr Gesicht erstrahlte. »Jetzt habe ich eine andere Zukunft. Du hast mich vorhin gefragt, wie ich Jonny verzeihen kann. Ehrlich gesagt, würde ich ihm alles verzeihen, weil er jetzt gegangen ist.« »Dich von ihm befreit hat«, murmelte Stella. »Ja, das hat er gut gemacht.«

Kaum hatte sie sich von Greta verabschiedet, stürzte wieder Angelas Anruf auf ihre Seele. Zum Glück war es schon dunkel, und sie wusste, dass Lysbeth und Aaron darauf achteten, abends nicht zu lange zu arbeiten. Neuerdings gingen die beiden zu einem Tanzkurs, und sie beschäftigten sich damit, ihre Englischkenntnisse zu pflegen, indem sie einmal wöchentlich einen privaten Lehrer bezahlten, der mit ihnen Grammatik paukte. Ansonsten lasen sie sich gegenseitig englische Literatur vor und sprachen darüber anschließend miteinander auf Englisch. Lysbeth hatte für ihre Kurse die alten Rezepte der Tante herausgesucht und beschäftigte sich oft abends damit, Tinkturen und Teemischungen herzustellen. Die beiden waren also in ihrer Freizeit sehr aktiv. Hinzu kam, dass sie täglich einen langen Spaziergang unternahmen, um etwas für ihre Gesundheit zu tun, und sich auch damit beschäftigten, wie sich die Ernährung auf das seelische Wohlbefinden auswirkte, auch das ein Feld, wo sie auf die Rezepte der Tante zurückgriffen.

## 53

Es gab Fluchthelfer, das war bekannt. Ebenso wie es Passfälscher, Geldfälscher, Dokumentenfälscher gab, gab es auch Fluchthelfer. Die mussten über vielerlei kriminelle Fähigkeiten auf einmal verfügen. Sie mussten Pässe fälschen, Strategien für verbotene Wege entwickeln, Geld mussten sie nicht fälschen, das erhielten sie in Briefumschlägen, als Lohn.

Wo fand man so einen kriminellen Menschen, der gleichzeitig in

Westdeutschland den Nimbus eines Robin Hood besaß? Stella wusste es nicht, und Lysbeth wusste es auch nicht.

Kommt bald!, hatte Angelas Botschaft gelautet.

Das wollte Stella gern tun, doch sie vermutete stark, dass sie nicht ohne einen praktikablen Vorschlag zur Flucht auftauchen sollte.

Woher also einen Fluchthelfer nehmen?

»Vielleicht gibt es unter Aarons Patienten jemanden, der jemanden kennt, der solche Sachen tut«, mutmaßte Lysbeth, als Stella und sie am darauffolgenden Morgen bei Tee und Keksen beisammensaßen. Am Vorabend waren Aaron und sie erst nach Hause gekommen, als Stella schon im Bett gelegen hatten. »Ein Notfall«, hatte Lysbeth erklärt. Und Stella hatte nur gedacht, aber nicht gesagt, dass es sich bei Angela und Roberta ebenfalls um einen Notfall handelte. Der ihrer Meinung nach wichtiger war.

»Machenschaften«, murmelte sie nun.

»Was?«

»Nennt man das nicht so? Machenschaften. Wo etwas Seltsames gemacht wird, etwas, das eigentlich nicht erlaubt ist, aber dennoch getan wird.«

Lysbeth zog fragend die Augenbrauen hoch.

Stella grinste. »Egal. Wichtig ist: Wo kriegen wir einen Menschen her, der so kriminell ist, dass er Pässe fälscht oder Autos präpariert oder frag mich nicht, wie sie die Leute ansonsten rüberschaffen …«

»Boot«, meinte Lysbeth lakonisch. »Ich habe gelesen, dass Leute in der DDR in die Ostsee springen und dann von menschenfreundlichen Seeleuten aus dem Wasser gezogen werden, bevor sie ertrinken.«

»Aus dem Wasser in ihr bereitstehendes Boot gehoben, meinst du«, bemerkte Stella spöttisch. »Unsere menschenfreundlichen Fluchthelfer. Der Retter der unterdrückten Menschen im Osten. Das Interessante ist, dass du vorher zahlen musst. Davon gehe ich jedenfalls aus. Geht die Sache schief, weil derjenige, für den bezahlt worden ist, beispielsweise erschossen wird, hat Robin Hood sein Geld schon eingesackt.«

Lysbeth zeigte schüttelnd, dass es sie fröstelte.

In der folgenden Zeit erkundigten Aaron und sie sich mehr oder weniger beiläufig bei ihren Patienten, ob irgendjemand vielleicht einen Menschen kannte, der sich als Fluchthelfer betätigte. Seltsamerweise fanden sie nicht einen Einzigen, und viele derjenigen, die sie befragten, reagierten auch befangener und unangenehmer berührt, als wenn sie nach einem Dealer für Marihuana gefragt worden wären.

Stella ging ihre eigenen Wege. Eine ganze Nacht lang dachte sie nach, unterstützt durch eine Flasche hervorragenden Rotweins aus Frankreich, die Jonny vor einiger Zeit mitgebracht hatte mit der Bemerkung, dass sie diese bald zu einer besonderen Gelegenheit öffnen müssten. Am Grund der Flasche beschloss sie, ihren Bruder Dritter zu fragen. Wenn einer zu zwielichtigen Gestalten Kontakt hatte, dann er.

Am nächsten Tag schon machte sie sich auf den Weg zu Dritters neuer Wohnung, in der er mit Marthe und Peter wohnte. Wilhelm war inzwischen ausgezogen. Zu seinem und zu Silkes großem Glück hatte er eine Mietwohnung in der Lappenbergsallee gefunden. Die wollte er renovieren und eine Heizung einbauen, weil dort bislang nur mit Kohleöfen geheizt wurde, bevor Silke zu ihm ziehen sollte.

Dritter war sogar zu Hause. Stella hatte darauf spekuliert, als sie sich für diese Stunde am späten Nachmittag entschieden hatte. Peter würde wahrscheinlich spät kommen, und Marthe käme bestimmt auch erst am Ende der Bürozeit nach Hause, Dritter aber war in der Organisation seiner Zeiten frei, und vielleicht kam er früher nach Hause als seine Frau, um so eine Stunde für sich selbst zu haben. Stella musste lächeln, als sie hörte, wie unverkennbar die Schritte ihres Bruders in Hauspantoffeln sich der Wohnungstür näherten.

»Stella.« Er war überrascht, sie zu sehen. In der Überraschung lag Freude und ein wenig Unsicherheit. Gibt es schlimme Nachrichten?, las sie in seinem Blick. Stella schüttelte den Kopf. »Alles läuft gut«, sagte sie betont fröhlich, »ich hab nur ein paar Fragen an dich. Darf ich reinkommen?«

Als würde ihm bewusst, dass er sie vor der Tür hatte stehen lassen, öffnete er diese weit mit einer charmanten einladenden Geste: »Welche Ehre, meine schöne Schwester. Entrez!« Im Nu befand Stella sich in der geräumigen gemütlichen Küche, nachdem sie alle anderen Zimmer pflichtschuldig durchlaufen, begutachtet und mit positiven Bemerkungen gewürdigt hatte.

Dritter entkorkte eine Flasche Rotwein und füllte für Stella und sich je ein bauchiges Glas. »Auf dein Wohl!« Er blickte Stella erwartungsvoll an. »Auf das deine!«, erwiderte sie, unwillkürlich lächelnd. Wie gut sie einander kannten! Stella und Dritter waren seit sehr langer Zeit durch eine tiefe Geschwisterliebe verbunden. Dritter wusste genau, dass Stella etwas auf dem Herzen hatte, und er wusste auch, dass sie absichtlich um diese Zeit gekommen war, um ihn allein anzutreffen.

»Schieß los«, sagte er. Um seine Augen bildete sich ein Spinnennetz an Falten. Es waren freundliche Falten, sie zeugten davon, dass er manchmal die Augen verengte, um etwas schärfer in den Blick zu fassen. Wehmütig dachte Stella, dass ihr leichtsinniger Bruder, der tanzte, Klavier spielte und den Frauen den Kopf verdrehte, in einem Mann verschwunden war, der sich um die Zukunft seines letzten Lebensabschnitts kümmerte, der versuchte, das Beste rauszuschlagen, das nach all den Desastern seines Lebens noch möglich war.

»Um ehrlich zu sein«, sprang Stella mitten ins Thema, »ich brauche einen Fluchthelfer aus der DDR.« Sie beobachtete Dritter genau. Wie reagierte er? Im Grunde befürchtete sie keine Ablehnung, aber ihr war durchaus bewusst, dass Dritter gerade dabei war, sein Leben auf möglichst stabile und bürgerliche Füße zu stellen. Er hob den Kopf, verengte die Augen zu einem prüfenden Blick und sah dann eine ganze Weile lang schweigend ins Nichts. Früher wäre Stella nervös geworden. So lange auf eine Antwort auf eine so wichtige Frage warten zu müssen, hätte sie vielleicht sogar zornig gemacht. Aber nicht nur Dritter hatte sich verändert, auch Stella hatte einiges von ihrem Ungestüm hinter sich gelassen. Sie nippte am Wein, genoss den herben erdigen Geschmack und wartete gelassen, bis Dritter zeigte, dass er die Frage gehört und über sie nachgedacht hatte.

Seine klare Antwort überraschte sie trotzdem. »Gib mir drei Tage Zeit, dann geht das klar.« Irritiert fragte sie nach: »Drei Tage? Heute ist Dienstag, du meinst am Freitag hast du jemanden gefunden, der in der Fluchthilfe arbeitet?« Dritter schmunzelte. »Nein«, entgegnete er. »In drei Tagen sage ich dir, wie viel das kostet, wie es abläuft und wann es so weit ist. Ich vermute, dass es um Angela geht.«

Stella schluckte. Sie brachte keinen Ton heraus. Sie nickte, um seine Vermutung zu bestätigen. »Angela allein?«, fragte er nach. Stella räusperte sich. Mit belegter Stimme erwiderte sie: »Auch Roberta.« »Also zwei Personen«, entgegnete Dritter sachlich. Er hob sein Glas: »Auf die gelungene Flucht von deiner Tochter und Enkelin. Freust du dich, wenn sie zu dir kommen?«

Zu dir kommen? Stella schrak zusammen. So weit hatte sie überhaupt nicht gedacht. Zu ihr kommen? Würden die beiden bei ihr wohnen wollen? Sie drängte das sich anschleichende unangenehme Gefühl fort. Wie wollten die beiden leben in der BRD? Hatten sie sich das überhaupt reiflich überlegt? In drei Tagen, sagte Dritter. Bis dahin sollte ein ausgereifter Plan vorliegen? Plötzlich ging alles viel zu schnell.

Dritter musterte sie lächelnd. Er begreift, was in mir vorgeht, dachte sie erstaunt. Er hat schon viel weiter gedacht als ich.

»Lysbeth und ich haben uns nur Gedanken darüber gemacht, wer uns helfen kann«, erklärte sie hilflos. »Ehrlich gesagt, ich weiß überhaupt nicht, warum die beiden unbedingt wegwollen, das heißt, ich hab schon eine Ahnung, aber was die dann hier vorhaben, ist mir völlig unklar.«

»Ist in Ordnung«, bemühte Dritter sich, sie zu beruhigen. »Ich kontaktiere jedenfalls den Mittelsmann, und dann komme ich dich Freitag besuchen und wir besprechen, welche Möglichkeiten es gibt und welche du bevorzugst.« Am Schluss hob er die Stimme, als würde es sich um eine Frage handeln, aber im Grunde war die Entscheidung gefallen. Stella gab auch nur die Andeutung eines Nickens von sich. Schweigend tranken beide ihr Glas leer. Als Dritter hörte, wie sich ein Schlüssel im Schloss der Wohnungstür drehte, sagte er zu Stella: »Kein Wort zu Marthe. Und: Stell so schnell wie möglich einen Einreiseantrag, damit du dort die Modalitäten klären kannst.«

Wieder nickte Stella nur.

Vor Freitag hatte Stella eine Menge zu tun. Sie beantragte eine Besuchserlaubnis nach Dresden. Sie überprüfte ihre Finanzen. Sie sprach immer wieder mit Lysbeth und Aaron. Bei alldem war sie zutiefst beunruhigt. Was für ein Leben erwartete ihre Tochter und ihre Enkelin hier, und, vor allem, was für ein Leben erwarteten die beiden?

Am Freitag erschien Dritter, nicht allein. Bei ihm war ein etwa vierzigjähriger Mann, der Stella auf Anhieb unsympathisch war. »Kramer«, stellte er sich vor. »Karl.« Stella schluckte ihr Unbehagen hinunter, ermahnte sich, freundlich und zuvorkommend zu sein. Schließlich war sie es, die etwas von ihm wollte. Grimmig dachte sie: Er will auch etwas von mir. Geld nämlich. Aber diesen Gedanken behielt sie wohlweislich für sich.

Als sie eine Flasche Wein entkorken wollte und fragte, ob ihr Gast Rotwein möge, hob er abwehrend die Hände. »Wenn du ein Bier hast, würde ich das bevorzugen.« Du? Stella hob die Augenbrauen. Du? Dritter schoss einen warnenden Blick in ihre Richtung. Stella lächelte.

»Oh je, das tut mir furchtbar leid. Wir sind hier ein ziemlich männerreduzierter Haushalt. Der Einzige, der uns geblieben ist, trinkt Wein. Also gibt es kein Bier.« Karl Kramer legte die Hände auf seine Oberschenkel, die in einer Hose aus feinem Stoff steckten. »Macht nichts«, bekräftigte er, als wäre er einer, der vieles verkraften könnte, selbst dies. Als Stella ihm einen Tee mit Korn anbot, stahl sich ein breites Lächeln auf sein Gesicht. Stella schalt sich wegen ihres negativen Gefühls. Vorurteil, hätte Anthony das genannt, rügte sie sich, du kennst den Mann doch gar nicht, nur wegen irgendwelcher Vorannahmen und wegen seiner Mischung aus großkotzig und unsicher lehnst du ihn gleich ab.

Karl sprach dem schwarzen Tee mit Kandiszucker ebenso begeistert zu wie dem gekühlten Korn. »Kommen wir zur Sache«, sagte Dritter nach der zweiten Tasse Tee und dem zweiten Korn.

Karl kippte sich selbst das Schnapsglas wieder voll, leerte es in einem Zug, seufzte genussvoll und legte los. Ja, er war grauenhaft unsympathisch. Alles, was vorher irgendwie undefiniert an ihm erschienen war, vielleicht von Unsicherheit getriebene Forschheit, verwandelte sich innerhalb einer Sekunde in das Gebahren eines kühlen Geschäftsmannes.

»Wir schließen einen Vertrag. 20000 für zwei Frauen, ein Drittel Anzahlung, der Rest nach bewerkstelligter Flucht.« Stella war angenehm überrascht, hatte sie doch befürchtet, das ganze Geld am Anfang bezahlen zu müssen, ob die Flucht nun glückte oder nicht. Dritter verstand ihr Schweigen anscheinend falsch, sagte begütigend: »Ist ja klar, dass für die Fluchthelfer ein paar Mäuse rausspringen müssen ...« Karl bekräftigte: »Klar, auf jeder Station muss einer sein, der mitspielt.«

»Und welche Stationen gibt es?«, fragte Stella, die den Eindruck hatte, etwas bezahlen zu müssen, was sie gar nicht kannte.

»Ausgangspunkt wird eine dreiwöchige Urlaubsreise sein. Varna in Bulgarien empfehle ich. Das geht meistens in Berlin-Schönefeld los. Von da an wird immer ein Fluchthelfer bei ihnen sein, eine Art Reisebegleiter. In Warschau, im Transitraum, bekommen die beiden ihre neuen Reisepässe zugesteckt, ebenso neue Flugtickets, die alten Pässe geben sie dem Reisebegleiter. Sie heißen dann anders und fliegen nicht mehr nach Varna, sondern sind auf dem Weg über Paris, Berlin, Warschau nach Stockholm.«

»Stockholm?«, fragte Stella überrascht. »Warum Stockholm?«

»Das bietet sich an«, erwiderte Karl Kramer sybillinisch. Dritter zwinkerte ihr zu, sie fragte nicht weiter nach. »Wie kommen sie von Stockholm hierher?«, fragte Dritter. Karl Kramer grinste Stella an. »Stockholm liegt in einem freien Land, von dort kann jeder unproblematisch nach Deutschland reisen.« »Westdeutschland«, korrigierte Stella ihn unwillkürlich. Sie biss sich auf die Lippen. Dieser Mann würde auf gar keinen Fall verstehen, dass sie eigentlich für die Existenz der DDR war, das sozialistische Experiment dort mit Sorge und auch Hoffnung verfolgte, auch wenn ihr klar war, dass ein sozialistisches Land, das aus Faschismus geboren wurde, wenig Überlebenschancen hatte. Er würde auf gar keinen Fall verstehen, dass sie gleichzeitig bereit war, 20000 Mark zu bezahlen, um ihre Tochter, die freiwillig in die DDR gegangen war, um den Sozialismus dort mit aufzubauen, und ihre Enkelin, die bis vor kurzem eine glühende Anhängerin dieses Staates gewesen war, dort herauszuholen.

Wer soll das auch verstehen, dachte Stella mutlos. Ich verstehe es ja selbst nicht. Sie fragte Karl Kramer, wie lange er für die Vorbereitung bräuchte und was sie ihm alles über die beiden Frauen besorgen müsste. Seine Antwort kam prompt und ebenso professionell wie die vorige Erläuterung: »Einen Monat.«

Im Mai kam Stella auf dem Hof in der Sächsischen Schweiz an. Als sie aus dem Auto stieg, atmete sie so tief ein, als wollte sie die Luft in ihren Lungen einmal komplett austauschen. Es duftete betörend. Nach der Fliederhecke, die den Hof von der Straße abschirmte. Nach den Linden, die die Straße säumten. Nach Raps auf den Feldern. Nach irgendetwas Undefinierbarem. Nach Mai.

Angela sah furchtbar aus, ebenso Helmut, und auch Daniel war nicht gerade die Verkörperung strahlender Jugend.

Angela umarmte ihre Mutter, als wollte sie sie erwürgen. Stella unterdrückte den Impuls, sich freizumachen. Sie legte ihre Arme leicht um die Frau, die ihre Tochter war. Kinder bleiben immer Kinder, sagten die Leute. Angela war nie Stellas Kind gewesen, bis auf die allererste Zeit. Und später hatte Stella mehr eine Art geschwisterlicher Verbundenheit empfunden. Freundinnen waren sie auch nicht gewesen. Es gab viele Familien, in denen die ältere Schwester vierzehn Jahre älter war als die jüngere. Mütter waren nie vierzehn Jahre älter als ihre Töchter, zumindest keine normalen Mütter. Gleichwohl empfand Stella in diesem Augenblick ein eindeutig mütterliches Gefühl. Ihre Mütterlichkeit hatte bisher mehr Roberta gegolten, deren Mutter sie hätte sein können, sie war bei ihrer Geburt 39 Jahre alt gewesen. Jetzt aber, da sich ihre siebenundfünfzigjährige Tochter an sie klammerte, kam sie ihr so viel jünger vor, so schutzbedürftig, so verloren, dass sie von mütterlichen Gefühlen überflutet wurde.

Sie wagte nicht, etwas zu sagen, aus Angst, Angela würde sich wieder zurückziehen, wieder Stärke demonstrieren, eine Abwehr, die es ihnen schwermachen würde, die nächsten Schritte miteinander zu planen.

Angela war es, die sie nach einiger Zeit losließ und mit tränenfeuchten Augen anschaute. »Ich bin dir eine Erklärung schuldig«, sagte sie. »Lass uns reingehen, dann sollst du alles erfahren.«

Beklommen folgte Stella ihrer Tochter. Was erwartete sie? Welches Drama würde ihr nun zu Ohren kommen?

Helmut kam ihr entsetzlich klapprig vor. Als wäre er zu gar nichts mehr allein in der Lage. Der Einzige, der ihm bliebe, würde Daniel sein. Daniel arbeitete inzwischen wieder bei der Zeitung, allerdings bei einer anderen als zuvor. »Ich schreibe interessante Berichte, zum Beispiel über die Planübererfüllung bei der Kartoffelernte oder über die Deklaration der Eisenbahner über den unmenschlichen Vietnamkrieg oder über Dagmar Volkar, die im letzten Augenblick noch ins Krankenhaus gelangt ist und dort gesunde Zwillinge zur Welt gebracht hat.«

Er lächelte verlegen, und Stella brannte es im Herzen, weil sie wusste, was dieser Mann hinter sich hatte, nicht erst, seit er in der DDR lebte. Sie legte ihre Hand auf seine, und plötzlich wurde sie von einem seltsamen Gefühl in ihrem Bauch gestört. Was war das denn? Dieses Gefühl hatte sie nicht mehr empfunden, seit sie mit Anthony übers Meer gefahren war und sie einander in ihrer Kajüte überall dort berührt hatten, wo es sich gut anfühlte. Es fühlte sich damals nahezu überall gut an. Verwirrt blickte sie Daniel an. Vor sehr, sehr vielen Jahren hatte sie ihn gemeinsam mit Lydia von Hamburg nach Dresden gefahren, ein halsbrecherisches Unterfangen, im wahrsten Sinne des Wortes. Wären sie erwischt worden, wäre jedem von ihnen der Hals gebrochen worden.

Sein Gesicht war schön, stellte sie erstaunt fest. Er hatte einen vollen Mund, aber ohne jede weichliche Fülle. Es war einfach ein schön geschwungener Mund. Er sieht warm aus, dachte sie, und schämte sich ein wenig wegen dieses Gedankens. Seine grauen Augen verströmten kein Feuer, aber Nachdenklichkeit und ein freundliches Nachfragen nach dem anderen. Verlegen senkte Stella den Blick, der jedoch wie von ungefähr auf seine Arme fiel. Erstaunlich muskulöse Unterarme für einen Geistesarbeiter. Es durchzuckte sie, als wäre sie nicht siebzig, sondern vierzig Jahre jünger. Stella wurde ein wenig schwindlig. Sie versuchte, sich an irgendeinen Gedanken zu klammern. Das liegt an seiner körperlichen Arbeit während der Strafe, dachte sie, als würde das alles erklären. Verwirrt blickte sie auf seine Hände. Sie wirkten so zupackend, sie fragte sich, wie es wohl Lydia mit diesen Händen ergangen war.

Angela setzte sich an den Tisch, und Stella war erleichtert. Daniel erhob sich, und Stella sah ihm an, dass auch er irgendwie verwirrt war. Er stellte den Suppentopf auf den Tisch und füllte jedem mit der Schöpfkelle ein. Seine Hände zitterten leicht. Alle bemerkten es. Keiner sagte etwas.

Schweigend löffelten sie ihre Suppe.

»Ich würde es wohl noch länger aushalten, aber ohne Roberta will ich hier nicht bleiben«, sagte Angela in das Schweigen hinein.

Helmut hielt den Löffel mitten in der Bewegung, Daniel hob den Blick über den Löffel. Keiner sagte etwas. Stella fühlte sich entsetzlich. Es ging hier nicht nur darum, dass sie zwei Frauen aus der DDR holte, es ging auch noch um einen alten Mann, und dann ging es noch um einen Mann, der seine Frau verloren hatte und irgendwie auch seine Ideale.

Wie sollte sie in diesem Chaos für Ordnung sorgen?

»Als Rentner darfst du doch die DDR verlassen?«, sagte sie auf gut Glück zu Helmut. Schnell stellte sie fest, dass das die falsche Bemerkung gewesen war.

Helmut schnaubte: »Erst wollt ihr alle, dass ich für Sozialismus bin, Kolchose und Sowchose und überhaupt Schose, und meine Helga und ich haben uns wirklich leidlich bemüht, uns zu arrangieren, obwohl Erwin und Katja nicht mehr da waren, das hat meine Helga mindestens zur Hälfte umgebracht. Ich kann es nicht anders sagen, ich finde, sie haben viel Gutes hier in der Gegend angerichtet. Vorher war's schlimmer, auch wenn die Nachbarn es nicht wahrhaben wollen. Und plötzlich soll ich hier wegwollen?« Seine Stimme erhob sich anklagend. »Von dem Stück Land, wo ich seit meiner Kindheit lebe? Wo ich euch allen Unterschlupf gegeben habe. Wo meine Helga gestorben ist. Jetzt soll ich hier weg wollen?« Aus trüben alten müden Augen blitzte er plötzlich jung und wild von einem zum andern. »Nur weil euch eine Laus über die Leber gelaufen ist. Weil ihr nicht gelernt habt auszuhalten, etwas durchzustehen. Das ist doch eine Schande!«

Am Tisch breitete sich bedrücktes Schweigen aus. Helmut beugte sich über seine Suppe und löffelte hastig. Als wolle er seine eigenen Worte vergessen. Stella wagte kaum den Blick zu heben. Da vernahm sie ersticktes Schluchzen. Ein Stuhl wurde geschoben, Angela verließ den Raum. Helmut fuhr fort, seine Suppe zu löffeln. Daniel legte seine Hand auf Stellas, ein warme trockene Hand, die jedoch bei Stella genau das Gegenteil dessen bewirkte, was Daniel wohl beabsichtigte. Sie fühlte sich keineswegs beruhigt, sondern ganz im Gegenteil trat zu der Beunruhigung durch Helmut und Angela noch eine andere hinzu. Als er seine Hand wegzog, wünschte sie sich verwirrt, er möge sie dort noch eine Weile liegen lassen.

Helmut schob seinen geleerten Teller mit einem zornigen Ruck in die Mitte des Tisches. »Das hier ist ein Irrenhaus«, erklärte er Stella, als handle es sich um eine sachliche Information. Sie nickte benommen.

»Ich geh mal zu ihr«, sagte Daniel. Stella empfand sofort ein schlechtes Gewissen. Das sollte sie doch tun, nicht er. Schließlich war sie hier, um ihrer Tochter beizustehen. Aber in ihrem emotionalen Durcheinander sah sie sich außerstande, den Platz zu verlassen.

Also blieb sie mit Helmut allein in der Küche zurück. »Möchtest du einen Kaffee?«, fragte er. Sie nickte abwesend. Helmut schlurfte durch die Küche, machte sich an der Kaffeemühle zu schaffen, die knirschend verkündete, dass sie harte Bohnen zu Pulver zermahlte. Stella hatte ein Kilo Kaffeebohnen mitgebracht, sie wusste, dass Helmut nichts von fertigem Pulver hielt. Das Ritual, die Bohnen zu mahlen, das Pulver in einen Filter zu kippen und darüber Wasser in die Kaffeekanne zu schütten, war seiner Meinung nach die einzige Methode, einen anständigen Kaffee zuzubereiten.

Er sagte keinen Ton während der Prozedur, sie verlangte ihm seine volle Aufmerksamkeit ab. Erst als vor ihnen zwei dampfende und einen wundervollen Kaffeeduft verströmende Tassen standen, und auch erst, nachdem er vorsichtig einen Schluck genommen hatte, sagte er: »Und du willst sie also mitnehmen.« Das war keine Frage, das war eine Feststellung. Eine bittere Feststellung, in der ein lauter Vorwurf mitschwang. »Nein«, entgegnete Stella hart. »Ich will sie nicht mitnehmen. Meinst du, ich hätte mein Auto präpariert und verfrachte zwei Frauen irgendwohin, wo die Grenzer sie nicht sehen?« Helmut kicherte plötzlich los. »Zuzutrauen wäre es dir, Madam. Erinnerst du dich noch daran, wie ihr Daniel hierher verfrachtet habt? Das war auch nicht gerade ungefährlich.« Stella lächelte wehmütig. »Das war Nazideutschland, Helmut«, sagte sie leise. »Da musste man das Risiko eingehen, um Leben zu retten. Aber hier ist doch kein Leben gefährdet. Weißt du, warum Angela und Roberta unbedingt in den Westen wollen?« Sie machte ein verzweifeltes Gesicht. »Das passt so gar nicht zu den beiden.«

Helmut wiegte seinen Kopf nachdenklich hin und her. »Passt nicht?«, fragte er nach. Da erklang von der Küchentür her eine scharfe hohe Stimme, die auch gar nicht zu Angela zu gehören schien. »Du meinst wohl, es passt zu mir, was?«

Plötzlich erinnerte Stella sich, dass Helmut Angelas Ziehvater war. Er war nicht nur der Eigentümer des Hofes, auf dem sich so viele Dramen abgespielt hatten, er hatte Angela vor siebenundfünfzig Jahren adoptiert, und von diesem Zeitpunkt an hatte sie mit ihm zusammengelebt und ihn für ihren Vater gehalten. Stella begriff, dass das, was sich gerade zwischen Helmut und Angela abspielte, eine lange Geschichte hatte, die in die aktuelle Verletztheit und Bitterkeit hineinspielte. Angela hatte Helmut viele Male hintergangen, verlassen, war vor ihm geflohen, hatte nicht die geringste Dankbarkeit gezeigt und war zu ihm und seiner Frau zurückgekehrt, als Helga und Helmut gerade nicht mehr wussten, ob sie überhaupt in Dresden bleiben wollten. Dass Helmut sich mit dem Aufbau eines sozialistischen deutschen Staates arrangiert hatte, dass er nicht gemeinsam mit Erwin und Katja und Otto in den Westen gegangen war, hatte ausschließlich an Angela – und an Roberta, ihrer Tochter – gelegen. Helmut und Helga hätten es nie fertiggebracht, den beiden Schwierigkeiten zu machen und sie allein zurückzulassen. Und nun war es abermals Angela, die fortging. Die Helmut allein zurückließ, und das bedeutete, dass er ohne ihre Fürsorge, ohne ihren Trost, ganz allein seinem Tod entgegengehen musste.

Stella wunderte sich über sich selbst, vor allem aber auch über Lysbeth, dass sie sich über das Ausmaß von Angelas Schuld Helmut gegenüber keine Gedanken gemacht hatten.

Angela stellte sich an die Seite des Tisches, wo sie zwischen Helmut und Stella stand. Sie verschränkte ihre Arme vor der Brust, und mit einem Mal sah Stella wieder die junge Frau, deren Augen wild leuchteten, als sie sich damals, im Mai 1933, am Kaiser-Friedrich-Ufer gemeinsam im Schutz eines Baumes die Bücherverbrennung angesehen hatten. Angelas Worte, damals, beschwörend: »Du musst mitmachen. Du musst einfach.«

War sie jetzt wieder im Untergrund? Stella hatte sich nach ihrem letzten Gespräch mit Roberta über Havemann und Biermann erkundigt. Die waren nicht so gefährdet, wie Stella es von der Tante, von Angela, von ihrer eigenen Tätigkeit im Untergrund kannte. Das waren lebensgefährliche Unternehmungen gewesen, Menschen vor dem sicheren Tod zu retten, lebensgefährliche Versuche, die Gegner Hitlers zu stärken. Havemann und Biermann waren nicht mit dem Tod bedroht. Sie saßen nicht im Gefängnis. Sie waren nicht einmal in die Produktion gesteckt worden. Und ihre Kinder probierten genau wie die jungen Leute im Westen mit einer Kommune, über die sogar schon im *Stern* berichtet worden war, eine andere Lebensform aus, als ihre Eltern sie lebten und als sie vom Staat gefördert wurde. Gleichwohl saßen auch sie nicht im Gefängnis.

Streng blickte Angela auf Helmut, der ihr einen ebenso strengen Blick zurückwarf. Wie Feinde maßen sie sich mit Blicken. Schneidend beendete Helmut das wortlose Gefecht: »Helga hat immer gesagt, dass ich dir zu viel durchgehen lasse. Was du jetzt tun willst, ist blanker Selbstmord. Wenn ich es irgendwie verhindern kann, tu ich es. Und wenn ich dich festbinden muss.«

Angela blieb steif stehen. Stellas Herz krampfte sich zusammen. Ihre Tochter sah so jung aus, so verletzlich. »Du hast mich noch nie festbinden können«, sagte Angela mit fester Stimme. »Du hast mich geschlagen, aber ich bin trotzdem gegangen.«

»Worum geht es hier eigentlich?«, unterbrach Daniels Stimme den Kampf zwischen den beiden.

Angela und Helmut fuhren fort, einander erbittert anzustarren. Plötzlich schluchzte Angela auf, stürzte zu ihrem Adoptivvater, kniete neben ihm nieder und umschlang seinen Bauch. »Ich will dich nicht verlassen«, schluchzte sie. »Ich laufe nicht weg.« Hilflos legte Helmut seinen Arm um ihre Schultern. Über seine faltigen Wangen rannen zwei Tränen. Sie bildeten Rinnsale, die sich über die Furchen einen Weg bahnten. »Ach, mein Mädchen«, sagte er mit brüchiger Stimme. »Ach, mein Mädchen.« Angela erhob sich, zog sich einen Stuhl heran und ergriff Helmuts Hände. »Ich will dir nicht den geringsten Vorwurf machen«, sagte sie entschuldigend, »du hast so viel für mich getan. Mehr kann keiner für seine Tochter tun. Aber …« Ihr ganzes Gesicht war eine eindringliche Bitte. »Aber nun muss ich etwas für meine Tochter tun.« »Nur für deine Tochter?«, fragte Helmut dumpf. »Dann lass sie ziehen und bleib hier. Das ist doch dein Land.« Angela schüttelte energisch den Kopf. »Ich kann das nicht. Ich kann sie nicht ziehen lassen.«

»Du willst nur wegen Roberta fliehen?«, fragte Stella ungläubig.

Angela zuckte zusammen, als hätte Stella sie geschlagen. »Nur?«, fragte sie. »Roberta ist meine Tochter. Sie vielleicht nie wieder zu sehen, ertrage ich nicht.« Wieder wendete sie sich Helmut zu. »Das musst du doch verstehen.« Helmut tätschelte Angelas Hände. Er senkte den Kopf, und wieder rannen ihm Tränen die Wange hinunter.

Daniel legte Stella die Hand auf die Schulter und fragte: »Was hältst du von einem kleinen Spaziergang? Ein bisschen frische Luft kann unseren Köpfen nur guttun.« Zu Angela gewandt fragte er: »Willst du mitkommen?« Sie schüttelte den Kopf, ergriff fester die Hände ihres Vaters. »Nein, ich bleibe hier.«

Draußen erinnerte Stella sich an den Spaziergang im Winter mit ihrer Enkelin. Damals war die Erde gefroren gewesen. Jetzt duftete sie nach Feuchtigkeit und Sonne. Die Wege durch die Felder waren schmal. Daniel ging dicht neben ihr. Es war lange her, dass ein Mann ihr so nah gewesen war, dass sie seinen Duft riechen konnte, einen Duft nach Holz und Gras und etwas. Daniel war viel größer als sie. Sie kam sich klein neben ihm vor, und das vermittelte ihr irgendwie ein Gefühl von Beschütztsein. Eine Weile gingen sie schweigend nebeneinander her. Schließlich legte er wie selbstverständlich einen Arm um ihre Schultern und sagte: »Ich weiß nicht, wie du sie hier rausholen willst, aber bitte sorg dafür, dass es sicher ist.« Stella wagte nicht, zu ihm hochzublicken. Sie wagte auch nicht, sich irgendwie zu rühren. Dieser Arm um ihre Schultern wirkte so freundschaftlich, aber er weckte in ihr ganz andere Gefühle. Ich möchte wieder von einem Mann berührt werden, dachte sie erschrocken. Mein Körper schreit ja richtig danach.

»Kannst du mir erklären, was so Schlimmes geschehen ist, dass sie beide fort wollen?«, fragte sie. Erstaunt horchte sie ihrer eigenen Stimme hinterher, die seltsam hoch und mädchenhaft klang. Daniel verstärkte den Druck um ihre Schultern. »Es ist, glaube ich, schwer für euch, uns zu verstehen«, begann er, während er zwischen den einzelnen Worten Pausen machte, die entweder verloren oder aber bedeutungsschwer verstanden werden konnten. Stella entschied sich für bedeutungsschwer. »Was muss ich also wissen, um Angela zu verstehen?«, fragte sie und fügte schnell hinzu: »Ich möchte sie nämlich verstehen, weißt du.« Daniel nickte. »Das weiß ich«, sagte er und zog seinen Arm von ihrer Schulter, was in ihr ein Bedauern bewirkte, das sie selbst unangenehm fand und überhaupt nicht verstand.

»Also, ich versuch's!« Es klang wie ein Tusch: Nun beginnt die akrobatische Zirkusaktion, einmalig in der Welt! Stella befand sich in einem Aufruhr zwischen atemloser Erwartung auf das, was dramatisch folgen sollte, und von vornherein enttäuschter Geringschätzung dessen, was ihr angeboten wurde. »Ich höre«, sagte sie, und es klang sarkastischer als beabsichtigt.

Daniel stutzte, aber nur kurz, dann sagte er: »Angela hat sich in den Aufbau unseres Staates gestürzt wie kaum eine andere.« »Ja, und?«, fragte Stella. »Was ist schlimm daran?«

»Daran ist nichts schlimm«, erwiderte Daniel beruhigend und legte wieder kurz seinen Arm um ihre Schulter, zog ihn aber sogleich zurück, als hätte er begriffen, dass er damit eine Schwelle überschritt, wo er erst hätte um Erlaubnis fragen müssen. »Es ist nur so, dass wir, wenn wir uns so rückhaltlos einbringen, wenn wir mit all unserer Leidenschaft etwas verfolgen, auch besonders verletzlich sind, wenn wir zurückgewiesen werden.« Das klingt nach einer Liebesbeziehung, dachte Stella, aber er spricht doch von politischem Engagement. Da sagte Daniel auch schon: »Ich glaube, es ist nicht viel anders, als wenn wir jemanden lieben und uns ihm bedingungslos schenken. Angela hatte gar keinen Rückhalt. Die DDR musste ihr nicht zuerst etwas beweisen, bevor Angela sich ihr anvertraute. Sie hatte gar keinen Arg. Alles in ihr war dafür, alles in ihr gab sich hin.«

Über Stellas Arme liefen kleine Schauer, ihr Nacken wurde sensibel, ihr Bauch wurde weich. Sie verstand sich überhaupt nicht mehr. Was geschah hier gerade? Daniel erklärte ihr etwas von ihrer Tochter, und sie erinnerte sich an sich selbst. Diese Erfahrung, die er gerade beschrieb, hatte sie mit Anthony gemacht. Sie hatte sich ihm anvertraut. Das war etwas gewesen, was sie bis dahin nicht gekannt hatte. Jonny hatte sie sich nicht anvertraut. Bei Jonny hatte sie immer gewusst, dass es eine Fremdheit gab, dass sie sich zwar bemühte, diesen Mann für sich zu gewinnen, aber dass sie nie ihren Rückhalt aufgeben würde. Sie hatte immer gewusst, dass dieser Mann nicht ihr bester Freund war. Trotzdem hatte er sie so schrecklich verletzen können. Wie abgrundtief konnte man verletzt werden, wenn man sich rückhaltlos gab? Anthony hatte sie nie verletzt. Er war mit dem Geschenk ihrer Selbstoffenbarung, ihrer Hingabe stets bewusst und verantwortungsvoll umgegangen, nur mit seinem Tod hatte er ihr den Boden unter den Füßen weggerissen. Und diese tiefe Hingabe sollte Angela diesem Staat entgegengebracht haben, aus dem sie nun fliehen wollte?

»Sie hat Bobby aufgegeben«, sagte Daniel da. »Das war wohl ihr höchster Preis. Ich glaube, alle, die richtig dicht dran waren, haben gewusst, dass die Mauer gebaut werden würde. Auch wenn es immer geleugnet wurde, aber es lag in der Luft. Wenn Bobby ihr mehr wert gewesen wäre als alles andere, hätte sie rechtzeitig, im letzten Augenblick, abhauen können. Sie ist hiergeblieben. Sie hat weiter gekämpft um diese Liebe, den Sozialismus auf deutschem Boden.«

Stella begann zu ahnen, wie tief ihre Tochter mit diesem Projekt verbunden war: Wir errichten in Deutschland den Sozialismus. Und sie begann zu ahnen, wie tief ihre Tochter von diesem Projekt hatte verletzt werden können. Dass das Projekt so abstrakt war, machte es vielleicht besonders bedrohlich. Denn wer genau konnte verantwortlich gemacht werden? Nach Ulbricht war Honecker gekommen. Aber das Projekt war irgendwie weitergelaufen. In eine Richtung, die offenbar Stellas Tochter und deren Tochter so schwer enttäuscht hatte, dass sie die Beziehung beenden wollten.

Stella griff unwillkürlich wie Hilfe suchend zu Daniels Hand. »Du meinst, sie geht nur aus Enttäuschung und nicht, weil sie wirklich abgeschlossen hat?« Daniel umschloss ihre Hand mit seiner warmen großen Hand, die mit einem Mal sehr viel Schutz anzubieten schien, einen Schutz, den Stella sich seit Anthonys Tod nicht mehr vorstellen konnte. »Ich finde keinen anderen Vergleich«, sagte er, »aber es kommt mir vor wie bei einer Liebesbeziehung, in der es unglaublich große Hoffnungen gab und wo der Sturz furchtbar tief und die Enttäuschung entsetzlich bitter ist. Da kündigt man eine Beziehung auch schon mal auf, obwohl man noch mittendrin steckt.« Er ließ Stellas Hand los und blickte sie mit seinen dunklen tiefen Augen so an, dass ihr schwindelig wurde. »Ich glaube, sie wird gehen, sie muss gehen, weil sie das alles hier nicht mehr aushält, aber ich fürchte, das Elend der Trennung wird sie hinterher einholen, und ich fürchte, dass es anschließend schrecklich für sie wird.«

Stella, leicht benommen von der Nähe dieses Mannes, versuchte ihre

Verstandeskräfte zu bündeln. Die Interpretation, die er ihr bot, lautete letztlich: »Du kannst sie nicht retten, sie wird gehen, ohne dich oder mit dir, aber was anschließend kommt, wird nicht leicht werden.«

Sie sagte ihm genau das, und er nickte. »Ich fürchte, so ist es. Sie ist so wild wie eine betrogene Frau. Sie hat keinen klaren Verstand, und du wirst ihn ihr auch nicht beibringen können. Die Frage ist nur, unterstützt du sie, die Republik zu verlassen, oder überlässt du es ihr.«

Stella blickte über scheinbar endlose Felder. Dahinter lag ein noch viel weiterer pastellblauer Himmel ohne eine einzige Wolke. »Danke«, sagte sie leise. »Ich glaube, ich habe jetzt etwas besser verstanden. Meine Entscheidung stand vorher schon fest: Ich helfe ihr. Was hinterher kommt, werden wir sehen.«

## 54

Stellas Vermutungen, was Angelas und Robertas Gründe betraf, die DDR zu verlassen, stellten sich bald als richtig heraus. Roberta hatte sich geweigert, ihre neue Bekannte, die Bildhauerin Hunziger, ebenso wie die jungen Leute, die sich in der ersten Kommune in Ostberlin zusammengefunden hatten, ebenso wie die Menschen um Havemann, an ihren Vorgesetzten zu verraten. Infolgedessen galt sie nicht mehr als vertrauenswürdig, und ihr wurde nahegelegt, über ihre Republiktreue nachzudenken. Sie war bereits in der Partei abgemahnt worden, und eine zweite Mahnung stand bevor. Sie hatte keinen Zweifel daran: Der nächste Schritt wäre, sie in die Produktion zu stecken. Vorher wollte sie verschwinden. Und davor, gewissermaßen als Tarnung, war sie auf die Forderung nach Bespitzelung eingegangen, was allerdings nicht »Bespitzelung« genannt wurde, sondern »Auskunft geben« über die dortigen Gespräche. Seitdem schrieb sie Berichte über ihre Treffen, die sie jedoch reduziert hatte, obwohl ihr »Kontaktmann« ihr nahelegte, »unbedingt dran« zu bleiben.

Als Erklärung für banale Berichte hatte sie angegeben: »Die ziehen sich von mir zurück, ich glaube, sie vertrauen mir nicht. Wenn ich da bin, wird nur über Belangloses gesprochen.« Was nicht stimmte, weil die jungen Leute um Thomas Brasch und Erika Berthold es geradezu drauf anlegten, ihre Meinung in die Welt hinauszuposaunen, wer auch immer in der Nähe war. Und sie wussten zwar, dass Roberta Richterin war, aber aus irgendeinem Grunde vertrauten sie ihr. Vielleicht weil sie naiv waren und jedem Menschen vertrauten, der ihnen zuhörte, vielleicht auch, weil sie in Robertas Augen etwas sahen, dem sie vertrauen konnten.

Und warum wollte Angela fliehen? Die hatte nicht so dringliche Motive wie Roberta, aber sie war tief enttäuscht von vielen ihrer Kollegen, die nationalistische und rassistische Tendenzen unter ihren Schülern leugneten. Natürlich wurden diese nicht öffentlich verkündet, aber sie waren da und zeigten sich in versteckten oder auch offenen Feindseligkeiten gegenüber Farbigen oder auch als offener Hass gegen die im Westen demonstrierenden Studenten. Bemerkungen wie »bis zur Vergasung« tauchten immer wieder auf, obwohl Angela und andere Lehrer darauf aufmerksam machten, in welchem Zusammenhang dieser Ausdruck stand. Durch solche unbewussten Entgleisungen wurde deutlich, wie bei den jungen Menschen zu Hause gesprochen wurde. Aber wenn Angela darauf aufmerksam zu machen versuchte, wurde ihr defätistisches Gedankengut vorgeworfen. Es gäbe keine faschistischen Tendenzen in der DDR, keine Jugendlichen, die sich heimlich träfen, alles sei perfekt unter Kontrolle und auf einem leuchtenden vorwärtsweisenden Weg.

Angela hatte gleichwohl ein feines Gespür für Dinge, die unter der Oberfläche lagen. Sie wusste, welcher ihrer Schüler für Beatmusik schwärmte und sich danach verzehrte, ein einziges Mal nur den *Starclub* in Hamburg von innen zu sehen oder gar nach Liverpool zu reisen, um seinen Idolen wenigstens etwas näher zu kommen. Love and peace: auch unter ihren Schülern gab es welche, sehr wenige, die sich nichts sehnlicher wünschten als so gekleidet wie die Hippies in Amerika zur Schule zu gehen, was allerdings kein Elternteil in ganz Dresden, so schien es Angela zumindest, erlaubt hätte.

Ganz besonders sensibel reagierte sie auf Rassismus. Sie hatte nur einen einzigen farbigen Schüler, doch sie bekam sehr genau mit, wie subtil dieser Junge ins Abseits gestellt wurde. Es gab keine offene Aggression, keine Handgreiflichkeiten, zumindest nichts, was zu den Lehrern drang, aber der Junge gehörte einfach nicht dazu, und das wurde ihm tagtäglich demonstriert.

Angela vermisste Bobby, seit er aus ihrem Leben verschwunden war. Anfangs hatte die Wut ihr über den Verlust hinweggeholfen. Aber die Wut war schon lange verraucht, übrig geblieben war Schmerz. Inzwischen hatte sie überrascht festgestellt, dass der Schmerz über den Verlust eines geliebten Mannes nie zu enden schien. Bobby war nach Robert der einzige Mann gewesen, der ihr Herz hatte berühren können. Nach dem Mauerbau und Bobbys Verschwinden hatten es einige versucht, aber jeder Mann, der sich ihr näherte, riss die Wunde über den Verlust von Bobby wieder auf, weil er im Vergleich zu jenem plump, ohne jede Musikalität, ohne jede körperliche Schmiegsamkeit – und überhaupt, weil er nicht Bobby war, nicht wie Bobby roch, sich nicht wie Bobby bewegte, nicht wie er sprach, nicht wie er lachte. Keiner konnte ihn ersetzen. Und also war Angela seit Bobbys Verlust eine einsame Frau. Sie fühlte sich wie eine Witwe. Es war jedoch viel schlimmer, weil Bobby lebte.

Lange Zeit hatte sie nachts wachgelegen und versucht sich vorzustellen, wie er nun lebte, aber das bohrte den Schmerz zu tief in sie hinein, weil sie ihn nur an der Seite einer anderen Frau sehen konnte. Vielleicht hatte er sogar noch Kinder bekommen? Wenn sie das dachte, atmete sie schwer.

Immer wenn Angela sich ein wenig mehr mit dem Gedanken angefreundet hatte, die sozialistische Republik auf deutschem Boden zu verlassen, diesen Kampf um Sozialismus ganz persönlich aufzugeben und anderen alles Gute dabei zu wünschen, ihn fortzuführen, immer dann war ein kleiner glücklicher Hoffnungsschimmer in ihr aufgeblitzt, dass sie dann vielleicht nach London fahren und Bobby suchen und besuchen könnte.

Drei Monate später, Mitte August, trafen Roberta und Angela, blass und übermüdet, auf dem Flughafen in Hamburg-Fuhlsbüttel ein. Stella, Lysbeth und Aaron standen im Empfangsbereich und hofften bei jeder Frau, die hinter dem Sichtschutz hervorkam, dass es sich um eine der beiden handeln könnte. Zugleich ängstigten sie sich, dass irgendetwas Unvorhergesehenes geschehen war, das den Plan vereitelt hatte. Als sie endlich auftauchten, überwältigte alle fünf ein Wirrwarr an Gefühlen. Angela und Roberta waren glücklich, alles hinter sich zu haben, die Passübergabe, die Kontrollen, keiner hatte angezweifelt, dass es sich bei ihnen um Mutter und Tochter Müller handelte, die von Berlin über Warschau nach Stockholm flogen. Sie waren glücklich, und sie waren entsetzt über sich selbst. Wie hatten sie ihr Zuhause so einfach verlassen können? Nun hatten sie nichts mehr, waren vollkommen auf Stella angewiesen, die ihrerseits um eine ganze Menge der Erbschaft von Anthony erleichtert war. Während des Fluges von Stockholm nach Hamburg hatten die beiden sich den Kopf darüber zerbrochen, wie sie Stella das Geld möglichst bald zurückzahlen könnten. Insgesamt 25 000 Mark, das war nicht wenig.

Stella selbst machte sich keine Gedanken um das Geld, sie war froh darüber, es für etwas Sinnvolles ausgegeben zu haben. Aber war es denn wirklich sinnvoll, die beiden in die BRD zu holen? Das war ihre große Sorge, denn der Weg zurück war den beiden auf ewig, wie es schien, versperrt. Lysbeth und Aaron teilten Stellas Sorge. Ihnen war sehr bewusst, dass beide Frauen in der BRD kaum eine Chance haben würden, in ihren Berufen zu arbeiten. Vielleicht würden Angelas pädagogische Fähigkeiten im Kindergarten genutzt werden können. Lysbeth hatte sich schon erkundigt, der Lehrermangel war eklatant, vielleicht bestand sogar die Aussicht, Angela als Aushilfslehrerin in der Grundschule einzusetzen. Für Roberta gab es freilich nicht die geringste Chance, als Richterin sowieso nicht, doch auch in sonstigen juristischen Berufen galt ihr Studium nichts. Absolut nichts. Sie würde noch einmal ganz von vorn ein Studium beginnen müssen, und ob dann jemand Interesse daran hätte, eine ehemalige DDR-Richterin zu beschäftigen, war die große Frage.

Aber keiner von ihnen verlor auch nur ein Wort über seine Sorgen. Sie lagen einander in den Armen, die Tränen flossen, bis Aaron sagte: »So, meine Damen, genug geweint. Jetzt gehen wir nach Hause und essen Pflaumentorte mit viel Schlagsahne.«

Es ging noch schneller, als Stella erwartet hatte, bis Angela und Roberta an alle Grenzen stießen, die sich Flüchtlingen boten, die zuvor in staatlichen Stellen der DDR gearbeitet hatten. Roberta verstand zwar, dass eine Richterin aus dem Osten keine Richterin im Westen werden konnte, dass ihr Jurastudium aber in keiner Hinsicht anerkannt, dass ihr nicht einmal zwei Semester angerechnet wurden, fand sie ungerecht. Und mit Ungerechtigkeiten war sie sensibel.

Angela lief Sturm gegen die abschlägigen Bescheide. »Die Pädagogik in der DDR ist hervorragend, unsere Lehrer sind umfassend in humanistischer Bildung geschult, was spricht dagegen, mich einzustellen?« Sie wollte nicht einmal Beamtin werden, sie wollte einfach nur eine

Anstellung als Lehrerin im Gymnasium bekommen. Sie verstand durchaus, dass sie nicht gleich das westdeutsche Abitur abnehmen konnte, da sie sich mit den Lehrplänen nicht auskannte, damit konnte sie sich aber schnell vertraut machen. »Ein Schnellkurs, so etwas muss es doch bei euch geben. Ihr habt doch Lehrermangel, ihr müsst doch in der Lage sein, interessierte Menschen in Kürze auszubilden. Bei uns gab es immer Schnellkurse für alles Mögliche.«

Bei solchen Diskussionen mit den vielen »dochs« zuckte Stella mit den Schultern. »Keine Ahnung«, wurde ihr Lieblingssatz, mit dem sie sich aus dem Schussfeld von Angelas und Robertas Frustration brachte. Sie wusste nicht, dass Angela sich gleichzeitig auf einen Besuch in London vorbereitete. Dafür suchte Angela das Gespräch mit Wilhelm und Peter. Sie wollte nicht als völlige musikalische Analphabetin bei Bobby erscheinen. Wenigstens ein wenig wollte sie in der Entwicklung der Musik bewandert sein.

Schnell begriff sie, dass das Jahr 1970 es musikalisch in sich hatte. Im April hatten die *Beatles* ihre Trennung bekanntgegeben, *Queen* und *Kraftwerk* starteten ihre Karrieren. Angela hatte keine Ahnung, wer das war, aber Wilhelm vertrat die Auffassung, dass man diese Gruppen im Auge behalten müsse. *Mungo Jerry* hatten mit *In The Summertime* einen der größten Sommerhits aller Zeiten gehabt, und Roy Black stand mit *Dein schönstes Geschenk* an der Spitze der deutschen Single-Charts. Led Zeppelins *Whole Lotta Love* gelang das sieben Wochen lang. Jimi Hendrix war spätestens nach seinem Auftritt beim *Woodstock Music and Art Festival* ein Held der Jugend.

Gemeinsam mit ihrer Tochter, mit Stella, Lysbeth und Aaron schaute Angela sich den Dokumentarfilm *Woodstock – 3 Tage im Zeichen von Liebe & Musik* im Kino an. Anschließend schwärmten Lysbeth und Aaron: »Das Blumenkinderfeeling war so ein Déjà-vu!« Sie sprachen von Sehnsucht nach Esalen, und auch Stella sprach von Sehnsucht. Sehnsucht nach dem Lebensgefühl von Woodstock. Dies hatte sie an vielen Abenden in *Danys Pan* genossen. Die Sänger jedoch, die sich dort unter Danys Fittichen entwickelt hatten, tingelten jetzt von einer linken Veranstaltung zur nächsten, Degenhardt, Hannes Wader, Inga Rumpf, sie alle waren kleine Berühmtheiten geworden, es gab Schallplatten von ihnen, im *Danys* tauchten sie nicht mehr auf. Angela schwieg, als sie nach dem Film noch in einer Kneipe in der Isestraße darüber sprachen. Sie fühlte sich unendlich fremd. Was fanden alle so toll daran, in Matsch und Schlamm und Regen Künstlern zuzuschauen, die unter Drogen nicht unbedingt beste Musik ablieferten?

Als Wilhelm jedoch ankündigte, er wolle mit Silke und anderen Freunden im September zum *Love and Peace Festival* nach Fehmarn fahren und ob einer der Wolkenraths aus der Kippingstraße vielleicht Lust darauf habe mitzukommen, sagte Angela sofort ja. Alle schauten sie skeptisch an. Sie war nicht gerade der Inbegriff eines Blumenkindes mit ihren Stoffhosen und Nylonblusen aus der DDR. Sie teilte ihren Beweggrund niemandem mit. Sie hatte im Hinterkopf, dass sie Bobby so vielleicht etwas näherkäme, und vielleicht wäre er sogar dort, schließlich wurden Besucher aus ganz Europa erwartet. Alles, was in der Musikszene Rang und Namen hatte, sollte dort auftreten: Ten Years After, Canned Heat, Taste, Colosseum, Cactus, Ginger Bakers Air Force, Sly & The Family Stone, Procol Harum, Mungo Jerry, Rio Reiser mit Ton Steine Scherben, und als Superstar Jimi Hendrix. Jimi Hendrix auf Fehmarn! Nicht zu glauben, aber die Veranstalter veröffentlichten zum Beweis sogar die Verträge in der regionalen Presse. Sie alle sollten auf einem Acker vor dem Flügger Strand auf der Insel Fehmarn spielen. Ein Musikfestival dieser Größenordnung hatte es bis dahin in Deutschland nicht gegeben.

Roberta maß ihre Mutter mit skeptischem Blick, dann sagte sie, dass auch sie gern mitkommen würde. Schließlich könne sie ihre Mutter nicht allein gehen lassen.

Als bekannt wurde, dass Beate Uhse das Festival finanzierte und in ihren gerade eröffneten Erotik-Shops die Karten verkauft wurden, stutzten Angela und Roberta, aber dann grinsten sie und demonstrierten damit offensiv, dass man in der DDR, was Sexualität betraf, keine Prüderie an den Tag gelegt hatte.

Am Freitag, dem 4. September 1970 am Nachmittag, Wilhelm hatte früher aufgehört zu arbeiten, stürzten Roberta und Angela zu Wilhelm in einen VW-Bus, den er aufgetrieben hatte, und los ging's. Die beiden saßen neben Silke und einer anderen jungen Frau, Sybille, der Freundin von Wilhelms altem Freund, mit dem er schon nach New York gefahren war. Sie wollten pünktlich da sein, die ersten Akkorde der Bands hören, während sie ihr Zelt aufbauten.

Angela hatte am Vormittag eingekauft, Wasser und Bier, Brot, Käse, Salami – alles sollte für drei Tage reichen. Was sie vergaßen, war Regenkleidung. Fehmarns Sonnentage im September galten als gesichert.

Auch aus diesem Grund war die Insel für das Festival ausgesucht worden. Schon auf der Autobahn wurde es eng. Tausende von Hippies aus ganz Europa pilgerten nach Fehmarn. Bereits beim ersten Verkehrsstau fühlte es sich nach Zusammengehörigkeit an. Sie fuhren weiter vom Festland über den »Kleiderbügel«, wie die Fehmarnsundbrücke genannt wurde. In der Nähe von Heiligenhafen bekamen sie einen Parkplatz.

Das Wetter hielt sich nicht an die Prognosen. Schon während der Autofahrt war es stürmisch und regnete ununterbrochen. Am Freitagabend erreichten sie die Wiese vom Bauern Störtebecker, wo sie die »Eingangskontrolle« durch alkoholisierte und mit Ketten und Messern bewaffnete Rocker über sich ergehen lassen mussten. Roberta und Angela wurden blass, als sie sahen, wie Leute getreten und verhöhnt wurden und die Rocker Alkohol, den Besucher mitbrachten, konfiszierten, ohne Widerspruch zu dulden. Wilhelm, der an Statur den Rockern nicht nachstand, bewahrte die Ruhe, wechselte mit den gefährlich aussehenden Jungs ein paar Worte, so kamen sie ungeschoren an den »Ordnern« vorbei. Angela und Roberta zitterten vor Angst. Sie verstanden nicht, was hier vor sich ging. In der Nähe des Leuchtturms bauten sie ihre drei Zelte auf, campierten wie Tausende andere, so entstand eine Zeltstadt am Strand. Unweit davon lag ein Campingplatz. Dort gab es Waschräume und Klos.

Schon beim Einlass stellte Angela fest, dass sie doppelt so alt war wie die meisten Festivalteilnehmer, nein, fast dreimal so alt, Roberta mit ihren vierunddreißig Jahren war bereits eine Oma auf dem Camp. Angela hatte noch nie Haschisch geraucht, Roberta sowieso nicht. Aber als Haschpfeifen kreisten und so eine freundliche Stimmung zwischen allen entstand, entschieden sich die beiden, auch dabei mitzumachen. Die Wirkung allerdings enttäuschte sie. Außer dass sie husten mussten, merkten sie nicht die geringste Wirkung.

Kurz vor Beginn des Festivals erschien Beate Uhse mit ihren drei Söhnen. Die Unternehmens-Chefin nutzte das Festival als Werbungsplattform für ihre Shops, gab Autogramme und schmiss eigenhändig Kondome unters Hippie-Volk.

Der britische Bluesrocker Alexis Korner war als Ansager für das Festival engagiert. Er sollte die Fans in den nächsten drei Tagen auf Deutsch und Englisch durch das Programm führen. Mit einer halben Stunde Verspätung eröffnete er das Konzert gegen 16.30 Uhr. Aber die

Auftritte der ersten Bands gingen in technischen Problemen wegen Sturm und Nässe unter. Alle waren nass geregnet, die Musik zerfetzt vom Wind. Die Anlage war zu klein, um dem Ostseesturm zu trotzen. Die Lautsprecher hingen oben an Holzpfählen und waren gar nicht dafür geeignet, so einen großen Platz zu beschallen. Sturm auf Fehmarn bedeutete, dass man gegen den Wind brüllen musste und trotzdem nichts hörte. Auf der Bühne war es zeitweise gefährlich. Einige Musiker hatten Stromschläge bekommen, weil alles nass war. Viele Bands sagten ihre Gigs ab.

Korner hatte die undankbare Aufgabe, dem Publikum die weiteren Ausfälle des Abends zu erklären. Er versuchte in den zwischenzeitlich immer länger werdenden Pausen, die Stimmung oben zu halten – teils mit eigener Musik, teils mit der Aufforderung ans Publikum, auf die Bühne zu kommen und Happenings zu feiern. Mit Erfolg: Barbusige Mädchen ließen ein Woodstock-Feeling aufkommen. Doch die Stimmung kippte immer wieder, zeitweise lag eine solche Aggressivität in der Luft, dass Roberta ihrer Mutter zuraunte: »Wir müssen nicht hierbleiben, wir können auch abfahren.« Aber Angela schüttelte den Kopf und nahm Wilhelm den Joint aus der Hand.

Gegen 23.00 Uhr wurde der Festivaltag für beendet erklärt. So wenig einladend die äußeren Bedingungen des ersten Tages auch gewesen waren, bevor sie in den Zelten verschwanden, versicherten die Fans einander, dass der Regen ihnen nichts ausgemacht hätte, auch die Absagen der Topacts des Tages nicht. »Morgen kommt Jimi«, lautete der Wahlspruch.

So ging der Freitag zu Ende.

Angela und Roberta flüsterten noch ein wenig miteinander. »Das war mehr ein visuelles Konzert als ein akustisches«, kicherte Roberta, bei der der Haschischkonsum allmählich doch eine Wirkung zeigte. Angela äußerte ihre Beunruhigung, weil die Rocker eine eigenartige aggressive Stimmung aufs Festival gebracht hatten. »So habe ich mir Love and Peace nicht vorgestellt«, sagte sie leise. Roberta kicherte wieder. »Ach, was beklagst du dich? Du wolltest doch unbedingt hierhin. Das ist Kapitalismus, Mutter, der ist nun mal nicht friedlich.« Durchgefroren und in der eigenartigen Stimmung nach dem Konsum von mehreren Haschischpfeifen, fragte Angela sich bedrückt, ob es wirklich richtig gewesen war, in dieses Land zu übersiedeln, das ihr zutiefst fremd war.

Am Morgen erfuhren sie, dass die Rocker in der Nacht einen Wagen der Festivalleitung demoliert hatten, die sich daraufhin gezwungen gesehen hatte, das »Ordnerproblem« zu lösen. Angeblich waren die Rocker ausbezahlt und mit Bussen vom Festivalgelände entfernt worden.

An diesem Samstag hörte es auf zu regnen, aber es war immer noch kalt und stürmisch. Der Tag begann in friedlicher Stimmung, Rocker waren nur noch vereinzelt zu sehen. Pünktlich um 12.00 Uhr eröffnete Inga Rumpfs Bluesrockformation Frumpy den Festivaltag und riss die durchgefrorenen Zuhörer mit. Angela sah, wie ihre Tochter begeistert den Tönen der Sängerin mit der sehr ungewöhnlichen Stimme und Ausstrahlung folgte. Roberta sah blass aus und hatte rote Augen, aber sie strahlte und wirkte, als hätte sie die wilde Absicht, sich zu beheimaten.

Alexis Korner bemühte sich, den Fans schonend beizubringen, dass Procol Harum und Ten Years After nicht auftreten würden. Die Menge verlangte nach Jimi Hendrix. Aber es wurde mitgeteilt, dass Jimis Auftritt auf Sonntag verlegt würde. Dieser Enttäuschung konnte nur mit Marihuana begegnet werden.

Die Shows von Mungo Jerry, deren *In the Summertime* gerade ein Hit war, und Canned Heat entschädigten das Publikum für das Warten auf ihren Jimi. Canned Heat übernahm den Part als Topact am Abend. Mit viel ruhigen Tönen gedachten sie ihrem vor ein paar Tagen an einer Überdosis Barbituraten verstorbenen Gitarristen und Gründungsmitglied Alan ›blind owl‹ Wilson.

Auf dem Gelände herrschte eine seltsame Stimmung. Einerseits waren alle eine große Gemeinschaft, und inzwischen gehörten Roberta und Angela dazu, obwohl Angela staunte, wie das hatte geschehen können. Vielleicht lag es an der Wirkung der Haschischpfeifen, aber wohl vor allem daran, dass alle gemeinsam dem Auftritt von Jimi Hendrix entgegenfieberten. Außerdem trauerten alle ein wenig, weil Blind Owl gestorben war.

Nachts kampierten die übriggebliebenen Rocker unter der Bühne an einem Lagerfeuer, das sie mit Bühnenbrettern befeuerten. Die Türen der Latrinen wurden in der Dunkelheit demontiert, um den Besuchern als Wind- und Regenschutz zu dienen. Angela hatte eine eigenartige Akzeptanz dieser Dinge entwickelt. Sie fühlte sich wie in Watte gepackt, alles um sie herum war irgendwie weich gezeichnet. Nichts Spitzes, Böses drang zu ihr durch.

Sonntag war es klar und sonnig, aber trotzdem windig und kalt. Um die Wartezeit bis zum Auftritt von Hendrix zu überbrücken, waren vormittags einige unbekannte Gruppen auf der Bühne zu sehen. Korner lud die Besucher ein, selbst auf die Bühne zu kommen und Musik zu machen. Gegen 11.00 Uhr trafen dann Hendrix und seine Gefolgschaft auf dem Festivalgelände ein, wo er sich sofort in seinen bereitgestellten Wohnwagen zurückzog. Am Mittag um kurz vor 1.00 Uhr war es dann so weit: Jimi Hendrix betrat unter dem Jubel des Publikums die Bühne. In diesem Augenblick legte sich der Sturm. »Magie!«, raunte es durch die Reihen.

Angela überlief ein Schauer aus Gänsehaut, als Hendrix vor seinem Auftritt darum bat, die Zelte vor der Bühne abzubrechen, es erinnere ihn zu sehr an seine Jugend in Harlem, wo viele seiner Freunde in solchen Zelten gehaust hätten. Die jungen Menschen brauchten nicht einmal die Übersetzung Korners. Ohne das geringste Zögern rissen sie leidenschaftlich ihre Tragestangen heraus und ließen die Zelte einfach in sich zusammenfallen.

In einem farbenfrohen Gewand stand Jimi auf der Bühne, und die Sonne schien. »Das ist der Hammer. Irre!«, stöhnte ein junger Mann neben Angela. Unter den Jubel mischten sich aber auch Pfiffe und laute Buhrufe, die Leute hatten genug vom Warten. Hendrix reagierte gelassen: »Ich scheiß drauf, ob ihr buht oder nicht, solange ihr es in der richtigen Tonart tut«, lautete seine Reaktion, die wieder Jubel zur Folge hatte. Und dann begann er zu spielen. »Das war richtig magisch«, seufzte Wilhelm hinterher, und die anderen stimmten ihm zu.

Nach dem Auftritt verließ Hendrix sofort das Festival. Viele Besucher taten es ihm nach.

»Wir bleiben bis zum Schluss!«, entschied Wilhelm, und Roberta und Angela nickten wie willenlos. Die nachfolgende Polit-Band »Floh de Cologne« aus Köln allerdings gefiel ihnen richtig gut. Die fanden klare Worte über den Kapitalismus. Die Gruppe bekam viel Applaus. Auch Rio Reiser mit seiner Gruppe *Ton Steine Scherben* vertraten in ihren Texten eindeutig eine antikapitalistische Haltung. Der Schluss dieses Konzerts versöhnte Angela mit allem andern.

Allerdings war die Stimmung unter den fünfhundert freiwilligen Helfern immer gereizter geworden: die Festivalleitung hatte die Auszahlung ihrer Entlohnung immer weiter hinausgezögert. Und dann wurde gemunkelt, dass die Veranstalter mitsamt der Tageskasse verschwunden wären. Zu den Klängen von Rio Reisers Band *Macht ka-*

*putt, was euch kaputt macht* ging das Veranstalterzentrum in Flammen auf. Der Polizei gelang es, die aufrührerische Stimmung in den Griff zu bekommen. Einige hundert Besucher übernachteten noch auf dem Platz, bevor das Festivalgelände am nächsten Vormittag komplett geräumt wurde.

Laut las Stella ihrer Tochter und Enkelin wenige Tage später aus dem *Spiegel* vor: »Es war ein Festival der Fehlplanungen, ein Stelldichein unfähiger Organisatoren, brutaler Ordner und einer apathischen Menge.« Angela zeigte ihr den Vogel. »Apathische Menge, von wegen!« Roberta rief aus: »Das stimmt nun wirklich nicht. Wir haben alle gemeinsam dem Wetter getrotzt.« Sie kicherte. »Wir haben Hasch geraucht wie die Indianer die Friedenspfeifen. Es gab gute Musik. Und …« Sie erhob die Stimme: »Es gab eine grandiose Stimmung. Fehmarn hat mir gezeigt, wie Anarchie geht. Wir sind mit unseren Zelten im Matsch versunken, alles war unorganisiert, man wusste nicht, wie man etwas zu essen bekommt oder das nächste Bier. Sogar die Sache mit der Toilette war eher schwierig. Es war der diametrale Gegensatz zu unserer Heimat.« Stella zuckte zusammen. Heimat. Ja, das war die Deutsche Demokratische Republik nach wie vor für Roberta. Ein Land ohne jede Anarchie. Roberta schwärmte auf ironische Weise weiter: »Es war Chaos, es war Anarchie, es gab nichts zu essen, die meisten Gruppen fielen aus, wir waren alle durchnässt. Aber!!!« Sie erhob die Stimme, als wollte sie eine Rede halten: »Aber wir waren ein einiges Volk! Allen ging es gleichermaßen schlecht, alle waren einverstanden, ich habe auf Fehmarn ein Gefühl des Zusammenhalts, der Zusammengehörigkeit erlebt, das ich leider in meinem Land vermisst habe.« Angela kicherte: »Wir sollten vielleicht Haschisch zu den sozialen Preisen verkaufen, wie wir es mit Büchern und Brot tun. Dann hätten alle gute Laune.«

Zwei Tage später starb Jimi Hendrix, und Angela sagte: »Ich werde Bobby erzählen, wie Jimi auf der Bühne war.« Stella begriff. Endlich begriff sie, was ihre Tochter angetrieben hatte, ein Festival zu besuchen, für das sie viel zu alt war. Und was sie vielleicht sogar angetrieben hatte, ihre Heimat zu verlassen.

# 55

Wieder kam der Impuls von Wilhelm. »Am 1. Oktober hat eine neue Musikkneipe in Eppendorf aufgemacht, im Lehmweg. Das ist der Hit. *Onkel Pös Carnegie Hall*, Stella, du solltest da unbedingt mit hinkommen, das ist besser als *Danys*.« Stella lachte. »Was für ein sympathischer Größenwahn: *Onkel Pös Carnegie Hall*, ich hab doch richtig gehört?« Wilhelm klärte sie auf. »In der Milchstraße in Pöseldorf hat es schon ein *Onkel Pö* gegeben. Da haben sich Musiker zum Jammen gefunden. Eigentlich mag ich keinen Oldtime-Jazz, aber wie sie ihn im *Pö* oder auch im *Cotton Club* oder den *Riverkasematten* spielen, das ist frischer, neuer, das ist interessante Musik.« Angela horchte auf und erklärte sich sofort bereit, am gleichen Abend noch Wilhelm und seine Freunde zu begleiten. Jede neue Musikwelt, von der sie ahnte, dass Bobby, käme er nach Hamburg, dort mitmischen wollte, weckte ihr Interesse. Der *Starclub* war Geschichte, das *Top Ten* hatte bessere Zeiten gesehen, Beatmusik und Rock 'n' Roll waren Schnee von gestern, was also interessierte Bobby jetzt?

Im letzten Augenblick entschloss sich auch Stella mitzugehen. Sie hatte an Wilhelm einen Narren gefressen. Er hatte sich zu einem sehr attraktiven Mann gemausert, seine Schultern waren breit, seine Hüften schmal, sein schulterlanges Haar wellte sich weich, und seine blauen Augen blickten freundlich. Er war eine Mischung aus Kerl und Sensibelchen und weckte Stellas Schutzinstinkte. Er tat ihr oft leid, wenn seine Freundin Silke ruppig mit ihm war. Sie zeigte deutlich, dass er ihr in vielerlei Hinsicht nicht genügte. Er war nicht politisch genug, er war nicht das, was er vorgab zu sein, kein Künstler, kein Designer, obwohl er diese perspektivisch perfekten Autoskizzen zeichnete. Er war einfach ein Büroangestellter. Stella sah, wie Wilhelm darunter litt, nicht derjenige zu sein, der er gerne wäre.

Die Aufbruchsstimmung in diesen Musikkneipen hatte nichts mit Politik zu tun. Deshalb fühlte Wilhelm sich dort zugehörig. »Die Jungs machen Livemusik«, sagte er. »Das ist eine lokale, intime Clique aus Musikern, B-Prominenz, Fans und Freaks.« Das traf sich gut für Angela. In der Stilmischung aus Jazz, Rock, Dixie, Ragtime, Skiffle, Folk, Blödel und Blues könnte sich auch Bobbys Stil finden.

Als Stella die Kneipe betrat, war sie überrascht. Das *Pö* war viel kleiner als die Musikläden auf St. Pauli. Aber im Laufe des Abends zeigte sich, dass es groß genug war, damit ein paar Musiker dort jammen konnten. Die Gäste saßen auf zwei Emporen, und in der Mitte dicht aneinandergedrängt tranken sie ihr Bier. Es wurde Stella auf den ersten Blick deutlich, dass diese paar Quadratmeter zentrales Eppendorf für die Stammgäste das Gelobte Land waren. Es war so familiär, so intim, dass es gewiss auch nicht auffiel, wenn mal einer unter dem Tisch lag.

Im Laufe des Abends zeigte sich, dass nicht nur die Musiker, sondern auch die Eppendorfer hier ihren Dixieland wiederfanden. Nach dem Konsum einiger Biere setzte Stella sich irgendwann gegen Mitternacht spontan ans Klavier und stellte mit anderen Musikern etwas auf die Beine, was sie nur selten zuvor erlebt hatte. Die Musiker waren unglaublich gemischt, es gab richtige Jungspunde, aber es gab auch alte Männer. Stella fühlte sich wohl. Es war anders als in den Musikkneipen, wo die Gäste und die Musiker meistens jung waren und sie die Exotin.

Zwei Monate später, kurz vor Weihnachten, kam Angela kleinlaut zu Stella und bat sie um ein vertrauliches Gespräch. Stella war weniger erstaunt, als Angela ahnte. Sie hatte aus Angelas Musikinteresse, aus ihren fast schon wissenschaftlich präzisen Nachfragen, was neue Musikrichtungen betraf, bald rückgeschlossen auf Angelas tieferes Interesse, nämlich dem, zu Bobby Kontakt aufzunehmen. Sie hatte es selbst schon versucht, aber unter der Telefonnummer, die Bobby ihr dagelassen hatte, als er das letzte Mal nach dem Mauerbau aus Hamburg abgereist war, meldete sich eine Frau, die auf Stellas Bitte, mit Bobby sprechen zu können, antwortete: »Not here«, und auflegte.

Angela und Roberta wohnten bei Stella in dem hinteren Zimmer, das durch eine Flügeltür vom Wohnzimmer abgetrennt war und wo damals auch Ariadne eine Weile gewohnt hatte, bevor sie ins Altersheim gezogen war.

Die beiden hatten sich das Zimmer wenig wohnlich eingerichtet, als wollten sie demonstrieren, dass es ja nur für eine Übergangszeit war. Was sich bei Roberta zu bewahrheiten schien. Sie hatte Kontakt zu dezidiert linken Anwälten aufgenommen und arbeitete seit zwei Wochen in einer Kanzlei als Schreibkraft. Auf mitfühlendes Nachfragen ihrer Verwandten hatte sie kühl geantwortet: »Ich kann mich da hocharbeiten. Ich weiß, wie man systematisch arbeitet, wie man Dinge auskundschaftet, wie man Sachverhalten auf den Grund geht. Die werden bald merken, dass ich ihnen gute Dienste leisten kann.« Aaron hatte trocken bemerkt: »Dass du ihnen gute Dienste leisten kannst, davon gehe ich sicher aus. Ob sie dir allerdings mehr zahlen als für einen Schreibjob, das ist die Frage.« »Die ich mir nicht stelle«, hatte Roberta schnippisch geantwortet. »Das ist kein Hochglanzbüro, wenn du das denkst. Die achten bei ihren Mandanten nicht darauf, ob die viel Geld bringen.« Ihr zugeknöpftes Gesicht erhellte sich von einem überraschenden Lächeln. »Das sind Überzeugungstäter«, sagte sie. »So was gibt es auch bei euch.«

Stella hatte die Bitterkeit gehört, die sich tief in der jungen Frau eingenistet hatte, aber auch den festen Willen, sich in der BRD ein eigenes unabhängiges Leben aufzubauen, ohne sich in eine andere Frau verwandeln zu müssen. Sie war davon überzeugt, dass Roberta sich bald eine eigene kleine Wohnung suchen würde, wahrscheinlich in Altona oder im Schanzenviertel, wo die Mieten niedrig waren und sich deshalb auch viele Ausländer, insbesondere Türken, niedergelassen hatten, ein weiterer Grund dafür, dass die Mieten niedrig blieben, weil die alteingesessenen Hamburger sich in diesen Vierteln nicht mehr sicher fühlten. Stella hielt es sogar für möglich, dass Roberta in eine Wohngemeinschaft ziehen würde. Sie hatte in Ostberlin durchaus Sympathie für die jungen Leute in der Kommune entwickelt, und, so schien es Stella, die Kreise, in die sich Roberta in Hamburg begab, waren zwar nicht studentisch, aber absolut gesellschaftskritisch.

Angela hingegen tat sich viel schwerer mit ihrer Eingliederung in den »kapitalistischen Westen«. Einerseits wirkte sie weniger verbittert als Roberta, sie haderte weniger mit dem, was sie hier antraf, ganz im Gegenteil wirkte es manchmal, als genösse sie durchaus die Möglichkeiten, die sich ihr boten, besonders was die musikalische Vielfalt betraf, andererseits schien sie die ganze Zeit nicht wirklich da zu sein, als lebte sie immer noch eigentlich woanders. Lysbeth und Aaron hatten gemeint, dass sie noch in der DDR lebe, Stella aber vermutete, dass sie in ihrer Phantasie bei Bobby war.

Nun stellte sich heraus, dass Stella tatsächlich den richtigen Riecher gehabt hatte. »Ich muss dich um Geld bitten«, sagte Angela. Sie saß mit eng aneinandergepressten Knien, auf denen ihre gefalteten Hände lagen, vor Stella und blickte ihr angestrengt in die Augen. Auf ihren Wangen bildeten sich rote Flecken. Stella hätte sie am liebsten umarmt, aber sie wusste, dass sie das jetzt auf keinen Fall tun durfte. Angela rang um ihre Würde, und Stella wollte nicht den geringsten Anschein erwecken, dass sie die nicht achtete. »Wie viel?«, fragte sie sachlich. Angela rang ihre Hände, die Flecken dehnten sich aus, ihr Gesicht nahm eine erschreckend rote Farbe an. »Zweitausend Mark«, presste sie hervor. Hastig fügte sie hinzu: »Ich weiß, das ist viel, aber ich habe es ausgerechnet, so viel brauche ich wohl, um nach London zu kommen und dort eine Weile zu bleiben.« Schuldbewusst sah sie Stella in die Augen: »Vielleicht komme ich auch nicht zurück. Dann bräuchte ich das Geld als Starthilfe.« In Stellas Augen traten Tränen. Sie erschrak vor ihrer eigenen Reaktion. »So schnell willst du uns wieder verlassen«, murmelte sie. Angela erhob sich und umarmte nun ihrerseits Stella. »Ich muss es einfach probieren«, rief sie, ihr liefen Tränen über die Wangen. »Ich habe die Sehnsucht nach ihm so lange unterdrückt, jetzt, wo ich hier bin, bringt sie mich fast um.«

Stella nickte verständnisvoll. »Verstehe«, sagte sie leise. »Ich verstehe das sehr gut.«

Bald war Angela fort. Roberta tummelte sich in einer linken Szene, in der Stella nichts zu suchen hatte. Stella war wieder einmal auf sich selbst zurückgeworfen. Häufiger als ihr lieb war, musste sie an Daniel denken. Er hatte ihr nach ihrem letzten Besuch einen Brief geschrieben, der ihr unter die Haut gegangen war. Sie hatte ihn schnell beiseitegelegt, die eindringlichen Formulierungen seiner journalistischen Tätigkeit zugeschrieben und sich verboten, weiter an ihn zu denken. Das war in der ersten aufregenden Zeit nach dem Eintreffen der beiden Ostfrauen leichter gewesen als nun, da sich in Stellas Leben wieder eine ermüdende Monotonie breitmachte.

Sie hatte die Singstunden im Altersheim in den vergangenen Monaten vernachlässigt und merkte jetzt, dass sie keine Lust mehr dazu hatte. Auch der Bücherclub begeisterte sie nicht mehr so, wie er es zuvor getan hatte. In diese Stimmung platzte der Anruf eines Mannes namens Ruben. »Hallo, Stella, hast du Lust, heute Abend an einer Jamsession im *Pö* teilzunehmen?« Sie war überrascht. »Wie kommst du darauf?«, fragte sie. Er lachte. Ein warmes Lachen, das ihr überraschend in den Bauch ging. »Du hast im Oktober im *Pö* Klavier gespielt und gesungen, als ich auch da war. Ich habe damals deine Schwester nach deiner Telefonnummer gefragt. Ich war drei Monate auf Tour, jetzt bin ich wieder da. Ich hab die ganze Zeit an dich gedacht. Hast du Lust, heute zu kommen?« Ihre Schwester? »Bist du sicher, dass du mich meinst?«, fragte Stella. »Meine Schwester war doch gar nicht mit, als ich da war.« Wieder dieses elektrisierende Lachen. »Vielleicht war's auch deine Freundin, ist doch wurscht, Hauptsache, du kommst heute Abend jammen, ich bin auch da.« Ich? Bin? Da? Wer war Ich? Und warum sollte das für sie eine Rolle spielen?

Aber was war die Alternative? Ein einsamer Abend allein, vielleicht wieder vor dem Fernseher, wie an vielen Abenden, seit Angela abgedampft war. Nun gut, dachte sie, also gehe ich heute Abend in *Onkel Pös Carnegie Hall.*

Sie zog sich betont seriös an, ein Kostüm zu Nylonstrümpfen und hochhackigen schwarzen Schuhen. Sie wollte nicht im Geringsten den Eindruck erwecken, irgendwie jung erscheinen zu wollen. Schwester, hatte er gesagt. Dabei war sie mit Angela dort gewesen, ihrer Tochter. Sie wollte nicht wie die Schwester ihrer Tochter wirken. Das war nicht im Entferntesten ihre Absicht. Dabei wusste sie selbst, dass das Blödsinn war. Angela sah nun einmal aus wie sechsundfünfzig, und zwar wie eine Sechsundfünfzigjährige, die genau das ausstrahlte, was zu diesem Alter gehörte: Eine ältere, etwas steife, nicht mehr besonders weibliche Frau, deren erotische Ausstrahlung verblasst war, wenn sie überhaupt jemals in voller Kraft geleuchtet hatte. Stella hingegen wurde allgemein für nicht älter als sechzig Jahre gehalten. Viele Frauen und Männer um Mitte fünfzig schätzten sie gleichaltrig. Also war es gar nicht so abwegig, dass dieser Ruben Angela für ihre Schwester gehalten hatte. Gleichwohl empfand Stella einen trotzigen Widerwillen dagegen, dass ihre Tochter neben ihr älter gewirkt hatte, obwohl es Blödsinn war, weil sie selbst es war, die für jünger gehalten wurde.

Stella wusste es schon von Wilhelm. Die Kneipe am Lehmweg in Eppendorf war im Nu zum angesagten Treffpunkt für alles und jeden geworden, der wirklich Musik wollte. Peter Marxen, der Chef, benutzte kein Erfolgsrezept, er hatte keins. Er pflegte Kontakte zu Künstleragenturen und Plattenfirmen für gute Musik jedweder Art. Es gab ein feuchtfröhliches Durcheinander aller möglichen Musikrichtungen und aller möglichen Alkoholsorten. An diesem Abend war nicht zu übersehen, dass das *Pö* zum Zuhause vieler junger Musiker geworden war. Es wirkte, als wohnten sie dort. Stella erfuhr von den verrücktesten Kombinationen aus Musikern, die dort gemeinsam jammten. »Dixieländer und Folkloristen, Heavy-Rock-'n'-Roller und Jazzer, am laufenden Band werden Sessions gespielt«, erklärte ihr Ruben. »Aber du hast gefehlt, seit du uns allen den Kopf verdreht hast.«

Kopf verdreht. Stella wollte unbedingt vermeiden, dass irgendjemand an diesem Abend auf die Idee kam, sie würde sich bei den jungen Musikern anbiedern wollen. Dass sie allerdings drei Stunden später das Oberteil ihres Kostüms weggeschleudert hatte und in einer dünnen Bluse, unter der sich die Nippel ihrer Brüste abzeichneten, übers Klavier fegte, wenig später George-Brassens-Lieder zu jazzigen Rhythmen improvisierte, wobei sie Tanzschritte barfuß durch die dichtgedrängte Kneipe wagte, hatte sie nicht wissen können, als sie distanziert und kühl zur Theke ging und sagte: »Irgendjemand hat mich angerufen und gesagt, ich solle unbedingt zum Jammen kommen, ach ja, Ruben heißt er …« In dem Augenblick stand schon ein Mann mit dunklen dicken gewellten Haaren neben ihr, ein erwachsener Mann, kein Bubi, aber auch kein alter Mann, ein Mann mit dunklen glänzenden Augen und einem scharfen südländischen Gesicht. »Hallo, Stella, schön, dass du gekommen bist, ich bin Ruben.«

Und schon war es um sie geschehen. Später in der Nacht, als sie sich schlaflos im Bett wälzte und versuchte, diesen Abend irgendwie zu begreifen, war das Einzige, das sie verstand, dass sie es niemals begreifen würde. Ruben spielte Bass. Und zwar spielte er Bass auf eine Weise, die so wahnsinnig sexy und körperlich war, dass sie sich dem trotz fester gegenteiliger Absicht nicht hatte entziehen können. Während er spielte, blickte er nur zu ihr, antwortete auf ihr Klavierspiel, bezog die anderen in den Dialog mit ein, übernahm so eine führende Rolle in dem bunten Gemisch der Musiker, die sich gleichzeitig Stella unterordneten. Stella konnte nicht anders, sie drehte so auf, wie sie es vielleicht zum letzten Mal getan hatte, als sie mit Anthony in London gewesen und dort gemeinsam mit seinen Freunden, die auch ihre Freunde geworden waren, in einer Kellerbar musiziert hatte.

Sie berauschte sich an dem, was da geschah. Sie fand etwas von sich wieder, von dem sie nicht einmal gewusst hatte, dass sie es verloren hatte. Zumindest hatte sie nicht gewusst, dass es so sehr ein Teil von ihr war. Sie fand die Stella wieder, die ein tiefes Glück empfand, wenn sie mit ihrem Gesang und ihrer Musik vor anderen Menschen auftrat. Die Beglückung des Publikums, deren Heiterkeit und geöffnete Herzen, das wirkte wie durch ein Vergrößerungsglas auf Stella zurück. Dass hier noch die geradezu magische Verbindung zu den anderen Musikern hinzukam, war etwas Neues für sie, das sie antrieb, trug, mitriss, stärker machte.

Gegen 4.00 Uhr, als sie gehen wollte, protestierten die anderen. Aber Stella konnte nicht mehr. »Jungs«, sagte sie, »ich bin eine alte Frau, ich muss jetzt ins Bett.« Das Lachen, das ihr entgegenschallte, die Rufe: »Ja ja, das sagen sie alle!« »Ich bin auch ein alter Mann, aber ich mach noch weiter.« »Alte Frau, und das du!«, konnten sie nicht abhalten. Sie verschwand im herbeigerufenen Taxi.

Am nächsten Morgen bereits war Ruben am Telefon: »Das ist ja wie bei Aschenputtel. Du verschwindest immer, wenn ich grade nicht da bin, und danach suche ich dich vergebens.« Stella war erstaunlicherweise nicht im Geringsten müde oder verkatert. »Und du bist also der Prinz«, entgegnete sie vergnügt. »Genau«, antwortete er. »Und was hältst du davon, wenn der Prinz dich jetzt zum Frühstück einlädt.«

»Wo?«

»Wo immer du willst. Mein Vorschlag: Im Eppendorfer Weg gibt es ein Café, da gibt es wundervolle Croissants und einen sehr guten Café au lait.« Er nannte die Adresse und den Namen, und Stella wusste sofort Bescheid. Sie zögerte dennoch. Aus mehreren Gründen. Sie hatte ihr Auto verkauft, um den Fluchthelfer bezahlen zu können. Sie würde also wieder ein Taxi nehmen müssen. Sie war noch nicht geduscht und zurechtgemacht und kam sich noch nicht bereit für ein Rendezvous vor. Aber drittens, dieser Mann sprach so hervorragend die Worte »Croissants« und »Café au lait« aus, dass sie befürchtete, er sei Franzose. Und die Fähigkeit französischer Männer, Frauen zu bezaubern, vor allem verwelkte deutsche Frauen, war, so wusste jeder, legendär.

»Okay«, sagte sie. »Ich kann in einer Stunde da sein. Ich habe einen Mordshunger. Ein einziges Croissant wird nicht reichen.«

Er lachte. Wieder dieses Lachen. Stella verfluchte sich, dass sie zugesagt hatte. »Du bekommst dort alles, wonach du verlangst«, sagte er. »Ich warte auf dich. In einer Stunde. Enchanté.«

Eine Stunde später schritt sie durch die Tür des Cafés, entdeckte ihn natürlich sofort, und ihr Herz stockte. Dieser Mann war unglaublich attraktiv, so richtig hatte sie das in der vergangenen Nacht gar nicht wahrgenommen, aber jetzt konnte sie es deutlich erkennen. Er war nicht besonders groß, aber breit in den Schultern und schmal in den Hüften. Er hatte schwarze gewellte Haare und ein markantes Gesicht. Aber was ihn so besonders anziehend für Stella machte, waren seine grauen Augen, die in dem dunklen Drumherum leuchteten wie feuchte Steine in der Sonne.

Er erhob sich, gab ihr rechts und links ein Küsschen, was sie nur deshalb nicht befremdlich fand, weil sie sich in ihrem Leben nicht nur in Hamburg aufgehalten hatte. Sie bestellte wahllos alles, worauf sie Appetit hatte, einfach nur, um zu beweisen, dass sie aus Frühstückshunger hierhergekommen war, und Ruben erzählte. Er kam aus Algerien, hatte lange Zeit in Frankreich, in Rouen, gelebt, war nach Deutschland gekommen, weil er sich in eine Deutsche verliebt hatte. Sie hatten geheiratet und zwei Kinder bekommen. Aber die Ehe war gescheitert. Zum Glück spielte er als Musiker in mehreren Bands, so dass er finanziell gut über die Runden kam.

Sie lauschte ihm, aber eigentlich blickte sie unablässig in diese unglaublichen Augen. Augen wie Kieselsteine im Meer. Augen wie Vulkansand im schwarzen Rahmen. Wie konnte man so dunkle Wimpern und so graue Augen haben?

Irgendwann musste sie ihn fragen: »Du hast keine braunen Augen, das würde aber viel besser zu dir passen, deine Augen sind so überraschend. Gibt es viele in Algerien, die solche Augen haben?« Er lachte. Wieder dieses unverschämte dunkle Lachen, das Stella sofort in den Bauch zog und sie vergessen ließ, dass sie siebzig war und dieser Mann irgendwie um die vierzig. Er erklärte ihr, dass es in seinem Land einen Stamm gäbe, der solche Augen hatte. »Wahrscheinlich haben meine Vorfahren irgendwann helläugige Frauen geklaut und mit ihnen Babys gemacht. Auf jeden Fall bin ich nicht der Einzige«, erklärte er heiter. Dann blickte er sie treuherzig an, was mit diesen Augen nicht schwierig war, und fragte: »Gefallen sie dir?« Ebenso treuherzig fügte er hinzu: »Den meisten Frauen gefallen sie.« Du Dummkopf, dachte Stella. Lass die Masche. Sie machte ein überhebliches Gesicht und antwortete: »Ja, deine Augen gefallen mir, sie sind interessant. Du wirkst ja sonst eher südländisch, mit deinen dunklen Farben und der Nase, aber die Augen stehen dazu in einem überraschenden Kontrast.« Sie musterte ihn kühl, wie eine Malerin, die über ihrer Palette grübelte. Sie machte deutlich, dass sie ihn gern malen würde, aber keinesfalls küssen. Ein Objekt, und zwar kein Objekt des Begehrens.

In Rubens schöne Augen stahl sich ein Funken Unsicherheit, doch dann strahlte er sie wieder an. »Deine Augen sind viel schöner. Die sind mir vom ersten Augenblick an aufgefallen. Blaue Augen von dieser Intensität habe ich noch nie gesehen, und dann zu der Haarfarbe. Traumhaft schön.« »Die Haarfarbe ist nicht echt«, entgegnete Stella sachlich. »Das ist pure Chemie.«

Sie hatte gehofft, ihn so ein wenig abschrecken zu können, aber er lachte nur wieder auf diese betörende Weise. »Du bist die überraschendste und aufregendste Frau, Stella, die ich seit Jahren kennengelernt habe.«

Stella gab auf. Sie akzeptierte, dass er sie einfach toll finden wollte und dass es zu anstrengend war, sich die ganze Zeit dagegen zu wehren. Sie wollte einen schönen Morgen mit ihm verbringen, das war leichter, wenn sie sich auf ihn einließ, statt sich unablässig gegen sein Interesse zu wehren. Also erkundigte sie sich nach den Bands, in denen er spielte, nach seinen Kindern, nach seinem Leben in Hamburg. Und so hatte sie einen schönen Morgen.

Er konnte sehr interessant erzählen. Er war offenbar Vollblutmusiker, der in Algerien Musik studiert hatte, in Frankreich fast unter die Räder gekommen war mit Alkohol und Drogen und den falschen Frauen, und dann von seiner späteren Frau richtiggehend gerettet worden war. Die Kinder waren schon erwachsen, und als Stella lachend kommentierte: »Die sind so alt wie meine Enkelin«, entgegnete er: »So eine wundervolle lebendige Großmutter wie dich würde ich ihnen wünschen, aber leider ist die Mutter meiner Exfrau eine deutsche Mutti, und meine Mutter ist tot.« Seine Miene hatte sich so verdüstert, dass Stella nicht wagte nachzufragen, wann und auf welche Weise seine Mutter gestorben war. Aber sie schwor sich, auf der Hut zu sein vor einem Mann, der womöglich eine Muttersehnsucht in sich trug, die er bei ihr stillen wollte.

Als sie sich viele Stunden später voneinander verabschiedeten, der Nachmittag war bereits angebrochen, bedankte Stella sich für das schöne Frühstück, und sie meinte es von Herzen. Ruben aber richtete seine Augen eindringlich auf sie, sie war richtiggehend erschrocken von dem in ihnen leuchtenden Licht, und sagte: »Stella, ich bin so bezaubert von dir, das kannst du dir gar nicht vorstellen. Ich möchte dich immer und immer wieder sehen. Dafür wäre ich dir dankbar.« Sie errötete. Was für eine überschwängliche Art Ruben an sich hatte. Sie zwang sich zu einem spöttischen Lachen. »Klar doch«, sagte sie, »wir werden uns bestimmt noch viele Male sehen. Es hat mir auch großen Spaß gemacht, mit dir zu musizieren.«

Vier Tage später bereits klingelte bei Stella wieder das Telefon, und Rubens schöne Stimme sagte: »Du bist nicht gekommen, bist du krank?« Stella fragte befremdet: »Nicht gekommen, waren wir verabredet?« Ruben lachte. Das hätte er besser nicht tun sollen, denn kaum drang dieses Lachen durch den Hörer, ging Stella in eine Abwehrhaltung, als müsste sie sich vor einer Horde Angreifer schützen. »Nein«, antwortete Ruben heiter, »aber ich habe immer gehofft, du würdest kommen. Du gehörst doch zu uns. Du darfst nicht einfach wegbleiben.« Darum also ging es. Stella wurde weicher. Für ihn war sie Teil der Musikszene bei *Onkel Pö*. Das gefiel ihr. »Ich hatte viel zu tun«, log sie. »Aber die nächsten Tage krieg ich es bestimmt hin.« »Das ist gut«, tönte Rubens Stimme durch die Muschel. »Ich habe aber noch eine andere Bitte. Ich habe zwei Karten für das Musical *Oh! Calcutta!*, für die Premiere. Würdest du mit mir dahin gehen? Ich möchte dich herzlich einladen.« In Stellas Mund sammelte sich Wasser, das nicht dahin gehörte. Ihre Kehle war eng. »Die Premiere von *Oh! Calcutta!*«, sagte sie dümmlich. »Wann ist das denn?« Rubens Stimme klang unbeirrt herzlich und freundlich. »Am 8. März, Stella, und du könntest mir keinen größeren Gefallen tun, als mit mir dahin zu gehen.«

Stella schüttelte verwirrt den Kopf. Warum fragte er sie das? Ihn selbst konnte sie ja schlecht fragen: Warum fragst du mich das? Doch, entschied sie, das kann ich. Also stellte sie ihm diese Frage. Nun schien es, als hätte sie ihn verwirrt. Er schwieg einen langen Moment, bis sie dachte, er hätte vielleicht aufgelegt. Dann sagte er mit deutlich belegter Zunge: »Ich möchte einfach mit dir dahin gehen.« Wieder eine nervenzehrende Pause. Dann: »Ich glaube, ich möchte mit dir allein etwas Schönes erleben.« Nun war es an Stella, keine Worte zu finden. Sie fand das Ganze unerträglich. Also beschloss sie, dieses Telefonat so schnell wie möglich zu beenden. »Ja gut, danke für die Einladung«, sagte sie. »Ich nehme sie gerne an. Ich komme gerne mit.« Wie gut, ich habe meine Stimme unter Kontrolle gehabt, dachte sie. Ruben jedoch gab sich keine Mühe, seine Gefühle zu kontrollieren. »Das freut mich riesig, Stella«, sagte er. »Wenn wir uns vorher nicht mehr sehen, hole ich dich um 18.00 Uhr am 8. März ab. Tschüs! Bis dann!« Und dann legte er auf, als wolle er kein Risiko eingehen, dass sie es sich noch anders überlegen könnte.

Erst ein paar Stunden später, als Stella wieder klar denken konnte, überlegte sie, dass eine Einladung ins Operettenhaus von einem Jazzmusiker doch sehr seltsam war. Dort trällerte sonst die *Lustige Witwe*, und Freddy Quinn hatte jahrelang *Heimweh nach St. Pauli* gesungen. Stella erinnerte sich, kürzlich in der Zeitung einen Bericht über dieses angekündigte Musical gelesen zu haben, konnte sich aber nicht mehr genau erinnern. Am Abend fragte sie Lysbeth und Aaron, ob die etwas von diesem Stück, das bald Premiere hatte, gehört hätten. »Ruben hat mich dahin eingeladen«, erklärte sie ihre Frage. »Wer ist Ruben?«, fragte Lysbeth erstaunt. Stella wedelte abwehrend mit der Hand. »Ein befreundeter Bassist«, sagte sie und vernahm selbst, dass sie klang wie ein lügendes Schulmädchen. Lysbeth zog erstaunt die Augenbrauen hoch.

Aaron verschwand aus der Küche, wo sie saßen, in das daneben liegende Zimmer und kehrte kurz darauf mit dem *Hamburger Abendblatt* zurück. »Hier steht einiges zu dem Stück«, sagte er. Er überflog den längeren Artikel und fasste zusammen: »Geschrieben hat es Kenneth Peacock Tynan.« »Kenn ich nicht«, riefen Stella und Lysbeth gleichzeitig. »Der war wohl ein wichtiger Kritiker und hat unter anderem als Chefdramaturg im *British Royal National Theatre* unter Sir Laurence Olivier gearbeitet.« »Also kein Niemand«, stellte Stella zufrieden fest. Aaron, der währenddessen weitergelesen hatte, schmunzelte. »Der Titel des Stückes hat einen interessanten Hintergrund. Tynan übernahm ihn von einem *Oh Calcutta! Calcutta!* genannten Bild des französischen Malers Clovis Trouille, das eine liegende nackte Frau zeigt und dessen Titel ein Wortspiel ist. Aus ›O quel cul t'as‹, was auf Deutsch heißt: Oh, was für einen Hintern du hast, wurde ›Oh Calcutta‹.« »Wer zum Henker ist Trouille?«, fragte Stella, die inzwischen neugierig auf das Stück geworden war. »Trouille gilt als Galionsfigur der Belle Epoque und hat mit seinen Bildern den Maler Salvador Dalí ebenso beeinflusst wie den Schriftsteller André Breton. Das Musical war wohl am Broadway sehr erfolgreich.«

Aaron nahm seine Lesebrille von der Nase und sah Stella ernst in die Augen. »Es könnte sein, dass es Proteste bei der Premiere gibt!«, sagte er und grinste dabei. »Das Stück soll nämlich weitgehend textilfrei sein, und das wiederum hat wohl schon vorsorglich den Protest einiger anständiger Hamburger Bürger hervorgerufen.« Stella freute sich immer mehr über die Einladung von Ruben.

Lysbeth ließ aber nicht locker. Als Aaron ins Bett gegangen war, kam sie, schon im Nachthemd, zu Stella nach oben. »Wer ist Ruben?«, fragte sie mit schalkhaftem Lächeln. »Du hast doch wohl kein Geheimnis vor deiner großen Schwester?« Auch Stella war schon im Nachthemd. Dina war vor zwei Wochen eingeschläfert worden, der Arzt war zu ihnen nach Hause gekommen und hatte der alten Hündin, die ihre Hinterläufe nicht mehr bewegen konnte, eine letzte Spritze gegeben, während sie in Stellas Armen lag. Es war ein sanfter schneller Tod gewesen, der Stella zwar traurig gemacht, aber auch mit dem Tod irgendwie versöhnt hatte. Dina hatte dank Stella ein schönes Alter gehabt, und als sie starb, war sie einverstanden damit. Seitdem vermisste Stella zwar die Spaziergänge mit der alten Hündin, aber sie genoss es auch, abends ins Bett gehen zu können, wann sie wollte, ohne den Hund noch ein letztes Mal auf die Straße zu zwingen. Also saß sie, im Nachthemd wie ihre Schwester, neben dieser auf dem Sofa und erzählte, als würde sie ein Verbrechen beichten, von ihrer Bekanntschaft mit dem schönen Algerier. Als sie geendet hatte, umschlang Lysbeth ihre Schwester, drückte ihr einen knallenden Kuss auf die Wange und sagte leise: »Ich freue mich so sehr für dich, meine Süße. Was auch geschieht mit diesem Mann, endlich ist einer durch deine Trauermauer gedrungen.« Sie lächelte. »Scheint so, als wär er einfach durchgegangen. Vielleicht sind die hundert Jahre um.«

Vielleicht sind die hundert Jahre um. An diesen Satz dachte Stella noch manches Mal in den folgenden Wochen.

Das Musical gefiel ihr besser, als sie erwartet hatte. Es passte gut in die aktuellen Auseinandersetzungen über das Establishment, über die Emanzipation der Frau, über Regeln und ihre Durchbrechung. Nacktheit war nicht nur vor Gericht eine Form des Protestes. Einige wütende Zuschauer drohten lauthals, die Show zu sprengen. Als Ordnungskräfte eingriffen, skandierten sie: »Diese Schweinerei schützt die Polizei«.

Nach dem Stück gingen Stella und Ruben noch in eine Kneipe. Beide waren der Meinung, dass dieses Stück vor drei Jahren, also 1968, noch aktueller gewesen wäre, noch provokanter, dass es sich nun schon fast an die Nacktheitswelle anhängte. Die Empörung der Zuschauer allerdings überraschte beide. »Ein paar Meter weiter sind Peep Shows, stellen sich die Mädels aus, gibt es Damenringkämpfe im Schlammbad«, Stella schüttelte den Kopf. »Was ist in die honorigen Hamburger gefahren?«

»Erinnerst du dich an das Bed-In von John Lennon und Yoko Ono?«, fragte Ruben sie. Sie nickte mit dem Kopf. Sie erinnerte sich gut, sie hatte dieses Happening, das die beiden unmittelbar im Anschluss an ihre Hochzeit veranstaltet hatten, sehr wirksam und witzig gefunden. »Die waren aber komplett bekleidet«, sagte sie. »Aber eine Woche im Bett«, ergänzte Ruben. »Für den Weltfrieden.« Stella sah ihn aufmerksam an. Sie erinnerte sich, dass damals viele Journalisten enttäuscht darüber gewesen waren, dass John Lennon und Yoko Ono ihnen nicht mehr nackte Haut und filmreifes Bettgeflüster geboten hatten. Die beiden blieben einfach im Bett und verkündeten: »Make love – not war!« Die Suite hatte von 9.00 Uhr morgens bis 21.00 Uhr abends offen gestanden. Die Weltpresse defilierte durch das Schlafgemach der Flitterwöchner. Zigarettenqualm hing in der Luft, handgeschriebene Plakate zierten die Wände: »Bed Peace« und »Hair Peace« waren die Parolen. Yoko Ono flötete: »Es ist doch besser, statt Krieg zu machen, im Bett zu bleiben.« Und John raunte dazu: »Lasst die Haare wachsen. Lasst sie wachsen – bis endlich der Friede da ist.« Ein Teil der Presse war enttäuscht. Schließlich hatten sich Lennon und Ono bereits einen Ruf erarbeitet: Sie galten als Meister der Selbstentblößung. Kurz zuvor hatten sie sich nackt für ein Plattencover ablichten lassen. Doch anstatt einen Sittenskandal zu provozieren, saßen die beiden brav im Pyjama unter der Decke, hielten Händchen und dozierten über das Übel der Gewalt. Einem Reporter des kanadischen Senders CBC sagte Lennon: »Wenn Hitler und Churchill im Bett geblieben wären, wären heute noch viele Menschen am Leben.« In seinem Lied *The Ballad of John and Yoko* hatte Lennon das »Bed-in« in einigen Zeilen verewigt: »Haben eine Woche im Bett geredet, die Medienleute fragten: Hey, was macht ihr da? Ich sagte, wir wollen nur ein bisschen Frieden für uns schaffen.«

Der Protest der ehrenwerten Hamburger Operettenbesucher verfehlte nicht seine Wirkung. Das Operettenhaus blieb daraufhin leer, das übliche Publikum scheute wohl davor zurück, sich dort am Eingang sehen zu lassen. Schon wenige Wochen später wurde das traditionsreiche Haus vorübergehend geschlossen.

Stella und Ruben hingegen hatten eine neue Vertrautheit gewonnen.

# 56

Roberta hielt Stella die aufgeklappte *Brigitte* unter die Nase. Eine Passage hatte sie rot angestrichen. »Lies.« Stella las laut: »Deutsche Frauen verbrennen keine Büstenhalter und Brautkleider, stürmen keine Schönheits-Konkurrenzen und emanzipationsfeindlichen Redaktionen, fordern nicht die Abschaffung der Ehe und verfassen keine Manifeste zur Vernichtung der Männer. Es gibt keine Hexen, keine Schwestern der Lilith wie in Amerika, nicht einmal Dolle Minnas mit Witz wie in Holland, es gibt keine wütenden Pamphlete, keine kämpferische Zeitschrift. Es gibt keine Wut.«

Sie blickte Roberta fragend an. »Ja, und?« »Ja und?«, schnaubte Roberta. »Frauen bei euch sind Menschen zweiter Klasse. Ein uneheliches Kind ist eine Schande, Ehemänner können ihren Frauen die Berufstätigkeit verbieten, nur jede fünfte Frau nimmt die Pille, und für die meisten Männer sind Kondome ›kastrierend‹. Vergewaltigung in der Ehe ist bei euch kein Straftatbestand, das ist rechtens!« Sie hatte sich in Rage geredet. »Hast du nicht mal erzählt, dass eure legendäre Tante noch im hohen Alter gegen den Nazis Widerstand geleistet hat? Und habt ihr nicht irgendwie bei uns so getan, als wärt ihr total alternativ? Was tut ihr eigentlich, damit sich bei euch etwas ändert?« »Bei euch?«, fragte Stella spitz. »Ich dachte, du wolltest unbedingt hierher.« Im selben Augenblick ärgerte sie sich über sich selbst. Es war doch gut, wenn Roberta sich ihr überhaupt näherte. Warum musste sie gleich dagegen schießen. Sanft fragte sie: »Was meinst du denn, was wir tun sollten?«

Aber Roberta hatte sich schon wieder in ihr Schneckenhaus zurückgezogen, schlürfte ihren Kaffee und brummte: »Ach, was auch? Ist doch egal, was man hier tut, es ändert sich sowieso nichts. Euer Gerede von Freiheit ist doch eine einzige Farce.« Danach fiel sie wieder in Schweigen.

Wenige Wochen später klingelte bei ihnen das Telefon, und eine Frau bat darum, Frau Dr. Lysbeth Bleibtreu sprechen zu dürfen. Stella erklärte, dass ihre Schwester erst später nach Hause kommen würde, und fragte, ob sie etwas ausrichten solle. Die Frau antwortete, dass es sich um etwas ziemlich Persönliches handle, nämlich um einen Artikel über Abtreibungen. Man habe erfahren, dass Lysbeth Abtreibungen vorgenommen habe, und würde sie dazu gern interviewen. Stella wurde eiskalt. Wurde schon wieder hinter Lysbeth herspioniert?

Sie schrieb den Namen der Frau auf und wartete am Abend nervös auf Lysbeths Rückkehr. Die wählte, nachdem sie ruhig angehört hatte, was Stella ihr erzählte, sofort die angegebene Telefonnummer. Stella konnte nicht anders, sie musste einfach danebenstehen und zuhören. Aber ihre Schwester lauschte mehr als sie sprach. Am Schluss vereinbarte sie einen Besuchstermin. Lysbeth sagte entschieden: »Zu mir bitte, in die Kippingstraße, ich möchte meinen Mann da nicht mit reinziehen.« Der ängstlich dreinblickenden Schwester erklärte Lysbeth: »Das war eine Journalistin vom *Stern*, die will mich interviewen.«

So erlebten Lysbeth und Stella hautnah mit, wie sich unter den Frauen in der BRD etwas Wesentliches in Bewegung setzte. Es ging darum, Unterschriften von Frauen zu sammeln, die bereit waren, zu sagen: »Ich habe abgetrieben!« Außerdem wurden Ärzte gesucht, die sagten: »Ich habe abgetrieben!« Dem war vorausgegangen, dass im April in Frankreich im *Nouvel Observateur*, einem linksliberalen Wochenblatt, eine Liste von 374 Französinnen veröffentlicht worden war, die den Mut hatten, das Manifest zu unterzeichnen: Ich habe abgetrieben! Dem wollte sich der *Stern* anschließen.

Stella erklärte sich sofort bereit, die Liste mit zu unterschreiben, und als Roberta davon hörte, sagte sie: »Ich habe auch abgetrieben.« Stella und Lysbeth sahen sie erstaunt an. »Hast du wirklich?«, fragte Lysbeth. »Nein«, entgegnete Roberta kämpferisch, »Stella auch nicht, oder? Hier geht es doch nicht um Abtreibungen, sondern um ein politisches Statement.« Lysbeth wiegte nachdenklich den Kopf. »Die Abtreibungen in der DDR sind vollkommen anders. Da ist es nicht gefährlich. Ich glaube nicht, dass deine Unterschrift zählt.« »Ach, ich zähle mal wieder nicht«, zischte Roberta beleidigt. »Du zählst in jeder Hinsicht«, entgegnete Lysbeth lächelnd und legte eine Hand auf Robertas, die diese ihr schnell entzog. »Aber wir wollen lieber nicht schummeln. Es gibt bei uns genug Frauen, die bei einer Abtreibung ihr Leben riskiert haben.« Schmollend strich Roberta ihren Namen wieder durch. Stella krampfte sich der Magen zusammen. Diese junge Frau erlebte auf Schritt und Tritt, dass sie nicht dazugehörte, es musste schrecklich sein, den Ort verloren zu haben, wo man sich zu Hause fühlte.

Am 6. Juni 1971 platzte die Bombe. Zwei Monate nach dem *Nouvel Observateur* erschien im *Stern* der Artikel mit dem Titel »Wir haben abgetrieben!«. In der Bundesrepublik brach ein Sturm der Entrüstung los. Denn trotz der Liberalisierungs-Debatte ab 1969 war das Thema

Abtreibung noch immer ein Tabu. Eine Frau, die abtrieb, tat das meist in totaler Einsamkeit. Sie redete darüber in der Regel weder mit der besten Freundin noch der eigenen Mutter, oft noch nicht einmal mit dem eigenen Mann. Eine Frau, die abtrieb, hatte entweder das Geld für eine Reise in die Schweiz oder nach Holland – oder sie riskierte ihre Würde und manches Mal auch ihr Leben bei illegal abtreibenden Ärzten oder auf dem Küchentisch von Engelmacherinnen. Man schätzte die illegalen Abtreibungen in der BRD auf eine halbe Million jährlich.

Abtreibenden Frauen drohten bis zu fünf Jahre Gefängnis – allerdings wurde der Paragraph 218 tatsächlich schon lange nicht mehr angewandt, wie sich auch bei Lysbeth gezeigt hatte. Immerhin waren 1969 noch 276 Frauen wegen illegaler Abtreibung verurteilt worden, vor allem im Süden der Republik. Geschriebenes Recht und gelebtes Rechtsempfinden klafften weit auseinander. Eigentlich ging es beim Paragraph 218 nur noch um Einschüchterung und Demütigung der Frauen – und der sie unterstützenden Ärzte.

»Ich habe abgetrieben und fordere das Recht für jede Frau dazu«, bekannten nun also 374 Frauen öffentlich. Darunter waren auch einige, die es nie getan, aber durchaus mit dem Gedanken gespielt hatten. Keine von ihnen wusste, ob morgen nicht die Polizei vor der Tür stehen würde, ob sie ihre Stelle verlieren, ihre Nachbarn noch mit ihnen sprechen, ihr Mann sich von ihnen trennen würde. Auch Lysbeth und Stella waren unsicher, wie die Nachbarn reagieren würden. Aber entweder hatten sie den Artikel nicht gelesen oder nicht wahrgenommen, dass es sich um Lysbeth Bleibtreu und Stella Maukesch handelte, auf jeden Fall wurden sie von keinem Nachbarn angesprochen, nicht einmal schief angeschaut, geschweige denn nicht gegrüßt. Sie waren sich sicher, dass Luise Solmitz reagiert hätte, aber Luise war vor ein paar Monaten in Frankreich gestorben, während sie ihre Tochter besuchte. Seitdem stand das Haus leer. Stella wusste, dass Marthe mit Gisela in Kontakt stand, weil Dritter das Haus gerne kaufen wollte. Ein seltsames Gefühl, vielleicht bald den Bruder als Nachbarn zu haben.

Doch zuerst einmal stand der *Stern*-Artikel im Zentrum ihrer Aufmerksamkeit. Manche der Wellen, die er schlug, schwappten überraschend in das Leben der einen oder anderen. In der Kippingstraße erschien bereits am nächsten Tag Marthe, die Ausgabe der Zeitschrift in der Hand. Sie wollte alles wissen. Wie es zu dem Interview gekommen war, ob Lysbeth wirklich Abtreibungen vorgenommen hatte. »Ich wusste nur, dass du Geburtshilfe machst«, sagte sie und schob ihr Kinn fast vorwurfsvoll vor, »dass du Babys wegmachst, wusste ich nicht. Das ist doch gefährlich.« Viel mehr noch als Lysbeths gefährliche Tätigkeit interessierten sie freilich die Prominenten. »Romy Schneider, Senta Berger, Sabine Sinjen, Gisela Elsner, Veruschka von Lehndorff, hast du eine von denen auch auf deinem Stuhl gehabt?«, fragte sie neugierig. Lysbeth schüttelte den Kopf. »Vielleicht haben die gar nicht abgetrieben, vielleicht geht es denen nur um die Publicity …«, überlegte Marthe. »Ich glaube, dass diese sechzehn prominenten Frauen einiges riskiert haben«, entgegnete Lysbeth. »Was denn riskiert?«, fragte Marthe pikiert. »Romy Schneider kann sich doch alles erlauben.« Stella dachte daran, wie im *Pö* am vergangenen Abend einige der Männer, die mit ihr gern musiziert hatten, sich bei ihrem Anblick demonstrativ abgewandt hatten. »Ich kann mir vorstellen«, sagte sie, »dass diese prominenten Frauen einiges riskieren: ihren Ruf und ihre Engagements. Wenn sie zu Personae non gratae werden, könnte das Rollen kosten.« Marthe zog ihr Näschen abfällig kraus, wie sie es manchmal tat, wenn ihr etwas gegen den Strich ging. »Na ja, die fallen weich, wenn sie fallen.«

Das Bekenntnis der 374, der Bruch des Tabus, hatte ungeahnte Folgen. Zuerst einmal wurde die Forderung nach Abschaffung des Paragraph 218 lauter und lauter. Er muss weg!, erscholl es aus allen möglichen Richtungen. Denn er bedrohte nicht nur die Freiheit von Millionen Frauen, sondern auch ihre Gesundheit, gar ihr Leben. Und abtreibende Ärzte lebten in ständiger Gefahr. Er entmündigte, schüchterte ein, entwürdigte. Schluss mit der Angst! Schluss mit der Scham!, wurde laut und lauter gerufen. Der Artikel wurde zur Initialzündung für eine Bewegung, deren Wucht sich niemand hatte träumen lassen. Frauen begannen öffentlich und privat den Mund aufzumachen und über anderes zu sprechen als über Kindererziehung, Schönheit und Kochrezepte. Sie sprachen von ihrer Angst vor ungewollten Schwangerschaften, von ihrer überschatteten Sexualität, von ihrer Einsamkeit.

Roberta war empört darüber, wie die Medien reagierten. *Die Zeit* schrieb sogar zustimmend zur lauten Forderung der Frauen »Mein Bauch gehört mir!«. Die *Bild-Zeitung* fuhr einen Pro-und-Contra-Zickzackkurs, wobei sich zeigte, dass die Bewegung gegen den Paragraph 218 sogar deren breite Leserschaft erreicht hatte. Die *Süddeut-*

*sche Zeitung* geißelte den »Exhibitionismus« der Bekennerinnen, und die *Frankfurter Rundschau* kritisierte den »Konsumwahn« der Frauen sowie die »Vernichtung unwerten Lebens« und setzte damit abtreibende Frauen mit Nazis gleich.

Besonders empörte Roberta sich über die katholische Kirche. Die bezeichnete abtreibende Frauen als »Mörderinnen«. Schon 1969 hatte die sozialliberale Regierung eine Fristenlösung versprochen, nämlich das Recht der Frauen auf Abtreibung in den ersten drei Monaten. Aber die katholische Kirche hatte eindringlich Protest eingelegt, also waren die Sozialdemokraten wieder einmal, wie schon so oft in der Geschichte, zu feige gewesen, sich der katholischen Kirche entgegenzustemmen, und hatten wieder einmal die eigene Wählerschaft verraten.

Der Sturm, der nach dem Artikel über Abtreibungen losbrach, hatte eine viel breitere Wirkung, als erwartet. Frauen sprachen jetzt auch über viele andere Themen, die bisher tabu gewesen waren: über ihre Angst vor Sexualität, über ihre Probleme mit Männern im Bett. Sogar die Probleme mit Männern am Arbeitsplatz wurden nicht länger totgeschwiegen. Die Forderung »Mein Bauch gehört mir« weitete sich auf all diese Themen aus. Im ganzen Land bildeten sich »218-Gruppen«, in die Frauen aller Altersgruppen und sozialer Herkunft strömten. An so einer Gruppe beteiligte sich auch Roberta. Als sie am 11. März 1972 nach Frankfurt fuhr zum ersten »Bundesfrauenkongress«, atmete Stella insgeheim auf. Vielleicht fand Roberta jetzt endlich Menschen, mit denen sie sich beheimaten konnte.

In Frankfurt trafen sich 450 Frauen aus vierzig westdeutschen und West-Berliner Frauengruppen. Einen Tag später, am 12. März, erklärten die Sprecherinnen dieses Frauenkongresses über Mikrophon: »Frauen müssen sich selbst organisieren, weil sie ihre ureigensten Probleme erkennen und lernen müssen, ihre Interessen zu vertreten. (…) Wir schließen Männer aus unseren Gruppen aus, weil wir die Erfahrung gemacht haben, dass sich Bevormundung und Unterdrückung, die wir in allen Lebensbereichen erfahren, in gemischten Gruppen reproduzieren. (…) Frauen müssen zu einem Machtfaktor innerhalb der anstehenden Auseinandersetzungen werden.«

Damit war der Beginn der deutschen Frauenbewegung offiziell verkündet. Roberta lernte viele faszinierende Frauen kennen. Sie fühlte sich seltsam warm und heimelig, wenn sie mit ihnen sprach. Erst später, als sie darüber nachdachte, woran es wohl gelegen haben konnte, dass sie sich mit dieser oder jener Frau so wohl gefühlt hatte, begriff sie, dass diese Frauen in ihr die Erinnerung an jene weckten, mit denen sie groß geworden war: Lydia, Angela, auch Stella und Lysbeth. Frauen von scharfer Intelligenz, die zugleich eine starke Leidenschaft ausstrahlten. Ja, und auch Mütterlichkeit. Viele der Frauen in Frankfurt hatten Kinder. Roberta war überrascht, wie mütterlich viele Frauen auf dem Kongress wirkten und wie angenehm sie das empfand. Diese Frauen vertraten die Auffassung, dass Karriere, Politik und Kinder sich wunderbar ergänzten. »Wir dürfen uns nicht reduzieren lassen und auch nicht dividieren, hier Mutter, da berufstätige Frau, hier Politikerin«, so lautete das Credo, das Roberta gern geteilt hätte. Aber seit sie in der BRD lebte, stellte sie fest, wie schwer es für Frauen war, Beruf und Kinder zu vereinbaren. In der DDR war das anders gewesen, da wurden berufstätige Mütter umfassend unterstützt, aber in der BRD galt es als ungeschriebenes Gesetz, dass Frauen ihre Berufstätigkeit nach der Geburt ihrer Kinder aufgaben.

Auf dem Kongress klagten viele Frauen darüber, wie schräg sie angesehen wurden, wenn sie ihre Kinder bereits nach der Mutterschutzfrist von acht Wochen irgendjemandem in Obhut gaben, um ihrer Arbeit weiter nachgehen zu können. Bis zu diesem Augenblick hatte Roberta sich keine Gedanken darüber gemacht, was es für eine Frau in der BRD bedeutete, ein Kind zu bekommen. Sie hatte mit genügend anderen Problemen zu kämpfen. Jetzt aber begriff sie: Eine Frau in der BRD, die Mutter wurde, stand vor harten Entscheidungen. Nicht zu kündigen, bedeutete, das Kind in die Obhut einer anderen Frau zu geben, die bezahlt werden musste. Oft kostete die Betreuung des Kindes das gesamte Gehalt der jungen Mutter. Und eine Frau, die ihr Baby tagsüber weggab, um arbeiten zu können, galt allgemein als Rabenmutter.

Roberta hatte die frauenpolitische Diskussion bislang nur in der Tradition der Arbeiterbewegung erlebt und geführt. Clara Zetkin hatte gesagt, Frauen sollten »Hand in Hand mit dem Mann ihrer Klasse« marschieren. Aber auf diesem Kongress begriff sie, dass die Trennung von Politik und Privatem zur Unterdrückung der Frauen beigetragen hatte. Auch in der linken Bewegung der BRD hatten die Frauen es nicht leicht, wenn sie sich auf ihre eigenen Interessen besannen. Sogar im SDS wurde den Frauen »kleinbürgerlicher Aktionswahn« vorgeworfen.

Roberta begriff so viel auf diesem Kongress. Zum Beispiel, dass auch unter vielen Frauen in der 218-Bewegung Anpassung als positive Eigenschaft galt. Sich nicht an die Maßstäbe der Männer anzupassen, war gefährlich. Frauen, die sich intellektuell betätigten, wurden nach wie vor als »Blaustrümpfe« verunglimpft, Frauen, die sich im Beruf entfalteten, als »Mannweiber«. Eine »richtige« Frau in diesem Sinne zu sein, galt Anfang der siebziger Jahre noch als oberstes Ziel, und in vielen Ehen war die Pflicht zum Gehorsam dem Mann gegenüber selbstverständlich. Jungen Mädchen oder Frauen, die sich dem widersetzten, die nicht mehr »diplomatisch« sein wollten, die nicht mehr »mit den Waffen einer Frau« kämpfen wollten, sondern einen eigenen Weg einschlugen, wurde erzählt, dass sie »nie einen abbekommen« würden. Die »neue Frau«, die sich nur auf sich selbst und ihre Mitstreiterinnen verließ, musste erst noch geschaffen werden. Die Konkurrenz der Frauen um den Mann wurde nach wie vor geschürt, und so wurden Frauen nicht zu Schwesterlichkeit erzogen, sondern zu heimlichen Feindinnen.

Roberta fragte sich und die anderen Frauen immer wieder, wie die brave Hausfrau und Mutter mit der rebellischen und aufmüpfigen Grundhaltung der 68er zusammenpasste. Sie lernte alleinerziehende Frauen kennen, die geschieden waren oder das Wagnis eingegangen waren, ein Kind ohne Vater zu bekommen. Das waren große Ausnahmen, die aus dem studentischen Milieu kamen, in Wohngemeinschaften lebten und eine Identifikation mit der klassischen Frauenrolle weit von sich wiesen. Roberta fiel auf, dass es vielen Frauen auch aus diesem Umfeld schwerfiel, nur mit Frauen zusammen zu sein, als hätte das einen negativen Beigeschmack. Schnell wurde nach männlicher Begleitung gesucht.

Für Roberta hatte die Beschäftigung mit der Psyche bisher als lächerlicher Hokuspokus gegolten. Auch für sie bedeutete Emanzipation »gleicher Lohn für gleiche Arbeit«, Unterstützung der beruflichen Weiterentwicklung der Frauen, indem der Staat ihnen die Kinderbetreuung abnahm. Während der Diskussionen unter den Frauen in Frankfurt sickerte allmählich ein anderes Problembewusstsein in sie ein. Vergewaltigung in der Ehe, die Kontrolle der Frauen durch die Männer, ob es ihren Körper oder ihr Konto betraf, all das hatte nicht nur Auswirkungen auf ihre finanzielle Autonomie, es wirkte auf ihr ganzes Sein.

Allmählich beschlichen Roberta Zweifel am Primat der Ökonomie. In einer Diskussion mit Elke Regehr, einer Künstlerin, die viele Plakate, Buchtitel und sogenannte Spuckies, briefmarkengroße Aufkleber mit Fotos von Napalm-Opfern und von Vietnamesinnen, die in den Reisfeldern von US-Bombern verfolgt wurden, geschaffen hatte, vertrat sie noch kämpferisch, was sie gelernt hatte: »Die Seele gehört zum Überbau. Die Ökonomie allein bestimmt die Geschichte. Das materielle Sein bestimmte das Bewusstsein.« Elke Regehr widersprach ihr nicht. Sie sagte: »Das ist die Geschichte mit Henne und Ei. Denn das Bewusstsein bestimmt auch wieder den Verlauf der Geschichte. Revolution gibt es nur, weil die Leute es wollen. Es zeigt sich doch bei euch in der DDR, dass sich die ökonomische Grundlage geändert hat, aber nicht das Bewusstsein der Menschen. Also gibt es keine wirkliche sozialistische Bewegung.« Roberta stimmte nicht zu, aber sie dachte lange darüber nach.

Der Kampf gegen den Paragraph 218 zeigte, dass Frauen auch um ihre weibliche Identität kämpfen mussten. In allen Bereichen gab es Frauen, die im Interesse ihrer Selbstachtung und Gesundheit an die Grenzen der weiblichen Anpassung stießen.

Roberta begriff nach und nach, dass sie, auch als sie die DDR verlassen hatte, den Leitlinien der DDR treu geblieben war. Und diese Leitlinien waren patriarchalisch. Es war für sie eine schmerzhafte Erkenntnis. Die Frauen in der DDR arbeiteten zwar wie die Männer, sie bekamen als Mütter viel Unterstützung, sie waren geschätzte Genossinnen, Kameradinnen, sie kämpften Seite an Seite mit den Männern für den Aufbau des Sozialismus, aber nach wie vor hatten die Männer das Sagen. Roberta begriff, dass es männliche Werte waren, nach denen gehandelt wurde. Sie erinnerte sich plötzlich peinlich berührt an Witze, die auf Weihnachtsfeiern oder Gewerkschaftsveranstaltungen erzählt wurden, die ekelhaft frauenfeindlich gewesen waren. Die Frauen hatten am lautesten gelacht. In der Ehe war Anpassung an ihre Männer auch für die Frauen in der DDR ein hohes Gebot. Und auch wenn die Frauen für gleichen Lohn arbeiteten und ihre Kinder staatlich betreut wurden, lastete die Hausarbeit vor allem auf ihnen. Es war ein offenes Geheimnis, dass die Frauen arbeiteten, den Haushalt und Einkauf erledigten, sich in der Freizeit um die Kinder kümmerten, und die Männer Hobbys nachgingen wie Fußball oder Politik oder Taubenzucht oder der wöchentliche Besuch von Stammtischen. Roberta verkündete irgendwann auf dem Kongress lauthals: »Wir haben von Vietnam gelernt, dass unerträgliche Situationen veränderbar sind. Wenden wir das doch auch auf uns selbst an. Wenn es einem kleinen Land in Indochina gelingt, sich aus der aufgezwungenen Opferrolle zu befreien, kann das auch uns

Frauen gelingen!« Sie bekam Applaus. Und fragte sich, ob das wirklich sie gewesen war, die das gesagt hatte.

Am selben Abend noch, als Roberta von dem Kongress nach Hause kam, verkündete sie kämpferisch, sie wolle auch in der Kippingstraße eine andere Frauenkultur einführen. »Wir müssen miteinander reden«, rief sie energisch. »Hier im Haus sind fünf Frauen – mit mir –, und dann gibt es in der Familie Wolkenrath noch so viele Frauen, Marthe und Silke und Doris und Annalena. Keine von uns kennt doch die Probleme der anderen. Wir sollten einmal die Woche einen Jour fixe einrichten und gucken, was wir gemeinsam unternehmen können, um die Situation der Frauen in der BRD zu verändern. Und auch unsere eigene.«

Stella und Lysbeth schauten einander an. Lysbeth lächelte. »Das ist eine sehr gute Idee«, sagte sie. »So kommen auch die Frauen der unterschiedlichen Generationen in unserer Familie miteinander ins Gespräch.«

»Auch Cynthia?«, fragte Stella. Roberta nickte. Lysbeth nickte ebenfalls. »Warum nicht auch Cynthia? Ich schlage Donnerstagabend vor. Da ist noch kein Wochenende, wo die meisten jungen Leute sicher Besseres vorhaben. Aber es ist schon ein wenig ein besonderer Tag.«

Stella musterte ihre Schwester misstrauisch. Die führte doch etwas im Schilde. Aber als sie einen kleinen Abendspaziergang machten, sagte Lysbeth begeistert: »Das ist doch eine wundervolle Idee von Roberta. Weißt du noch, wie wir uns früher manchmal konspirativ getroffen haben, nur die Frauen in der Familie? Wie wäre das schön, wenn das heute wieder möglich wäre.«

Stella nickte.

Sie hatte freilich andere Probleme. Ruben warb auf eine beharrliche und entzückende Weise um sie. Und er gefiel ihr. Wie sollte er ihr auch nicht gefallen? Er gefiel jeder Frau. Und das gerade war das Problem. Sie sah, wie die anderen Frauen im *Pö* auf ihn reagierten, selbst auf der Straße oder an anderen Orten, wo sie sich aufhielten, denn inzwischen hielten sie sich an vielen Orten auf, sogar nach *Hagenbecks Tierpark* hatte er sie eingeladen, weil er der Auffassung war, dass »ein Künstler sich dahin begeben muss, wo noch ein Zipfelchen von Natur zu erhaschen ist, damit er wieder mit seiner eigenen Natur in Kontakt kommt«.

Stella genoss die Zeit mit Ruben sehr. Er erinnerte sie an Anthony, an dessen Begeisterung für die Entdeckung von Neuem. Er erinnerte sie auch an Anthonys Fürsorge. Ruben war auf eine Weise fürsorglich, die ihr manchmal schon zu weit ging. »Ich bin doch keine Oma«, sagte sie, wenn er ihr die Hand reichte, um Treppen zu steigen. Dann reagierte er erschrocken, riss seine Hand zurück, um sie sofort wieder auszustrecken und nach ihrer zu greifen. »Ich will mich an dir festhalten«, sagte er lachend. »Ohne dich fühle ich mich verloren.«

Das war das Nächste, was sie an Ruben irritierte. Er verlangte so eindeutig nach ihrer Nähe, er war dabei völlig schamlos, dass sie unsicher war, worum es ihm ging. Wollte er eine Mama, die ihn an die Hand nahm? Oder sah er sie als alte Frau, für die er sorgen musste?

Stella war verunsichert. Ihre Reaktion auf Ruben freilich war eindeutig. Sie fand ihn schön, männlich, kraftvoll, und sie musste sehr aufpassen, nicht zu sehr nach seiner Nähe zu streben.

Ruben war männlich, daran gab es keinen Zweifel. Allein seine Silhouette anzuschauen, führte zu Gänsehaut auf Stellas Armen. Auch das Betrachten seiner muskulösen Unterarme, die von schwarzen weichen Härchen bedeckt waren, schoss ihr auf eine Weise in den Bauch, wie sie es schon lange nicht mehr erlebt hatte, auch nicht, als sie mit Daniel spazieren gegangen war. Ihre Reaktion auf Ruben war heftig und genauso animalisch wie die eines Löwenweibchens auf den Löwen.

Stella war das Animalische daran vollauf bewusst. Aber ich bin siebzig Jahre alt, beschwor sie sich. Ich brauche höchstens einen Mann, der bereit ist, mir in wenigen Jahren die Windeln zu wechseln oder mich daran zu erinnern, dass ich das Gebiss in Kukident legen soll. Sie besaß zwar noch alle Zähne, aber wenn sie an ihr Alter dachte, fielen ihr immer die Zähne ein. Ihr Körper bereitete ihr nicht die geringste Mühe. Stellas linkes Knie schmerzte manchmal, dann, wenn sie zu lange gelaufen war, zum Beispiel nach einer Alsterumrundung. Als sie das Ruben vorwurfsvoll mitteilte, als wäre er schuld daran, dass ihr das Knie weh tat, sagte er lachend: »Du gehst einmal um die Alster, ach, du grüne Neune, ich schwächele schon nach der Hälfte.« Er ließ sie ins Leere laufen, sobald sie über ihr Alter sprach, das begriff sie bald. Er war nicht bereit, darauf einzugehen.

Eines Morgens gegen 5.00 Uhr, nachdem sie eine musikalisch erfüllende Nacht erlebt hatten und nun müde mit anderen an der Theke saßen, wollte Stella ein Taxi rufen, aber Ruben sagte: »Lass uns paar Schritte gehen.« Stella sah ihn erstaunt an, dann stimmte sie zu. Sie liefen den Eppendorfer Weg entlang. Es war wie Zauber. Am Himmel leuchteten ein paar Sterne, nur ganz wenige Autos waren unterwegs. Es roch nach Erde. Irgendwo gab es Erde. Und die roch.

Ruben nahm Stellas Hand. Seine Hand war groß und warm und hielt die ihre auf eine perfekte Weise, fest und sanft. Sie fühlte sich gehalten und nicht gedrückt. Wo hat er das gelernt, fragte sie sich, zu müde, um dem Gedanken weiter zu folgen, zu wach, um das schöne Gefühl zu ignorieren. Schweigend spazierten sie den Eppendorfer Weg entlang bis zur Hoheluftchaussee. Dort zögerten sie nur kurz, überquerten die Kreuzung bei Rot, Hand in Hand. Es war inzwischen 6.00 Uhr morgens. Der Berufsverkehr erwachte.

Was für ein besonderes Gefühl, dachte Stella, wir haben bis eben unsere »Arbeit« gemacht, und gleich liege ich in meinem Bett, und die anderen fangen jetzt an. Sie hätte Ruben den Gedanken gern mitgeteilt, aber ihre Zunge war zu schwer, und irgendwie wusste sie, dass er das Gleiche dachte, auch wenn sie es nicht laut aussprachen.

Doch Ruben sprach etwas anderes aus. Er wandte sich ihr zu, da hatten sie schon die Schlankreye erreicht, waren kurz vor dem Sportplatz, und gleich würde es nach rechts gehen und Stella wäre in Kürze zu Hause, er nahm ihr Gesicht zwischen seine Hände und sagte: »Ich begehre dich. Du weißt nicht, wie sehr. Jede Nacht denke ich an dich, träume von dir. Ich wünsche mir so sehr, dass du meine Frau wirst.« Ganz zart legte er seine Lippen auf ihre und zog sie sofort wieder zurück. Stella spürte seine Lippen noch, seine Hände an ihrem Gesicht. Am liebsten wäre ihr gewesen, er hätte sie einfach weiter festgehalten, aber da ließ er sie los und sah sie mit einem etwas hilflosen Lächeln an.

Dieses hilflose Lächeln ernüchterte sie. Jetzt wollte er, dass sie ihm weiterhülfe. Sie sollte ihm den Weg weisen. Sie sollte ihm Mama sein. Nein!

Schroff sagte sie: »Ruben, du könntest mein Sohn sein. Ich will keinen Mann, für den ich Mutter bin. Das passt nicht zu mir, verstehst du.«

Er raffte sich auf, sie konnte es deutlich spüren. »Das passt auch nicht zu mir«, sagte er, und sie merkte, dass sie seine männliche Würde angekratzt hatte. »Du bist für mich keine Mutter, Stella, du bist eine unglaublich attraktive und wundervolle Frau.« Fast trotzig fügte er hinzu: »Und ich bin kein Bubi, ich bin ein Mann!« Er riss sie herum und küsste sie. Ein fordernder männlicher Kuss. Fast dominant, aber er ließ ihr Raum für Widerstand. Auf den hatte sie keine Lust. Sie wurde weich in seinen Armen und genoss, was er mit seinen Lippen tat. Er ertastete ihre Lippen, sie spürte, wie er sie spürte, und erst ganz langsam, ganz zögerlich näherte sich ihr die Spitze seiner Zunge. Sie schreckte zuerst zurück, und wieder ließ er ihr Raum, drang nicht zu schnell vor. Wartete ab, bis sie zaghaft ihre Zungenspitze zu ihm hin wagte.

Was tue ich hier?, fragte Stella sich, aber dann hörte sie auf zu denken und verlor sich an seinen Lippen und in seinen Händen, die sich von ihrem Nacken in die Haare gruben, sich um ihre Taille legten, ihren Rücken hielten. Als er langsam seine Lippen von den ihren löste und sie anschaute, fragte Stella sich, wo sie eigentlich war. Und dann erschrak sie, weil sein Blick so war, als hätte er sie die ganze Zeit während des Küssens angeschaut, so wissend, so als hätte er etwas von ihr erkannt, das sie sonst nicht preisgab. Gleichzeitig lag in seinem Blick eine solche Zärtlichkeit gepaart mit einer Kraft, die von tief innen kam. Wenn ich mich auf diesen Mann einlasse, bin ich verloren, dachte Stella. Sie schob ihn leicht von sich fort und sagte mit einer Stimme, die ihr selbst fremd vorkam: »Ruben, wir müssen das lassen. Es geht einfach nicht.« Sein Blick verdüsterte sich, aber sein Lachen kam leicht. »Das geht so wundervoll, meine liebe Stella, wie ich nicht mal zu hoffen gewagt habe. Ich finde, wir müssen das überhaupt nicht lassen, sondern immer aufs Neue wiederholen.«

Er griff nach ihrer Hand und setzte den Weg Richtung Kippingstraße fort.

Vor der Haustür hauchte er einen zarten Kuss über ihre Lippen und strich ihr über die Wange. »Schlaf gut«, sagte er leise, drehte sich um und war schon fort, als sie die Haustür aufschloss.

## 57

Stella machte sich Sorgen um ihre Tochter. Und sie machte sich Sorgen um sich selbst. Wohin sollte das alles führen?

Angela hatte Bobby gefunden, er war verheiratet. Seine Frau hatte einen Sohn in die Ehe gebracht, und Bobby fühlte sich als Ersatzvater. Zwischen Angela und Bobby hatte es, wie Stella den kurzen Telefonaten und den längeren Briefen entnahm, durchaus innige und warme Momente gegeben, besonders auch, weil Angela viele musikalische Informationen mitbrachte und Bobby sich in seinem Aushilfsjob als Packer nicht mehr im Geringsten als Musiker fühlte, sich gleichwohl entsetzlich danach sehnte, wieder Musik zu machen. Angela schrieb: »Du bist die Einzige, der ich mich offenbaren kann, weil ich weiß, dass Du mich nicht verurteilen wirst, aber es ist so: Ich kann Bobby nicht lassen. Ich habe ihm zwar gesagt, dass ich ihn verstehe und nur freundschaftlichen Kontakt will, aber in Wirklichkeit will ich etwas ganz anderes.«

Stella war gerührt über die Briefe ihrer Tochter. Sie waren so offen und gefühlvoll, wie sie Angela selten erlebt hatte. »Ich muss einfach hierbleiben«, schrieb sie. »Ich kann nicht anders, als in seiner Nähe sein zu wollen. Immer wenn er einen halben Meter von mir entfernt ist, näher kommt er nicht, vibriert mein Körper, als gingen Stromschläge durch mich hindurch. Das ist *mein* Mann! Diese Frau soll ihn lassen!« Bobby fühlte sich dieser Frau, Diana, einer Kassiererin im Supermarkt, zutiefst verpflichtet. Sie hatte ihn in London bei sich aufgenommen, als er kurz davor war, unter der Brücke schlafen zu müssen. Ihre einzige Bedingung war gewesen, dass er sie heiratete und ihrem Sohn ein Vater wäre. Diese Bedingung hatte Bobby akzeptiert. So hatte er ein Zuhause gefunden.

»In London zu leben ist alles andere als Zuckerschlecken«, schrieb Angela. »Alles ist teuer. Die Mieten sind hoch, die Lebensmittel sind teuer, das Essen ist schlecht. Ich habe manche der Künstler wiedergefunden, die damals bei uns verkehrten, als ich bei Anthony gelebt habe. Die sind witzig, die finden Wege, manche haben schon seit vor dem Krieg Häuser, manche schlagen sich mit irgendwelchen Brotjobs durch. Aber Bobby hat sich aufgegeben, er zahlt den Preis, den er vereinbart hat. Ich *kann* ihn nicht hierlassen, mal abgesehen davon, dass ich ihn liebe. Bobby ist ein hervorragender Musiker. Der darf doch nicht sein Leben damit vergeuden, Pakete zu schleppen! Im übrigen ruiniert das seine Finger.«

Also antwortete Stella: »Bleib, solange du willst, ich schick dir Geld.« Ihr Vermögen schwand freilich wie Eis in der Sonne. Damit hatte sie nicht gerechnet. Das viele Geld, das Anthony ihr hinterlassen hatte, war inzwischen fast verbraucht. Sie hatte das Auto verkauft. Nun blieben ihr zum Leben nur noch die Tantiemen seiner Bücher, und die wurden von Jahr zu Jahr geringer. Schweren Herzens setzte sie sich hin und schrieb an Greta. Sie beschrieb ihre Situation, fragte höflich, wie es Greta gehe, und fügte gewissermaßen als Post scriptum die Frage hinzu, ob es für sie vielleicht denkbar wäre, sich die Rente von Jonny zu teilen. Sie schämte sich, dass sie zu so etwas genötigt war, aber sie sah keinen anderen Weg. Sie schrieb auch an Anthonys Verleger, der sich nach dessen Tod brennend für seinen literarischen Nachlass interessiert hatte. Erst Wochen später erhielt sie ein Schreiben, in dem ihr mitgeteilt wurde, dass der Alte sich aus dem literarischen Geschäft zurückgezogen habe, sein Sohn die Geschäfte fortführe, eine andere Verlagsstrategie entwickelt habe und man sich im Übrigen nicht vorstellen könne, dass Anthony Walkers Tagebücher noch einen Platz auf dem Buchmarkt finden könnten.

Das war es also. Stella schluckte die Bitterkeit hinunter und suchte nach anderen Wegen. Gleichzeitig kämpfte sie mit ihren Gefühlen für Ruben, der keinen Tag verstreichen ließ, ohne um sie zu werben. Dafür dachte er sich witzige und kreative Sachen aus. Das erinnerte sie an Anthony, was sie einerseits für Ruben empfänglicher, andererseits aber auch abwehrender machte.

Und als hätte sie nicht schon genug Sorgen, wurde immer deutlicher, dass Roberta einen seltsamen Weg einschlug. Sie beschäftigte sich seit einiger Zeit mit Ulrike Meinhof, der sie im Zusammenhang mit ihrer Arbeit im Anwaltsbüro begegnet war und die sie überaus fasziniert hatte. »Diese Frau hat eine unglaubliche Ausstrahlung«, hatte sie am Abend ungewöhnlich begeistert ihrer Großmutter erzählt. »So ein scharfer Verstand und so eine Herzlichkeit, das gibt es selten bei Menschen.«

Den Namen *Rote Armee Fraktion* hatte sich die Gruppe um Andreas Baader und Gudrun Ensslin nach Ulrike Meinhofs Strategiepapier »Das Konzept Stadtguerilla« gegeben. Hier war auch zum ersten Mal das Symbol der *Roten Armee Fraktion* erschienen: ein roter Stern mit Maschinenpistole. Roberta hatte das Manifest gelesen, und sie fand es brillant. Ulrike Meinhof propagierte die Notwendigkeit des bewaffneten Kampfes. Roberta stimmte ihr zu. Schon in ihrer Kindheit hatte sie sich mit dem Spanischen Bürgerkrieg beschäftigt, und sie war überzeugt davon, dass man eine Revolution nur mit Gewehren gewinnen konnte. Ansonsten wurde man vom Klassenfeind erschossen, ins Gefängnis gesteckt, gefoltert, gequält.

Am 22. Oktober 1971 wurde der Hamburger Polizist Norbert Schmid bei einer Verfolgungsaktion erschossen. Das missfiel Roberta. Auch wenn er Polizist war, gehörte er doch nicht zur ausbeutenden Klasse. Gleichwohl begriff sie, dass die *RAF* unter Handlungszwang gestanden hatte. Wäre dieser Polizist nicht gestorben, wäre es vielleicht einer der ihren gewesen.

Als Ausdruck des Protestes gegen den Vietnamkrieg verübte die *RAF* eine Serie von Bombenanschlägen, unter anderem auf die Hauptquartiere der US-Armee in Heidelberg und Frankfurt. Vier US-Soldaten starben. Es störte Roberta, dass immer die Kleinen dran glauben mussten, diejenigen, die nicht die Schalthebel der Macht bedienten. Den Protest gegen den Vietnamkrieg fand sie ohne Einschränkung gerechtfertigt, und wenn Stella versuchte, mit ihr über die vermeidbare Gewalt der *RAF* zu diskutieren, schnaubte sie: »Was gibt es Gewalttätigeres als den Vietnamkrieg? Gegen Napalm und verbrannte Erde sind doch ein paar selbst gebastelte Bomben ein Witz!«

Am 19. Mai 1972 gingen im Hamburger Axel-Springer-Haus mehrere Bomben hoch. Obwohl es zuvor Warnanrufe gegeben hatte, war das Gebäude nicht geräumt worden. Mehr als dreißig Menschen wurden bei dem Anschlag verletzt. »Das haben die absichtlich gemacht«, schnaubte Roberta. »Die wollen doch, dass die *RAF* als gewalttätige Kriminelle dastehen.«

Auf die Bombenanschläge folgte die größte Fahndungsaktion in der Geschichte der Bundesrepublik. Am Abend des 20. Mai standen plötzlich sechs dunkel gekleidete, unheimlich aussehende, bewaffnete Männer vor der Tür der Kippingstraße. Cynthia ließ sie hinein. Gellend schrie sie nach Stella und Lysbeth und Aaron. Es klang wie der Warnruf eines großen Vogels. Aus den unterschiedlichen Richtungen stürzten die drei zur Haustür, wo sie angesichts der gefährlich aussehenden Männer, die die Hände am Maschinengewehr hielten, abrupt stehen blieben. Stella und Lysbeth tauschten einen Blick. Es erinnerte fatal an den Besuch der beiden Männer der Gestapo, die Dritter damals mitgenommen hatten. Diese jetzt blickten grimmig, als müssten sie eine ganze Bande von Raubmördern ausheben. Aaron schluckte, trat vor und bat um Auskunft. »Worum geht es? Bitte würden Sie sich legitimieren.« Seine Stimme zitterte ein wenig, aber er stand gerade und stolz vor den bedrohlichen Männern.

Anscheinend war es der Ranghöchste, der knapp mitteilte: »Hausdurchsuchung. Wer wohnt hier alles?« Er zog eine Marke aus der Tasche, wies sie Aaron kurz und widerwillig und steckte sie wieder weg, ohne dass Aaron einen Blick hätte drauf werfen können. Aaron wurde kreidebleich. Stella sah ihm an, dass es nicht aus Angst, sondern vor Wut war. Cynthia war ebenfalls kreidebleich, Stella fürchtete, dass sie auf der Stelle tot umfallen würde.

In diesem Augenblick klappte die Haustür. Roberta erschien, erfasste die Situation im Nu und sagte spöttisch: »Hier geht es wohl um mich.« Sie hielt den Männern ihre überkreuzten Hände hin, nannte ihren Namen und fragte, ob sie sie gleich mitnehmen wollten. Stella atmete schwer. Am liebsten hätte sie sich zwischen die Männer und ihre Enkelin gestellt. Aber sie wusste, dass Roberta das nicht zulassen würde. Und die Männer wohl auch nicht.

Die ließen sich von Robertas Angebot nicht von ihrem Vorhaben abbringen, das Unterste im Haus zuoberst zu kehren. Sie forderten die Bewohner auf, im Treppenhaus zu bleiben, einer der Männer wurde abgestellt, sie zu bewachen. Das Maschinengewehr im Anschlag, stand er vor ihnen, die sich auf den Treppenstufen niedergelassen hatten. Aaron erbat die Möglichkeit, für Cynthia einen Stuhl aus ihrer Wohnung zu holen, was ihm verwehrt wurde, woraufhin Aaron in strengem Ton sagte: »Ich bin Arzt, und ich kann Ihnen versichern, dass ich Sie mit allen mir zur Verfügung stehenden Mitteln belangen werde, sofern meine Schwägerin durch Ihren Besuch gesundheitlichen Schaden erleidet. Was sie, auch das versichere ich Ihnen, innerhalb der nächsten zehn Minuten tun wird, sofern sie nicht wenigstens auf einem normalen Stuhl Platz nehmen kann.« Der junge Mann, ob Soldat oder Polizist war nicht erkennbar, war diese Sprache anscheinend nicht gewohnt, seine Augen flackerten unsicher von einem zum andern, dann brüllte er durchs Haus: »Ein Stuhl hierher. Die Alte kippt sonst um.«

Der Stuhl wurde krachend ins Treppenhaus geworfen, und Cynthia sank seufzend darauf nieder. Aus allen Richtungen im Haus drangen Geräusche, als würde die Einrichtung systematisch zerschmettert. Zwei Stunden später wurde ihnen düster mitgeteilt, dass sie sich zur Verfügung halten sollten, Roberta wurde mitgenommen. Schweigend gingen die vier auseinander, um ihre verwüsteten Wohnungen in Ordnung zu bringen.

Während Stella, völlig in ihre Gedanken verloren, ihre Wohnung aufräumte, die wie nach einem Vandalenangriff aussah, hörte sie unten aufgeregtes Türenschlagen und dann Aarons laute Stimme: »Notfall, schnell!« Wieder hastete Stella die Treppen hinab. Aaron und Lysbeth waren mit Cynthia beschäftigt, die regungslos auf ihrem Sessel saß. Ihr Kopf war leicht zur Seite gefallen, ihr Gesicht sah aus, als wäre sie tot. Aaron lief nach draußen, um den Krankenwagen abzufangen, der in Kürze erschien. Ein Arzt verabreichte Cynthia als Erstes eine Infusion, dann wurde sie auf eine Bahre verfrachtet und mit Blaulicht ins Krankenhaus St. Georg gefahren. Aaron begleitete sie.

Diese Hausdurchsuchung hatte einige Folgen: Cynthia hatte einen Schlaganfall erlitten. Sie konnte nur noch lallen und die linke Seite nicht mehr bewegen. Eine Woche später saß sie im Rollstuhl, und die Ärzte meinten, dass sie nach der medizinischen Behandlung besser in einem Pflegeheim aufgehoben wäre. Ihre Freundin kümmerte sich rührend um sie. Täglich verbrachte sie viele Stunden im Krankenhaus, kochte extra für sie und übte mit ihr sprechen.

Einen Monat später allerdings erschien sie mit Koffern im Haus, und auf Stellas Nachfrage teilte sie mit, dass sie nun zu Cynthia ziehen werde. »Ja, aber die wird doch wahrscheinlich ins Heim müssen«, reagierte Stella irritiert. »Dann hüte ich ihre Wohnung so lange ein, bis sie zurückkommt«, teilte die Dame von oben herab mit.

Von nun an gab es also eine neue Bewohnerin in der Kippingstraße.

Die zweite Veränderung zeigte sich erst später.

Im Juni 1972 wurden die *RAF*-Anführer in schneller Folge verhaftet und in Gefängnissen in der Nähe ihrer Verhaftungsorte untergebracht. »Isolationshaft« nannten die *RAF*-Mitglieder das und forderten die Zusammenlegung in ein Gefängnis – mit medienwirksamen und folgenschweren Hungerstreiks. Roberta war nach einigen Verhören freigelassen worden, weil ihr außer ihrer unverhohlenen Sympathie für die *RAF* nichts vorgeworfen werden konnte. Doch seitdem verhielt sie sich, als wäre ihr ebenso wie Ulrike Meinhof die Freiheit geraubt. Stella fürchtete täglich, dass sie sich Gruppen anschließen würde, die die »Arbeit« der *RAF* fortführten. Dem stand Roberta wohl auch nicht ablehnend gegenüber, aber sie zögerte noch, so nahm Stella es wahr. Mit Roberta darüber zu sprechen war unmöglich. Die gab nur noch wütende Statements ab.

Ruben erwies sich in diesen Wochen, in denen Stella sich ihm gegenüber oft gereizt und ungerecht vorwurfsvoll verhielt, als ein geduldiger und loyaler Freund. Er erwartete nichts von ihr, aber er machte immer wieder Vorschläge zu Unternehmungen, die sie auf andere Gedanken brachten.

Im Juni lud er sie zur Premiere von *Stallerhof* in den Malersaal des Schauspielhauses ein. Ivan Nagel war seit kurzem Intendant des Schauspielhauses, er hatte den Malersaal umbauen lassen und gab dem Schauspielhaus auch mit dieser Spielstätte ein neues Gesicht. *Stallerhof* wurde schon im Vorhinein in Hamburg diskutiert, und Ruben fand es unbedingt notwendig, sich die Premiere anzuschauen. Auch Stella brannte darauf, das Stück zu sehen. Franz Xaver Kroetz, der Autor, war bekannt für Provokation, ein frecher, bayerisch wortgewaltiger junger Rebell, so verstand sie ihn und so wurde er in der Presse dargestellt, zuweilen mit positiver Resonanz, zuweilen wurde Häme über ihm ausgekippt.

Sie nahm Rubens Einladung gern an, verbarg aber nicht ihre Sorge: »Du wirst es nicht glauben, aber ich mag Roberta im Augenblick überhaupt nicht allein lassen. Sie kommt mir so vor, als würde sie entweder im nächsten Augenblick eine Bombe zünden oder sich selbst umbringen … oder beides gleichzeitig.« Einen Tag später erschien Ruben bei ihr zu Hause, hielt etwas in die Höhe und rief: »Tatatata! Rate, was das ist!« Stella äugte hinauf, konnte sich aber keinen Reim auf das Stück Papier machen, das er in der Luft wedelte, schüttelte ratlos den Kopf. Da senkte er die Hand und hielt ihr ein Ticket entgegen. »Für Roberta«, sagte er, und sein stolzer Ton drückte aus, wie schwer es gewesen war, diese Karte zu ergattern.

Stella fiel ihm um den Hals. »Du bist ein großer Schatz!«

Er umschlang sie, hielt sie fest. »Man tut, was man kann. Und für deine Nähe würde ich nicht nur die Kasse des Schauspielhauses überfallen, sondern gleich die Kasse der *Deutschen Bank.*« Stella hörte Schritte im Treppenhaus und machte sich schnell los. Sie vermied es, mit ihm gesehen zu werden und schon gar in einer Nähe, die auf anderes schließen ließ.

Roberta reagierte weitaus weniger enthusiastisch auf die Einladung in den Malersaal, eher so, als würde sie Stella einen Gefallen tun, wenn sie dorthin ginge.

Demonstrativ zog sie sich wenig festlich an, ihr einziges Zugeständnis an bürgerliche Gepflogenheiten bei einem Theaterbesuch war eine weiße Bluse zu ihren Jeans. An diesem Abend stellte Stella ihr erstmals Ruben vor. Bislang hatte sie eine Begegnung geschickt vermieden. Erstaunt, fast schon geschockt konstatierte sie, wie eine eigenartige Verwandlung mit ihrer Enkelin vor sich ging. Als würde ein Streichholz in der Frau entzündet. Roberta errötete, als Ruben ihr die Hand reichte und »Enchanté« sagte, etwas, das er häufig tat, wie Stella wusste, die sich keinen Reim auf das plötzliche Licht in ihrer Enkelin machen konnte.

Wie selbstverständlich schlug sie vor, dass Ruben und Roberta die beiden Plätze einnehmen sollten, die nebeneinander lagen. Sie wollte den separaten Platz nehmen. »Ich mag das lieber«, beharrte sie, als sowohl Ruben als auch Roberta widersprachen. »Ich kann mich besser auf ein Stück konzentrieren, wenn ich durch niemanden abgelenkt werde, der neben mir sitzt.«

»Ich vermute stark, dass da auch Leute sitzen«, lächelte Ruben, aber Stella entging nicht die leichte Schärfe in seiner Stimme und die Verärgerung in seinen Augen. Sicher, er hatte mit *ihr* ins Theater gehen wollen. Sicher, er kannte Roberta nicht. Aber so konnte er sie kennenlernen, und, dachte Stella mit einer leichten Traurigkeit, die beiden jungen Menschen werden sich schon verstehen.

Stella begab sich auf ihren Einzelplatz. Schnell schob sie die Gedanken an ihre Enkelin und den Mann fort, der sich gegen ihren Willen schon ziemlich weit in ihr Herz geschlichen hatte, und konzentrierte sich auf die Bühne.

Vor ihren Augen spielte sich ein Stück ab, das ihr in gewisser Weise wie die Widerspiegelung ihrer eigenen Problematik vorkam. Ein achtundfünfzigjähriger Knecht und eine leicht debile, arg kurzsichtige Vierzehnjährige begaben sich auf der Bühne in etwas Ähnliches wie eine Liebesbeziehung. Stella war gefesselt von diesem Stück, das ihr ungewöhnlich aufrichtig und sehr schön vorkam.

Die Geschichte war schrecklich. Sie begann damit, dass ein alter Mann, verbraucht von Gelegenheitsarbeiten, auf einem Lokus sitzt, eine billige Illustrierte vor sich, und onaniert. Diese Szene drückte eine ohnmächtige Einsamkeit aus, die Stella den Atem raubte.

Dann trat die junge Eva Mattes auf und erfüllte die Bühne mit anmutiger Trampeligkeit. Ihr Lächeln brach blöde, glücklich, scheu, dann wieder verschreckt aus dem kurzsichtigen, trotz der dicken Brillengläser ungeschützt wirkenden Gesicht. Stella hatte den Eindruck, an etwas sehr Großem teilnehmen zu dürfen. Eva Mattes spielte brillant das von ihren Eltern herumgeschubste Wesen. Hilflos-kokett macht sie sich ein bisschen schön, indem sie sich ein paar Haarfransen in die Stirn streicht, obwohl es ihr weh tut, wenn er linkisch und roh in sie eindringt. Eva Mattes zeigte so natürlich und zugleich kunstvoll eine Debile, die für den alten Knecht ergeben den Rock hochhebt oder später als Geschwängerte nackt und unendlich verloren darauf wartet, was die Mutter mit ihr vorhat. Die Mutter will das Unerwünschte mit Seifenlauge ausputzen. Sie herrscht die Tochter an, sich auszuziehen. Die steht bald da, nackt, frierend, ängstlich und unbedarft.

In der Pause äußerte Roberta sich begeistert. »Kroetz prangert mit seinem Stück auf eine wundervoll empfindsame Weise die Entfremdung der kapitalistischen Gesellschaft an, in der nur der etwas taugt, der Macht oder schönen Schein vorzuweisen hat.« Während er den Weg zur Theke einschlug, um für die drei Sekt zu besorgen, stimmte Ruben ihr zu: »Ja, das Stück zeigt eindrucksvoll zwei Menschen, die von andern nur als Dinge gesehen werden.« Stella wandte sich an Roberta, als Ruben in der Warteschlange verschwand: »Der alte Knecht ist eben der Erste, der das Mädchen wahrnimmt. Dafür tut sie alles.« Roberta blickte hinter Ruben her. Begeistert rief sie: »Kroetz ist wirklich in der Lage, Randgruppen genauestens zu durchleuchten. Er zeigt, dass in dieser verlogenen kapitalistischen Gesellschaft nur derjenige Ansehen genießt, der etwas darstellt.« Die Menschen um sie herum warfen ihr befremdete Blicke zu. Stella starrte ihre Enkelin regelrecht an. Deren Augen funkelten und glitzerten, so schön hatte sie sie seit langem nicht gesehen. »Was bist du für eine schöne Frau«, entglitt es ihr, und schon im nächsten Moment hätte sie sich für diese Bemerkung die Zunge abbeißen können. Jetzt ist der Kontakt wieder futsch, dachte sie unglücklich. Aber weit gefehlt. In diesem Moment kam Ruben mit drei Sektgläsern, die er geschickt zwischen seinen Fingern hielt. Er hatte Stellas Worte gehört und bestätigte sie nun: »Stella hat recht, Roberta, du bist wirklich eine schöne Frau. Etwas streng vielleicht, aber das gibt sich schon noch.« Er hatte in einem väterlichen Ton gesprochen, und Stella erschrak ein zweites Mal. Roberta hingegen schien die Komplimente aufzusaugen und in verstärktes Strahlen umzuwandeln. Sie nahm ihr Sektglas in Empfang, wandte sich Ruben zu und verwickelte ihn in ein Gespräch, als gäbe es Stella gar nicht. »Ich finde es so beeindruckend, wie er eine Katastrophe als zwanghafte Folge von vielen kleinen unmerklichen Katastrophen zu schildern vermag.« Ruben nickte, fügte ironisch lächelnd hinzu: »Es gibt aber ein paar Sprachbarrieren, oder?

Dieses Bayerisch ist einfach eine Fremdsprache. Kein Wunder, dass das Publikum auf dieses phantastisch natürliche Spiel der Mattes reagierte, als wäre es exotisch.«

Wieder teilte Roberta seine Meinung. »Ja, sie haben als Pointe jede banale Redensart belacht, zu der die Menschen auf der Bühne wie nach einem Strohhalm griffen.« Stella versuchte sich einzumischen: »Ich finde es wundervoll, wie die Bühne in die Mitte der Zuschauer gezogen wurde.« Roberta wandte sich ihr eher widerwillig zu: »Dieses Hamburger Theaterpublikum hat den Ernst und das Gewicht dieses Arrangements überhaupt nicht begriffen.« Ruben lächelte Stella an. »Ja, der Bühnenbildner ist wunderbar. Wie der die Schauplätze mit kargen Requisiten kantig in den Malersaal einpasst, das hat mich überzeugt.«

Als die Klingel ertönte, schien es Stella, als wäre Roberta sehr einverstanden damit, wieder mit Ruben von ihr wegzustreben. Ruben warf Stella noch einen Blick über die Schulter zu, und Stella sah diesem Blick an, dass sie ihm keinen Gefallen mit diesem Arrangement getan hatte.

Einen Tag später begriff sie, dass sie einen Fehler gemacht hatte. Die Verwandlung, die mit Roberta vor sich gegangen war, zeigte Konsequenzen. Roberta trug ein Sommerkleid, was Stella schier aus der Fassung brachte. Es war ein wunderschönes Kleid mit schmaler Taille und einem leicht ausgestellten Rock, der bis kurz über die Knie ging. »Warum lädst du Ruben nicht zum Kaffee ein?«, fragte Roberta aufgeräumt. Stella fühlte sich auf eine schmerzliche Weise als genau das, was sie war, nämlich die Großmutter. »Soll ich das tun?«, fragte sie.

Roberta strahlte sie an, so wie sie früher gestrahlt hatte, als sie noch nicht in eine schlimme Zerrissenheit von vielen widerstreitenden Gefühlen geraten war. »Ja, mach das doch. Ruben ist ein sehr interessanter Gesprächspartner. Ich rede gern mit ihm.«

Stella erlitt eine heftige Anwandlung von Eifersucht. Du redest nicht nur gern mit ihm, dachte sie zornig. Du willst mit ihm ganz was anderes. Aber sie ging ans Telefon und fragte Ruben, ob er Lust habe, am Nachmittag zu ihnen zum Kaffeetrinken zu kommen. Sie betonte, dass es eine Einladung von Roberta und ihr sei. Sie vernahm zwar die leichte Distanz in seiner Stimme, aber sie bezog sie darauf, dass Ruben vielleicht nicht wusste, wie er darauf reagieren sollte, nach einem abendlichen Theaterbesuch nun schon wieder eingeladen zu werden.

Der Nachmittag wurde sogar nett. Roberta hatte zwar wieder ihre üblichen Jeans angezogen. Aber sie trug dazu ein schwarzes enges

Oberteil, das ihre hübschen Brüste und ihre schmale Taille betonte. Sie tranken Kaffee im Garten, aßen beim Konditor gekauften Kuchen, weil weder Roberta noch Stella einen Sinn dafür hatten, Kuchen zu backen. Roberta sprühte vor witzigen Geschichten aus der DDR. Sie berichtete von den Gesprächen, die bei Havemann geführt worden waren, von den Querelen zwischen den jungen Leuten, die die erste Kommune Ostberlins gegründet hatten, und ihren Eltern, die sich kaum von denen unterschieden, die es in Westdeutschland zwischen Eltern und Kindern gab. Sie berichtete von dem verkniffenen Ernst, mit dem sie aufgefordert worden war, Spitzeldienste zu leisten, und von der unterschwelligen Drohung, sie aus ihrer beruflichen Tätigkeit in die Produktion zu schicken. Ruben hörte interessiert zu, stellte Fragen, war ein aufmerksamer Gesprächspartner, so dass Roberta immer mehr aus sich herauskam. Stella sagte wenig. Sie kam sich überflüssig vor. Sie staunte über ihre Enkelin, die seit ihrer Flucht aus der DDR im Grunde ein mürrischer grauer Mensch gewesen war und nun funkelte wie ein Prisma in der Sonne.

Irgendwann kamen Aaron und Lysbeth dazu. Sie brachten Wein mit und Gläser. Roberta räumte den Kaffeetisch leer, tänzelte in die Küche, und Aaron schaute mit schräg gelegtem Kopf hinter ihr her. »Donnerwetter«, sagte er. »Welche verborgenen Schätze lauern denn da?«

Sie holten mehrere Windlichter in den Garten, Lysbeth stellte Salzstangen und Erdnüsse auf den Tisch, und dann tranken sie Wein und erzählten einander ihre Geschichten, bis die Zungen schwer wurden und die Augen zufielen. Stella merkte bei der Verabschiedung ein leichtes Zögern bei Ruben. Es war deutlich, dass er ungern gehen wollte. Du alter Schwerenöter, dachte sie und hielt sich selbst an einer angestrengten Ironie fest, du glaubst doch jetzt nicht im Ernst, dass ich bereit bin, im Nebenzimmer zu schlafen, wenn du meiner Enkelin beiwohnst.

Roberta gab Ruben zum Abschied förmlich die Hand, aber sie schwankte dabei, hielt sich an ihm fest und kicherte betrunken. Stella wurde so nüchtern, wie sie selten war. Schneidend fuhr durch ihren Körper das Gefühl, einen schrecklichen Fehler gemacht zu haben. Wie sollte sie es ertragen, in den zukünftigen Tagen, Wochen, Monaten Roberta und Ruben als verliebtes Paar zu erleben?

Was hast du dir dabei gedacht?, fragte sie sich, als sie endlich im Bett lag. Das ist doch eine völlig verrückte Konstellation. Deine Enkelin mit dem Mann, den du liebst. Entsetzt lauschte sie ihren eigenen Gedanken hinterher. Den ich liebe? Noch nie hatte sie diese Worte gedacht. Noch nie gewagt, sie zu denken. Sie hatte sich in eine ironisch distanzierte Haltung geflüchtet, seit Ruben ihr nah zu kommen versuchte. Seit einiger Zeit hatte sie manchmal sogar Sex mit ihm, und der beglückte und erfüllte sie mehr, als sie sich selbst und vor allem ihm zugestand, aber das war nachts und irgendwie heimlich. Tagsüber bemüßigte sie sich weiterhin einer inneren und äußeren Distanz. Als würde sie sich in einen Aschesack kleiden, während sie sich gleichzeitig wie ein Phantasievogel fühlte.

Plötzlich war da Verzweiflung. Ein verzweifeltes Erkennen, dass sie genau das hatte vermeiden wollen: Dieses ohnmächtige Gefühl nach einem Verlust. Und diesen Verlust hatte sie auch noch selbst bewirkt. Sie selbst hatte Roberta und Ruben verkuppelt. Sie selbst hatte etwas auf den Weg gebracht, dem sie sich nun nicht entgegenstemmen durfte. Nun musste sie die beiden jungen Menschen lassen.

Du bist alt, sagte sie sich. Du hast geliebt, du hattest einen wundervollen Mann, du weißt außerdem, wie es sich anfühlt, eine falsche Entscheidung in der Liebe gefällt zu haben, du bist eine erfahrene Frau, die Schlimmes und Wundervolles erlebt hat. Nun gönne deiner Enkelin den Mann, in den du dich gegen deinen Willen verliebt hast. Eine Altersliebe, sie bemühte nun Spott, so vielen alten Männern passiert es, und sie besingen es in ihren letzten Gedichten: Der alte Mann, der ein letztes Mal vom Schmelzen und Seufzen seines Herzens gerührt ist, und immer gilt es einer jungen Frau. Vielleicht bist du die erste alte Frau, der das geschieht. Schreib Gedichte drüber. Sing Lieder!

Es dauerte lange quälende Stunden, bis sie endlich gegen Morgengrauen in den Schlaf fand. In dieser vergrübelten Zeit spürte sie, dass auch Roberta im Zimmer neben ihr wach lag.

Am kommenden Morgen beim Frühstück – wieder im Garten, das Wetter war phantastisch – strahlte Roberta noch mehr als am Tag zuvor. Stella empfand eine zerreißende Mischung aus Freude über Robertas Verwandlung und Trauer über den Verlust von Ruben.

Als sie das Geschirr forträumten, verwandelte Roberta sich plötzlich in ein junges ängstliches Mädchen, das Stella fragte: »Was meinst du, können wir Ruben heute noch einmal einladen? Oder ist das zu aufdringlich?« In Stella strömte die böse Kälte der verlassenen Frau. »Ruf ihn doch einfach an«, sagte sie kurz und schrieb Rubens Telefonnummer auf. »Ich habe heute keine Zeit.« Roberta sah sie überrascht an. »Was hast du vor?« »Ich treffe mich mit ein paar Musikern«, sagte sie distanziert. »Ist Ruben dabei?«, fragte Roberta, als würde ihr Leben davon abhängen. »Nein«, gab Stella kurz angebunden zurück, drehte sich um, verschwand nach oben, packte ein Buch ein und Geld und verschwand aus dem Haus, als wäre sie auf der Flucht vor einem bösen Geist. Sie schlug den Weg zur Alster ein. Wie immer, wenn ihr etwas Schweres auf der Seele lag, zog es sie dorthin, wo sie wie getrieben eine Runde lief, bis sie sich auf den Ponton von *Bobby Reich* setzte. Vor ihr dümpelten Segelboote am Steg, und dahinter lag die Außenalster, ein großer See, gebettet in Grün aus Wiesen und Bäumen und Blumen und Schilf, Natur pur mitten in der Stadt. Sie zog ihr Buch heraus, *Freies Geleit für Ulrike Meinhof* von Heinrich Böll. Böll hatte im *Spiegel* einen Artikel veröffentlicht, der für erbitterte Diskussionen gesorgt hatte. Er wandte sich in diesem Text gegen die *Bild-Zeitung,* die im Dezember 1971 unter der Überschrift *Baader-Meinhof-Bande mordet weiter* über diverse Straftaten berichtet hatte, die der RAF zugeschrieben worden waren, ohne dass deren Tatbeteiligung im Einzelfall nachgewiesen wurde. Anlass für den *Bild*-Artikel war der Banküberfall am 22. Dezember 1971, bei dem der Polizist erschossen worden war. Böll kritisierte in seinem Artikel die Berichterstattung der *Bild,* die als Tatsache hinstellte, was noch gar nicht gesichert feststand. »Wo die Polizeibehörden ermitteln, vermuten, kombinieren, ist *Bild* schon bedeutend weiter: *Bild* weiß.« Er warf der Zeitung vor, die Gewalt zu eskalieren. Seine Worte waren Stella schon damals, als sie sie im *Spiegel* gelesen hatte, unter die Haut gegangen. Er nannte die *Bild-Zeitung* faschistisch, verhetzend, demagogisch. Die Überschrift »Baader-Meinhof-Gruppe mordet weiter« verstand er als Aufforderung zur Lynchjustiz. Da die Gruppe um Ulrike Meinhof Bölls Schätzung nach nicht mehr als sechs Mitglieder hatte, sei es abwegig, von einem nationalen Notstand auszugehen, wie ihn die Berichterstattung der *Bild-Zeitung* nahelege. Doch auch Meinhof selbst wurde von Böll scharf kritisiert. Nach Erscheinen dieses Artikels war Böll von CDU-Politikern oder gleichgesinnten Journalisten heftig angegriffen worden. Er wurde »salonanarchistischer Sympathisant« der *RAF* genannt, ihm wurde gefährliche Verharmlosung der Gruppe vorgeworfen. In der Antwort auf diese öffentlichen Angriffe in der *Süddeutschen Zeitung* unter dem Titel »Man muss zu weit gehen« am 29. Januar 1972 hatte Böll geschrieben, er habe die Gruppe um Ulrike Meinhof relativiert, aber nicht verharmlost. Stella las das Buch, in dem

Bölls Artikel und die öffentlichen Reaktionen darauf zusammengefasst waren. Es war spannend wie ein Krimi.

Genau wie bei ihnen in der Kippingstraße hatte es bei Böll einen Polizeieinsatz gegeben, am gleichen Tag, an dem Andreas Baader, Jan-Carl Raspe und Holger Meins verhaftet worden waren. Böll hatte seiner Verärgerung darüber öffentlich Ausdruck verliehen. Stella beneidete ihn. Auch sie sehnte sich danach, ihren Ärger über das, was in dieser Republik geschah, irgendwie auszudrücken. Sie verstand, dass sie damit nicht allein stand, und dass der Hintergrund für die Wut vieler junger Menschen, nicht nur derjenigen, die sich um die *RAF* scharten, in genau dieser Ohnmacht zu finden war, kein Gehör zu finden.

Sie verbrachte einen nachdenklichen Tag an der Alster. Als sie abends zurückkehrte, fiel ihr auf, dass sie nicht mehr so traurig war, was Ruben und Roberta betraf, sondern dass sich über diese Trauer eine allgemeinere gelegt hatte. Ohnmacht, Verzweiflung, Verlust, Hilflosigkeit führt zu Wut. Stellas Wut hatte keinen Adressaten.

In ihrem Wohnzimmer wartete allerdings bereits eine wütende Roberta auf sie.

Aus ihren Augen, die am Morgen noch so sanft geleuchtet hatten, schossen funkelnde Blitze auf Stella. Ruhe bewahren, sagte die sich. Sie wusste nicht, was sie erwartete, aber dass es nicht gut sein würde, stand außer Frage. Sie setzte sich vorn auf die Kante des Sofas und faltete die Hände im Schoß. Sie sah Roberta fragend an. »Was ist?«

Roberta stand vor ihr wie eine Boxerin, die ihr Gegenüber kalt mustert und auf den richtigen Moment wartet, es mit einem Schlag auf den Boden zu zwingen. Stella wiederholte ihre Frage. Ihre Stimme zitterte.

Da stürzte Roberta auf die Knie, umschlang Stellas Beine, als wollte sie sich vor dem Ertrinken schützen, und legte ihr Gesicht auf ihren Schoß. Sie schluchzte jämmerlich auf. Stellas Brust zog sich zusammen. Was war geschehen? Ihr wurde kalt. War Angela etwas passiert? Da sprang Roberta wieder auf die Füße und schrie: »Warum hast du mir nicht gesagt, dass du mit Ruben liiert bist? Was bist du für eine böse alte Frau! Du hast zugelassen, dass ich mich vor ihm lächerlich mache. Ich hasse dich. Ich schäme mich so sehr!« Sie warf die Arme in die Luft, verzweifelt, in schrecklicher Ohnmacht, und Stella musste unwillkürlich an das Buch denken, das sie heute gelesen hatte.

Roberta rannte aus dem Zimmer, polterte die Treppen hinunter und schlug die Haustür hinter sich zu. Stella blieb wie erstarrt sitzen. Was hatte sie bloß angerichtet! Liiert? War sie das? Ja, dachte sie, ich bin mit Ruben liiert. Was habe ich für eine bescheuerte Inszenierung in die Wege geleitet.

Wenig später klingelte es an der Haustür. Regungslos blieb sie auf dem Sofa sitzen. An ihre Zimmertür klopfte es. Ruben trat ins Zimmer. Schlimmer konnte es nicht mehr kommen. Stella sah ihn müde an, sein Gesicht war sehr ernst. Er zog sich einen Sessel heran, so dass er ihr gegenübersitzen konnte. Ihre Knie stießen aneinander, er griff nach ihren kalten Händen.

So saßen sie eine Weile, bis wieder etwas Leben in Stella strömte. Er saß hier, er hatte ihre Hände genommen, wenn sie kurz und verlegen hochblickte, sah sie, dass sein Blick warm war, ernst, aber warm.

»Wie konnte ich nur?«, murmelte sie. »Was habe ich mir bloß dabei gedacht?« Ruben nickte. »Ehrlich gesagt, frage ich mich das auch.«

»Was ist bei eurem Telefonat geschehen?«, fragte Stella. »Sie war so entsetzlich zornig.«

»Sie hat mich wieder zum Kaffee eingeladen«, antwortete er. »Da hatte ich schon ein komisches Gefühl. Ich hab gefragt, wo du denn bist, und da meinte sie, du hättest einen Termin. Mit Musikern.« Er legte seine Hände auf ihre Knie und sah sie forschend an. »Stimmt das?« Stella schüttelte den Kopf.

»Mich hat es zumindest durcheinandergebracht«, sagte er. »Und das hab ich gesagt. Und dass ich nicht verstehe, was mit dir los ist, und dass ich eifersüchtig bin, wenn du mit anderen jammst. Und da hat sie mich gefragt, ob ich dich liebe, und ich habe gesagt, na klar, das sei doch keine Neuigkeit.« Stella verzog schmerzlich das Gesicht. »Na ja«, fuhr er auf, »das war alles ein bisschen viel auf einmal. Sie wirkte auch völlig gelassen, hat gelacht und gesagt, nein, das wäre keine Neuigkeit für sie, das würde man ja merken. Dann würden wir das Kaffeetrinken eben verschieben.«

Stella stöhnte auf. Es hielt sie nicht länger auf dem Platz, Rubens Nähe war ihr plötzlich unangenehm. Sie erhob sich und entnahm ihrem Vertiko eine Flasche Cognac und zwei Gläser. »Willst du auch einen?«

Er nickte.

Sie setzte sich wieder, ein wenig entfernt von ihm. Sie schenkte die Cognacschwenker bis oben hin voll und kippte die bernsteinfarbene Flüssigkeit zur Hälfte hinunter. In ihrer Brust wurde es heiß. Ruben nippte an dem Getränk. Hart stellte er das Glas auf den Tisch. »Stella, so geht es nicht weiter. Du verdrehst die Dinge in deinem Kopf. Ich bin zehn Jahre älter als diese Frau, mit der mich nichts verbindet, außer, dass sie deine Enkelin ist.« Er sah sie traurig an. »Du schickst mich mit ihr im Theater allein weg. Du hast vielleicht sogar noch gedacht, dass du ihr und mir damit einen Gefallen tust. Aber so war das nicht. Ich vermute, dass du denkst, dass sie besser zu mir passt als du, weil sie jünger ist.« Er schickte einen Blick zum Himmel und rief aus: »Wie soll ich dir diesen Zahn bloß ziehen? Sie ist steif, sie ist unerfahren, sie hat keine Kinder, sie macht keine Musik, sie strahlt nicht die geringste Erotik aus. Obwohl …« Er lächelte wehmütig, und Stella kippte schnell die zweite Hälfte des Cognacglases hinunter. »Aaron hatte recht, als er sagte: ›Donnerwetter! Welche Dinge lauern da im Verborgenen‹.« Beschwörend blickte er Stella an. »Aber ich bin nicht der Mann, der das allergeringste Interesse daran hat, diese verborgenen Schätze zu heben. Ich will dich und nur dich!«

Stella schwieg. Sie griff nach seinen Händen und schaute ihm in die Augen.

An diesem Abend kehrte Roberta nicht nach Hause zurück, aber Stella bekam das nicht mit, weil sie die Nacht bei Ruben verbrachte.

Zwei Wochen später teilte Roberta Stella ihren Entschluss mit: »Ich gehe nach Spanien. Ich will mich dort am Kampf gegen den Faschismus beteiligen.« »Kampf gegen den Faschismus?«, fragte Stella überrascht. »Soviel ich weiß, fahren die deutschen Urlauber da begeistert hin, weil es gar keine Kämpfe gibt, aber alles billig und genauso geordnet und sicher ist, wie der Deutsche es sich wünscht.« Roberta lächelte überlegen. »Im Januar 1969 hat es einen Ausnahmezustand gegeben. Streiks, gegen die die Repression keine Chance hatte. 1970 wurde in Sevilla der Generalstreik ausgerufen. In der Automobilindustrie wurde bei *SEAT* in Barcelona gestreikt. In diesem Jahr streikten in Galizien die Werftarbeiter, zwei von ihnen wurden erschossen, und in El Ferrol und Vigo kam es zu Volksaufständen.« Stella staunte darüber, wie gut ihre Enkelin informiert war. »Ich will da hin«, schloss die ihren kleinen Vortrag. »Ich gehe nach Barcelona. Irgendeine Arbeit werde ich schon finden.« Stella begriff, dass sie keine Chance hatte, Roberta von ihrem Vorhaben abzuhalten: Sie schloss sie in ihre Arme und flüsterte: »Viel Glück, meine Kleine! Viel Glück!«

# 58

Wilhelm und Silke heirateten im Mai 1973. Es schien gerade so, als treibe die Familie von Dritter auf einer sie emporhebenden Welle. Dritter und Alex hatten im April das Haus von Luise Solmitz gekauft. Luise war tot, und Gisela hatte kein Interesse daran, nein, ganz im Gegenteil, Gisela hatte geradezu Furcht davor, sich um dieses Haus in der Kippingstraße kümmern zu müssen, an das sich für sie so viele schreckliche Erinnerungen knüpften. Als Marthe ihr schrieb, dass ihre Familie daran interessiert wäre, das Haus zu kaufen, antwortete Gisela sofort mit einem Telegramm. »Komme nach Hamburg, bereitet alles vor, Notar u.a.« Da hatten sie noch nicht über einen Preis gesprochen. Eine Woche später war sie in Hamburg, traf sich mit allen Wolkenraths, besonders mit Lysbeth und Aaron, mit denen sie Erfahrungen von Juden im Dritten Reich austauschten und sagte: »Ich wäre froh, wenn eure Familie das Haus kauft, das meiner Mutter so viel bedeutet hat.«

Eine Woche darauf waren Dritter und Alex stolze Besitzer des Hauses in der Kippingstraße, das einst Luise Solmitz besessen hatte. Dritter hatte heimlich einen Bausparvertrag abgeschlossen, schon vor Jahren, den er nun einsetzen konnte, Alex war jung und in einem festen Anstellungsverhältnis, deshalb gewährte die Bank ihm einen Kredit. Dritter rief seine Söhne zusammen und sagte: »Wenn wir und eure Tanten einmal sterben, seid ihr die rechtmäßigen Erben des Hauses in der Kippingstraße, das hat schon eure Großmutter so verfügt. Ich möchte jetzt, dass wir das ändern, und zwar, dass Alex unser Haus vollständig übernimmt, wenn Mutter und ich sterben, und Peter und Wilhelm das Haus gegenüber erben. Einverstanden?«

Wilhelm und Peter nickten benommen. Das wundervolle prächtige Haus der Tanten jemals zu erben kam ihnen unvorstellbar vor. Alex nickte bedächtig. Er wusste, dass es von ihm einiges an monatlichen Opfern erfordern würde, zu diesem Handel top zu sagen, aber wenn es dann so weit wäre, hätte er ein traumhaftes Haus. »Top«, sagte er. »Ich bin dabei.« Seine beiden jüngeren Brüder sahen ihn bewundernd an. »Ja, warum nicht?«, sagte Peter und grinste lausbubenhaft. »Es gibt doch noch Angela und Roberta«, warf Wilhelm ein. »Die sind, glaube ich, an dem Haus nicht interessiert«, entgegnete Dritter. »Die eine ist in London, die andere in Barcelona. Wenn es so weit ist, müssen wir sie auszahlen. Das kann nicht so viel sein. Mehr Sorgen bereitet mir Cynthias Freundin, das ist, glaube ich, eine Erbschleicherin. Aber mit der werden wir auch schon fertig.«

Wilhelm kniff nachdenklich die Augen zusammen, wie er es manchmal tat, aber er sagte nichts gegen die Entscheidung.

Die Hochzeit von Wilhelm und Silke war unspektakulär. Silke war im vierten Monat schwanger. Trauzeugen waren Alex und Annalena. Anschließend gingen sie zu viert in die Fischbratküche an der Elbe und am Abend ordentlich einen draufmachen im *Onkel Pö*.

An diesem Abend spielte dort auch Stella mit einem Programm, das sie in den vergangenen Monaten gemeinsam mit Ruben und einigen anderen Musikern entwickelt hatte. Das Programm war eine Mischung aus ihrem alten Repertoire, Liedern von George Brassens, und einigen von Kurt Weill und Brecht, *Die sieben Todsünden* und *Mahagonny*, und einigen jungen jazzigen Stücken, wo sie ohne Text mit ihrer Stimme die Musik untermalte.

Es geschah nicht oft, dass Stella so im Mittelpunkt stand, aber an diesem Abend hatte sie es so arrangiert als Geschenk für Wilhelm und Silke. Stella empfand seit langem diese besondere Verbindung mit Wilhelm. Sie verstand ihn auf eine tiefe Weise, wie einander sonst nur Liebende erkannten. Wilhelm war, so sah Stella ihn, ein in der Mitte seines Wesens zerrissener Mensch. Eine Seite war ein Künstler, der Neues wollte, der Bilder sah, denen er folgen musste, der von inneren Visionen getrieben war. Der andere Wilhelm war getrieben von der Sehnsucht nach Sicherheit. Dieser Wilhelm wollte, dass nichts Schlimmes geschah, dass es keine dramatischen Veränderungen gab, dass alles bleiben sollte, wie es war. Dieser Wilhelm war zutiefst konventionell, und alles Neue machte ihm Angst.

Stella betrachtete diesen Neffen mit großem Mitgefühl. Sie verstand ihn, auch wenn sie selbst viel mehr Künstlerin war. Sie war wagemutiger, sie hatte nicht so viel Angst vor Verlust von Sicherheit. Aber es gab auch in ihr diese Seite, und sie kannte die blockierende Kraft gut, die von ihr ausging. Deshalb hatte sie sich nicht von Jonny scheiden lassen. Deshalb hatte sie nach Anthonys Tod so viele Jahre im Nirwana verbracht. Und deshalb war sie jetzt nicht in der Lage, sich eindeutig für ihren jungen Freund zu entscheiden. Ruben. Der Musiker. Ruben. Der Künstler. Ruben. Dem es völlig egal war, dass sie seine Mutter sein konnte, weil sie für ihn eine Frau war. Ruben, der sie liebte. Und den sie, wie sie seit jener verzweifelten Nacht wusste, ebenfalls liebte. Mehr als sie sich selbst zugestehen mochte. Vor allem aber mehr, als sie ihm zeigte.

An diesem Abend, dem Hochzeitstag von Wilhelm und Silke, gab Stella alles, was sie künstlerisch mit Stimme und Klavier und darstellendem Ausdruck zu geben hatte. Vielleicht fiel es ihr auch deshalb leicht, weil sie Ruben unablässig neben sich spürte. Seinen Blick, sein leises Nicken bei ihrem Einsatz, seine Strahlen, wenn sie es gut getroffen hatte, seine Andacht, wenn er sich in ihrem gemeinsamen Spiel verlor.

Nicht nur Ruben spielte mit ihr, auch Max, der Gitarrist, auch Jo an der Trommel. Jo spielte auch all die anderen kleinen Instrumente, die zuweilen einen besonderen Akzent gaben: Triangel, Mundharmonika, Waschbrett. Stella fühlte sich unglaublich wohl an diesem Abend. Sie gab alles für Wilhelm und Silke, aber es beglückte sie zutiefst, so viel zu geben zu haben.

Und Ruben schenkte ihr Kraft. Es tat gut, einen Freund zu haben mit so einer großzügig sich verschenkenden Energie. Stella kannte ihn inzwischen recht gut. Sie liebte es, mit ihm Sex zu haben. Dann war sie so bereit für ihn und so voller Lust, dass all die hemmenden Gedanken verschwanden. In diesen Augenblicken gab sie sich nur seiner männlichen Kraft hin, da war kein Widerstand mehr. Keine Scham. Keine Scheu.

Recht bald anschließend kam aber alles immer zurück. So lief ihre Beziehung ab. Ruben warb um sie, beharrlich, humorvoll, eindeutig, und Stella widersetzte sich, bis sie sich irgendwann ergab, was zu einer wundervollen Nacht führte, die manchmal zärtlich, manchmal wild, manchmal fast schon routiniert vertraut verlief. Die Stimmung dieser Nacht brach nie sofort ab. Stella genoss jeden Morgen danach die Gemeinsamkeit mit Ruben. Aber wenn er dann gegangen war, wenn sie in ihrer Wohnung ohne ihn war, kehrte allmählich der Zweifel zurück. Ruben war zu jung, und sie war zu alt.

Sie hatte es sich schon mit ihrer Enkelin verdorben, die eindeutig scharf auf Ruben gewesen war und die die zu späte Abweisung als Schmach empfunden hatte. Der Mann, den sie attraktiv fand, zog ihre Großmutter vor! Das musste erst einmal jemand verkraften. Roberta hatte es nicht verkraftet, und Stella verkraftete es eigentlich immer wieder auch nicht. Der Einzige, der es verkraftete, ohne mit der Wimper zu zucken, war Ruben.

An diesem Abend der Hochzeit von Wilhelm und Silke war Stella von unglaublicher Dankbarkeit für Rubens Liebe und Begehren erfüllt.

Es war ein Abend voller Zauber. Als würden weiße Wolken an einem blauen Himmel in der untergehenden Sonne sich in rosa und lila und orange schattierte Wesen verwandeln. Etwas Besonderes. Etwas Leichtes. Etwas Echtes. Etwas Schönes!

Fünf Monate später saßen Stella und Ruben im Wartezimmer der gynäkologischen Abteilung des Eppendorfer Krankenhauses. Stellas Hände waren eiskalt. Ruben rührte sich nicht. Aber er war zumindest da. Wilhelm hatte Stella angerufen. Silke hatte am Tag zuvor ein Kind geboren, einen Jungen. Alles war gut gewesen. Zumindest hatte es gut ausgesehen. Nach der Geburt hatte Silke den Jungen gestillt und im Arm gehabt. Aber dann oder vorher oder nachher, keiner wusste es anschließend mehr, war eine leichte Gelbsucht bei dem Jungen festgestellt worden, und eine Schwester hatte den Jungen unter eine Wärmelampe mit ultravioletten Strahlen gelegt. Dabei hatte sie ihn verbrannt, und nun war er fort. Zur Kinderstation, aber Wilhelm wusste nicht genau, wo er lag, und Silke wusste es auch nicht. Der Junge war fort. Er hatte noch nicht mal einen richtigen Namen. Jannick, sagte Wilhelm, aber es klang für Stella nicht so, als wäre er sich wirklich sicher.

Stella und Ruben besuchten Silke in dem Zimmer, in dem sie mit einer anderen Frau lag. Die andere Frau hatte gerade zur festen Zeit ihr Kind gestillt, nun war es fortgefahren worden, und der Besuch durfte eintreten.

Stella sah vor ihrem inneren Auge, wie Silke wegblickte, wenn der andere Säugling genährt wurde. Sie hatte unwillkürlich die schmatzenden Laute im Ohr, die Angela damals an ihrer Brust von sich gegeben hatte. Ruben legte seine Hand auf die ihre. Sie zog ihre Hand weg. Sie war froh, dass er da war, aber er sollte ihr nicht zu nah kommen. Frauen und Kinderkriegen, dachte sie, was für eine entsetzliche Verbindung. Was konnte da alles schiefgehen, wie viele Verletzungen warteten auf eine Frau wegen dieser Fähigkeit, Mutter werden zu können.

Silke sah sehr blass aus. Sie hatte zwar noch dieses Leuchten, das junge Mütter haben, diesen Stolz, aus sich selbst heraus Leben geschaffen zu haben. Aber über dieses Leuchten hatte sich schon etwas gelegt, das das Leuchten aufzufressen schien. Stella hoffte mit aller Kraft, dass mit dem kleinen Jungen, der vielleicht einmal Jannick heißen würde, alles gutginge, aber ein schreckliches Gefühl sagte ihr: Vielleicht wird er niemals irgendwie heißen, weil es ihn nicht geben wird.

Zwei Tage später war klar: Es würde diesen Sohn von Wilhelm und Silke nie geben, die Verbrennungen waren zu stark gewesen.

Keiner aus der Familie wusste, wie er sich verhalten sollte. Nicht einmal Lysbeth und Aaron. Du kannst es nicht richtig machen, sagte Aaron zu Stella, als sie ihn fragte, wie sie Wilhelm nun begegnen sollte. Silke hatte sich jeden Besuch verbeten. »Aber das geht doch nicht«, sagte Stella. »Wir müssen doch irgendwas tun können, was hilft.« Aaron lächelte sanft und sagte, während er seine Hand auf Stellas legte: »Weißt du, was das Schrecklichste an meiner Arbeit ist?« Ohne eine Antwort abzuwarten fuhr er fort: »Das ist, dass ich so häufig überhaupt nicht helfen kann. Ich kann nicht einmal etwas besser machen.« Stella wurde wütend, richtig wütend. Alle Wut gegen die Ungerechtigkeit, dass ein Säugling durch die Schusseligkeit einer Krankenschwester getötet worden war, ohne dass die Eltern, die für ihr Kind nur das Allerbeste gewollt hatten, sich dagegen wehren konnten, richtete sich plötzlich und eruptiv gegen Aaron. »Warum machst du dann überhaupt noch weiter?«, schnaubte sie. »Wenn es doch sinnlos ist. Oder willst du nur mit dem Unglück deiner Patienten Geld verdienen?« Sie spürte, wie Aaron aufbegehren wollte, aber dann hatte er sich wieder im Griff, und genau das ärgerte sie noch mehr. Dieses entsetzlich professionelle Sich-wieder-in-den-Griff-kriegen. Wilhelm und Silke nützte das alles nicht.

Am kommenden Tag traf Stella sich mit Wilhelm zu einem Kaffee. Sie hatte ihn eingeladen und keinen Widerspruch geduldet. Wilhelms blassblaue Augen waren so blass, dass Stella sich erschreckt fragte, wie blass Augen werden konnten, bevor sie erloschen. »Willst du das Krankenhaus verklagen?«, fragte sie, und es war weniger eine Frage als ein Appell. »Komm jetzt bloß nicht mit solchen Sachen«, sagte er müde. »Ich kann an gar nichts anderes denken als an Silke. Weißt du, was mit der los ist?« Stella konnte weder nicken noch mit dem Kopf schütteln. Wie sollte sie es auch wissen? Sie versuchte sich in Erinnerung zu rufen, wie es damals mit Angela gewesen war. Was wäre mit ihr selbst passiert, wenn Angela kurz nach der Geburt gestorben wäre? Stella konnte keine Antwort darauf geben. So etwas war einfach eine Ungeheuerlichkeit.

Wilhelm sagte seufzend: »Silke hat das Kind noch gestillt, jetzt wollen ihre Brüste weiter stillen. Die haben das noch nicht begriffen. Wenn sie nicht so schwach wäre, würde Silke, glaube ich, losrasen und sich ein anderes Kind schnappen und das stillen. Sie ist manchmal gar nicht richtig bei sich. Die geben ihr ja auch Medikamente.« »Und du?«, fragte Stella. »Und du?« Wilhelm schaute sie mit beinahe schon totblauen Augen an. »Ich?«, fragte er. »Ich?«

Stella konnte nicht anders, sie schloss ihn fest in die Arme. Aber sie spürte, dass er war wie ein Stück Holz. Der erlaubte sich kein Leben.

Silke kehrte in die Wohnung zurück, die neuerdings für die beiden ihr Zuhause war, und zwar das Zuhause, in das sie ihr Kind aus dem Krankenhaus hatte mitbringen wollen.

»Silke ist eine ganz andere Frau«, sagte Wilhelm am Telefon, als Stella sich erkundigte, und sie hörte ihm an, dass er nicht merkte, dass auch er ein ganz anderer Mann war.

Er ging täglich ins Büro zur Arbeit, und wenn er nach Hause kam, empfing ihn eine weinende Frau. Silke tat nichts außer Weinen. Wilhelm kochte, räumte auf, versuchte irgendwie, die Wäsche zu waschen und zu bügeln. Er beklagte sich nicht. Er hielt durch. Aber von Tag zu Tag fiel es ihm schwerer, Silke in den Arm zu nehmen und zu trösten.

Er tat nichts anderes als durchzuhalten. Aaron hatte ihm gesagt, dass er das Krankenhaus verklagen könnte, die hatten offenbar einen Kunstfehler begangen. Lysbeth hatte ihm gesagt, dass es für alle Beteiligten, also ihn und Silke, besser wäre, sie würden das Kind begraben lassen. Es war schließlich ein lebendiges ausgewachsenes Baby. Was würde jetzt damit geschehen? »Silke braucht ein Grab«, sagte Lysbeth, »und du auch.« Aber Wilhelm antwortete: »Ich kann nur für meine Frau da sein, mehr ist nicht möglich.«

Also mied er den Kontakt zum Krankenhaus. Das Kind war tot. Da war nichts mehr zu machen, sagte er sich. Die Krankenkasse würde bezahlen, er konnte damit nichts mehr zu tun haben. Und das Kind? Den Gedanken an das Kind schob er fort. Er wollte es nicht mehr vor sich sehen. Das Bild dieses kleinen Wesens, das sein Herz so tief angerührt hatte, wie es an Silkes Brust lag und mit geschlossenen Augen schmatzte. So winzige Fingerchen, so ein süßes Köpfchen.

Er wusste nicht, was da falsch gelaufen war. Er war bei der Geburt nicht dabei gewesen. Das wäre für ihn auch gar nicht vorstellbar gewesen. Niemand, den er kannte, war bei der Geburt seines Kindes dabei. Männer warteten draußen. Sie zitterten, ängstigten sich, taten so, als wäre alles der normale Lauf der Dinge, betranken sich und freuten sich auf einen Sohn. Eine Tochter täte es auch. Aber Wilhelm hatte nun einmal einen Sohn bekommen. Die Geburt hatte zwar ziemlich lange gedauert, aber das war ja normal bei ersten Geburten, so viel wusste sogar Wilhelm. Als er dann ins Krankenzimmer durfte, lag das Baby bereits angezogen und gewaschen an Silkes Brust. Wilhelm hatte es kurz betrachten dürfen. Dann wurde das Baby, an das er seitdem nie wieder mit einem Namen dachte, in einem Bettchen weggefahren in den Babysaal, wo alle Neugeborenen lagen. Nach dem Besuch bei Silke stellte Wilhelm sich noch für einen Moment vor die Glasscheibe, hinter der ein Bettchen neben dem anderen stand, in dem lauter Babys lagen, die einander so sehr ähnelten, dass er seinen Sohn nicht herausfinden konnte.

Seitdem hatte er es nicht wiedergesehen. Das Baby. Den Sohn. Für den er vor der Geburt gemeinsam mit Silke einen Namen ausgesucht hatte. Den er jetzt vergaß. Aber Silke hatte dieses Kind an ihrer Brust gehabt. Sie sagte immer wieder weinend: »Er hatte blaue Augen. Er hat mich angesehen. Er hat mir vertraut. Ich habe nicht auf ihn aufgepasst. Es ist meine Schuld. Es ist meine Schuld.« Wilhelm wusste nicht, was er dagegen tun sollte. Natürlich war es nicht ihre Schuld. Aber wie sollte er sie davon überzeugen?

Zwei Wochen später passierte genau das, wovor er sich gefürchtet hatte. Nun fand Silke, es sei seine Schuld gewesen. »Ich habe schließlich ein Kind bekommen, ich habe dagelegen und konnte nichts tun, aber du hättest aufpassen können. Wo warst du? Wahrscheinlich im *Top Ten* oder im *Pö* oder mit deinen Freunden saufen. Oder kiffen. Aber du hast nicht begriffen, dass eine andere Zeit anfangen sollte, für uns. Für unser Kind!« Immer wieder schrie sie ihn an, und die Tränen rannen ihre Wangen hinab. Ihr Weinen verwandelte sich, es wurde weniger schluchzend, weniger leise. Silke wurde wütend. Auf das Krankenhaus, das ihr Kind getötet hatte, auf sich selbst, weil sie nicht besser aufgepasst hatte. Auf Wilhelm. Auf Wilhelm, weil er nicht an ihrem Bett gesessen hatte, als ihr das Kind zum letzten Mal weggenommen worden war. Als ihr Kind in die Kinderklinik gefahren worden war, als entschieden worden war, dass das Kind nun in Lebensgefahr war. »Und warum hast du nicht mit den Ärzten geredet und gefragt?«, schrie sie ihn an. Er konnte keine Antwort geben. Warum nicht?

»Ich musste doch für dich da sein«, sagte er hilflos, und er glaubte das sogar. Aber im Hinterkopf lauerte durchaus die Frage, ob er nicht feige gewesen war. Er hätte vielleicht bei dem Baby bleiben müssen. Er hätte vielleicht hinter dem Krankenwagen mit dem Kind herfahren und kontrollieren müssen, was die da taten. Aber er war so erschöpft gewesen. Auch wenn er nicht selbst geboren hatte, war das doch eine entsetzlich aufregende Situation. Nein, er war nicht im *Top Ten* gewesen und auch nicht im *Pö*. Aber er hatte sich mit seinem Freund eine Pfeife angezündet, und sie hatten darüber räsoniert, wie eigenartig es sei, erwachsen zu werden. Sie hatten darüber gesprochen, dass Wilhelm nun Vater war und was er mit seinem Sohn alles vorhatte. Wilhelm hatte es nicht richtig gewusst. Sie hatten über ihre Väter gesprochen, und Wilhelm hatte gesagt, wie eigenartig es sei, einen Vater zu haben, der bei seiner, Wilhelms Geburt doppelt so alt gewesen war wie er jetzt. »Ich werde mit ihm Fußball spielen und um die Wette laufen und Häuser aus Bauklötzen bauen und Steine übers Wasser flitschen lassen und ihn vor seiner Mutter in Schutz nehmen, wenn die sagt, dass er ein Schmutzfink ist«, hatte Wilhelm gesagt. All das hatte er sich von seinem Vater gewünscht, aber sein Vater hatte nie getan, was er sich von ihm gewünscht hatte. »Und Fahrradschläuche reparieren und Autoreifen und ein Radio auseinandernehmen«, hatte er träumerisch hinzugefügt. »Und auf einer Wiese liegen, einen Grashalm im Mund und Geschichten über die Formen der Wolken erfinden.«

Diese Zukunft war mit dem Baby gestorben. Keine Häuser aus Bauklötzen, keine Fahrradschläuche, kein Nichts aus Nichts. Silke war keine Mutter, und er war kein Vater. Sie waren wieder zwei junge Menschen, sechsundzwanzig und vierundzwanzig Jahre alt. Denen die Welt offen stand.

Die Welt offen stand?

Und dann kam der Abend, an dem Wilhelm nach Hause kam und Silke wie üblich in Tränen vorfand, der Haushalt ungepflegt, die Frau ungepflegt, und er konnte seine Wut plötzlich nicht mehr unterdrücken, kontrollieren, in Schach halten. Er gab sich Mühe, aber die Wut war stärker. Er hatte wenig Freude an seinen Arbeitstagen. Er mochte seinen Beruf nicht. Er fühlte sich eingesperrt, und immer nur zu schreiben, Worte und Zahlen, widerstrebte ihm. Er brauchte Bilder und Handeln und Bewegung. Tagtäglich schrie eine Stimme in ihm laut und lauter, dass er etwas anderes brauchte als das da.

Er stand am Herd und machte sich etwas zu essen. Nudeln mit Tomatensauce, wie jeden Tag. »Willst du auch etwas essen?«, rief er ins Wohnzimmer, wo Silke auf dem Sofa saß und weinte. Er wusste, dass er sich gleich mit seinem Teller zu ihr aufs Sofa setzen würde, essen, ihr etwas in den Mund schieben, den Teller anschließend wegräumen, zum Abwaschen würde er nicht mehr genug Energie haben, und dann würde er sich zu ihr setzen, sie in den Arm nehmen und blind irgendetwas im Fernsehen anschauen.

Doch dann stand er in der Tür zwischen Küche und Wohnzimmer, schaute seine weinende Frau an und schrie: »So geht das nicht weiter. Das hält kein Mensch aus! Man kann nicht ewig weiterflennen! Hör endlich auf! Du musst doch auch mal wieder was anderes machen. Das hält kein Mensch aus!«

Sehr langsam wendete Silke ihr Gesicht zu ihm und schaute ihn an. Ein Blick voll von einer entsetzlichen Trauer, Verlorenheit und Entsetzen. Wilhelm erschrak. Und wurde noch wütender.

Er drehte sich um und schlug die Wohnungstür hinter sich zu. Er musste raus. Draußen auf der Straße holte er tief Luft. Diese Wohnung war verpestet von Trauer und Tränen. Das war wie eine Krankheit. Er selbst merkte, wie er Tag für Tag kraftloser wurde. Auch in ihm lauerten die Tränen, aber er durfte sich davon nicht überwältigen lassen, dann würde alles den Bach runtergehen. Dann würde er unter der Flut von Trostlosigkeit ertrinken und vielleicht nie wieder aufhören zu weinen. Das dürfte er auf gar keinen Fall zulassen. Dann würde er nicht mehr zur Arbeit gehen können, und vielleicht auch gar nicht mehr sprechen, so wie Silke, die nur noch weinte oder über ihre Schuld sprach oder über seine.

Und wohin sollte er nun?

Alles, wo er sich sonst aufhielt, schien ihm falsch oder zu weit entfernt. Er wollte auch keine Musik hören. Er wollte überhaupt keine Menschen mit Hoffnung um sich herum haben. Bloß kein Gelaber von Politik oder Engagement oder Zukunft, welcher Art auch immer. Und auch keine schönen Menschen. Da fielen schon die meisten Orte aus, wo er sonst hinging.

Er ging zu Fuß. Irgendein öffentliches Verkehrsmittel war ihm zuwider. Zu viele Menschen, zu viele Augen, in denen er Hoffnung entdecken konnte, vielleicht nur ein letztes bisschen, aber zumindest das. Er wollte auch auf gar keinen Fall Gefahr laufen, eine Mutter oder gar einen Vater mit Kind zu sehen.

Also ging er zu Fuß. Es war dunkel, am Himmel kein einziger Stern. Hamburger Nieselwetter. Es schüttete nicht vom Himmel, aber man wurde ganz allmählich nass, weil feinste, kaum wahrnehmbare Fitzelchen von Wasser, eher wie Sprühdunst, einen rundum umgaben, so dass man bis auf die Haut nass werden konnte.

Ohne sich bewusst zu entscheiden, lenkte Wilhelm seine Schritte zur *Palette.* Ganz in der Nähe lag das *Campari,* wo er so viele Male gewesen war. Aber dort waren schöne Menschen, in der *Palette* waren Abgestürzte. So war es. Das schmuddelige Lokal, zu dem man einige Stufen hinuntergehen musste, war voll von Typen, die gegen das Unglück räsonierten und soffen. Die *Palette* war ihre Heimat. Wilhelm setzte sich an den Tresen, bestellte ein Bier und einen Korn. Und trank. Jetzt gehörte auch er zu den Abgestürzten.

Er trank eine Woche lang. Eine alte Prostituierte, Jenny, die in Ermangelung von Kundschaft nur noch selten arbeitete, nahm ihn sturzbetrunken mit zu sich nach Hause, wo er bis zum nächsten Nachmittag schlief und dann mit ihr wieder zur *Palette* ging. Er gehörte schon nach einer Nacht dazu, und Jenny erbarmte sich an jedem Morgen wieder seiner, der zwar noch gehen konnte, aber keine Erinnerung mehr an das bewahrte, was eigentlich geschehen war. Bis Jenny ihn nicht mit in die *Palette* nahm, sondern sagte: »Min Jung, nu geit dat mol wedder no hus. Seg mi, wo dat is, un denn tol ick di dat Taxi.« Wilhelm blickte sie aus blutunterlaufenen Augen an. Wo er zu Hause war? Da konnte er nie wieder hin. Aber Jenny ließ nicht mit sich reden. Wilhelm griff in seine Tasche und stellte fest, dass dort weder ein Portemonnaie noch ein Schlüssel war. Wie hatte er bezahlt? War er bestohlen worden? Plötzlich nahm er wahr, wie er aussah, wie er roch. Er hatte sich in wenigen Tagen in einen Penner verwandelt. Jenny schob ihn in ein Taxi, fragte streng: »Wohin?« Er murmelte Stellas Adresse in der Kippingstraße. Nach Hause konnte er so unmöglich gehen.

Stella empfing ihn mit offenen Armen. Die ganze Familie hatte sich entsetzlich geängstigt, seit Silke alle von Wilhelms Verschwinden informiert hatte. Sie waren zur Polizei gegangen, aber die hatte nichts unternommen. Nun war er wieder da.

Wie er aussah, wie er stank, wie er stotterte, wo er gewesen war, kümmerte sie überhaupt nicht. Sie steckte ihn in die Badewanne, gab ihm Rasierpinsel und Rasierer von Aaron, suchte in dessen Schrank nach einigermaßen passender Kleidung für Wilhelm, tischte ihm die

Reste vom vergangenen Mittag auf, Bratkartoffeln mit Speck und Spiegelei, und rief wieder ein Taxi, das ihn nach Hause fahren sollte. Sobald er weg war, rief sie Silke an und sagte: »Du hast die ganze Zeit geweint, er hat jetzt eine Woche gesoffen. Jeder hat auf seine Weise getrauert. Jetzt solltet ihr wieder nach vorne gucken. Keiner braucht dem anderen Vorwürfe zu machen.« Anschließend rief sie reihum alle Familienmitglieder an.

Zwei Tage später stand plötzlich Angela vor der Tür. »Ich will hier nicht bleiben«, sagte sie, als sie vor Stella stand, die ihre Tochter wortlos in die Arme schloss. »Aber ich will meine Sachen ordnen.«

Stella hatte den Eindruck, dass auch sie ihre Sachen ordnen musste, aber sie wusste nicht, wie sie es tun sollte. Und warum lief auch bloß alles bei ihr zusammen?

Daniel und Helmut hatten eine Reise nach Hamburg angekündigt. Helmut war die Reise sofort genehmigt worden, schließlich war er alt und Rentner, und es war dem Staat sogar egal, wenn er nicht wieder zurückkam, da er mit seiner Rente nur Staatsgelder schluckte. Ähnlich war es bei Daniel. Sie hatten ihn noch eine Weile für die Zeitung arbeiten lassen. Anfangs nach seiner Arbeit in der Produktion hatte er lächerliche Aufgaben zugeteilt bekommen, nach Angelas Flucht hatte er nur noch die Artikel anderer korrigieren dürfen.

Seit ein paar Wochen war er Rentner, und so hatte er mehr Freiheiten als jemals zuvor. Also hatten beide Männer eine Besuchserlaubnis beantragt, sie war viel selbstverständlicher bewilligt worden, als sie erwartet hatten, und nun stand ihr Besuch ins Haus.

Stella ängstigte sich. Was würde da nun wieder auf sie zukommen?

## 59

Je näher der Besuch von Hermann und Daniel kam, umso größer wurde Stellas Aufregung. Ihr Leben hatte sich dramatisch verändert, seit Ruben sich in sie verliebt hatte. Sie hielt sich in der verrückten aufregenden Szene um die Musiker auf, die im *Onkel Pö* zusammentrafen. Ruben und sie musizierten nicht nur dort mit Freunden von Ruben, von denen nicht wenige auch ihre Freunde geworden waren. Stella galt als Rubens Freundin, und niemanden schien der Altersunterschied zu befremden, ja, sie schienen ihn nicht einmal wahrzunehmen.

Ruben tat Stella gut. Er sprudelte über vor Ideen, die er oft im selben Augenblick, da sie in ihm hochschossen, umzusetzen versuchte. Stets trug er ein kleines Notizbuch mit sich herum. Wenn er einen Einfall hatte, gleichgültig, wer gerade bei ihm war, zog er sein Notizbuch heraus und notierte ihn. Manchmal summte er vor sich hin oder klopfte auf den Tisch. Anfangs hatte er Stella damit erschreckt. Inzwischen wusste sie ebenso wie seine Freunde, dass Ruben nach kurzer Zeit in die Realität zurückkehrte und wieder bei ihnen war. Meistens sprach er nicht einmal darüber, was ihm gerade durch den Kopf geschossen war, manchmal war er jedoch so begeistert, dass er sich unbedingt mitteilen musste.

Stella hatte sich seinen Gefühlen gewissermaßen ergeben. Er war verliebt in sie, er begehrte sie, für ihn war sie eine unvergleichliche einzigartige und wundervolle Frau, und auch, wenn Stella seiner Leidenschaft für sie nicht zu trauen wagte, gar argwöhnte, er hätte vielleicht einen Mutterkomplex, erlaubte sie sich die Freude über die anregende Gesellschaft des Mannes, der sie freigiebig mit seiner Energie nährte.

Sie war fünfundsiebzig Jahre alt geworden. Ruben ging auf die fünfzig zu. Er war kein junger Mann, das nicht. Er hatte zwei erwachsene Söhne, einer war im vergangenen Jahr Vater geworden, hatte Ruben also zum Großvater gemacht. Stella hatte seine gesamte Familie kennengelernt, denn Ruben hatte nicht lockergelassen. Er wollte, dass sie Teil seines Lebens wurde. Sie hatte sogar schon die Mutter seiner Söhne kennengelernt, eine Mexikanerin von Ende vierzig, die sich mit Ruben hervorragend verstand, und die Stella beim ersten Treffen beide Hände darbot und sagte: »Freundschaft!« Stella hatte nicht anders gekonnt als einzuschlagen, auch wenn sie am liebsten gesagt hätte: So schnell schließe ich keine Freundschaft. Aber Julia war ähnlich wie Ruben unwiderstehlich. Auch ihr ergab Stella sich schnell. Sie leistete keinen Widerstand gegen die offenen Gespräche, auch über Ruben, von dem Julia in hellsten Tönen schwärmte. Bis Stella sagte: »Wenn du ihn so wundervoll findest, warum bist du nicht mit ihm zusammen geblieben?« Da lachte Julia und sagte: »Wir ähneln uns, hast du das nicht gemerkt? Wir waren wie Geschwister, wir sind ja auch so jung gewesen, knapp zwanzig, und dann haben wir Erwachsene gespielt und Mutter und Vater und Ehepaar, aber eigentlich waren wir Spielkameraden, Kumpels, Bruder und Schwester. Als ich vierzig war, wollte ich gern einen erwachsenen Mann kennenlernen.« Sie lachte hellauf. »Was für ein Reinfall! Der Typ war zehn Jahre älter als ich und behandelte mich wie ein Mädchen. Der machte Pläne und Listen und Tabellen, der war so entsetzlich deutsch. Das hat gerade mal zwei Jahre gedauert.« Sie schaute Stella vertrauensvoll mit ihren dunklen Augen an und raunte: »Jetzt habe ich eine Freundin. Die ist toll. Die liebe ich richtig. Und ich denke, dass das mit Ruben nur so lange gutgehen konnte, weil ich im Grunde nie richtig wild auf Männer war.«

Stella dachte: »Und weshalb konnte das für Ruben so lange gutgehen?« Aber sie fragte ihn nicht. Dann und wann fiel es ihr wieder ein, doch dann schob sie die Frage auf, und schließlich verlor sie an Bedeutung. Rubens Kriterien, eine Frau anziehend zu finden, lagen anscheinend weniger darin, sich als Mann aufgewertet zu fühlen. Trophy wifes schienen ihn nicht zu interessieren, eine soziale Aufwertung durch Schönheit oder auch beruflichen Erfolg der Frau brauchte er anscheinend nicht.

Gleichwohl war er ein leidenschaftlicher Mann, auch sexuell, und unglaublich sinnlich. Wäre er nicht fünfundzwanzig Jahre jünger als ich, wäre er der perfekte Mann für mich, dachte Stella oft. Und sie sagte es ihm auch, meistens lachte sie dabei. Anfangs hatte er vehement widersprochen. »Du hast keine Ahnung, wie viel älter die meisten Frauen in meinem Alter sind als du.« »Guck einfach in den Spiegel, dann siehst du, wie wunderschön du bist. Ich sag gar nicht, dass du jung aussiehst. Denn im Grunde ist mir das egal. Aber guck in den Spiegel.« Er stellte sich auch gemeinsam mit ihr vor den Spiegel, um sie zu überzeugen, und sie sah durchaus, dass sie ohne weiteres für sechzig durchgehen würde. Aber auch mit sechzig wäre sie immer noch zehn Jahre älter als er.

Eines Abends stand er vor ihrer Tür, und sie erkannte ihn nicht. Er hatte eine täuschend echte Glatze mit einem grauschwarzen Haarkranz und einen graumelierten Schnauzbart. Er hatte sich Wulste unter die Augen gemalt, die ihm einen verlebten Ausdruck verliehen. Seine vollen Lippen verschwanden fast unter dem Schnäuzer, so dass es wirkte, als wäre er schmallippig.

Stella erkannte ihn erst, als er in Lachen ausbrach. Sie konnte nicht fassen, wie sehr er sich verändert hatte. Er sah zwanzig Jahre älter aus.

»Willst du mich so?«, fragte er, und sie schüttelte stumm den Kopf. Diese Art Mann mochte sie nicht. Es gab sie, genau so sahen sie aus. Sie blickten ihr sogar auf der Straße nach. Sie sahen hart aus und irgendwie rechthaberisch.

Er riss sich die falsche Glatze vom Kopf, und seine vollen grauen Haare kamen zum Vorschein. Er zog sich den Schnäuzer ab, und Stella küsste seinen schönen vollen Mund.

Sie wusste, dass sie sehr in ihn verliebt war. Aber sie sagte es ihm nicht. Nach Anthonys Tod hatte sie einen Pakt mit sich selbst geschlossen, dass ihre Liebe mit ihm bis auf den Grund des Meeres gesunken war. Was sie für Ruben empfand, war anders als das, was sie für Anthony empfunden hatte. Gleichwohl tat er ihr unfassbar gut. Er brachte etwas völlig Neues in ihr Leben: Sie wurde Teil einer wirbeligen großen Familie, zum einen seiner Familie, zum anderen seiner Künstlerfamilie, die im *Onkel Pö* zu Hause war.

Sie fühlte sich nie mehr allein. Auch der Sex mit Ruben schenkte ihr eine neue Erfahrung. Ursprünglich hatte sie davor zurückgescheut. Aber dann hatte er sie mit sanften und dann stürmischeren Küssen, mit Berührungen, leichten und intensiveren, mit seiner nicht versiegenden Begeisterung Tag für Tag davon überzeugt, dass es schön sein könnte, nackt Haut an Haut zu sein, dass sie sich diesem Mann öffnen, ihn in ihren Körper lassen könnte, ohne zu befürchten, dass er sie verletzen würde.

Genau so war es geschehen. Es war schön mit ihm, mal sanft, mal stürmisch, mal intensiv, mal leicht. Und ihre Sicherheit, dass er sie nicht verletzen würde, wuchs mit jeder Begegnung.

Nun aber hatte sich Daniel angemeldet für einen Besuch. Ihr Briefkontakt war flüchtiger geworden, weil Stella erst nach langen Zeitabständen auf Daniels Briefe antwortete. In der letzten Zeit war der Kontakt gänzlich eingeschlafen. Stella hatte das beruhigt, denn sie hatte nicht gewusst, wie sie für Klarheit hätte sorgen können. Sie beruhigte sich, indem sie sagte: Schließlich hat es zwischen Daniel und mir nur zarte Andeutungen, den Austausch von Offenbarungen über Herzensschmerzen und Herzenssehnsüchte und vage Hoffnungen gegeben. Sie war nicht verpflichtet gewesen zu sagen: Das alles mache ich nun mit einem anderen Mann, der jedoch fünfundzwanzig Jahre jünger ist als ich. All das erschien ihr sehr kompliziert und auch ein wenig peinlich. Also hatte sie sich in oberflächliche Mitteilungen über Äußerlichkeiten geflüchtet, Beschreibungen des Hamburger Wetters, bestenfalls noch des häuslichen Lebens in der Kippingstraße.

Sie hatte ihm erzählt, dass Wilhelms Sohn gestorben war und dass Dritter gemeinsam mit seinem Sohn Alex das Haus von Luise Solmitz gekauft hatte und nun direkt gegenüber von ihnen lebte. »Ein eigenartiges Gefühl«, hatte sie geschrieben. »Mit einem Mal ist mir mein Bruder wieder ganz nah. Ich sehe ihn, wenn er sein Haus verlässt, immer schnieke angezogen, und ich sehe Marthe, wie sie im Garten arbeitet. Auch das ist seltsam, denn es ist doch Luises Garten. Es kommt mir wie Ausdruck des Wandels vor, der gleichzeitig etwas Beständiges in sich trägt. Auch der Wandel von Geburt zum Tod trägt doch das immergleiche Ritual der Veränderung in sich. Und Dritter und ich tragen bei allem, was uns räumlich auseinandergetrieben und auch von unseren jeweiligen unterschiedlichen Lebensformen getrennt hat, doch diese Geschwisterliebe in uns, die uns stets begleitet hat.«

Diese Liebe zu ihrem Bruder empfand Stella tief, seit Dritter gegenüber wohnte. Er sah anders aus als früher, schon seit Jahren hatte er kein einziges Haar mehr auf dem Kopf, aber auch seine Augen hatten sich verändert. Er trug eine Brille, und sein Blick war ernst. Man konnte kaum mehr glauben, dass dieser Mann einmal ein Luftikus gewesen war, der getanzt und getrunken und den Frauen den Kopf verdreht hatte. Er war jetzt achtundsiebzig Jahre alt, ging auf die achtzig zu, und doch hielt er sich immer noch gerade, immer noch der Herrenreiter. Stella sah, dass er ein freundlicher milder Großvater war. Alex und Annalena hatten inzwischen ihr zweites Kind bekommen, ein Mädchen nach dem Erstgeborenen, dem Sohn, der wieder Alex genannt worden war. Dritter war ein ganz anderer Großvater als Ruben, der mit seinem Enkel Fußball spielte und gemeinsam trommelte. Dritter nahm seine Enkel auf den Schoß und erklärte ihnen die Welt. Die Jahreszeiten, die Wolken am Himmel, die Geräusche der Vögel.

Stella überlegte, ob sie zu ihrem Bruder rübergehen sollte und ihn fragen, wie sie sich nun Daniel gegenüber verhalten sollte, wenn er in zwei Wochen erschiene. Sie tat es nicht. Sie hatte Angst, dass Marthe dazukam und sie mit gekräuseltem Näschen von oben herab mit vermeintlich toleranten Bemerkungen als Frau hinstellen würde, die ihre Finger nicht von Sex und Männern lassen konnte, obwohl sie das Alter erreicht hatte, sich davon endlich zu verabschieden. Marthes Mann war zwanzig Jahre älter als sie, und Stella wusste, dass Marthe diesen Altersabstand oft als positiv erwähnte, weil er sie davor verschont hatte, einem Mann sexuell zu oft zu Diensten sein zu müssen. Wieso Stella sich mit einem über zwanzig Jahre jüngeren Mann einließ, musste Marthe unverständlich sein. Sie liebte Sätze, die mit »Ich habe ja nichts dagegen« begannen oder mit »Jeder muss ja selbst für sich entscheiden, was er tut«, und die meist endeten mit »man muss aber auch seine Grenzen kennen« oder mit »alte Frauen sollten vermeiden, sich lächerlich zu machen«. Stella war sich selbst so entsetzlich unsicher, was diese Liebe zu Ruben betraf, dass sie Marthe seit einiger Zeit aus dem Weg ging.

Dann war es so weit. Gemeinsam mit Lysbeth holte Stella die beiden Männer vom Hauptbahnhof ab. Es war April 1974. Schon in den Tagen zuvor war Stella durch Hamburg gelaufen und hatte die Stadt mit den Augen eines Fremden angeschaut.

Im Vergleich zu Dresden hatte Hamburg die Erinnerung an den Krieg fast vollkommen abgestreift. Wo einst Ruinen standen, prangten jetzt Neubauten. Rund um den Hauptbahnhof lagen moderne Kaufhäuser, riesige Ladenfester waren voll mit einer schwindelerregenden Auswahl an Waren. Straßenbahnen rumpelten umgeben von bunten neuen Autos durch die Stadt. Wie einschüchternd mochte dieser Reichtum auf Helmut und Daniel wirken?

In der Kippingstraße blühten in den Vorgärten die Forsythien in leuchtendem Gelb, Magnolien öffneten ihre üppigen Blüten, einige Bäume trugen schon eine rosa Wolke, einige frühe Rhododendren blühten lila und rosa. Tulpen, Narzissen, Sternblumen, der Frühling brauchte gar nicht die überall schmückenden Stiefmütterchen, um sich einen bunten Umhang umzuwerfen.

Als Helmut und Daniel aus dem Zug stiegen, erschrak Stella, so grau wirkten beide. Sie umarmten Stella kräftig, was sie bei Helmut freute, bei Daniel ängstigte. Er sollte sich keine Hoffnungen machen, verdammt.

Zum Glück war Angela noch da. Sie hatte Stella zum Bahnhof begleitet, aber sie hatte sich so im Hintergrund gehalten, dass Helmut sie erst bemerkte, als er hinter Stella schaute, während er sie umarmte. »Angela!« Unverhohlen zeigte er seine Freude darüber, seine Adoptivtochter zu sehen. Stella traten Tränen in die Augen angesichts des Überschwangs des alten Mannes.

In den folgenden Tagen war Stella sehr erleichtert über die Anwesenheit ihrer Tochter. Angela kümmerte sich aufopfernd um die Gäste aus der DDR. Wenn die beiden zu beeindruckt durch die glatte Schönheit der Stadt wirkten, rückte sie die Dinge zurecht und erzählte ihnen von hohen Mieten, von Bildungsproblemen für Arbeiterkinder, davon, wie viel Geld es einen normalen Menschen kostete, sein Kind studieren zu lassen.

Lysbeth kochte viel Suppe in diesen Tagen. Aaron arbeitete kürzer als sonst. Stella reduzierte die Zeit, in der sie mit ihren Freunden musizierte. Angela hatte eigentlich beabsichtigt, Mitte des Monats wieder nach London zurückzukehren. Nun verschob sie ihre Abreise.

Anfang Mai legte sich eine helle Wolke frischen Grüns über den Stadtpark, durch den Angela und Stella und Daniel mit Helmut spazierten. Sie sprachen über vergangene Zeiten. Daniel hatte sich angeschaut, wo Lydia gewohnt hatte. Er hatte Cynthia im Pflegeheim besucht. Er griff nach Stellas Hand, als suche er nach all dem Verfall und Tod etwas Frisches, Lebendiges. Als wolle er sich ebenso erneuern, wie die Bäume es taten. Stella zuckte kurz zusammen, aber dann überließ sie ihm ihre Hand. Daniels Hand war groß und warm und er hielt die ihre auf eine Weise, dass sie sich geborgen fühlte. Rubens Hand war stets in Bewegung. Manchmal hielt er sie fest, dann wieder gestikulierte er und ließ sie los, dann wieder schlenkerte er ihren Arm oder verhakte seine Finger mit den ihren.

Plötzlich begriff Stella. Daniel machte ihr ein Angebot. Er könnte nach Hamburg kommen und bei ihr bleiben. Er könnte ihre Hand ergreifen und mit ihr gemeinsam leben, bis sie stürben. Sie beide verband Vergangenheit, Lydia, der Kampf gegen den Faschismus, das Leben auf dem Hof. So viele gemeinsame Erinnerungen. So viel Verbindung.

Mit Ruben würde es diese Verbindung niemals geben. Nicht nur, weil er so viel jünger war als sie, sondern vor allem, weil sie bis vor kurzem nichts miteinander geteilt hatten. Sie hatten in völlig unterschiedlichen Welten gelebt. Keiner kannte etwas vom andern aus den vergangenen zehn, zwanzig, dreißig, vierzig, fünfzig Jahren. Selbst bei Anthony hatte Stella anfangs diesen Schmerz empfunden. Anthony hatte nicht die junge Stella gekannt, die Jonny geheiratet hatte. Und sie hatte kein Gefühl für den Anthony gehabt, der in London im Internat so gelitten hatte. Aber Anthony und sie hatten eine Zukunft geteilt, die die getrennt gelebte Vergangenheit allmählich vereinnahmt hatte.

Allmählich hatten sie den andern so gekannt, dass es war, als hätten sie auch die ohne einander gelebten Zeiten geteilt. Sie wussten einfach, wie der andere vorher gewesen war. Die gelebte Zeit hatte die nicht gelebte Zeit verschluckt, weil sie viel bedeutsamer gewesen war.

Auch wenn Stella inzwischen viel mehr von dem Ruben wusste, der gelebt hatte, bevor sie ihn kennengelernt hatte, so war er doch ein fertiger Mann, fertig geworden ohne ihre Beteiligung. Daniel hingegen war derjenige geworden, der er heute war, weil er durch die gleichen Menschen geprägt worden war wie sie, die gleichen Ängste durchlitten, die gleichen Triumphe erfahren hatte. Und doch fühlte es sich nicht richtig an, dass Daniels Hand sich so sicher um die ihre schloss und ihr solche Geborgenheit vermittelte.

Ruben hielt sich fern in diesen Tagen, weil sie ihn darum gebeten hatte. Aber abends telefonierten sie miteinander. Seine Stimme erschien ihr dann fremd und fern, und er merkte das und wurde befangen. Ihre Gespräche wurden kürzer, sie teilten einander mit, was sie erlebt hatten, aber, so schien es Stella, das wirklich Wichtige ließen beide aus.

Daniel und Helmut waren zwei Wochen da, als es während des Abendessens an der Tür klingelte. Eine ungewöhnliche Zeit, dachte Stella. Gleichzeitig mit Aaron erhob sie sich, um aufzumachen. Cynthias Freundin hielt es nie für nötig, die Haustür zu öffnen. Mit einem Blick bedeutete sie Aaron, sich wieder zu setzen. Sie war froh, der permanenten Gemeinsamkeit ein wenig zu entfliehen. Also stapfte sie langsam die Stufen hinauf, sie ließ sich Zeit. Was da oben wartete, konnte auch noch ein wenig länger warten. Wichtig konnte es nicht sein.

Sie öffnete die Tür und legte unwillkürlich die Hand auf ihr Herz. Sie stieß einen Seufzer aus. Dann reichte sie dem Mann, der vor der Tür stand, beide Hände: »Bobby!«

Als wäre der Schall dieses Wortes auf eine mysteriöse Weise nach unten in die Küche getragen worden, eilten Schritte die Treppe hinauf, und Angela stand neben Stella. Außer Atem schluchzte sie: »Bobby!« und stürzte ihm in die Arme.

Stella ließ die beiden allein, ging nachdenklich die Treppen hinunter und verkündete die Neuigkeit. Helmuts Miene verdüsterte sich. Als Angela und Bobby eng umschlungen nach unten kamen und alle Bobby herzlich begrüßten, murmelte Helmut: »Nu, mit einem Mal bist du wieder da? Woher der Sinneswandel?« Bobby sah ihn überrascht an, offenbar wusste er nicht, was er sagen sollte. Angela aber reagierte scharf: »Warum bist *du* hier? Woher *dein* Sinneswandel?«

Stella begriff nicht, was gerade geschah. Entsetzt beobachtete sie, wie Helmut zusammensackte, als wäre er von einem Hieb in den Bauch getroffen worden. Doch dann richtete er sich auf, wuchs geradezu vor aller Augen, erhob sich von seinem Platz und donnerte mit der Faust auf den Tisch: »Du bist unverschämt! Unverschämt und undankbar! So warst du immer. Wir haben dich nie allein gelassen. Der da hat dich allein gelassen.« Seine Stimme brach kurz, aber dann donnerte er weiter: »Wir haben gesehen, wie du gelitten hast. Ich heiße nicht jemanden willkommen, der meiner Tochter Leid zugefügt hat!« Er ging auf Bobby zu und piekte seinen gichtigen Zeigefinger auf dessen Brust: »Wenn einer ein Herz hat, tut er so was nicht. Da bleibt er nicht einfach weg. Einer mit Herz verletzt nicht die Frau, die ihn liebt.«

Am Tisch hatte sich kaltes Schweigen ausgebreitet, als wäre mitten im Mai die Temperatur weit unter null gefallen. Helmut sackte wieder in sich zusammen, als alter gebrochener Mann schlurfte er aus der Küche.

»Wir können ihn doch nicht so gehen lassen«, sagte Lysbeth nach einigen Minuten Eisesstarre. Nun kam Leben in die Menschen in der Küche. Angela brach in Tränen aus. Bobby umschlang sie, murmelte: »I'm so sorry«, und war offensichtlich hin- und hergerissen, um wen er sich jetzt kümmern müsse, um Angela oder um Helmut.

Daniel nahm ihm die Entscheidung ab. »Ich rede mal mit ihm«, erklärte er und verschwand aus der Küche, als müsse er der Gesellschaft dort entfliehen. In diesem Augenblick begriff Stella, dass sie sich in der Annahme geirrt hatte, Daniel und sie hätten eine gemeinsame Geschichte. Daniel hatte dreißig Jahre lang in einem Land gelebt, das ihr fremd war, obwohl dort Deutsch gesprochen wurde. Daniel verstand Helmuts Enttäuschung über Bobbys Wegbleiben. Im Grunde hatten alle Helmut enttäuscht, die ihn in der DDR zurückgelassen und sich davongemacht hatten. Sozialismus war nicht das, wonach es Helmut jemals gelüstet hatte, aber die DDR war sein Leben gewesen, ebenso wie Angelas, ebenso wie Daniels. Aber die DDR war nie Stellas Leben gewesen, obwohl sie für Sozialismus war.

Daniel und sie waren einander ebenso fremd wie Ruben und sie einander fremd waren. Traurig dachte sie, es ist egal, mit welchem Mann ich mich heute einlasse. Jede Vertrautheit, die es jemals mit einem geben könnte, ist die, die in der Zukunft liegt. In der Vergangenheit liegt keine Vertrautheit mehr. Jonny, so sehr er ihr geschadet hatte, so sehr er sie verletzt hatte, Jonny konnte in ihr all die Frauen sehen, die sie einmal gewesen war, und genau so ging es ihr mit ihm. Jonny hatte von ihr vielleicht sogar mehr gewusst, als Lysbeth von ihr wusste, die sie kannte, seit sie geboren war. Jonny hatte die Frau erlebt, er hatte sie nackt und entblößt von Scham und jeder Zurückhaltung erlebt. Jonny hatte gewusst, wie sie sich anfühlte, tief innen. So vertraut mit ihr war sonst nur noch Anthony gewesen, eine so intime Kenntnis ihres Wesens hatte nur er gehabt. Anthony hatte sie innen und außen gekannt, ihren Körper, ihre Gefühle, ihre Seele, ihre Ängste und Gelüste, ihre Scham und ihre Schamlosigkeit. Nie wieder würde ein Mann sie in ihrer Entwicklung, ihrem Werden, in den vielen Phasen ihres Lebens, die alle in ihr aufbewahrt waren, so kennen.

Sie wusste plötzlich, dass sie sich auf Ruben einlassen wollte. Es stand plötzlich klar vor ihr. Mit Ruben gab es Zukunft, etwas Neues, etwas anderes. Mit Ruben gab es die Aussicht auf frisches Leben. Mit Daniel würde es nur ein Aneinanderfesthalten geben, ein miteinander alt werden im gemeinsamen Wissen um Verluste und verlorene Lieben. Sie begriff plötzlich, und es versetzte sie in eine seit langem schon nicht mehr gespürte Euphorie, dass ihr das zu wenig war. Zu wenig Leben, zu wenig Zukunft, zu wenig Chance, etwas Neues zu schaffen. Sie trug noch so viele Ideen in sich, sie wollte noch so viel ausprobieren, künstlerisch, aber auch als Frau. Sie war ja noch nie alt gewesen, auch das war ein neuer Lebensabschnitt. Sie wusste nicht, wie eine alte Frau liebte, was sie bewegte und was sie bewegen konnte. Sie empfand plötzlich eine unbändige Lust darauf, sich diesem neuen Lebensabschnitt zuzuwenden, und zwar an der Seite eines Mannes, der sie aufregend fand, der Lust auf etwas Neues mit ihr hatte, und mit dem es nichts Verbrauchtes gab. Alles war offen für sie beide.

Als Daniel und Helmut gemeinsam zurück in die Küche kamen und Helmut sich bei Angela und Bobby entschuldigte, hatte Stella eine Entscheidung gefällt.

## 60

Weil er eine Entscheidung getroffen hatte, war Bobby nach Hamburg gekommen.

Als Angela aus London verschwunden war, war es ihm wie Schuppen von den Augen gefallen, er hatte begriffen, dass er sich in einem falschen Leben eingerichtet hatte. Er mochte Diana, er war ihr dankbar, sie hatte ihm zu einem Zeitpunkt geholfen, als er nicht mehr weiterwusste, und er mochte auch ihren Sohn, empfand ehrliche väterliche Verantwortung für ihn, aber er liebte Angela. Es gab keine Schnittstellen zwischen Diana und ihm außer dem Jungen und außer einem anstrengenden, irgendwie zu bewältigenden Alltag. Mit Angela hingegen überschnitt sich sein ganzes Wesen.

Als Bobby zum ersten Mal im *Onkel Pö* auf der nur wenige Zentimeter erhöhten Bühne stand, leuchtete Angela unter den Zuschauern wie eine Lichtsäule. An diesem Abend trat auch Udo Lindenberg auf, ein junger Sänger, der im *Pö* mehr oder weniger wohnte, zumindest, wenn er so viel getrunken hatte, dass er den Weg hinaus nicht mehr schaffte. Bobby war völlig überwältigt von der Nähe der Musiker zu den Gästen. Die Bühne war nur sechzig Zentimeter hoch, und zehn Zentimeter davon entfernt standen die ersten Leute. Auch in der Pause und nach dem Konzert saßen die Musiker mit den Gästen zusammen. In dieser Nacht machten die anwesenden Musiker – manche waren erst im Laufe des Abends eingetroffen – eine ausgelassene Session. Sie freuten sich über den Neuzugang, Bobby, den Vollblutmusiker.

Dieser Abend war beeindruckend, er wurde jedoch noch übertroffen von dem, als die ganze Familie kam. Stella und Ruben und drei seiner Freunde, die sich inzwischen unter dem Label »Ruben & love & friends« gefunden hatten, waren für diesen Abend offiziell angekündigt worden.

Alle kamen. Angela sowieso, aber auch Helmut und Daniel, Lysbeth und Aaron, und an diesem Abend folgten auch Wilhelm und Silke Stellas Einladung. Wie sehr wünschte sie diesen beiden einen entspannten fröhlichen Abend.

Zu ihrer Überraschung wirkten Wilhelm und Silke, als hätte es nie eine Unterbrechung in ihrem jungen Leben gegeben. Sie erzählten, dass Wilhelm sich von seinem Bürojob verabschieden wollte. »Ich werde sonst krank«, erklärte er. »Ich habe in der letzten Zeit schon immer Magenschmerzen.« Silke umarmte ihn liebevoll und fügte hinzu: »Er soll jetzt mal dran sein. Ich habe so lange kreativ gearbeitet. Jetzt soll er lernen, wozu er Lust hat.« Wilhelm wollte eine einjährige Ausbildung als Fotograf beginnen. Und Silke wollte für den Lebensunterhalt sorgen. »Wie denn?«, fragte Stella. In diesem Augenblick merkte sie, dass sie diese Frage besser unterlassen hätte. Wilhelm bekam wilde Augen, und Silke errötete. »Ich weiß noch nicht«, sagte sie. »Im Zweifelsfall geh ich putzen.«

Dieser Preis war hoch. Stella fragte sich, ob Silke mit dem Verlust ihres Kindes auch gleich alle Zukunftspläne mit aufgegeben hatte. Aber sie fragte nicht.

An diesem Abend zeigte sie alles, was sich in den vergangenen Monaten künstlerisch und seelisch in ihr angesammelt hatte, und Ruben zeigte es ebenso. Erstmalig sangen sie gemeinsam, sie hatten nicht einmal viel geprobt, er stimmte einfach mit ein, unterstützte sie, antwortete ihr, und sie wandte sich ihm zu, während sie sang. Es war das gewohnte Programm, aber es war anders. Ruben verstand, dass sich etwas in Stella geändert hatte, und er antwortete wie im Jubel: Ja. Es gab niemanden in der Kneipe, der nicht mitbekam, dass sich hier etwas Besonderes abspielte. Nicht alle begriffen, worum es ging, aber alle spürten, dass es besonders war.

Daniel begriff, worum es ging.

Und auch Lysbeth begriff, dass ihre Schwester eine Liebe gefunden hatte.

Angela begriff, dass Bobby dabei war, eine neue Familie zu finden, und sie selbst empfand es als Eintritt in eine Familie, in der auch sie sich geborgen fühlen könnte. Ein neues Zuhause? Sie wagte kaum, es so zu benennen, aber wenn sie ehrlich zu sich selbst war, fühlte es sich so an, auch wenn ihre Tochter nicht dabei war und auch auf unabsehbare Zeit nicht dazugehören würde, da sie sich in Spanien dem Widerstand gegen Franco angeschlossen hatte.

Zwei Wochen später reisten Helmut und Daniel ab. Beide hatten, ohne es besonders dramatisch zu proklamieren, beschlossen, in die DDR zurückzukehren, weil sie dahin gehörten, wie problematisch sie es dort auch immer fanden. Daniel war ziemlich schweigsam geworden, während Helmut ungewohnt erklärungsbereit war, aber vielleicht ging es ihm auch gar nicht um das Verständnis der anderen, sondern vielmehr darum, dass er sich selbst besser verstehen wollte.

»Eigentlich bin ich gekommen, um bei euch zu bleiben«, sagte er zum Beispiel, lachend, als wäre es der größte Witz, den man sich denken konnte. »Ich werde auf meinem Hof sterben, bei meiner Helga«, sagte er ein anderes Mal, und die anderen bekamen Tränen in die Augen, er selbst freilich hatte ungewöhnlich klare frohe Augen. »Für Rentner gibt es keine Grenze zwischen uns und euch«, antwortete er auf Angelas traurige Bemerkung, dass sie sich wünsche, er würde mehr an ihrem Leben teilhaben.

In den letzten Tagen war er wie ausgewechselt. Mit Wohlwollen betrachtete er Angelas und Bobbys Zärtlichkeiten, mit Interesse fragte er Aaron nach seiner Arbeit, und Lysbeth fragte er danach, wie es für sie sei, keine eigene Praxis mehr zu haben. Er wirkte leicht und frei, als hätte er Ballast abgeworfen.

Daniel tat sich schwerer. Zwischen Stella und ihm hatte sich äußerlich seit dem Abend, als Bobby gekommen war, nicht viel geändert, obwohl sich in Stella alles verändert hatte. Er griff nie mehr nach ihrer Hand und verhielt sich ihr gegenüber, als wäre sie eine Fremde, fremder als Lysbeth und Aaron, viel fremder als Angela. Und auch fremder als Bobby, mit dem er manchmal Gespräche führte, die keiner der anderen mitbekam, die sich aber um wichtige Dinge zu drehen schienen.

Bei ihrer Abfahrt waren Helmut und Daniel weniger grau als bei ihrer Ankunft. Beide sahen aus, als hätten sie klarere Umrisse bekommen. Helmut formulierte es noch am Abend vor ihrer Abfahrt: »Ich weiß jetzt, wie die Zeit vor meinem Tod sein wird: Ich will euch häufig besuchen, aber ich gehöre dahin.«

Daniel war wortkarg geworden, gab nichts mehr von sich preis. Doch auf dem Bahnsteig, nachdem er Stella umarmt hatte, hielt er sie auf Armeslänge entfernt und sagte, während er ihr in die Augen blickte: »Ich hatte mir Hoffnungen gemacht, Stella. Die sind zerplatzt. Das hat weh getan. Davon muss ich mich erst mal erholen. Aber ich glaube, danach beginnt etwas anderes. Ich berichte dir.« Stella begann zu weinen und warf sich an seine Brust. »Es tut mir so leid«, schluchzte sie. »Bitte verzeih mir.« Er hielt sie fest und murmelte an ihrem Ohr: »Es gibt nichts zu verzeihen. Gar nichts. Irgendwann werde ich dir danken. Das weiß ich.«

Sie wusste es nicht, und sie fühlte sich entsetzlich schuldig. Aber ihre Entscheidung für Ruben geriet nicht ins Wanken.

Wenige Tage später erhielt sie eine Einladung von ihrem Bruder Dritter. Alex' und Annalenas jüngstes Kind sollte getauft werden, und Marthe und er luden anschließend zu einer Feier in ihr Haus ein.

Die Taufe sollte in der Christuskirche an der Hohen Weide stattfinden. Diese Kirche kannte Stella noch, wie sie vor dem Krieg ausgesehen hatte. Sie war um 1880 herum gebaut worden, der Stadtteil Eimsbüttel war später um die Kirche herum entstanden. Stella kannte die Geschichte der Kirche wie viele Menschen in Eimsbüttel. Es hatte nach dem Plan des Architekten ein Gebäude mit Querschiff und geradem Chor werden sollen, orientiert an den Prinzipien der Backsteingotik. Aus Kostengründen war der Bau freilich kleiner ausgefallen. In den darauffolgenden Jahren hatte die Gemeinde Eimsbüttel im sich rasch verdichtenden Stadtgebiet Ableger gegründet, die zu eigenständigen Gemeinden mit drei eigenen Kirchen geworden waren. Apostelkirche, Stephanus- und Philippuskirche. Bei den Luftangriffen 1943 und 44 waren die Kirchen schwer beschädigt worden. Bei der Christuskirche waren das Deckengewölbe, der gesamte Chor, das nördliche Querschiff und die Fenster komplett zerstört worden. Von der Inneneinrichtung war nur das Altarkreuz erhalten geblieben. Nach dem Krieg wurde die Kirche im Stil der Fünfzigerjahre wieder aufgebaut. Nun gab es eine schlichte Chorfassade und keinen Dachreiter mehr auf dem Langhaus. Aber die Eimsbüttler hingen an ihren Kirchen, wenn sie sie auch selten besuchten, die Hamburger waren keine sonntäglichen Kirchgänger. Zu Taufen und Konfirmationen und Hochzeiten freilich saßen sie stolz auf den Holzbänken, als würde die Kirche ihnen gehören.

Stella und Lysbeth beratschlagten vor dem Kirchgang, was sie anziehen sollten. Es war der erste Tag im Juni. Wie jedes Jahr staunte Stella, dass eine Welt, die noch zwei Monate zuvor kahl und braun ausgesehen hatte, in der Lage war, sich ein sattes Grün überzuwerfen, als wollte sie zeigen, wie viel Grün ihre Farbpalette zu bieten hatte.

Der Mai war alles andere als lau gewesen, er hatte sich geziert, seine Pracht preiszugeben, hatte sich immer wieder unfreundlich feucht und manchmal gar aggressiv dunkelwolkig und schwermütig wie im November gezeigt, aber am Tag der Taufe war es, als locke der Juni fast schon übermütig frech die Menschen aus den Häusern auf die Straßen und Plätze und an die Alster und Elbe hinaus. Menschen, die noch blass aussahen, aber schon Frühlingsaugen hatten und sich auch schon so kleideten, obwohl sie noch wirkten, als würden sie sich fremd in ihrer luftigen Kleidung fühlen, fast, als würden sie sich schämen, zu viel Haut zu zeigen.

Stella und Lysbeth entschieden sich für helle Sommerkleider mit weiten Röcken und halblangen Ärmeln. Sie sahen luftig und jung aus, aber sie vermieden es züchtig, ihre nackten Oberarme zu zeigen, eine Regel, die für alle älteren Frauen zu gelten schien, wie ihre Oberarme auch immer aussahen. Normalerweise hielt Stella sich nicht an diese Regel, aber am heutigen Tag leistete sie es sich bereits, mit ihrem jüngeren Freund zu erscheinen und ihn damit offiziell als ihren neuen Partner in die Familie einzuführen. Das reichte ihr als Rebellion gegen die Regeln des Anstands für alte Frauen.

Gemeinsam mit Aaron, der einen dunkelblauen Anzug und ein weißes Hemd trug, allerdings keinen Schlips, weil er dieses förmliche Symbol eines Phallus vor dem Adamsapfel verabscheute, begaben sich die Schwestern zur Christuskirche, wo Ruben schon auf sie wartete. Er war mit der U-Bahn gekommen. Schon vor dem Ersten Weltkrieg war die Strecke Schlump – Christuskirche – Emilienstraße eröffnet worden. Die U-Bahn-Station lag seitdem direkt vor der Kirche. Stella griff nach seiner Hand und bekannte sich damit vor aller Augen zu ihm.

Es gab nur eine einzige Taufe an diesem Tag, und das war die von Katharina.

Alexander der Fünfte stimmte ein gewaltiges und empörtes Geschrei an, als seinem Schwesterchen Wasser über den Kopf geschüttet wurde. Er wusste genau, dass Wasser über den Kopf des Babys zu schütten verboten war, weil es ihm mehrfach gesagt worden und ihm mehrfach angedroht worden war, dass Schlimmes folgen würde, sollte er es trotzdem tun.

Alexander der Vierte war unsicher, ob er über seinen Sohn lächeln oder ihn zur Ordnung rufen sollte, damit der Ablauf nicht gestört würde. Er entschied sich für strenges Lächeln, was sein Sohn sogar verstand und aufhörte, gewissermaßen das Terrain zu verteidigen. Das Terrain war seine Schwester, und ihm war sowieso nicht klar, was er daran genau verteidigen musste, oder ob es mehr sein eigenes Terrain war, das er gegen sie zu verteidigen hatte.

Dritter hatte sich vor der Feier einen anständigen Cognac genehmigt, er hatte Sorge, anders das Ganze nicht überstehen zu können.

Ernsthaft lächelnd und gerade aufgerichtet saß er nun in der Kirche, verfolgte die Zeremonie und fragte sich, womit er das, was aus seinem Leben geworden war, verdient hatte.

Er hatte keine Antwort darauf, und manchmal, wenn er nachts aufstand, weil alte Männer von ihrer Blase aus dem Bett getrieben wurden, und wenn er danach nicht wieder einschlafen konnte, empfand er Angst, ob ihm alles abermals genommen werden würde. Es schien ihm nicht so lange her, dass er Ratekau wie ein Verbrecher verlassen hatte und bei seinen Geschwistern in der Kippingstraße um Unterschlupf gefleht hatte. Wie anders sah nun alles aus!

Verstohlen blickte er sich um. Kurz vor Beginn der Zeremonie war seine Schwägerin Cynthia von ihrer Freundin im Rollstuhl in die Kirche gefahren worden. Dritter empfand nicht die geringste Rührung wegen dieses Beistands. Er hatte genügend Lehrgeld gezahlt für Menschenkenntnis, und diese Freundin hatte er sofort durchschaut. Die tat alles aus Berechnung. Sie hatte bereits, wie ihm zugetragen worden war, ihre eigene Wohnung möbliert vermietet, und von seinen Schwestern wusste er, wie schamlos sie sich in Cynthias Wohnung eingenistet hatte. Alles mit einem süßen Lächeln und der schleimigen Anbiederung an die Familie Wolkenrath. Dritter sah der Frau an den stahlblauen Augen gleichwohl an, wie hart sie ihre Interessen verfolgte. Das war eine Erbschleicherin, und Dritter machte sich Sorgen darum, dass seinen Söhnen nach dem Tod von Cynthia und Stella und Lysbeth das Haus auch wirklich übertragen werden würde. Diese Frau war zehn Jahre jünger als Cynthia, die 1900 geboren war und damit die Jüngste der Frauen in der Familie. Sie war also nur fünf Jahre älter als Marthe, wenn man das auch kaum glauben mochte, so verlebt sah sie aus, eine Raucherin mit schlechter Haut, die ihr verlebtes Aussehen noch dadurch unterstrich, dass sie blauen Lidschatten unter ihre Augen pinselte. Vielleicht meinte sie, dass sie so das Blau ihrer Augen betonte, was jedoch ein Irrtum war. Sie betonte allein die dunklen Schatten unter ihren Augen in ihrem hageren Gesicht.

Manchmal dachte Dritter an seinen Bruder Eckhardt und auch an den Jüngsten von ihnen, Johann, zu dessen Begräbnis er, Dritter, vor ein paar Jahren gegangen war, nachdem er die Todesanzeige im Abendblatt gelesen hatte. Er war der Einzige seiner Geschwister gewesen, der auf dieser Beerdigung anwesend gewesen war, zu der nicht einmal alle Kinder Johanns gekommen waren.

Dritter war der letzte Lebende der Brüder. Und auch wenn er sich manchmal erschöpft vom Leben fühlte, verfolgte er dennoch die Absicht, noch eine Weile auf der Welt zu bleiben, denn was da geschah, war interessant. Und er selbst hatte jetzt weniger Sorgen, als er jemals im Leben gehabt hatte.

Während der Chor ein Lied anstimmte, das Dritter unbekannt war, das aber in der Kirche eine schöne Stimmung verbreitete, verlor er sich in seinen Gedanken. Er hatte es sich, als er aus Ratekau geflohen war, nicht träumen lassen, dass er einmal der rechtmäßige Besitzer des Hauses von Fred und Luise Solmitz sein würde. Der Chor sang mehrstimmig: Halleluja! Und Dritter stimmte innerlich mit ein. Halleluja! Es war ein Triumph über all diese Bleistiftanspitzer und Pfennigfuchser und Großkotze wie seinen Bruder Eckhardt und Jonny Maukesch. Dritter bedauerte es zutiefst, dass Jonny Maukesch nicht mehr miterlebt hatte, wie er, Alexander Wolkenrath, das Haus in der Kippingstraße bezog, das früher seinem Freund, dem Major Solmitz, gehört hatte.

Es gefiel Dritter, wie der Chor das *Halleluja* variierte und jubelte. Er blickte zu seiner Schwester Stella, die Hand in Hand mit ihrem hübschen jungen Freund in der Holzbankreihe neben ihm saß.

Dritters eigene Reihe war angefüllt mit seiner Familie. Auch da war er erfolgreich gewesen: Drei Söhne und drei hübsche junge Frauen. Dazu nun schon zwei Enkel. Dritter spürte, wie sein Brustkorb eng wurde. Selten wurde er so von Gefühlen überwältigt. Er hatte gelernt, seine Gefühle zu zügeln. Früher hatte er sich von den Gefühlen leiten lassen, die von seiner Schwanzspitze erzeugt wurden. Später dann von Ehrgeiz und Wut und auch von Rache, ja, all diese Gefühle waren ihm wohlvertraut. In den letzten Jahren, als ihm noch einmal alles genommen worden war, sein Haus in Ahrensburg, seine Firma, die er ebenso mühsam wie mutig wie aufmerksam aufgebaut hatte, da hatte er alle Gefühle beiseitegeschoben und nur noch zusammengeklaubt, was ihm an Kraft und Intelligenz übrig geblieben war. Und er hatte gewonnen. Es war unfassbar, aber er hatte sogar eine Apanage für Marthe rausgehauen. Wenn er in diesem Augenblick tot umfiele, könnte er mit seinem letzten Atemzug jede Sorge um Marthe aushauchen. Sie würde nie Hunger und Not leiden müssen. Sie würde in dem schönen Haus in der Kippingstraße gegenüber von seinem Mutterhaus leben, bis sie sterben würde, und sie würde jeden Monat so viel Geld erhalten, dass sie alles bezahlen konnte, was sie brauchte, Essen, Kleidung, Heizung.

Dritter griff nach Marthes Hand. Ruckartig wie ein aufgescheuchter Vogel drehte sie ihm den Kopf zu und sah ihn alarmiert an. Was hast du?, fragte ihr Blick. Er lächelte ihr zu und drückte ihre Hand. Sie schüttelte leicht und verständnislos den Kopf. Was war denn in ihn gefahren? Er spürte, wie in ihm der Drang hochstieg zu lachen. Diese etwas mickrig restaurierte Kirche, die aber eine gute Akustik hatte, mit seinem lauten übermütigen Lachen füllen, das wäre doch was!

Da sah er, wie seine Schwester Lysbeth ihn anschaute. Als könnte sie seine Gedanken lesen. Auch sie lächelte. Er legte den Kopf in den Nacken und erwiderte ihren Blick. Er wusste, dass er manchmal arrogant wirkte, wenn er den Kopf in den Nacken schob und sein Gegenüber so betrachtete, aber er wusste zugleich, dass Lysbeth ihn durchschaute. Den Kopf in den Nacken zu legen war seine einzige Möglichkeit, seine Fassung zu bewahren. Denn Lysbeths Blick bestätigte alles, was er fühlte, und dadurch wurde es noch größer. Du hast es geschafft, Respekt!, sagte ihr Blick. Und sie gestand ihm auch ihren Neid. Ihr Blick sagte: So gern wäre auch ich Großmutter eines Babys, das dort vorn getauft wird. So gern hätte auch ich drei Söhne. Aber da war noch etwas anderes in ihrem Blick. Eine Warnung. Du musst nicht mehr auf Haus und Hof aufpassen, aber gib Acht auf deine Söhne. Dritter wusste nicht, ob diese Warnung wirklich von Lysbeth oder aus seinem Inneren kam. Er sorgte sich bereits, besonders um seinen Sohn Wilhelm. Alex hatte sein Leben im Griff. Beruf, Frau, Kinder. Eine schöne Wohnung in der Isestraße, die Aussicht auf ein Leben in der Kippingstraße in dem Haus, in dem jetzt seine Eltern wohnten. Das lief in geregelten Bahnen.

Aber Wilhelm. Dritter wusste, wie furchtbar es war, ein Kind zu verlieren, das schon an der Brust gesaugt hatte. Damals hatte er Marthe beinah mit verloren. Silke schien sich erholt zu haben. Aber was war tief in seinem Sohn vielleicht zerbrochen? Wilhelm sprach nie über seinen verlorenen Sohn. Er sprach darüber, dass er Fotograf werden wollte. Dritter verstand ihn nur zu gut. Aber er hatte Angst, dass das, was in seinem Sohn zerbrochen war, vielleicht irgendwelche dunklen Blüten treiben könnte.

Und Peter? Dritter wusste, dass seine Frau diesen Sohn am meisten von allen liebte und ihm damit keinen Gefallen tat. Dritter wusste auch, dass dieser Sohn sich von ihm selbst nicht das Beste abgeguckt hatte. Peter war ein Taugenichts, ein charmanter Betrüger, einer, der keine Lust hatte, Verantwortung zu übernehmen, zu lernen, einen wie auch immer gearteten mühevollen Weg zu gehen. Peter hatte von Marthe mit der Muttermilch eingesogen, dass er nichts zu tun brauchte, ihm aber alles zustand, einfach weil er ein entzückendes Bürschchen war.

Dritter wusste aus eigener Erfahrung, dass das nicht ewig gutgehen konnte. Und er hatte den Verdacht, dass Peters Freundin seinem Sohn derartig ähnelte, dass beide irgendwann gemeinsam Schiffbruch erleiden würden. Er selbst hatte mit Marthe eine Frau gehabt, die anders gestrickt war. Marthe war ins Büro gegangen und hatte gearbeitet. Marthe hatte sich im Laufe der Zeit immer unbeeindruckter durch seine Kapriolen gezeigt. Aber Peters Freundin war wie sein weibliches Spiegelbild: Friseurinnenhübsch, blond, langhaarig, immer geschminkt, immer fröhlich, immer anschmiegsam, auch bei Dritter, was ihm durchaus behagte, aber er sah deutlich, dass diese junge Frau seinem Sohn nicht den geringsten Halt geben konnte, weil sie selbst keinen besaß. Dritter kannte sich mit Tieren aus. Pferde hatten ihn geliebt und hatten ihm gehorcht. Hunde, auch schwierige, hatten dem kleinsten seiner Fingerzeige Folge geleistet. Dritter wusste, wie man das Bedürfnis zu gefallen von menschlichen wie tierischen Lebewesen nutzen konnte, damit sie einem folgten. Peters Freundin hatte einen zu ausgeprägten Hang, gefallen zu wollen. Dritter wusste, dass sie das zu einem Opfer von Menschen machte, die sie benutzen würden, um ihre eigenen Interessen durchzusetzen, weil er selbst solche Menschen benutzt hatte.

Doch gleichzeitig sorgte er sich nicht übermäßig um Peter. Der würde zwar nicht den geraden Weg im Leben gehen, dessen war Dritter sich ziemlich sicher, aber er würde auch immer wieder auf seine Füße fallen, ein Schlupfloch finden, eine Frau, die bereit war, ihn zu retten.

Wilhelm war es, um den Dritter sich sorgte. Diese Sorge war durchsetzt von schlechtem Gewissen, denn er wusste, dass er selbst Wilhelm ausgenutzt hatte, seine Hilfsbereitschaft und sein Bedürfnis, von seinem Vater anerkannt zu werden. Dritter wusste nicht, wie er das wiedergutmachen sollte, was er Wilhelm genommen und nicht gegeben hatte. Er wusste es auch deshalb nicht, weil auch Marthe sich nie richtig um Wilhelm gekümmert hatte. Sie respektierte Alex, auf ihn war sie stolz. Er war klug und gebildet und hatte Abitur und arbeitete mit diesen ebenso unheimlichen wie magischen neuen Instrumenten, Computer, und verdiente dabei jeden Monat anständig Geld. Für Peter empfand sie abgöttische Liebe, gleichgültig, wie er sich verhielt. Aber für Wilhelm? Nun hatte er auch noch ein Kind verloren und erinnerte sie damit an schlimme Zeiten in ihrem eigenen Leben. Sie konnte gar nicht anders, sie musste so tun, als würde sie das alles nichts angehen. Sie musste Wilhelm wegschieben, weil sie ihre eigenen verlorenen Kinder seit langem weggeschoben hatte.

Der Chor sang wieder.

Dritter sah, wie Ruben die Augen verdrehte. Ihm gefiel es wohl nicht.

Dritter musste unwillkürlich grinsen. Stella hätte diese etwas langweilige Kirchenmusik aufgemischt, wenn sie gedurft hätte. Sie hätte hier mit ihrem Freund, über den alle in der Familie bereits Bescheid gewusst hatten, bevor sie ihn heute endlich offiziell vorgestellt hatte, eine Musik gemacht, die den Leuten in die Glieder gefahren wäre. Stella war immer noch unverschämt schön, und kein Mensch außer Marthe regte sich darüber auf, dass sie diesen erheblich jüngeren Mann zum Freund hatte. Sie passten zueinander, als hätten sie lange Zeit nacheinander gesucht.

Und dann seine Schwester Lysbeth. So anders als Stella, und doch irgendwie auch ähnlich. Sie sah ganz anders aus als Stella, sie war immer schon ein anderer Typ gewesen als ihre erotische Schwester, aber im Alter hatten sich die Unterschiede geglättet. Lysbeth war mehr Frau denn je. Sie hatte sich entspannt, seit sie keine eigene Praxis mehr hatte, das sah man ihr an, und es stand ihr gut. Lysbeth wirkte, als hätte sie Frieden gefunden, und, das war Dritter sehr bewusst, denn er kannte sich aus in der Welt von Liebe und Geschlecht, dieser Frieden war angemessen und gerechtfertigt. Sie hatte einen ungewöhnlichen Mann, das wusste Dritter. Es gab wenige Männer seines Schlages. Sicher lag es daran, dass er Jude war und genauso gut hätte tot sein können, wenn er seine Frau und diese ganze Familie Wolkenrath nicht gehabt hätte.

Während Dritter das dachte, schämte er sich, aber nur ein wenig. Er wusste sehr gut, dass er Juden übervorteilt hatte. Er hatte an Versteigerungen jüdischen Vermögens teilgenommen. Vor allem aber hatte er das Haus in der Johnsallee für einen Spottpreis von Juden gekauft. Trotzdem hatte er nie etwas gegen Juden gehabt. Und auch wenn er Stellas Papagei beigebracht hatte zu sagen: »Ich bin arisch!« Und auch, wenn er sich selbst vorgestellt hatte mit: »Wolkenrath, kein Jude«, und das dummerweise sogar seinen Söhnen beigebracht hatte, so war er doch nie ein verdammter Nazi gewesen. Und er hatte immer zu seinem Schwager gehalten.

Er sah genau, dass dieser Schwager seine Schwester glücklich machte. Es gab sehr wenige Frauen in Lysbeths Alter, die so zufrieden wirkten.

Dritter wagte nicht zu Marthe zu schauen. Gern hätte er in diesem Augenblick einen prüfenden Blick auf sie geworfen: War sie glücklich? Kurz schloss er die Augen und stellte sie sich vor. Eine schmale kleine Frau mit kurzen dunklen Haaren, nur von wenig Grau durchzogen. Ihre wässrig blauen Augen blickten immer etwas distanziert, außer sie betrachtete Peter. Manchmal krauste sie ihr Näschen, dann mokierte sie sich über irgendetwas. Sie lachte nie laut. Sie lachte sowieso selten. Aber ja, dachte er, sie ist glücklich. Ihre Enkelkinder waren es nicht, die sie zu einer glücklichen Frau machten, und auch er war es nicht. Aber dass sie in diesem schönen Haus wohnten, an dessen Wände sie Bilder von ihren Söhnen und absurderweise auch von Jonny und Stella gehängt hatte, die in Afrika auf Elefanten ritten und beim Sultan von Sansibar zu Besuch waren, dass sie im Garten hingebungsvoll Unkraut zupfen und Blumen pflanzen konnte, das alles beglückte seine Frau. Und das wiederum beglückte ihn.

Er öffnete die Augen. Alex trug seine schreiende Tochter vom Altar zu ihrer Mutter, die verstohlen ihre Bluse öffnete.

Ja, dachte Dritter, ich bin ein reicher glücklicher Mann. Wer hätte das gedacht?